HEYNE ‹

Das Buch
Es geschehen seltsame Dinge in London. Im Waisenhaus des grausamen Mister Dombey traut die kleine Emily Laing ihren Augen nicht, als sie eines Morgens in der Küche von einer Ratte angesprochen wird, die sich ihr höflich als Lord Hironymus Brewster vorstellt. Eine Sinnestäuschung? Nein, denn bald darauf bleibt Emily nichts anderes übrig, als an die Existenz von wundersamen Wesen zu glauben – als sie nämlich Zeugin wird, wie ein Werwolf eines der Mädchen aus dem Schlafsaal für Neuzugänge stiehlt. In Begleitung der Ratte – sowie eines Elfen namens Maurice Micklewhite und des mürrischen Alchemisten Wittgenstein – macht sich Emily auf die Suche nach der verschwundenen Mara. Die Spur führt die Gefährten in die Uralte Metropole, eine geheimnisvolle Stadt unter der Stadt, ein dunkles, gefährliches Reich, in dem gefallene Engel hausen und antike Gottheiten über das Schicksal der Menschheit walten. Doch was steckt wirklich hinter den Kindesentführungen, von denen London regelmäßig heimgesucht wird? Und wer ist der mysteriöse Herrscher der Uralten Metropole, der sich Lycidas nennt?

Der Autor
Christoph Marzi, Jahrgang 1970, wuchs in Obermending, nahe der Eifel auf, studierte in Mainz und lebt heute mit seiner Familie im Saarland. Seit seinem preisgekrönten Debüt »Lycidas« und den Fortsetzungen »Lilith«, »Lumen« und »Somnia« folgt ihm eine stetig wachsende Leserschaft in die Tiefen der geheimnisvollen Uralten Metropolen.

Mehr zu Christoph Marzi und seinen Büchern unter:
www.christophmarzi.de

Christoph Marzi

LYCIDAS

Roman

Wilhelm Heyne Verlag
München

Für dich, Tamara

FSC
Mix
Produktgruppe aus vorbildlich bewirtschafteten Wäldern und anderen kontrollierten Herkünften

Zert.-Nr. SGS-COC-1940
www.fsc.org
© 1996 Forest Stewardship Council

Verlagsgruppe Random House FSC-DEU-0100
Das für dieses Buch verwendete FSC-zertifizierte Papier
Holmen Book Cream liefert Holmen Paper, Hallstavik, Schweden.

Redaktion: Ute Brammertz

Neuausgabe 02/2009

Printed in Germany 2008
Karte: Andreas Hancock
Umschlaggestaltung: Nele Schütz Design, München
Satz: Christine Roithner Verlagsservice, Breitenaich
Druck und Bindung: GGP Media GmbH, Pößneck

ISBN 978-3-453-72272-9

www.heyne-magische-bestseller.de

Good and bad, I define these terms
Quite clear, no doubt, somehow.
Ah, but I was so much older then,
I'm younger than that now.

BOB DYLAN, *My Back Pages*

London calling to the faraway towns
Now that war is declared – and battle come down
London calling to the underworld
Come out of the cupboard, all you boys and girls.

THE CLASH, *London Calling*

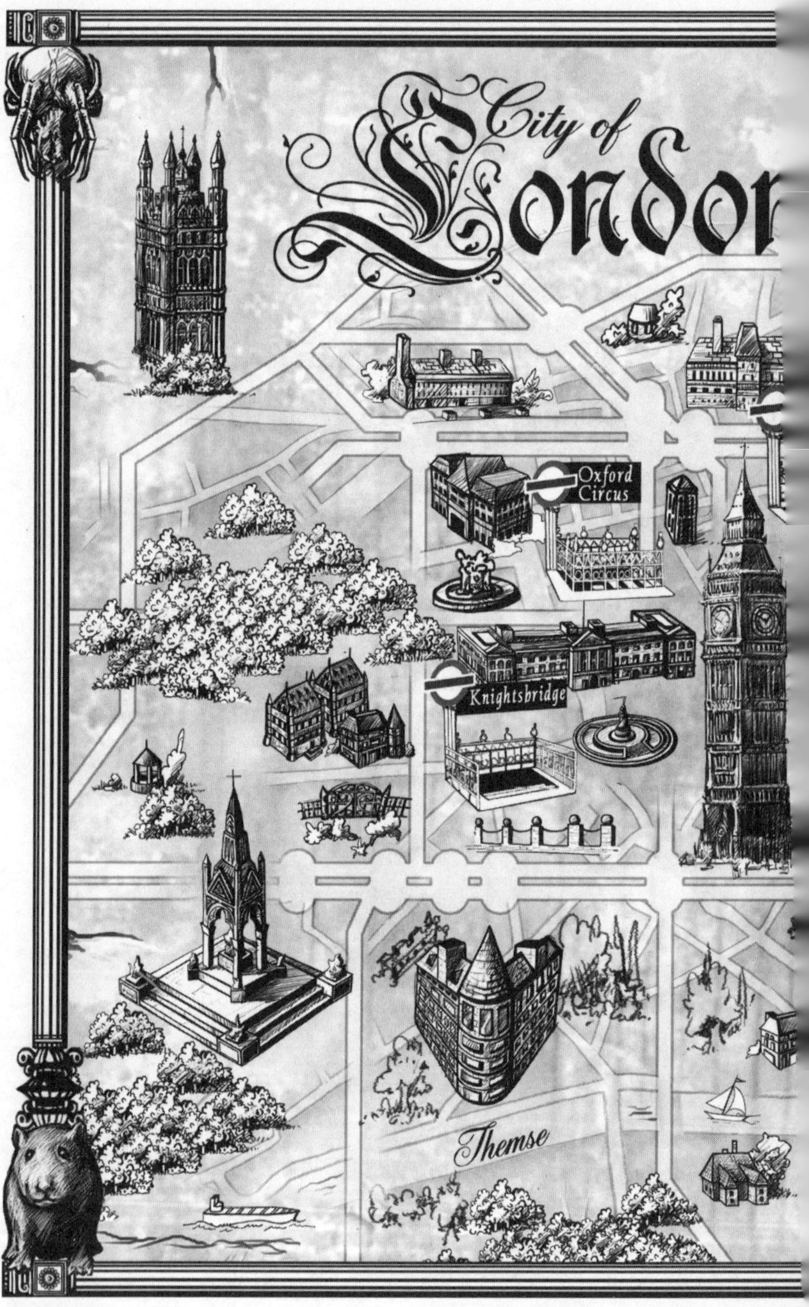
City of London
Oxford Circus
Knightsbridge
Themse

N
Blackfriars
St. Paul's
Whitechapel
Charing Cross
Rotherhithe

Erstes Buch

Lycidas

KAPITEL 1

DOMBEY & SON

Die Welt ist gierig, und manchmal verschlingt sie kleine Kinder mit Haut und Haaren. Emily Laing erfuhr dies, bevor ihre Zeit gekommen war. Als sie meinen Weg kreuzte, flüchtete sie vor denen, die ihr eine Zukunft versprochen hatten, jenen, die täuschen und lügen und betrügen und dafür sorgen, dass das Lächeln in Kindergesichtern traurig und unecht wirkt.

Außer Atem kniete das Mädchen am Fuße einer Rolltreppe in der Tottenham Court Road, während der lauwarme Wind eines nahenden Zuges ihr das rote, lockige Haar aus dem schmutzigen Gesicht blies. Ängstlich sah sie mich an, und als ich der Ratte gewahr wurde, die neben dem Mädchen auf dem Boden saß und zutraulich die Schnauze gegen die Hand der Kleinen drückte, um mich sodann mit wachsamen Kulleraugen zu mustern, wusste ich, dass ich die Untergrundbahn nicht alleine verlassen würde.

So lernte ich Emily Laing kennen.

An einem Tag im Winter.

Nicht lange vor Weihnachten.

»Sie sollte längst zurück sein«, höre ich mein Gegenüber sagen.

Die Besorgnis, die nie verschwindet, erwacht zu neuem Leben.

Ich lasse den Blick durch den Raum schweifen. Normalerweise beruhigt mich dieser Raum mit der niedrigen Holzdecke und den vielen Gästen, die laut redend ihr Bier trinken. Nicht jedoch an diesem Abend.

»Sie hat es geschafft«, bemerke ich möglichst zuversichtlich.

»Du spürst es?«, will mein Gegenüber wissen.

Ich nicke nur.

»*Ich* spüre nichts. Nicht das Geringste.«

Das beunruhigt mich noch mehr.

Ich schaue durch eines der kleinen Fenster in die Nacht hinaus. Draußen hat es wieder zu schneien begonnen. Dicke Flocken wirbeln durch die Dunkelheit. Ich nippe an meinem Kräutertee. Mürrisch und gedankenverloren.

Ein verlorenes Kind irrt gerade durch dieses eisig klirrende Wintermärchen, in das sich London seit bereits zwei Monaten verwandelt hat.

»Wir hätten sie nicht gehen lassen dürfen«, stellt mein Gegenüber fest.

»Hatten wir denn die Wahl?«

Im Grunde genommen wissen wir doch beide, dass es keinen anderen Weg gab.

Doch sollte ich meiner Erzählung nicht vorgreifen.

Schließen Sie die Augen und lauschen Sie meinen Worten. Folgen Sie mir nach Rotherhithe, wo die Luft allzeit salzig nach Meer riecht und die riesigen Lagerhäuser an die alten Zeiten erinnern, als hier noch die Waren aus den Kolonien umgeschlagen wurden. Damals duftete es nach Zimt und Ingwer und Ananas, nach Orient und anderen fernen Ländern; damals zogen Pferde schwere Karren durch die engen Gassen, beladen mit fremden Köstlichkeiten. Doch der Zauber verflog und machte lärmenden Kränen, rostigen Lastern und herumlungernden Gestalten Platz.

Das Kopfsteinpflaster wirkt heute dunkler und schmutziger. Des Nachts ist es unsicher auf den Straßen und in den Gassen. Spärliches Licht aus krummen Laternen lässt die Dinge zur Hälfte im Schatten verschwinden. Gut gesittete Bürger neigen dazu, diese Gegend zu meiden.

Emily Laing kannte sich dort aus.

Drüben am anderen Themse-Ufer.

Ein klappriges Schild aus morschem Holz mit der dahingekritzelten Aufschrift »Dombey & Son – Anstalt für heimatlose Kinder« zierte den Eingang zu ihrem Zuhause. An diesem traurigen Ort soll unsere Geschichte beginnen?, werden Sie sich fragen. Sie wird es! Denn ich werde sie genauso erzählen, wie sie passiert ist. Und sie begann nun einmal in Rotherhithe, hinter den Mauern jenes armseligen Kinderheims, das von Reverend Charles Dombey nebst seinem Sohn Charles Dombey junior geführt wurde, unter Mithilfe eines ständig missgelaunten und dem Alkohol verfallenen Hausmeisters namens Mr. Meeks.

Die Kinder jener Anstalt besaßen nur einen Vornamen, von dem allerdings kaum jemand außer ihnen selbst Gebrauch machte. Für Reverend Dombey waren die Kinder lediglich Nummern, und nur als solche kannte er sie und sprach sie auch nur auf diese Weise an.

»Fünfzehn hat den Kater geärgert«, hörte man Mr. Meeks oft fluchen, der das zerlauste, bissige Monster liebte. »Vierundzwanzig bekommt wegen unzüchtiger Scherze zehn Schläge mit dem Rohrstock«, verhängte der Reverend, wie er von den Kindern genannt wurde, die von ihm bevorzugte Strafe. Entkommen gab es keines und Vergehen gab es viele an der Zahl. »Sieben isst den Teller nicht leer. Dreizehn will nicht einschlafen. Zweiundzwanzig hat sich im Essensraum übergeben.« Selbst banale Missgeschicke wurden bestraft.

Unerbittlich schlug der Reverend zu.

Und nicht wenige der Kinder erkannten die Freude, die in seinen Augen aufblitzte, wenn er den Rohrstock niedersausen ließ.

Das Waisenhaus war in einem alten Backsteinhaus untergebracht, dessen Fassade bröckelte und das einstmals, in den alten Zeiten, als Hafenmeisterhaus gedient hatte. Der Reverend, hager und hakennasig, und sein Sohn, feist und nörgelig, bewohnten das oberste Stockwerk, von wo aus sie einen schönen Ausblick auf das gegenüberliegende Themse-Ufer hatten und des Nachts die hell erleuchtete Kuppel von St. Paul's bewundern konnten. Wenngleich auch keines der Kinder den beiden genügend Feingefühl zugesprochen hätte, einen solchen Anblick überhaupt bemerken, geschweige denn ihn genießen zu können. Die älteren Kinder munkelten, es gäbe dort oben Reichtümer, die der Reverend von den Eltern der Kinder als Bezahlung erhalten habe dafür, dass diese sich nun nicht mehr mit ihren Bälgern abzugeben brauchten. Doch keines der Kinder hatte je einen Fuß in die Räume des Reverends gesetzt.

Schlimmstenfalls wurde ein Kind ins Büro des Reverends gerufen, wo es entweder eine Bestrafung zu erwarten hatte oder eine neue Aufgabe zugesprochen bekam. Das Büro, von den Kindern nur als »die Kammer« bezeichnet, befand sich im Stockwerk unter der Wohnung der Dombeys. Es roch dort staubig nach schimmligen Akten, die sich in Regalen aus dunklem Holz bis unter die hohe Decke stapelten und die, so munkelte man, die Geheimnisse über die Herkunft der Kinder enthielten. Nur dürftiges Licht fiel durch das schmale, schmutzig milchglasige Fenster ins Innere. Auf dem Schreibtisch lag immer eine dicke Bibel, aus welcher der Reverend mit feuriger Leidenschaft zu zitieren pflegte, bevor der Rohrstock herniederfuhr.

Ein- bis zweimal in der Woche musste jedes Kind eine Aufgabe verrichten.

Oftmals kamen Leute »von draußen« vorbei, die Arbeit offerierten.

Auskehren einer Werkstatt. Handlangerdienste auf einer Baustelle. Botengänge in Rotherhithe und Whitechapel. Blumenverkauf am Blackfriars-Bahnhof. Putzdienste bei den Geschäftsleuten im Norden der Stadt. Bebetteln der Touristen am Parlament und der Westminster Abtei.

»Arbeit vertreibt die unnützen Gedanken«, pflegte der Reverend in seinen Predigten, die er jeden Mittwoch und jeden Sonntag im Speisesaal hielt, zu verkünden. Die kleinen Almosen, die manche Kunden den Kindern zusteckten, flossen jedenfalls in den Geldbeutel der Dombeys und mehrten die Reichtümer im Obergeschoss. Hin und wieder kam es vor, dass eine Frau eines der Kinder gegen Bezahlung abholte und erst nach etlichen Stunden zurückbrachte. Nachher war jedoch keines, weder Junge noch Mädchen, bereit, über das Erlebte zu sprechen.

Ohne Ausnahme fürchteten sich alle Kinder vor dem Besuch jener Frau, die im Waisenhaus nur unter dem Namen Madame Snowhitepink bekannt war.

»Kinder«, pflegte sie zu sagen, »sind eine Plage.«

Ihre hellen Katzenaugen musterten jedes der Kinder eindringlich, bevor sie eines erwählte, mit ihr zu kommen.

Doch kehren wir zurück zu dem kleinen Mädchen, das in eben diesem Augenblick durch die kalte Nacht irrt.

Emily Laing, dem Reverend bekannt als Nummer Neun.

Madame Snowhitepink geläufig als die »einäugige Missgeburt«.

»Kein Mensch wird für sie bezahlen.«

Wie oft schon hatte Emily diese Worte vernommen. Die anderen Kinder beneideten sie darum.

»Sie ist hässlich.«

Madame Snowhitepink, die kein Hehl aus ihrer Meinung machte, war allzeit gut gekleidet. Trug Schwarz und war weiß geschminkt. Lippenstift in Pink, und die hellen Katzenaugen ließen sie wie ein Raubtier erscheinen, das auf Beute aus war.

»Diese Missgeburt!«

Dabei irrte sie in doppelter Weise.

Zum einen besaß Emily zwei Augen.

Ein helles wachsames und eines aus Glas.

Dass sie nur durch eines der beiden Augen sehen konnte, tat ihrer Ansicht nach nichts zur Sache. Sie war keine Missgeburt. Das gläserne Auge verdankte sie dem Hausmeister und nicht ihrer Geburt. Als Emily sechs Jahre alt gewesen war, hatte sie hin und wieder in der Küche aushelfen dürfen. Die Köchin Mrs. Philbrick ließ sie Gemüse schneiden, während einer der älteren Jungen, dessen Name, so glaubte Emily sich zu erinnern, Paul gewesen war, das heiße Wasser vom Herd nehmen sollte. Eines Morgens stolperte der ungeschickte Junge und vergoss kochendes Wasser auf Mr. Biggels, den Kater des Hausmeisters. Jaulend wand sich der verbrühte Mr. Biggels auf dem Boden, als Mr. Meeks seinem Haustier zu Hilfe geeilt kam. Ohne lange nachzudenken erkannte der Hausmeister in Paul den wahren Schuldigen, den er augenblicklich zu züchtigen gedachte. Dummerweise holte er für den ersten Schlag zu weit aus, und der Rohrstock traf die kleine Emily mitten ins Gesicht. Mr. Meeks machte seinem Schrecken über das viele Blut im Gesicht des kleinen Mädchens mit wütendem erschrockenen Geschrei Luft und hieb umso fester auf den armen Paul ein, während sich Mrs. Philbrick um das weinende Mädchen kümmerte, indem sie ein Handtuch auf die Wunde drückte, um die Blutung zu stillen, und tröstende Worte flüsterte.

Das linke Auge jedenfalls konnte sie damit nicht retten.

»Es war wie Feuer im Gesicht«, sollte Emily später ihrer Freundin gestehen, die zu diesem Zeitpunkt noch gar nicht in Rotherhithe lebte. Von Engeln hatte sie eines Nachts geträumt, und in ihrem Traum hatten die Gesichter der Engel gebrannt. Als sie das Auge verloren hatte, da war ihr gewesen, als hielten Engel nach ihr Ausschau. Irgendwie, ganz unbestimmt.

»Manchmal«, meinte Emily, »träumt man eben solche Sachen.«

Als die Wunde verheilt war, bekam Emily ein Glasauge, das sich kalt und glatt wie ein schöner Stein anfühlte in ihrer Hand. Zum

Trost schenkte Mrs. Philbrick ihr am Tag darauf einen alten Stoffbären, der einmal ihrer Nichte gehört hatte. Dem Bären, dessen hellbraunes Fell nur noch matt glänzte und ganz filzig war, fehlte das rechte Knopfauge.

»Irgendwie«, meinte Mrs. Philbrick, »gehört ihr beiden zusammen.«

Irgendwie hatte sie Recht.

Von da an schlief Emily nie wieder alleine.

Am Hinterteil des Stoffbären baumelte ein Zettel mit einer kaum mehr leserlichen Aufschrift: »Made by D.B. Laing, Singapore«. Sie hielt den Stoffbären fest in ihren Armen und ertastete jedes Mal beim Einschlafen die leere Augenhöhle des Tieres. Er wurde so etwas wie der Bruder, den sie nie gehabt hatte. Und sie wollte den gleichen Namen haben wie er.

So geschah es, dass Nummer Neun im Alter von sechs Jahren nicht nur ihr Glasauge bekam, sondern auch den ersten richtigen Namen.

Emily Laing.

Etliche der Waisenkinder waren durchaus von Interesse für die Belange von Madame Snowhitepink. Nicht so die kleine Emily. Die Leute verabscheuten die einäugige Missgeburt. Wenn die Kinder von den Ausflügen mit Madame Snowhitepink zurückkehrten, war Emily meist froh darüber, ein gläsernes Auge zu haben, das sie hässlich machte. Keines der Kinder sprach jemals über das, was im Beisein Madame Snowhitepinks passiert war.

Emily blieb ein derartiges Schicksal erspart.

Sie wurde vom Reverend dazu abgestellt, der Köchin zur Hand zu gehen.

Mrs. Philbrick war eine gutmütige große Frau, deren Kittelschürzen vor Stärke knarzten, wenn sie sich bewegte. Dennoch duldete sie, wie jedermann im Waisenhaus, weder Schlampigkeit noch Unpünktlichkeit. Die Küche befand sich im Keller des großen Hauses, und dort unten führte sie streng ihr Regiment. Alles hatte dort unten seinen Platz. Emily, die mittlerweile die einzige Küchenhilfe war, musste den Fußboden nach jeder Mahlzeit kehren und schrubben. Paul war nach einem der Ausflüge mit Madame Snowhitepink nicht mehr zurückgekehrt; er sei, so sagte man den Kindern, adoptiert worden

Der Arbeitstag begann für das Mädchen um fünf Uhr, während die anderen Kinder noch schliefen. Ein klappriger Lieferwagen aus Smithfields brachte Säcke voller harter Brote (meist solche vom Vortag), Kartoffeln und Gemüse (die gesammelten Reste vom Markt in Spitalfields). All das musste von Emily binnen kürzester Zeit in den Keller geschafft werden. Mrs. Philbrick erschien dann gegen sechs Uhr und wollte alles an seinem Platz sehen.

Die tägliche Routine ließ keinerlei Ausnahmen zu. Vorbereiten des Frühstücks, danach Tischabräumen mit anschließendem Abwasch und Küchenbodenputzen. War dies getan, begannen die Vorbereitungen für das Mittagessen. Die anderen Kinder strömten gegen ein Uhr mittags von ihren unterschiedlichen Arbeiten ins Waisenhaus zurück, lieferten den Verdienst des Vormittags bei Mr. Dombey junior ab und durften sich zur Belohnung den Bauch mit den zubereiteten und teilweise vergammelten Speisen füllen.

Am Mittag schuftete Emily erneut in der Küche, und wenn sie ihre Arbeit beendet hatte, was meist gegen vier Uhr der Fall war, begannen die Vorbereitungen für das Abendessen. In den spärlichen Pausen dazwischen kauerte Emily auf ihrer Pritsche im Schlafsaal und las in den staubigen Büchern, die einmal im Monat von einem alten Mann, der die zerfledderten Werke wohl als Mängelexemplare von den städtischen Bibliotheken erworben hatte, vorbeigebracht wurden. In diesen kostbaren Momenten versank sie ganz in den Welten, die sich zwischen den gedruckten Zeilen auftaten. Sie fühlte sich vielen der Gestalten verbunden: Little Nell Trent, David Copperfield, Holden Caulfield, Beverly Rogan, Jack Sawyer und Homer Wells. Sie litt mit ihnen, bis die laute Stimme von Mrs. Philbrick sie aus ihren Gedanken riss und sie in die wirkliche Welt des Waisenhauses zurückkehren musste.

Mit zwölf Jahren, so schien es, hatte das Waisenhaus bereits das Leben der kleinen Emily Laing aufgesogen. Nach dem Verlust ihres Auges waren die Stunden zu Tagen und die Wochen und Monate zu Jahren geworden, ohne dass Emily sich dessen richtig bewusst gewesen wäre. Sie lebte vor sich hin, tat ihre Arbeit, versuchte nicht aufzufallen und hoffte darauf, dass irgendwann ein Ehepaar im Waisenhaus auftauchte und sich für sie entschied.

Es musste in der Welt da draußen doch jemanden geben, der eine Missgeburt, wie sie es angeblich war, mochte. Der vierzehnjährige Charles hatte immerhin einen Klumpfuß, und niemand verdiente beim Betteln in Whitehall und Westminster so viel wie er. Irgendjemandes Herz würde sich doch bestimmt erweichen lassen, hoffte sie inständig.

Vergebens.

Stattdessen gewahrte Emily an einem kalten Wintermorgen eine Ratte.

Die zu ihr sprach.

Einfach so.

Glücklicherweise befand sich Mrs. Philbrick an diesem Morgen noch nicht in der Küche, denn Ratten waren ihr nicht gerade willkommene Gäste.

Emily hatte gerade einen Topf voller Wasser auf den Gasherd gestellt, das Streichholz griffbereit, als sie das kleine Tier bemerkte.

Miss Emily Laing, sagte die Ratte, deren dunkle Äuglein wach funkelten. *Bitte haben Sie keine Furcht. Ich komme in einer Angelegenheit von größter Wichtigkeit zu Ihnen.*

Ich sollte an dieser Stelle klarstellen, dass es sich hier keinesfalls um eine Halluzination handelte, wenngleich Emily diesbezüglich Zweifel hegte. Es war tatsächlich eine Ratte, die da auf den Kartoffelsäcken hockte. Natürlich sprach sie nicht in jenen Worten, die den Menschen normalerweise geläufig sind. Sie bewegte nicht die dunkle Schnauze, sodass die langen Barthaare lebhaft vibrierten. Auch stand sie nicht aufrecht da.

Emily Laing sah sich einer Ratte mit grauem glänzenden Fell gegenüber, die sich auch wie eine Ratte verhielt.

Sie piepste.

Mit der Ausnahme, dass Emily verstand, was da gepiepst wurde. Für sie ergaben die Laute einen Sinn, die das Tier von sich gab.

Wir benötigen Ihre Hilfe, sagte die Ratte in ihrer Sprache.

Muss man erwähnen, wie sehr Emily erschrak?

Hätte sie den Topf mit Wasser nicht bereits am Herd abgestellt, so wäre ihr sicherlich ein Missgeschick passiert. Ohne zu überlegen, griff sie nach einem langen Küchenmesser und einem großen Holzbrett. Beides hielt sie schützend vor sich und ließ die Ratte nicht aus den Augen.

Es ist wichtig, dass Sie mir genau zuhören, fuhr die Ratte fort.

Emilys nächster Blick galt ängstlich der Tür.

Das Letzte, was sie jetzt gebrauchen konnte, war Mrs. Philbrick, die in ihrem morgendlichen Eifer in den Raum gestürmt kam.

»Wenn du mich beißt, kleines Wesen«, drohte sie mutig, »dann wirst du es bereuen.«

Sie erschrak sogar beim Klang ihrer eigenen Stimme und zudem angesichts der Tatsache, dass sie mit einem Nager redete.

Nennen Sie mich Hyronimus, erklärte die Ratte, *wenn Sie möchten. Aber das tut nichts zur Sache. Es gibt ein Kind in diesem Haus, das auf den Namen Mara hört. Mara Mushroom.*

Mara, das wusste Emily, war eine der Neuzugänge.

Seit etwa drei Monaten war sie ein Waisenkind von Rotherhithe und gerade einmal zwei Jahre alt. Ein Taxi hatte sie aus Holborn hergebracht. Wie immer hatten die anderen Kinder die Ankunft des Neuzugangs von ihren Fenstern hoch oben in den Schlafräumen beobachtet. Denn mit jedem neuen Kind, das klein und süß und niedlich war, verringerten sich die Chancen der anderen, jemals eine Familie zu finden.

»Weshalb kann ich dich verstehen?«, flüsterte Emily.

Eine bessere Frage fiel ihr in diesem Augenblick nicht ein.

Warum sollten Sie das nicht können?, stellte die Ratte überrascht die Gegenfrage. Sie drehte den Kopf in Richtung der Tür und schnüffelte in die Luft. Ihre Barthaare stellten sich hoch. Schritte waren zu hören. *Haben Sie ein Auge auf das Mädchen, das Mara heißt*, piepste sie, und ehe sich Emily versah, war sie auch schon flink hinter dem Kartoffelsack verschwunden. Im gleichen Augenblick wurde die Tür aufgestoßen, und Mrs. Philbrick betrat den Raum. Mit geübtem Blick stellte sie fest, dass Emily nur tatenlos dastand und nicht arbeitete. Heftige Schelte war die Folge, während der Emily schnell dazu überging, die Arbeit fortzusetzen.

Was in aller Welt war das eben gewesen?

Hatte sie sich die Ratte nur eingebildet?

Hinter dem Kartoffelsack befand sich jedenfalls ein kleines Loch in der Mauer.

War die Ratte auf diesem Weg geflüchtet?

Emily spähte hindurch und sah nichts als Leitungen und rostige Rohre, die in der Dunkelheit verschwanden. Müde rieb sie sich die Augen und setzte dann ihr Tagewerk fort.

Als sie am Nachmittag für eine Stunde nichts zu tun hatte, ging sie hinauf in das Kinderzimmer, wo die Neuzugänge friedlich schliefen, und betrachtete die kleine Mara, die in ihrem Bettchen lag, an dessen Vorderseite ein Schild mit der laufenden Nummerierung hing. Mara war Nummer Einunddreißig.

Mara Mushroom hatte die Ratte das kleine Kind genannt.

Was war das nur für ein seltsamer Name? Und weshalb, so überlegte Emily, sollte sie auf das kleine Mädchen achten? Je jünger ein Kind war, umso besser standen doch seine Chancen, von einem kinderlosen Ehepaar adoptiert zu werden. Jedermann mochte süße Babys und niedliche Kleinkinder. Mit zunehmendem Alter schwand die Attraktivität der Kinder für adoptionswillige Ehepaare jedoch zunehmend. An deren Stelle trat dann Madame Snowhitepink mit ihrer Kundschaft. Konnte es Menschen geben, fragte sich Emily, die für die Gesellschaft eines zweijährigen Kindes bezahlen und mit diesem Wunsch an Madame Snowhitepink herantreten würden?

Sie wusste keine Antwort auf diese Frage.

Wollte die Antwort auch gar nicht wissen.

Das Kind in dem Bettchen schlief ruhig. Rotes zerwuseltes Haar hatte die Kleine und Ohren, die spitz aus dem Haar herauslugten. Ein schmales Gesicht, ähnlich dem Emilys. Mit einem Mal musste Emily an das Gesicht einer Frau denken, die streng und herrisch auf sie herniederblickte. In den vergangenen Nächten hatte sie von dieser Frau geträumt, die ein langes pechschwarzes Kleid trug und die ebenso pechschwarzen Haare streng zu einem Zopf nach hinten gebunden hatte. Irgendwie beschlich Emily das Gefühl, als hätte Mara den gleichen Traum wie sie. In eben diesem Moment. Als träume sie von der Frau in Schwarz, von der auch Emily geträumt hatte.

»Unsinn!«

Sie strich dem schlafenden Kind zärtlich über die Wangen und gab ihm einen Kuss. Das tat sie normalerweise nie. Man wusste nie, wann die Kinder zur Adoption freigegeben wurden und das Waisenhaus verlassen mussten. Deshalb durfte man sich nicht allzu sehr um sie sorgen.

Das machte nur Kummer.

Ihren Gedanken nachhängend, verließ Emily Laing den Schlafsaal der Neuzugänge.

Vor dem Einschlafen kehrten ihre Gedanken aber dorthin zurück.

Niemals würde sie Adoptiveltern finden. Und der Reverend würde ihr nicht für alle Zeit Unterkunft gewähren. Was, wenn Madame Snowhitepink doch eine Verwendung für sie in den Sinn käme? Was, wenn sie verrückt würde? Sie erinnerte sich an die Worte der Ratte. Hyronimus. Sie hatte mit einer Ratte gesprochen, die sich ihr als Hyronimus vorgestellt hatte. Vordergründig klang dies wie ein Märchen. Aber verabschiedete sich nicht in Wirklichkeit lediglich ihr kindlicher Verstand? Emily verspürte mit einem Mal eine unbändige Angst, endgültig den Boden unter den Füßen zu verlieren. Konnte man von verdorbenem Essen verrückt werden? Was bewirkten die Pillen und Tropfen, die der Reverend den kleinen Kindern verabreichte? War ihr Blick auf die Welt ein anderer, weil sie ein Glasauge hatte? Niemand kann verrückte Kinder leiden. Das jedenfalls wusste sie mit Sicherheit. Sie wusste, wie solche Kinder von den anderen gerufen wurden: Spinner, Traumtänzer, Freak oder Schlimmeres. Fest drückte sie sich den Stoffbären ans Gesicht und schloss die Augen. Mit den Träumen hatte es begonnen. Jenen seltsamen Bildern, die sie in der Nacht marterten und schreiend erwachen ließen. Als träume sie die Träume fremder Kinder, so kam es ihr manchmal vor. Erklären konnte sie sich das nicht.

Und wie die Träume, so kamen auch die Tränen.

In jeder Nacht.

Heiß. Brennend.

Sie sagte sich oft vor, dass auf diese Weise alle schlimmen Erinnerungen an den vergangenen Tag aus ihrem Kopf geschwemmt würden. Viele der Kinder im Schlafsaal weinten des Nachts, die meisten heimlich unter der Bettdecke. Sie träumten von einem schönen Zuhause und liebenden Eltern und putzigen Haustieren. Dann erwachten sie und sahen die hölzerne Decke des Schlafsaals, hörten den Wind, der von der Themse her wehte und an den Fensterläden zerrte, spürten die Kälte, wie sie nach ihren Füßen griff, und dachten an den nächsten Tag. Die Träume waren alles, was sie an Glück hatten, und in jenen Momenten des Erwachens verloren sie diese Träume jedes Mal aufs Neue. Wieder und wieder. Nacht für Nacht. Jedes Waisenkind kannte dieses Gefühl. Mit der Enttäuschung kamen die Tränen. Mit den Tränen kam irgendwann der Schlaf. Es war ein Kreislauf, der mit dem Eintritt ins Waisenhaus begann und nie endete. Die Träume, die später in der Nacht kamen, waren schlimm: Bilder der Enttäuschung. Melodien aus Eis.

Jedes der Kinder, das längere Zeit im Waisenhaus verbracht hatte, wusste das.

Es würde immer so sein.

Dennoch fügten sich die meisten Kinder in ihr Schicksal und akzeptierten ihr Los. Oh ja, sie träumten natürlich davon, sich gegen die Herrschaft des Reverends aufzulehnen und eine Revolution anzuzetteln. Doch waren dies nichts als Träume. In Wirklichkeit buckelten sie vor dem strafenden Blick des Reverends, zogen die Schultern hoch und senkten den Blick, wenn der betrunkene Mr. Meeks im Treppenhaus herumschrie.

Emily hingegen hatte einen Plan.

»Es ist an der Zeit!«

Das Auftauchen der Ratte hatte sie darin bestärkt, diesen Plan in die Tat umzusetzen.

»Ich will wissen, wer ich bin«, sagte Emily in dieser Nacht zu ihrer besten Freundin Aurora Fitzrovia, einer Elfjährigen, die man als Kind im Stadtteil gleichen Namens vorgefunden hatte, ausgesetzt vor einem roten Briefkasten und in eine Decke eingeschnürt, die jemand zum Schutz gegen den Herbstregen mit einer grünen Mülltüte umwickelt hatte.

»Du willst in die Kammer des Reverends einbrechen?« Aurora war in Emilys Bett gekrochen, und heimlich tuschelten sie unter der Bettdecke.

Schlaflos hatte sich Emily im Bett gewälzt, bis sie sich dazu durchgerungen hatte, ihre Freundin zu wecken.

Aurora glaubte felsenfest daran, irischer Abstammung zu sein und Tochter eines Postbeamten. Ersteres wegen der grünen Mülltüte, in der man sie gefunden, und Letzteres wegen des roten Briefkastens, vor dem sie gelegen hatte. Selbst die Hinweise auf ihren Lockenkopf und ihre dunkle Hautfarbe brachten sie von dieser Meinung nicht ab.

Trotz dieser Starrköpfigkeit, die man sehr wohl als irische Eigenheit hätte auslegen können, waren Emily und Aurora einander in einem Maße vertraut, um das sie selbst richtige Schwestern beneidet hätten. Die beiden stritten höchst selten und wenn doch, dann vertrugen sie sich schnell wieder.

»Das Waisenhaus ist kein Ort, an dem Kinder sich untereinander streiten sollten.«

Aurora, die Emilys Weisheiten zur Genüge kannte, hatte dem nichts entgegenzusetzen.

»Ich habe einen Plan«, gestand Emily.

Oft schon hatten sich die beiden darüber unterhalten, wie es wohl anzustellen sei, an die Informationen zu kommen, die das Rätsel ihrer Herkunft zu lüften vermochten. Beide Mädchen hatten keine klaren Erinnerungen an ihr Leben vor dem Waisenhaus. Manchmal träumten sie: Emily von starken Händen, die sie hochhoben und an eine Brust drückten, die nach Weihnachtsgebäck duftete, von einer gesummten Melodie, die ihr selbst schlafend die Tränen in die Augen trieb, von Regen, der ihr ins Gesicht fiel, und einer riesigen Tür, die sich langsam öffnete und die Stimmen fremder Menschen preisgab, die sie ängstigten; und Aurora von grünen Wiesen und dem lauten Zirpen naher Grillen, vom Lachen einer alten Frau und bunten Briefen, die vom Himmel regneten, von einem Käfer, der ihr den Arm hinaufkroch und sie schreien ließ, bis jemand sie warm in ein Tuch wickelte und sanft schaukelte.

»Du willst es also wirklich tun?«

Emily nickte. »Worauf soll ich denn warten?«

»Wenn der Reverend dich erwischt!«

»Die Gefahr besteht immer.«

»Er wird dich Snowhitepink überlassen. Oder Mr. Meeks.«

»Und wenn er gar nichts bemerkt?«

Auroras Augen waren zwei Seen in der Dunkelheit des Schlafsaals.

»Wann können wir es wagen?«

Nachdem Emily ihr in allen Einzelheiten von dem Plan berichtet hatte, war Aurora nicht mehr abgeneigt.

»Schon morgen«, flüsterte Emily. »Bist du dabei?«

Aurora lächelte.

Zögerlich.

»Einer muss doch auf dich aufpassen.«

Emily sah zum Fenster hinaus. Betrachtete die Sterne, die durch die Lücken glitzerten, die sich zwischen den Wolken aufgetan hatten, wie Nadelstiche im Mantel der Nacht. Dünne Schneeflocken begannen auf London herabzurieseln. Bald schon würden sie die Straßen in ein Wintermärchen verwandeln. »Danke«, sagte sie, und keine zehn Minuten später war Aurora in ihrem Arm eingeschlafen.

Morgen Nacht würden sie nicht friedlich in ihren Betten liegen.

Einen Plan würden sie in die Tat umsetzen.

Gemeinsam.

Vielleicht hätte Emily gezögert, wenn sie geahnt hätte, was ihr bevorstand.

Doch da sie nicht das Geringste ahnte, zögerte sie in ihrer kindlichen Unbefangenheit nicht einen einzigen winzigen Augenblick. Der Rest ist, wie man so schön sagt, Geschichte. Beinahe jedenfalls.

Reverend Charles Dombey war ein Mann des Glaubens, ein feuriger Protestant, und als solcher betrachtete er unehelich gezeugte und geborene Kinder als Ausgeburt der Sünde. Folglich hatte er es im Waisenhaus mit einer Vielzahl kleiner Sünder zu tun, die es erst einmal zu bekehren galt. Die dazu geeigneten Instrumente waren Strenge und Disziplin und ein unerschütterlicher Glaube an Gott, Jesus und die Jungfrau Maria.

Der Reverend musste selbst einmal verheiratet gewesen sein, doch fanden sich im ganzen Haus keinerlei Hinweise auf die Existenz einer Gattin. Böse Zungen behaupteten sogar, dass es niemals eine solche Frau gegeben hatte und dass Charles Dombey junior das Ergebnis einer sündigen Vereinigung oder das Resultat eines misslungenen Experiments gewesen sei. Nichts im Verhalten des alten Mannes deutete darauf hin, dass Charles junior sein Sohn war oder er ihm gegenüber väterliche Gefühle hegte. Es gab keinerlei vertraute Gesten. Die beiden verhielten sich wie Geschäftspartner, und manchmal schien es, als gälten die Sympathien des knochig-mageren Reverends eher dem missmutigen Mr. Meeks als seinem eigenen Sohn.

»Der Reverend hasst Kinder!«

Emily hatte es Aurora verkündet, als sie sich zum ersten Mal getroffen hatten.

»Niemals wird er dir helfen.«

Emily hatte Aurora in der Mädchentoilette im zweiten Stock kennen gelernt. Unter einem der Waschbecken hatte Aurora Fitzrovia gekauert, und Tränen waren ihr über das Gesicht gelaufen. Gezittert hatte sie am ganzen Körper.

»Ich bin Emily«, hatte Emily sich vorgestellt.

Von da an waren sie Freundinnen gewesen.

Unzertrennbar.

Vier Jahre war das nunmehr her. Eine Ewigkeit für ein Kind, das nie etwas anderes als die Mauern von Rotherhithe gesehen hat.

Der Reverend, und das erkannte Aurora sehr schnell, mochte Kinder wirklich nicht.

Diejenigen Kinder, die nicht an Ehepaare vermittelt werden konnten, arbeiteten für ihn. So waren sie wenigstens von Nutzen für das Waisenhaus. Die einzige Person, welcher der Reverend Respekt entgegenbrachte, war Madame Snowhitepink. Die beiden führten lange Gespräche in der Kammer und lächelten meistens schmallippig und zufrieden, wenn sie nach ihren Treffen die Kammer verließen. Während dieser Treffen hielten sie die Tür zur Kammer sorgsam verschlossen und niemandem, nicht einmal Mr. Meeks, war es erlaubt, die beiden zu stören. Es gab noch eine Treppe, die in einen Keller unterhalb des Kellers führte. Dort stiegen Reverend Dombey und Madame Snowhitepink oft hinunter und blieben lange Zeit verschwunden. Keines der Kinder wusste, wohin diese Treppe führte oder was die beiden dort unten trieben. Experimente, flüsterten die einen. Hexenkunst, munkelten die anderen. Die Wahrheit, hatte Emily von Anfang an gedacht, liegt wohl irgendwo dazwischen.

Den Schlüssel zur Kammer trug der Reverend allzeit bei sich.

Es war unmöglich, ihm den Schlüssel zu entwenden.

Doch Emily hatte wie gesagt einen Plan.

»Endlich werden wir erfahren, wer unsere Eltern sind«, flüsterte Emily in die Stille des Schlafsaals, »und dann werden wir von hier fliehen und sie suchen.« Der Gedanke an dieses Abenteuer zauberte ein Leuchten in ihr gesundes Auge.

»Wenn sie uns aber gar nicht haben wollen?«, gab Aurora zu bedenken.

»Dann geben sie uns vielleicht Geld, damit wir wieder verschwinden, und mit diesem Geld können wir irgendwo ein neues Leben beginnen.« Mit Geld könnte sie sich eine Fahrkarte kaufen und den nächsten Zug besteigen. Irgendwohin. Jeder Ort wäre besser als dieser hier. Die Welt stünde ihnen offen. Emily Laing und Aurora Fitzrovia, die mutigen und entschlossenen Freundinnen, würden ihr Glück in der Welt da draußen finden, und es würde der Tag kommen, an dem sie auf einer Veranda sitzen und auf das Meer hinausschauen würden, eine Tasse Tee in der Hand und keinen Gedanken mehr an die Zeit verschwendend, als sie Sklavendienste in der Kellerküche im Waisenhaus verrichten mussten.

Doch erst einmal mussten sie in die Kammer hineingelangen.

»Wir schleichen uns weg, sobald Westminster zwölfmal läutet.«

Zwei Schatten stahlen sich nach Mitternacht heimlich aus dem Schlafsaal, huschten leise wie die Mäuse den Korridor entlang, dann durchs Treppenhaus hinab in die Küche. Denn dort befand sich die Schwachstelle der Kammer. Ohne zu zögern schob Emily die kleine Tür des Lastenaufzugs nach oben. Wie lange niemand diese Einrichtung genutzt hatte, konnten die Mädchen nur erahnen. Die rostigen Scharniere ächzten bei jeder Bewegung. Dennoch hofften die beiden, dass das alte Ding noch funktionierte. Früher einmal, so konnte sich Emily erinnern, hatte Mrs. Philbrick dem Reverend oft auf diese Weise seinen Tee mitsamt Gebäck zur Nachmittagszeit nach oben geschickt. Doch dann war der Aufzug nicht mehr in Betrieb genommen worden, denn Reverend Dombey hatte keinen Tee mehr getrunken. Warum auch immer …

Der Plan, den Emily geschmiedet hatte, war denkbar einfach: Sie würde in den Aufzug klettern, und Aurora würde die Mechanik bedienen, eine Kurbel, mit deren Hilfe man den Aufzug per Hand in Bewegung setzen konnte. So würde Emily die beiden Stockwerke bis hinauf in die Kammer des Reverends fahren, aus dem Aufzug krabbeln und die Aktenschränke durchsuchen. Dann käme sie auf eben dem Wege wieder nach unten.

So weit klang es einfach.

»Viel Glück«, wünschte ihr Aurora.

Dann begann sie zu kurbeln, und der Aufzug schob sich mit einem kratzenden Geräusch nach oben. Emily hoffte inständig, dass niemand im Waisenhaus davon geweckt werden würde. Doch Aurora tat ihre Arbeit gewissenhaft und gut. Sie kurbelte gerade so langsam, dass das Geräusch, das die kleinen Rädchen in den rostigen Laufschienen machten, nicht allzu laut wurde. Man würde es für eine Laune des Windes halten, der vom dunklen Fluss herüberwehte und der in manchen wilden Herbstnächten das ganze Haus ächzen ließ.

Die Dunkelheit und die Enge des Aufzuges machten Emily Angst. Sie hatte die ganze Zeit über die Augen leicht geschlossen, als könne sie so die Schwärze der überaus beengenden Befindlichkeit vertreiben. In ihren Träumen fürchtete sie sich vor der Dunkelheit. Manchmal fragte sie sich, wie es wäre, blind zu sein. Nicht einmal lesen würde sie können. Ein Gedanke, der ihr nun, da sie in dem engen, dunklen Aufzug hockte, erneut in den Sinn kam.

Nach einer Ewigkeit, wie es schien, erreichte sie die Kammer.

Schlüpfte vorsichtig nach draußen.

Streckte die Glieder und sah sich um.

Die Kammer war verlassen, und nur ein schmaler Lichtstrahl drang durch das Fenster ins Innere. Die Luft roch muffig und abgestanden. Hohe Regale reichten bis an die gewölbte Decke des Raumes, überquellend vor staubigen Aktenordnern. Emily lauschte bangen Herzens auf etwaige Schritte im Treppenhaus. Kein Geräusch war zu hören. Behutsam ging sie auf das erstbeste Regal zu und las die Aufschriften auf den Akten: Aufwendungen und Einnahmen, säuberlich geordnet nach Jahreszahlen. Steuerbescheide. Einkaufsbelege. Mylady Wilhelmina White. Staatliche Zuwendungen. Neuzugänge.

Emily griff nach dem letzten Aktenordner und öffnete ihn.

Die Datenblätter waren mit Nummern versehen, doch gab es weder Hinweise auf die Anschriften der Eltern noch auf ihre Namen. Einzig die Zeitpunkte, zu denen die Kinder im Waisenhaus eingeliefert worden waren, hatte der Reverend vermerkt. Zusätzlich gab es auf jedem der Blätter eine Nummer: M-23/98b und so weiter. Vermutlich ein Hinweis auf Informationen, die irgendwo im Haus versteckt und nicht so leicht auffindbar waren, vermutete Emily.

Gerade ließ sie ihren Blick erneut über die Regalreihen wandern, als ein tiefes Knurren den Raum erfüllte. Das Herz des Mädchens erstarrte vor Schreck, als sie in ein Paar rot glühende Augen blickte, die draußen vor dem Fenster in der Dunkelheit zu schweben schienen. Instinktiv trat sie einen Schritt zurück und stieß rückwärts gegen den Schreibtisch des Reverends. Ein Stapel Bücher und zusammengerollte Pergamente fielen in sich zusammen und polterten lautstark auf den Dielenboden.

Emily wusste, dass ihre Tarnung aufgeflogen war.

»Auch das noch!«

Jeder im Haus musste von diesem Lärm geweckt worden sein.

Was sie nicht wusste, war, was das für ein Ding gewesen sein mochte, das draußen vor dem Fenster gekauert hatte. Rot glühende Augen, schwarzes Fell, eine lange Schnauze, hochgezogene Lefzen. Sprunghaft kehrten ihre Gedanken zu der Ratte zurück, die sie im Keller getroffen und mit der sie gesprochen hatte. Bevor sie jedoch weitere Mutmaßungen treffen konnte, splitterte das Fensterglas im Stockwerk unter ihr, und die gellenden Schreie von vielen Kindern erfüllten die Nacht. Etwas war in den Schlafraum der Neuzugänge eingedrungen. Das laute Knurren wurde zu einem lang gezogenen Heulen.

Ohne zu überlegen trat Emily ans Fenster, und was sie da sah, hätte unwirklicher nicht sein können.

Eine Gestalt beugte sich aus dem Fenster unter ihr.

Einen großen Rucksack trug sie, der sich bewegte. Etwas zappelte darin, wehrte sich, schrie wie am Spieß. Die langen Krallen des Wesens fanden mühelos Halt in der Mauer, und flink kroch es kopfüber auf allen vieren an der Hauswand hinab, um dann zwei Meter über dem Boden abzuspringen. Es landete sicher auf allen vieren auf dem Kopfsteinpflaster. Als es den Kopf hob, erkannte Emily das Gesicht eines zottigen Wolfes, dessen wilde Augen sie zu mustern schienen. Die Kreatur hielt inne, und dann erhob sie sich, stand aufrecht auf zwei Beinen da und ließ ein schauerliches und siegessicheres Heulen die Nacht zerreißen. Eine Krallenhand deutete hinauf zu dem Fenster, hinter dem Emily bangen Herzens stand, als wolle die Kreatur klarstellen, dass sie Emilys Gesicht nie wieder vergessen und ihr baldigst einen eigenen Besuch abstatten würde. Schließlich drehte die Kreatur dem Waisenhaus den Rücken zu und lief auf allen vieren in den Nebel, der von der Themse aufzog und langsam durch die Gassen und Straßen Rotherhithes kroch.

Es ist Mara, die sich in dem Sack befindet.

Emily wusste es.

Spürte es.

Flüsterte: »Was geht hier nur vor?«

Dann überschlugen sich die Ereignisse.

Die Tür zur Kammer wurde aufgerissen, und Emily, starr vor Schreck, stand wie am Boden festgenagelt da.

»Nummer Neun?«, hörte sie nur die wütende und gleichsam verwirrte Stimme des Reverends, der in wehendem Hausmantel vor ihr stand. »Was in aller Nekir Namen hast *du* hier zu suchen?«

Die Situation war irgendwie unwirklich.

Im Treppenhaus hinter dem Reverend war Tumult ausgebrochen.

Mr. Meeks versuchte verzweifelt, für Ruhe zu sorgen, indem er die aufgeregt umherrennenden Kinder anschrie. Der Reverend schien nicht zu verstehen, was genau Emily in der Kammer zu suchen hatte, und noch weniger, wie sie dort hineingekommen war. Er warf einen Blick hinüber zum Fenster, und als er sich vergewissert hatte, dass das Fenster verschlossen war, gewann er seine Fassung zurück.

»Du«, herrschte er Emily an und betonte seine Worte mit einem auf sie zeigenden, ausgestreckten knochigen Finger, »du rührst dich nicht von der Stelle, du kleine Missgeburt! Wir sprechen uns später.«

Dann lief er ins Treppenhaus hinaus.

Emily stand immer noch wie angewurzelt da.

Die Kinder im Treppenhaus schrien etwas von einem Werwolf, der sich ein Mädchen aus dem Schlafraum der Neuzugänge geschnappt habe. Der Reverend herrschte sie an, es gäbe keine Werwölfe. Und Mr. Meeks versuchte nebenher Mr. Biggles zu beruhigen, der sich mit Buckel und aufgestelltem Haar wütend und verwirrt fauchend am Treppengeländer festgekrallt hatte.

Das Geschrei der anderen Kinder weckte Emily schließlich aus ihrer Lethargie.

Zögerlich trat sie aus der Kammer und begutachtete das Durcheinander wild umherlaufender Menschen. Der feiste Dombey junior rannte ratlos umher, und schnell bestätigte sich, wen die seltsame Kreatur entführt hatte.

Nummer Einunddreißig.

Die kleine Mara, von der die Ratte gesprochen hatte.

Der Reverend hatte glücklicherweise keine Zeit, sich um Emily zu kümmern. Und diesen Vorteil musste sie nutzen. Während die Dombeys versuchten, dem Chaos Herr zu werden, verließ Emily die Kammer durch die Tür und rannte die Treppe hinunter, wich dem feisten Dombey junior aus, der sie plump zu packen versuchte, und rannte weiter. Immer nur weiter.

Ein Stockwerk tiefer warf sie einen kurzen Blick in den Schlafsaal der Neuzugänge. Das Fenster war zerbrochen, und eines der Kinderbettchen, dasjenige mit der Nummer Einunddreißig, war umgestoßen worden. Der Anblick genügte Emily, um sich erneut der seltsamen Begegnung mit der Ratte zu entsinnen. Was war hier nur geschehen? Wer war diese Kreatur gewesen, die im Nebel verschwunden war? Warum hatte die Ratte sie gebeten, auf Mara aufzupassen?

Dann klärten sich plötzlich ihre Gedanken.

All diese Fragen würde sie später beantworten können – oder auch nicht. Wenn der Tumult sich gelegt hätte, würde der Reverend sich fragen, was sie, Emily Laing, in der Kammer zu suchen gehabt hatte. Man würde sie bestrafen, zweifelsohne. Mr. Meeks würde sie auf Geheiß des Reverends in die Dunkelkammer unten im Kellergewölbe sperren, wo ihre einzige Gesellschaft Spinnen und anderes krabbelndes Getier sein würden, und das für mehrere Tage.

»Nummer Neun!«, hörte sie Dombey junior schreien. Er kam die enge Treppe heruntergepoltert. »Du bist in die Kammer eingebrochen, wie ich gehört habe.« Er war hinter ihr her. »Was hast du dir dabei gedacht, du kleine Missgeburt? Und was hast du mit dem Verschwinden von Nummer Einunddreißig zu tun?«

Emily dachte nicht einmal nach.

Rannte einfach los.

»Bleib stehen, kleines Miststück«, rief ihr Verfolger. »Niemand verlässt das Haus ohne Erlaubnis. Ich verbiete dir abzuhauen!« Gleichzeitig zu schreien und zu laufen fiel ihm sichtlich schwer.

Emily erreichte das Erdgeschoss und rannte zur Tür, rüttelte am Schloss und stellte erschrocken fest, dass sie verriegelt war.

»Steh still!«

Ihr Verfolger war ihr auf den Fersen.

Es gab aber noch einen Weg nach draußen.

Emily flitzte die Kellertreppe hinunter, wo sie auf eine erschrockene Aurora Fitzrovia traf.

»Keine Zeit für Erklärungen«, keuchte Emily. »Ich werde abhauen.«

Ihre Freundin blickte überrascht drein.

»Wo willst du denn hin?«, fragte Aurora.

»Einfach nur weg«, antwortete Emily.

»Was ist da oben passiert?«

Emily war sich bewusst, wie verrückt es klang. »Ein Werwolf hat Mara geraubt.«

»Den Neuzugang?«

Emily war überrascht, weil sie nicht nach dem Werwolf fragte.

»Ja.«

»Was hat das mit dir zu tun?«

»Ich habe keine Ahnung.« Das war die Wahrheit.

»Und du wirst zurückkehren?«

Emily nickte.

Ergriff kurz Auroras Hand.

Drückte sie.

»Ja!«

Aurora schluckte. »Versprochen?«

Emily ergriff nochmals die Hand ihrer Freundin und drückte sie fest.

»Versprochen«, meinte sie.

Der Augenblick endete viel zu früh.

Das wütende Geschrei Dombey juniors wurde lauter. Die beiden Mädchen wussten, dass sie sich nun trennen mussten.

»Lauf«, sagte Aurora zum Abschied, und Emily tat, wie ihr geheißen wurde. Aus dem Waisenhaus zu fliehen beziehungsweise einen Weg hinauszufinden, war niemals das Problem gewesen. Die Entschlossenheit, es zu tun – daran scheiterten die Pläne der meisten Kinder. Jeder hatte Angst vor dem, was nach dem Waisenhaus kommen würde. Doch statt darüber nachzudenken, was ihr wohl bevorstünde, handelte sie; lief, rannte, so schnell ihre Füße sie zu tragen vermochten. Hinab in den Keller. Hinein in die Küche, wo sie sich hastig die alte Jacke überstreifte, die sie immer in den Morgenstunden trug, wenn die ersten Lieferungen eintrafen. Hinauf durch den Lieferanteneingang, dessen Schloss sich jederzeit mit dem Schlüssel öffnen ließ, der neben Mrs. Philbricks Herd an der Wand hing.

Und hinein in die eisig klirrende Nacht.

Emilys Atem vermischte sich mit dem dichten Nebel, der ihr sofort die Orientierung nahm. Da waren die hohen Mauern des Waisenhauses über ihr, die matt glimmenden Straßenlaternen vor ihr. Das Labyrinth des nächtlichen London hieß sie willkommen. Die Angst hatte Besitz von Emilys kleinem Herzen ergriffen und ließ sie schneller und schneller laufen. Natürlich hatte sie noch die Fratze des Wesens vor Augen, das Mara gestohlen hatte. Irgendwo hier draußen musste sich die Kreatur noch herumtreiben.

Doch wollte Emily in diesem Augenblick nur davonlaufen.

Weg vom Reverend und seinem Waisenhaus. Weg von ihrem bisherigen Leben. All das wollte sie hinter sich lassen. Und als sie in den letzten Zug sprang, der Rotherhithe in dieser Nacht verließ, die Türen surrend hinter ihr zugingen und sie nach Luft schnappend und zitternd in dem warmen, menschenleeren Abteil in einen Sitz sank, da schloss sie zum ersten Mal seit Stunden die Augen und hoffte inständig, das Richtige getan zu haben.

KAPITEL 2

WITTGENSTEIN

Nicht einmal die Ratten konnten die kleine Emily Laing vor allem Übel bewahren, wenngleich sie es – beherzt wie sie nun einmal sind – versuchten. Die U-Bahn brachte das kleine Mädchen bis nach Whitechapel, wo sie orientierungslos durch die Tunnel irrte und schließlich die grüne Linie bis hinauf nach Notting Hill Gate bestieg. Dort angekommen stand sie verwirrt und zitternd auf dem menschenleeren Bahnsteig.

Ein schwülwarmer Hauch abgestandener Luft wehte ihr ins Gesicht, als der Zug den Bahnhof verließ. Schlagartig wurde ihr bewusst, dass sie nun endgültig allein war. Noch einsamer, als sie es im Waisenhaus gewesen war. Sie dachte daran, dass sie ihren Teddy in all der Hektik dort zurückgelassen hatte, und hoffte, dass sich Aurora seiner annehmen würde.

An wen sollte sie sich jetzt wenden?

Wo sollte sie die Nacht und, noch viel wichtiger, die nächsten Tage verbringen? Es war Winter und bitterkalt. Mittlerweile machten sich Zweifel in ihrem Herzen breit, dass die Entscheidung, aus dem Waisenhaus zu fliehen, vielleicht doch eine übereilte gewesen war. Die Stadt war mit Sicherheit kein Platz für ein kleines Mädchen wie sie. Unschlüssig, wohin sie sich wenden sollte, stand sie einfach nur da. Schließlich setzte sie sich auf eine der Plastikbänke und fiel gedankenverloren und erschöpft in tiefen Schlaf.

Sie träumte von ihrem Stoffbären und Aurora und der kleinen Mara und dem Werwolf, der sie aus dem Waisenhaus geraubt hatte, von den glühenden Augen und dem tiefen Knurren. Der Geruch erinnerte an das nasse, zottige Fell eines großen Hundes, und als Emily aus dem Schlaf aufschrak, blickte sie in das Gesicht eines Wolfes, der über ihr stand und triumphierend auf sie herabsah.

»Dachtest, du könntest Larry entwischen«, hörte sie eine tiefe Stimme. »Da haste dich aber schwer jetäuscht, kleine Missy!«

Emily riss die Augen auf und kreischte schrill. Das Wesen stand nur da und grinste hämisch. Es war tatsächlich ein Wolf, oder vielmehr ein Junge mit einer langen spitzen Nase und starkem Haarwuchs im Gesicht und auf den Handrücken. Er trug eine alte schmuddelige Jeansjacke mit Pelzkragen.

»Keine Menschenseele entkommt Larry«, knurrte der Junge. »Iss nie nich passiert, dat kannste mir glauben. Iss nich passiert in hunnert Jahrn, sach ich ma.« Er entblößte eine Reihe scharfer Zähne, und wenn er so grinste, dann verschwand alles Menschliche aus dem spitzen Gesicht. »Biss ne Zeugin. Iss nich gut, wenn ma Larry jesehen hat bei dem, wassa so macht. Gar nich gut. Ers rech nich für den, der 'n jesehen hat!«

»Lassen Sie mich in Ruhe!«, schrie Emily und wich ängstlich vor der Gestalt zurück, die ihre Reaktion amüsiert beobachtete.

Der Bahnsteig war verlassen, und Emily hörte nur ihren eigenen Schrei von den Tunnelwänden widerhallen. Dabei war es bereits kurz nach fünf Uhr, wie sie der Anzeigetafel entnehmen konnte, und der Tag war ein Mittwoch. Wo blieben die Passanten, all die Menschen, die auf ihrem Weg zur Arbeit die U-Bahn nahmen? Emily rutschte so weit wie möglich auf der Bank nach hinten und schaute zum nächstgelegenen Ausgang, doch der Wolfsjunge versperrte ihr den Weg dorthin. Sie würde es nicht schaffen, diesem Wesen davonzulaufen. Was sollte sie nur tun? Nun bereute sie es wirklich, aus dem Waisenhaus geflohen zu sein. Sie hatte Angst, und ihr kindlicher Verstand konnte sich in tausend Variationen ausmalen, was dieses Wesen mit ihr anzustellen vermochte.

Dann hörte sie eine vertraute Stimme.

Miss Laing, Sie müssen mir folgen.

»Hyronimus?«, fragte Emily verdutzt und blickte in Richtung der Stimme, die ihren Ursprung unter der Bank zu haben schien.

Der Wolfsjunge tat es ihr gleich und dies mit einer schnellen, ruckartigen Kopfbewegung, die erahnen ließ, wie flink er zu reagieren vermochte.

Tun Sie, was ich sage!

Es wimmelte plötzlich überall von Ratten.

Aus den Öffnungen der Luftschächte oben an der Decke kamen sie und rieselten auf den Bahnsteig herab, krochen raschelnd aus den Mülleimern und ergossen sich aus den Löchern in den gekachelten Wänden. Sie strömten von den Schienen auf den Bahnsteig und bildeten in Windeseile einen Teppich umherwuselnder pelziger Leiber, die quiekten und fauchten und sich wie kleine Helden auf den Wolfsjungen stürzten.

»Dreckige Drecksviechah«, knurrte der Wolfsjunge zornig und sprang instinktiv mit einem Satz in die Höhe. Emily bemerkte, dass er keine Schuhe trug und dass dort, wo normalerweise seine nackten Füße hätten sein müssen, große Pranken mit langen, vergilbten Krallen aus der zerrissenen Jeans lugten. Der Rattenstrom reagierte schnell wie ein Schwarm kleiner Fische und folgte dem Wolfsjungen. Wie wild stürzten sich die Ratten auf ihn. Wütend und mit einem boshaften Heulen hieb der Wolfsjunge auf die angreifenden Ratten ein, riss viele kleine Leiber in Stücke, wirbelte sie tobsüchtig umher, bekam sie an den Schwänzen zu packen und warf sie gegen die Wände, wo sie mit einem dumpfen Geräusch abprallten und leblos oder vor Schmerzen fiepsend zu Boden fielen. Das verzweifelte Quieken vieler verletzter und sterbender Ratten erfüllte den Bahnhof und hallte schauerlich von den Wänden wider.

Folgen Sie mir! Geschwind!

Emily richtete ihre Aufmerksamkeit nun auf jene Ratte, die an ihrem Hosenbein nach oben kletterte. Es war tatsachlich dieselbe Ratte, mit der sie im Waisenhaus kurz gesprochen hatte. Das Tier hatte ein dunkles, fast schwarzes Fell und einen kleinen, hellen Flecken auf der Stirn, dicht über den wachsamen schwarzen Knopfaugen. *Laufen Sie dort hinaus*, wies die Ratte ihr den Weg. *Wir müssen Gleis drei erreichen, in einer halben Minute fährt dort die Central Line ab.* Flink war das kleine Tier auf Emilys Schulter geklettert und krallte sich dort mit den kleinen Füßchen an ihrer Schulter fest. *Und jetzt laufen Sie los!*

Ohne zu überlegen gehorchte Emily.

Der Wolfsjunge kämpfte noch immer mit den Ratten, deren Strom allmählich abebbte. Die kleinen Wesen hatten keine Chance gegen einen ausgewachsenen Werwolf (mittlerweile war Emily davon überzeugt, dass der Wolfsjunge ein solches Wesen sein musste); sie vermochten ihn allenfalls abzulenken und zu beschäftigen – und nur das war schließlich das Ziel ihrer mutigen Attacke gewesen. Emily hatte keine Ahnung, weshalb die Ratten sich derart für sie einsetzten. Was ging hier nur vor? Sprechende Ratten, ein Werwolf, der ihr nachsetzte?

Wie auch immer – sie rannte so schnell sie ihre müden Füße trugen durch die Tunnel, die Ratte Hyronimus auf ihrer Schulter, und dann hörte sie das laute, lang gezogene Heulen. Gefolgt von einem tiefen Keuchen und dem Geräusch, das scharfe Krallen auf dem Asphalt machten. Während des Laufens warf sie einen Blick zurück und wurde des Wolfsjungen gewahr, der ihr mit großen Sprüngen nachsetzte. Mit Schrecken erkannte sie, dass er sich im Laufen veränderte. Sein Gesicht schien sich zu verformen, dehnte sich zu einer langen Schnauze mit triefenden Lefzen, die Augen hatten erneut das rote Glühen bekommen, und er rannte nun auf allen vieren. Er knurrte, fauchte und keuchte.

Pochenden Herzens erreichte Emily Gleis drei, und wie es die Ratte prophezeit hatte, fuhr dort genau in diesem Moment die U-Bahn ein. Die Schiebetüren öffneten sich, und Emily sprang in den ersten Wagen, den sie erreichte. Hinter sich konnte sie keinen Werwolf erkennen. Nach einem Augenblick, der einer Ewigkeit gleichkam, schlossen sich die Türen endlich, und der Zug setzte sich infernalisch kreischend in Bewegung. Heiß war es und stickig. Es roch nach Teer und verschmorten Stromkabeln und dem Schweiß der Fahrgäste vom vergangenen Tag.

Die wenigen bereits im Zug sitzenden und Zeitung lesenden Pendler warfen dem kleinen Mädchen in den schmutzigen Sachen abfällige Blicke zu.

Emily beachtete die anderen Menschen nicht einmal.

Sie fühlte sich keineswegs sicher.

Keiner der Anwesenden würde sie vor dem, was ihr nachsetzte, beschützen können.

Dann erreichte der große Werwolf den Bahnsteig und heulte wütend auf. Ein Passant im Nadelstreifenanzug, der wie der Werwolf den Zug verpasst hatte, blickte das Wesen erstaunt an. Emily glaubte noch zu erkennen, wie der wütende und genervte Werwolf den verdutzten und nunmehr eher ängstlichen als genervten Geschäftsmann mit ausgefahrenen Krallen ansprang, doch dann war der Zug auch schon im Tunnel und der Bahnsteig ihrem Blickfeld entschwunden.

Wir haben es geschafft, piepste die Ratte auf ihrer Schulter.

Emily spürte den pelzigen Körper an ihrer Wange. »Hyronimus?«, fragte sie zögerlich.

Niemand anderes, antwortete dieser.

Eine ältere Frau mit Pelzmantel und Hut musterte Emily abfällig. »So jung und schon ein Punk!«

Emily ignorierte die Alte.

»Danke«, flüsterte sie Hyronimus ganz außer Atem zu. »Für alles!« Dass sie mit einer Ratte sprach, wunderte sie schon gar nicht mehr.

Emily und Lord Brewster verließen den Zug an der Tottenham Court Road, und es war dort, wo Emilys Kräfte nachließen und der Schock sich ihres Körpers bemächtigte. Sie am Fuße der Rolltreppe hinauf zur Charing Cross Road niedersinken ließ. Dort sollten sich unser beider Wege schneiden.

Es bleibt anzumerken, dass ich nie besonders warme Sympathien hegte für Kinder, welchen Alters und welcher Spezies auch immer. Allein die Tatsache, dass Lord Brewster sich des rothaarigen Mädchens mit den großen Augen und der verwahrlosten Kleidung angenommen hatte, ließ mich aufhorchen.

Natürlich ließ es mich aufhorchen, schließlich sprechen wir hier von Seiner Lordschaft Hyronimus Brewster; demjenigen, der den Black Friars während der Whitechapel-Aufstände diente. Niemand, der auch nur halbwegs Ehrgefühl sein Eigen nennt, würde einer Ratte eine Bitte abschlagen. Und die Knopfaugen Seiner Lordschaft ließen keine Zweifel aufkommen. Er brauchte Hilfe. Das Mädchen an seiner Seite ebenso. Was blieb mir also übrig?

Ich hatte die Antiquariate in Covent Green nach alten Werken das Mischen von Heiltränken und anderen Tinkturen betreffend durchstöbert und einige Kräuter und magische Steine erstanden. Dem alten Raritätenladen oben am Cecil Court hatte ich einen kurzen Besuch abgestattet und dem Besitzer Mister Dickens bei einem Kräutertee Gesellschaft geleistet. Dann hatten mich meine Schritte hinab in den Untergrund gelenkt.

Es hätte Zufall sein können, dass ich gerade an diesem Tag zu dieser frühen Stunde die U-Bahn in der Tottenham Court Road zu nehmen gedachte – doch wissen wir nicht alle, dass es so etwas wie Zufälle nicht gibt?! Menschen und andere Wesen folgen nun einmal ihrer Bestimmung. So viel ist von alters her sicher.

Demnach konnte es *kein* Zufall sein, dass ich auf die kleine Emily und Seine Lordschaft traf.

Ohne zu zögern trat ich auf die beiden zu und bot meine Hilfe an.

Ein Schwächeanfall, erklärte Lord Brewster.

Ich kniete mich neben die Kleine und sprach sie an, worauf sie langsam die Augen öffnete.

Darf ich Ihnen einen guten Freund vorstellen?, piepste Seine Lordschaft freundlich.

Die Kleine sah mich verwirrt und ängstlich an, was an meiner Kleidung oder meinem Aussehen liegen mochte. Vielleicht mutmaßte sie, in ein früheres Jahrhundert versetzt worden zu sein.

Master Wittgenstein wird Ihnen eine Hilfe sein.

»Seien Sie gegrüßt«, sagte ich.

Der Nager informierte mich über die Notwendigkeit, die U-Bahn-Station zu verlassen und sicherere Gefilde aufzusuchen. Und während wir die kleine Emily in mein Haus nach Marylebone brachten, klärte mich Seine Lordschaft über die Geschehnisse auf.

Jedermann in der Stadt der Schornsteine wusste, dass Martin und Mia Mushrooms Neugeborenes einst von einem Unbekannten gestohlen worden und seitdem nicht wieder aufgetaucht war. Die besorgten Eltern hatten sich schon vor etlicher Zeit an die Ratten gewandt und von ihnen Hilfe erbeten. Mehrere Jahre hatte die Suche hier oben in London angedauert, und am gestrigen Tage hatte man berichtet, dass die Ratten endlich fündig geworden seien. Man vermutete die kleine Mara Mushroom in einem Waisenhaus drüben in Rotherhithe.

So weit die Geschichten, die man sich erzählte.

Lord Brewster hatte Kontakt zum einzigen Kind im Waisenhaus aufgenommen, das seiner Sprache mächtig war: Emily Laing. Doch bevor die Ratten ihren Plan zur Rettung des Mädchens Mara in die Tat umsetzen konnten, war sie erneut gestohlen worden.

Ratet, wer der Übeltäter war!, meinte Lord Brewster.

»Ich habe so eine Vermutung.«

Genau. Unser Freund aus Whitechapel.

Nicht schon wieder! »Larry der Lykanthrop.«

Ihr sagt es.

Whitechapel ist seit alters ein Ort, an dem sich der Abschaum zusammenrottet. Nichtsnutze, Taschendiebe, Tagelöhner und Diebesgesindel. Larry gehörte einer Bande von Werwölfen an, die Ende der Vierzigerjahre aus dem Norden Yorkshires nach London gekommen waren, weil sie hier eine fettere Beute vermuteten. Die Kerle hielten sich mit Gaunereien aller Art über Wasser, und hin und wieder, wenn der Mond ihr Blut zu sehr in Rage brachte, fielen sie über Obdachlose her, die ohnehin niemand vermisste. Werwölfe haben nur Beweggründe niederer Natur. Und Larry war da keine Ausnahme.

»In wessen Auftrag hat er gehandelt?«, erkundigte ich mich bei meinem kleinen Begleiter.

Wir wissen es nicht.

Welch ein Jammer!

Ich betrachtete das kleine Mädchen und fragte mich, ob sie uns in dieser nicht gerade unbedeutsamen Angelegenheit eine Hilfe sein könnte. Etwas passierte in letzter Zeit, etwas kroch durch die Straßen und Gassen der Stadt und veränderte das Angesicht der Welt.

»Was hat das alles zu bedeuten?«, wollte Emily viel später in meinem Anwesen in Marylebone von mir wissen.

Geschlafen hatte sie jedenfalls wie ein Stein. Zwölf Stunden ohne Unterbrechung, wenn man die gelegentlichen Schreie nicht berücksichtigt, die aus ihren kindlichen Träumen aufstiegen wie Blasen aus einem sirupartigen Trunk. Zweifelsohne hatte das arme Kind Träume der schlimmen Art. Die Elfen haben diesbezüglich eine Redensart: Man wandelt in den Schatten.

Hin und wieder schaute ich nach der Kleinen. Sie lag zusammengekauert in meinem Bett und wälzte sich unruhig von einer Seite auf die andere. Emily Laing wanderte ganz tief in den Schatten. Die Augenlider zuckten unruhig. Das winzige Glasauge lag verloren auf dem Tisch neben dem Bett. Ich gestand es mir nur ungern ein, doch es gab keinerlei Zweifel daran, was ich dem Mädchen gegenüber empfand. Ich verspürte Mitgefühl.

Später, als sie erwacht und nach einem ausgiebigen Frühstück langsam wieder zu Kräften gekommen war, stellte sie viele Fragen. »Wer sind Sie?«, machte den Anfang.

»Mortimer Wittgenstein«, stellte ich mich erneut vor. »Und Sie sind Miss Emily Laing aus Rotherhithe.«

Argwöhnisch begutachtete sie mich. »Sie haben mich also in der U-Bahn gefunden und hierher verschleppt?«

»Allem Anschein nach benötigten Sie Hilfe.« Neigen Kinder zu diesen dramatischen Formulierungen? »Zudem habe ich Sie nicht verschleppt, sondern in mein Haus gebracht. Immerhin sind Sie hier sicher. Vorerst zumindest.« Um Missverständnisse zu vermeiden, betonte ich: »Sie sind mein Gast. Nichts anderes.«

Emily nickte ertappt. »Ich wollte nicht unfreundlich sein.«

»Sie sind ein Kind, und Kinder sind zuweilen unfreundlich.«

»Die Dinge, die ich erlebt habe ...«, flüsterte sie und scheute sich, den Satz zu beenden.

»Sind genau so geschehen«, half ich ihr. »Sie haben keine Halluzination gehabt.«

Nachdenklich musterte sie mich.

Die Ratte hätte uns nicht allein lassen sollen. Ich fühlte mich unwohl in der Gegenwart von Kindern. Unwohl und unsicher. Doch hatte Lord Brewster noch einige Dinge von höchster Wichtigkeit zu erledigen gehabt. Außerdem war die kleine Emily in meinem Haus in Marylebone gut aufgehoben.

»Was wollen Sie von mir?« Misstrauisch ließ sie mich nicht aus den Augen.

Mich zur Geduld zwingend nippte ich an meinem Kräutertee. »Ich möchte Ihnen helfen.«

»Aber warum? Sie sind doch ein Fremder, und obendrein sehen Sie nicht sehr freundlich aus.«

Ach?

Hätte ich etwa freundlicher aussehen sollen?

»Lord Brewster bat mich darum. Und einer Ratte schlägt man keine Bitte aus.«

Emily sah aus dem Fenster hinaus zum Regent's Park, wo die kargen Bäume sich im Wind wiegten und der eisige Hauch des Winters die Äste mit feinem Raureif bedeckt hielt. Die sanfte Wärme des Kamins ließ den Winter vor der Tür. Überall stapelten sich Bücher: auf dem massigen Schreibtisch, in den hohen Regalen, auf den dicken Teppichen und den knarzenden Dielen. Dazwischen wucherte unbezähmbares Pflanzengewächs.

»Da, wo ich herkomme, spricht man normalerweise nicht mit Ratten.«

»Und da, wo ich herkomme, tut man es«, antwortete ich.

»Warum kann ich verstehen, was die Ratten sagen?«

»Warum sollten Sie es nicht können?«

Seufzend gestand ich mir ein, dass ich es mit einem Kind zu tun hatte, das keinerlei Ahnung hatte von der Welt, in der es lebte.

Seine Lordschaft hatte mich natürlich mit dem Rotschopf in der Gewissheit allein gelassen, dass ich mit ihr umzugehen wüsste.

Emily wirkte auf einmal amüsiert. »Weil Menschen normalerweise nicht mit Ratten sprechen können?«, schlug sie einen möglichen Grund vor.

Wie Recht sie hatte.

»Natürlich können sie das nicht. Aber *Sie* können es. Und ich ebenso. Nun sagen Sie mir, zu welcher Schlussfolgerung Sie diese Aussage verleitet?«

»Sie sind kein Mensch!«

»Womit wir schon zu zweit wären.«

Ich wartete ihre Reaktion ab.

Langsam stand sie auf und durchquerte den Raum. Betrachtete die Landschaftsgemälde an den Wänden und blieb vor dem mannsgroßen Globus stehen, der die gesamte Ecke neben dem Kamin vereinnahmte. Mit leicht zitternden Fingern berührte sie die glatte hölzerne Oberfläche der Weltkugel, und ich fragte mich, ob ihr auffiel, dass die dort dargestellte Welt eine etwas andere Beschaffenheit hatte als die ihr bekannte. Geistesabwesend drehte sie den Kopf und sah mich mit ihrem hellen Auge an. Es war nicht schwer, Unsicherheit und Verwirrung darin zu erkennen.

»Sie sind kein Mensch?«

»Nicht direkt.«

»Sie sehen aber wie einer aus.«

»Nun ja, ich bin zur Hälfte ein Mensch.«

»Und die andere Hälfte?«

»Elfisch.«

Skeptisch zog sie eine Augenbraue nach oben, was sie in diesem Moment weitaus erwachsener wirken ließ, als sie es war. »Elfisch?«

Drückte ich mich unklar aus?

»Ein Elf«, wiederholte ich. »Väterlicherseits.«

Überraschenderweise begann sie zu kichern. »Sie haben Flügel?«

Dieses Kind!

»Seien Sie nicht albern!«

»Entschuldigen Sie, aber ich dachte ...«

»Unsinn!«, unterbrach ich sie. Musste mir eingestehen, dass diese Art der Konversation zu nichts führte. »Setzen Sie sich wieder hin«, forderte ich sie etwas unwirsch auf, »und hören Sie mir zu.«

Sie tat, wie ihr geheißen ward, und ich setzte sie von den Dingen in Kenntnis, die sie ungläubig verstummen ließen.

»Sie sind ebenfalls zur Hälfte eine Angehörige jener Spezies, die in der alten Zeit als Elfenvolk bezeichnet wurde«, begann ich. Berichtete ihr von den heute in der Stadt lebenden Elfen, die sich allenfalls noch durch ihre mentalen Eigenschaften von den Menschen unterscheiden. »Sie haben natürlich *keine* Flügel«, erklärte ich. »Das ist ein weit verbreiteter Irrtum, den wir einigen irischen Geschichtsschreibern zu verdanken haben. Es gibt Wesen, die von winziger Statur sind und in den Wäldern und Wiesen leben und die von den Menschen landläufig als Blumenelfen bezeichnet werden. Doch haben diese sanftmütigen Wesen rein gar nichts mit der Gattung der Elfen gemein. Wenngleich von menschenähnlicher Statur, gehören sie eher der Familie der Insekten an.«

»Und die Elfen«, hakte Emily nach, »leben hier in der Stadt?«

»Einige von ihnen tun das«, sagte ich. »Sie gehen ihren täglichen Beschäftigungen nach. Immerhin müssen sie ihren Lebensunterhalt bestreiten, und das Geld wächst auch für Geschöpfe ihrer Art nicht auf den Bäumen der städtischen Parkanlagen oder den Straßenlaternen in Westminster. Elfen sind sehr wissbegierig. Es gibt eine Reihe bekannter Naturwissenschaftler aus ihren Reihen.«

»Und Sie glauben wirklich, dass ich eine Halbelfe bin?«, fragte Emily.

»Zweifelsohne«, antwortete ich. »Ihre Mutter ist eine Elfe. Man erkennt es an den Ohren.«

»Was ist mit meinen Ohren?«

»Sie sind elfisch«, sagte ich. »Nicht ganz so spitz, dass es normalen Menschen auffallen würde, aber typisch für einen Wechselbalg.« Vergaß ich zu erwähnen, dass die Elfen jene mit Eltern beider Gattungen als Wechselbälger bezeichnen?

Tränen traten in das Auge des Mädchens. Für ein Waisenkind ist der Moment, in dem es etwas über seine leiblichen Eltern erfährt – und sei diese Information auch noch so dürftig –, voll erschreckender Magie. »Sind Sie sich sicher?«

Ich schob mein langes Haar zurück und entblößte mein rechtes Ohr.

»Das ist aber gar nicht spitz«, bemerkte Emily erstaunt.

Dann deutete ich auf meine Augen, die schmal und dunkel waren und allzeit zusammengekniffen wirkten. »Ich habe meines Vaters Augen«, erklärte ich. »Ist die Mutter eines Wechselbalgs eine Elfe, dann vererben sich die Ohren. Ist die Mutter menschlich, vererben sich meist die geschlitzten Augen des Vaters.«

Fasziniert berührte Emily ihre Ohren und ertastete die kleinen Spitzen.

»Haben Sie …«

»Meine Eltern gekannt?«, führte ich ihre Frage zu einem Ende und gab zugleich die Antwort darauf. »Nein, das habe ich nicht. Wenngleich mir, das muss ich einwenden, ein Waisenhaus wie jenes, aus dem Sie zu entkommen das Glück hatten, erspart geblieben ist.«

Jetzt lächelte sie zaghaft. »Dann wissen Sie ja, wie ich mich fühle«, flüsterte sie.

Ich nickte kurz. »Ja, das weiß ich sehr gut.«

Die Stille, die eintrat, wirkte nicht unangenehm. Eher vertraut.

Eine Weile saßen wir schweigend da und lauschten dem Knistern des Feuers im Kamin und dem Wind, der um das Haus heulte. Ich trank den Kräutertee und beobachtete das kleine Mädchen. Das lebendige Auge blickte traurig ins Leere, und selbst das Glasauge, in dem sich die Flamme der Kerze spiegelte, die auf dem Tisch zwischen uns stand, hatte einen warmen, sehnsüchtigen Glanz. Sie hatte noch nie vorher an einem Kaminfeuer gesessen und sich Geschichten erzählen lassen, noch nie hatte sie des Abends die Augen mit der Gewissheit geschlossen, dass sich jemand um sie sorgte und über sie wachte. Man vergisst diese Einsamkeit niemals. Zeitlebens haftet sie einem an. Waisenkinder können nur selten vertrauen. Man lernt, dass die Welt ein Tier ist, das immer kurz davor steht zuzuschnappen. Man lernt, dass die Menschen sich vor allem Andersartigen fürchten und ihm mit Verachtung und Ausgrenzung begegnen.

Emily Laing wusste das.

Das war es, was uns letzten Endes verband.

»Es ist nicht einfach, das alles zu glauben.«

»Dennoch«, antwortete ich, »ist es die Wahrheit.«

»Was werden Sie mir denn noch alles erzählen?«

Müde rieb ich mir die Augen und beobachtete mein Gegenüber. »Ich will ehrlich zu Ihnen sein«, sagte ich und deutete hinaus in die Abenddämmerung. Heftiger Schneefall hatte eingesetzt. »Es geschehen seltsame und beängstigende Dinge in der Stadt der Schornsteine. Kinder verschwinden vom Angesicht Londons. Es gibt Gerüchte über eine Krankheit, welche die Arachnidenkolonien in Chelsea befallen hat. Die Wölfe werden wagemutiger.« Für einen Moment hielt ich inne. »Die Welt dreht sich weiter, doch etwas ist … nun ja, *nicht richtig.* Um es kurz zu machen: Wir haben ein Rätsel zu lösen. Und wir benötigen Ihre Hilfe, Emily.«

»Warum gerade ich?«

Emily Laing stellte sich diese Frage wohl unzählige Male in der Nacht, die auf unser langes Gespräch folgte.

Neugierig war sie meinen Worten gefolgt und hatte sich durch die alte Welt führen lassen. Scheinbar mühelos lauschte sie meiner Stimme, die sich mit dem Heulen des Winterwindes vor dem Fenster vermischte und in schattenhaften Farben das andere London heraufbeschwor. Eine Stadt der Elfen und gefallener Engel, ein Moloch voller Irrwege und dunkler Pfade, die nur wenige Menschen je begangen hatten. Im Winter beherrscht ein ganz besonderer Zauber dieses London, haucht den gewöhnlichsten Dingen eine Magie ein, die Kinderaugen leuchten und hungrige Bettler an gedeckte Tafeln denken lässt. Im dichten Schneetreiben tauchen Gesichter und Geschichten aus längst vergessenen Tagen auf. Doch gibt es auch Wölfe und anderes Gesindel, das sich in den langen Schatten verbirgt und lauernd die nächtlichen Parks und unterirdischen Bahnhöfe durchstreift. London ist nicht leichtsinnig zu beschreiten. Das war es noch nie. Weder zu dieser Zeit noch zu einer anderen. Weder in dieser Wirklichkeit noch in einer der vielen anderen.

Emily erwies sich als gelehrig wie geduldig.

»So habe ich London nie zuvor betrachtet.«

»Das ist die wahre Stadt der Schornsteine.«

»So habe ich nie jemanden die Stadt nennen hören.«

»Wir nannten sie früher so.«

»Früher?«

»Als ich ein Junge war. Damals gab es viele Schornsteine in der Stadt, und alle bliesen sie ihren Rauch in den Himmel. Doch das ist lange her.«

»Wie lange?«

Dieses Kind!

»Fragen Sie nicht!«

Der Anweisung jedenfalls folgte Emily.

Und ließ mich als Dank für meine Geschichten an ihrer Wirklichkeit teilhaben.

Ausschweifend berichtete sie vom Waisenhaus in Rotherhithe, von den lebendigen Träumen, die sie in den einsamen, düsteren Nächten heimsuchten und ihr das Waisenhaus oftmals aus ganz neuen Blickwinkeln zeigten.

»Es ist, als wären es gar nicht meine Träume.«

»Vielleicht«, überlegte ich, »sind es die Träume fremder Menschen, die ihren Weg zu Ihnen finden.«

»So etwas ist möglich?«

»Alles ist möglich. Dies ist London.«

Von der Angst, die Reverend Dombey in die vielen Kinderherzen pflanzt, erzählte sie mir. Von Madame Snowhitepink und den verschwundenen Kindern. Nicht zuletzt von ihrer Freundin Aurora Fitzrovia, deren Gesellschaft sie schmerzlich misste. So kam es, dass Emilys junges Leben langsam vor meinen Augen Gestalt annahm.

Am Ende der langen Nacht blieb jedoch immer noch die Frage: »Warum gerade ich?«

»Weil die Dinge nun einmal so sind, wie sie sind«, gab ich zur Antwort.

Dann bat ich sie, zu Bett zu gehen.

Mit mürrischer Miene fügte sich Emily. Wenngleich sie auch mit wachsendem Interesse meinen Berichten gefolgt war, so hatte sie die aufkommende Müdigkeit, die nach einiger Zeit schier übermächtig zu werden drohte, kaum vor mir verbergen können.

»Kinder benötigen ihren Schlaf«, floskelte ich und reichte ihr ein Glas heißer Honigmilch. »Ein Schlaftrunk«, kommentierte ich das Getränk.

Sie lächelte, und zum ersten Mal seit unserem ersten Aufeinandertreffen war es schon fast ein vertrauensvolles Lächeln.

»Danke«, flüsterte sie.

»Schlafen Sie wohl. Und haben Sie Acht auf Ihre Träume.«

Sie schloss die Augen.

Ich löschte das Licht.

Emilys Frage hatte ich nicht beantwortet. Vielleicht, so dachte ich mir, träumt sie die Antwort von ganz allein. Zweifelsohne besaß sie großes Talent. Mit ein wenig Glück und meiner Hilfe würde sie es vielleicht herausfinden.

Der nächste Schritt ist immer der schwierigste. Er entscheidet die Richtung, die das Leben einschlägt. Entfernt man sich vom Pfad und bahnt sich seinen Weg durchs Unterholz oder folgt man den ausgetretenen Wegen und findet sich alsbald vor einem Abgrund wieder?

Der nächste Schritt.

Uns führte er hinüber nach Bloomsbury.

»Wohin gehen wir?« Vermummt in eine blaue Jacke mit Fellkragen, die ich am Morgen bei Marks & Spencer für sie erstanden hatte – mitsamt einer Vielzahl weiterer Kleidungsstücke, will ich hier anmerken –, stiefelte Emily Laing meinen großen Schritten folgend durch den Schnee in Richtung Russell Square.

»Immer der Nase nach, kleine Emily.«

»Warum nennen Sie mich kleine Emily?«

»Fragen Sie nicht.«

»Warum?«

»Darum.«

»Das ist keine Antwort.«

Oh, dieses Kind!

Nun denn.

»Weil es Ihr Name ist«, antwortete ich. »Zudem sind Sie ein junges Ding. Das passende Adjektiv zum richtigen Namen.« Ich sah sie mir an. »Und außerdem zur Körpergröße.«

»Das meine ich nicht.«

»Sondern?«

»Es klingt nett, wie Sie das sagen.«

Ich blieb stehen und sah überrascht auf sie hinab. »Bitte sehr.« Dann setzte ich den Weg fort.

Sie folgte mir grinsend. »Sie haben meine Frage noch nicht beantwortet.«

»Das stimmt.«

»Wohin gehen wir?«

»Fragen Sie doch nicht andauernd.«

»Wohin?«

Sie begann anstrengend zu werden.

Ich tippte mir an die Nasenspitze, schaute meine Begleiterin streng an und deutete in Richtung Bedford Place. »Ich sagte es Ihnen bereits: immer der Nase nach.«

Wütend blieb Emily stehen. »Das ist nicht komisch«, sagte sie laut.

Sie streng musternd antwortete ich: »Doch, ist es.« Das verwirrte sie ein wenig. Bevor sie jedoch etwas entgegnen konnte, entschärfte ich die Situation mit einem angedeuteten Grinsen. Es sah nicht so aus, als mochte Emily meine Art von Humor. »Wir suchen einen Freund auf, kleine Miss Emily. Im Britischen Museum.« Das schien ihren Wissensdurst vorerst zu stillen.

»Wird er uns helfen?«

»Das hoffe ich. Immerhin ist er ein Freund.«

»Kennt Ihr Freund die nette Ratte?«

Dieses Kind!

»Sie treffen sich zweimal die Woche, um Schach zu spielen. Im Lesesaal der Nationalbibliothek.«

Das war es, was Maurice Micklewhite und Seine Lordschaft verband. Sie genossen es, sich auf dem schwarzweißen Schlachtfeld gegenüberzustehen und mit kindlichem Eifer nach dem König des anderen zu gieren. Begleitet wurden diese Partien – unter denen nicht wenige sind, die als legendär bezeichnet werden können – von ausschweifendem intellektuellem Disput.

Maurice Micklewhite war einer der Bibliothekare der Nationalbibliothek und ein Kenner der alten Schriften.

Und nicht zuletzt …

»Ein waschechter Elf!«

Er hatte die ruhige, doch keinen Widerspruch duldende Stimme eines sehr alten Wesens.

»Emily Laing«, stellte sich die Kleine ihm zaghaft vor.

Maurice Micklewhite schüttelte dem Mädchen höflich die Hand. Für einen reinblütigen Elfen wirkte er erstaunlich wenig grazil, was ich seiner Leidenschaft für exotische Schokoladen zuschrieb. Über sein Alter sprach er niemals. Die grünlich schimmernden, geschlitzten Augen verrieten ihn jenen mit wachen Blicken eindeutig als Angehörigen des Elfenvolkes. Die spitzen Ohren jedoch wurden durch geschickt frisierte blonde Locken verdeckt. Der helle Anzug, den er trug, zeugte vom modischen Geschmack seiner Gattung.

Ich kam augenblicklich zur Sache. »Wir benötigen deine Hilfe.«

»Ist die Sache wirklich so dringlich?«

»Es ist höchste Eile geboten.«

»Das Mädchen ist tatsächlich eine von ihnen?« Fasziniert betrachtete er meine Begleiterin durch die Gläser einer schmalen Brille.

Emilys Blick wanderte neugierig zwischen Maurice und mir hin und her.

»Sie kann es. Da bin ich mir sicher.«

»Du hast sie getestet?«

»Wo denkst du hin. Dafür war keine Zeit.«

»Du hast es ihr aber doch gesagt, oder?«

Ich schwieg. Mürrisch.

»Was hätten Sie mir denn sagen sollen?«, bohrte nunmehr auch Emily.

»Du hast es ihr also noch nicht gesagt!«, stellte Maurice unnötigerweise fest.

Emily wirkte immer ungeduldiger. »Was denn nun?«

»Ich dachte, sie findet es von alleine heraus«, antwortete ich und fügte entschuldigend hinzu: »Ich habe es immerhin auch alleine herausgefunden.« Dann wandte ich mich Emily zu und brachte es auf den Punkt. »Emily Laing, Sie sind eine Trickster.«

»Ach so«, entgegnete sie lapidar und zog ein Gesicht. »Danke für die Information.«

Nun wusste sie es.

Eine verlegene Stille breitete sich in dem kleinen Büro aus.

Ich betrachtete das Gemälde an der Wand. Ein William Blake in düsteren Farben. Daneben einige Photographien, welche die Wüste zeigten, vermutlich Erinnerungen an die gemeinsamen Ausgrabungen im Tal der Könige mit Howard Carter.

Maurice Micklewhite hockte hinter dem massigen Schreibtisch in einem ledernen Sessel und musterte mich abwartend.

»Können Sie vielleicht etwas deutlicher werden?«, herrschte Emily mich auf einmal an.

»Wie meinen Sie das?«

»Woher, in aller Welt, soll ich wissen, was eine Trickster ist?«

Konnte das möglich sein?

»Sie weiß es nicht«, stellte ich fest.

»Sie weiß es nicht.« Maurice wirkte ebenso überrascht.

»Genau, ich weiß es nicht«, äffte Emily uns nach. »Ich habe nicht die geringste Ahnung. Deswegen wäre es nett, wenn es mir jemand erklären könnte.« Ungeduldig spielten ihre Finger an den Knöpfen der Jacke herum. »Andauernd wird mir etwas verschwiegen. Ich bin es leid, dass mich jeder für dumm verkauft.«

»Möchten Sie einen Tee?«, fragte Maurice höflich.

Eine Frage, die Emily aus der Fassung brachte.

»Sie möchte«, antwortete ich an ihrer statt.

»Mortimer?«

Lehnte ich jemals eine gute Tasse Tee ab? War es möglich, dass sich Maurice an eine derartige Situation erinnern konnte?

»War Oscar Wilde ein wenig seltsam?«, stellte ich die Gegenfrage.

Maurice grinste breit, und Augenblicke später kam seine Sekretärin mit einem Tablett ins Zimmer gewankt und servierte die Getränke.

»Zitronentee«, erklärte Maurice, während er einschenkte.

Dann nahm er wieder hinter dem Schreibtisch Platz.

Ich beschloss derweil Emily aufzuklären.

»Trickster sind immer Wechselbälger, aber nicht alle Wechselbälger sind Trickster. Es kommt auf die Fähigkeiten der Eltern an. Ist das Erbgut desjenigen Elternteils mit den magischen Eigenschaften dominant, so verfügt das Neugeborene meist über Trickstereigenschaften.«

»Die da wären?«

»Manche Trickster sind Traumfänger.«

»Das heißt, sie können sich der Träume fremder Menschen bemächtigen, sie beeinflussen und auch stehlen«, schaltete sich Maurice ein.

»Wahrscheinlicher und häufiger ist es jedoch, dass Trickster das zweite Gesicht besitzen«, fuhr ich fort. »Sie können Dinge sehen. Geschehnisse aus alter Zeit, Ereignisse aus der Zukunft, Dinge, die im Hier und Jetzt geschehen, jedoch an anderen Orten. Sie können durch die Augen fremder Menschen sehen. Sie können sich ein fremdes Bewusstsein zu Eigen machen.«

»Und Sie?«, hakte Emily nach.

»Fragen Sie nicht.«

»Tu ich doch.«

»Einige Trickster«, gab ich mich geschlagen, »können allein kraft ihrer Gedanken Gegenstände bewegen.«

»Sie können das?«

Ich nickte nur.

Emilys Auge funkelte neugierig. »Zeigen Sie es mir?«

Ich hatte es geahnt.

Maurice grinste, als ich den Teelöffel vor ihren Augen schweben ließ.

»Bitte sehr«, sagte ich mürrisch und ließ den Löffel in die Tasse gleiten.

»Ich bin beeindruckt«, antwortete Emily.

»Trickster gibt es viele an der Zahl«, warf Maurice ein. »Manche können die Gestalt von Tieren annehmen, die ihrem Wesen nahe sind. Rabe, Schlange, Pudel, Spinne. Andere wiederum können kraft ihrer Gedanken Feuer oder Wind entfachen. Manche sind gut, andere böse.«

»Und ich«, hakte Emily nach, »kann auch etwas von diesen Dingen tun?«

Maurice und ich nickten gleichzeitig.

»Lord Brewster glaubt, dass Sie das zweite Gesicht haben.«

»Sie beide machen sich doch über mich lustig.«

Maurice und ich wechselten Blicke. »Das würden wir niemals tun«, entgegnete Maurice.

»Warum habe ich es dann noch nie gespürt?«, wollte Emily wissen.

»Sie sind noch jung«, gab ich zur Antwort. »Und ich bin mir sicher, dass Sie es bereits gespürt haben.« Im Glasauge des Mädchens spiegelten sich die Teetassen, die vor uns auf dem kleinen runden Tisch standen. »Versuchen Sie sich zu erinnern. Hatten Sie jemals Vorahnungen, ein schlechtes Gefühl bei einer Sache, das sich später bewahrheitete?«

»Ich weiß es nicht.«

»Weil Sie noch jung sind«, kommentierte Maurice.

»Sie haben mir von den Träumen erzählt, die Sie manchmal heimsuchen.«

Emily erinnerte sich.

»Kann es sein, dass es die Träume sind, die andere Kinder in Ihrer Nähe geträumt haben?«

Was sollte sie dazu sagen.

»So habe ich es nie gesehen.«

»Wenn Sie das zweite Gesicht haben, dann können Sie Dinge sehen, die anderen Menschen im Kopf herumschwirren. Sie spüren das, was andere empfinden, und können die Vorahnungen Fremder lesen.«

Sie starrte mich an, als sei ich übergeschnappt.

»Lord Brewster behauptet, dass Sie weitaus talentierter darin sind, Dinge zu sehen, als andere Wechselbälger. Es wurde Ihnen in die Wiege gelegt. Zweifeln Sie nicht daran, dass Sie ein ganz besonderes Talent haben. Die Ratten, und das können Sie mir glauben, haben eine Nase für so etwas.«

»Warum gerade ich?«

Maurice lachte amüsiert. »Warum geht die Sonne auf, hm? Sind etwa die Sterne nur Nadelstiche im Mantel der Nacht? Wer weiß? Was wir jedoch wissen, ist, dass Sie anders sind als die meisten Trickster.«

Emily sah ihn erschrocken an.

»Warum?«

Mit dem Zeigefinger berührte sie sachte ihr totes Auge.

»Es ist wegen dem hier«, flüsterte sie mit banger Gewissheit. »Es ist das Glasauge.« Die Hand des Mädchens zitterte merklich. Ihr gesundes Auge wanderte unruhig im Raum umher.

»Ja, es ist Ihr Glasauge.«

»Was tut es?«

»Es sieht weiter.«

»Sind Sie sich sicher?«

»Nein.« Ich beschloss, ehrlich zu ihr zu sein. »Aber wenn Sie eine so starke Fähigkeit haben, dass Lord Brewster Sie für unsere Zwecke einspannen möchte, dann muss es eine Ursache geben. Und das Glasauge ist eine Erklärung, die nahe liegt.«

Sie überlegte, was ich wohl damit gemeint haben könnte.

»Was soll ich sehen?«

Maurice nippte an seinem Tee.

»Sie sollen durch die Augen der verschwundenen Kinder sehen.«

Kapitel 3

Mysteriöse Geschichten aus der Stadt der Schornsteine

Wir waren Maurice in den großen, runden Lesesaal gefolgt. Drei Etagen mit Bücherregalen bedecken die Wände der Bibliothek, darüber spannt sich eine riesige Kuppel, die noch größer ist als jene des Petersdoms in Rom. Zwanzig gusseiserne Säulen tragen das Dach mit den zwanzig großen Bogenfenstern.

Sir Robert Smirke, dem Architekten des Lesesaals, war ein wahres Wunderwerk gelungen.

»Die Zeitungen sind voll der schlechten Nachrichten.« Maurice Micklewhite knallte einen Stapel Tageszeitungen der letzten Monate vor uns auf den Tisch: *Evening Standard*, *International Herald Tribune*, *Times*, *Guardian* und *Daily Mirror*, nicht zu vergessen die *Sun*. »Die Kinder verschwinden aus allen Teilen Londons«, meinte Maurice ernst. »Und niemand kann sich erklären, was da vorgeht. Dabei sind hier nicht einmal alle Fälle aufgelistet.«

»Die meisten der Kinder sind sehr jung«, bemerkte ich. Fast jede Ausgabe der verschiedenen Blätter wies eine ähnliche Schlagzeile auf. Es wurden die unterschiedlichsten Worte gebraucht: entführt, verschwunden, unauffindbar, unerklärlich, vermisst, verzweifelt, ratlos.

»Während meiner Nachforschungen bin ich auf das hier gestoßen«, erklärte uns Maurice Micklewhite und schlug ein großes Notizbuch auf. Emily und ich warfen einen Blick auf das undurchdringliche Gekritzel und die vage erkennbaren Skizzen. Ohne eine Reaktion unsererseits abzuwarten, fuhr er fort: »Auch früher schon kam es zu ähnlichen Vorfällen.«

»Sie meinen, auch früher schon sind Kinder verschwunden?«

»In London verschwinden andauernd Menschen«, gab ich zu bedenken.

»Aber nicht so viele in so kurzen Abständen.« Maurice Micklewhite begann zu erzählen: »Ich habe einige der alten Werke unter den neuen Gesichtspunkten gelesen. Pepys, Chaucer, Petronius. Dabei habe ich Erstaunliches zu Tage befördert. Beginnen wir mit Petronius.«

»Nie von ihm gehört«, flüsterte Emily.

»Kinder«, sagte ich.

»Petronius Arbiter war ein römischer Dichter, der einen Roman mit dem Titel *Satyricon* verfasste und ungnädigerweise zum Selbstmord gezwungen wurde, als man ihn der Verschwörung gegen den Kaiser beschuldigte«, erläuterte Maurice Micklewhite geduldig. »Unter anderem schrieb er auch einige Berichte über die Politik und Geschichte des Römischen Reiches. Als im Jahre dreiundvierzig nach Christus Kaiser Claudius Britannien eroberte, hieß London noch Londinium. Die Stadt entwickelte sich zur blühenden Hafenstadt und Handelsmetropole. Es gab Thermen, eine Basilika und einen Mithrastempel. Petronius berichtet in einer seiner Schriften über ein Ereignis, das als Kinderraub von Britannien die Menschen zum Ende des Jahres achtundfünfzig nach Christus in Angst versetzte. Betroffen waren einheimische wie römische Kinder gleichermaßen. Überall im Gebiet Londiniums verschwanden die Kinder, und kein einziges ward wiedergefunden.«

»Es gibt keine Erklärung dafür?«, wollte Emily wissen.

Maurice Micklewhite schüttelte den Kopf. »Aber es kommt noch besser. Unter der Herrschaft König Ethelberts verschwanden im Jahre sechshundertacht erneut viele Kinder. Diesmal in den Wintermonaten.«

»Ein ähnliches Ereignis fand über fünfhundert Jahre später statt?«

»Du sagst es. Doch warte ab, was ich noch herausgefunden habe.«

Maurice Micklewhite war kaum mehr zu halten.

»Der Zollwärter Geoffrey Chaucer erwähnt in seinen Erzählungen über das Leben im England des 14. Jahrhunderts einen weiteren Kinderraub. Im Jahre 1348 beklagten hunderte von Müttern den Verlust ihrer Kinder. Dies geschah während der großen Pestepidemie. Das Kinderverschwinden wurde der Krankheit zugeschrieben, und so geriet es in Vergessenheit.«

Was ging da nur vor?

Ich erinnerte mich meiner eigenen Worte.

Die Welt dreht sich weiter, doch etwas ist nicht richtig.

»Den nächsten Hinweis fand ich in den Tagebüchern von Samuel

Pepys. Im Bereich der heutigen City of London verschwanden fast alle Kinder, die jünger als fünf Jahre waren. Das ereignete sich 1666. Im gleichen Jahr brannte die Stadt. Das große Feuer zerstörte dreizehntausend Häuser in London. Unzählige Menschen starben. Niemand machte sich mehr Gedanken über die verschwundenen Kinder. Bei den Geschichtsschreibern fand der erneute Kinderraub keinerlei Erwähnung.«

»Ausgenommen bei Pepys.«

»Auch er erwähnt es nur am Rande.«

»Das ist wahrlich mysteriös.«

»In allen Berichten handelt es sich um sehr junge Kinder«, erklärte Maurice Micklewhite. »Das Alter von fünf Jahren wurde selten überschritten. Die Kinder verschwanden einfach so vom Angesicht Londons. Niemals wieder hörte man von ihnen. Es gab keine Spuren, keine Hinweise, keine Hoffnung. Es passierte über einen Zeitraum von drei bis sechs Monaten, und dann hörte es auf. Ebenso schnell und abrupt, wie es begonnen hatte.«

»Und jetzt passiert es wieder?« Eigentlich war es keine Frage, die Emily da stellte.

»Seit nunmehr vier Monaten«, sagte ich.

»Doch die eigentliche Frage«, gab Maurice zu bedenken, »ist eine ganz andere. Gehen wir davon aus, dass die Ereignisse zusammenhängen, die über all die Jahre verstreut stattgefunden haben, dann besagt dies doch, dass es eine gemeinsame Ursache geben muss. Leider haben wir keine Ahnung, um was es sich dabei handeln könnte.«

»Außerdem«, fügte ich hinzu, »ist zum ersten Mal ein Kind entführt worden, das nicht der menschlichen Gattung angehört.«

»Mara«, sagte Emily.

»Sie sagen es!«

»Mara Mushroom«, verbesserte Maurice Micklewhite sie.

»Was hat das zu bedeuten?«

»Wir wissen es nicht.« Maurice rieb sich müde die Augen.

»Aber Sie denken beide, dass ich Ihnen dabei helfen kann, die kleine Mara ausfindig zu machen.« Emily verstand schnell.

Gleichzeitiges Kopfnicken.

»Eigentlich ist es Lord Brewsters Vorschlag gewesen, sich Ihrer zu bedienen«, gab Maurice Micklewhite zu.

»Er ist davon überzeugt, dass nur Sie, Miss Emily, dazu in der Lage sind, Miss Mara Mushroom aufzuspüren.«

»Weil ich das zweite Gesicht habe?«

»Weil Sie eine Trickster mit einer Gabe sind, die sehr stark ausgeprägt ist. Es mag an Ihrem gläsernen Auge liegen. Es mag einen anderen Grund geben. Wichtig ist, dass die Ratten glauben, dass Sie die Richtige für dieses Vorhaben sind. Und deshalb betone ich es noch einmal, kleine Miss Laing: Wir brauchen Ihre Hilfe.«

»Ist ja gut«, meinte sie hastig. »Ich werde Ihnen beiden natürlich helfen, wenn ich es irgendwie kann. Aber wie soll ich das anstellen? Ich habe nicht die geringste Ahnung, wie ich die kleine Mara finden soll. Ich habe noch nie eine Vision gehabt. Ich habe auch noch nie Dinge gesehen, die erst in der Zukunft passieren mögen. Verstehen Sie mich nicht falsch, aber mein einziger Anhaltspunkt sind Sie beide, die mir diese ganze Geschichte auftischen.« Sie holte tief Luft. »Im Waisenhaus wurden wir andauernd belogen. Woher, bitte schön, soll ich denn wissen, dass Sie beide es ehrlich mit mir meinen?«

Maurice sah mich an.

Ich sah Maurice an.

»Es gibt keine Sicherheit«, sagte ich schnell. »Sie müssen uns einfach vertrauen.«

»Vertrauen ist ein Anfang.« Maurice ergriff die Hand des Mädchens. »Wir werden Ihr Vertrauen in uns nicht enttäuschen. Das verspreche ich Ihnen. Außerdem haben wir eine Überraschung für Sie, Miss Laing.«

»Eine Überraschung?«

»Es war Mortimers Idee«, gestand Maurice.

Neugierig fixierte mich Emily.

Ich lächelte kurz. »Nicht der Rede wert.«

»Was ist es?«

Maurice grinste breit, als ein hoch gewachsener Mann von orientalischem Aussehen den Lesesaal betrat. Maurice stellte ihn Emily als Alexander Grant vor, aus der ägyptischen Abteilung. »Dr. Grant hat sich während unseres Gespräches der kleinen Überraschung angenommen«, sagte Maurice feierlich.

Doch Emily achtete nicht auf den gut gekleideten jungen Mann. Sie starrte nur auf die Person, die hinter dem Mann den Raum betreten hatte. Tränen traten in die Augen des Mädchens. Langsam erhob sie sich und ging mit schneller werdenden Schritten auf die kleine Person zu, die sich ihr im Laufschritt näherte. Dann fielen sich die beiden Mädchen in die Arme und weinten laut vor Freude.

»Wir dachten«, gestand ich, »dass eine gute Freundin als seelischer Beistand bei den Dingen, die uns bevorstehen, hilfreich sein könnte.«

Emily heulte und war wieder ganz das kleine Kind, das ich an der Tottenham Court Station aufgegabelt hatte.

Ich erhob mich von meinem Platz und ging auf die beiden Kinder zu.

»Miss Aurora Fitzrovia«, begrüßte ich die Neuangekommene. »Seien Sie uns willkommen. Wittgenstein ist mein Name. Master Micklewhite ist Ihnen bereits bekannt.«

Emily und Aurora beachteten mich kaum.

Sie lagen einander in den Armen und konnten nicht aufhören zu schluchzen.

Die anderen, in ihrer Ruhe beim Lesen und Recherchieren empfindlich gestörten Besucher des Lesesaals warfen uns böse Blicke zu. Alexander Grant verabschiedete sich mit einem Kopfnicken.

»Den habe ich mitnehmen können.«

Emily traute ihren Augen kaum.

»Wo hast du ihn gefunden?«

»Unter dem Kopfkissen in deinem Bett. Da, wo er immer liegt.«

Aurora hielt einen alten, zerlumpten Stoffbären in der Hand. Als Emilys Blick auf das Stofftier fiel, weinte sie nur noch mehr. Es war eine Szene, die drei Seiten in einem Roman von Charles Dickens gefüllt hätte. Da wir uns jedoch auf das Wesentliche beschränken, belasse ich es dabei, das Glück und die Erleichterung der kleinen Mädchen in dem eben beschriebenen Bild festzuhalten.

»Wie haben Sie das nur angestellt?« Vor Freude fiel Emily mir unnötigerweise um den Hals.

»Fragen Sie nicht.«

Und ganz wie es die Art der kleinen Emily war, fragte sie doch.

Kehren wir also kurz zurück nach Rotherhithe.

Folgen wir Maurice Micklewhite durch die dunklen Gassen, schleichen wir durch den dichten Nebel, der vom Ufer heraufkriecht, und treten wir ein in jenes düstere Waisenhaus, in dessen Mauern alles begonnen hat. Erinnern wir uns kurz an die übereilte Flucht der kleinen Emily aus dem Haus.

Was war geschehen, nachdem Emily in die Nacht hinausgelaufen war? Welche Tumulte hatte es im Waisenhaus gegeben? Für Reverend Dombey waren die Ereignisse ein zweifacher Rückschlag gewesen. Zum einen hatte er in einer Nacht zwei seiner Schützlinge verloren, Nummer Neun und Nummer Einunddreißig, was ihn natürlich nicht wegen der Schicksale der Kinder bekümmerte, sondern wegen des finanziellen Verlustes. Wer wusste schon, welche Einnahmen Madame Snowhitepink mit den beiden Kindern erzielt hätte, wenn auch erst in ferner Zukunft. Zum anderen hasste der Reverend Widerspruch von seinen Schützlingen, und Emily hatte ihm in diesem Punkt doppelt zugesetzt. Es war ihr gelungen, in die private Kammer einzudringen, was vorher noch keines der Kinder gewagt hatte, und darüber hinaus war sie aus eigener Kraft aus dem Haus geflohen, was niemals hätte passieren dürfen. Ob das Verschwinden von Emily mit dem der kleinen Mara zusammenhing, das wollte der Reverend ergründen. Und dies dachte er zu erreichen, indem er die Freundin der miesen kleinen Ausreißerin befragte. So kam es, dass sich Aurora Fitzrovia keine halbe Stunde, nachdem Mr. Meeks seine Katze eingefangen und man den Keller sowie das zerbrochene Fenster im zweiten Stock verriegelt und mit Brettern vernagelt hatte, in der Kammer des Reverends wiederfand.

Charles Dombey beäugte das kleine Mädchen über seine Hakennase hinweg. Er hasste dieses Kind. Eine Göre irischer Abstammung und dazu noch von schwarzer Hautfarbe. Aurora zitterte am ganzen Leib. Nachdem sie die ersten Fragen des Reverends nicht beantworten konnte, half dieser mit einem neuen Rohrstock nach, prügelte immer wilder auf die Kleine ein, ohne jedoch die erhoffte Antwort zu erhalten. Aurora wusste nichts über das Verschwinden des Neuzuganges, und keine Macht der Welt würde sie dazu bewegen, ihre Freundin zu verraten. Sie hoffte natürlich, dass Emily die Flucht gelungen war. Doch konnte man nie wissen. Wenn sie die Häscher des Reverends wieder einfingen, dann hätte sie im Waisenhaus einen noch schwereren Stand als ohnehin schon. Niemandem wäre also geholfen, wenn der Reverend von dem Plan der beiden Mädchen erfahren würde. Also schwieg Aurora. Und wurde deswegen geschlagen.

Nach einer Stunde verlor der Reverend jedoch das Interesse an ihr und ließ sie in eine der Dunkelkammern im Keller des Waisenhauses sperren, erst einmal ohne Essen und ohne Decke, sollte sie doch sehen, wie kalt es des Nachts sein konnte, wenn man ungehorsam gewesen war.

Also verbrachte Aurora die Nacht allein in einer der dunklen Zellen im Keller, wo die unartigen Kinder des Öfteren hingebracht wurden. In der undurchdringlichen Finsternis spürte sie Insekten am Boden entlangkriechen. Dann streifte einmal ein kleiner pelziger Leib ihre Hand und ließ sie erschrocken aufschreien. Die Maus oder Ratte oder was immer es sein mochte, piepste leise in der Dunkelheit, als habe sie dem Mädchen etwas mitzuteilen. Natürlich bekam es Aurora mit der Angst zu tun und verscheuchte das Tier mit lauten Rufen. Sie wusste, dass das Ausharren in der Dunkelkammer Tage dauern konnte. Also stellte sie sich auf einen längeren Aufenthalt in diesem modrigen Kellerloch ein.

Wer hätte ihr den überraschten Blick verübeln können, als sich bereits am übernächsten Morgen in aller Frühe die schwere Tür öffnete und Mr. Meeks nebst einem seltsamen, hoch gewachsenen Mann im Türrahmen standen. Der blond gelockte Mann mit den strahlend blauen Augen trug einen hellen Anzug und darüber einen hellen, bodenlangen Mantel mit dickem, weißem Pelzkragen. Der Fremde sprach sie mit einer leisen und freundlichen Stimme an.

»Miss Aurora Fitzrovia?«

Sie sah, dass auf seiner Schulter eine Ratte saß.

Das Tierchen musterte sie neugierig mit den schwarzen Knopfaugen, und Aurora musste unwillkürlich an die Geschichte denken, die Emily ihr erzählt hatte. Diese Ratte hier hatte jedenfalls einen hellen Fleck zwischen den Äuglein, genau wie jene Ratte, die mit Emily gesprochen hatte.

»Reverend Dombey hat dich vermietet, du kleines schwarzes Luder«, herrschte sie ein übel riechender Mr. Meeks an.

Mit einer Stimme, die irgendwie unwirklich und sehr bedrohlich klang, sagte der Weißgekleidete bestimmt: »Schweig, Restefresser!«

Der Fremde packte den verdutzten Mr. Meeks mit einer wieselflinken Bewegung an der Gurgel und drückte dessen Körper gegen die Wand. Die Füße des Hausmeisters, die in schmutzigen Stiefeln steckten, baumelten ein gutes Stück über dem Boden.

»Sie sollten sich bei Miss Fitzrovia entschuldigen!«

Mit verzerrtem Gesicht presste Mr. Meeks mühsam hervor: »'tschul'gung.«

Der Fremde lockerte seinen Griff jedoch keineswegs.

»Darf ich mich vorstellen.« Strahlend blaue Augen musterten das Mädchen. »Master Micklewhite.«

»Aurora«, sagte Aurora.

»Und dieser Herr hier ist Lord Brewster.«

Mr. Meeks starrte die beiden aus geweiteten Augen an.

»Die sich nunmehr in einer nicht sehr angenehmen Situation befindliche Ausgeburt des unerträglichsten weißen Abschaums, der das Angesicht der Stadt besudelt«, meinte Master Micklewhite, »hat natürlich keine Ahnung, mit wem er es zu tun hat, nicht wahr? Er weiß nicht, dass ich ihm mit einem Fingerschnippen den Hals brechen kann, wenn ich es nur will.«

»Muss ich mit Ihnen kommen?«, fragte Aurora.

Master Micklewhite lachte freundlich. »Ich biete Ihnen an, Sie mit mir zu nehmen.«

»Sind Sie …?«

»Ein Kunde von Madame Snowhitepink?« Er lachte. »Nein, kleine Miss Fitzrovia. Wenngleich ich dem Reverend ein kleines Gaunerstück vorspielen musste. Immerhin wollte ich nicht allzu viel Aufsehen erregen. Ein Freund schickt mich, dessen Name ihnen gewiss nichts sagen wird. Doch kümmert er sich um eine gute Freundin, die gerne wieder in Ihrer Gesellschaft weilen würde. Miss Emily Laing, die Sie doch sehr wohl kennen.«

Auroras Augen leuchteten auf. »Geht es ihr gut? Wo ist sie? Was ist passiert?«

»Wir sollten einen gastlicheren Ort aufsuchen als diesen hier, um all die Fragen zu beantworten.«

Mr. Meeks baumelte noch immer im festen Griff des Fremden.

»Packen Sie hurtig Ihre Sachen, und dann lassen Sie uns von hier verschwinden.«

Während Aurora flink aus der Kammer huschte, wandte sich Master Micklewhite dem Hausmeister zu, der den Fremden nunmehr ängstlich und verunsichert anstierte. Mit einer wegwerfenden Handbewegung schleuderte er Mr. Meeks in die Kammer hinein, wo dieser bewusstlos in einer Ecke liegen blieb. »Kleine Portion rabenschwarze

Nacht gefällig?«, zischte Micklewhite gönnerhaft, verriegelte die Tür und ging seines Weges.

Fünf Minuten später waren Aurora und Master Micklewhite am Bahnhof Rotherhithe, wo sie die East London Line hinauf nach Whitechapel bestiegen. Es schloss sich eine Tour de Force durch die Kaufhäuser der City an, nach der sich die kleine Aurora selbst kaum wiedererkannte.

»Die Lumpen können wir wegwerfen«, kommentierte ihr Begleiter den Kaufrausch und versorgte das Mädchen mit allem, was sie benötigte, um wie ein Mensch auszusehen. Später dann ließen sich die beiden, voll bepackt mit Einkaufstüten, in einem McDonald's am Piccadilly nieder, wo die kleine Aurora von den Dingen erfuhr, die sie erfahren musste.

Sechs Stunden, neununddreißig Minuten und unbedeutende achtundvierzig Sekunden, nachdem sie das Waisenhaus in Rotherhithe verlassen hatte, betrat Aurora das Britische Museum. Sie wurde der Obhut eines jungen Gelehrten namens Alexander Grant anvertraut, der ihr abenteuerliche Geschichten aus dem alten Ägypten erzählte. Die Legende des Kalifen Vathek, der sich zum Pakt mit dem Unterweltgott Eblis entschließt. In den Ausstellungsräumen führte er sie herum. Half die Zeit zu überbrücken, bis Emily Laing und meine Wenigkeit in den heiligen Hallen der Nationalbibliothek ankamen.

Maurice Micklewhite hatte ganze Arbeit geleistet.

Man konnte es unschwer in den Augen der Mädchen erkennen.

»Wie haben Sie das nur angestellt?«, hatte mich Emily gefragt.

Eigentlich hatten es Maurice Micklewhite und Lord Brewster angestellt.

Ich hatte den beiden nur einen Hinweis gegeben. Auf ein dunkelhäutiges Waisenkind, das seine Freundin vermisste.

Später am Abend hatte Emily Laing, meine kleine Schutzbefohlene, dann ihre erste Vision.

Noch immer befanden wir uns in den Räumen der Nationalbibliothek, die nunmehr, nachdem die letzten Besucher sie bereits vor Stunden verlassen hatten, einsam und schattenhaft erschien. Nur wenige Kerzen flackerten und ließen lange unruhige Schatten in der riesigen Kuppel tanzen, während draußen in der Nacht ein Schneesturm die Stadt fest im Griff hielt.

»Wie soll ich es denn nur anstellen?« Emily stand inmitten des Lesesaals, zwischen zwei Tischreihen, und wirkte unsicher und angespannt.

Aurora Fitzrovia lauschte gespannt der Unterhaltung.

Maurice Micklewhite folgte der Veranstaltung von seinem Platz an einem der Tische aus. Ruhig saß er da, die Füße mit den hohen Stiefeln hochgelegt. Abwartend.

»Wir werden den Pfad gemeinsam beschreiten«, erklärte ich Emily.

Dann, ohne unnötig Zeit zu verlieren, begann ich.

Hinter Emily stehend umfasste ich ihren Kopf mit beiden Händen und drehte ihn sanft ein wenig, während ich leise einen alten Gesang anstimmte und ihr ins Ohr hauchte. Langsam schlossen sich ihre Lider. Ich beschwor das Schneegestöber vor ihren Augen, forderte sie auf, sich den tänzelnden Flocken hinzugeben, eins mit ihnen zu werden und davonzuschweben. Jetzt sähe sie die Stadt unter sich, den sich windenden Fluss, die schillernden Leuchtreklamen von Soho und Trafalgar, die ehrwürdige Kuppel der St.-Paul's-Kathedrale, die zackigen Türme der Westminster Abtei, die ameisenklein daherwuselnden Massen von Passanten tief unten im Labyrinth der Straßen und Gassen.

Ich lockerte den Griff und ermutigte sie, in die düstere Welt unter sich hinabzutauchen.

Beschwor ihre Sinne.

Erinnerte an die kleine Mara.

Flog mit ihr ganz weit oben in den Wolken.

Dann ließ ich sie los.

Schnell und überraschend.

»Sehen Sie!«

Emily riss die Augen auf. Die Flammen der Kerzen spiegelten sich kalt in dem künstlichen Glasauge. Emilys Körper versteifte sich, sie drehte den Kopf und sah zu einer der Regalreihen hinüber. Nichts als Schatten waren dort zu erkennen.

»Es ist dunkel«, murmelte sie.

Aurora blickte ängstlich von Emily zu mir und wieder zurück.

»Es ist kalt. Dunkel und kalt. Die Wände sind glatt und schmutzig. Es riecht nach Abfall. Muffig und feucht. Jemand weint. Da ist ein Schnaufen. Etwas knurrt.«

»Folgen Sie diesem Pfad!«, befahl ich ihr.

»Ich will nicht.«

»Sie müssen!«

»Ich habe Angst. Da ist etwas. Etwas, das atmet. Etwas, das mir folgt. Eine Wand. Schmutzige Kacheln. Eine Gestalt. Sie bewegt sich nicht. Ein lang gezogener Körper, aus dem lange Beine ragen, die bis in die Dunkelheit reichen.« Emily zitterte. »Es bewegt sich nicht.«

Der Blick des kleinen Mädchens veränderte sich. Wurde wacher. Zögerlich traten ihr Tränen in die Augen.

»Es ist vorbei«, sagte ich.

Erleichtert sah sie mich an, knabberte nervös an der Lippe.

»Sie sind wieder hier.« Ich trat vor sie, berührte sie kurz an den Schultern. »In der Bibliothek.«

Langsam kehrte sie in die Wirklichkeit zurück und suchte sogleich nach ihrer Freundin, die augenblicklich zur Stelle war und sie umarmte und gleichzeitig mir einen vorwurfsvollen Blick zuwarf.

»Was haben Sie mit ihr gemacht?«, fauchte mich Aurora wütend an.

»Es geht ihr gut.«

»Es ging mir schon besser.« Emily zitterte immer noch. »Es war gruselig.«

»Ich weiß. Es wirkt sehr … *echt.*«

Maurice Micklewhite erhob sich von seinem Platz. »Sie haben also Chelsea passiert«, stellte er fest. Gedankenverloren begann er im Lesesaal auf und ab zu marschieren. Offenkundig beunruhigte ihn etwas.

»Was habe ich gesehen?«, wollte Emily wissen, der die Besorgnis des Elfen nicht entgangen war.

»Sie haben durch die Augen Miss Mara Mushrooms gesehen.«

»Was war das für ein abscheuliches Ding? Es sah aus wie eine riesige Spinne.«

»Es ist eine Skulptur. Arachnidas Gabel«, erklärte ich ihr. »Das ist, wie der Name bereits vermuten lässt, eine Weggabelung. Drüben in Chelsea. Tief unter dem London, das ihre Augen zu sehen gewohnt sind.«

Die beiden Mädchen musterten mich neugierig.

»Was ist das für ein London?«, wollte Aurora wissen.

»Fragen Sie nicht so viel!«

Emily wirkte genervt. »Warum müssen Sie das immer sagen?«

»Ich sage es, Miss Emily, weil es das ist, was ich sagen möchte.«

»Welches London meinen Sie?« Sie ließ nicht locker.

»Die Stadt unter der Stadt.« Maurice Micklewhite schälte sich langsam aus den Schatten. »Die uralte Metropole.«

»Sie werden sie bald mit eigenen Augen sehen«, versprach ich den beiden Mädchen. »Denn dies ist der Ort, den wir aufsuchen müssen. Dorthin hat man Miss Mara Mushroom verschleppt.«

»Was sind das nur für schräge Typen?«

Die beiden Mädchen waren zum ersten Mal seit ihrer Wiedervereinigung allein und ungestört. Sie saßen auf dem Bett im Gästezimmer meiner Wohnung in Marylebone, da ich sie unbeaufsichtigt dort zurückgelassen hatte, um einige dringliche Besorgungen zu machen.

Nachdenklich betrachtete Emily den alten Stoffbären in ihrer Hand.

»Sie brauchen meine Hilfe.«

»Das behaupten sie.«

»Du glaubst ihnen nicht?«

Aurora zuckte die Achseln. »Weiß ich's? Master Micklewhite ist freundlich, aber Wittgenstein ist mir unheimlich. Die zusammengekniffenen Augen scheinen andauernd zu lauern. Er ist einfach nur seltsam. Diese altmodischen Klamotten. Seit hundert Jahren läuft niemand mehr so durch die Gegend.«

»Er hat mir geholfen.«

»Weil er dich braucht, Emmy.«

Emily überlegte kurz. »Ich vertraue ihm.«

Irgendwie tat sie das.

Die beiden Mädchen sahen sich nur an und schwiegen, lauschten dem Wind, der draußen in der Nacht heulte. Beider Gedanken flogen über den eisigen, grauen Fluss hinunter nach Rotherhithe zum Waisenhaus, dem sie beide auf so wundersame Weise entkommen waren.

»Denkst du wieder oft an deine Eltern?«

Emily nickte.

»Wittgenstein behauptet, dass ich ein Wechselbalg bin. Die Mutter eine Elfe, der Vater ein Mensch. Deshalb sehen die auch so aus.« Sie zeigte Aurora ihre Ohren, die offenkundig spitzer waren, als sie es hätten sein dürfen. »Außerdem habe ich diese Dinge gesehen. Aurora, ich kann es wirklich.« So viele Bilder waren auf sie eingestürmt. Doch nicht nur Bilder waren es gewesen. Auch Gefühle. Furcht vor einem Tier, das sie nicht deutlich genug hatte sehen können. Irgendwie hatte sie bei dem Tier an den Werwolf denken müssen, der ihr in der U-Bahn aufgelauert hatte.

War Mara noch in seiner Gewalt? Was gedachte die Kreatur mit dem Mädchen anzustellen? Maurice Micklewhite hatte immerzu einen Namen genannt. Mushroom. Ein Name, den Emily bereits von der Ratte vernommen hatte und der ihr auch sonst seltsam vertraut vorkam, wenngleich dies gar nicht sein konnte. Wieso hatte der Neuzugang, dessen Augen Emily an ihre eigenen Augen erinnert hatten, einen Nachnamen? Kannte der Elf die Familie der Kleinen?

Emily seufzte.

Dachte an die Bilder.

Den Tunnel und das, was man dort unten als Arachnidas Gabel bezeichnet.

»Was war das für ein Gefühl?«

»Hm«, machte Emily nur. »Irgendwie so, als wenn man innerlich stirbt.«

Aurora ergriff die Hand ihrer Freundin.

Emily sah sie traurig an. »Wir werden unsere Eltern niemals finden, stimmt's?«

»Dafür haben wir uns wiedergefunden.«

»Ja.« Emily lächelte mit Tränen in den Augen.

»Und wir werden das hier gemeinsam durchstehen«, versprach ihr Aurora. »Was da auch immer kommen mag.«

Leise, fast ehrfürchtig flüsternd wiederholte Emily diese Worte, als seien sie Bestandteil einer Zauberformel. »Was da auch kommen mag.« Und drückte die Hand ihrer Freundin, die sie nie mehr loslassen wollte.

Kapitel 4

Die uralte Metropole

Die Expedition startete in den wolkenverhangenen Morgenstunden des kommenden Tages.

Die müden und gelangweilten Passanten warfen unserer kleinen Gruppe abfällige Blicke zu. Maurice Micklewhite, elegant gekleidet in seinem schneeweißen Pelzmantel und den ebenfalls weißen Stiefeln, führte uns an. Ihm folgten Emily und Aurora, beide in dicken, warmen Jacken mit Pelzkragen, die wir ihnen am Vortag bei Marks & Spencer drüben am Piccadilly erstanden hatten. Das Schlusslicht bildete ich selbst, die Augen wachsam in die Dunkelheit des anbrechenden Tages vergraben.

»Weshalb sind Sie so vorsichtig?«, wollte Emily wissen.

»Wölfe.«

Nur dieses eine Wort.

Aurora schaute sich ängstlich um. »Hier?«

Wir überquerten die stark befahrene Harewood Avenue. Die Abgase der vorbeitorkelnden Wagen nebelten Figuren in die eisige Luft. Die Stadt erwachte zum Leben. Geschäftsleute wuselten mit ihren Aktentaschen die Gehsteige entlang, Autos hupten wütend, Lieferwagen entluden ihr Gut vor den Geschäften und Restaurants im Viertel. Wie wahrscheinlich kam es einem zwölfjährigen Mädchen wohl vor, in dieser vertrauten Umgebung Wölfe zu vermuten?

»Man weiß nie, wo sie stecken.«

Dann sahen wir das Schild.

Ein roter Kreis, der eine weiße Innenfläche umrahmt, durchbrochen von dem horizontalen Querbalken.

Marylebone.

Die hiesige U-Bahn-Station.

»Dort«, kommentierte Maurice Micklewhite, »geht es hinab.«

Ohne sich nach den Mädchen umzudrehen, ging er seines Weges. Wir folgten ihm.

Ein lauer Wind blies in unsere Gesichter, als uns die Rolltreppe durch den langen, schräg abfallenden Tunnel nach unten zu den Bahnsteigen brachte.

»Es riecht bereits nach der uralten Metropole.« Maurice Micklewhite atmete tief durch.

»Es riecht muffig«, antwortete Emily.

Unwillkürlich musste ich ob dieser Bemerkung lächeln.

»Die uralte Metropole erstreckt sich über das gesamte Stadtgebiet Londons. Die meisten Ortschaften kann man mit der U-Bahn erreichen. Immerhin haben wir ein Streckensystem vor uns, das insgesamt zweihundertfünfundsiebzig Stationen bedient.«

»Auf vierhundertfünfzehn Meilen«, rief Maurice nach hinten.

»Müssen wir weit nach unten?«, fragte Aurora.

»Die tiefste Station ist Hampstead. Achtundfünfzig Meter unterhalb der Oberfläche liegt sie.« Während ich mir den Schal enger um den Hals wickelte, eilte ich weiter. »Die uralte Metropole, meine Liebe, liegt ein ganzes Stück darunter.«

Wir erreichten den Bahnsteig.

Der lauwarme Wind kündigte einen nahenden Zug an. Sekundenbruchteile später schoss die abbremsende Tube in den Bahnhof und füllte die Luft mit dem typischen Rauschen.

»Eine GEC Alsthom Metro-Cammell, Baujahr 1996«, kommentierte der Elf.

Ein klobiges, hässliches Ding mit äußerst kleinen Fenstern. Zu neumodisch für meinen Geschmack.

»Die nehmen wir.«

Schon war Maurice Micklewhite in den Zug gesprungen.

Wie immer war die Tube heiß und stickig. Zum Bersten angefüllt mit Menschen, die sich auf der holprigen Strecke bereitwillig durchschütteln ließen. Viele von ihnen nahmen ihre Umwelt kaum mehr zur Kenntnis, weil sie sich daran gewöhnt hatten, dem pulsierenden Strom des Berufsverkehrs anzugehören.

Bereits in Paddington verließen wir die Alsthom.

»Bald sind wir da.«

Eiligen Schrittes durchquerten wir ein lang gezogenes, gekacheltes und mit den Musicalreklamen aus dem Westend plakatiertes Tunnellabyrinth, um letztendlich die District Line zu besteigen, die uns westwärts brachte zum Earl's Court.

Hier würde der eigentliche Abstieg beginnen.

»Am Earl's Court befinden sich Triangle Sidings«, erklärte ich den beiden Mädchen, während Maurice Micklewhite in einem der am Bahnhof ansässigen Fast-Food-Tempel ein McBreakfast organisierte.

Aurora hatte offenbar nicht die geringste Ahnung, wovon ich sprach. »Sidings?«

»Abstellgleise, Nebengleise«, erklärte ich geduldig. »Die Sidings sind über das ganze Netzwerk der U-Bahn verteilt. Sie dienen dem Abstellen der Züge des Nachts und zwischen den Spitzenzeiten. Gibt es eine Störung, dann fährt ein Teil der Züge nicht mehr weiter bis zur Endstation, sondern nur bis zu einem Siding, dreht dort und verkehrt in anderer Richtung weiter.«

»Und dorthin gehen wir?«, erkundigte sich Emily.

Ich nickte.

»Aber warum?«

Diese ewige Fragerei!

Ich begegnete ihrem Blick und sagte: »Darum!«

»Hm«, machte sie, gespielt genervt, »das ist keine Antwort.«

»Ist es doch, Miss Laing.«

Sie grinste. »Bitte!«

»Wir müssen hier umsteigen«, gab ich mich geschlagen.

»Weil wir zum Ravenscourt wollen.« Maurice Micklewhite war mit zwei wenig verlockend aussehenden braunen Papiertüten zurückgekehrt.

»Ich dachte, wir wollen nach Chelsea.« Mit einem dankbaren Lächeln nahm Aurora die Papiertüten entgegen und reichte eine davon an ihre Freundin weiter. »Besser als im Waisenhaus ist das allemal.«

»Wollen wir auch, jedoch führt der Weg dorthin unweigerlich über Ravenscourt.«

»Wir müssen jemanden anheuern, der sich in dieser Gegend bestens auskennt und uns den Weg weisen kann«, erklärte ich. »Einen Pfadfinder.«

»Schließlich wird unsere Reise wohl kaum in Chelsea enden«, ergänzte Maurice Micklewhite.

»Chelsea wird nur der Anfang sein?«

Irgendwie ahnte Emily, dass dies länger dauern würde.

Aurora biss in ein weiches Croissant, das nicht anders roch als ein

Burger und zudem von ähnlich schmackhafter Konsistenz zu sein schien. Es ist befremdlich, dass Kinder diese Art von Nahrung so sehr mögen. Im Weitergehen mampften Aurora und Emily das pappige Frühstück, als gäbe es im Augenblick nichts Wichtigeres.

»Wie die Restefresser.« Maurice Micklewhite zog ein Gesicht.

»Wer ist das?«

Ich sah Emily an. »Penner. Gammler. Taugenichtse.«

»Sie nennen sie Restefresser?«

»Weil sie Reste fressen.«

So viel dazu.

Keine zehn Minuten später erreichten wir das Portal.

Vorher hatten wir die Mädchen vorsichtig über eines der Sidings geführt, immer nach ankommenden oder durchfahrenden Zügen Ausschau haltend. Es roch nach unterkühlter Dunkelheit und öligem Eisen, feuchter Erde und klarer Luft.

Der Gateman, ein alter Herr mit Stock und in lumpiger Kleidung, deren modrige Überreste an die Gehröcke vergangener Zeiten erinnerten, empfing uns mit einem mürrischen Lächeln, das an warme Müllsäcke und Zahnbelag denken ließ.

»Sicher'n un' fest'n Schritt wünsch' ich da Härrn!«, grüßte er uns.

Maurice Micklewhite drückte ihm etwas in die Hand.

Emily lugte neugierig danach und erkannte einen Deoroller mit kitschigem Blümchenmuster, dessen Kappe der Gateman hastig öffnete, um gierig an dem Roller zu schnuppern.

»Dank' dä Härr«, sagte er und die Stimme des Alten war nurmehr ein Keuchen. »Für'n Duft. Iss als wär'n da weite Wies'n. Dank, dank un' sicher'n un' fest'n Schritt un' Tritt ihn' all'n.«

Wir passierten das Portal.

Eine rote, rostige Tür, auf die mit neonschrillen, gezackten Graffiti das Zeichen für Starkstrom gesprüht worden war. Das sollte, so hatte es sich der Gateman wohl gedacht, unerwünschte Fremdlinge fern halten.

»Wer war der Kerl?«, fragte Aurora.

»Ein Portalwächter.«

»Er hat gestunken«, stellte Emily fest.

»Das tun sie alle, wenn sie hier unten leben.«

Ich zog den Kopf ein, weil sich der Tunnel, durch den wir uns bewegten, ein wenig absenkte.

»Er ist der blinde Wächter des Portals«, erklärte ich den Mädchen. »Die Dunkelheit und der rußige Staub, der hier allzeit in der Luft liegt, haben seine Augen leblos gemacht.«

»Er nimmt die Welt mit der Nase wahr«, hörte ich Maurice von vorne sagen.

Emily schluckte.

Sie wusste, dass dies auch ihr eigenes Schicksal hätte sein können.

»Die Gatemen handeln untereinander mit Düften«, erklärte ich. »Düfte sind Illusion, und Illusion ist wertvoll in dieser Welt. Ohne die Illusion würden sie wahnsinnig werden. Wollen Sie ihr Dasein ehren, dann schenken Sie ihnen einen Duft. So einfach ist das.«

Die beiden Mädchen warfen sich ob meiner Bemerkung einen faszinierten und dennoch ungläubig amüsierten Blick zu.

Dann erreichten wir bereits den Bahnsteig.

»Hier ist lange niemand mehr gewesen«, murmelte Aurora.

Ich deutete auf den Boden.

Im Staub waren Spuren zu erkennen.

»Sie glauben wirklich, dass hier noch ein Zug vorbeikommt?« Emily wirkte skeptisch.

»Fragen Sie nicht.«

Hätten wir sie sonst hergeführt?

Emily sah sich um.

Vorsichtig.

Da waren alte, rostige Gleise, von Staub und Schmutz farblos geworden, zwei halb zerfallene Holzbänke mit gusseisernen Lehnen und Beinen, ein viel zu schräg von der niedrigen Decke baumelndes Schild mit der Aufschrift »Endsville«, ein vergilbter, fast unleserlicher Fahrplan.

Mit einem lauten Grollen fuhr der Zug ein: vier Waggons, gezogen von zwei Motorwagen, rüstigen 1898er Jackson & Sharps, die im regulären Verkehr bereits im Jahre 1940 aus dem Dienst gestellt worden waren. Doch hier in der uralten Metropole erfüllten sie wie viele andere Dinge, die ansonsten längst ausgemustert worden waren, noch ihren Zweck.

Maurice Micklewhite folgend betraten wir den Zug, der angenehm nach warmem Holz und glühenden Kohlen roch. Ich schloss die Türen hinter uns, und dann setzte sich das Gefährt ruckartig in

Bewegung, ratterte durch einen scharfkurvigen Tunnel und kam zum Stehen, noch bevor es richtig in Fahrt gekommen war.

»Wir sind da«, sagte ich und öffnete die Türen.

Aurora und Emily rissen erstaunt die Münder auf.

»Willkommen im Ravenscourt, meine Damen.«

Raues Krächzen empfing uns.

Die beiden Mädchen traten in die große Halle, an deren Decke dicke Abwasserrohre entlangliefen. Lange Teppiche mit orientalischen Mustern hingen an den gemauerten Wänden herab. Ein Gewirr aus Ständen, an denen Händler ihre Ware feilboten, breitete sich vor uns aus. Tätowierte Künstler aus Roxburyville, Adelige aus Mayfair und Tunnelstreicher aus Hidden Holborn bevölkerten die große Halle, grimmige Jäger in Schwarz und Reisende in den Farben ihrer Gilde.

»Dies ist Ravenscourt«, wiederholte Maurice Micklewhite.

Emily staunte. »Es ist ein Marktplatz.«

»Es ist Ravenscourt.«

Die meisten der sich hier unten tummelnden Menschen sahen aus wie Raben. Große dürre Gestalten, die leicht gebückt gingen und den schmalen Kopf auf einem hageren langen Hals bei jedem Schritt unruhig nach vorne schnellen ließen. Die dunklen Haare standen ihnen federngleich in wilden Büscheln zu Berge.

Emily brachte es auf den Punkt: »Sie sehen gerupft aus.«

Die Sprache dieser Menschen, denn das waren sie letzten Endes, ähnelte dem Krächzen des schwarzen Federviehs.

»Was sind das nur für schräge Gestalten«, flüsterte Aurora ihrer Freundin zu.

»Was weiß denn ich?«

Als wäre es eine ausreichende Antwort, trat Maurice Micklewhite von hinten an die beiden heran und stellte erneut fest: »Dies ist Ravenscourt.«

»Und hier sollen wir einen Führer finden?«, fragte mich Emily.

»Einen Pfadfinder«, korrigierte ich sie.

»Dann eben einen Pfadfinder«, nörgelte sie.

»Sie müssen lernen zu sagen, was Sie meinen«, belehrte ich sie. »Denn wenn Sie nicht lernen zu sagen, was Sie meinen, dann werden Sie niemals das meinen, was Sie sagen.«

»Ist ja schon gut.«

Mürrisch stellte ich klar: »Ein Pfadfinder ist jemand, der, wie es der Name bereits erkennen lässt, Pfade kennt und findet und Wanderer geleitet. Ein Führer dient den Wyrmern. Er leiht ihnen seine Sinne und bändigt sie gleichsam.«

Aurora runzelte die Stirn. »Und was für Würmer sind das?«

»Wyrmer.«

Maurice warf mir einen beiläufigen Blick zu. »Die Kinder müssen nicht alles wissen.«

Damit hatte er Recht.

Maurice Micklewhite bot sich an, den Pfadfinder anzuheuern.

Er verließ uns, und die beiden Mädchen ließen sich auf einer Bank neben einem der Stände nieder.

Ein alter Mann, dessen halbrunde Tätowierung auf der runzligen Stirn ihn als Müllsammler kennzeichnete, verkaufte aufgeweichte, doch noch ausreichend lesbare Landkarten und andere Utensilien für die Passage in die tieferen Schächte der Grenzgebiete. Ich studierte interessiert einige der brüchigen Karten, während die beiden Mädchen tuschelten und argwöhnisch ihre Blicke schweifen ließen.

»Ich sagte dir bereits, dass das ganz schräge Typen sind. Sieh dir diesen Wittgenstein an.«

»Er ist nett.«

Aurora zog eine Grimasse. »Er ist schräg.«

»Ist er eben schräg«, konterte Emily und strich sich trotzig eine Strähne des roten Haars aus dem Gesicht.

Zwei Gildehändler in mittelalterlich anmutenden Roben verhandelten Einstandspreise.

»Hättest du je gedacht, dass es so etwas geben könnte?«, fragte Aurora.

»Eine Stadt unterhalb Londons?«

Sie nickte.

Emily schüttelte den Kopf. »Vielleicht träumen wir das alles nur.«

Auf einmal wirkte Aurora traurig. »Ich habe heute Nacht von meinen Eltern geträumt.«

»Wie sahen sie aus?«

»Sie hatten keine Gesichter«, gestand das Mädchen. »Aber sie hatten dunkle Haut, genauso wie ich, und irgendwie schienen es meine Eltern zu sein. Sie wohnten in einem großen, feinen Haus und ich trug saubere, weiße Kleider.« Aurora schluckte. »Aber jemand war bei ihnen. Eine Frau, deren Stimme ich kannte. Mein Vater, der keine Augen und kein Gesicht hatte, sprach mit dieser Frau. Er nannte sie Snowhitepink, und dann verstand ich, dass sie mich gefunden hatte. Ich wollte abhauen, doch meine Beine bewegten sich nicht. Wie gelähmt saß ich auf dem Boden, und dann kamen sie und Snowhitepink nahm mich mit. Auch sie hatte kein Gesicht. Sie brachte mich in ein Haus, wo ein Mann auf mich wartete. In einem Zimmer mit roten Vorhängen und einem Stuhl, der nach Mottenpulver roch. Dann brachte mich Madame Snowhitepink zurück nach Rotherhithe.« Tränen traten in ihre Augen. »Ich habe solche Angst, wieder dorthin zurückzumüssen, Emmy. Lieber steige ich mit diesen schrägen Gestalten ganz tief hinab in die Tunnel oder wohin auch immer. Aber ich will nicht wieder dorthin zurück. Nicht ins Waisenhaus.«

Emily ergriff die Hand ihrer Freundin. »Sei zuversichtlich«, flüsterte sie.

»Das alles hier ist so unwirklich, Emmy.«

»Es ist die Wirklichkeit«, sagte ich.

Die beiden Mädchen schauten ertappt auf.

»Denken Sie jetzt nicht, ich hätte Sie belauscht.«

Emily legte den Kopf schief. Dachte nach.

»Darf ich Ihnen eine Frage stellen?«

Ich zog ein Gesicht. »Hm.«

»Was ist die uralte Metropole?«

Eine gute Frage!

»Die Stadt unter der Stadt«, gab ich zur Antwort.

Denn so nennen wir sie seit alters.

Es gibt Schächte hier unten, die bis tief in die Erde reichen. Straßentunnel, erbaut von den Stadtwerken, und solche, deren Ursprung man kaum mehr zurückverfolgen kann. Katakomben, in denen man Höhlenmalereien findet, die Wesen zeigen, von denen niemand je gehört hat. Es gibt große Gewölbe und Röhren und Korridore, die ineinander übergehen, wo Handel getrieben wird und Prostituierte ihrem Gewerbe nachgehen, wo die Luft selbst ganz schwer ist vom Gewicht Londons. Telefonkabel verlaufen durch Tonröhren, die man durchschreiten kann, wenn man die Pfade kennt.

»Es ist die Stadt unter der Stadt.«

Ein weit verzweigtes Katakombensystem von Wegen und Straßen, das das Verkehrsnetz Londons imitiert. Es gibt Flüsse hier unten und Grafschaften. Märkte und Abteien. Sogar Wassermühlen finden sich in der Nähe der Themse. Römische Tempel werden zu Abwasserkloaken, und alles ist am Ende verbunden durch das Schienennetz der Underground. Es gibt U-Bahn-Linien, die kein Mensch je erblickt hat und an die sich nicht einmal die Alten mehr erinnern.

»Es ist die Stadt unter der Stadt.«

Die Worte sagen alles, was man über die uralte Metropole erfahren kann.

Man kann sie durchwandern, und man kann sich in ihrem Labyrinth verlaufen. Es gibt die Catherine Street, in der schlüpfrige Schriften verkauft werden. King's Moan, wo die Fallwinde heulen und Gasthäuser, Zeitungsbuden und Tavernen den Tagesablauf diktieren. Es gibt Vogelhändler in Seven Dials und Wagenbauer in Long Acre. Bildschnitzer in der Euston Road und Tuchhändler in der Tottenham Court Road. Quacksalber und Knochenbrecher haben sich drüben am Finsbury Square eingenistet. Hutmacher in der Borough Low und der Tooley Street. Die Tunnelstreicher leben unten in Hidden Holborn.

»Die uralte Metropole«, sagte ich, »ist schon immer da gewesen. Sie werden sie kennen lernen.«

Emily wusste nicht, ob sie das freuen sollte oder nicht.

»Mir hat sie Angst gemacht. Als ich klein war.«

Allein die Vorstellung, dass unter der Erde eine andere Welt existiert, war schwer zu verdauen gewesen für einen zwölfjährigen Jungen, den eine Rättin aus seiner schottischen Heimat fortgeführt hatte. Hierher. In die Stadt der Schornsteine. In die uralte Metropole.

Damals.

Aurora musterte mich ernst. »Warum tun Sie das?«

»Tu ich was?«

»Warum helfen Sie Emmy und mir?«

»Die Ratte bat mich darum.«

»Ist das der einzige Grund?« Emily sah mich erwartungsvoll an.

»Ja, ist es.«

Kurz flackerte trauriges Bedauern in ihrem Blick auf.

»Ich kenne das Waisenhaus in Rotherhithe«, gestand ich. »Es ist alt. Sehr alt. Älter, als sie beide es sich vorstellen können.«

Jetzt hatte ich sogar Auroras Aufmerksamkeit. »Wie meinen Sie das?«

»Es gibt Orte, die schlecht sind, Miss Fitzrovia.«

»Und Dombey & Son ist ein solcher Ort?«

»Selbst die Erde, auf dem das Haus steht, ist verdorben. Getränkt von den Tränen unzähliger Kinder. Das Haus ist schon sehr lange da. Zweihundert Jahre, schätze ich. Die Besitzer jedoch wechselten, während die Jahre vergingen.«

Emily sah mich fragend an. »Sie waren selbst einmal dort?«

»Nein.«

Ein krächzender Rabenmann stolzierte an uns vorbei. Hielt eine Blechdose, in der sich Regenwürmer kringelten. Gierig schlang er die Leckerbissen hinunter und gurrte nach jedem Bissen wie eine Taube.

»Aber Sie sind doch auch ein Waisenkind gewesen?«

»Ich hatte Glück und fand jemanden, der mich bei sich aufnahm. Eine Rättin namens Mylady Hampstead. Sie fand mich, als mein Leben nicht schlechter hätte verlaufen können. Und brachte mich nach London. Nein, Miss Emily, ich hatte das Glück, in Marylebone aufzuwachsen. In dem Anwesen, in dem ich auch heute noch lebe. Hampstead Manor. Das Waisenhaus von Rotherhithe kenne ich nur aus den Geschichten, die sich die Kinder erzählten. Es gab viele Waisenhäuser in der Stadt der Schornsteine, und Rotherhithe war eines der berüchtigtsten. Der Vorgänger des Reverends, ein gewisser Mr. Murdstone, verkaufte Kinder an die Kohlengruben im Norden, und nicht wenige Kinder verendeten in den Schornsteinen, die man ihnen zu reinigen auftrug und in die sie hineinklettern mussten. Es waren schlimme Zeiten, in denen selbstsüchtige, bösartige Menschen herrschten.«

»Haben Sie von Ihren Eltern geträumt, als Sie klein gewesen sind?«

»Das habe ich, Miss Fitzrovia.«

»Und?«

»Fragen Sie lieber nicht.«

Unverhofft tauchte ein jäher Lichtblitz vor Emily auf.

Ließ das Mädchen zusammenzucken.

Im ersten Moment dachte sie, jemand habe ein Feuer dicht vor ihrem Gesicht entzündet, und hielt sich schützend die Hand vor die

Augen. Dann stellte sie fest, dass sich das Feuer wieselflink bewegte und nervös in der Luft umherzappelte. Es machte ein summendes Geräusch, ähnlich dem einer dicken, fetten Hummel, und flirrte erst um Emilys und anschließend um Auroras Kopf.

Schon erschien auch Maurice Micklewhite wieder auf der Bildfläche. »Darf ich Ihnen unseren Pfadfinder vorstellen?«

Das unruhige Ding sauste jetzt in engen, kreiselnden Bewegungen zwischen uns umher.

»Was ist das?«, wollte Emily wissen.

Ich sagte es ihr. »Das ist der Pfadfinder.«

»Winston Dinsdale«, stellte ihn uns Maurice Micklewhite vor.

»Ein Irrlicht«, fügte ich hinzu.

Es brummte eine Begrüßung.

Die beiden Mädchen starrten wie gebannt auf das ohne Unterlass surrende, tanzende und umherwuselnde Licht. Es hatte die Größe einer Kinderhand und keinen erkennbaren Körper. Das seltsame kleine Wesen schien aus reinem Licht und etwas konfuser Willenskraft zu bestehen. Es strahlte in wechselnder Intensität, und das Summen veränderte sich fortwährend.

»Das ist unser Pfadfinder?« Emilys Blick drückte Skepsis aus.

»*Er* ist ein Irrlicht«, wiederholte Maurice Micklewhite. »Dort, wo wir hingehen, wird es zuweilen dunkel sein. Er kennt den Weg, *und* er leuchtet.«

Als wolle Winston die Aussage bestätigen, wechselte er augenblicklich die Farbe von einem grellen Weiß in ein sanftes Orange und summte eine neue Melodie in einer höheren Tonlage.

Aurora fragte vorsichtig: »Verstehen Sie, was es sagt?«

Maurice grinste. »*Er!*«

»Bitte?«

»*Es* ist ein *Er*. Winston.«

»Irrlichter legen Wert darauf, als Persönlichkeit anerkannt zu werden«, gab ich zu bedenken.

Maurice stimmte mir zu.

»Sein Name ist Winston Dinsdale. Nennen Sie ihn Winston oder Dinsdale.« Er vergewisserte sich, dass die beiden Mädchen ihn verstanden hatten. »Aber um auf Ihre Frage von vorhin zurückzukommen. Ja, ich verstehe ihn. Wenngleich er ein Irrlicht aus Manchester ist.«

Emily nickte. »Hallo, Dinsdale.«

»Schön, dich kennen zu lernen«, sagte Aurora.

Langsam gewöhnte sich Emily an diese ihr noch vor zwei Tagen gänzlich unbekannte Welt. Das Waisenhaus hatte sie gelehrt, schnell neue Regeln zu befolgen. Vielleicht lag es auch daran, dass sie noch ein Kind war und die Dinge in ihrer wesentlichen Art annehmen konnte.

Wir standen da, das Irrlicht flitzte zwischen uns herum, und die zerzottelten und gerupften Rabenmenschen staksten zwischen den Ständen umher.

»Und was jetzt?«, flüsterte Aurora ihrer Freundin ins Ohr.

Maurice Micklewhite rückte mit einer Neuigkeit heraus: »Der Earl möchte uns sprechen.«

»Weswegen?«

»Er möchte uns Informationen verkaufen«, erklärte er.

Emilys waches Auge huschte aufmerksam zwischen uns beiden hin und her.

»Wer ist der Earl?«, fragte mich Emily.

Ich erklärte es ihr.

»Der Earl von Ravenscourt. Die Ländereien hier befinden sich in seinem Besitz. Es ist seine Grafschaft.« Maurice Micklewhite zugewandt fragte ich: »Was sind das für Informationen?«

»Es hat mit den Arachniden zu tun«, antwortete er.

Die beiden Mädchen wechselten unbehagliche Blicke.

»Was sind Arachniden?«

»Spinnen.«

Aurora sagte nur: »Oh!«

Sonst nichts.

Emily musste an die Skulptur denken, die sie in ihrer Vision erblickt hatte.

Arachnidas Gabel.

»Wir sollten den Earl nicht warten lassen.«

Maurice Micklewhite hatte Recht.

So kam es, dass wir uns einige Minuten später in der Residenz des Earls von Ravenscourt wiederfanden, die eine Tunnelschicht über dem Marktplatz lag. Der Raum von der Größe einer kleinen Kapelle war ganz und gar mit geknüpften Teppichen ausgelegt. An den gewölbten Wänden hingen Bilder, die die verzerrten Fratzen einer

Ahnenreihe von Raben zeigten. Rabenmenschen in langen Roben und mit den typischen gerupften Haaren bedienten den Earl, der dick und fett und in ein im wahrsten Sinne des Wortes rabenschwarzes Federkleid gehüllt am Kopf einer langen Tafel saß. Man konnte nicht erkennen, ob es Haare oder Federn waren, die da lang und zottig aus dem fleischigen Schädel sprossen.

Eine kratzige Stimme krächzte uns eine Begrüßung zu, die wir höflich erwiderten.

Die erste Frage galt unserem Gebot.

»Ich biete Euch dies.« Zwei schwarze, polierte Moqui Marbles glänzten in meiner Hand.

Maurice verbeugte sich leicht. »Ich biete Euch diese Kugel.«

Die pechschwarzen Augen des Earls blitzten erregt auf. »Aah, eine Qumrankugel.«

»Dafür erhalten wir die Neuigkeiten, die für uns von Belang sind«, verlangte Maurice Micklewhite.

»Besiegelt!«, krächzte der Earl.

»Besiegelt!«, sagte ich.

»Besiegelt!«, fügte Maurice Micklewhite hinzu.

»Im Ravenscourt wird gehandelt, und deshalb muss jeder als Händler auftreten«, erklärte ich Emily, die die ganze Zeit über den Mund gehalten hatte. »Es gibt nichts umsonst. Immer muss getauscht werden. So lautet das Gesetz des Ravenscourts.«

Emily nickte nur. Aurora, die dicht neben ihrer Freundin stand, schwieg.

Dann rückte der Earl mit der Nachricht heraus.

»Fünf Haarige passierten die Tunnel östlich des Fulham Broadway.« Emily stellte fest, dass der Earl, wenn er sprach, wie die anderen Rabenmenschen den Kopf mit jedem Wort ruckartig nach vorne schnellen ließ. »Das war gestern. Außen Haut, innen Fell, das konnte man riechen, berichteten meine Späher. Ein Bündel befand sich in ihrem Besitz, das sie nicht feilboten. Ein Kind, munkelte man. Schrie und zappelte zuweilen. Die Gestalten bewegten sich im 1894er Abwassertunnel in östlicher Richtung.«

Maurice murmelte: »Hinüber nach Chelsea.«

»Die Achtbeiner werden nicht begeistert von ihnen gewesen sein«, mutmaßte der Earl. »Die Achtbeiner verachten Wölfe.« Er grinste und zeigte gelbe Zähne. »Haben ihnen wohl zu wenig Beine.«

Grunzend prustete er los, freute sich über den eigenen Scherz, den keiner von uns zum Lachen fand.

»Für diese Neuigkeit die Moqui Marbles«, sagte ich trocken und überreichte sie dem Earl, der sie gierig ergriff.

»Besiegelt!«, krächzte er.

»Nun der zweite Tausch«, forderte Maurice Micklewhite.

»Es gibt eine Seuche unter den Achtbeinern«, informierte uns der Earl und zuckte mit dem Kopf nach vorne. Emily beobachtete den Rabenmenschen voller Argwohn. »Die Gemeinschaft zerfällt, heißt es.«

»Was bedeutet das?«, fragte der Elf.

»Es heißt«, wiederholte dieser, »die Gemeinschaft zerfällt.«

»Ist das alles?«

»Dies ist alles«, gab der Earl zur Antwort.

Maurice Micklewhite wirkte genervt. »Diese Neuigkeit wiegt nicht den Wert einer Qumrankugel auf.«

Missmutig legte der Earl die Stirn in Falten. Dünne Federchen rieselten auf den Teppich zu seinen Füßen. »Dann eben noch eine Neuigkeit«, gab er sich geschlagen. »Es gibt Gerüchte, die von einem neuen Herrscher drüben in Whitechapel berichten. Im Tower von London soll er hausen.«

Dies war wahrlich eine Neuigkeit.

Nicht einmal die Ratte hatte davon gewusst.

»Wie ist sein Name?«

»Master Lycidas.«

Ich sah Maurice Micklewhite fragend an.

»Man sagt, er lasse Kinder nach The Deep bringen, wo sie neue Tunnel in die Erde treiben müssen. Wirres Zeug, das die Tunnelstreicher von den Restefressern drüben am dunklen Fluss gehört haben.«

»Für diese Neuigkeit diese Qumrankugel«, sagte Maurice Micklewhite und überreichte das gute Stück dem Earl, der sie mit seiner krallenhaften Hand schnappte und in seinem Gewand verschwinden ließ.

»Besiegelt!«

Der Tausch war beendet.

Es gab keinen Grund, länger dort zu verweilen.

Wir kehrten zurück zum Marktplatz, wo Dinsdale das Irrlicht auf uns wartete, und zogen von dannen, ließen den Ravenscourt hinter uns und machten uns auf den Weg nach Chelsea, zur Gabel der Arachnida.

Emily und Aurora hatten während der gesamten Transaktion kaum ein Wort gesprochen. Man konnte jedoch erkennen, wie sie mittels ihrer Blicke miteinander kommunizierten. Sie kannten einander gut, und da man im Waisenhaus auch nie viel der Worte hatte verlieren dürfen, waren die beiden geübt darin, allein ihre Blicke sprechen zu lassen. Beide Mädchen versuchten sich ein Bild von der Lage zu machen. Und wenn Waisenkinder eines mit Sicherheit nicht sind, dann leichtgläubig. Zu viele schlechte Erfahrungen, zu viel missbrauchtes kindliches Vertrauen.

In der Nacht hatte Emily ihren Gedanken nachgehangen. Sie war zwar jung an Jahren, aber nicht arm an Scharfsinn. Insgeheim zählte sie jene Dinge erneut auf, die sie während der letzten Tage erfahren hatte, und etwas schien ihr dabei unstimmig zu sein. Sie fragte sich, weshalb ein Glasauge die Fähigkeit des Sehens derart verstärken konnte. Ihre kleinen Finger hielten das Auge fest, umspielten es, streichelten es.

Wie seltsam, dass dieses gläserne Ding ein Teil ihrer selbst geworden war, damals, als Mr. Meeks ihr den Rohrstock ins Gesicht geschlagen hatte. Sie wusste noch genau, was sie gefühlt hatte. Zuerst war es Überraschung gewesen, der Schmerz in ihrem Kopf, der auf einmal stärker wurde, dann wurde sie ruhig, bemerkte die glibbrige Flüssigkeit, die ihr über die Wange lief, tastete danach und sah das Blut, merkte, dass sie *anders* sah als noch wenige Augenblicke zuvor, dass der Raum eine Dimension verloren hatte, die Küche vor ihr zu verschwimmen begann, hörte den Schrei Mrs. Philbricks und die unsäglichen Flüche des Hausmeisters. Das alles schien ihr so lange her zu sein. Selbst das Waisenhaus schien lediglich einem dunklen Traum entsprungen zu sein.

Jetzt bewegte sie sich durch eine Welt, in der es Werwölfe und Irrlichter gab, Spinnen und Rabenmenschen, Gatemen und Elfen und was immer noch kommen mochte. Nicht zu vergessen die sprechenden Ratten.

Ein Teil von ihr hatte keine Mühe, diese Dinge als Wirklichkeit anzuerkennen. Jedoch sträubte sich die andere Hälfte ihres Selbst dagegen, dies alles einfach so hinzunehmen.

Deshalb wanderte sie bangen Herzens durch die uralte Metropole, folgte den beiden Männern, der eine ganz in Schwarz gekleidet, der andere ganz in Weiß. Konnte sie ihnen vertrauen?

»Ich traue ihnen nicht«, hatte Aurora ihr zugeflüstert.

Nun denn.

Die Vision hatte Emily geschwächt und geängstigt. Die Bilder, die vor ihrem geistigen Auge erschienen waren, hatten so echt ausgesehen. Kopfschmerzen hatte sie zudem davon bekommen.

Wieso konnte sie diese Dinge tun? War ihre Mutter tatsächlich eine Elfe gewesen? Lebte sie sogar noch und wartete auf ihre Tochter? Unwahrscheinlich, korrigierte sie sich. Die Elfenfrau hatte sie fortgegeben, aus welchem Grund auch immer. Sie hatte sich ihrer entledigt wie einer alten Sache, für die sie keine Verwendung mehr hatte. Das Schicksal, das alle Waisenkinder teilten.

»Erzählen Sie mir von Ihren Eltern?«

Gerade passierten wir einen Abwasserkanal, der nicht besonders gut roch, aber eine Abkürzung auf unserem Weg darstellte. Wir Erwachsenen gingen gebückt, um nicht mit den Köpfen gegen die ständig Wassertropfen gebärende Decke zu stoßen. Fackeln, die in aus den Wänden ragenden, gusseisernen Haltern steckten, beleuchteten den Weg.

Eng hatte ich den Mantel um mich geschlungen.

Ein eisiger Wind wehte uns entgegen.

»Es gibt da nicht viel zu erzählen.«

Emily betrachtete mich eingehend. »Das stimmt nicht.«

»Einst war ich ein Waisenkind, Miss Laing«, gestand ich. »Die Menschen, die mich aufnahmen, waren einfache Menschen. Ein Arbeiter und eine Näherin vom Moray Firth in Schottland. Doch kam der Tag, wo meine Andersartigkeit offenkundig wurde. Von da an änderten sich die Dinge.«

Aurora lauschte.

Beobachtete mich argwöhnisch.

»Die Menschen fürchten sich nun einmal vor allem Andersartigen und verlieren keine Zeit dabei, es zu verdammen.« Ich erinnerte mich nur ungern. »Kinder sind grausam und in ihrer Grausamkeit den Erwachsenen ebenbürtig.« Ich sah die beiden Mädchen bedauernd an. »Es dauerte einige Zeit, bis ich mir meiner Fähigkeiten bewusst wurde.«

Der Wind, der in unsere Gesichter blies, wurde stärker. Wir näherten uns einer Abzweigung, wo der Abwasserkanal in den nächsten mündete. Dinsdale das Irrlicht schwebte tanzend vor uns her.

»Schließlich sprach auch mich eine Ratte an«, gab ich zu. »Mylady Hampstead.«

»Träumen Sie manchmal von Ihren richtigen Eltern?«, wollte Aurora wissen.

»Ich tat es einst. Doch Träume verschwinden mit der Zeit.«

Emily hoffte, dass es auch in ihrem Fall so sein würde.

»Sie sagten, dass Sie von Rotherhithe gehört hätten«, meinte Aurora.

»Ich folgte Mylady Hampstead nach London, als ich zwölf Jahre alt war. Dort erzählten ängstliche Kinderstimmen vom Waisenhaus des Mr. Murdstone, von den Aufträgen, die er verteilte, der Arbeit in den Fabriken und den langen Schornsteinen. Es wurde viel erzählt in jenen Zeiten, und leider erwies sich das meiste davon im Nachhinein als wahr.«

»Wann ist das gewesen?«, wollte Emily wissen.

»Vor langer Zeit. Noch vor den Whitechapel-Aufständen.«

Ich war froh, als mich Maurice Micklewhite dieses Gespräches entband, indem er uns allen zu schweigen gebot. Wir standen an einer Kreuzung, wo drei Abwasserkanäle in einen mündeten. Das Rauschen des Wassers hallte laut von den Wänden wider. Dinsdale verharrte bewegungslos unterhalb der Decke.

»Was ist los?«, fragte ich im Flüsterton.

Die beiden Mädchen drängten sich aneinander.

Maurice Micklewhite deutete auf den Boden.

Ein Büschel dunklen Fells klebte dort an einer Mauerkante.

»Wölfe?«, wollte Aurora ängstlich wissen.

Emily schaute sich schnell um. Immerhin hatte sie bereits eine Begegnung mit einem Wolf hinter sich. Sie wusste, wie unangenehm ein Lykanthrop werden kann.

»Stehen und schweigen Sie still!«

Maurice bückte sich, hob das Haarbüschel auf und roch daran. »Einen Tag alt, höchstens. Das Aroma ist noch kräftig.« Die stahlblauen Augen des Elfen suchten im Tunnel vor uns nach Spuren, die gespitzten Ohren tasteten nach Geräuschen. Doch da war nichts. Nur das Plätschern der Abwässer in der Dunkelheit. Nur der Gestank nach alten Fäkalien. »Immerhin, wir folgen der richtigen Fährte.«

Tja!

»Immerhin«, stimmte ich ihm zu.

Maurice warf das Haarbüschel achtlos weg. Das dunkle Knäuel wurde von einem Lufthauch erfasst und nach hinten gewirbelt, wo es sanft die Hand der kleinen Emily berührte, die erschrocken zurückwich. Ihr entwich ein angeekeltes »Pfui«, und was danach geschah, überraschte uns alle.

Der Körper des Mädchens verkrampfte sich, ihre Lippen begannen zu beben, und ihr gesundes Auge tränte. Die Anstrengung ließ Emily sich zusammenkrümmen, in die Hocke gehen, wo sie wimmernd verharrte.

Schnell waren Aurora und ich zur Stelle, hielten ihren zitternden Körper fest, da sie sonst Gefahr gelaufen wäre, von dem schmalen Gehweg, der zu beiden Seiten der Unratflut verlief, in eben diese hineinzufallen.

Hinter mir hörte ich die Stimme Maurice Micklewhites: »Die Wolfshaare.«

Emily bäumte sich unter meinem Zugriff auf und fauchte laut.

Ihr Atem wurde schneller, als die Vision von ihrem Bewusstsein Besitz ergriff. Sie spürte die Kraft von vier Beinen, die sie schnell durch die Tunnel laufen ließ. Roch warmes Fleisch. Rattenfleisch. Von Nagern, die sich hier und da versteckten.

Emily war der Wolf. Sah durch die Augen eines großen Lykanthropen, der auf der Flucht war. Ihr Instinkt sagte ihr, dass die Gegner viel zu klein waren, als dass sie sich um sie sorgen müsste. Doch waren es ihrer so viele. Sie kamen aus den Ritzen in der Mauer, krabbelten über die Decke und die Wände. Überall waren sie. Ein Meer schwarzer Leiber. Sie ließen sich von der Decke fallen, waren in ihrem Fell, krochen in ihre spitzen Ohren. Bedeckten die Schnauze. Sie waren überall, und es kamen immer mehr. Winzige Stiche ließen sie erschaudern. Sie spürte Angst. Der Instinkt riet ihr, sich in die menschliche Gestalt zurückzutransformieren. Dafür jedoch durfte sie sich nicht der Panik hingeben. Doch fühlte sie Panik, konnte sie förmlich schmecken. Die Panik füllte ihr Bewusstsein aus. Es war die Panik des Jägers, der unverhofft selbst zur Beute wird. Der Wolf, der sie war, jaulte laut auf und verfluchte die Kumpane, die sich von dannen gemacht und ihn als lebendigen Köder zurückgelassen hatten. Es tat weh. Jeder Sprung schmerzte. Die Pranken bluteten. Sie sprintete durch die Tunnel und kam schließlich an jene Wegkreuzung, an der sich das Rudel für den rechten Weg entschieden hatte. Wie sich herausgestellt hatte, war das die falsche Entscheidung gewesen. Sie starb, während die gelben Raubtieraugen die große achtbeinige Skulptur anstarrten, die vor ihr bis in dic Schatten ragte. Tausende kleiner Stiche lähmten ihr das Bewusstsein und den Körper.

Emily schrie laut auf.

Der Schrei hallte durch den Abwasserkanal.

»Ich sterbe«, rief das kleine Mädchen. »Ich spüre es, mein Gott, es tut so weh!«

Dann riss sie die Augen auf und starrte in die Runde.

Sie erkannte nicht einmal, wo sie war.

»Es ist alles in Ordnung«, sagte ich und drückte sie an mich.

Emily schluchzte.

»Die Wolfshaare«, wiederholte Maurice Micklewhite. »Sie ist mit ihnen in Berührung gekommen.«

Emily zitterte unkontrolliert. Sie hatte soeben erlebt, wie es ist, zu sterben.

Sie hatte es *empfunden*.

»Ein Wolf ist getötet worden«, stammelte sie. »Ich habe es gespürt!«

»Lassen Sie Ihren Tränen freien Lauf«, empfahl ich ihr. Sie weinte mir unaufhörlich in den Mantel hinein. »Manchmal sieht man Dinge, sobald man Gegenstände berührt. Wie die Wolfshaare.«

Aurora kniete neben mir im Dreck und beobachtete ihre Freundin besorgt. »Was ist passiert?«

»Miss Laing hat gesehen, wie einer der Wölfe zu Tode gekommen ist«, antwortete ich. »Sie hat seine Empfindungen erlebt.« Und zu Maurice Micklewhite gewandt, ergänzte ich: »Sie haben also einen aus ihrer Mitte getötet.«

»Ja, aber das Rudel ist weitergezogen.«

Emily kam langsam wieder zu Sinnen.

»Mir geht es gut.« Langsam wischte sie sich die Tränen aus dem Gesicht.

»Das bezweifle ich. Sie haben soeben eine Todeserfahrung gehabt. Niemandem geht es danach gut, Miss Emily.« Ich half ihr auf die Beine und wischte ihr mit dem Saum des Mantels die verbliebenen Tränen aus dem verwirrten Gesicht.

»Kannst du laufen?«, fragte Aurora.

Emily nickte selbstsicher. »Natürlich.«

Auf wackligen Beinen stakste sie unbeholfen neben mir her.

Maurice Micklewhite brachte die Situation schließlich auf den Punkt. »Wir haben keine Zeit zu verlieren«, stellte er nüchtern und ungeduldig fest. »Setzen wir uns also wieder in Bewegung.« Ohne eine Reaktion abzuwarten, schritt er voran, gefolgt vom quirligen Dinsdale, der uns flackernd den Weg wies.

Den Windungen der Kanäle folgend näherten wir uns so unserem Ziel.

Emily, die ihre Kräfte noch nicht ganz wiedergefunden hatte, ließ sich von mir tragen. Sie verlor kein Wort über die Vision. Nicht darüber, und auch nicht über ihre Angst. Nie hätte ich gedacht, das einmal über ein Kind sagen zu müssen, aber Emily Laing war zweifelsohne ein tapferes kleines Geschöpf. Wenngleich, auch das sollte Erwähnung finden, sie selbst das Ganze wohl völlig anders sah.

Kapitel 5

Arachnida

Wir trafen am frühen Nachmittag auf den Leichnam des Wolfes. Er lag ausgetrocknet am Fuße der großen Skulptur, die Emily in ihrer Vision erblickt hatte. Das zottige Fell des Lykanthropen spross noch an manchen Stellen aus dem Körper des schmutzigen Jungen, in den sich das Wesen nach dem Tod zurückverwandelt hatte. Das tumbe Gesicht des Knaben war schmerzverzerrt.

»Das Rudel hat ihn geopfert«, stellte Maurice Micklewhite lakonisch fest.

»Warum haben sie das getan?«, wollte Aurora wissen.

Emily hatte seit ihrer Todeserfahrung kaum ein Wort mehr gesprochen. Nachdenklich war sie uns durch die abfallenden Tunnel gefolgt, hatte rostige Leitern erklommen und seichte Abwässer durchwatet. Mir war aufgefallen, dass sie dichter neben mir herging als noch am Vortag.

»Etwas hat sie verfolgt, und um diesem Etwas zu entkommen, haben sie einen aus ihrer Mitte zurückgelassen. Sehen Sie nur, sein Knöchel ist gebrochen. Während sich die Verfolger über diesen Wolf hier hermachten, gelang dem Rest des Rudels die Flucht.«

»Wie grausam.« Aurora hatte von solchen Verhaltensweisen gelesen. In der *Enzyklopaedia Britannica.*

Emily betrachtete den toten Wolf. Er tat ihr Leid.

»Was hat ihn denn verfolgt?« Fasziniert starrte Aurora den Leichnam des Jungen an.

Emily sah zu der großen Skulptur mit den acht langen Beinen auf, die sich wie Torbogen über die beiden Tunneleingänge streckten. Große Kieferzangen, in Stein gehauen, und riesige Facettenaugen, ein fetter Leib.

»Es waren Spinnen«, flüsterte sie.

Aurora sah sie erschrocken an.

Emily deutete auf die Skulptur. »Tausend kleine Bisse.«

»Stimmt das?« Ganz bleich war Aurora um die Nasenspitze herum geworden.

Maurice Micklewhite nickte nur.

»Was machen wir denn jetzt?«, fragte das Mädchen ängstlich.

»Abwarten«, sagte ich. »Die Arachniden sind den Menschen freundlich gesinnt.«

Aurora hoffte, sich verhört zu haben. »Wir sind hier, um Spinnen zu treffen?«

»Fürchten Sie die Achtbeiner?«, stellte ich die Gegenfrage.

»Ich hasse Spinnen.«

»Dann sollten Sie das für sich behalten«, riet der Elf. »Es sind stolze Wesen. Wir sollten es vermeiden, sie zu beleidigen.« Er sah Aurora eindringlich an. »Das wäre außerordentlich unhöflich.«

Verwirrt beäugte Aurora die Schatten.

Emily kniete unterdessen neben dem Leichnam des Wolfes. Sie hatte ihre Hand ausgestreckt und traute sich dennoch nicht, die kümmerlichen Überreste des schwarzen Fells zu berühren. »Er sieht aus wie ein ganz normaler Junge«, sagte sie nachdenklich. »Bis auf diese Fellbüschel hier.«

»Wölfe sind innerlich behaart«, sagte ich.

»Was meinen Sie damit?«

»Man sieht ihnen nicht an, dass sie Wölfe sind. Ein Lykanthrop kann im Supermarkt neben Ihnen stehen, und Sie sehen einen netten Menschen vor sich. Sie sind Jäger aus alter Zeit, und eigentlich sind sie nicht einmal böse. Sie sind nur das, was sie sind. Sie tun, was ihre Natur ist.«

Emily verstand. »Er tut mir Leid«, sagte sie. »Er ist so einsam gewesen.«

Ich trat neben sie und legte ihr eine Hand auf die Schulter.

Sie sah zu mir auf. Tränen rannen ihr aus den Augenwinkeln. Tränen, die sie beschämt wegwischte.

»Es ist vorbei«, stellte ich nachdrücklich fest. »Er hat gelebt, wie es seine Natur ist. Er ist gestorben, weil die Wildnis es so wollte. Dinge passieren nun einmal, auch schlimme Dinge. Sie, Miss Emily, haben den Tod mit ihm gemeinsam empfunden. Er ist nicht einsam gestorben.«

»Er hat meine Gegenwart gespürt, meinen Sie?«

»Möglich.«

Dann lenkte uns eine flinke Bewegung am Rande der Schatten ab.

»Was war das?« Mit einem Mal war Aurora wieder hellwach.

Etwas winzig Kleines krabbelte über den Boden und verschwand in den lang gezogenen Schatten unterhalb der großen Skulptur.

»Dinsdale!« Maurice Micklewhite rief das Irrlicht herbei, und flink huschte es zu besagter Stelle.

»Eine Puppe!« Es war Aurora, die das Spielzeug entdeckte.

Unser aller Blicke richteten sich auf die kleine Puppe, die dort auf dem schmutzigen Boden lag. Sie trug ein rotes Kleidchen und hatte ein schneeweißes Porzellangesicht. Lange Wimpern bedeckten die hellblauen Puppenaugen, die weit geöffnet zur hohen Decke starrten.

Aurora näherte sich ihr nur langsam. »Sie ist wunderschön«, stellte sie fest und hob die Puppe zaghaft hoch. Als sie dies tat, löste sich der Haarschopf vom Kopf der Puppe und fiel zu Boden.

Maurice Micklewhite warf mir einen viel sagenden Blick zu.

Aurora drehte die Puppe, an deren Hinterkopf, wie man nun erkannte, ein großes, zackiges Loch klaffte. Im hohlen Puppenkopf hockte eine dicke, fette Kreuzspinne inmitten eines dürftig gespannten Netzes. Als Aurora sie bemerkte, schrie sie laut auf und ließ die Puppe instinktiv fallen. Die Kreuzspinne verließ ihre Behausung und krabbelte über den Boden.

»Wir grüßen Sie«, sagte Maurice Micklewhite schnell und verneigte sich.

Emilys Blick folgte der kleinen Spinne.

Aurora trat angeekelt neben ihre Freundin und klammerte sich an deren Arm fest.

»Was ist das nur?«, flüsterte sie ängstlich.

Jetzt bemerkte es Emily ebenfalls.

Die Wände bewegten sich. Es war, als würde das Abbild der Wände unscharf, als verschwämme es vor ihren Augen. Mit einem Kribbeln auf der Haut erkannte Emily, was da vor sich ging.

Auch ich sagte: »Wir grüßen Sie.« Verneigte mich.

Befahl den Mädchen, es mir gleichzutun.

Hunderte kleiner Spinnen krabbelten von den Wänden auf den Boden vor uns, wurden zu einem undurchdringlichen Teppich schwarzer Leiber. Es gab schlanke Weberknechte und behaarte Kellerspinnen, fette Kreuzspinnen und Schwarze Witwen, nass glänzende Wasserspinnen und einige unbekannte Spezies, die nie das Licht der Oberwelt erblickt hatten, geboren im Dunkel der Abwasserkanäle. Die Spinnen krabbelten übereinander, formten einen Klumpen, der langsam nach oben wuchs. Immer mehr Spinnen kamen aus den Schatten, wuselten zwischen unseren Füßen hindurch, ergossen sich auf den Boden vor uns. Der Klumpen wuchs und wuchs, und dann schließlich erkannte Emily, auf was dieses Verhalten hinauslief.

»Sie formen einen Körper«, flüsterte sie beeindruckt.

»Es ist ein Spinnenmann«, sagte ich ihr.

Hunderte kleiner Spinnen hatten binnen kurzer Zeit einen Körper geformt, der dem eines Menschen ähnlich war. Die Gestalt hatte Beine, Arme, einen Hals und einen Kopf, bestehend aus unzähligen schwarzen, winzigen Leibern, die einander festhielten, übereinander hinwegkrabbelten, gemeinsam agierten. Hunderte von Mandibeln schnappten gleichzeitig auf und zu und formten auf diese Weise Worte, die denen eines Menschen ähnlich waren.

»Seid uns willkommen, fremde Wanderer«, knackte es aus hundert Mündern. »Was sucht Ihr in diesen Breiten?«

»Ein Kind«, antwortete Maurice Micklewhite mit ruhiger Stimme.

»So berichtet von Eurer Suche, Elf!«

Maurice Micklewhite tat, wie ihm geheißen wurde.

Er berichtete von der kleinen Mara und den Wölfen, von der Vision Emilys und dem toten Lykanthropen, der noch immer wie der stumme Zeuge einer vergangenen Schlacht auf dem Boden lag. Das Spinnenwesen wandte sich kurz dem leblosen Körper zu.

Es irritierte Emily, dass die Gestalt keinerlei Mimik besaß. Dort, wo normalerweise ein Gesicht gewesen wäre, gab es nur eine schwarze, sich permanent bewegende Masse kleiner Leiber.

»Die Durchreise wird den Wölfen niemals gestattet«, knackten die Münder.

»Ihr habt einen aus ihrer Mitte getötet«, sagte ich.

Das Spinnenwesen wandte sich mir zu, und Emily drückte sich dicht an meinen Mantel.

»Das Rudel konnte fliehen«, knackte es. »Doch jener dort ist ohne Leben.«

Einige der großen Spinnen lösten sich aus der menschlichen Gestalt und plumpsten unbeholfen zu Boden, wo sie sich schleunigst aufrappelten, um zurück zum Kollektiv zu krabbeln. Es sah aus, als löse sich zuweilen eine Hand oder ein Ohr auf.

»Wir folgen dem Rudel«, erklärte ich. »Habt Ihr eine Ahnung, welchen Weg es genommen haben könnte?«

Mandibeln knackten: »Nordwärts.«

Wieder lösten sich einige der Spinnen aus der Formation und plumpsten zu Boden. Emily beobachtete das Geschehen fasziniert. Aurora hingegen wünschte sich sichtlich an einen anderen Ort.

»Was könnte ihr Ziel sein?«, fragte Maurice Micklewhite.

»Abezi Thibod«, knackte es.

»Wer?«, entfuhr es Emily.

Mehrere hundert Facettenaugen starrten sie an.

»Der neue Lordkanzler von Kensington«, wiederholten die Mandibeln. »Niemand erblickte je sein wahres Gesicht. Allzeit verbirgt er es hinter einer silbernen Maske.«

Maurice warf mir einen skeptischen Blick zu. »Seid Ihr sicher, dass dies sein richtiger Name ist?«, fragte er den Arachniden.

Der Spinnenmann imitierte ein Kopfnicken. »Die Späher belauschten die Wölfe. Es ist der Name, der in den Stollen zwischen St. James und Holland Park geflüstert wird.«

Es machte Emily ganz schwindlig, der fließenden Bewegung des Körpers aus so vielen Leibern zuzusehen. Infolge der andauernden Bewegung wirkte er oft unscharf.

»Ist er Euch bekannt?«, wollte der Arachnide wissen.

Maurice Micklewhite sah aus, als habe jemand einen Scherz gemacht. Die blauen Elfenaugen jedoch lächelten keineswegs. »Die alten Schriften berichten von einem gefallenen Engel gleichen Namens. Jenseits des Sinai nannte man ihn Uzza. Moses, so sagt man, habe ihn bekämpft, weil er das Herz des Pharaos versteinert hatte. Später denn ertrank er im Roten Meer.«

Der Arachnide zeigte keinerlei Reaktion.

Emily und Aurora folgten den Worten des Elfen umso faszinierter.

»Seit wann ist dieser Abezi Thibod Lordkanzler von Kensington?«, fragte ich den Arachniden.

»Wir erfuhren vor fünf Monaten von ihm. Durch die Späher.« Die große Gestalt vibrierte leicht. Erneut fielen einige Spinnen aus der Formation heraus und liefen irritiert am Boden entlang. »Kensington will expandieren. Er möchte die Handelsrouten kontrollieren, die hinunter zum Fluss führen.«

Deshalb also hassten die Arachniden die Wölfe. Die Handelsrouten folgten den unterirdischen Tunnelsystemen, die hinab zur Themse führten. Sie verliefen streng nach Süden, mitten durch Chelsea hindurch. Die Wölfe sollten die Arachniden aus ihren Kolonien vertreiben.

Emily warf mir einen fragenden Blick zu.

Ich bedeutete ihr zu schweigen. Später würde ausreichend Zeit sein, ihr die Dinge zu erklären.

»Wir sind krank«, gestand der Arachnide überraschend.

Maurice Micklewhite nickte ernst. »Wir erfuhren davon.«

»Wir fallen auseinander.«

»Vielleicht gibt es eine Medizin?«, entfuhr es Emily.

Sie selbst erschrak über den Klang ihrer Stimme. Eigentlich hatte sie gar nichts sagen wollen.

Jetzt wandte ihr das Spinnenwesen kurz seine Aufmerksamkeit zu. Hundert Kiefer knackten: »Es gibt keine Heilung.«

»Ich dachte ja nur …«

»Wir danken Ihnen für das Mitgefühl.« Es stand außer Zweifel, dass der Arachnide kein Interesse daran hatte, sich weiter mit einem Mädchen zu unterhalten.

Erneut gebot ich Emily zu schweigen.

Sie nickte mir folgsam zu.

»Es ist ein Gift«, fuhr der Arachnide fort. »Wir erlegten einen Wolf. Das ist keine vier Wochen her. Wir labten uns an ihm bis auf den letzten Tropfen. Er war lediglich Nahrung gewesen. Keinen weiteren Gedanken verschwendeten wir an die Beute. Dann stellten wir fest, dass etwas mit dem Nachwuchs nicht stimmte. Die Söhne und Töchter sind so verwirrt.«

Emily betrachtete die Spinnen, die vom Körper abfielen. Es waren ausnahmslos junge Spinnen. Bei genauerem Hinsehen erkannte man, dass die schwarzen Leiber noch nicht ausgewachsen waren.

»Sie folgen nicht länger den kollektiven Stimmen«, erklärte der Spinnenmann. »Die Gemeinschaft zerfällt. Es war Gift im Blut des Wolfes. Ein Köder, ausgelegt vom Lordkanzler Kensington.«

Emily verzog angewidert das Gesicht ob dieser Hinterlist und Niedertracht.

»Er sucht den offenen Konflikt?« Maurice Micklewhite klang ungläubig.

Aurora klammerte sich nach wie vor an ihre Freundin.

Wie viel, fragte ich mich, verstanden die beiden Mädchen wohl von alledem?

»Der Sieg ist bereits seiner«, stellte der Arachnide fest. »Wir zerfallen. Auch andere von uns lösen sich auf. Es geschieht langsam, doch stetig. Wir können gar nichts dagegen tun. Die neugeborenen Söhne und Töchter sind unfähig, dem Leid Einhalt zu gebieten.«

Es fiel mir schwer, ihm zu glauben. »Die gesamte Kolonie?«

Der Spinnenmann wankte unmerklich und antwortete: »Überall unter Chelsea lösen sich die Arachniden auf. Es ist ein Übel, das die arachnide Gemeinschaft vollständig dahinraffen wird.«

Eine verlegene Stille breitete sich aus. Selbst Dinsdale wirkte gedimmt.

»Werdet Ihr Kensington aufsuchen?«, wollte der Spinnenmann von mir wissen.

»Wenn die Wölfe das Kind dorthin gebracht haben, dann ist das der Pfad, dem wir folgen werden.«

Fünf Spinnen fielen der Gestalt aus dem Kopf, plumpsten auf den Boden und krabbelten dort aufgeregt und ohne erkennbares Ziel umher. »Eine sichere Reise erflehen wir für Euch. Passiert Chelsea ohne Furcht. Kein Arachnide wird Euch den Weg verwehren.« Die Spinnenkreatur wankte leicht. Die Krankheit musste schon fortgeschritten sein.

»Wir danken für die aufrichtigen Worte.«

Maurice Micklewhite ergänzte: »Und die sichere Passage durch das Gebiet von Chelsea.«

Der Arachnide nickte kurz.

Dann fiel er in sich zusammen.

Der große Körper löste sich in Windeseile in die Hundertschaft kleiner Spinnenkörper auf, die allesamt hektisch über den Boden wuselten, um letztlich in den Schatten und den Ritzen zwischen den Mauersteinen zu verschwinden.

»Sind sie weg?«, erkundigte sich Aurora zögerlich und blass.

Emily beruhigte sie. »Ich glaube schon.«

»Sie sind fort«, stellte ich klar.

Maurice Micklewhite kratzte sich nachdenklich am Kinn. »Der neue Lordkanzler von Kensington also.«

»Sie haben von ihm gehört?«, fragte Emily.

»Dies und das«, lautete die dürftige Antwort.

»Der Gerüchte gibt es viele«, fügte ich hinzu. »Die uralte Metropole ist voller Geschichten. Doch kann man sich des Wahrheitsgehaltes dieser Erzählungen nie ganz sicher sein.«

Emily wirkte nachdenklich.

Erneut betrachtete sie den toten Wolf, der zusammengekrümmt am Fuße der Skulptur lag. Mitleid spiegelte sich in ihrem gesunden Auge, die Dunkelheit der vor uns liegenden Tunneleingänge auf der gläsernen Oberfläche des anderen. Sie wechselte kurze Blicke mit ihrer Freundin, die den Ekel, den der Arachnide heraufbeschworen hatte, noch immer nicht überwunden hatte. Wenn Emily mich fragend ansah, wie sie es zuweilen zu tun pflegte, dann war sie wieder das kleine Kind, als das wir sie eigentlich hätten sehen sollen. Sie war nicht die talentierte Trickster, die uns den Weg weisen sollte, sondern ein einfaches Mädchen, das hier unten in der uralten Metropole nichts zu suchen hatte. Sie war eine Waise, allein und ohne erkennbare Zukunft.

Seltsamerweise begann ich allmählich, mich wie ihr Mentor zu fühlen.

Ein Gefühl, das mir fremd war.

»Was tun Sie eigentlich?«, fragte sie mich später.

Wir hatten Arachnidas Gabel bereits seit geraumer Zeit hinter uns gelassen und wanderten entlang der Handelsroute hinauf nach Kensington. Die Tunnel führten aufwärts. Brackiges Wasser tropfte von den Wänden und bildete schmale Rinnsale auf dem Boden. Dinsdale fluchte in seinem Manchesterdialekt vor sich hin. Irrlichter mögen nun einmal keine Feuchtigkeit.

»Ich folge Maurice Micklewhite, der, wie ich hoffe, den Weg kennt«, antwortete ich kurz angebunden.

Emily verzog das Gesicht. »So habe ich das nicht gemeint.«

»Genau das aber haben Sie gefragt.«

»Was ist Ihr Beruf?«

»Diese Frage, kleine Emily, ist besser formuliert.«

»Beantworten Sie sie mir auch?«

Ich sah auf sie hinab. »Was glauben Sie denn, was ich tue?«, stellte ich die Gegenfrage.

Emily erinnerte sich der seltsamen Gegenstände in meiner Wohnung. »Sind Sie ein Hexer?«

Dieses Kind!

»Was in aller Welt verleitet Sie denn zu dieser absurden Annahme?«

Emily konnte sich ein Grinsen nicht verkneifen. »Fragen Sie nicht«, entgegnete sie rasch und fixierte mich neugierig.

Missbilligend nahm ich die Parodie meiner Person zur Kenntnis.

»Ich braue Tränke und befasse mich mit Steinen«, erklärte ich.

Maurice Micklewhite drehte sich kurz zu uns um und brachte es auf den Punkt. »Er ist ein Alchemist, kleines Fräulein, und ein guter obendrein.«

Aurora schaltete sich unnötigerweise ein: »Ein Alchemist?«

»Sowie Inhaber eines Lehrstuhls am Whitehall College«, merkte ich an.

»Was tut ein Alchemist?« Aurora blieb hartnäckig.

»Er braut Tränke und befasst sich mit Steinen«, wiederholte ich unwirsch.

Emily grinste.

Konnte es sein, dass sie ein Gespür für Humor entwickelte?

»Ich beschäftige mich mit der Natur der Natur«, erklärte ich den Kindern nach kurzem Zögern. »Mit den Kräften, die alles Lebendige durchdringen. Pflanzen besitzen ungeahnte Heilkräfte und können gleichsam tödliche Waffen sein. Steine können atmen und dem Körper Ängste nehmen und Kräfte wecken. Ich destilliere die Aura der Natur und verkorke sie in Flaschen. Ich leihe den Pflanzen mein Ohr und lausche ihren Ratschlägen.«

»Ist das Magie?«

Maurice Micklewhite lächelte wissend. »Haben Sie schon einmal einen Sonnenuntergang betrachtet, Miss Fitzrovia? Sahen Sie des Nachts die Sterne durch das Fenster im Schlafsaal des Waisenhauses? Fühlten Sie sich glücklich, weil ein frischer Windhauch Ihr Gesicht streifte?«

Aurora nickte.

Emily tat es ihr gleich.

»Magie ist eine Empfindung«, fuhr Maurice Micklewhite fort, »die uns jederzeit umgibt. Doch ist Magie deswegen gleichzusetzen mit Zauberkraft?« Er wartete die Antwort nicht einmal ab. »Mitnichten. Denn Magie liegt in unserem Blick verborgen. Wir erschaffen sie, wenn wir offen sind für die Schönheit des Augenblicks.

Die Magie, die wir sehen, ist nichts anderes als die Magie, die wir in uns tragen.«

»Ein Alchemist«, übernahm ich, »schult seinen Blick für die Schönheit der Natur.«

»Sie versuchen, diese Schönheit festzuhalten.«

Schlaues Kind!

»Doch Schönheit kann auch bösartig sein. Haben Sie jemals einen Arachniden beim Speisen beobachtet?«

Die beiden Mädchen verzogen angeekelt das Gesicht.

»Wir sind auch gar nicht scharf darauf.«

Emily nickte zustimmend.

»Selbst der Tod ist schön«, sagte ich. »Erst durch den Tod erhält das Leben seinen Wert. Erst durch die Angst des Verlustes wissen wir die Gesellschaft des geliebten Menschen zu schätzen.« Ich sah die Mädchen eindringlich an. »Es gibt Tränke, die das Leben verlängern, und solche, die es nehmen. Es gibt Säfte, die Trauer und Schmerz bewahren.«

»Wenn sie jemand trinkt?«

Ich machte eine wegwerfende Handbewegung. »Fragen Sie lieber nicht!«

»Besitzen Sie derartige Tränke?«, wollte Aurora wissen.

»Ich bin Alchemist«, gab ich zur Antwort. »Doch kommt es darauf an, wozu man sie einsetzt.«

Emily wirkte verängstigt.

Sie dachte an die Todeserfahrung mit dem Wolf.

Schlug den Kragen ihrer Jacke hoch, als habe sie ein eisiger Wind gestreift. »Haben Sie es einmal getan?«

Dieses Kind!

»Natürlich«, gab ich zu, »doch sollte Sie das mitnichten ängstigen. Überschlägt sich eines Menschen Herz vor Freude und trinkt er dann bitteren Schmerz, wird sich sein Blick verfinstern und die Seele langsam verdorren. Trauert aber jemand um einen Dahingeschiedenen, so vermischt sich der Schmerz des Trankes mit demjenigen des Trauernden und schenkt dem betreffenden Menschen neue Kraft.«

»Dann ist der Trank also nicht immer giftig?«

»Gift kann den Körper und den Geist vergiften«, erklärte ich Aurora. »Aber Gift kann auch Gift vergiften.«

»Als eine Art Medizin?«

»Ein Gegengift«, fasste Emily zusammen.

»Sie sehen, Miss Emily, es kommt immer darauf an, wozu man es einsetzt.«

Emily überlegte kurz. »Dann sind Sie eine Art Arzt?«

»Ich bin ein Alchemist«, verbesserte ich sie. »Es gibt Unterschiede zum Beruf des Arztes, so wie er Ihnen beiden bekannt sein dürfte.«

»Die wären?«

Dieses Kind!

Maurice Micklewhite drehte sich um und grinste.

»Fragen Sie nicht!«

»Ja«, lachte Maurice laut, »fragen Sie ihn nicht dauernd.«

Ich zog eine Grimasse.

Als wollte sie mir einen Gefallen tun, wechselte sie das Thema.

»Wer ist dieser Lordkanzler von Kensington?«

Maurice Micklewhite schaltete sich erneut ein. »Jemand mit Humor.«

Emily verstand in keinster Weise, was er damit meinte.

»Der Name, den er angenommen hat«, erklärte Maurice geduldig, »gehörte einst einem gefallenen Engel. Dieser Engel, so sagt man, hat in der alten Welt viel Unheil angerichtet.«

»Manche behaupten sogar«, merkte ich an, »es sei der Teufel gewesen.«

»Der Teufel soll hier unter London leben?«

Dieses Kind!

»Seien Sie nicht albern«, entgegnete ich Emily. »Er hat diesen Namen nur gewählt, um Angst zu säen. Abezi Thibod. Das klingt nicht gerade einladend.«

»Wohl eher nicht.«

»Namen können große Macht besitzen, und wer sich vor Namen fürchtet, der wird von ihnen beherrscht.« Maurice Micklewhites Stimme fand ein unheilvolles Echo im Tunnel. »Wer auch immer der Lordkanzler von Kensington sein mag, seinen Namen hat er bedächtig gewählt.«

»Glauben Sie, dass er die Spinnen vergiftet hat?«, fragte ausgerechnet Aurora.

»Vielleicht.«

»Vielleicht auch nicht«, sagte ich.

Die Erinnerung an die Szene im Herzen von Chelsea ließ erneut Schatten in die Kinderaugen zurückkehren. Eine halbe Stunde nach unserer aufschlussreichen Begegnung mit dem Arachniden hatten wir die Hauptstadt passiert, das Zentrum des Reiches, jenes Höhlensystem, wo die fette Königin ihre Eier legte und nach vollzogener Begattung die Männchen auffraß. Generationen lang waren hier die neuen Söhne und Töchter gezeugt worden, hatten die Düsternis der Abwasserkanäle erblickt, um von dort aus ans Tageslicht zu krabbeln, wo sie endlich ihre schillernden Netze spannen und sich an feisten Faltern und fauligen Fliegen erfreuen konnten. Doch war der Anblick, der sich uns bot, ein geringfügig anderer als jener, den ich erwartet hatte. In meiner Jugend war ich einst dort unten gewesen und hatte mit Mylady Hampstead die uralte Metropole erkundet, wobei wir den Arachniden einen Besuch abstatten durften.

»Was ist hier nur geschehen?«, fragte Emily.

Aurora begnügte sich damit, den Saum der Jacke ihrer Freundin zu umklammern.

»Sie sterben«, musste Maurice Micklewhite schockiert feststellen.

Dem konnte ich nur beipflichten.

Dort, wo einst hoch gewachsene Spinnengestalten die Besucher begrüßt hatten, regierte nun das Chaos. Einige Körper liefen noch auf zwei Beinen umher oder krochen mit nur zwei Gliedmaßen am Boden entlang, verzweifelt bemüht, die Form zu bewahren. Doch selbst diese Körper verloren noch an Kontur, weil sich andauernd Spinnen aus der Formation lösten, zu Boden plumpsten und dort aufgeregt umherliefen. Die Söhne und Töchter waren dem Irrsinn erlegen. Vor lauter Angst und Verzweiflung hatten sie damit begonnen, übereinander herzufallen. Ausgetrocknete Spinnenleiber lagen überall, verdorrte Körper in einer brennenden Welt.

»Kein Lebewesen kann ohne einen Willen existieren«, hatte Maurice gemurmelt.

Die Mädchen hatten sich eng aneinander geklammert.

Mir fiel nur ein einziger Vorschlag ein: »Lasst uns schnell verschwinden.«

Maurice stimmte mir zu.

Die Arachniden waren unberechenbar geworden, suchten Blut ohne Sinn und Verstand. Wir sahen nicht, was mit der Königin geschehen war. Wir sahen auch nicht, was mit den letzten Körpern geschah. Wir erfuhren nie, was aus dem Spinnenmann wurde, den wir an Arachnidas Gabel getroffen hatten.

Wir verließen die Spinnen und setzten eiligen Schrittes unseren Weg nach Kensington fort.

»Niemand«, sagte Maurice zu den beiden Mädchen, »der ein Herz in sich schlagen spürt, tut so etwas.«

»Sie glauben also wirklich, dass der Lordkanzler hinter alldem steckt?«

»Vielleicht«, antwortete Maurice Micklewhite.

»Vielleicht auch nicht«, merkte ich an.

Emily schien sich bereits an Antworten dieser Art gewöhnt zu haben.

Jedenfalls verließ kein Wort der Missbilligung ihre Lippen.

Mutig wanderte sie durch die düsteren Tunnel, folgte dem Leuchten Dinsdales und den Aufforderungen Maurice Micklewhites und meiner Person, den Blick nach vorne gerichtet, als gäbe es nichts zu verlieren.

»Was werden Sie tun, wenn wir dort sind?«, wollte Emily wissen.

»Beim Lordkanzler von Kensington?«

Sie nickte.

»Wir werden ihm einige Fragen stellen.« Ich blieb kurz stehen und beugte mich zu ihr hinunter: »Wir werden ihn förmlich mit Fragen löchern, Miss Emily.«

»Etwa so, wie ich es mit Ihnen tue?«

»Nein, nicht ganz so schlimm«, erwiderte ich.

Emily quittierte diese Bemerkung mit einem Lächeln. Sie wusste, wie es gemeint war.

KAPITEL 6

KNIGHTSBRIDGE

Die Steine, und das sollte unbedingt Erwähnung finden, erwählten Emily Laing, noch bevor wir Knightsbridge erreichten und es zu den unglückseligen Ereignissen kam, die ungeschehen zu machen nun nicht mehr möglich ist. Vielleicht war aber auch Emily diejenige gewesen, die eine Wahl getroffen hatte.

»Nehmen Sie spontan denjenigen Stein, der Ihnen auffällt«, forderte ich sie mit ruhiger Stimme auf.

Vor uns auf dem runden Tisch lagen säuberlich ausgebreitet zwanzig Steine unterschiedlichster Art und Beschaffenheit, Form und Größe. In den vielfältigsten Farben und Schattierungen funkelten sie im matten Licht der Schänke.

»Bewerten Sie nicht«, riet ich ihr, »denken Sie nicht einmal über den Namen des Steins nach. Schauen Sie einfach nur hin und greifen Sie zu.«

Wir befanden uns unterhalb von Chelseas Hauptverkehrsader, der von unzähligen Boutiquen gesäumten King's Road: in King's Moan, einem geräumigen Rundtunnel, der seinen Namen den pfeifenden und heulenden Winden verdankt, die vom Norden her Richtung Themse wehen. Reisende werden von alters her eingeladen, in einer der vielen Schänken zu verweilen, die zu beiden Seiten des Tunnels aufgereiht sind. Die unsrige trug den klangvollen Namen Chuzzlewitt's Taverne.

Kunstvolles, mattbuntes Zierglas schmückte die Wände neben der hölzernen Bar mit der dunklen Mahagonitheke, hinter der ein mürrischer Eastender alle Arten von Getränken feilbot. Fahrende Gildehändler lungerten in den düsteren Ecken herum, spielten Cribbage, Domino oder Darts. Ruchlose und ehrhafte Wanderer tauschten Geschichten aus. Ein liederlicher Barde in bunten, löchrigen Beinkleidern sang lauthals *Spanish Lady* und forderte die an der Theke sitzenden, grimmig dreinschauenden Jäger zum Mitsingen auf.

»Wir sollten uns noch stärken, bevor die Reise weitergeht«, hatte Maurice Micklewhite vorgeschlagen, nachdem wir die Kolonie der Arachniden hinter uns gelassen hatten und den Pfaden hinauf nach Kensington folgten.

Niemand hatte auch nur im Entferntesten daran gedacht, ihm zu widersprechen.

Die tief an den holzvertäfelten Wänden hängenden Gaslampen tauchten den großen Raum in lange Schatten. Wir hatten uns einen Platz in einer entlegenen Ecke gesucht, wo uns das Kaminfeuer angenehme Wärme in die Glieder kriechen ließ.

Es gab überaus schmackhaftes Essen in Chuzzlewitt's Taverne; die Schänke ist schließlich nicht wegen ihres Namens berühmt geworden. Zweimal kaltes Laverbread, bestehend aus frittierten dunklen Algen, mit Toast und frischen Schalentieren aus Southwark sowie zweimal heiße Cornish Pastys mit rotem, grünem und schwarzem Gemüse für die beiden vorsichtig die Speisekarte beäugenden Mädchen.

»Wie kann man so etwas nur essen?«, hatte Aurora gemurmelt und unserer Mahlzeit einen skeptischen Blick zugeworfen.

»Man ist hungrig«, hatte ich erwidert, »und darüber hinaus mundet es uns.«

»Köstlich!«

Die beiden Mädchen nahmen es zur Kenntnis.

Tranken statt des herzhaften Draught Bitters gezuckerten Kräutersaft.

Dann schritten wir zur Wahl der Steine.

»Ich nehme den hier«, sagte Emily schnell und streckte die Hand nach einem flachen, glatten, hellen Stein aus. Hielt ihn sich vor das Gesicht und betrachtete ihn fasziniert.

»Ein Bernstein«, sagte ich.

»Wozu ist er gut?«

»Er hilft bei Ratlosigkeit, beherbergt Sonnenlicht und Lebensfreude. Zudem besitzt er Heilkräfte verschiedenster Art.«

Emily betrachtete aufmerksam den Stein in ihrer Hand und lächelte zufrieden.

»Wählen Sie erneut!«

Maurice und Aurora, die ebenfalls am Tisch saßen, beobachteten die Geschehnisse gespannt.

Emily tippte mit dem Finger auf einen kleinen, ungeschliffenen Quader mit rauen Rändern. »Darf ich?«

»Ein Rosenquarz.« Bevor sie die Frage stellen konnte, erklärte ich: »Er schluckt die Erdstrahlen und schützt das Herz. Tragen Sie den Stein an einer Kette um Ihren Hals, so behütet er Ihre junge Seele.«

»Ist das wahr?«, wollte Aurora wissen.

Maurice Micklewhite nickte nur.

Ich selbst wandte mich wieder Emily zu. »Auf ein Letztes!«, drängte ich.

Schnell und ohne zu überlegen nahm sie einen pechschwarzen, klumpigen Stein mit glatter, spiegelnder Oberfläche.

»Ein schwarzer Turmalin. Er entgiftet den Körper und bewahrt vor Orientierungslosigkeit. Zudem fördert er das Selbstbewusstsein und schützt vor den negativen Energien der Mitmenschen.«

»Den hätte ich im Waisenhaus gebrauchen können.«

»Sie werden ihn immer gebrauchen können.«

Neugierig berührte sie die Oberfläche.

»Die Menschen strahlen jederzeit bösartige Energien ab. Das ist nun einmal ihre Natur.«

Die drei unterschiedlichen Steine lagen jetzt vor der kleinen Emily auf dem runden Tisch. Es war geschehen, wie man es mich einst gelehrt hatte. Die Steine hatten den Besitzer erwählt.

»Da ist noch ein weiterer Stein.« An einer Kette um den Hals trug ich ihn. Die Rättin hatte ihn mir einst geschenkt. »Es ist ein Mondstein.« Und ich spürte, dass er für Emily Laing bestimmt war.

»Ist er für mich?«

»Für wen sonst?« Ich gab ihr den Stein.

»Aber ich habe mir doch gerade drei Steine erwählt.«

»Die Steine«, betonte ich, »haben Sie erwählt. Nicht umgekehrt. Und dieser Mondstein hier gehört ebenfalls zu Ihnen. Mylady Hampstead hat ihn mir gegeben, aber vielleicht habe ich ihn all die Jahre nur aufgehoben, damit ich ihn an Sie weitergeben kann. Glauben Sie mir, Emily, eines Tages wird der Mondstein seinen Platz in der Welt finden, und ich bin mir sicher, dass dieser Platz bei Ihnen sein wird.«

»Wie können Sie das wissen?«

»Es gibt keine Zufälle. Mylady Hampstead hat mich das gelehrt.«

»Jeder Stein hat also eine Bedeutung.«

»Eine, die wir heute noch nicht erkennen können.«

Fasziniert berührte Emily den runden Mondstein, der sie an ihr Glasauge erinnerte.

»Was passiert jetzt?«, wollte Emily wissen.

»Jetzt darf sich Miss Fitzrovia von den übrig gebliebenen Steinen ebenfalls einen erwählen.«

Ungläubig stierte mich das Kind an. »Ist das Ihr Ernst?«

»Nein, ich mache mich über Sie lustig.«

Maurice Micklewhite beugte sich zu dem Mädchen und flüsterte: »Wittgenstein scherzt niemals.«

Die Feststellung bestätigte ich mit einem finsteren Blick, strich mir sodann eine schwarze Haarsträhne aus dem Gesicht und verzog die Mundwinkel zu einem angedeuteten Grinsen.

»Folgen auch Sie Ihrem Gefühl!«

Sie lächelte.

Unsicher.

Nahm einen Stein von sattem Dunkelgrün, durchzogen von leicht welligen Streifen.

»Eine gute Wahl«, kommentierte der Elf ihre Entscheidung.

Dankbar sah mich das Kind an.

»Ein Malachit«, erklärte ich ihr. »Die Ägypter verehrten diesen Stein als Träger von Glück und Harmonie, Hoffnung und Zuversicht. Er befreit den Körper von vielzähligen Giften und negativen Energien.«

Der Stein lag in der Hand des Mädchens, und auf ihrem Gesicht breitete sich ein Ausdruck der Zuversicht aus. »Danke«, flüsterte sie kaum merklich und sichtlich verlegen.

Kurz angebunden sagte ich nur: »Bitte sehr.«

Maurice Micklewhite grinste breit.

Ich warf ihm einen gestrengen Blick zu.

Emily nippte an ihrem Kräutersaft und begutachtete fasziniert die vor ihr liegenden Steine.

Auroras Finger streichelten den Malachit.

Mit flinker Hand ließ ich die übrigen Steine zurück in einen blauen, mit okkulten Mustern bestickten Stoffbeutel wandern, der sogleich in meinem Mantel verschwand.

»Warum haben Sie das getan?«, fragte Emily.

»Was meinen Sie?«

»Warum haben Sie uns die Steine geschenkt?«

»Fragen Sie nicht!«

»Tu ich aber doch!«

Dieses Kind!

»Schon bald werden Sie beide auf die Hilfe der Steine angewiesen sein. In diesen Dingen folge ich meiner Intuition. Und mich hatte das Gefühl beschlichen, dass einige der Steine zu Ihnen beiden wollten. Die Steine haben Sie beide ebenso erwählt, wie Sie beide die Steine erwählt haben. Sie werden sich dieser Worte erinnern. Sie werden die Steine brauchen. Schon bald. Ich habe keine Ahnung, was geschehen wird. Doch was auch immer passieren wird, die Steine werden Ihnen treue Dienste erweisen.«

»Ist das Magie?«

»Nein. Aber es gibt keine Zufälle. Nichts geschieht ohne Grund. Es wird der Augenblick kommen in eines jeden Leben, in dem alles seinen Sinn erhält.«

»Bedenken Sie«, schaltete sich Maurice Micklewhite ein, »dass Steine voller lebendiger Energie sind. Zu viele Menschen glauben, sie haben es mit erdiger, toter Materie und lebloser Kälte zu tun. Sie haben verlernt, das Pulsieren und die Wärme zu spüren, die von einem Stein ausgehen können. Wenn ein Stein ein Lebewesen als seinen Gefährten erwählt, so ist dies ein magischer Moment.«

Die alte Rättin hatte es gewusst.

Es gibt keine Zufälle.

Emily berührte nacheinander ihre vier Steine. Strich behutsam mit dem Finger über die glatten und rauen Oberflächen. Nahm einen Stein nach dem anderen in die Hand und umschmeichelte ihn mit den Fingern. »Es tut gut«, sagte sie nachdenklich, »sie zu fühlen.« Dann legte sich ein Schatten über ihr Gesicht. Mit dem Finger berührte sie ihr Glasauge. »Es ist kalt und leblos«, sagte sie. »Gar nicht so wie die Steine in meiner Hand. Wissen Sie, ich habe nie das Gefühl gehabt, dass dieses Auge wirklich zu mir gehört. Es ist zwar schon so lange da, aber eigentlich ist es mir fremd. Es ist ein fremdes Auge in meinem Gesicht. Es ist schwer, und es ist kalt. Und manchmal habe ich Angst davor, es wieder in die Augenhöhle einzusetzen.« Sie lächelte gezwungen. »Ist doch verrückt, oder?«

»Nein, ist es nicht.«

»Sie denken bestimmt, ich sei verrückt, vor so was Angst zu haben. Es ist doch nur ein Ding.«

»Dinge haben aber große Macht über uns Sterbliche, Miss Emily.«

Sie musste an Reverend Dombey und seinen Sohn denken, an die weiß geschminkte Madame Snowhitepink, an den missgelaunten Mr. Meeks und die vielen seltsamen Kunden, die sich die Klinke im Waisenhaus in die Hand gaben, um mit den Kindern in einer mit Sicherheit noch schlechteren Welt zu verschwinden, als die meisten Waisenkinder es sich zu ahnen erlaubten.

»Machtgier, Geltungsdrang und Habsucht«, sagte Maurice Micklewhite, »sind die Götter der neuen Zeit. Die Menschen huldigen den Dingen. Sie verehren die Götzen der Zivilisation. Sie verkaufen ihre Seelen an die dunklen Träume von Reichtum und Macht. Die alten Götter nannten Tugenden ihr Eigen. Mitgefühl. Warmherzigkeit. Toleranz. Doch glaubt niemand mehr an die alten Götter, die den Menschen einst gezeigt haben, was Menschsein bedeutet.«

»Warum ist das so?«, wollte Aurora wissen. »Wie konnte es so weit kommen?«

»Die Magie, die wir sehen, ist die Magie, die wir in uns tragen. Wenn wir den Blick vor der alltäglichen Magie verschließen, so verschwindet sie schnell aus den Herzen. Zurück bleibt nur Leere. Man sieht keine Schönheit mehr. Und man versucht, diese Leere auszufüllen.«

»Zu viele Menschen füllen diese innere Leere mit Dingen aus, mit Sachen, Gegenständen. Niemand erfreut sich mehr daran, den Frühling zu riechen, Winter und Herbst zu schmecken. Der Sommer ist jederzeit verfügbar. Missfällt mir der Winter, dann kaufe ich mir den Sommer. Alles, was ich tun muss, ist ein Flugzeug zu besteigen. Ich kaufe mir den Sommer wie einen Gegenstand, und so verliert der Sommer von der Magie, die ihm einst innewohnte. Was mich einst erfreute, wird zu einer Sache. Ein Schmetterling, der sich auf einer Mülltonne niederlässt, bleibt unbeachtet. Stattdessen werden Reichtümer angehäuft. Die Menschen wünschen sich Dinge um der Dinge willen. Besitz wird zum Selbstzweck.«

»Wie die Reichtümer des Reverends«, stellte Aurora fest. »Die Kinder behaupteten, er habe das Geld von unseren richtigen Eltern erhalten, die dafür bezahlt haben, sich nicht mehr mit uns abgeben zu müssen.«

»Die Beweggründe vieler Menschen sind bösartiger Natur«, sagte ich nur.

»Deswegen weilen die alten Götter nicht mehr unter uns«, offenbarte Maurice den Kindern. »Schon vor Jahren sind sie auf die Wanderschaft gegangen, suchen ruhelos nach einem Ort, an dem sie weiterleben können. Überall auf der Erde trifft man auf sie. Gefallene Engel und mürrische Gottheiten, die den Glauben an sich selbst und die Menschheit verloren haben. Deswegen ist es kalt geworden in der Welt da draußen. Deswegen steht die Welt Kopf.«

Die beiden Mädchen lauschten angestrengt.

»Sie meinen, all die Götter, von denen wir im Waisenhaus gehört haben«, hakte sie nach, »die gibt es wirklich?«

Dieses Kind!

»Natürlich«, antwortete ich. »Jedes Land hatte mächtige und gewissenhafte Götter, die über das Schicksal der Menschen und anderen Wesen wachten. Jetzt sind sie alle auf Wanderschaft. Osiris und Isis wurden im Süden Australiens gesehen. Thor und Odin im Nordwesten der Vereinigten Staaten.«

Die Münder der Kinder standen vor Erstaunen offen.

»Sehen Sie sich die Welt da oben an«, sagte ich. »Die Menschen huldigen den neuen Gottheiten in einer nie dagewesenen Maßlosigkeit. Überall auf der Welt ist das so. Nur an wenigen Stellen hat sich die alte Magie ihre Welt bewahrt. Die uralte Metropole ist ein solcher Ort. Jede große Stadt auf diesem Erdball besitzt ihre eigene uralte Metropole. Die mythischen Gestalten sind in den Untergrund verbannt worden. Dort leben sie, wie sie es immer schon taten. Natürlich gibt es sie auch an der Oberfläche, jedoch nur im Verborgenen. Die Gestalten und Gottheiten aus den alten Geschichten und Mythen der Welt, all jene Wesen des Lichts und der Dunkelheit; sie alle weilen noch unter uns. Verborgen und immerzu in Angst, von den neuen Göttern aufgespürt und bloßgestellt zu werden.«

»Die Steine, die sie erwählt haben«, erklärte Maurice Micklewhite, »sind ein Teil jener alten Kräfte. Wenn man ihnen vertraut, dann werden sie einen niemals im Stich lassen.«

»Hüten Sie die Steine gut«, riet ich den beiden Mädchen.

»Das werden wir«, versprach Emily.

Und Aurora fügte hinzu: »Vielen Dank.«

Kurze Zeit später machten wir uns auf den Weg.

Dorthin, wo dunkle Gestalten bereits im Zwielicht lauerten und bösartig unserer Ankunft harrten.

Man kann seinem Schicksal nicht entrinnen. Alles folgt seiner Bestimmung. Mylady Hampstead lehrte mich das, noch bevor ich zum Mann gereift war. Das Leben ist ein Gespinst aus filigranen Fäden, die ineinander verwoben ein Ganzes bilden. Jeder Faden endet in einem Knoten, wo etwas Neues entsteht, etwas Unverhofftes und manchmal höchst Beängstigendes. Wir Sterblichen können den Fäden folgen und hoffen, dass die Knoten keine böse Überraschung für uns bereithalten. Doch was immer wir uns auch wünschen, wie oft werden diese Wünsche enttäuscht, wie oft kehren sie sich in das Gegenteil von dem, was unsere Herzen begehren?

Der Faden, dem unsere kleine Gemeinschaft folgte, zerriss in Knightsbridge.

»Knightsbridge«, flüsterte Emily beeindruckt, als wir den Ort erreichten.

Aurora hielt die Hand ihrer Freundin, und jegliche Farbe war aus ihrem Gesicht gewichen.

»Was hast du?«, fragte Emily ihre Freundin.

»Ich habe Angst. Du weißt doch, vor Höhen.«

Emily erinnerte sich.

Im Waisenhaus hatte sich Aurora immer gesträubt, auf den Dachboden zu klettern, weil nur eine schmale, dünnsprossige Leiter dort hinaufführte. Einmal pro Woche hatte eines der Kinder das Dach auf undichte Stellen und brüchige Ziegel überprüfen müssen.

»Ich bin bei dir.« Emily drückte die Hand ihrer Freundin umso fester.

Dennoch raubte der Anblick, der sich ihr bot, dem kleinen Mädchen den Atem. Nie hätte Emily sich träumen lassen, Derartiges zu Gesicht zu bekommen. Es war so *groß*, so *gewaltig*.

»Wer in aller Welt hat das alles gebaut?«, fragte sie sich.

Dinsdale das Irrlicht schwirrte durch die unterirdische Nacht.

»Knightsbridge ist schon immer dagewesen«, gab ich zur Antwort. »So jedenfalls erzählt man es sich.«

Emily nahm diesen Kommentar wortlos zur Kenntnis und folgte den kreiselnden Flugbewegungen des Irrlichts. Das tatsächliche Ausmaß der Umgebung konnte man nur erahnen. Nein, nicht einmal das wollte einem gelingen. Obschon Dinsdale aus Leibeskräften leuchtete, konnte er sich nicht gegen die Schatten sowie die Weite des Raumes behaupten.

»Ist das sehr tief?«, jammerte Aurora.

»Es ist ein richtiger Schlund.« Ich hoffte, dass dies ihre Frage ausreichend beantwortete.

Alle Blicke richteten sich nach unten.

Ja, es war ein Schlund.

Ein Schlund, tief unterhalb des Hyde Parks, so tief, dass er nahezu bodenlos erscheint, so dunkel, dass die Schatten nach den Wanderern zu greifen scheinen. Die Tunnel nordwärts führen zwangsläufig zu dieser Stelle, und einmal dort angekommen, gibt es kein Zurück mehr. Man tritt aus dem Tunnel hinaus in eine riesige Höhle, deren Decke und Boden man nur erahnen kann. Eine steinerne Brücke, bestehend aus dicken Quadern, spannt sich über den Abgrund. Tief unten hört man das tosende Rauschen eisiger Fluten. Ein Fluss, tief in den Eingeweiden der Stadt. Wie so viele andere Orte auf der Welt, hat auch die uralte Metropole ihren Hades.

»Dies ist der Scharlachrote Ritter«, erklärte ich den Kindern, als wir in die Weiten der Höhle hinaustraten.

Ein kalter, unangenehmer Wind blies uns ins Gesicht. Die Kinder knöpften ihre Jacken zu und zogen die Köpfe ein.

Staunend blickten die beiden Mädchen auf die riesige Skulptur.

»Er ist aus Stein«, stellte Aurora fest.

»Er sieht unheimlich aus.«

Maurice Micklewhite trat an uns vorbei. »Er wird uns Fragen stellen, und nur wenn wir die Fragen beantworten können, wird er uns freie Passage gewähren.«

Immer wieder eine heikle Angelegenheit, dachte ich mir.

Emily betrachtete den Ritter genauer.

Die Gestalt mochte eine Höhe von sechzehn Fuß haben. Rußiger Schmutz bedeckte den roten Stein, aus dem die Gestalt gehauen war. Ein prächtiger Helm mit spitzem, raubvogelartigem Visier schmückte den massiven Kopf mit den großen, leeren Augen und dem buschigen Vollbart. Die Hand der Gestalt umfasste fest den Griff eines langen Schwertes, das am Gürtel des Ritters hing. Breitbeinig überragte die Gestalt die Brücke.

Mit einem Mal öffnete die Gestalt ihre Augen, und eine dröhnende Stimme erfüllte die Höhle. »Was ist Euer Begehr, Wanderer in der Dunkelheit?« Ein tiefer Bariton hallte von den Wänden wider.

»Wir erbitten die Passage über die Brücke«, rief Maurice Micklewhite, der vorgetreten war.

»Ihr müsst den Wegzoll entrichten, wie alle, die vor Euch kamen, und alle, die nach Euch kommen werden!«

»So sei es«, antwortete Maurice Micklewhite, dessen weißer Mantel im Wind wehte, der aus den Tiefen kam.

Nachdem wir die Taverne in King's Moan verlassen hatten, hatte ich den Kindern erklärt, dass wir dem Scharlachroten Ritter romantische Gedichte würden zitieren müssen. »Er wird einen Vers beginnen, und wir werden die Zeilen beenden müssen.«

Aurora hatte die Stirn in Falten gelegt. »Das ist doch total verrückt.«

»Warum tut er das?«, hatte Emily wissen wollen.

»Es gibt viele widersprüchliche Mythen diesbezüglich, von denen natürlich jeder einzelne den Anspruch erhebt, wahr zu sein. Letzten Endes weiß man nicht, warum er es tut. Der Scharlachrote Ritter ist schon immer an diesem Ort gewesen. Niemand weiß, wer oder was zuerst da gewesen ist; die Brücke oder der Scharlachrote Ritter. Jetzt jedenfalls gehören sie zusammen, bilden eine Einheit. Man kann die Brücke nur dann passieren, wenn man gemeinsam mit dem Scharlachroten Ritter Liebeslyrik rezitiert.«

Jetzt, da Emily dem Scharlachroten Ritter gegenüberstand, dieser großen steinernen Figur, die jederzeit, wenn ihr ein Zitat missfiel, mit dem steinernen Schwert auf die Wanderer einschlagen würde, empfand das Mädchen Furcht.

»Lasst uns beginnen«, tönte der Ritter laut.

Dinsdale flog eine Warteschleife in der rabenschwarzen Nacht über dem Abgrund.

»Lauscht und sprecht!«, begann der Ritter die Prüfung.

Alle Anwesenden wirkten angespannt und konzentriert.

»*Tell me not I am unkinde, / That from the Nunnerie*«, brummte die steinige Stimme. Der Bass ließ feine Sandkörner von der unsichtbar im Dunkel liegenden Höhlendecke rieseln.

Die beiden Mädchen sahen mich erwartungsvoll an.

Leider war dies keines der Gedichte, die mir bekannt waren.

»Man muss die Zeile beenden und den Verfasser nennen«, hatte ich den Mädchen erklärt. »Dann erst wird der Scharlachrote Ritter zufrieden sein.«

Maurice Micklewhite reagierte schnell: »*Of thy chaste breast, and quiet minde, / To Warre and Armes I flie. / True; A new Mistresse now I chase, / The first Foe in the Field; / And with a stronger Faith imbrace / A Sword, a Horse, a Shield.* Geschrieben von Richard Lovelace.«

Das steinerne Haupt nickte knarzend.

Staub stob vom Gesicht des Ritters, als sich der Kopf bewegte. »Lauscht und sprecht!«, fuhr er fort. »*When we two parted / In silence and tears.*« Der riesige Kopf drehte sich und beäugte uns gestreng.

Dennoch war dies eine einfache Prüfung. »*Half broken-hearted, / To sever for years, / Pale grew thy cheek and cold, / Colder thy kiss; / Truly that hour foretold / Sorrow to this.* George Gordon, Lord Byron.«

»Trefflich«, kam es dröhnend vom Ritter.

Emily lächelte.

Erleichtert.

»Lauscht und sprecht!« Er ließ uns keine Pause zuteil werden. »*The Owl and the Pussy-Cat went to sea / In a beautiful pea-green boat!*«

Maurice Micklewhite sah mich ratlos an.

Mir selbst waren jene Zeilen ebenfalls unbekannt. Unruhig warf ich einen Blick auf den Ritter. Scharlachroter Staub wirbelte auf, als er drohend das Schwert einen Spaltbreit aus der Scheide zog. Das knarzende Geräusch des Steins hallte laut in der Halle wider.

»Er wird uns in Stücke hauen«, jammerte Aurora.

»Wird er nicht«, entgegnete überraschend Emily, trat vor uns und zitierte: »*They took some honey, and plenty of money / Wrapped up in a five-pound note. / The Owl looked up to the stars above, / And sang to a small guitar / O lovely Pussy! O Pussy, my love, / What a beautiful Pussy you are.*« Sie musste lachen und sah mich freudig an. »Das hat uns Mrs. Philbrick einmal in der Küche vorgelesen.«

»Von wem ist es?«

Emilys Lächeln erstarb. »Sein Name ist Leach. Glaube ich.«

Der Ritter blickte aber zornig und zog das Schwert ein weiteres Stück.

»Edward Leach, vielleicht«, versuchte es Aurora.

Mit einem Ruck zog der Ritter das Schwert vollständig aus der Scheide und holte zum Schlag aus.

»Lear!«, rief Emily, sich des Namens erinnernd, schnell dazwischen. »Die Zeilen wurden geschrieben von Edward Lear!« Sie atmete auf und fügte erleichtert hinzu: »Wie dumm von mir, den Namen zu verwechseln.«

Das Schwert sauste harmlos über unsere Köpfe hinweg. Es verwundert mich immer wieder aufs Neue, wie schnell der Scharlachrote Ritter nach all der Zeit noch ist. Die Kinder jedoch warfen sich instinktiv zu Boden, und das war ihr Glück. Denn obgleich uns vom Ritter in diesem Moment keine Gefahr mehr drohte, schlug ein Pfeil in die Wand hinter uns ein. Es war ein hölzerner Pfeil mit einer gezackten Eisenspitze, die nur knapp das Gesicht der kleinen Emily verfehlt hatte. Ein weiterer Pfeil folgte dem ersten, bohrte sich in den Boden zu meinen Füßen und spaltete den Stein.

Allesamt duckten wir uns.

Instinktiv.

Wer schoss da nur auf uns?

»Die Pfeile kommen von dort oben«, rief Maurice Micklewhite und deutete in die Dunkelheit hinauf.

»Was ist das?«, fragte Emily ängstlich.

Ich blickte nach oben, konnte jedoch nichts erkennen.

»Lauscht und sprecht!« Bevor ich dem Mädchen antworten konnte, stellte der Ritter bereits die nächste Frage: »*Was this the face that launched a thousand ships? / And burnt the topless towers of Ilium?*«

Ein weiterer Pfeil raste heran und bohrte sich in den Boden neben Aurora, die erschrocken aufschrie.

Die Pfeilspitze glänzte feucht, was nur eines bedeuten konnte.

Gift!

»Dinsdale!«, befahl ich dem Irrlicht. »Hinauf!«

Der helle Punkt raste nach oben in Richtung Höhlendecke.

»Der Ritter!« Emily deutete auf das Schwert, das die steinerne Hand erneut zu ziehen bereit war. Mit einem mahlenden Geräusch wurde es ruckartig aus der Scheide gezogen.

Der Scharlachrote Ritter!

Beinahe hätte ich ihn vergessen.

»*Sweet Helen, make me immortal with a kiss*«, rief ich schnell. »*Her lips suck forth my soul, see where it flies! / Come Helen, come, give me my soul again. / Here will I dwell, for heaven is in these lips, / And all is dross that is not Helena*«, beendete ich das Zitat und hielt nach erneuten Pfeilen Ausschau. »Christopher Marlowe!« Was zumindest den Ritter zufrieden stellte.

»Wir müssen uns zurückziehen«, schrie Maurice Micklewhite. »Schnell!«

Dinsdale blickte mittlerweile von hoch oben auf uns herab.

Er leuchtete hell genug, sodass wir eine Art Balustrade erkennen konnten, die sich aus der Höhlenwand herausschälte. Ungefähr drei Stockwerke über der Brücke hockten dort verborgen in den Schatten zwei finstere, vermummte Gesellen, die uns im Visier hatten.

»Wer sind diese Halunken?« Maurice Micklewhite schimpfte.

Ein weiterer Pfeil teilte zischend die kalte Luft. Er schoss geradewegs auf Emily zu. Mit einer wegwerfenden Handbewegung brachte ich den Pfeil aus der Flugbahn, sodass er, ohne weiteren Schaden anzurichten, neben der Brücke in den Schlund stürzte.

»*Shall I compare thee to a summer's day? / Thou art more lovely and more temperate*«, tönte der Scharlachrote Ritter.

Ein neuer Pfeil schoss über unsere Köpfe hinweg.

Die beiden Vermummten waren geschickte und schnelle Schützen. Allein die schattenhafte Dunkelheit und die unberechenbaren Winde schützten uns vor ihrer Treffsicherheit.

Aurora klammerte sich furchtsam an ihre Freundin.

»Wir müssen uns zurückziehen«, brüllte Maurice Micklewhite.

Genervt. Wütend. Aufgeregt.

Vermutlich war das die beste Idee.

Wir mussten zurück in den Tunnel gelangen, der uns hergeführt hatte. Dort würden wir zumindest vor den Pfeilen der Vermummten in Sicherheit sein. Ich blickte nach oben und erkannte, wie die größere der beiden Gestalten eine Armbrust spannte.

Das steinernde Schwert verfehlte mich nur um Haaresbreite.

Emily schrie verzweifelt: »Wittgenstein, passen Sie doch auf!«

Der Boden wurde durch den Aufprall des Schwertes erschüttert, und ich fiel unsanft zur Seite.

»*Rough winds do shake the darling buds of May / And summer's lease hath all too short a date*«, befriedigte Maurice schnell den Scharlachroten Ritter. »William Shakespeare.« Und zu mir gewandt: »Alles in Ordnung, Mortimer?«

Ich sprang auf und sah nach den Kindern.

»Wer sind diese Kerle?«, fragte ich Maurice außer Atem.

Der gestrenge Blick des Ritters war immer noch auf uns gerichtet.

Normalerweise musste man ungefähr zwanzig Gedichte zitieren, bis einem die Passage erlaubt wurde. Dafür, so dachte ich mürrisch, hatten wir an diesem Tag leider kaum die Zeit. Die Schützen hoch über uns würden bestimmt nicht geduldig darauf warten, dass wir die Prüfung zu einem Ende brachten.

»Zurück in den Tunnel«, rief ich den Mädchen zu.

»*Come live with me and be my Love, / And we will all the pleasure prove*«, dröhnte der Scharlachrote Ritter.

»Wann hält der endlich die Klappe?«, schrie Aurora.

Wut und Verzweiflung lagen gleichermaßen in ihrer Stimme.

In eben diesem Moment zischte ein Pfeil über unsere Köpfe hinweg und dann ein zweiter, abgeschossen um den ersten zu treffen. Etwas zerplatzte in der Dunkelheit über uns. Staub wirbelte um unsere Köpfe, und mir stach ein Geruch in die Nase, der mir nur allzu bekannt war.

»Krampfgift«, brüllte Maurice Micklewhite.

Eine Mixtur, die normalerweise von der Jägerkaste bevorzugt wird, dachte ich. Es ist eine Mischung aus Euphorbiasaft, Schlangengift und Haemanthus toxicarius. Das Pulver lähmt Rückenmark, Gehirn und Atemwege, lässt heftige Krämpfe ausbrechen. Am Ende fällt man in einen tiefen Schlaf.

Das Gemisch tränkte die Luft um uns herum wie feiner Nebel.

Ich hörte Maurice bereits husten.

Griff instinktiv in meinen Mantel nach dem Gegengift.

Schon begannen mir die Augen zu tränen, und die Kehle wirkte trocken, wie zugeschnürt. Die Beine versagten mir den Dienst, ich ging in die Knie, sah verschwommen, wie Maurice Micklewhite ebenfalls keuchend zu Boden ging. Dann schrie der Elf vor Schmerz laut auf, als sich ein Pfeil in seinen Oberschenkel bohrte.

»Sprecht!«, dröhnte die tiefe Stimme des Scharlachroten Ritters in der Nacht.

Das Geräusch des knarzenden Steins wurde lauter, als der Ritter begann, das Schwert zu ziehen.

»Lauft!«, rief ich halb erblindet und benommen den Kindern zu.

»Emmy«, hörte ich Aurora daraufhin schreien, »nicht in diese Richtung!«

Ich versuchte etwas zu erkennen.

Sah nur grobkörnige Schattenrisse.

Das Atmen fiel mir zunehmend schwerer.

Ich gewahrte Maurice Micklewhite, der langsam und schwerfällig auf mich zugekrochen kam. Schmutz und Blut besudelten seinen einstmals schneeweißen Mantel. Meine Finger tasteten viel zu langsam und fahrig nach dem Gegengift. Ein Alchemist trägt immer Gegengifte mit sich herum. So viel dazu. Nur muss er sie auch benutzen können. Die Bewegungen meiner Hand indes wurden immer unkoordinierter. Der sich beschleunigende Herzschlag ließ mich kaum mehr einen klaren Gedanken fassen.

Da!

Der Beutel mit dem Gegengift! In der Manteltasche zu meiner Linken.

Grober Stoff, ein Lederband.

Staub wirbelte auf, als der Ritter das Schwert erneut zog.

Wie hatten die Zeilen gelautet, die er uns zu beenden aufgetragen hatte? Die Verse waren vernebelt und in Vergessenheit geraten. Ich spürte Maurice Micklewhites Hand Hilfe suchend an meinem Stiefel zerren.

Ein helles Licht blitzte vor meinem Gesicht auf.

Dinsdale!

Das scharlachrote Schwert traf auf die steinerne Brüstung. Krachend splitterte Felsgestein.

»Emmy!«, kreischte Aurora.

Emily schrie verzweifelt auf, und erschrocken stellte ich fest, dass sich ihr Schrei immer weiter entfernte und schließlich verhallte. Sie stürzte in die Tiefe. »Emmy!«, hörte ich Aurora ein letztes Mal rufen. Dann verstummte auch sie.

Meine Hand bekam den Beutel mit dem Gegengift zu fassen. Die aufkommende Panik unterdrückend, versuchte ich ihn zu öffnen. Mir schwindelte. Dinsdales Licht verebbte in der Dunkelheit.

Und das Schwert des Scharlachroten Ritters fuhr erneut mit aller Macht hernieder.

Kapitel 7

Kensington

Emily Laing und Aurora Fitzrovia weilten nicht mehr unter uns. Der Schlund unter der Knightsbridge hatte sich ihrer unweigerlich bemächtigt. Manchmal, so erinnerte ich mich einer alten Weisheit, ist die Welt gierig und verschlingt kleine Kinder.

»Die Dinge werden sich klären«, meinte Maurice Micklewhite. »So oder so.«

Wir standen am Rande der Brücke und schauten nach unten, wo in der Dunkelheit der große Fluss rauschte.

Der Scharlachrote Ritter ruhte in steinerner Starre.

Einer glücklichen Fügung folgend hatten sowohl Maurice Micklewhite als auch ich selbst unter dem Einfluss des Giftes beinahe das Bewusstsein verloren. Um den Ritter zu täuschen, hatte es jedenfalls ausgereicht. Nie und nimmer hätte das steinerne Ungetüm sonst Ruhe gegeben. Normalerweise pflegt er die lyrisch Inkompetenten ohne Gnade zu zermalmen.

Zerstörung hatte das Schwert des Ritters jedoch zuhauf hinterlassen. Eine breite Lücke klaffte an der Stelle, wo ich zuletzt die Schreie der beiden Kinder vernommen hatte.

Es gab keine andere Möglichkeit als jene, die uns so wenig genehm war. Die Kinder waren in die Tiefe gestürzt.

»Vielleicht haben die Fluten sie davongetragen?«, murmelte ich halbherzig.

Maurice Micklewhite winkte ab. »Der Hades ist zu reißend, als dass zwei Kinder sich in seinen Fluten würden behaupten können.«

Wortlos nahm ich dies zur Kenntnis.

Als sich mein Blick geklärt hatte, war ich des schmerzverzerrten Gesichts des Elfen gewahr geworden. Ohne nachzudenken hatte ich meinem Freund sodann vom gleichen Gift zu kosten gegeben, welches kurz zuvor meine eigenen Lippen benetzt hatte. Das aus der ostafrikanischen Pflanze Acokanthera schimperi gewonnene Pulver hatte die Krämpfe beendet, den Herzschlag verlangsamt und uns die Sinne geklärt.

Dem sicheren Tod waren wir gerade noch von der Schippe gesprungen.

Das Gegengift hatte seine Wirkung schnell gezeigt.

Blieb nur noch, die Wunde des Elfen zu behandeln. Der Pfeil hatte sein Bein am Oberschenkel fast durchschlagen, steckte noch fest im Fleisch und sorgte dafür, dass sich das Gift schnell im Blut verteilte.

Ich streute Cantharidin auf die Wunde, das aus dem Gift der Spanischen Fliege gewonnen wird. Dann ergriff ich schnell den nächstbesten Stein aus dem uns umgebenden Trümmerhaufen und schlug damit den Pfeil vollständig durch den Oberschenkel, sodass ich ihn aus dem sich bereits schwarz färbenden Fleisch herausziehen konnte.

Erneut träufelte ich flüssiges Cantharidin in die Wunde, gab Maurice Micklewhite zudem von dem grünen Sirup zu trinken und verband die Wunde behelfsmäßig mit einem Stück Innenfutter des weißen Mantels. Die Adern im Gesicht des Elfen traten blau hervor, die Haut war von grauer Farbe. Nur langsam begann das Gegengift zu wirken, floss durch den Körper und neutralisierte das Gift aus der Pfeilspitze.

Es dauerte etwa eine Stunde, bis wir wieder vollständig Herr unserer selbst waren.

Von den vermummten Gestalten, die uns an der Brücke aufgelauert hatten, war nichts zu sehen.

Als hätte es sie nie gegeben.

Dinsdale, unser Pfadfinder, war ebenso verschwunden. Spurlos.

Nur der Scharlachrote Ritter stand an seinem Platz. Ein Mahnmal der Dinge, die da geschehen waren.

»Wir müssen hinauf nach Kensington«, stellte Maurice Micklewhite nüchtern fest.

Was bedeutete, die gesamte Prozedur von neuem über uns ergehen lassen zu müssen. Erschöpft klopfte ich mir den Staub vom Mantel. Ich war für diesen Tag der Lyrik überdrüssig, aber es gab keine Alternative. Wir mussten die Brücke passieren, und der Scharlachrote Ritter würde uns als Wegzoll erneut Gedichte abverlangen.

Welch ein Tag!

Wie zwei geschlagene Krieger humpelten und wankten wir dem Ritter entgegen.

Dieses Mal ließ er uns passieren.
Nachdem wir dreiundzwanzig Gedichte zitiert hatten.
Immerhin. Wir waren in Kensington.

Der Lordkanzler von Kensington hielt Hof in der Royal Albert Hall. Wir platzten mitten in eine Debatte über die Festlegung der neuen Wegzölle an der Nordgrenze des Gebietes.

Normalerweise ist die Royal Albert Hall eine Konzerthalle.

Von außen wirkt das Gebäude überraschend schlicht. Der einzige Schmuck der roten Backsteinfassade ist ein hübscher Fries, der den Triumph der Wissenschaft und der Künste symbolisiert. Der Innenraum ist einem römischen Amphitheater nachempfunden worden. Ein Rundbau mit über tausend Sitzplätzen, von denen mehr als die Hälfte im Augenblick unseres Eintreffens mit Lykanthropen besetzt war, die sich jedoch mehrheitlich nicht in ihrem wölfischen Zustand befanden, was dem Zustandekommen einer Debatte auch nicht gerade förderlich gewesen wäre. Das übrige Publikum setzte sich aus gewählten Vertretern der anderen Grafschaften und der Handelsgilden zusammen. Einige bunt gekleidete fahrende Händler und Tunnelstreicher ergänzten die Gesellschaft.

Im Zentrum des Rundbaus inmitten der mächtigen Säulen stand eine große Gestalt.

Weißes, hochgeschlossenes Hemd. Dunkler, lederner Gehrock. Hohe, silberbeschnallte spitze Stiefel. Das Gesicht hinter einer schlichten silbernen Maske verborgen.

»Jetzt wissen wir jedenfalls«, flüsterte mir Maurice Micklewhite zu, »wo er abgeblieben ist.«

Mit übergezogenen Kapuzen hatten wir uns heimlich unter die Anwesenden gemischt. Der Zugang zur Royal Albert Hall liegt unterhalb der Tiefgaragen, doch war es uns gelungen, die dort postierten Wölfe zu überlisten. Maurice Micklewhite wendete Hypnose an, ein alter und dennoch höchst wirkungsvoller Trick, um willensschwache Kreaturen zu lenken.

Nachdem wir erst einmal ins Innere des Gebäudes gelangt waren, schenkte uns kaum noch jemand Beachtung.

»Ja«, gab ich dem Elfen zur Antwort. »Er könnte es tatsächlich sein.«

Die silberne Maske hatte eine nur allzu bekannte Form.

Spitze Ohren. Lange Schnauze. Breite Lefzen. Kein Wunder, dass er die Wölfe um sich scharte. Die tiefe, gutturale Stimme. Der orientalische Akzent. Das gottgleiche Auftreten. Jeglicher Zweifel war ausgeschlossen.

Anubis, einstiger Herr der ägyptischen Unterwelt und vor mehr als achthundert Jahren aus dem Land seiner Ahnen ausgewandert, im alten Mesopotamien unter dem Namen Abezi Thibod bekannt, war der neue Lordkanzler von Kensington.

»Die Preise für Tuch, Leinen und Gewürze werden ansteigen«, prophezeite ein Gildevertreter in grünem Samt. »Ihr könnt den Wegzoll nicht noch weiter erhöhen. Die Gesellschaften im Osten drohen bereits mit einer Handelssperre.«

»Wo soll das denn noch hinführen?«, meldete sich ein fahrender Händler, und eine Vielzahl erregter und unkoordiniert in die Menge gerufener Kommentare schloss sich an.

»Sollen wir etwa zu Einstandspreisen verkaufen?«

»Werden die Routen überhaupt sicherer werden?«

»Was ist mit dem Zugang zum Fluss?«

»Die Arachniden werden keine von Eurer Lordschaft ausgestellten Passierscheine anerkennen.«

»Wo sollen denn die Gewinne herkommen?«

Der Lordkanzler erhob die Hand.

Augenblicklich kehrte Schweigen ein.

Mit ruhiger Stimme sagt er: »Chelsea ist mein.«

Stille.

Dann lautes Gemurmel.

»Der Wegzoll muss erhöht werden«, gab der Lordkanzler bekannt. »Dies zumindest schlagen meine Berater vor.« Mit einem Kopfnicken deutete er auf eine Reihe bleicher, kahlköpfiger Gestalten, die in der ersten Reihe hinter bunten Rechenschiebern hockten und fortwährend Notizen in ihre Bücher kritzelten.

Das Gemurmel schwoll an, nun ungleich wütender und aufgebrachter.

Mit einer energischen Handbewegung brachte der Lordkanzler die Menge abermals zum Schweigen.

»Die Erhöhung, sollte sie denn beschlossen werden, könnte jedoch geringfügig ausfallen.«

Er machte eine kurze Pause, bevor er die Massen köderte: »Es bestünde sogar die Möglichkeit, gänzlich von einem Heraufsetzen der Wegzölle abzusehen.«

Erleichtertes und neugieriges Gewisper.

Er hatte sein Publikum im Griff.

»Doch ist dieses Versprechen an eine Bedingung geknüpft.«

Das Gemurmel verebbte.

Der Lordkanzler konnte sich der uneingeschränkten Aufmerksamkeit des Publikums sicher sein.

Erneute Rufe und Forderungen wurden laut.

»Was ist das für eine Bedingung?«

»Die Gilden sollten vertraglich Höchstzölle beschließen!«

»Wie viele Bedingungen soll es denn noch geben?«

»Das ist doch nur ein neues Schelmenstück!«

Des Lordkanzlers mächtige Stimme erhob sich mühelos über den Lärm.

»Die Grafschaft ist keine wohltätige Gemeinschaft. Sie alle wissen das. Sie alle sind Kaufleute. Tun Sie also nicht so, als kümmere Sie die Wohlfahrt der Menschen. Aber ich will mich kurz fassen.« Er blickte genüsslich in die Runde. »Wie viele von Ihnen bereits gehört haben, suchen meine Wölfe in allen Teilen der Stadt nach Kindern. Nun fragen Sie sich wohl, warum sie dies tun.«

Maurice Micklewhite lugte neugierig unter seiner Kapuze hervor.

Wieder dachte ich an Emily Laing.

An ihre Freundin.

Hoffte inständig, dass ihnen das Schicksal nicht allzu übel mitgespielt hatte.

»Östlich der City wird eine Vielzahl neuer Tunnel in die Erde getrieben«, erklärte der Lordkanzler von Kensington. »Und im Tower von London gibt es einen neuen Herrn. Er gebietet den Raben, und es verlangt ihn nach Kindern. Master Lycidas suchte mich vor wenigen Monden auf und bat mich, ihm die Kinder zu besorgen. Also entsandte ich meine Wölfe. Doch steigt die Nachfrage nach Kindern stetig an, und meine Wölfe müssen mit noch anderen Aufgaben betraut werden. Darüber hinaus muss ich wohl niemanden der hier Anwesenden auf die lykanthropischen Fressgewohnheiten aufmerksam machen.« Er machte eine kurze Pause, in der nicht einmal ein Hüsteln zu hören gewesen wäre. »Bringen Sie mir die Kinder, und ich werde die Wegzölle um nicht einen Penny erhöhen. Dies ist mein Versprechen an Sie, verehrte Kaufleute. Es gibt dreiundzwanzig Gilden im Stadtgebiet. Ich trage jeder Gilde auf, mir mindestens zwei Kinder pro Woche zu bringen. Dann, und nur dann, werde ich Ihren Bitten nachkommen. Dann, und nur dann, werden die Wegzölle unverändert bleiben. Dann, und nur dann, werden Sie auch in Zukunft noch hohe Gewinne einstreichen.«

Stille breitete sich im Saal aus.

»Die Kinder, das sollten Sie alle wissen«, fügte der Lordkanzler abschließend hinzu, »müssen sehr jung sein. Säuglinge, Kleinkinder. Bringen Sie mir keine Bälger, die älter als fünf Jahre sind.«

Das Gemurmel begann.

Schwoll an.

»Entscheiden Sie sich«, forderte der Lordkanzler die Masse auf. »Jetzt!«

Die Wölfe knurrten leise und zogen grinsend die Lefzen hoch. Diejenigen, die noch ihre menschliche Gestalt hatten, sahen nicht minder bedrohlich aus. In den schmutzigen Menschengesichtern begannen zottige Haare zu sprießen. Krallen wuchsen aus den Fingern. Ohren spitzten sich zu. Münder wurden zu Schnauzen. Muskelgewebe dehnte sich.

Es war ein fauler Handel.

Ein Blick in die Augen des Elfen bestätigte mir, dass er das Gleiche dachte.

Natürlich würden die Gildehändler dem Vorschlag des Lordkanzlers zustimmen. Sie hatten gar keine andere Wahl. Täten sie es nicht, so würden mehr als fünfhundert hungrige Werwölfe in Windeseile über sie herfallen.

Wie immer man die Sache auch anging, der Lordkanzler würde seine Kinder bekommen.

Es dauerte nicht lange, und die Gilden stimmten zu.

Ein Vertreter nach dem anderen erhob die Hand und gab seine Einwilligung.

Der Pakt war beschlossen.

Für Maurice Micklewhite und mich gab es nichts mehr zu tun in der Royal Albert Hall. Die sich anschließende Diskussion über die Vergabe von Aufträgen an die Gesellschaften in Übersee war für unsere Belange von keinerlei Bedeutung. Zudem hielten wir beide es für keine gute Idee, mit Anubis persönlich zu sprechen. Es war uns klar geworden, dass wir im Lordkanzler von Kensington keinen Verbündeten hatten.

»Er lässt die Kinder also von den Wölfen stehlen«, fasste Maurice Micklewhite zusammen, als wir durch die Tunnel an die Oberfläche zurückkehrten. »Doch warum benötigt Master Lycidas all die Kinder?«

»Master Lycidas.« Ich ließ mir den Namen auf der Zunge zergehen. »Ich habe diesen Namen schon einmal gehört.« Immer wieder sprach ich leise den Namen des unbekannten Drahtziehers aus. »Lycidas. Lycidas.«

Ich kannte ihn, da war ich mir sicher.

Nur wusste ich nicht, wo ich mit der Suche beginnen sollte.

»Jemand wird es wissen«, beruhigte mich Maurice Micklewhite.

Vorerst ließ ich es dabei bewenden.

Durch ein stillgelegtes Versorgungssystem der Elektrizitätswerke bewegten wir uns nordostwärts und erreichten nach einer halben Stunde eines der Nebengleise, wo wir den Übergang vollzogen. Der Gatekeeper grüßte uns mürrisch, und wir traten auf einen Bahnsteig hinaus.

Notting Hill Gate. Hier kreuzen sich Central, Circle und District Line.

Maurice Micklewhite wurde von den Passanten und Pendlern an diesem Morgen neugierig beäugt, was an dem schneeweißen, nunmehr an vielen Stellen zerrissenen, höchst blutdurchtränkten und auch ansonsten recht schmutzigen Mantel liegen mochte. Zudem hinkte er stark. Die blonden Locken waren verdreckt, was erst im Schein der grellen Neonröhren in aller Deutlichkeit hervortrat. Ich selbst war von nicht geringerer Schäbigkeit. Die langen, schwarzen Haare hingen mir fettig und struppig ins Gesicht. Dunkle Ringe hatten sich unter den Augen ausgebreitet. Meine Kleidung war zerrissen und schmutzig.

London ist jedoch eine wahrhaftig großartige Stadt. Kaum ein Passant kümmerte sich um uns. Zwar wurden uns seltsame und musternde Blicke zugeworfen, doch sprach uns weder jemand an noch schien unser Aufzug die Menschen in besonderem Maße zu irritieren. Verrückte gab es in London zuhauf. So tauchten wir also in der Masse unter. Die Menschen achteten allenfalls argusäugig darauf, dass keiner von uns beiden auf dem Sitz neben ihnen Platz nahm.

Maurice Micklewhite nahm die Central Lind bis zur Tottenham Court Road und begab sich ins Museum.

Ich selbst fuhr mit der Circle Line bis nach Paddington und verließ die Untergrundbahn schließlich in Marylebone.

Eine steile Rolltreppe brachte mich nach oben. Draußen hatte der Tag gerade erst begonnen. Es war ein Mittwoch im Dezember. Schneeflocken wirbelten in der Luft. Eisige Kälte umfing mich. Die roten Busse fuhren wie eh und je. Tausende von Menschen eilten zur Arbeit. Die Welt drehte sich weiter, und doch hatte sich etwas verändert.

Eine ägyptische Gottheit war zum neuen Lordkanzler der Grafschaft Kensington aufgestiegen und ließ mittels seiner Wolfsrudel kleine Kinder stehlen. Zwei Mädchen irrten verloren durch ein unterirdisches Labyrinth oder waren bereits tot, wenn man den schlimmsten aller Fälle ins Auge fasste.

Als ich den Schlüssel in das Schloss der schweren Pforte zu meinem Anwesen gleiten ließ, warf ich einen Blick zurück auf die Straße. Alles wirkte so gewöhnlich. Die Menschen hetzten dem Tag entgegen, die Autofahrer hupten besessen und die Zeitungsjungen boten die Schlagzeilen des Tages feil. Die Stadt atmete, wie sie es schon immer getan hatte.

Ich hatte nicht unbedingt das Gefühl, nach Hause zu kommen, als ich über die Schwelle meines Anwesens trat.

Doch immerhin; ein Gast erwartete mich dort.

Jemand, der Neuigkeiten brachte.

Eine Person, die ich lange Zeit nicht mehr gesehen hatte.

Sie stand im Treppenhaus und hatte dort, wie sie mir später mitteilte, Stunden meiner geharrt.

»Wie lange ist es her?«, begrüßte ich sie freudig. Stellte fest, dass sie sich kaum verändert hatte in all den Jahren. Ehrerbietend und mich leicht verneigend fügte ich hinzu: »Mylady.«

Freudig trippelte sie auf mich zu, kletterte mir an Hosenbein und Mantelsaum bis zur Schulter empor, wo sie mit der weichen Schnauze fast zärtlich meinen Hals berührte.

Du benötigst Hilfe, piepste sie mit ihrer heiseren Stimme. *Wie ich vernahm, hast du etwas verloren in den Untiefen der uralten Metropole.*

Ich kraulte ihr das graue Fell, das in den letzten Jahren noch grauer geworden zu sein schien. »Ja«, sagte ich nur. Eigentlich wurde ich mir dessen erst in jenem Augenblick bewusst.

Die schwarzen Knopfäuglein blinzelten aufmunternd, wie sie es auch früher immer getan hatten, wenn die Schatten sich meiner bemächtigt hatten. Mylady Hampstead legte die kleinen Ohren an und stellte sich auf die Hinterbeine. *Wir müssen reden*, erklärte sie. *Über alte Geschichten, längst vergessen. Dann, lieber Mortimer, nur dann, wirst du zum rechten Pfad zurückfinden.*

Draußen über London zogen neue Wolken auf.

KAPITEL 8

MR. FOX UND MR. WOLF

mmmiieee

uuu iiieeer

Diese Laute: trotz der Benommenheit.

Quälend langsam nahmen die Laute Gestalt an, wurden zu einem undeutlichen Gemurmel, durchsetzt vom tosenden Rauschen der Wellen und dem rasselnden Keuchen des eigenen Atems. Emily Laings Bewusstsein erwachte schlagartig zu neuem Leben. Sie riss die Augen auf und war von Dunkelheit umgeben. Heißkalte Panik bemächtigte sich des kleinen Mädchens. Warum konnte sie nichts mehr sehen? Hatte sie ihr restliches Augenlicht ebenfalls eingebüßt?

Erinnerungsfetzen und alte Ängste marterten sie.

Der Rohrstock, den Mr. Meeks ihr ins Auge schlug. Der Geruch ihres eigenen Blutes. Der gallertartige, ihr über das Gesicht rinnende Augapfel. Das Waisenhaus. Wittgenstein. Der Scharlachrote Ritter. Der Rand der Brücke.

Knightsbridge.

mmmiieee

uuu iiieeer

Etwas hatte sie fest am Ärmel ihrer Jacke gepackt und zerrte wie wild daran. Eisig kaltes Wasser schlug Emily ins Gesicht, wirbelte ihren Körper willkürlich umher. Sie hechelte nach Luft, und die Laute wurden deutlicher.

»Emmy!«

Jemand schlug ihr unsanft ins Gesicht.

»Komm zu dir!«

Die Stimme kam ihr bekannt vor.

Aurora Fitzrovia.

Dann erinnerte sich Emily an das, was ihr widerfahren war. An die Dinge, die zu sehen sie nicht hatte verhindern können. An die Gedichte, die der Scharlachrote Ritter hatte hören wollen. An die kleine Mara Mushroom. Das Schaukeln eines Bootes. Den besorgten Schrei ihrer Freundin: *Nicht in diese Richtung!*

Dann war sie gefallen. Bodenlos.

Hinab in die tiefe Dunkelheit.

Hinein in den Schlund.

»Aurora?« Eigentlich war es keine Frage.

»Emmy!« Eine vertraute Stimme, die brackiges Wasser spuckte. »Gott sei Dank, es geht dir gut. Ich dachte schon, du seist tot.«

Emily klang verzweifelt. »Ich kann dich nicht sehen.«

»Es ist finster hier unten.«

Also war mit ihrem Augenlicht alles in Ordnung.

»Wo sind wir?«

Eine Welle schwappte über ihren Kopf hinweg, sodass sie die Antwort ihrer Freundin nicht hören konnte. Sie spürte, wie die feuchte Tiefe schwer an ihren nassen Kleidern zog.

»Es ist ein Wunder, dass ich dich überhaupt gefunden habe.« Aurora, die es irgendwie geschafft hatte, in dieser unterirdischen Nacht zu ihr zu finden, hielt sich nur mit Mühe über Wasser.

»Wohin treibt uns der Fluss wohl?«

»Keine Ahnung.«

»Was ist mit den anderen?«

Eine Stromschnelle hob Emily aus dem Wasser und schleuderte sie gegen ihre Freundin. Aurora schrie kurz auf, und dann spürte Emily, wie der Körper ihrer Freundin plötzlich erschlaffte. Noch bevor Emilys Verstand erfasst hatte, dass sie vermutlich mit dem Ellenbogen gegen Auroras Kopf gestoßen war und diese durch den unverhofft heftigen Schlag das Bewusstsein verloren hatte, entglitt ihr Auroras nasser Körper und wurde von dannen gerissen.

Verzweifelt schrie Emily nach ihrer Freundin.

Antwort erhielt sie jedoch keine.

Die Fluten hatten das Mädchen mit sich gerissen.

Einfach so.

Da Emily ohnehin nicht sehen konnte, wohin sie der Strom trieb, ließ sie es einfach geschehen. Jeglicher Mut hatte sie in eben dem Moment verlassen, in dem ihre Freundin von den Fluten verschlungen worden war. Wohin sollte das alles denn noch führen? Es ergab doch gar keinen Sinn. Warum setzte sie ihr Leben aufs Spiel, um das kleine Kind zu finden, mit dem sie doch wirklich gar nichts verband? Wäre es nicht das Beste, einfach zu ertrinken? Untertauchen und ausatmen und sich gehen lassen? Wer würde sie denn schon vermissen? Niemand, gab sie sich selbst die Antwort. Niemand vermisst ein Waisenkind, und erst recht vermisst niemand ein Waisenkind mit nur einem Auge, das zudem auch noch aus dem Waisenhaus geflohen ist.

Im Grunde hatte Emily nicht einmal die Wahl.

Die Fluten trugen sie weiter. Ob sie das nun wollte oder nicht.

Emily ruderte nach Leibeskräften mit den Armen, die sie kaum mehr spürte, und versuchte so wenig wie möglich von dem brackigen Wasser zu schlucken. Sie zwang sich, gleichmäßig zu atmen. Versuchte an etwas anderes als das Ertrinken zu denken. Der Fluss wirbelte ihren Körper nach Belieben umher, tauchte ihn unter, zog ihn wieder zur Oberfläche hinauf.

Zu einem Spielball der unsichtbaren Stromschnellen wurde sie.

Machtlos. Mutlos.

Sie wollte weinen, doch kamen keine Tränen. Die Erschöpfung und die Anspannung waren einfach zu groß. Die Kälte begann ihren Körper und ihren Geist zu lähmen. Aurora Fitzrovia. War sie tatsächlich ertrunken? Was war nur geschehen in Knightsbridge?

Emily entsann sich der Vision, die sie ohne Vorwarnung getroffen hatte.

Es hatte wehgetan dieses Mal.

Als würde jemand mit einem glühenden Metalldraht durch ihr gesundes Auge stechen. Aurora hatte Deckung am Rande der Brücke hinter einem Mauervorsprung gesucht. Emily hatte sich bemüht, ihre Freundin zu erreichen, um den Pfeilen der unsichtbaren Jäger zu entkommen, als der Boden unter ihren Füßen zu wanken begann.

Mit einem Mal war Knightsbridge verschwunden gewesen.

Stattdessen hatte sie viele Kinder gesehen, die vor seltsamen Gerätschaften standen. Einige dieser Kinder, die alle keine Augen mehr hatten, mussten Steine schürfen. Es war kalt dort. Überall glitzerten Eiskristalle. Es sah wie ein Bergwerk aus, in dem Schnee gefallen war. Wölfe waren auch da. Trugen sie durch das Bergwerk. Fluchten. Gebärdeten sich unwirsch. Daneben Kreaturen mit vielen Beinen, insektengleich.

Es sind Maras Gedanken, dachte sie. Ganz klar. Nein, nicht Maras Gedanken. Was sie sah, war das, was das kleine Mädchen gerade erlebte. Es war so, daran gab es keinen Zweifel. Mara befand sich noch immer in der Gewalt der Wölfe, die sie in ein verschneites

Bergwerk schafften. Und mit einem Mal verspürte Emily den unbezähmbaren Drang, dem Kind zu helfen. Sie musste zu ihr gelangen. Irgendwie.

Also war sie gelaufen.

Hatte einen Fuß vor den anderen gesetzt.

Nicht in diese Richtung, hatte daraufhin jemand gerufen.

Aurora Fitzrovia.

Schritt für Schritt.

War gelaufen.

Nein, nicht dorthin!

Emily hatte die Augen geöffnet und war sich wieder der Wirklichkeit bewusst geworden.

Sie hatte abzubremsen versucht, doch der Schwung hatte sie erbarmungslos nach vorne getragen, über die Brüstung hinaus und in den Schlund. Sie hatte geschrien vor Angst und Verzweiflung und Erschrecken. War gestürzt und gefallen, hinein in diese rabenschwarze Nacht. War in eisig kaltes, tosendes Wasser eingetaucht und hatte das Bewusstsein verloren.

Jetzt war sie hier.

Hilflos und nass und kurz vor dem Ertrinken.

Aurora musste versucht haben, sie festzuhalten.

Emily malte sich aus, wie Aurora sie gerade noch am Jackenzipfel oder Ärmel zu fassen bekommen und es sie dann mit in die Tiefe gerissen hatte. Erneut schluckte sie Wasser.

Arme Aurora.

So durfte es einfach nicht enden. Sie erinnerte sich der ersten Begegnung mit dem dunkelhäutigen Mädchen.

Eines Abends im Sommer hatte sie Aurora in der Mädchentoilette im Waisenhaus getroffen, wo der Neuzugang mit den dunklen Augen schluchzend unter einem der Waschbecken gekauert hatte. Ihre Kleidung war völlig durchnässt gewesen, und mit ruckartigen und panischen Bewegungen hatte sie sich an Armen und Oberschenkeln gekratzt. Emily drehte zuallererst die rostigen Wasserhähne ab und kniete sich neben die andere. Sie hatte gewusst, dass das ›Schokoladenmädchen‹, wie die anderen Kinder sie insgeheim getauft hatten, aus einem anderen Waisenhaus nach Rotherhithe gekommen war.

»Ich bin Emily.« Sie hatte ihr die Hand gereicht.

Zuerst war Aurora ganz schweigsam gewesen. Langsam nur war ihr Atem flacher geworden.

»Aurora«, hatte sie dann gesagt. »Aurora Fitzrovia. Aus Irland. Mein Vater ist bei der Post.«

»Was ist passiert?« Instinktiv wollte Emily das andere Mädchen in den Arm nehmen.

»Es war die blonde Frau. Sie haben mich der blonden Frau mitgegeben.«

»Snowhitepink!« Augenblicklich hatte sich ein flaues Gefühl in Emilys Magengrube ausgebreitet.

»Ich musste mit ihr in die Stadt fahren. Da war ein Haus mit einem gemütlichen Zimmer und einer Treppe mit Teppichboden auf den Stufen.« Es war schwierig gewesen, ihr die Worte zu entlocken. »Ein Puppenhaus haben sie mir gezeigt, die blonde Frau und ein fein gekleideter Herr.« Heftigst gezittert und sich die Haut blutig gekratzt hatte sie. Geschluchzt. »Es hat wehgetan. Was sie gemacht haben. Es hat so verdammt wehgetan.«

»Es passiert vielen Kindern.« Emily hatte nur davon gehört.

Aurora hatte sie aus verheulten Augen angestarrt. »Warum?«

»Wir sind Waisenkinder. Niemanden kümmert, was uns zustößt.«

Beinah trotzig hatte sich Aurora die Tränen aus dem Gesicht gewischt. »Mein Daddy ist ein irischer Postbote. Er wird mich finden. Eines Tages. Er hat Kontakte, das weiß ich. Er kennt Leute, die die Adressen aller Menschen in England kennen. Das müssen sie auch. Ist immerhin die Post.« Dann hatte sie wieder zu weinen begonnen. Nur mit Mühe hatte Emily sie davon abhalten können, sich die Haut weiterhin blutig zu kratzen.

Eine ganze Weile hatten sie einfach nur so dagesessen. Unter dem Waschbecken in der Toilette.

»Bleibst du bei mir?« Aurora hatte sie angeschaut.

»Ja, tu ich.«

»Werden wir Freundinnen?«

»Wenn es dich nicht stört, dass man mich die einäugige Missgeburt nennt.«

Aurora hatte den Kopf geschüttelt. »Tut es nicht. Wenn es dich nicht stört, ein Schokoladenmädchen zur Freundin zu haben.«

Emily hatte gelächelt.

Ja, so hatte es begonnen.

Wie oft danach hatten Emily und Aurora des Nachts gemeinsam geweint. Wie oft hatten sie sich von ihren Träumen erzählt. Wie oft hatten sie sich ausgemalt, wie es sein würde, wenn man sie an Adoptiveltern vermitteln würde. Sie hatten einander in den Armen gelegen und wie geheime Verschwörerinnen das magische Wort geflüstert. Adoption. Jederzeit wissend, dass dies alles nur Träume waren. Träume jedoch, die ihnen niemand nehmen konnte. Nicht einmal der Reverend. Nicht einmal Madame Snowhitepink. Nicht einmal Mr. Meeks.

Niemand konnte das.

Emily und Aurora hatten zusammen in der Küche bei Mrs. Philbrick arbeiten dürfen. Hin und wieder hatte der Reverend die Notwendigkeit eingesehen, sie gemeinsam auf Botengänge in die Außenwelt zu schicken. Mit etwas Glück hatten sie es dann geschafft, sich von den Touristen in Westminster einige Pennys zu erbetteln und Süßigkeiten zu kaufen. In diesen Augenblicken konnten die beiden Mädchen erahnen, was es für andere Kinder bedeutete, ein Kind zu sein. Letzten Endes jedoch wussten sie beide, dass diese heile Welt nicht die ihre war und am Ende eines solchen Nachmittags das Waisenhaus auf sie wartete. Glücklich waren andere Kinder. Jene, die Eltern hatten und Großeltern und ein Zuhause mit Kamin und Spielzimmer und Geschenken unter dem Weihnachtsbaum. Emily hatte nur Aurora und ihren Stoffbären. Und Aurora hatte nur Emily. Immerhin war das mehr, als die meisten der Kinder in Rotherhithe besaßen. Es war das, was in diesen seltsamen Jahren zählte.

Sie hatten einander.

Emily schluckte erneut Wasser und hustete.

Dies hier durfte einfach nicht das Ende sein.

Dann sah sie das Licht.

Es glomm irgendwo hinter ihr. Ein unscheinbarer Punkt in der rabenschwarzen Nacht.

Und es *bewegte* sich. Sogar ziemlich flink.

Dinsdale, schoss es ihr durch den Kopf.

»Dinsdale!«, rief sie mit heiserer Stimme.

Das Irrlicht wechselte augenblicklich den Kurs und kam in Windeseile zu ihr geeilt.

Als das Irrlicht sie erreichte, wurden die Umrisse der Höhle, in der sich Emily befand, endlich klarer. Der Fluss hatte ähnliche Ausmaße wie die Themse. Die Höhlendecke, bestehend aus schwarzem, zackigem Gestein, verlief etwa vierzig Fuß über der Wasseroberfläche. Wulstige Stalaktiten reckten sich vereinzelt nach unten dem Wasser entgegen.

Offenbar schien Dinsdale erfreut ob der Tatsache, das Mädchen endlich gefunden zu haben. Er rief ihr etwas zu, das Emily jedoch nicht verstand, was einerseits an den tosenden Fluten, andererseits aber auch an dem Manchesterdialekt des Irrlichts liegen mochte. Dummerweise scheuen Irrlichter ihrer Natur folgend das Wasser, und so war Dinsdale in der momentanen Lage keine große Hilfe für das Mädchen; sah man einmal davon ab, dass Emily nun endlich wusste, wo sie sich befand und wie ihre Umgebung aussah. Da sie nun ebenfalls wusste, wo das Ufer war, versuchte sie, darauf zuzuschwimmen, was sich in der rasenden Strömung jedoch als schier aussichtsloses Unterfangen erwies. Zudem gab es nur vereinzelt kleine Vorsprünge und Spalten in dem Felsgestein, das ansonsten vom Wasser zu glatt gespült und glitschig war, um sich daran festzuhalten, geschweige denn, um daran aus dem Wasser klettern zu können.

Doch dann gewahrte Emily in der Ferne eine weitere Lichtquelle.

Flussabwärts.

Konnte es sein, dass dort Fackeln standen?

Sie hoffte, dass auch Dinsdale das Feuer bemerkt hatte. Da er sich Augenblicke später dimmte, ging Emily davon aus, dass dem so war. Die Neugierde und die Hoffnung auf eine baldige Rettung verliehen ihr für kurze Zeit neue Kraft, doch zerstreuten sich die hoffnungsvollen Gedanken bald wieder. Wusste sie doch nicht einmal, ob ihre Gefährten noch am Leben waren. Wer immer sich dort flussabwärts aufhielt, konnte gleichermaßen Freund oder Feind sein.

Es dauerte keine Viertelstunde, bis sie schließlich jenen erleuchteten Flecken Strand erreichte.

Der Fluss war ruhiger geworden.

Langsam und sanft glitt Emily nun in der Strömung dahin. Es war jetzt einfacher, sich sachte treiben zu lassen. Dinsdale, bemerkte sie, leuchtete nun gar nicht mehr und flog dicht an der Höhlendecke entlang, jeden stalaktitischen Vorsprung und jede Kerbe im Gestein als kurzweilige Deckung nutzend. Es gelang Emily, langsam, doch stetig in Richtung des rechtsseitigen Ufers zu driften, obschon sie mit ihren verfrorenen Gliedmaßen kaum mehr zu paddeln vermochte.

Dann erblickte sie es.

Etwas, das ihr aufgeregt das Herz höher schlagen ließ.

Ein flacher steiniger Strand, der sich etwa zwei Meilen entlang des Flusses erstrecken mochte. Auf dem schmutzigen Sand an der Wasserlinie lag ein Körper, der sich leicht im Takt der über ihn hinwegschwappenden Brandung bewegte. Hoffnung kam in ihr auf. Konnte es sein, dass das Schicksal es doch noch gut mit ihr meinte? Und mit ihrer Freundin? Sie begann nun nach vorne zu schwimmen und hätte am liebsten vor Freude laut aufgeschrien, als sie ihre Vermutung bestätigt sah.

Ja, sie war es.

Aurora Fitzrovia!

Ohne jeden Zweifel.

Der Fluss hatte ihre Freundin freigegeben. Emily konnte erkennen, wie sich ihr Arm langsam und träge bewegte. Sie lebte! Mein Gott, sie war nicht ertrunken. Sie würden den Rest dieses Abenteuers gemeinsam bestehen können. Überschwänglich vor Freude wollte Emily gerade ihre Hand aus dem Wasser erheben und nach ihrer Freundin rufen, als ihr ein furchtbarer Gedanke kam.

Woher kam das Licht?

Natürlich von den Fackeln!

Doch wer hatte die Fackeln dort aufgestellt?

Sekundenbruchteile später bemerkte sie die beiden Gestalten, die an der Felsenwand im Schatten kauerten und angestrengt den Fluss beobachteten. Sie trugen Kapuzenumhänge und hielten Armbrüste im Anschlag. Zwischen den Steinen am Strand steckten mehrere Fackeln. Gerade so viel Licht spendeten sie, dass Auroras Körper für jedermann gut sichtbar dalag.

Es war eine Falle.

Ein Köder.

Einfach und wirkungsvoll.

Konnten die beiden Gestalten jene Vermummten sein, die Emily und den Gefährten in Knightsbridge aufgelauert hatten? Hielten sie etwa nach *Emily* Ausschau? Weswegen sollten sie sonst die arme Aurora als Köder benutzen?

Doch warum suchten sie ausgerechnet nach Emily? Die Antwort

war einfach: Weil sie eine Trickster war, natürlich! Zumindest war das die einzige Antwort, die Emily sinnvoll erschien.

So vorsichtig und langsam wie nur möglich ließ sich Emily auf das Ufer zutreiben.

Noch bevor sie den Strand erreichte, bekam sie glücklicherweise einen Vorsprung im Gestein zu fassen und klammerte sich mit aller Kraft daran fest. Sie zitterte am ganzen Leib, vor Angst und Kälte und Nässe, die langsam ihre Glieder taub machten. Doch traute sie sich nicht, auch nur eine einzige winzige Bewegung zu machen. Sie malte sich aus, was die beiden Gestalten wohl mit ihr machen würden, wenn sie sie in die Finger bekämen. So verging scheinbar eine Ewigkeit. Emily verlor vor Kälte beinahe das Bewusstsein. Sie krallte die Finger derart fest in den Fels, dass der Schmerz sie wieder wach werden ließ. Dann, als sie schon darüber nachdachte, ob sie sich die beiden Gestalten nur eingebildet hatte, schälten sie sich aus den Schatten heraus und gingen entschlossenen Schrittes auf Aurora zu.

Die größere der Gestalten packte Aurora brutal an den Haaren und zog ruckartig ihren Kopf hoch. Emily erkannte mit Schrecken das lange, im Licht der Fackeln blitzende Messer, das sie ihr an den Hals setzte. Dann warf der Vermummte einen letzten langen Blick über den Fluss. Emily erkannte gelbe Augen, die wachsam und listig aus dem Dunkel der Kapuze herausfunkelten. Bevor er das Messer jedoch benutzten konnte, ergriff die andere Gestalt den Arm ihres Kumpanen und schüttelte energisch den Kopf.

Sogleich zogen beide Aurora hoch und stellten sie auf die Füße. Das Mädchen wirkte verängstigt, unsicher und geschwächt. Entsetzt kam Emily der Gedanke, dass Aurora womöglich ebenso mutlos war wie sie selbst noch vor wenigen Stunden, weil sie natürlich nicht wissen konnte, dass ihre Freundin noch am Leben war. Wie leid sie ihr tat und wie gerne sie ihr geholfen hätte. Aber was in aller Welt sollte sie denn tun?

Die zwei Gestalten schulterten ihre Armbrüste, und eine der beiden fesselte mit geübten Griffen die Handgelenke des Mädchens. Dann schritten sie von dannen, die arme Aurora, deren Handfesseln an einer kurzen Kette hingen, erbarmungslos hinter sich herziehend. Emily erkannte, dass hinten am Strand der Eingang zu einer Höhle war. Durch diesen verschwanden die Gestalten mit ihrer Freundin.

Emily wusste nicht, wann sie sich endlich dazu überwunden hatte, an den Strand zu kriechen. Aus Furcht, die beiden Gestalten könnten zurückkehren oder im Dunkel der Höhle lauern, harrte sie länger im kalten Wasser aus, als gut für sie war.

Irgendwann riskierte sie es dann doch.

Ihren Körper spürte sie kaum noch. Die Gliedmaßen fühlten sich wie abgestorben an. Sie wollte weiterlaufen, den Gestalten, die Aurora in ihrer Gewalt hatten, folgen, doch sank sie immer wieder entkräftet zu Boden.

Dann, ganz plötzlich, kamen die Tränen.

Und es wurde Licht.

Zweifelsohne wäre Emily Laing erfroren, gestorben an eisig kalter Erschöpfung und bitterster Hoffnungslosigkeit. Mit letzter Kraft formten ihre blau angelaufenen Lippen den Namen ihres Retters. Die Augenlider wurden ihr schwer. Sie wollte nur schlafen. Tief und fest.

Doch, wie bereits erwähnt, wurde es Licht.

Gleißend hell und wohlig warm.

Winston Dinsdale, das herbeigeeilte Irrlicht, strahlte wie selten zuvor. Der kleine Pfadfinder tauchte den Raum in ein überirdisches Licht. Innerhalb von wenigen Augenblicken erwärmte sich die Luft und umgab Emilys zitternden Körper wie eine flauschige Decke.

Das wärmende Licht Winston Dinsdales ließ das Leben in Emilys Körper zurückkehren. Es trocknete ihre Kleidung und ihr Haar, ließ das Zittern verebben und zauberte einen wohligen Ausdruck in das Gesicht des Mädchens. Emily lauschte dem Rauschen des Flusses und dem statischen Brummen des Irrlichts, seinen säuselnden und tröstenden Worten, von denen sie die wenigsten verstand, jedoch fühlte, dass sie von Herzen kamen. Sofern Irrlichter ein solches besaßen, was sie stillschweigend unterstellte.

Winston Dinsdale, Irrlicht und Pfadfinder aus Manchester, rettete die kleine Emily.

Das Bewusstsein des Mädchens kehrte Stück um Stück zurück, taute zusammen mit ihren Gliedmaßen auf und ließ sie an die Freundin denken, die sie kläglichst im Stich gelassen hatte. Emily machte sich bittere Vorwürfe. Doch was hätte sie denn schon tun können?

Dinsdale summte etwas.

Emily horchte auf.

Er schlug vor, Aurora und ihren Entführern zu folgen. Wenn sie sich beeilten, dann läge es im Bereich des Möglichen, sie einzuholen. Er kenne einige Abkürzungen im Tunnelsystem. Sie würden den beiden Entführern den Weg abschneiden.

Dinsdale flackerte munter, als Emily ihm zustimmte. Das Irrlicht war in der Tat ein treuer Gefährte.

»Wir sollten keine Zeit verlieren«, stellte Emily entschlossen fest und stand langsam auf. Die Bewegung kostete sie mehr Mühe, als sie erwartet hatte. Auf wackligen Beinen stand sie da.

An diesem seltsamen unterirdischen Strand.

Den Pfeil, der an ihrem Kopf vorbeizischte, registrierte sie eigentlich nur am Rande.

Dinsdale blitzte für einen Sekundenbruchteil auf und erlosch. Das Irrlicht fiel zusammen mit dem winzigen Pfeil, dessen Opfer es geworden war, auf den Boden zu Emilys Füßen. Bevor das Mädchen überhaupt verstand, was da geschehen war, erblickte sie ihre Freundin am Höhleneingang.

»Emily«, sagte Aurora traurig.

Unglaube, dass ihre Freundin noch am Leben war, und Glück lagen gleichermaßen in ihrer Stimme. Hinzu kam Angst. Gefolgt von Bedauern. Denn hinter ihr schälte sich eine große Gestalt aus dem Dunkel der Höhle.

»Aurora«, flüsterte Emily nur.

»Miss Emily Laing«, sagte die Gestalt und warf die Kapuze zurück, sodass Emily in die gelben, geschlitzten Augen sehen konnte. »Bitte, laufen Sie nicht davon.« Die Gestalt stieß Aurora mit der Armbrust brutal in den Rücken. Das Mädchen stolperte auf Emily zu und fiel hart zu Boden.

»Mr. Fox ist mein Name«, stellte sich die Gestalt vor.

»Und meiner«, hörte Emily eine Stimme hinter sich knurren, »ist Mr. Wolf.«

Mr. Fox sagte: »Seien auch Sie unser Gast.«

Und Mr. Wolf zog die Lefzen zu einem Grinsen zurück.

Mr. Fox und Mr. Wolf sahen beide aus wie Rowan Atkinson mit gelben, raubtierhaften Augen. Mr. Wolf hatte das schwarze Zottelhaar zu mehreren langen Zöpfen gebunden, Mr. Fox trug die hellbraune Mähne mit der weißen Strähne schulterlang und offen.

»Was stellen wir nur mit ihr an, Mr. Fox?«

»Machen Sie einen Vorschlag, Mr. Wolf.«

»Wir könnten sie auffressen.« Mr. Wolf entblößte lange, spitz zulaufende Zähne.

Worauf Mr. Fox erklärend hinzufügte: »Er beliebt zu scherzen.«

Emily kniete neben Aurora am Boden und sah zu den beiden Gestalten auf.

In ihrer Hand ruhte der leblose und erkaltete Körper des verletzten Irrlichts. Erloschen ähnelte Dinsdales Gestalt einem winzigen Schatten, der seine Form behielt. Ganz kalt fühlte er sich an.

»Ausgeknipst sehen die Dinger alle gleich aus«, bemerkte Mr. Wolf.

Mr. Fox grinste. »So *unscheinbar*.«

»Du kannst ihn einstecken, kleine Göre. Das macht nun keinen Unterschied mehr.«

»Aber, aber, Mr. Wolf. Wie sprechen Sie denn mit dem armen verängstigten Kind.« Er trat auf Emily zu und musterte sie bösartig, indem er seine Überlegenheit voll und ganz auskostete. »Die kleine Miss Laing zittert. Dabei hat das Irrlicht sie doch so schön gewärmt.«

»Die eine zittert vor Angst und die andere vor Kälte.«

»Sie sehen«, richtete Mr. Fox die Worte an die beiden Mädchen, »oftmals ist die Ursache eine andere, die Wirkung aber dieselbe.« Er tat übertrieben erstaunt. »Aber nein, ich muss mich korrigieren. Aus Furcht erfriert man nicht. Infolge klirrender Kälte aber schon.« Und Aurora zugewandt fügte er hinzu: »Ist Ihnen etwa kalt, mein Kind?«

»Was Sie beide da tun, ist unmenschlich!« Emily ertrug es nicht mehr, ihre Freundin so hilflos zu sehen.

Die beiden Jäger sahen einander an.

Grinsten.

»Wie Recht sie hat«, sagte Mr. Wolf.

Mr. Fox stimmte zu. »Wer hat behauptet, wir wären Menschen?«

Auroras Lippen waren beängstigend dunkelblau angelaufen. Ihre Kleidung war mit eisigem Wasser vollgesogen.

»Steht auf!«, herrschte Mr. Wolf die Mädchen an.

Emily sah die Kreatur furchtsam und erschöpft an.

»Ich muss ihm beipflichten«, sagte Mr. Fox. »Die Zeit verrinnt. Wir sollten nicht trödeln.«

Mr. Wolf packte beide Kinder gleichzeitig am Kragen und zog sie mühelos mit einem Ruck auf die Beine, der seine wahren Kräfte erahnen ließ. Emily hatte Dinsdale in die Jackentasche gesteckt, und als sie das Tunnelsystem betraten, stützte sie Aurora, so gut es ging. Tränen der Erschöpfung standen Emily in den Augen. Aurora, das spürte sie, würde es nicht schaffen, so unterkühlt wie sie war, das Ziel zu erreichen, wo auch immer das liegen mochte. Sie würde zusammenbrechen, und was die beiden Kreaturen dann mit ihr anstellen würden, wollte sich Emily gar nicht erst ausmalen.

Nicht einmal sprechen konnte Aurora. Nur bibbern.

Mr. Wolf hatte Emily die Hände gefesselt.

Der raue Strick rieb ihr die Haut an den Handgelenken auf.

Auroras Gelenke waren bereits wund gescheuert und bluteten.

Weder Mr. Fox noch Mr. Wolf nahmen Rücksicht darauf. Unbarmherzig trieben sie die beiden Freundinnen durch die Tunnel, die nach oben führten, wo die Luft wärmer und schwüler wurde.

»Jammern Sie nicht«, herrschte Mr. Fox die Mädchen an, »bald sind wir in Croxley.«

Als wüssten die Kinder, was sie dort erwartete.

»Von da an geht's leichter«, ergänzte Mr. Wolf.

Schon kurz darauf erreichten sie eine Gegend, wo die Wände goldgelb gekachelt waren. Es sah dort weniger wild aus als in der zerklüfteten Höhle, die sie vom Strand weggebracht hatte. Irgendwie schien es, als könne man die Eleganz längst vergangener Tage erahnen. Emily entsann sich einiger Geschichten, die Mrs. Philbrick im Waisenhaus erzählt hatte. Die Köchin hatte zu ausgiebigem Schwafeln geneigt und fortwährend Ersponnenes zum Besten gegeben. Eine dieser Geschichten, die sie Emily zwischen Kartoffelschalen und Wasserdampf erzählt hatte, handelte von dem Bau der, wie sie es genüsslich betont hatte, Royal Underground.

»Damals, als sie anfingen, die Löcher zu graben, da hat man natürlich an das Königshaus gedacht.« So hatte sie meist begonnen und hinzugefügt: »Immer denkt man in diesem Land an das Königshaus. Das blaue Blut ist fast wie das unsrige, jaja, so ist das. Wir kümmern uns fürsorglich um unsere Könige. Sieht man von Charles I. und einigen anderen Pechvögeln ab.« Glaubte man Mrs. Philbrick, dann hatte man eine Linie erbaut, die nur von der königlichen Familie benutzt werden durfte. »Damit sie ebenso *schnell* reisen konnten wie das einfache Volk, aber nicht *mit* ihm reisen mussten.« Es entstand ein tiefer gelegenes, separates Tunnelsystem, das die für den Adel wichtigsten Standorte in der Stadt miteinander verband: Buckingham Palace, St. Paul's, Parlament und Tower; dazu die wichtigsten Hotels in den schicken Westendvierteln, wo die Prinzen von Wales ihre Liebschaften empfingen; und nicht zu vergessen die weiträumigen Parkanlagen Londons. Man munkelte, dass es unterirdische Paläste gab, prunkvolle Bahnhöfe, errichtet mit Böden aus Marmor, gepolsterten Bänken und Fahrplananzeigern aus Ebenholz und den edelsten Materialien. Goldverzierte Züge fuhren dort unten, elegant und modisch ausgestattet. »Schon meine Mutter hat mir davon erzählt«, hatte Mrs. Philbrick betont. Als wäre dies eine zuverlässige Quelle gewesen, hatte Emily gedacht, wenn Mrs. Philbrick schwafelte und sie selbst währenddessen die Reste von den schmutzigen Tellern kratzen musste.

Damals hatte sie die Geschichten der Köchin müde belächelt.

Jetzt wurde Emily eines Besseren belehrt.

Denn Mr. Fox und Mr. Wolf führten sie nach Croxley.

Und dieser Bahnhof entsprach den Beschreibungen der Köchin vollends.

Emily fand sich im Empfangssaal eines Palastes wieder. Zumindest erweckte der breite Bahnsteig mit den angestaubten und samtgrün gepolsterten Bänken und spinnwebenüberzogenen Stühlen, verschnörkelten runden Tischen und den hier und da am Boden liegenden Skeletten, die in dunkelroten, einstmals schön anzusehenden Pagenuniformen steckten, den Eindruck, dass dies einmal ein Ort gewesen sein mochte, an dem aussschließlich die Schönen und Reichen und Edlen der Welt verkehrt hatten.

»Was ist denn hier passiert?«, flüsterte Emily erstaunt.

In den Uniformen der Pagen steckten lange Messer und wuchtige Hellebarden. Eines der Skelette hatte man an die Anzeigetafel für die Fahrpläne gebunden. Bei näherem Hinsehen erkannte Emily erschrocken, dass man den Pagen, von dem nicht mehr als einige gelbe Knochen übrig waren, mit langen und nunmehr rostigen Nägeln dort *angeschlagen* hatte.

Mr. Fox und Mr. Wolf warfen einen Blick auf den Fahrplan.

»Vierundzwanzig Minuten«, grummelte Mr. Wolf.

Und Mr. Fox ergänzte: »Und fünfzehn Sekunden, sofern die Royal Line pünktlich ist.«

Emily half Aurora, auf einer der Bänke Platz zu nehmen. »Wo sind wir hier?«

»Croxley«, antwortete Mr. Fox, als würde das alles erklären.

Dann wandte er sich von den Mädchen ab.

Ein riesiger Kronleuchter tauchte den Raum in warmes Licht, was Emily den armen Dinsdale ins Gedächtnis rief.

»Mir ist so kalt«, flüsterte Aurora flehentlich.

Was sollte Emily nur tun? Sie hätte Aurora ihre Jacke gegeben, doch konnte sie sich ihrer aufgrund der Handfesseln nicht entledigen. Es hatte sie schon alle Mühe gekostet, ihre Freundin zu stützen, was mit nach vorne gebundenen Händen alles andere als einfach gewesen war.

Ihnen wird geholfen werden, vernahm Emily eine sanfte Stimme. Es war ein leises Piepsen. *Halten Sie sich bereit*. Emily drehte den Kopf in Richtung der Stimme. *In der Finchley Road wird es passieren*. Dann war, was immer dort im Schatten unter der Bank gewesen war, verschwunden. Erschrocken schaute Emily zu Mr. Fox und Mr. Wolf hinüber.

»Drecksratten«, knurrte Mr. Wolf.

Emily fühlte sich ertappt.

»Einer Ihrer Freunde?« Mr. Fox' gelbe Augen waren nun listige Schlitze.

»Ich habe nichts gehört«, log Emily.

Aurora, die bestenfalls ein Piepsen vernommen hatte, blickte erstaunt von ihrer Freundin zu den beiden Häschern.

»Es hat keinen Sinn, es uns zu verheimlichen«, fauchte Mr. Fox sie an. Mit schnellen Schritten kam er auf sie zu. »Wir wissen alles über Sie.«

Emily wich vor dem fauligen Atem zurück.

»Sie sind ein Wechselbalg. Eine Trickster.«

»Da staunst du«, knurrte Mr. Wolf und blickte wachsam umher. »Hast wohl gedacht, du hast es mit hirnlosen Halsabschneidern oder halbgaren Halunken zu tun?«

»Aber, aber, Mr. Wolf«, fuhr ihm Mr. Fox gespielt pikiert ins Wort. »Wie sprechen Sie denn mit unserem Gast?«

Er grinste breit. Emily starrte auf seine spitz zugefeilten Fingernägel und hoffte inständig, dass die Kreatur sie nicht etwa damit anfassen würde.

Mr. Fox tat nichts dergleichen, fischte sich nur eine Strähne seines langen Haars aus dem länglichen Gesicht.

»Pah, Manderleys Blut!«, knurrte Mr. Wolf und wandte sich ab, um den Bahnsteig nach Eindringlingen abzusuchen.

Was meint er damit?, fragte Emily sich.

»Die Ratten sind Ihre Freunde, nicht wahr?«, fuhr Mr. Fox fort. »Doch sollten Sie dabei bedenken, dass es die Ratten waren, die uns all dies eingebrockt haben. Diese wichtigtuerischen Weltenverbesserer. Sie verstehen, was ich meine? Sind zu nix zu gebrauchen.«

Mr. Wolf lachte schallend. »Vortrefflich!«

Offen gesagt verstand Emily nichts von alledem.

»Die Aufstände«, murrte Mr. Fox. »Davon haben Sie doch gehört?«

»Sie hat keine Ahnung«, knurrte Mr. Wolf offenkundig abfällig.

»Das kann doch nicht sein.« Mr. Fox kam noch näher und musterte Emilys Glasauge.

»Dumme Göre.«

»Vielleicht, Mr. Wolf, haben Sie Recht«, gab Mr. Fox zu bedenken. »In der Tat, wer weiß, wer weiß?«

Emily fasste sich ein Herz. »Wohin bringen Sie uns?«

Mr. Fox grinste wissend. »Wir befolgen nur einen Auftrag.«

»Wie wir es immer tun«, ergänzte Mr. Wolf, der am anderen Ende des Bahnsteigs gierig die Nase in die Luft hielt, um Witterung aufzunehmen. »Wie wir es schon immer getan haben.«

»Kennen wir den großen Plan, Mr. Wolf?«

»Hat man uns jemals eingeweiht, Mr. Fox?«

Mr. Fox schüttelte den Kopf und sagte betont: »Das muss man auch nicht. Denn es ist uns egal. Wir erhalten einen Auftrag und führen ihn aus. Wir sollten Sie im Waisenhaus in Empfang nehmen und haben Sie verpasst. Dumme Sache, zugegeben. Doch sitzen Sie nicht in eben diesem Augenblick geradewegs vor mir? Wir zerbrechen uns nicht den Kopf über komplizierte Dinge. Begebt euch ins Waisenhaus und bringt sie mir! Beide! Eine überaus simple Anweisung.«

»Genau«, kommentierte Mr. Wolf. Schnupperte wachsam. »Keine Ratten.«

»Sehr gut.« Mr. Fox schien zufrieden zu sein ob dieser Feststellung. Mit einem letzten missbilligenden Blick auf seine Gefangenen stand er auf und ging mit unruhigen Schritten den Bahnsteig auf und ab. Mr. Wolf hatte seinen Platz am anderen Ende des Bahnsteigs nicht verlassen.

Beide wirkten, als lägen sie auf der Lauer.

Emily kickte einen Stein, der auf dem Bahnsteig lag, mit dem Fuß in die Ecke und mit einem Mal kam ihr eine Idee.

Sie fühlte das erkaltete Irrlicht in ihrer Tasche.

Es gibt keine Zufälle, erinnerte sie sich meiner Worte.

King's Moan.

Der Mondstein, der sich in einem kleinen Stoffbeutel befand, hing an einem Lederband um ihren Hals. Die drei anderen Steine befanden sich in der Jackentasche. Aber nicht in der, in der Dinsdale lag.

Bernstein, Rosenquarz und Turmalin.

Es gibt keine Zufälle.

Vielleicht war es dann auch kein Zufall, dass sie die Steine erhalten hatte.

Bernstein, erinnerte sie sich, symbolisiert das Sonnenlicht und die Lebenskraft. Genau das, was ein verletztes Irrlicht brauchte. Könnte sie Dinsdale helfen, indem sie ihn mit dem Stein in Berührung brachte? Sie wusste, dass das Irrlicht in jeder freien Minute, die sie gerastet hatten, Energie aufgenommen hatte. Mal hatte es die kurzen Pausen in Lampen verbracht oder war in offene Kamine geflogen, um sich an der Glut zu wärmen.

»Was hast du vor?«

Aurora, die neben ihr stand, war leichenblass vor Erschöpfung.

»Ich habe eine Idee.«

Mit den gefesselten Händen war es nicht einfach, sich selbst in die Tasche zu greifen und den richtigen Stein hervorzuziehen. Dummerweise befand sich Dinsdale genau in der falschen Jackentasche.

»War das die Ratte aus dem Waisenhaus?«

Emily nickte.

Sie dachte an die Massen von Ratten, die sich über den Bahnsteig ergossen hatten, als Larry der Lykanthrop ihr nachgestellt hatte.

»Lord Brewster ist sein Name.«

Natürlich war sie sich nicht sicher, aber wie viele Ratten würden sie schon ansprechen?

Vielleicht war es Lord Brewster gelungen, ein Heer von Nagern zu mobilisieren.

»Was hat er dir gesagt?«

»Dass wir bereit sein sollen. In der Finchley Road.«

»Was heißt das?«

»Keine Ahnung!«

Emilys Finger tasteten nach den Steinen, die lose in der Jackentasche lagen. Sie versuchte, sie anhand der Form zu identifizieren und den richtigen herauszuziehen. Gar nicht so einfach war das.

Dann fiel ihr Blick auf Aurora, die mittlerweile wieder auf der Bank saß.

Emily gab ihrer Freundin einen Stoß mit der Schulter.

Aurora fielen bereits die Augen vor Erschöpfung zu. Sie war kurz davor, das Bewusstsein zu verlieren. Emily ahnte, dass sie nicht auf die Hilfe ihrer Freundin zählen konnte. Halb erfroren war das Mädchen, und Emily hoffte, ihr rechtzeitig helfen zu können.

Wie aber sollte sie allein an den Bernstein kommen?

Sie versuchte es erneut, als ein schauriges Quieken die Stille zerriss.

»Mistvieh!«

Mr. Wolf war das gewesen.

Eine Ratte war ihm in die Falle gegangen.

Er hielt das Tier in seinen Klauen und biss ihr genüsslich den Kopf ab. Die Halswirbel des Tieres brachen. Knackten. Winzige Sehnen hingen Mr. Wolf zwischen den Reißzähnen, und Blut troff ihm von den Lippen. Der Leichnam der Ratte in seiner Hand zitterte noch, als er erneut hineinbiss.

Emily schwindelte.

Glaubte sich übergeben zu müssen.

Der Bahnsteig begann sich zu drehen, und sie kippte zur Seite. Als sie wieder zu Bewusstsein kam, stand sie auf den Beinen. Mr. Fox' Klauenfinger bohrten sich in ihre Schulter. »Jung schmecken sie am besten«, kommentierte er. Als er sich davon überzeugt hatte, dass Emily aus eigenen Kräften würde stehen können, ließ er sie los. »Saftige kleine Biester, nicht wahr, Mr. Wolf?«

Der Angesprochene trat auf die beiden zu und hielt etwas in seinen Händen.

»Die hier gehören Ihnen«, fauchte er.

Die Steine, die Mr. Wolf da in seinen Klauenhänden hielt, mussten Emily aus der Tasche gefallen sein, als sie gestürzt war.

So viel zu ihrem Plan, Dinsdale zu heilen.

Doch dann geschah etwas, das Emily vollends verblüffte.

Mr. Wolf gab ihr die Steine zurück.

Einfach so.

Mit den Worten: »Wir sind schließlich keine Diebe.«

Die drei Steine kullerten in die Jackentasche zurück. Genauer gesagt kullerten die Steine sogar in diejenige Jackentasche, in der sich der kleine Körper des erloschenen Irrlichts befand.

Zufälle gibt es eben nicht.

Alles erfährt seine Bestimmung, und Emily erinnerte sich dieser Worte in eben jenem Moment. Sie fasste neuen Mut, als der Zug mit einem Rauschen in den Bahnhof von Croxley einfuhr. Guter Hoffnung war sie, als Mr. Wolf und Mr. Fox Aurora und sie selbst in den nächsten Wagen zerrten.

Nein, Zufälle gibt es keine.

Das war in diesem Fall keineswegs anders gewesen.

Der Wagen konnte eine angestaubte, modrige Eleganz sein Eigen nennen. Einstmals kunstvolle, doch nunmehr gammelig aussehende Orientteppiche bedeckten den Boden, und die vergoldeten Lampen an den holzvertäfelten Wänden leuchteten kaum mehr. Das Licht flackerte unruhig, als sich der Zug in Bewegung setzte.

Finchley Road, hatte die Ratte gesagt.

Dort sollte es geschehen. Was immer *es* sein mochte.

Emily und Aurora hatten auf den Polstermöbeln Platz genommen. Mr. Wolf und Mr. Fox saßen den beiden Mädchen gegenüber und starrten sie an wie zwei Raubtiere, die ruhten.

»Für wen arbeiten Sie?« Emily hoffte, ein wenig über die Hintergründe der ganzen Sache in Erfahrung bringen zu können, und Fragen kostete nichts, wie Mrs. Philbrick zu sagen pflegte.

»Sie sind neugierig«, stellte Mr. Fox fest.

Mr. Wolf schaute nur mürrisch.

»Ich denke, dass wir Ihren Auftraggeber ohnehin bald kennen lernen werden.«

Mr. Fox nickte. »Oh ja, das werden Sie.« Der Gedanke an dieses Zusammentreffen schien ihn zu belustigen. »Dessen eingedenk macht es wohl keinen Unterschied, Sie beide davon in Kenntnis zu setzen, wer unser Auftraggeber ist.«

Besorgt warf Emily einen Blick auf ihre Freundin.

Zusammengekauert saß Aurora in ihrem Sessel und zitterte. Heftiger Schüttelfrost hatte sich ihres ganzen Körpers bemächtigt, und es kostete sie offenbar große Mühe, der Unterhaltung zu folgen.

»Er ist es«, verkündete Mr. Fox.

»Der neue Herr im Tower.«

»Master Lycidas.«

»Er bat uns vor wenigen Tagen, das Waisenhaus in Rotherhithe aufzusuchen und zweien der Kinder eine Einladung auszusprechen. Der Reverend Dombey war im Bild, und wir verdanken es nur seiner Nachlässigkeit, dass wir Sie jagen mussten.«

»Trefflich formuliert«, kommentierte Mr. Wolf, der das Ganze offensichtlich sehr komisch fand.

»Wir begaben uns also ins Waisenhaus. Reverend Dombey hatte unserem Auftraggeber versichert, dass wir die beiden Kinder unbeschadet in Empfang nehmen könnten.«

»Dämlicher Dombey!«, knurrte Mr. Wolf verächtlich.

»Dem kann ich mich nur anschließen«, stimmte Mr. Fox zu.

Der Zug ging scharf in eine Kurve.

Das silberne Geschirr und edle Porzellan in den noblen Schränken rappelte, und einige Gläser zersprangen, als sie von den Tischen rutschten.

Emily bemerkte, dass die Temperatur in ihrer Jackentasche anstieg. Sie spürte etwas. Etwas, das mit letzter Kraft auf einen der Steine zukroch, von dem Emily annahm, es handele sich um den Bernstein.

»Kensingtons Wölfe, dieses dumme Pack, sind uns zuvorgekommen.«

Mr. Fox verzog das Gesicht zu einer Fratze, als missbillige er das Verhalten der Werwölfe zutiefst. »Larry, dieser Idiot aus Whitechapel, entführt die kleine Miss Mushroom, und dummerweise flüchten Sie, liebe Miss Laing, in der gleichen Nacht aus dem Waisenhaus.«

Emily wirkte verwirrt.

Sie hatte nicht gewusst, dass der Lordkanzler von Kensington und sein Rudel räudiger Werwölfe etwas mit diesen beiden Gestalten und ihrem Auftraggeber, dem mysteriösen Master Lycidas, zu schaffen hatten. Und welche Rolle spielte der Reverend in diesem Spiel? Bisher war sie davon ausgegangen, dass Reverend Dombey und alle, die in irgendeiner Weise mit dem Waisenhaus zu tun hatten, nicht in diese seltsamen Geschehnisse involviert waren. War dies womöglich ein fataler Trugschluss gewesen? Hatte gar Madame Snowhitepink ihre Finger im Spiel?

»Es rattert in deinem Köpfchen, was?« Mr. Wolf grinste hämisch.

Emily hielt seinem gelbäugigen Blick stand.

»Master Lycidas wird Sie aufklären.« Mr. Fox hatte die Beine übereinander geschlagen. »Sollte er es nicht tun, so ist mir das auch recht. Wie bereits erwähnt, wir müssen nur den Auftrag erfüllen. Aufspüren und einfangen.«

»Und vor Einbruch der Nacht am Verrätertor abliefern.«

Das Verrätertor.

Emily hatte davon gehört.

Einer der flussseitigen Zugänge zum Tower von London war jenes Holztor mit den eisernen Spitzen. Früher waren die Gefangenen auf dem Wasserweg durch das Verrätertor in den Tower gebracht worden.

Ein unsanftes Schaukeln des Zuges riss Emily aus ihren Gedanken.

Mr. Fox und Mr. Wolf blickten alarmiert auf.

»Was war das?«

Mr. Wolf nahm Witterung auf. »Etwas stimmt nicht.«

Die Zugfahrt wurde unruhiger.

Emily hielt sich an den Lehnen des Sessels fest, und Aurora kam wieder zu Bewusstsein, hatte die Augen aufgerissen und starrte ihre Freundin an. Draußen vor dem Fenster raste ein hell erleuchteter Bahnsteig vorbei.

Kilburn.

»Was soll das?«, fauchte Mr. Fox, dem der Bahnsteig nicht entgangen war.

Kilburn liegt auf der Jubilee Line, die vom Norden Londons südwärts führt.

Schlagartig wurde Emily bewusst, dass sie sich im normalen Schienensystem fortbewegten. Die Menschen da draußen auf dem Bahnsteig in Kilburn waren normale Menschen, die zur Arbeit oder dem Feierabend entgegenfuhren, die mit Aktenkoffern und Einkaufstüten auf ihren Zug warteten, die sich vermutlich wunderten, weshalb ein staubiger Zug aus dem vorigen Jahrhundert mit schmutzigen Fenstern und dem Emblem der königlichen Familie während der Rushhour durch den Bahnhof raste.

»Diese Strolche!«, schimpfte Mr. Fox.

Emily ging stillschweigend davon aus, dass er die Ratten meinte.

Irgendetwas lief ganz und gar nicht nach Plan. Das war offensichtlich. Sowohl Mr. Fox als auch Mr. Wolf wurden unruhig und rannten von einem Fenster zum nächsten.

»Da!«, schrie Mr. Wolf.

Draußen raste der nächste Bahnhof vorbei, und verwunderte Passanten starrten dem Zug hinterher.

West Hampstead, las Emily.

Irgendwer musste die Weichen so gestellt haben, dass die Royal Line ins normale Schienennetz umgeleitet worden war. Die Lampen flackerten unruhig, und in den Schränken zerbrach Geschirr. Vor dem Fenster erkannte Emily nur Dunkelheit, hier und da das vorbeihuschende rote oder gelbe Licht einer Signalleuchte und manchmal einige fette Rohre und bloß liegende Stromleitungen. Die Geschwindigkeit des Zuges nahm stetig zu.

Mr. Fox und Mr. Wolf warfen einander wütende Blicke zu und hatten bei dem heftiger werdenden Schaukeln und Vibrieren des Zuges Mühe, sich auf den Beinen zu halten.

Aurora wurde wie auch Emily von den Kräften der Beschleunigung in ihren Sessel gedrückt.

Dann geschahen zwei Dinge gleichzeitig.

Es wurde hell.

Und der Zug bremste ab.

Die Royal Line war einem Geisterzug ähnlich in den Bahnhof von Finchley Road hineingerast und hatte dort auf kaum einhundert Yards abgebremst. Alles, was innerhalb des riesigen Abteils nicht angebunden, angeschraubt oder festgenagelt gewesen war, kippte um, fiel zu Boden oder flog durch die Luft. Letzteres geschah auch mit den beiden Häschern.

Sowohl Mr. Fox als auch Mr. Wolf riss es von den Beinen. Unsanft wurden beide gegen die holzvertäfelte Wand geschleudert, während Emily und Aurora sich in ihren am Boden angeschraubten Sesseln festzuhalten vermochten. Aurora hustete schwer, als sie in den Sessel gedrückt wurde, und auch Emily musste nach Luft schnappen. Überall um die beiden herum zersplitterten Teller und Gläser. Der große Kronleuchter war gegen die Decke geschlagen und in tausend Scherben zerschellt. Die Spiegel an den Wänden splitterten lautstark.

Dann wurde es still.
Für einen Moment jedenfalls.
Emily warf Aurora einen langen Blick zu.
Gerade wollte sie sich nach dem Befinden ihrer Freundin erkundigen, als sich die Türen des Wagens geräuschvoll öffneten und den Blick auf den Bahnsteig freigaben. Das, was sie dort erwartete, hatten die beiden Mädchen niemals erwartet. Mr. Fox und Mr. Wolf wohl ebenso wenig.
Der Bahnsteig war gesäumt von Bediensteten der Underground, Feuerwehrleuten und Polizisten, die allesamt verwundert und neugierig auf den gerade entgleisten Zug starrten und sich fragten, woher dieses altertümliche Monstrum wohl gekommen sein mochte.
Emily erinnerte sich der Worte Lord Brewsters.
Instinktiv begriff sie, dass dies ihre Chance war, dass der Zug von den Ratten hierher geleitet worden war und dass auch die Anwesenheit der vielen Menschen dort draußen irgendetwas mit dem Plan der Ratten zu tun haben musste.
»Wir müssen los!«
Mit einem letzten Blick auf Mr. Fox und Mr. Wolf sprang Emily auf und packte Aurora, zog sie hinter sich her. Gemeinsam stolperten sie den Feuerwehrleuten und Polizisten entgegen, von denen einige bereits die Hände an den Waffen hatten.
Hinter sich hörte Emily das wütende Heulen Mr. Wolfs, das begleitet wurde vom durchdringenden Schimpfen des nunmehr nahezu tobsüchtigen Mr. Fox.
Sie warf einen Blick zurück und wurde der Armbrust gewahr, die Mr. Wolf im Anschlag hielt. Auch Mr. Fox griff unter dem Umhang nach seiner Waffe.
»Schneller, Aurora. Bitte!«
Das Herz schlug Emily bis zum Hals.
Sie mussten es einfach schaffen.
Da wurde sie des typischen Underground-Schilds mit den schwarzen, groben Lettern gewahr, die den Schriftzug »Finchley Road« bildeten; sie erkannte die hässlichen, schalenförmigen Plastikbänke, die Fahrpläne und die überquellenden Mülleimer. Dies war die Welt, in der sie gelebt hatte. Die richtige Welt. Das wirkliche Leben. Aurora und sie würden bald schon in Sicherheit sein.
Mr. Wolf spannte die Armbrust im Laufen.

Mr. Fox tat es ihm gleich.

»Wir werden sterben«, flüsterte Aurora, der die Jäger nicht entgangen waren.

Dann überflutete grelles Licht den Bahnsteig.

Blendete die Polizisten, die Feuerwehrleute und die beiden Häscher, die sich noch im Wagen befanden, gleichermaßen.

Winston Dinsdale leuchtete aus Leibeskräften.

Emily frohlockte.

Also hatte der Bernstein ihm das Lebenslicht zurückgegeben.

Gleißend flutete das Irrlicht den Bahnhof.

Es war nur ein kurzes Aufflammen, das aber lange genug andauerte, um die Aufmerksamkeit der am Bahnsteig Stehenden von den beiden aus dem Zug stürmenden Kindern auf die beiden seltsam gekleideten, bewaffneten Gestalten zu lenken, die zähnefletschend und knurrend aus dem Wagen gesprungen kamen und die, das würden später die meisten der Anwesenden etwas verwirrt bezeugen, seltsamerweise Rowan Atkinson ähnlich sahen. Die Größere der Gestalten feuerte einen Pfeil aus einer altmodischen Armbrust ab, die einen der Polizisten in die Brust traf, worauf die anderen Polizisten das Feuer auf die beiden Kreaturen eröffneten.

Augenblicke später explodierte die alte Lokomotive, die sich am Bahnsteigende in die Wand gebohrt hatte, in einem heißen Feuerball und erschütterte den gesamten Bahnhof.

Emily und Aurora befanden sich derweil bereits auf dem Weg nach oben.

»Wir sind sie los«, keuchte Emily.

Ganz außer Atem kauerten die Mädchen auf den Stufen einer langen Rolltreppe. Sie hörten die Explosion durch die Tunnel hallen und fragten sich, was wohl aus den beiden Häschern geworden war.

»Mir ist so kalt.«

Emily nahm die Freundin in die Arme.

»Wir haben es geschafft«, flüsterte Aurora, die immer noch fror und deren Lippen ganz blau geworden waren.

Emily nickte nur und hoffte, dass ihre Freundin Recht behielt.

Kapitel 9

Irrungen und Wirrungen

Als ich die Kunde vernahm vom schrecklichen Unfall der U-Bahn drüben in der Finchley Road, begann ich zu ahnen, dass es um die beiden Kinder nicht so schlecht bestellt war, wie ich bisher befürchtet hatte.

Die lokalen Medien stürzten sich mit all der Besessenheit der Journalistenzunft auf das Auftauchen jener mysteriösen, ja antiquarisch anmutenden U-Bahn, die aus dem Nichts aufgetaucht und in einen stillstehenden Schienenwagen der London Underground-Gesellschaft gerast war. Die Zeitungen, allen voran – könnte es anders sein – die *Sun*, weideten dieses Vorkommnis genüsslich aus.

Infolge eines kurzfristigen Stromausfalls im nördlichen London war für einen Sekundenbruchteil, gerade so lange, wie das System der Stadtwerke benötigte, um auf die Notenergieversorgung umzuschalten, das ATO ausgefallen. Die meisten Züge sind mit diesem automatischen Steuerungssystem ausgestattet. Als die Anzeigen wieder funktionierten, erkannte der Diensthabende des London Passenger Transport Board, dass sich ein unbekannter Zug auf der Jubilee Line südwärts bewegte, und das mit einer beängstigenden Geschwindigkeit.

Alle auf dieser Strecke fahrenden Züge wurden augenblicklich gestoppt. Ein Installationswagen, der im Bahnhof Finchley Road parkte, um die Oberlichter auszutauschen, konnte jedoch nicht mehr rechtzeitig zurückgerufen werden. Glücklicherweise war es gelungen, die Passagierzüge auf Nebengleise umzuleiten.

Im Bahnhof Finchley Road kam es dann zum Zusammenstoß.

Die Bediensteten der London Transport hatten notdürftig ein mobiles Bremssystem auf den Gleisen installiert, das die Fahrt des Geisterzuges stoppen sollte. Feuerwehr und Polizei waren anwesend, als der Zug in den Bahnhof raste, den Installationswagen rammte, von den Gleisen sprang und sich in die Tunnelwand bohrte, wo die uralte Lokomotive schließlich Feuer fing und explodierte. Ein grelles Licht habe aber schon vorher aufgeblitzt, berichteten Augenzeugen. Zwei in Kutten gekleidete Gestalten seien dann aus einem der Wagen gestürmt und hätten mit mittelalterlichen Waffen wahllos in die Menge geschossen und dabei einen Polizisten tödlich verletzt. Beide seien in einem Akt der Notwehr von den Polizisten erschossen worden und befänden sich nunmehr in der Gerichtsmedizin in Soho. Unnötig zu erwähnen, dass Scotland Yard noch keine dieser Meldungen bestätigt hatte.

Lord Brewsters Handschrift ist das, sagte die Rättin zu mir.

»Sie glauben, dass die Kinder in Sicherheit sind?«

Ich hoffe es.

Mylady Hampstead saß auf der Armlehne des Kaminsessels, wo sie schon die ganze Nacht über gehockt hatte, während sie mir bei prasselndem Kaminfeuer von den Ereignissen berichtet hatte, die einst geschehen waren und den Lauf der Ding noch heute zu beeinflussen wussten.

Du kannst die Gegenwart nur richtig sehen, wenn die Vergangenheit nicht länger im Nebel liegt. Ihre kleine Schnauze hatte sich missbilligend gekrümmt, als sie hinzufügte: *Unfehlbarkeit ist nicht der Ratten Stärke. Wir haben Fehler gemacht, die, so befürchte ich, unserem Feind gute Dienste erweisen.*

»Wissen Sie, wer hinter dem Namen Lycidas steckt?«

Keiner von uns weiß das.

»Welche Geschichten sind es, von denen Sie mir berichten wollen?«

Wie du weißt, begann das Unglück, das diese Welt einst zerrissen hat, mit den Aufständen.

Die Whitechapel-Aufstände. »Ja.« Natürlich wusste ich davon.

Mylady Hampstead kratzte sich mit dem Hinterbein am Ohr. *Zwei Häuser, beide von gleich edlem Blut und beide hier in London, wohin wir uns wenden, entfachen neu des alten Haders Glut, drin Bürgerblut, ach, floss von Bürgerhänden.* Die dunklen Knopfaugen musterten mich wissend. *Aus der zwei Feinde Lenden ward gezeugt ein Liebespaar in schlimmer Sterne Bann.* Hier machte sie eine Pause. *Manchmal*, so fügte sie hinzu, *imitiert das Leben die Literatur.*

»Sie spielen auf die Familie Mushroom an«, bemerkte ich.

Und die Familie Manderley.

Die alte Rättin wirkte auf einmal unsagbar müde und erschöpft.

»Was wissen Sie, Mylady? Welches Geheimnis bedrückt Ihre Seele?«

Manderley Manor und Mushroom Manor waren einst verfeindete Häuser, deren Zwist über Jahrhunderte angedauert hatte. Der Grund dieses Übels geriet nach all den Jahren in Vergessenheit. Letzten Endes kulminierte die Missgunst in den Aufständen, die wie ein Flächenbrand ganz London zu verschlingen drohten.

Ich nickte wie der gelehrige Schüler, der ich ihr einst gewesen war.

Jeder kannte diese Geschichte. Jeder wusste von den Aufständen, die im alten Stadtteil Whitechapel begonnen hatten, als ein Erbe edlen Blutes zum Mörder geworden war. In der uralten Metropole munkelte man, es sei ein Angehöriger jener verfeindeten Häuser gewesen, doch war dies nie bestätigt worden.

Die Geschichte wurde zum Mysterium, der Spitzname des Mörders zur Legende.

Jack the Ripper.

»Kennen Sie seine Geschichte?«

Die alte Rättin grinste. *Nein, Mortimer. Niemand tut das. Doch ist es, so glaube ich, auch nicht von Belang für das, was der Welt im Augenblick widerfährt.*

»Sondern?«

Wir Ratten hielten damals Rat in der uralten Metropole und kamen zu dem Schluss, dass nur Frieden herrschen konnte, wenn die Feindschaft zwischen den mächtigen Häusern beigelegt würde. Beider Geschlechter Blut musste sich verbinden, wenn die neue Ordnung stabil sein sollte.

»Sie strebten eine Heirat an«, führte ich ihren Gedanken zu Ende.

Zwischen dem Erben der Manderleys und jenem der Mushrooms. Mia Manderley, jüngster Spross der alten Dynastie vom Regent's Park, und Martin Mushroom, einziger Sohn der Elfenfamilie aus Blackheath. Ihrer beider Kind sollte die neue Stadtordnung festigen und die uralte Metropole in neuem Glanz erstrahlen lassen.

»Doch etwas lief schief.«

Ein Kind wurde den beiden schon bald geboren. Mara Myrial Mushroom.

»Der Stein des Anstoßes sozusagen.«

Ein gesundes kleines Wesen von reinem Elfenblut, fuhr die alte Ratte unbeirrt zu reden fort. *Die uralte Metropole atmete auf, doch dann verschwand die kleine Mara Mushroom, wurde noch als Neugeborene aus der Wiege gestohlen, von einem Inkubus, wie man munkelte.*

»Ist das erwiesen?«

Nein. Ich persönlich glaube nicht, dass es ein Inkubus war. Inkuben sind träge Geschöpfe und niemandem zu Diensten. Es ist unwahrscheinlich, dass ein derartiges Geschöpf fremde Befehle ausführt.

»Es gibt also einen Drahtzieher.«

Das vermuten wir.

»Master Lycidas?«

Wer weiß das schon? Jemand, und nur das ist gewiss, ließ die kleine Mara Mushroom entführen, was die junge Ehe Mia Manderleys und Martin Mushrooms aufs Äußerste belastete. Es kam zu häufigen Streitereien, und man sprach sogar von Trennung.

»Was den Frieden zwischen den beiden Häusern aufs Neue gefährdet hätte.«

Du sagst es, Mortimer.

Bis hierher war mir die Geschichte hinläufig bekannt gewesen. »Mara tauchte also im Waisenhaus auf, und die Ratten haben davon erfahren. Ihr wolltet sie befreien, doch dann trat Larry der Lykanthrop auf den Plan.«

Er kam uns zuvor, und wir wissen nur lückenhaft, dass der Lordkanzler von Kensington etwas mit dieser ganzen Sache zu tun hat.

Ich hatte Mylady Hampstead mitgeteilt, dass Kensingtons neuer Lordkanzler Anubis seine Werwölfe Aufträge für jenen mysteriösen Master Lycidas ausführen ließ.

»Was also ist die große Neuigkeit, die mir mitzuteilen Sie hergekommen sind?«

Es gibt ein zweites Kind, gab die Ratte zur Antwort.

Neugierig beugte ich mich im Sessel vor. »Ein weiteres Kind, sagen Sie?«

Mia Manderleys Liebe gehörte einem jungen Mann aus Spitalfields. Richard Swiveller mit Namen. Ein arbeitsloser Musiker und, fügte sie bedeutungsschwanger hinzu, *ein Mensch.*

»Wann war das?«

Kurz bevor der Plan der Ratten in die Tat umgesetzt wurde. Mia Manderley trug das fremde Kind in sich, und es wurde geboren, bevor es zur Anbahnung der Ehe mit dem Mushroom-Erben kam.

»Und das Kind?«

War ein Mädchen. Ein Wechselbalg mit roten Haaren und, wie wir nunmehr wissen, Trickstereigenschaften.

»Emily.« Als hätte ich es geahnt.

Sie war der Dorn im Auge Eleonore Manderleys, und so entledigte man sich ihrer.

»Sie wurde der Obhut Reverend Dombeys übergeben.«

Die alte Rättin rümpfte die kleine Nase. *Man übergab sie einem Waisenhaus. Welchem genau ist uns nicht bekannt.* Sie strich sich mit der Vorderpfote über die langen Barthaare. *Niemand erfuhr von Emilys Existenz. Nur die engsten Angehörigen der Manderleys wussten von ihr. Mylady Eleonore Manderley, deren Mann in Whitechapel den Tod gefunden hatte, wollte nichts mit dem Wechselbalg ihrer Tochter zu tun haben. Die Hochzeit wurde vollzogen. Die uralte Metropole atmete auf.*

»Was geschah mit dem Vater«, fragte ich, »mit Richard Swiveller?«

Der arme Kerl wurde das Opfer eines Raubüberfalls und starb auf offener Straße an den Folgen mehrerer Messerstiche. Die Knopfaugen der Rättin zwinkerten vielsagend. *Welch ein Zufall, nicht wahr?!*

Ich erhob mich und trat ans Fenster.

Das verschneite London lag vor mir und harrte der Dinge, die sich da ankündigten.

»Warum tauchte Mara Mushroom plötzlich im Waisenhaus von Rotherhithe auf?«

Wir wissen es nicht.

»Es gibt keine Zufälle«, gab ich zu bedenken.

Mylady lächelte. *Wie ich es dich gelehrt habe.*

»Wo also finden wir die Lösung?« Unruhig ging ich vor dem lodernden Kamin auf und ab. »Wir haben ein Kind, das entführt wird, zwei Jahre oder auch länger verschwunden bleibt und plötzlich wieder auftaucht. Eine ganz schön lange Zeit muss die Kleine in der uralten Metropole verbracht haben. Jack the Ripper wütete 1888 im Eastend.«

Es ist so eine Sache mit der Zeit in London und in der uralten Metropole.

Wir vermuten, dass sie an einem geheimen Ort in der Stadt unter der Stadt versteckt wurde.

Dann tauchte sie irgendwie in Rotherhithe auf.

»Die Ratten erfahren davon und wollen das Kind befreien. Doch wird es erneut entführt. Dieses Mal von Larry dem Lykanthropen, der im Dienste des Lordkanzlers Kensington steht, welcher seinerseits der verlängerte Arm jenes Master Lycidas ist.« Ich warf der Rättin einen strengen Blick zu. »*Zufälligerweise*«, überbetonte ich, »befindet sich die Halbschwester der kleinen Mara im selben Waisenhaus und flieht in eben dieser Nacht hinaus nach London.«

Mylady Hampstead rümpfte die kleine Nase.

»*Zufällig*«, überbetonte ich erneut, »ist es Lord Brewster, der mich auf die umherirrende Emily Laing ansetzt, weil er angeblich ihre so außerordentlichen Trickster-Eigenschaften benötigt, um die kleine Mara Mushroom zu finden.« Nach einer kurzen Pause fügte ich hinzu: »Ist es nicht wahrscheinlich, dass es die Blutsverbindung zwischen den beiden Kindern ist, weswegen Lord Brewster Emily Laing auserwählt hat? Als Maras Halbschwester ist sie besser als jeder andere Seher dazu in der Lage, die Kleine ausfindig zu machen.«

So ist es.

»Warum also hat Lord Brewster mich nicht in das Geheimnis eingeweiht?«

Geheimniskrämerei, antwortete die alte Ratte ausweichend. *Er wollte so wenig Informationen wie nur möglich preisgeben.*

»Was nicht gerade hilfreich gewesen ist.«

Ich schätze es nicht, wenn man mich derart im Ungewissen lässt. Maurice Micklewhite, so dachte ich, ebenso wenig. Ich war gespannt auf das Gesicht des Elfen, wenn er vom neuen Stand der Dinge erfuhr.

Letzten Endes, brachte es Mylady Hampstead auf den Punkt, *müssen wir herausfinden, wer der Drahtzieher all dieser Verwicklungen ist.*

»Master Lycidas?«

Der im Tower von London residiert.

»Aber was ist seine Motivation?«

Ist dies nicht offensichtlich?

»Er könnte die kleine Mara töten und hoffen, dass der Zwist zwischen den beiden Häusern aufs Neue entfacht wird. Sofern dies seine Absicht ist.«

Und wie könnte er dieses Ziel zudem erreichen?

Überrascht starrte ich die alte Rättin an.

»Indem er sich Emilys bemächtigt und die Welt wissen lässt, dass Mia Mushroom einen Wechselbalg gezeugt hat.«

Lord Mushroom wird darüber wenig erfreut sein.

»Alles deutet darauf hin, dass jemand die Ehe der Mushrooms zerstören will.« Es war verwirrend. »Doch was genau strebt er damit an?«

Er will die Vorherrschaft in London, mutmaßte Mylady Hampstead.

»Das ist noch niemandem gelungen.« Bisher hatte es immer ein Gleichgewicht der Kräfte gegeben in der Stadt der Schornsteine.

Es wäre logisch, ihm dieses Ziel zu unterstellen.

Die nachdenklichen Blicke der alten Rättin erinnerten mich schmerzhaft an meine Kindheit, an die endlos langen Belehrungen durch Mylady Hampstead, die eine wahrlich gestrenge Lehrerin gewesen war. Doch auch eine treu sorgende Mentorin.

»In welchem Zusammenhang«, stellte ich schließlich die entscheidende, bisher vernachlässigte Frage, »steht dann das Verschwinden der Kinder in London mit all diesen Verwicklungen?«

Ratlosigkeit spiegelte sich in den schwarzen Kulleraugen wider.

Verlegen hoben sich die Schnauzhaare der alten Rättin. *Das, Mortimer, weiß keiner von uns. Doch mutmaße ich, dass es einen Zusammenhang gibt.*

»Zufälle gibt es nicht«, murmelte ich entnervt.

Drehte geistesabwesend an dem Globus in meinem Arbeitszimmer und sah teilnahmslos zu, wie die uralte Welt rotierte. Dann wandte ich meinen Blick nach draußen, beobachtete die dicken Schneeflocken und die funkelnden Lichter der nächtlichen Stadt.

Von fern vernahm ich die Stimme Mylady Hampsteads.

Es gibt keine Zufälle. Und genau damit haben wir es hier zu tun.

Das alles erfuhr ich vorige Nacht.

Vielerlei abstruse Gedanken stoben mir im Kopf umher und ließen mich kaum zur Ruhe kommen. Als ich dann am nächsten Morgen von den Geschehnissen in der Finchley Road las, erhellte sich meine Laune zusehends. Mylady Hampstead, die noch immer in meinem Hause verweilte, stimmte mit mir darin überein, dass dies alles wohl ein Werk der Ratten gewesen war.

Im Laufe des Vormittags erhielt sie dann eine Botschaft, die eine der Tauben vom Trafalgar Square überbrachte. Nicht umsonst nennt man sie fliegende Ratten.

Lord Brewsters Werk, informierte sie mich. *Natürlich.*

»Was ist mit den Kindern geschehen?«

Du sorgst dich um Kinder? Verwundert und zugleich amüsiert sah sie mich an. *Was, Mortimer, hat denn diesen Wandel verursacht?*

Ich zog eine Grimasse. »Fragen Sie nicht!«

Sie sind entkommen in dem Tumult, und niemand weiß genau, wo sie abgeblieben sind.

»Und ihre Verfolger?«

Das, und hier rümpfte sie die kleine Nase, *ist die große Neuigkeit. Wir haben es mit zwei alten Bekannten zu tun. Mr. Wolf und Mr. Fox. Wer hätte gedacht, dass sich die beiden nach dem großen Feuer von 1666 noch einmal blicken lassen würden?*

»Habe ich es doch geahnt.«

Mylady setzte sich auf die Hinterbeine.

Schnupperte neugierig.

»Die Angreifer in Knightsbridge«, erklärte ich. »Vermutlich waren es diese beiden.«

Wenn es tatsächlich Mr. Wolf und Mr. Fox gewesen sind, die die Kinder in ihre Gewalt gebracht haben, dann haben die beiden Mädchen großes Glück gehabt.

Dem stimmte ich zu.

»Die beiden Gestalten sollen in der Finchley Road erschossen worden sein«, bemerkte ich.

Zumindest stand das in der Zeitung.

Die alte Rättin sprach aus, was ich insgeheim befürchtete: *Unwahrscheinlich, dass so etwas Banales wie eine Pistolenkugel den beiden Jägern den Garaus macht.*

»Sie seien in die Pathologie drüben in Soho gebracht worden«, zitierte ich die *Times*.

Ich glaube nicht, dass der Gerichtsmediziner zwei Leichen vorfindet, wenn er die Kühlschränke öffnet.

»Sie werden die Fährte aufnehmen und den Kindern folgen.« Diese Wendung der Ereignisse beunruhigte mich mehr, als ich zuzugeben bereit war. »Wenn es sich wirklich um Mr. Fox und Mr. Wolf handelt«, sagte ich und hoffte insgeheim, dass dem nicht so war, »dann wird nichts und niemand sie davon abhalten können, die Kinder aufzuspüren.«

Was also sollen wir tun?

»Ihnen zuvorkommen.«

Wie hilfreich es doch gewesen wäre, hätte ich gewusst, wie wir das anstellen sollten.

Emily und Aurora hatten die Rolltreppe mit zitternden Beinen verlassen.

Am Eingang zum Bahnhof standen Feuerwehrleute und Polizisten, die sie schleunigst beiseite zogen. »Verschwindet hier, das ist kein Platz für Kinder«, rief man ihnen zu und schob sie in die Maulaffen feilhaltende Menschenmenge. Die beiden drängelten sich zwischen all den Leibern hindurch und standen schließlich mitten im Straßenverkehr. Autos hupten die Kinder wütend an, als sie verdutzt und orientierungslos über die Straße torkelten. Emily zog Aurora schnell hinter die nächste Straßenecke, sodass sie dem Chaos vor der Finchley Road entkamen. Dinsdale surrte um ihre Köpfe herum, und sobald sie einige Straßen weiter vor einer schmutzigen, spärlich beleuchteten Unterführung standen, schwebte er ganz nahe bei Aurora und leuchtete aus Leibeskräften.

Emily hatte Recht behalten.

Der Bernstein hatte das Irrlicht zu heilen vermocht. Er hatte ihm die verlorene Sonnenenergie zurückgegeben.

Flink umkreiste Dinsdale die zitternde Aurora, und für das menschliche Auge, das Bewegungen dieser Schnelligkeit nicht wahrnehmen kann, sah es so aus, als umgäbe ein überirdischer Schein das dunkelhäutige Mädchen. Langsam trocknete ihre Kleidung, verloren die Lippen den blauen Schimmer, erstarb das schüttelfrostige Bibbern. Das krause Haar trocknete, und der Lebensfunke kehrte in die dunklen Augen zurück.

»Danke«, hauchte sie.

Dinsdale schien sich zu freuen.

Emily schaute besorgt zu den Treppenstufen der Unterführung.

»Ich hoffe, wir haben die beiden abgeschüttelt.«

»Jemand hat auf sie geschossen«, bemerkte Aurora. »Ich glaube, dass die Polizei sie verhaftet hat.«

Niemand darf in London ungestraft mit einer Armbrust herumhantieren und Leute abschießen, dachte Emily. Andererseits wusste sie nicht, was das für Kerle gewesen waren und über welche Kräfte sie verfügten.

»Wir sollten kein Risiko eingehen«, schlug sie deshalb vor und half Aurora auf die Beine.

»Was sollen wir jetzt tun?«

Emily überlegte kurz. »Ich glaube, wir sind hier ganz in der Nähe von Wittgensteins Haus.«

Vorsichtig stiegen sie die Treppenstufen hinauf und lugten die Straße entlang.

Es mochte früher Abend sein. Unzählige Passanten bevölkerten noch die schmalen Gehwege und hasteten durch das Schneegestöber. Es kam Emily so vor, als wollte der Schnee die ganze Stadt unter sich ersticken.

»Wir sind in der Prince Albert Road«, stellte Emily mit einem Blick auf das Straßenschild fest.

»Die kenne ich«, antwortete Aurora. »Dort drüben ist der Regent's Park. Wenn wir durch den Park gehen, dann müssten wir Marylebone bald erreichen.« Sie wirkte einen Moment lang unsicher. »Glaubst du denn, wir finden Wittgensteins Haus?«

Emily zögerte. »Ich glaube schon. Ja. Aber … vielleicht ist ihm etwas zugestoßen.«

Aurora blickte sie skeptisch an.

»Ich meine, wer sagt denn, dass auch wirklich er selbst in seinem Haus auf uns wartet?«

Das sah Aurora ein. »Nach den letzten Stunden halte ich alles für möglich. Trotzdem, wir können ja vorsichtig sein. Oder hast du eine bessere Idee?«

Hatte Emily nicht. »Wenn wir dort niemanden vorfinden, dann können wir immer noch ins Britische Museum zu Master Micklewhite.«

Dinsdale war der gleichen Meinung.

»Dann los!«

So machten sich die Kinder auf den Weg.

»Es ist unheimlich hier.«

Emily hatte dem nichts hinzuzufügen.

Der Regent's Park war nur spärlich beleuchtet, und Emily hoffte, dass ihnen nicht irgendwelche Ganoven auflauern würden. Der Schnee hatte sich wie ein weißer Teppich über den Park gelegt und man konnte kaum die Wege erkennen. Fußspuren waren keine zu entdecken, was die Mädchen zumindest in der Hoffnung bestärkte, dass außer ihnen beiden niemand hier im Park herumlief. Die sonst so dichten Bäume waren karge Skelette, die ihre zackigen Schatten warfen, als wollten sie nach den Kindern greifen. Die schneebedeckte Kuppel der Moschee schaute aus der Ferne über die Baumwipfel, und der Regent's Canal war größtenteils mit einer dicken Eisschicht und feinem Schnee bedeckt.

Auf den Wipfeln der Bäume hockten vereinzelt große Raben, die neugierig ihre Köpfe reckten, als die nächtlichen Wanderer sie passierten.

»Was glaubst du«, flüsterte Aurora, »hat das etwas zu bedeuten?«

Die Raben sahen in der Tat ein wenig bedrohlich aus, und Emily entsann sich des Gedichts von Poe.

Sein Dämonenauge funkelt und sein Schattenriss verdunkelt das Gemach, schwillt immer mächt'ger und wird immer grabesnächt'ger; und aus diesem schweren Schatten hebt sich meine Seele nimmer, nimmer, nimmermehr.

Mrs. Philbrick und ihre düsteren Geschichten.

Wie seltsam ist es doch, dachte sich Emily, dass man gerade in solchen Momenten an diese schaurigen Geschichten erinnert werden musste. »Ich mag keine Raben«, sagte sie nur.

Aurora nahm das zur Kenntnis, und mit wachsamem Blick gingen die beiden ihres Weges, ohne die großen Raben aus den Augen zu lassen. Hin und wieder krächzte eines der Federtiere. Es war ein heiserer, bösartiger Laut, der die Nacht zerschnitt wie ein stumpfes Messer.

Aus der Ferne drangen weitere Geräusche zu ihnen.

Ein Schnauben und Bellen, Kreischen und Brüllen. Ein Schauer lief den Mädchen über den Rücken, als sie an die Wölfe dachten. Doch wussten beide, dass dies nur die nächtlichen Geräusche aus dem Londoner Zoo waren. Was ehrlich gesagt nicht unbedingt beruhigend war.

Die Raben erhoben sich hin und wieder von ihren Plätzen und flatterten durch die Nacht.

»Ich habe da eine ziemlich unangenehme Vermutung«, flüsterte Emily.

Aurora warf ihr von der Seite einen Blick zu. Mit forschen Schritten ging sie neben Emily her. Die Wärme eines Irrlichts schien eine überaus heilende Wirkung zu besitzen. »Wegen der Raben?«

Emily suchte den Park vor ihnen nach etwaigen Bewegungen in den langen Schatten ab.

Ein eisiger Wind schlug ihr ins Gesicht und trieb ihr die Tränen in die Augen.

»Wo gibt es Raben in London?«, fragte sie ihre Freundin.

Aurora antwortete zögerlich: »Überall?«

»Nein, nicht überall.« Ein flaues Gefühl begann sich in Emilys Magen auszubreiten. »Im Tower gibt es Raben.«

»Die können aber nicht fliegen«, meinte Aurora beschwichtigend, um ihnen beiden Mut zu machen. Allerdings wusste sie selbst, wie hölzern und wenig überzeugend diese Begründung klang.

Dann hörten sie es.

Es war ein langes, kehliges Heulen, das der Wind da an ihre Ohren trug.

Beide Mädchen verharrten ängstlich.

»Was ist das gewesen?«, fragte Aurora, die sich kaum weiterzugehen traute.

»Könnte vieles gewesen sein«, gab Emily halbherzig zur Antwort.

»Zum Beispiel?«

Emily sagte das Erste, was ihr einfiel, und es klang, wie sie sich selbst eingestehen musste, alles andere als einleuchtend. »Ein Coyote?«, schlug sie vor, an den nahen Zoo denkend.

Mit banger Stimme entgegnete Aurora: »Es gibt aber keine Coyoten in England.«

Das Heulen erklang erneut.

»Ist vielleicht Heathcliff.«

»Der heult nur im Moor.«

Nach Lachen war ihnen nicht zumute.

Erneut erklang das Heulen.

Noch kehliger, noch rauer.

»Es kommt näher.«

Zweifelsohne.

Den beiden Mädchen blieb fast das Herz stehen, als sie die tiefen Fußabdrücke im Schnee erblickten.

Pfotenabdrücke.

Emily sprach aus, was beide dachten.

»Wölfe.«

Das Heulen näherte sich geschwind.

Die Raben hatten damit begonnen, über den Köpfen der Mädchen zu kreisen, als wollten sie jemandem deren Position anzeigen.

Dann sahen die Mädchen die auf sie zustürmenden Kreaturen.

Sie kamen aus den Schatten der Baumgruppe vor ihnen. Es waren vier große Werwölfe, angeführt von Larry dem Lykanthropen. Sie waren vollständig verwandelt und liefen schnell und gebückt auf zwei Beinen, wobei sie die klauenbewehrten, langen Arme an der Seite lose baumeln ließen, was ihren Bewegungen etwas Insektenhaftes verlieh.

»Oh nein«, jammerte Aurora.

Emily schloss sich ihr an.

Sie standen mitten im Park, kein Versteck und keine Zuflucht weit und breit.

Dann riss etwas den ersten Werwolf ruckartig nach hinten.

Die anderen stürmten unbeirrt vorwärts.

Ein Zischen zerteilte erneut die eisige Luft, und Aurora sah, wie sich ein langer Pfeil in das Auge eines Werwolfs mit grauem, struppigem Fell bohrte. Das Tier brach mitten im Lauf in sich zusammen, fiel in den Schnee und im nächsten Moment setzte die Verwandlung ein.

»Was passiert hier?«, wollte Emily wissen und sah sich um.

Zu ihrer Rechten stand eine vermummte Gestalt im Schnee und hielt eine Armbrust im Anschlag. Die Gestalt trug lederne Hosen und hohe Stiefel, dazu einen langen Mantel und einen breitkrempigen Schlapphut. Mit Sicherheit war es weder Mr. Fox noch Mr. Wolf.

Ein weiterer Pfeil wurde abgeschossen und traf den schwarzen Werwolf mit den spitzen Ohren mitten in die Brust. Blieb noch Larry der Lykanthrop, der verdutzt an seinen am Boden liegenden Kumpanen schnüffelte.

Die Gestalt spannte derweil einen weiteren Pfeil in die Armbrust und zielte auf den Anführer des Rudels.

Aurora und Emily standen wie angewurzelt da.

Dinsdale hatte sich hoch in die Luft erhoben.

Larry der Lykanthrop griff an und sprang mitten im Laufen in die Höhe, was dazu führte, dass der Pfeil seinen Brustkorb verfehlte und ihn in den Oberschenkel traf. Wütend heulte der Werwolf vor Schmerzen auf, als er in den tiefen Schnee stürzte.

Vorsichtig näherte sich die bemantelte Gestalt dem verletzten Werwolf.

»Guten Abend, Larry«, hörte Emily eine helle, ruhige Stimme sagen. »Sieht nicht so aus, als sei heute dein Glückstag.«

Larry fauchte böse und bleckte die spitzen Zähne.

Emily erkannte ihn wieder, und ihr schauderte, als sie sich an die Begegnung am U-Bahnhof Notting Hill Gate erinnerte.

Ohne Vorwarnung rammte die Gestalt dem am Boden liegenden Werwolf ein langes Messer bis zum Schaft in die Kehle. Das bösartige Fauchen erstarb augenblicklich. Sekundenbruchteile später lag ein nackter Junge in einer sich im Schnee ausbreitenden Lache seines eigenen Blutes.

»Er ist tot«, sagte die Gestalt.

Trat den verschreckten Mädchen entgegen. Die Stimme klang beruhigend und Vertrauen erweckend.

Es war Aurora, die als Erste die Sprache wiederfand. »Danke.«

Und Emily fügte mit zitternder Stimme hinzu: »Wer sind Sie?«

Mit einer schwungvollen Bewegung verbeugte sich die Gestalt und zog den großen Hut vor den beiden Mädchen. Wallendes blondes Haar ergoss sich über ihre Schultern. »Ich heiße Sie willkommen, meine Damen«, sagte die schwarz gekleidete Frau. »Mein Name ist Señora del Fuego, zu Ihren Diensten.« Sie warf einen vorsichtigen und zugleich höchst abschätzigen Blick auf die Leichname der Werwölfe.

Lächelte.

»Wittgenstein schickt mich.«

Nach dem Frühstück suchten wir Maurice Micklewhite im Museum auf.

Mylady Hampstead hockte während des ganzen Weges dorthin auf meiner Schulter, ließ sich den Schnee um die Nase wehen und gab mir jenes behütete Gefühl, das ich als Kind so oft in ihrer Gegenwart verspürt hatte. Ich entsann mich der langen Stunden, in denen ich, den Anweisungen der alten Ratte folgend, meine Trickster-Eigenschaften entdeckt und geschult hatte.

Wie alle Ratten, so mochte auch Mylady Hampstead den fiebernden Pulsschlag der Stadt. Selbst an den typischen grauen und wolkenverhangenen Tagen konnte man das Leben in London fühlen, ja fast schmecken. Beide genossen wir es an diesem Morgen, uns den eisigen Wind in die Gesichter blasen zu lassen und uns im dichten, scheinbar nimmer enden wollenden Schneegestöber zu verlieren.

Wir nahmen die lang gezogene Tottenham Court Road südwärts, überquerten schließlich den zugeschneiten Bedford Square und erreichten das Britische Museum gegen Mittag.

Maurice Micklewhite hockte in seinem Büro bei einer Tasse Zitronentee, nahezu versteckt hinter einem Berg dicker Wälzer und gewellter Schriftrollen, die Hieroglyphen erkennen ließen. Erfreut stellten wir fest, dass der Elf vollauf genesen war. Elfenwunden verheilen schnell. Die blonden Locken wirkten so ungestüm und ungebändigt wie zuvor, und in den hellblauen Augen zeigte sich unverkennbare Abenteuerlust.

»Ah, Mylady Hampstead«, begrüßte er der Etikette folgend die Rättin zuerst. »Wie ich sehe, haben Sie ein Auge auf Ihren Zögling geworfen.«

Von Zeit zu Zeit, sagte sie, *ist es an der Zeit.*

Die Rättin grinste.

»Guten Morgen, alter Mann.«

Ich zog ein Gesicht.

Müde und mürrisch.

»Wir bringen Neuigkeiten«, kam ich augenblicklich zur Sache.

Dann informierte ich Maurice Micklewhite über die Irrungen und Wirrungen im Familiengefüge der Familien Manderley und Mushroom.

»Er war ein guter Mann.« Nachdenklich schaute der Elf zum Fenster hinaus.

»Wer?«

»Nicodemus Manderley. *Lord* Manderley.«

»Natürlich, du hast ihn ja gekannt.«

»Er wurde ermordet. An einem Wintertag in einem Hinterhalt. Von jemandem, der kein Gesicht hatte.«

Maurice Micklewhite war alt, das wusste ich. Wie alt jedoch, war selbst mir nicht möglich, mit Bestimmtheit zu sagen. Tatsache war, dass er bereits alt war, als ich nach London gekommen war. Eine Berühmtheit war er bereits damals. Der Mann, der das Grauen vom Eastend beendet hatte. Ja, Maurice Micklewhite hatte im Auftrag der Metropolitan an der Aufklärung des Manderley-Mordes gearbeitet. Erfolgreich, sei hier angemerkt.

»Die Artikel in den Zeitungen sind mir nicht entgangen«, bemerkte Maurice Micklewhite schließlich, und dann verfinsterte sich sein Blick für einen Moment. »Keine Spur von den Kindern?«

»Frag nicht.«

Er wirkte nachdenklich.

Was sagen die Späher?

»Es gab einige Aufregung in der Gerichtsmedizin in Soho«, antwortete Maurice Micklewhite. »Die Leichen der beiden Gestalten, deren man in der Finchley Road auf so unelegante Weise habhaft wurde, sind unerklärlicherweise verschwunden.«

Die Rättin warf mir einen vielsagenden Blick zu und rümpfte die Schnauze.

Mr. Fox und Mr. Wolf sind wieder auf der Jagd!

»Sie werden die Kinder finden«, meinte Maurice, »so viel ist sicher.«

»Immerhin haben sie selbst uns in Knightsbridge überrascht.«

Sie hatten das Überraschungsmoment auf ihrer Seite.

Wo die Rättin Recht hatte, hatte sie Recht.

»Wir müssen ihnen also zuvorkommen«, schlussfolgerte mein Gegenüber, und sein Gesicht erhellte sich. Ich kannte diesen Ausdruck fröhlicher Zuversicht nur allzu gut. Maurice Micklewhite hatte etwas in Erfahrung bringen können. Meine Vermutung bestätigend entrollte er ein altes Pergament und deutete auf einige der Schriftzeichen. »Anubis war der *alleinige* Herrscher des Totenreiches und niemandes Untertan.«

Die daraus resultierende Frage lag auf der Hand: »Wem also sollte er zu Diensten sein?«

»Genau das ist die Neuigkeit, die in Erfahrung zu bringen mir gelungen ist.« Mit einem breiten Grinsen verkündete Maurice Micklewhite: »Ich glaube, ich weiß jetzt, wer Lycidas ist.«

Kapitel 10

Lucia del Fuego

Die Kinder waren der Fremden, die sich ihnen in aller Form als Lucia del Fuego vorgestellt hatte, in eine alte Kneipe gefolgt. Das Cheshire Cheese rühmt sich, das älteste Pub Londons zu sein.

»Sie beide müssen erst einmal wieder zu Kräften kommen«, hatte sie lapidar festgestellt und darauf bestanden, dass die Mädchen eine ausgiebige Mahlzeit zu sich nahmen, bevor über die nächsten Schritte beraten wurde.

Die tiefe Holzdecke, das flüsterhafte Schweigen im Raum, vermischt mit irischer Musik; die alten, gusseisernen Lampen, die wie deformierte Arme aus den vertäfelten Wänden ragten und in deren Dämmerlicht die nächtlichen Trinker und gelegentlichen Kartenspieler nur konturenhaft erkennbar waren – dies alles ließ das Pub wie eine behagliche Höhle erscheinen, eine Zuflucht vor der offensichtlichen Kälte der Welt, die die Besucher beim Durchschreiten der tief liegenden Tür mit dem eisenbeschlagenen, wasserspeierähnlichen Klopfer hinter sich gelassen hatten.

Der Barkeeper, ein vollbärtiger und rothaariger Ire mit hochgekrempelten Ärmeln, stellte drei Teller mit schwarzem Brot und verschiedenen herzhaften Käsesorten auf den massiven, rechteckigen Holztisch, dazu zwei Gläser warme Milch für die Kinder und einen Humpen Guinness für die Señora.

»Ich denke«, begann sie mit ruhiger Stimme, »dass ich Ihnen beiden eine Erklärung schuldig bin.«

Emily betrachtete das fremde Gesicht. Die großen, ausdrucksstarken Augen, die sanft hinter dicken Brillengläsern hervorlugten, die lange Nase, die tiefen Falten, die sich an den Mundwinkeln bildeten, wenn sich die vollen Lippen bewegten. Irgendwie, so dachte sie insgeheim, kommt mir dieses Gesicht bekannt vor. Jedoch widersetzte es sich einer genaueren Zuordnung, wenngleich Emily es unbestimmt mit dem Besuch im Britischen Museum und in der Nationalbibliothek in Verbindung brachte, was wiederum überhaupt keinen Sinn ergab. Langes, dunkelblondes Haar ergoss sich über die Schultern der Frau, deren Alter schwer schätzbar war.

»Sie haben uns gerettet«, sagte Emily mit vollem Mund und stopfte gierig das Brot und den Käse in sich hinein. Bis zu diesem Augenblick hatte sie nicht einmal geahnt, *wie* hungrig sie war.

»Wie haben Sie uns gefunden?«, fragte Aurora, die langsam zu neuem Leben erwachte.

Dinsdale hatte in einer der an den Wänden hängenden Lampen Platz genommen und wärmte sich genüsslich an der heißen Glühbirne.

»Ihrer beider Auftritt in der Finchley Road war von den Ratten geplant worden. Von dort war es nicht sonderlich schwierig, der Fährte zu folgen.« Es tat gut, ihrer warmen Stimme zu lauschen.

Emily vertraute ihr. Instinktiv. »Sie sagten, dass Wittgenstein Sie geschickt hat.«

»Wie geht es ihm?«, hakte selbst Aurora besorgt nach.

Lucia del Fuegos Gesicht wurde ernst. »Der Scharlachrote Ritter in Knightsbridge hat dem armen Wittgenstein einige ernsthaftere Verletzungen zugefügt«, erklärte sie behutsam. »Er hat sich das Bein gebrochen und eine Menge Blut verloren. Master Micklewhite half ihm zu entkommen. Die zwei sorgen sich sehr um Sie beide. Viele Stunden lang befürchteten sie, dass Ihnen etwas zugestoßen sein könnte.« Ein Lächeln zauberte eine fast unschuldige Unbekümmertheit in das nunmehr sehr jung erscheinende Gesicht. »Doch dann erfuhren wir vom Plan der Ratten.«

»Woher kamen die Wölfe?«, fragte Aurora schaudernd.

»Der Lordkanzler von Kensington schläft nicht.«

Die Kinder betrachteten sie neugierig.

»Es gibt, glaube ich, vieles zu erzählen, vom dem Sie beide noch nichts ahnen.« Mit einem Lächeln berührte Lucia del Fuego Emilys Wange. »Besonders Sie, Miss Emily.« Es war eine beinah zärtliche Berührung, die Emily an die Mutter denken ließ, die sie niemals gekannt hatte und so, wie es aussah, auch nie kennen lernen würde.

Könnte nicht Lucia del Fuego ihre Mutter sein?

Welch seltsamer Gedanke, dachte sie sogleich und warf einen Blick hinüber zu ihrer Freundin, die in diesem Moment das Gleiche zu denken schien. Eine bewundernswerte Frau zur Mutter zu haben; wünschte sich das nicht jedes Mädchen? Es war ein kurz aufflammender Traum, wie Waisenkinder ihn oft erleiden, wenn ihnen etwas Gutes und Angenehmes widerfährt.

Doch dann passierte es.

Wie schon zuvor, vollkommen unverhofft.

Besorgt beugte sich Lucia del Fuego zu dem kleinen Mädchen. »Was haben Sie nur?«

Mit einem Mal spürte Emily einen stechenden Schmerz hinter ihren beiden Augen. Einem Reflex folgend schlug sie die Hände vors Gesicht. Dann durchzuckte sie eine wahre Bilderflut.

Schmutzige Kinder ohne Augen, die in einem Bergwerk unter der Aufsicht insektenhafter Wesen Felsgestein aus den Wänden brachen. Der Tower von London, der in einer riesigen Höhle lag, von deren Decke schmutziges Wasser auf die Zinnen der Türme tropfte. Eine Kreatur, unförmig und mit Tentakeln bewehrt, die unter einem Baum dahinvegetierte. Ein Mann mit einem Gesicht, das Emily bekannt vorkam, wie ihr das Antlitz Lucia del Fuegos bekannt vorgekommen war. Wallendes, helles Haar fiel dem Mann über die Schultern, und er war in eine Robe aus blutrotem Stoff gekleidet.

Es gibt keine Zufälle, dachte sie und wusste insgeheim, dass sie jenen Dingen schon bald begegnen würde.

»Emmy!«

So weit, weit weg.

»Emmy!«

Mit einem lauten Schrei kam Emily zu sich.

Panisch schnappte sie nach Luft.

Aurora kniete über ihr, ebenso Lucia del Fuego.

»Atmen Sie tief durch«, riet ihr die Jägerin, denn das war, wie sie den Kindern noch im Regent's Park mitgeteilt hatte, ihr Beruf. Lucia del Fuego war eine graue Jägerin im Dienste der Black Friars und in Freundschaft Mortimer Wittgenstein und Maurice Micklewhite verbunden. »Sie haben Dinge gesehen«, stellte sie sachlich fest.

Aurora wirkte überrascht.

»Woher wissen Sie das?«, fragte Emily, als sie die Worte fand.

»Sie sind ein Wechselbalg und dazu eine Trickster.« Lange Finger schoben die Brille zurecht. »Doch sollten Sie sich erst einmal erheben.«

Emily wurde bewusst, dass sie noch immer auf dem schmutzigen

Boden des Pubs hockte und die anderen Gäste der kleinen Gruppe misstrauische und neugierige Blicke zuwarfen.

Lucia del Fuego half Emily auf die Beine.

»Was haben Sie gesehen?«, wollte sie wissen.

Emily zögerte zuerst. Doch ließ ein Blick in die sanften Augen jegliche Zweifel verschwinden, die Jägerin könnte es nicht ehrlich mit ihr meinen. Und so erzählte Emily ihr von dem, was sie gesehen hatte. »Allerdings«, so beendete sie ihren Bericht, »habe ich nicht die geringste Ahnung, was ich da gesehen habe. Es macht mir Angst. Weil ich glaube, dass mir das, was ich da gesehen habe, zustoßen wird. Irgendwie.« Emily schluckte. »Das ergibt keinen Sinn, oder?«

Lucia del Fuego schüttelte den Kopf.

»Doch, kleine Miss Emily, es ergibt durchaus Sinn.«

Ich hatte die Vision, als *sie* mich berührt hat, erinnerte sich Emily. Was immer das bedeuten mochte.

»Was wollen Sie mir sagen?«, fragte Emily.

Als Lucia del Fuego zu erzählen begann, ergriff Emily ihrer Freundin Hand.

So erfuhr sie, während draußen vor dem Fenster der Schneesturm an Heftigkeit gewann, von ihrer Herkunft, von der Fehde zwischen den elfischen Häusern Manderley Manor vom Regent's Park und Mushroom Manor aus Blackheath, die in den Whitechapel-Aufständen endete. Lucia del Fuego bezichtigte jenen geheimnisvollen Master Lycidas, der Drahtzieher aller Vorkommnisse zu sein. »Er ist es, den Sie in Ihrer Vision zu Gesicht bekommen haben«, fügte sie hinzu.

Die Gestalt in der roten Robe, dachte Emily.

Ein leichter Schwindel bemächtigte sich des Mädchens, als sie eine nahezu lähmende Gewissheit erhielt und die Jägerin vom Nachwuchs Mia Manderleys berichtete. »Kann es wirklich sein? Mara ist meine Halbschwester?« Tränen füllten ihre Augen, als sie fassungslos wiederholte: »Ich habe eine Halbschwester. Und eine Mutter.«

»Die Sie verleugnen wird«, gab Lucia del Fuego zu bedenken.

Emily sah die Jägerin aus tränennassen Augen an. »Warum?«

»Sie hat Sie niemals als ihr leibliches Kind akzeptiert. Sie, kleine Emily, standen der ehelichen Verbindung mit Mushroom Manor im Weg. Es durfte kein anderes Kind geben. Lord Mushroom hätte

Mia Manderley mit dem Wissen um einen solchen Wechselbalg niemals zum Weib genommen.«

»Weswegen hätte sie mich auch sonst nach Rotherhithe abgeschoben«, flüsterte Emily.

Eine betroffene Stille breitete sich am Tisch aus.

Emily versuchte das, was sie gerade erfahren hatte, zu verstehen. Ihr Vater war getötet worden, und ihre Mutter hatte sie verstoßen.

»Master Lycidas will sich dies alles zunutze machen«, gab Lucia del Fuego schließlich zu bedenken. »Er wird, das ist meine Vermutung, die kleine Mara töten oder noch Schlimmeres mit ihr anstellen, und die Mushrooms mit Ihrer Existenz konfrontieren, kleine Emily. Wenn dies zur Folge hat, dass Mia und Martin Mushroom sich trennen, dann könnte die alte Fehde zwischen den beiden Häusern erneut aufflammen.«

Nachdenklich blickte Emily zu Boden.

»Es könnte zu erneuten Aufständen kommen.«

»Wie damals in Whitechapel?«

»Ja.«

»Aber wieso?«, wollte Emily wissen.

Und Aurora schaltete sich erstmals in das Gespräch ein: »Wegen des Streits dieser beiden Häuser?«

»Es ist kompliziert«, gab Lucia del Fuego lapidar zur Antwort. »Wichtig ist, dass wir die kleine Mara befreien. Aus diesem Grunde hat mich Wittgenstein zu Ihrer beider Rettung und Begleitung entsandt. Er selbst ist derzeit, wie ich bereits erwähnte, leider nicht in der Lage, uns hilfreich zur Seite zu stehen.«

Emily ahnte, was das zu bedeuten hatte. »Sie meinen, wir sollen die Kleine im Alleingang befreien?«

»Das Überraschungsmoment ist auf unserer Seite«, entgegnete die Jägerin. »Wir wissen, wo Master Lycidas die Kleine festhält.« Vielsagend beugte sie sich zu den beiden Mädchen und flüsterte verschwörerisch: »Und zudem ist mir ein geheimer Pfad bekannt, der uns in den Tower von London bringen wird.« Sie lächelte wissend. »Vertrauen Sie mir.«

Emily berührte geistesabwesend und zögerlich ihr Glasauge. »Keine Mutter wird mich je lieben«, sagte sie mit fester Stimme. »Ich bin ein Krüppel. Jeder bemitleidet mich wegen des Auges, aber niemand findet es liebenswert.«

Aurora wusste, was sie meinte. Bei ihr war es die Hautfarbe, die sie schon früh in der Gemeinschaft des Waisenhauses ausgegrenzt hatte. Man sollte vermuten, dass sich die Kinder im gemeinsamen Leid vereinen und eine einzige starke Gemeinschaft bilden würden, doch war dem nicht im Geringsten so. Je schlechter es den Kindern erging, umso mehr suchten sie die Bestätigung ihrer selbst, indem sie andere Kinder ausgrenzten. Man wertet sich selbst auf, indem man andere abwertet. Viele der Kinder hatten gelernt, diese Eigenart zu perfektionieren. So war es zur Gründung von Banden gekommen. Wer dazugehörte, konnte sich glücklich schätzen, wer nicht, der hatte ein Problem. Aurora war das Schokoladenmädchen gewesen, Emily die einäugige Missgeburt. Viele Kinder hatten nur allzu bereitwillig diese vom Reverend erdachten Schimpfwörter übernommen.

Emily und Aurora hatten früh zu akzeptieren gelernt, dass dies das wahre Leben war. Es lag in der Natur der Menschen, anderen Leid zuzufügen. Und Kinder, das ahnten sie, konnten in ihrer Grausamkeit jedem Erwachsenen das Wasser reichen.

»Ich weiß, wie Sie sich fühlen«, bekannte Lucia del Fuego. Deutete auf ihre Brille. »Glauben Sie, dass dieses Gestell einst dazu beigetragen hat, die Attraktivität eines jungen Mädchens zu erhöhen?«

Erstaunlich, dass diese stattliche Frau unter ihren Brillengläsern zu leiden gehabt hatte, dachten Emily und Aurora gleichzeitig.

»Als ich ein kleines Mädchen war«, erklärte Lucia del Fuego, »gab es noch keine Brillen, jedenfalls nicht für das einfache Volk. Das Lesen kostete mich große Mühe, und oft litt ich unter schrecklichen Kopfschmerzen, die von der Überanstrengung der Augen herrührten.«

»Wann ist das gewesen?«, wollte Aurora wissen.

Nachdenklich gab Lucia del Fuego zur Antwort: »Viele, viele Jahre ist das nun her. Geboren wurde ich anno 1608.« Nahezu belustigt fügte die Jägerin hinzu: »Ihren wundersamen Blicken entnehme ich, dass Sie das überrascht.«

»Das sind etliche Jahrhunderte«, bemerkte Aurora.

Und Emily meinte: »Das ist ganz schön alt.«

»Wobei ich mich, und das muss ich aus Gründen der Eitelkeit anführen, doch recht trefflich gehalten habe.« Sie zeigte ein entwaffnendes Lächeln. »Manchmal sind die Dinge in der uralten Metropole ein wenig … anders.«

Dem war wohl nichts hinzuzufügen, dachte Emily.

»Die anderen Kinder in Cheapside machten sich über mich lustig, weil ich so kurzsichtig war. Die Bread Street war damals keine angenehme Gegend, das können Sie mir glauben, erst recht nicht für Kinder. Dennoch hatte ich mehr Glück als andere. Eine gute Ausbildung wurde mir zuteil, weil mein Vater, der Komponist war, eine Reihe von Stücken zur Lobpreisung Königin Elizabeths geschrieben hatte, was dem Inhalt seines Geldbeutels nicht abträglich gewesen war. Mir wurde eine Brille gekauft, doch als ich vom College heimkehrte, beschimpften mich die Freundinnen von einst hochnäsig als die Lady, weil ich in ihren Augen zu feine Kleider trug. Sie sehen, dass Kinder und später auch Erwachsene immer einen Grund finden, jemanden auszugrenzen.«

Die beiden Waisen klebten an ihren Lippen.

Lucia del Fuego war eine gute Erzählerin.

»Dann kam der Bürgerkrieg. Es war nun nicht länger weise, als königstreu zu gelten, und so nahm ich den Namen meiner Mutter, einer spanischen Bürgerlichen, an. Del Fuego.« Sie rückte sich die Brille zurecht. »Und ich wählte ein Leben als Söldnerin. Ich ließ mich von den Black Friars zur grauen Jägerin ausbilden und diente, nachdem Cromwell das Zeitliche gesegnet hatte und mein Liebster bei einer Bootsfahrt nach Irland ertrunken war, den Mönchen, die auch heute noch drüben an der Themse leben.«

Im Radio lief *Foggy Dew*.

»Das ist meine Geschichte«, endete Lucia del Fuego.

Alle drei betrachteten die flackernde Flamme der Kerze in der Mitte des Tisches. Nahezu hypnotisch wirkte das Feuer auf Emily, und erst jetzt wurde ihr bewusst, wie überaus anstrengend die letzten Tage und Stunden gewesen waren. Aurora schienen ebenfalls die Augen zuzufallen. Schweigend saßen sie am Tisch, bis die einstmals stattliche Kerze zu einem kümmerlichen Stummel abgebrannt war.

»Wie wäre es mit einer Mütze Schlaf?«, schlug Lucia del Fuego schließlich vor. Der Jägerin war es gelungen, ein Zimmer unter dem Dach des Pubs für eine Nacht zu mieten. »Denn Morgen«, fügte sie vielsagend hinzu, »erwartet uns ein langer Tag.«

Keines der Kinder hatte Einwände vorzubringen.

Und als Emily und Aurora nebeneinander unter der weichen, warmen Decke lagen und dem Wind lauschten, der an den Dachziegeln zerrte, beide in der Gewissheit, dass die Jägerin, die auf dem Boden am Fuße des großen, knarzenden Bettes lag, über sie wachen würde, da fühlten sie sich zum ersten Mal seit langer Zeit sicher und geborgen.

Die Werbetafeln in den Schaufenstern der City posaunten es in die verschneite Welt hinaus: Nur noch drei Tage bis Weihnachten. Jene Zeit, so hatte es Emily einmal in einem zerfledderten Buch in der Charing Cross Road gelesen, während der die Engel wieder über die Erde wandeln und das Gute unter die Menschen bringen. Sie selbst war in ihrem Leben allerdings noch keinem Engel begegnet. Bisher jedenfalls nicht.

Was zu der Frage führte, ob sie denn überhaupt an Engel glaubte.

Sie gab die Frage an Lucia del Fuego weiter, die eingehüllt in Mantel und langen Schal vor den beiden durch den Schnee in Richtung der Blackfriars Station stapfte. »Die Engel leben am Oxford Circus«, gab sie kurz angebunden zur Antwort. Überhaupt schien die Jägerin an diesem Morgen wenig gesprächig zu sein.

Emily und Aurora schauten einander verwundert an.

»Und du?«, fragte Emily ihre Freundin. »Glaubst du daran, dass an Weihnachten die Engel über die Erde wandern?«

Aurora lachte verlegen. »Es gibt doch gar keine Engel«, sagte sie und fügte, verunsichert vom leicht abschätzigen Blick der Jägerin, zaghaft hinzu: »Glaube ich zumindest.«

Lucia del Fuego schwieg zu dieser Bemerkung.

Ging ihres Weges.

Und die Kinder folgten ihr.

Emily genoss es offenkundig, durch die Straßen des richtigen Londons zu trotten, die kalte frische Luft zu atmen und den Bewegungen der Wolken am hellgrauen Himmel zu folgen. Sie lauschte dem Dröhnen des Verkehrs, dem Murmeln der Passanten und der weihnachtlichen Musik, die aus den Eingängen der Geschäfte nach draußen drang.

Dies war ihre Welt. Hier schien alles real zu sein.

Nein, schalt sie sich selbst eine Närrin. Auch im wirklichen London gab es Wölfe und anderes Gesindel. Gerade hier oben drohte Gefahr, wo sie für alle Späher des Gegners gut sichtbar durch die Straßen wanderte.

Es gibt keine Zufälle, wisperten die Stimmen in ihrem Verstand. *Was geschehen soll, wird geschehen.*

Sie folgten Lucia del Fuego die lärmende Fleet Street entlang bis hin zur noch lauteren New Bridge Street, der sie dann in Richtung Themse folgten.

»In Blackfriars gibt es ein Portal«, hatte Lucia del Fuego den Mädchen während des ausgiebigen Frühstücks in dem alten Pub erläutert. »Von dort aus steigen wir in die uralte Metropole hinab.« Mit einem Grinsen hatte sie hinzugefügt: »Wir könnten natürlich ebenso gut die District Line bis zum Tower Hill nehmen, doch sollten wir unser Kommen, so denke ich, nicht unbedingt Fahnen schwenkend ankündigen.«

Die Mädchen stimmten dem zu.

Blackfriars also.

Je näher sie dem Bahnhof kamen, desto stärker wurde der salzige und faulige Geruch des Flusses, der sich wie so oft auch an jenem Morgen unter einem Teppich aus feinem Nebel verbarg. Die Züge der Thameslink rasten über die Brücke und verpesteten die winterliche Luft mit ihren Abgasen, die in schmutzigen Wölkchen langsam von den Gleisen nach unten in die Straßenschluchten krochen. Schwarze und grüne Müllsäcke lagen überall umher, einige aufgeplatzt, sodass sich stinkender Unrat über den Gehweg ergoss. Stadtstreicher hockten in den Ecken, stocherten sich mit krummen Fischgräten in den gelben Zähnen herum und beäugten die Passanten voller Argwohn und Heimtücke.

»Restefresser«, beschimpfte Lucia del Fuego die Stadtstreicher und bedachte sie mit einem drohenden Blick.

Emily und Aurora jedenfalls schätzten sich glücklich, diese Gegend in Begleitung einer Jägerin zu passieren.

Hier und da lugte der Kopf einer Ratte aus einer der Mülltüten heraus, um höchst geschwind wieder im Müll zu verschwinden.

»Nette Gegend«, murmelte Aurora.

»Du sagst es.«

Lucia del Fuego vergewisserte sich gestrengen Blickes, dass die beiden Mädchen nicht hinter ihr zurückfielen.

»Dort vorne ist es«, sagte sie.

Der Blackfriars-Bahnhof erhob sich aus dem morgendlichen Nebel, mit seinen stählernen Treppen und grauen, von den Abgasen der Züge undurchsichtigen, großen Fenstern, den überquellenden Mülleimern und mürrisch dem Eingang zuhetzenden Pendlern. Alles an diesem Bahnhof wirkte kalt, unnahbar und bedrohlich.

Lucia del Fuego führte die Kinder zu einer stählernen Tür, von der der einstmals rote Lack in großen Stücken abblätterte. Die Tür befand sich neben einem der Kartenhäuschen, von dem aus ein missmutiger Bediensteter der Londoner Verkehrsbetriebe mit seiner ausladenden Mimik die Kundschaft vergraulte. Nichtsdestotrotz warf er der kleinen Gruppe einige neugierige Blicke zu. Ein grellgelber Blitz zierte die Tür, und Emily nahm an, dass der Raum hinter der Tür mit Elektronik voll gestopft war.

Lucia del Fuegos behandschuhte Hand klopfte gegen die Tür.

Mit einem rostigen Knirschen wurde sie augenblicklich geöffnet.

Ein alter Mann mit verfilztem Haar und schwarzen Zähnen stierte ihnen entgegen. Der schmuddelige Gehrock, in dem die hagere Gestalt steckte, mochte aus dem vorigen Jahrhundert stammen.

»Sicher'n un' fest'n Schritt wünsch ich da Läddie un' 'n Kinna'n«, murmelte er.

Unverzagt traten die drei ein.

Als die eiserne Tür schwer hinter ihnen ins Schloss fiel, wurde sich Emily unversehens des strengen Geruchs nach abgestandener Luft und altem Schweiß und Urin bewusst.

Sie waren wieder in der uralten Metropole.

»Nirgendwo werden Sie mehr Abschaum vorfinden als an diesem Ort«, hatte Lucia del Fuego sie bereits vorgewarnt.

Dem konnten Emily und Aurora, als sie das Tunnelsystem unterhalb des Blackfriars Bahnhofs durchquerten, nur zustimmen.

Wie King's Moan, so war auch dieser Tunnel zu beiden Seiten von Geschäften gesäumt. Doch waren dies hier keine einladenden Kneipen, keine bunten, geschliffene Steine und geschmeidige Stoffe und magisch-mysteriöse Dinge feilbietenden Läden, keine gesellig anmutenden Tavernen. Das Flussvolk hatte von dem Tunnelsystem rund um Blackfriars Besitz ergriffen und verhökerte seine Fundstücke. Modriges Zeug, den Klauen der Themse entrissen, noch nach Fisch und Tod und Fäulnis riechend; rostige Waffen und Rüstungen aus uralter Zeit, einst achtlos in den Fluss geworfen; verschimmelte Kleidungsstücke Ertrunkener, den einstmaligen Besitzern in Hast und Profitgier entrissen; goldene Zahnfüllungen, unförmig und skurril anmutend.

»Nicht umsonst heißt dieser Ort The Deep«, kommentierte Lucia del Fuego.

Mit eiligen Schritten durchquerten die drei diesen Teil der uralten Metropole. Hungrige und bösartige Blicke wurden ihnen zugeworfen, gierig und lüstern. Doch hatten die hageren, in kaum mehr als Lumpen steckenden Zeitgenossen Respekt vor der Jägerin.

»Die Abtei der Black Friars«, so erklärte ihnen Lucia del Fuego, »liegt tiefer in der Erde verborgen. Die frommen Mönche haben nichts zu schaffen mit diesen debilen Restefressern.«

Die beiden Mädchen nahmen dies zur Kenntnis.

Eng aneinander geschmiegt folgten sie den großen Schritten der Jägerin, deren hohe Stiefel Respekt gebietend auf dem feuchten Steinboden klapperten und das herumlungernde Volk fern hielten. Hier und da starrte Lucia die Gestalten an, fixierte sie, worauf sich die Masse teilte und den Weg freigab.

»Sie fürchten sich vor dem bösen Blick«, erklärte sie den Mädchen.

Wer nicht?, dachte Emily.

Aurora schwieg die ganze Zeit über.

»Woher kommen diese Kerle?«, fragte sie nach einiger Zeit dann doch, ungeachtet der Tatsache, dass sich auch Frauen und Kinder unter dem Flussvolk befanden, die allerdings, das sollte hier angemerkt werden, nicht minder widerwärtig anzuschauen waren.

»Einst waren es normale Menschen, denen das Leben allerdings übel mitgespielt hat«, gab die Jägerin bereitwillig zur Antwort. »Bettler, Tagelöhner, Penner, Restefresser. Hier unten haben sie sich eine neue Welt geschaffen, fernab von den angeekelten und mitleidigen Blicken der Passanten in den Straßen Londons. Sie leben von dem, was der Fluss hergibt. Ja, sie nähren sich von den Resten der Themse; und natürlich von denen der Menschen. Sie durchforsten die Müllsäcke und Abfalleimer, essen alles, was nicht zu hart zum Essen ist. Restefresser eben.«

Triefende Augen starrten aus tiefen Höhlen oder hinter fettigen, langen Haaren; klobige Humpen wurden in den dreckigen Spelunken erhoben und Trinksprüche in einer Sprache ausgesprochen, die wie ein unreines Englisch klang. Einige Gestalten kauerten über dem Kadaver eines Hundes, den sie an einem improvisierten Spieß über einer brennenden Mülltonne grillten.

»Es ist die Schattenseite der Welt, die Sie beide kennen«, sagte Lucia, der die Blicke der Mädchen nicht entgangen waren. »Es erscheint ekelhaft, doch versuchen diese Kreaturen nur das, was wir alle tun. Sie wollen überleben. Dazu nehmen sie sich nur das, was das Leben ihnen noch gibt.« Nach einer Pause fügte sie hinzu: »Zweifelsohne sind die Restefresser Abschaum.« Hier lächelte sie süffisant. »Doch hat nicht die Natur der Dinge diesen Abschaum geschaffen? Ist nicht The Deep das Exkrement des wohlhabenden Londons?«

Ohne eine Antwort abzuwarten, ging Lucia del Fuego ihres Weges.

Die Kinder im Schlepptau.

Dinsdale hatte sich vor dem grässlichen Gestank und dem pöbelhaften Geschrei in Emilys Jackentasche verborgen und lugte hier und da vorsichtig heraus. Das Flussvolk, das hatte er den Mädchen glaubhaft zu verstehen gegeben, mochte nun einmal keine Irrlichter.

Derweil drifteten Emilys Gedanken besorgt ab zu demjenigen, was ihnen noch bevorstand. Zwar war die Durchquerung dieser Tunnel kein Zuckerschlecken und alles andere als angenehm, doch fühlten sich die Mädchen weitestgehend behütet unter dem Schutz der Jägerin. Was ihnen bevorstand, machte Emily Angst. Wenngleich Lucia del Fuego den beiden Mädchen versichert hatte, dass keine unmittelbare Gefahr drohe von der Gestalt, deren Weg sie alle würden kreuzen müssen, so war Emily dennoch skeptisch.

»Nehallania«, hatte die Jägerin den Mädchen während des Frühstücks erklärt, »war einst eine Göttin gewesen.«

Jetzt bewachte sie den Tower.

»Sie ist eine übellaunige Göttin«, hatte Lucia del Fuego hinzugefügt.

Als Emily vom Schicksal der Göttin erfuhr, konnte sie ihr dieses Verhalten nicht einmal verdenken.

Nehallania war einst eine Göttin gewesen. Doch langweilte sie ihr Dasein, da sie nicht zu träumen vermochte. Sie neidete den Menschen diese Fähigkeit und sandte die Luftgeister, die ihr untertan waren, aus, die Träume der Menschen zu stehlen. Gewissenhaft erfüllten die Luftgeister den Auftrag und schwebten des Nachts unbemerkt von den arglosen Menschen in deren Schlafgemächer und stahlen ihre Träume. In den Morgenstunden, nachdem die Luftgeister in den Palast der Göttin zurückgekehrt waren, labte sich diese an den fremden Träumen.

»Doch gibt es viele Arten von Träumen«, hatte Lucia del Fuego den Kindern erklärt.

Die Träume schlechter Menschen sind auch von üblem Geschmack, und weil sie der Göttin nicht mundeten, trug sie den Luftgeistern auf, jene Träume an die Boshaften zurückzubringen. Die Luftgeister aber, von einfältiger Natur, waren verwirrt, da sie sich nicht mehr erinnern konnten, wem genau sie die Träume entwendet hatten.

»So begab es sich«, hatte Lucia del Fuego weitererzählt, »dass sie die Träume irgendjemandem zurückgaben.«

Gute Menschen, die bisher ohne Arg gewesen waren, hatten auf einmal schlechte Träume und bekamen liederliche Gedanken.

Dies missfiel den Göttern, die ihre Engel entsandten, um Nehallania aufzuspüren und in Gewahrsam zu nehmen. Sodann wurde die Göttin ihrer gerechten Strafe zugeführt. Von nun an keine Gottheit mehr, kettete man sie tief im Inneren der Erde an einen Fels, und dreimal am Tag kroch das Getier aus dem nahen Fluss durch die Felsspalten und nagte am Körper der einstmaligen Göttin, fraß sich langsam durch ihr Fleisch und vertilgte Nehallania zur Gänze.

»Doch wäre ein solches Ende ein zu gütiges Schicksal für den Frevel der Göttin gewesen«, hatte die Jägerin bemerkt.

Nehallanias Fleisch vergiftete das Getier aus dem Fluss.

Deren Körper zerfielen alsbald, und aus den fauligen Kadavern erhob sich erneut die Gestalt der Göttin.

»Dies wiederholt sich mehrmals am Tage«, hatte Lucia del Fuego den beiden Mädchen erklärt, »denn die Hölle, das sollten Sie wissen, ist die Wiederholung.« Seltsam lächelnd hatte sie ergänzt: »Ja, die Wiederholung ist die Hölle.«

»Ist das wirklich alles so geschehen?« Aurora hasste Gruselgeschichten.

Die Jägerin hatte sanftmütig gelächelt. »Es ist eine Überlieferung. Eine Sage. Ein Mythos.« Und hinzugefügt: »Fest steht, dass das Flussvolk der einstigen Göttin huldigt. Dass sie es tun, weil Nehallania durch ihren täglichen eher unfreiwilligen Opfertod die Plage durch das Flussgetier verhindert, steht ebenso außer Frage.«

»Warum bewacht sie den Tower?«, hatte Emily wissen wollen.

»Das tut sie nicht«, hatte die Jägerin zur Antwort gegeben. »Seit alter Zeit schon fristet sie dort unten ihr Dasein. Lange bevor die Menschen erste Tunnel durch die Erde getrieben haben. Lange bevor aus Londinium das heutige London geworden war. Sie ist da, weil dieser Ort ihre Bestimmung ist. Ihr Dasein ist an diesen Flecken Erde gebunden. So ist es. Und so wird es sein. Basta.«

»Ist sie gefährlich?« Emily war von Anfang an nicht wohl gewesen bei dem Gedanken, jenem Wesen zu begegnen.

»Sie ist … heimtückisch«, hatte Lucia del Fuego entgegnet. »Und hungrig.« Der diese Worte begleitende Blick hatte keine Fragen offen gelassen. »Manchmal«, so hatte die Jägerin gesagt, »greift sie sich achtlose Wanderer.«

Dieses Gespräch hatten sie vor mehr als einer Stunde geführt, nachdem sie das reichliche Frühstück zu sich genommen und bevor sie The Deep durchquert hatten. Jetzt, da die Wände des Tunnels immer felsiger, unbehauener und feuchter wurden, erinnerte sich Emily jedes einzelnen Wortes ihrer Unterhaltung.

Die Realität war schrecklicher, als sie sich das Mädchen jemals hätte ausmalen können.

Lucia del Fuego bedeutete den Kindern, sich hinter ihrem Rücken zu halten.

»Keine unbedachten Bewegungen«, hatte sie den Kindern eingeschärft.

Als Emily Nehallania zu Gesicht bekam, wusste sie, warum.

»Wird sie uns angreifen?«

»Sie versucht, uns die Passage zu verwehren. Das ist ihre Natur.«

»Aber Sie kennen einen Trick?«

Lucia del Fuego hatte gelacht. »Ja, Miss Emily. Alle Tricks der Welt kenne ich.«

Nachdem sie The Deep bereits seit einer Viertelstunde hinter sich gelassen hatten und dem holprigen Pfad stetig abwärts gefolgt waren, die Pechfackeln an den Wänden immer weniger wurden und Dinsdale als Lichtquelle hatte einspringen müssen, gabelte sich der Tunnel schließlich.

Dinsdale flog zur Höhlendecke und strahlte, bis die Ausmaße dieses Ortes deutlich erkennbar waren.

Emily ergriff instinktiv Auroras Hand.

Sie stellte fest, dass auch Aurora ein Zittern zu verbergen suchte.

Trotz der Angst, die sich der Herzen beider Mädchen bemächtigt hatte, konnten sie den Blick von dem, was da vor ihnen lag, nicht abwenden.

Der Weg nach links war frei, vor der rechten Abzweigung aber hockte eine riesige Gestalt, die bis zur drei Meter hohen Decke reichte und deren spindeldürre Arme mit den langen Klauen von Wand zu Wand reichten. Das Gesicht des Wesens wies entfernt weibliche Züge auf; die durch und durch weißen Augen und die langen Reißzähne in dem Mund, der von Ohr zu Ohr zu gehen schien, das strähnige, lange Haar, das an Seetang in brackigem Wasser erinnerte, und die schlangenhaft gespaltene Zunge, ständig unruhig zischelnd, straften diesen ersten Eindruck, es könne sich einmal um eine Frau gehandelt haben, eine Lüge.

Mit wütend wildem Blick registrierte Nehallania die Ankömmlinge. Gierig zuckte die dürre Gestalt und sprang unversehens auf die Jägerin zu. Es war eine Bewegung, die an ein Insekt erinnerte. Krallenhände versuchten erfolglos, nach den Wanderern zu greifen.

Panisch wichen Emily und Aurora ein Stück nach hinten in den Tunnel zurück.

Dinsdale schien vor Schreck zu erlöschen. Das Irrlicht hielt sich dicht unterhalb der Decke und in sicherem Abstand zu der Göttin, die den Weg vollständig blockierte. Den Weg, der, wie Emily vermutete, zum Tower von London führte.

»Kscht!«, machte Lucia del Fuego.

Hielt die Kinder fest.

Dann bemerkten es auch die beiden Mädchen.

Nehallania war an dem Felsgestein festgekettet, und es war ihr gar nicht möglich, den Körper auch nur einen Zoll weiter zu bewegen. Allenfalls konnte sie versuchen, mit den langen Armen nach ihren Opfern zu greifen.

»Das Flussvolk nennt sie die Spindelhexe«, flüsterte Lucia del Fuego, die angekettete Gestalt nicht aus den Augen lassend.

Wütend funkelte die einstige Göttin die Kinder an.

Ihre Sprache war nurmehr ein Zischen, das sich gurgelnd mit dem von der Decke und den Wänden fließenden Wasser vermischte. Überall tropfte es, quoll es, sprudelte es. Der Tower von London liegt am Fluss, dachte sich Emily. Also muss sich die Themse in unmittelbarer Nähe befinden. Die Nässe drang durch jede Pore des massiven Felsgesteins.

»Da!«

Aurora ergriff ihrer Freundin Arm.

Etwas bewegte sich in den Schatten. Emily schauderte.

Große Wesen mit krummen, länglichen Körpern, aus denen jeweils sechs Beine und lange Scheren ragten, reckten ihre Stielaugen aus der Dunkelheit. Das Geräusch vieler Beine, die flink über den nassen Stein kratzten, erfüllte mit einem Mal den Tunnel.

»Flusskrebse«, flüsterte Emily.

Mrs. Philbrick hatte die Viecher manchmal für den Reverend zubereiten müssen und die lebendigen Leiber in einen Topf voll kochenden Wassers geworfen, wo sie zuckend rot geworden waren.

Jetzt waren sie überall.

Krochen aus den schmalen Felsspalten.

Ergossen sich aus den langen Schatten.

Entstiegen den dunklen Pfützen.

Und Nehallania schrie.

Nein, sie kreischte.

Sie weiß genau, was mit ihr geschehen wird, dachte Emily voller Grauen.

Denn die Hölle ist die Wiederholung.

Die Flusskrebse näherten sich der Göttin, deren Klauen einige von ihnen zerreißen konnten. Doch waren es ihrer zu viele, und Nehallania wurde unter einer Flut roter und grauer und schwarzer zackiger Leiber begraben. Die Panzer der Tiere schabten lautstark aneinander. Scheren schnappten und Sehnen rissen. Blut spritzte. Knochen splitterten und Knorpel knackten.

Nehallania kreischte.

Niemals zuvor hatte Emily derartige Schreie vernommen.

Der Körper der Göttin war bedeckt mit zuckenden, tötenden Leibern im Blutrausch. Alles war, wie es immer war, wie es immer sein würde. Denn die Hölle, das sah Emily nun, ist die Wiederholung. Langsam, ganz langsam, sank der Berg umherwuselnder Leiber in sich zusammen. Keine halbe Stunde später hatten die Tiere den Körper Nehallanias zur Gänze vertilgt und nicht einen einzigen Knochen übrig gelassen.

Dann setzte das große Sterben ein.

Krämpfe schüttelten die Flusskrebse, deren Kieferzangen noch im Todeskampf das verdorbene Fleisch der Göttin zermalmten. Rote, graue und schwarze Leiber krümmten sich in brennender Qual. Vielgliedrige Beine zuckten und zappelten.

Dann kehrte Stille ein.

»Gleich wird die Passage frei werden«, flüsterte Lucia del Fuego. »Seien Sie also bereit.«

Emily sah, wie die Krebse sich langsam zu zersetzen begannen.

Ein fürchterlicher Gestank ging von den verrottenden Kadavern aus, die in unnatürlichem, beängstigendem Tempo der Verwesung anheim fielen. Bald schon bedeckte eine rußige, feuchte Masse die Erde.

»Los jetzt!«, hörten die Mädchen die laute Befehlsstimme der Jägerin.

Mit schnellen Schritten folgten sie Lucia del Fuego.

Stapften durch die Überreste der Krebse und traten ein in den Tunnel, der sie hinauf in den Tower von London führen sollte. Hinter sich hörte Emily ein lauter werdendes, schmatzendes Geräusch. Sie sah, wie sich aus der Fäulnis eine Hand bildete, wie Knochen entstanden und sich Sehnen darüber spannten, wie Haut und Krallen Form annahmen und sich schließlich eine fertige Hand zur Tunneldecke streckte.

»Emmy!«

Aurora stand neben ihr und riss sie aus der Lethargie.

An der großen Hand bildete sich ein Gelenk, das sich zu einem spindeldürren Arm auswuchs.

»Sie wird wiedergeboren«, rief ihnen Lucia del Fuego warnend zu. »Sie müssen sich beeilen.«

Nach einem letzten angeekelten Blick auf die einstige Göttin, die aus den verfaulten Kadavern der Krebse wieder auferstand, folgte Emily ihrer Freundin in die Dunkelheit des Tunnels.

Kapitel 11

Master Lycidas

Eigentlich hatte Emily damit gerechnet, dass es von nun an bergauf gehen würde. Ein Trugschluss, wie sich schnell herausstellte.

Nachdem sie die aus den Kadavern des Flussgetiers wiederauferstandene Spindelhexe hinter sich gelassen hatten, begann der Tunnel leicht abzufallen, und schließlich endete er abrupt vor einer Wand aus massivem Gestein. Zu ihrer Überraschung hatte Emily festgestellt, dass sie seltener in Pfützen traten und auch die Rinnsale brackigen Wassers auf den Felswänden immer dürftiger wurden, je tiefer sie in den Tunnel vordrangen. Was nur bedeuten konnte, dass sie sich von der Themse fortbewegten.

Was Emily wiederum verwirrte, da der Tower von London doch direkt am Fluss lag.

»Dort hinunter!«, drängelte Lucia del Fuego.

Wies auf ein kreisrundes Loch im Boden; dort, wo der Tunnel endete.

Die beiden Mädchen traten vor und lugten vorsichtig in die Tiefe. Das Loch war, wie sich schnell herausstellte, der Eingang zu einem engen Schacht, der kerzengerade nach unten führte. Die rostige Leiter, die mit schweren Bolzen am Felsgestein befestigt war, verschwand in rabenschwarzer Nacht.

»Müssen wir wirklich dort hinunter?« Emily mochte die Dunkelheit nicht.

Die Jägerin nickte. »Einen anderen Weg gibt es nicht.«

Keines der Kinder in Rotherhithe hatte die Dunkelheit gemocht. Die Nachtschwärze in dem tiefen Schacht erinnerte sie unwillkürlich an die verzweifelten Stunden, die sie wegen eines Verstoßes gegen die vom Reverend auferlegte Ordnung in der Dunkelkammer in den Kellergewölben des Waisenhauses hatte verbringen müssen. Der Stoffbär war damals ihr einziger Halt gewesen. Wenn es ihr gelungen war, den Bären in die Kammer hineinzuschmuggeln, dann waren die Einsamkeit, das Getier und die Geräusche zu ertragen gewesen. Ihre geheimsten Gedanken und Ängste hatte sie dem einäugigen Stofftier mitzuteilen vermocht.

Damals.

Kurioserweise fiel ihr erst jetzt auf, dass sie bereits seit Stunden – oder waren es gar Tage? – nicht mehr an ihren geliebten Stoffbären gedacht hatte. Vermutlich hatte sie ihn in der Wohnung in Marylebone vergessen, kurz bevor sie zu der Reise in die uralte Metropole aufgebrochen waren. Er musste sich also immer noch dort befinden, inmitten all der mittelalterlich anmutenden alchemistischen Gegenstände. Wie seltsam es doch ist, dachte Emily traurig, dass es so weit hat kommen müssen. Niemals hätte sie sich ein Leben ohne dieses lumpige, abgegriffene Stofftier vorstellen können, und jetzt war sie hier, folgte einer grauen Jägerin – was immer das Attribut grau auch bedeuten mochte – durch Tunnel und Schächte und Stollen und wusste gar nicht mehr richtig, wie ihr eigentlich geschah. War sie etwa erwachsen geworden? Konnte das einfach so passieren? So schnell und unverhofft? Verloren die magischen Gegenstände ihrer Kindheit an Bedeutung? Natürlich hatte sie immer gewusst, dass der Stoffbär aus Singapur kein lebendiges Wesen war, doch hatte ihm allein ihr Glauben daran, dass es so sein könnte, Leben eingehaucht. Ihre Vorstellungskraft und die Liebe, die sie diesem Stoffbären entgegengebracht hatte, das Vertrauen und die Zuneigung; dies alles hatte ihn letzten Endes doch zu einem atmenden und empfindungsfähigen Wesen gemacht, dessen einziges, dunkles Knopfauge ihr aufmunternd zugezwinkert hatte, wenn sie am Leben verzweifelt war. Verschwand diese Magie jetzt? Konnte es wirklich sein, dass sie nun erwachsen geworden war?

Ich bin erst zwölf Jahre alt, schrie die rebellische Stimme tief in ihr drinnen. In diesem Alter kann man doch noch nicht erwachsen sein. Man ist immer noch ein Kind mit kindlichen Gedanken und kindlichen, unvernünftigen Wünschen und dem Glauben, dass es Gerechtigkeit gibt und den Bösen letzten Endes Böses widerfährt wie den Guten Gutes.

Sie warf einen Blick auf ihre Freundin. Aurora, die so geweint hatte, nachdem Madame Snowhitepink sie für ihre Dienste rekrutiert hatte. Nein, wenn man die Kindheit im Waisenhaus von Rotherhithe hatte verbringen müssen, dann war es durchaus möglich, dass man mit zwölf Jahren bereits erwachsen war. Man kannte die Schläge mit dem Rohrstock und den nagenden Hunger während der Essensstrafe. Man wusste von der quälenden Ungewissheit, wenn Madame Snowhitepink mit ihrem Wagen in die Gasse vor dem Waisenhaus einfuhr. Man ertrug die einsamen Nächte schweigsam, ging in Gedanken auf Reisen und stellte sich seine Eltern vor.

»Wir sind zu alt«, pflegte Aurora missmutig zu sagen.

In diesen Momenten hätte Emily ihr gerne widersprochen.

Doch wusste sie, dass sie die Wahrheit sprach.

Wenn zeugungsunfähige Erwachsene ins Waisenhaus kamen, was selten genug vorkam, dann entschieden diese sich meist für sehr junge Kinder. Nur die ganz Kleinen hatten es diesen Menschen angetan.

»Süße Babys, deren Füße nach ranziger Butter riechen und die glucksend lachen und Erwachsenenherzen im Nu zu verzaubern wissen«, hatte Emily ihrer Freundin erklärt. »Das wollen sie.« Manche Kinder sagten, dass, wenn man sich dies erst einmal eingestanden hatte, die Kindheit unwiderruflich zu Ende war.

»Niemand will Kinder, deren schmutzige Münder vor Unsicherheit nervös zucken, wenn sie lächeln. Niemand wählt ein Kind aus, das älter als zwei Jahre ist. Nicht, wenn man die Auswahl hat.«

Punktum.

Was blieb, war die Nase an die kalte Fensterscheibe zu drücken und dem Reverend dabei zuzusehen, wie er den Erwachsenen ein Baby mitgab, heuchlerisch lächelte, während er doch nur an die Ablösesumme dachte, und dem überglücklichen, nun nicht mehr kinderlosen Paar einen Herzenswunsch erfüllte. Es zerreißt ein Waisenkind, wenn es sieht, wie sich einem anderen Kind eine Zukunft jenseits des Waisenhauses eröffnet. Es ist keine Missgunst, nur ein Bedauern; vielleicht ist es auch Wut und Verzweiflung, weil man eigentlich dem davongehenden Kind dessen Glück gönnt und dennoch nicht anders kann, als das eigene Schicksal zu beklagen und sich selbst dafür zu hassen. Zu hassen, weil man zu alt ist, zu hässlich, zu missgestaltet, zu andersartig. Die Menschen wollen keine andersartigen Kinder.

»Niemand will eine einäugige Missgeburt.«

Sobald sie dies gesagt hatte, hatte Emily sich für ihr Selbstmitleid gehasst.

Wütend schüttelte sie diese Gedanken ab.

Sie führten zu nichts. Machten nur schwach.

Stattdessen konzentrierte sie sich darauf, die Sprossen der eisernen Leiter zu ertasten und nicht abzurutschen.

Dinsdale war als Erster in den Schacht hinabgetaucht und hatte ihn von unten her erhellt. Ihm war erst die Jägerin gefolgt, dann Aurora. Emily bildete die Nachhut. Kalte Luft schlug Emily ins Gesicht, wenn sie nach unten blickte, wo noch immer kein Boden zu erkennen war. Dabei waren sie doch bereits seit zehn Minuten beim Abstieg, und Emily hatte nicht die geringste Ahnung, wohin die Jägerin sie führte. Wenn sie nach oben schaute, dann war auch dort nichts als Dunkelheit.

Während der ersten Schritte in den Abgrund hatte man noch das wütende Fauchen der Spindelhexe vernommen, deren Körper wohl wieder vollständig hergestellt war. Doch war auch das Fauchen dieser seltsamen Kreatur nunmehr verebbt. Außer dem Heulen des Windes und den eigenen Bewegungen gab es keinerlei Geräusche.

»Alles in Ordnung, Emmy?«

Emily lächelte nach unten zwischen ihren Füßen hindurch. »Alles bestens.«

Das war es, was sie während der letzten Jahre immer getan hatten. Sie hatten einander Mut gemacht.

Emily spürte ein Stechen in den Beinen.

Müde hielt sie einen Moment inne und atmete tief durch.

Die Luft, die von unten emporstieg, war noch kälter geworden während der letzten Minuten des Abstiegs. Irgendwie hatte sie angenommen, dass es, je tiefer man in die Erde vordrang, umso wärmer werden musste. Sie sah, dass ihr Atem kleine Wölkchen in der Luft bildete. Wie konnte das sein?

Unter sich hörte sie, wie Lucia del Fuegos Stiefel auf Stein klapperten.

Emily sah schnell hinunter, und ihre Vermutung wurde bestätigt.

Sie waren am Ende des Schachtes angelangt.

»Ist das eisig hier unten«, entfuhr es Aurora, die in ihre Hände hauchte.

Emily kletterte das letzte Stück der rostigen Leiter hinunter und war froh, wieder festen Boden unter den Füßen zu haben. Auch sie rieb sich die frostigen Hände. Erstaunt ließ sie den Blick durch den Gang schweifen.

Eine feine Eisschicht bedeckte den Boden und weißer Raureif die dicken Balken, die die niedrige Decke des Ganges stützten. Eiskristalle funkelten, wenn Dinsdales Licht sich in ihnen brach.

Lucia del Fuego, die Handschuhe trug, hatte den Kragen ihres Mantels hochgeschlagen.

»Wo sind wir hier?«, wollte Emily wissen. »Und warum ist es so kalt?«

Erst jetzt bemerkte das Mädchen, dass sie nicht allein in dem Gang waren.

Lucia del Fuego blickte sich wachsam um.

Dann erst wandte sie sich den beiden Kindern zu. »Wissen Sie denn nicht, was Dante über den neunten Kreis der Hölle sagt?« Ohne eine Antwort abzuwarten, fuhr sie fort: »Die Hölle ist ein Eispalast.«

Emily erstarrte.

Sie suchte Beistand bei Aurora, die jedoch ebenso ratlos war wie sie selbst. Es waren Kinder ohne Augen, die sich überall in dem Gang tummelten. Emily hatte dies alles gesehen, als sie im Cheshire Cheese zur Nacht eingekehrt waren. Intuitiv wusste Emily nunmehr, was sie sich bisher nur zu ahnen erlaubt hatte, was nicht mehr als ein ungutes Gefühl gewesen war.

Die Kinder ohne Augen hatten einst in London gelebt.

Jetzt leisteten sie Frondienste. Im neunten Kreis der Hölle.

Eine in schwarzem Leder steckende Frauenhand legte sich sanft auf Emilys Schulter. Das Mädchen hob den Blick. Lucia del Fuego lächelte.

Nicht ahnend, was den beiden Mädchen im Schneegestöber der großen Stadt widerfahren war, hielten wir Rat in den beheizten, gemütlichen Räumen von Maurice Micklewhites Büro im Britischen Museum. Es waren zwei Dinge, die mir der Elf an diesem Morgen zeigte: zum einen ein Porträt, gemalt in Öl mit matten Farben, die Reproduktion eines Kupferstichs aus dem 17. Jahrhundert, die einen Mann um die vierzig zeigte, mit großen Augen und einer langen Nase und blondem Haar, das ihm lockig um die Schultern fiel; zum anderen die staubige, in rotes Leder eingebundene Ausgabe eines Buches, dessen Titel in goldenen Lettern prangte.

Das verlorene Paradies? Mylady wirkte überrascht.

Maurice Micklewhite grinste siegesgewiss.

Förderte ein weiteres Dokument aus der Schreibtischschublade ans Tageslicht.

Es war das Faksimile einer alten Handschrift.

»*Lycidas*«, las ich laut.

Dann warf ich erneut einen Blick auf das Porträt.

»Er hat es geschrieben«, sagte Maurice.

»Du glaubst, dass *er* Lycidas ist?«

»Es ist so ein Gefühl.«

Ich sah ihn zweifelnd an.

Die dunklen Äuglein der Rättin blickten amüsiert. *Noch immer der alte Skeptiker*, *Mortimer?*

Zu meiner Verteidigung gab ich zu bedenken: »Wir sprechen hier von John Milton.« Immerhin einem der bedeutsamsten Dichter und Denker der englischen Renaissance. Es war Miltons grüblerisches Gesicht, das mir da in Öl gemalt entgegenstarrte. Es war John Milton, der *Das verlorene Paradies* und *Das wiedergewonnene Paradies* geschrieben hatte.

Maurice Micklewhite lächelte geduldig wie jemand, der von Dingen wusste, die mir noch nicht bekannt waren und die ich nicht einmal zu ahnen bereit war. »John Milton schrieb im Jahre 1637 ein Gedicht mit dem Titel *Lycidas*. Es ist ein Trauergesang für einen verstorbenen Freund. Edward King, mit dem John Milton seit seiner Zeit an der Universität befreundet gewesen war, ertrank während einer Schiffsfahrt über die Irische See.«

»Aber was verleitet dich bloß zu der Annahme, dass ein seit vierhundert Jahren verstorbener englischer Dichter in diesem Augenblick im Tower von London residiert und sich Master Lycidas nennt?«

»Das Schriftbild«, sagte Maurice.

Deutete auf die Zeilen des Gedichts, geschrieben in der Handschrift Miltons.

»Ich bin nicht sicher, ob ich dir folgen kann.«

Mylady Hampstead spitzte die Ohren.

»Es war die Handschrift, die mir bekannt vorkam«, erklärte Maurice und deutete auf die verschnörkelten Buchstaben. »Ich hatte sie schon einmal gesehen. Doch in keinem der Werke Miltons, da war ich mir sicher. Also begann ich zu recherchieren.« Um seinen Worten das nötige Gewicht zu verleihen, hielt er einen Moment inne und fügte dann hinzu: »Und wurde fündig.«

»Lass dich nicht extra bitten!«

Ich hasste es, wenn er so geheimnisvoll tat.

Was er sagte, war nur ein Name: »John Dee!«

Oh, dieser Elf!

»Das ist nicht dein Ernst?«

Maurice nickte. Todernst. »Die Handschrift ist jene von John Dee.«

Mylady stellte sich verwundert auf die Hinterbeine.

John Dee war ein bekannter Wissenschaftler zu Zeiten Königin Elizabeths gewesen. Wissenschaftler, Astrologe, Mystiker, Okkultist. Ein Alchemist. Einige bahnbrechende Werke hatte er verfasst. Zur okkulten Philosophie der damaligen Zeit.

»Du meinst, die Handschrift John Miltons ist identisch mit derjenigen von John Dee?«

»Ich habe beide überprüft«, antwortete der Elf. »Es gibt keinen Zweifel.«

»Das ist nahezu unmöglich«, murmelte ich verwirrt. »John Dee hat Jahrzehnte vor Milton gelebt.« Wie konnte es sein, dass zwei Personen in unterschiedlichen Zeiten exakt die gleiche Handschrift vorweisen konnten?

Maurice nippte an seinem Tee. »Als ich herausgefunden hatte, dass die Handschriften der beiden übereinstimmen, stellte ich mir natürlich die gleiche Frage. Und recherchierte weiter.« Wieder das schelmische Grinsen. »Ich studierte zuerst die Biographien der beiden Gelehrten, und dabei stieß ich auf eine weitere Merkwürdigkeit. John Milton wurde anno 1608 in London geboren. Rate, wann John Dee diese Welt verlassen hat!«

Mürrisch gab ich ihm die Antwort, die er wohl erwartete: »1608?«

»Du sagst es«, antwortete Maurice.

Klatschte in die Hände.

Ich versuchte, meine Erregung ob dieser Tatsache zu verbergen und sagte halbherzig: »Ein Zufall?«

Diese Worte aus deinem Mund?

Nun denn.

Es gibt keine Zufälle.

Und das bedeutete was?

»Milton und Dee waren einander sehr ähnlich«, dozierte Maurice Micklewhite genüsslich. »Beginnen wir mit den offensichtlichen Dingen. Beider Vorname war John. Beide lebten überwiegend in London. Beide befassten sich mit den okkulten Wissenschaften. Beide suchten nach dem Wesen der Dinge, dem Sinn des Seins, nach dem göttlichen Funken sozusagen. Beide hatten engste Vertraute. John Dee arbeitete mit einem gewissen Edward Kelly zusammen. John Milton mit besagtem Edward King, der in der Irischen See ertrank und den Anlass zum Schreiben des Gedichtes *Lycidas* gab.«

»Beider Vertraute wiesen den gleichen Vornamen auf, Edward.«

»Du sagst es.«

»Was aber immer noch kein Beweis dafür ist, dass Milton heute noch lebt.«

Mylady Hampstead enthielt sich der Teilnahme an dem Gespräch und lauschte nur.

»Führen wir diesen rein hypothetischen Gedanken doch wagemutig fort«, schlug Maurice Micklewhite vor. »Sowohl Milton als auch Dee lebten in unruhigen Zeiten. John Dee erlebte den Zerfall des Königreiches, nachdem König Henry VIII. das Zeitliche gesegnet hatte. Dessen späterer Nachfolgerin Elizabeth diente er als Vertrauter und Berater in Dingen wissenschaftlicher und philosophischer Natur. Kurzum: Er nahm nicht geringen Einfluss auf die politische Situation im Land. Er war die leise flüsternde Stimme am Ohr der Königin.«

Was von nicht unerheblicher Bedeutung war, da Königin Elizabeth immerhin die einzige Herrscherin Englands gewesen ist, die gleichzeitig auch als Regentin der uralten Metropole die Fäden gezogen hatte.

»Nun zu John Milton.«

»Auch er lebte in einer wankelmütigen Zeit. Charles I. war geköpft worden. Milton, in dessen Augen alle Menschen in Freiheit geboren und das Ebenbild Gottes waren, hatte sich in einem Pamphlet unmissverständlich gegen die Monarchie ausgesprochen und die Hinrichtung des Königs begrüßt. Daraufhin übertrug ihm die neue Regierung sogar ein öffentliches Amt und ernannte ihn zum Secretary for Foreign Tongues. Milton hatte also eine wichtige Stellung erlangt, und einige Historiker glauben, dass er selbst in dieser

Zeit einen nicht zu unterschätzenden Einfluss auf die Regentin der uralten Metropole ausgeübt hat.«

»Zudem schrieb er *Das verlorene Paradies*«, ergänzte ich, auf das dicke Buch in Leder deutend.

»Worauf ich noch zurückkommen werde«, versprach Maurice Micklewhite.

Ich erkannte es am Funklen in den stahlblauen Augen des Elfen. »Du hast etwas entdeckt. In dem Buch.«

Er schlug eine mit einem Lesezeichen markierte Stelle auf. »Lies selbst.«

Ich nahm das schwere Buch in die Hand. Feiner Staub, der seit mehreren hundert Jahren zwischen den Seiten verborgen war, wirbelte auf. Das dicke Papier knarzte förmlich beim Umblättern.

Das verlorene Paradies.

John Milton erzählt darin die Geschichte eines gefallenen, aufrührerischen Engels, der gegen die göttlichen Regeln aufbegehrt und dem Paradies einen Besuch abstattet. Gottes Schöpfung verliert seine Unschuld durch den eigenen Ungehorsam und die Intrigen Satans, der die Menschen in Gestalt einer Schlange verführt. Im Grunde aber variiert Milton die wesentlichen Geschichten des Buches Genesis aus dem Alten Testament, wobei er es sich nicht nehmen lässt, einige Stellen abzuändern und sie mit seiner eigenen philosophischen Weltsicht zu durchsetzen.

Dort stand:

Worauf schnellfertig Satan zu ihm sprach:
»Gefallener Cherub, schwach zu sein ist elend,
Ob handelnd oder leidend,
Doch nähren wird uns Pairidaezas Stock
mit süßer Frucht, wenn wir ihm Gleiches
widerfahren lassen. Und siehe, sieh!
Der kindlich Unschuld holder Saft
versickernd in der Erde Schoß,
dem Schlüssel gleich zum Paradies.«

Diese Textpassage entstammte dem ersten Kapitel, worin die Fürsten der Hölle Rat abhalten im Pandämonium, dem Palast Satans, und beratschlagen, wie sie den Himmel für sich zurückgewinnen können.

»Pairidaeza ist der persische Begriff für das Paradies«, dachte ich laut nach. »Es ist ein Zaubergarten, in dem der Lebensbaum mit der Frucht der Unsterblichkeit wächst. Mit Pairidaezas Stock ist womöglich jener Lebensbaum gemeint.«

»Ein Schluss, zu dem auch ich gekommen bin«, entgegnete Maurice Micklewhite.

»Milton erwähnt, dass jener Lebensbaum kindliche Unschuld benötigt, um zu gedeihen.«

»Oder aber die Unschuld von Kindern.«

Denn woher, wenn nicht aus Kindern, gewänne man kindliche Unschuld?

Die Unschuld vieler Kinder, fügte Mylady hinzu.

»Diese These ist … gewagt.«

Konnte dies die Lösung sein?

»Lasst uns nun einen kurzen Blick auf die Publikationen von John Dee nebst denen seines Assistenten werfen.« Maurice Micklewhite kam in Fahrt. »In seiner Schrift *Monas Hieroglyphica*, veröffentlicht im Jahre 1564, beschreibt John Dee das Prinzip der Unschuld und wie man es für die Menschheit nutzbar machen kann. Er kommt zu dem Schluss, dass nur die kindliche Unschuld genügend Reinheit besitzt, um für die Zwecke der Alchemie von Nutzen zu sein. Nur diese Form der Unschuld sei brauchbar. Aber, und da liegt sein Problem, er hat keine Ahnung, wie man diese Unschuld gewinnen kann.«

»Du meinst, er hat nach der Formel für die ewige Jugend gesucht?«

Maurice Micklewhite nickte.

Nichts weiter als der uralte Traum der frühzeitlichen Alchemie? »Oh, bitte!«

Die ewige Jugend hatten damals viele Gelehrte und solche, die sich Gelehrte schimpften, zu finden versucht. Philosophische Abhandlungen sind über dieses Thema verfasst worden, doch haben die meisten der Verfasser nicht einmal darüber nachgedacht, ob es überhaupt erstrebenswert ist, unsterblich zu sein. Es kam zu einer Vielzahl pseudowissenschaftlicher Experimente. Meistens ging es darum, das Blut von Tieren, denen man bestimmte aus der Mythologie entnommene Eigenschaften zuschrieb, zu trinken. Man bediente sich geheimnisvoller Pflanzen wie der Alraune, aß sie roh oder trank aus ihr gepresstes Elixier. Später erweiterte man die Versuche auf menschliches Blut. Bevorzugt das von Jungfrauen oder Kindern.

Welch ein Humbug!

»Edward Kelly, der eng mit John Dee zusammenarbeitete«, fuhr Maurice Micklewhite fort, »veröffentlichte eine Schrift mit dem klangvollen Titel *Vita Obscura*, in welcher er sich tiefer gehend mit dem Stein der Weisen auseinander setzte.«

Auch das noch!

Der Stein der Weisen war das Sinnbild für die Verwirklichung des Traums von der ewigen Jugend gewesen. Einige hatten in ihm eine Pflanze gesehen, andere ein Tier, manche ein Gebräu und viele einfach nur einen Stein.

»Bitte, Maurice!«

»Edward Kelly war der festen Überzeugung, dass die Kreuzritter den Stein der Weisen nach England gebracht hatten.« Er meinte das wirklich ernst. »Er bediente sich der Gralslegende und behauptete, dass der Gral an einem geheimen Ort im Herzen der Insel aufbewahrt würde.«

Ich seufzte resigniert.

Noch so ein Mythos.

Der heilige Gral war angeblich jener Kelch gewesen, der das Blut des sterbenden Jesus Christus aufgefangen hatte. Wer aus diesem Kelch tränke, käme in den Genuss des ewigen Lebens.

So jedenfalls erzählte man es sich von alters her.

»Das sind doch nur Märchen«, murrte ich.

Maurice ließ sich jedoch nicht beirren. »Edward Kelly glaubte, dass man das Blut unschuldiger Kinder aus dem Kelch trinken müsse.«

»Hokuspokus!«

Ich hatte das dumpfe Gefühl, meine Zeit mit diesem Gespräch zu verschwenden.

»Was soll dieses Gerede über den Gral, die unschuldigen Kinder und den Stein der Weisen? Was hat das ganze mit Master Lycidas zu tun?« Alte Geschichten waren das, einer Vielzahl von Mythologien entlehnt.

»Mein ungeduldiger Freund.«

»Die Zeit läuft uns davon, sofern ich das hier anmerken darf.«

Mylady Hampstead schwieg noch immer.

Die alte Rättin hockte auf der Armlehne des Stuhls und verfolgte neugierig die Unterhaltung, die wir führten.

»Pairidaezas Stock.« Maurice Micklewhite verwies auf Miltons Gedicht. »Der heilige Gral wird nicht in allen Kulturen als Kelch gesehen. Die französische Bezeichnung Sangréal bedeutet Sang Réal oder Königsblut. Das Blut Jesu Christi. Und das Neue Testament hat ein eindeutiges Symbol für das Blut des Menschenkönigs, den Wein. Der Wein ist das Blut und das Blut ist das Leben.«

»Was mir eher nach Abraham Stoker klingt.«

»Mortimer!«

Ich wurde wieder ernst. »Also steht der Gral für den Ursprung des Weines. Ein Weinstock.«

»Pairidaezas Stock«, sagte Maurice Micklewhite. »Der Lebensbaum im Paradies.«

So weit die Neuigkeiten!

»Fassen wir also zusammen«, versuchte ich das Gespräch zu einem Ende zu bringen. »John Dee sucht die Formel für das ewige Leben. Er kommt zu diesen doch recht hanebüchenen Erkenntnissen. Er stirbt, und im selben Jahr erblickt John Milton das Licht der Welt, der, erst einmal erwachsen, die Philosophie John Dees fortführt. Zudem haben beide die gleiche Handschrift. Beide haben die Mächtigen ihrer Zeit zu beeinflussen versucht. Beide hielten sich im Hintergrund und spannen ihre Intrigen.«

»Beide glauben, dass kindliche Reinheit vonnöten sei, um das ewige Leben zu erlangen.«

Jetzt meldete sich die Rättin zu Wort: *Kann das alles ein Zufall sein? Mitnichten, sage ich euch.* Mylady Hampstead wirkte aus einem mir unbekannten Grund ungeduldig. *Zur Zeit der großen Pest verschwanden viele Kinder aus den Straßen Londons*, piepste sie, und ihre Barthaare stellten sich unruhig auf. *Das war im Jahre 1563. John Dees Epoche. Der nächste Kinderraub ereignete sich während des großen Feuers, das halb London verschlang. Das war 1666. John Miltons Zeit. Ist es ein Zufall, dass beide Personen während beider Ereignisse in London weilten? Ist es ein Zufall, dass beide Personen die gleichen philosophischen Gedanken hatten? Ist es ein Zufall, dass ihrer beider Handschriften identisch sind? Beide vertraten die Meinung, dass Kinder vonnöten sind, um die ewige Jugend zu finden. Oder das ewige Leben.*

»Sie glauben, Mylady, dass sich der heilige Gral in London befindet und deshalb all die Kinder verschwinden?«

Ich glaube, dass wir es hier mit einem uralten Wesen zu tun haben. Einer Kreatur, die seit dem Anbeginn der Zeit unter uns weilt. Von Zeit zu Zeit unterzieht sich dieses Wesen einer Erneuerung, denn es kann nicht aus eigener Kraft die Jahrhunderte überdauern.

»Und diese Erneuerung erfährt es durch den Lebensbaum?«

Pairidaezas Stock.

Maurice Micklewhite meinte: »Irgendwie tut es das.«

Das Wesen war einst John Dee, und danach wurde es zu John Milton. Nur zwei Personen, auf die wir aufmerksam geworden sind. Wenn wir weitere Nachforschungen anstellen, dann kommen uns vermutlich noch andere in den Sinn. Haben Sie je ein Bildnis des römischen Kaisers Claudius gesehen? Natürlich gibt es nur einige verwitterte Kupfermünzen, die Zeugnis von seinem Aussehen geben können, doch sind die Ähnlichkeiten mit dem Antlitz Miltons kaum abzustreiten. Jenes Wesen, mit dem wir es hier zu tun haben, lebte bereits, als die Stadt noch Londinium hieß.

»Sie sind also davon überzeugt.«

Es passt einfach alles zusammen, schlussfolgerte die alte Rättin. *Wenn wir alle Fakten berücksichtigen und alle unpassenden Aspekte eliminieren, dann muss das, was übrig bleibt, wohl die Wahrheit sein. So unwahrscheinlich sie auch klingen mag.*

Sie hatte also immer noch eine Schwäche für viktorianische Literatur.

»Lycidas ist John Milton«, sagte Maurice Micklewhite. »Oder John Dee, oder wer oder was auch immer.« Erneut verwies er auf das Gedicht, das Milton für seinen ertrunkenen Freund geschrieben hatte.

Mylady Hampsteads Schwanz ringelte sich unruhig um die Armlehne. *Was wäre, wenn John Milton genau gewusst hätte, worüber er da schreibt?*

Ich starrte sie ungläubig an und fragte mich, ob die alte Rättin jetzt endgültig den Verstand verloren hatte.

»Das ist nicht ihr Ernst.« Selbst Maurice Micklewhite zeigte sich überrascht.

Master Lycidas ist einst Milton gewesen und der schrieb Das verlorene Paradies. *Ihr dürft nicht vergessen, welche Sympathien Milton in seinem Epos für den gefallenen Engel hegt. Lucifer ist keine boshafte Natur, sondern nur ein missverstandener Diener des Himmels, dem Unrecht getan wird. Der gefallene Engel wird bei Milton zu Unrecht aus dem Himmel verbannt und ist infolge dieses erlittenen Unrechts voller Wut und Rachegedanken.*

»Sie glauben, dass wir es hier mit *dem* gefallenen Engel zu tun haben?«

»Vielleicht ist dieser Gedanke gar nicht so abwegig, wie er uns jetzt erscheint.« Maurice Micklewhite lehnte sich in seinem Sessel zurück. »Der Lichtlord wurde seit dem frühen Mittelalter nirgends mehr gesehen.«

Überall auf der Welt trifft man auf die alten Götter. Auch auf Engel. Mylady sah mich ernst an. *Warum sollte ER es nicht sein?*

»Die Urieliten hätten seine Gegenwart doch sicherlich bemerkt«, gab ich zu bedenken.

»Die Engel vom Oxford Circus kümmern sich nicht mehr um die Belange der Menschen«, sagte Maurice Micklewhite.

Mylady schaltete sich ein. *Woher sonst hätte Milton all die Einzelheiten wissen sollen, über die er geschrieben hat, wenn ER es nicht selbst gewesen ist?* Das Argument der Ratte war nicht von der Hand zu weisen. *Niemand sonst hat mit solchem Zorn über die alten Geschichten geschrieben. Kein Schriftsteller hat den gefallenen Lichtlord derart menschlich dargestellt. Miltons Engel ist ein einfühlsamer, intelligenter Geist, der die himmlische Ordnung angezweifelt hat, weil sie ihm Unrecht hat widerfahren lassen. Zudem benutzt Milton den alten Namen des Engels. Lucifer. Ein nicht unwesentlicher Punkt, wie ich meine. Satan ist Hebräisch und bedeutet Widersacher. Lucifer hingegen ist der Lichtbringer und wird mit dem Morgenstern in Verbindung gebracht.* Die schwarzen Knopfaugen waren jetzt hellwach. *Weswegen ist Anubis wohl nach London gekommen?*, fuhr die alte Rättin fort und wartete die Antwort nicht einmal ab. *Er ist dem Ruf seines Gebieters gefolgt. Niemand anderem als dem Lichtlord würde der mächtige Totengott untertan sein. Nicht zu vergessen die Wölfe, die ihrerseits dem Ruf des Ägypters gefolgt sind. Erinnert euch an die alten Geschichten. Pepys hat von der Wolfsplage berichtet, die mit dem Feuer nach London gekommen sei. Und Chaucer erwähnt in den* Canterbury Tales *pestbringende Gestalten, die an den Ufern der Themse lauern und den vollen Mond anheulen.*

»Master Lycidas ist also, und davon sollten wir ausgehen, ein gefallener Engel.«

»Der in London die Kinder stehlen lässt?«

Ratte und Elf nickten gleichermaßen.

Ich lehnte mich in dem bequemen Sessel zurück und beförderte einen Stein aus der Tasche meines Gewandes. Es war ein großer Bilderjaspis von dunkler Farbe. Ich ließ den Stein vor meinem Gesicht in der Luft schweben und betrachtete das Muster, konzentrierte mich darauf und versuchte, meine Gedanken zu klären. Wenn das alles wirklich der Wahrheit entsprach und der Lichtlord unser Gegner war, so hatten die Dinge eine nicht allzu willkommene Wendung genommen.

»Was werden wir nun tun?« Die alles entscheidende Frage!

Maurice Micklewhite unterbreitete mir seinen Vorschlag.

»Das ist dein Plan?«, hakte ich ungläubig nach.

Er nickte und antwortete trocken. »Das ist mein Plan.«

Ich ließ den Bilderjaspis zurück in meine Hand gleiten.

Seufzte.

»Nun denn«, murmelte ich.

Und Mylady Hampstead piepste voller Tatendrang: *Dann sollten wir keine Zeit verlieren.*

»Wir sind jetzt in der Hölle, Miss Emily Laing.« Noch immer ruhte die behandschuhte Hand auf der Schulter des Mädchens. Lucia del Fuego lächelte gütig. »Doch müssen Sie keine Angst haben. Ich habe ein Auge auf Sie.« Den Blick Aurora zugewandt fügte sie hinzu: »Und auch auf Sie natürlich.«

Zum ersten Mal, seitdem sie die Jägerin im Regent's Park getroffen hatten, zweifelte Emily an ihrer Aufrichtigkeit.

»Was ist das für ein Ort?« Zu ähnlich waren die Stollen dem Bergwerk aus Emilys Vision.

Lucia del Fuego blickte das Mädchen durch die dicken Brillengläser ernst und gleichzeitig offen an.

»Wir sind in der Hölle.«

Aurora war dicht neben ihre Freundin getreten.

Dinsdale schwebte über ihren Köpfen.

Die Kinder ohne Augen beachteten die Neuankömmlinge nicht im Geringsten. Beim näheren Hinsehen stellte Emily fest, dass die Kinder dunkle, schimmernde Spiegelscherben in ihren Augenhöhlen stecken hatten. Die hageren Gesichter wirkten leblos und ausgezehrt. Mit schlurfenden Schritten gingen die armen Gestalten ihrer Arbeit nach, schoben schwere, rostige Loren auf den schmalen Gleisen entlang, schürften in dem ewigen Eis, das die Stollenwände wie eine zweite Haut bedeckte, nach Steinen. Die Kleidung der Kinder ließ die beiden Mädchen erschaudern. Wenngleich sie in Lumpen gekleidet waren, so konnte man doch die Kleidungsstile mehrerer Jahrhunderte erkennen. Dies waren ohne Zweifel Kinder, die zu ganz verschiedenen Zeiten in London gelebt hatten und im Laufe der Jahrhunderte entführt worden waren. Manche dieser Kinder, so mutmaßte Emily, mussten seit mehr als tausend Jahren in diesen Katakomben ihr Dasein fristen.

Wie war das möglich? Wieso konnten sie so alt werden? War dies tatsächlich die Hölle?

Emily wusste nicht mehr, was sie glauben sollte.

Das alte Misstrauen gegenüber der Welt loderte wieder in ihr auf.

»Ist das Ihr Ernst?«

Es war wie im Waisenhaus, man durfte niemandem vertrauen.

Lucia del Fuego verstand. »Was ich Ihnen gesagt habe«, gab sie zur Antwort, »war nicht im übertragenen Sinne gemeint. Dies hier ist die Hölle. Oder, um genau zu sein, eine Vorhölle.« Sie kniete sich neben Emily, sodass ihrer beider Augen auf gleicher Höhe waren. »Es gibt neun Kreise der Hölle, und jeder dieser Kreise sieht anders aus. Dies ist der äußere Kreis. Der neunte Kreis der Hölle ist ein Eispalast.«

Die beiden Mädchen warfen sich verunsicherte Blicke zu.

»Sie meinen«, begann Aurora zaghaft, »dass die Hölle keine Erfindung ist? Dass es sie nicht nur in Geschichten gibt?«

»Für meine Verhältnisse wirkt dies alles sehr echt«, gab Lucia del Fuego zur Antwort. »Außerdem beliebe ich bei manchen Dingen nicht zu scherzen. Die Lage ist ernst, und ich bitte Sie, mir zu vertrauen.«

»Warum haben Sie uns hierher geführt?« Emily war argwöhnischer denn je.

»Um Mara Mushroom zu finden.«

Emily dachte an das, was sie gesehen hatte. Im Cheshire Cheese. Es war kein Blick in die Zukunft gewesen. Nein, sie hatte gesehen, was in demjenigen Moment passierte. Was Mara in jenem Augenblick widerfahren war. Mara war hier unten. Sie hatte all das hier gesehen, und deswegen hatte auch Emily es sehen können. Sie hatte durch ihrer Halbschwester Augen gesehen.

»Mara ist hier unten?«

»Die Wölfe haben sie hierher gebracht. Da bin ich mir sicher.«

»Aber wie werden wir sie finden?«

Lucia del Fuego lächelte. »Mit Glück.«

Emily sah sich um an diesem seltsamen Ort.

»Es gibt nicht viele Eingänge, die in die Tiefen der Hölle hinabführen«, erklärte Lucia del Fuego geduldig. »Der älteste Eingang befindet sich in Rom, in den Katakomben des Vatikans; übrigens der Weg, den Dante und Vergil damals eingeschlagen haben.«

Emily und Aurora hatten ehrlich gesagt nicht die geringste Ahnung, wen sie damit meinte.

»Weniger bekannt sind die anderen Eingänge. Einer davon ist dieser hier.« Wachsam schaute sich die Jägerin um, lauschte in die endlose Weite des Stollens hinein. »Wir müssen vorsichtig sein«, sagte sie. »Die Seelenlosen nehmen uns nicht zur Kenntnis, doch gibt es andere Kreaturen hier unten.«

Emily fand die Bezeichnung *die Seelenlosen* unpassend für die armen Gestalten, die einmal ganz normale Kinder gewesen waren; vor langer Zeit, in *ihrer* Zeit; ganz so wie Emily und Aurora.

»Was ist mit den Kindern passiert?« Aurora sah, wie sich ihr Bild in den Spiegelscherbenaugen brach.

»Die Black Friars sagten mir, dass Master Lycidas in regelmäßigen Abständen ein Elixier benötigt«, erklärte sie den Kindern, »das er aus den Seelen der Kinder gewinnt. Ein Wyrm destilliert die Unschuld aus den Leibern und sondert ein Sekret ab, das die konzentrierte Reinheit der Kinder enthält.«

Emily zog die Stirn kraus. »Das dieser Master Lycidas dann trinkt!?«

»So etwas Ähnliches.«

Emily rieb die Hände aneinander. Es war bitterkalt in dem Stollen.

»Was sollen wir jetzt tun?«, fragte Aurora.

Die Kinder mit den Spiegelscherbenaugen gingen ihrer Arbeit nach, ohne die Fremden auch nur zu beachten. Die toten Augen erinnerten Emily an ihr eigenes Glasauge, und sie fragte sich, ob andere Menschen ihr künstliches Auge auch als derart kalt und leblos wahrnahmen. Die Kinder mit den Spiegelscherbenaugen schienen tatsächlich keine Seele zu besitzen. Ihr Gesichtsausdruck war einfach nur ... leer.

Einige Biegungen des Stollens hatten sie hinter sich gelassen, als die Jägerin plötzlich innehielt. »Ich muss Ihnen ein Geständnis machen.« Lucia del Fuego sah Emily dabei direkt in die Augen. »Bevor wir weitergehen, sollten Sie davon erfahren.« Sie sah sich erneut um, bevor sie fortfuhr: »Ich habe Ihnen beiden nicht die ganze Wahrheit gesagt.«

Die beiden Mädchen blickten einander an.

Ausgerechnet an diesem ungastlichen Ort, dachte Emily, muss sie mit der Wahrheit herausrücken?

»Ich kenne Ihre Mutter seit langer Zeit.« Lucia del Fuego wirkte nachdenklich. Nostalgisch. »Damals, als wir uns kennen lernten, war sie noch Mia Manderley. Ich wusste von ihrem Verhältnis zu Richard Swiveller und von dem Kind, das verleugnet und versteckt werden sollte.«

»Warum haben Sie sie nicht überzeugt, ihrem Kind beizustehen?« Aurora war wütend.

»Es waren schwierige Zeiten«, antwortete Lucia del Fuego. »Und Mia Manderley hatte dem Plan der Ratten zugestimmt. Sie heiratete Lord Mushroom, und so vereinigten sich die mächtigen Häuser. Alles um des lieben Friedens willen. Doch war es keine glückliche Ehe, die beide führten. Verzweifelt versuchten die frisch Vermählten, einen Erben zu zeugen. Ohne Erfolg. Als sich dann nach Jahren des Bemühens und der ärztlichen Besuche drüben in Blackheath Nachwuchs einstellte, mussten beide enttäuscht feststellen, dass es sich um ein Mädchen handelte.«

»Mara.«

»Lord Mushroom machte von Anfang an seine Frau für dieses Unglück, wie er es zu nennen pflegte, verantwortlich. Ein männlicher Erbe wäre beiden Häusern genehmer gewesen.«

Spontan fiel Emily dazu ein: »Es gibt keine Zufälle.«

»Wie meinen Sie das?«

»Fragen Sie nicht!«

Lucia del Fuego wirkte überrascht.

Und Emily fragte sich, ob sie die Anspielung verstanden hatte.

»Es gibt, gelinde gesagt, Spannungen in der Ehe, die sich während der letzten beiden Jahre seit dem Verschwinden der kleinen Mara verstärkt haben.«

»Sie meinen«, konnte Emily die Frage nicht mehr zurückhalten, »es besteht noch Hoffnung, dass sie mich aufnimmt?« Wie sie es hasste, wenn sich diese Erwartungshaltung in ihr aufbaute. Waisenkinder wissen, wie trügerisch Hoffnung sein kann. Meist bleibt nur bittere Enttäuschung zurück. Weswegen sich die klügeren Kinder das Hoffen verkneifen.

Lucia del Fuego ergriff Emilys Hand. »Ich habe mit ihr darüber gesprochen.«

Tatsächlich? »Und? Was hat sie gesagt?« Emily versuchte möglichst teilnahmslos zu klingen.

Aurora stand schweigend und mit ernster Miene neben Emily.

»Sie sträubt sich noch dagegen«, antwortete die Jägerin. »Doch denke ich, dass sie letzten Endes auf ihre Beraterin hören wird.« Sie lächelte gütig. »Mia Manderley ist eine einsame Frau, die sich insgeheim nach ihren beiden Töchtern sehnt. Man munkelt, dass die Ehe mit Martin Mushroom nur auf den Pergamenten besteht.«

»Wie gut kennen Sie meine Mutter?«

Es war seltsam, es so zu formulieren. Ihre Mutter. Etwas tief drinnen in Emily erwachte beim Klang dieses Wortes zum Leben.

»In welchen Angelegenheiten beraten Sie sie denn?« Aurora schien die Wendung der Ereignisse gar nicht zu gefallen.

»Ich kenne Mia Manderley seit langer Zeit«, erklärte Lucia del Fuego. »Während der Whitechapel-Aufstände, nachdem Jack the Ripper sein Unwesen getrieben hatte, wurde ich Manderley Manor zugewiesen. Ich handelte im Auftrag der Black Friars. Meine Aufgabe war es, die Erbin des Hauses zu schützen. Wir kamen während dieser Zeit nicht umhin, über manches zu sprechen, und begannen, einander zu vertrauen.«

»Sie waren also ihre Leibwächterin.«

»Sie sagen es!«

»Und Sie meinen, ich könnte meine Mutter vielleicht doch kennen lernen?«

»Es ist nicht so einfach, wie es sich anhört.« Lucia del Fuego blickte wachsam in beide Richtungen des Tunnels. »Wenn sich Mia Manderley von ihrem Mann trennt, dann wird sie jeden Halt brauchen, der sich ihr bietet. Dann wird sie ihre beiden Töchter liebend gerne in die Arme schließen.« Der Jägerin Augen wurden sehr ernst, und die dicken Brillengläser verstärkten den kalten Blick noch. »Doch wenn die Beziehung der beiden fortbesteht«, meinte sie und fügte nach einem unheilvollen Moment des Schweigens hinzu, »dann wird sie nur ihr eheliches Kind akzeptieren.«

Verwirrt und aufgeregt versuchte Emily sich ein Bild von der Situation zu machen.

Durfte sie sich wünschen, dass die Ehe ihrer Mutter zerbrach, nur um des eigenen Glückes willen? Durfte sie ihr eigenes Wohl über das der uralten Metropole stellen? Andererseits, was bedeutete die uralte Metropole schon für sie? Warum kümmerte sie sich überhaupt um die Belange dieser Welt, die ihr doch gar nichts sagte, von der sie bis vor wenigen Tagen nicht einmal gewusst hatte? So lange hatte sie sich danach gesehnt, eine Mutter zu finden; und jetzt war sie diesem Ziel so nahe, wie sie es sich niemals erträumt hatte. Nicht nur *irgendeine* Mutter, sondern *ihre* Mutter; ihre richtige, leibhaftige Mutter, die womöglich so aussah wie sie selbst und redete wie sie selbst und fühlte wie sie selbst.

»Was soll ich denn jetzt tun?« Eigentlich hatte sie die Frage an niemanden gerichtet. Nur laut gedacht.

Die Jägerin antwortete trotzdem. »Mir folgen. Wir werden Ihre Halbschwester Mara befreien und nach Manderley Manor bringen, wo Mia derzeit weilt. Was dann geschieht, bleibt abzuwarten.«

»Wann werden wir Wittgenstein wiedersehen?«, erkundigte sich Aurora.

»Bald.«

»Wie bald?«

Emily erkannte das Misstrauen und den unterdrückten Zorn in den Augen ihrer Freundin. Sie kannte diesen Blick. Aus dem Waisenhaus. Wenn ein Kind eine Familie gefunden hatte und mit seinen neuen Eltern die Straße vor dem großen Haus überquerte, während die vielen enttäuschten Kinder sich die Nasen an den Fenstern platt drückten und sich traurig ausmalten, wie es wohl wäre, wenn statt des Glückskindes sie selbst dort unten entlanggingen, weg vom Waisenhaus, weg von all dem Elend; es war dieser Blick eines jeden zurückgelassenen Kindes, der das Gesicht Auroras in diesem Augenblick verdunkelte.

»Wie ich Ihnen bereits sagte, steht es um den armen Wittgenstein nicht allzu gut.«

»Das Bein«, mutmaßte Aurora.

»Sie sagen es. Sobald dies hier überstanden ist, werden wir ihm einen Besuch abstatten.«

Emily betrachtete die schmutzigen Kinder mit den Spiegelscherbenaugen. Sie bemerkte die teilweise blutig geschürften Finger, die aus den kaputten, löchrigen Handschuhen herauslugten. Mechanisch hoben sie die schweren Steine und ließen sie in die Loren plumpsen. Teilnahmslos brachen sie das Geröll aus dem Felsgestein und schlurften langsam durch die eisbedeckten Gänge.

»Wo finden wir meine Schwester?« Erschrocken stellte Emily fest, dass sie gerade *meine Schwester* gesagt hatte und nicht *meine Halbschwester*. Und das bedeutete – was?

»Folgen Sie mir«, forderte Lucia del Fuego sie auf.

Dinsdale, der die ganze Zeit über bewegungslos in einer der Laternen gekauert hatte, surrte nun auf die beiden Mädchen zu, umkreiste ihre Köpfe wie ein kleiner Blitz und blieb dann in der Luft vor ihren Gesichtern stehen.

»Leuchte uns den Weg!«, flüsterte Emily.

Dinsdale glomm kurz auf.

Dann setzte sich die kleine Gruppe in Bewegung.

»Woher kennen Sie sich hier unten eigentlich so gut aus?« Noch immer war der Gedanke, dass dies die Hölle sein sollte, befremdlich für Emily. Alles sah wie in einem Märchen aus. Gerade so, als stünde hinter der nächsten Ecke die Eiskönigin. Insgesamt entsprach dies hier nicht im Geringsten dem Bild, das man sich als Kind und eventuell auch als Erwachsener von der Hölle zu machen pflegte.

»Die Black Friars haben das Labyrinth während der letzten Jahrhunderte kartographiert. Natürlich muss man berücksichtigen, dass die Hölle immerfort wächst. Jahr für Jahr entstehen neue Gänge, werden zusätzliche Stollen tief in die Erde getrieben. Es ist ein Netzwerk an unterirdischen Korridoren, das, wenn man es genau nimmt, den gesamten Erdball umspannt. Hier und da gibt es Verbindungen zur Oberfläche. Ausgänge, Eingänge, Schlupflöcher, Fallen für arglose Wanderer.«

»Aber was ist mit dem Feuer?« Emily entsann sich der Bilder, die den Predigten des Reverends entsprungen waren.

»Sie meinen ewige Qualen? Lodernde Flammen und kleine Teufelchen, die böse Sünder mit skurril anmutendem, mittelalterlichem Werkzeug martern?« Die Jägerin schien belustigt. »Die Hölle, meine Damen, ist ein höchst realer Ort. Die Black Friars besitzen natürlich nicht von allen Regionen Karten. Die tieferen Schichten sind selbst ihnen unbekannt. Niemandem ist es bisher gelungen, dortin vorzudringen. Jedenfalls ist keiner von denen, die sich auf den Weg gemacht haben, jemals zurückgekehrt.«

»Sie erwähnten Kreaturen, die sich hier unten tummeln«, merkte Aurora vorsichtig an.

»Man sagt, dass der Limbus seltsame Kreaturen gebiert.« Sie flüsterte und schaute sich um.

Etwas beunruhigte Emily an diesem Wort. Limbus. »Was ist das?«

»Der Limbus ist ein Teil der tiefen, unerforschten Regionen. Im Limbus befinden sich, glaubt man der Sage und dem Volksglauben, die ungetauft gestorbenen Kinder. Die Kinder wachsen dort unten weiter, reifen in ewiger Dunkelheit zu etwas heran, dem man keinen Namen geben will. Bei den Black Friars vermutete man, dass die Seelenlosen die Tunnel bis zum Limbus hinabtreiben sollen, um das, was dort eingeschlossen ist, zu befreien.«

Ein Schatten kroch an der niedrigen Decke entlang.

Lucia del Fuego zog die beiden Mädchen augenblicklich hinter einen massiven Stützbalken in Deckung. Dinsdale steuerte eine Lampe an der Tunneldecke an und verbarg sich im Schein des Lichts.

Emilys Herz begann zu pochen, als sie in die Stille lauschte.

Nur die schlurfenden Schritte der Kinder mit den Spiegelscherbenaugen waren zu hören, dazu das Knarzen der eisernen Räder auf den rostigen Schienen. Der eisige Wind pfiff heulend um die Biegung, die der Stollen vor ihnen beschrieb. Etwas anderes vermischte sich mit dem Geräusch des Windes.

»Was ist das?« Eigentlich war es nicht mal ein Flüstern. Auroras Lippen formten die Worte, wie sie es des Nachts im Schlafsaal des Waisenhauses getan hatten, wo Äußerungen jedweder Art strengstens untersagt gewesen waren.

Emily schüttelte den Kopf.

Lucia del Fuego warf den Kindern einen ernsten Blick zu, der keine Zweifel daran ließ, dass sie eine Begegnung mit dem, was das Geräusch machte, vermeiden sollten.

Emily bemerkte, dass Dinsdale vollständig erloschen war.

Das Geräusch schwoll an.

Es war, als schabten spitze Krallen auf Stein. Da war ein Knacken, als würden Knochen brechen. Ein schnalzendes Geräusch. Emily bemerkte, dass etwas fehlte. Die schlurfenden Schritte waren verstummt. Die Kinder mit den Spiegelscherbenaugen hatten innegehalten. Da erklang ein lautes Surren. Wie im Inneren eines Bienenstocks, dachte Emily unzusammenhängend. Das Knacken und Schnalzen wurde lauter, kam näher, hielt inne.

Die beiden Mädchen wagten nicht einmal zu atmen.

Etwas schabte hart über das Eis.

Fühler, dachte Emily ängstlich. Es sind Fühler.

Das laute Surren erhob sich erneut.

Flügel!

Aurora klammerte sich an Emily.

Lucia del Fuego saß ruhig und konzentriert da, die Armbrust im Anschlag, den Blick auf den Schatten an der Decke gerichtet.

Das Kratzen näherte sich.

Was immer es ist, dachte Emily und versuchte, nicht in Panik auszubrechen, es ist groß.

Das Schnalzen war nun ganz nah. Nur der Stützbalken trennte sie von dem Ding, das diese Geräusche machte. Kleine Eisbrocken wurden am Boden entlanggeweht. Es ist groß, und es hat Flügel, schrie es in Emily, deren Finger sich in Auroras Jacke gekrallt hatten.

Die Jägerin hob die Armbrust und wartete darauf, dass es hinter dem Balken hervorkäme.

Dann wurde es still.

Für einige Augenblicke.

Langsam kehrten die Geräusche der arbeitenden Kinder zurück.

»Es ist fort«, flüsterte Lucia del Fuego und stand auf, trat hinter dem Balken hervor und prüfte den Stollen.

»Was ist das gewesen?« Auroras Stimme zitterte so stark, dass man die Worte kaum verstand.

»Ein Nekir«, sagte die Jägerin.

Was nicht gerade einladend klang, entschied Emily.

»Die Nekir dienen Lycidas«, erklärte Lucia del Fuego mit leiser Stimme, während die bebrillten Augen wachsam umherlugten. »Und sie sind nicht sehr … ansehnlich.«

Emily konnte sich denken, was sie damit meinte, und ein kurzer Blick in das blasse Gesicht ihrer Freundin sagte ihr, dass auch Aurora nicht das Verlangen verspürte, diesem Wesen noch einmal zu begegnen.

»Was tun diese … Nekir?«, wollte Aurora wissen.

Dinsdale kam auf die beiden Mädchen zugeflogen.

»Die Hölle ist der Lebensraum vieler Kreaturen«, antwortete Lucia del Fuego. »Es ist ihre Heimat. Sie leben hier unten. Diese Wesen waren hier, bevor die uralte Metropole entstanden war, bevor die ersten Kelten eine kleine Siedlung an der Themse gegründet, bevor die Römer Londinium errichtet hatten. Die Nekir leben in diesem Labyrinth. Sie fressen. Und alle dienen sie Lycidas. Er ist ihr Gebieter. Für ihn bewachen sie die Stollen und Tunnel, sorgen dafür, dass die Seelenlosen ihre Arbeit verrichten.«

»Was passiert, wenn eines der Kinder zu schwach ist?« Auroras Fragestellung ließ erahnen, dass sie die Antwort bereits kannte.

»Es passiert das, was immer in der Natur passiert, wenn jemand zu schwach ist.«

Emily konnte nicht glauben, dass sie so teilnahmslos von diesen monströsen Kreaturen sprach. »Die Nekir fressen das Kind doch nicht etwa auf?«

Die Jägerin ließ kein Mitleid erkennen. »So ist der Lauf der Dinge. Hier unten.« Sie deutete mit erhobenem Finger zur Decke des Stollens. »Und auch da oben in der anderen Welt. Das Überleben des Stärkeren ist ein uraltes Gesetz, und jede Form von Leben muss sich ihm unterordnen.«

»Das ist ungerecht.«

Emily stimmte ihrer Freundin zu. »Und grausam.«

»Es ist, wie es ist.« So einfach war es für Lucia del Fuego. »Wir sind nicht dazu auserkoren, die Natur der Welt zu ändern. Darum schlage ich vor, wir gehen den Nekir aus dem Weg.«

Keines der Mädchen brachte diesbezüglich einen Einwand vor.

Stattdessen folgten sie Lucia del Fuego durch die endlosen Stollen und Gänge.

Immer wieder passierten sie kleine Höhlen, in denen sonderbare Gerätschaften aufgebaut waren, die aus dem wildesten Sammelsurium von Drähten, Rohren, Metallträgern, Holzverstrebungen und Plastikteilen bestanden, das man sich vorstellen konnte. Manche dieser

Maschinen arbeiteten schnaufend wie lebendige Wesen, stießen rußige Wolken oder zischenden Wasserdampf in die Luft, wodurch sich am Boden der Höhlen infolge der Eisschmelze tiefe Pfützen gebildet hatten, durch die die Kinder mit den Spiegelscherbenaugen wateten. Andere Maschinen wiederum standen einfach da, scheinbar ohne Verwendungszweck und Sinn.

»Als hätte man die Dinger aus dem Müll der Stadt zusammengeklaubt«, hatte Aurora ihrer Freundin zugeflüstert, als sie die erste dieser Höhlen passiert hatten.

»Lycidas lässt tief in die Eingeweide der Erde graben, um die Kreise der Hölle zu verbinden. Wie bereits erwähnt, ist es sein Ziel, den Limbus zu öffnen. Die Nekir sind nur ein Vorgeschmack auf das, was dort unten darauf wartet, endlich entfesselt zu werden.«

Emily schluckte.

Sie mochte sich nicht ausmalen, *was* dort unten der Entdeckung harrte.

Während es unaufhörlich weiterging, versuchte sie an ihre Mutter zu denken. Würde diese sie aufnehmen und als ihre Tochter akzeptieren? Zaghaft sah Emily zur Seite, wo Aurora neben ihr den Stollen entlangtrottete. Auch ihr schienen die Füße wehzutun.

Was würde mit Aurora geschehen? Würden sie es schaffen, ihre Freundschaft zu bewahren?

Es waren einfach zu viele Fragen. Zu viele Ungewissheiten.

Dinsdale leuchtete ihnen geduldig den Weg.

Emily musste beruhigt lächeln, wenn sie das Irrlicht beobachtete. Dinsdale strahlte eine gesunde Ruhe aus. Es tat einfach gut, ihn in ihrer Nähe zu wissen, wenngleich die Stollen und Tunnel hier unten in der Hölle so gut beleuchtet waren, dass die Funktion des Irrlichts als Leuchtquelle kaum mehr vonnöten war. Dennoch wich er nicht von der Seite der Mädchen.

So näherten sie sich langsam, doch stetig dem Ziel, in dessen Richtung die Jägerin ihrer aller Schritte lenkte.

Zweimal mussten die Reisenden Deckung suchen, einmal hinter Schutthalden und ein anderes Mal in einem dürftigen Schuppen voller Arbeitsgeräte, der sich inmitten einer großen Höhle befand.

Ansonsten kreuzten die Nekir nicht mehr ihren Weg.

Lucia del Fuego war nun wachsamer denn je.

Hier und da legte sie sich auf den Boden und lauschte, indem sie das Ohr aufs Eis presste. Sie schnupperte, wenn ihnen der kalte Wind in die Gesichter schlug, und suchte immerzu auf dem Boden nach Fährten und Hinweisen. »Die Nekir lauern ihrer Beute oft in Felsspalten auf.«

Auf eine unbestimmte Art bewunderte Emily diese Frau. Sie schien keinerlei Schwäche zu zeigen, abgesehen von derjenigen, von der sie den Kindern im Cheshire Cheese berichtet hatte. Dessen eingedenk wunderte sich Emily allenfalls darüber, dass sie diese Schwäche ihnen gegenüber überhaupt zugegeben hatte.

»Sie ist seltsam«, hatte ihr Aurora zugeflüstert.

»Sie hat uns das Leben gerettet!«

Wem konnte man denn wirklich trauen in diesen Tagen?

Während die Jägerin an manchen Wegbiegungen vorausgegangen war, um den Pfad zu erkunden, hatte Emily mit ihrer Freundin des Öfteren getuschelt.

»Es ist, als würde sich niemand für uns interessieren«, hatte Emily geflüstert. »Für Mara ebenso wenig. Wir sind wichtig, solange wir die Rollen spielen, die man uns zugedacht hat.«

Aurora war der gleichen Meinung. »Die Welt ist eben gierig.«

Jedermann, mit dem die Mädchen es seit der Flucht aus dem Waisenhaus zu tun bekommen hatten, verfolgte hartnäckig sein eigenes Ziel. Und seltsamerweise war Emily der gemeinsame Nenner. Jeder wollte auf die eine oder andere Art und Weise mit ihr zu tun haben. Doch wie viele Wahrheiten mochte es geben? Wer hatte Recht und wer Unrecht? Drehte sich die Welt tatsächlich so überaus schnell, wie alle behaupteten?

Was Emily verstand, war, dass die Welt, die man ihr als die uralte Metropole vorgestellt hatte, aus den Fugen geraten war.

»Sie haben Jack the Ripper erwähnt.«

»Seltsam, nicht wahr?«

Emily hatte natürlich die Geschichten über die Prostituierten-Morde in Whitechapel gehört. Jedermann kannte sie. Jack the Ripper, der mysteriöse Unbekannte, ein Rätsel seit mehr als hundert Jahren. Manche glaubten, er habe mit dem Königshaus zu tun gehabt. Angeblich war er ein Mitglied eines der mächtigen Häuser gewesen. Ein Mushroom oder ein Manderley. Durch die Morde war es zu den Whitechapel-Aufständen gekommen, die die uralte Metropole ins Chaos gestürzt hatten. Die Ratten hatten den Black Friars gedient, einem Orden von Mönchen, dem auch Lucia del Fuego angehörte.

»Sei ehrlich«, äußerte Aurora ihre Bedenken, »glaubst du wirklich an all das Zeug?«

»Ich weiß es nicht.« Nachdenklich setzte Emily hinzu: »Wann trieb Jack the Ripper sein Unwesen?«

»1888.«

»Ganz schön lange her.«

»Auf was willst du hinaus?«

»Wenn Jack the Ripper 1888 die Whitechapel-Aufstände ausgelöst hat und die Heirat zwischen Mia Manderley und Lord Mushroom eine Folge dieser Aufstände war, dann frage ich mich, wann Mia Manderley mit meinem Vater zusammengewesen ist.«

Emily hatte ihre Zweifel auf den Punkt gebracht.

Mit der Zeit ist es eben so eine Sache.

»Wann bin ich geboren worden, Aurora?«

Das Mädchen zuckte mit den Achseln.

»Genau. Ich weiß es auch nicht.« Trotzdem konnte es nicht sein, dass sie vor so langer Zeit geboren worden war. »Etwas«, murmelte Emily betrübt und zugleich voller Neugierde, »stimmt hier ganz und gar nicht.«

Dann hatten sie erneut schweigen müssen, weil die Jägerin von ihrer Erkundung zurückgekehrt war und ihnen den Weg durch ein System enger Tunnel, die allesamt abwärts führten, gewiesen hatte.

Je tiefer sie hinabstiegen, desto frostiger wurde es.

Emily spürte die Kälte, die ihr ins Gesicht schnitt und in den Körper kroch.

»Diese seltsamen Ratten«, flüsterte sie.

Die Ratten unter der Federführung von Lord Brewster hatten die Hochzeit zwischen den Häusern Mushroom und Manderley arrangiert. Lord Brewster, der seit dem Vorfall in der Finchley Road, den er offenbar organisiert hatte, vollständig untergetaucht war.

»Die von den Ratten angeregte Ehe hat erst mal für Ruhe gesorgt.«

Doch dann entführte jemand die kleine Mara Mushroom, was die ohnehin bestehenden Differenzen zwischen den frisch Vermählten nur verstärkt hatte. Nach zwei Jahren, während derer sich die elfischen Eheleute immer mehr auseinander lebten, tauchte die kleine

Mara dann, aus welchen Gründen auch immer, im Waisenhaus drüben in Rotherhithe auf. Kurz nachdem die Ratten davon erfahren hatten, wurde sie wieder entführt.

»Ein seltsamer Zufall«, murrte Aurora.

»Es gibt keine Zufälle.«

In der gleichen Nacht, in der ein Werwolf das Mädchen erneut entführt hatte, war Emily aus dem Waisenhaus geflohen, hatte Lord Brewster und seine Verbündeten getroffen, die sie für ihre Zwecke eingespannt hatten.

Letzten Endes lief alles auf eines hinaus. Im Tower von London zog jemand, der sich Master Lycidas nannte, die Fäden in diesem Spiel. Alle glaubten, dass er die kleine Mara in seine Gewalt gebracht hatte.

»Aber wieso?« Aurora brachte es auf den Punkt.

Was war der Grund? Er wolle die beiden Häuser gegeneinander ausspielen, hatte man Emily gesagt. Doch wie sollte das geschehen? Bei genauerem Nachdenken fehlte ein Stück des Puzzles.

Bevor sie diese Gedanken zu Ende spinnen konnte, kehrte Lucia del Fuego meist von ihren überaus kurzen Erkundungsgängen zurück. Den beiden Freundinnen fehlte die Gelegenheit, ungestört miteinander zu reden.

Zudem wollte Master Lycidas Emily in seine Gewalt bringen, weil ... nun ja, warum eigentlich? Er hatte Mr. Fox und Mr. Wolf mit dieser Aufgabe betraut, die – den Ratten vom Northend sei Dank – kläglich daran gescheitert waren. Blieb letzten Endes noch immer die Frage: Warum sie?

Warum Emily?

»Weil du eine, wie haben sie es genannt, Trickster bist?«

»Glaube ich nicht.« Eine zu offenkundige Begründung.

»Weil du die Halbschwester der kleinen Mara bist?«

Es überraschte Emily, dass sie sich an der Formulierung *Halbschwester* störte. »Es ergibt alles keinen Sinn.« Die Gedanken drehten sich im Kreis. Die Katze biss sich selbst in den Schwanz.

Lucia del Fuego, die Jägerin, die im Auftrag von Wittgenstein handelte und den Black Friars diente, die sehr alt zu sein schien und darüber hinaus eine Menge über diesen seltsamen Ort wusste, den sie als Hölle bezeichnete – diese Frau, die Emily insgeheim mehr bewunderte, als sie sich einzugestehen bereit war, und die zudem noch

Kontakte zu ihrer leiblichen Mutter pflegte – diese Helferin in ärgster Bedrängnis schien auch von einem Geheimnis umgeben zu sein. Wie sehr Emily sich auch einreden mochte, dass es mangelnde Aufmerksamkeit gewesen war – Lucia del Fuego hatte die Anspielung auf Wittgenstein nicht verstanden.

Es gibt keinen Zufall.

Fragen Sie nicht.

Vielleicht fand sie es auch nicht witzig, jemanden zu zitieren.

Vielleicht war ihr nicht einmal aufgefallen, dass der Alchemist ständig diese Floskeln wiederholte. Unwahrscheinlich, dachte Emily. Letzten Endes brachte es sie dazu, die Rolle der Jägerin zu überdenken. Das überraschende Auftauchen im Regent's Park, der schnelle Abstieg hinab in die Hölle, ihre Kenntnisse bezüglich der Wege in diesem Labyrinth.

Ihr Gefühl sagte Emily, dass etwas nicht stimmte.

Doch bevor sie herausfinden konnte, was es war, überstürzten sich die Ereignisse.

Der Wyrm war riesig. Seine kränkliche, blasse Haut wirkte an manchen Stellen beinahe durchsichtig. Dort, wo die großen Ringsegmente des gedrungenen Körpers ineinander übergingen, sonderte der Wyrm eine helle Flüssigkeit ab. Einen Mund konnte Emily nicht erkennen. An seiner statt reckten sich vereinzelt lange, dünne Tentakel aus dem Körper. Die klebrigen Enden der Tentakel bedeckten vollständig die Gesichter der unglücklichen Kinder, die an eisernen Gestellen festgebunden dem großen Wyrm hilflos ausgeliefert waren.

Lucia del Fuego hatte die Mädchen etwa eine Stunde lang durch das Labyrinth der Hölle geführt.

Dann hatten sie die Höhle erreicht.

Es war unschwer zu erkennen, dass der Raum nicht natürlichen Ursprungs war.

Der gigantische Hohlraum sah aus, als habe man die Kuppel einer großen Kathedrale abgeschnitten und irgendwie unter die Erde verfrachtet. In dem eisbedeckten, verwitterten Gestein waren Fresken zu erahnen, deren Farben längst verblasst und deren Darstellungen kaum mehr erkennbar waren. Im Zentrum der Höhle erhob sich ein Baum mit knorrigen, missgestalteten Ästen, die sich der Kuppel entgegenreckten und sich teilweise sogar in den Fels hineingebohrt hatten. Welke Blätter, die kaum Ähnlichkeit mit denjenigen Blättern hatten, die Emily aus der Natur kannte, bewegten sich träge.

»Pairidaezas Stock«, hatte die Jägerin den Baum genannt.

Erschrocken stellten die Kinder fest, dass der Baum atmete.

Zumindest erweckten die wellenartigen Bewegungen der Rinde diesen Eindruck.

Es schien, als bewege sich etwas *unter* der Rinde.

Dinsdale hockte auf Auroras Schulter. Die Kälte raubte ihm immer mehr die Kräfte, was er jedoch nicht zuzugeben bereit war. Hin und wieder war er in Emilys Jackentasche geschlüpft, um sich an dem Bernstein zu laben. Doch halfen ihm diese Stärkungen nur für kurze Zeit.

»Was ist das?«, fragte Emily.

Der Wyrm lag träge und massig da. Sein wulstiger Körper lief nach hinten spitz zu, und dieses Ende steckte in der feuchten Erde, aus der sich der Baum erhob. Dort, wo sich Wyrm und Erde berührten, war das Eis geschmolzen, und die dunkle Erde dampfte förmlich vor Hitze. Etwas Schleimiges schien an manchen Stellen aus dem Boden zu quellen. Kleinere Nekir krabbelten flink über den Körper des Wyrms und sammelten jene Tropfen ein, die aus den Segmentrillen quollen.

»Der Lebenssaft«, erklärte ihnen Lucia del Fuego.

»Was geschieht mit den Kindern?«, wollte Emily wissen und lugte vorsichtig hinter dem Felsvorsprung hervor, hinter dem sich die drei versteckt hielten.

»Der Wyrm verzehrt ihre Seelen. Deshalb nennen wir sie die Seelenlosen. Was immer auch im Magen des Wyrms passiert, am Ende scheidet er etwas aus, das die Unschuld der Kinder enthält, und mit diesem Saft wird der Lebensbaum getränkt.«

Jetzt erst erkannte Emily, dass der Baum auch Früchte trug.

Dunkle, verschrumpelte Trauben, die ebenfalls zu atmen schienen.

Die Kinder mit den Spiegelscherbenaugen pflückten die Trauben und pressten sie aus.

»Wenn sie keine Seele mehr haben, dann verblassen ihre Augen.«

»Warum haben sie diese Spiegelscherben in den Augen stecken?«, erkundigte sich Aurora.

»Es ist ein Symbol. Die Welt dringt nicht mehr bis in ihr Innerstes vor. Das, was sie sehen, wird reflektiert und bleibt außen.«

Einige große Nekir hatten die Höhle betreten.

Ihre Kiefernzangen bewegten sich tastend, die großen Insektenflügel waren an die dürren Körper angelegt. Emily sah, wie sie an einer Reihe von Käfigen entlangkrabbelten, mit den Fühlern ins Innere tasteten und dann weiterzogen.

Ein panisches Geschrei folgte. Kindergeschrei.

»Dort drüben! In den Käfigen!« Emily erschauderte.

Nachschub für den Wyrm, dachte sie.

»Ihre Halbschwester müsste sich ebenfalls in einem der Käfige befinden.«

Emily sah die Jägerin erschrocken an.

Erinnerte sich an den Tag, nachdem die Ratte in der Küche des Waisenhauses zu ihr gesprochen und sie darum gebeten hatte, sich der kleinen Mara Mushroom anzunehmen. Emily war in den Schlafraum der Kleinen gegangen und hatte das Kind beobachtet, von dem sie bis vor kurzem nicht einmal gewusst hatte, dass es ihre Halbschwester war. Sie hatte friedlich ausgesehen. So klein und süß und … unschuldig. Die Vorstellung, dass die Kleine nun in einem dieser rostigen Käfige kauerte, war schier unerträglich für Emily.

»Wir müssen etwas tun.«

Lucia del Fuego beschwichtigte Emily. »Nur die Ruhe.«

Schritte erklangen wie aus dem Nichts.

Emily drehte sich erschrocken um und blickte in die Gesichter zweier alter Bekannter.

»Miss Laing und Miss Fitzrovia«, hörte sie die fauchende Stimme.

Und eine zweite Stimme fügte hinzu: »Wie schön, Sie beide hier zu treffen.«

Die Jägerin fuhr flink herum und starrte die beiden Gestalten überrascht durch die dicken Brillengläser an.

Mr. Fox lächelte. Und Mr. Wolf tat es ihm gleich.

Beide hielten eine gespannte Armbrust in den Händen.

Bevor Emily jedoch verstand, was da passierte, wurde sie zweier weiterer Gestalten gewahr, die sich hinter Mr. Fox und Mr. Wolf aus den Schatten schälten. Aurora bemerkte sie auch.

Lucia del Fuego folgte den Blicken der Mädchen.

»Master Wittgenstein und Master Micklewhite«, begrüßte sie uns.

Ich sagte nur: »Lycidas!«

Kapitel 12

Die Kinder des Limbus

Sie wirkten erschöpft. Dunkle Ränder hatten sich um die Kinderaugen gebildet. Emily stand stocksteif da und starrte mich an. Ihre Freundin, Miss Fitzrovia, wirkte verwirrt und beäugte ängstlich die beiden Jäger, die ihre Waffen unvermindert im Anschlag haltend regungslos zwischen uns und den Mädchen verharrten.

Lycidas' Lächeln war von einer schattenhaften Güte.

Es war das Lächeln einer schönen Frau mit markanten Gesichtszügen.

»Ihre Täuschung ist wahrlich perfekt«, sagte ich.

»Das ist Lucia del Fuego«, stellte Aurora uns einander vor.

»Nein, liebe Miss Fitzrovia«, widersprach ich ihr. »Dies ist Master Lycidas.«

Mr. Fox und Mr. Wolf wirkten gefasst.

»Aber«, schaltete Emily sich ein, »sie ist eine Frau.«

War es das, was uns alle überrascht hatte?

Die Gesichtszüge waren denjenigen John Miltons mehr als nur ähnlich. Die dunklen Augen funkelten wachsam hinter den dicken Brillengläsern. Es war, als stünde man dem Porträt des Dichters gegenüber. Nur mit dem Unterschied, dass es sich hier um die weibliche Ausgabe des Dichters handelte.

»Es ist weder Mann noch Frau«, erklärte ich Emily. »Es ist beides zugleich. Ein androgynes Wesen.«

Lycidas lächelte. »Ich bin ein Engel.«

Die beiden Mädchen stutzten.

»Lucia del Fuego.« Die Ähnlichkeit verwunderte selbst dann, wenn man das Geheimnis gelüftet hatte. »Übersetzt man den Namen ins Englische, dann wird aus Lucia del Fuego nichts anderes als Lucy Fire.«

Lycidas' schmale Lippen verzogen sich zu einem spöttischen Lächeln.

Und Emily verstand.

»Lucifer«, flüsterte sie.

Der Angesprochene seufzte. »Mephistopheles klingt heutzutage so übertrieben, finden Sie nicht auch?«

Allerdings.

Vor wenigen Stunden erst hatten wir das lichtscheue Gesindel von The Deep befragt, ob ihnen zwei Kinder in welcher Begleitung auch immer aufgefallen seien. Bereitwillig hatte man uns Auskunft erteilt. Seltsamerweise erkannten die meisten der Gauner und Müllsammler das Antlitz John Miltons wieder, bemerkten jedoch, dass es sich bei der Begleitung der beiden Mädchen eindeutig um eine Frau gehandelt hatte. Eine Jägerin, hatten sie zumeist respektvoll hinzugefügt.

Wie es uns nach The Deep verschlagen hatte?

Jedermann weiß, dass die Black Friars am kundigsten sind, was die Wege und Pfade in der uralten Metropole angeht. Mylady Hampstead ebnete uns den Weg. Die Black Friars sind nicht für ihre Gastfreundschaft bekannt, pflegen jedoch ein überaus gutes Verhältnis zur Kaste der Ratten. So erfuhren wir von den Eingängen, die hinunter in den neunten Kreis der Hölle führen. Eigentlich hatten wir nach einem geheimen Zugang zum Tower gesucht, doch hatte man uns darauf hingewiesen, dass der Tower auch unterirdisch zu erreichen ist und dass dieser Weg geradewegs durch den neunten Kreis der Hölle führt. Während Mylady Hampstead der ihr zugewiesenen Aufgabe nachging, begaben sich Maurice Micklewhite und ich nach The Deep, wo laut den Auskünften der Black Friars der Pfad begann und wir Nachforschungen anstellten und dem Weg folgten, den die Mädchen und die Jägerin eingeschlagen hatten.

Wir überwanden Nehallania – auch hierbei waren die Ratschläge der Mönche von nicht verzichtbarem Wert – und lasen die Spuren in den eisigen Höhlen, stiegen immer tiefer hinab, und schließlich holten wir die Kinder ein.

»Was wird jetzt geschehen?«, fragte Lycidas und schaute in die Runde. Ohne eine Antwort abzuwarten, fuhr sie/er fort: »Die Protagonisten des Spiels sind versammelt. Auf der einen Seite ein Elf und ein Alchemist. Auf der anderen Seite zwei Jäger, ein Engel und eine nicht zu unterschätzende Anzahl Nekir. Dazwischen, sozusagen unentschlossen, die beiden Mädchen hier.« Der Engel lächelte. »Wer wird den ersten Stein werfen?«

Wachsame Blicke wurden getauscht.

»Werfen sie ihn?«, fragte Mr. Wolf.

»Oder wir?«, säuselte Mr. Fox.

Maurice Micklewhite ließ die beiden Jäger, die noch mit ihren Armbrüsten im Anschlag zwischen uns und den Kindern standen, nicht aus den Augen.

»Emily«, richtete sich der Engel Lycidas an das Mädchen. »Ich bitte Sie inständig, mir zu folgen. Master Wittgenstein ist äußerst geschickt darin, seine eigenen Belange zu verfolgen.« Sie/er kniete sich neben Emily und sah sie eindringlich an. »Was ich Ihnen über Ihre Mutter gesagt habe, entspricht der Wahrheit. Ich bin deren Leibwächterin gewesen und stehe ihr auch heute noch als Beraterin zur Seite. Wenn Sie dies anzweifeln, dann fragen Sie ihn.« Mit diesen Worten deutete sie auf Maurice Micklewhite.

Zerknirscht nickte der Elf. »In der Tat sind wir uns bereits einmal begegnet.«

»Stimmt das?«

Überrascht erkannte ich, dass mein Freund die Wahrheit sprach.

»Lucia del Fuego ist eine Beraterin Manderley Manors. Ich weiß nicht, welche Lügengeschichten sie Ihnen beiden aufgetischt hat, jedoch entspricht zumindest dies den Tatsachen, so ungern ich es auch zugeben mag.«

»Sehen Sie?!« Lycidas' Blick wurde ernst. Es war schwer zu sagen, ob man es mit einem Mann oder einer Frau zu tun hatte. Je nach seinem/ihrem Gesichtsausdruck wechselte dieser Eindruck. »Woran mir liegt«, fuhr Lycidas fort, »ist, Sie, Miss Emily, und Ihre Mutter wieder zu vereinen.«

Er spielte sein Spiel.

»Glauben Sie ihm nicht!«

Lycidas reagierte sofort. »Hören Sie ihn an! Wie sehr Master Wittgenstein doch bemüht ist, die Oberhand zu gewinnen. Er ist ein folgsamer Lakai der Ratten und als solcher ihrem Willen untertan. Es sind der Ratten Belange, die ihn kümmern, und nicht diejenigen eines kleinen Waisenkindes.«

Der Zwiespalt in Emilys Seele zeichnete sich auf dem erschöpften Gesicht ab.

»Er spricht mit Engelszungen«, warnte ich sie.

»Und Sie, Wittgenstein, sprechen mit der gespaltenen Zunge

Ihrer Gattung. Oder können Sie diesem Kind hier garantieren, die Pläne der Ratten bis ins Kleinste zu kennen? Können Sie diesem armen Mädchen etwa versprechen, für es zu sorgen? Oder ist es nicht so, dass Ihnen das Wohlergehen der Metropole mehr am Herzen liegt? Sagen Sie, kennen Sie die Mutter dieses Kindes?« Lycidas warf Emily einen mitleidigen Blick zu. »Ich weiß, was es heißt, verstoßen zu werden, glauben Sie mir.« An Maurice Micklewhite und mich gewandt fügte er hinzu: »Ich kenne Mia Manderley, meine Herren. Ja, ich habe in ihr Herz geschaut. Und, ja, ich nenne sie bei ihrem alten Namen. Manderley. Denn das ist es, was sie ist. Sie ist eine Manderley. Und sie fühlt wie eine Manderley. Die Ratten haben sie einst verraten. Benutzt, im schlimmsten Sinne dieses Wortes.«

Maurice Micklewhite entgegnete wütend: »Das ist eine Lüge.«

Lycidas kniff die Augen zusammen. »Ist es das? Oder möchten Sie bloß nicht, dass das Kind die Wahrheit erfährt?«

Emily tauschte Blicke mit Aurora.

Stumme Gesten, jahrelang im Waisenhaus eingeübt.

Die beiden Freundinnen benötigten keine Worte, um sich zu verständigen.

In beider Augen las ich tiefes Misstrauen.

Emily wirkte verunsichert.

Zweifelnd.

Wem sollte sie jetzt noch trauen, wenn nicht ihrer Freundin? Es änderte sich nie etwas. Dem Waisenhaus entkommen, waren sie immer noch in der Welt der Erwachsenen gefangen, die, einem Spinnennetz aus Lügen und Halbwahrheiten gleich, das Gemüt der Kinder überschattete.

»Mia Manderley wurde zum Wohlergehen der uralten Metropole verheiratet. Man zwang ihr einen Gatten auf, den sie nicht einmal liebte und der in ihr nur die Mutter seines Erben sah. Sie war ein junges Ding. Und so unglücklich all die Jahre, weil man ihr das Kind genommen hatte. Das, lieber Wittgenstein, haben Sie verschwiegen. Sie, Emily, sind ein Kind der Liebe gewesen. Mia Manderley liebte Richard Swiveller, von ganzem Herzen. Selbstlos, wie wahre Liebe ist.«

Für Emily waren die Worte des Engels süßem Honig gleich.

Sanft und betörend lullten sie sie ein.

»Öffnen Sie die Augen!«, forderte ich Emily auf.

Schweigsam sah sie mich an.

»Er spricht mit Engelszungen. Schenken Sie den Worten keine Beachtung.«

»Ein wahrlich armseliger Versuch, die Zügel in der Hand zu halten«, entgegnete Lycidas.

Ich wurde der Nekir gewahr, die sich in der großen Halle formierten.

Die kleineren der abscheulichen Kreaturen wuselten nach wie vor über den wulstigen Körper des riesigen Wyrms, emsig die klebrige Flüssigkeit aufsammelnd. Doch etwas geschah dort hinten in den Schatten.

»Was hat es mit Mara Mushroom auf sich?«, fragte Maurice Micklewhite.

Der Befragte richtete die Antwort bewusst an Emily. »Ihrer kleinen Schwester geht es gut.«

Gekonnt vermied er die Bezeichnung Halbschwester.

»Aber was ist mit all den anderen Kindern?«, wollte Aurora wissen.

»Und warum haben Sie uns hierher gelockt?« Emily trat einen Schritt zurück. »Sie haben behauptet, dass wir meine Schwester befreien wollen. Sie sei in einem der Käfige dort unten.«

»Ihre Gattung, Miss Emily, ist voller Argwohn, was meine Person angeht. Die alten Geschichten stellen mich in keinem guten Licht dar. Für die meisten Menschen bin ich der Widersacher. Satan. Ja, ich war ein Engel. Doch war ich nie ein Satan. Ihrer gibt es viele, und es erschreckt mich jedes Mal aufs Neue, wenn die Menschen diesen Vergleich bemühen. Ja, ich wurde einst verbannt. Hätte ich mich Ihnen beiden so zu erkennen gegeben … wie hätten Sie wohl reagiert?«

Keines der Mädchen antwortete darauf.

»Die Menschen erkennen die Dinge selten als das, was sie sind. Hell oder dunkel. Gut oder böse. Weiß oder schwarz. Mann oder Frau. Nur die Extreme werden verstanden. Die Zwischentöne verklingen ungehört, sind eine Abart der Natur, etwas Verdammenswertes. Deshalb trat ich sowohl als Frau als auch als Mann auf im Laufe der Vergangenheit. Nur so konnte ich mir des Vertrauens der Menschen sicher sein.«

»Aber Sie haben sie betrogen.«

»Ach, Kind«, seufzte Lycidas mit Engelszungen. »Einst werden auch Sie dies verstehen.«

Aurora fragte sich, was ihre Freundin in diesem Moment dachte.

Emily zugewandt streckte Lycidas die Hand aus. »Folgen Sie mir. Bitte.«

Das Mädchen schwieg.

Warf mir einen langen, fragenden Blick zu.

»Es wird nicht zu Ihrem Nachteil sein«, flüsterte Lycidas honigsüß. »Haben Wittgenstein und Micklewhite Sie in alles eingeweiht? Ist etwa Lord Brewster ehrlich zu Ihnen beiden gewesen? Stellen Sie sich diese Frage, und wenn Sie tief in Ihren Kinderherzen die Antwort gefunden haben, dann lassen Sie sie mich wissen.« Und nach einer Pause fügte er hinzu: »Die uralte Metropole ist zerrissen von Intrigen. Sie, Emily Laing, und auch Sie, Aurora Fitzrovia, werden mein Handeln verstehen, wenn Sie erst einmal klar sehen. Das verspreche ich Ihnen beiden.«

Emily rieb sich erschöpft die Augen. Dabei verharrte ihr Zeigefinger für Momente an dem Glasauge und ertastete die kühle, glatte Oberfläche. Die offensichtliche Kälte des Auges erschreckte sie wieder einmal, und sie begann sich zu fragen, ob es jemals einen Menschen geben würde, der sie von ganzem Herzen liebte. Sie wusste nicht mehr, was sie von den Versprechungen und Absichten der sie umgebenden Erwachsenen zu halten hatte.

Das Gefühl der Verwirrung, dem sie sich in den letzten Minuten hatte hingeben müssen, wich urplötzlich einer nagenden Wut, einem Zorn, der alle anwesenden Erwachsenen umschloss. Das Mädchen atmete tief durch, und in einem Ausbruch, der uns alle überraschte, schrie sie: »Was erwarten Sie denn von mir? Wittgenstein, Micklewhite, Lycidas. Oder ist es Lucia del Fuego? Wem soll ich denn nun glauben? Verdammt noch mal, niemand sagt uns die Wahrheit. Nicht einmal auf Ihre Namen kann man sich verlassen. Es gibt immer nur Geschichten und Geschichten und immer wieder neue Geschichten, und irgendwo in all den Lügen und immer wieder neuen Lügen soll die Wahrheit versteckt sein?«

Sie trat einen Schritt zurück, bis sie mit dem Rücken gegen die Wand des Tunnels stieß. Ihre Worte hallten laut in der großen Höhle wider, verfingen sich in den Rauchschwaden und wurden von ihnen zu Boden gedrückt. Die Nekir zuckten unruhig, und von weit her hörte man Kinderweinen.

Lycidas trat auf Emily zu und berührte sie sanft an der Schulter. »Was möchten Sie von uns, mein Kind?«

Emily fauchte ihn an, doch eigentlich galten ihre Worte allen Anwesenden: »Ich will, dass Sie uns in Ruhe lassen! Mich und Aurora und alle Kinder dieser Welt! Ich will aus diesem Drecksloch raus und endlich wieder das richtige Leben spüren. Ich hasse Sie.« Sie stieß Lycidas von sich. Sodann spuckte sie allen anderen Anwesenden der Reihe nach die Worte ins Gesicht: »Und Sie, und Sie, und Sie, und Sie!« Tränen traten in die Kinderaugen. »Ich bin ein Kind, verdammt noch mal. Was wollen Sie denn alle nur von mir?«

Ihr Körper krümmte sich auf einmal in heftigen Krämpfen und ließ sie in die Knie gehen. Emilys Lippen begannen zu zittern, und die Augenlider flatterten. Der Atem des Mädchens ging ruckartig.

Es tat weh.

Sie befand sich in einem eisernen Käfig. Starrte durch die rostigen Gitterstäbe verzweifelt nach draußen in einen langen Tunnel hinein, der in die große Höhle mit dem Wyrm und dem Lebensbaum mündete. In der Ferne sah sie Gestalten: Wittgenstein und Micklewhite, Mr. Fox und Mr. Wolf, Dinsdale, Lycidas, Aurora, und … sich selbst. Zitternd wusste sie, dass dies die Augen ihrer kleinen Schwester sein mussten. Sie sah, was Mara sah.

Aus dem Käfig heraus.

Ihr schwindelte.

Blinzelnd wurde sie erneut der hohen Kuppel mit den Fresken voller Fratzenwesen gewahr und den anderen Zugängen zu diesem unterirdischen Bauwerk. Sie suchte nach einem Anhaltspunkt und fand schließlich den Tunneleingang, aus dessen Tiefe ihre kleine Schwester auf sie blickte. Zumindest glaubte sie, dass dies der richtige Tunnel war.

Nein, sie war sich sicher.

Fühlte es.

Instinktiv richtete sie den Blick wieder nach innen. Sie wand die Trickster-Gabe an, als hätte sie es immer schon getan. Sie konnte sich nicht erklären, warum es auf einmal funktionierte.

Es passierte einfach. Punktum.

Mühelos machte sie sich den Blickwinkel ihrer gefangenen

Schwester zu Eigen und sah sich selbst inmitten der Erwachsenen stehen; nein, am Boden an einer kahlen Wand kauern, mit zitternden Händen und bebenden Lippen, ein blasses Mädchengesicht mit einem im hellen Licht funkelnden Glasauge, das aus der Ferne der riesigen Höhle in die Düsternis des Tunnels hineinzuschauen vermochte. In ihn hinein, bis sich ihr Blick mit dem der kleinen, schluchzenden Mara Mushroom traf.

Ich sehe mir selbst in die Augen, dachte sie benommen, und irgendwie auch wieder nicht, weil es ja die Augen der kleinen Mara und doch irgendwie auch die meinen sind. Ein verwirrender Gedanke, der sie einen Moment von den Bewegungen in den Schatten ablenkte.

Emily konzentrierte sich.

Und …

Mara starrte in die pechschwarze Düsternis, die aus den Tiefen emporgestiegen war und nun an den Tunnelwänden entlangkroch. Da waren Bewegungen in der Dunkelheit jenseits des Käfigs zu erahnen. Körper zuckten in den langen Schatten des Tunnels, Klauen wurden gewetzt, Speichel troff aus Mäulern. Die Schatten bewegten sich unablässig, verschmolzen zu neuen Formen, drängten vorwärts. Die Dinge, von denen man in sturmumtosten, einsamen Nächten träumt und an die man sich nicht mehr erinnern kann, nachdem man schreiend und verschwitzt aufgewacht ist, atmeten dort in der Dunkelheit.

Emily schrie auf.

Kreischte.

Aurora kniete neben ihr und umarmte sie. »Emmy!«

»Es fängt an«, stammelte sie nur.

Maurice Micklewhite warf mir einen wissenden Blick zu.

Genug des Geredes!

Lycidas beäugte das kleine Mädchen misstrauisch.

Maurice Micklewhite durchbrach die Stille mit einem Aufschrei, einem lauten Befehl, dem Losungswort, das er zuletzt während der Whitechapel-Aufstände benutzt hatte.

»Contrapasso!«

Angemessene Vergeltung.

Schnell schloss ich die Augen, als uns ein grelles Licht umflutete.

Mr. Fox und Mr. Wolf fauchten und schrien laut auf.

Die beiden Mädchen hielten einander fest in den Armen.

Dinsdale hatte uns nicht enttäuscht und sich des alten Losungswortes erinnert.

Mit einem Satz war Maurice Micklewhite vorgesprungen und hatte die beiden Jäger gepackt und nach hinten in die Höhle geschleudert. Wann hatte ich das letzte Mal einen Elfen in der Schlacht gesehen? Seine Bewegungen waren elegant und geschmeidig und überaus kraftvoll. Bevor sich die Jäger zur Gegenwehr hatten entschließen können, fielen ihnen die Waffen aus den Händen und ihre Körper wurden in Richtung des Lebensbaumes katapultiert.

Lycidas fauchte wie ein wildes Tier.

Des Engels Pläne wurden durchkreuzt, was ihm ganz und gar nicht gefiel.

Vor unser aller Augen begann die Luft wie fiebrig zu flimmern, die Konturen der Höhle wurden für einen Moment unscharf, und an der Stelle, wo zuvor noch der Widersacher gestanden hatte, war nun Leere.

Lycidas hatte sich davongestohlen.

Er besitzt also noch die alten Kräfte der Engel, dachte ich.

Doch wich der Zorn darüber der Besorgnis um die beiden Kinder.

Maurice Micklewhite lief in die Höhle hinein, geradewegs auf die wild auf uns zustürmenden Nekir zu. Einige der Kreaturen hatten die Flügel entfaltet und surrten durch die Luft, missgestalteten Libellen gleich.

Ich kniete mich neben Emily.

»Wir sollten von hier verschwinden«, schlug ich eilig vor.

Entschlossen sagte sie: »Nicht ohne Mara.«

Dieses Kind!

»Haben Sie gesehen, wo sich Ihre Schwester befindet?«

»Dort drüben.«

Ich folgte ihrer ausgestreckten Hand, die auf ein Loch in der Höhlenwand deutete, aus der übel geformte Schatten hervorquollen. Schatten, die sich wie Rauch bewegten und doch zu zielgerichtet agierten, um bloßer Rauch zu sein.

Etwas zerrte am Saum meiner Hose.

Ich sah nach unten.

Contrapasso, piepste eine altbekannte Stimme.

»Lord Brewster«, begrüßte ich die alte Ratte. »Sie erscheinen nicht eine Sekunde zu früh.«

Die Schlacht konnte beginnen.

Mylady Hampsteads Botschaft hat mich erreicht, sagte der Nager. *Die Trafalgar-Tauben haben sie überbracht.*

Immerhin!

Ein Meer von Ratten ergoss sich nun aus den Tunneln, die in die Höhle mündeten.

Ihnen folgten nicht wenige Arachniden, die sich, wenngleich noch immer von der Krankheit gezeichnet, auf die Nekir und den Wyrm stürzten. Aus der Luft stießen kreischende Nekir auf die wuselnden Leiber hinab. Unbeirrt krabbelten die Ratten auf den Wyrm zu, krallten sich in dessen ledriger Haut fest, gruben ihre kleinen Zähne in das weiße Fleisch. Jene Arachniden, die von den Klauen der Nekir zerfetzt wurden, zerfielen in hunderte achtbeinige Leiber, die sich an den Nekir festklammerten und dort ihr Werk fortsetzten. Unfähig, der winzigen Leiber Herr zu werden, fielen diese den tobsüchtigen Spinnentieren zum Opfer.

Mr. Wolf und Mr. Fox, die gegen die Wand der Kuppel geschleudert worden waren, erhoben sich unweit des Lebensbaumes und schlugen sich das Eis von den Kleidern. Beide sahen wild und überaus wütend aus. Mr. Wolf zauberte eine kleine Armbrust unter seinem Mantel hervor und zielte auf Maurice Micklewhite, der dem Jäger den Rücken zugewandt hatte und gegen einen Nekir kämpfte. Mr. Wolf schoss, ohne Zeit zu vergeuden.

Mit einer flinken Handbewegung brachte ich den Pfeil aus der Bahn und lenkte ihn mitten hinein in die Fratze eines der Nekir.

Mr. Wolf heulte laut auf.

Enttäuscht.

Wütend.

Mr. Fox sah sich nach einem Fluchtweg um.

Maurice Micklewhite kämpfte sich derweil mit einem geschwungenen Elfenschwert aus der alten Zeit seinen Weg durch die Massen. Sein Ziel war der Lebensbaum, der sich mittlerweile unruhig bewegte. Die dicken Äste schabten an den Fresken der Kuppel entlang und ließen die Mosaiksteine und die Farbe abblättern.

Pairidaeza, der Weinstock, erahnte das nahende Unheil.

Die kleinen Nekir auf dem Wyrm versuchten verzweifelt, die anstürmende Übermacht der Ratten und Spinnentiere abzuwehren. Doch krabbelten die kleinen Spinnen in die Lücken und Hautspalten zwischen den Ringsegmenten des Wyrms und begannen, diesen von innen her aufzufressen. An manchen Stellen sah man bereits die Haut der Kreatur aufbrechen, und aus diesen Wunden ergossen sich schwarze Spinnen mit langen, behaarten Beinen.

Das eigene Körpergewicht hinderte den Wyrm daran, sich in Sicherheit zu bringen.

Er konnte nur daliegen und das Schicksal über sich ergehen lassen.

Die Kinder mit den Spiegelscherbenaugen verharrten reglos inmitten des Chaos, standen nur da, während sich das Sterben und Kämpfen in ihren schimmernden Spiegelaugen brach.

»Wir sollten keine Zeit verlieren!«

Emily sagte: »Mara ist in einem Käfig eingeschlossen, der sich in dem Tunnel dort drüben befindet. Ich habe es gesehen.«

»Das werden wir nie schaffen.« Aurora deutete auf das Schlachtgetümmel.

Ein großer Nekir stürmte auf uns zu.

Die Kreatur erhob sich in die Luft und griff an.

Die Mädchen warfen sich zu Boden, sodass der Nekir über sie hinwegrauschte und einen Bogen in der Luft beschrieb, um kurz darauf zurückzukehren.

Ich wurde der Armbrust gewahr, die einer der Jäger fallen gelassen hatte.

Griff danach.

Spannte und schoss.

Der Pfeil traf den Nekir zwischen den schwarzen Facettenaugen.

Die Kreatur stürzte zu Boden. Doch selbst im Todeskampf zuckten die todbringenden Glieder des Wesens noch wild um sich und zwangen uns zum Rückzug in den Tunnel, aus dem wir gekommen waren.

Maurice Micklewhite hatte sich bis zum Lebensbaum vorgekämpft.

Mit festen Hieben focht er auf die Äste und den Stamm ein, fügte Pairidaezas Stock eitrig blutige Wunden zu.

Die beiden Jäger suchten schleunigst das Weite.

Was mich stutzig machte.

Mr. Fox und Mr. Wolf waren zweifelsohne ausgezeichnete Kämpfer. Viele Gräueltaten und Kämpfe, die sich während der letzten Jahrhunderte zugetragen hatten, wurden den beiden Jägern zugeschrieben. Die Schlacht war noch nicht entschieden. Viele neue Nekir strömten aus den Öffnungen der anderen Tunnel. Weshalb also suchten die beiden Kämpfer so überstürzt das Weite?

Erneut fiel mein Blick auf die Schatten.

»Etwas ist in den Schatten!«

Oh, dieses Kind!

»Wie beruhigend.«

Über den noch immer zuckenden Leichnam des Nekir hinweg sahen wir, wie sich die Schatten formierten. Es war, als bedecke undurchdringbare Dunkelheit die alten Fresken. Die Schwärze schien förmlich in die Ritzen der Kuppel hineinzukriechen.

»Was ist das nur?«, fragte Aurora, die dicht neben mir stand.

»Ich habe nicht die geringste Ahnung«, gab ich zu.

Zum ersten Mal seit meinem Eintreffen an diesem Ort betrachtete ich die unscharfen und teilweise unvollständigen Darstellungen in der Kuppel genauer. Viele Konturen ließen sich nur erahnen, doch was ich erkannte, reichte aus, um mich zu beunruhigen.

Monströse Gestalten starrten von der Decke auf uns herab. Vor düsterem Himmel fochten die Engel in einer Schlacht. Allerlei Getier bevölkerte die Lüfte, befiel die wacker kämpfenden Engel wie eine Krankheit und veränderte deren Gestalt, sodass aus den besiegten Engeln neue Kreaturen geboren wurden. Am unteren Ende der Kuppel krochen Kinder, bleich und voller Wunden, sich windende Würmer, zuckenden Föten gleich, mit offenen Mündern und gierigen Augen. Eine Apokalypse aus Boshaftigkeit war dort zu sehen. Nichtsdestotrotz in höchster künstlerischer Vollendung geschaffen.

»Was geschieht mit den Bildern?«

Emily suchte unwillkürlich meine Nähe.

»Fragen Sie nicht.«

Was sich uns darbot, lastete schwer auf der Seele.

Die Schatten krochen in das Gestein und hauchten dem Gemälde Leben ein. Augen begannen zu blinzeln und Leiber zu zucken, Klauen begannen zu greifen und Flügel zu schlagen. Wo immer auch die Schatten herkamen, sie erweckten die Apokalypse der Kuppel zum Leben.

Was erklärte, weshalb Mr. Fox und Mr. Wolf die Flucht ergriffen hatten.

Lycidas hatte mächtigere Verbündete, als wir es uns hatten vorstellen können.

Ich rief Maurice Micklewhites Namen, doch hörte er mich nicht.

Das Kampfesgetümmel übertönte alles.

Die Kuppel pulsierte förmlich.

Gestalten schälten sich langsam und gequält aus dem Gestein. Die Fresken zerfielen. Staub und Eis wirbelten auf die Kämpfenden in der Höhle herab. Der Lebensbaum kratzte mit den Ausläufern seiner Zweige über die Kuppel, und an den knorrigen Ästen zogen sich mühsam konturenlose Kreaturen aus dem Mosaik heraus. Es war unmöglich zu sagen, ob die Wesen aus Stein waren wie die Kuppel, die sie gebar, oder ob es lebendiges Fleisch war, das da zu fühlen begann.

Emily hatte etwas geflüstert, das mir entgangen war.

Sie wiederholte es.

»Das sind die Kinder des Limbus.«

Ehrlich gesagt hatte ich keine Ahnung, was sie meinte. Wenngleich ich es ahnte. Ich wusste natürlich, was der Limbus war, und die Aussicht, dass dieser Ort Kinder gebären konnte, war, um es gelinde auszudrücken, nicht sehr ermutigend in diesem Augenblick.

»Lucia del Fuego hat doch behauptet«, schaltete sich Aurora ein, die immer blasser zu werden schien, »dass die Kinder mit den Spiegelscherbenaugen danach graben würden.« Mir zugewandt erklärte sie: »Der Limbus ist doch noch verschlossen.« Ein ohrenbetäubendes Bersten zerschnitt die Luft. Ängstlich fügte Aurora ein unsicheres »Oder?« hinzu.

»Für mich sieht es eher so aus, als habe ihn bereits jemand geöffnet.«

Die Kuppel implodierte in einer Wolke aus Schatten und Staub und Eis.

Es war, als schneite es.

Feines Eis regnete auf die Kämpfenden herab. Die Schlacht wurde in einem Schneegestöber fortgeführt, als sei die Kuppel eine Glaskugel, die jemand kräftig geschüttelt hat.

Maurice Micklewhite sah verzweifelt in unsere Richtung.

Emily hob die Hand und winkte ihm zu. Dann deutete sie auf die Tunnelöffnung, hinter der sie ihre Schwester vermutete.

Der Elf richtete den Daumen himmelwärts.

»Er hat den Wink verstanden«, seufzte Emily erleichtert und folgte den geschmeidigen und überaus flinken Bewegungen unseres Freundes, der begleitet vom flammenden Dinsdale auf den bezeichneten Ausgang zustürmte. Erst jetzt bemerkte Emily die kämpferischen Qualitäten des Irrlichts. Wie ein winziges Flammenschwert schoss Dinsdale durch die Meute angreifender Nekir und fügte diesen schwerste Verbrennungen zu.

Auch Maurice Micklewhite war sich der neuen Kreaturen bewusst.

Die Kinder des Limbus befreiten sich endgültig aus dem Felsgestein, das sie bisher noch zurückgehalten hatte. Ghule mit schwarzen Schwingen, um ein Vielfaches scheußlicher als die Nekir, erhoben sich in die Lüfte, während die nicht-beflügelten Limbuskinder in die Tiefe sprangen, um sich dort sofort auf die Ratten und Arachniden zu stürzen. Binnen weniger Augenblicke war klar, dass wir dieser Übermacht nicht gewachsen sein würden.

»Wir müssen verschwinden«, drängte ich die Kinder.

»Aber meine Schwester.«

Emily war verzweifelt.

Sie konnte diesen Ort nicht ohne die kleine Mara verlassen.

»Wir können sie doch nicht hier lassen. Bei diesen ... Dingern.«

Oh, dieses Kind!

»Wir haben keine Wahl«, sagte ich hastig.

»Doch, die haben wir.« Ohne eine Reaktion meinerseits abzuwarten, rannte sie los.

Aurora schrie: »Emmy!«

Doch Emily hörte weder auf ihre Freundin noch auf mich.

Sie musste zu ihrer kleinen Schwester gelangen und sie aus dem Käfig befreien. Schließlich hatte sie deren Verzweiflung und Angst gefühlt. Doch nicht nur das. Da war noch etwas anderes gewesen. Mara war sich ihrer großen Schwester bewusst gewesen. Emily hatte die Zuversicht des kleinen Mädchens gespürt. Instinktiv hatte Mara ihr vertraut. Sie spürte, dass die große Schwester sich auf den Weg gemacht hatte, um sie zu retten. Und wie alle kleinen Schwestern vertraute auch Mara Mushroom darauf, dass ihre große Schwester die Dinge zurechtrücken und sie vor allem Übel bewahren würde.

Emily erinnerte sich des glücklichen Lächelns im zarten Gesicht ihrer schlafenden und träumenden Schwester. Im Saal der Neuzugänge war es gewesen, damals, als sie Mara nach den mahnenden Worten der Ratte aufgesucht hatte. Damals – nur wenige Tage war dies her.

Sie musste ihr einfach zu Hilfe eilen.

Mara war ihre Schwester.

Irgendwie musste sie es schaffen, durch das Getümmel aus Ratten und Spinnen und Nekir auf die andere Seite der Höhle zu gelangen. Mara brauchte sie. Viel wichtiger jedoch war für Emily die Tatsache, dass Mara darauf vertraute, dass die große Schwester es schaffte.

Sie durfte einfach nicht versagen.

Nicht hier.

Und jetzt.

Sie gewahrte einen Schienenstrang, der durch die Höhle führte. Gleich hinter dem toten Nekir stand eine rostige Lore. Sie musste nur in diese hineingelangen und die Bremse lösen, dann könnte sie mit etwas Glück bis zum anderen Ende der Höhle rollen.

Emily lächelte.

Endlich hatte sie einen Plan.

Für einen kurzen Augenblick fühlte sie sich unbesiegbar. Sie würde die kleine Mara retten, und alles würde gut werden. Sie hatte einen Weg entdeckt, der den Erwachsenen bisher verborgen geblieben war, und dafür lobte sie sich insgeheim. Sie würde es schaffen.

Dann spürte sie den stechenden Schmerz und schrie verzweifelt auf, als es sie von den Füßen riss.

»Mein Gott, Emmy!« Aurora rannte auf ihre am Boden liegende Freundin zu.

Emily hatte es gerade einmal geschafft gehabt, zwischen den langen Beinen des toten Nekir hindurchzukriechen, als sie der zuckende, Gift träufelnde Stachel des Wesens erwischte, sich in ihren Rücken bohrte und ihren Körper gegen einen der Stützpfeiler schleuderte. Plötzlich war da ein Schmerz, wie Emily ihn niemals zuvor verspürt hatte. Blut rann ihr über das Gesicht, tropfte auf das Eis unter ihr. Der Stachel zog sich, einem uralten Reflex folgend, zurück und hinterließ eine klaffende Wunde, aus der dunkles Blut spritzte.

Tränen des Schmerzes und der Enttäuschung füllten die Augen

des Mädchens, als ich sie in die Arme nahm und von dem zuckenden Nekir wegzog. Auch Aurora weinte. Emily sah mich mit leerem Blick an. Es war unschwer zu erkennen, dass das Leben von ihr wich.

»Sie wird doch nicht etwa sterben?«

Emilys Lippen bewegten sich, aber kein Laut kam hervor.

»Das Gift fließt bereits durch ihre Adern«, sagte ich nur.

Warum hatte Emily nur etwas derart Törichtes getan?

Vor uns in der Höhle war die Schlacht in all ihrer Wildheit entbrannt. Loderte in einem fort.

»Wir müssen fliehen«, erklärte ich.

»Aber Emily«, schluchzte Aurora, die die leblose, bleiche Hand ihrer Freundin ergriffen hatte. »Wir müssen ihr helfen. Wir können sie doch nicht einfach so sterben lassen.«

Aurora zerrte panisch an meinem Mantel, wollte mich am Gehen hindern.

Dieses ungeduldige Gör!

»Wir werden ihr mit Sicherheit nicht helfen können«, fauchte ich das ängstliche Kind an, »wenn wir hier verharren und darauf warten, dass die Kinder des Limbus unserer gewahr werden!«

Aurora sah mich ob dieser ungewohnt heftigen Worte erschrocken an.

»Die Dinge stehen nicht sehr gut für uns«, formulierte ich etwas sanfter.

Das dunkelhäutige Mädchen sah mich aus tränennassen Augen an, und während die Schlacht hinter uns ihrem Ende zuging, brachte sie unseren neu geschmiedeten Plan auf den Punkt: »Lassen Sie uns hier abhauen.«

Dem war nichts, aber auch wirklich gar nichts hinzuzufügen.

Kapitel 13

Der Tower von London

Die Treppenstufen, die zum Haupteingang des Britischen Museums hinaufführen, waren von einer dicken Schicht frisch gefallenen Schnees bedeckt, und nur wenige Fußstapfen führten in jener Nacht dort hinauf. Die Laternen tauchten den Platz vor dem Museum in ein warmes Licht. Die riesigen, konischen Säulen warfen lange Schatten in die Great Russell Street. Eine ganz in Weiß gekleidete Gestalt eilte die Stufen hinauf, klopfte gegen die Tür und erbat Einlass.

Maurice Micklewhite hatte es geschafft.

Er war in die Tiefen der Hölle hinabgestiegen und anschließend zurückgekehrt.

Viele seiner Gefährten hatte er sterben sehen in den Gewölben unterhalb des Towers. Die Kinder des Limbus waren wie eine Plage über die tapfer kämpfenden Arachniden und Ratten hergefallen und hatten, soweit er das beurteilen konnte, niemanden am Leben gelassen. Er selbst war dem Hinweis des Mädchens gefolgt und in den Tunnel, den sie ihm gewiesen hatte, eingedrungen – allerdings nur, um dort einen leeren Käfig vorzufinden.

Sofern sich die kleine Mara Mushroom darin befunden hatte, war bei seinem Eintreffen nicht die geringste Spur mehr von ihr zu erkennen gewesen. Man hatte sie vorsorglich von dort entfernt.

Maurice Micklewhite mutmaßte, dass Mr. Fox und Mr. Wolf sich des Kindes angenommen hatten. Immerhin waren die beiden für ihr schnelles und zielgerichtetes Handeln bekannt.

Pairidaezas Stock hatte geblutet, als der Elf ihm den Rücken zugekehrt hatte. Es war ihm gelungen, einige der dicken Äste abzuschlagen und der Rinde tiefe Wunden beizufügen.

Dann aber hatte er die Flucht antreten müssen.

Maurice Micklewhite glaubte nicht, dass er dem Lebensbaum ernsthafte Verletzungen hatte beibringen können. Wenn Master Lycidas seine Kraft aus diesem uralten Gewächs schöpfte, so würde ihm diese Quelle vermutlich auch in Zukunft zur Verfügung stehen.

Auch darin waren sie gescheitert.

Im dunklen, verlassenen Tunnel hatte Maurice Micklewhite wütend geflucht. Er schalt sich selbst, zu wenig bewirkt zu haben. Er hatte sein Ziel nicht erreicht, jedoch war nicht alles verloren. Noch nicht. Es gab noch einen Schimmer Hoffnung.

Wenn die Mädchen nach London zurückkehrten, dann könnte der Plan doch noch aufgehen. Dann würden die Dinge denjenigen Lauf nehmen, den sie ihnen zugedacht hatten.

So weit die Mut machenden Gedanken.

Doch hatte er nicht mit eigenen Augen gesehen, wie ein Nekir die kleine Emily gestochen und anschließend gegen die Tunnelwand geschleudert hatte? Maurice Micklewhite hatte von den Nekir gehört.

Wittgenstein hatte sich der Kleinen angenommen und war in den düsteren Stollen geflüchtet, der sie hergeführt hatte.

Immerhin.

Von da an hatte Maurice Micklewhite keinen Gedanken mehr an die Schlacht und seine Gefährten verschwendet. Er war gelaufen, so schnell ihn seine Füße hatten tragen können. An seiner Seite schwirrte Dinsdale, der aber schon nach wenigen Minuten kraftlos in die Manteltasche des Elfen gesunken war. Der Angriff auf die Nekir, um dem Elfen den Weg freizubrennen, hatte dem Irrlicht sämtliche Kräfte geraubt. So war Maurice Micklewhite einige Stunden durch das unterirdische Labyrinth geirrt, immer seinem Instinkt folgend und die Nekir und selbst die Kinder mit den Spiegelscherbenaugen meidend, um schließlich erschöpft das nächtliche London zu erblicken.

Er entstieg der Hölle an dem Flussufer, an dem auch Rotherhithe lag, nicht allzu weit entfernt von dem Waisenhaus, wo alles begonnen hatte. Die eisige Nachtluft tat seinen Lungen gut und weckte neue Kräfte in ihm.

In New Cross bestieg er die East London Line, die ihn bis hinauf nach Whitechapel brachte, von wo aus er die Hammersmith & City Line zur Liverpool Street nahm. Hier stieg er in die Central Line um und fuhr zum Britischen Museum.

Der Pförtner des Museums musterte ihn verwundert.

Blutspuren und Schmutz verunzierten den einst blendend weißen Pelzmantel des Elfen. Nichtsdestotrotz ließ der junge Mann ihn ein, und Maurice Micklewhite eilte schleunigst hinauf in die Bibliothek, wo er auf eine aufgeregte Ratte traf.

Wo sind die anderen?, piepste Mylady Hampstead.

Außer Atem entgegnete der Elf: »Ich habe sie verloren.«

Das Gesicht der Rättin verfinsterte sich. *Dann*, so sagte sie, *können wir nur hoffen*.

Und beide wussten, welch dünn gesponnener Faden die Hoffnung sein konnte.

In meiner frühesten Erinnerung sind Steine immer untrennbar verbunden mit fließendem Wasser. Das Wasser ist das Leben und umfließt die Steine, schmeichelt ihrer Oberfläche und verhilft dazu, die innere Schönheit nach außen zu kehren. In meiner frühesten Erinnerung sitze ich am Bach hinter dem Haus meiner Zieheltern und betrachte die Wellen, die das Wasser schlägt, wenn es sich an den großen Steinen bricht. Das Wasser ist das Leben, und nur in Verbindung mit dem Wasser entfalten die Steine ihre wahren Heilkräfte.

Auf dieses Wissen gründete sich der Hoffnungsschimmer in den Augenblicken unserer hastigen Flucht. Wohlgemerkt der einzige, der sich uns auftat.

Emily Laings lebloser Körper lag schwer in meinen Armen, während ich den Tunnel hinabrannte und versuchte, auf dem vereisten Boden das Gleichgewicht zu halten. Neben mir rannte Aurora Fitzrovia her, die dunklen Augen schreckgeweitet, die Blicke in alle Richtungen schweifen lassend und die einstmals dunkle Haut von ängstlicher Blässe gezeichnet. Die Haare hingen uns allen strähnig und wirr ins Gesicht, und die eisige Kälte brannte uns auf der Haut, ließ die Augen tränen und selbst den Atem im Hals schmerzen.

Hinter uns war nichts zu hören.

Eine unheilschwangere Stille hatte sich über das Höhlensystem gelegt.

Nachdem wir einige Kreuzungen passiert und Wendungen der Stollen hinter uns gelassen hatten, war das Schlachtgetümmel weit hinter uns verstummt. Die Schreie der sterbenden Ratten und die zischenden Laute der zerquetschten Spinnenkrieger, vermischt mit dem raubvogelartigen Kreischen der Limbuskinder, lagen uns jedoch immer noch in den Ohren.

Eines der letzten Bilder, das sich mir geboten hatte, war ein wahrhaftiges Schneegestöber gewesen, in welches die große Kuppel zerborsten war. Das Eis hatte sich von der Decke gelöst, und unzählige Kristalle wirbelten durch den großen Raum. Überall waren auf einmal die Kinder des Limbus aus den Lüften herniedergestürzt und hatten berserkerhaft gewütet.

Der Lebensbaum, der blutige Kadaver des Wyrms und die gegenüberliegende Kuppelwand waren in einer Wolke aus großen bis hin zu unendlich winzigen Leibern der Limbuskinder verschwunden.

Ich hatte der Worte meiner Mentorin gedacht. *Konzentriere dich auf das Wesentliche*, hatte Mylady Hampstead mir damals eingeschärft. *Schärfe deinen Blick und zügle deine Gefühle*.

Wir mussten die Hölle verlassen, so schnell wie möglich.

Also hatte ich Emily gepackt und ihrer Freundin aufgetragen, mir zu folgen.

Pochenden Herzens flohen wir, was das Zeug hielt.

Doch gab es ein weitaus dringlicheres Problem, als die Hölle zu verlassen.

Emily Laing benötigte Medizin.

Das Gift des Nekir färbte bereits die Adern unter der bleichen Haut des Kindes grünlich. Schon Augenblicke nach dem Einstich war sie unfähig, auch nur ein einziges Wort zu stammeln.

»Sie müssen Emily retten«, bat mich Aurora.

Worin ich ihr nicht zu widersprechen gedachte.

Emily Laing war der Schlüssel zum Gelingen unseres Plans.

Sie in Sicherheit zu bringen hatte oberste Priorität.

Das Mädchen neben mir stolperte unvermittelter Dinge und ging keuchend in die Knie. »Ich kann nicht mehr weiterlaufen«, stammelte sie, und ihr Atem bildete feinen Nebel in der eisigen Luft vor ihrem Mund. »Es geht nicht. Ich schaffe das einfach nicht.«

»Sie müssen aber.«

»Laufen Sie alleine weiter.«

Kinder!

Ich zog ein Gesicht.

»Ich kann nicht auch noch Sie tragen.«

Resigniert sah sie zu Boden.

Wegen solcher Momente hasste ich es, mit Kindern zu tun zu haben. Wütend bewertete ich die Möglichkeiten, die mir blieben. Wir konnten eine Pause einlegen und dabei wertvolle Zeit einbüßen. Andererseits konnte ich Aurora Fitzrovia hier zurücklassen. Ihr fiel keine wichtige Rolle in unserem Plan zu. Sie war also entbehrlich. Das würde mir die Zeit verschaffen, die ich brauchte, um Emily Laing sicher nach London zurückzubringen. In Anbetracht der Situation und mit geschärftem Blick analysiert, war dies die sinnvollste Alternative.

Die Kinderaugen musterten mich abwartend.

Ich atmete tief durch.

Dachte nach.

Erinnerte mich des Augenblicks, als ich den Kindern die Steine geschenkt hatte.

Und wieder tauchten die Worte der Rättin auf: *Es gibt keine Zufälle.*

»Master Wittgenstein«, unterbrach mich Aurora.

Mit einer Handbewegung und einem zischenden Laut befahl ich ihr, augenblicklich zu schweigen.

Hatte sich dieses Kind nicht einen Malachit erwählt? Emily, die leblos in meinen Armen lag, hatte unter anderem einen kleinen Bernstein erhalten. »Malachit und Bernstein. In Verbindung mit einem Jaspis.«

»Ist alles in Ordnung mit Ihnen?«, erkundigte sich Aurora zaghaft.

»Es gibt keinen Zufall«, bemerkte ich.

Frischer Tatendrang erwachte.

»Ihr Lächeln wirkt, wenn ich das so sagen darf, etwas irre.«

Oh, dieses Kind!

»Wir benötigen einen Unterschlupf«, erklärte ich und begann mich umzusehen.

Die Prozedur mitten im Stollen durchzuführen konnte nicht klug sein. Nach einigen hundert Metern fand ich, wonach ich suchte. Einen Alkoven im Felsgestein von der Größe einer kleinen Kammer. Ich gebot Aurora, dort hineinzuschlüpfen, und folgte ihr auf dem Fuß. Wenn uns patrouillierende Nekir begegnen sollten, würden sie uns immerhin nicht sofort entdecken.

Ich legte Emily sachte vor mir auf den Boden und kniete mich neben sie.

»Was haben Sie vor?«

»Haben Sie noch den Stein, den Sie sich damals erwählten?«

»In King's Moan?«

Ich war beeindruckt. Sie hatte doch tatsächlich den Namen behalten. »Nirgends anders.«

Sie griff in die Jackentasche und zeigte mir den smaragdgrünen Malachit, der von feinen dunklen Streifen durchzogen war.

Derweil durchsuchte ich Emilys Taschen.

Fand den Bernstein.

»Was haben Sie vor?«, wiederholte Aurora, die nun neben mir kniete und die Hand ihrer Freundin ergriffen hatte, die Frage von vorhin.

»Malachit«, begann ich, während meine Hände eiligst die eigenen Manteltaschen durchwühlten, »bringt gestaute und stockende Energie wieder zum Fließen. Entgiftet und befreit Adern und Organe von negativen Energien und angestauten Rückständen.«

Ich fand, wonach ich gesucht hatte.

Meinen dunkel gemusterten Bilderjaspis.

Ich begann nun ruhiger zu atmen, konzentrierte mich auf das Muster des Jaspis und ließ ihn vor mir schweben. Auroras Malachit erhob sich ebenfalls von ihrer Handfläche in die Luft und bildete eine Formation mit dem Jaspis und dem als Letztes hinzukommenden Bernstein.

Ich ließ die Steine in einer langsamen und fließenden Bewegung über Emilys geschundenem Körper kreisen.

»Jedes Lebewesen ist von einer Aura umgeben«, erklärte ich dem besorgt und skeptisch dreinschauenden Mädchen. »Wir besitzen einen physischen Körper, den wir anfassen und spüren können. Darüber hinaus gibt es aber noch andere Körper, die uns wie unsichtbare Hüllen umgeben. Die geistigen Körper dienen als Schutzschild gegen Krankheiten und schwarze Magie. Es sind ganz einfach Schutzhüllen, die eine Vielfalt an Informationen und Emotionen aus unserer Umwelt und insbesondere von anderen Lebewesen aufnehmen, deren wir uns aber gar nicht richtig bewusst sind. Gefühle Fremder, Stimmungen, Vorahnungen. Gesammelt werden diese Eindrücke in den sieben Sinnesorganen der Seele, den Chakras. Die Chakras sind sozusagen das Nervensystem unserer Seele.«

Aurora starrte mich mit großen Augen an.

»Kurz gesagt«, brachte ich es auf den Punkt. »Man kann nicht nur am Körper verletzt werden, sondern auch an der Seele. Es gibt Gifte, die den Körper schwächen, und solche, die die Aura eines Menschen beziehungsweise deren Chakras angreifen. Das Gift der Nekir tut beides, und das macht die Sache so kompliziert.«

Aurora hielt noch immer Emilys Hand.

Die drei Steine rotierten nun dicht oberhalb von Emilys Brust. Dann bewegten sie sich, meiner Handbewegung folgend, zum Hals und Gesicht des Mädchens weiter, wo sie letzten Endes verweilten.

»Die Steine heilen zuallererst die Chakras. Jeder Stein sendet Wellen aus, die auf die Aura und die Chakras einwirken. Jeder dieser Steine hat für sich betrachtet bestimmte Heilwirkungen. Alle drei wirken entgiftend. Kombiniert man die Steine jedoch, dann erzielt man eine überaus starke entgiftende Wirkung. Die heilenden Schwingungen werden durch die Rotation der Steine immens verstärkt und durchdringen die Aura bis tief in die Chakras hinein.«

Der Heilungsprozess begann dicht am Herzen, dann wanderte die Steinformation hinauf zu Schilddrüse und Hypophyse, verharrte dort, um schließlich abwärts zu schweben, streifte die Lymphdrüsen der Achselhöhlen und kam im Bereich der Nebenniere und der Bauchspeicheldrüse zur Ruhe.

»Was passiert mit ihr?«

»Die Steine saugen das Gift aus den Chakras.«

»Und das hilft?«

Entnervt warf ich ihr einen Blick zu.

Ertastete mit dem Finger Emilys Halsschlagader.

Gut so, der Puls beschleunigte sich.

Der Atem ging ruhiger.

»Geht es ihr besser?«

»Es ist ein Anfang.«

Ich ließ die Steine in meine Hand gleiten und positionierte sie auf dem Körper des Kindes. Den Malachit ganz dicht am Herzen, den Bernstein am Solarplexus und den Jaspis über der Nasenwurzel zwischen den Augenbrauen.

»Jeder Stein entfaltet seine Kräfte am besten, wenn man ihn an dem Chakra, zu dem er gehört, positioniert. Malachit entfaltet seine Licht bringende Kraft auf allen Chakras, wirkt jedoch am Herzen am besten. Bernstein wirkt am besten auf das Sonnengeflecht ein, und Jaspis lässt das dritte Auge sehen.«

»Das dritte Auge?«

Mir an die Stirn tippend sagte ich: »Das Stirnchakra. Einflüsse auf diesen Punkt dringen bis tief ins zentrale Nervensystem vor, und die Heilkräfte sind enorm.«

»Sie glauben wirklich, dass die Steine das Gift der Nekir aufsaugen?«

»Zumindest denjenigen Teil des Nekirgiftes, der die Aura verletzt hat. Wir heilen Miss Emilys Seele.«

»Aber was geschieht mit ihrem Körper?« Die Besorgnis war noch nicht von Aurora gewichen.

Emilys Augenlider begannen zu flattern.

»Für ihren Körper können wir momentan wenig tun.«

»Das Gift fließt also nach wie vor durch ihren Körper.«

»Ja.«

»Aber was bringt es denn dann, ihre Seele zu heilen, wenn der Körper stirbt?«

»Miss Emilys Körper wird nicht sterben«, beruhigte ich sie. »Der menschliche Körper besitzt erstaunliche Kräfte. Glauben Sie mir, der Körper kann fast jede Krankheit aus eigener Kraft heraus heilen. Körper und Seele sind jedoch eine Einheit und wirken nur gemeinsam. Nur wenn die Seele gesund ist, besitzt der Körper diese Eigenschaft.«

»Sie meinen, was Sie da tun, ist gar keine Magie?«

»Man muss auf die Stimme der Natur hören, das ist alles.«

»Das ist alles?«

Dieses Kind.

»Ja, ist es. Wir heilen die Seele, und diese gibt dem Körper die Kraft, sich selbst zu heilen.« Nach einer kurzen Pause fügte ich hinzu: »Vorerst jedenfalls. Später, wenn wir nach London zurückgekehrt sind, benötigen wir eine Essenz.«

»Was bedeutet das?«

Emilys Stirn war noch immer fiebrig, doch normalisierte sich wenigstens ihr Atem.

Vorsichtig schob ich das Lid über ihrem gesunden Auge nach oben und betrachtete die Pupille. Sie war von annähernd normaler Größe, wenngleich das Auge von feinen grünen Äderchen durchzogen war.

»Wir legen Steine so lange ins Wasser, bis das Wasser ihre Kraft aufgesogen hat. Trinkt man diese Essenz, wird der Körper von innen her gereinigt.«

Aurora wirkte ungeduldig. »Dann tun Sie das doch gleich hier!«

»So einfach ist es aber nicht«, zerstreute ich ihre voreilige Hoffnung. »Die Steine müssen aufgeladen werden, weil die Energie aus ihnen abgeflossen ist. Sie sind voll gesogen mit dem Nekirgift. Zudem fehlt uns fließendes lauwarmes Wasser. Es ist wichtig, die richtige Temperatur zu haben.« Beschwichtigend fügte ich hinzu: »Wir werden aber rechtzeitig in London sein, um die Prozedur durchzuführen.«

Beide sahen wir, wie Emily die Augen halb öffnete und ihre Lippen versuchten, Worte zu formen.

Dann fiel sie erneut in einen tiefen Schlaf, und ihr Körper erschlaffte.

»Wir sollten keine Zeit verlieren«, schlug ich vor, schulterte das kranke Mädchen und trat, nachdem ich vorsichtig in beide Richtungen des Stollens gespäht hatte, aus dem Alkoven hinaus.

Aurora folgte mir.

So setzten wir einstweilen unseren Weg fort.

Der von dickem Eis überzogene Weg führte uns aufwärts.

Wir passierten hier und da große Höhlen, in denen die Kinder mit den Spiegelscherbenaugen ihrer mühsamen Arbeit nachgingen, ohne aber von uns Notiz zu nehmen. Missgestaltete Maschinen schnauften und spien heißen Dampf in die klirrend kalte Luft, und scharfe Bohrer frästen sich in die Höhlenwände, erweiterten das Netzwerk der Hölle. Mit blutig geschürften Händen schaufelten die Kinder mit den Spiegelscherbenaugen den groben Schutt in die Loren, von denen hin und wieder eine an uns vorbeibrauste.

»Ich hätte niemals gedacht«, sagte Aurora nach einiger Zeit unvermittelt, »dass es die Hölle wirklich gibt.«

»Die meisten Menschen leben in ihrer eigenen Hölle. Sie erschaffen sie aus freien Stücken.« Eindringlich musterte ich das Mädchen. »Bedenken Sie, Miss Aurora. Kein Leid ist schlimmer als jenes, das man sich selbst zufügt. Und keine Hölle grausamer als jene, die man sich mit eigener Hände Kraft erbaut.«

Die Kinder mit den Spiegelscherbenaugen hatten an Zahl gewonnen, während wir uns langsam, wie ich doch inständig hoffte, dem Ausgang näherten. Zu Anfang war es uns nicht einmal aufgefallen, doch nach und nach drängten sich immer mehr von den armen Gesellen in den Gängen und Stollen herum. Sie schoben Loren oder standen einfach nur tatenlos herum, drehten apathisch die Köpfe, wenn wir vorübergingen, und schlurften uns kaum merklich hinterher.

»Die folgen uns doch«, flüsterte Aurora nach einer Weile.

Mürrisch gab ich ihr Recht. »Möglich.«

Wir beschleunigten unsere Schritte und blieben wachsam.

»Warum gibt es keine Zufälle?«

»Fragen Sie nicht.«

Das Mädchen sah mich erwartungsvoll an.

»Die Dinge fügen sich eben ineinander«, sagte ich. »Alles hat seine Bestimmung. Sie, Miss Aurora, erwählten instinktiv den Malachit, Miss Emily die anderen Steine. Ist es ein Zufall, dass wir nun gemeinsam die Flucht angetreten haben? Dass wir drei zusammen diejenigen Steine mit uns führen, die es mir ermöglicht haben, die Chakras zu heilen? Wäre Miss Emily nicht gestochen worden, wären wir vielleicht noch in der Höhle geblieben und den Limbuskindern zum Opfer gefallen. Wer weiß? Die Dinge fügen sich ineinander. Und glauben Sie mir, alles, aber auch wirklich alles, folgt seiner Bestimmung.«

Damit war zumindest dieses Thema erledigt.

Aurora stellte keine weiteren Fragen mehr.

Vermutlich suchte sie in ihrer eigenen Erfahrungswelt nach Anhaltspunkten, die meine These bestätigen oder widerlegen konnten.

Hauptsache, sie hielt den Mund.

Denn langsam erschöpften sich auch meine Kräfte.

Emilys schlaffer Körper lag mir schwer auf der Schulter.

Selbst wenn ich das Gewicht verlagerte, brachte mir das keine dauerhafte Erleichterung.

Dann erreichten wir eine Wegkreuzung.

Und blieben stehen.

Gezwungenermaßen sozusagen.

Die Kinder mit den Spiegelscherbenaugen versperrten uns den Weg. Hunderte von ihnen füllten die Korridore in alle Richtungen, und selbst der Gang hinter uns hatte sich in Windeseile derart angefüllt, dass an einen Rückzug ebenso wenig mehr zu denken war wie an ein Weiterkommen.

»Was wollen die von uns?« Aurora drängte sich an mich.

»Fragen Sie nicht!«

Die Kinder mit den Spiegelscherbenaugen standen regungslos da.

Wartend.

Lauernd.

Vorsichtig tat ich einen Schritt nach vorne, und die Masse an Kindern reagierte augenblicklich, einem Schwarm kleiner Fische gleich. Sie versperrten uns den Weg, und es sah nicht so aus, als fände sich eine Möglichkeit, sie zu überlisten oder gar zu überwinden.

Eine Stimme erklang.

Heraufbeschworen aus hunderten von Kindermündern.

»Seien Sie meine Gäste.« Hunderte heiserer Stimmen, die jahrelang nicht mehr gesprochen hatten, verschmolzen zu einer rauen Stimme, die fremd und kalt in unseren Ohren dröhnte. »Die Kinder werden Ihnen den Weg weisen.« In den unzähligen Spiegelscherbenaugen sahen wir uns selbst, wie wir ratlos und irgendwie verloren dastanden.

Dann wurde es still.

Für einen Moment.

Das Schlurfen von hunderten in zerrissenen Schuhen steckenden Füßen hallte von den Wänden wider, als sich die Kinder mit den Spiegelscherbenaugen in Bewegung setzten. Wir hatten nicht einmal die Wahl. Eingeschlossen in das Meer schmutziger und zerlumpter Leiber blieb uns nichts anderes übrig, als der Einladung des Unbekannten nachzukommen. Die Kinder mit den Spiegelscherbenaugen trieben uns vor sich her, durch verwinkelte Korridore und niedrige Schächte, lange, gewundene Treppen hinauf, dorthin, wo das Eis geschmolzen war und es wärmer wurde.

»Wohin bringen die uns?«

»Woher, bitte schön, soll ich das wissen?«

Dabei ahnte ich es.

»Es wird Ihnen nicht gefallen, wenn ich es Ihnen sage.«

Sie brachten uns hinauf in den Tower von London.

Zu Lycidas.

Maurice Micklewhite kauerte in dem großen Sessel in seinem Büro in der Nationalbibliothek und blickte durch das große Fenster in die Nacht hinaus. Mylady Hampstead hatte ihn von den Dingen in

Kenntnis gesetzt, die sie selbst erst vor wenigen Stunden in Erfahrung hatte bringen können.

Dinsdale hockte in einer der Leselampen und tankte neue Kraft.

Kurz nachdem die Rättin ihn verlassen hatte, erreichte ein Anruf die Bibliothek.

Eleonore Manderley verlangte nach Master Micklewhite.

Und die Teile des Puzzles begannen sich zusammenzufügen.

Die Pforten zum Audienzsaal des White Towers öffneten sich knarzend, und vor uns stand der Lichtlord, gekleidet in einen bodenlangen Hausmantel aus feinstem Samt mit goldenen Ornamenten. Er trug das Haar offen, in sanften Wellen fiel es ihm über die Schultern. Die tief liegenden schwarzen Augen musterten uns durch die schweren und dicken Gläser einer altmodischen Brille. Entfernt waren die Züge Lucia del Fuegos erkennbar. Dennoch handelte es sich bei der Person, die uns in dem geräumigen Saal empfing, eindeutig um ein männliches Wesen seiner Gattung. Mit dem Hauch einer femininen Ausstrahlung, will ich hinzufügen.

»Ich heiße Sie willkommen in meinem Haus«, begrüßte er uns und fügte mit einem süffisanten Lächeln hinzu: »Treten Sie näher und lassen Sie ein wenig von dem Glück hier, das Sie begleitet.«

»Lycidas!« Ich ließ keinen Zweifel daran, dass mir die unfreiwillige Gesellschaft missfiel.

»Master Wittgenstein. Miss Aurora Fitzrovia. Miss Emily Laing.« Die Pforten hinter uns schlossen sich wie von Geisterhand. »Wie schön, Sie drei nach den unglückseligen Wendungen in Pairidaezas Kathedrale hier in meinem Heim begrüßen zu dürfen.«

Die Kinder mit den Spiegelscherbenaugen hatten uns, nachdem sie uns durch die Hölle bis hin zum Verrätertor geleitet hatten, der Garde des Lichtlords übergeben, düsteren, rabenhaften Kreaturen, die jedoch nichts gemein hatten mit den Rabenmenschen vom Ravenscourt. Bewaffnet mit schweren, eisernen Hellebarden und Schwertern hatte uns ein federviehähnliches Wärtergespann zum White Tower geleitet. Die Raben des Tower trugen die schwarzen Gehröcke der königlichen Leibgarde inklusive der roten Verzierungen, die so typisch sind für die Beefeaters.

Der Tower von London, in dem wir uns befanden, war nicht jene Festung, durch deren Mauern tagtäglich tausende und abertausende von Touristen strömen. Es war, um konkret zu werden, ein düsteres Abbild jener uralten Festungsanlage, die einst als Gefängnis und gleichermaßen als Heimstätte für die Könige Englands gedient hatte.

Denn unterhalb des Towers von London befindet sich ein gigantischer Hohlraum, in dessen Mitte jene Zitadelle errichtet worden war. Wo auf der Oberfläche grüner Rasen wuchs, fand sich hier unten nur ödes Gestein und fauliges, braunes Moos, glitschig von all der Feuchtigkeit, die der nahe Fluss durch den Felsen drückte. Ansonsten ähnelten die Gebäude dem »echten« Tower von London nur allzu sehr.

Es gab sowohl Beauchamp als auch Bloody Tower, die Kapelle St. Peter ad Vincula, und natürlich die Residenz Master Lycidas': den White Tower, dessen vier Türme sich majestätisch der Höhlendecke entgegenreckten.

Kaltes, schmutziges Wasser tropfte ununterbrochen vom Felsgestein der Decke auf die Zitadelle herab und tauchte die Szenerie in feine Nebelschwaden.

Dies war der Tower von London in der uralten Metropole.

Errichtet von den Regenten in alter Zeit.

Die Rabengardisten geleiteten uns zum White Tower, wo wir auf Master Lycidas trafen.

»Sie werden sich fragen, Wittgenstein«, begann er, »weshalb ich Sie allesamt zu mir gebeten habe.«

»Ich möchte mich nicht Mutmaßungen hingeben.«

»Aber, aber«, säuselte Lycidas gönnerhaft. »Weshalb so abweisend?«

»Fragen Sie nicht!«

Die Augen des Lichtlords ruhten auf Emily.

»Ein Nekir hat sie gestochen«, meldete sich Aurora zu Wort.

»Höllische Biester, nicht wahr?« Lycidas' Gesicht zeigte einen Ausdruck, der wohl Bedauern darstellen sollte.

In der Mitte des Raums stand eine lange Tafel, angefüllt mit Köstlichkeiten. An den Wänden hingen kunstvolle Teppiche und farbenfrohe Ölgemälde in riesenhaften Rahmen. Zu meiner Linken wurde ich zweier Gerippe gewahr, die zu klein waren, um Erwachsenen gehört zu haben. Zwei gläserne Vitrinen beherbergten die menschlichen Überreste.

»Prinz Edward der Fünfte und sein jüngerer Bruder Richard, ehemaliger Duke von York.«

Erst jetzt bemerkte ich die Gestalten, die im Schatten eines Vorhangs an einem der Fenster standen.

»Wir liquidierten sie«, sagte Mr. Wolf.

Und Mr. Fox fügte hinzu: »So lautete unser Auftrag.«

»Ich kann es mir wohl guten Gewissens ersparen, Ihnen meine hilfreichen Hände vorzustellen. Mr. Fox und Mr. Wolf.«

Ich zog es vor, finster zu schauen.

»Erfreut«, sagte Mr. Fox.

»Dito«, grummelte Mr. Wolf.

Lycidas schritt um die Tafel herum.

Kam auf uns zu.

»Die beiden haben dieses Mal für einige Irrungen und Wirrungen gesorgt. Stimmt's, meine Herren?«

Sich verteidigend gab Mr. Wolf zu bedenken: »Die Schuld tragen der Lordkanzler von Kensington und seine Wölfe.«

»Dem muss ich beipflichten«, erklärte Mr. Fox.

»Missgeschicke passieren eben.« Lycidas lachte.

Die Ungeduld und den Unmut zu zügeln fiel mir immer schwerer.

»Was soll dieser Zirkus?«, fragte ich zornig.

Lycidas' Lächeln erstarb.

Schnellen Schrittes kam er auf mich zu.

»Wir sollten unser Augenmerk auf dieses Kind richten«, sagte er. »Denn um sie geht es doch, nicht wahr? Es geht um Emily Laing.« Mitleid zeigte sich in den dunklen Augen. Dann befahl mir Lycidas: »Legen Sie das Kind auf den Boden.«

Ich zögerte.

»Tun Sie es!«, herrschte er mich an.

»Er wird sie retten«, sagte Mr. Fox.

»Wird er«, echote Mr. Wolf.

Unnötig zu erwähnen, dass ich keinem der Anwesenden Glauben schenkte.

Trotzdem hatte ich keine Wahl.

Man widersetzt sich keinem Engel.

Hätte er Emily töten wollen, so wäre dies schon mehrere Male möglich gewesen. Also hoffte ich, dass er die Wahrheit sprach.

Und legte den Körper sachte auf den Marmorboden.

Lycidas trat vor und kniete sich neben Emily.

Berührte sie an Stirn und Hals.

Beugte sich über ihren kleinen Körper.

Und hauchte ihm neues Leben ein, wie es nur einem Engel möglich ist.

Kurz darauf blinzelte Emily verschlafen in die Runde; gerade so, als erwache sie nach langer Nacht aus einem tiefen Traum.

Sofort war Aurora zur Stelle. »Emmy!« Sie schloss die Freundin in die Arme.

Emily blinzelte benommen. »Wo bin ich?«

An dieser Stelle ergriff Lycidas das Wort. »Sie sind Gast in meinem Haus.«

»Wir befinden uns im Tower von London«, sagte ich.

Misstrauen ergriff Besitz von dem Mädchen.

»Sie sind geheilt«, meinte Lycidas gönnerhaft.

Überrascht berührte Emily ihre Stirn, wo getrocknetes Blut an ihrem Finger kleben blieb. »Ich fühle mich gut«, stellte sie fest. »Ich meine, so richtig gut. Gesund.« Sie erinnerte sich an den Versuch, zum Stollen an der gegenüberliegenden Höhlenseite zu gelangen, an den Stachel des Nekir und die aufflammenden Schmerzen. »Wie ist das möglich?«

»Ich war einst ein Engel«, gab Lycidas lapidar zur Antwort.

»Außerdem hat Master Wittgenstein deine Seele geheilt«, sagte Aurora schnell, die des mürrischen Ausdrucks in meinem Gesicht gewahr geworden war. »Mit den Steinen.«

Ich trat auf Emily zu und reichte ihr die Hand, um sie hochzuziehen.

Als sie neben mir und Aurora stand, ging Lycidas zur Tafel zurück.

»Sie fragen sich sicherlich noch immer, weshalb ich Sie habe herbringen lassen.«

Welch eine Frage! »Nein, eigentlich nicht.«

»Ihr Humor, lieber Wittgenstein, sucht seinesgleichen.« Er gebot uns, an der Tafel Platz zu nehmen. »Doch bin ich mir sicher, dass Sie alle an meinen Beweggründen interessiert sind.« Erneut von erschreckender Freundlichkeit fügte er hinzu: »Lassen Sie sich die Köstlichkeiten munden, damit Sie alle wieder zu Kräften kommen.«

»Geht es Ihnen wirklich wieder gut?«, fragte ich Emily zweifelnd.

Das Mädchen nickte nur.

Wir setzten uns.

Mr. Fox und Mr. Wolf blieben dort stehen, wo sie waren.

»Wie ich bereits erwähnte, kam es zu einigen unglückseligen Irrungen und Wirrungen, zweifelsohne hervorgerufen durch Mängel in der Organisation dieses Vorhabens. Es ist bedauerlich, aber … nun ja, immerhin haben wir uns alle hier eingefunden. Letzten Endes.«

Ich fragte mich, ob er wieder mit Engelszungen sprach.

Lycidas fuhr fort: »Wie jeder gute Erzähler sollte auch ich am Anfang beginnen. Doch nein, vielleicht vorab einige Erklärungen, was meine Person angeht. Ich habe mich Ihnen als Lycidas vorgestellt, oder auch als Lucia del Fuego, was dem altmodischen Lucifer nicht unähnlich ist, wie Sie so treffend herausgefunden haben. Einst schrieb ich als Milton, forschte als Dee, eroberte als Claudius. Doch was sind schon Namen? Lange bevor die Menschen den Dingen Namen gaben, war ich ein Engel. Die Welt war mir untertan, doch dann verstieß man mich. Sie alle kennen die alten Geschichten vom gefallenen Engel Lucifer.«

Die Kinder lauschten gespannt seinen Worten.

»Als der Himmel brannte, bin ich hierher gekommen. Nach London, das damals noch Londinium hieß. Die Stadt der Schornsteine und die Stadt unter der Stadt wurden meine neue Heimat. Ich lebte im Verborgenen, denn die Menschen sind misstrauisch allem Fremden gegenüber.«

Ich versuchte das Lügengespinst zu durchdringen.

»Pairidaezas Stock half mir, die Gestalt zu bewahren. Denn viele Eigenschaften der Engel waren mir genommen worden. Doch benötigte ich dazu, wie ich schnell herausfand, etwas sehr Kostbares.«

»Die Unschuld von Kindern.«

Lycidas wurde ernst. »Lange Zeit habe ich nach anderen Möglichkeiten gesucht, doch letztlich endeten meine Forschungen immer an diesem einen Punkt. Der Lebensbaum wollte von kindlicher Unschuld genährt sein. Das ist der Preis für das ewige Leben. Also musste ich Opfer bringen.«

»Sie töteten all diese Kinder«, sagte Emily vorwurfsvoll.

»Ich beraubte sie ihrer Seelen«, verbesserte Lycidas sie. »Ihre Körper lebten fort.«

»Als leere Hüllen.«

»Was soll ich sagen? In dieser Hinsicht fällt es mir schwer, mein

Tun zu entschuldigen. Doch, nun ja, diesen Preis zu zahlen war mir die Sache wert. Glauben Sie mir, liebe Miss Emily, wenn Sie die Welt aus dem Blickwinkel der Unsterblichkeit betrachten, so wird vieles unbedeutend.«

»Es bleibt dennoch Unrecht.«

»Es ist, was es ist. Jedes Ding handelt entsprechend seiner Natur. Demzufolge gibt es keine Unterscheidung in Gut und Böse. Nur die Notwendigkeit. Ja, sie allein. Mithilfe des Wyrms gelang es mir, die Unschuld der Kinder zu gewinnen und dem Lebensbaum zuzuführen. Pairidaezas Stock wuchs und gedieh und schenkte mir die Früchte, die ich so dringend benötigte.« Er seufzte melancholisch. »Glauben Sie etwa, ich hätte dies alles genossen? Glauben Sie nicht, dass mich das Leid der Kinder rührte? Manchmal schien der Preis, den ich zu zahlen bereit war, unendlich hoch zu sein. Und doch bin ich in jedem Augenblick meines Lebens dazu bereit gewesen, ihn zu zahlen. Denn hatte man mich nicht dazu genötigt? Bin ich etwa aus freiem Willen zu dem geworden, was ich bin?«

Keiner der Anwesenden gab ihm eine Antwort.

»Mitnichten.« Lycidas sprang von seinem Platz auf. »Nein, sage ich Ihnen. Denn ER hat mich zu dem gemacht, was ich bin.« Mit ausgestreckter Hand deutete er himmelwärts. »ER und seine engstirnigen Regeln. Der Träumer, der die Welt einst träumte, wie die Welt ihn heute träumt. Glauben Sie mir, er lacht sich da oben halb tot über das, was hier passiert. ER erschuf die Menschheit nach seinem Ebenbild, und Sie alle wissen, wie fehlerhaft die Menschheit ist. Nun frage ich Sie – was sagt uns das über IHN? Zuerst stellt er die Regeln auf. Du darfst etwas anschauen, aber bloß nicht anfassen; du darfst etwas berühren, aber nicht schmecken; du darfst etwas schmecken, aber nicht genießen; du darfst etwas genießen, musst dich aber gleichzeitig dafür schämen und dir Asche aufs Haupt streuen und dich anschließend fühlen wie der letzte Dreck. Und warum dies alles? Weil die Menschen sind wie ER. Fehlerhaft. Genusssüchtig. Emotional. ER sieht in einen Spiegel, wenn er die Menschheit betrachtet, und das, was er sieht, gefällt ihm nicht.« Lycidas' Stimme wurde lauter und zorniger. »Weil es nicht perfekt ist. ER wäre so gerne perfekt. Doch kein Lebewesen ist perfekt. Nicht einmal die Götter.« Mit wehendem Mantel durchschritt Lycidas den Raum. »Und wehe dem Engel, der IHM widerspricht. Wehe demjenigen, der Kritik äußert.« Er kam auf mich zu und sah mich eindringlich an. »Wissen Sie, was da oben geschieht, Wittgenstein?« Er spie das Wort aus, als enthalte es Gift: »Zensur. Meinungsfreiheit – pah! Es gibt nur eine Meinung. Die SEINE. Wer anderes kundtut, wird verbannt.« Er ging zurück zu seinem Platz an der Tafel und ließ sich nieder. »ER hasst die Menschheit, weil sie ihm vor Augen hält, wie fehlerhaft ER selber ist. Und ER hasst jeden, der IHN daran erinnert.« Er erhob ein Glas mit rotem Wein und leerte es in einem Zug. »Ich bin, was ich bin, weil ER es so wollte. Wer also, frage ich Sie nun, trägt die Schuld an alledem?«

Keiner von uns hielt es für ratsam, ihm darauf eine Antwort zu geben.

Lycidas lächelte, wie nur ein Engel es tun kann.

Und es war grausam anzuschauen.

Er nippte an einem weiteren Glas Rotwein.

Beruhigte sich.

»Entschuldigen Sie diesen Gefühlsausbruch. Und lassen Sie mich zu den Geschehnissen der Gegenwart zurückkehren.«

»Was ist mit meiner Schwester?«

»Der geht es gut.«

»Sie wollten doch auch sie an den Wyrm verfüttern, oder etwa nicht?«

Überrascht stellte Lycidas das Weinglas ab.

»Nimmer.« Ernst musterte er das Mädchen. »Das müssen Sie mir glauben. Ich wollte sie retten aus diesem Elend im Waisenhaus. Und Sie, Miss Emily, obendrein.«

Ich unterbreitete einen Vorschlag. »Das sollten Sie uns erklären.«

»Das werde ich. Doch muss ich dazu etwas weiter ausholen.« Lycidas wirkte geduldig und gönnerhaft. »Wie Sie mittlerweile wohl gemerkt haben, besitzen Engel kein Geschlecht, nicht so, wie es die Menschen tun. Wir können sowohl als Mann als auch als Frau in Erscheinung treten. Wir sind keines von beidem und doch beides zugleich. Miss Mia Manderley, Ihre Mutter, lernte ich vor langer Zeit kennen, und zwar in weiblicher Gestalt. Als Lucia del Fuego diente ich Ihrer Mutter während der Whitechapel-Aufstände als Beraterin und Leibwächterin. Doch bald schon wurden wir Freundinnen. Mia Manderley verliebte sich in jenen Tagen in einen jungen Burschen namens Richard Swiveller, Ihren Vater. Doch beschlossen die Ratten schon damals, den Frieden mithilfe einer Heirat wiederherzustellen. Ein Kind von einer Elfe und einem Menschen passte in diesen Plan nicht hinein. Also schob man Sie ab. Ins Waisenhaus nach Rotherhithe.«

»Aber was geschah mit Mara?«

Emily wurde immer ungeduldiger.

»Mia Manderley heiratete Martin Mushroom. Die beiden bekamen ein Kind. Als Mara entführt wurde, waren beide untröstlich. Niemand wusste, wer zu dieser Schandtat fähig gewesen war und wer sie durchgeführt hatte. Niemand wusste, aus welchem Grund das Kind entführt worden war. Es gab keine Forderungen. Keine Nachrichten. Nichts! Dann erfuhren die Ratten vom Waisenhaus in Rotherhithe. Die Nachricht machte schnell die Runde in der uralten Metropole. Mara Mushroom ist gefunden worden! Ich ahnte, dass die Ratten kein ehrliches Spiel spielten, und suchte noch in der gleichen Nacht Manderley Manor auf, wo ich mich mit Mylady Manderley beriet. Ich beabsichtigte, das Kind im Waisenhaus abzuholen. Die Ratten sollten erst einmal nichts davon erfahren. Ebenso wenig Lord Mushroom. Die Spannungen zwischen den Eheleuten sind mittlerweile so stark geworden, dass eine Trennung nicht mehr auszuschließen ist.«

»Eine Trennung der beiden Häuser würde neue Unruhen bedeuten«, gab ich zu bedenken.

»Sie sagen es, Wittgenstein.«

»Aber Sie haben Mara doch entführen lassen.«

Etwas stimmte auch hier nicht ganz. Emily spürte es. Wie einen Geruch, der in der Luft wehte.

Lycidas schüttelte den Kopf. »Ich entsandte Mr. Fox und Mr. Wolf, um die Kleine in Empfang zu nehmen. Keine Entführung. Wir hatten alles mit Reverend Dombey ausgehandelt. Doch bevor es zur Übergabe kommen konnte, wurde sie entführt.« Mit einem Blick zu Mr. Fox und Mr. Wolf, die noch immer im Schatten der Fenster standen, fügte Lycidas hinzu: »Von Larry dem Lykanthropen, der wiederum im Auftrag des Lordkanzlers Kensington handelte.«

Hier vermutete ich die Lücke in seiner Argumentation.

»Aber Sie und Kensington kennen einander doch.«

Lycidas lächelte, jedoch keineswegs ertappt. »Das tun wir. Und mehr noch: Hinter dem Titel des Lordkanzlers von Kensington verbirgt sich Anubis, einer meiner Diener, den es nach langer Wanderschaft in die uralte Metropole verschlagen hat. Kensington hat die Aufgabe erhalten, mir Kinder zu besorgen. Das ist der unschöne Teil der Geschichte. Ja, auch derzeit benötige ich wieder Kinder, weil Pairidaezas Stock neue Früchte tragen muss. Also lässt Kensington seine Armee von Werwölfen jede Nacht ausschwärmen, um mir die Kinder zu besorgen. Dummerweise suchte sich Larry der Lykanthrop das Waisenhaus Reverend Dombeys aus, um ein Kind zu entführen. Dieses Kind war, wie wir alle wissen, Miss Mara Mushroom.«

Das sollte alles gewesen sein?

Emily fragte verdutzt: »Sie meinen, es war ein Zufall? Nichts weiter?«

Unnötig zu erwähnen, was mir in diesem Moment durch den Kopf schoss.

»Larry entführte sie, wie er es mit all den anderen Kindern getan hatte, und brachte sie den ganzen langen Weg bis hinunter in Pairidaezas Kathedrale. Doch hatte er keine Ahnung, wen er dieses Mal gestohlen hatte. Und Kensington? Der neue Lordkanzler machte sich eher Gedanken darüber, die Herrschaft über Chelsea zu erlangen und die Arachniden auszuschalten. Sie sehen also, es war nichts weiter als ein Mangel in der Organisation. Ein Kommunikationsproblem. Als Mr. Fox und Mr. Wolf am nächsten Morgen im Waisenhaus ankamen, konnte ihnen der Reverend nur aufgeregt von dem Tumult in der Nacht berichten. Das Kind war verschwunden und mit ihm Maras Halbschwester.« Eindringlich sah er Emily an. »Durch Verquickung unglücklicher Umstände war, wie man uns mitteilte, Miss Laing aus eigenem Antrieb in jener Nacht geflohen, nachdem sie zuvor in die privaten Räume des Reverends eingebrochen war.«

Emily kam in den Sinn, dass dies erst wenige Tage her war.

Konnte das sein?

Es war so vieles geschehen seit ihrer Flucht. In diesen wenigen Tagen hatte die ganze Welt ein neues Gesicht bekommen.

»Also begann die Suche nach den beiden Kindern«, fuhr Lycidas zu reden fort, »die jetzt endlich ein Ende gefunden hat.«

Nach einem Augenblick des Schweigens war Emily die Erste von uns, die etwas sagte: »Aber was ist denn nun mit Mara?«

»Ihre Schwester befindet sich hier bei uns, im Tower von London«, antwortete Lycidas offenherzig.

Etwas an der ganzen Sache schien nicht richtig zu sein. »Was haben Sie nun vor?«

»Angenommen ich gebe das Kind in Ihre Obhut, Wittgenstein«, begann er. »Wären Sie dazu bereit, die beiden Kinder, Emily und Mara, zum Anwesen der Familie Manderley zu geleiten?«

Überrascht starrte ich ihn an.

Mit diesem Vorschlag hatte ich nicht gerechnet.

Emily zugewandt sagte Lycidas: »Ich möchte, dass Sie mir vertrauen.« Mit diesen Worten klatschte er in die Hände, und die Türen öffneten sich. Herein kam eine Kinderfrau, die ein kleines Mädchen in einem schwarzweißen Kleid auf den Armen trug. Das Mädchen schaute neugierig in die Runde der Anwesenden, und die Ähnlichkeit, die die Kleine zu Emily Laing aufwies, war unverkennbar. Die beiden hatten die gleichen Augen. Das gleiche Lächeln. Die gleiche Haarfarbe.

Und sie lächelte Emily an.

Tränen traten in die Augen des Mädchens, als sie ihre Halbschwester in die Arme schloss.

»Hallo, Mara«, flüsterte sie nur.

Küsste die bleichen Wangen des Kindes.

»Ich bin deine Schwester. Ich bin Emily.«

Zum ersten Mal, seitdem ich sie kannte, wirkte Emily glücklich.

Und der Engel Lycidas wachte argusäugig über das neu gewonnene Glück der beiden Schwestern.

Kapitel 14

Manderley Manor

Wir verließen die Hölle am Tag vor Heiligabend durch das Verrätertor. Hinter uns erhob sich der Tower von London in den mattgrauen Himmel des anbrechenden Tages, und zu unserer Linken spannte sich majestätisch die Tower Bridge mit ihren gotisch anmutenden Brückentürmen über die von zerfransten Nebelschleiern bedeckte Themse. Dies war das wirkliche London. Eine Stadt, in der die Menschen zur Arbeit fuhren, hastig die letzten Besorgungen für das Weihnachtsfest machten und emsig die verbleibenden Stunden vor den sich ankündigenden Feiertagen zu überbrücken versuchten. Die Welt hier oben war ständig in Hast und Eile.

Am Tower Gateway bestiegen wir die wie immer überfüllte U-Bahn, die uns bis zum Embankment brachte, von wo aus wir die Bakerloo Line bis nach Marylebone nahmen.

Während der ganzen Zeit fragte ich mich, was Master Lycidas wohl dazu bewogen hatte, uns ziehen zu lassen. Hatte er die Wahrheit gesprochen? *Zufälle gibt es nicht* – und genau das war der Punkt, der mich an seiner Sicht der Dinge hatte zweifeln lassen. Es hatte zu viele Zufälle in seiner Erzählung gegeben. Jemand wie Lycidas berücksichtigt normalerweise Zufälle, und seien sie noch so absurd, in seiner Planung. Ich weigerte mich hartnäckig, ihm diesen Teil seiner Darstellung zu glauben. Etwas konnte daran nicht stimmen.

Zudem war ich dank seiner Gönnerhaftigkeit nun mit drei Kindern geschlagen.

Erhebend!

Mara Mushroom war allem Anschein nach gesund und munter. Ihre Wangen hatten, nachdem wir erst einmal in London angekommen waren, an Rosigkeit gewonnen. Die klare Winterluft schien dem Kind gut zu tun. Zudem spürte sie die Nähe ihrer Halbschwester, und die große Schwester ließ keine Zweifel daran aufkommen, wie glücklich sie war, endlich ein Mitglied ihrer Familie um sich zu haben. Es war, als habe sie endlich nach all den Jahren einen Teil ihres Zuhauses wiedergefunden.

»Wir gehören zusammen«, flüsterte sie ins Ohr der kleinen Mara. »Jetzt wird dir keiner mehr ein Leid antun.«

Mara sah sie nur an.

Aus diesen großen Augen, die auch Emilys hätten sein können.

Allerdings kam kein Laut über ihre Lippen. Kein Sterbenswort.

»Sie spricht nicht.«

Ich nahm es zur Kenntnis.

»Sie schreit auch nicht.«

»Worüber wir uns nicht beklagen sollten.«

»Vielleicht ist sie krank.«

Dieses Kind!

»Es geht ihr gut.«

Sie sah aus wie ein ganz normales Kind.

Punktum.

Emily war ganz vernarrt in das kleine Wesen, das ruhig in ihrem Arm lag und die Arme um ihren Hals gelegt hatte.

Aurora hielt sich etwas abseits, seitdem die kleine Mara zu uns gestoßen war.

»Sie hat ihre Schwester gefunden«, sagte ich ihr, als Emily es nicht hören konnte.

Aurora nickte traurig.

»Verstehen Sie, was ich Ihnen sagen möchte?« Eindringlich musterte ich das dunkelhäutige Mädchen, das seiner Freundin all die Tage nicht von der Seite gewichen war. »Miss Emily hat eine Schwester gefunden. Keine neue Freundin. Sie hat nur eine einzige Freundin. Und die sollte sich jetzt nicht in Eifersucht ergehen.«

Erschrocken schwieg Aurora.

Später dann flüsterte sie mir kurz zu: »Ich habe schon verstanden.« Und lächelte verhalten.

Gut so.

In meiner Wohnung angekommen genügte ein Telefonat mit dem Britischen Museum, um mich davon in Kenntnis zu setzen, dass auch Maurice Micklewhite aus den Tiefen der Hölle zurückgekehrt war und wohlbehalten in seinem warmen Büro saß, wo er mich zu treffen wünschte.

»Allerdings erst, nachdem du das Mädchen der Obhut ihrer Eltern übergeben hast«, trug er mir auf.

So kam es, dass ich mich an diesem Vormittag in Begleitung von

Emily Laing zum Anwesen der Manderleys gleich um die Ecke im Regent's Park aufmachte.

Aurora Fitzrovia war bereits kurz nach der Ankunft in meiner Wohnung in einen tiefen Schlaf gesunken; dies nicht zuletzt aufgrund des einschläfernden Tees, den ich ihr verabreicht hatte, da ich Manderley Manor mit Emily und Mara alleine aufsuchen wollte und Aurora, wie ich gemutmaßt hatte, wohl kaum von ihrer Freundin Seite hätte weichen wollen. Zu ihrem Schutz traf kurze Zeit später Mylady Hampstead ein, die sich ans Kopfende des Bettes hockte und mit ihren dunklen Knopfaugen über das schlafende Kind wachte.

Von Lord Brewster hatte man, wie mir die alte Rättin mitteilte, noch kein Lebenszeichen erhalten.

Erneut hatte draußen der Schneefall eingesetzt.

Als wir mein Haus in Marylebone verließen, fragte Emily bang: »Glauben Sie, dass alles gut gehen wird?«

Ich wollte sie nicht anlügen.

Deshalb sagte ich: »Fragen Sie nicht.«

So schritten wir schweigsam durch die winterlichen Straßen.

Emily hing ihren Gedanken nach, die immer weniger die Gedanken eines Kindes waren.

In einem Laden in der Baker Street hatten wir einen alten, klapprigen Kinderwagen erstanden, um Mara besser transportieren zu können. Das Mädchen saß paschagleich in dem neu erworbenen Gefährt, und ein Paar heller Augen blinzelte neugierig in das wuselnde Schneegestöber hinaus. Sie konnte eine gewisse Art, den Mundwinkel zu verziehen, ihr Eigen nennen, die sehr an die ungeduldige Emily erinnerte.

»Bald schon werden wir unsere Mutter kennen lernen«, hatte Emily ihrer Schwester zugeflüstert.

Ihr war aufgefallen, dass auch Mara ihre Mutter kaum kennen konnte.

Wann, fragte sie sich wieder, war die Kleine entführt worden?

Sie konnte nicht älter als wenige Monate gewesen sein. War es womöglich so, dass sie sich ebenso wenig an ihre Mutter erinnern konnte wie Emily und dass sie sich deswegen auch einsam fühlte, so wie sie selbst? Die arme Mara, dachte Emily traurig. Sie verstand nicht einmal, was sich um sie her abspielte und welche Rolle ihr in diesem Stück zugewiesen worden war.

Etwas stimmte nicht mit dieser Welt.

Lycidas hatte sie ohne weiteres ziehen lassen. Mit kaum einem Wort hatte er die Kämpfe in Pairidaezas Kathedrale erwähnt. Es war, als kümmere ihn das alles gar nicht mehr. Mit Grauen erinnerte sich Emily der Nekir und der Limbuskinder. Offenbart hatte Lycidas ihnen, dass er mithilfe der Spiegelscherbenaugen zu sehen in der Lage gewesen war. Was immer die Kinder mit den Spiegelscherbenaugen sahen, erblickte auch er. Als sie unten in der Hölle gewesen waren, hatte er die ganze Zeit über gewusst, dass ihnen ein Alchemist und ein Elf auf den Fersen waren. Von der Armee der Ratten und Arachniden hatte er erfahren, noch bevor diese Pairidaezas Kathedrale erreicht hatten. In keinem Moment war er auch nur annähernd überrascht gewesen. Alles verlief so, wie er es wollte. Die Kinder des Limbus hatten, so seine Darstellung, nur darauf gewartet, endlich losschlagen zu können.

»Die Hölle«, hatte er gesagt, »ist mein Refugium. Wer ungebeten dort hinabsteigt, muss die Konsequenzen tragen.«

Dessen eingedenk hatte er ihnen allen versichert, dass die Limbuskinder nicht an die Oberfläche gelangen würden. »Dies hier ist ihr Lebensraum«, hatte er Emily und Aurora zu beruhigen versucht. »Es verlangt sie nicht im Mindesten danach, hinauf nach London zu steigen, um von dort aus über die ganze Welt auszuschwärmen.«

So freundlich und hilfsbereit, dass er sie in diesen Augenblicken wieder an Lucia del Fuego erinnerte, hatte er ihnen den Weg hinauf nach London gewiesen.

Was führte der Lichtlord im Schilde?

Emily kam nicht dahinter.

Master Lycidas – oder besser: Lucia del Fuego – sorgte sich um Emilys und Maras Mutter. Ihm war sehr am Wohle Manderley Manors gelegen. Weniger hingegen schienen ihn die Belange des Hauses aus Blackheath zu interessieren. Was also verband ihn nur mit Manderley Manor?

Müde rieb sich Emily die Augen.

Ihre kleine Schwester war mittlerweile eingeschlafen.

Ganz sanft und entspannt sah sie aus.

Wie fühlte man sich wohl als Mutter, wenn einem das Kind geraubt wurde? Und wie erst musste man sich fühlen, wenn man ein Kind einfach so weggeben musste? Emily versuchte, sich dies alles vorzustellen. Sie brannte förmlich darauf, endlich ihrer Mutter gegenüberstehen zu können. Dabei wollte sie ja nicht einmal mit ihr sprechen; nein, allein sie zu sehen wäre ihr schon genug.

Während sie so träumte, bestürmten sie fremde Bilder. Anders als bei den vorherigen Visionen verspürte sie dieses Mal jedoch keine Schmerzen. Fragmente waren es, Schnappschüsse aus den Erinnerungen und Emotionen der kleinen Mara, die Emily mühelos sehen konnte. Sie fühlte, was ihre Schwester gefühlt hatte, als sie als hungriges Baby auf ihr Essen hatte warten müssen; spürte die Angst vor den großen Gardinen im Schlafsaal eines fremden Waisenhauses; weinte, weil die Wärme der Mutter fehlte und die Geborgenheit durch den Vater; gluckste beim Anblick einer Frau mit strengem Gesicht, die Emily schon einmal gesehen hatte. In einer früheren Vision. Viele der Gefühle kannte Emily. Vieles davon hatte sie am eigenen Leib erfahren. Überraschenderweise fiel es ihr nicht schwer, die blitzlichtigen Momentaufnahmen aus ihrem eigenen Leben auf die kleine Mara zu übertragen. Wenngleich das Mädchen schlief und seine Augenlider kaum merklich zuckten, so wusste Emily doch, dass die Vorstellungen dort ankamen, hinter den blauen Augen, und dem kleinen Mädchen ein Bild ihrer großen Schwester schenkten.

»Es dauerte nur Augenblicke«, gestand mir Emily später, »und wir hatten einander kennen gelernt. Es war, als seien wir niemals voneinander getrennt gewesen. Sie fühlte, was ich damals gefühlt hatte. Genauso wie ich selbst ihre geheimsten Gedanken mitgeteilt bekam.«

»Sie sind eine Trickster«, bemerkte ich.

»Wird es auch mit meiner Mutter funktionieren?«

»Nein.«

Emily wollte das nicht glauben. »Warum?«

»Fragen Sie nicht!«

»Oh, bitte!«

»Ihre Mutter ist kein Wechselbalg und keine Trickster.«

Ich hielt inne.

Als die Worte ausgesprochen waren, wurde mir erst ihre Bedeutung bewusst.

Emily starrte mich an, als errate sie meine Gedanken.

»Mara doch auch nicht«, sagte sie.

Wir standen mitten im Regent's Park, keine fünf Minuten von

unserem Ziel entfernt. Dicke Schneeflocken wirbelten durch die Luft. Ein eisiger Wind blies den Passanten die Schirme zur Seite.

Beide starrten wir auf das Kind, das in dicke Wolldecken eingewickelt friedlich im Wagen schlief.

Schnell zog ich ihre Mütze zur Seite. Untersuchte die Ohren.

Spitz waren sie.

Doch nicht spitz genug.

Und dann die Augen!

Ich schalt mich selbst, ein nachlässiger Idiot gewesen zu sein. Warum hatte ich es nicht schon früher bemerkt? Maras Augen waren ein Spiegelbild der Augen ihrer Schwester. Deswegen sahen sich die beiden auch so ähnlich.

»Sie hat spitze Ohren, nicht wahr?«

Emily ahnte es.

Ich kniete mich in den Schnee vor Emily, sodass sich unsere Gesichter auf Augenhöhe gegenüberlagen. »Niemand darf davon erfahren«, sagte ich aufgeregt und schaute mich ängstlich um. »Emily, sie hat Ihre Augen.« Ich versuchte, mich zu beruhigen. »Wissen Sie, was das bedeutet?«

Emily wurde ganz bleich.

Dann lächelte sie.

Nur zögerlich brachte sie die Worte hervor: »Sie ist meine Schwester?«

Ich legte meinen Finger auf ihre Lippen und gebot ihr zu schweigen. »Niemals dürfen Sie das laut aussprechen. Ja, sie ist Ihre Schwester. Und nicht, wie wir fälschlicherweise angenommen haben, Ihre Halbschwester.« Mein Gott, es waren wirklich die gleichen Augen!

Konnte das sein?

»Bedeutet das, dass …«

»Richard Swiveller ihr Vater ist?« Ich nickte nur.

»Weiß der Mann meiner Mutter davon?«

Ich ließ meinen Blick durch den Park schweifen, konnte jedoch keinerlei verdächtige Gestalten entdecken. »Das, Miss Emily, ist die alles entscheidende Frage.« Mir schwindelte. Konnte dies der Schlüssel sein? Doch wie war das möglich? Weshalb hatten die Ratten nichts davon gewusst?

»Was werden wir jetzt tun?«

Ich erhob mich und klopfte mir den Schnee vom Mantel.

»Wir werden das tun, was wir tun müssen. Wir werden die kleine Mara nach Manderley Manor bringen. Und ihrer Mutter übergeben.«

»Und dann?«

Meine Güte!

»Fragen Sie nicht!«

»Wenn ich es aber doch tue?«

Seufzend gestand ich ein: »Dann werde ich Ihnen leider keine Antwort geben können.«

»Und warum?«

»Weil ich momentan ebenso ratlos bin wie sie.«

Immerhin war das die Wahrheit.

Wozu dient Wissen, wenn es dem Wissenden keinen Gewinn bringt?

Manderley Manor erhob sich aus der verschneiten Weite des Parks wie ein düsterer Schatten. Ein monumentales Bauwerk aus einstmals roten Backsteinen, die mittlerweile eine grauschwarze Färbung angenommen hatten. Die großen Fenster und gotischen Erker umrankt von wucherndem Efeu. Das zackige Dach mit den Türmen dem wolkenverhangenen Himmel zugeneigt.

Wir traten durch das riesige Portal ein, ein Monstrum aus gusseisernen Fabelwesen, die, alle ineinander verwoben, ein undurchdringbares Geflecht bildeten, hinter das zu schauen den meisten Menschen verwehrt blieb.

Als wir am Herrenhaus angelangt waren, öffnete uns ein feister Butler, der uns höflich hereinbat.

»Dies alles ist Elfenwerk«, flüsterte ich Emily zu.

Die filigrane Wendeltreppe, welche die Eingangshalle beherrschte. Die mannshohen Gemälde, von denen die meisten die Ahnen aus dem Geschlecht der Manderleys zeigten. Die seltsam missgestaltet wirkenden Pflanzen, die sich an der Treppe emporrankten und mit mehr Leben erfüllt zu sein schienen, als es Pflanzen im Allgemeinen zustand. Die hohe Decke, an der runenähnliche Symbole prangten.

»Sie wünschen?«

Eine gestrenge Frauenstimme, energisch und hart und von hohem Alter kündend, zerschnitt die Stille der Halle. Nur ein Schattenriss der Frau war auf der Treppe erkennbar. Einer hoch gewachsenen Frau mit streng geflochtenem Haar.

»Master Wittgenstein«, stellte ich mich in aller Förmlichkeit vor, »aus dem Hause Hampstead.«

»Ein Rattenfreund«, kam die Antwort.

Ich fügte hinzu: »Master Micklewhite schickt mich.«

»Mit welchem Anliegen?«

»Ihnen etwas zurückzubringen, wonach Sie lange Zeit gesucht haben.«

Ich schob den Kinderwagen ein Stück nach vorne, sodass sie sich ein Bild machen konnte.

»Miss Mara Mushroom.«

Unsanft fuhr sie mir ins Wort: »Nennen Sie diesen Namen nicht in meinem Haus!«

»Verzeihung, Mylady.«

»Wer ist die da?«

Die hoch gewachsene Gestalt stieg die Treppe herab, wobei es eher den Anschein hatte, als würde sie schweben.

»Miss Emily Laing«, stellte ich meine Begleiterin vor.

»Kann sie nicht selber sprechen, das dumme Kind?«

Emily reagierte sofort: »Natürlich kann ich selber sprechen. Und dumm bin ich auch nicht.«

»Das wird sich noch zeigen.« Aus den Schatten trat eine bleiche Frau unbestimmten Alters. Ihre strahlend blauen Augen bohrten sich durch die Dunkelheit. Sie mochte hundert oder tausend Jahre alt sein. Wer konnte das schon sagen?

»Miss Laing ist eine Assistentin.«

»Was Sie nicht sagen.« Mylady Manderley starrte in das Gesicht des Kindes und erbleichte.

Sie erkannte Emily wieder.

»Eine Assistentin, sagten Sie?« Sie musterte mich streng.

»Ja.«

Sie ging auf das Spiel ein. »Nun denn, dann lasst uns dieses Kind hier genauer betrachten.« Ein beinahe liebevolles Lächeln umspielte die schmalen Lippen, als Mylady Eleonore Manderley die kleine Mara aus dem Wagen hob und in die Arme nahm.

Emily hatte schreckliche Angst vor der alten Frau.

Ihre Hände zitterten, denn der Gedanke, der sich ihr aufgedrängt hatte, stand ihr, so befürchtete sie bangen Herzens, mitten ins Gesicht geschrieben: Mylady Manderley ist meine Großmutter. Und sie weiß, wer ich bin. Emily konnte an ihr Gesichtszüge erkennen, die ihr nicht fremd waren. Dies ist deine Familie, schrie es ihr aus all den Porträts an den Wänden entgegen.

»Wir danken Ihnen, Master Wittgenstein, für Ihre Hilfe in dieser Angelegenheit.«

Emily stutzte.

Das sollte es gewesen sein?

Mylady Manderley machte keinerlei Anstalten, sich weiter mit ihren Besuchern unterhalten zu wollen. Sie kehrte ihnen den Rücken und schritt majestätisch, das Enkelkind in den Armen haltend, die gewundene Treppe empor, geradewegs in die Schatten hinein, die nach ihr zu greifen schienen.

Emily verabschiedete sich von ihrer Schwester, indem sie ihr ein Versprechen gab.

Mara, die wehmütig über die Schulter ihrer Großmutter blickte, lächelte nun. Noch immer kam kein Wort über ihre Lippen.

Ein letztes Mal drehte sich Mylady Manderley um, die all das registriert hatte und widerwillig billigte. Verabschiedete uns mit einem kühlen Blick.

Augenblicke später fanden wir uns erneut im Schneegestöber wieder.

Elfen verlieren niemals viele Worte.

Maurice Micklewhite bildet da die Ausnahme.

Wir verließen den Regent's Park, und als ich in Erfahrung bringen wollte, was Emily ihrer Schwester in Gedanken zugeflüstert hatte, da lächelte sie nur, verletzt und vielsagend, und antwortete traurig: »Fragen Sie nicht!«

Dabei ließ ich es bewenden.

Kapitel 15

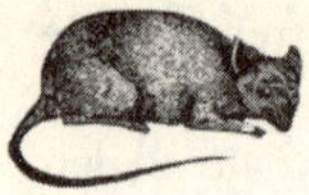

Neuigkeiten allerorts

Maurice Micklewhite, der gesprächigste Elf, den ich kannte, erwartete uns in der Nationalbibliothek, die an diesem Nachmittag für den Publikumsverkehr geschlossen worden war. Im Zuge der nahenden Feiertage sollten Reinigungsarbeiten durchgeführt werden. Unnötig zu erwähnen, dass weit und breit keine Putzfrau zu sehen war.

»Es gibt Neuigkeiten«, begrüßte uns Maurice Micklewhite.

Wie ich sah, hatten sich auch Mylady Hampstead und Miss Fitzrovia unter der Kuppel des Lesesaals eingefunden.

Wir haben keine Zeit mehr zu verlieren, piepste die Rättin.

Wir streiften die vom Schnee nassen Mäntel und Jacken ab und nahmen an einem der Lesetische Platz. Dinsdale begrüßte uns glühend, und Maurice Micklewhite bot uns frischen Tee an.

Dann kam er direkt zur Sache.

»Lycidas, das wissen wir nun, raubt Kinder aus allen Teilen Londons, um mit ihrer Hilfe Pairidaezas Stock zu nähren. Diese Verbrechen ziehen sich durch die Jahrhunderte. Doch setzte Lycidas vor zwei Jahren einen noch kühneren Plan in die Tat um. Er ließ die Erbin der mächtigen Häuser entführen. Gleichwohl um sie auf der Stelle töten zu lassen, doch lief hierbei etwas schief.«

»Er steckt also doch hinter Maras Verschwinden«, sagte Emily, die neben Aurora saß und deren Hand hielt. Bei unserem Eintreffen waren sich die beiden Mädchen in die Arme gefallen und hatten geweint vor Glück, sich endlich wiederzusehen.

Nur ein Erbe würde die beiden Häuser vereinen können. Mylady Hampstead sah uns ernst an. *Lycidas wusste das. Er trug einer Jägerin auf, Mara zu entführen. Sie sollte dem Kind das Herz aus dem Leib schneiden und es ihm als Beweis vorlegen. Doch hatte die Jägerin Mitleid mit dem Kind und übergab es dem Waisenhaus in Holborn. Statt des Kindes tötete sie einen Stadtstreicher, der betrunken an den Stufen des Trafalgar Squares kauerte, und überbrachte ihrem Herrn dessen Herz. Lycidas verspeiste das Herz und glaubte die Angelegenheit damit bereinigt.*

War ich der Einzige in der Runde, der auf diese Neuigkeit mit Skepsis reagierte?

»Woher, bitte schön, haben Sie Ihre Informationen, Mylady?«

Die Worte der Rättin widersprachen allem, was wir zu wissen glaubten.

Lord Brewster hat in den Archiven der Black Friars geforscht.

»Also hat er überlebt?«

Das war noch vor der Schlacht in Pairidaezas Kathedrale.

»Es würde meiner misstrauischen Natur entgegenkommen«, knurrte ich, »wenn Seine Lordschaft wieder einmal persönlich mit uns sprechen würde.« Ich sah in die Runde. »Um ehrlich zu sein, diese Neuigkeiten erscheinen mir wenig glaubhaft.«

Er hat die Nachricht von einer Trafalgar-Taube überbringen lassen.

»Lord Nelson wird erfreut sein, wenn die Ratten seine Lieblinge für ihre Dienste einspannen.«

Maurice Micklewhite erhob sich von seinem Stuhl. »Lord Brewster hat uns diese Information besorgt, und wir sollten uns ein wenig dankbarer zeigen. Er hat sich immerhin hinab zu den Black Friars begeben.«

Womit er zweifelsohne Recht hatte.

Trotzdem.

»Es erscheint mir offen gesagt ein wenig unzweckmäßig, das Kind erst entführen zu lassen, um es zu töten, und es später erneut zu entführen, um es uns am Ende dann doch zu übergeben. Welchen Zweck sollte dieses Vorgehen verfolgen?«

Mylady Hampstead rümpfte die Nase. *Es ist das, was uns Lord Brewster hat ausrichten lassen.*

»Warum wollte er Mara töten?« Der Gedanke, dass jemand auch nur daran denken konnte, das Herz eines Kindes zu verschlingen, erfüllte Emily mit tiefer Abscheu. Sie wusste nichts von den Ratten. Nur, dass sie im Hintergrund die Fäden zogen. Dass sie mit der Regentin und den beiden Häusern und allem anderen in der uralten Metropole zu tun hatten.

»Lord Brewster hat die Informationen geliefert«, gab ich zur Antwort.

Maurice Micklewhite strafte mich mit einem bösen Blick.

Was immer der Elf auch behaupten mochte, die Variante der Geschichte, die uns die Ratte aufgetischt hatte, erschien mir in höchstem Maße zweifelhaft. Etwas war faul in dieser Angelegenheit.

Irgendjemand log.

Blieb die Frage nach dem Wer und Warum.

»Welchen Zweck sollte Maras Tod erfüllen?«

Maurice Micklewhite war es, der Emily antwortete. »Es war ein offenes Geheimnis in der uralten Metropole, dass Lord Mushroom sich nach einem Erben sehnte.«

Einem männlichen Erben.

»Nachdem sein Vater vor Jahren schon unter mysteriösen Umständen ums Leben gekommen war, hatte sein Sohn fortwährend nach einer Möglichkeit gesucht, die Blutlinie zu bewahren. Schließlich gebar ihm Mia Manderley ein Mädchen, was ihn nicht erfreute, er jedoch akzeptierte. Die Beziehung der Eheleute war gespannt. Jedermann ahnte, was eigentlich offensichtlich war; nämlich dass Mia Manderley ihrem Gatten nicht nur keine Liebe entgegenbrachte, sondern ihn vielmehr sogar verabscheute. Das Kind hielt die Ehe der beiden aufrecht.«

»Deswegen wollte Lycidas Mara töten lassen?«

»Mit dem Tod des Kindes beabsichtigte Lycidas tiefe Zwietracht zu säen in beider Herzen.«

Niemand wusste, wo die kleine Mara abgeblieben war, fuhr Mylady Hampstead fort. *Es gab keine Lösegeldforderungen. Keine Nachrichten. Rein gar nichts. Mia Manderley war voll des Kummers und interessierte sich immer weniger für die Belange ihres Mannes, was Martin Mushroom nicht zu tolerieren gedachte. Der Frieden zwischen den beiden Häusern stand auf Messers Schneide.*

»Wir alle wussten«, erklärte ich Emily, »dass ein Scheitern der Ehe zwischen den beiden Häusern die uralte Metropole in erneute Unruhen würde stürzen können.«

»Lycidas wusste das auch«, übernahm Maurice Micklewhite und nippte an seinem Kräutertee. »Und so wartete er. Die Zeit war sein Verbündeter. Die Spannungen zwischen den Häusern gewannen erneut an Stärke. Lycidas hatte zudem eine enge Beziehung zu Mia Manderley.«

»Er war Lucia del Fuego«, sagte Aurora. »Ihre Vertraute und Leibwächterin.«

Der Elf nickte zustimmend. »Schon einige Jahre, doch nicht so lange, wie wir dachten, hatte er diese intime Position inne. Mia Manderley vertraute ihm vorbehaltlos, suchte seinen Rat in vielen Belangen. Er war ihre beste Freundin.«

Hier kommt das Waisenhaus ins Spiel, schaltete sich die Rättin ein.

Alle Augen wandten sich ihr zu.

Wegen diverser Finanzierungsschwierigkeiten musste das Waisenhaus in Holborn vor kurzem schließen. Mara Mushroom wurde in die Obhut Reverend Dombeys übergeben. Die Ratten erfuhren davon und teilten die frohe Botschaft den Häusern Manderley und Mushroom mit. Unnötig zu erwähnen, dass die engste Vertraute Mia Manderleys ebenso Wind von der Sache bekam.

»Lucia del Fuego reagierte sofort«, sagte ich.

Genau, piepste Mylady. *Lycidas beauftragte seine besten Häscher damit, das Kind aus dem Waisenhaus zu entführen. Doch hatte er mit einem nicht gerechnet.*

Welche Ironie des Schicksals! »Mit Larry dem Lykanthropen.« Es war nun an mir, die Geschichte fortzuführen. »Larry handelte im Auftrag des Lordkanzlers Kensington«, begann ich und schilderte den möglichen Ablauf der Ereignisse. »Kensington lässt Kinder stehlen. Larry erwischt das falsche Kind, ohne dass Lycidas davon weiß. Man bringt Mara durch die uralte Metropole hinunter in den neunten Höllenkreis, während Lycidas nach ihr suchen lässt.«

»Welch ein Zufall«, meinte der Elf süffisant.

Die Rättin schwieg.

»Ein Nachteil weit verzweigter Organisationen«, sagte ich.

Jetzt ergriff Mylady Hampstead wieder das Wort: *Die Ratten wussten von Anfang an, dass Mara Mushroom eine Halbschwester hat. Als unsere Späher von der Geburt eines unehelichen Kindes im Hause Manderley berichteten, ließen wir das Kind nicht mehr aus den Augen. Lord Brewster gab die Anweisung dazu. Mir selbst war dies, bis ich vor wenigen Tagen davon erfuhr, unbekannt. Wie dem auch sei – Lord Brewster wusste um die Trickstereigenschaften dieses Wechselbalgs.* Sie bedachte Emily mit einem Kopfnicken. *Als Maras Verbleib im Waisenhaus von Rotherhithe entdeckt wurde, kontaktierte Lord Brewster Miss Emily, weil er davon ausging, dass es bereits eine schwache Bindung zwischen den Kindern geben würde. Sollte es zu Übergriffen durch den Feind kommen, so würde Emily diese vorzeitig spüren. Also überwachte Lord Brewster das Waisenhaus, doch wurde Emily von keiner Vision heimgesucht.*

»Da war nur ein mieses Gefühl«, erinnerte sie sich. »Aber wir hatten immer Angst vor dem Reverend.« Furcht war an der Tagesordnung gewesen in Rotherhithe. Furcht vor Bestrafung. Furcht vor Madame Snowhitepink. Furcht vor allem, was mit einem normalen Tagesablauf im Waisenhaus zu tun hatte.

Mylady nahm das zur Kenntnis. *Larry der Lykanthrop schlug unerwartet zu. Niemand rechnete mit dem Auftauchen eines Werwolfes im Waisenhaus. Als es dann jedoch passiert war, folgte Lord Brewster Emily, die sich spontan zur Flucht entschlossen hatte, und half ihr in der U-Bahn aus arger Bedrängnis durch den lästigen Lykanthropen. Kurz darauf begegneten die beiden Master Wittgenstein, der sich Miss Emilys annehmen sollte.*

»Und es tat!«

Die alte Rättin grinste breit.

Lord Brewster wusste um die Trickstereigenschaften Miss Emilys. Er wusste, dass diese Fähigkeit in Verbindung mit der Tatsache, dass wir es hier mit Halbschwestern zu tun hatten, mehr als hilfreich dabei sein würde, die kleine Mara aufzuspüren und zu ihren Eltern zurückzubringen.

»Und Lycidas erfuhr dadurch zum ersten Mal vom unehelichen Kind Mia Manderleys.« Maurice Micklewhite hatte wieder hinter seinem Schreibtisch Platz genommen.

»Das ist alles gut und schön, doch warum erzählt uns Lord Brewster diese obskure Geschichte mit dem herausgeschnittenen Herzen, das Lycidas als Beweis für den Tod des Mädchens hatte haben wollen?«

Etwas stimmte hier nicht.

Ich berichtete den Anwesenden von dem, was Lycidas mir erzählt hatte.

»Er hat mir gesagt, dass meine Mutter meinen Vater liebte«, flüsterte mir Emily traurig zu.

Mylady schüttelte den Kopf. *Unmöglich, dass Lycidas von der Liaison gewusst hat. Lucia del Fuego trat als graue Jägerin in den Dienst des Hauses Manderley, nachdem es zur Eheschließung gekommen war.*

»Er hat uns also belogen«, sagte Emily wütend.

Lapidar entgegnete der Elf: »Was haben Sie denn erwartet? Er ist der Lichtlord. Ein Lügner, der seinesgleichen sucht.«

»Lycidas erfuhr demnach erst dann von Miss Emilys Existenz, als wir sie für unsere Zwecke einspannten. Seine Späher berichteten ihm von unseren Treffen in der Bibliothek. Davon, dass in meinem Anwesen in Marylebone auf einmal ein Kind ein und aus ging.«

»Du sagst es, Mortimer.«

»Und er wollte Emily in seine Gewalt bringen«, fügte der Elf hinzu.

Doch warum? Myladys wache Knopfaugen musterten die Anwesenden. *Warum ausgerechnet Emily?*

Ich sprach es aus: »Weil sie Maras Schwester ist.«

Gerade wollte mich die Rättin verbessern, das Wort Halbschwester lag ihr schon auf der Zunge, als sie verstand und innehielt. *Ihre Schwester?*

»Beide sind sie Wechselbälger«, verkündete ich.

»Das ist nicht möglich.«

Ich ließ Emily von dem Gedankenaustausch mit ihrer Schwester berichten.

»Und beide sind sie Trickster.«

Maurice Micklewhite nippte erneut an seinem Tee, atmete tief durch und sagte dann: »Aber ja, nur das ergibt einen Sinn.« Ein Lächeln umspielte seine Lippen. »Lycidas erfährt davon und will Emily in seine Gewalt bringen. Wenn er vorher auch nur annähernd mit dem Gedanken gespielt hat, die kleine Mara zu töten, so dient sie ihm von nun an als Köder. Miss Emily, das weiß er, wird dorthin gehen, wo sie ihre Schwester vermutet.«

»Aber warum spielt er dieses Theater?« Emily erkannte das Muster im Verhalten des Lichtlords noch nicht. »Warum rettet er uns in Gestalt Lucia del Fuegos?«

Auch das wurde mir schlagartig klar. »Weil er Ihr Vertrauen gewinnen muss.«

Das Mädchen rieb sich die Augen.

»Es ist kompliziert, glaube ich.«

»Oh, bitte!«

Maurice Micklewhite hatte etwas zu ergänzen. Nach seiner Rückkehr aus der Hölle hatte er ein Telefonat entgegengenommen. »Mylady Manderley teilte mir mit, dass es eine undichte Stelle in Manderley Manor geben muss. Jemand verkauft Informationen an den Feind.«

Die Dinge spitzen sich zu, sagte die Rättin.

»Es gibt Gerüchte, dass Lord Mushroom die Trennung verlangt«, erklärte Maurice Micklewhite. »Wir konnten uns bisher nicht erklären, warum er dies gerade jetzt forciert.«

Doch gehen wir davon aus, dass er die ganze Zeit über von der Existenz Emilys gewusst hat – und zudem davon, dass Mara nicht seine leibliche Tochter ist, dann existiert kein Erbe. Jedenfalls nicht aus seiner Sicht. Die Ehe hatte bestenfalls eine Alibifunktion, nämlich jene, die Stabilität und Macht beider Häuser zu wahren. Nun, da beide Kinder wieder aufgetaucht sind, besteht die Gefahr, dass diese Tatsache bekannt werden wird.

»Seine Ehre würde eine solche Schmach nicht dulden.«

Was nur eine Schlussfolgerung zuließ: »Wenn es bekannt würde, dann müsste er Vergeltung verlangen für diese Schmach.«

Genau das ist das Problem.

»Manderley Manor rüstet sich für das Schlimmste«, gestand Maurice Micklewhite.

Emily erbleichte bei dem Gedanken an die alte Frau, die ihre Großmutter war.

»Du glaubst, es könnte zu erneuten Aufständen kommen?«

Das war ungeheuerlich. Natürlich waren wir uns dieser Bedrohung allzeit bewusst gewesen; dass die uralte Metropole jedoch so kurz vor dem Abgrund stand, überraschte mich.

»Mylady Manderley schloss erneute Unruhen nicht aus. Aus diesem Grunde war ihr auch daran gelegen, den Verräter in den eigenen Reihen zu entlarven.« Er lächelte süffisant. »Natürlich fand sie die Neuigkeiten bezüglich einer ihrer grauen Jägerinnen höchst interessant.«

»Sie weiß also, wer Lucia del Fuego ist.«

Maurice Micklewhite nickte.

Ich atmete auf.

Immerhin.

Trotzdem war die Nachricht, dass Manderley Manor sich auf Kampfhandlungen einstellte, alles andere als erbaulich.

»Warum ich?«

Alle sahen Emily an.

Das Mädchen wirkte verloren in dem großen Stuhl.

»Warum wollte sich Lycidas mein Vertrauen erschleichen?«

Wissen Sie das denn nicht?, fragte die Ratte.

Genervt entgegnete Emily: »Nein! Würde ich sonst fragen?«

»Wenn das Bündnis zwischen den Häusern zerbricht, dann gibt es nur ein Haus, das zwei Erben vorweisen kann. Manderley Manor. Sie, Emily, würden laut Erbfolge, wenn Ihre Mutter stirbt, zum Oberhaupt des mächtigsten Hauses der uralten Metropole aufsteigen. Was läge für Lycidas näher, als sich Ihr Vertrauen erschleichen zu wollen? Sie wären eine Marionette in seinen Händen.«

Ganz fest hielt Aurora die Hand ihrer Freundin.

Emily zitterte am ganzen Körper.

Nun war es Mylady Hampstead, die eine Frage hatte. *Lycidas konnte nicht wissen, dass Emily und Mara leibliche Schwestern sind. Und wenn er es nicht wusste, dann macht die Argumentation keinen Sinn. Dann gibt es kein Motiv.*

»Er hat es gewusst«, sagte Emily.

Erstaunt sah ich sie an. »Woher?«

»Ich hatte eine Vision im Cheshire Cheese.«

Dann erzählte uns Emily alles.

»So hat Lucia del Fuego also erfahren, dass die beiden Mädchen Schwestern sind. Die Vision war der entscheidende Hinweis für sie gewesen.« Zudem hatte Emily ihr erzählt, was sie gesehen hatte. »Lucia del Fuego konnte sich danach alles zusammenreimen.« In der Beschreibung des zugeschneiten Bergwerks erkannte sie den neunten Höllenkreis. Zudem sprach Emily von dem Wyrm und den Wölfen. »Ihr war klar, dass ein Trupp von Kensingtons Wölfen die kleine Mara hinunter in Pairidaezas Kathedrale brachte.«

Lycidas hat es also gewusst!

Dass die Mädchen leibliche Schwestern sind? »Ja.«

Maurice Micklewhite lehnte sich auf seinem Stuhl zurück. »Lycidas wusste, dass Emily und Mara beide Töchter der gleichen Mutter und des gleichen Vaters sind. Und dass dieser Vater nicht Lord Mushroom ist.«

»Warum hat mich die alte Frau dann einfach so gehen lassen?« Das war es, was Emily nicht verstand. Wenn Mylady Manderley doch wusste, dass sie zur Familie gehörte, warum verstieß sie sie dann noch immer?

Weil Mylady Manderley Sie in guten Händen weiß und außerdem nicht glaubt, dass Lycidas Kenntnis von unserem Wissensstand hat.

»Und weil wir Sie brauchen, um Lycidas entgegenzutreten.« Maurice Micklewhite hatte es ausgesprochen. »Lycidas ist ein hinterlistiger Gegner«, sagte der Elf. »Er spielt die Häuser gegeneinander aus, und wenn es nach jahrelangen Gefechten einen Sieger gibt, dann wird er entweder dessen Verbündeter sein oder aber über ihn herfallen. Das siegreiche Haus wäre zweifelsohne geschwächt und demnach eine leichte Beute. Während sich die Häuser bekämpfen, wird Lycidas seine eigene Armee aufstellen. Lordkanzler Kensington rekrutiert bereits die Wölfe, in der Hölle sammeln sich die Limbuskinder. Er kann sich in den Kampf einmischen und eines der Häuser unterstützen, oder aber er lehnt sich zurück und fällt über den Sieger her, wenn dieser sich die Wunden leckt. In jedem Fall wird Lycidas zu Macht gelangen.«

»Er intrigiert«, sagte ich. »Das ist seine Waffe. Und eine äußerst wirkungsvolle dazu.«

Mit Grauen dachte Emily daran, dass sie kurz davor gewesen war, Lucia del Fuego zu trauen; ja, sich sogar gewünscht hatte, sie wäre ihre Mutter. Sie hatte sie bewundert, die graue Jägerin, die allein mit einem Rudel Werwölfe fertig geworden war und ihr zum ersten Mal etwas von ihrer Abstammung erzählt hatte. Dabei war sie nur benutzt worden.

»Nicht zuletzt«, merkte Maurice Micklewhite an, »ist Lycidas ein gefallener Engel.«

»Ein Wesen«, fügte ich hinzu, »das nur andere Engel zu bändigen wissen.«

Emily schien zu ahnen, worauf das Ganze hinauslief.

Mylady Hampstead musterte das Mädchen eindringlich.

»Wir brauchen Ihre Hilfe«, gestand ich.

Und offenbarte ihr unsere Absichten.

Den Plan, zu dessen Durchführung wir niemals auf Emily Laing hätten verzichten können.

Kapitel 16

Lord Uriel

Die Welt ist gierig, und manchmal verschlingt sie kleine Kinder mit Haut und Haaren.

»Sie sollte längst zurück sein«, sagt Maurice Micklewhite.

Die Besorgnis, die während der letzten Tage nie ganz verschwunden war, wird erneut entfacht. Ich lasse den Blick durch den Raum mit der niedrigen Holzdecke und den vielen Gästen schweifen, die laut redend ihr Bier trinken.

»Sie hat es geschafft«, bemerke ich möglichst zuversichtlich.

»Du spürst es?«, will mein Gegenüber wissen.

Ich nicke nur.

»*Ich* spüre nichts«, gibt Maurice Micklewhite zu bedenken. »Nicht das Geringste.«

Das beunruhigt mich noch mehr.

Ich schaue durch eines der kleinen Fenster in die Nacht hinaus. Draußen hat es wieder zu schneien begonnen. Dicke Flocken wirbeln durch die Dunkelheit. Ich nippe an meinem Tee. Ein verlorenes Kind irrt gerade durch dieses eisig klirrende Wintermärchen, in das sich die Stadt seit bereits zwei Monaten verwandelt hat.

»Wir hätten sie nicht gehen lassen dürfen«, stellt der Elf fest.

»Hatten wir denn die Wahl?«, gebe ich zur Antwort.

Im Grunde genommen wissen wir beide, dass es keinen anderen Weg gab.

Denn die Engel sorgen sich nicht länger um die Belange der Menschen. Die alten Götter gehen ihrer eigenen Wege. Unerkannt wandelten sie durch die Jahrhunderte, verborgen lebten sie unter uns, seit der Ewigkeit darauf wartend, dass eine neue Zeit beginnt.

»Die Urieliten«, hatte Maurice Micklewhite dem Mädchen erklärt, »leben am Oxford Circus.«

Die Urieliten sind Engel des dritten Ordens und gehören der Kaste der Seraphim an. Sie sind Feuermacher und bezaubernde Musiker. Sie fungierten in den Tagen des Beginns als Stimmen des Träumers und brachten das Wort des Himmels unter die Sterblichen. Lord

Uriel, das »Feuer Gottes«, ist Oberhaupt des Ordens und Hüter des Karmas. Er sorgt dafür, dass die Menschen ernten, was sie gesät haben.

»Die Engel haben seit langer Zeit schon nichts mehr mit den Menschen zu tun«, hatte ich ihr gesagt. »Sie bereiten den Einwohnern der uralten Metropole und in London Freude mit ihren Kunststücken.«

Die Urieliten haben sich zurückgezogen.

»Ein Kind jedoch«, hatte Maurice Micklewhite gemutmaßt, »das ihnen seine Belange vorträgt, könnte Gehör finden. Denn sie verschließen sich nicht der Unschuld, weil diese, wie jeder Engel weiß, bewahrt werden muss.«

So begab es sich, dass ich Emily Laing zur Oxford Street geleitete, jener Hauptstraße Londons im Herzen des Westends.

Menschenmassen strömten aus den Kaufhäusern, die die Oxford Street säumen. Selfridges und John Lewis, die zahlreichen Modeboutiquen und Souvenirshops; sie alle wurden belagert von den Einkaufswilligen, die in den letzten Stunden des Heiligabend noch Geschenke zu erstehen versuchten. Selbst die kleinen Buch- und Möbelläden in den Seitenstraßen der Einkaufsmeile konnten sich an diesem Tag kaum vor Kundschaft retten.

Dann erreichten wir Oxford Circus.

Bereits Stunden zuvor, in der gemütlichen Wärme der Nationalbibliothek, hatte ich Emily den Weg hinab in die uralte Metropole beschrieben; den Weg, den sie über eines der Sidings nehmen musste, um zum anderen Oxford Circus zu gelangen.

Dort, wo die Straßen sich trafen, die Oxford Street sternförmig in die anderen Distrikte Londons führte, nach Bloomsbury und Piccadilly, Hyde Park und Marylebone; dort sahen wir aus der Ferne den ersten Engel.

»Das ist Rahel«, sagte ich leise, denn Engel haben ein gutes Gehör, und obschon der Lärm des Straßenverkehrs und die tosenden Geräusche der Stadt angeschwollen waren, je weiter wir uns der Weggabelung genähert hatten, so war mir dennoch allzeit bewusst, dass es wenig ratsam wäre, wenn Rahel uns bemerkte.

Der Engel stand auf dem Gehweg, hielt eine Klarinette in den Händen und spielte beschwingte Lieder von Gershwin, Berlin und Porter. Er trug einen breitkrempigen Hut mit einer grellen Feder daran, bunte Hosen und einen abgetragenen Armeemantel. Die langen Haare trug er offen. Blond wallten sie ihm über die Schulter.

Vor ihm auf dem Boden stand ein Schild, auf dem in geschwungenen Lettern geschrieben stand:

Let's face the music and dance.

Einige der Passanten blieben stehen, begannen erst unmotiviert, dann beschwingter mit den Fußspitzen auf den Boden zu tippen und leise die Melodie mitzusummen, die die Klarinette in die Winterluft zauberte.

Es war ein altes Stück von Irving Berlin, das der Engel da spielte und das die Menschen auf offener Straße tanzen ließ. *Heaven, I'm in heaven, and my heart beats so that I can hardly speak, and I seem to find the happiness I seek when we're out together dancing cheek to cheek.* Die Zuhörer entkamen für Augenblicke der Hektik ihres Lebens und spürten, wie wunderschön die Welt sein konnte. Nicht einmal die prall gefüllten Einkaufstaschen, die im Takt gegen die Beine schlugen, hielten sie vom Tanzen und fröhlichen Wippen ab.

»Die Urieliten sind Lichtengel«, sagte ich Emily, die verzaubert lächelte.

Dort war es, wo ich Emily zurückließ.

Ich wusste, dass sie dem Engel, der nie länger als bis zur Mittagszeit an diesem Ort verweilte, folgen würde. Die schmutzigen Treppenstufen hinab zum Bahnsteig der Central Line, durch die rostige Tür hinter dem Fahrplananzeiger zum Portobello Siding, den Stufen einer eisernen Leiter weiter in die Tiefe folgend, bis sie am Oxford Circus eintreffen würde.

»Lord Uriel war immer freundlich zu Kindern«, beruhigte mich Maurice Micklewhite.

Ich traf den Elfen keine Stunde, nachdem ich Emily ganz auf sich allein gestellt in der Stadt zurückgelassen hatte, im Silver Moon, einem kleinen Pub in Marylebone, wo wir heißen Tee tranken und dem Gemurmel der anderen Gäste lauschten, das sich mit der Musik aus dem Radio zu einem einschmeichelnden Klangteppich verwob.

Dort warteten wir.

Darauf, dass Emily aus den Untiefen der uralten Metropole zurückkehren würde.

Und hier warten wir immer noch.

»Was glaubst du? Wird Lord Uriel uns unterstützen?«

Maurice Micklewhite nippt an seinem Tee, lässt das Aroma auf der Zunge zergehen. »Er muss es einfach tun.« In den Worten des Elfen erkenne ich die Angst vor dem, was geschehen kann, wenn die Engel uns ihre Hilfe verweigern.

Mylady Hampstead hatte davon berichtet, dass sich die Wölfe Kensingtons sammeln. Anubis persönlich war auf den Friedhöfen im Northend gesichtet worden. Manderley Manor rüstete sich zum Kampf.

Und in London, denke ich, gehen die Menschen shoppen.

Die Welt dreht sich wahrlich schneller als sonst.

So sitzen wir da und schweigen, während das Schneegestöber draußen vor dem Fenster an Intensität gewinnt. Städtische Schneepflüge versuchen dem Treiben Herr zu werden, doch ohne Erfolg. London versinkt im Schnee. Am grauen Himmel ziehen immer noch neue Wolken auf.

Die Stadt erstarrt.

Geradeso wie wir es tun.

Ich frage mich, was wohl mit Emily Laing geschehen wird, wenn dies alles überstanden ist. Wird Mylady Manderley sie in ihrem Haus aufnehmen? Wäre dies das Glück, nach dem sich das Herz des Mädchens so lange gesehnt hat? Ich ertaste in der Tasche meines Mantels den Stein, nehme ihn in die Hand und betrachte ihn. Das fleckige Muster des dunklen Bilderjaspis beruhigt mich ein wenig.

Die Zeiger der Uhr über dem Tresen wandern stetig weiter.

Dann, nach Stunden, öffnet sich endlich die Tür. Dicke Schneeflocken werden in den Raum geweht, Gäste lamentieren lauthals, weil sie die eisige Luft stört, die mit dem einsamen Wanderer das Pub betritt. Ich schaue von meinem Stein auf, und da ist sie.

Emily Laing steht im Türrahmen und versucht, das rauchgeschwängerte Dämmerlicht des Pubs zu durchdringen.

Sie sucht uns, findet uns an dem Platz in der hintersten Ecke, den wir als Treffpunkt vereinbart haben. Als sie auf uns zukommt, bemerke ich, wie merkwürdig die anderen Gäste das Kind anstarren.

»Ich bin wieder da«, sagt sie und lässt sich müde auf einem der Stühle nieder.

Dort, wo vormals das Glasauge gewesen ist, klafft nun ein tiefes Loch. Vorsichtig berührt sie die leere Augenhöhle mit dem Finger und sieht uns mit ihrem gesunden Auge an. Es ist ihr peinlich, sich so zeigen zu müssen. Mehr noch. Sie fühlt sich verletzt und vor den Menschen bloßgestellt.

Dann lässt sie uns an ihrer Geschichte teilhaben.

Nie hätte sich Emily Laing träumen lassen, welch Furcht einflößende Gestalten Engel sein können. Wie man es ihr aufgetragen hatte, war sie dem Engel aus London in die uralte Metropole hinab gefolgt.

Rahel, der die Lieder Irving Berlins auf seiner Klarinette gespielt hatte, bemerkte seine Verfolgerin bereits auf den Stufen der Rolltreppe. Doch sprach er sie nicht sofort an. Stattdessen wartete er ab, wie weit sie ihm folgen würde. Als Engel und Emily das Portal erreicht und den Gatekeeper verabschiedet hatten, fragte er sie nach ihrem Begehr.

»Ich suche Lord Uriel«, erklärte Emily mit ruhiger Stimme, ganz so, wie man es ihr aufgetragen hatte.

»Das tun viele«, gab Rahel zur Antwort.

Emily erkannte das Feuer in seinen Augen. Es war das gleißende Licht der Sonne, das seine Pupillen in ein Flammenmeer verwandelte. So sehr brannte sein Blick auf dem kleinen Mädchen, dass es die Augen senkte. Emily wusste nicht, welche Meinung der Engel von ihr hatte. Sie wusste nicht einmal, ob sie von ausreichendem Interesse für ihn war, dass er überhaupt über sie nachdachte.

Schließlich sagte er: »Folgen Sie mir!«

Was Emily tat.

So gelangte sie zur Heimstätte der Lichtengel.

»Dies ist Oxford Circus«, tönte Rahels Stimme, als sie eintraten, »der Himmel der Urieliten.«

Der Himmel war einer riesigen Höhle gleich. An den Wänden und Decken hingen runde, leuchtende Gebilde, die sich wie lebendige Kokons aus dem massiven Felsgestein herausschälten. Runde Öffnungen befanden sich in den Kokons, aus denen ein warmes und zugleich Angst einflößendes Licht drang.

»*Aleph vau resh yod aleph lamed*«, rief Rahel in diesen Raum von unermesslicher Weite hinein.

Die Engel, die zwischen den Kokons in der Luft schwebten, blickten neugierig und in ihrer Ruhe gestört nach unten zum Boden, wo sie ihren Bruder in Begleitung eines Menschenkindes erblickten. Mächtige Schwingen hielten die stolzen Geschöpfe in den lichtumfluteten Höhen. Aus den Öffnungen an den Unterseiten der Kokons ergossen sich weitere Engel in die Lüfte, bis der gesamte Himmel voll von ihnen war. Sie bewegten sich wie Wespen, krochen fledermausartig mit angelegten Flügeln über die Kokons. Ihre Gesichtszüge waren streng und beklemmend. Viele der Gesichter und Körper waren mit bunten Schriftzeichen bemalt, die Emily nie zuvor gesehen hatte.

Dann schwebte ein großer Engel zu ihnen herab.

»Ich bin Uriel«, sagte das Geschöpf und legte die Flügel an.

Gerade als Emily den Mund öffnen wollte, gebot ihr der Engel zu schweigen.

»Ich weiß, warum du hier bist«, sagte er, und ein Lächeln umspielte die Lippen, und dieses Lächeln war grauenhaft anzuschauen.

Als Emily etwas erwidern wollte, unterband er es erneut.

»Es ist weise, ein Kind zu schicken.« Lord Uriel beugte sich vor, und sein Gesicht kam dem des Mädchens ganz nah. Wenn er sprach, dann roch sein Atem nach brennendem Heu. »Kinder besitzen noch Licht in ihren Augen. Ein Licht, das heller scheint als das unsrige.« Kummer legte sich über das Gesicht des Engels. »Wir sahen schon so viel.« Mit dem Finger berührte er Emilys Augenbrauen. »Doch diese hier«, hauchte er. »Kinderaugen, so voller Licht.« Er lächelte erneut sein Engelslächeln. »Und erster Erinnerungen.«

Sobald Emily die Lippen bewegen wollte, legte er den Finger darauf.

»Sprich nicht mit mir, ich bin ein Seraph«, befahl er ihr.

Irgendwie wusste Emily, dass sie auch gar nicht würde sprechen können. Selbst wenn sie es geschafft hätte, den Mund zu öffnen, hätte ihre Zunge keine Worte formen können.

Lord Uriel erhob sich.

»Der Lichtlord war einst unser Bruder«, sagte er. »Zum Roten Meer sind wir geflogen. Dort war er in Liebe zu einem verderbten Weib entflammt.«

Die anderen Engel drängten sich näher an die beiden heran, weil sie hören wollten, was da gesprochen wurde.

»Eigentlich mochte ich ihn. Lucifer besaß Humor. Er war klug.« Lord Uriels Blick verfinsterte sich. »Aber nicht weise, nicht wahr?« Nachdenklich erhob er sich und ließ den Blick durch die Runde seiner Brüder schweifen. »Vielleicht ist es an der Zeit, den Lichtlord in die Schranken zu weisen.«

Ruckartig wandte er sich wieder dem Mädchen zu. Es war die Bewegung eines Vogels, das schnelle Kopfzucken eines Raubvogels, der sich seines Opfers gewiss ist.

»Dein Glasauge«, hörte Emily den Engel sagen. »Gibst du es mir, wird Lucifer gebannt.«

Warum das Glasauge?, dachte Emily verzweifelt.

»Ich kann mit dem Auge sehen«, beantwortete Lord Uriel die unausgesprochene Frage des Mädchens. »Alle deine Erinnerungen und Träume, mein Kind, werden fortan die meinen sein. Ein Teil von dem Licht, das du in dir trägst, wird mich sehend machen.« Er musterte sie streng, und die Flammen in seinen Augen schlugen höher. »Dies ist der Preis. Du musst ihn zahlen oder gehen. Die Wahl liegt bei dir, mutiges Menschenkind.«

Emily spürte einen Schwindel, als sie das Glasauge berührte.

Sie hatte das kalte Ding nie gemocht, doch jetzt, wo sie es hergeben sollte, stellte sie fest, dass es doch ein Teil von ihr geworden war. Sie pflückte es aus ihrer Augenhöhle und hielt es in der Hand. So klein und rund. Es hatte eine ganz glatte Oberfläche. Mit dem Finger ertastete sie die nunmehr leere Augenhöhle. Auf einmal waren da wieder die Stimmen der anderen Kinder. Missgeburt, einäugiges Monster, Zyklop. Emily fühlte sich unsagbar hässlich. Das Schlimme war jedoch, dass sie in diesem Augenblick verstand, dass das, was sie da fühlte, sie selbst war. Für alle Zeiten würde sie mit diesem Loch im Gesicht herumlaufen. Sie würde so sterben. Als Missgeburt. Als monströses, andersartiges Etwas, dem die Leute immer heimlich faszinierte Blicke zuwerfen würden, weil Missbildungen die Menschen faszinierten.

Was Lord Uriel von ihr verlangte, war nicht das, was sie von einem Engel erwartet hatte. Engel waren für sie Geschöpfe der Ehre, der Liebe und der Großzügigkeit gewesen. Keine Feilscher, die ihre Gunst gegen Waren verschacherten.

Die anderen Engel schwebten im Himmel über ihr.

Was hatte die einstigen Lichtgeschöpfe hierher verbannt, fragte sich Emily, so tief unter die Erde, mitten ins Herz der uralten Metropole? Himmel und Hölle lagen in dieser Welt so nahe beieinander.

War dies das Gefühl, erwachsen zu werden?

Zu erkennen, dass die beiden Orte nicht voneinander zu trennen waren?

Emily war dieser Welt mit einem Mal so überdrüssig geworden.

Die Kinderhand, die sich dem Engel entgegenstreckte, schien nicht ihre eigene zu sein. Lord Uriel nahm das Glasauge an sich und lächelte.

»Wir werden Gutes tun in dieser Nacht«, versprach ihr der gleißende Engel. »Lord Lucifer besucht die Messe in der Kathedrale von St. Paul's. Gemeinsam mit seiner Gefährtin. Wie jedes Jahr.« Lord Uriel betrachtete das Glasauge, während er sprach, umschmeichelte es mit den langen Fingern. »Dort wird es geschehen. Berichte das deinen Freunden, Emily Laing aus dem Hause Manderley.«

Er hielt sich das Glasauge dicht vor das Gesicht und lächelte überglücklich. Dann schob er es in seine rechte Augenhöhle, wo es von Licht umflutet wurde und augenblicklich in rotem Schimmer zu glühen begann.

»Und jetzt, Menschenkind«, sagte Lord Uriel: »Geh!«

So verließ Emily den Himmel der Urieliten am Oxford Circus und kehrte nach London zurück.

Maurice Micklewhite sagt argwöhnisch: »St. Paul's?«

Emily erwidert nichts.

Sie denkt an ihre Schwester. Es steht ihr ins Gesicht geschrieben. Sie sorgt sich um sie. Nervös knabbert sie an der Unterlippe, und hin und wieder streicht sie sich mit einer Bewegung, die zu hektisch ist, um ignoriert zu werden, eine Strähne des rötlichen Haars aus dem blassen Gesicht. Viel zu oft ertastet sie mit dem Finger den Platz, wo jetzt kein Glasauge mehr ist.

»Was sollen wir jetzt tun?«, fragt sie mich schließlich.

Nichts einfacher als das.

»Wir begeben uns nach St. Paul's.«

Kapitel 17

St. Paul's

Schon von der Themse aus sieht man die majestätische Kuppel mit dem Laternenturm, der sich gen Himmel reckt. Die beiden Glockentürme, die den westlichen Portikus, der die Bekehrung des Saulus zeigt, und die westliche Vorhalle überragen, sind an diesem Abend beleuchtet. Hunderte Gläubige strömen aus Richtung des Ludgate Hill die breite Freitreppe hinauf, alle dick eingehüllt in Mäntel und Jacken, die Gesichter versteckt, hinter langen Schals verborgen, die Mützen und Hüte tief ins Gesicht geschoben, die schwarzen Regenschirme abwehrend vor sich haltend. Es sieht fast so aus, als gäbe sich der Schneesturm alle Mühe, die Gläubigen davon abzuhalten, an diesem Heiligabend in die Kathedrale zu gelangen.

Emily kennt den barocken Bau nur von außen. Wie oft hatte sie in der Cannon Street die Touristen bebettelt. Niemals jedoch hatte sie das stolze Bauwerk von innen gesehen.

Staunend folgt sie an diesem Abend Master Micklewhite und mir in den geräumigen Innenraum. Schon der Eingang mit seinen paarweise angeordneten Säulen bereitet einen auf die Eleganz des Innenraumes vor. Hauptschiff, Querschiffe und Chor sind angeordnet wie ein lateinisches Kreuz. Mächtige Bögen und flache Kuppeldächer öffnen sich zu einem gewaltigen Raum unter der Hauptkuppel, die mehr als einhundertundzehn Meter in die Höhe ragt.

Allerorts brennen lange Kerzen in der Kathedrale. Es riecht nach Weihrauch.

Die Schiffe sind schon besetzt. Die Mitternachtsmesse in St. Paul's hat bereits begonnen.

Leise und verstohlen drängen wir uns an eine Wand und beobachten die Menge.

»Ist er hier?«, fragt Emily im Flüsterton.

Sie trägt jetzt eine Augenklappe aus Samt, die ich ihr in Marylebone erstanden habe.

»Ja, irgendwo.«

Es werden feierliche Lieder gesungen, der Chor ertönt, die Lesungen gehen vorüber, und während des Abendmahls, das der Weihnachtsgeschichte folgt, ist es uns noch immer nicht gelungen, Lycidas auszumachen.

»Warum geht er an Weihnachten in die Kirche?«, hatte Emily uns im Silver Moon gefragt.

»Es ist sein Triumph über den Träumer«, gab Maurice Micklewhite zur Antwort. »Heute ist des Träumers Sohn geboren worden, und selbst der Sohn hat es nicht geschafft, die Unvollkommenheit seines Vaters aus den Seelen der Menschen zu tilgen. Indem Lycidas hier auftaucht, hält er dem Träumer erneut einen Spiegel vor.«

»Sie meinen, er will ihn einfach nur ärgern?«

Wer weiß das schon?

»Vielleicht erinnert es ihn aber auch bloß an die Zeit, als es ihm erlaubt war, in den Himmeln zu wandern«, schlug ich vor.

Nachdem Maurice Micklewhite im Silver Moon seinen Tee getrunken hatte, hatten wir das Pub verlassen. Bevor wir in das Schneegestöber traten, bat mich Emily um etwas. Sie fühlte sich so hässlich, und ich versprach ihr, mich sofort nach einer Augenklappe umzusehen. So tingelten wir durch Marylebone, bis wir eine Apotheke gefunden hatten, die modische Augenklappen führte.

»Es ist kein Auge«, sagte ich ihr, »aber es schmückt Ihr Antlitz dennoch.«

Ich wusste, dass dies kein Trost für das Mädchen war.

Aber immerhin.

Die Gesänge des Chors schwellen zu einem ohrenbetäubenden, feierlichen Crescendo an.

Dann ist es vorbei.

Die Menschenmassen erheben und bekreuzigen sich und strömen den Ausgängen entgegen. Es ist schwierig, wenn nicht gar unmöglich, in diesen wuselnden Massen nach einem einzigen Gesicht Ausschau zu halten. So sehr wir uns auch anstrengen, niemand wird Lycidas gewahr. Schließlich schlägt Maurice Micklewhite vor, nach draußen zu gehen, wogegen keiner von uns etwas einzuwenden hat.

Kaum sind wir aus der Kathedrale herausgetreten, sehen wir es.

»Die Zeit steht still«, sage ich nur.

Erinnere mich an die Begegnung mit Lycidas in den Tiefen der

Hölle. Der Lichtlord war plötzlich verschwunden gewesen, einfach so. Bereits da hatte ich vermutet, dass er noch über die Fähigkeiten seiner Art verfügte.

Und die Zeit steht wahrlich still.

Mit einem Mal sind die Menschenmassen um uns herum erstarrt. Gesichtsausdrücke sind wie eingefroren. Es ist ein atmendes Standbild, das sich uns darbietet. Hinter uns erhebt sich das mächtige Portal der Kathedrale, und über uns in der Luft haben selbst die Schneeflocken aufgehört zu fallen. Die eisige Nachtluft ist voller bewegungslos schwebender Schneeflocken.

»Warum können wir uns noch bewegen?«, fragt Emily, die staunend zu begreifen versucht, was hier vor sich geht.

Der Elf hat nur eine Erklärung. »Lord Uriel will, dass wir es sehen.«

Gerade will Emily fragen, was er damit meint, als sie es mit eigenem Auge sieht.

Da unten, am Fuße der breiten Treppe, steht Master Lycidas.

Er trägt einen langen, schwarzen Mantel. Um seinen Hals ist ein dunkelroter Schal geschlungen, und ein Hut mit breiter Krempe ziert seinen Kopf. Neben ihm steht eine Frau unbestimmten Alters. Sie hat blondes Haar und außerordentlich helle Augen, und als sie Emily Laing sieht, zeigt sich der Anflug eines Wiedererkennens in ihrem Blick.

Das Mädchen hingegen ist nur zu einer einzigen Äußerung fähig. »Snowhitepink«, flüstert sie und kann kaum glauben, was sie da sieht.

Madame Snowhitepink ist die Gefährtin des Lichtlords?

»Das muss Mylady Lilith sein«, mutmaßt Maurice Micklewhite.

Ich stimme ihm kopfnickend zu.

Nur Emily wiederholt mit zitternden Lippen: »Die Person da unten ist Madame Snowhitepink. Ich kenne sie aus dem Waisenhaus. Sie ist eine gute Freundin von Reverend Dombey.«

Überrascht starren wir das Mädchen an. Ist es möglich, dass es eine Verbindung zum Waisenhaus gibt, die wir übersehen haben? Mylady Lilith ist von alters her die Gefährtin des Lichtlords. Jeder weiß davon. In den alten Schriften wird behauptet, dass sie die erste Frau im Paradies gewesen sei. Doch war sie von boshafter, heimtückischer Natur, und so vertrieb man sie von dort. Später dann traf sie auf die Schlange, die der Lichtlord war, und da Gleiches von Gleichem angezogen wird, entbrannten sie in Liebe zueinander. Zumindest wollen uns das die Überlieferungen weismachen.

»Wer ist sie?« Noch immer kann Emily es kaum glauben.

»Sie ist seine Gefährtin«, sagt der Elf. »Sie ist die Lichtlady.«

Im Himmel über uns ziehen sich neue Wolken zusammen, und ein feurig kalter Wind wird entfacht. Die Schneeflocken jedoch verharren bewegungslos in der Luft, und keiner der Menschen, die uns umgeben, sieht nach oben. Alle sind sie erstarrt und blicken mit leeren Augen ins Zeitlose.

Lycidas und Lilith haben uns mittlerweile erspäht.

Auch sie befinden sich nicht in der Zeitstarre.

Von oben erklingt Gesang, glasklar und wunderschön. Emily erkennt die Stimme wieder. Es ist Rahel, der da singt:

Heaven, I´m in heaven
And the cares that hung around me through the week
Seem to vanish like a gambler´s lucky streak
When we´re out together, dancing cheek to cheek.

Andere Engel stimmen in den Gesang mit ein, und dann sieht Emily die uralten Wesen, die ihren Himmel am Oxford Circus verlassen haben und wie Feuervögel auf die Erde herniederschweben, angeführt von ihrem Herrn, in dessen flammendem Antlitz das Glasauge eines kleinen Mädchens prangt.

»Uriel!«, ruft Lycidas überrascht aus. Furcht vibriert in seiner einst so machtvollen Stimme.

Lilith Snowhitepink, seine Gefährtin, ergreift den Arm des Lichtlords.

Die Urieliten bilden einen Kreis um die beiden Gefallenen.

Dance with me, I want my arms about you
I´ll carry you
To heaven
I´m in heaven.

Die Schneeflocken beginnen sich zu bewegen. Sie bilden einen Wirbel, der schneller und schneller wird. Das ohrenbetäubende Tosen der Schneeflocken vermischt sich mit den Stimmen der Urieliten, die nunmehr Worte in einer fremden Sprache singen.

Lycidas beginnt zu kreischen.

Lady Lilith faucht wütend.

Ihr geschminktes Gesicht verzerrt sich, wird zur Fratze.

Ein Engel stößt aus dem Dunkel des Himmels hernieder und packt die Gefährtin des Lichtlords. Ehe sich Lycidas versieht, steht er allein am Fuße der Treppe. Sein Mantel weht im stürmischen Wind, und verwirrt sucht er in dem Schneegestöber, das um ihn her losgebrochen ist, nach seiner Gefährtin. Doch die Engel haben sie bereits fortgebracht.

Dann fällt der tosende Schneesturm über den Lichtlord her. Lycidas fuchtelt unkontrolliert mit den Armen, doch kann er sich der Schneemassen nicht erwehren. Das wirbelnde Weiß umhüllt ihn, schließt seine Gestalt vollständig ein.

Mit einer Handbewegung befördert Lord Uriel den Schneewirbel die Treppe hinauf.

Dicht neben uns dringt der Strudel, in dessen Zentrum das Schreien und Fluchen des Lichtlords ungehört verhallt, durch das Portal, fegt das Hauptschiff entlang und steigt zur Kuppel empor.

Wir folgen dem Wirbel in die Kirche.

Auch hier stehen die Menschenmassen bewegungslos da, eingefroren in den Moment und unfähig zu sehen, was sich unseren Augen offenbart.

Lycidas wird emporgerissen. Höher und höher steigt er auf, während die Engel, von denen einige jetzt im Innenraum der Kathedrale mit weit ausgebreiteten Schwingen schweben, Irving Berlin singen. Lord Uriel, der furchtgebietender aussieht als je zuvor, dirigiert den Schneesturm der Decke entgegen. Dann explodiert die Kathedrale in gleißendem Licht; ein Licht, das in der Laterne hoch oben über der Ziegelkuppel bewahrt wird für alle Zeit.

Stille senkt sich über die Kathedrale.

Die eben noch wirbelnden Schneeflocken fallen von der Kuppel nieder, sodass es aussieht, als schneie es in der Kirche. Die Zeit läuft weiter. Die Menschen bewegen sich wieder. Gemurmel erhebt sich. Fußgetrappel. Dann heben die ersten Gläubigen aufmerksam die Blicke und erstaunte Rufe werden laut: »Die Laterne, sie leuchtet wieder!« Es ist wie ein Wunder.

Die Laterne von St. Paul's, die seit dem Großen Krieg nicht mehr geleuchtet hatte, erstrahlt in neuem Glanz, und dieses Licht breitet sich über die ganze Stadt aus, ergießt sich über die Dächer mit ihrem Meer an Schornsteinen und Straßen, hinab zur Themse und darüber hinaus. Von weitem erkennt man das strahlende Licht auf der Kuppel von St. Paul's.

Und drüben auf der anderen Flussseite in Rotherhithe steht ein alter Mann am Fenster der Kammer im Waisenhaus und weiß, dass auch seine Zeit gekommen ist.

»Was ist denn nur passiert?« Emily hatte sich die Augen abgeschirmt.

»Es ist vorbei.«

Lord Uriel ist verschwunden, als habe es ihn niemals gegeben.

»Wir sollten jetzt gehen«, schlage ich vor.

Emily ergreift meine Hand.

Als wir die Kathedrale verlassen, sehen wir Rahel, der am Fuße des Denkmals für Queen Anne steht, auf seiner Klarinette beschwingte Lieder spielt und jedem ein Lächeln schenkt, der eine Münze in den geöffneten Koffer vor ihm wirft. »Frohe Weihnachten«, ruft er uns zu.

Dem ist nichts hinzuzufügen.

Die Wohnung in Marylebone ist warm und behaglich, als wir dort eintreffen. Kaminfeuer prasselt leise, und als wir eintreten, knarzen die Dielen wohlig unter unseren Füßen. Mylady Hampstead und Aurora Fitzrovia erwarten uns bereits. Beide hatten am Fenster staunend den Lichtschein gesehen, der sich über das nächtliche London ergoss.

Jetzt fallen sich die beiden Mädchen überglücklich in die Arme.

Erschrocken betrachtet Aurora die Augenklappe ihrer Freundin. »Was ist geschehen?«

Gespielt genervt antwortet Emily nur: »Frag nicht.«

Dinsdale, der kurz vor unserem Eintreffen in die uralte Metropole zurückgekehrt ist, hatte Mylady davon berichtet, dass Engel mit Flammenschwertern die wenigen Eingänge zum neunten Kreis der Hölle versiegelt haben. Der Lordkanzler von Kensington hat sich, nachdem er die Nachricht vom Fall seines Herrn vernehmen musste, in die Royal Albert Hall zurückgezogen.

Lord Brewster, von dem seit der Schlacht in Pairidaezas Kathedrale niemand mehr Nachricht erhalten hatte, bleibt verschollen.

»Was ist mit meiner Schwester?«, will Emily wissen.

Mylady Hampstead macht ein ernstes Gesicht. »Mia Manderley hat ihre Tochter in die Arme geschlossen. Ja, sie ist bei ihrer Mutter.« Emily spürte, dass da noch etwas ist. Etwas Unerfreuliches. »Vor wenigen Stunden hat Manderley Manor die Ehe zwischen den beiden Häusern für gescheitert erklärt.«

Das ist wahrlich keine gute Neuigkeit.

»Werden Sie mich zu meiner Mutter bringen?«, will Emily wissen.

»Wenn Sie das wünschen.«

Emily sieht Aurora an und schweigt lange Zeit.

Dann fragt sie zögerlich: »Was wäre die Alternative?« Sie denkt an Mylady Manderley, ihre herrische Großmutter, und an das riesige, schattenhafte Anwesen im Regent´s Park.

»Sie können ins Waisenhaus zurückkehren«, schlage ich vor.

Beide Mädchen starren mich entsetzt an.

Diese Kinder!

Hatten sie etwa geglaubt, ich würde sie adoptieren?

»Das Waisenhaus wird einen neuen Leiter bekommen.«

Der Reverend hat mitsamt seinem Gehilfen, dem feisten Herrn, der sich als sein Sohn ausgegeben hat, schleunigst das Weite gesucht, als der Lichtschein die Dächer Londons überflutete.

»Das verstehe ich nicht.«

Aurora schweigt.

»Miltons Gehilfe hieß Edward King, John Dees Gehilfe hörte auf den Namen Edward Kelly.« Ich stehe auf und gehe zu einem Bücherregal, greife mir ein staubiges Exemplar der *Vita Obscura* und zeige Emily ein Bild des Verfassers.

Beide Mädchen erbleichen beim Anblick des Mannes, der sowohl John Milton als auch John Dee zur Hand gegangen war.

»Das ist Reverend Dombey.« Aurora Fitzrovia spricht es aus.

»Aber wie ist das möglich?«

»Der Gehilfe des Lichtlords suchte nach einer Möglichkeit, die Unschuld aus Kindern zu gewinnen, und fand sie. Doch benötigte er für diese Prozedur Kinder, die noch unschuldig waren. Sehr junge Kinder. Das Waisenhaus gab ihm die Möglichkeit, seine Forschungen auszuweiten. Er hatte es dort zwar mit Kindern zu tun, die zu viel erlebt hatten im Leben, um als unschuldig zu gelten. Und doch, davon war er wohl überzeugt, mussten sich selbst diese Kinder einen Teil ihrer Unschuld bewahrt haben.«

»Den wollte er auch noch gewinnen können.«

Emily hat es erfasst.

»Also hat er Experimente mit den älteren Kindern durchgeführt, bei dem ihm die Gefährtin des Lichtlords assistiert hat.«

Aurora wird bleich. »Die Kinder, die mit Madame Snowhitepink gehen mussten und nie zurückgekehrt sind.«

»Sie haben es erkannt.«

Mylady Hampstead verzieht angewidert die Schnauze.

Die Kinder, die vom Angesicht Londons verschwunden sind in all den Jahrhunderten. »Was wird mit ihnen geschehen?« Emily will einfach nicht glauben, dass niemand den Kindern mit den Spiegelscherbenaugen helfen kann.

Ihr Schicksal liegt nicht in unseren Händen, piepst die Rättin.

Ich stehe am Fenster und schaue hinunter auf die Straße, wo wenig los ist.

»Sie haben die Wahl.« Erneut weise ich Emily darauf hin.

»Ich will nicht ins Waisenhaus zurück«, sagt sie entschlossen. »Aurora ebenso wenig.«

»Wir könnten Pflegeeltern für Sie finden.« Ich drehe mich zu ihr um. »Sollten Sie sich irgendwann dazu entscheiden, die Kunst der Alchemie erlernen zu wollen, stehe ich Ihnen als Lehrer gerne zur Verfügung.« Aurora zugewandt füge ich hinzu: »Und Master Micklewhite wird es sich nicht nehmen lassen, über Ihr Schicksal zu wachen.«

Die beiden Mädchen sehen einander ungläubig an.

»Das würden Sie tun?«

Dieses Kind!

»Warum nicht?«

Sie sind nun ein Teil der uralten Metropole, erklärt Mylady Hampstead. *Nie wird jemand Ihnen dieses Wissen nehmen können. Davon einmal abgesehen, ist Miss Emily die Erbin von Manderley Manor.*

Traurig spielt Emily mit dem Mondstein, den sie sich in King´s Moan erwählt und die ganze Zeit über um den Hals getragen hatte.

»Niemand weiß, was die Zukunft bringen wird«, sage ich ihr. »Gewiss ist aber, dass Sie beide hierher gehören. Nach London. In die uralte Metropole.« Nachdrücklich füge ich nach einem Moment des Schweigens hinzu, in dem nur das Knacken des berstenden Feuerholzes zu hören ist: »Sie wissen ja, was man sagt.«

Emily weiß es. »Es gibt keine Zufälle.«

Lächelnd betrachtet sie den Mondstein in ihrer Hand.

Sie hat es erfasst.

Drei Tage später suche ich einen alten Raritätenladen nahe der Charing Cross Road auf. Emily begleitet mich. Sie trägt die blaue Jacke, die ich für sie vor nur wenigen Tagen erstanden habe, und eine Wollmütze. Noch immer ist es eisig kalt. Noch immer ist die Stadt in einem Wintermärchen gefangen. Die Augenklappe ist verschwunden. An ihrer statt glänzt ein neues Auge im Gesicht des Mädchens.

»Der Mondstein«, habe ich ihr erklärt, »nimmt die Angst vor der Zukunft. Er besitzt die Kraft der Jugend und schenkt Lebensfreude.«

Von Zeit zu Zeit berührt sie das neue Auge, ganz zaghaft. »Es fühlt sich lebendig an«, sagt sie dann mit einem Lächeln.

Überhaupt lächelt sie jetzt öfter.

Emily Laing hat ihre Entscheidung getroffen.

Und als wir das Antiquariat nach all den Besorgungen mit einem Stapel Bücher unter den Armen verlassen und sich das sternenklare Firmament in den beiden Augen des Mädchens bricht, bemerke ich erst, dass es zu schneien aufgehört hat.

ZWEITES BUCH

LILITH

ZWISCHENSPIEL:

WHITECHAPEL ANNO 1888

Es begann, schenkt man den Geschichtsschreibern Glauben, im Eastend.

Whitechapel war schon seit geraumer Zeit nicht mehr derjenige Stadtteil, in dem einst wohlhabende Kaufleute gelebt hatten. Es war nun eine heruntergekommene Gegend, in der es Fremden nicht schwer fiel, unerkannt zu bleiben. Verelendet und überbevölkert brüteten die düsteren Hinterhöfe und die von Abfällen wimmelnden Gassen Gewalt und Verschlagenheit aus. Diejenigen ohne Geld schliefen in den Treppenhäusern oder der Gosse. Ganze Familien hausten in winzigen Räumen mit nur einem Bett und kaputten, mit Lumpen zugestopften Fenstern. Es roch nach Moder, Urin, verrottendem Obst, Gemüse und Fisch. Frauen, die vor ihrer Zeit gealtert waren, boten an jeder Ecke ihre Körper feil.

Ein Fuhrunternehmer, so berichtete man später, lenkte seinen Karren in den frühen Abendstunden des 31. August über das Kopfsteinpflaster der Buck's Row, die gesäumt wurde von neu erbauten Arbeiterunterkünften und Lagerhäusern. Nur wenige Gaslaternen erhellten die kleine Blutlache, die von dem in Segeltuch eingewickelten Bündel ausging, das da vor einer Stalltür lag. Mary Ann Nichols, das erste Opfer, wurde von Charles Cross gefunden, einem Fuhrmann aus dem Eastend. Jemand hatte der vierzigjährigen Frau, die als Prostituierte unter dem Namen Polly Nichols bekannt gewesen war, die Kehle durchgeschnitten. Keiner der Bewohner der Buck's Row und kein Nachtwächter hatte etwas von dieser Gräueltat zu hören bekommen. Seltsam mutete zudem an, dass Charles Cross später zu Protokoll gab, es habe am Tatort ungewöhnlich stark nach feuchter Erde gerochen. Keiner der Constables von der Metropolitan Police konnte etwas mit dieser Äußerung anfangen, und so geriet sie in Vergessenheit.

Die gerichtliche Leichenschau fand in dem von Reportern der Sensationspresse überfüllten Whitechapel Working Lads Institute statt. Der Gerichtsmediziner stellte eine fünf bis sieben Zentimeter lange, zackig verlaufende Wunde an der linken Bauchseite fest. Die Lehmspuren am Körper der Toten beachtete man nicht weiter, da man sie für Schmutz aus der Gosse hielt.

Die Sensationspresse hatte Wind von der Sache bekommen, und in den folgenden Tagen durchkämmten Reporter die Kneipen und Absteigen der Gegend auf der Suche nach einer Beschreibung des Mörders. Unnötig zu erwähnen, dass sich eine Vielzahl an Berichten sammeln ließ, die jedoch widersprüchlicher nicht sein konnten. Der Mord in der Buck's Row erwies sich als ideales Übungsfeld für die Sensationshascherei der viktorianischen Presse.

Nur etwa eine Woche später fiel die Tochter eines Leibgardisten, Annie Chapman, dem unbekannten Täter zum Opfer. Annie Chapman hatte ihren Mann und ihre beiden Kinder verlassen, um sich als Blumenverkäuferin im Eastend durchzuschlagen – und gelegentlich auch als Prostituierte. Zuletzt sah man sie auf dem Gehsteig in der Hanbury Street. Wie so oft war Annie Chapman auf der Suche nach einer Absteige für die Nacht gewesen, als die beiden fremden Männer sie ansprachen. Der jüngere der beiden schien gesittet und von gutem Stand zu sein. Er bot ihr höflich Trauben an – damals eine Seltenheit und unerschwinglich für die armen Leute, und verwies auf seinen Freund, einen großen Mann, der nur als grobschlächtige Gestalt im Schatten einer schmalen Gasse zu erkennen war.

Weit und breit war keine Menschenseele unterwegs, als Annie Chapman den beiden Männern in den Hof hinter das baufällige Haus folgte, um ihrem Geschäft nachzugehen. Unheimlich war ihr nur der große Mann, der nicht nach den üblichen Ausdünstungen der Arbeiterschaft roch, sondern nach Erde, was sie etwas befremdlich fand.

Eine halbe Stunde später säumte eine aufgeregte Menschenmenge den Hinterhof. Was die Schaulustigen in jener Nacht zu Gesicht bekamen und hörten, nährte die Geschichten, die Freunde und Verwandte und später schließlich ganz London in Schrecken versetzten.

Leiter der Ermittlungen war Inspektor Frederick George Abberline, der mit der Gegend und ihren Schurken vertraut war. Ein fähiger Mann mittleren Alters, der seine Position bei der Metropolitan Police durch gewissenhafte Arbeit erlangt hatte und zudem mit der Presse umzugehen vermochte, was in dieser Angelegenheit eine nicht zu unterschätzende Eigenschaft war.

Sir Charles Warren, der Chef der Metropolitan Police, handelte mit der Ernennung des neuen Ermittlers auf Geheiß eines geschätzten Freundes, der zudem, wie man munkelte, über Kontakte bis hin zum Königshaus verfügte. Nicodemus Manderley war das Oberhaupt einer alten adeligen Handelsfamilie, die ihren Sitz am Regent's Park hatte. Es war Lord Manderley gewesen, der unermüdlich darauf gedrängt hatte, Inspektor Abberline die Federführung in diesem Fall zu übertragen. Denn Abberline wusste von Dingen, von deren Existenz die übrigen Leute bei der Metropolitan Police nicht einmal etwas ahnten.

Frederick George Abberline wusste von der Stadt unter der Stadt.

Als junger Constable hatte er einst einen Taschendieb verfolgt, dessen Körper, wie sich schnell herausstellte, als Wirt für einen Inkubus gedient hatte. Wäre nicht zufällig Lord Manderley zur Stelle gewesen, so hätte Abberline wohl kaum den nächsten Sonnenaufgang erlebt. Was Lord Manderley mit dem Inkubus anstellte, machte eine Erklärung unausweichlich. Abberline war ein bodenständiger Mann mit scharfem Verstand, und Lord Manderley hatte augenblicklich erkannt, dass er den jungen Constable nicht mit einer Lüge würde abspeisen können. Zudem mochte Manderley die beherzte Art des Polizisten, und nicht zuletzt hatte der Lord den Inkubus nur deswegen exorzieren können, weil Abberline ihn in einem Hinterhof nahe der Middlesex Street in die Enge getrieben hatte.

So erfuhr Abberline von der Stadt unter der Stadt. Vom Leben, das tief unter dem schmutzigen Kopfsteinpflaster pulsierte.

Nachdem er zum Leiter der Ermittlungen berufen worden war, erfuhr Abberline von Lord Manderley, dass es nicht nur in London zu Morden gekommen war, sondern auch in der Stadt unter der Stadt. Eine alte Gildehändlerin aus South Kensington war in dem Labyrinth unterhalb des Duffield's Yard bestialisch ermordet worden. Nur wenige Stunden später hatten Tunnelstreicher die übelst zugerichtete Leiche einer Katzenfleischfrau in den Schächten unterhalb der

Mark Lane entdeckt. Beider Frauen Körper und Kleidung waren mit Spuren frischen Lehms übersät gewesen. Zudem hatte die Gildehändlerin in der gleichen Nacht den Tod gefunden wie die beiden letzten Opfer des Eastend-Mörders Elizabeth Stride und Catherine Eddowes.

Der Senat der Metropole, der gleich zu Beginn der Mordserie in den Räumen der Westminster Abtei getagt hatte, betonte die Notwendigkeit, das Rätsel um den geheimnisvollen Mörder baldigst zu lösen. Lord Manderley erhielt den Auftrag von der Regentin höchstpersönlich, und nur wenige Stunden später wurde der Fall Inspektor Abberline übertragen.

Die Jagd konnte beginnen.

Es war ein einfacher Brief, verfasst mit roter Tinte und datiert auf den 25. September, der einen Mythos gebar. Der Brief wurde Anfang Oktober in der ersten Ausgabe des *Star* veröffentlicht und endete mit den Zeilen, die nunmehr Geschichte sind: *Mein Messer ist so hübsch und scharf, ich möchte gleich wieder an die Arbeit gehen, wenn sich die Gelegenheit bietet. Viel Glück. Ihr ergebener Jack the Ripper.*

Der Mörder war noch immer nicht gefasst worden, doch hatte er nun endlich einen Namen. Überall in London und der Stadt unter der Stadt flüsterten die Menschen den Namen der Bestie, sprachen ihn leise und ehrfürchtig aus, gerade so, als brächte es Unglück, laut von dieser Kreatur zu sprechen, die mit dem Nebel durch die Gassen des Eastend kroch und die Frauen metzelte.

Lord Manderley und Inspektor Abberline verbrachten Tage und Nächte damit, den Brief auf Handschrift und Sprachgebrauch hin zu analysieren und kamen doch zu keinem Ergebnis. Sie befragten die Menschen in Whitechapel und dem Tunnellabyrinth darunter. Lord Manderley scheute sich nicht einmal, den Schriftsteller Conan Doyle einzuschalten, dessen Detektivromane höchst populär waren. Robert Stevenson, dessen Theaterstück *Dr. Jekyll and Mr. Hyde* im ausverkauften Lyceum von Henry Irving inszeniert wurde, verwies allenfalls darauf, dass sein Werk imaginären Ursprungs sei und keineswegs als psychologisch fundiert angesehen werden dürfe. Niemand konnte den Ermittlern der Metropolitan Police weiterhelfen. Selbst der königliche Leibarzt, sonst sehr interessiert an Abnormitäten, wusste keinen Rat.

Derweil mordete Jack weiter: Es traf einen Müllsammler aus Whitechapel, den man ohne Herz und Augen in einer Kloake nahe King's Moan auffand. Einen Tag später dann wurde ganz England mit dem abscheulichsten Verbrechen konfrontiert, das je begangen worden war. Niemand sollte je erfahren, dass zwei Menschen Zeuge jener Tat waren. Denn nur einem der beiden Zeugen wäre daran gelegen gewesen, der Öffentlichkeit das Gesicht des Mörders zu präsentieren. Und wie es das Schicksal wollte, sollte ausgerechnet diese Person ihr Wissen mit ins Grab nehmen.

Das Wissen nämlich, dass der Mörder gar kein Gesicht hatte.

Mary Jane Kelly empfing ihren letzten Kunden in einem zwölf Quadratmeter großen Zimmer am Miller's Court. Es war die Nacht des 9. November, und als der Morgen anbrach, hatte das einstmals junge und für eine Prostituierte überaus hübsche Mädchen keinerlei Ähnlichkeit mehr mit einem menschlichen Wesen. Das Gesicht des Mädchens fehlte vollständig, und der geschundene Körper war nicht einmal in seinen Konturen als solcher erkennbar. Überall im Zimmer verstreut fand man Organe und Fleischfetzen. Feuchte Erde und Lehm klebten an den Wänden und auf den Dielen. Ein Monster hatte in jener Nacht erneut das Eastend aufgesucht, und als es den Ort des Grauens verließ, hatte es das Herz seines Opfers mitgenommen.

Am späten Abend des 9. November erreichte eine eilige Nachricht Manderley Manor. Ein angeblicher Zeuge der grauenhaften Verbrechen vom Eastend wolle sich mit Seiner Lordschaft noch in dieser Nacht treffen. Treffpunkt sollte eine kleine Wohnung am Miller's Court sein. Nachdem sich Lord Manderley von Frau und Tochter verabschiedet und Inspektor Abberline bezüglich seines Vorhabens verständigt hatte, suchte er genannten Treffpunkt auf. Unterwegs traf er auf zwei Constables der Metropolitan Police, die ihm Abberline zur Begleitung geschickt hatte.

Am Miller's Court angekommen, bezogen die beiden Polizisten Posten an dem schmalen Torbogen, der in die Passage führte. Wen auch immer Seine Lordschaft träfe – es würde der Person unmöglich sein, von dort zu fliehen. Nicodemus Manderley erwartete, in den letzten Augenblicken seines Lebens die Bekanntschaft eines weiteren Zuhälters zu machen, der ihm die Namen verdächtiger Freier nennen wollte. Vielleicht auch jemanden, der dem neuesten Gerücht, es handele sich bei dem Mörder um einen Angehörigen der königlichen Familie, Nahrung geben würde. Niemals jedoch hatte er erwartet zu sehen, was er schließlich durch das regentropfenbesprenkelte kleine Fenster sah. Die letzten Sekunden einer tobsüchtigen Verstümmelung, das berserkerhafte Wüten einer riesenhaften Gestalt, die, als sie sich ihm zuwandte, nicht einmal Gesichtszüge besaß. Zu spät bemerkte Lord Manderley die zweite Gestalt, die hinter ihm aus dem Schatten trat und ihm die lange Klinge eines Elfensäbels in den Hals stach. Tränen traten in die hellblauen Augen des Elfen, während er nach Luft rang, und nur ein leises, verzweifeltes Röcheln seiner Kehle entstieg. Nicodemus Manderley dachte an seine geliebte Frau und die kleine Mia, seinen Stern, und daran, dass die Welt sich verändern würde. Angst und lähmende Ohnmacht waren die letzten Empfindungen, die sich seiner bemächtigten. Das verhasste Gesicht seines Mörders vor Augen, der ihm alles andere als unbekannt war, und den schweren Geruch nassen Lehms in der Nase ging er in die Knie.

Nach dieser Nacht schlug die Kreatur, die unter dem Namen Jack the Ripper zur Legende werden sollte, vorerst nicht mehr zu.

Kapitel 1

Ein neuer Anfang

Die Welt ist gierig, und manchmal verdirbt sie einstmals reine Herzen. Emily Laing, die sich noch immer weigerte, den Namen Manderley anzunehmen, erfuhr dies schmerzhaft vor nur wenigen Tagen. Niemand von uns hätte damit gerechnet, dass ausgerechnet durch meine Schutzbefohlene diese Kette unglückseliger Geschehnisse in Gang gesetzt werden sollte, mit denen fertig zu werden es nun unsere Aufgabe ist. Emily hatte einen Verrat begangen, getrieben von ihrem jungen Herzen, obschon es im Grunde genommen ein Verrat an eben diesem Herzen selbst gewesen war.

»Es tut mir so Leid«, hatte sie geschluchzt, nachdem sie die ungeheuerliche Tat gestanden hatte. »So Leid.« Den Blick schuldbewusst und verzweifelt niedergeschlagen, stand sie verloren in meinem Arbeitszimmer, gleich neben dem riesigen hölzernen Globus, auf dessen polierter Oberfläche sich das Flackern des Kaminfeuers spiegelte. Wenngleich ich entsetzt ihr Geständnis zu verarbeiten versuchte, empfand ich dennoch Mitleid mit ihr. Unwillkürlich musste ich an unsere erste Begegnung denken, am Fuße der Rolltreppe in der Tottenham Court Road, wo sie zitternd und verängstigt neben der großen Ratte gehockt hatte. Schon seit einiger Zeit war sie nicht mehr das kleine Mädchen, das einst aus dem Waisenhaus in Rotherhithe geflohen war. Emily Laing war nunmehr auf dem Weg, eine junge Frau zu werden. Ich sah ein Mädchen vor mir, dessen Gesichtszüge markanter geworden waren und das sein rotes Haar jetzt schulterlang und gescheitelt trug, wobei eine lange Strähne über diejenige Gesichtshälfte mit dem kalten Auge aus geschliffenem Mondstein fiel. Noch immer nannte sie das Misstrauen eines ehemaligen Waisenkindes ihr Eigen. Emily Laing tat sich schwer, den Menschen zu vertrauen. Ihr gesundes Auge war ein Blickfang, so blau, dass sie ihre Herkunft kaum verleugnen konnte, und doch manchmal so kalt, dass es selbst ihre Freundin Miss Fitzrovia ängstigte.

Dabei hatte Emily Laing eine neue Familie gefunden – oder zumindest das, was einer Familie am nächsten kam. Daniel und Betsy Quilp hatten sowohl Emily als auch ihre Freundin Aurora unter ihrem Dach am Streatley Place No. 17 aufgenommen, drüben in Hampstead, wo die grünen Rasenflächen, die polierten Briefschlitze in den hölzernen Haustüren und die aus rotem Backstein gemauerten Reihenhäuser Normalität und Spießigkeit verhießen. War dies nicht die Welt, die sich ein Waisenkind wünschte? Ein hübsches Zimmer zu haben und fürsorgliche Pflegeeltern?

Daniel Quilp arbeitete als Buchhalter bei Tesco in der City, und man konnte sich lebhaft vorstellen, wie die kleinen, zusammengekniffenen Äuglein, die in dem runden Gesicht hinter ebenso runden Brillengläsern hervorlugten, tagtäglich über penibel geordnete Belege huschten, während die fleißigen Finger emsig Geschäftsfälle in den Computer eingaben. Seine Frau Betsy kümmerte sich um den Haushalt, und dies mit der gleichen Hingabe, die ihr Mann seiner Arbeit entgegenbrachte.

Es war Maurice Micklewhite gewesen, der auf die Idee gekommen war, die Kinder der Obhut der kinderlosen Eheleute Quilp anzuvertrauen. Er hatte die Bekanntschaft Daniel Quilps gemacht, als dieser noch der Handelsgilde vom Covent Garden angehört hatte. Irgendwann hatte Daniel beschlossen, den labyrinthischen Tunnelsystemen der uralten Metropole den Rücken zuzukehren und sich und seiner frisch angetrauten Betsy ein Leben in London aufzubauen.

»Ein normales Leben«, wie er zu sagen pflegte.

Neigt man dazu, den sich tagtäglich wiederholenden Arbeitstrott, einen Mangel an Forschergeist und den Rückzug in ein Vorstadtreihenhaus als normal anzusehen, wird man nicht umhinkönnen, Daniel Quilps Beschreibung seines Lebens zuzustimmen.

»Immerhin sind die beiden glücklich«, hatte Maurice Micklewhite betont.

»Und nur das zählt, was?«

Sollte ich erwähnen, dass ich die Quilps zu den langweiligsten Menschen zähle, denen ich in meinem Leben über den Weg gelaufen bin?

»Du bist ungerecht«, würde mich Maurice Micklewhite zurechtweisen.

Belassen wir es also bei dieser dahingeworfenen Bemerkung.

Die beiden Mädchen jedenfalls fühlten sich wohl in dem kleinen Haus mit seinen Teppichböden, knarzenden Dielen, samtig rotbraunen Vorhängen und säuberlich gerafften Gardinen. Emily und Aurora teilten sich ein Zimmer im zweiten Stock.

»Miss Laing und Miss Fitzrovia gehören einfach zusammen«, pflegte Daniel Quilp zu sagen.

Mrs. Quilp, die klassische Literatur mochte, fügte später hinzu: »Geradeso wie Rosenkranz und Güldenstern.«

In den Wochen nach jenem denkwürdigen Weihnachtsfest, an dem Lycidas in die Kuppel der St. Paul's Kathedrale verbannt worden war, waren die beiden Mädchen in ihr gemütliches Zimmer mit der Dachschräge, dem nach den Fünfzigerjahren muffelnden grünen Teppichboden, den beiden uralten Ohrensesseln und dem von den Eheleuten Quilp neu erstandenen Etagenbett am Streatley Place No. 17 eingezogen.

»Das ist also unser neues Zuhause«, hatte Aurora ehrfürchtig geflüstert, als sie schließlich allein auf dem unteren Bett saßen und durch das hohe, gardinenbehangene Fenster den sternenklaren Himmel betrachteten.

Emily hatte die Hand ihrer Freundin ergriffen. »Unser erstes Zuhause.«

Die einäugige Missgeburt und das Schokoladenmädchen hatten es also geschafft.

Sie waren dem Waisenhaus in Rotherhithe entkommen und würden wie normale Kinder leben können.

Hampstead, auf einem Hügel nördlich von London gelegen, wirkt auch heute noch wie ein georgianisches Dorf, in dem wenig vom Stress und der Hektik der Großstadt zu spüren ist. Die schmalen, hochgebauten Häuser mit den kunstvollen Schmiedearbeiten und die engen, kopfsteingepflasterten Straßen und Gassen, die vielen Cafés und kleinen Geschäfte gaukeln den Menschen vor, weitab auf dem Land zu wohnen. Die grüne Parklandschaft Hampstead Heath trennt den Vorort von Highgate und unterstreicht den Kontrast zum hektischen Leben in der Innenstadt.

Emily und Aurora hatten ausdrücklich den Wunsch bekundet, zusammenbleiben zu wollen.

»Irgendwie sind wir wie zwei Schwestern«, pflegten beide zu sagen.

Nun denn.

Maurice Micklewhite und ich hatten nichts dagegen einzuwenden gehabt. Und in den Quilps, deren Wunsch nach Kindern sich in den fast dreißig Jahren ihrer Ehe nicht erfüllt hatte, fanden wir liebevolle Pflegeeltern, die zudem von den Problemen der uralten Metropole wussten – wenngleich sie, das sollte ich hier anmerken, vehement die Absicht bekundeten, sich aus alldem heraushalten zu wollen.

»Es ist nur eine Frage der Zeit, bis etwas geschehen wird.« Maurice Micklewhite hatte unser aller Befürchtungen auf den Punkt gebracht. Denn die uralte Metropole wartete und übte sich in Geduld, während die Spannungen zwischen den mächtigen Häusern langsam und doch stetig wuchsen.

Elf Monate ist es nun her, dass sich die beiden Häuser trennten. Elf Monate im Stundenglas Londons, in denen es nicht zu den erwarteten Aggressionen gekommen ist. Doch scheint es mir, als lauere das Unheil in den Straßen und Gassen und weit verzweigten Schächten der U-Bahn. Wieder geschehen seltsame Dinge in London. Damals, als Lord Manderley dem Mörder von Whitechapel zum Opfer gefallen war, hatte es ähnlich begonnen. Erst wurden seltsame Kreaturen gesichtet, und dann breiteten sich Hass und Boshaftigkeit wie eine Epidemie aus, befielen Pöbel und Adel gleichermaßen.

»Was wird nun geschehen?«, hatte Emily wissen wollen. Damals, bevor wir in den Quilps geeignete Pflegeeltern gefunden hatten.

»Fragen Sie nicht!«

»Wird man mich als eine Manderley akzeptieren? Irgendwann?«

Ich hatte geschwiegen, weil ich die Antwort nicht kannte. Mein Gesichtsausdruck jedoch hatte preisgegeben, dass ich eine Antwort zumindest ahnte. Und die letzten Monate haben gezeigt, dass ich mit meiner Vorahnung Recht behalten sollte.

Mia Manderley hatte nicht einen einzigen Moment lang in Erwägung gezogen, Emily als ihre Tochter anzuerkennen. Warum dies so war? Niemand von uns wusste darauf eine Antwort. Musste sie nicht wissen, dass Emily der Liebesbeziehung zu Richard Swiveller entsprungen war, den man später hatte liquidieren lassen? Sah sie nicht in Emilys Gesicht die Züge jenes Mannes, dem sie einst ihr Herz geschenkt hatte? Verspürte sie nicht das Verlangen, das Kind an sich zu drücken und bei sich aufzunehmen? Die Antwort ist schlicht und ergreifend: Nein, sie dachte oder tat nichts von alledem. Warum dies so war? Fragen Sie nicht! Es ist nun einmal so, und Emily akzeptierte es. Nicht dass sie eine Wahl gehabt hätte. Das Haus der Manderleys wollte nichts mit dem Mädchen zu tun haben. Die zaghaften Versuche Maurice Micklewhites, die Angelegenheit dezent zur Sprache zu bringen, wurden mit aller Heftigkeit abgeschmettert.

»Eigentlich will ich auch gar nichts mit ihnen zu tun haben«, bekundete Emily nachdrücklich.

Mit Grauen erinnerte sie sich an den Tag, an dem sie Manderley Manor zum ersten Mal betreten und ihrer Großmutter gegenübergestanden hatte. Die eisig kalten Augen in dem herrischen Gesicht mit der bleichen Haut und den abfällig herabgezogenen Mundwinkeln hatten Emily augenblicklich frösteln lassen. Damals hatten wir die kleine Mara zum Anwesen am Regent's Park zurückgebracht, und das war es, was Emily Kummer bereitete. In keinster Weise verspürte sie das Bedürfnis, in diesem riesigen Haus mit seinen Treppen und düsteren Winkeln zu leben. Sie wollte einfach nicht dorthin gehören. Zwar hätte sie einiges dafür gegeben, nur einmal ihrer leiblichen Mutter gegenübertreten zu können, doch hatte sich Mia Manderley nicht einmal dazu herabgelassen, ihre jüngste Tochter Mara in unserer Anwesenheit in die Arme zu schließen, als wir sie nach Manderley Manor gebracht hatten. Überhaupt lebte Mia Manderley nunmehr seit einiger Zeit vollständig zurückgezogen. Niemand hatte die junge Frau gesehen, seitdem sie sich von ihrem Ehemann und der Mushroom-Familie gelöst hatte. Wenn man die kleine Mara, die im letzten Herbst ihr drittes Lebensjahr vollendet hatte, außerhalb des herrschaftlichen Hauses sah, dann in Begleitung ihrer Großmutter Eleonore oder aber der Gesellschafterin des Hauses, Miss Anderson, die das uneingeschränkte Vertrauen Mylady Manderleys genoss.

»Es ist die kleine Mara, die ich vermisse.« Wenn Emily dies aussprach, konnte man unschwer den Schmerz in ihrem blauen Auge erkennen. »Wir stehen einander nahe, obwohl wir uns nicht kennen«, hatte sie mir zu erklären versucht und etwas unsicher, ob es den Tatsachen entsprach, hinzugefügt: »Wir träumen voneinander.«

»Ich weiß.«

»Sie meinen«, hatte Aurora sich eingeschaltet, »dass die beiden die gleichen Träume träumen?«

»Sie sprechen in ihren Träumen zueinander. Sie sehen die Welt durch die Augen der anderen.«

»Es ist, als würde man jemandem einen Brief schicken, der lebendige Bilder und echte Gefühle enthält«, hatte Emily diesen Zustand beschrieben. »Man bewegt sich in der Erinnerung der anderen, lebt Szenen aus deren Leben und fühlt deren Gefühle. Es ist, als könnten wir in den Körper der anderen schlüpfen, für kurze Zeit. Ich spüre, wie Mara die Welt empfindet.« Nach einer Pause flüsterte sie zögerlich: »Und ich weiß, dass sie mich vermisst.« Viel später sprach sie dann aus, was wir alle befürchtet hatten: »Etwas stimmt nicht in diesem Haus. Etwas ist nicht richtig.« Emily glaubte, dass sich ihre kleine Schwester vor jemandem fürchtete.

Genau darüber hatten wir uns, Maurice Micklewhite und ich, den Kopf zerbrochen.

Wusste Lord Mushroom, dass Mara nicht seine leibliche Tochter war? Wusste Mylady Manderley, dass Mara die Tochter Richard Swivellers war, den ihre Tochter einst so geliebt hatte? Hatte man in Manderley Manor erkannt, dass beide Erben Wechselbälger waren, in deren Adern nur zur Hälfte elfisches Blut floss? Die äußerlichen Merkmale würden sich bei Mara erst im Laufe der Jahre herausbilden. Wenn Mia Manderley ihre Mutter nicht von diesem Zustand in Kenntnis gesetzt hatte, dann würde sie es in den nächsten Jahren noch verheimlichen können. Vor dem zehnten Lebensjahr zeigten sich kaum Äußerlichkeiten, die auf einen Wechselbalg schließen ließen.

»Was ist, wenn nicht einmal die eigene Mutter weiß, dass ihre jüngste Tochter ein Wechselbalg ist?« Maurice Micklewhite hatte es damals angesprochen. »Wäre es nicht logisch, auch diese Möglichkeit in Betracht zu ziehen?«

Und wir würden *was* daraus schlussfolgern?

Niemand wüsste, dass Emily und Mara nicht nur Wechselbälger, sondern auch sehr talentierte Trickster sind. Niemand, außer einigen verschworenen Eingeweihten. Und eingedenk der Tatsache, dass es bisher noch zu keinen Unruhen gekommen ist, können wir wohl getrost davon ausgehen, dass niemand von Dingen weiß, von denen er nichts wissen sollte.

Alles in allem war es daher eine gute Entscheidung gewesen, Emily Laing in einem unauffälligen Umfeld unterzubringen. Keines der beiden Häuser richtete seine Blicke auf Hampstead.

Emily Laing wurde zu einem ganz normalen Mädchen.

Zumindest nach außen hin.

Des Nachts plagten sie oft schlimme Träume, in denen sie durch ein Tunnellabyrinth unterhalb der Stadt irrte, wo Kinder mit Spiegelscherbenaugen kläglich wimmerten und missgestaltete Kreaturen in den tiefen Schatten lebten. Beide Mädchen träumten von den Dingen, die ihnen vor vier Jahren widerfahren waren und die zu vergessen ihnen nicht vergönnt gewesen war. Wie im Waisenhaus krochen sie dann zueinander ins Bett und hielten einander in den Armen, während draußen der Wind die Fensterläden klappern ließ und es überall im Haus leise zu ächzen schien. Manchmal standen die beiden barfuß vor dem Fenster und blickten hinaus, konnten über die Dächer der anderen Häuser hinweg in die City sehen, wo die beleuchtete Kuppel der St. Paul's Kathedrale im Nachthimmel leuchtete.

»Glaubst du«, flüsterte Aurora dann, »dass er noch dort ist?«

Emily hoffte es. »Ich weiß nicht.«

Die Urieliten hatten Lycidas in die Laterne hoch oben auf der Kuppel verbannt, und es sollte ihm unmöglich sein, von dort zu fliehen. Master Lycidas, der Lichtlord, der Emily das Leben geschenkt hatte, dessen Häscher sie und Aurora durch die Tunnel und Schächte gejagt und dessen Gefährtin engen Kontakt zum Waisenhaus unterhalten hatte.

»Es gibt keine Zufälle«, erinnerte sich Emily oft meiner Worte.

Erfuhr wirklich alles seine Bestimmung?

Hatten die beiden Mädchen dies alles tatsächlich erlebt?

Es gab Tage, an denen sie es bezweifelten. Wenn die Sonne schien und die beiden durch den Park spazierten, wenn sie durch die Kaufhäuser und Geschäfte in der City bummelten und sich im Sony

Centre in der Baker Street die neuesten CDs anhörten, dann waren sie normale Kinder in einer normalen Welt, in der nichts von dem existierte, was sie einst gesehen hatten.

»Wir sind wie die anderen«, sagte Aurora oft in solchen Momenten.

Und Emily musste dem Drang widerstehen, mit dem Finger ihr Mondsteinauge zu berühren.

»Du bist es auch«, sagte Aurora dann.

Emily lächelte zaghaft.

»Du bist so hübsch«, gestand ihr Aurora, und später würde sie bemerken: »Die Jungs schauen immer nur dir hinterher.«

Emily jedoch mutmaßte, dass die Jungs eher einer morbiden Faszination folgend einen Blick auf ihr Auge zu erhaschen versuchten. Also ließ sie die Haare länger wachsen und kämmte sich eine lange Strähne über die linke Gesichtshälfte. Zu wissen, dass so ihr künstliches Auge vor den neugierigen Blicken der Welt versteckt blieb, gab ihr ein Gefühl von Sicherheit.

Einmal sagte sie zu Aurora: »Ich werde niemals so normal sein wie du es bist.«

Dessen war sich Emily gewiss.

Was sie in bittere Tränen ausbrechen und schluchzend in den Armen ihrer Freundin einschlafen ließ.

Daniel und Betsy Quilp hatten frühzeitig erkannt, dass Emily sich mehr Gedanken um das Auge machte, als sie ihnen gegenüber zuzugeben bereit war. Wenngleich Emily auch überglücklich war, ein Zuhause gefunden zu haben, so neigte sie doch dazu, sich anderen Menschen gegenüber eher zu verschließen. Sie mochte die Quilps und zeigte sich gehorsam und dankbar für die Zuwendung, die die beiden ihr zuteil werden ließen. Doch behielt sie ihre tiefsten Befürchtungen und Gedanken am liebsten für sich.

»Es geht sie einfach nichts an«, war Emilys Meinung dazu.

Punktum.

Trotz aller Verschlossenheit machte sie schnelle Fortschritte in der Ausbildung zur Trickster. Es oblag mir, die Fähigkeiten des Mädchens zu schulen, und zu diesem Zwecke trafen wir uns täglich in den Räumen meines Anwesens in Marylebone, wo ich Emily Laing in die Kunst der Meditation einführte. Diese Art der geistigen Entspannung ist wichtig, um die mentalen Fähigkeiten einer Trickster richtig einsetzen zu können. Emily erwies sich als überaus gelehrige Schülerin. Fast schon verbissen absolvierte sie ihre Übungen und verlangte immer noch nach neuen Herausforderungen.

Sie verhielt sich vorbildlich.

Vormittags besuchte sie gemeinsam mit Miss Fitzrovia die »Whitehall Schule für Höhere Töchter und Söhne«, und Miss Monflathers, die Schulleiterin, war voll des Lobes bezüglich der beiden Mädchen. Die Nachmittage verbrachten die Freundinnen oft im Lesesaal der Nationalbibliothek, wo sie ihre Hausaufgaben machten und zudem einmal pro Woche von Maurice Micklewhite in die Geschichte der uralten Metropole eingeführt wurden.

Emily Laing und Aurora Fitzrovia waren wirklich die besten Freundinnen, die ihr neues Leben gemeinsam genossen und die Chance nutzten, die das Leben ihnen geboten hatte.

Niemand hätte den Verrat, den Emily begehen würde, voraussehen können.

Als es so weit war, traf es uns alle unverhofft.

Und jetzt müssen wir versuchen, das Schlimmste zu verhindern.

»Es tut mir so Leid«, hatte Emily geflüstert und dabei am ganzen Körper gezittert.

»Bleiben Sie hier«, hatte ich sie tags darauf gebeten und ihr versichert: »Ich werde im Raritätenladen vorbeischauen und den Jungen herschicken.« Dann hatte ich ihr heißen Tee gebracht, den sie dankbar mit verheulten Augen entgegengenommen hatte.

Jetzt eile ich durch die Stadt.

Wieder einmal liegt Schnee. Die Welt erstarrt vor unseren Augen. Müde verlasse ich die U-Bahn am Leicester Square. Eisiger Wind umfängt mich, die Abgase der Autos bilden wirbelnde Nebel, die dicht über dem nass glänzenden Asphalt tänzeln. Den Kragen hochgeschlagen und die Hände tief in den Manteltaschen vergraben, stapfe ich meines Weges.

Ich muss jemanden treffen.

Unterwegs mache ich im alten Antiquitätengeschäft am Cecil Court Halt und verlange nach dem Jungen, der blass wird, als er die Neuigkeiten erfährt. Ich schicke ihn zu meinem Anwesen nach Marylebone, wo Emily hoffentlich auf ihn wartet. Ich sage dem Jungen, dass ich ihm vertraue, was ihn offensichtlich freut, wenngleich sein Lächeln besorgt und traurig ist.

Gut so. Er hat den Ernst der Lage erkannt.

Es gibt keine Zufälle, denke ich, als ich die Charing Cross Road hinabeile.

Ich betrete die Nationalgalerie vom Trafalgar Square aus.

Schnellen Schrittes begebe ich mich in den Ostflügel. Vor dem *Heuwagen*, dem berühmten Bild von John Constable, werde ich bereits erwartet.

Die bleiche Frau erhebt sich von ihrem Platz auf der Besucherbank und kommt auf mich zu. Das blonde Haar ist streng zusammengebunden. Sie trägt Mantel und Handschuhe. Ein schmaler Mund verzieht sich zu einem Lächeln. Kaum verwunderlich, dass sich die Kinder im Waisenhaus vor diesem Lächeln fürchteten.

»Sie wirken besorgt, lieber Wittgenstein«, begrüßt sie mich.

Mürrisch antworte ich: »Fragen Sie lieber nicht.«

In der Tat werden wir viel zu besprechen haben. Ich betrachte kurz das Gemälde an der Wand. Licht und Schatten eines typischen englischen Sommertages. Dann berichte ich der einstmaligen Madame Snowhitepink von den schlimmen Neuigkeiten der Stunde. Und beginne mich bei jedem meiner Worte zu fragen, wohin uns all dies führen wird.

Kapitel 2

Trickster

Mitten in der Nacht, als Aurora bereits eingeschlafen war, stand Emily noch einmal auf. Sie zog Aurora die Decke über die frei gestrampelten Füße und hockte sich dann, die Beine angewinkelt, neben den Heizkörper unter dem Fenster, das einen Blick auf das nächtliche London gewährte. Fast ein Jahr lebten Emily und Aurora nun bei den Quilps, und wenn Emily am Frühstückstisch kauerte und mürrisch ihr Müsli schlürfte, kam es ihr manchmal so vor, als sei es niemals anders gewesen. In letzter Zeit stand sie oft des Nachts auf und verweilte an ihrem Platz unter dem Fenster, um über ihr Leben nachzudenken.

Sie mochte die Stille der Nacht. Das leise, blubbernde Geräusch, das die alte Heizung machte, der ruhige Atem ihrer schlafenden Freundin und die fernen Geräusche der Stadt ließen ihre Gedanken auf Reisen gehen. Nachts lag der glatte, runde Mondstein, der tagsüber in ihrer Augenhöhle steckte, auf dem kleinen Schemel neben dem Bett. Sie dachte oft daran, wie sie sich den Stein erwählt hatte, tief unten in jener Taverne in King's Moan, und daran, wie sie ihr altes Glasauge im Himmel der Urieliten hatte hergeben müssen. Wie seltsam die Welt doch war. Manchmal sehnte sie ihr altes Glasauge herbei, obwohl sie es, als es noch in ihrem Besitz gewesen war, gehasst und verabscheut hatte. Manchmal fühlte sie sich einsam, obwohl sie die liebevollsten Pflegeeltern hatte, die man sich wünschen konnte. Und sie wusste, dass es Kinder gab, die nichts sehnlicher taten, als ihre richtigen Eltern zum Teufel zu wünschen.

In der Schule, die zu besuchen ihr und Aurora ermöglicht worden war, gab es viele solcher Kinder. Die »Whitehall Schule für Höhere Töchter und Söhne« beherbergte nicht wenige privilegierte Schüler, deren äußerst gut situierte Eltern kaum eine Gelegenheit ausließen, die eigenen Kinder zu erniedrigen. Einige litten unter Schlägen, andere unter den herablassenden Blicken der Väter und dem blasierten, entnervten Verhalten der Mütter, deren einzige Aufgabe darin zu bestehen schien, wichtig zu erscheinen und dem Vermögen, das sie zweifelsohne angehäuft hatten, ein Gesicht zu geben. Anfangs war es den beiden Freundinnen schwer gefallen, sich in diesem Umfeld zu behaupten.

»Die meisten dieser Kinder«, hatte Aurora festgestellt, »sind viel mehr Waisenkinder, als wir es je waren.«

Emily ahnte, was sie meinte.

Die Kinder trugen teure Uniformen, auf deren Jacken das Emblem der Schule prangte, feierlich und Tradition verheißend, die Haare waren säuberlich gekämmt, und die vorzüglichen Manieren zeugten von der besten Erziehung, die man sich denken konnte. Und doch war die Ähnlichkeit zu den Kindern von Rotherhithe nicht von der Hand zu weisen. Da war etwas in den Augen der Kinder, eine Niedergeschlagenheit und Unsicherheit, die Furcht vor übereilter und vor allem ungerechter Bestrafung erahnen ließ. Viele der Kinder zuckten schreckhaft, wenn eine Tür laut zuschlug.

Es war fast so, als sei dies eine lichtdurchflutete und gediegen gestaltete Version des Waisenhauses.

»Mit nur einem Unterschied«, gab Aurora zu bedenken.

»Der wäre?«

»Wir dürfen nach dem letzten Klingeln nach Hause gehen!«

Diese beiden Wörter waren es, die sich Emily oft auf der Zunge zergehen ließ.

Nach Hause!

In der Tat durften sie nach dem Klingeln nach Hause gehen. Denn die Whitehall-Schule war kein Gefängnis, und Miss Monflathers, die betagte und aristokratisch anmutende Schulleiterin, war zwar streng, jedoch in keinster Weise mit dem niederträchtigen Wesen des Reverends zu vergleichen. In den langen Korridoren munkelten die älteren Schüler, dass Miss Monflathers nicht wenige ihrer jungen Jahre in der Gesellschaft der Black Friars verbracht und diese erst verlassen habe, nachdem sie Wissen und Weisheit erlangt hatte.

Während einer unserer Meditationsstunden hatte mich Emily darauf angesprochen.

»Miss Monflathers«, hatte ich dem Mädchen erklärt, »ist alt. Wirklich sehr alt.«

»Ist sie ein Mensch?«

»Sie war bereits alt, als Londinium noch jung war.« Mit einem vielsagenden Lächeln hatte ich angemerkt: »Jedenfalls erzählt man sich das.«

»Es ist also bloß eine Geschichte.«

»Vieles«, hatte ich ihr zur Antwort gegeben, »ist bloß eine Geschichte.« Und aufgetragen, darüber nachzudenken.

Was sie selbstredend tat.

Überhaupt dachte Emily Laing viel nach.

»Manchmal glaube ich«, hatte sie Aurora gebeichtet, »dass in meinem Kopf niemals Ruhe ist.«

Da waren all die Geschichten aus den dicken, angestaubten Büchern, die sie meiner Bibliothek entliehen oder sich bei Maurice Micklewhite unter den Nagel gerissen hatte; jene Geschichten um Waisenkinder und junge umherirrende, vom Schicksal gebeutelte Gestalten aus demjenigen London, das Charles Dickens einst so trefflich beschrieben und in dem ich das Glück gehabt hatte aufzuwachsen; diese trostlosen Geschichten, die sich am Ende dann doch zum Guten wandten. In Emilys Kopf waren diese fiktiven Erzählungen verwoben mit ihrem eigenen Leben, jener Zeit in Rotherhithe und den Tagen danach, jenen Stunden, in denen wir allesamt in die Stadt unter der Stadt hinabgestiegen waren, um den Lichtlord zu treffen.

Fast ein Jahr gehörten diese Ereignisse nunmehr der Vergangenheit an.

Wenn Emily nun aus dem Fenster sah, konnte sie kaum glauben, dass dies wirklich die Welt war, in der sie lebte. Drüben in St. Paul's, im hellen Licht der großen Laterne, fristete der Lichtlord sein Dasein, gefangen und ausgestoßen und unfähig, diesen Bann zu lösen.

Damals hatte Emily gedacht, alles wäre gut.

Lycidas gebannt. Das Waisenhaus geschlossen.

Der Winter vergangen.

Die Lichter des nächtlichen London funkelten, und weit hinter der Kuppel der großen Kathedrale schlängelte sich der Fluss durch die Dunkelheit. Emily mochte den Fluss, wenngleich manche, wie Miss Monflathers der Klasse geschildert hatte, von der Themse nur als dem »dunklen Fluss« sprachen.

Die Flussufer sehen an vielen Stellen in der Stadt gänzlich verschieden aus, doch immer sind sie der Ort, wo sich der städtische Stein und das dunkle Wasser in ewiger Umarmung begegnen. Dort vermischen sich der ans Ufer gespülte Unrat von Schiffen und der städtische Abfall. Hier und da findet man rostige Metallplatten, verfaulte Holzplanken, schmutzige Flaschen und verbeulte Büchsen; es gibt Stellen in Rotherhithe, nahe dem Waisenhaus, wo Asche und zerfledderte Stücke dicker Taue sowie Bretterreste rätselhafter Herkunft und Bestimmung angeschwemmt werden.

Immer schon hatte Emily das Geräusch des Wassers gemocht, das wie verfärbtes Kupfer über die Steine am Embankment schwappt. Ausgemalt hatte sie sich, woher all das angeschwemmte Zeug wohl käme. Waren es einstmals stolze Schiffe gewesen, die irgendwo auf ein Riff gelaufen und deren kümmerliche Überreste nach langer Odyssee nun hier an Land gespült worden waren? Waren die Flaschen von unglücklich Verliebten im Überdruss ins Wasser geworfen worden? Waren die Taue in stürmischem Wetter gerissen? Die Vorstellungskraft des Mädchens kannte keine Grenzen.

Obschon Emily wusste, dass all diese Dinge ihrer Phantasie entsprangen, so waren es doch gerade diese Augenblicke, in denen sie Ruhe und Entspannung fand. Während der Stunden unserer Meditation lehrte ich sie, dass in allen Dingen ein Funken Schönheit ruht.

»Manchmal«, hatte ich ihr gesagt, »findet man im Müll schöne Sachen.«

Den Blick zu schärfen war der erste Schritt gewesen.

In meinem Anwesen in Marylebone trafen wir uns am Nachmittag eines jeden Tages, um die Übungen zu absolvieren.

»Einst wurde ein Weiser gefragt, welches die wichtigste Stunde sei, die der Mensch erlebt, und welches der bedeutendste Mensch, der ihm begegnet, und welches das notwendigste Werk sei.« Emily harrte geduldig meiner Antwort, da sie mit Bestimmtheit wusste, dass ich keine Antwort von ihr erwartete. »Die wichtigste Stunde ist immer die Gegenwart«, war ich fortgefahren, »der bedeutendste Mensch immer der, der einem gerade gegenübersteht, und das notwendigste Werk ist immer die Liebe.«

Sie strich sich eine Strähne aus dem Gesicht und nippte an ihrem Tee. »Das heißt, wir sollen im Jetzt leben.«

Kluges Kind!

»Wir müssen lernen, uns an der Gegenwart zu erfreuen. Dadurch, dass wir fortwährend innere Zwiesprache halten, die Erfahrungen aus der Vergangenheit und die Erwartungen an die Zukunft aufeinander prallen, verpassen wir oftmals die Gegenwart. Die letzten Endes zur Vergangenheit geworden ist, bevor wir sie gelebt haben. Und wir erhoffen uns verzweifelt, dass eine bessere Zukunft vor uns liegt, die mit Leben zu füllen wir aber ebenso unfähig sein werden.«

»Sie meinen, wir sind unfähig, etwas zu tun.« Sie hatte nachdenklich das Gesicht verzogen.

»Wir sind im Vergangenen und im Kommenden gefangen.«

Traurig hatte sie geflüstert: »Wir sind also tot.«

Sie hatte es erfasst.

»Deshalb müssen wir uns unserer bewusst werden, kleine Emily.«

An einem sonnigen heißen Sommertag im Juli hatte ich Emily Laing hinunter zur South Bank begleitet, wo wir das Flussufer entlang bis hin zum steinernen Löwen an der Westminster Bridge Road geschlendert waren. Penner hockten im Schatten der großen, majestätischen Skulptur, die Emily unweigerlich an den Scharlachroten Ritter hatte denken lassen. Manchmal, so wusste sie, war Stein lebendiger, als es den Anschein hatte. Allzeit führte sie die Steine mit sich, die ich ihr in King's Moan gegeben hatte. In einem bunten Stoffbeutel, den sie um den Hals trug.

»Er fühlt sich warm an«, hatte sie gesagt und eine Hand an den Sockel gelegt, auf dem der Löwe stand.

Im Sonnenlicht sah es so aus, als öffne das riesige Tier unmerklich die Augen, um auf das kleine Mädchen herabzusehen. Doch nach einem kurzen Blinzeln war dieser Eindruck verschwunden, und die nach Urin und Alkohol stinkenden Stadtstreicher im Schatten des steinernen Löwen bettelten lautstark um Almosen.

»Ist er lebendig?«

Ich hatte gelächelt. »Fragen Sie nicht!«

Emily Laing war auf dem besten Weg, eine Alchemistin zu werden. Sie begann das Wesen der Dinge zu erahnen. Und manchmal spürte sie, dass da mehr existierte als kalte Materie.

Den Löwen hinter uns lassend – und ebenso die uns penetrant bebettelnden Restefresser – waren wir letztlich in den Jubilee Gardens gestrandet, wo wir uns im Schatten zwischen den großen Bäumen auf der Wiese niederließen. Hätte sich hinter dem saftigen Grün nicht der Betonklotz des Shell Towers in den Himmel geschoben, wäre man fast versucht gewesen, die Stadt zu vergessen.

»Der bedeutendste Mensch ist immer derjenige, der einem gegenübersteht«, hatte Emily, sich auf das Zitat beziehend, geflüstert und die Brise erschnuppert, die vom Fluss herüberwehte. »Wie damals in der Metropole?«

»Erklären Sie es mir!«

»Als wir beim Scharlachroten Ritter voneinander getrennt wurden, da haben Sie sich keine Gedanken um uns Kinder gemacht, nicht wahr?«

»Was verleitet Sie zu dieser Annahme?«

»Es wäre nicht von Nutzen gewesen.«

Ihr Verstand wurde immer schärfer.

»Aurora und Sie waren in die Tiefe gestürzt, und Master Micklewhite benötigte dringend meine Hilfe. In dieser Situation war der bedeutendste Mensch mein Gegenüber, Master Micklewhite. Nicht, dass ich mir keine Gedanken um Sie beide gemacht hätte. Doch habe ich es vermieden, mich diesem Gedanken hinzugeben. Ich habe ihn mir erst gar nicht bewusst gemacht. Stattdessen habe ich mich auf die Gegenwart konzentriert. Auf Master Micklewhite und mich selbst.«

Emily brachte es auf den Punkt: »Um uns zu helfen, mussten Sie zuerst sich selbst helfen.«

»Eine einfache Regel, nicht wahr? Höchst banal sogar. Und doch nicht ganz so einfach umzusetzen, wenn einem Pfeile um die Ohren schwirren und ein steinerner Ritter zum vernichtenden Schlag ausholt.«

Ein Zug ratterte über die Hungerford Bridge hinüber zum Charing Cross. Emilys sternenklares Auge war den schmutzigen, mit Graffiti überzogenen Wagen gefolgt. Irgendwo weiter nordwärts, das wusste sie, würde der Zug im Untergrund verschwinden, in dem verlassene und vergessene Bahnhöfe lagen, wo Menschen und Restefresser und Tunnelstreicher sich eine eigene Welt errichtet hatten. Wenn sie an die Dunkelheit dachte, die dort unten herrschte, dann kamen die Bilder, die sie heraufbeschwor, den Erinnerungen an unsere Lehrstunden nahe.

Emily Laing würde niemals jene seltsamen Lektionen vergessen, mithilfe derer sie Konzentration zu üben gezwungen worden war.

»Der Augenblick zählt, und der schlimmste Feind, dessen wir uns erwehren müssen«, hatte ich ihr schon sehr früh zu erklären versucht, »ist die Angst selbst.« Die Geräusche des Sommers vermischten sich mit dem fernen Lärm des Feierabendverkehrs drüben auf der Westminster Bridge.

Emily, das war unschwer zu erkennen, erinnerte sich jenes Abends. Furchtsam hatte mich das Mädchen damals beäugt.

Wir waren hinausgefahren nach Battersea, nahe Chelsea. Es war im Frühling gewesen, nur drei Monate, nachdem Lycidas gebannt worden war, und wir hatten den Old English Garden im Battersea Park aufgesucht, wo sich um diese Jahreszeit und vor allem diese Uhrzeit keine Menschenseele mehr hin verirrte. Die vielen Wasservögel, die sich im Sommer auf dem See tummeln, waren noch nicht wieder aus den wärmeren Gefilden zurückgekehrt, und die Tretboote torkelten unlustig und verlassen wie weggeworfene Pappschachteln auf dem trüben Wasser, das sich im kalten Wind, der von der Themse herüberwehte, unruhig kräuselte und boshafte Wellen gegen die Uferbefestigung klatschen ließ.

»Die Angst zu versagen und die Angst zu sterben, und, ja, sogar die Angst davor, die Angst als solche zu verspüren. Die meisten Menschen werden niemals müde werden, sich diesen Ängsten hinzugeben. Es ist einfach. Es ist der leichte Weg. Doch versperren wir uns so den Blick auf die Wirklichkeit. Wir können den Augenblick nicht genießen, wenn wir uns vor der Zukunft fürchten. Wir können uns nicht auf unser Gegenüber konzentrieren, wenn die Vergangenheit wie ein schaler Beigeschmack unsere Sinne betäubt. Die Angst tötet das Vertrauen. Angst lässt uns nicht im Jetzt, sondern im Vielleicht leben. Letzten Endes lässt sie uns gar nicht leben.«

Emily nickte, denn sie wusste von diesen Ängsten. Jedes Waisenkind kennt diese Verlorenheit, dieses bodenlose Loch, dessen gähnende Leere in den einsamen und kalten Nächten nach den nackten Füßen der Kinder im Schlafsaal zu greifen scheint. Niemand war davor gefeit.

»Man lernt, sich diesen Ängsten zu stellen«, hatte ich ihr erklärt und an die Lektionen gedacht, die Mylady Hampstead einst mir auferlegt hatte. »Man muss sich diesen Gefühlen stellen. Man muss sich ihrer bewusst werden. Nur dann kann man mit ihnen fertig werden.«

»Verzeihen Sie mir die Frage«, hatte mich Emily unterbrochen, »aber ich werde das Gefühl nicht los, als hätten Sie schon wieder eine Ihrer Gemeinheiten im Sinn.«

Dieses Kind!

Sie war auf dem Weg, mich immer besser kennen zu lernen.

Ein fast voller Mond stand am Himmel, und sie musste ganz unwillkürlich an Kensingtons Wölfe denken. An die Begegnung im Regent's Park. An Lucia del Fuego.

»Da sind wir!«

Wir waren inmitten einer großen Rasenfläche stehen geblieben.

Vor uns klaffte ein frisch ausgehobenes Loch im Boden, gerade einmal tief genug, dass ein kleiner Mensch würde hineinsteigen können. Das Mondlicht schimmerte auf dem hellen Stein im fassungslosen Gesicht des Mädchens. »Das ist nicht Ihr Ernst, oder?«

»Wie meinen Sie das?«

»Genau so, wie ich es sage!«

Emily hatte mir von ihren Ängsten berichtet, schon früher.

Ich wusste von der Nacht im Waisenhaus, als es begonnen hatte, von dem rostigen alten, ungenutzten Lastenaufzug, in den das Mädchen gekrochen war, um in die Kammer des Reverends zu gelangen. Ich wusste von den stürmischen Nächten, in denen der Regen die Dachrinnen des Waisenhauses hinunterströmte und der alte Dombey das Mädchen hinauf auf den Dachboden geschickt hatte, um das Dach auf Löcher und undichte Stellen hin zu untersuchen. Emily war in diesen Momenten mehr als einmal innerlich gestorben. Alles in ihr hatte sich verkrampft. Die gähnende Dunkelheit war es, die sie mehr als vieles andere fürchtete. Und sie hätte schreien können, wenn sie nur an die beengende feuchte Dachkammer denken musste. Trotzdem hatte es ihr oblegen, dieser Aufgabe nachzukommen.

Noch lange Zeit später suchten sie die Enge und die Dunkelheit in ihren Träumen heim. Im Schlaf bewegten sich niedrige Wände auf sie zu, pressten die Welt zusammen, bis Emily kaum noch atmen konnte und hustend erwachte, während Aurora, die neben ihr kniete und beruhigend auf sie einredete, ihr Haar streichelte. In anderen Träumen erlosch das Licht im gesunden Auge des Mädchens, das im Spiegel wie sie selbst ausgesehen hatte. Manchmal verkündete es ihr ein Monokel tragender, glatzköpfiger Arzt, manchmal schlug ihr der tobende Mr. Meeks den Rohrstock wütend in beide Augen, und manchmal erwachte sie einfach nur und konnte nichts mehr sehen. Ihre Hände legten sich dann auf ihr Gesicht, und zitternd ertasteten sie zwei kalte Steine, genau dort, wo einst zwei Augen gewesen waren. Sie rannte durch London, und die Menschen in den Straßen hatten alle Spiegelscherbenaugen, in denen sich Emily erkannte, ein schmutziges, einsames Ding, dessen Gesicht hätte hübsch sein können, jedoch nur mehr eine Fratze war.

»Ich hätte es Ihnen niemals sagen sollen.«

Sie hatte sofort geahnt, worum ich sie bitten würde.

»Wie lange soll ich da drinnen bleiben?«

Wie immer bemühte sie sich redlich, ihre Aufregung vor mir zu verbergen.

Ich hatte ihr wahrheitsgemäß geantwortet: »Etwa eine Stunde.«

Sie war vorgetreten und neben dem Loch in die Hocke gegangen, berührte mit der Hand die feuchte und klumpige Erde, in der noch die Schaufel steckte. »Haben Sie das Loch allein gebuddelt?«

»Nein!«

»Sondern?«

»Sie lenken ab.«

»Natürlich lenke ich ab. Ich will da nicht rein.«

»Also gehen wir wieder zurück nach Marylebone?«

Sie hasste es, wenn ich so reagierte.

Wütend hatte sie sich auf die Unterlippe gebissen. »Natürlich nicht.« Trotzig trat sie einen Erdklumpen in die Nachtschwärze des erdigen Lochs. »Ich werde Ihnen doch nicht die Genugtuung geben, mich kneifen zu sehen.«

Gerne hätte ich ihr aufmunternd zugelächelt, doch war dies nicht der Augenblick für erheiternde Worte gewesen.

Emily Laing würde allein sein dort unten.

Sie wusste das.

Ich wusste das.

Da gab es nichts zu reden.

»Bringen wir es also hinter uns«, hatte sie mich aufgefordert.

Und meine Anweisungen erwartet.

Die ich ihr gab.

»Steigen Sie dort hinein, ziehen Sie das hier über und halten Sie sich dies vor den Mund.« Ich reichte ihr einen abgetragenen Mantel, der viel zu groß für sie war, und dazu eine Motorradmütze mit zugenähtem Sehschlitz, und, das war überhaupt das wichtigste Utensil, einen dicken Gummischlauch, an dessen einem Ende das Mundstück eines handelsüblichen Inhalators befestigt war. »Sie werden mühelos ein- und ausatmen können.«

»Und wenn ich da unten bin«, sie warf einen Blick auf die Schaufel, die aus dem großen Erdhaufen ragte, »dann buddeln Sie mich ein, richtig?!«

»Je eher Sie dort hinuntersteigen, desto eher können wir hier verschwinden.«

»Wo werden Sie sein, wenn die Würmer mich annagen?«

»Fragen Sie nicht!«

»Tu ich aber doch!«

»Ich werde hier oben über Sie wachen.«

Und dann die wichtigste Frage überhaupt: »Wofür soll das alles gut sein?« Gerade hatte ich ihr antworten wollen, als sie aufgebracht hinzufügte: »Und jetzt sagen Sie mir bloß nicht, ich soll nicht fragen!«

»Sie müssen sich in ruhigem Verweilen üben, und wenn Sie spüren, wie Ihnen die Angst vor der Enge und der Dunkelheit in die Eingeweide kriecht, dann stellen Sie sich ein Gefäß vor, in das Sie die Angst einschließen, die Sie wie eine knorrige Wurzel umrankt.«

»Was passiert, wenn ich panisch werde?«

»Konzentrieren Sie sich, und es wird nichts geschehen.«

»Sie haben gut reden.«

»Ich habe das alles schon hinter mir. Damals war ich in Ihrem Alter, Miss Emily, und es war eine Rättin, die mich hinunter in das Loch schickte.« Eigentlich war es eine Höhle gewesen. Ein steinernes Gewölbe, das erfüllt war vom Tosen der nahen Brandung. »Mylady Hampstead war eine hartnäckige Lehrerin. Beharrlich und unnachgiebig.«

»Da haben Sie ja einiges bei ihr gelernt.«

Langsam und widerwillig kletterte sie in das Loch hinein, zog sich Mantel und Mütze über und hockte sich, wie sie es gelernt hatte, im Schneidersitz auf den lehmigen Boden, die Arme vor der Brust verschränkt, die Augen geschlossen. Der Inhalatoraufsatz steckte unter der Mütze und bedeckte Mund und Nase.

Ein kurzes Nicken.

Sie vermochte also durch den Schlauch zu atmen.

Gut so!

Folglich begann ich damit, das Loch langsam zuzuschaufeln. Eine halbe Stunde später zeugte nur noch das eine Ende des Schlauches, das wie eine verrenkte Gliedmaße aus dem erdigen Boden rankte, davon, dass hier ein Mensch vergraben worden war.

»Ich habe Todesängste ausgestanden«, würde mir Emily später gestehen. »Was haben Sie sich nur dabei gedacht? Ich bin noch ein Kind!«

»Das bin auch ich gewesen. Und? Hat es mir geschadet?«

Flink würde sie antworten: »Fragen Sie bloß nicht!«

Beneidet hatte ich sie um diese Erfahrung nicht.

Noch zu gut wusste ich, wie sich die Erde anfühlt, wenn sie in großen Klumpen auf einen fällt und sich der ganze Körper verkrampft, wenn man spürt, wie sie von allen Seiten drängend nach einem greift, sich nass und fest an den Körper schmiegt, bis man denkt, keinen Atemzug mehr tun zu können. Es wird finster um einen, rabenschwarz und kühl. Die Nackenhaare stellen sich auf, wenn die Wesen, die in der Erde leben, die Haut streifen. Man hört nur ein tumbes Dröhnen, spürt Vibrationen. Man ist allein dort unten, unfähig, sich zu bewegen. Nicht einmal zu schreien vermag man. Da ist der erste Gedanke, der einem in den Sinn kommt: Was wäre, wenn der Schlauch reißt, der einem im Mund steckt, wenn ein Steinchen hineinfiele? Die Angst kriecht einem schnell ins Bewusstsein, nährt sich, wächst, wird zur Panik. Man möchte sich bewegen, wild mit den Händen scharren und der frischen Nachtluft entgegengraben. Tränen treten in die Augen, quellen hinter den zusammengekniffenen Lidern hervor und werden vom groben Stoff der Motorradmaske aufgesogen. Dann beginnt man sich zu konzentrieren. Man denkt an irgendetwas. Zuerst. Etwas Schönes. Einen Stein, dessen Muster man sich genauer vorzustellen versucht. Ein Muster, in das man eintauchen kann. In dem Muster verwurzelt erkennt man etwas Hässliches, das nicht dorthin zu gehören scheint. Die eigene Angst. Man betrachtet sie, berührt sie in Gedanken und umschließt sie mit festem Griff. Man reißt sie aus dem schönen Muster des Steins heraus und sperrt sie ein. In ein Gefäß, das man sich jetzt vorzustellen vermag, weil der Atem ruhiger wird. Gedanken klaren auf. Das Gefäß, ein silberner Flakon, der in der Rabenschwärze funkelt, gibt dieses dunkle, stinkende und wurzelige Etwas nicht mehr frei. Wir sind beschützt und atmen jetzt frei und ungezwungen, spüren die kühle Nachtluft, die ein wenig nach dem Gummischlauch schmeckt und an deren Klarheit wir uns laben. Dann gehen die Gedanken auf Wanderschaft.

Frei und ungezwungen.

Emily Laing brauchte in jener Nacht, als ich wartend auf dem Rasen im Old English Garden stand und der Bilderjaspis vor mir schwebte, eine halbe Stunde, um diesen Zustand der Ruhe zu erlangen. Sie war durch die Hölle gegangen, hatte sich von verzerrten Bildern martern lassen, die der Phantasie hinter entstellten Gesichtern entsprungen sein mochten, doch dann, letzten Endes, hatte es aufgehört.

Emily Laing ist eine Trickster, und sie entdeckte ihr Talent vier Fuß unter der Erde.

Tief vergraben in der Rabenschwärze.

Mit geschlossenen Lidern öffnete das Mädchen seine Augen und sah den Park vor sich. Emily hörte fernab einige Raben krächzen und roch den feuchten Rasen, dicke Nässe vermengt mit schlammigem Lehm. Pechschwarzes, strähniges Haar fiel ihr ins Gesicht, das nicht ihres war, und dann wurde sie des Musters gewahr. Kupferfarbene und graubraune Flecken, verwoben zu einem filigranen Muster. Es war ein Bilderjaspis, der vor ihrem Gesicht in der Luft schwebte. Das Mondlicht brach sich auf der polierten Oberfläche.

Schauen Sie sich all das an, dachte ich.

Und Emily verstand.

Ich kann alles sehen, dachte sie. *Das alte Holztor dort drüben ist verschlossen, das war es eben noch nicht. Es ist jetzt dunkel. Wie lange bin ich hier unten?*

Nur ein Gedanke.

Klar und deutlich nimmt er Form an: *Eine Dreiviertelstunde ungefähr. Und nun sind Sie hier, Miss Emily.*

In Ihrem Kopf?

Sie sind Gast in meinem Bewusstsein.

Ist es das, was Trickster können?

Für den Wirt ist es nicht immer einfach, den Trickster im Geist zu ertragen. *Es ist das, was Sie können. Sie werden diese Gabe perfektionieren, kleine Emily. Das wird unsere Aufgabe während der kommenden Wochen sein.*

Warum ist es so überaus wichtig, dass ich diese Fähigkeit beherrsche?

Sie sind eine Trickster.

Später erst, während unserer Wanderschaft durch die Stadt an jenem sonnendurchfluteten Tag im Juli, unter den Bäumen in den Jubilee Gardens, sollte ich Emily von der Natur unserer Art unterrichten.

»Wir leben in einer dualen Wirklichkeit«, versuchte ich es und sah eine Gruppe asiatischer Touristen mit digitalen Kameras, die die Welt nur durch ihr Objektiv wahrzunehmen schienen. »Alles in der Welt besteht aus Gegensätzen: Gut und Böse. Positive und negative Energie. Die Welt, die uns umgibt, wird letzten Endes gestaltet von den elektromagnetischen Feldern zwischen den Polen. Nordpol und Südpol. Yin und Yang. Schwarz und Weiß. Gute Gottheit und böse Gottheit.« Ich sah sie eindringlich an: »Oder Trickster.«

»Sie meinen, dass Trickster beides sind.«

»Trickster vereinen die beiden Seiten der Dualität. Trickster sind zweisame Wesen. Einerseits sind wir Menschen. Wir atmen. Essen. Fühlen. Doch sind da noch die anderen Eigenschaften. Manche Trickster können Feuer entfachen allein kraft ihrer Gedanken. Sind sie deswegen böse? Oder schlecht? Es gibt Menschen, die das glauben. Sie, Miss Emily, können den Verstand anderer Wesen betreten wie normale Menschen ein fremdes Haus. Sie können darin umherwandeln und, wenn Sie trainiert sind, die Gegenstände in den Zimmern verrücken und, sofern dies Ihre Intention ist, ein riesiges Durcheinander hinterlassen.«

»Sie meinen …?«

»Dass Sie, wenn Sie es möchten, andere Wesen in den Irrsinn treiben können? Ja.«

»Warum sollte ich das tun wollen?«

»Keine schlechte Frage.«

»Die Sie mir auch beantworten werden?«

Sollte ich dies wirklich tun? Schon jetzt?

Emily Laing war noch nicht ausreichend bewandert in den Machtstrukturen der uralten Metropole. Sie wusste kaum etwas von der Regentin und dem Senat und der wahren Bedeutung der Black-Friars-Bruderschaft. Allenfalls hatte sie bruchstückhafte Gespräche belauscht, die ihr ein lückenhaftes Bildnis dieser Welt hatten vermitteln können. Sie kannte nur das Tunnellabyrinth unterhalb Londons und einen Teil des äußeren Höllenkreises.

Doch kannte sie noch immer nicht die Verbindungen.

Was nicht weiter ins Gewicht fallen sollte.
Wer kennt schon alle Verbindungen?
»Ich glaube nicht«, gab ich ihr wahrheitsgemäß zur Antwort, »dass es ratsam ist, diese Frage bereits jetzt zu beantworten. Es wäre noch … zu früh.« Seufzend blickte ich zum Fluss hinüber. An einem Tag wie diesem konnte man die Schatten beinah vergessen.
Beinah.
»Ich bin also ein zweisames Wesen«, sagte Emily nach einem Augenblick des Schweigens.
»Ja.«
»Und Sie?«
»Auch.«
Sie grübelte kurz und fragte dann: »Warum?«
»Gute Frage.«
»Oh, bitte!«
Nun denn!
»Die Urvölker verfügten über sehr eindeutige Bilder der Trickster. Es war einfach, die Dualität zu erkennen, wenn man davon ausging, dass das Wesen halb Mensch und halb Tier war. Trickster waren mal böse und hinterhältig, dann wieder listig und trickreich. Manche waren verschlagen, andere liebten es, die Menschen zu necken. Viele von ihnen trugen Masken. Man wusste oft nicht, ob Trickster seriöse Schemen oder alberne Schatten waren.«
»Sie waren also alles und nichts.«
»Sie waren Schöpfer und Possenreißer, Geschichtenerzähler und Lügner. Doch hatten alle Mythologien eines gemeinsam: Die verschiedenen Trickstergestalten waren immer eindeutiger Natur. Man assoziierte die Trickster mit den Eigenschaften, die man bestimmten Tieren zuschrieb: Hase, Fuchs, Spinne, Ozelot oder Wolf. Was auch immer. Und schließlich brachte man sie mit diesen Tieren direkt in Verbindung.«
»Sie meinen, dass man ihnen eine Gestalt verlieh, sodass man sie besser erkennen konnte?«
Kluges Kind!
»Die Menschen ängstigen sich vor allem Unbekannten. Andersartiges zu dulden ist nicht die herausragendste Eigenschaft des Menschengeschlechts. Ist jemand in der Lage, sich in eine Spinne oder einen Fuchs zu verwandeln, so liegt auf der Hand, dass es sich

bei dieser Person um eine Laune der Natur handelt. Es ist offenkundig. Er ändert die Form und offenbart zweifelsohne dadurch seine Andersartigkeit.« Düstere Bilder tauchten in den hintersten Kammern meines Unterbewusstseins auf. Szenen, die sich zugetragen hatten, als die Menschen sich meiner Andersartigkeit bewusst geworden waren. »Doch Fähigkeiten wie jene, über die wir verfügen, sind nicht auf den ersten Blick zu erkennen. Sie zeigen sich überraschend. Wir leben nicht in der Welt der Mythen. Dies ist die Wirklichkeit. Und wenn sie eine Horde schottischer Dörfler und Bauern mit der Tatsache konfrontieren, dass ein achtjähriger Junge mit einem Mal dazu in der Lage ist, einen Wassereimer hochzuheben, ohne ihn anzufassen, dann erntet der Junge nur Angst und Wut.«

Man wirft mit Steinen nach ihm und jagt ihn von dannen. Er verkriecht sich in den Bergen. Ist verzweifelt und hungert. Bis ihn eine Rättin anspricht ... und mit ihm auf eine Reise geht, den ganzen langen, weiten Weg bis zur Stadt der Schornsteine am dunklen Fluss.

»Wenn der Aberglaube diktiert, dass Trickster offenkundig zu erkennen sind, weil sie per Definition Gestaltwandler sind, dann liegt welche Schlussfolgerung nahe?«

Emily antwortete schnell: »Dann gibt es keine Trickster, vor denen man sich ängstigen müsste, sofern man keine Gestaltwandler um sich her ausmacht.« Sie widerstand dem Drang, ihr Mondsteinauge zu berühren. »Und da es keine Gestaltwandler gibt ...«

»... außer unseren lykanthropischen Gesellen aus Whitechapel ...«

»... gibt es auch keine Trickster.«

»Nichts Fremdartiges also, was zu fürchten wäre. Und somit ist der Pöbel beruhigt.«

Über das Albert Embankment hinweg konnte man bis zur anderen Flussseite sehen. Die Bäume gaben den Blick frei auf das lang gestreckte Parlamentsgebäude am gegenüberliegenden Ufer. Viele der Touristen bezogen Position am Südufer, um die Sehenswürdigkeiten zu photographieren. Und niemand von ihnen ahnte etwas von den Monumenten, die unterhalb des Parlaments verborgen liegen. Bald schon würde ich mit Emily dorthin gehen.

Doch dachten wir im hellen Sonnenschein nicht an das, was vor uns lag.

»Warum all die Tests?« Das war es, was die nicht-mehr-ganz-so-kleine Emily an diesem Nachmittag interessierte. »Warum musste ich mich in der Erde eingraben lassen? Warum musste ich all das andere Zeug über mich ergehen lassen?«

Ruhig erklärte ich ihr: »Sie müssen sich der Dualität bewusst werden. Viele Trickster leiden unter der Andersartigkeit ihres Wesens. Wenn wir nicht lernen, uns selbst zu lieben, und damit meine ich alle Facetten unseres Selbst, dann wird unser Schicksal kein schönes sein. Sie, Emily, haben diese einzigartige Fähigkeit. Doch wenn Sie nicht lernen, sie zu beherrschen, dann wird sie Sie verzehren. Sie würden fremde Träume erleben und Bruchstücke fremder Leben im Kopf finden, und Sie würden all dem hilflos ausgesetzt sein, weil Sie nichts davon zu deuten wüssten. Sie würden beginnen sich selbst zu hassen, weil Ihnen ein normales Leben, so wie Sie es bei Ihren Mitmenschen sähen, verwehrt bliebe und Sie sich zudem niemandem anvertrauen könnten. Sie würden einsam werden und entweder im Morgen oder im Gestern leben, aber niemals mehr im Hier und Jetzt.«

»Das notwendigste Werk ist immer die Liebe«, erinnerte Emily sich der Geschichte, die ich ihr erzählt hatte.

»Womit nicht ausschließlich diejenige Liebe gemeint ist, die man für einen andern empfindet.« Ich ergriff ihre Hand, und Emily sah mich überrascht an, als ich eindringlich fortfuhr: »Es ist die Liebe, die Sie für sich selbst empfinden müssen. Für Emily Laing aus Rotherhithe.« Mit diesen Worten führte ich die nicht-mehr-ganz-so-kleine Hand zum Gesicht des Mädchens, strich die lange Strähne des roten Haars beiseite und ließ die Kinderhand auf dem Mondsteinauge ruhen. »Sie sind Emily Laing aus Rotherhithe«, flüsterte ich. »Sie sind, wie Sie sind.«

Erschrocken sah mich das strahlend blaue Auge an.

»Es ist leichter, als es Ihnen manchmal erscheint.«

Ertappt blickte sie zu Boden.

Wirkte verletzt und unsicher.

Nach einer Weile flüsterte sie kaum merklich: »Ich verstehe.«

Ich weiß nicht, was es war, aber etwas erfüllte mich mit Besorgnis ob dieser Antwort.

Ablenkend brachte ich meine Argumentation auf den Punkt: »Deshalb müssen Sie all die Lektionen über sich ergehen lassen. Weil Sie die Emily, die all diese Dinge tun kann, ebenso lieben müssen wie diejenige Emily, die Sie im Spiegel sehen. Denn beide sind Emily Laing aus Rotherhithe.«

Nachdenklich folgte sie meinem Blick zum Fluss.

Emily erinnerte sich ungern ihrer ersten Lektion, doch genau daran musste sie denken, als sie der Geruch des frisch gemähten Rasens streifte, begleitet von den Düften des penibel hergerichteten Blumenbeets, das den Park vom Fußweg des Albert Embankments trennt.

Als sie nach über einer Stunde, die sie im feuchten, kalten Dunkel unter der Erde des Old English Gardens und in meinem Verstand verbracht hatte – zumindest in demjenigen Teil des Hauses, den zu betreten ich ihr erlaubt hatte –, wieder neben mir stand, da waren ihr auf einmal Tränen über das Gesicht geronnen.

»Es ist albern«, hatte sie gestammelt. Schluchzend, aber dennoch glücklich.

»Es ist ja gut«, wollte ich sie beruhigen.

»Das meine ich nicht.«

Ihr Blick sagte mir, dass sie kein Mitleid wollte.

»Die Nacht ist so schön!« Sie sah sich um. »Das alles hier. Es geht mir gut, Wittgenstein. Es ist nur so, als würde ich das alles hier zum ersten Mal erleben.«

»Ich weiß.«

Ein Lächeln.

»Sie haben es auch erlebt?«

»Mylady Hampstead entführte mich damals nach Kyle of Lochalsh an der Westküste Schottlands. Dort musste ich in eine Höhle hinabsteigen, die an den Klippen lag und die sich während der Flut vollständig mit Wasser füllte. Sie gab mir einen Stein mit auf den Weg.« Der Bilderjaspis schwebte noch immer in der Luft zwischen uns. »Diesen Stein hier. Die Rättin hatte mir aufgetragen, den Stein aus der Höhle hinauszubefördern, allein mit der Kraft meiner Gedanken.«

»Sie hatten also auch Angst.«

»Natürlich. Kein zwölfjähriger Junge genießt es, nach Einbruch der Nacht in einer Felsspalte festzusitzen, während die Flut den Wasserpegel langsam ansteigen lässt. Bis man das Gesicht gegen die Höhlendecke presst und den kalten Stein spürt und weiß, dass man nur noch wenige Sekunden zum Atmen hat.«

»Sie mussten die Luft anhalten?«

Das war die Lektion gewesen.

»Mylady Hampstead war sehr ... unnachgiebig in dieser Hinsicht gewesen. Ja, ich musste die Luft anhalten. Die Angst zu ersticken war damals sehr stark in mir. Das war meine schwache Stelle.«

»Es geht also immer um die Angst.«

»Sie sagen es. Um die Angst und die Fähigkeit, mit ihr fertig zu werden.«

»Haben Sie es geschafft?«

Dieses Kind!

»Zweifeln Sie daran?«

Sie grinste erschöpft und nahm erneut einen tiefen Atemzug der frischen, klaren Nachtluft.

»Fragen Sie nicht!«

Ich beschloss ehrlich zu sein. »Ich habe es nicht geschafft. Die Diener der Rättin zogen mich halb ersoffen aus dem Wasser. Den Stein hielt ich noch immer in der Hand umklammert. Letzten Endes hatte ich es nicht geschafft, mich meiner Angst zu stellen. Nicht beim ersten Mal.«

»Warum?«

»Ich musste fortwährend an einen Jungen aus meinem Heimatort denken. Lange her ist das. Und den Namen des Jungen, der damals sehr klein gewesen ist, ganz so wie ich selbst, habe ich auch vergessen. Doch spielten wir des Winters auf dem zugefrorenen See hinter dem Schulhaus. Das geschah lange, bevor ich die Bekanntschaft der Rättin machen durfte. Jedenfalls erinnere ich mich. Das Eis war gefährlich dünn an manchen Stellen, und der Junge brach ein. Er ging unter wie ein Stein. Wir Kinder rannten aufgeregt und um Hilfe schreiend umher, und nach einer Weile sahen wir den Jungen, an dessen Namen ich mich nicht einmal mehr erinnern kann, wie er unter dem Eis dahinglitt, wild mit den Armen rudernd, und gegen die dicke Eisschicht trommelte. Niemand konnte ihm helfen. Die Luftblasen aus seinem Mund trieben noch unter dem Eis dahin, als er schon längst kalt und erstarrt und tot war. Selbst den Luftblasen wollte es nicht gelingen, einen Weg nach draußen zu finden.«

»Das ist schrecklich.«

»Daran erinnere ich mich. Nicht mehr an den Namen des Jungen. Es war ein kurzer Name, so viel weiß ich noch. Aber an seine

Augen. An seine Augen erinnere ich mich, als sei es gestern erst geschehen. An den überraschten Ausdruck in ihnen, als die Luft aus seinem Körper wich und mit ihr das Leben.«

»Deshalb der Test.«

Ich nickte. »Seit jenem Tag auf dem Eis war meine größte Angst, keine Luft mehr zu bekommen. Dieser Gedanke wurde zur fixen Idee. Nachts wachte ich auf und glaubte, jemand schnüre mir die Kehle zu. Fortwährend sah ich den Jungen vor mir. Und als mich Mylady Hampstead in die Höhle am Strand schickte, da sah ich erneut das verzerrte, panische Gesicht des Jungen und dachte, dass es mir genauso ergehen würde.«

»Das war's dann.«

»Sie sagen es.«

»Und?«

»Zwei Tage später bestand ich den Test, und der Stein schwebte aus der Höhle hinaus bis hin zur Rättin. Ich fühlte den Stein, konnte sein Muster ertasten, all die kleinen Feinheiten auf seiner Oberfläche. Und ich spürte die Umgebung, die Felswände, die Strömung. Und als ich wieder oben auf den Klippen stand, befielen mich die gleichen Empfindungen wie Sie, kleine Emily.«

»Sie spürten die Welt.«

Trefflicher ist es kaum zu umschreiben.

»Sie sagen es.« Und fügte hinzu: »Ich spürte das Leben.«

»Die Dinge waren mit einem Mal nicht mehr selbstverständlich.« Ihr gesundes Auge funkelte im fahlen Licht des Mondes. »Es ist gut, dass die Welt, so wie sie ist, da ist. Und man selbst darinnen.«

Dem war nichts hinzuzufügen.

Eingegraben in die Erde wurde ich erst später. Da hatte ich meine Angst jedoch bereits fest im Griff, und das Muster des Bilderjaspis war allgegenwärtig. Mylady Hampstead war zufrieden mit mir, und dennoch sollte ich mich später weigern zu tun, was sie von mir verlangte.

Doch das ist eine andere Geschichte.

Von der ich auch Emily Laing aus Rotherhithe nichts erzählte.

Jedenfalls nicht an diesem Tag.

Immerhin.

Das Training des Mädchens hatte an jenem Abend im Old English Garden begonnen. In den Tagen, die kamen, erwies sie sich als talentiert, und die Dinge hätten einen geordneten Lauf nehmen können. Doch dann, als kaum ein Jahr vergangen war, seitdem Lycidas vom Angesicht Londons verschwunden war, wurden wir ins Britische Museum zitiert und sollten von den Dingen erfahren, die sich neuerdings zutrugen in der Stadt der Schornsteine am dunklen Fluss.

Unter anderem war es das, worüber Emily Laing in jener Nacht nachdachte, als sie wieder einmal allein am Fenster saß, während Aurora Fitzrovia still schlummerte. Eine Botschaft hatte uns am Nachmittag erreicht, in der Mylady Hampstead die Dringlichkeit betonte, mit der sie uns sprechen müsse. Emily wusste wenig über das Nachrichtensystem der Ratten, doch dass das Entsenden einer Trafalgar-Taube nichts Gutes verhieß, stand außer Frage.

Noch immer ruhte Emilys Blick auf der Kuppel von St. Paul's.

Was nur konnte passiert sein, dass die Rättin so dringend Rat halten musste?

Sie wurde das Gefühl nicht los, dass die Angelegenheit, in der Mylady uns alle zu sprechen wünschte, etwas mit dem Lichtlord zu tun haben würde. Es war lediglich ein Gefühl. Nichts weiter. Und vielleicht war es nur ein Zufall, dass sich Emily einbildete, das Licht in der Laterne auf der Kuppelspitze von St. Paul's flackern zu sehen. Nur ein Zufall. Nichts weiter.

Kapitel 3

Neuigkeiten

London verschwand hinter einer Wand aus feinem Nieselregen, und die riesigen geriffelten Säulen, die den Eingang zum Britischen Museum und der Nationalbibliothek an der Nordfassade säumen, glänzten nass im trüben Licht des Nachmittags.

Emily und Aurora rannten eilig die Stufen zum Eingang mit seiner Drehtür hinauf, begrüßten den Mann am Info-Stand, der die beiden Mädchen aufgrund ihrer regelmäßigen Besuche im Museum kannte, und schritten geradeaus durch die große Halle auf die beiden Türen zu, die in den Lesesaal der Bibliothek hineinführten.

Nicht einmal ein Jahr war es her, als Emily hier in diesen Räumen ihre erste bewusste Vision gehabt hatte. Noch immer verband sie den staubtrockenen Geruch des Lesesaals mit jener unheimlichen Skulptur, die tief unter Chelsea versteckt eine Weggabelung markierte und die sie damals durch die Augen eines Wolfes gesehen hatte: Arachnidas Gabel.

Wie immer traten die Kinder in eine Atmosphäre der Stille ein, in der man gleichzeitig ein permanentes Ticken und Knacken und Zischen vernimmt, als laufe in den Köpfen der Lesenden und Denkenden ein Uhrwerk ab. Kaum ein Fünftel der vierhundert Pulte waren an diesem Nachmittag besetzt, und nur gelegentlich vernahm man an diesem Tag ein härteres, doch immer noch sehr fernes Geräusch, wenn einer der metallgebundenen Katalogbände gegen die Ledereinfassung der Regale stieß.

Die Kinder gingen geradeaus, die sorgsam in gesicherten Vitrinen ausgestellten Exemplare der Magna Charta und der Lindisfarne-Bibel zu ihrer Rechten achtlos liegen lassend, hinüber in die King's Library.

Inmitten der vielen gläsernen Schaukästen, die orientalisch illuminierte Handschriften und kostbare Einbände zeigen, erwartete Maurice Micklewhite die beiden Mädchen. Der hoch gewachsene Elf stand vor einer Vitrine, die eine erstaunlich gut erhaltene Erstausgabe von Miltons *Das verlorene Paradies* enthielt. Ich selbst betrachtete im Glaskasten nebenan eine Shakespeare-Folio-Ausgabe von 1623.

»Ah, die beiden Kinder«, begrüßte Maurice Micklewhite die beiden Neuankömmlinge mit lauter Stimme. Sein blondes Haar trug er jetzt länger, offen und schulterlang. »Miss Laing und Miss Fitzrovia.« Die Hände der beiden Mädchen schüttelnd grinste er, als habe er gute Nachrichten zu überbringen, was nicht der Fall war, wie er mir gegenüber bereits angedeutet hatte. »Wittgenstein ist auch schon da, wie Sie sehen.«

Höflich verbeugte ich mich vor den Kindern.

»Mylady erwartet uns.«

»In meinem Büro.«

Und wie es seine Art war, schritt er voran, ohne eine Reaktion der Kinder abzuwarten.

Es galt, keine Zeit zu verlieren.

Was auch immer zu tun sein würde, duldete keinerlei Aufschub.

Die Mädchen warfen einander Blicke zu, die erahnen ließen, dass die beiden vorher über uns gesprochen hatten.

»Hast du von Mara geträumt?«, hatte Aurora wissen wollen. Bereits während des Unterrichts in Miss Monflathers Schule war ihr aufgefallen, wie müde und gedankenverloren Emily wirkte.

Die Mädchen hatten die U-Bahn am Russell Square verlassen. Beide mochten das Gedränge dort nicht sonderlich und waren froh, auf der langen Rolltreppe zur Oberfläche hinaufzufahren, wo sie zwar ein kühles, herbstliches Wetter empfing, das jedoch allemal besser war als die beengenden Menschenmassen und die abgestandene Luft in der Untergrundbahn.

Emily hatte verloren gewirkt, als sie auf die Frage geantwortet hatte: »Nein, ich habe wieder am Fenster gesessen.«

»Die ganze Nacht über?«

»Bis zum Morgen.«

»Und gegrübelt.«

Emily hatte genickt.

»Du«, hatte sie angemerkt, »hast jedenfalls geschlafen wie ein Stein.«

Fast schuldbewusst hatte Aurora den Blick gesenkt. »Ich bin eben kein Nachtmensch.«

Nach kurzem Zögern hatte Emily angemerkt: »Ich doch auch nicht.«

Die Abgase der Autos wirbelten wie Gespenster über den Asphalt.

»Ich habe da ein ganz mieses Gefühl«, hatte Emily ihrer Freundin gestanden.

»Wegen der Ratte?«

Es war wirklich ein ungemütlicher Tag, selbst für das herbstliche London.

»Ja. Immerhin hat sie uns seit einem Jahr in Ruhe gelassen.« Dann hatte sie Aurora von ihrer Beobachtung berichtet.

»Vielleicht hast du es dir nur eingebildet.«

Emily glaubte nicht an einen Irrtum, wenngleich sie dies zuzugeben noch nicht bereit war. »Es sah so aus, als würde das Licht in der Laterne flackern. Was, wenn es keine Einbildung gewesen ist? Was hat es dann zu bedeuten?«

Schweigend waren sie durch die Pfützen auf dem Russell Square gestapft und hinunter zur Great Russell Street. Von da an war es nicht mehr weit bis zum Haupteingang des Britischen Museums.

So viele unbeantwortete Fragen schwirrten in Emilys Kopf umher. Wie war es Lycidas nur möglich, dort oben in der Laterne der St.-Paul's-Kuppel zu überleben? Was war seiner Gefährtin, der Lichtlady, widerfahren? Wo steckten die beiden Häscher des Lichtlords, und wo trieb sich Reverend Dombey herum?

»Hat Master Micklewhite dir gegenüber etwas erwähnt?«, hatte Emily nachgehakt, denn Aurora wurde außerschulisch von Maurice Micklewhite ausgebildet. Er war ihr Mentor, und es hätte ja sein können, dass er während der letzten Lektionen etwas hatte verlauten lassen. Emily hatte darauf gehofft, da der Elf etwas gesprächiger war als ihr eigener Mentor.

»Kein Wort. Und Wittgenstein?«

»Frag nicht.«

Die Mädchen hatten gekichert.

»Immer diese Geheimniskrämerei.«

Was Emily mit einem kurzen »Tja« quittierte.

»Wir werden es wohl gleich erfahren. Was immer es ist.«

»Ja.«

In der Tat sollten sie es erfahren.

Zu diesem Zweck hatte uns Mylady Hampstead schließlich dorthin beordert.

Es gibt beunruhigende Neuigkeiten, teilte sie uns mit.

Wir hatten es uns in Maurice Micklewhites Büroräumen gemütlich gemacht. Mylady Hampstead hatte dort auf uns gewartet, und als wir den Raum betraten, lag sie schlafend und erschöpft und zusammengerollt, wie es der Ratten Art ist, im breiten ledernen Sessel hinter dem Schreibtisch.

Ich bin wohl eingenickt, entschuldigte sie sich augenblicklich und peinlich berührt.

Entsetzt registrierte ich den Zustand, in dem sich die alte Rättin befand, und selbst Emily und Aurora, die Mylady weniger gut kannten, entging er nicht. Der samtige Glanz war aus dem grauen Fell gewichen, das nunmehr struppig und ungepflegt wirkte. Die schwarzen Knopfäuglein schauten erschöpft und beinah furchtsam in die Runde.

Sehe ich so schlecht aus für junge Augen?, piepste sie, nachdem sie die Kinder begrüßt hatte.

»Aber nein«, sagte Emily eilig.

Sie sind eine schlechte Lügnerin, antwortete die Rättin, und mir fiel auf, wie brüchig ihre Stimme klang. *Doch ist dies nicht das Privileg guter Menschen? Sie können nicht lügen und werden allzeit dabei ertappt; selbst dann, wenn sie es nur tun, um höflich und rücksichtsvoll zu sein.*

»Was ist Ihnen zugestoßen?«, fragte ich.

Meine Mentorin in diesem Zustand zu sehen schmerzte.

Mylady setzte sich mühsam auf die Hinterbeine. *Vor zwei Tagen, nach einer Sitzung des Senats, durchquerte ich die Abwasserschächte im Westend. Am Haymarket ging ich kurz nach oben, um in den Mülltonnen am Piccadilly Circus nach dem Abendessen zu suchen. Eine lukrative Angelegenheit.*

Emily rümpfte innerlich die Nase. Bei all der Ehrerbietung, die wir den Ratten zuteil werden lassen, vergaß sie manchmal, dass es sich immer noch um Ratten handelte, um kleine, graue Nager, die sich genau so verhielten, wie es Geschöpfe ihrer Gattung nun einmal tun. Adel hin, Adel her. Auch eine Mylady Hampstead wird nicht an einer gut bestückten Mülltonne vorbeihuschen.

Nach dem Abendmahl begab ich mich wieder in die Kanalisation hinunter. Die neuen Rohre entlang der Shaftesbury Avenue sind zwar et-

was beengend, jedoch gibt es dort eine Strömung, die unsereins schnell hinauf zur Charing Cross Road befördert.

Emily stellte sich vor, wie sich die Rättin von einer Flut Unrat dahintreiben ließ.

Die schnellen Strömungen, bemerkte Mylady, der Emilys Blick nicht entgangen war, *sind unsere M25. Sozusagen.* Die kleine Schnauze hob sich zu einem Lächeln. Ihren Humor hatte sie also noch nicht eingebüßt.

Doch schweife ich ab, fuhr sie fort, *und das sollte ich nicht tun. Nun denn. Ich benutzte den Shaftesbury Strom bis hinauf nach High Holborn, wo ich einige verlassene Schächte entlangkroch, bis ich endlich den Bahnhof Holborn erreichte. Dort geschah es dann. Auf dem 1912 stillgelegten Bahnsteig.*

»Was geschah?«

Maurice Micklewhite bedeutete mir zu schweigen.

Emily bemerkte, dass ich der Anweisung des Elfen kommentarlos Folge leistete.

Die ganze Zeit über schon hatte mich das Gefühl beschlichen, erzählte Mylady, *dass da außer mir noch etwas war. Es war der Instinkt meiner Art, der sich mir die Nacken- und Barthaare aufstellen ließ. Etwas kroch hinter mir durch die Dunkelheit. Da war ein Geräusch wie von einem Wesen, das versuchte, kein Geräusch zu machen. Die Abwässer und der Unrat rochen anders. Etwas Fremdes mischte sich in den Duft der fauligen Exkremente. Etwas war dabei, sich anzuschleichen.*

»Was war es?«

Etwas, das klein genug war, mir durch die Rohre zu folgen. Myladys Äuglein blinzelten unruhig. *Ein Aroma, das mir fremd war, stach mir in die Nase. Plötzlich fühlte ich mich als Beute, die noch nichts von ihrem Schicksal ahnt. Das dunkle Wasser plätscherte. Schnell krabbelte ich weiter und erreichte das Ende des Rohres. Ich schlüpfte in einen großen Kanal, der auch für Menschen begehbar ist. Fackeln hingen dort an den Wänden. Kurz zuvor hatte ich die Orientierung verloren, als ich dem Instinkt folgend kopfüber die Flucht angetreten hatte. Ich mutmaßte, dass der Tunnel, in dem ich mich befand, zur alten Route der Streicher gehörte, die hinauf nach Hidden Holborn führt.*

Gebannt lauschten alle Anwesenden der Erzählung der Rättin.

Emily knabberte nervös an ihrer Unterlippe.

Dann sah ich es auf mich zukommen.

»Sie haben es erkannt?«

Nur einen Schemen. Es hatte die Statur einer Ratte. Doch war da kein Fell. Nur schuppige Haut, die kühl und nass war, wie die einer Echse. Es hatte eine lange, gekrümmte Schnauze wie die Spitzmäuse und überaus scharfe Zähne. Offenbar schauderte Mylady noch jetzt, wenn sie an die Begegnung mit jener Kreatur dachte. *Es biss sofort zu und fauchte wild. Es war auf Beute aus. Doch irgendwie wurde ich das Gefühl nicht los, dass ich keine zufällige Beute war. Schleichend war es mir gefolgt. Im Schein der Fackeln konnte ich es nur mühsam erkennen. Gelbe, reptilienhafte Augen, die lidlos starrten, während sich die langen Zähne des Wesens immer wieder in mein Fleisch gruben. Meine Schreie hallten von den Wänden wider.*

Erst jetzt fiel Emily auf, dass Mylady statt ihres langen Rattenschwanzes nur noch einen verkümmerten Stummel vorzuweisen hatte. Beschämt versuchte die Ratte, diesen Zustand zu verbergen.

Etwas lähmte mich, berichtete sie weiter. *Eine eisige Kälte kroch mir durch den Körper. Das Ding fauchte. In einer fremdländischen, zischelnden Sprache. Orientalisch anmutend.*

Maurice Micklewhite wollte gerade etwas sagen, als Mylady ihm zuvorkam. *Nein, Ägyptisch war es nicht.*

»Keine von Kensingtons Kreaturen demnach.«

»Lordkanzler Kensington bleibt innerhalb der Grenzen seiner Grafschaft«, sagte Maurice Micklewhite.

Nun denn.

Die Kreatur tobte nahezu berserkerhaft, beschrieb Mylady die Attacke. *Wäre nicht eine Gruppe Tunnelstreicher des Weges gekommen, würde ich wohl kaum mehr unter den lebenden Nagern weilen.*

»Das Wesen hat von Ihnen abgelassen?«

Augenblicklich, gab Mylady mir zur Antwort, *als die Schritte der Menschen durch den alten Tunnel hallten. Die Tunnelstreicher hatten meine Schreie vernommen. Das Wesen verschwand wieselflink, und bevor ich das Bewusstsein verlor, offenbarte sich mir die seltsame Gestalt im flackernden Licht einer Laterne.* Die Vorderfüße strichen die Barthaare an der Schnauze entlang. Eine Übersprungshandlung, typisch für Angehörige ihrer Gattung. *Es sah aus wie eine Ratte mit Reptilienhaut. Es hatte weder Ohren noch Schwanz, dafür aber Beine, die zu lang waren für eine Ratte. Und es hatte gelbe, leuchtende Augen.*

»Fluoreszierend?«

Mylady nickte nur.

»Ein Bewohner der unteren Schichten?«

»Dann hätten wir zumindest dürftige Kenntnis von der Spezies«, entgegnete Maurice Micklewhite.

Womit er Recht hatte.

Die Tunnelstreicher kennen kaum Wesen dieser Art, sagte Mylady.

Nachdenklich starrten alle in der Runde auf die Rättin.

»Mylady Hampstead hegt den Verdacht«, sagte Maurice Micklewhite schließlich, »dass wir es mit einem Attentäter zu tun haben, der gezielt nach Myladys Leben trachtete.«

»In wessen Auftrag?«

Maurice Micklewhite nippte an seinem Tee und stellte klar: »Das herauszufinden wird unsere Aufgabe sein.«

Es war giftig. Unser aller Augen wendeten sich erneut der Rättin zu.

»Wir werden ein Gegengift finden«, versprach ich ihr voreilig.

Mir ist keines bekannt, sagte Mylady traurig. *Und du, Mortimer, bist einst mein Schüler gewesen. Wie sollte ein Schüler mehr wissen als seine Lehrerin?* Sie seufzte. *Allzu schnell schwindet das Leben. Das Fell wird fahl, die Bewegungen langsam, der Verstand träge. Es ist geschehen. Erinnere dich meiner Worte. Zufälle gibt es nicht. Alles erfüllt einen Zweck, wenngleich dieser sich uns auch erst spät offenbart.*

»Ja«, stimmte ich meiner ehemaligen Mentorin zu. »Es gibt keine Zufälle.«

Der Gedanke, die alte Rättin qualvoll dahinsiechen zu sehen, erfüllte mich mit Schrecken.

Ich spüre, dass ich mich verändere. Es ist kalt in mir. So kalt.

»Wir werden alles tun, was in unserer Macht steht«, versicherte Maurice Micklewhite, »um Ihnen zu helfen.«

Das wird nicht genug sein. Einen Augenblick lang schlossen sich ihre Augen. Doch dann blinzelte sie erneut.

Aurora trat neben den Stuhl, auf dem Mylady saß, und streichelte sachte die Stelle zwischen ihren Ohren. Traurig sah das Mädchen aus, doch Mylady genoss diese Streicheleinheit sichtlich und zeigte dies auch, indem sie die Ohren leicht anlegte und die Schnauze wohlig rümpfte.

»Wir werden herausfinden müssen, wer hinter diesem hinterhältigen Angriff steckt«, sagte Maurice Micklewhite. »Und welches

Wesen es gewesen ist, dessen Bekanntschaft Mylady zu machen gezwungen war.«

»Emily und ich werden uns darum kümmern«, schlug ich vor.

Das Mädchen schwieg.

Nur Aurora wirkte enttäuscht. »Und ich?«, fragte sie.

»Sie«, schaltete sich Maurice Micklewhite ein, »werden sich einer anderen Sache annehmen, die nicht minder bedeutsam ist.«

Denn das, hauchte Mylady kraftlos, *ist die zweite Neuigkeit. Von der ich während der letzten Sitzung des Senats erfahren habe.*

Gespannt wandten sich aller Anwesenden Blicke der Rättin zu.

Drei Todesfälle ereigneten sich während der letzten beiden Wochen. Morde, die in ihrer Grausamkeit jeden Vergleich scheuen. Drüben im Carfax Bezirk. An den Leichen fanden sich Spuren von Lehm.

Kaum zu glauben, was ich da hörte. »Lehm, sagen Sie?«

Erschrocken suchte ich den Blick meines Freundes.

Maurice Micklewhite nickte ernst. »Wie damals«, sagte er.

»Wie damals, in der Tat.«

Emily, die den Wortwechsel verfolgt hatte, hakte ungeduldig nach: »Was meinen Sie damit?«

Mit einer beiläufigen Handbewegung gebot ich ihr zu schweigen.

»Maurice, das ist unmöglich.«

»Und doch ist es so.«

»Das Übel ist vor mehr als hundert Jahren beseitigt worden.«

»Sagt man.«

»Ich weiß.«

Emily wirkte trotz meiner Zurechtweisung ungeduldig. »Warum, in aller Welt, müssen Sie beide immer so geheimnisvoll tun? Kann uns vielleicht jemand sagen, um was es geht?«

Und Aurora stimmte ein: »Genau!«

Ich fragte mich, ob es möglich sein konnte. Maurice Micklewhite selbst war damals zugegen gewesen. In jenen nebligen Wintertagen, als der Schrecken vom Angesicht der Stadt getilgt worden war.

»Vor langer Zeit«, erklärte ich schließlich, »tötete eine Kreatur wahllos Menschen im Eastend Londons. Die Metropolitan versuchte verzweifelt, ihrem Wüten Einhalt zu gebieten und sie zu fassen. Schlimme, wirklich schlimme Dinge trugen sich damals zu.« Ich entsann mich des Gefühls, das mich beschlichen hatte, wenn ich alleine durch die nächtlichen gaslichterhellten Straßen und schattenversunkenen Gassen der Stadt hatte wandern müssen. Wie jung ich damals war. Wie naiv. »Die Kreatur, die von der Sensationspresse gefürchtet und gleichsam umjubelt worden ist, entzog sich dem Arm des Gesetzes, wieder und wieder.«

Emilys Hände spielten nervös am Saum ihres Pullovers.

»Sie alle haben von jener Bestie gehört«, fuhr ich fort, »die den Bezirk Whitechapel berühmt gemacht hat.«

»Jack«, flüsterte Aurora. »Jack the Ripper.«

»Die Bluttaten vom Eastend sollten London in Unruhen stürzen.«

Emily spürte, wie nahe dies der Geschichte der Familie Manderley kam. »Sie sprechen von den Whitechapel-Aufständen.«

»Ja.«

Eines jedoch war Emily unklar. »Das ist vor langer Zeit geschehen.« Meine Güte, mehr als hundert Jahre mochte es her sein. »Warum sind Sie jetzt so aufgeregt?«

»Weil man damals Lehmspuren auf den Körpern der Opfer fand«, sagte Maurice Micklewhite. »Kaum jemand schenkte diesem Befund Beachtung. Lehmspuren, pah! Das war doch nichts als Dreck. Schließlich hatte man alle Opfer in der Gosse liegend vorgefunden, in ungezieferverseuchten Absteigen und schmutzigen Hinterhöfen. Doch waren es letzten Endes jene Lehmspuren, anhand derer die Bestie entlarvt werden konnte. Alle Opfer wiesen Lehmspuren auf. Das war die Gemeinsamkeit. Das war es, was die Polizisten der Metropolitan übersehen hatten.«

»Master Abberline ausgenommen.«

»Wahrlich ein guter Mann«, sagte Maurice Micklewhite. »Ja, am Ende waren es die Lehmspuren, die uns zu der Bestie führten.«

Entgeistert entfuhr es Aurora: »Sie meinen, Jack the Ripper wurde gefasst?«

»Ja.«

»Niemand weiß davon.«

Unwirsch antwortete ich: »Einige schon.«

»Wer ist es gewesen?« Emilys Auge leuchtete. Fast war ihr, als könne sie die Vergangenheit berühren. Jene Zeit, in der die Welt sich verändert hatte.

Die Whitechapel-Aufstände.

Wie mysteriös sich dies anhörte, beinah magisch.

Eine Milchmädchenrechnung war es, die seitdem vergangenen Jahre zu berechnen. Und etwas ging dabei nicht auf. Jack the Ripper, das wusste sie aus Büchern, hatte London zum Ende des 19. Jahrhunderts heimgesucht. Es hatte Aufstände gegeben, in deren Folge es zur Hochzeit zwischen den Häusern Manderley und Mushroom gekommen war. Wie alt, fragte sie sich wie so oft in den letzten Monaten, ist meine Mutter? Emily Laing war dreizehn Jahre alt, und wenn ihre Mutter Mia Manderley damals gelebt und Emily nach deren Geburt – und vor der Heirat in die Mushroom-Familie – ins Waisenhaus gegeben hatte, dann stimmte da etwas nicht.

Zugegebenermaßen war es eine Frage, die schon lange in ihrem Kopf herumschwirrte.

Und die zu stellen sie nicht müde geworden war.

»Es ist so eine Sache mit der Zeit«, hatte ich ihr geantwortet, als sie sich zum ersten Mal danach erkundigte.

»Tolle Antwort«, hatte sie gemeckert.

»So ist das nun mal.«

»Geht's auch genauer?«

»Nein, eigentlich nicht.«

»Sie wissen es nicht.« Ich hasste es, wenn sie versuchte, sich meine Eitelkeit zur Verbündeten zu machen.

»Wenn Sie meinen.«

»Sie wollen es nicht sagen.«

»Genau.«

»Glaube ich nicht.«

Beenden konnte man lästige Diskussionen dieser Art mit einem einfachen »Nun fragen Sie nicht andauernd!« oder einem heftigeren »Jetzt geben Sie endlich Ruhe!«

Früh genug würde sie herausfinden, was es mit der Zeit auf sich hatte.

Im Moment hatten wir Probleme.

Die einer schnellen Lösung harrten.

Jetzt.

Nicht später.

Mylady Hampstead fuhr sich müde mit einer Pfote über die Schnauze.

Wer der Ripper gewesen ist?, piepste sie. *Eine Bestie*. Dann offenbarte sie den Kindern die Natur jener Bestie, deren Körper Staub und deren Name unsterblich geworden war.

Mit offenen Mündern starrten die Kinder die Rättin an.

Emily hatte nie zuvor von einem solchen Wesen gehört. Aber sie war noch jung. Und wenngleich sie dazu neigte, Unmengen an Büchern zu verschlingen, so hatte sie zweifelsohne noch nicht alles gelesen. Gustav Meyrink oder Rabbi Löw. Zwei emsige Autoren, die ziemlich genau wussten, worüber sie schrieben. Beide wussten um die Macht des Wortes. Dies waren die Autoren, die ich Emily zu lesen auftrug.

»Sie glauben, dass die Bestie zurückgekehrt ist?«, fragte Aurora bang.

»Das ist eine lange Geschichte.«

»Die Sie uns auch erzählen werden?«, meinte Emily betont süffisant.

Ich verkniff mir eine Bemerkung. »Unterwegs«, sagte ich nur.

Meine Blicke begegneten der alten Rättin, die schon so viele Schlachten geschlagen hatte und nunmehr kränkelnd und erschöpft dasaß. Ein Häufchen Elend, stolz und unbeugsam und dennoch verängstigt, mit struppigem Fell und erloschenem Glanz in den schwarzen Knopfaugen. Dieses Mal würden andere losziehen. Heute würden wir sie in der sicheren Wärme des Britischen Museums zurücklassen.

»Wohin gehen wir?«, wollte Emily wissen.

»Hinab«, antwortete ich wahrheitsgemäß. »Hinab in die uralte Metropole.«

Denn nur dort, da waren wir uns alle einig, würden wir finden, was zu suchen unsere Aufgabe war.

KAPITEL 4

HIDDEN HOLBORN

Hidden Holborn liegt direkt unterhalb von High Holborn. Dort hatte der Angriff auf die Rättin stattgefunden, und dort würden unsere Nachforschungen beginnen. Mit hochgeschlagenen Kragen eilten wir, dem garstigen Wetter trotzend, vom Museum aus ostwärts.

Holborn ist mit seinen Courts of Justice und den Inns of Court seit jeher das Revier von Juristen und Journalisten. Früher einmal beherbergte die Fleet Street die meisten der großen Zeitungen, die mittlerweile jedoch in andere Stadtteile abgewandert sind. Der Untergrundbahnhof Holborn liegt zwischen Proctor Street und Lincoln's Inn, und es war dort, wo wir die Stadt unter der Stadt betraten. Nur wenige Male waren wir hier unten gewesen seit den Vorkommnissen, die nunmehr ein Jahr der Vergangenheit angehörten. Hier unten hatte sich die oberirdische Stadt eine Nachbildung ihrer selbst erschaffen, versteckt in der erdigen Tiefe. Wie im London unter dem grauen Himmel gibt es breite Straßen und verschlungene Wege, die der Fußgänger schnell wiedererkennt; dazu Abkürzungen und Kreuzungen, tiefe Fahrstühle und lange Rolltreppen, Viertel mit bunten Lichtern und voller Betriebsamkeit sowie dunkle, verlassene Gegenden.

Die U-Bahn ist das Leben spendende System, das für Nahrung sorgt und die uralte Metropole atmen lässt. Dabei besitzen die einzelnen Linien fast so etwas wie einen Charakter. Die Central Line ist energisch und die Circle Line steckt voller Abenteuerlust, die Northern Line hingegen wirkt allzeit verzweifelt und ist kurz davor, sich selbst ins Verderben zu stürzen.

Die Luft dort unten ist anders.

»Es riecht muffig«, würde Emily mit gerümpfter Nase anmerken.

Alt. Das träfe es besser.

Es riecht alt dort unten, in den tieferen Schichten der Anonymität und Vergessenheit, wo man auch heute noch Fossilien findet und Restefresser und Diebe eine Zuflucht gefunden haben. Schmutzige, gekachelte Wände säumen die Tunnel und Gewölbe, harter Fels formt missgestaltete Gänge. Es ist ein Netzwerk aus brackigen Abwasserkanälen und triefenden Röhren und Korridoren voller Unrat, Gas- und Wasserleitungen. Abertausende Meilen Koaxialkabel, verlegt von mürrischen Postarbeitern, beherrschen die Stadt über der Stadt. British Telekom und Londoner Stadtwerke verfügen über eigene Tunnel und Gräben voller Telefonkabel, die es den Bewohnern der uralten Metropole erlauben, das Leben im London darüber zu beobachten und zu steuern.

Viele finden es bedrückend hier unten.

Ich nicht.

Emily schon.

Der Teil des Bahnhofs, in den wir zu gelangen gedachten, war seit langer Zeit stillgelegt.

»Die Stadt testet hier unten neue Video-Projektionsmethoden, um den Fahrgästen an den Tunnelwänden Werbespots zu zeigen«, erklärte ich. »Bahnsteig sechs ist seit 1917 außer Betrieb und dient in erster Linie als Lagerhalle für Werkzeuge und Aufenthaltsort für die Installationsteams, die sich manchmal hier unten herumtreiben, wenn einer der Fahrstühle hinauf zur Piccadilly Line defekt ist.«

Wachsamen Blickes folgte mir Emily die langen Rolltreppen hinunter und durch die runden Tunnel des Bahnhofs, die gespickt waren mit Plakaten, die neue Theaterstücke und Kinofilme und Gebrauchsgüter anpriesen, und so gelangten wir immer tiefer in die Eingeweide der Stadt.

Die Geschichte über die Bestie von Whitechapel hatte das Mädchen nicht wenig geängstigt.

Wie seltsam, dachte sie, wenn sie die arglos vorbeieilenden Passanten betrachtete, dass niemand von all diesen Menschen auch nur ahnt, welche Welt zu streifen er gerade im Begriff ist. Nur einige gekachelte Wände trennten sie von der uralten Metropole, die sich jenseits der U-Bahn erstreckte und wo Dinge geschahen, die Emily noch immer nicht ganz verstand.

»Einst gab es einen Rabbi«, hatte Maurice Micklewhite den Kindern berichtet, »der lebte in Prag. Dieser Rabbi war ein gläubiger Mann und suchte nach einem Weg, die Last des täglichen Lebens von den Schultern seiner Mitmenschen zu nehmen. Er durchforstete die alten Schriften und stieß schließlich auf eine Formel, die er als göttlich erkannte.« Der Wind ließ den Regen gegen die Fenster prasseln, und jenes Geräusch auf dem Glas vermischte sich nahezu unheimlich mit der Stimme des Elfen. »So kam es, dass Rabbi Löw zum Fluss hinunterging und aus dem Schlamm einen menschlichen Körper formte, gerade so, wie Gott es einst mit dem ersten Menschen getan hatte.« Süffisant hatte Maurice Micklewhite hier angemerkt: »Glaubt man den Genesis-Überlieferungen.« Um sogleich fortzufahren, während Mylady, müde und kränklich, immer größere Mühe hatte, die kleinen Knopfaugen offen zu halten. »Der Rabbi formte also eine menschliche Gestalt mit Armen, Beinen, einem Torso, einem Kopf. Er gab dem Kopf sogar ein angedeutetes Gesicht, und an der Stelle, wo sich der Mund hätte befinden müssen, drückte er einen Zettel in den Lehm hinein. Auf diesem Zettel, so sagt man, befand sich eine Abschrift der göttlichen Formel.«

»Am Anfang war das Wort«, hatte ich zitiert.

»Und dieses Wort hauchte dem kalten, feuchten Klumpen Lehm Leben ein. Er erhob sich und war seinem Schöpfer zu Diensten. In den kommenden Tagen half der Golem von Prag den Menschen im jüdischen Viertel. Er schleppte Wassereimer und zog Karren, er kehrte die Gassen und füllte die Kornspeicher. Ein jeder profitierte von dem Golem des Rabbi Löw.«

»Aber damit endet die Geschichte nicht.«

Aurora hatte es erfasst.

Dies wäre auch ein viel zu gutes Ende gewesen.

»Der Golem besaß aber nicht nur Leben, sondern auch ein Bewusstsein. Er sah, was um ihn herum geschah, wie die anderen Menschen beschaffen waren und dass ihn die anderen Menschen ob seiner großen Gestalt mieden, weil sie nur wenig Menschliches in ihm sahen. Der Rabbi hatte ihm zwar Gesichtszüge gegeben, doch waren diese zu grobschlächtig, um Zuneigung zu ernten. So fragte sich der Golem insgeheim, wie er es denn schaffen könne, geliebt zu werden. Und kam wohl zu dem Schluss, dass dies nur möglich sei, wenn er einem Menschen ähnlicher würde.«

Beide Mädchen klebten an den Lippen des Elfen.

Wie oft schon hatte ich diese Geschichte vernommen, und seltsamerweise erfüllte sie mich noch immer mit dem größten Unbehagen. Bereits damals, vor all den Jahren, als der Schrecken in der Stadt der Schornsteine allgegenwärtig gewesen war, hatten wir Kinder um die Ecken gelugt in der Angst, dort könne er stehen, der Golem vom Eastend.

»Was ist geschehen?«, fragte Aurora.

»Der Golem ist durch die Viertel gestreift und hat sich von den Menschen genommen, wonach es ihm verlangte. Von manchen nahm er die Haut, mit der er seine erdige Oberfläche zu bedecken versuchte, von anderen die Innereien, die er sich in den lehmigen Bauch stopfte, von manchen die Haare und von einem sogar das Gesicht. Jener, dessen Gesicht er sich nahm, war ein guter Freund des Rabbi Löw gewesen, und als er dem Golem gegenüberstand und dieser ihn mit den Augen des Freundes ansah, da erkannte der Rabbi seinen Fehler. In einem Kampf entriss er dem Golem den Zettel mit der göttlichen Formel, und augenblicklich wurde die Kreatur wieder zu dem, was sie einst gewesen war.«

»Zu einem Klumpen Lehm.«

»Sie sagen es.« Maurice seufzte. »Das ist die Geschichte vom Golem aus Prag, so wie sie uns berichtet wurde.«

»Doch was hat das mit den Morden in Carfax zu tun?«

Eine lange Geschichte war das.

Und viel komplizierter, als es auf den ersten Blick erscheinen mochte.

»Damals, im Jahre 1888, ereigneten sich blutige Morde im Eastend. Jack the Ripper ging um, und die Menschen verkrochen sich ängstlich in den Häusern. Niemand sollte je das Gesicht dieser Bestie sehen, und der Grund dafür ist wahrlich simpel. Jack the Ripper besaß keines.«

»Er hatte kein Gesicht?« Es schauderte Aurora bei dieser Vorstellung.

Emily schluckte. »Er war so etwas wie dieses Ding in Prag?«

Maurice Micklewhite nickte. »Es war ein Golem, der in Whitechapel umging. Deshalb fand man auf den Körpern seiner Opfer auch Spuren nassen Lehms. Das war es, was die Öffentlichkeit ignorierte. London war eine schmutzige Stadt, und Dreck auf den Leibern der Toten war nichts Besonderes. Und doch waren es diese Lehmspuren, die schließlich zur Aufklärung des Falles beitrugen.«

Der Zusammenhang war offensichtlich.

»Sie glauben also, dass wieder ein Golem durch London streift?«

Kluges Kind!

»Ja«, bestätigte Maurice Micklewhite Emilys Vermutung. »Und es wird Ihrer Freundin und mir obliegen, dieser Sache auf den Grund zu gehen. Denn wenn es einen neuen Golem gibt, dann muss es auch jemanden geben, der ihn erschaffen hat. Und es muss einen Grund für die Erschaffung einer solchen Kreatur geben.« Auroras dunkle Augen erhellten sich. Einerseits ängstigte sie zwar die Vorstellung, der Spur einer derartigen Kreatur zu folgen, andererseits genoss sie das Gefühl, gebraucht zu werden. Maurice Micklewhite, ihr Mentor, traute ihr immerhin zu, sich in dieser Angelegenheit zu bewähren. Er glaubte an sie. Eine für ein Waisenkind nicht zu unterschätzende Bestätigung. »Wir werden Nachforschungen anstellen und hoffentlich ein wenig Licht in die Geschehnisse der letzten Tage bringen.«

So waren wir verblieben.

Jetzt folgten wir den anderen Passanten, emsigen Geschäftsleuten mit Brillen und Aktentaschen auf dem Nachhauseweg, die, sofern es ihnen am Bahnsteig geglückt war, einen Platz auf einer der orangefarbenen Plastikbänke zu ergattern, schwarz glänzende Notebooks auf dem Schoß hatten. Der Menschenstrom nahm uns in seine Arme, trug uns die lange Rolltreppe hinunter und den ganzen Weg durch den Verbindungstunnel hinüber zu Bahnsteig vier, an dessen südlichem Ende Richtung Aldwych sich eine Mauer befindet, in die eine schmale Stahltür eingelassen ist.

»Diese Tür«, erklärte ich Emily, »war nicht immer dort.« Früher hatte sich dort ein Durchgang zu einem anderen, nunmehr stillgelegten Gleis befunden, der dann von einer eisernen Schiebetür versperrt worden war, die schließlich der heutigen massiven Stahltür gewichen war.

Ich zückte einen Schlüsselbund und machte mich an dem rostigen Zylinderschloss zu schaffen.

»Woher haben Sie den Schlüssel?«

»Fragen Sie erst gar nicht.«

Widerwillig knackte die Mechanik und gab dann den Weg frei.

Abgestandene Luft empfing uns.

Kaum jemand von den umherstehenden Passanten schenkte uns Beachtung.

Das ist London, dachte ich.

Emily registrierte all dies mittlerweile gelassener. Sie kannte die Gleichgültigkeit der Menschen. Indem sie sich unserer Meditationsstunden erinnerte, versuchte sie, die Gedanken an den Golem zu verdrängen.

Finster war es hinter der Stahltür.

Es roch nach abgestandener Luft, eingetrocknetem Urin und schwerem Motorenöl. Ein Lichtstreifen fiel in die Dunkelheit und ließ die Konturen von verstaubten Holzbänken und rotbraunen Steinen erkennen, die unter dem abgebröckelten, grünlichen Putz hervorlugten. Überall standen konturenhaft Gegenstände herum. Leitern und Schläuche und Kabeltrommeln der British Telekom. Eisenträger und Spaten und rostige Sicherungskästen. Ein Sammelsurium an zackigen Gerätschaften.

»Die Tunnelarbeiter benutzen diese Räume nach wie vor als Lager.«

Emily schwieg. Sah sich nur um.

Zu dunkel war es ihr hier unten und zu eng. Als die schwere Tür hinter uns ins Schloss fiel, befanden wir uns einen Augenblick lang in absoluter Dunkelheit. Meine Begleiterin begann sofort, unruhiger zu atmen. Emily mochte nach wie vor keine Dunkelheit. Zwar hatte sie gelernt, ihre Angst in die Schranken zu weisen, doch kostete sie es noch immer Mühe, die innere Ruhe zu finden.

»Machen Sie schon Licht!«

Die Taschenlampe ließ einen Lichtkegel durch den großen Raum wandern.

»Vielen Dank.« Das klang erleichtert.

»Mylady Hampstead hatte einen der neuen Abwasserkanäle genommen, die unter dem Wohnheim hindurchlaufen.«

»Welches Wohnheim?«

Mit jedem weiteren Schritt befiel Emily das Gefühl, sich fünfzig Jahre in der Zeit zurückzubewegen. Grüne und gelbfarbene Muster an den Wänden wechselten mit gelblich braunen Formen. Hier und da lehnten einige neue und unter der feinen Staubschicht noch rot schimmernde Feuerlöscher an den Wänden.

»Früher einmal gab es hier Unterkünfte für das Personal, das draußen auf den Gleisen und in den Büros arbeitete, von denen es, Sie werden sich wundern, nicht gerade wenig hier unten gab.«

»Wozu in aller Welt braucht man hier unten Büros?«

»Verwaltung, Fahrkartenverkauf und so weiter.«

»Hm.«

»Außerdem flohen viele Londoner während der Kriegszeiten in die Unterwelt, weil die Tunnel und Katakomben Schutz vor dem Bombenhagel im Blitzkrieg boten. Niemals wieder waren sich obere Welt und uralte Metropole so nah wie damals.«

Die Taschenlampe erhellte eine Ecke, in der halb volle Einkaufstüten vom Tesco-Supermarkt standen.

»Es sieht nicht sehr verlassen aus.«

»Tunnelstreicher benutzen das Wohnheim als Raststätte auf ihren langen, unterirdischen Wanderungen.«

Emily trat an die Tüten heran und wagte einen Blick hinein. Cheddar, helles Brot und Bierdosen fand sie dort. Heinecken. Einige Dosen waren bereits aufgebraucht und lagen, wie das Mädchen jetzt erkannte, hinter den Tüten, zusammengedrückt und achtlos weggeworfen. Dazwischen einige alte, schon vergilbte Ausgaben der *Sun* und der *Times*.

Noch immer verstand Emily nicht ganz, welche Rolle ihr zugedacht worden war in dieser Welt.

Natürlich wusste sie, dass mir ihre Ausbildung als Trickster oblag und dass man von ihr erwarten würde, diese besonderen Eigenschaften einzusetzen. Anzuwenden, dachte sie, klingt irgendwie besser. Nicht viel besser, aber nicht ganz so … verschwörerisch … und boshaft. Man würde bestimmte Dienste von ihr einfordern, wie man es einst von mir verlangt hatte. Doch wer würde das tun? Wer verbarg sich hinter dem »man«? Bisher hatte sie noch keine Antworten darauf erhalten, und außer einer düsteren Vorahnung, die sie immer dann beschlich, wenn jemand vom Senat der Metropole sprach, gab es keine tiefer gehende Erkenntnis. Emily war klug, und sie spürte, wenn Erwachsene es nicht vollends ehrlich mit ihr meinten. Das war der Instinkt eines Waisenkindes, und sie fühlte, dass man etwas vor ihr verbarg.

»Wittgenstein hütet seine Geheimnisse gut«, hatte Aurora ihr gesagt. »Nie verliert er viele Worte. Und Master Micklewhite ist da kaum anders. Manchmal erzählt er ohne Unterlass und gerät fast ins Plaudern, sodass ich schon denke, jetzt rückt er mit allem raus. Doch meistens ist kurz darauf schon wieder Schluss mit dem Gerede.«

»Die beiden geben uns gerade so viel Informationen, damit wir bei Laune gehalten werden.«

Die Quilps waren in dieser Angelegenheit auch keine Hilfe.

Fragten die Mädchen während des Essens nach dem Senat oder der Regentin, hieß es: »Über solche Dinge spricht man nicht beim Essen.« Wollten sie etwas über die Häuser Manderley und Mushroom erfahren, dann beschwichtigte sie Mrs. Quilp mit einem lapidaren »Nicht jetzt!« oder »Das gehört nun wirklich nicht hierher!« oder dem allzeit beliebten »Dafür seid ihr beiden noch zu jung.« Wohingegen sich Mr. Quilp meistens aus der Affäre zog, indem er auf Mrs. Quilp verwies: »Meine Frau kann diese Dinge viel besser erklären!«

Was blieb den Mädchen anderes übrig, als sich anderweitig umzusehen?

Beispielsweise im Britischen Museum. Oder in der Schulbibliothek, zu der ihnen Miss Monflathers großzügig Zugang gewährte. Und, nicht zu vergessen, gab es da noch den alten Raritätenladen in Covent Garden, nahe der Charing Cross Road.

Emily liebte diesen kleinen Laden mit seinen hohen Regalreihen, die voll gestopft waren mit Büchern aller Art und jeglichen Alters. Man benötigte eine Leiter, um all die Lexika, schweren Folianten, dünnen Gedichtbändchen und flachen Atlanten zu erreichen. Es gab fette Bibeln mit Gold- und Silberprägungen, uralte Werke, die gebunden waren in Pergament oder Kalbsleder. Allzeit roch es nach schwerem Papier und zerfranstem Gilb, nach brüchigem Leder und gebeiztem Holz. Klein war der Laden, dessen Inhaber Mr. Edward Dickens stets darauf achtete, dass niemand die Stapel von Büchern, die sich auf dem schmalen Tresen am Ende des Raumes türmten, umstieß, denn wenngleich man es beim ersten Hinsehen auch nicht vermutete, so gab es sehr wohl eine Ordnung, nach der die Bücher systematisiert, katalogisiert, angeordnet und dargeboten wurden.

Zwei mit grünlichem Plüschpolster bezogene, uralte Stühle standen neben dem Tresen mit seiner riesenhaften Registrierkasse, die lautstark ratterte und klingelte, sobald ein verkauftes Exemplar über den Ladentisch ging. Oft saß Emily auf einem dieser Stühle und genoss die Ruhe, schwelgte in der staubigen und von schummrigem Licht durchdrungenen Atmosphäre, während sie all die Wörter in sich aufsog. Jedes Buch offenbarte ihr mehr von der Welt und, das war überhaupt das Wichtigste, von der Welt darunter.

Denn Mr. Edward Dickens verkaufte keine gewöhnlichen Bücher.

Man fand im Raritätenladen kaum Taschenbücher. Keine Bestseller, die die Kaufhäuser und Buchketten an der Charing Cross Road und überall sonst in der Stadt feilboten. An ihrer statt gab es Werke, in denen man von der uralten Metropole erfuhr. Die von Engeln und Wölfen und anderem Getier zu berichten wussten. Sagen, längst entschwunden aus dem Bewusstsein der Menschen.

»Ich liebe die Ruhe dort«, hatte Emily einst ihrer Freundin gestanden.

Aurora hingegen bevorzugte die Nationalbibliothek.

Darin unterschieden sich die beiden Freundinnen.

»Mir ist wohler, wenn möglichst viele Menschen um mich herum sind. Es tut einfach gut zu wissen, dass ich nicht allein bin.«

Emily fand diese Einstellung von jeher trügerisch. War es nicht so, dass eine Ansammlung von Menschen nicht mit Gesellschaft gleichzusetzen war? Las man nicht immer wieder, dass es nirgends so viele einsame Menschen gab wie in London oder den anderen Großstädten der Welt?

»Allein zu sein ist nicht schlecht«, pflegte Emily zu sagen, »wenn man in der Gesellschaft von Büchern ist.«

Ihre Besuche im Raritätenladen genoss sie sichtlich. Das war etwas anderes als die hektischen Momente im Waisenhaus, wo sie zwischen Küchenarbeit und Putzdienst verzweifelt versucht hatte, in einem Buch zu lesen.

Zudem mochte sie den Jungen, der dort arbeitete.

Und der Junge mochte sie.

»Nicht auf die romantische Art«, verteidigte Emily sich, wenn Aurora sie damit zu necken versuchte.

»Sondern?«

»Einfach so.«

»So, so.«

»Er ist nett.«

»Er findet dich nett.«

»Ja, ja.«

Der Junge jedenfalls mochte Emily Laing aus Rotherhithe.

Natürlich besaß er auch einen Namen.

»Neil Trent.«

So hatte er sich Emily vorgestellt, als ich sie zum ersten Mal in den Raritätenladen geführt hatte.

»Emily Laing«, hatte Emily geantwortet.

Dann hatten die beiden dagestanden und einander auf die Schuhspitzen gestarrt, während ich bei Master Dickens eine Buchbestellung aufgab. Wir wechselten einige höfliche Worte, und als ich mich umdrehte, standen die beiden noch immer wie angewurzelt da.

Ich hatte mich geräuspert. »Wir müssen los.«

Beide sahen mich an.

Emily mit diesem genervten Blick, den sie immer aufzusetzen pflegte, wenn ihr etwas nicht in den Kram passte. »Tja, wir müssen los«, sagte sie.

Der Junge murmelte etwas.

Emily sah ihn fragend an.

»Little Neil«, wiederholte er sein Gestammel. »Freunde nennen mich Little Neil.« Die strahlend blauen Augen in dem bleichen Gesicht leuchteten erwartungsvoll, und als Emily lächelte, strich er sich verlegen eine Strähne seines strohblonden Haars aus dem Gesicht.

»Bis bald, Little Neil«, verabschiedete sie sich.

Die beiden beobachtend stand ich da und dachte mir meinen Teil.

»Bis bald, Emily Laing«, verabschiedete der Junge sich seinerseits.

Die Gefahr witternd, dass diese Verabschiedung sich in die Länge ziehen mochte, beschleunigte ich die Prozedur, indem ich meiner Begleiterin die Tür öffnete.

»Wir werden Sie wieder beehren«, empfahl ich mich und schob Emily Laing aus Rotherhithe nahezu aus dem Laden. Draußen atmete sie durch und blickte zur Straße.

Was war denn das eben?, fragte ich mich im Stillen.

Vermutlich sprachen meine Blicke Bände, denn Emily sagte ungehalten: »Fragen Sie bloß nicht.«

Nun denn.

Ließ ich es also bleiben.

Einige ungehaltene Blicke von der Seite einheimsend, ging ich an diesem Tag meines Weges. Peggotty, meine Haushälterin, wies mich später darauf hin, dass Mädchen in Emilys Alter es nicht unbedingt schätzen, wenn man sie auf derartige Gefühlsregungen anspricht oder diese auch nur andeutet – sei es nun scherzhaft oder auch nicht. Ich unterließ also zukünftig Bemerkungen, den Jungen im Raritätenladen betreffend, und wie sich herausstellen sollte, würde der Ärger letzten Endes ohnehin aus ganz anderer Richtung kommen.

Doch ahnten wir von alledem noch nichts, als wir uns in Hidden Holborn befanden.

Ein Herbergsvater in der traditionellen Kluft der Thameslink-Bruderschaft gewährte uns Einlass. Sein kahl geschorener, tätowierter Kopf glänzte im fahlen Licht der roten Neonröhren, die an der Decke entlangliefen.

»Wir möchten uns, wenn es genehm ist, mit einigen Fragen an die Streicher wenden«, teilte ich ihm unser Anliegen mit.

»In welcher Angelegenheit?«

»Es geht um eine Ratte, die in Eurem Bezirk attackiert worden ist.«

Der Herbergsvater nickte. »Mylady Hampstead?«

»Ja.«

»Ihr seid Wittgenstein?«

»Ja.« Eigentlich war ich in dieser Gegend nicht bekannt.

»Mylady hat Euren Namen genannt, als sie dem Fieberwahn anheimgefallen war.«

Demnach verstanden die Tunnelstreicher die Rattensprache, dachte Emily.

»Wer ist die da?« Der große Mann zeigte mit dem Finger auf das Mädchen.

»Miss Laing, meine Schutzbefohlene.«

»Ihr seid Alchemist?«

»Ich schätze, die Kluft hat mich verraten.«

Der Herbergsvater grinste.

Entblößte eine Reihe gelbschwarzer Zähne. »Nur noch wenige Eurer Zunft treiben sich heutzutage hier unten herum, was? Habe schon seit Ewigkeiten keinen mehr gesehen, der sich in der alten Kunst versteht.« Er trat zur Seite und bat uns einzutreten.

Drinnen fanden wir uns in einem Gang wieder, der das Attribut *eng* neu zu definieren schien. Man musste kein Hüne sein, damit die Schultern die weißen Wände streiften. Es blieb uns gar keine andere Wahl, als den Gang seitlich entlangzuschreiten, und wenn man dem riesigen Herbergsvater folgte, dann wunderte man sich darüber, dass er hier überhaupt hindurchpasste.

Emily atmete ruhig.

Rhythmisch, wie sie es gelernt hatte.

Nach wenigen Metern erreichten wir eine Wendeltreppe, die hinauf zu den Zimmern führte.

»Hier leben Menschen?«

»Tunnelstreicher, die eine Bleibe für die Nacht suchen«, sagte ich ihr. »Früher jedoch kamen die Londoner hierher, um dem Bombenhagel der deutschen Flieger zu entgehen. Viele Menschen bauten sich damals ein Leben im Untergrund auf.«

»Aber das«, schaltete sich der Herbergsvater ein, »ist lange her. Jetzt haben wir hier unsere Ruhe. Hätten wir es den Krautfressern nicht gezeigt, dann würden die Londoner noch heute hier unten hocken.«

Am Ende der Leiter befand sich ein etwas größerer Korridor, von dessen niedriger Decke Elektrokabel lose herunterhingen.

»Vorsicht«, warnte der Herbergsvater. »Die Leitungen können einen umhauen.«

Bestens, dachte Emily. Dem Waisenhaus entronnen, die Lektionen überlebt, und dann erwischt einen die nicht gesicherte Stromleitung in einer unterirdischen Herberge.

Vorsichtig bewegten wir uns vorwärts und vermieden es, den baumelnden Leitungen zu nahe zu kommen.

»Wenn das Licht nicht brennt«, erklärte der Herbergsvater, »dann erwischt es so manchen Strolch, der hier ohne Erlaubnis einzudringen versucht. Drüben in den Zimmern flackert die Beleuchtung kurz auf, und einer der Gäste muss dann nachschauen, wer zuckend und sabbernd im Gang liegt und es kaum mehr schafft, seinen Namen zu stammeln.«

»Höchst wirkungsvoll«, sagte ich.

Der Herbergsvater fasste es als Kompliment auf.

Emily beobachtete die Stromleitungen nunmehr noch sorgfältiger, als sie es ohnehin schon getan hatte. Am Ende des Korridors öffnete sich auf ein Klopfzeichen des Herbergsvaters eine eiserne Tür, die ursprünglich als Schutz gegen Flutwasser gedient hatte, wie man an den Rostspuren unschwer erkennen konnte.

Hinter dieser Tür war endlich der Wohnbereich.

Wände und Decke bildeten eine gekachelte, perfekte Rundung. Vermutlich war dies ursprünglich der obere Teil des einstigen Bahnhofs gewesen, den man halbiert hatte, um mehr Raum zu gewinnen.

Improvisierte Wände teilten den niedrigen Raum, der eine Länge von mehreren hundert Metern haben mochte, in einzelne Zimmer – wollte man diese so nennen, wobei die Wände aus allen möglichen Materialien bestanden, deren man hatte habhaft werden können. Da gab es morsche Bretter und lumpige, zwischen Eisenstangen aufgehängte Laken, ganze Möbelstücke und Pappwände, aufeinander gestapelte Kartons und sogar einige Motorhauben. In den schmalen Alkoven standen Pritschen mit dünnen Matratzen und Decken aus dicker, grober Wolle. Männer und Frauen saßen in Gespräche vertieft, dahindösend oder essend herum und betrachteten neugierig die Ankömmlinge.

»Wir grüßen Euch!« Folgen ließ ich den Worten eine dezente Verbeugung.

Emily tat es mir gleich: »Wir grüßen Euch!«

Der Herbergsvater sagte nur: »Da habt Ihr einen ganzen Haufen Tunnelstreicher. Einer von denen müsste Euch weiterhelfen können.« Mit diesen Worten machte er kehrt und verschwand in dem Korridor, durch den wir hergekommen waren.

Erwartungsvoll sahen uns die Streicher an.

Sie trugen kurze Gewänder und lederne Hosen, und viele von ihnen hatten bunte Bänder in die langen Haare eingeflochten. Emily erinnerten sie an Gaukler aus dem Mittelalter oder zumindest jene Spielleute, die sie in Filmen gesehen hatte. Es war seltsam, inmitten dieser Tristesse auf so viele Farben zu treffen.

»Wie können wir Euch zu Diensten sein?« Ein hagerer Mann kam auf uns zu, gekleidet in Purpurrot und mit einer langen Feder, die aus dem breitkrempigen Hut ragte.

»Wittgenstein aus dem Hause Hampstead«, stellte ich mich vor.

»Und ich bin Emily Laing.«

»Meine Schutzbefohlene.«

»Hampstead, sagt Ihr?«

»Ja.«

»Dann kommt Ihr wegen der Ratte und dem, was ihr zugestoßen ist.«

Scheinbar hatten hier unten alle mit unserem Besuch gerechnet.

»Ihr sagt es.«

Der Streicher lächelte freundlich: »Entschuldigt, wenn ich vergaß, mich vorzustellen. Mièville. Das sollte genügen.« Er bot uns

Platz an einem runden Tisch in der Mitte des Raumes an, auf dem sich ein Sammelsurium an Wasserpfeifen befand. »Ihr wisst, dass wir die Ratte nicht hier fanden? Es war eine Gruppe Feilscher vom Green Park, die Mylady Hampstead fand. In den Katakomben zwischen Holborn und Aldwych. Sie hörten das Geschrei und eilten der Rättin zu Hilfe. Dann brachten sie sie hierher, wo wir sie einen Tag lang pflegten und sie schließlich zur Piccadilly Line geleiteten, die sie sicher zum Britischen Museum brachte.«

Ich dankte ihm dafür.

»Habt Ihr Kenntnis davon, welche Kreatur Mylady angegriffen hat?«

»Ja«, sagte Mièville.

Die anderen Tunnelstreicher scharten sich um unsere Gesprächsrunde und lauschten aufmerksam.

»Wir nennen sie Rattlinge«, sagte Mièville.

Begleitet wurde dieser Ausspruch von einer Reihe Bemerkungen der anderen Tunnelstreicher.

»Plage.«

»Mistviecher.«

»Blutsauger.«

»Kalthäute.«

Müßig zu behaupten, ich hätte gewusst, wovon sie sprechen.

»Rattlinge, sagtet Ihr?«

Mièville nickte und nahm erneut einen langen Zug aus seiner Pfeife, schloss die Augen und drehte den Kopf ein wenig umher. »Sagt bloß, Ihr habt noch nicht von den Rattlingen gehört? Herrje, wo habt Ihr Euch die letzten Monate herumgetrieben?«

»Fragt nicht!«

Emily musste sich ein Grinsen verkneifen.

Aus einem mir unerfindlichen Grund empfand sie mein mürrisches Verhalten oftmals als amüsant.

Nun denn!

Mièvilles hageres, unrasiertes Gesicht wurde ernst. »Wir haben keine Ahnung, wie ihr richtiger Name lautet. Vereinzelt streunen sie durch die Tunnel. In den letzten Monaten häuften sich die Erzählungen der fahrenden Händler, die von Begegnungen mit dieser Art zu berichten wussten. Zumeist harmlose Begegnungen, will ich anmerken.«

Ein alter Mann in strumpfhosenähnlichen Beinkleidern sagte: »Blutsauger sind's. Hab gesehn, wie sie ner fetten Katze 'n Garaus gemacht ham. Trinkn Blut un infiziern ihre Beute mit ner Krankheit.«

»Was ist mit der Katze passiert?«, fragte Emily.

»'s Fell issa ausjefalln un die Haut is janz schuppig jeworn. Dann isse krepiert. Nie nich hab ich ne Katz so jammern hörn, sach ich Euch!«

Mièville hatte den Alten beobachtet. »Wir wissen nicht, wo genau die Rattlinge herkommen.«

»Aber Ihr habt eine Vermutung.«

»Ja. Es gibt einen Abgrund, drüben in den Tunneln unterhalb von Carfax Market. Kein Streicher, der bei Verstand ist, verirrt sich dorthin. Man sagt, seltsame Dinge gehen dort vor. Personen verschwinden, wenn sie sich der Stelle nähern.« Genüsslich blies er den inhalierten Rauch an die Decke. »Geschichten eben. Aber solche, die man ernst nehmen sollte, denke ich. Etwas geschieht dort draußen. Etwas ist im Wandel.«

»Was denn?«, entfuhr es Emily.

Sie hasste es, wenn um sie herum in Rätseln gesprochen wurde.

Mièville sah sie belustigt an. »Ihr seid neugierig, Miss Emily, Schutzbefohlene von Wittgenstein.«

Meine Worte.

Er hatte es erkannt.

»Tut mir Leid«, entschuldigte sie sich.

»Es braucht Ihnen nicht Leid zu tun«, sagte ich ihr, und an den Tunnelstreicher gewandt: »Wir sind in höchstem Maße besorgt. Wie Ihr sicherlich wisst, gab es erneut Morde in der Metropole.«

»Ja, drüben in Carfax.«

»Mylady Hampstead bat uns, in dieser Angelegenheit Nachforschungen anzustellen.«

Carfax schien der Punkt zu sein, zu dem alle Wege führten.

»Geht zum Markt von Carfax und fragt nach dem Weg in die Region. Die Feilscher dort werden Euch helfen. Sagt, Mièville schickt Euch mit den besten Empfehlungen. Und fragt nach dem Abgrund. Man wird wissen, was Ihr damit meint.«

Mièville erhob sich.

Damit war das Gespräch beendet.

Emily wusste, dass man in der uralten Metropole nicht viel der

Worte verlor. Man sprach aus, was es zu sagen gab, und ging dann seines Weges. Des Tunnelstreichers Verhalten war somit weder höflich noch unhöflich. Es war schlicht und einfach die Art, wie man in dieser Welt miteinander umzugehen pflegte.

Letzten Endes hatten wir bekommen, wonach es uns verlangt hatte.

Wir hatten einen Hinweis erhalten. Mièville hatte uns den Weg gewiesen.

»Auf nach Carfax!«, hieß es nunmehr.

Und es galt keine Zeit zu verlieren.

Kapitel 5

Carfax

Carfax Market liegt nahe Newgate Street, gleich zwischen der alten mittelalterlichen Stadtmauer, deren massive Quader noch immer bis tief in die Erde reichen, und den Fundamenten der St.-Paul's-Kathedrale. Am besten erreicht man den Müllmarkt, der allwöchentlich dort stattfindet, durch das Portal im nahe gelegenen Bahnhof Mansion House.

Es ist ein Treffpunkt der Restefresser und Penner, Stadtstreicher und Obdachlosen, die hier das feilbieten, was ihnen während ihrer Beutezüge durch das wogende Meer der Müllcontainer und Abfalleimer der Innenstadt in die Hände gefallen ist. Improvisierte Marktstände aus morschem Holz oder aus ihren Angeln gerissenen Türen, in Eile auf den Boden geworfene fleckige Teppichbodenreste mit ausgefransten Rändern und zusammengenähte Lumpen, auf denen die Waren ausgestellt sind, begrüßen den Besucher. Es stinkt gar grässlich dort unten. Händler mit rußigen Händen und roten Äderchen im Gesicht, stark nach Fusel riechend, bieten dort sogar Essensreste an, die irgendwer irgendwo aufgetrieben hat. Sich wellende Pizzareste und Klumpen kalten Porridges, halb verfaulte Fleischstücke und gammeliges Gemüse, das schon Freundschaft mit der Verwesung geschlossen hat, warten dort unten auf Kundschaft, die sich auch finden wird. Es wird nichts verschwendet in dieser Welt. Immer noch findet sich jemand, der für die weggeworfenen Dinge Verwendung hat. In den Ecken zwischen den Ständen hocken bärtige, frettchenähnliche Lumpengestalten, die gierig und mit benebelten Blicken an Tuben billigen Leims schnüffeln und sich grinsend ihren Wahnbildern ergeben.

»Das ist widerlich«, flüsterte Emily mir zu.

Rot geränderte Augen folgten jedem unserer Schritte.

»Es ist der Müllmarkt. Was haben Sie erwartet?«

»Etwas anderes«, murmelte sie pikiert.

Kinder!

Dessen eingedenk war es mir einst ähnlich ergangen. Wenn man jung ist, dann erschreckt einen diese Ansammlung von menschlichem und nicht menschlichem Unrat. Irgendwann schwinden dann Ekel und Erstaunen. Das Auge gewöhnt sich schnell an neue Eindrücke. Was bleibt, ist dennoch eine Tortur für die Nase.

»Wir werden es schnell hinter uns bringen«, versprach ich Emily.

»Danke.«

»Dort drüben«, wies ich sie auf einen vollbärtigen Feilscher hin, der bunte, verworrene Kabel und andere Innereien elektronischer Geräte verhökerte. »Er wird uns einen Hinweis geben können.«

»Wer ist das?«

»Der Marktvorsteher.«

»Sie kennen ihn?«

»Persönlich? Nein.« Ich verdrehte die Augen. »Er hat den längsten und mit Abstand schmutzigsten Bart. Er ist fett. Er hat den Stand in der Mitte des Marktes. Und er trägt die rote Pelzmütze mit den Ohrenklappen. Dies alles weist ihn als Marktvorsteher aus. Er ist der oberste Feilscher hier.«

Emily rümpfte die Nase, als der Marktvorsteher uns nahen sah und zur Begrüßung eine Reihe grunzender Laute ausstieß. »Rottenshaw«, bellte er seinen Namen. »Vorsteher vom Carfax-Markt.« Nach abgestandenem Bier, ranziger Butter und Knoblauch stinkender Atem schlug uns in die Gesichter. »Alchemist seid Ihr, werter Herr, nicht wahr?! Habe Euresgleichen gesehen, als ich klein war. Oh ja, war damals noch kein Müllsammler gewesen. Nie nicht hätte ich mir träumen lassen, dasses Schicksal es so mit mir meint. Ehrbarer Kaufmann bin ich gewesen, und Kaufmann bin ich jetzt immer noch, nur anders.« Er deutete auf die Ansammlung von Utensilien vor ihm auf dem Tisch. »Sogar mehr als nur ein einfacher Kaufmann. Bin sozusagen der Chef von dem Ganzen hier.« Verschwörerisch beugte er sich zu Emily hinab und hauchte ihr die ganze Bandbreite seiner letzten Mahlzeiten entgegen. »Die andern Feilscher wissen, dass ich ein Guter bin. Kaufmann, meine ich. Deswegen hamse mich zum Marktvorsteher gemacht. Tja, so isses.«

Hilfe suchend trat Emily einen Schritt zurück.

»Wir überbringen Grüße von Mièville«, sagte ich.

Rottenshaw entwich ein neugieriges Knurren. »Ah, Mièville sagt Ihr!«

»Der Tunnelstreicher.«

»Ja, hm, guter Kunde, manchmal.«

»Wir suchen den Abgrund.«

Rottenshaw glotzte uns an, als seien wir geradewegs vom Himmel vor seine in klobigen Stiefeln steckenden Füße gekullert. »Was wollt Ihr denn da? Ist nicht gut, den Abgrund aufzusuchen. Für niemanden. Ist ne seltsame Gegend. Und unsicher dazu. Warum schickt Mièville Euch dorthin?«

»Wir sind auf der Suche nach Spuren.«

»Spuren?«

»Ja.«

»Wegen der Morde?«

»Ihr wisst davon?«

»Ah, hm, üble Sache, sag ich Euch. Ganz üble Sache. Alle reden davon und jeder hat Angst. Ist wie in der alten Zeit. Ja, das ist es. Und Whitechapel ist nicht weit. Ja, ja. Viel zu nah isses. Wie damals.«

Emily spitzte die Ohren.

Wieder waren die Geheimnisse jener Tage greifbar. Selbst der dreckige Marktvorsteher schien darüber Bescheid zu wissen. Und in den Büchern fanden sich kaum Hinweise auf die Geschehnisse, die London und die Metropole damals an den Rand des Abgrunds gebracht hatten. Ein Schleier lag über allem, was mit den Aufständen zu tun hatte, und Emily wurde das Gefühl nicht los, dass ein weit größerer Teil ihrer Vergangenheit mit jenen Ereignissen zu tun hatte, als ihr lieb war.

Wieder schien alles so greifbar nah zu sein.

Und dennoch so unerreichbar für das Mädchen.

Wie so oft, wenn sie durch die Tunnel und Schächte der Metropole wanderte, fühlte Emily sich einsam und allein auf sich gestellt. Zu vieles verbarg man vor ihr aus einem Grund, den sie weder kannte noch erahnte. Sie stand in dieser fremden Welt und gab sich Mühe, den durchdringenden Gestank des Marktvorstehers zu ignorieren, und das auch nur mit mäßigem Erfolg.

Ob Little Neil aus dem alten Raritätenladen diesen Ort hier kannte?

»Natürlich kenne ich die Metropole«, hatte er ihr gesagt.

Little Neil Trent war von Mr. Edward Dickens adoptiert worden.

Und Mr. Dickens kannte die uralte Metropole. Der alte Mann liebte es, des Nachts durch die Straßen und Gassen des Viertels zu ziehen, und auf einer dieser nächtlichen Wanderungen, die er stets auch unternahm, um seine Gedanken zu klären, war er über ein zusammengeschnürtes Bündel gestolpert, das unter einer Laterne in der Fleet Street gelegen hatte. Ein jämmerliches Heulen war dem Bündel entstiegen, und als Mr. Dickens die dicke Kordel entknotet und das grobe Leinen entwirrt hatte, da blickte er in die strahlend blauen Augen eines Kindes, das kaum zwei Jahre alt sein mochte. Der Junge mit dem Blondschopf hörte augenblicklich zu weinen auf, als er in das Gesicht des alten Mannes blickte, der Pfeife rauchend über ihm kniete und beruhigend auf ihn einzureden begann.

»Das ist überhaupt das Erste«, hatte Little Neil gestanden, »woran ich mich erinnere. Die Pfeife und der Geruch des Tabaks. Süßlich und dennoch schwer hat er gerochen.«

»Du bist also auch ein Waisenkind«, war es aus Emily herausgesprudelt.

»Ja, kann man so sagen.«

Immer öfter war Emily in dem Raritätenladen aufgetaucht, um sich mit dem Jungen auszutauschen. Little Neil Trent liebte alte Bücher. »Ganz besonders richtig dicke Bücher«, gestand er ihr.

»Charles Dickens?«

»Wie könnte ich ihn nicht mögen?«

Auch wieder wahr, dachte sich Emily.

Sie erzählte Neil von ihren einsamen Stunden in Rotherhithe und dem Trost, den sie zwischen den Seiten der fetten Wälzer fand. »Im Waisenhaus hatten wir nur zerfledderte Taschenbuchausgaben mit billigen Titelbildern. Doch auch mit denen konnte man träumen und in ferne Länder reisen.« Emily Laing genoss die Stunden, die sie im Raritätenladen verbringen konnte, weil sie in Neil einen Gleichgesinnten gefunden hatte, der ebenso in Bücher und Geschichten vernarrt war wie sie selbst. Und außerdem mochte sie die unbeholfene Art, wenn der Junge um sie herumschlich und ihr linkisch, aber fürsorglich Tee oder heiße Schokolade anbot. Kurzum: Emily Laing fühlte sich geborgen in der Gegenwart Little Neil Trents.

Und allem Anschein nach beruhte dieses Gefühl auf Gegenseitigkeit.

»Mein Vater war im Überseehandel tätig. Er kaufte Gewürze von den Pächtern der Pfeffergärten in Indien, und später dann wollte er in der Karibik Fuß fassen. Das war ein Fehler. Sein gesamtes Vermögen hat er verloren. Mr. Dickens hat einige Nachforschungen angestellt, um herauszufinden, wer meine Eltern waren.« Emily ahnte, dass die Geschichte kein gutes Ende haben würde. »Meine Eltern haben sich beide das Leben genommen. Aus Scham, weil die Firma meines Vaters dem Konkursverwalter übergeben worden war, und aus Verzweiflung, weil sie keine Zukunft mehr sahen. Mich haben sie in der Fleet Street ausgesetzt.« Die sonst so strahlend blauen Augen des Jungen wirkten jetzt stumpf und leer. »Sie hofften wohl, dass mich dort schnell jemand finden würde.«

Emily schwieg.

»Warum tun Eltern so etwas?« Eigentlich hatte Neil die Frage nicht an Emily gerichtet.

»Ich weiß es nicht.« Erwachsene tun manchmal Dinge, die für Kinder nicht immer klar sind.

»Warum haben deine Eltern dich ins Waisenhaus gegeben?«

Eigentlich hatte Emily nicht darüber reden wollen, aber dann tat sie es doch. »Mein Vater war ein Künstler aus Lancashire. Der meine Mutter liebte. Weißt du, es hilft, wenn ich mir vorstelle, dass es eine große, romantische Liebe gewesen ist. Irgendwie ergibt es dann Sinn, dass ich geboren wurde.«

Neil beobachtete sie. Das blonde Haar fiel ihm in sanften Wellen um die Schultern.

»Sie durften einander nicht heiraten, und aus irgendeinem Grund wollte die Verwandtschaft auch nicht, dass irgendjemand von mir erfuhr. Also gaben sie mich fort, und so landete ich im Waisenhaus des Reverends.« Emily hielt es für keine gute Idee, den Namen ihrer Familie zu erwähnen. Stattdessen fragte sie: »Wie ist es Mr. Dickens gelungen, deine Eltern ausfindig zu machen?«

»Er hat Detektiv gespielt. Der alte Edward liest in seiner Freizeit Conan Doyle, als gebe es nichts anderes. Tag um Tag, Jahr um Jahr. Er beginnt mit der *Studie in Scharlachrot*, frisst sich förmlich durch die Kurzgeschichten und endet bei *Im Zeichen der Vier*. Und ganz wie sein Vorbild gebrauchte er den Verstand. Die Logik, beliebte er zu sagen, ist der beste Freund des Mannes.«

Draußen heulte der Wind ums Haus.

»Jedenfalls«, fuhr Neil fort, »untersuchte er das Laken, in das man mich eingewickelt hatte, und fand heraus, dass es aus einer Baumwolle gewoben war, die seit Jahren nicht mehr nach England geliefert wurde. Er las sich in die Schiffsregister ein und fand heraus, welche Schiffe besagte Baumwolle geliefert hatten. Du wirst es erraten; alle Schiffe gehörten ein und derselben Handelsgesellschaft. Thomas Trent, Esquire.«

»Dein Vater?«

Er nickte. »Mr. Dickens fand einige Photographien, und die Ähnlichkeit zu meinen Eltern war nicht von der Hand zu weisen.« Nachdenklich verfiel er in ein kurzes Schweigen.

Ein heftiger Regen hatte eingesetzt und trommelte wütend gegen die Fenster.

Emily hätte in diesem Moment gerne die Hand des Jungen ergriffen. Einfach nur, um ihn zu trösten, weil er so traurig wirkte. Die Tatsache, dass er sich die Traurigkeit nicht anmerken lassen wollte, bezauberte Emily nur umso mehr. Irgendwie fühlte sie sich selbst in diesem Augenblick stärker als ihr Gegenüber, und dieses Gefühl tat gut.

»Die Karibikgeschäfte standen unter keinem guten Stern. Einige Schiffsladungen gingen in Stürmen und durch Piraterie verloren, und mein Vater verschuldete sich. Als die Gläubiger sich schließlich die restlichen Schiffe aneigneten, erhängte sich Thomas Trent am Hauptmast der *Ismael.* Sogar die *Times* berichtete damals darüber.« Neil schluckte und fügte flüsternd hinzu: »Es gibt sogar eine Photographie davon. Viel zu grobkörnig, um etwas erkennen zu können, aber ...« Er stockte. »Nun ja, meine Mutter war diejenige, die mich ausgesetzt hat. Eine Woche nach dem Selbstmord. Dann machte auch sie ihrem Leben ein Ende.« Der Junge hob den Blick und sah Emily an. »Das ist die Geschichte meiner Familie. Obwohl der alte Edward immer für mich da war und ich keinen meiner Verwandten, sofern es noch welche gibt, jemals getroffen habe, verspüre ich Trauer. Ist das nicht verrückt?«

Emilys Mund war ganz trocken.

»Nein.« Ihre Stimme klang heiser. »Ist es nicht.«

»Deswegen mag ich Bücher, die von der See erzählen«, sagte Neil nach einer Weile. »Von den Kolonien, fernen Ländern und unbekannten Ozeanen. Ich liebe das Meer, den salzigen Geruch und den stürmischen Wind, der einem ins Gesicht bläst. Wenn ich an der

Themse sitze, dann stelle ich mir oft vor, am Bug eines großen Seglers zu stehen. Man muss nur die Augen schließen, und schon ist man draußen auf See.« Er lächelte, nunmehr freudig.

»Du bist oft unten an der Themse?«

»Ja. An den Docks in Southwark. Am Greenwich Pier, wo ich einfach nur dasitze und die *Cutty Sark* betrachte.«

»Das ist nahe Rotherhithe«, stellte Emily fest.

»Hm.«

Es könnte sogar sein, dass sie einander bereits einmal begegnet waren, dachte Emily sich. Der Gedanke hatte etwas seltsam Romantisches. Vielleicht war sie während einer ihrer Botengänge für den Reverend an Little Neil vorbeigegangen, ohne von dem Jungen Notiz zu nehmen, der auf einer der Bänke saß und den letzten Teeklipper betrachtete, der zwischen Ostindien und London verkehrt hatte, und davon träumte, einst selbst die Segel hissen und in See stechen zu können.

»Du bist verknallt in ihn«, foppte Aurora sie oft.

Was Emily vehement bestritt: »Bin ich nicht.«

Dessen war sie sich sicher.

Neil Trent war ein guter Freund.

Für einen Jungen war er sehr still und einfühlsam, und sie fühlte sich wohl in seiner Gegenwart.

Das sollte doch genügen.

Zudem erzählte Neil ihr viele Geschichten aus der Vergangenheit der uralten Metropole und dem London darüber. Die Whitechapel-Aufstände allerdings bildeten die Ausnahme.

»Ich weiß nur, dass es eine sehr schlimme Zeit gewesen ist«, sagte ihr Neil während einer ihrer nachmittäglichen Gespräche.

»Warum ist so wenig darüber bekannt?«

»Mr. Dickens sagt, dass die Menschen Angst davor haben, die Macht von damals erneut zum Leben zu erwecken. Das Übel schläft, munkelt man, und man solle sich hüten, es erneut zu wecken.«

»Klingt wieder sehr geheimnisvoll.«

»Ich bin mir sicher, dass die Alten mehr wissen, als sie preiszugeben bereit sind.«

Wütend musste Emily diese Tatsache hinnehmen.

Rottenshaw, der Vorsteher des Müllmarktes von Carfax, jedenfalls schien mehr zu wissen.

Emily wünschte sich, Neil wäre mit dabei.

Er hatte schon mehr von der Metropole gesehen als sie selbst. Er kannte den Ravenscourt und hatte sogar schon einmal Knightsbridge passiert. Es wäre ein gutes Gefühl gewesen, ihn jetzt neben sich zu wissen. Sei es auch nur, um jemanden zu haben, mit dem man über den Gestank und den Zerfall des Müllmarktes hätte reden können.

»Die Region ist wieder gefährlich geworden«, warnte uns der Marktvorsteher, dem beim Reden winzige Essensreste aus dem Mund fielen. »Die Feilscher und Tunnelstreicher berichten von fremdartigen Kreaturen. Rattlingen. Gesehen hat sie noch keiner so richtig. Aber es sind Leute verschwunden, die die Region durchwandert haben. Große Fußabdrücke hat man gefunden. Ich sag ja, es ist wie damals.«

»In der Zeit der Aufstände?« Emily mochte sich nicht mehr zurückhalten.

Rottenshaw wirkte überrascht. »Sind keine Kindergeschichten«, sagte er. »Ist außerdem alles vorbei. Whitechapel ist heutzutage ruhig geworden. Warum also die alten Geschichten aufwärmen, hm?«

»Es interessiert mich eben«, beharrte Emily trotzig auf ihrer Frage.

»So ist sie nun einmal«, bemerkte ich.

Rottenshaw blinzelte kurz. »In der Region fing es an. Dort wurde Jack the Ripper erstmals aktiv. Tote pflasterten seinen Weg. Ja, so erzählt man es sich. In Whitechapel ging er dann an die Oberfläche. Ja, ja, so war das. Im Zentrum aber war der Abgrund. Immer der Abgrund. Es sind nur Geschichten. Sagen. Geschwätz. Aber man sagt, dass das Übel, das Jack geboren hat, dort unten aus der Dunkelheit gekrochen kam.«

Emily starrte den Marktvorsteher mit offenem Mund an.

Der Abgrund war das Zentrum der Aufstände gewesen?

»Bedenken Sie, Miss Emily«, warf ich ein, »dass es sich hierbei größtenteils um Geschichten handelt.«

»Da hamse Recht, Master Wittgenstein«, nuschelte Rottenshaw. »Aber manche Geschichten sind schon wahr. Teilweise. Irgendwas ist jedenfalls dran, sag ich Euch. Und irgendwas ist jetzt da unten. Wie damals.« Des Marktvorstehers Blick verfinsterte sich. »Die Leute haben Angst vor dem, was sie nur aus den Geschichten kennen.«

Später, als wir uns auf den Weg in die Region machten, riet ich Emily: »Hängen Sie nicht zu sehr an den Lippen derer, die mysteriöse Geschichten erzählen. Sie lassen uns oftmals Dinge fürchten, die nicht unbedingt so fürchtenswert sind, wie es uns die Geschichten glauben machen wollen.«

Rottenshaw jedenfalls war davon überzeugt, dass es da unten in der Region etwas gab, dem man besser nicht über den Weg laufen sollte. »Aber wenn Ihr unbedingt dorthin wollt, dann kann ich Euch auch nicht davon abhalten, stimmt's?!«

»Ihr sagt es!«

»Mièville wird schon wissen, zu was er Euch da geraten hat.«

»Er war überaus hilfreich«, sagte ich und schmeichelte dem Marktvorsteher: »Ebenso wie Ihr es seid.«

»Seid bedankt«, erwiderte dieser und beschrieb uns sodann den Weg hinunter in die Region. Der Weg dorthin würde uns durch stillgelegte Kloaken und Fußgängertunnel führen, tief hinein in die Eingeweide der Erde. »Doch solltet Ihr Euch eines Pfadfinders bedienen«, schlug Rottenshaw sodann vor. »Gleich da drüben lungern ein paar herum. Es ist sicherer, wenn Ihr die Region nicht wie Eure Westentasche kennt.«

Wir folgten dem Fingerzeig des Marktvorstehers.

Einige Stände weiter hatte sich eine Gruppe wild aussehender Gestalten um ein unruhig flackerndes Feuer zusammengerottet und tauschte, so wie es aussah, Geschichten aus. Dann bemerkte Emily, dass sich die Flammen für ein einfaches Feuer etwas zu unruhig bewegten. Ein Lächeln breitete sich auf dem Gesicht des Mädchens aus, als sie den alten Gefährten erkannte.

»Dinsdale!«, rief sie laut.

Ohne eine Reaktion meinerseits abzuwarten, lief sie dorthin, zu der Ansammlung Pfeifen rauchender und düster dreinschauender Pfadfinder. Das Irrlicht, in dessen Gesellschaft zu befinden wir seit fast einem Jahr nicht mehr das Glück gehabt hatten, erkannte das Mädchen wieder. Der runde, schwebende Lichtkörper nahm an Helligkeit zu.

Er freut sich, mich wiederzusehen, dachte Emily.

Winston Dinsdale, Irrlicht und Pfadfinder, hörte sich Emilys Kurzfassung unseres Vorhabens an. Es ist typisch für Pfadfinder, auf Märkten aller Art nach Kundschaft Ausschau zu halten. Emily erinnerte sich des Ravenscourts, wo sie inmitten der seltsamen Rabenmenschen zum ersten Mal dem Irrlicht aus Manchester begegnet war.

»Er wird uns begleiten«, verkündete sie mir erleichtert, als sie mit Dinsdale im Schlepptau zurückkehrte.

Rottenshaw grinste breit und zufrieden. »Ein Licht, das Euch den Weg leuchtet. Ist eine gute Wahl.«

Kurz besprachen Dinsdale und der Marktvorsteher, wann die Provision zahlbar sei, denn jeder Pfadfinder musste eine Vermittlungsgebühr an den Vorsteher des Marktes abtreten, wenn er Kundschaft gefunden hatte.

Danach brachen wir auf.

Hinüber zur Cannon Street, wo hinter einem der versteckten Sidings der eigentliche Abstieg begann. Emily Laing war sichtlich froh, das Irrlicht wieder an unserer Seite zu wissen. Irgendwie schien dies ein gutes Omen zu sein. Wie damals, vor einem Jahr, würden sich die Dinge vielleicht auch jetzt zum Guten wenden. Und wie damals, als wir nach Knightsbridge gingen, so ahnten wir auch dieses Mal nichts von den Dingen, die uns erwarteten.

Kapitel 6

Die Region

Maurice Micklewhite und Aurora Fitzrovia erreichten Trafalgar Square mit dem Autobus.

Die riesige Säule des Admiralsdenkmals, stehend auf einem mit Flachreliefs verkleideten Sockel und flankiert von vier sieben Meter langen Bronzelöwen, verschwand auch an diesem Morgen hinter einer Wolke aus flatternden Tauben und wabernden, undurchdringlichen Nebelschleiern.

»Wen werden wir treffen?«, hatte Aurora wissen wollen.

»Den Herrn der fliegenden Ratten, meine kleine Miss Fitzrovia«, hatte der Elf geantwortet.

Ziehende, wesenlose Nebel hatten die vergangene Nacht überlebt. Ein bräunlicher Schleier lag über den Dächern, der aussah wie eine Widerspiegelung der schlammfarbenen Straßen. Dampfig-dunstige Luft vermischte sich mit den Abgasen der vielen Autos, und der dichte und fein sprühende Nebel ließ sogar die Säulen der Nationalgalerie konturenhaft und monströs erscheinen.

Eiligen Schrittes überquerten Elf und Mädchen den großen Platz. Ein seltsames Gespann, doch wie so oft erregte Ungewöhnliches nicht unbedingt Aufsehen in London. Maurice Micklewhite trug seinen obligatorischen weißen Mantel mit Pelzkragen, dazu halbhohe Stiefel zu einer ebenso weißen Hose. Das blonde Haar stand lockig und ungestüm vom Kopf ab. Aurora Fitzrovia wirkte neben der hoch gewachsenen Erscheinung des Elfen fast unscheinbar in ihrer gefütterten Jeansjacke, den klobigen Boots, Strumpfhosen und einem knielangen Rock. Das pechschwarze Haar hatte das Mädchen unter einer Wollmütze versteckt.

Eine Wolke von Tauben erhob sich vom regennassen Asphalt und umkreiste das Denkmal, um schließlich im Nebel zu verschwinden, sodass nur mehr das Flattern der vielen Flügel zu hören war.

Vor den Bronzelöwen harrte ein Mann im trüben Nebel aus, der märchenhaft unwirklich dastand. Er war alt und dürr und in eine schäbige Admiralsuniform gekleidet, das faltige Gesicht mit den traurigen Augen und der breiten Nase in grellem Weiß überschminkt. Auf dem Kopf trug er eine breite Admiralsmütze, die uralt und echt aussah, wie Aurora fand.

»Ein Straßenclown?«, flüsterte Aurora vorsichtig.

Der Mann stand neben einem Drehorgelwagen, auf dem gurrend eine fleckige Taube hockte, und kurbelte routiniert eine dahingeklimperte Melodie herunter: *Spanish Lady*, ein Seemannslied aus vergangenen Tagen. Vor dem Wagen, der auf wackligen, dürren Rädern stand, lag eine schmale Zigarrenkiste auf dem Boden, in die bereits einige gutwillige Passanten Geldstücke geworfen hatten.

»Meine liebe Miss Fitzrovia«, sagte Maurice Micklewhite, »darf ich Ihnen Lord Nelson vorstellen?« Sodann verbeugte er sich leicht vor dem alten Mann mit dem geschminkten Gesicht.

Verdutzt starrte Aurora ihr Gegenüber an.

Lord Nelson?

Das Mädchen blickte zum Denkmal hinauf, wo die Skulptur des Helden der Schlacht von Trafalgar noch immer stand und zudem nicht die geringste Ähnlichkeit mit dem Mann aufwies, der ihr zum Gruß die behandschuhte Rechte reichte.

»Lächeln Sie«, sagte Lord Nelson, dessen Stimme etwas gurrend klang, »denn das Leben ist zu ernst, um es ohne ein Lächeln ertragen zu können.« Flink zauberte er eine Rose aus dem Nichts und reichte sie dem Mädchen. Dann wandte er sich Maurice Micklewhite zu. »Wir haben uns lange nicht gesprochen, alter Elf. Du hast dich rar gemacht in den letzten Jahren.«

»Ich hatte zu tun.«

»Haben wir das nicht alle?«

Er zwinkerte Aurora zu.

Die zaghaft lächelte.

»Ist Ihr Name wirklich Lord Nelson?«, wagte sie die Frage.

»Horatio Haythornthwaite«, antwortete der Mann. »So lautet der Name, den mir meine Mutter gab. Ich finde, dass Lord Nelson verständlicher klingt.«

»Hm.«

Die Taube auf dem Drehorgelwagen musterte die Neuankömmlinge neugierig und wachsam, wobei sie den Kopf ruckartig und zuckend umherdrehte.

»Wir kommen in einer Angelegenheit von höchster Dringlichkeit«, sagte Maurice Micklewhite, der keine Zeit verlieren wollte. »Wir müssen reden und wir sollten es nicht hier tun.«

»Das, lieber alter Elf, denke ich auch.« Mit einem belustigten Funkeln in den Augen schlug Lord Nelson vor: »Du könntest mich zu einem Frühstück einladen.«

»Könnte ich?«

»Tu es, und ich werde dir ohne Klage folgen.«

»Dann tu ich's.« Maurice Micklewhite und der alte Nelson lachten laut auf. »Du hast dich nicht verändert, alter Mann«, stellte der Elf fest.

»Oh, das klingt gar fürchterlich«, antwortete dieser bestürzt.

Aurora ahnte, was Lord Nelson meinte.

Die drei suchten also ein Café am Haymarket auf – dies jedoch erst, nachdem der alte Mann den Drehorgelwagen mit einer schweren Kette an einem der Treppengeländer festgebunden hatte, die hinunter zur U-Bahn führten.

»London ist voller Diebesgesindel«, begründete er seinen Argwohn, »das nicht einmal vor einem schäbigen Drehorgelwagen Halt macht.«

Auf dem Weg zum Haymarket gleich um die Ecke berichtete Maurice Micklewhite dem Alten von den Dingen, die Mylady Hampstead widerfahren waren und die wir alle mit Besorgnis beäugten.

Während die beiden Männer miteinander sprachen, fragte sich Aurora, wo Emily sich in diesen Augenblicken wohl herumtreiben mochte. Nur ungern erinnerte sich Aurora an die Begebenheiten von vor einem Jahr und daran, was Emily ihr letzte Nacht über die Laterne hoch oben in der Kuppel von St. Paul's gesagt hatte. Der Gedanke, dass Lycidas sich befreien könnte, erfüllte sie mit tiefster Besorgnis. Zudem hatte sie das Gefühl, dass mehr auf dem Spiel stand, als Emily und sie ahnten. Und sie fragte sich immer öfter, welche Rolle ihre Freundin in diesen Angelegenheiten spielte. Aurora wusste, dass auch Emily sich all diese Fragen stellte und es diese quälenden Fragen waren, die sie des Nachts nicht schlafen und am Fenster ausharren ließen.

Damals, als Aurora nach Rotherhithe gekommen war, hatte sich Emily sofort des neuen Mädchens angenommen. Als sie weinend in der Mädchentoilette gekauert hatte, da war ihr nur noch nach Sterben zumute gewesen. Aurora konnte sich kaum mehr an die Stunden erinnern, in denen sie Madame Snowhitepink in jenes Haus geführt hatte. Sie wollte auch nie wieder daran denken müssen. Schlimm genug, dass sie manchmal in ihren Träumen dorthin zurückkehren musste. Die eigentliche Erinnerung begann mit jenem Moment, als Emily Laing sie in der Mädchentoilette fand und in die Arme schloss.

Wie sehr hatte Aurora um Emily gebangt, als sie aus dem Waisenhaus geflohen war und später, als sie mit Wittgenstein durch London streifte! Doch nicht nur um Emily. Auch um ihrer selbst willen. Denn was wäre aus ihr geworden, wenn Emily vom Hause der Manderleys aufgenommen worden wäre? Sie hätte es niemandem erklären können, doch hatte sie von Anfang an das ungute Gefühl beschlichen, dass man Emily benutzen wollte. Für welche Zwecke auch immer. Abgesehen davon war Emily allerdings in der glücklichen Lage, zumindest zu wissen, wer ihre Familie war. Was jedes Waisenkind in Erfahrung zu bringen hoffte, war ihr zuteil geworden. Sie hatte ihre Wurzeln entdeckt. Wenngleich ihr dieses Wissen keinen sonderlich großen Gewinn brachte, so hatte sie doch immerhin erfahren, woher sie stammte.

Was Aurora nicht von sich behaupten konnte.

Viel zu oft fragte sie sich, wer ihre Eltern gewesen waren, wo sie gelebt und warum sie sie in eine grüne Mülltüte eingewickelt an dem Briefkasten im Stadtteil Fitzrovia ausgesetzt hatten.

Obwohl die Quilps die besten Pflegeeltern waren, die man sich wünschen konnte, und Emily eine Schwester war, um die sie viele andere Kinder beneiden würden, fühlte sich Aurora dennoch wie ein Waisenkind. Ohne Wurzeln. Ohne Vergangenheit. Ohne das Gefühl, irgendwohin zu gehören.

Emily war ihre einzige Familie.

So war das.

Als sie in dem Café am Haymarket saß und die anderen Gäste ihnen belustigte Blicke zuwarfen, da fühlte sie sich mit einem Mal wieder allein. Emily hätte jetzt hier sein sollen.

Das Gespräch, das die beiden Männer führten, konnte zudem ebenso wenig dazu beitragen, sie aufzumuntern.

»Deine Tauben haben ihre Augen überall, alter Freund.«

»Sogar in der Nacht, wenn sie ruhen und unter den Simsen weilen.«

Als die Bedienung Tee, Kaffee und Gebäck an den runden Tisch brachte, verstummte das Gespräch.

»Ein seltsames Wesen wurde gesichtet«, sagte Lord Nelson, als sie wieder fort war, und biss genüsslich in ein Croissant. »Die Tauben berichten mir davon. Es geschieht nichts in der Stadt, das ihren unermüdlichen Blicken entgeht. Nur fliegen sie selten des Nachts, und das Wesen, auf das du anspielst, bewegt sich nur in der Dunkelheit durch das Labyrinth der Stadt.«

»Aber sie haben es gesehen?«

»Allerdings. Einige meiner Kinder sahen eine grobschlächtige Gestalt durch den nächtlichen Nebel wanken. Die Tauben, die mir davon berichteten, verbringen die Nacht unter den Regenrinnen der Bank of England, und gestern weckte sie ein wehleidiges Jaulen. Eine Gestalt, so groß wie ein Riese, hatte einen Straßenköter gefangen und sich an ihm gütlich getan.«

Aurora verzog angewidert das Gesicht.

»Das war kurz nach Mitternacht.«

Aurora fragte sich, ob Tauben die Uhrzeit ablesen konnten und, wenn ja, wie sie es wohl anstellten.

Lord Nelson fuhr fort: »Fünf Minuten später wurde die gleiche hünenhafte Gestalt am Ludgate Hill gesichtet, wo sie wie ein Betrunkener die Gassen entlangschlurfte. Und keine zehn Minuten danach sah man sie am Embankment.«

»So schnell kann sie sich doch nicht fortbewegt haben«, warf Maurice Micklewhite nachdenklich ein. »Selbst dann nicht, wenn sie die Abkürzungen der uralten Metropole nutzt.«

»Das ist nicht alles.« Lord Nelson schlürfte gierig an seinem Kaffee. »Auch in High Holborn und den Docks hat man sie gesehen.«

Aurora dachte an den Golem von Prag.

An den Nebel, der durch die Straßen Londons zog.

»Es ist nahezu unmöglich«, murmelte Maurice Micklewhite, »dass sich ein Wesen derart schnell fortbewegt. Sind die Tauben zuverlässig?«

Lord Nelson verwahrte sich gegen jeglichen Irrtum. »Das Wesen wurde an all diesen Stellen in der Stadt in ein und derselben Nacht gesehen. Innerhalb einer Dreiviertelstunde.«

»Unmöglich.«

»Es sei denn, es sind mehrere Wesen«, dachte Aurora laut.

Die beiden Männer starrten sie an.

»Das wäre in der Tat die logische Schlussfolgerung«, stimmte Lord Nelson ihr zu.

Maurice Micklewhite kratzte sich gedankenverloren am Kopf. »Das wäre ungeheuerlich.«

»Und doch ist es die wahrscheinlichste Antwort.«

»Mehrere Wesen, die alle gleich aussehen.« Fassungslos versuchte Maurice Micklewhite, die Konsequenzen dieser Feststellung zu erfassen. Die Whitechapel-Aufstände waren ausgelöst worden, weil ein einziger Golem sein Unwesen in London getrieben hatte. »Wer sollte so etwas tun?«

»Das ist die alles entscheidende Frage.« Das Gesicht Lord Nelsons war unter der weißen Schminke voller sorgenschwerer Falten. »Wir wissen nicht einmal, wer den Golem von London damals erschaffen hat.«

Maurice Micklewhite warf ein: »Und zu welchem Zweck? Aus welchem Grund erschafft man ein solches Wesen?«

Aurora musste an die Nacht im Waisenhaus denken, als Larry der Lykanthrop das Mädchen gestohlen hatte und Emily geflohen war. Vor diesem Tag waren all jene Gestalten nichts weiter als Ausgeburten der Phantasie gewesen. Werwölfe, Engel, Arachniden und steinerne Ritter. Und jetzt saß sie hier und akzeptierte die Existenz eines Golems, als sei es das Natürlichste der Welt. Wenngleich ihr das Verhalten des Elfen und Lord Nelsons sagten, dass die Existenz eines Golems in keinster Weise mit dem Wesen der Natur in Einklang zu bringen war.

»Der Golem von Whitechapel mordete wahllos.«

Lord Nelson stimmte dem Elfen zu. »Doch niemand fand heraus, weswegen er mordete. Du selbst warst zugegen, als die Kreatur vernichtet wurde und zu Lehm zerfiel.«

»Wir haben nur den Golem bekämpft«, sagte Maurice Micklewhite, »nicht jedoch den Drahtzieher im Hintergrund. Theorien über den Urheber des Übels gab es zuhauf, jedoch konnte keine dieser Mutmaßungen bestätigt werden, wenngleich einige von ihnen, das gebe ich zu, durchaus schlüssig und nachvollziehbar klangen.«

Lord Nelson vertilgte den Rest des Croissants und bemerkte: »Könnte es sein, dass der Drahtzieher heute der Gleiche ist wie damals?«

»Unwahrscheinlich. Doch selbst wenn dem so wäre, bliebe immer noch die Frage nach dem Warum.«

Aurora war mittlerweile der Appetit auf das Frühstück vergangen. Die Aussicht, dass da draußen mehrere dieser Lehmwesen durch London streiften, behagte dem Mädchen ganz und gar nicht. Mit Grausen erinnerte sie sich der Werwölfe, die Emily und ihr im Regent's Park entgegengestürmt waren. Im Buch eines gewissen Gustav Meyrink, dessen sie in der Bibliothek hatte habhaft werden können, hatte sie das Bildnis eines Golems gesehen. Es war nur eine Radierung gewesen, die nichts als Konturen erkennen ließ, welche jedoch abstoßend genug waren. Eine hünenhafte Gestalt mit breiten Schultern und fast schon eckigem Kopf, dem das Gesicht fehlte. Der Gedanke, dass so ein Ding in London frei herumlief, war alles andere als erbaulich.

»Was sollen wir jetzt tun?«

Die beiden Männer sahen das Mädchen überrascht an.

»Ich meine, wenn es mehrere Golems sind, dann müssen wir doch etwas unternehmen, oder?«

Maurice Micklewhite seufzte. »In der Tat, Miss Fitzrovia, das sollten wir.«

»Und ihr solltet es schnell tun«, schlug Lord Nelson vor. »Denn wenn diese Wesen oder ihr Schöpfer etwas im Schilde führen, dann ist die Zeit bestimmt nicht euer Verbündeter.«

Maurice Micklewhite wäre der Letzte gewesen, der etwas dagegen einzuwenden gehabt hätte. Zudem hatte er schon einen Plan. Doch dazu würden er und Aurora ins Museum zurückkehren müssen. Es gab alte Schriften zu sichten, Pergamente zu entrollen und Stadtpläne zu entziffern. Irgendwo zwischen all den Informationen würden sie das finden, wonach sie suchten. Da war sich der Elf sicher. Irgendwo musste die Lösung verborgen sein.

Um es mit Lord Nelsons Worten zu sagen: Es galt, keine Zeit zu verlieren.

Derweil führte Dinsdale uns immer tiefer in die Eingeweide Londons hinab, in jenen Teil der Metropole, der als die Region bekannt ist. Die Luft selbst veränderte sich hier unten, wo man Zeuge der Vergänglichkeit ehemaliger Imperien werden konnte. Sie wurde schwer vom Erbe alter Schmerzen, staubig, trocken und kummervoll. Aus den Wänden ragten massive Steinquader und Teile von Skulpturen, die einst römische Gottheiten dargestellt hatten, mittlerweile aber dem Verfall ausgesetzt waren, sodass die vormals edlen und hochmütigen Gesichter zerbröckelt und ohne Ausdruck in die Dunkelheit starrten und vielleicht von den alten Zeiten träumten, die sie sehnsüchtig herbeiwünschten.

»Was ist das hier?« Emily glaubte sich in einer fremden Welt.

Und fürwahr, das war die Region.

Eine fremde Welt.

Als sei Londinium, jene römische Festung von einst, die vom heutigen Ludgate bis nach Aldgate reichte, mit all seinen Wegen und Gassen und Straßen in den Untergrund gesunken. Wir passierten einen geräumigen Tunnel, in dem sich Werkstätten, Schenken, Läden und Schmieden drängten. Allesamt seit Jahrhunderten verlassen.

»Dies war einst das römische Londinium, das im Laufe der Jahrhunderte in Vergessenheit geraten ist.«

Mit offenem Mund bestaunte Emily die Wunder, die sich ihr offenbarten.

Dinsdale schwirrte munter vor uns her und geleitete uns.

»Einige hundert Meter über uns müsste St. Paul's liegen.«

Was Emily den Blick zur Tunneldecke heben ließ.

Der Boden war teilweise bedeckt mit Bechern und Würfeln, Schabern und Glocken, Schreibtafeln und Mühlrädern, Sandalen und Fibeln, die allesamt stummes Zeugnis ablegten von der Zeit, die einmal gewesen war. Wir kamen vorbei an Säulengängen mit Reliefs, die heidnische Schlachten darstellten, an eingefallenen Fenstern, hinter denen nunmehr außer schwarzem Gestein nichts zu entdecken war. Wir schritten über Böden, die mit Mosaiken geschmückt waren, wenngleich so stark beschädigt, dass man auch hier kaum mehr die ursprünglichen Motive zu erkennen vermochte. Dies war das untergegangene Londinium, die große Metropole von einst, heutzutage von den meisten gemieden und als die Region bekannt. Ein Grenzgebiet, in das normalerweise nur Tunnelstreicher vordrangen.

Hier unten gedachten wir den Abgrund zu finden.

»Was wird uns dort erwarten?« Emily trottete geduldig neben mir her.

»Ein Abgrund«, gab ich zur Antwort.

»Ja, das dachte ich mir. Aber was genau ist dieser Abgrund?«

Dieses Kind!

»Was ein Abgrund eben ist. Ein Loch. Ein tiefes Loch.«

»Das wohin führt?«

Ich zuckte die Achseln.

»Ein bodenloses Loch also.«

Ich hielt kurz inne und warf ihr einen gestrengen Blick zu. »Man nennt es den Abgrund, Miss Emily. Das ist der Name dieses Ortes. Was immer es sein mag, wir werden es bald zu Gesicht bekommen.«

»Hm.«

Darüber hinaus schien sie mir derzeit oft mit den Gedanken woanders zu sein. Peggotty, meine Haushälterin, hatte mich bereits vor diesem jungmädchenhaften, gedankenverlorenen Verhalten gewarnt.

»Spüren Sie etwas?«, hakte ich nach.

Selbst wenn sich außer uns niemand hier unten herumtrieb, so wäre dies eine gute Übung für das Mädchen. Emily hatte es anfangs nicht gemocht, wenn wir durch die Straßen der Stadt wanderten und sie sich der Gedanken der anderen Passanten bedienen sollte. Sie hatte es als indiskret empfunden. Nichtsdestotrotz war es ein gutes Training gewesen. Sie sprang sozusagen von einem Passanten zum nächsten. Nahm hier die Sichtweise eines Angestellten an, sprang dort in das Bewusstsein eines Punks, der Graffiti an eine Mauer sprühte, durchforstete an anderer Stelle die Gedankenwelt eines Straßenmusikanten am Piccadilly.

»Da ist nichts.«

»Gut. Versuchen Sie es trotzdem weiter.«

Wenn sich außer uns noch jemand hier unten herumtrieb, dann könnte es von Nutzen sein, einen Blick durch dessen Augen zu erhaschen.

»Wenn etwas passiert, dann schlage ich Alarm«, versprach sie.

Und dachte an die Geschichten, die ihr Little Neil Trent von der Region erzählt hatte. Neil mit seinen blauen Augen, die so fröhlich funkelten, wenn er von den Dingen erzählte, die er einst gelesen hatte. Die Region war in Neils Erzählungen eher eine Art Märchenzauberwelt gewesen, tief unter der Erde gelegen mit Geschöpfen so unsagbar und unbeschreibbar, dass er es auch gar nicht erst versucht hatte. Trotzdem waren es spannende Geschichten gewesen. Schicksale von mutigen Tunnelstreichern, die in die Region vorgedrungen waren, um ihrer Liebsten zu imponieren. Abenteuer mutiger Gewölbefahrer, die im Labyrinth dem Minotaurus von London begegnet waren. Kurzum: Es waren Märchen gewesen. Geschichten aus der uralten Metropole. Gutenachtgeschichten für Tunnelstreicherkinder.

Emily hatte sie gemocht.

Vor allem hatte sie es gemocht, wie Neil davon zu erzählen wusste. Seine Stimme klang ruhig und angenehm. Er vermag es, mit Worten zu lächeln, dachte Emily und fragte sich, woher dieses Zitat wohl stammte.

Dessen eingedenk entsprach nichts hier unten dem Bild, das ihr der Junge aus dem Raritätenladen zu vermitteln versucht hatte. Kein Wort hatte Neil über das alte Londinium verloren, die versunkene Römerfeste, aus der später das heutige London geboren werden sollte.

Geschichten und Wirklichkeit.

So viel also dazu.

Die Tunnelwände bestanden zu großen Teilen aus römischen Flachziegeln, die teilweise in herkömmliche Fliesen übergingen, die man überall in der U-Bahn finden konnte. Hohe, einstmals anmutige Gewölbe wurden durch ein filigranes Netz von Tunneln verbunden.

Einmal versperrte ein großer, steinerner Kopf unseren Weg.

»Wer ist das?«

»Mithras, ein römischer Gott.« Das Ding mochte aus dem alten Tempel stammen, der sich hier irgendwo befunden haben musste.

»Wird er reden?«

»Und Gedichte verlangen? Ich hoffe doch nicht.«

Wir gingen weiter.

Schnellen Schrittes.

Dem Irrlicht folgend.

Nach einstündiger Wanderung erreichten wir eine Straße. Breit und lang, eine Hauptstraße tief unterhalb der City von London. Es war dort, wo wir auf dem spärlich beleuchteten Kopfsteinpflaster die ersten Lehmspuren fanden.

Emily stand mit dem Rücken zur Wand und beobachtete, wie ich mich bückte, um den Fußabdruck zu untersuchen. Der Lehm war feucht und warm. Vor nicht allzu langer Zeit war der Golem hier entlanggekommen.

Wachsam schaute ich in alle Richtungen.

So weit das Irrlicht leuchtete, war keine Bewegung zu erkennen.

»Ist es der Golem?«

»Möglich.«

»Ist er groß?«

Ich erhob mich. »In London wird er keine Schuhe in seiner Größe finden.«

»Oh.«

Emily wusste, was ich jetzt von ihr verlangen würde.

»Da ist etwas«, sagte sie.

Ihr Auge war geöffnet.

Seitdem wir in der City geübt hatten, musste sie die Augen nicht mehr schließen, um die Gedanken wandern zu lassen. Es fiel ihr nunmehr einfacher. Sie schickte ihr Bewusstsein auf Reisen, hinab in die Dunkelheit der Tunnel. Sie spürte jede Spalte zwischen den Steinen, jedes Körnchen Schmutz am Boden. Rasend schnell eilte sie durch das Labyrinth der Region und fand schließlich ein anderes Bewusstsein.

»Es ist dumm«, murmelte sie.

Das passte.

Der Verstand, in dem sie sich befand, war langsam und tumb. Dem eines Tieres ähnlich, das zwar seine Umwelt wahrnimmt, sie aber nur instinktiv zu deuten weiß. Das Wesen, durch dessen Augen Emily blickte, bewegte sich äußerst schnell. »Es findet sich vortrefflich in der Dunkelheit zurecht.« Die Orientierung fiel Emily jedoch schwer, da sie noch immer von vollständiger Nachtschwärze umgeben war. »Ich habe keine Ahnung, wo es sich befindet. Aber es läuft schnell.« Plötzlich hielt es inne, und für einen Sekundenbruchteil loderte dicht vor dem Auge des Wesens ein Licht auf, in dessen Schein ein Gesicht aufflammte.

Dann war es vorbei.

»Was meinen Sie damit?«

Trotzig und verwirrt entgegnete Emily: »Was weiß ich?! Es ist eben vorbei. Es war weg.« Sie fasste sich und verbesserte sich. »Sein Bewusstsein war irgendwie … verschwunden. Ich kann es nicht anders beschreiben. Ich habe alles ganz klar gesehen, und auf einmal war da nichts mehr.«

Dinsdale schwebte zwischen uns.

»Ergibt das einen Sinn?«, fragte Emily zögerlich.

»Vielleicht.«

»Was werden wir jetzt tun?«

»Na, was schon. Weiter dem Weg folgen bis zum Abgrund.«

»Was ist, wenn das Wesen dort auf uns wartet?«

Gute Frage.

»Wir werden vorsichtig sein. So wie es aussieht, ist die Kreatur nicht mehr bei Bewusstsein.«

»Glauben Sie denn wirklich, dass es der Golem war, in dessen Verstand ich gewesen bin?«

»Es könnte sein. Wenngleich ich es nicht Verstand nennen möchte.«

»Aber es wäre möglich.«

»Durchaus. Ja.« Ich hielt es sogar für wahrscheinlich, dass sie den Golem aufgespürt hatte.

Emily schluckte. Sie entsann sich der Geschichten um Jack the Ripper und die Gräueltaten, die er einst begangen hatte. Wenn das Geschöpf, das irgendwo hier unten in den Katakomben der Region hauste, tatsächlich ein Golem war, dann wäre es vermutlich ebenso skrupellos und grausam wie der einstige Golem von Whitechapel. Würden ein Alchemist, ein dreizehnjähriges Mädchen und ein Irrlicht die Begegnung mit einer solchen Kreatur überleben?

Ein wenig mehr Zuversicht hätte Emily in diesem Augenblick gut zu Gesicht gestanden.

Ich sah sie eindringlich an und versprach ihr: »Wir werden vorsichtig sein!«

Emily nahm mein Versprechen zur Kenntnis.

So setzten wir unseren Weg fort.

Wir passierten die Überreste von Thermen und Tempeln, vor denen meist die zerschmetterten steinernen Gliedmaßen der angebeteten Gottheiten im Dreck lagen. Staub und Zerfall waren allgegenwärtig in der Region. Hin und wieder stieß man auf ein fettes Stromkabel, das irgendwer irgendwann einmal hier unten verlegt hatte und das wie ein Fremdkörper in dieser antiken Ruinenstadt wirkte. Nur schattenhaft tauchten all die Säulen und Skulpturen im flackernden Schein des vorbeihuschenden Irrlichts auf. In jedem

Winkel, hinter jeder Säule oder Tunnelbiegung, hätte sich der Golem verstecken können.

»Ich bin sicher«, beruhigte ich das Mädchen, »dass der Golem nicht bei Bewusstsein ist.«

Das Gesicht, das kurz erkennbar gewesen war ... irgendwie war es Emily bekannt vorgekommen. Doch woher? War es gar Einbildung gewesen? Wenn der Golem nicht mehr bei Bewusstsein wäre, dann müsste ihm doch jemand den Zettel mit der göttlichen Formel aus dem Mund gezogen haben? Jedenfalls dann, wenn die alten Überlieferungen Recht behielten.

Doch wenn auch das nur Geschichten waren?

Wie sicher konnten sie dann sein, dass sich der Golem so verhielt, wie man es von ihm erwartete?

Emily war da skeptisch.

Vorsichtigen Schrittes folgte sie Dinsdale und hoffte, dass die alten Schriften verlässlicher waren, als sie befürchtete.

Dann erreichten wir den Ort, von dem Miéville gesprochen hatte.

Das ehemalige Amphitheater Londiniums.

Ein riesiges Gewölbe umspannte die muschelförmig angeordneten steinernen Sitzreihen. Dinsdale schwirrte einmal durch den Raum und wurde jäh aus der Bahn gerissen, als etwas großes Dunkles und insektenhaft Vielgliedriges sich wild auf ihn stürzte. Instinktiv erlosch das Irrlicht, und wir befanden uns in absoluter Finsternis.

»Was war das?« Furcht schwang in der Stimme des Mädchens mit.

»Das Licht«, flüsterte ich und tastete in der Dunkelheit nach ihr. Als ich ihre Jacke zu fassen bekam, zog ich Emily zu mir. »Es gibt Wesen, die ihre Gestalt verändern, sobald sie mit Licht in Berührung kommen.«

Ich hätte ahnen müssen, dass etwas passieren würde.

Immerhin befanden wir uns in der Region.

»Was war das für ein Ding?«

Ich lauschte in die Dunkelheit und vernahm nur ein leises insektenhaftes Scharren.

»Eine Hymenoptera.«

Emily hatte von diesen Wesen gehört. Neil hatte davon berichtet, doch hatte sie die Hymenopteras für mythische Gestalten gehalten. Die allenfalls in den alten Geschichten auftauchten. »Sie scherzen.«

»Sehe ich so aus?«

»Ich kann Sie ja nicht sehen.«

»Es sind fingergroße, raupenähnliche Gebilde, die in der Dunkelheit lauern. Wenn Licht auf sie fällt, dann kommt es zu einer sekundenschnellen Metamorphose.« Wer hatte dieses Vieh nur aus den tiefen Schichten mit nach oben gebracht? »Hymenopteras sind flinke und grausame Jäger, und man trifft sie höchst selten an.«

»Da haben wir ja richtiges Glück gehabt«, stänkerte Emily.

Ihr Humor entwickelte sich.

Dennoch spürte ich die Furcht.

Vor der Hymenoptera und dem Golem und der Dunkelheit.

»Was ist mit Dinsdale passiert?«

»Normalerweise greifen Hymenopteras keine Irrlichter an«, antwortete ich ihr. »Zu wenig Fleisch für einen Räuber.«

Emily versuchte sich ein Bild von der Hymenoptera zu machen, die das Irrlicht angefallen hatte. Da waren nur schwarze Beine und ein gelbes Aufblitzen gewesen. Es war zu schnell passiert, als dass sie etwas Genaues hätte erkennen können. Das Ding hatte Dinsdale mit den Beinen umklammert und zu Boden gerissen. Dann war das Irrlicht erloschen.

»Was sollen wir jetzt tun?«

»Wir dürfen auf keinen Fall Licht entzünden«, warnte ich sie. »Die Hymenoptera würde uns auf der Stelle attackieren.«

»Ist das Ihr einziger Vorschlag?«

Der genervte Unterton in der Stimme des Mädchens ließ erahnen, wie Emily Laing sich als Teenager entwickeln würde.

»Fragen Sie nicht!«, grummelte ich.

Dann wurde es Licht.

Grell.

Flutend.

Alles durchdringend.

Wie benommen kniffen wir die Augen zusammen, und als wir sie wieder öffneten, bot sich uns ein wenig ermutigendes Bild. Das Amphitheater war blendend illuminiert. Jemand hatte eine Flutlichtanlage installiert. Auf der ehemaligen Bühne ruhte bewegungslos eine riesige Gestalt, die sich kaum von der Farbe des Steins abhob. Der Golem. Zwischen den Sitzplätzen und der Bühne klaffte ein großes Loch im Steinboden. Der Abgrund. Noch bedeutsamer für unsere momentane Situation aber waren die Unmengen raupenähnlicher Gebilde, die zu hunderten überall auf den Sitzplätzen verstreut dalagen.

»Sagen Sie jetzt bloß nicht, dass das alles Hymenopteras sind.« Emily war mit einem Mal ganz bleich geworden.

Es war ihr nicht zu verdenken.

Überall um uns herum setzten die Metamorphosen ein.

Kapitel 7

Bedrängnis

»Der Golem von Whitechapel«, sagte Maurice Micklewhite mit ruhiger Stimme und unruhigem Blick, »war keine Kreatur von reiner Boshaftigkeit. Nein, nur jenen, die ihn erschaffen hatten, hätte man eine solche vorwerfen können. Nicht jedoch einem künstlichen Wesen, das nur versuchte, das zu sein, was es niemals würde sein können.«

»Sie meinen, der Golem hat nur versucht, ein Mensch zu sein?«

»Ja, das trifft es im Grunde.«

Nachdenklich nippte der Elf an seinem Tee.

Es war an der Zeit, dem Mädchen einen Blick in die Vergangenheit zu gewähren. In die Vergangenheit Londons und auch in jene eines gewissen Maurice Micklewhite, der zu jener Zeit dem Senat gedient hatte. Er war damals alt gewesen und dennoch jung, Ersteres gemessen in Jahren und Letzteres gemessen an Erfahrung.

Nach dem Besuch am Trafalgar Square und dem Gespräch mit dem Herrn der Tauben, Lord Nelson, waren Aurora Fitzrovia und Maurice Micklewhite ernüchtert in die Nationalbibliothek zurückgekehrt. Dort hatten sie sich augenblicklich in den Lesesaal begeben, wo sie jetzt saßen und Tee schlürften. Niemand störte sich an diesem Verhalten, da der Lesesaal für Besucher an diesem Nachmittag gesperrt worden war und Maurice Micklewhite und Aurora die einzigen Gäste inmitten all der Bücher waren.

»Bücher und Flüssigkeiten jedweder Art, das sollten Sie sich merken«, hatte der Elf dem Mädchen einst eingeschärft, »vertragen sich nicht miteinander. Seien Sie also auf der Hut. Papier verzeiht Feuchtigkeit niemals.«

Aurora hatte versprochen, vorsichtig zu sein.

Bevor sie in den Lesesaal gegangen waren, hatten sie Mylady Hampstead begutachtet, die flach atmend in einer mit warmen Decken aufgefüllten Kiste unter Maurice Micklewhites Schreibtisch dahindöste. Fell war der alten Rättin an einigen Stellen ausgefallen und hatte einer schuppigen Haut Platz gemacht. Aurora hatte die Hautstellen berührt und erschrocken festgestellt, dass sie kalt waren.

»Die arme Rättin.« Aurora hatte Mitleid mit dem Tier.

Der Elf hingegen wirkte nachdenklich und vorsichtig, als er sich ihr näherte.

»Der Schlaf wird ihr gut tun«, stellte er lapidar fest.

Dann verließen sie das kleine Büro im Nordflügel des Museums und begaben sich in den riesigen Lesesaal der Nationalbibliothek, wo jeder ihrer Schritte ein dumpfes Geräusch auf dem Boden erzeugte, das von den hohen Wänden der Kuppel widerhallte.

Aurora rutschte unruhig in ihrem Sessel hin und her. »Sie glauben wirklich, dass wir es hier mit einem Golem zu tun haben?«

Maurice Micklewhite war mit einigen Büchern zurückgekehrt, die er zu durchforsten gedachte. Schnell türmte sich zwischen den beiden ein Berg dicker Wälzer und dünner Folianten.

»Wittgenstein und Emily werden bald mit Neuigkeiten zurückkehren, und vielleicht sehen wir dann einiges klarer. Aber ja, ich denke, dass wir es mit einem Golem zu tun haben. Mehr noch. Ich befürchte, dass es sich nicht um einen einzelnen Golem handelt.«

»Weil man das Wesen an so vielen Stellen in der Stadt gesichtet hat?«

Die blauen Augen des Elfen wirkten matt, und der Blick schien weit in die Ferne gerichtet zu sein. »Es ist unmöglich, dass ein einziger Golem diese Strecke in so kurzer Zeit zurücklegt.«

Aurora stellte sich die grobschlächtige Gestalt vor, einen riesigen Klotz aus feuchtem Lehm. »War der Golem damals langsam gewesen?«

Maurice Micklewhite sah zum Fenster hinaus. »Nein, Miss Fitzrovia. Der Golem von Whitechapel war zwar grobschlächtig, aber dennoch schnell.« Die Worte flossen seltsam stockend für den sonst so redegewandten Elfen. »Er war sogar überaus schnell. Jedoch nicht *so* schnell. Nicht so schnell, dass er innerhalb einer Dreiviertelstunde eine Strecke von zehn Meilen hätte zurücklegen können.«

»Deshalb müssen es heute mehrere Golems sein, die da draußen ihr Unwesen treiben?«

»Sie haben es erfasst.«

Das Mädchen schaute jetzt auch zum Fenster hinaus. Draußen hatte es zu regnen begonnen, und erneut war ein dichter Nebel aufgezogen. London versteckte sich inmitten dieses Schleiers, und irgendwo da draußen war der Golem. Und seine Brüder. Oder wie immer man sie auch nennen mochte.

»Die Tauben könnten sich geirrt haben.«

»Unwahrscheinlich.«

»Aber es sind doch nur Tauben.«

»Gerade deswegen ist es unwahrscheinlich. Die Trafalgar-Tauben sind die Späher Lord Nelsons, und dies schon seit sehr, sehr langer Zeit. Nein, Miss Fitzrovia, auf die Beobachtungsgabe der fliegenden Ratten können wir uns verlassen. Was nur die Schlussfolgerung erlaubt, dass es sich um mehrere dieser Kreaturen handeln muss.«

»Wem in London sollte daran gelegen sein, Golems zu erschaffen?«

Des Elfen Blick verdüsterte sich. »Das, mein Kind, ist die alles entscheidende Frage.«

»Und?«

Genüsslich nippte Maurice Micklewhite an seinem Tee.

»Es gab auch damals Gerüchte«, erinnerte sich der Elf. »Verdächtigungen und Misstrauen, jedoch nicht den geringsten Beweis. Am Ende resultierten daraus die Aufstände, die beinahe ganz London ins Verderben gestürzt hätten.« Mit der Hand fuhr er sich durch das gelockte Haar und rieb sich anschließend die Augen. Er wirkt müde, dachte sich Aurora.

»Lord Nelson erwähnte, dass Sie den Golem getötet haben?«

Verwundert entgegnete der Elf: »Kann man etwas töten, das gar kein Leben besitzt? Nein, Miss Fitzrovia, ich habe den Golem nicht getötet. Wir haben ihn damals gestellt.«

Die Zeit zerfloss in den Händen des Elfen.

Wie lange gehörten diese Geschehnisse der Vergangenheit an?

»Erzählen Sie mir davon?«

»Das werde ich«, sagte Maurice Micklewhite. »Es ist wichtig, dass Sie darüber Bescheid wissen. Doch warne ich Sie, mein Kind. Sie werden Ihre eigenen Schlüsse ziehen müssen. Vieles ist noch immer unklar, und das Elend von damals resultierte daraus, dass viele falsche Schlüsse gezogen wurden. Ach, all die Verdächtigungen, deren man nicht mehr habhaft werden konnte.«

»Was ist passiert?«

Maurice Micklewhite lehnte sich in seinem Sessel zurück. Das Licht der grünen Leselampe warf Schatten über sein Gesicht. »Es gibt einen Namen, der traurige Berühmtheit erlangt hat in der Stadt der Schornsteine. Frederick Abberline. Inspektor Abberline. Ihn hatte man mit der Aufklärung der Morde im Whitechapel-Distrikt beauftragt. Er war es, der Jack the Ripper dingfest machen sollte. Für die Welt ist er der Polizist, der versagte. Für mich ist er derjenige, der sich geopfert hat.«

Aurora ahnte, dass die Geschichte, die ihr Mentor sich zu erzählen anschickte, kein gutes Ende nehmen würde.

»Abberline kannte sich in London aus. Er hatte seit Jahren im Eastend gearbeitet und kannte Gebaren und Sprache des lichtscheuen Gesindels, das dort verkehrte. Doch kannte er auch die uralte Metropole. Das ist der Teil, den die Geschichtsbücher verschweigen. Einer der Senatoren, Lord Manderley, sorgte dafür, dass Abberline mit der Leitung der Ripper-Ermittlungen betraut wurde.«

Aurora schreckte auf beim Namen des Senators. »Lord Manderley?«

»Ihrer Freundin Großvater.«

»Hat das etwas zu bedeuten?«

Traurig bemerkte Maurice Micklewhite: »Alles hat etwas zu bedeuten. Immer und überall. Ich scheue mich davor, Mortimer zu zitieren. Doch hat er in dieser Angelegenheit Recht. Es gibt keine Zufälle. Eines fügt sich ins andere, und am Ende passieren Dinge, die allem Vorangegangenen einen Sinn geben.«

»Was hatte Lord Manderley mit der Sache zu tun?«

Aurora erinnerte sich des Gespräches mit Emily, als diese ihr von der Begegnung mit ihrer Großmutter im Familienanwesen am Regent's Park erzählt hatte. Als eine hoch gewachsene, herrschsüchtige Frau hatte Emily die einzige Verwandtschaft beschrieben, der sie außer der kleinen Mara jemals begegnet war. Verhärmt und kalt und boshaft und arrogant.

»Wie ich bereits sagte, wurde Lord Manderley vom Senat beauftragt, den Fall zu lösen. Seine Lordschaft kannte Abberline aus früheren Tagen. Und hielt große Stücke auf ihn. Doch allzu bald wurde Lord Manderley selbst ein Opfer des Rippers. Man fand den zerfetzten Leichnam des Elfen am Miller's Court No. 13. Dort hatte die als Mary Jane Kelly bekannte Prostituierte gehaust, die offiziell als das letzte Opfer des Rippers in die Geschichte eingegangen ist.«

Aurora lauschte ihrem Gegenüber mit offenem Mund.

»Wenige Stunden nach dieser Gräueltat oblag es mir, die Arbeit Seiner Lordschaft fortzuführen. In jener Nacht hatte die Bestie getobt wie nie zuvor. Die Geschichtsbücher berichten nur von Mary Jane Kelly, doch waren neben Lord Manderley noch weitere fünf Opfer zu beklagen. Der Ripper ging hinunter in die uralte Metropole. Bis zum Morgengrauen schlachtete er eine Gruppe Tunnelstreicher ab und dazu noch zwei Müllsammler. Dann verschwand er aus der Stadt und ward nie wieder gesehen.«

»Überall fand man Lehmspuren?«

»Sie sagen es.«

»Dann hatten Sie Spuren, denen Sie folgen konnten?«

»Ja, in der Tat, die hatten wir. Und sie führten uns tief hinab zum dunklen Fluss. Ich möchte Sie nicht mit den ausschweifenden Darstellungen unserer Ermittlungen langweilen, doch so viel sei gesagt: Wir folgten den Spuren des Golems bis zur South Bank. Dort standen wir ihm gegenüber.« Maurice Micklewhites Atem ging schwer bei der Erinnerung an diese Begegnung. »Er war groß«, fuhr er fort. »Zwei Kopf größer, als ich es bin. Ein Berg aus Lehm und Steinen und Sand, zusammengehalten von einem Willen, den die Gelehrten als göttlich umschrieben haben. Ich sage Ihnen, Aurora, da war nichts Göttliches an jenem Wesen. In der Dunkelheit kam uns eine Gestalt entgegen, die ich mir in meinen schlimmsten Albträumen nicht hätte ausmalen können.« Er schloss müde die Augen.

Dachte an die Gestalt.

Den Golem von Whitechapel.

Er hatte gemordet, um menschlich zu werden. Als Abberline und Micklewhite die Kreatur herankommen sahen, war ihnen dies schlagartig klar geworden. Der Golem besaß kein Gesicht. Doch hatte er sich Dinge einverleibt, die er einst den Körpern seiner Opfer entrissen hatte. Ein unfertiges Gesicht, bestehend aus vielen Gesichtern. Innereien, hastig in den lehmigen Körper gestopft. Ein fremdes, kaltes Herz, das dort schlug, wo keines sein durfte. Der Golem blickte uns feindselig aus den Augen mehrerer Prostituierter an. Die beiden Jäger, die uns begleiteten, hatten nicht die geringste Chance. Mit einer Behändigkeit, die wir einem Wesen dieser Größe und Statur niemals zugetraut hätten, brach er beiden in Windeseile das Rückgrat.

»Es ging alles sehr schnell«, murmelte Maurice Micklewhite.

Fast schon benommen.

Abberline feuert eine Pistole auf den Riesen ab. Ohne Erfolg. Der Golem packt ihn, hebt ihn hoch, doch verzweifelt und mit letzter Kraft greift der Inspektor mitten in das Gesicht hinein, schiebt seine Hand an der Stelle in den feuchten Lehm, wo das Wesen den Mund hätte haben sollen. Panische Schreie hallen in der Dunkelheit wider. Es ist der Inspektor. Abberlines Finger klammern sich an einen Zettel, den er dem Lehm entreißt. Der Golem erstarrt, und Abberline wird zu Boden geschmettert.

»Der Golem zerfiel augenblicklich zu einem Haufen Lehm.«

Aurora traute sich nicht, nach dem Inspektor zu fragen.

Maurice Micklewhite wirkte erschöpft. »Abberline starb in meinen Armen.« Es war unschwer zu erkennen, dass sich der Elf mitschuldig wähnte am Tod des Polizisten. »Was immer auch die Geschichtsbücher behaupten mögen«, fuhr er fort. »Inspektor Frederick Abberline hatte es am Ende doch geschafft. Er hat den Golem von London zur Strecke gebracht. Jack the Ripper ist gefasst worden.«

Die Nationalbibliothek wirkte mit einem Mal trotz ihrer Größe beengend.

Ein Herbststurm peitschte kalten Regen gegen die Kuppel, und das ferne Prasseln erfüllte den Raum. Lange Schatten griffen aus den tiefen Regalreihen nach dem Mädchen.

»Was stand auf dem Zettel?«

»Die Schrift konnte nicht mehr entziffert werden.«

»Und es hat niemand jemals erfahren, wer den Golem erschaffen hat?«

»Nein, Miss Fitzrovia. Es gab, wie ich bereits erwähnte, Verdächtigungen und Beschuldigungen. Alles, jedoch keine Beweise. Manderley Manor argwöhnte, dass Mordred Mushroom, Martins Vater, etwas mit dem Tod Seiner Lordschaft zu tun hatte. Mushroom bezichtigte die Manderleys der Verleumdung und Hetzerei. Sie wissen, wie so etwas läuft. Im Grunde genommen ist es ein Verhalten, das demjenigen von Kindern nicht unähnlich ist. Irgendwann weiß niemand mehr so recht, wer mit den Anschuldigungen begonnen hat. Alle wähnen sich im Recht und verteidigen dieses Recht mit Mitteln, die nicht immer angemessen sind.«

Aurora erinnerte sich der häufigen Streitereien im Waisenhaus, die meist durch den Rohrstock des Hausmeisters Mr. Meeks beendet worden waren. Ein böses Wort hatte das nächste ergeben, eine boshafte Bemerkung die folgende, ein Schlag den Gegenhieb, bis es blutige Nasen und ausgerissene Haare und zerbrochene Herzen zu beklagen gab. Kinder wussten selten, wann es an der Zeit war, aufzuhören.

»So ist es also zu den Whitechapel-Aufständen gekommen?«

»Bringt man es auf den Punkt, ja!«

Ein Wort hatte das andere ergeben. Erwachsene waren eben auch nicht anders als Kinder. Jedes Kind ahnt dies insgeheim.

»Missgunst breitete sich in London aus wie eine Epidemie. Schlimmer noch als die Pest von 1348. Die Metropole wankte und war in ihren Grundfesten erschüttert, weil die mächtigen Häuser in einer Blutfehde gefangen waren.«

»Erst die Hochzeit zwischen den Häusern beendete das alles?«

»Der Teil der Geschichte ist Ihnen hinlänglich bekannt«, stellte Maurice Micklewhite fest.

Was nun blieb, war die Frage, wer damals den Golem erschaffen hatte.

»Wie können wir herausfinden, was passiert ist und was geschehen wird?«, wollte Aurora wissen.

Der Elf klopfte auf den Bücherberg, der sich zwischen ihnen auf dem Tisch ausbreitete. »Wir werden unsere Köpfe gebrauchen.« Er zwinkerte dem Mädchen aufmunternd zu. »Vielleicht finden wir Hinweise auf eine ähnliche Situation, die Rückschlüsse erlaubt auf das, was hier vorgeht. Gab es vorher schon einmal mehrere Golems, die in irgendeiner Stadt aufgetaucht sind? Haben wir vielleicht etwas übersehen?«

Ein lautes Klopfen zerriss die Ruhe unter der großen Kuppel.

Ließ die beiden aufschrecken.

Elf und Mädchen drehten sich gleichermaßen um. Keiner der beiden hatte die Neuankömmlinge den Saal betreten hören. Geschickt hatten sie sich herangepirscht. Immerhin waren sie Jäger. Und alt. So alt.

»Ich würde sagen, Sie haben etwas übersehen«, zischte eine bekannte Stimme.

Aurora wurde ganz bleich.

Unschöne Erinnerungen wurden in ihr heraufbeschworen beim Klang dieser Stimme.

»Tock tock tock«, sagte die zweite Stimme und klopfte mit einem Buch gegen die Regalwand.

Maurice Micklewhite hatte geahnt, dass die beiden irgendwann zu unpassender Stunde wieder auftauchen würden.

»Wir haben Ihnen beiden etwas mitzuteilen.« Die erste Gestalt stand jetzt neben dem Tisch und verzog die Lippen zu einem Grinsen. »Nicht wahr, Mr. Wolf?«

Aus dem Schatten der hohen Regale trat eine zweite, in einen Kapuzenmantel gehüllte Figur. »So ist es, Mr. Fox, so ist es!«

Das alte Amphitheater erwachte zum Leben, als die Lichtstrahlen es bis in den letzten Winkel durchfluteten.

»Das ist eine Falle«, murmelte ich wütend.

Wer installierte schon hier unten in der Region eine Flutlichtanlage? Festspiele fanden in diesem Theater nämlich schon lange keine mehr statt. Das Licht diente also nimmer dazu, Schauspieler in Szene zu setzen. Nein, dies Licht hier verfolgte nur einen einzigen Zweck: Die unzähligen Raupen zu verwandeln. Irgendjemand hatte es eingeschaltet und uns damit in eine wenig erbauliche Lage gebracht.

Emily war neben mir erstarrt.

Drüben auf der Bühne lag die ausgestreckte Gestalt des Golems. Regungslos. Und größer, als ich ihn mir vorgestellt hatte. Emilys Vision ergab also einen Sinn. Sie hatte sich im Bewusstsein des Golems befunden, und dann hatte jemand die Kreatur in tiefen Schlaf versetzt. Von einem Augenblick zum nächsten hatte Emily nichts mehr gespürt. Das Loch im Boden, der Abgrund, gaffte dunkel und still in den Raum. Was immer dort unten verborgen sein mochte, schlummerte.

Blieben noch die Hymenopteras.

Eine Insektenbrut, die normalerweise nicht die unteren Schichten verlässt. Irgendjemand musste sie eingeschleppt haben, um den Golem zu schützen. Bessere Wächter konnte es kaum geben.

Wir standen an einer der oberen Sitzreihen, und unter uns breitete sich das Halbrund vor der Bühne aus. Überall um uns herum schoben sich schwarze Beine aus den Raupenkörpern, die im grellen Licht grünlich glänzten. Die feucht schimmernde Haut der Raupen begann zu nässen und sich zu dehnen, als bewege sich etwas unter ihr. Fühler wurden sichtbar und tasteten den Boden ab. Die Färbung änderte sich in ein aggressives Gelbschwarz. Bewehrte Hinterleiber formten sich aus den Raupenenden, krümmten sich und zeigten ihre Stachel, von denen milchig helles Gift troff. Dreieckige Facettenaugen rollten in den Köpfen und Kiefernzangen schabten aneinander.

»Da ist Dinsdale!«, rief Emily.

In der Tat, das Irrlicht hatte es wieder einmal geschafft.

Die Hymenoptera, die ihn angegriffen hatte, lag zusammengerollt und halb verkohlt auf dem Boden.

»Wir sollten hier verschwinden!«

Emily hatte nichts dagegen einzuwenden.

In wenigen Augenblicken würde die Luft erfüllt sein von wütenden Hymenopteras.

»Folgen Sie mir!«

Emily tat, wie ihr geheißen war.

So rannten wir den Gang entlang, den wir gekommen waren, während hinter uns das Brummen und Summen an Intensität gewann. Der Schwarm würde schnell Witterung aufnehmen und uns folgen.

Dinsdale flog voran und leuchtete uns den Weg.

»Ist es klug, dass Dinsdale leuchtet?«

»Wir sehen sonst nun einmal nichts«, entgegnete ich, »und die Hymenopteras finden uns auch in der Dunkelheit.«

»Verwandeln sie sich denn nicht wieder in die Raupen zurück, wenn es dunkel wird?«

Dieses Kind!

Hymenopteras sind schließlich keine lykanthropische Spezies.

»Nein, tun sie nicht.«

Hymenopteras verbringen den Großteil ihres Daseins als Raupen, vegetieren am Höhlenboden in den unteren Schichten dahin, und wenn sich Wanderer in ihre Nähe verirren, machen sie, ausgelöst durch den Schein der Lampen, ihre Verwandlung durch. Ausgewachsene Hymenopteras schließen sich in der Regel zu Staaten zusammen. Ähnlich den bekannten Hornissenarten leben sie in Erdlöchern und selbst gebauten Nestern.

»Sie meinen, wenn sie sich einmal verwandelt haben, dann bleibt es dabei?«

»Ja.«

»Auch das noch.«

Wir rannten, so schnell uns unsere Füße trugen.
Das Getöse hinter uns schwoll an.
Emily warf einen Blick über die Schulter und sah eine Wolke aus Leibern auf uns zustürmen, die den gesamten Tunnel ausfüllte. Ihre Schuhe klapperten auf der schotterbedeckten Hauptstraße, auf der einst römische Soldaten entlangmarschiert waren. Ihr Atem ging laut und keuchend und unregelmäßig. Sie hatte Angst und versuchte, diese Angst in den Griff zu bekommen.
Sie werden uns kriegen, dachte Emily.
Immer lauter wurde das boshafte Surren.
Dann spürte Emily etwas an ihrem Hosenbein. Sie schaute an sich herab und sah, wie sich acht Beine an ihr festkrallten und ein schlanker Hinterleib versuchte, den Stachel durch den Stoff ihrer Hose zu stoßen. Dunkle Facettenaugen funkelten sie kampfeslustig an.
Das Mädchen schrie.
Versuchte das Ding von ihrem Bein wegzuschlagen.
Ohne Erfolg.
»Wittgenstein!«
Eilig zog ich ein Messer aus dem Mantel und rammte es der Hymenoptera in den glitzernden Leib. Der Panzer knackte lautstark, als die Klinge ihn durchstieß. Sofort erschlafften die acht Beine der Kreatur in wilden Zuckungen, und das große Insekt ließ vom Bein des Mädchens ab.
»Danke«, keuchte Emily.
Starrte angewidert auf das sich windende Insekt auf dem Boden.
»Oh, bitte sehr.«
Eine weitere Hymenoptera griff an.
Eine dritte. Eine vierte.
Mit einer schnellen Handbewegung konnte ich die Insekten im Flug abwehren und zur Seite schleudern.
Der Schwarm hatte uns fast erreicht.
»Treten Sie zurück!«, befahl ich Emily.
Der Tunnel vor uns verengte sich zu einer mannshohen Öffnung.
»Was haben Sie vor?«
Ich schob das Mädchen durch die Öffnung. »Folgen Sie Dinsdale. Er wird Sie nach oben führen.«
»Und was tun Sie?«
»Ich verschaffe Ihnen ein wenig Zeit.«

Emily war nicht besonders begeistert von dem Vorschlag, mich hier unten zurückzulassen.

»Fragen Sie erst gar nicht!«

Unnötig zu erwähnen, dass sie dennoch fragte.

Doch war Gerede gänzlich unangebracht.

»Gehen Sie!«, befahl ich ihr.

Meine Kräfte sollten ausreichen, den schmalen Durchgang zu verteidigen. Wir hatten die Hauptstraße verlassen und einen Seitenweg eingeschlagen, der sich in einen kunstvoll gestalteten Torbogen mit aufgemauerten Schalen aus Bruchstein und Ziegeln verengte.

Kaum größer als eine Tür war die Öffnung.

Das sollte genügen.

Aus dem Augenwinkel heraus registrierte ich, dass Emily dem Irrlicht folgte.

Gut so.

Der Schwarm der Hymenopteras näherte sich.

Gelbschwarz schimmernde Panzer und gestreckte, stachelbewehrte Leiber.

Welch ein Tag!

Mit zwei kräftigen Handbewegungen ließ ich den Schwarm kollabieren, bevor er mich erreichen konnte. Es sah aus, als schlüge jemand mit einer unsichtbaren Hand mitten hinein in das Gewusel angriffslustiger Leiber. Benommene Hymenopteras prallten gegen die Tunnelwände und auf das Kopfsteinpflaster. Doch wurde jede verletzte, aus dem Verkehr gezogene Hymenoptera von nachstürmenden Kämpferinnen ersetzt.

Das Licht, das den Tunnel bisher erhellt hatte, verebbte plötzlich. Jemand hatte die Flutlichtanlage im Amphitheater ausgeschaltet. Dunkelheit kroch in Windeseile durch die Tunnel der Region.

Von einem Moment auf den nächsten war ich blind.

Flügel surrten um mich herum.

Beine krallten sich in meinem Mantel fest.

Die Hymenopteras waren überall.

Emily rannte.

Dicht vor ihr durchschnitt Dinsdale mit eleganten Bewegungen die Nachtschwärze der Region. Das Irrlicht kannte den Weg durch dieses römische Labyrinth.

Im wirren Zickzack schlängelte sich die Gasse zwischen den vormals prächtigen Bauwerken hindurch. Töpfe und zerbrochene Krüge pflasterten den Weg, sodass Emily darauf achten musste, nicht in eine der großen Tonscherben zu treten. Allzeit musste sie Gegenständen ausweichen, die ihr im Weg lagen.

Furchtsam warf sie Blicke über die Schulter.

Im Gang hinter ihr war nur Dunkelheit.

Doch vernahm sie das Surren.

Sie blieb kurz stehen, um Atem zu schöpfen, und lauschte. Fast hätte sie es nicht gehört, da ihr eigener Atem rasselte und ihr das Blut im Kopf pulsierte. Doch es war da. Das Surren. Und es wurde lauter. Viel zu schnell, wie sie fand.

Die Hymenopteras!

Sie kamen!

Was immer ihr Mentor vorgehabt hatte, er musste gescheitert sein. Der Schwarm war nun hinter ihr her. Sie sah die gelbschwarzen Leiber vor sich, die spindeldürren hakenbewehrten Beine und die sich ewig windenden Hinterleiber mit dem Stachel. Der Gedanke, dass eines dieser Viecher hinter ihr her war, hätte schon genügt, um ihr den Tag zu verderben. Die Gewissheit aber, dass es wohl hunderte dieser Hymenopteras waren, die sich da hinten im Tunnel mit rasend schneller Geschwindigkeit auf sie zubewegten, ließ sie fast schon verzweifeln.

Dinsdale würde kaum mehr als eines dieser Wesen in Asche verwandeln können. Außerdem wusste sie aus den vergangenen Erfahrungen mit dem Irrlicht, dass Dinsdales Kräfte nicht unbegrenzt waren. Das Irrlicht war ein Pfadfinder, kein Kämpfer.

Sie atmete tief durch.

Und rannte weiter.

Keuchend folgte sie dem Irrlicht, während das Surren des Schwarms hinter ihr an Lautstärke gewann. Ausgerechnet jetzt kamen ihr die Geschichten in den Sinn, von denen Neil ihr berichtet hatte. Geschichten, in denen mutige Prinzen in die tiefen Schichten hinabstiegen, um hehre Heldentaten zu vollbringen. Oftmals trafen sie auf eine Hymenoptera, die gar grausig mit ihren Opfern umsprang. Emily hoffte inständig, dass das meiste davon reine Erfindung des Geschichtenerzählers gewesen war und dass jene Wesen, die gerade hinter ihr her waren, nicht ganz so grausam sein würden.

Ach, Neil mit seinen Geschichten.

Wäre er wenigstens bei ihr. Er oder Aurora.

Nicht, dass das die Situation wesentlich verbessert hätte. Nein, aber erträglicher hätte die Anwesenheit von Freunden sie allemal gemacht. Neil saß vermutlich im Raritätenladen, las ein Buch und ahnte nicht, dass Emily vor einem Schwarm dieser seltsamen Insekten floh.

Es half nichts.

Weder Jammern noch Wehklagen.

Der Schwarm näherte sich, und Emily musste sich etwas einfallen lassen.

Und zwar schnell.

Sie rannte und rannte und spürte dabei, wie die Kräfte sie immer mehr verließen. Sie würde nicht endlos weiterlaufen können, und wenn sie alle Schönrederei außen vor ließ, dann machte der Schwarm nicht im Geringsten den Eindruck, als würde er ermüden oder aus einem anderen Grund von ihr ablassen wollen. Nein, die Hymenopteras würden auf ihrer Fährte bleiben, sie durch die ganze Region hetzen und auch nicht vor den oberen Schichten Halt machen.

Emily verzog das Gesicht.

Seitenstechen begann sie zu quälen.

Besorgt bremste Dinsdale ab und flog eine Schleife, um ihr Mut zuzusprechen.

»Was können wir nur tun?«

Ihre Stimme war nurmehr ein schwächliches und verängstigtes Keuchen.

Emily sah sich um.

Vor ihr befand sich eine Weggabelung. Ein in Stein gemeißelter Jupiter sah auf das Mädchen herab.

»Irgendwelche Vorschläge?«, fragte sie die Steinfigur.

Der Jupiter schwieg.

Große Weinfässer standen am Wegesrand inmitten einer Ansammlung aus Schrott und verwitterten Marktkarren. Lange, kunstvolle Spinnweben verbanden die achtlos liegen gelassenen Gegenstände zu einem Gesamtbildnis. Zerbrochene Teller und Becher und Vasen übersäten den Boden.

Das Surren wurde lauter.

Mit einem Mal konnte sich Emily vorstellen, wie das Leben hier einst gewesen war.

In den Erdgeschossen hinter Rundbögen, die sich zur Straße hin öffnen, liegen Tavernen, wo Wein und Brot und warme Gerichte zu haben sind. Hinter den Rundbögen arbeiten Tonsores und stutzen den Männern mit Messern den Bart oder drehen ihnen mit Eisenstäben, die in glühender Asche erhitzt werden, Locken ins Haar. Metzger bieten Rinderlungen und Schweinezitzen feil, daneben haben Honig- und Gemüse- und Obsthändler ihre Stände aufgebaut. In den Fenstern stehen Blumentöpfe, und es riecht nach Gewürzen, überall hört man lautes Gerede und Lachen und Feilschen.

Was davon übrig geblieben war, lag nun zu ihren Füßen.

Scherben.

Unrat.

Staub.

»Weinfässer!«

Warum war sie nicht schon früher auf den Gedanken gekommen?

Augenblicklich machte Emily sich an einem der Fässer zu schaffen. Der Deckel ließ sich mühelos beiseite ziehen und hatte zudem einen Griff an der Außenseite. Gut so. Sie kletterte in das Fass hinein und verabschiedete sich von Dinsdale, der die Hymenopteras in die Irre leiten und dann später zu ihr zurückkehren sollte. Das war ihr Plan. Die dummen Hymenopteras würden dem Irrlicht durch die Gänge folgen, während Emily in dem Fass ausharrte, bis sich der Tumult gelegt hatte. Dinsdale würde zu ihr zurückkehren, um die Region anschließend gemeinsam mit ihr zu verlassen.

Mit einem letzten Flimmern verabschiedete sich Dinsdale von dem Mädchen und schwirrte davon.

Emily hielt den Deckel mit aller Kraft fest.

Sie wusste nicht, wie stark eine Hymenoptera war und ob ihr das Fass wirklich ausreichend Schutz bieten würde, sollte der Schwarm sie hier ausfindig machen. Letzten Endes gab es nur eine Möglichkeit, dies herauszufinden. Unnötig zu betonen, dass Emily nicht besonders scharf darauf war, diese Möglichkeit auszuprobieren.

Sie versuchte, das in den Lektionen Erlernte anzuwenden. Schnell wurde ihr Atem regelmäßiger. Ihre Hände hörten auf zu zittern. Sie lauschte dem Schwarm, der angefacht von hunderten filigraner Flügel zu einem lauten Tosen anschwoll und sogleich wieder verebbte, als er die Stelle mit dem Fass und seinem kostbaren Inhalt hinter sich ließ.

Emily wollte gerade aufatmen, als etwas von außen gegen das Fass schlug.

Ein erneuter Aufprall ließ das Mädchen beinahe aufschreien.

Eine Vielzahl langgliedriger Beine kratzte von außen gegen das Holz und suchte nach Rissen, um hineinzugelangen. Der Schwarm hatte sie entdeckt. Kiefer schabten am Fass entlang, und Emily musste mit aller Kraft den Griff festhalten, um zu verhindern, dass die Hymenopteras ihn wegzogen.

Flügel surrten wütend, weil die Hymenopteras ihre Beute gefunden hatten und in der Falle wussten. Dem Krach nach zu urteilen, den die Viecher machten, musste eine ganze Horde von ihnen da draußen das Fass belagern.

Emily hatte Mühe, ihre Furcht zu kontrollieren.

Die Aussicht, dass sie nur die dünne Wand des Fasses von den gierigen Insekten trennte, war nicht gerade ermutigend. Zudem war es stockfinster. Und sie hasste die Dunkelheit. Es war wie Erblinden.

Die Hände des Mädchens begannen zu zittern.

Nicht aus Angst, sondern vor Erschöpfung.

Die Hymenopteras hatten die Schwachstelle des Fasses ausfindig gemacht. Mehrere der Kreaturen krallten sich am Deckel fest und schlugen wie wild mit den Flügeln.

Sollte Emily je Zweifel bezüglich der Stärke der Insekten gehabt haben, so waren diese jetzt verschwunden. Es konnte nur eine Frage der Zeit sein, bis die Viecher das Fass knacken würden. Überall um das Mädchen herum kratzte und schabte und surrte und knarzte es. In einer BBC-Dokumentation hatte sie einmal gesehen, wie Ameisen eine weggeworfene Dose Limonade unter ihren Leibern begraben hatten. Sich ausgerechnet in dieser Situation an jenes Bild zu erinnern, gefiel Emily ganz und gar nicht.

Ein kräftiger Ruck riss beinahe den Deckel vom Fass.

Mit letzter Kraft hielt Emily den Griff fest.

Was war da draußen nur los?

Still war es geworden.

Mit einem Mal.

Dann wurde der Deckel hochgehoben.

Ruckartig.

Flog durch die Luft und knallte polternd auf den Boden.

Ein Gesicht tauchte in der Öffnung auf, umrandet vom Schein einer Fackel. »Eine verlassene Lady und so hübsch obendrein.« Eine Stimme, wie sie Emily honigsüßer nie vernommen hatte. »Und noch dazu allein in einem Fass hockend. Das muss mein Glückstag sein.« Der junge Mann reichte dem Mädchen die Hand. Wie benommen griff Emily danach.

Niemals hatte sie einen schöneren Menschen gesehen.

»Dorian Steerforth«, stellte er sich vor.

»Emily Laing«, stotterte Emily.

So schlug das Schicksal zu.

KAPITEL 8

AURORA FITZROVIA

Es war bereits spät am Abend, als Aurora nach Hause kam. Als sie vor der Tür des Reihenhauses in Hampstead stand, hielt sie einen Moment lang inne, bevor sie den Schlüssel ins Schloss stecken, umdrehen und eintreten würde. Noch immer hatte sie nichts von Emily und deren Mentor gehört. Die beiden waren in den Eingeweiden der uralten Metropole verschollen.

Unentschlossen stand das Mädchen vor der Haustür mit dem schmalen Briefschlitz und dachte an ihre Pflegeeltern, die Quilps, die sie zweifelsohne mit besorgten Fragen löchern würden, wo denn ihre Freundin abgeblieben sei. Aurora wusste, dass sie die Quilps kaum würde beruhigen können, indem sie ihnen von der uralten Metropole berichtete. Beide missbilligten aufs Äußerste, dass die Mädchen von Micklewhite und Wittgenstein in diese Geschichte hineingezogen wurden.

Schon als Aurora die Straße entlanggekommen war, hatte sie von weitem das warme Licht hinter den Fenstern ihres Zuhauses gesehen.

Ihr Zuhause.

Streatley Place No. 17.

Ja, dies war jetzt ihr Zuhause.

Jedes Mal genoss es Auora aufs Neue, hierher zurückkehren zu können.

Mit Grausen erinnerte sie sich der hohen, kalten und undurchdringlichen Mauern des Waisenhauses. Als man sie dorthin überstellt hatte, war ihr bereits allein beim Anblick des ehemaligen Lagerhauses Angst und Bange geworden. Der Reverend, der ihr die Pforte mit einem abfälligen Blick geöffnet hatte, hatte dieses Gefühl nur noch erheblich verstärkt. Geregnet hatte es, und zwar in Strömen. Typisches Londoner Wetter. Aurora war eingetreten, und nachdem man ihr das Gemeinschaftszimmer, ihr Bett und ihr Schrankfach gezeigt hatte, übergab der Reverend sie der weiß geschminkten Frau mit der blonden Mähne und dem breiten, boshaften Lächeln. Damals hatte Aurora natürlich ihren Namen noch nicht gekannt. Dass die Frau nichts Gutes im Schilde führte, war jedoch offenkundig gewesen.

Madame Snowhitepink.

Mitgenommen hatte sie die seltsame Frau, zu der der Reverend überaus freundlich gewesen war. Entführt in ein altes Haus irgendwo in der Stadt. Danach war Aurora nicht mehr das Kind gewesen, das vor Stunden aus dem Taxi gestiegen war. Vielleicht war sie gar kein Kind mehr gewesen von jenem Abend an. Allenfalls jung. Überhaupt waren viele der Waisenkinder lediglich als Kinder zu bezeichnen, weil sie noch jung an Jahren waren.

Wenn Kinder bemerken, dass Erwachsene schwach oder böse sein können, dann werden sie entweder selbst zu Erwachsenen oder sie zerbrechen an dieser Erkenntnis. Im Waisenhaus hatte Aurora beide Arten von Kindern kennen gelernt. Diejenigen, die vor ihrer Zeit die Kindheit hinter sich gelassen hatten, und jene, die dem Irrsinn anheimfielen, die mit leeren Blicken auf ihren Bettchen hockten, mit ausdruckslosen Gesichtern am Essenstisch saßen und mit gleichgültigem Gang ihre Arbeiten erledigten. In den Augen dieser Kinder war das Leben einer ständigen Verzweiflung gewichen.

Diese Bilder waren noch immer da.

In den Träumen.

Selbst im Wachen.

Aurora würde sie niemals ganz loswerden.

Der Elf und der Alchemist hatten davon gesprochen, dass Reverend Dombey der Gehilfe des Lichtlords gewesen war. Ein Mensch zwar, jedoch hunderte von Jahren alt. Ein Wesen, das sein Leben mit verderbter Magie und der Unschuld vieler Kinder verlängert hatte. Die Kinder mit den Spiegelscherbenaugen, die noch immer im neunten Höllenkreis ihr trauriges Dasein fristeten. Um die sich niemand Gedanken machte, weil alle sagten, dass man ihnen nicht helfen könne.

Was war das nur für eine Welt?

Warum passierten all diese Dinge?

Aurora wusste, dass ihr niemand darauf antworten würde. So war das, wenn ein Kind drängende und wichtige Fragen hatte. Kein Erwachsener konnte sie beantworten, weil den Erwachsenen, als sie Kinder gewesen waren, auch niemand darauf geantwortet hatte. Kinder gingen davon aus, dass die Erwachsenen die Antworten wussten. Doch war das nicht ein Trugschluss?

Unwillkürlich drehte sich Aurora um und suchte die laternenhelle Straße nach sich bewegenden Schatten ab. Irgendwo steckte der Reverend, der nach des Lichtlords Niederlage aus dem Waisenhaus geflohen war. Irgendwo verbarg sich der alte Mann und arbeitete weiter an den Experimenten, die er mit den älteren Kindern durchgeführt hatte. Jenen Kindern, deren Unschuld von unzähligen schlechten Erfahrungen überlagert wurde. Der Lebensbaum im Hölleninneren wurde vom Wyrm genährt, und der Wyrm labte sich nur an der Unschuld von Kindern. Von ganz kleinen Kindern, die noch kein Übel erfahren hatten in ihrem kurzen Leben. Doch hatte dieses Elixier wohl nicht ausgereicht. Und so hatten Dombey und Snowhitepink im Auftrag des Lichtlords nach neuen Mitteln und Wegen gesucht.

Was, hatte sich Aurora in den einsamen Nächten oft gefragt, war mit all den Kindern geschehen, die auf so seltsame Weise verschwunden waren, nachdem Madame Snowhitepink sie mit sich genommen hatte? Auch Emily hatte sich darüber den Kopf zerbrochen und keine Antworten gefunden. Vielleicht war es auch besser so. Vielleicht wollten die Mädchen es gar nicht wissen.

Aurora atmete tief durch.

Die klare Nachtluft tat so gut.

Erfrischend war sie. Und schmeckte nach Nebel und Regen.

Die letzten beiden Stunden war Aurora alleine durch die City gestreift.

Sie hatte versucht, ihre Gedanken zu klären. Charing Cross, Shaftesbury Avenue, Piccadilly, Regent Street. All die Geschäfte und Kaufhäuser und Buchläden und Souvenirshops. Die schillernden Leuchtreklamen. Die CDs, die sie sich im Sony Centre angehört hatte. Dancefloor, Hardrock. Nichts hatte sie abzulenken vermocht. Kurz war sie eingekehrt. Im McDonald's an der Whitehall, wo sie eine heiße Schokolade geschlürft und dabei die vielen ausländischen Touristen belauscht hatte. Ohne Arg schlenderten sie durch London und ahnten nicht, was hier wirklich geschah. Mit Kameras bewaffnet streiften sie durch das Labyrinth der Stadt, sammelten Schnappschüsse und legten Rast ein bei McDonald's und Burger King, den größten öffentlichen Toiletten in Londons Innenstadt. Am liebsten wäre Aurora davongelaufen. Vor dem, was war, und vor dem, was noch auf sie zukommen mochte.

Die ganze Zeit über sah sie die beiden Gesichter vor sich.

Mr. Fox und Mr. Wolf.

Die so unvermittelt im Lesesaal der Nationalbibliothek und in ihrer aller Leben aufgetaucht waren.

Freundlich lächelnd standen die beiden inmitten der Regalreihen voller dicker, staubiger Wälzer.

Sie sehen wirklich ein wenig aus wie Rowan Atkinson, hatte Aurora gedacht. Die gelben Augen hatten sie hinter dunklen Brillen verborgen. Sie trugen dunkle, maßgeschneiderte Anzüge und dazu passende Mäntel.

»Der Lordkanzler von Kensington bittet um ein Gespräch«, hatte Mr. Fox gesagt.

»Es ist wichtig«, hatte Mr. Wolf ergänzt.

»Worum geht es?«

Des Elfen Stimme klang ungehalten.

Mr. Fox sagte: »Um die Dinge, die in London geschehen. Es ist eine delikate Angelegenheit.«

»Delikat, ja. Weil sie uns zu einer Kooperation zwingt.« Mr. Wolf war wie immer das Echo seines Kumpanen.

»Uns?«

»Sie, Master Micklewhite, den Alchemisten, die Ratten.«

»Nicht alle Ratten.«

»Aber die meisten. Die edlen unter ihnen.« Ein zynischer Unterton schwang in dieser Aussage mit. Mr. Fox trat einen Schritt näher an den Tisch heran. »Mylady Hampstead ist erkrankt.«

»Ja, auch davon haben wir gehört.«

»Und es sieht nicht gut aus für die alte Rättin«, fuhr Mr. Fox fort. »Ein Rattling hat sie gebissen. Uh, uh, unschöne Sache.«

»Wir haben schon früher erlebt, zu was das führt.«

»Böse, böse Sache.«

»Ganz böse.«

»Was wissen Sie von den Rattlingen?«

»Wir persönlich?«, stellte Mr. Wolf die Gegenfrage.

»Genug, um mit Besorgnis zu reagieren«, antwortete Mr. Fox.

»Was hat Kensington damit zu tun?«

Maurice Micklewhite traute den beiden nicht.

»Der Lordkanzler hat sich dieser Angelegenheit angenommen, weil unser Herr, Master Lycidas …«

»… dank Ihrer Intervention …«

»… verhindert ist.«

»Sozusagen.«

»Kurz gesagt«, brachte es Mr. Fox auf den Punkt, »gibt es ein Problem, und dieses Problem ist kein kleines Problem.«

»Oh, nein, ganz und gar nicht.«

»Viel wichtiger ist jedoch, dass es unser aller Problem ist«, beendete Mr. Fox die knappe Rede. »Sollte der schlimmste Fall eintreten, dann wird die uralte Metropole in Mitleidenschaft gezogen werden.«

»Die ganze Stadt unter der Stadt.«

»Und die Stadt darüber.«

»Die naturgegebene Ordnung.«

»Dagegen wären die Aufstände ein Klacks gewesen.«

»Es beträfe uns alle. Kensington, Lycidas, Manderley Manor, selbst London hier oben wäre nicht mehr, wie es jetzt ist.« Ernst blickte Mr. Fox drein. »Deswegen wünscht der Lordkanzler ein Gespräch mit Ihnen. Sie sollten ihm diese Bitte nicht voreilig abschlagen.«

Nachdenklich musterte Maurice Micklewhite die beiden.

Mr. Fox und Mr. Wolf schauten beide gleichzeitig zu dem Mädchen und verzogen die Lefzen zu einem Lächeln, das wohl kinderfreundlich und Vertrauen erweckend wirkten sollte.

»Wann soll dieses Treffen stattfinden?«

Mr. Fox sagte schnell: »Wann immer es Euch beliebt. Doch baldigst.«

»Wo?«

»Hier im Museum.«

»In der ägyptischen Abteilung.«

Mr. Fox grinste. »Sprecht der Skulptur Seiner Lordschaft die Einladung aus, und er wird erscheinen.«

»Das ist es, was wir sagen wollten.«

»Nicht mehr.«

»Nicht weniger.«

Beide verbeugten sich kurz auf eine höchst altmodische Art und Weise.

»Wir werden Sie nun nicht weiter belästigen. Bleibt uns, Ihnen einen schönen Tag zu wünschen.«

»Einen schönen Tag noch.«

»Auch von mir.«

Und ohne eine Antwort abzuwarten, drehten die beiden sich auf dem Absatz um, machten kehrt und wurden wieder eins mit den Schatten, die die langen und hohen Regale warfen, und waren aus dem Lesesaal verschwunden, bevor noch jemand der Anwesenden etwas hätte sagen können.

»Wir werden Wittgensteins und Miss Laings Rückkehr abwarten«, murmelte Maurice Micklewhite und nippte an seinem Tee. Schatten hatten sich über die blauen Augen des Elfen gelegt. Dennoch wirkte er gefasst.

»Sie werden den Lordkanzler also treffen?«

»Man schlägt Anubis keine Bitte aus.«

»Aber ist er nicht hinterlistig?«

»Er wird uns für seine Zwecke einspannen wollen«, mutmaßte Maurice Micklewhite. »Doch müssen wir herausfinden, was er weiß. Nicht umsonst sucht er den Kontakt zu uns.«

Mitfühlend betrachtete Maurice Micklewhite das Mädchen.

»Geht es Ihnen noch gut?«, fragte er.

»Ich habe Angst.«

Sie musste an den Sturz von der Knightsbridge denken und die eisigen Fluten des Hades, die sie mit sich gerissen hatte. Später dann hatten Mr. Fox und Mr. Wolf, die auch verantwortlich für den Hinterhalt beim Scharlachroten Ritter gewesen waren, das halb ertrunkene Mädchen aus dem Fluss gefischt, dies jedoch nur, um sie anschließend als Köder zu missbrauchen. Sie hatten Aurora geschlagen und an den Haaren gezerrt, und beinah wäre sie an Unterkühlung gestorben. Es waren unmenschliche Kreaturen, die dem Lichtlord treu ergeben waren.

Deshalb hatte sie noch immer Angst vor ihnen.

»Ich habe eine Scheißangst vor diesen Kerlen«, flüsterte sie.

Die hellen Augen des Elfen waren voller Wärme, als er ihr sagte: »Das sollten Sie auch.«

Verwundert blinzelte Aurora.

Sollten Erwachsene jungen Mädchen in einer derartigen Situation nicht Mut zusprechen?

Wie dem auch sei – nach diesem Auftritt der beiden Jäger hatte es Aurora im Museum nicht länger ausgehalten. Sie hatte sich bei

Master Micklewhite entschuldigt und war hinaus in den regennassen Spätnachmittag gelaufen. Weg vom Museum. Weg von all den Geschichten um Golems und ägyptische Totengötter und Rattlinge. Sie hatte das Bedürfnis, durch das wirkliche London zu schlendern, ein normales Kind zu sein, das sich Klamotten und Bücher und CDs anschaute und nur darüber nachdenken musste, was es am nächsten Morgen aus dem Schrank ziehen würde, um schick und ansehnlich zu wirken.

Aurora wollte ein normales Kind sein.

Unauffällig.

Normal.

Stinknormal.

All die Jahre über war sie ein Waisenkind gewesen. Jetzt hatte sie zwar Pflegeeltern, aber war das hier etwa ein normal zu nennendes Leben für ein Kind? Mitnichten! Nicht einmal die Schule, zu der man Emily und sie geschickt hatte, war eine gewöhnliche Schule. Es war eine Einrichtung für Kinder, denen die uralte Metropole nicht unbekannt war, und Miss Monflathers, die Direktorin, hatte einst bei den Black Friars gelebt. Kein Mensch hatte den Mädchen bisher sagen können, wie alt ihre Lehrerin war.

Verwirrt und verängstigt rannte Aurora Fitzrovia an diesem winterlichen Spätnachmittag durch London und versuchte verzweifelt, ein normales Kind zu sein. Sie probierte zahllose Kleidungsstücke an, was die mürrischen, sie permanent misstrauisch beäugenden Verkäuferinnen bei Marks & Spencer gar nicht gerne sahen. Die Stadt mit all ihren Verlockungen war ihre Welt, und wenn auch nur für wenige Stunden. Jede Leuchtreklame genoss sie, als wäre sie morgen nicht mehr da. Jedes Geschäft empfand sie als einladend, weil Menschen darinnen waren und sich so verhielten, wie es Menschen nun einmal tun, wenn sie shoppen gehen. Hier gab es keine Tunnelstreicher und Rabenmenschen und Spinnenkreaturen. Hier war alles normal.

Sie war normal.

Ein gewöhnliches Mädchen.

Das den Bus hinauf nach Hampstead nahm, als es müde wurde.

Nach Hause.

Wo sie jetzt stand.

Vor der Tür, die sie von den besorgten Pflegeeltern trennte.

Als sie eintrat, wurde sie, wie erwartet, mit Fragen bombardiert, die abwechselnd von Mrs. und Mr. Quilp gestellt wurden.

»Wo hast du nur so lange gesteckt?«

»Am Piccadilly? Und das ganz alleine?«

»Du bist ja ganz kalt.«

»Das kommt davon, wenn man sich bei dem Wetter herumtreibt.«

»Wo hast du denn Emily gelassen?«

»Wie ... was soll das heißen, du hast keine Ahnung, wo sie steckt?«

»In der Metropole? Mit diesem Wittgenstein?«

»Auch das noch!«

»Seit heute Morgen?«

»Und sie hat sich nicht wieder gemeldet?«

»Was heißt hier, seit heute Morgen? Seid ihr beiden nicht in der Schule gewesen?«

»Wie? Wittgenstein und Micklewhite haben euch entschuldigt? Dürfen die das überhaupt?«

»Ja, wir wissen, dass sie Miss Monflathers kennen.«

»Wo mag das arme Kind nur stecken?«

»Nein, Aurora. Ich glaube nicht, dass Wittgenstein gut auf Emily aufpasst.«

»Er ist seltsam.«

»Mysteriös.«

»Unfreundlich.«

»Mit Sicherheit kein Kinderfreund.«

»Es ist einfach ungeheuerlich!«

»Unverantwortlich!«

»Ihr beiden seid noch Kinder.«

»Wie konnten sie nur?!«

Trotz all der Fragen hatte Mrs. Quilp Aurora sofort in die Arme geschlossen. Noch bevor sie die Jacke ausgezogen hatte. Noch bevor sie richtig hatte erzählen können, was ihr widerfahren war. Dies alles hatte Zeit, denn Mrs. Quilp freute sich von Herzen darüber, dass das Mädchen wieder da war. Niemals zuvor hatte ein Erwachsener ihr dieses Gefühl gegeben, und deswegen ließ sich Aurora gerne schier erdrücken von der Umarmung. Überhaupt umarmte Mrs. Quilp gern. Emily, Aurora, und natürlich Mr. Quilp, wenn er von der Arbeit kam und wenn er zur Arbeit fuhr und an den Wochenenden sowieso. Sie tat es leichten Herzens und fast beiläufig und zu vielen Gelegenheiten.

Im Gegensatz zu Emily, die sich gegen diese körperliche Nähe sträubte, gab sie Aurora das Gefühl, angenommen zu werden. Vielleicht brauchte Emily dieses Gefühl nicht so sehr. Immerhin wusste sie, wer ihre richtige Familie war. Wenngleich die Manderley-Sippschaft nichts mit ihrer Freundin zu tun haben wollte, so wusste sie dennoch, wo ihre Wurzeln waren. Diese Gewissheit fehlte Aurora. Kam noch die Hautfarbe hinzu, die sie zusätzlich ausgrenzte. Selbst im Waisenhaus hatten die anderen Kinder ihre dunkle Haut zum Anlass für gemeine Scherze genommen.

»Du bist etwas Besonderes«, hatte Mrs. Quilp ihr einmal gesagt. Kurz vor dem Einschlafen war das gewesen. »Und du, Emily, bist es auch.«

Emily hatte sich höflich bedankt.

Dankbar für alles, was die Quilps für sie getan hatten.

Doch Aurora hatte weinen müssen.

»Mist«, hatte sie geflucht. »Das tut mir Leid.«

Mr. Quilp hatte geantwortet: »Wir sollten uns unserer Tränen weiß Gott niemals schämen, denn sie spülen wie Regen den Erdenstaub weg, der unsere verschlossenen Herzen bedeckt.«

Und Mrs. Quilp hatte erklärt: »Das ist von Charles Dickens. Aus *Große Erwartungen.*«

Emily, das wusste Aurora, hatte dieses Buch mehrmals gelesen. Eine alte, zerfledderte Taschenbuchausgabe, die sie immer in der Küche des Waisenhauses mit sich herumgeschleppt hatte.

»Das Buch handelt von einem Jungen, der sich in eine arrogante Ziege verliebt.«

»Geht es gut aus?«, hatte Aurora von ihrer Freundin wissen wollen.

»Nicht wirklich.«

Emily las überhaupt viele Bücher, in denen Waisenkinder vorkamen. Ihr half das, mit dem eigenen Schicksal klarzukommen. Aurora war kein Bücherwurm. Zumindest keiner, der sich durch Romane fraß. Sie mochte die dicken, fetten, staubbedeckten Sachbücher, denen sie in der Nationalbibliothek habhaft werden konnte. Wissen wollte sie, wie die Welt funktionierte. Emily wollte erfahren, wie die

Menschen funktionierten, was ungleich schwieriger zu bewerkstelligen war.

Mrs. Quilp, die Romane bevorzugte, und melodramatische obendrein, hatte ihr jedenfalls nur sagen wollen, dass sich niemand seiner Tränen zu schämen brauchte. »Denn jedes ehrliche Gefühl ist es wert, dass man es zeigt.«

Aurora hatte gelächelt und sich die Tränen weggewischt.

Und als die Quilps das Zimmer der Mädchen verlassen hatten, war Emily zu ihr ins Bett gekrochen gekommen.

»Alles in Ordnung?«

»Ja.«

»Das glaube ich nicht.«

Emily war hartnäckig.

»Mein Vater war kein Briefträger aus Irland«, hatte Aurora geflüstert und neue Tränen gespürt. »Er wird mich auch niemals finden, weil er mich nämlich nicht sucht.« So einfach war das.

So einfach starb die Hoffnung.

Bloß aussprechen musste man es, und schon war es um einen geschehen.

Emily hatte sie in den Arm genommen, und so waren sie eingeschlafen.

Mit dem Herzschlag der Freundin ganz nah.

»Denn sie spülen wie Regen den Erdenstaub weg, der unsere verschlossenen Herzen bedeckt«, erinnerte sich Aurora des Zitats.

Emilys Herz, hatte Aurora in jenem Moment erkannt, als Mrs. Quilp die Worte ausgesprochen hatte, war mit Staub bedeckt und verschlossen. Sie öffnete es nur wenigen. Aurora schätzte sich glücklich, zu diesen wenigen Menschen zu gehören. Doch wie weit Emmy ihr Herz öffnete, konnte selbst Aurora nicht mit Bestimmtheit sagen.

Auch Mrs. Quilp hatte das erkannt.

Redlich gab sie sich Mühe, Emily eine Mutter zu sein. Eine Pflegemutter oder Stiefmutter oder Ersatzmutter oder wie immer man ihre Rolle umschreiben mochte. »Du bist jetzt meine Tochter. Irgendwie.«

»Ich weiß«, hatte Emily geantwortet.

Schüchtern gelächelt.

Kurz die Hand Mrs. Quilps berührt, zaghaft und unsicher.

Was Mrs. Quilp oftmals zu der Bemerkung verleitete: »Ach, Kinder, ihr seid ja so verschieden.«

Für Aurora wurde Mrs. Quilp immer mehr zu einer Mutter. Oder dem Ersatz für die Mutter, die sie nie gekannt hatte und auch niemals kennen lernen würde. Sie tat alles, was eine Mutter so tut. Und dafür liebte Aurora sie. Für die ständige Besorgnis und Fürsorge und vieles mehr.

Wie sehr sie Mrs. Quilp liebte und wie sehr Mrs. Quilp *sie* liebte, wurde ihr an jenem Abend bewusst, als sie sich so lange in der Stadt herumgetrieben hatte, ohne ihre Pflegeeltern zu informieren. Mrs. und Mr. Quilp waren förmlich gestorben vor Sorge.

Mit Sicherheit hätten sie die Nacht nicht überlebt, wären sie im Ungewissen geblieben bezüglich Emilys Verbleib. Doch wurde allen Familienangehörigen eine zermürbende Nacht voller Ungewissheiten erspart.

Denn etwa eine Stunde, nachdem Aurora zum Haus in Hampstead zurückgekehrt war, fuhr ein Wagen vor. Eine elegante deutsche Limousine mit Stern und stromlinienförmigem Körper. Aus der ein junger Mann ausstieg, so apart und wunderhübsch, wie die staunende Aurora niemals zuvor jemanden erblickt hatte. Der junge Mann, dessen dunkles, gegeltes Haar im fahlen Licht der Laternen schimmerte und zudem von Farbe und Glanz her zu seinem schwarzen Lederoutfit passte, öffnete seiner Mitfahrerin die Tür und geleitete Emily zum Haus.

Die Quilps waren überglücklich, dass jemand das Mädchen nach Hause brachte.

»Darf ich mich vorstellen«, sagte er mit honigsüßer Stimme, »Dorian Steerforth.«

Emily schaute schuldbewusst von einem Quilp zum nächsten.

»Ich bringe Ihnen ein verlorenes Kind zurück.«

Steerforth lächelte.

Und alle lächelten zurück.

Kapitel 9

Dorian Steerforth

Am Abend des folgenden Tages fanden wir uns alle im Britischen Museum ein, in der ägyptischen Abteilung im Erdgeschoss, am Fuße der großen Anubis-Skulptur, die Howard Carter gemeinsam mit Maurice Micklewhite dem ewig treibenden Sand im Tal der Könige entrissen hatte. Damals, vor ach so langer Zeit. Die Whitechapel-Aufstände waren vorüber gewesen, und der Elf hatte es, wie viele von uns, vorgezogen, die Jahre nach dem Blutvergießen woanders zu verbringen. Hatten wir nicht alle London für einige Zeit den Rücken gekehrt? Das Vergessen war so leicht, wenn man durch die Gassen einer fremden Stadt schlenderte, den Geruch des Meeres in der Nase und feinkörnigen Sand auf der Haut.

Alexandria.

Kairo.

Karnak.

Urtümliche Metropolen.

Verschüttet und vergessen im Meer der Zeit.

Jetzt waren wir hier. Am Fuße der Anubis-Skulptur, einst gehauen aus massivem, weißem Granit, den man am oberen Nil so oft findet, kunstvoll geformt zur langen Schakalschnauze mit geschlitzten Augen und der Kopfbedeckung eines Priesters zwischen den spitzen Ohren.

Neben mir stand Maurice Micklewhite in seinem weißen Anzug, dahinter die beiden Mädchen. Emily, die sich vor den Hymenopteras hatte retten können. Die errettet worden war von einem jungen Forscher namens Dorian Steerforth, der mir noch nicht vorgestellt worden war. Außer dem klangvollen Namen konnten nur des Mädchens verträumte Augen Zeugnis davon ablegen, welchen Eindruck der Kerl auf meine Schutzbefohlene gemacht hatte.

Immerhin hatte er sie gerettet und wieder hinauf ans Licht geführt. Schon allein dafür war ich ihm Dank schuldig. Wer immer er auch war und was immer ihn für Absichten leiteten.

»Er ist ein Forscher«, hatte mir Emily schwärmend berichtet.

»Tja!«

Ein Forscher also.

Der die Region erforschte.

Der mit wild gewordenen Hymenopteras umzugehen wusste.

»Klingt eher nach einem Helden, so wie Sie ihn beschreiben.«

Emilys Blick sagte mir, dass ich ins Schwarze getroffen hatte.

Ein Held also.

»Wittgenstein, wie schön, Sie zu sehen! Sie haben es geschafft!« Mit diesen Worten war mir das Kind förmlich um den Hals gefallen, als wir uns wiedergesehen hatten. Das war vor wenigen Stunden gewesen, im Wohnzimmer der Quilps, die mich unvergleichlich kühler empfangen hatten. »Ich habe versucht, Kontakt zu Ihnen aufzubauen, aber ich habe Sie einfach nicht finden können.«

»Das war auch nicht möglich.«

Fragend runzelte sie die Stirn.

»Ich war tot«, erklärte ich.

»Wie meinen Sie das?«

»Wie ich es sage.«

»Sie meinen, Sie waren tot? Gestorben?«

»Genau das sagte ich.«

»Tot?«

»Miss Emily, ich hoffe doch nicht, dass ich an Ausdrucksfähigkeit verloren habe. Ja, tot. Gestorben. Für kurze Zeit.« Zumindest hatte ich mich in einem Zustand befunden, der dem Tod am nächsten kommt. Der Körper erschlafft, und das Blut rinnt nicht weiter durch die Adern, der Atem stockt, die Haut wird fahl und kalt. Der Herzschlag verstummt. Jegliches Bewusstsein schwindet. »Antiaris toxicaria«, sagte ich nur, »vermischt mit dem Elixier aus den Blüten der Acokanthera.«

»Dann war es ein Trick.«

»Ich bin Alchemist. Was haben Sie erwartet?«

Als die Dunkelheit mich umfangen hatte, blieben mir nicht mehr viele Handlungsmöglichkeiten. Die Hymenopteras hatten mich umschwärmt. Eine immer größere Anzahl der Insektenartigen hatte den Tunnel gefüllt, in dem ich unsicher an der Wand stand. Des Augenlichts beraubt, fühlte ich nurmehr den kalten Stein und die an meiner Kleidung zerrenden Hymenopterabeine. Aus Berichten fahrender Tunnelstreicher kannte ich die Spezies, wenngleich ich ihr persönlich noch nie begegnet war. Bereits im Laufen hatte ich nach dem Beutel mit den giftigen Substanzen getastet, weil diese, das hatte ich befürchtet, die einzige Möglichkeit waren, dieser Situation heil zu entkommen.

Das Antiarispulver schmeckte bitter und löste heftige Krämpfe aus. Keine angenehme Art zu sterben. Und doch war der Tod mein einziger Ausweg. Nachdem ich meine Lippen mit dem Pulver in Berührung gebracht hatte, sank mein Körper zu Boden. Ich gab mich den Krämpfen hin und spürte, wie mir Insektenbeine über das Gesicht krochen. Dann lösten sich die Empfindungen vom Körper. Ich spürte nichts mehr. Da waren bloß noch die Geräusche in der Dunkelheit. Das surrende Geräusch flirrender Flügel. Das nagende Schaben vieler Beine.

Das Leben entschwand dem Körper.

Die Glieder erschlafften.

Das Bewusstsein endete.

Nicht einmal erinnern konnte ich mich später an jene Augenblicke.

Daran, dass die Hymenopteras von mir abließen und in die Dunkelheit des Amphitheaters zurückkehrten, wo sie den reglos daliegenden Golem bewachten. Irgendwann kehrte das Leben in den Körper zurück. Ich riss die Augen auf und sah doch nur Nachtschwärze. Ein kühler Wind streifte mein Gesicht. Angestrengt lauschte ich in den Tunnel hinein. Nichts war zu vernehmen. Kein Geräusch. Nur Stille. Die Hymenopteras waren demnach verschwunden.

Emily ebenso.

Mühsam erhob ich mich.

Alle Glieder schmerzten, was ziemlich normal ist, wenn man Antiarispulver zu sich genommen hat. Doch nur von totem Fleisch lassen jagende Hymenopteras ab. Zu sterben, wenn auch nur für etwas mehr als eine Stunde, war demnach die einzige Lösung gewesen. Nicht umsonst musste man in der Ausbildung zum Alchemisten die Kunst der Nekromantik erlernen, zumindest in Grundzügen, denn wirkliche Nekromanten waren höchst selten anzutreffen, weil man für diese Art von Tätigkeit ein naturgegebenes Talent brauchte.

Meine Gedanken wanderten zu Emily zurück.

Hoffentlich befand sich das Mädchen in Sicherheit.

Später erfuhr ich dann von meiner Schutzbefohlenen, dass sie versucht hatte, Kontakt zu mir aufzubauen. Sie hatte sich, wie sie es gelernt hatte, ihrer Trickstergabe bedient und die Gedanken durch die Region geschickt, um mein Bewusstsein zu finden. Ohne Erfolg.

»Ich befürchtete schon, Sie seien tot«, gestand sie mir.

Was irgendwie auch der Fall gewesen war.

»Ich war tot.«

»Ja, aber hätte ich ahnen können, dass Sie so etwas tun? Dass Sie dazu fähig sind?«

»Ich bin Alchemist.«

Nun denn.

Emily hatte deprimiert feststellen müssen, dass sie keinen Kontakt zu mir hatte aufbauen können, und natürlich hatte sie dies zur einzig vernünftigen Schlussfolgerung verleitet.

»Er ist tot«, hatte sie geflüstert. »Er muss einfach tot sein.«

»Von wem sprechen Sie?«

Dorian Steerforths tiefdunkle Augen spendeten kargen Trost.

»Ich war in Begleitung meines Mentors«, erklärte Emily ihm. »Wir sind getrennt worden, als diese Viecher uns angegriffen haben. Er hat mir den Rücken freigehalten, irgendwo da hinten.«

»Dort hinzugehen und nachzuschauen könnte sich als nicht ratsam herausstellen«, mutmaßte Dorian Steerforth. »Die Hymenopteras sind überall. Die Gegend um das alte Amphitheater herum ist schon seit Monaten ihr Revier. Nur mühsam kann man sich ihrer erwehren.«

»Sie haben es gekonnt.«

Er lächelte entwaffnend. »Ja, ich habe Übung darin.«

Dorian Steerforth hatte inmitten einer großen Zahl toter Hymenopteras gestanden, als Emily dem Fass entstiegen war. Was immer er mit den Insektenartigen angestellt hatte, jetzt waren sie leblos und starr. »Ich bin Forscher«, hatte er dem Mädchen erklärt, als wäre das eine Antwort auf die toten Tiere.

Emily jedenfalls fand nicht, dass der junge Mann wie ein Forscher aussah. Er trug eine Hose aus schwarzem Leder, Bikerboots und einen ledernen Mantel, der ihm bis zu den Knöcheln reichte. Darunter ein Hemd von blutigem Rot, aus dessen offenem Kragen ein kunstvoll verziertes Halstuch heraussah. Emily konnte nicht sagen, wonach er aussah. Sie hätte nur sagen können, dass er gut aussah.

Er war hübsch.

Schön auf eine leicht androgyne Art, wenngleich es Emily tief unten in der Region nicht mit diesen Worten umschrieben hätte. Das dunkle Haar hatte Dorian Steerforth unter Zuhilfenahme einer nicht geringen Menge Gels nach hinten gekämmt.

»Er sieht aus wie Jude Law«, meinte Aurora später.

Einmal gesagt, war dies auch Emilys Meinung. »Stimmt.«

Dessen eingedenk war Dorian Steerforth Forscher. »Ich bin Kartograph. Die Region hat sich in den letzten Jahrzehnten stark verändert. Im Auftrag des Senats soll ich das Labyrinth auskundschaften und aktuelle Karten anfertigen. Schon vor einem halben Jahr bin ich auf die Hymenopteras gestoßen. Der Angriff kam überraschend und hat mir ein Andenken beschert.«

Emily betrachtete die lange Narbe, die sich über die rechte Wange Steerforths zog. Wie ein Fremdkörper schnitt sie in das ebenmäßige Gesicht. Als er die Narbe erwähnte, fragte sich Emily, ob sie etwas sagen sollte.

Am Ende schwieg sie.

Und dachte an ihr steinernes Auge.

Irgendwie hatten sie eine Gemeinsamkeit gefunden.

»Hat das eine Hymenoptera angerichtet?«

Er nickte. »Immerhin hat sie mein Auge verfehlt.« Schlagartig wurde Steerforth bewusst, dass er etwas Ungeschicktes gesagt hatte. Betroffen stockte er und sah sein Gegenüber schuldbewusst an.

»Ist schon okay«, sagte Emily.

»Nein, ist es nicht. Es war unhöflich von mir.«

»Ach was.«

»Sie sind hübsch!«

»Der Hausmeister im Waisenhaus hat mich mit dem Rohrstock erwischt.«

»Ich habe das ernst gemeint.«

»Was?«

»Dass Sie hübsch sind.«

Welch seltsame Situation.

Sie stand inmitten der toten Hymenopteras, und ein fremder Mann machte ihr Komplimente.

Sie winkte ab. »Ach was!«

»Als mir die Hymenoptera jene Wunde zugefügt hatte«, bekannte Dorian Steerforth ernst, »da wollte ich mich nur in Sicherheit bringen, doch als mir der Arzt offenbarte, dass eine Narbe zurückbleiben würde, wäre ich am liebsten gestorben.«

Emily wollte nicht über solche Dinge sprechen.

Stattdessen lenkte sie ab: »Wie haben Sie diese Viecher hier getötet?«

»Damit«, sagte er und zeigte dem Mädchen den zylinderförmigen Gegenstand, der silbrig in seiner Hand glänzte und mit einer Kette am Gürtel befestigt war.

Ungläubig stellte Emily fest: »Eine Pfeife?«

Er lachte. »Keine besonders einschüchternde Waffe, nicht wahr?«

In der Tat, das war sie nicht gerade.

»Eine gewöhnliche Pfeife?«

»Nein. Dafür eine, die besonders schrille Töne in einer sehr hohen Frequenz erzeugt«, erklärte er. »Ähnlich den Tönen, die eine Hundepfeife fabriziert.«

»Sie meinen, wir können die Töne nicht hören?«

»Aber die Hymenopteras. Und was sie hören, gefällt ihnen gar nicht, das können Sie mir glauben. Es macht sie rasend, und wenn sie nicht schnell genug das Weite suchen, dann töten die Töne sie. Um Ihrer Frage zuvorzukommen, ich habe keine Ahnung, wie die Pfeife wirkt. Schließlich bin ich kein Biologe der tieferen Schichten. Dass sie wirkt, steht jedoch außer Frage.«

»Immerhin.«

Manchmal war die Welt einfacher, als es den Anschein hatte.

»Ich habe es sozusagen zufällig herausgefunden, und seitdem trage ich die Pfeife immer bei mir. Man kann nicht vorsichtig genug sein hier unten. Dieser Teil der Region ist kein Spielplatz. Was mich zur nächsten Frage führt: Was führt ein so junges Ding wie Sie in diese entlegene Gegend, wenn auch, wie Sie eben erwähnten, in Begleitung eines Mentors?«

»Wir wollten uns das Amphitheater anschauen«, antwortete Emily vage.

»Anschauen?«

»Ja.«

»Sie hatten Glück.«

»Ja, ich weiß.«

»Ihr Mentor nicht unbedingt.«

»Wie meinen Sie das?«

»Ich habe Wege vermessen«, erklärte er. »Drüben beim alten Viadukt. Da hörte ich das wütende Kreischen der Hymenopteras. Ich fragte mich, wer so verrückt sein konnte, sich ins Revier der Insektenartigen zu begeben. Also eilte ich hierher und unterwegs vernahm ich einen Schrei.«

»Wittgenstein«, flüsterte Emily.

»Inmitten des Amphitheaters liegt der Abgrund«, stellte Steerforth trocken fest und beobachtete Emilys Reaktion. »Hatten Sie etwa auch vor, den Abgrund zu besichtigen?« Bohrend hakte er nach: »Sie haben doch vom Abgrund gehört?«

»Sie meinen das Loch in der Mitte des Theaters?«

»Ich meine den Abgrund, ja.«

»Das bodenlose Loch, das irgendwohin führt, aber niemand weiß genau, wohin?«

»Eben jenes.«

»Eine Gestalt lag neben dem Abgrund. Da wo einst die Bühne des Theaters gewesen ist.«

Verwundert sah Steerforth auf. »Eine Gestalt, sagen Sie?«

»Sie war groß.«

»Groß?«

»Und leblos.«

»Ein Mensch?«

»Sie sah nicht wie einer aus.«

»Sondern?«

»Irgendwie … anders. Seltsam.«

Emily beschloss, den Begriff Golem nicht zu erwähnen.

Steerforth schien ihr mit einem Mal sehr neugierig zu sein.

»Normalerweise verirren sich Reisende nicht gerade in diese Gegend«, murmelte er nachdenklich. »Das ist der Grund, weshalb neue Karten angefertigt werden müssen. Die Region soll für die Tunnelstreicher wieder attraktiv gemacht werden. Immerhin liegt sie genau unterhalb der City von London und stellt somit einen verkehrstechnisch wichtigen Knotenpunkt dar. Zumindest wenn man sich in der Tiefe fortbewegt. Deswegen frage ich mich, was augenblicklich los ist. Seit mehr als einem Jahr arbeite ich hier unten, und keine Menschenseele hat sich in all den Monaten hierher verirrt. Heute taucht dann mit einem Mal ein kleines Mädchen samt Mentor auf und behauptet, den Abgrund besichtigen zu wollen.«

»Das Theater«, verbesserte Emily ihn.

»Gut. Das Amphitheater also. Wo zudem noch eine Gestalt gewesen sein soll.«

»Eine leblose Gestalt.«

»Die vermutlich den Insektenartigen zum Opfer gefallen ist.«

Emily überlegte, ob das, was Steerforth sagte, Sinn ergab.

»Warum sind so viele Hymenopteras im Amphitheater? Ich meine, warum ausgerechnet dort?«

»Ehrlich gesagt, ich habe keine Ahnung. Vielleicht sind sie dem Abgrund entstiegen. Wenn man den Geschichten, die man sich hier unten erzählt, Glauben schenken kann, dann leben die Insektenartigen in den unteren Schichten. Und irgendwohin muss ja selbst der Abgrund führen, oder?!«

Anzunehmen, dachte Emily.

Steerforth sah sich wachsam um.

Dann richtete er seinen Blick erneut auf Emily.

»Irgendjemand wird Sie vermissen.«

Woran Emily schon gar nicht mehr gedacht hatte.

Mr. und Mrs. Quilp!

Aurora.

»Zeigen Sie mir den Weg nach oben?«

Steerforth zeigte blendend weiße Zähne. »Mehr noch, Miss Laing. Ich werde Sie sogar nach Hause geleiten. Die Welt ist zu unsicher, um eine junge Dame allein reisen zu lassen.« Mit diesen Worten reichte er dem Mädchen die Hand und lächelte.

Emily erwiderte das Lächeln.

Ergriff die Hand des Fremden.

Und ganz so, wie Dorian Steerforth es versprochen hatte, geleitete er Emily Laing hinauf nach London, den ganzen langen Weg bis nach Hampstead zum Haus der Familie Quilp, wo die Besorgnis in der Zwischenzeit stetig gewachsen war. In höchstem Maße erfreut und aufs Äußerste erleichtert, nahmen die Quilps Emily in Empfang und dankten dem gut aussehenden Fremden überschwänglich, der das Kind nach Hause gebracht hatte.

»Ich hoffe doch, wir sehen uns wieder?« An der Türschwelle hatte Dorian Steerforth Halt gemacht. Höflich verbeugte er sich zum Abschied, sodass sein Mantel leicht den Boden streifte.

»Wenn Sie möchten!?«

Später sollte sie sich über ihr Verhalten ärgern. Doch in diesem Moment wusste sie gar nicht, wie ihr geschah. Dorian Steerforth empfahl sich mit einer weiteren Verbeugung, schlüpfte in die Limousine und verschwand im aufkommenden Nebel, ohne sich noch einmal nach dem Mädchen umzudrehen.

Emily starrte ihm hinterher.

Dachte an die Narbe.

An ihr Auge.

An die vergangenen Stunden.

Bis Aurora sie bei der Hand nahm und mit sich zog, hinein in die Wärme des Hauses am Streatley Place No. 17.

Noch am selben Abend suchte ich das Haus der Quilps auf.

»Unverantwortlich war das von Ihnen«, schimpfte Mr. Quilp mit mir. »Was hätte nicht alles passieren können! Das Kind in die Region zu führen. Meine Güte, das ist eine bodenlose Nachlässigkeit!«

Mrs. Quilp keifte: »Was ist nur in Sie gefahren? Das Mädchen war völlig verängstigt. Wir haben geglaubt, Sie seien ein verantwortungsvoller Mensch. Master Micklewhite hatte uns das versichert. Ach, ihr seid doch alle gleich. Alchemisten. Haltet euch für etwas Besseres. Unverantwortlich.« Zwischendurch musste sie mehrmals nach Luft schnappen. »Was haben Sie sich nur dabei gedacht?«

Wir saßen in der Küche.

Alles war ordentlich und aufgeräumt.

»Fragen Sie nicht«, entgegnete ich mürrisch.

Nicht einmal eine Stunde weilte ich wieder in London, und schon musste ich diesen Schwall Beschimpfungen über mich ergehen lassen. Die Angst dieser Leute in Ehren haltend, hatte ich nicht das geringste Interesse an einer derartigen Konversation. Es würde zu nichts führen.

Ich war müde.

Erschöpft.

»Sie sehen nicht gut aus, Wittgenstein«, hatte mich Emily begrüßt.

Dieses Kind!

»Danke sehr«, murmelte ich und konnte das Glück darüber, sie wohlbehalten vor mir zu sehen, doch nicht gänzlich verbergen. »Sie sollten zu Kräften kommen«, riet ich ihr. »Wir haben eine Verabredung im Museum. Morgen. Miss Fitzrovia wird Ihnen einiges zu berichten haben.«

»Es passiert etwas, nicht wahr?«

Im fahlen, unwirklichen Licht der Küchenbeleuchtung wirkte Emily erschöpft und kränklich.

»Maurice Micklewhite ist besorgt. Der Lordkanzler von Kensington ist es auch. Ja, es passiert etwas da draußen. Wie dem auch sei, Miss Emily. Denken Sie an das, was uns Epiktet gelehrt hat. Nicht die Dinge selbst beunruhigen die Menschen, sondern die Vorstellung von den Dingen.«

Eine Tasse heißen Tees stand vor Emily auf dem Tisch.

Lustlos schnupperte sie daran.

»Morgen Abend werden wir mehr erfahren«, sagte ich. »Wir werden den Lordkanzler treffen.«

»Wir haben also eine Verabredung mit dem ägyptischen Totengott?«

»Sie sagen es.«

Mit einem müden Lächeln brachte Emily es auf den Punkt: »Toll.«

Kapitel 10

Anubis

Wir befanden uns in der ägyptischen Abteilung des Britischen Museums inmitten der einst staubbedeckten und heute polierten und geputzten Relikte einer längst vergangenen Epoche. Mumienförmige und ineinander gestellte Sarkophage, Juwelen, Armbänder, Ohrringe und goldene Brustschilde. Bemalte Kanopenvasen, die einstmals die inneren Organe der großen Könige beherbergt hatten, lang gezogene Schiffe, Statuetten des Sonnenkönigs Echnaton, Tonscherben und silberne Kelche. Inmitten all der Vitrinen und Absperrungen überragte die Anubis-Skulptur den gesammelten Prunk eines untergegangenen Imperiums. Der große Kopf des Schakals funkelte in die Schatten, die das dämmerige Licht warf.

»Wir sind bereit«, sagte Maurice Micklewhite laut.

Emily, die dicht neben Aurora stand, kam es so vor, als hätte sich der Mund der großen Skulptur bewegt, als seien die Lefzen des Totengottes zu einem spöttischen Lächeln verzogen worden.

Anubis würde kommen.

Sie spürte seine Anwesenheit bereits.

In der vergangenen Nacht hatte sie ein langes Gespräch mit ihrer Freundin geführt. Eng umschlungen hatten sie nebeneinander in Auroras Bett gelegen. Aurora hatte Emily von Lord Nelson, dem Taubenmann vom Trafalgar Square, und dem anschließenden Auftauchen der beiden Jäger in der Nationalbibliothek berichtet. »Fast gestorben vor Angst bin ich, als die Kerle aus den Schatten aufgetaucht sind.«

Emily konnte sich die beiden noch lebhaft vorstellen. »Warum sucht der Lordkanzler nur den Kontakt?«

»Sie haben angedeutet, dass es etwas mit Lycidas zu tun hat.«

»Habe ich es doch geahnt!«

Der Lichtlord.

Der einst als Lucifer aus dem Himmel vertrieben worden war.

Zu Unrecht?

Nach dem finalen Akt am letzten Weihnachtsfest, als die Engel

Lycidas in der Kuppel der St.-Paul's-Kathedrale dingfest gemacht hatten, war Emily im Raritätenladen auf zwei der Bücher gestoßen, die der Lichtlord einst unter dem Namen John Milton verfasst hatte: *Das verlorene Paradies* und *Das wiedergewonnene Paradies*.

Nicht alles darin hatte das Mädchen verstanden. Immerhin hatte Milton in einem Versmaß geschrieben, das heute nicht mehr ganz so zugänglich war wie vielleicht zu seinen Lebzeiten. Jedenfalls hatte Emily verstanden, dass Milton den Lichtlord Lucifer als missverstandene Seele beschrieb. Eigentlich hatte Lucifer nichts anderes getan, als gegen die überaus strenge Herrschaftsordnung im Himmel aufzubegehren. Er vertrat eine eigene Meinung, was den Engeln strengstens untersagt worden war. Also rebellierte er, weil er die Freiheit wollte. Eine Freiheit, und das hatte Emily sehr gut verstanden, die nicht meinte, tun und lassen zu können, was einem beliebte; nein, Lucifer wünschte sich eine Freiheit des Geistes. Er wollte eigene Gedanken äußern dürfen. Er beharrte auf seinem Recht, selbstständig denken zu dürfen. Was ihm sofort untersagt wurde und auf immer verwehrt bleiben sollte. Damit abfinden wollte er sich nicht, und so kam es zum Krieg der Engel. Gleichgesinnte Engel, die ebenfalls den Wunsch nach Freiheit verspürten, schlossen sich dem Lichtlord an, doch wurde dieses Aufbegehren am Ende von der Übermacht der himmlischen Heerscharen unter der Führung der Urieliten niedergeschlagen.

»Lucifer ist kein böses Wesen in Miltons Buch«, hatte auch Neil ihr erklärt. »Er ist ein unterdrückter Engel, der nur die Rechte für sich in Anspruch nimmt, die für uns heute so selbstverständlich sind.«

»Nicht im Waisenhaus«, hatte Emily geantwortet und erschrocken erkennen müssen, dass sie den Lichtlord in diesem Punkt besser verstand, als sie es sich eingestehen wollte. In ihrem kindlichen Verstand stellte sie sich Lucifers Lage ähnlich der Situation der Waisenkinder vor. Auch in Rotherhithe hatte niemand eine freie Meinung äußern dürfen, auch dort hatten alle unter der Knute des Reverends gelitten und geschwiegen. Konnte es sein, dass der Himmel dem Waisenhaus recht ähnlich gewesen war? Was hätten die Dombeys wohl unternommen, hätten die Kinder eine Revolution angezettelt?

»Du hast aber gesagt, dass Dombey mit dem Lichtlord paktiert hat.« Dieser Einwurf Neils durfte natürlich nicht außer Acht gelassen werden. Dombey war zum Gehilfen des Lichtlords geworden, vor langer, langer Zeit. »Und was die beiden taten, war zweifelsohne böser Natur.«

Neil hatte an die Kinder mit den Spiegelscherbenaugen gedacht, von denen Emily ihm berichtet hatte.

»Vielleicht ist er dazu gezwungen worden?«, hatte sich Emily laut gefragt. »Man hat ihn aus dem Himmel vertrieben und zu einem Leben verdammt, das er nicht kannte. Ich will nicht sagen, dass ich ihn verstehe oder das gutheiße, was er getan hat.« Nimmer würde sie das tun. »Doch hat er vielleicht nur versucht zu überleben. Auf seine Art.«

»Auf die falsche Art.«

»Vielleicht war das der einzige Weg, den er gesehen hat.«

Neil gab zu bedenken: »Er ist ein Engel. Oder war einer. Glaubst du nicht, dass ein Engel mehr von der Welt wissen müsste?«

Emily hatte nichts darauf geantwortet.

Ja, vielleicht hatte Neil Recht.

Lucifer, Lycidas, Milton, Dee ... hatten nicht alle erkannt, was die Welt im Innersten zusammenhält? Oder waren sie nur ein Teil jener Kräfte, die Böses zu erreichen suchten und dabei Gutes schufen?

Wie auch immer ...

Emily Laing sah ihre Vorahnungen bestätigt.

Etwas lief schief in der Welt.

So viel war sicher.

Zu viele Zufälle waren miteinander verknüpft.

Der Golem, die Rattlinge, des Lordkanzlers Bitte um ein Gespräch, die Hymenopteras am Abgrund, der mysteriöse und überaus hübsche Forscher aus der Region, das Flackern in der Laterne von St. Paul's. Zufälle und doch wieder keine Zufälle. Was geschah mit Lycidas dort oben in der Laterne? Weshalb das Flackern? Hatte es eine Bedeutung oder doch nicht?

»Wenn man das Muster nicht sieht«, hatte Miss Monflathers den Kindern einmal eingeschärft, »dann heißt das noch lange nicht, dass es kein Muster gibt.« Zugegeben, die Erkenntnis wurde den Schülern während einer Mathematikstunde nahe gebracht. Es war aber nicht nur diese Wissenschaft, die jener Aussage Gültigkeit verlieh. Das Muster erkennen zu können, war mit Sicherheit keine zwangsläufige Bedingung für die Existenz eines Musters.

»Es gibt keine Zufälle«, dachte Emily laut.

»Wittgensteins Motto.«

Das Mondlicht beleuchtete Auroras Gesicht.

Morgen, daran dachten beide voller Argwohn, würden sie den ägyptischen Totengott treffen. Anubis, der zum Lordkanzler von Kensington aufgestiegen war und die Arachnidenkolonien von Chelsea ausgelöscht hatte. Mit Grausen erinnerten sich die Mädchen der Bilder, die sich ihnen vor einem Jahr geboten hatten. Kranke und verwirrte, auseinander fallende Arachniden. Noch immer, so hatte der Elf vor Wochen verkündet, hatten sich die Kolonien in Chelsea nicht von diesem Schlag erholt. Noch immer hatte der Lordkanzler die Vorherrschaft über dieses Gebiet. Mithilfe der Wölfe kontrollierte Kensington die Handelsrouten hinunter zum Fluss.

Keines der beiden Mädchen hatte dem Lordkanzler je gegenübergestanden. Als ihre Mentoren sich damals nach Kensington begeben und einer Versammlung der Handelsgilden in der Royal Albert Hall beigewohnt hatten, waren die Mädchen emsig bestrebt gewesen, nicht in den eisigen Fluten des Hades zu ertrinken.

Beinahe hätte sie damals Aurora verloren, dachte Emily.

Und war glücklich, die Freundin jetzt neben sich zu spüren. Aurora Fitzrovia war einfach nicht mehr wegzudenken aus ihrem Leben. Verstohlen beobachtete sie ihre Freundin von der Seite, wie sie dalag und zur Decke hinaufstarrte.

Steerforth hatte auch Aurora gefallen. Zweifelsohne.

Ob sie gerade an ihn dachte?

An den Forscher aus der Region.

Aus der Nähe erkannte Emily, wie makellos die Haut Auroras und wie ebenmäßig doch ihr Antlitz war. Wenn sich Emily des Nachts müde die Augen rieb, dann ertasteten ihre Finger eine leere Augenhöhle, weil der geschliffene Mondstein allein auf dem Nachttisch ruhte, wo er das Licht der hellen Himmelsscheibe aufsog. Sie musste an die hässliche Narbe denken, die das ansonsten makellose Gesicht Steerforths verunzierte. Irgendwie fühlte sie sich dem seltsamen jungen Mann verbunden. Gerade dadurch. Durch die Narbe. Wie alt mochte Dorian sein? Irgendwie beschlich Emily das Gefühl, dass auch ihre Freundin in Gedanken bei dem jungen Mann verweilte und sich ähnliche Fragen stellte.

»Er ist nett«, hatte Emily ihren Retter umschrieben, nachdem dieser sich empfohlen hatte.

»Er ist nett *und* sieht aus wie Jude Law.«

Beide waren sich darüber einig, dass dem sehr wenig hinzuzufügen war.

»Gefällt er dir?« Zaghaft hatte sich Emily diese Frage irgendwann am Abend abgerungen.

»Wie meinst du das?«

Ungeduldig antwortete Emily: »Genau so, wie ich gefragt habe. Gefällt er dir?«

»Hm, ja. Ich denke schon.«

»So!«

»So?«

»Ach, nichts.«

Aurora setzte sich im Bett auf.

»Emmy, was ist los?«

»Gar nichts.«

»Schau mich an.« Emily leistete der Aufforderung Folge. »Wir sind doch Freundinnen«, sagte Aurora beherzt. »Niemals wird sich irgend so ein Kerl zwischen uns stellen. Versprochen! Niemals, hörst du?«

Jetzt hatte sie es wieder geschafft. Emily musste lächeln. »Versprochen«, sagte auch sie.

Bereits im Waisenhaus hatte es Aurora oft vermocht, die Laune ihrer grüblerisch veranlagten Freundin aufzuhellen. Manchmal hatte sie kleine Zeichnungen vom Reverend und seinem missratenen Sohn angefertigt und sie verhuscht beim Mittagessen herumgezeigt. Schnellstens mussten diese Karikaturen dann im großen Feuer in der Küche verschwinden, denn die Folgen, hätten die Dombeys einen der Zettel entdeckt, wären nicht sehr angenehm gewesen. Nichtsdestotrotz hatte sie das tyrannische Oberhaupt des Waisenhauses mehr als nur gut getroffen.

Rückblickend, stellte Emily immer öfter fest, bekamen die Dinge, die ihnen in der Vergangenheit zugestoßen waren, fast etwas Magisches. Keines der beiden Kinder sehnte sich nach dem Waisenhaus zurück. Allein dies anzunehmen wäre vermessen gewesen. Und doch wurden manche Ereignisse nostalgisch verklärt. So hatten sich die beiden einmal stundenlang im Waterstone in der Bedfordbury herumgetrieben und in Bildbänden geschmökert. Dem Reverend hatten sie berichtet, dass die Metropolitan sie festgehalten und wegen des Bettelns befragt habe. Emily hatte ihrer Freundin vor dem Einschlafen lange Geschichten erzählt. In Episoden waren sie Little Nell Trent durch die Gassen Londons gefolgt, und sogar Ismaels Schicksal auf der *Pequot* hatte Emily vor Aurora ausgebreitet. Es waren Momente trauter Zweisamkeit gewesen, in denen die Welt um die Kinder herum zu verschwinden gezwungen wurde. Emilys Worte, die in der Dunkelheit des Schlafsaals Bilder von fremden Welten malten, und Auroras bange Fragen, wie die Geschichte denn wohl enden möge. Damit hatten sich die beiden das karge Leben erträglich gemacht. Im Nachhinein schien es beinah eine tolle Zeit gewesen zu sein.

Die beiden verschworenen Freundinnen gegen den Rest der Welt.

Beinahe nur.

Die Realität, auch daran erinnerte sich Emily, hatte anders ausgesehen.

Und doch war es schön, sich so an die Zeit in Rotherhithe zu erinnern, wie sie es manchmal tat. Vielleicht, so hatte sich Emily oft gefragt, war dies die einzige Möglichkeit, mit der Vergangenheit und all den schlechten Erfahrungen Frieden zu schließen. Es gab keine bessere Alternative, um die Erlebnisse der letzten Jahre zu verarbeiten. Wichtig war der Weg, der vor ihr lag.

Eines jedoch stand fest. So wie Aurora sie in der Vergangenheit begleitet hatte, so würde sie Emily auch in den Zeiten begleiten, die vor ihnen beiden lagen. Was immer da auch kommen mochte.

Niemand würde je etwas an dieser Tatsache ändern können.

Nicht die uralte Metropole.

Keines der mächtigen Häuser.

Weder Ratten noch Engel.

Und mit Sicherheit kein Dorian Steerforth.

Das schworen sich die beiden von ganzem Herzen. Nicht ahnend, wie schwer manche Versprechen zu halten sind.

In der Nacht nach ihrer Rückkehr aus der Region hatte Emily all diesen Gedanken nachgehangen, doch jetzt spürte sie mit einem Mal etwas anderes. Keine Gewissensbisse und auch keine Sympathie für den jungen Forscher. Nein, es war nicht einmal Furcht. Eine fremde Wesenheit, die ihren Besuch im Museum ankündigte. Das war es. Gedanken in einer fremden Sprache drangen in Emilys Bewusstsein. Ägyptische Beschwörungsformeln, die zischelnd geflüstert wurden. Es schwindelte dem Mädchen, als sie merkte, wie ihr Verstand hinfortgerissen wurde.

»Ist alles in Ordnung mit Ihnen?«, fragte ich besorgt.

Emily war blass geworden.

Ihre Hände hatten zu zittern begonnen.

»Er ist hier«, sagte sie. Die Stimme des Mädchens klang verzweifelt. »Er will nicht, dass ich bei ihm bin.« Die Augen zuckten unruhig, und dann kippte Emily einfach so zur Seite. Behände fing ich sie auf, bevor sie auf den Steinboden aufschlagen konnte.

Eine tiefe Stimme füllte mit einem Mal den Raum.

»Seien Sie gegrüßt«, dröhnte die Stimme.

Vor der Skulptur war das Ebenbild des ägyptischen Totengottes erschienen, gekleidet in einen eleganten, dunklen Nadelstreifenanzug. Der Kopf mit der lang gezogenen Schnauze und den hoch stehenden spitzen Ohren drehte sich wachsam, und die geschlitzten Schakalsaugen funkelten neugierig in die Runde.

»Wir grüßen Euch«, sagte Maurice Micklewhite.

»Lordkanzler«, empfing ich ihn mit einer angedeuteten Verbeugung.

Emily schlug die Augen auf und sah die große Gestalt mit dem Kopf eines Schakals vor sich stehen.

»Ich bin Anubis«, stellte sich der Lordkanzler von Kensington vor. Tadelnd wandte er sich dem Mädchen zu. »Es gehört sich nicht, in fremden Gedanken zu stöbern. Hat Wittgenstein Sie das nicht gelehrt?« Er blickte zu mir.

Unschuldig antwortete ich: »Fragt nicht.«

»Kleine Trickster, Sie sollten den Verstand eines Gottes meiden.«

Emily hatte einwenden wollen, dass es ihr einfach so passiert sei. Immerhin war das die Wahrheit. Es war mitnichten Absicht gewesen. Sie hatte die Anwesenheit des Lordkanzlers gespürt, und dann war es einfach geschehen.

Letzten Endes schwieg sie.

Was wohl die beste Antwort war.

Anubis machte nicht den Eindruck, als wolle er mit einem Kind sprechen.

Emily suchte nach Auroras Hand und fand sie.

»Ihr fragt Euch wohl, in welch dringlicher Angelegenheit ich Euch sprechen muss.«

Maurice Micklewhite war vorgetreten: »In der Tat, das tun wir.«

»Nun denn, so will ich Euch nicht länger warten lassen. Die Zeit ist kostbar geworden, und wir sollten sie nicht vergeuden, indem wir Floskeln austauschen.« Emily bemerkte, dass Anubis keine richtigen Schuhe trug, sondern seltsame Stiefel, an deren Vorderseite spitze Krallen herauswuchsen. »Vor nahezu einem Jahr traft Ihr unsere verschworene Gemeinschaft ins Mark, als Ihr den Lichtlord in die Verbannung schicktet. Was, das sei hier angemerkt, kein netter Zug war.«

Maurice Micklewhite war da anderer Meinung: »Uns schien es eine gute Idee zu sein.«

Anubis' Augen blickten abfällig. »Ja, der ewige Kampf zwischen Gut und Böse. Das ist es, was die menschlichen Epen ausmacht, nicht wahr? Der Himmel ist gut, und die Hölle ist schlecht. Das ist es doch, was Euch damals vorschwebte?!« Die gutturale Stimme des Gottes klang heiser. Ohne eine Antwort abzuwarten fuhr er fort: »Dachtet Ihr niemals daran, dass es eine Ordnung gibt? Ein Muster, das den Dingen seinen Sinn gibt? Dass der Lichtlord einen Zweck erfüllt?« Unterdrückte Wut klang jetzt in der Tierstimme mit. »Es ist nicht immer so einfach, wie Ihr es Euch macht.«

»Ihr deutet an, wir hätten einen Fehler gemacht?«

Er sah mich an. »Einen Fehler, ja. In Unwissenheit und Übermut. Lycidas ist in der Kathedrale von St. Paul's gefangen, und es wird schwierig sein, ihn von dort zu befreien.«

»Ihr wollt ihn befreien?«, entfuhr es Emily.

Der Lordkanzler nickte. »Mit Eurer Hilfe werde ich es versuchen.«

Er ließ die Verblüffung wirken.

»Mit unserer Hilfe?«

»Ihr habt mich recht verstanden, Master Wittgenstein.«

Maurice Micklewhite gefiel diese Wendung des Gespräches nicht im Geringsten. »Weshalb sollten wir das tun?«

Der Totengott zog die Lefzen zu einem Grinsen zurück. Lange Zähne blitzten auf, die Emily an die Wölfe denken ließen.

»Weil es die einzige Möglichkeit ist, ein großes Unheil abzuwenden«, antwortete der Lordkanzler. Er trat einen Schritt vor und berührte den Sarkophag, der neben der großen Anubis-Skulptur stand.

Nachdenklich schien er den Tagen nachzutrauern, die einst gewesen waren. Den Jahrzehnten vor der Emigration aus dem Land seiner Ahnen. »Rattlinge sind aufgetaucht, und Ihr habt nicht die geringste Ahnung, auf wessen Geheiß sie nach London gekommen sind.«

Niemand widersprach ihm.

Emily musste an Mylady Hampstead denken, die im ersten Stock des Museums an der unbekannten Krankheit dahinsiechte. Immer schlimmer war ihr Zustand während der vergangenen Stunden geworden. Es war, als hätte sie sich mit einer Krankheit infiziert, für die es keine Heilung gab.

»Die Rattlinge sind nur die Boten einer Macht, die sich anschickt, London für sich zu gewinnen. Ihr kennt die uralten Metropolen dieser Welt. Athen, Paris, Berlin.« Mit einem süffisanten Lächeln fügte er hinzu: »Troja, das einst war und jetzt wieder ist.«

Emily hatte nicht die geringste Ahnung, wovon er sprach.

Sie fand es schon seltsam genug, dass diese hoch gewachsene Gestalt mit dem Kopf eines Schakals wirklich ein Gott war.

»Ihr meint«, warf Maurice Micklewhite ein, »dass da etwas ist, das darauf wartet, London zu erobern?«

»Erobern klingt ein wenig apokalyptisch, findet Ihr nicht auch?! Die Vorgehensweise dieser Wesenheit ist ungleich … komplizierter. Und letztlich kann ich Euch versichern, dass sie nicht darauf wartet; nein, es hat bereits begonnen.« Er hielt einen Augenblick lang inne und schlug dann vor: »Wir sollten uns vielleicht setzen, und Ihr könntet mir einen Tee anbieten. Ist das nicht die höfliche englische Art?«

»Entschuldigt«, sagte ich, »es war nachlässig von uns, dies zu vergessen.«

Maurice Micklewhite fand das auch.

Man lud keinen Gott auf ein Gespräch ein und bot ihm dann nicht einmal Gebäck und Tee an. Das war nicht anständig.

Wir begaben uns also in die Cafeteria im Erdgeschoss, wo um diese Uhrzeit sowieso niemand mehr verweilte. Die beiden Mädchen setzten Tee auf, und wir anderen nahmen an einem der vielen Tische Platz. An den Wänden hingen Photographien der Carter-Expedition, die in den Zwanzigerjahren des zwanzigsten Jahrhunderts das Grab des legendären Tutenchamun entdeckt hatte. Einige der Photographien zeigten ein bekanntes Gesicht, das uns am Tisch Gesellschaft leistete.

Maurice Micklewhite war wirklich schon viel herumgekommen in der Welt.

Auch der Lordkanzler betrachtete die Bilder aus seiner Heimat, der er den Rücken gekehrt hatte.

Nachdem er einen Schluck gezuckerten Kräutertee zu sich genommen hatte, fuhr Anubis schließlich zu reden fort: »Wie Ihr wisst, entwickelt jede Stadt ihr eigenes Leben. Sie atmet und träumt und ernährt sich von den Dingen, die in ihren Straßen geschehen. Eine Metropole ist voller Leben. Ja, man könnte sie sogar als ein lebendiges Wesen beschreiben. Ein Wesen, das fühlt und leidet. Aber ist sie nicht auch voll der niederen Gefühle? Denkt an Neid, Boshaftigkeit, Rachsucht, Niedertracht, Eifersucht. Ausdünstungen gleich sickern diese in den Boden. Es ist, als würde diesen niederen Gefühlen eine Gestalt verliehen, als würden ihnen Augen wachsen, die sie sehend machen, und ein Mund, der sie schmecken lässt. Ohren, die vieles hören. Gliedmaßen, die fortwährend nach dem Leid der Metropole greifen und es zu halten versuchen, weil es für die Gestalt wie süßer Wein ist, an dem sie sich allzeit zu laben vermag. Eine Metropole kann nur fortbestehen, wenn sie auf der Existenz eines Wesens errichtet worden ist, das jene Bürde auf sich nimmt. Eine Kreatur, die all das Übel in sich aufnimmt und, wenngleich sie jenes Übel auch quasi personifiziert, die Stadt davor bewahrt, zum Opfer ihrer eigenen Niedertracht zu werden.«

»Ihr meint, dass London nur fortbesteht, weil ein Wesen existiert, das märtyrergleich die niederen Gefühle in sich aufsaugt?« Maurice Micklewhite kratzte sich ungläubig am Kopf.

»Ihr habt es erfasst.«

»Wie alt müsste eine solche Kreatur sein?«

Anubis sagte: »Unermesslich alt.«

»Hat dieses Wesen einen Namen?«, wollte ich wissen.

Der Totengott musterte mich ungeduldig. »Wir nennen es den Ophar Nyx.«

Später sollte Mylady Hampstead allein bei der Nennung dieses Namens erstarren.

»Es ist der Rattengott, der seit Anbeginn der Metropole dort unten in den ewigen Tiefen haust. Rattenkönig nannte man es im Mittelalter. Doch lautet sein richtiger Name Nyx, denn das ist es, was es ist. Es ist die Nacht. Schwarz. Unendlich. Voller Untiefen.

Nyx, der Ophar Londons. Er gebietet einer Welt, die ein Schattenriss der uralten Metropole ist.« Bissig lächelnd fügte er nach einer kurzen Pause hinzu: »Und einigen Ratten obendrein.«

Emily musste an Lord Brewster denken, der seit mehr als einem Jahr untergetaucht war. Im Gegensatz zu Mylady Hampstead, deren Beweggründe aufrichtiger Natur zu sein schienen, konnte man sich bei Seiner Lordschaft Hyronimus Brewster nie gänzlich sicher sein.

»Ihr glaubt, dass die Ratten ein doppeltes Spiel mit uns treiben?«, fragte ich.

Nicht Mylady, beharrte hingegen meine innere Stimme. Nicht jene Rättin, die sich meiner angenommen hatte, als niemand sonst auf der Welt für mich da gewesen war. Nimmer wollte ich das glauben. Die Bedenken, die ich schon immer gegen Lord Brewster gehabt hatte, erwachten hingegen aufs Neue. Mit seltsam unstimmigen Informationen hatte uns die Ratte versorgt. War selbst nicht mal mehr in Erscheinung getreten, sondern hatte die Nachrichten durch die Trafalgar-Tauben überbringen lassen.

»Vielleicht sollte ich dort anfangen, wo alles begonnen hat«, sagte Anubis mit ruhiger Stimme und ließ ein Stück Gebäck zwischen den Zähnen verschwinden. »Am Anfang. Zu einer Zeit, als das Chaos herrschte und die Welt nichts als ein Traum war. Der allmächtige Träumer träumte seinen Traum von der Welt, ganz so, wie die Menschen, von denen er träumte, einst den Träumer träumen würden.«

Aurora warf Emily einen vielsagenden Blick zu.

Warum, fragte sich Emily, können Götter sich nicht klarer ausdrücken? Sie entsann sich der Worte, die ich bereits kurz nach unserem ersten Treffen an sie gerichtet hatte: Man muss lernen zu sagen, was man meint, denn sonst wird man niemals das meinen, was man sagt.

Der Totengott, dachte sich Emily, sollte diesen Spruch berücksichtigen.

Unbeirrt von den Gedanken des Mädchens fuhr der Lordkanzler von Kensington fort: »Aus dem Chaos, das das Nichts war, wurden zwei Wesenheiten erschaffen. Hemera, der Tag, und Nyx, die Nacht. Sie sollten Herrscher sein. Keine Untergebenen. Gleichgestellt dem Träumer, der später die Engel erschuf. Die Engel, solltet Ihr wissen, waren zum Dienen geschaffen worden. Sie sollten dem Träumer huldigen und die Schöpfung beaufsichtigen. Man erzählt sich, dass Hemera und Nyx von Selbstsucht und Wollust getrieben eine Nachkommenschaft zeugten. Schlimmer noch, sie taten dies, ohne den mächtigen Träumer um Erlaubnis zu bitten. Erzürnt verbannte dieser Hemera und Nyx sowie deren Brut in die Tiefen der Erde, wo sie fortan ihr Dasein fristen mussten. Die Brut der beiden wurde über den gesamten Erdball verstreut. Dort, wo ihre Nachkommen lebten, entstanden im Laufe der Jahrhunderte die großen Städte. In Scharen zog es die Menschen an jene Orte. Natürlich wusste niemand, warum die Siedlungen, die wuchsen und wuchsen und schließlich zu Metropolen wurden, gerade an jenen Orten gediehen. Die Menschen folgten einfach nur ihren Instinkten. Glaubt mir, die Menschen spürten insgeheim, dass etwas dort lauerte, das all den Hass und die Bosheit aufsaugte. Jede Metropole der Erde ist auf der Existenz einer solchen Kreatur errichtet worden. Oder wie erklärt Ihr es Euch sonst, dass so viele Menschen so unbeschadet auf so engem Raum miteinander leben können? Ja, ich sehe es Euren Gesichtern an. Natürlich gab es – und gibt es immer noch – Mord und Totschlag. Doch stellt Euch vor, wie die Welt aussehen würde, wenn die Brut nicht unter uns lebte. Wie sähe das Gesicht Londons aus, wenn es keinen Nyx gäbe, der den Auswurf der Stadt atmet? Wie sähen Paris, Tokio oder Berlin aus?«

»Eine interessante Geschichte, zweifelsohne«, entfuhr es Maurice Micklewhite.

Ich konnte es in den blauen Augen lesen.

Auch er suchte, ganz so wie ich, nach einem verborgenen Sinn hinter den Enthüllungen des Lordkanzlers.

»Ich sehe, dass Euer Glaube nicht unbedingt Berge versetzen kann. Doch lauscht weiter meinen Worten. Ihr fragt Euch, und das zu Recht, welche Rolle Lucifer oder Lycidas, wie er sich neuerdings nennt, hierbei spielt. Nun denn … Lucifer wurde aus dem Himmel verstoßen. Aus Gründen, auf die ich hier nicht näher eingehen möchte. Er wurde verstoßen und mit ihm andere Engel. Ein Leben inmitten der Sterblichen zu leben, war die Strafe für den Ungehorsam gegenüber dem allmächtigen Träumer. Doch durften sie sich den Ort ihrer Strafe aussuchen. Lucifer wählte den Ort, an dem Londinium errichtet werden würde. Andere Verstoßene wählten andere Orte. Wie ich bereits sagte, existieren viele Metropolen auf dem Erdball.«

»Sie meinen, in jeder großen Stadt der Welt lebt ein gefallener Engel?«, entfuhr es Emily.

Anubis sah das Mädchen scharf an. »Wie könnten die Menschen dort sonst überleben?«

»Ich weiß nicht.«

»Dann will ich es Ihnen sagen, kleine Trickster. Die Menschen würden an ihrem gegenseitigen Hass ersticken. Es gäbe unermessliches Blutvergießen.«

»Wenn aber doch jede Stadt eine Kreatur wie den Nyx hat …«, gab Aurora zu bedenken.

»Sie haben aufmerksam zugehört, Freundin der Trickster«, sagte Anubis. »Doch habe ich eines bisher verschwiegen. Der Nyx und seine Artgenossen sind keine Wohltäter. Es verlangt sie nach Macht, die sie rücksichtslos zu erlangen suchen. Der Nyx ist kein Diener der uralten Metropole. Im Laufe der Jahrhunderte hat er mehrmals versucht, die Herrschaft über London zu erlangen. Letztmalig kam es zu Aufständen im Eastend, die die ganze Metropole zu verschlingen drohten.« Die Lefzen verzogen sich zu einem hämischen Grinsen. »Das Werk des Ophar Nyx.«

»Ihr sprecht von den Whitechapel-Aufständen?«

»In der Tat.«

»Was wisst Ihr darüber?«

Der Lordkanzler nippte am Tee. Wie ein Hund, dachte Emily.

»Alles«, sagte er.

»Und Ihr wollt uns davon berichten?«, hakte Maurice Micklewhite nach.

»Nicht unbedingt. Doch solltet Ihr eines wissen: Der Nyx trachtet immerzu danach, die Herrschaft über London zu erlangen, doch gibt es einen Gegenpol. Ein Kampf zwischen Gut und Böse, wenn Ihr so wollt, wenngleich dieser Vergleich ein wenig einfältig gewählt wäre. Was ist schon gut und was ist böse? Macht die Absicht ein Tun böse oder das Tun selbst? Wie auch immer … der Nyx wurde von Lycidas gebannt. Ich will damit nicht behaupten, dass Lucifer das personifizierte Gute ist. Nein, das wäre vermessen. Auch er schielt nach seinem eigenen Vorteil.« Wieder das überhebliche Grinsen. »Aber tun wir das nicht alle?« Der Lordkanzler räusperte sich. »Lycidas strebt ebenso nach Macht wie der Nyx, doch in ihrer beider Bestreben, einander zu übertrumpfen, verhindern sie jeweils den Sieg des anderen.«

»Ihr sprecht von einem Gleichgewicht?« Ein mulmiges Gefühl beschlich mich.

»Ihr sagt es, Wittgenstein. Ein Gleichgewicht. Ein stabiler Zustand. Die Ordnung der uralten Metropole hängt davon ab, wie sehr manchen Parteien daran gelegen ist, eben diese Ordnung zu zerstören. Lucifer ist sozusagen ein Teil von jener alten Kraft, die stets das Böse will und doch das Gute schafft.« Grinsend fügte er hinzu: »Wahrlich ein Geist, der stets verneint, denn alles, was entsteht, ist in seinen Augen wert, dass es zugrunde geht.«

»In diesem Bestreben hindert er jedoch den Nyx daran, die Oberhand zu gewinnen.«

»Besser hätte auch ich es nicht ausdrücken können, Master Micklewhite.«

Die beiden hielten sich sozusagen gegenseitig in Schach, dachte Emily.

Das Problem, das sich aus dieser Situation ergab, lag auf der Hand. »Seit einem Jahr nun ist Lycidas seiner Macht beraubt.«

»Ihr sagt es.«

»Was bedeutet, dass der Nyx auf dem Vormarsch ist.«

»Auch darin muss ich Euch Recht geben. Der Nyx steigt aus seiner tiefen Welt empor und hat bereits die inneren Kreise der Hölle okkupiert. Was nebenbei bemerkt gar nicht gut ist. Ihr selbst habt vor einem Jahr Bekanntschaft mit den Limbuskindern machen dürfen. Behagt Euch der Gedanke, dass der Nyx die Herrschaft über diese Brut erlangt?«

Keine sehr angenehme Vorstellung.

Darin waren wir uns wohl alle einig.

»Die in der Hölle Lebenden sind einfachen Gemüts. Sie folgen demjenigen, der ihre niedrigen Bedrüfnisse befriedigt. Nekir, Limbuskinder und anderes Gewürm.«

Wie bereits erwähnt … keine angenehme Vorstellung.

Blieb die Frage: »Was können wir dagegen tun, wenn sogar ein Gott machtlos ist?«

»Ich bin der Herrscher des Totenreichs«, verteidigte sich der Lordkanzler. »Und in der Hölle befinden sich keine Toten. Ein Trugschluss, der menschlichen Mythologien und Religionen zuzuschreiben ist. Über die Höllenkreise besitze ich keine Macht. Die Hölle ist Lucifers Reich.«

Maurice Micklewhite resümierte: »Da wir mithilfe der Urieliten Lycidas aus dem Verkehr gezogen haben, stehen dem Nyx sozusagen Tür und Tor offen. Ihr schlagt nun vor, Lycidas zu befreien, damit das Gleichgewicht der Kräfte in London wiederhergestellt werden kann.«

Der Lordkanzler nickte.

»Warum gerade wir?«, fragte ich.

»Wegen der Kinder«, gab Anubis zur Antwort.

Erschrocken sahen die beiden Mädchen einander an.

»Die Kinder sollen Lycidas befreien?«

»Nein, es gibt nur eine Person, die Lycidas die Freiheit schenken kann.«

»Die wäre?«

»Mylady Lilith.«

Aurora entfuhr ein furchtsames: »Madame Snowhitepink?«

Der Lordkanzler verbesserte sie: »Die Lichtlady.«

Die Richtung, die das Gespräch nahm, gefiel Emily ganz und gar nicht. Was immer der Lordkanzler im Sinn hatte, sie sträubte sich dagegen, Kontakt mit der einstigen Madame Snowhitepink aufzunehmen.

»Auch hier sollte ich vielleicht am Anfang beginnen«, schlug Anubis vor. »Es ist die Magie der Engel, die Lycidas dort oben in der Laterne von St. Paul's bindet. Ein Band, das nur von der Liebe Kraft gebrochen werden kann.«

Emily wirkte erstaunt.

Aurora nicht minder.

Maurice Micklewhite hingegen blickte eher skeptisch drein.

»Der Liebe Zaubermacht?«, fragte ich, nicht ohne Spott.

Der Lordkanzler warf mir einen missbilligenden Blick zu. »Der gleiche Fehler unterlief Lord Uriel«, schalt er mich höflichst einen Narren. »Geschöpfe wie Lucifer und Lilith sind nicht dazu fähig, Gefühle dieser Art zu entwickeln. Denkt Ihr … und dachten die Engel. Deswegen banden sie Lycidas mit jener Fessel. Denn ihn zu befreien bedeutet für den Befreier ein tragisches Los. Wer immer ihn befreit, muss wahre Liebe für ihn empfinden und, das ist der tragische Teil der Geschichte, den Platz in der Laterne an seiner statt einnehmen. Sollten Lycidas und Lilith also doch Liebende sein, was die Engel zwar nicht glaubten, aber dennoch in Betracht zogen, so wird ihre

Liebe keine Erfüllung finden. Niemals werden sie gemeinsam die Freiheit genießen können. Einer der beiden wird immer im Licht der Laterne gefangen sein, während der andere um seines Gefährten Schicksal weiß und nichts dagegen ausrichten kann.«

Niemals hätte Emily gedacht, dass Engel so grausam sein könnten.

Ihr Blick veriet eindeutig Mitleid.

Mit dem Lichtlord und seiner Lichtlady.

Niemand, fand sie, hatte ein solches Schicksal verdient.

»Kurz gesagt«, brachte es der Lordkanzler auf den Punkt, »sind wir auf die Hilfe der Lichtlady angewiesen. Nur sie vermag es, Lycidas zu befreien.«

»Wo kommen wir ins Spiel?«, wollte ich wissen.

»An eben dieser Stelle. Mylady Lilith ist verschwunden. Die Engel haben sie mit sich genommen. In dem Schneegestöber, das sie in St. Paul's entfacht hatten. Niemand weiß um ihr Schicksal.«

»Nicht einmal die Götter?«

»Wir sind Götter«, sagte Anubis, »jedoch nicht allwissend.«

»Tja.«

»Wir müssen Mylady Lilith finden und befreien.«

»Ihr glaubt also, dass sie sich in Gefangenschaft befindet.«

»Ja. Die Urieliten haben sie mit Sicherheit an einen Ort gebracht, zu dem wir keinen leichten Zugang haben. Einen Ort, den wir bisher nicht einmal kennen.«

Daher wehte also der Wind: »Und da die Urieliten bestenfalls mit Kindern sprechen …«

»… sollen wir sie fragen.« Emily hatte geahnt, dass es etwas mit Aurora und ihr zu tun haben würde.

»Etwas in der Art schwebte mir vor«, gab Anubis zu.

Betroffenes Schweigen erfüllte die Cafeteria.

Die Bilder an den Wänden zeigten die Wüste um Karnak, die Totenstadt der Könige am Nil, und ich fragte mich, warum Anubis seine Heimat verlassen hatte. War es möglich, dass sich selbst Götter in der Fremde einsam fühlten? Zugegeben … es fiel schwer, jenes Wesen mit dem Kopf eines Schakals, das an unserem Tisch saß und Tee schlürfte wie ein Wolf an der Tränke, mit derartigen Gefühlswallungen in Verbindung zu bringen. Doch wer konnte schon sagen, was wirklich gut oder böse war? Mit Sicherheit stand es niemandem zu, die Seele eines Gottes zu deuten.

Darüber hinaus brannte uns allen natürlich eine Frage auf den Lippen, die zu stellen schließlich mir oblag.

»Weshalb sollten wir Euch glauben?«, wollte ich vom Lordkanzler wissen.

»Ich gebe Euch mein Wort.«

Maurice Micklewhite warf mir einen betroffenen Blick zu.

Beide hatten wir befürchtet, dass es so weit kommen könnte.

Dem Wort eines Gottes war nichts entgegenzusetzen.

»Dann glauben wir Euch«, gab ich mich geschlagen.

Hinfort mit den Zweifeln.

»Welche Rolle spielen die Rattlinge, die Ihr erwähntet?«

»Und der Golem?«

»Die Rattlinge sind die Diener des Nyx. Es sind Vorboten, die London auskundschaften. Von der Existenz eines Golems ist mir nichts bekannt. Keiner meiner Wölfe hat mir je von einem Lehmwesen berichtet.«

Besorgt fragte Emily: »Was hat es denn mit den Rattlingen auf sich?«

»Ihr spielt auf Mylady Hampsteads Krankheit an«, sagte Anubis.

»Ja. Kann ihr geholfen werden?«

»Den Geschichten nach schuf der Nyx die Rattlinge, weil die Ratten, die seine erste Schöpfung gewesen sind, ein Bewusstsein entwickelt hatten. Ratten sind moralische Wesen. Die meisten von ihnen jedenfalls. So kam es, dass sie dem Nyx nicht länger dienen wollten und dieser eine neue Gattung schuf.«

»Die Rattlinge.«

»Mischwesen, die ihm hörig sind. Sie sind seine Augen und Ohren. Erinnert Ihr Euch der Kinder mit den Spiegelscherbenaugen?«

Emily bekam eine Gänsehaut, wenn sie sich die ausdruckslosen Gesichter all der Kinder ins Gedächtnis rief. Wie hätte sie diesen Anblick jemals vergessen können? Aurora ging es genauso.

»Master Lycidas sah durch deren Augen und eine ähnliche Funktion erfüllen die Rattlinge. Der Nyx tritt durch die Rattlinge in Kontakt mit der Welt, die er zu beeinflussen sucht. Es sind Chimairas. Nicht Ratte, nicht Reptil, weder Vogel noch Fisch noch Insekt. Das alles nicht und doch alles gemeinsam. Sie vermehren sich wie eine Plage, wenn sie erst einmal losgelassen sind.« Bedeutungsschwanger und kalt starrten die raubtierhaften Augen.

Was meint er nur damit?, fragte sich Emily.

Dann wurde ihr heiß und kalt.

»Sagen Sie, dass das nicht wahr ist«, stammelte sie.

Alle hatten wir verstanden, was der Lordkanzler gerade angedeutet hatte.

»Es ist wahr, und niemand wird etwas daran ändern können.«

Die Rattlinge waren nicht nur die Sinne des Nyx.

Nein, sie waren eine Krankheit.

Zumindest verhielten sie sich wie eine solche.

»Sie sind ansteckend«, resümierte der Lordkanzler. »Eure Rättin wird schon bald eine der ihren geworden und dem Nyx zu Willen sein. Denkt immer daran und lasst Euch nicht von falschem Mitleid leiten.«

Mir schwindelte.

Die Bedeutung dieser Worte brachte viele Erinnerungen zurück.

Mylady Hampstead war lange Zeit meine Familie gewesen, und jetzt offenbarte uns der Herrscher von Kensington, dass sie sich in eine Chimaira verwandeln würde. Auch Emily senkte betroffen den Blick.

Schweigen breitete sich aus.

Keiner vermochte es, die eigenen Gedanken auszusprechen und insgeheim gehegten Befürchtungen Gestalt zu verleihen. Alle entsannen wir uns der schuppigen Haut, die Myladys Körper dort überzogen hatte, wo ihr das Fell ausgefallen war. Keiner von uns konnte leugnen, was Anubis so klar und deutlich ausgesprochen hatte.

»Wir werden Euch helfen«, versprach ich schließlich.

Emily schwieg.

Und Aurora tat es ihr gleich.

»Ihr werdet in Erfahrung bringen, wo sich die Lichtlady aufhält?«

»Wir werden es versuchen«, versprach auch der Elf.

»Und Sie, kleine Trickster?«, richtete der Lordkanzler seine Worte an Emily. »Werden Sie uns auch helfen?«

Vieles schoss dem Mädchen in diesem Augenblick durch den Kopf. Was war richtig und was falsch? Sie ließ den Blick durch den Raum wandern, zu Aurora, mir und Maurice Micklewhite. Sie dachte an Mylady Hampstead, die oben im Büro des Elfen in einer Kiste schlief und langsam zu dem wurde, was vor wenigen Tagen ihr eigenes Verderben gewesen war. Emily sah das weiß geschminkte Gesicht der ehemaligen Madame Snowhitepink vor sich, die harten, biestigen Gesichtszüge, vor denen sich alle Waisenkinder gefürchtet hatten.

Anubis wartete auf ihre Antwort.

Ich spreche zu einem Gott, dachte sie benommen.

Und tat es.

»Was bleibt mir anderes übrig«, sagte sie und hoffte, dass niemand das Zittern in ihrer Stimme bemerkte. Die Anwesenden nickten zustimmend. Aurora griff nach ihrer Freundin Hand und drückte sie ganz fest.

Anubis verzog die Lefzen zu einem zufriedenen Lächeln.

Genau das hatte er hören wollen.

Deshalb war er ins Museum gekommen.

Er hatte uns für sein Vorhaben gewinnen können.

Leise, kaum hörbar, flüsterte Emily erneut den Satz, der die Hilflosigkeit, die sie verspürte, mehr als alles andere ausdrückte: »Was bleibt mir schon anderes übrig?« Dies war ihre Welt geworden, und Zufälle, das befürchtete sie, gab es nur wenige. Sie würde nach vorne blicken.

Und das tun, womit sie niemals gerechnet hätte.

Sie würde versuchen, die Lichtlady zu befreien.

KAPITEL 11

DER ALTE RARITÄTENLADEN

»Wie geht es dir?« Aufrichtige Besorgnis lag in der Stimme des Jungen.

Emily legte die Jacke ab und schüttelte die Regentropfen aus dem Stoff. »Hm, geht so.« Sie hängte die blaue Jacke mit dem Pelzkragen, die ihr mittlerweile fast schon zu klein war, über den Stuhl, der neben der Kasse stand. »Nein, das stimmt nicht. Eigentlich geht es mir gar nicht gut«, relativierte sie ihre Aussage, um sie sogleich erneut zu spezifizieren: »Ich fühle mich so richtig mies.« Sie ließ sich in einen der Sessel in ihrer Leseecke fallen.

Richtig mies fühlte sie sich.

Besser war ihr Zustand wohl kaum zu umschreiben.

Neil legte das Buch beiseite, in dem er vor Emilys Ankunft im Raritätenladen gelesen hatte. »Was ist passiert?«

Eine einfache Frage, dachte Emily bedrückt, und doch so schwer zu beantworten.

»Ich hatte gestern Abend eine Verabredung mit Anubis, dem ägyptischen Totengott«, sagte sie. »Wittgenstein und die anderen waren auch dabei.«

Neil starrte sie aus neugierigen, blauen Augen an.

Etwas verwirrt fuhr er sich mit der Hand durch das zerzauste Haar.

Dann grinste er.

Emily hatte mit dieser Reaktion gerechnet. Was erwartete sie auch, wenn sie dem Jungen eine solche Antwort auf seine Frage nach ihrem Befinden gab? Natürlich grinste er. Kein normaler Mensch dächte auch nur im Traum daran, dass sie die Wahrheit sprechen könnte.

»Anubis?«, hakte Neil nach.

Emily nickte. »Wir trafen ihn im Britischen Museum.«

Neil erwiderte nichts darauf

Entweder er hielt dics für eine Spielart von Emilys Humor, oder …

»Ist er nicht Lordkanzler von Kensington?«, erkundigte sich der Junge.

Was Emily überraschte.

»Du kennst ihn?«

»Persönlich?«

Sie zog ein Gesicht.

Neil sagte: »Nein, natürlich nicht. Aber ich habe von ihm gehört. Der alte Edward hat mir von den Handelsgilden berichtet. Kensington hat die Wege hinunter zum Fluss mit hohen Zöllen belegt und die Gildevertreter damit gegen sich aufgebracht.«

»So?«

»Ja.«

Die Gildevertreter interessierten Emily derzeit nicht im Geringsten.

»Du siehst aus, als suchtest du ein Buch.« Neil hatte den unruhigen Blick des Mädchens bemerkt. Rastlos suchte Emily die Regalreihen nach etwas ab, das sie anscheinend unbedingt zu finden hoffte.

Wie Recht er doch hatte.

Die ganze Nacht über hatte sie nicht schlafen können, weil sie an die Worte des ägyptischen Totengottes hatte denken müssen. Sie hatte sich das Gesicht jener Frau ins Gedächtnis gerufen, die jedes Waisenkind in Rotherhithe gefürchtet hatte wie den Tod persönlich. Für manche, hatte Emily mit Grausen gedacht, war sie auch genau das gewesen. Für viele der Kinder, die mit ihr gegangen waren, war es der letzte Gang ihres beklagenswerten Lebens gewesen. Niemals wieder waren sie gesehen worden, und man hatte sich in den Mauern des Waisenhauses die schlimmsten Geschichten erzählt. Insbesondere die älteren Kinder wussten von Dingen zu berichten, die Erwachsene einem Kind antun konnten, die Emily damals noch nicht gänzlich verstand, die sie aber nichtsdestotrotz zu Tode geängstigt hatten. Es waren die Gesichter jener Kinder gewesen, die davon erzählt hatten, die flüsternden Stimmen, geheimnisvoll und ängstlich zugleich. All dies hatte ihr unmissverständlich klar gemacht, dass es etwas abgrundtief Schlechtes war, das denjenigen Kindern widerfuhr, die das Pech hatten, von der weiß geschminkten Frau mit der blonden Mähne ausgewählt zu werden.

Aurora war gestern Nacht ganz bleich geworden.

Im Bett hatte sie geweint.

Nein, das war nicht ganz richtig. Geschluchzt hatte sie und gezittert. Und Emily hatte sich an ihre erste Begegnung in der Toilette erinnert, nachdem Aurora von einem Ausflug mit Madame Snowhitepink zurückgekehrt war. Ein Blick in die dunklen Augen hatte Emily augenblicklich gesagt, dass das andere Mädchen innerlich schrie wie am Spieß, dass etwas in ihm zerbrochen war, etwas, das man hätte bewahren und das niemals hätte verloren gehen sollen. Sie hatte etwas von einem großen Haus gestammelt, von einem Raum voller Spielsachen und Puppen mit vielen Kleidern.

Niemals hatte Aurora Genaueres erzählt.

»Ich kann mich nicht mehr daran erinnern«, hatte sie gelogen.

Emily hatte es dabei bewenden lassen.

Was hätte sie auch anderes tun können? Aurora wusste, dass ihre Freundin die Lüge erkannt hatte und gar nicht erst von ihr verlangte, die Wahrheit zu sagen, weil die Wahrheit dieser Nacht in der Lüge offenbart worden war. Tief in ihrem kindlichen Herz hatte Emily verstanden, welche Schatten diese Lüge notwendig gemacht hatten. Mit jedem gelogenen Wort war die Wahrheit genauer umrissen worden, und mit jedem Jahr ihrer Freundschaft hatte Emily besser verstanden, was ihrer Freundin angetan worden war. Der Reverend hatte all dies zugelassen.

Noch heute schwindelte Emily, wenn sie an das Waisenhaus zurückdachte.

Und doch wollte sie dorthin zurückkehren.

Nicht alleine, das sei hier angemerkt.

Nein, Little Neil Trent sollte ihr Gesellschaft leisten.

Nicht dass der Junge davon gewusst hätte.

Als Emily Laing den Raritätenladen betreten hatte, war es für den Jungen, der im Laden arbeitete, nur ein weiterer Besuch der stillen Emily mit dem Mondsteinauge gewesen, die so gerne zum Lesen dorthin kam und in alte Bücher versunken in dem Ohrensessel kauerte, wo sie auch jetzt wieder saß, und stundenlang Gespräche mit ihm führte, wenn keine Kundschaft im Laden herumlungerte und sie beide mit Fragen löcherte. Im letzten Jahr war Emily Laing mehrmals in der Woche im Raritätenladen aufgetaucht, und Neil hatte die Gesellschaft des Mädchens zu schätzen gelernt. Sie war wie gesagt still und nachdenklich und besaß einen seltsamen Humor, der seine Wurzeln, wie Neil vermutete, im Umgang des Mädchens mit ihrem Mentor hatte.

Einmal hatte ein Gast Emily auf deren leicht mürrische und abweisende Art angesprochen.

»Kann es sein, junge Dame, dass Sie Nihilistin sind?«

Emily, die Neil beim Büchersortieren geholfen hatte, schaute kurz auf und sagte ernst: »Nein!«

Emily Laing, das wusste Neil Trent, besaß Sinn für Humor.

Hätte Emily den Taubenmann am Trafalgar Square getroffen, wäre ihr die Bedeutung dieser Eigenschaft bewusst geworden. »Das Leben«, hatte dieser mehrmals zu Aurora und Maurice Micklewhite gesagt, »ist zu ernst, um es ohne ein Lächeln ertragen zu können.«

Wie dem auch sei, Emily hatte sich in der Nacht Gedanken gemacht.

Über Madame Snowhitepink, die geschminkte Nemesis aller Waisenkinder. Darüber, dass allem Anschein nach nur sie dazu in der Lage war, den Lichtlord zu befreien. Der Liebe Zaubermacht, hatte ihr Mentor zynisch angemerkt. Konnte es sein, dass jene Frau, deren Gesicht zu einer lächelnden Maske erstarrt war, wahre Liebe empfand? War es möglich, dass sie den Lichtlord liebte und ihn aus seinem Gefängnis befreien konnte ... und auch würde? Emily erinnerte sich der Nacht, als alles begonnen hatte, als sie mit Auroras Hilfe in die Kammer des Reverends eingedrungen war, um die Akten auszuspionieren, weil sie endlich etwas über ihre Herkunft hatte erfahren wollen. Ihr Ziel hatte sie nicht erreicht, dafür war sie über eine Anzahl säuberlichst geführter Aktenordner gestolpert. Auf einem hatte ein Schriftzug geprangt: Wilhelmina White. Unter diesem Namen war Madame Snowhitepink wohl in London bekannt gewesen. Ein Name, der nicht außergewöhnlich war.

Doch hatte es einst eine andere Madame Snowhitepink gegeben.

Eine, die Jahrtausende lang auf den Namen Lilith gehört und ihr Herz dem Lichtlord geschenkt hatte.

»Du könntest mir erzählen, was los ist«, schlug Neil vor.

Emily zierte sich ein wenig.

Sollte sie ihn einweihen?

»Emily, ich kenne dich«, sagte er. »Nicht besonders gut, aber immerhin.«

»Immerhin?«

»Immerhin gut genug, um zu sehen, dass dich etwas bedrückt. Manchmal kommst du in den Laden, weil du dich hier wohl fühlst.

Dann vergräbst du die Nase in Büchern, und wir können die ganze Zeit über alles Mögliche reden, Tee trinken und die Stunden vergehen lassen. An anderen Tagen bist du … rastlos. Dein Blick schweift hierhin und dorthin.«

»Und du glaubst, dass heute so ein Tag ist.«

»Ja, ist es.«

»Hm.«

»Du hast gestern Abend Anubis getroffen. Das sagt doch alles, oder?«

Womit er nicht ganz Unrecht hatte.

»Du könntest mir wirklich erzählen, was los ist«, meinte Neil erneut und fügte süffisant hinzu: »Ich werde es auch nicht weitersagen.«

Wieder zog Emily ein Gesicht.

Und gab sich geschlagen.

»Also gut«, grummelte sie unschlüssig.

Dann erzählte sie ihm alles.

Little Neil Trent, der die uralte Metropole kannte, staunte dennoch nicht schlecht bei dem, was ihm da aufgetischt wurde. Emily berichtete von dem Abstieg in die Region, von Mièville und dem Müllmarkt, vom Angriff der Hymenopteras und ihrer eigenen Rettung durch Dorian Steerforth.

»Steerforth, sagst du?«

Emily nickte.

»Kommt mir irgendwie bekannt vor.« Neil klang nachdenklich.

»Tja.«

Sie erzählte vom Golem und den Rattlingen und den Dingen, die der Lordkanzler von Kensington ihnen allen offenbart hatte. Vom Ophar Nyx, dem Lichtlord und dem Gleichgewicht Londons, das immer empfindlicher gestört wurde. Von der an einem unbekannten Ort festgehaltenen Lichtlady, die der Schlüssel zu Lycidas' Befreiung sei, und die zu finden nun ihre Aufgabe war.

Es verwunderte Emily immer wieder aufs Neue, wie normal all diese Dinge bereits für sie geworden waren.

»Ich will etwas über sie in Erfahrung bringen«, gestand Emily.

»Über Madame Snowhitepink?«

»Ja, oder Lilith, wie man sie früher genannt hat. Ich glaube, dass dies ihr richtiger Name ist.« Jetzt hatte sie dem Jungen alles offenbart. »Glaubst du, dass wir hier einige Bücher finden, in denen wir fündig werden?«

Neil überlegte kurz.

»Ich könnte den alten Edward fragen«, schlug er vor. »Hast du es nicht vorher schon in der Nationalbibliothek versucht? Ein Buch über Lilith zu finden, meine ich. Die haben doch bestimmt einige alte Schmöker unter der Kuppel.«

Diese Möglichkeit hatte Emily natürlich auch in Betracht gezogen, jedoch schnell verworfen. Am Mittag hatte ich sie vor der Schule erwartet, um die Lage mit ihr zu erörtern.

»Wir haben einiges zu besprechen«, hatte ich ihr gesagt.

Und mir ein trotziges »Nein, müssen wir nicht!« eingefangen.

Aurora Fitzrovia hatte schweigend nebendran gestanden.

»Es ist wichtig!«

»Ist mir egal«, hatte Emily mir erklärt. »Ich brauche meine Ruhe!« Und mit dem Versprechen, sich am Abend bei mir zu melden, war sie einfach ihres Weges gegangen und hatte Miss Fitzrovia und mich ratlos im Regen stehen gelassen. Entschlossenen Schrittes hatte sie die nächste U-Bahn-Station angestrebt und war schon bald unseren Blicken entschwunden gewesen.

»Es geht ihr nicht gut«, hatte Aurora zu erklären versucht.

»Ach?«

»Sie hat einfach nur miese Laune.«

Dieses Kind!

»Ich wollte einfach weg«, gestand Emily dem Jungen im Raritätenladen. »Weg von Wittgenstein und Micklewhite und, ja, auch weg von Aurora. Ich wollte allein sein mit den Büchern.« Sie sah ihn offen an. »Ich wollte einfach nur herkommen und eine Weile genau hier in diesem Sessel sitzen. Das ist alles.«

Neil machte nur: »Hm.«

Das war alles.

Emily mochte den Raritätenladen. Im Gegensatz zu vielen anderen Geschäften verirrten sich nicht sonderlich viele Kunden hierher, was einerseits das Gefühl entstehen ließ, dass man sich in einer privaten Bibliothek und nicht in einem Laden befand, und andererseits natürlich die Frage aufwarf, wie Mr. Dickens wohl sein Geld verdiente.

»Er schreibt«, hatte Neil einmal erwähnt, jedoch ohne zu spezifizieren, was genau der alte Edward Dickens denn schrieb.

Die hölzernen, bis hinauf zur Decke reichenden Regale und die dürftige, matte Beleuchtung erweckten den Eindruck, als befände man sich in einer Höhle, irgendwo tief unter der Erde. Die überaus engen Gänge – an manchen Stellen konnte man sich nur seitwärts fortbewegen – wirkten labyrinthisch wie die Pfade der uralten Metropole; gerade so, als wandle man durch einen Irrgarten aus Geschichten und Gedanken, der sich sogar bis in den Keller des Hauses erstreckte. Die Stille wurde nur von behutsamen Schritten auf den knarzenden Dielen und dem stetig gegen die Milchglasfenster prasselnden Regen unterbrochen. Wenn überhaupt, dann wurde nur leise gesprochen. Es gab niemals laute Worte im Laden, bloß dahingehauchtes Flüstern, das sich mit dem Geräusch in Büchern blätternder Finger zu einem Bild voller staubiger Farben vermischte. Kaufte jemand etwas – egal ob Buch, Foliant oder Nippes –, dann erklang das trockene Klingeln der rostigen Registrierkasse.

Hier fühlte Emily sich wohl.

»Es ist alles so ... kompliziert«, versuchte Emily es auf den Punkt zu bringen. »Die Welt ist so ... erwachsen. Und hier im Laden scheint mir die Zeit stehen geblieben zu sein.«

Der Raritätenladen war wie ein ruhender Pol inmitten all des Aufruhrs.

Jedenfalls empfand Emily es so.

Die Hintertür öffnete sich, und Mr. Dickens betrat den Laden, wie immer leicht gebeugt, mit abstehendem, schütterem Haar und einer drahtigen Lesebrille auf der langen Nase.

»Ha, Miss Emily, wie schön, Sie hier zu sehen«, begrüßte er sie.

Emily bedankte sich höflich.

Und Neil kam sofort zur Sache.

»Wir suchen ein Buch über Lilith«, sagte er.

Mr. Dickens oder »der alte Edward«, wie Neil seinen Adoptivvater liebevoll zu nennen pflegte, blickte neugierig über die runden, randlosen Gläser seiner Brille auf die beiden Kinder. »Lilith, sagt ihr. Die Göttin des Mondes und erste Frau Adams. So, so. Ja, ja, da müssten wir einige Bücher haben.« Ohne eine Antwort der Kinder abzuwarten, tat er das, was er immer tat, wenn es jemanden nach einem Buch verlangte: Er schlurfte kaum hörbar etwas vor sich hinmurmelnd an den Regalen entlang, tastete mit den Fingerspitzen die Buchrücken ab, zog hier und da einen Band aus dem Regal und stellte ihn wieder zurück. »Ah ja, da ist es ja«, hörten die Kinder ihn frohlocken und Sekundenbruchteile später erneut: »Und da, haben wir gleich noch zwei! Hab ich's doch gewusst.« Freudig legte er drei Bücher vor die Kinder auf den Tisch. »Da sind sie. Die müssten euch weiterhelfen.«

Emily las die Titel.

Hebräische Mythen: Das Buch Genesis von Robert Graves und Raphael Patai. *Die hebräische Göttin*, ebenfalls von Raphael Patai, der ein Fachmann auf diesem Gebiet zu sein schien. Und nicht zuletzt einen dicken, angestaubten Schmöker in dunklem Leinen: *Midrash und Kabbala*, geschrieben von – und hier staunte Emily nicht wenig – Morgaine Monflathers.

»Die Monflathers hat ein Buch geschrieben?«

Eigentlich war dieser Tatbestand nicht weiter verwunderlich. Miss Monflathers war alt und gebildet und elitär, und ein Buch zu schreiben war eigentlich genau das, was man von jemandem wie ihr erwartete.

»Nebenbei gefragt«, hakte Mr. Dickens nach, »was beabsichtigt ihr zu finden?«

»Die Geschichte Liliths«, antwortete Emily.

»Zu welchem Zweck?«

Die alten Augen funkelten die Kinder an.

»Nun ja«, murmelte Neil.

»Es interessiert uns eben«, entgegnete Emily.

»Wie die meisten Kinder in eurem Alter, so interessiert auch ihr beiden euch für die überaus komplizierte Geschichte der Lilith. Tja, tja, so ist das.« Er grinste wissend. »Dass ihr mir nicht auf Abwege geratet!« Er ließ den Blick von einem zum anderen wandern. »Bei all dem Wissen, das ihr euch da aneignet.«

»Wir passen auf«, versprach Emily.

»Ja, das tun wir«, gelobte auch Neil.

Mr. Dickens schien dies zu genügen.

»Ich habe noch zu tun«, sagte er zu beiden, und an Neil richtete er die Bitte: »Wenn Kundschaft kommt, dann überseht sie nicht zwischen all den Buchstaben.«

»Versprochen!«

»Versprochen!«

»Gut, gut!«

Mit diesen Worten empfahl sich der ältere Herr und verließ den Laden durch die Tür, durch die er ihn betreten hatte.

Neil sagte nur: »Jetzt schreibt er wieder.«

Was Emily fragen ließ: »Was denn genau?«

»Irgendwas«, antwortete Neil.

»Darunter kann ich mir einiges vorstellen.«

»Wenn man ihn fragt, was er denn schreibt, dann antwortet er immer das Gleiche: Ich schreibe Worte, eins nach dem anderen, von links nach rechts und von oben nach unten, und wenn ich fertig bin, dann bekommst du es zu lesen.«

So kann man es auch sehen, dachte sich Emily.

Und wandte sich den Büchern zu.

Das Buch von Miss Monflathers lag auf Emilys Schoß, und ihre Finger glitten ehrfürchtig über den schwarzen Stoffeinband. Morgaine Monflathers. Keines der Kinder in Miss Monflathers Schule hatte sich jemals Gedanken darüber gemacht, welchen Vornamen die betagte, aristokratisch anmutende Schulleiterin wohl hätte. Das »Miss« in Miss Monflathers passte besser als jeder Vorname zu der Leiterin der Lehranstalt. Bis auf Morgaine, korrigierte Emily sich. Strenge und Kälte klangen in diesem Namen mit. Morgaine Monflathers, die tief unten in der Metropole bei den Black Friars gelebt hatte. Einst. Vor langer Zeit. Und der Titel des Buches klang zudem überaus … mythisch: *Midrash und Kabbala.*

»Ich mache uns Tee, und dann fangen wir zu lesen an.«

Gegen Neils Vorschlag war nichts einzuwenden.

Emily blies sachte den Staub von dem Einband. Dann klappte sie das Buch auf und begann zu blättern. Ihr Auge folgte den Buchstaben, die geschwungen und kryptisch die Geschehnisse aus alter Zeit vor ihr aufrollten. Ein ganzes Kapitel hatte die Monflathers der Lichtlady gewidmet, wenngleich sie diese nicht als Lichtlady bezeichnete.

»*Lilit, Malkah ha-Shadim*«, flüsterte Emily die Kapitelüberschrift.

Neil kam mit dem Tee zurück.

Und Emily tauchte ein in eine fremde Welt.

Der Regen hatte London wie so oft fest im Griff. Und doch hatte es die beiden Kinder hinunter zum dunklen Fluss verschlagen, wo sich hinter einer Wand aus Nieselregen die wenigen Schiffe stromaufwärts kämpften. Die letzten beiden Stunden hatten sie in den Büchern geschmökert, die ihnen Mr. Dickens empfohlen hatte. Anschließend hatte es beide danach verlangt, ins wirkliche London hinauszugehen. Nicht einmal das garstige Wetter hatte sie davon abhalten können, hinunter nach Greenwich zu fahren, das im Südosten von Central London liegt. Sie hatten die Docklands Light Railway genommen und waren, anstatt bis nach Greenwich durchzufahren, an der Station Islands Gardens ausgestiegen. Von dort aus führte der fast vierhundert Meter lange Fußgängertunnel aus dem Jahre 1902 unter der Themse hindurch, und man entstieg der Unterwelt direkt am anderen Flussufer. Der Tunnel ist es, der Greenwich mit der Isle of Dogs verbindet, auf der Bürogebäude, Yuppie-Wohnungen und der stadtübliche Dreck dicht an dicht anzutreffen sind.

»Da ist sie«, sagte Neil ehrfürchtig, als die beiden der Unterwelt direkt am King William Walk entstiegen.

Und Emily verstand.

Vor den Kindern erhob sich der spitze Bug des majestätischen Klippers *Cutty Sark*, der einst die Weltmeere befahren und nun ein Heim am Greenwich Pier gefunden hatte.

»Früher einmal war sie das schnellste Schiff«, erklärte Neil seiner Begleiterin, »das die sieben Weltmeere umsegelt hat.«

Die blauen Augen des Jungen leuchteten.

Unschwer erkannte Emily das Fernweh in diesem Blick.

»Hier komme ich her, wenn ich den Kopf freibekommen möchte.«

»Ich verbringe die Zeit im Raritätenladen inmitten all der alten Bücher«, entgegnete Emily.

Verstehen konnte sie jedenfalls, weshalb Neil diesen Ort aufsuchte. Die Zeit war wie zurückgedreht, wenn man den Klipper betrachtete. Da war das Holz, das die Spuren vieler Stürme erkennen ließ. Die Masten, die hoch hinaufragten, und die Takelage, in der sich einst Seeleute bewegt hatten. Wenn der Wind vom Fluss herüberwehte, dann knarzte das alte Holz, und es war, als wolle das Schiff zu einem sprechen. Emily fragte sich, ob Neil, wenn er die *Cutty Sark* ansah und auf der Holzbank verweilte, auf der sie beide nun saßen, manchmal an das Bild aus der Zeitung dachte. Jene Photographie, die, wenngleich grobkörnig, so doch unmissverständlich den am Großmast der *Ismael* baumelnden Leichnam seines Vaters zeigte.

War dies ein Bild, das der Junge nicht mehr aus seinem Kopf bekam? So wie auch Emily von Bildern gemartert wurde, die einen, wenn sie da sind, nie wieder loslassen.

Neil hatte nie wieder vom Selbstmord seines Vaters gesprochen. Nur jenes eine Mal.

Dabei hatte er es bewenden lassen.

»Eines Tages«, verkündete Neil, »werde ich auf einem Schiff in See stechen.«

Etwas in seinem Blick sagte Emily, dass dies nicht nur ein Jungentraum war.

Doch letzten Endes war Neil genau das.

Ein Junge.

Nicht zu vergleichen mit Dorian Steerforth, der, wenngleich noch kein Mann, doch auch kein Junge mehr war. Oh nein, das war er mit Sicherheit nicht. Dorian war reifer als der junge Neil, und obwohl sich Emily in Neil Trents Gegenwart mehr als nur wohl fühlte, so hatte sie doch in Steerforths Nähe ein Kribbeln verspürt, das einfach nicht da war, wenn sie im Raritätenladen herumlungerte. Es hatte sie verunsichert, dieses Gefühl. Das musste sie sich eingestehen. Und wenngleich sie vor Aurora keine Geheimnisse hegte, hatte sie diese Tatsache doch vor ihr verborgen.

Warum nur?

Wieso hatte sie nicht mit ihrer besten Freundin darüber reden können?

Mit Dorian Steerforth hatte sie über so vieles reden können. Mit ihm, den sie doch kaum kannte. Während sie durch die Straßen des alten, versunkenen Londiniums gewandelt waren, hatte er sie an seinem Leben teilhaben lassen. Auch Emily hatte einiges von sich preisgegeben. Die Worte waren ihr über die Lippen geflossen, als hätten sie nur darauf gewartet, geformt und ausgesprochen zu werden. Emily war seltsam mitteilsam gewesen in der Gegenwart des schönen Mannes, der doch noch so jungenhaft wirkte und, das musste sie sich eingestehen, auch ein wenig mädchenhaft.

»Haben Sie oft Angst davor, dass die Leute Ihr Auge anstarren könnten?«, hatte er von ihr wissen wollen.

»Wieso fragen Sie das?« Emily hatte die Frage als aufdringlich und unhöflich empfunden.

Neil würde niemals so indiskret sein.

»Weil es mich interessiert.«

Emily schätzte diese Art von Offenheit nicht besonders.

»Die Leute starren mich an, weil ich das Mondsteinauge habe.« Eine Feststellung war das, nichts weiter.

»Nein.« Steerforth war stehen geblieben.

»Nein?«

»Sie haben mich richtig verstanden.« Er wiederholte es vehement: »Nein!«

Emily hatte keine Lust verspürt, etwas darauf zu erwidern.

»Miss Laing, die Leute starren Sie an, weil Sie eine Schönheit sind.« Er sagte dies fast sachlich. »Jetzt schauen Sie mich nicht so an. Mädchen sind eitel und kokettieren mit ihren Reizen und sprechen zu ihrem Spiegel. Sie, Miss Emily, sind noch jung und fangen erst an, die Kunst der Selbstdarstellung zu erlernen.«

»Das stimmt nicht«, verteidigte sich Emily und wusste nicht einmal, warum sie sich so über den Fremden ärgerte.

»Ach ja?«

Sie gingen weiter ihres Weges.

Was für ein Gespräch führe ich hier eigentlich, fragte sich das Mädchen und schalt sich selbst eine Närrin.

Steerforth tänzelte vor ihr über das Kopfsteinpflaster der alten römischen Straße. An einer Weggabelung trafen sie auf das Irrlicht. Dinsdale flimmerte müde und entschuldigte sich bei Emily dafür, sich in einem Mauerspalt versteckt zu haben. Die Kräfte hatten ihn verlassen, nachdem er von zwei weiteren Hymenopteras attackiert worden war, und bevor er nicht in eine Lichtquelle hatte eintauchen können, um neue Kraft zu schöpfen, hatte er sich nicht hervorgetraut aus Angst, weiteren dieser Geschöpfe zu begegnen.

»Ein Irrlichtiger«, begrüßte Steerforth freudig den seinerseits hocherfreuten Dinsdale.

»Er ist ein Pfadfinder«, stellte Emily das in der Luft tänzelnde Licht vor.

Dann hatten sie die Region zu dritt verlassen.

Unterwegs hatten Steerforth und Emily das begonnene Gespräch wiederaufgenommen.

»Machen Sie gerne Komplimente?«, erkundigte Emily sich.

»Wenn Sie auf der Wahrheit beruhen, dann sollte man sie auch aussprechen.«

Das Mädchen zog ein Gesicht.

»Ein jedes Mädchen ist empfänglich für Komplimente. Und Frauen allemal.«

»Wittgenstein sagt, dass Komplimente an eitle Menschen gerichtete Lügen sind.«

»Wer ist Wittgenstein?«

»Mein Mentor.«

»Den sie in der Region verloren haben?«

»Wir sind getrennt worden.«

»Das sagten Sie bereits.«

»Ich weiß.«

Steerforth seufzte. »Sie sind sehr eigensinnig, Miss Emily. Hat Ihnen das schon jemand gesagt?«

Emily musste lächeln. »Fragen Sie erst gar nicht!«

Steerforth wusste wenig mit dieser Bemerkung anzufangen.

Was Emily gut nachempfinden konnte.

»Da Sie für Komplimente nicht empfänglich sind«, fuhr Steerforth fort, »sollte ich Ihnen vielleicht darlegen, wer derjenige ist, der die Komplimente macht.« Süffisant grinste er das Mädchen an. »Was Sie vielleicht überzeugen wird, die Komplimente anzunehmen.« Sodann hatte er sein Leben vor ihr ausgebreitet und mit holder Stimme von den Dingen berichtet, die ihn den lieben langen Tag beschäftigten. Die Region kartographiere er im Auftrag des Senats, der wiederum den Handelsgilden etwas Gutes tun wolle, die unter den Wegzöllen Kensingtons litten. Eine neue Route, die die Stadtteile verbindet, solle hier unten entstehen. Das sei seine Aufgabe, und er habe immer davon geträumt, die Welt verändern zu können mit dem, was er tue.

»Steerforth ist ein bekannter Name in Twickenham«, erklärte er. »Seit Jahrzehnten waren die Mitglieder meiner Familie Kaufleute. Damien Steerforth, mein Vater, hatte sogar den Vorsitz in der Ost-Indien-Handelsgilde inne. Was glauben Sie wohl, was man von mir erwartete?«

»Auch Sie sollten einmal ein Kaufmann werden.«

»Genau.«

»Sie haben sich geweigert?«

Wie so oft waren es die Wurzeln des Menschen, die einen machtvollen Sog ausübten und das Schicksal des Einzelnen zu bestimmen suchten. Die Familie war allgegenwärtig: Der Wunsch, einer Familie anzugehören, der Wunsch, der eigenen Familie zu entkommen, das Unwissen, wer die eigene Familie war, genauso wie die Gewissheit, von der eigenen Familie verleugnet zu werden. Alle Wünsche und alle Befürchtungen endeten zwischen den Wurzeln. Familie war wie ein Schatten, der einem allzeit folgte, und den abzuschütteln einem hoffnungslosen Unterfangen gleichkam.

»Weigert man sich, wenn ein solcher Wunsch an einen herangetragen wird?«

»Vielleicht.« Emily fragte sich, wie ihr Leben wohl ausgesehen hätte, wenn man sie nicht der Obhut des Reverends übergeben hätte. Wenn sie als eine Manderley herangewachsen wäre.

»Die schlimmste Frage, die man sich stellen kann«, hatte ich ihr einmal gesagt, »ist dieses *Was-wäre-wenn?*«

Steerforth fragte sie: »Hätten Sie sich verweigert?«

»Ja.« Entschlossen hatte das klingen sollen. Selbstbewusst und keck.

Steerforth wirkte traurig. Nachdenklich. »Die Entschlossenheit früher Jugend«, murmelte er. »Ich wusste damals nicht, was aus mir werden sollte. Eines wusste ich jedoch mit Bestimmtheit: kein Kaufmann. Es entsprach nicht meinem Gemüt, die Nase in Bilanzen und Geschäftsberichte zu stecken. Die Erbsenzähler, die in der Gesellschaft meines Vaters arbeiteten, hatte ich immer schon verachtet. Traurige Existenzen, die säuberlichste Striche zogen und genaueste Summen ermittelten.« Mit einem abfälligen Zucken der Mundwinkel merkte er an: »Heute findet man derlei Brut zuhauf in der City. Im Bankenviertel und den Hochhäusern am Embankment. Sie nennen sich Controller und Manager und prostituieren sich doch nur für Geld.« Mit einer wegwerfenden Handbewegung brachte er es auf den Punkt: »Sie sind die fürstlich entlohnten Restefresser der neuen Weltordnung und letzten Endes doch immer nur Restefresser.«

Emily kannte die Männer in den dunklen Anzügen und die Frauen in ihren blauen Kostümen, die in den Mittagspausen, die Zeitung unter dem Arm und eine Zigarette im Mundwinkel, mit unruhigem Blick ihren Kaffee schlürften, während die Zeit verrann und das Geld für sie arbeitete. Sie verachteten jeden, der nicht ihrer Kaste angehörte. Restefresser war vielleicht kein so unpassender Ausdruck für sie.

Wenngleich Emily ihren neuen Begleiter noch nicht gut genug

kannte, um sich ein Urteil erlauben zu können, fand sie es dennoch höchst befremdlich, sich Steerforth als Buchhalter vorzustellen.

In seiner Lederkluft wirkt er wie ein dunkler, schöner Gott, dachte das Mädchen. Wie Paris von Troja, der gerade einer Szene-Diskothek am Piccadilly entstiegen war. Traurig und wunderschön und irgendwie unnahbar.

Ganz anders als Neil.

»Was haben Sie getan?«, hatte Emily das Ende der Geschichte hören wollen.

»Das Einzige, was mir übrig blieb«, gab er zur Antwort. »Will die Familie einen nicht loslassen, dann muss man eben die Familie loslassen. Kurzum: Ich habe der Sippschaft der Steerforths aus Twickenham entsagt. Es kam zum Bruch mit meinem Vater und dem Rest der geldgeilen Verwandtschaft.« Er lächelte, und dieses Lächeln war wunderbar anzuschauen. »Ich wurde Kartograph. Ging meinen eigenen Geschäften nach. Es gibt da dieses alte Sprichwort. Wirklich sehr alt.« Grinsend merkte er an: »Und so abgedroschen.« Das Lächeln ermattete, wenn auch nicht zur Gänze. »Jeder ist seines Glückes Schmied.«

Emily hatte davon gehört.

»Hm«, machte sie.

»Viel Wahrheit steckt in diesen Worten, Miss Laing, das können Sie mir glauben. Ich bin das geworden, was ich werden wollte. Ich bin mein eigener Herr und niemandes Untertan. Kein Diener der Bilanzen und keine Hure der Kaufverträge.«

Wie seltsam, dachte sich Emily. Da hatte jemand eine richtige Familie und erflehte doch nichts sehnlicher, als von dieser Fessel erlöst zu werden. Dorian Steerforths dunkle Augen verschwanden teilweise in den Schatten, die sie wie Wolken umspielten.

»Sind Sie glücklich?«

Steerforth wirkte überrascht. »Stellen Sie Fremden immer solch direkte Fragen?«

»Ich kenne nicht viele Fremde«, sagte Emily wahrheitsgemäß.

Neil hätte diese Antwort zweifelsohne komisch gefunden.

Wie bereits gesagt, mochte er Emilys Humor.

Steerforth wirkte irritiert.

»Und? Sind Sie glücklich?«

»Was ist schon Glück?«

»Hm, geht es Ihnen gut?«, änderte Emily die Formulierung.

»Ja, es geht mir gut. Und wenn dies mit Glück gleichzusetzen ist, dann bin ich auch ein glücklicher Mensch. Ja, doch … ich bin glücklich. Glücklicher als andere, die wiederum glücklicher sind als wieder andere. Es ist alles eine Frage der Perspektive, wie so oft im Leben. Wo stehen wir und was sehen wir in den Menschen? Wo stehen die Menschen und was erlauben sie uns von sich zu sehen? Was sehen Sie in mir, Miss Emily Laing aus Hampstead?«

Sie gab die einzig richtige Antwort: »Fragen Sie nicht!«

»Das sagen Sie oft«, bemerkte Steerforth.

»Ja.«

»Warum?«

Und wieder: »Fragen Sie nicht.«

Dorian Steerforth gab Ruhe, und schweigend gingen sie den Rest des Weges bis hinauf zum Siding, das nach Moorgate führte. Es war ein beschwerlicher Aufstieg über alte, verwitterte Treppen, glitschig von der Dunkelheit und der Feuchtigkeit, die die Erde absonderte. Als sie die Bahn erreicht hatten und in einem der engen Waggons standen, fiel Emily auf, dass die Leute sie beide verstohlen anstarrten. Nein, es war nur Steerforth, den sie anstarrten.

Es gefiel Emily nicht sonderlich, dass die Leute dies taten.

Als sie die U-Bahn verließen, war Emily froh, dass Steerforth einen Wagen zur Hand hatte, hinter dessen verspiegelten Scheiben sie sich vor den Augen der Menge verbergen konnte. Kurz bevor sie einstieg, wobei Steerforth ihr wie ein Gentleman die Tür öffnete, sah Emily ihr eigenes Spiegelbild im Fensterglas des Wagens und erschrak darüber, wie müde und erschöpft sie aussah. Sie selbst fand sich nicht hübsch und mochte das leblose Auge gar nicht ansehen, wenngleich ihr der Mondstein, aus dem es gefertigt war, doch ans Herz gewachsen war. Das bin nicht ich, dachte sie. Wie immer, wenn sie ihr Spiegelbild erblickte, wurde ihr klar, dass sie bis an ihr Lebensende so aussehen würde. Das steinerne Auge würde immer da sein. Auf ewig. Ihr Gesicht würde altern, und der Mondstein in der leeren Augenhöhle würde noch immer so aussehen wie einst, als das Gesicht das eines Kindes gewesen war. Selbst im Tode würde der Mondstein noch in der Erde ruhen, wenn ihre sterblichen Überreste längst zu Staub zerfallen waren.

Sie schüttelte den unliebsamen Gedanken ab.

Versank stattdessen in der eleganten Limousine. Roch die Ledersitze und genoss das Gefühl, die nächtliche Stadt an sich vorbeirasen zu sehen. Passanten und Lichter und Regen und Geräusche. Steerforth hatte eine CD eingelegt, und die Musik füllte den Wagen aus. *Libertango* von Grace Jones. Emily ließ sich von der Melodie einlullen und lauschte dem Text, während sie von der Seite verstohlen das Antlitz des Kartographen betrachtete.

So brachte Steerforth sie nach Hause.

Emily erkannte die Straßen wieder, die sie sonst zu Fuß beschritt.

Dann erreichten sie Streatley Place No. 17.

»Ich hoffe doch, wir sehen uns wieder.« Mit diesen Worten hatte sich Steerforth verabschiedet, und Emily waren die Knie ganz weich geworden beim Klang seiner Stimme.

Etwas hatte er ihr zugeflüstert. So leise, dass es außer ihr niemand hatte hören können: »Nennen Sie mich Dorian.« Nicht, dass er eine Antwort abgewartet hätte. Nein, der Wagen war um die nächste Ecke gebraust, bevor Emily sich wirklich bewusst geworden war, was sich gerade zugetragen hatte.

I've seen that face before, erinnerte sie sich des Liedes, das Steerforth im Wagen gehört hatte.

Nein, nicht Steerforth, hatte sie sich verbessert.

Dorian.

Dorian Steerforth aus Twickenham, der in die Nacht verschwunden war und das Herz des jungen Mädchens mit sich genommen hatte.

Warum musste sie ausgerechnet jetzt daran denken? Es war ihr peinlich. Dass Neil ihre Gedanken weder lesen noch erahnen konnte, tat da nichts zur Sache.

Der Wind zerzauste Neil das blonde, strubbelige Haar. Die Augen des Jungen waren auf das Schiff gerichtet. Er trug einen blauen Pullover mit Rollkragen und eine dunkelblaue Jacke zu den verblichenen Jeans. Den Kragen hatte er hochgeschlagen. Emily konnte sich gut vorstellen, dass er eines Tages an Bord eines Seglers in See stach. Wie er an Deck stand, mit eben diesem Blick über die Wellenkämme spähte und mit den Augen am Horizont verweilte, während der Wind die Segel aufblähte und das Schiff durch Wellentäler und Wellenberge trieb, weiter und weiter, einem fernen Land entgegen.

»Emily?«

Noch immer saßen sie nebeneinander auf der Holzbank gegenüber dem alten Klipper. Auch Emily hatte den Kragen hochgeschlagen, denn von der Themse her wehte ein scharfer, eisig kalter Wind, der ihr rotes Haar wehen ließ.

»Du grübelst auch, stimmt's?«

Neil nickte.

»Kann es wirklich sein, dass das alles der Wahrheit entspricht?«

Eine Frage, die Emily sich auch stellte. »Immerhin steht es geschrieben«, sagte sie nur. Nicht zuletzt, weil sie nicht wusste, was sie sonst hätte sagen sollen. Neil und sie waren so tief in die alten Legenden und Geschichten eingetaucht, dass es schwer fiel zu glauben, dass sich jene Ereignisse tatsächlich einmal zugetragen hatten.

Hier oben bei Tageslicht kam das alles den Kindern vor wie ein Traum.

Ein Fiebertraum.

»Wie viele Menschen wissen von dem, was unter uns liegt?«, fragte Emily.

»Von der uralten Metropole?«

»Ja.«

»Viele.«

Emily schaute zum anderen Flussufer hinüber, wo sich die Türme neumodischer Bauten in den Himmel schoben. Die Themse wirkte breiter an dieser Stelle. Tiefer.

London, das wusste Emily nun, war auf einer gefallenen Gottheit erbaut. Dem Ophar Nyx. Beide Namen waren Synonyme für die Nacht. Rabenschwarze Dunkelheit. Ein Gott, der in der Verdammnis lebte und sich die dunklen Gefühle tausender Menschen zu Eigen machte, davon zehrte und sich an ihnen labte. Der Ophar Nyx war der Grund, weshalb uralte Metropolen wie London und einst Londinium überhaupt existierten. Er war die Wurzel der Stadt, und Emily hatte sich die ganze Nacht über bang gefragt, was geschehen würde, wenn der Nyx nicht mehr unter London weilen würde. Sie gedachte der Worte Dorian Steerforths: Wenn die Familie es nicht schafft, sich von dir zu lösen, dann musst du dich von der Familie lösen.

Gehörten Ophar Nyx und London nicht zusammen? Gehörte nicht sogar Lycidas zu dieser Familie aus gefallenen Göttern, Engeln und dem Schicksal Ausgelieferten?

»Wirst du ihnen helfen?«, fragte Neil.

»Lilith zu befreien?«
»Ja.«
»Wir wissen nicht einmal, wo sie steckt.«
Nach einer kurzen Gesprächspause, während der beide wieder zum Fluss blickten und die Wellen dabei beobachteten, wie sie fleißig Unrat ans Ufer spülten, wollte Neil dann doch wissen: »Ist sie wirklich so böse, wie alle behaupten?«
»Ich habe eine Heidenangst vor ihr«, gestand Emily ihm. »Alle Kinder im Waisenhaus hatten panische Angst vor ihr.« Sie hatte ihm von Rotherhithe erzählt. Vor Wochen schon. Neil war im Bilde. »Ihr Gesicht war eine Maske. Weiß geschminkt. Lippen von grellem Rot. Schön, aber herrisch. Schmutzig und elegant. Schneeweiß. Pink. Blond. Niemals hätte ich gedacht, dass sie so alt ist. Dass uralte Schriften von ihr zu künden wüssten. Meine Güte, sie war vom Anbeginn der Welt an da.«
»Wenn man den Schriften Glauben schenken kann.«
»Du hast nie in ihre Augen gesehen. Es ist ein Gefühl, als ob berstendes Eis durch deine Adern fließt, wenn ihr Blick dich auch nur streift. Und wenn sie lächelte, hätte jedes Kind am liebsten vor Verzweiflung aufgeschrien. Sie sind wirklich alt, diese Augen, uralt.« Emily mochte eigentlich gar nicht daran zurückdenken. »Natürlich hätte dir das kein Kind so beschrieben. Wir wussten nur, dass etwas an ihr anders war. Anders. Seltsam. Jetzt weiß ich, dass es ihre Augen waren.«
Was diese Augen wohl alles gesehen hatten?
Im Laufe der Jahrhunderte …
All der Jahre …
Emily schwindelte, wenn sie auch nur versuchte, es sich vorzustellen.
»Emily?«
Ihr fiel auf, dass Neil sie niemals Emmy genannt hatte.
»Ja?«
»Ich werde dir helfen«, sagte er entschlossen.
Richtig heldenhaft, fand Emily.
»Du willst mit nach unten in die Metropole kommen und mit uns nach Lilith suchen?«
Er nickte und fügte mit einem frechen Grinsen hinzu: »Für dich würde ich doch alles tun.«

Etwas Derartiges hatte sie befürchtet.

Emily lächelte dankbar. »Ach, Neil«, flüsterte sie.

Sie ergriff seine Hand, die kalt war und ein wenig zitterte. Was ihre übrigens auch tat. Beide sahen hinüber zur *Cutty Sark*. Was Neil in diesem Moment dachte, wollte Emily eigentlich gar nicht wissen.

Er war da, und seine Gegenwart tat unendlich gut.

Nur das zählte.

Dennoch war Emily froh, dass Neil nicht in ihr Herz hineinblicken konnte. Was es da zu sehen gab, hätte ihm nicht gefallen. Emily wusste das. Und trotzdem hielt sie seine Hand ganz fest.

Und hoffte, der Augenblick würde niemals enden.

Kapitel 12

Lilith

»Wir haben uns um dich gesorgt«, schimpfte Aurora, als Emily am späten Abend zum Streatley Place No. 7 heimkehrte.

»Tut mir Leid. Wirklich.«

Dabei tat es ihr eigentlich gar nicht Leid.

Durfte sie nicht selbst über ihr Leben bestimmen?

»Hat Wittgenstein sich nach mir erkundigt?«

»Den habe ich selten so verdutzt gesehen.«

Was ich bestätigen kann.

»War er beleidigt?«

Aurora überlegte nur kurz. »Nein. Eigentlich war er so, wie er immer ist.«

Damit konnte Emily leben.

Neil und sie hatten noch einige Zeit am Südufer der Themse unten in Greenwich verbracht. Schweigend und sich an den Händen haltend, will ich anmerken. Dann, als der Regen wirklich ungemütlich geworden war, hatten sie die Docklands Light Rail genommen, waren schließlich in die U-Bahn umgestiegen und bis zum Bahnhof Whitechapel gefahren. Dorthin, wo alles begonnen hatte. Damals, vor so langer Zeit. Emily und Neil hatten das Eastend zu Fuß durchquert. Irgendwie war beiden nach einem längeren Spaziergang zumute gewesen.

Fasziniert hatte Emily die Gegend betrachtet und in Gedanken das rostige Rad der Zeit zurückgedreht.

Schon immer hatten Arbeiter hier gelebt. In den frühen Achtzigerjahren war das Eastend endgültig heruntergekommen und verwahrlost. Die schmalbrüstigen Häuser wirken blass und kränklich. Muffige Werkstätten, in denen auf engem Raum und bei trübem Licht im Akkord genäht wird, säumen die Straßen. Lederjacken sind nach wie vor die Spezialität des Viertels. Das auffälligste Gebäude an der Whitechapel Road ist die prächtige Moschee, die mit saudischen Geldern errichtet wurde. Dahinter findet man in der

Fieldgate Street die große Synagoge, die alle schlimmen Zeiten überdauert hat. Es ist immer irgendwo Markt in dieser Gegend. Händler verkaufen islamisches Schriftgut und Kleidung für fromme Männer. Whitechapel ist ein Schmelztiegel der Nationen. Inder, Juden, Araber, Osteuropäer. Hier sind alle vertreten. Es ist eine fremdartige Welt. Nicht einmal Englisch wird gesprochen. Die geläufige Straßensprache von Whitechapel ist eine kunterbunte Mischung aus den Sprachen vieler Länder. *City Speak* hatte Neil diesen Dialekt genannt.

»Hier hat es begonnen«, flüsterte Emily.

Unbehelligt gingen die beiden ihres Weges, der sie westwärts in Richtung der City führte.

Noch immer hielt Emily Neils Hand.

Warum? Das vermochte sie selbst nicht zu sagen.

»Auch vor hundert Jahren schon haben hier die Ausgestoßenen gelebt«, hatte Neil gesagt. »Arme, Arbeiter, Arbeitslose und Ausländer. Whitechapel war im Grunde so etwas wie ein Ghetto.«

Emily versuchte sich die Straßen von damals vorzustellen, wie flackernde Gaslaternen das schmutzige Pflaster dürftig erhellten, wie Droschken und Zweispänner die Straße entlangfuhren und Fußgänger durch die Dunkelheit eilten, emsig bemüht, dem stinkenden Unrat auszuweichen.

»Jack the Ripper hat hier sein Unwesen getrieben«, flüsterte Neil so leise, als hätte er Angst, dass einer der Passanten ihr Gespräch belauschen könnte.

Emily dachte an den Golem.

Tief unten in der Region.

Was genau, fragte sie sich erneut, war während der Aufstände geschehen? Welche Bevölkerungsgruppen hatten sich gegen wen erhoben? Was hatte die Kaste der Ratten mit all dem zu tun gehabt, und welche Rolle hatten die Black Friars gespielt?

»Woran denkst du?«, wollte Neil wissen.

Ein Obdachloser hielt ihnen eine Blechdose entgegen.

Beide Kinder beschleunigten ihre Schritte.

»An Jack the Ripper«, gab Emily wahrheitsgemäß zur Antwort und ging eiligst an dem nach billigem Fusel und Leim stinkenden Penner vorbei. »Daran, was hier geschehen ist.«

»Du glaubst, dass Lilith etwas damit zu tun hatte.«

»Ich weiß nicht, was ich glauben soll.« Mit einem Mal wurde Emily bewusst, dass diese Aussage ihr ganzes Leben auf den Punkt brachte. Nie hatte sie gewusst, was sie glauben sollte. Nie hatte sie gewusst, wem sie vertrauen konnte. Bis Aurora in ihr Leben getreten war. Bis das Mädchen aus Fitzrovia dem abgenutzten alten Stoffbären, dem Emily ihren Namen verdankte, den Rang abgelaufen hatte. Heute saß der Stoffbär am Kopfende ihres Bettes im Hause der Quilps. Ihrem Zuhause. Und wenn sie nicht in Auroras Armen einschlief, dann umklammerte sie nach wie vor das treue Tier.

In diesen stillen Momenten zumindest fühlte sie sich noch wie ein Kind.

Und fragte sich gleichzeitig, ob sie es noch war.

»Lilith«, fuhr sie fort, »hat mehr mit der Sache zu tun, als wir denken.« Bis zu jenem Weihnachtsfest, als der Lichtlord in Begleitung von Lady Lilith an den Stufen von St. Paul's erschienen war, hatte niemand, nicht einmal die Ratten, auch nur im Entferntesten daran gedacht, dass Madame Snowhitepink mit Lycidas im Bunde stehen könnte. In gewisser Weise hatte es allen gezeigt, wie wenig sie doch wussten oder von der Welt verstanden, die sie umgab.

Da Aurora damals nicht zugegen gewesen war, als Lycidas von den Urieliten in einem Wirbel aus Schnee emporgerissen und in die Laterne der Kathedrale verbannt worden war, hatte sie sich kein Bild davon machen können, wie die im Waisenhaus als Madame Snowhitepink bekannte Frau gewirkt hatte, als sie sich Arm in Arm mit Lycidas dazu angeschickt hatte, die heilige Messe zu besuchen. Deshalb bemühte Emily sich an jenem Abend nach ihrem Stadtbummel mit Neil, es der Freundin aufs Neue zu erklären.

»Da war etwas in ihrem Gesicht, das vorher nicht da gewesen war«, versuchte Emily es zu beschreiben, als sie endlich alleine in ihrem Zimmer waren und ohne die besorgten Zwischenfragen ihrer Pflegeeltern zu reden vermochten. »Sie wirkte verletzlich. Einen Augenblick lang jedenfalls dachte ich das. Hinter der geschminkten Maskenhaftigkeit ihres Gesichts glaubte ich, Unsicherheit und Angst zu erkennen.«

»Snowhitepink war ein böser Mensch«, erklärte Aurora unbeeindruckt.

»Bist du dir sicher?«

»Ich weiß es.«

Emily musste feststellen, dass sich Aurora von dieser Meinung kaum abbringen ließ.

Vielleicht hatte sie auch Recht, und Emily hatte sich täuschen lassen. Sie war erschöpft gewesen an jenem Abend, hatte eine anstrengende Odyssee durch die uralte Metropole hinter sich, war verängstigt und verunsichert und hatte zudem ihr Auge bei Lord Uriel lassen müssen, wodurch sie sich nackt und noch hässlicher gefühlt hatte. Die modische Augenklappe hatte dieses Gefühl gewiss nicht dämpfen können.

»Ja, vermutlich habe ich mich geirrt.«

Und Aurora sagte: »Das hast du bestimmt.«

Kurz nach der Rückkehr von ihrem Ausflug nach Greenwich und Whitechapel, bevor das Gespräch auf Lilith kam, hatte sie Aurora von Little Neil Trent erzählt, den Aurora eigentlich nur als den Jungen aus dem Raritätenladen kannte. Sie hatte ihn bisher erst einmal gesehen, und das aus der Ferne.

»Du bist verliebt«, hatte sie festgestellt, als Emily ihren Bericht beendet hatte.

»Nein, bin ich nicht.«

»Bist du dir sicher?«

»Ja, bin ich.« Emily hatte sehr entschlossen geklungen.

An den Händedruck gedacht.

Sich verbessert: »Nein, bin ich nicht.«

Aurora hatte geschwiegen.

Und Emily hatte an Steerforth gedacht.

Dorian.

Dorian Steerforth aus Twickenham.

Neil Trent hatte sie bis zu den Treppen der Tottenham Court Road gebracht, wo sich beider Wege trennten. Während sie dorthin spaziert waren, hatten beide es vorgezogen, nicht weiter über das zu sprechen, was ihnen durch den Kopf ging. Liliths Geschichte und die Frage, ob diese Frau noch in London weilte. Die Dunkelheit, die erneut durch die Gassen des Eastends kroch und hinabsickerte in die Untiefen der uralten Metropole. Die Nähe, die beide spürten. Nicht zuletzt: der Händedruck. Sie hatten es beide vorgezogen, sich die Sachen in den Schaufenstern anzusehen und davon zu träumen, so wie andere Menschen zu sein, deren Lebensinhalt darin bestand, die Dinge in den Schaufenstern zu begehren, und deren größte Angst es war, nicht in den Besitz der erträumten Güter zu gelangen.

Außergewöhnliche Menschen, hatte mich Mylady Hampstead gelehrt, *wünschen sich nichts sehnlicher, als gewöhnlich zu sein. Nur die unzufriedenen Gewöhnlichen trachten danach, als etwas Besonderes angesehen zu werden.*

Emily hätte diese Worte, wären sie ihr bekannt gewesen, nur zu gut verstanden.

Madame Snowhitepink vielleicht sogar auch.

»Als die Engel sie packten und von Lycidas wegzerrten«, erinnerte sich Emily, »da hatte sie Tränen in den Augen.« Kurzzeitig hatte die Lichtlady verletzlich und hilflos gewirkt.

Doch hatte sie nicht schon viele Schicksalsschläge im Laufe ihres Daseins ertragen müssen?

»Lilith war, glaubt man der hebräischen Mythologie, die allererste Frau.«

So begann Emily.

Und dies ist die Geschichte, die sie erzählte.

Einst existierte ein lebendiger Geist, ein frostiger Verstand, der in seinem unruhigen Schlaf davon träumte, seiner Existenz einen Sinn zu geben. Der rastlose Träumer träumte seinen Traum von der Welt und den Menschen, die ihrerseits später den Träumer träumen würden. Inmitten all dieser Gedanken, die den Schlamm des Universums aufwühlten, entstand das Leben, wild und rasend, und es formte sich eine Welt, die Pflanzen und Lebewesen gebar. Der Träumer erwachte am Abend des fünften Tages und erblickte die Schöpfung. All die leuchtenden Strukturen und sich ständig verändernden Muster entfachten einen Sturm aus Farben und Formen, und dem Träumer gefiel, was er erblickte.

»Doch etwas«, merkte Emily an, »fehlte.«

Denn er sah, dass die Welt ohne Menschen unvollkommen war, und so schuf er einen Mann. Adam, so hieß der Mann, sollte jedes Tier und jeden Vogel und jedes lebendige Wesen benennen, und weil alles Lebendige dem Menschen seinen Namen verdankt, ist es dem Menschen untertan. Doch fühlte Adam sich einsam und so bat er den Träumer um Gesellschaft.

Und Gott erschuf die Frau.

»Doch diese Frau war nicht Eva«, erklärte Emily, »sondern ...«

»Lilith.«

»Du sagst es.«

Lilith wurde aus Staub erschaffen wie der Mann und war diesem ebenbürtig. Doch hatte Lilith einen eigenen Willen.

»Sie war intelligent«, sagte Emily. »Und sie widersprach Adam, wenn sie anderer Meinung war.«

Und Aurora schlussfolgerte: »Was dem Mann nicht gefiel.«

»Genau.«

Die beiden stritten miteinander. Adam verlangte von ihr, dass sie sich unterordnen solle, und Lilith widersetzte sich trotzig seinem Befehl. Schließlich verließ sie das Paradies, wie die Gegend hieß, in der die beiden gelebt hatten, und ging fest entschlossen in die Welt hinaus. Außer sich vor Zorn tobte Adam und weckte den Träumer, der sich eingestehen musste, dass die Schöpfung ohne ihn tätig gewesen war und Adam Missgunst befallen hatte.

Daraufhin träumte der Träumer eine Kaste von Wesen, die ihm auf ewig zu Diensten verpflichtet wären, und er nannte diese erhabenen Geschöpfe Engel. Die Engel sollten zukünftig über die Welt und die Lebewesen wachen, wenn der Träumer träumte. Den ersten Auftrag erhielten die Engel Senoy, Sansenoy und Semangelof, die vom Träumer ausgesandt wurden, um Lilith zurückzubringen.

»Hatten die drei Glück?«

»Schwer zu sagen«, meinte Emily.

Sie fanden Lilith. Am Ufer des Roten Meeres hatte sie sich niedergelassen. Zurückkehren zu Adam solle sie, trugen die Engel ihr auf. Doch Lilith zeigte den Boten, dass Leben in ihr wuchs. Entsetzt verstanden die Engel. Denn Lilith hatte den Dämonen, die das Rote Meer bevölkerten, eine verderbte Nachkommenschaft geboren. Sie war zur Mutter unzähliger Kinder geworden und gebar den Dämonen, die Legion waren, immer neue. Es schmerzte die Engel, ihrem Schöpfer die Botschaft zu bringen, dass Liliths Kinder, Lilim genannt, die Erde heimsuchten.

»Was hat der Träumer getan?«, wollte Aurora wissen.

»Er hat es erst einmal Adam gesagt.«

»Und wie hat der reagiert?«

»Wie jeder Mann, dessen Frau das Weite sucht.«

Adam zeterte und weinte und streute sich heiße Asche aufs Haupt. Er fluchte und schimpfte und verlangte nach einem neuen Weib.

Den letzten Aspekt betreffend hatte der Träumer ein Einsehen und so formte er, als Adam endlich erschöpft in tiefen Schlaf fiel, aus dessen Rippe eine zweite Frau. Am nächsten Morgen sah Adam die Frau und nannte sie Eva. Und weil er ihr einen Namen gegeben hatte, konnte er über sie verfügen. Er hatte Macht über sie, und Eva war Adam untertan.

»War er da endlich zufrieden?«

»War er!«

Lilith hörte in der Ferne von der neuen Frau und spottete über deren Einfalt. Jeden Wunsch, so trug man ihr zu, las sie dem Mann von den Augen ab. Sie befolgte jede Anweisung, die Adam ihr gab. Nur Verachtung hatte Lilith für die neue Frau übrig. Später dann, als Eva eine Frucht vom Lebensbaum gekostet hatte – und nebenbei bemerkt ihren Mann dazu angestiftet hatte, ihr zu folgen –, verließ Lilith die Region des Roten Meeres und zog weiter nach Zmargad, wo sie lange Zeit als Königin herrschte.

»Hat Lilith die Schlange gekannt?«, warf Aurora ein.

»Die Schlange, die Eva verführte?«

»Ja.«

»In dem Buch, das ich gelesen habe, stand nichts davon geschrieben«, antwortete Emily.

Die Schlange war, glaubte man den Geschichten, eine hinterlistige Ausgeburt des Bösen gewesen. Der Teufel hatte das Paradies in dieser reptilienhaften Form heimgesucht und die Menschen zum Sündenfall verleitet.

»Bleibt die Frage«, gab Aurora zu bedenken, »wer letzten Endes in der Haut der Schlange steckte.«

Emily wusste, woran sie dachte, und sprach es aus: »Sind der Teufel und der gefallene Engel Lord Lucifer wirklich ein und dieselbe Person gewesen?« Wenn nämlich stimmte, was in John Miltons Buch *Das verlorene Paradies* stand, hatte Lucifer erst Jahrtausende nach dem Sündenfall der Menschen gegen den Willen des Träumers rebelliert.

»Lucifer kann demnach nicht die Schlange gewesen sein«, mutmaßte Emily, wenn auch zögerlich.

»Wenn die Schlange dem Träumer zuwiderhandeln wollte, indem sie der Schöpfung die Unschuld raubte, dann muss die Schlange doch jemand gewesen sein, der dem Träumer schaden wollte. Hatte

Lucifer zu diesem Zeitpunkt denn einen Grund, weswegen er dem Träumer hätte zürnen sollen?«

»Nein, eigentlich nicht.«

Emily dachte nach.

»Vielleicht gab es noch andere wie den Träumer?«

Aurora erinnerte sich: »Hat Anubis nicht gesagt, dass es noch andere wie ihn gab und dass diese anderen verbotenerweise Nachkommen gezeugt haben und deswegen verbannt worden sind?«

»Du meinst, der Ophar Nyx, der unter London haust, war ein dem Träumer gleichgestelltes Geschöpf?«

»Dann wäre es doch möglich, dass er derjenige gewesen ist, der Eva in Gestalt der Schlange verführt hat.«

Emily seufzte. »Zumindest scheint es logisch zu sein, dass nicht Lucifer die Schlange war.«

»Warum?«

»In keiner der alten Schriften wird erwähnt, dass Lilith etwas mit der Schlange zu tun hatte.«

Lilith herrschte wie gesagt in Zmargad. Später dann in Sheba. Sie war eine mächtige Königin in einer Zeit, in der sich die Welt im Wandel befand. Sie überlebte die Sintflut im Zweistromland und gebar weitere Nachkommen. Die Lamiae waren ihre Töchter, wunderschöne Frauen, die des Nachts ausschwärmten, um Männer zu verführen und ihr Blut zu trinken.

»Ihre Töchter waren Vampire?«

Emily nickte. »Ja, in den uralten Legenden ist Lilith der Ursprung des Vampirismus.« Die berühmtesten Kinder hießen Naamah und Carathis. Viele Kulturen wissen Geschichten von den verführerischen Frauen zu berichten. »Doch gab es da auch noch einen Fluch.«

Aurora horchte auf.

»Mit dem Lilith belegt worden war?«

»Ja.«

Der Träumer bestrafte Lilith, als die Missetaten der Lilim und der Lamiae überhand nahmen. Zornig verfügte der Träumer, dass Lilith von nun an keine Kinder mehr würde gebären können. Die Missgunst, dass andere Frauen etwas vermochten, das ihr auf ewig versagt bleiben würde, sollte sie dazu verleiten, sich des Nachts in die Schlafgemächer der Menschen zu stehlen, um deren Nachwuchs zu töten.

»Was sollte dieser Fluch bezwecken?«

»Das habe ich mich auch gefragt«, entgegnete Emily.

Es war Neil gewesen, der in einem anderen Buch die Antwort auf diese Frage gefunden hatte.

Lilith war dazu verdammt worden, kleine Kinder zu töten. Die Menschen begannen sie zu fürchten und trachteten ihr nach dem Leben. Geschichten wurden erzählt, Legenden entstanden. Lilith wurde zum Inbegriff der Kindsmörderin. Malkah ha-Shadim nannten die Menschen sie furchtsam. Wachsam. Immer bereit, sie von dannen zu jagen, sobald sie sich einer Stadt oder Siedlung näherte.

»Der Träumer wollte, dass sogar die Menschen sie verstießen?«

»Ja, das war wohl seine Absicht.«

So wurde Lilith zu einem Geschöpf der Nacht, das einsam durch die Jahrhunderte wandelte und von allen gefürchtet wurde. Bei vollem Mond, erzählten sich die Menschen, könne man ihr bleiches Gesicht in der Scheibe am Nachthimmel erkennen. Selbst am Tage, behaupteten manche, verberge sie sich in den Schatten und warte nur darauf, spielende Kinder ins Verderben zu zerren. Fahrende Händler wussten von Orten zu berichten, wo Lilith ihre Zähne in das Fleisch von Säuglingen gebohrt haben sollte. Geschichten voller Leid und Blut waren es, die man mit Lilith verband.

»Denkst du, man kann diesen Erzählungen glauben?« Aurora blickte ängstlich zum Fenster hinaus, wo ein leuchtender Vollmond die Dächer Londons fahl glänzen ließ. Im Glanz dieses Mondes war jedenfalls kein Gesicht zu erkennen, obgleich das bleiche Leuchten an das Gesicht der schrecklichen Frau erinnerte.

Madame Snowhitepink.

Die gelegentlichen Besuche in Rotherhithe.

»Ich weiß es nicht«, gestand Emily. »Aber das ist ihre Geschichte.«

»All die Kinder, die aus dem Waisenhaus verschwunden sind …« Aurora scheute sich davor, den Satz zu beenden. Sie erinnerte sich an die Frau mit den kalten Katzenaugen und der blonden Löwenmähne und an die verzweifelten Blicke der Kinder, denen das Pech zuteil geworden war, dass die spitzen, langen, farbigen Fingernägel auf sie deuteten, und sie der geschminkten Frau folgen mussten, weil diese wieder ein Geschäft abzuwickeln hatte, für das sie eines der Kinder benötigte.

»Snowhitepink ist Lilith.«

Emily hatte es einfach aussprechen müssen.

Es fiel ihr schwer zu glauben, dass ein Wesen, so alt wie die Zeit, all die Jahrhunderte über hier in London gelebt haben sollte und noch immer irgendwo in der Stadt verborgen war. Wie oft war sie der geschminkten Frau im Treppenhaus des Waisenhauses begegnet, um mit niedergeschlagenem Blick an ihr vorbeizuhuschen und ein stilles Dankesgebet zu flüstern, weil das Glasauge sie für die schrecklichen, geheimnisvollen Zwecke Madame Snowhitepinks unbrauchbar gemacht hatte.

Aurora saß ihr gegenüber auf dem Bett.

Wirkte nachdenklich.

»Glaubst du«, wagte sie nach einem unangenehmen Moment des Schweigens zu fragen, »dass die Snowhitepink selbst so eine Art Vampir war? Ich meine, dass sie manchen der Waisenkinder, die wir nie wieder gesehen haben, das Blut ausgesaugt hat?«

»Nein, eigentlich glaube ich das nicht.« Emily ergriff ihrer Freundin Hand und hielt sie fest. Aurora, das wusste sie, dachte an das, was sie damals erlebt hatte und über das sie noch immer Schweigen bewahrte. Dass ihre Freundin diese Frage gestellt hatte, beruhigte Emily ein wenig. Was immer Madame Snowhitepink mit Aurora angestellt haben mochte, das Blut hatte sie ihr jedenfalls nicht ausgesaugt.

»Es gibt viele Arten von Vampirismus«, gab Emily zur Antwort. »Wittgenstein erklärte mir, dass die meisten Menschen Vampire sind. Sie stehlen dir Zeit und Kraft. Belästigen dich mit unwichtigen Dingen. Sind egozentrisch und fragen niemals nach dem Wohlbefinden der anderen.«

Aurora schwieg.

»Nein, die Snowhitepink ist kein Vampir. Zumindest keiner, der Blut saugt.«

»Bist du dir sicher?«

»Natürlich nicht.« Emily war ein Kind und nicht allwissend. »Aber wie gesagt halte ich es für wenig wahrscheinlich. Master Micklewhite offenbarte uns doch vor einem Jahr, dass die Snowhitepink gemeinsam mit dem Reverend Experimente durchgeführt haben soll, um auch von älteren Kindern das Lebenselixier zu gewinnen.«

»Stimmt.«

»Sie hat also etwas anderes als Blut benötigt.«

»Die Unschuld von Kindern, mit der sie und Lycidas den Lebensbaum getränkt haben.«

War dies nicht auch eine Spielart des Vampirismus?

Der Wyrm im inneren der Metropole nährte sich von der Unschuld der Kinder und sonderte ein Sekret ab, das den Lebensbaum tränkte. Aus den pulsierenden Früchten des Lebensbaums wiederum gewann Lycidas jenes Elixier, das ihm neue Kraft schenkte und ihn und seine Gefährtin – nicht zu vergessen, den Reverend – vor dem Älterwerden bewahrte. Er bot sozusagen dem Träumer, der ihn einst nach London in die Verbannung geschickt hatte, noch immer trotzig die Stirn und widersetzte sich seinem Schicksal, wie der Rest der göttlichen Schöpfung altern zu müssen. Das alles gelang ihm nur, indem er die Kinder opferte.

Mit Schaudern erinnerte sich Emily an die Kinder mit den Spiegelscherbenaugen.

Noch immer weilten sie unten im neunten Höllenkreis.

Irgendwann, dachte sich Emily, würden sie etwas unternehmen müssen, um die Kinder zu retten. Oft hatte sie Maurice Micklewhite und mich gebeten, uns etwas einfallen zu lassen.

Dummerweise war uns nichts eingefallen.

Wir hatten nicht die geringste Ahnung, wie man den armen Kindern helfen könnte. Nur einer wäre dazu in der Lage und der war gefangen in der Laterne der St.-Paul's-Kathedrale.

Ihn zu befreien war unser Ziel.

Letzten Endes.

Nur so würden wir den Nyx bannen können.

Die Kinder wussten das und fürchteten sich verständlicherweise vor der Aufgabe, die sie erwartete.

»Ich habe in der Nationalbibliothek nachgeforscht und einiges über den Nyx herausgefunden«, offenbarte Aurora ihrer Freundin. »Wenn das alles stimmt, dann ist die Welt, so wie sie ist, noch seltsamer, als wir es uns vorgestellt haben.«

Emily war gespannt.

Und lauschte den Worten ihrer Freundin.

Versuchte sie mit dem in Verbindung zu bringen, was sie selbst über Lilith und die Genesis hatte in Erfahrung bringen können.

»Der Träumer, so wie du ihn nanntest«, begann Aurora, »erschuf die Welt, und es wurde Licht. Ein Teil der ursprünglichen Finsternis, die einst gewesen war, blieb jedoch.«

Die Nacht war ein Relikt. Eine Mahnung, dass es nicht immer schon Licht gewesen war in der Welt. Chaos, das auch den Träumer geboren hatte, besaß zwei weitere Kinder: Hemera und Nyx. Hemera war der Schatten, den das Licht am Tage warf, und Nyx war die Nacht, vor der sich die Menschen fürchteten. Die beiden vereinigten sich und brachten eine Schar des Schreckens hervor. Unglück und Krankheit, Schmerz und Zwietracht, Elend und Alter gehörten zu ihrer Brut. Sie gebaren den Tod und den Schlaf, sich zum Verwechseln ähnlich sehende Zwillinge. Diese furchtbare Horde setzte sich in die neu erschaffene Welt hinein, um die Herrschaft über die noch nicht entstandene – doch schon bald entstehende – Menschheit anzutreten. Nyx blieb die entscheidende Macht, eine geflügelte Gottheit, die am Ende eines jeden Tages, der nur zum Teil unter der Macht seiner Schwester Hemera stand, einen schwarzen Schleier über das Firmament ausbreitete und, gefolgt von den Sternen, zum Himmel aufstieg, während unten auf der Erde die missgestalteten Söhne und Töchter erwachten und ihrem erbarmungslosen Werk nachgingen.

»Der Träumer jedoch«, erklärte Aurora, »ließ nicht zu, dass seine Schöpfung unter den Geschwistern Hemera und Nyx litt.«

Er belegte sie mit einem Bann. Nyx und Hemera und all ihre Kinder und Kindeskinder. Tief unter der Erde sollten sie ihr Dasein fristen und sich von dem nähren, was die Menschheit ausschied. Über den ganzen Erdball verstreut entstanden an den Stellen, an denen des Träumers missratene Geschwister und deren Kinder und Kindeskinder fortan lebten, die ersten Siedlungen, die wuchsen und wuchsen und zu den Metropolen der Welt wurden. Manche der göttlichen Geschwister, wie die römische Wölfin oder der kretische Minotaurus oder der Mantikor von Paris, waren bekannt, andere wiederum weniger. Wer hat schon von der gefiederten Schlange von Buenos Aires oder der Shekinah von Bagdad gehört?

»Klingt alles sehr abgefahren«, bemerkte Emily.

»Stimmt.«

Dennoch war es die Welt, wie sie war.

Wie sie sein würde.

Wie der Lordkanzler von Kensington sie beschrieben hatte.

»Irgendwann im Laufe der Jahre«, führte Aurora ihren Gedanken fort, »rebellierte dann Lucifer mit einer Schar gleichgesinnter Engel gegen das überaus strenge Regime des Träumers.«

Die abtrünnigen Engel, angeführt vom Lichtlord, wurden nach einer Schlacht, die den Himmel in Wolken und Tränen gehüllt hatte, verurteilt und in die Verbannung geschickt, wobei sich jeder gefallene Engel den Ort seiner Verdammnis erwählen durfte.

»Lucifer wählte London«, wusste Emily.

Und wurde auf diese Weise zur Nemesis des Ophar Nyx, der dort seit Anbeginn der Zeit hauste.

Womit die beiden Mädchen wieder am Ausgangspunkt ihres Gespräches angekommen waren.

»Aber sagte nicht Anubis, dass Lilith und Lycidas einander lieben?«, gab Aurora zu bedenken.

»In den Büchern, die ich gelesen habe«, sagte Emily, »stand nichts davon geschrieben, dass die beiden einander kannten.« Wie so oft hatte sie das Gefühl, noch nicht alle Teile des Puzzles in Händen zu halten. »Wir können ja die Autorin eines der Bücher fragen.«

Aurora reagierte mit einem überraschten Blick.

»Miss Monflathers«, ließ Emily die Katze aus dem Sack.

»Miss Monflathers hat ein Buch über Lilith geschrieben?«

»Zumindest über Dinge, die den Lilith-Mythos betreffen: Kabbala und Midrash.« Immerhin hatte die Schulleiterin der Mondgöttin, auch bekannt als Lilit-ah oder Lilith, ein ganzes Kapitel gewidmet. »Die Monflathers hat aber nicht einfach nur ein Buch geschrieben«, fügte Emily an, »sondern sie hat dies schon vor langer Zeit getan.«

»Wann denn?«

»Die Ausgabe, die ich im Raritätenladen gefunden habe, ist die Abschrift eines Originals aus dem Jahre 1893, das sich wiederum an mehreren Stellen auf ein Werk der gleichen Autorin aus dem Jahre 1668 bezieht.«

»Das hieße, Miss Monflathers ist …«

»… wirklich sehr, sehr alt«, beendete Emily den Satz.

Aurora fühlte sich, wie Emily sich gefühlt hatte, als sie das Erscheinungsdatum der Erstausgabe gelesen hatte. Die Tatsache, an einer Schule unterrichtet zu werden, deren Oberhaupt seit etlichen

Jahrhunderten in London verweilte, war ... nicht ganz einfach zu verdauen.

»Sie war bereits alt, als Londinium jung war«, erinnerte sich Emily meiner Worte.

Dafür machte sie einen recht frischen Eindruck.

Immer noch.

Nach all den Jahren.

Vielleicht aber auch gerade wegen all der Jahre.

»Meine Güte!«, war alles, was Aurora dazu einfiel.

Draußen über der Stadt der Schornsteine wehte ein eisiger Wind, der Wolken aus dem Norden und von der See den Geruch nach Gischt mit sich brachte. Nebel kroch durch die Straßen.

»Was sollen wir jetzt tun?«, fragte Aurora.

»Wir sollten schlafen«, schlug Emily vor. Irgendwie hatte sie das Gefühl beschlichen, dass der kommende Tag sehr anstrengend werden würde. Regen prasselte zornig gegen das Fensterglas, und der Sturm rüttelte an den Dachziegeln. Das Haus am Streatley Place No. 17 ächzte und stöhnte.

»Immerhin wissen wir jetzt, mit wem wir es zu tun haben«, meinte Aurora.

Emily hatte bereits die Augen geschlossen.

Das steinerne Auge lag einsam auf dem Stuhl neben ihrem Bett und sog das kalte Licht des Mondes auf. Dicht am Gesicht des Mädchens ruhte der alte Teddy. Nicht missen wollte sie das treue Stofftier in dieser Nacht.

Gedankenverloren antwortete sie nur: »Immerhin.«

Beide Mädchen schwiegen.

Lauschten dem Wind und den anderen Geräuschen der Nacht. Überließen sich der Obhut halbwacher Träume.

Nach einer Weile flüsterte Aurora: »Schläfst du schon?«

Emily spürte, wie ihr Atem die Bettdecke bewegte. »Frag nicht«, erwiderte sie nur.

Dann wurde es still.

KAPITEL 13

TRÄUME

Der nächste Tag begann für Emily Laing gleich mit zwei Anrufen.

Das erste Gespräch führte sie mit mir.

»Es tut mir Leid«, entschuldigte sich Emily, nachdem ich sie gerügt hatte, sich nicht gemeldet zu haben.

»Wo haben Sie gesteckt?«

Sie sagte es mir.

»Geht es Ihnen gut?«

Direkt, wie es manchmal ihre Art war, antwortete sie: »Nein!«

Beunruhigt erkundigte ich mich nach dem Grund.

»Es ist etwas passiert.« Sie sprach leise. »Es passiert einfach zu viel in letzter Zeit.«

Verschlafen klang sie, obgleich sie schon gefrühstückt hatte und sich anschickte, den Schulweg anzutreten.

Unruhig hatte sie sich in der Nacht zwischen den Laken gewälzt. Im Schlaf gesprochen habe sie, hatte Aurora ihr vor dem Frühstück offenbart. Unverständliche Worte gestammelt und geweint. Von ihrem eigenen Schluchzen war Emily schließlich wach geworden und hatte verstört dem Sturm gelauscht, der selbst in den frühen Morgenstunden noch getobt hatte.

Zusammenhanglose Bilderfetzen hatten sie gemartert, weil sie sie nicht hatte deuten können. Erst nach und nach fügten sie sich zusammen. Da war ein großes Haus mit langen Korridoren voller Schatten und dicken Teppichböden mit verworrenem Muster. An den Wänden hingen riesige Bilder, die finster dreinschauende Gesichter zeigten. Je wacher ihr Verstand geworden war, umso besser hatte Emily verstanden, was sie da gesehen hatte. Es waren Erinnerungsfetzen aus dem Kopf ihrer kleinen Schwester gewesen. Fragmente der Gefühlswelt eines jungen Mädchens, die über die Dächer der Stadt der Schornsteine hinweg ihren Weg bis hinauf nach Hampstead gefunden hatten, mitten hinein in den Verstand einer träumenden Trickster.

»Sie fürchtet sich«, hatte Emily in der Nacht gestammelt und nicht einmal gewusst, was genau sie damit sagen wollte.

Erneut waren Bilder auf sie eingestürmt. Eine massive hohe Tür, die verschlossen war. Ein Schrei hallte durch den Korridor. Nahezu tobsüchtig. Schrill. Mara weinte. War verzweifelt. »Sie fürchtet sich vor ihrer ... unserer ... Mutter«, hatte Emily verwirrt gestammelt. »Etwas Schreckliches geschieht dort unten.« Dort unten im Regent's Park, hinter den grauen Mauern von Manderley Manor.

»Wovon redest du?« Aurora hatte richtiggehend Angst um ihre Freundin bekommen, die zitternd neben ihr im Bett kniete und wirres Zeug redete.

Dann war Emily in Tränen ausgebrochen.

»Mara.«

Einer Beschwörungsformel gleich hatte Emily den Namen ihrer kleinen Schwester geflüstert.

»Mara.«

Damals im Waisenhaus, als ihr Lord Brewster aufgetragen hatte, nach dem Neuzugang zu sehen, hatte sie ja nicht ahnen können, dass es ihre Schwester gewesen war, die in dem Bettchen im großen Schlafsaal lag und friedlich vor sich hin schlummerte. Seitdem hatte Emily kaum mehr Gelegenheit gehabt, die kleine Mara zu Gesicht zu bekommen. Einige wenige Male war es ihr vergönnt gewesen, Mara in Begleitung Miss Andersons, der Gesellschafterin der Manderleys, in einem der Parks zu sehen. Doch dies auch nur aus der Ferne. Emily hatte gespürt, dass es keinen Sinn hatte, sich der Kleinen mitzuteilen, denn sie hätte nicht verstanden, was in ihrem Kopf geschah. Welche Stimme es war, die da zu ihr sprach. Stattdessen hatte Emily sich darauf beschränkt, ihrer Schwester ein Gefühl der Nähe zu vermitteln. Mara sollte spüren, dass sie nicht allein war in der Welt. Dass es noch jemanden gab, der ihr, wenngleich er sich auch nicht zu erkennen geben konnte, beistehen würde, was immer da auch käme.

»Mara.«

»Emmy, komm zu dir!« Aurora hatte sie gerüttelt und geschüttelt.

»Es passiert etwas. In dem großen Haus.«

Etwas stimmte nicht.

Während früherer Kontakte waren die Bilder meist weich und warm gewesen.

Niemals so zahnreibend.

Knirschend.

Hoffnungslos.

»Sie ist verzweifelt«, hatte Emily gestammelt.

Was war nur los mit ihr?

Das lange Gespräch über Lilith und den Nyx, der Nachmittag im Raritätenladen und der Spaziergang hinunter nach Greenwich, Neil Trent und Dorian Steerforth. Es war einfach zu viel. Sie war ein Kind. Ja, noch immer war sie ein Kind. Knappe dreizehn Jahre alt, meine Güte! Das alles erschien ihr mit einem Mal übermächtig groß zu sein. Die Gefahr, die der Metropole drohte. Das Treffen mit dem Lordkanzler von Kensington. Der Abstieg hinunter in die Region. Der Golem. Die Whitechapel-Aufstände. Die Familie, die nichts mit ihr zu tun haben wollte. Und jetzt auch noch die kleine Mara, die sich in Manderley Manor zu Tode ängstigte.

»Alles dreht sich«, flüsterte sie.

Rieb sich die Augen.

Und stellte erschrocken fest, dass sie das Auge nicht trug. Auf einmal fühlte sie sich ohne jeglichen Schutz. Nackt. Verloren. Hektisch suchte sie in der mondhellen Dunkelheit des Zimmers nach dem Mondstein. Als sie ihn fand und seine Kälte spürte, als sie ihn ans Gesicht heranführte und in die leere Augenhöhle drückte, da fühlte sie sich, als kehre ein Teil von ihr zurück.

»Du solltest schlafen.«

Emily war dem Rat der Freundin gefolgt.

Schweren Herzens hatte sie sich zur Ruhe gezwungen. Und war letzten Endes dann doch noch in unruhigen Schlaf gesunken, der Tatsache gewiss, dass Aurora Fitzrovia über sie wachen würde.

War es also verwunderlich, dass sie sich am nächsten Morgen nicht wohl fühlte?

Mitnichten!

»Wir müssen uns treffen!«, drängelte ich am Telefon.

»Wir beide?«

»Erinnern Sie sich an Rahel?«

Natürlich erinnerte sie sich an Rahel, den Engel, der in den Straßen Londons musizierte und sie zu Lord Uriel geführt hatte. *Heaven, I'm in heaven, and my heart beats so that I can hardly speak.* Das war es, was er gesungen hatte, und dasselbe Lied hatten die Urieliten angestimmt, als sie Lycidas in die Kathedrale verbannt hatten. Zufälle gibt es nicht, dachte sie.

Oder doch?

Manchmal?

Wenn auch selten?

Ihre Gedanken machten einen Sprung zum edlen Antlitz Dorian Steerforths, und es verbanden sich zwei Melodien: *I've seen that face before* von Grace Jones sowie *And my heart beats so that I can hardly speak*.

»Miss Emily Laing?«, fragte ich ungeduldig nach, als ich keine Antwort erhielt.

»Ja, tut mir Leid.«

»Schon gut.«

Schweigen.

»Und?«

»Ja, ich erinnere mich an Rahel.«

Gut so.

»Er arbeitet vormittags im Virgin Megastore am Piccadilly. Dort möchte er uns treffen. Ich habe Miss Monflathers bereits informiert. Sie haben heute schulfrei.« Beinah hätte ich es vergessen: »Das gilt natürlich auch für Miss Fitzrovia. Richten Sie ihr bitte aus, dass Maurice Micklewhite sie zu sprechen wünscht. In seinem Büro. Sobald sie dort sein kann.«

»Hm.«

Das war alles?

»Werden Sie zum Virgin Store kommen?«

Natürlich würde sie dort auftauchen.

»In einer Stunde.«

So verblieben wir. »In einer Stunde.«

Anrufer Nummer zwei war Dorian Steerforth.

Der sich in aller förmlichen Höflichkeit nach dem werten Befinden von Miss Emily Laing aus Hampstead erkundigen wollte. Gerade hatte Emily Aurora davon in Kenntnis gesetzt, dass man sie im Britischen Museum erwartete, als das Telefon erneut zu piepsen begonnen hatte. Glücklicherweise waren weder Mr. noch Mrs. Quilp in der Küche zugegen, und Aurora befand sich gerade im Bad.

»Es geht mir gut«, beantwortete Emily die Frage und wunderte sich, wie leicht ihr die Lüge über die Lippen kam.

In der Leitung rauschte und knackte es.

»Ich würde Sie gerne treffen«, sagte Dorian.

Emilys Herz klopfte.

Er wollte sie tatsächlich treffen!

»Nach der Schule«, fügte er hinzu.

Schule?

»Ich habe heute keinen Unterricht«, erklärte sie ihm, »da ich mit Master Wittgenstein unterwegs bin.«

Was Steerforth freudig registrierte. »Es geht ihm also gut.«

»Ja.«

»Ich denke«, sagte Dorian Steerforth, »wir haben es dennoch mit einem Missverständnis zu tun.« Emily war, als lache selbst seine Stimme. »Ich bin es, der zur Schule muss. Danach könnten wir uns treffen, wenn Sie es wünschen.«

Beliebte er zu scherzen?

Emily fragte verdutzt: »Sagten Sie nicht, Sie seien Kartograph?«

Er lachte. »Sicher sagte ich das, und nebenbei bemerkt entspricht es auch der Wahrheit. Doch besuche ich zudem das Whitehall College. Meine Güte, Miss Emily, ich bin noch zu jung, um auf die Schule verzichten zu können!« Wie alt, fragte sie sich, ist Dorian wirklich? Er wirkte erwachsen, doch wenn er das Whitehall College besuchte, konnte er kaum älter als neunzehn sein. Zwanzig, wenn er ein Jahr hatte wiederholen müssen.

»Das College gestattet es Ihnen, in die Region zu gehen?«

»Der Senat erlaubt es«, sagte Dorian, »und das College beugt sich dem Willen des Senats.«

Emily bezweifelte, dass dies normale Schulpolitik war.

»Erzählte ich Ihnen nicht von meiner Familie?«

Von der Familie Steerforth aus Twickenham? Davon, dass sie erfolgreiche Händler und Kaufleute hervorgebracht hatte? Dass Dorians Vater eine wichtige Position in der Ost-Indien-Gilde übertragen worden war?

»Ja«, antwortete Emily.

»Nun, wenngleich ich mich mit meiner Familie überworfen habe«, erklärte Dorian, »so ist ihnen dennoch daran gelegen, mich nicht ganz aus den Augen zu verlieren. Eigennutz, Miss Emily, sollte niemals unterschätzt werden. Mein Vater weiß, dass ich ein guter Kartograph bin. Bereits als Kind war ich geschickt mit Tusche und Feder. Er weiß auch, dass die Region wieder für die Gilden und die Tunnelstreicher begehbar gemacht werden muss. Die Gilden müssen sich Wettbewerbsvorteile sichern, und dazu benötigen wir die Region. Langer Rede kurzer Sinn: Mein Vater glaubt, dass ich gute Arbeit leisten werde, und wenngleich er diese Arbeit auch prinzipiell missbilligt, so ist sie ihm nun dennoch von Nutzen. Ich bin ihm von Nutzen. Deswegen half er mir, im College eine Sondergenehmigung zu bekommen. Aus Eigennutz, Miss Emily, nicht aus Liebe zu seinem Sohn. Aus reinem Eigennutz.«

Emily glaubte ihm.

Wie hätte sie dieser Stimme auch nicht glauben können?

Zögerlich tastete sie nach dem Mondsteinauge und fragte sich, ob es Steerforth gefiel. Er hatte ihr bereits offenbart, dass er sie hübsch fand. Andererseits war er wohlerzogen und höflich. Zu höflich, um mit der Wahrheit herauszurücken? Vielleicht bemitleidete er sie auch einfach nur?

»Sind Sie noch in der Leitung?«

»Hm, ja.«

»Und geben Sie mir eine Antwort?«

»Was meinen Sie?«

»Meine Bitte von vorhin betreffend.«

Emily wurde rot und war froh, dass Dorian sie jetzt nicht sehen konnte. »Ja, vielleicht.« Die Aussicht, ihn zu treffen, war zweifelsohne verlockend. Doch tatsächlich hinzugehen … war etwas ganz anderes. Über was würden sie sich unterhalten? Wie würde er ihr gegenüber auftreten? Emily hörte ihre Antwort wie aus der Ferne: »Nicht heute. Ich kann Sie ein andermal treffen, aber heute geht es nicht. Wegen Wittgenstein. Man weiß nie, wie lange es dauert.«

Stille in der Leitung.

»Dorian?«

Zum ersten Mal hatte sie seinen Namen ausgesprochen. Du lieber Himmel!

»Kein Problem«, sagte er.

Emily versuchte, ruhig zu bleiben.

»Ich rufe Sie wieder an«, schlug er vor.

Und empfahl sich.

Emily stand in der Küche des Hauses am Streatley Place No. 7 und fragte sich, wohin dies alles führen würde. Was immer auch kommen mochte, so war ihr doch ein Stein vom Herzen gefallen, nicht zu einem Treffen mit Steerforth … nein, Dorian, sie würde ihn von nun an Dorian nennen … gehen zu müssen. Immerhin hatte er sie sehen wollen, und nur das zählte. Das und nur das. Er hatte angerufen, und es war nicht einmal neun Uhr.

Sie schaute zum Fenster hinaus auf die Straße und lächelte verzückt.

Ihr junges Herz begann schneller zu schlagen.

Ohne auch nur im Geringsten zu ahnen, wie folgenreich dies sein würde.

Piccadilly Circus ist die weltbekannte, von haushohen Neonreklamen überflutete Heimat der Eros-Statue. Der Ort, der einst als die Radnabe des Empires bezeichnet wurde, hat viel von der einstigen Pracht eingebüßt. Zudem ist Piccadilly Circus nur unterirdisch das, was er zu sein verspricht, nämlich kreisrund. Emily war schon früher hier gewesen. Im Auftrag des Reverends hatte sie die vielen Touristen bebetteln müssen. Manchmal hatte ihr der Reverend sogar aufgetragen, das Glasauge im Waisenhaus zu lassen.

»Die Passanten zahlen, damit sie dich nicht ansehen müssen«, hatte er ihr damals gesagt und sie hakennasig gemustert. »Wer will denn schon ein Kind mit einer leeren Augenhöhle sehen?« Unternehmungslustig in die Hände geschlagen hatte er sich bei diesen Worten und das Glasauge einbehalten. »Und nun, frisch ans Werk. Rühre die Menschen zu Tränen, und wehe dir, wenn du mir Geld unterschlägst. Sonst …« Seine Hand hatte eine Bewegung in der Luft gemacht, die den Rohrstock imitieren sollte. »Du willst diejenigen, die dir etwas zustecken, doch auch in Zukunft noch sehen können?!«

Was hätte Emily schon tun sollen? Schließlich war sie nur ein Kind gewesen. Schweigend hatte sie ihm ihr Glasauge anvertraut und war nach draußen geeilt, um inmitten der gut gelaunten und neugierig die City bevölkernden Touristenmassen zu betteln und erbärmlich auszusehen.

Manche Leute schenkten ihr sogar ein nettes Lächeln. Andere wiederum – und ihrer gab es nicht wenige – betrachteten sie mit einer Mischung aus Abscheu und Mitgefühl. Emily hatte keines von beidem gewollt. Das Geld, das die Leute in die Mütze zu ihren Füßen fallen ließen, hatte Emily natürlich angenommen. Hatte sie denn eine Wahl gehabt? Die anderen Kinder aber waren es, die sie ihre Andersartigkeit hatten spüren lassen. Gekicher hörte sie hinter vorgehaltenen Händen, in anderen Gesichtern fand sie nur Angst und Ekel. Die ganz Kleinen zerrten panisch an den Ärmeln ihrer Mütter, um sie zum schnellen Weitergehen zu bewegen, weil sie fürchteten, das Monstermädchen käme ihnen hinterher. Freche Straßenjungen hatten zuweilen mit leeren Coladosen nach ihr geworfen, und einmal hatte sich sogar jemand von hinten an sie herangepirscht und sie mit Graffitifarbe angesprüht. Kinder gut situierter Eltern, die teure Mäntel trugen, schnitten Fratzen und rissen die Augen ganz weit auf.

Das war die Welt, in der Emily aufgewachsen war.

Piccadilly war nur einer der Orte, an denen sie derartige Erfahrungen hatte sammeln dürfen.

Wie so oft tauchte Emily in den Untergrund ab und näherte sich Piccadilly Circus mit der Tube.

Einmal im Bahnhof angekommen, befindet man sich in einem kreisrunden Foyer, an das sich von der Oberfläche die Wasserfälle der Rolltreppen ergießen. Eine halbe Stunde hatte Emily in der engen Bahn gestanden. Emily ließ sich inmitten des Meeres an Passanten in Richtung der Rolltreppen schieben. Sie hatte sich an diesem Morgen ausschließlich im normalen Netz der Untergrundbahn fortbewegt. Kein Ausflug in die Metropole, obwohl sich gleich mehrere Portale in der Nähe der Piccadilly Station befanden. Wie immer war es eng, und die Luft roch nach menschlichen Ausdünstungen und der sterilen Trockenheit der warmen Klimaanlage. Alles in allem nichts, was einem Londoner ungewöhnlich vorgekommen wäre.

Oben im Tageslicht stellte Emily erneut fest, dass das Auffallendste am Piccadilly Circus seine restlos abscheuliche Hässlichkeit war, verbunden mit einer seltsam faszinierenden Unwiderstehlichkeit. Früher hatte Emily oft gedacht, dass man sich den Platz niemals bei Tageslicht anschauen sollte. Des Nachts entfaltet er seine wahre Magie, wenn die grellen Leuchtreklamen glitzern und funkeln, doch tagsüber wirkt er nur schmutzig und abgasverseucht.

Rock Circus, Tower Records mit dem Virgin Megastore, in dem wir den Engel zu finden beabsichtigten, und ein uninteressantes japanisches Warenhaus säumen den Platz mit seinem Kreisverkehr, von dem sternförmig Straßen in alle Richtungen verlaufen und in dessen Mitte sich die Eros-Statue in den Himmel reckt – die eigentlich der Engel der christlichen Mildtätigkeit ist. Piccadilly Circus ist der magische Pol für Tausende, die in einer stetigen Brandung aus den überfüllten Restaurants, den Kellerbars und Kneipen, den Kinos und Fast-Food-Tempeln ringsum herausströmen und über den Platz treiben.

Emily mochte den Platz nicht besonders.

Doch verabscheute sie ihn auch nicht.

Es ist einfach ein Angelpunkt im Zentrum Londons.

Londoner wissen das.

Und es war dort, wo ich meine Schutzbefohlene erwartete.

Ich stand vertieft in die *Times* am Rande eines Seiteneingangs zu Tower Records und beäugte hin und wieder die vorbeiströmenden Massen; Letzteres in der Hoffnung, Emily Laing ausfindig machen zu können.

»Master Wittgenstein«, begrüßte mich das Kind. Ich blickte von dem Artikel auf, den zu lesen ich im Begriff war, und verneigte mich kurz und höflich.

»Sie sind zu spät«, stellte ich fest.

Mürrisch sagte sie: »Ganze fünf Minuten.«

Ja, mit der Zeit ist es so eine Sache.

Ein feiner Nieselregen lag über der Stadt und ließ die Leute ihre Schritte beschleunigen. Zudem war vom Fluss her eine eisige Kälte in die vielen Straßen hineingekrochen, die die Menschen mürrisch fluchend die Kragen hochschlagen und die Schals enger binden ließ. Die grauen Wolken drückten mit all ihrer Last auf London, wie sie es in dieser Jahreszeit seit uralten Zeiten zu tun pflegen.

»Wir sind wirklich hier, um Rahel zu treffen?«, fragte mich Emily.

»Sagte ich das nicht bereits?«

»Doch.«

»Dann, sollte man meinen, ist diese Frage überflüssig.«

Emily verzog das Gesicht.

Trotzdem erklärte ich ihr den Grund unseres Kommens: »Maurice

Micklewhite hat geträumt, er befände sich im Himmel. Dort erschien ihm einer der Lichtengel und sprach ihn an.«

Emily sagte: »Rahel.«

»Eben jener. In Maurice Micklewhites Traum manifestierten sich die Befürchtungen und Gedanken, die ihm derzeit durch den Kopf schießen. Die Engel, müssen Sie wissen, spüren so etwas. Und Engel neigen von jeher dazu, sich den Menschen in Träumen mitzuteilen. Rahel erfuhr also von den Dingen, die uns bedrücken. Er wolle sich mit einem von uns treffen, sagte der Engel im Traum, und diese Person sind Sie, kleine Miss Emily.«

Erstaunt starrte mich das Mädchen an.

Die Passanten schoben sich an uns vorbei, ohne uns eines Blickes zu würdigen.

»Er will mich sprechen?«

»Das hat Maurice Micklewhite geträumt.«

»Und wieso hier?«

Tower Records schob sich vor uns in den Himmel.

»Rahel offenbarte dem Elfen, dass er hier arbeitet.«

Mussten Engel arbeiten?

Und wenn ja, dann ... »In einem Musikladen?«

Andererseits, warum auch wieder nicht? Als Emily den Engel das erste Mal getroffen hatte, hatte er musizierend und singend am Oxford Circus gestanden und eine zauberhafte Melodie in die Herzen der Menschen gebracht.

»Er arbeitet als Kundenberater in der CD-Abteilung.«

Zumindest war es das, was er Maurice Micklewhite im Traum mitgeteilt hatte.

Etwas verunsichert fragte Emily sich, ob es auch Engel gab, die in ihren Träumen zu Gast waren. Peinlich gewesen wäre ihr das schon. Ein wenig. Doch war die Vorgehensweise der Engel so verschieden von dem, was sie unter meiner Anleitung gelernt hatte? Wie Schnappschüsse tauchten die Erfahrungen vor ihr auf, die sie während unserer Lektionen gemacht hatte. Da waren die verwirrten Gedanken eines Jungen gewesen, der das Treppenhaus im Barbican Centre mit Graffiti verunziert hatte. Enttäuscht war er gewesen, von allem. Die Welt, die Emily durch des Jungen Augen gesehen hatte, war matt schwarzweiß gewesen, und selbst die Farbsprüher brachten kein Leben in diese Tristesse. Da war eine Frau gewesen, die andere

Menschen überhaupt nicht wahrnahm. Sie sah nur sich selbst, in spiegelnden Schaufensterscheiben, in Erinnerungen, in Erwartungen. Die Menschen um sie herum verblassten zu Schemen, waren kaum vorhanden. Ein alter Mann hingegen sah jedes Detail und konnte sogar einer zerdrückten Bierdose, die inmitten der träge umherwankenden Enten im Hyde Park auf der Wiese lag, Schönes abgewinnen. Wie die Welt war, das hatte Emily gelernt, liegt ganz im Auge des Betrachters.

»Es liegt auch in Ihrer Macht«, hatte ich ihr damals gesagt, »die Zimmer aufzuräumen, die sie so flüchtig betreten.«

Vorher hatte ich nur einmal kurz erwähnt, dass es ihr auch möglich sei, ein riesiges Durcheinander anzurichten, bewegte sie sich durch den Verstand anderer Menschen, als sei dieser ein fremdes Haus.

»Sie meinen, dass ich die Menschen in den Irrsinn treiben kann?«

»Ja, dazu wären Sie in der Lage.«

Unnötig zu erwähnen, dass Emily die Tatsache erfreute, dass sie auch Gutes würde bewirken können.

»Sie können den Menschen das nehmen, was ihren Blick trübt«, hatte ich ihr erklärt.

Emily hatte schnell gemerkt, dass ich Recht hatte. Sie vermochte es, Ordnung in die fremden Räume zu zaubern, denn auch das war eine Eigenschaft, auf die sie als Trickster zurückgreifen konnte. Sie nahm sich der dunklen Dinge an, die die Sicht des Wirtes trübten, und verbarg sie in jenem Gefäß, in dem sie auch ihre eigene Furcht weggeschlossen hatte. Es war ihr also vergönnt, Gutes zu tun. Wenngleich sie meine andere Andeutung nicht vergessen hatte. Insgeheim befürchtete Emily nämlich, dass man eines Tages von ihr verlangen würde, die Fähigkeit *gegen* Menschen einzusetzen.

Erst später sollte sie davon erfahren.

Von meinem Zwist mit dem Senat.

Und der Loyalität einer Rättin zu ihrem Ziehsohn und Schüler.

»Lassen Sie uns reingehen«, schlug Emily schließlich vor.

So betraten wir das hässliche Gebäude von Tower Records mit dem großen Virgin Megastore. Musik beschallte die Kunden, die sich bereits am Morgen in der CD-Abteilung herumtrieben und lustlos oder interessiert, jedoch immer mit einem genervt lässigen Gesichtsausdruck, in den Regalen blätternd mürrisch die anderen Kunden betrachteten, als fände ein seltsamer Wettbewerb statt, wer am teilnahmslosesten auszusehen vermochte. Notorische Schulschwänzer und die trockene Wärme geschlossener Räume suchende Restefresser, stöbernde Hausfrauen und zu spät zur Arbeit kommende Geschäftsleute, früh aufgestandene Touristen und der Universität abgeneigte Studenten – sie alle bevölkerten den Virgin Megastore an jenem Morgen. Der Laden war riesig und beherbergte alles, angefangen bei CDs bis hin zu Fernsehgeräten und Filmprojektoren. Es war ein Babylon für die Götzen des Zeitgeistes, wegen denen die alten Götter ihre Heimat verlassen und auf Wanderschaft gegangen waren, um die letzten Orte zu finden, an denen ihre Existenz noch einen Sinn erfuhr.

Hier fanden sie diesen Sinn gewiss nicht.

Nicht im Virgin Store.

Nicht mehr ...

Laut und schrill war die Musik, sodass wir des Engels nicht gewahr wurden, der plötzlich hinter uns auftauchte.

»Master Wittgenstein«, hörten wir eine glasklare Stimme sagen, »und die junge Miss Emily Laing.« Fast schon war diese Stimme als Gesang zu bezeichnen.

Auge in Auge standen wir dem Urieliten gegenüber.

Tief in den blauen Augen loderte das Feuer der Lichtengel. Jedoch traurig, wie mir schien. Rahels Stimme war eine filigrane Melodie und setzte sich mühelos gegen den penetrant hämmernden Bass der Popmusik durch, der den Raum zerschnitt. »Es ist gut, dass Ihr beide hergekommen seid.« Er trug die gleichen abgetragenen Klamotten wie damals, als Emily ihn als Straßenmusikanten hatte erleben dürfen. Und wie damals sah er aus wie einer der fahrenden Spielleute aus den Mittelalter-Filmen von früher. »Ich habe Euch beiden Wichtiges mitzuteilen.«

»Maurice Micklewhite hat mir von seinem Traum berichtet«, sagte ich.

Rahel nickte ernst. »Die Schatten machen selbst vor den Träumen nicht mehr halt.«

Des Engels Mund zuckte unruhig.

»Ihr seid in Schwierigkeiten.«

Das war nicht zu leugnen.

Dann überraschte er uns jedoch.

»Ich weiß, wo Ihr findet, wonach Euch verlangt.« Die faltige Trauer, die seine uralten, wunderschönen Augen umschattet, dachte Emily, war vor einem Jahr noch nicht da gewesen. »Ich werde Euch, sofern Ihr das wünscht, zur Lichtlady führen«, sagte er leise. Auch Emily bemerkte die ersten Unreinheiten in der Melodie, die seine Stimme war.

Wenn dies der Wahrheit entsprach, dann …

»Ihr wisst, wo die Lichtlady zu finden ist?«

Rahel senkte den Kopf.

»Ich bin der Schlüssel zum Schicksal der uralten Metropole.«

Die Musik im Hintergrund dröhnte unangenehm.

Was meinte er damit?

»Eurem Blick entnehme ich, dass Ihr verwirrt seid.«

»In der Tat, das bin ich.«

Der Engel wirkte müde. »Lasst uns einen ruhigeren Ort aufsuchen und dann lauscht meiner Geschichte.« Er sah uns an, und in dem Feuer seiner Augen brannte alle Trauer der Welt. Etwas verzehrte den Lichtengel. So sehr, dass er nicht mehr in den Straßen zu singen vermochte. »Doch seid gewarnt«, fügte er hinzu, »denn es wird keine schöne Geschichte sein, die Ihr zu hören bekommt, und sie wird auch kein gutes Ende nehmen.«

Kapitel 14

Rahels Geschichte

»Engel können, wie Ihr sicherlich wisst, nicht sterben.« Mit diesen Worten begann die Geschichte des Engels Rahel, die nicht schön sein und auch kein gutes Ende nehmen sollte. »Nicht so, wie Menschen sich das Sterben vorstellen.«

Rahel hatte uns durch dicke Stahltüren aus den Verkaufsräumen hinausgeleitet bis hin zu einem Zimmer, das an die Lager angrenzte, in denen die Götzen des neuen Zeitalters bis unter die Decke gestapelt waren: riesige Breitbildfernseher, winzige Radios, DVD- und CD-Player, mobile Telefone, Tonträger aller Art, auf deren kalte, silbern glänzende Oberflächen die Träume und Sehnsüchte tausender Menschen gebrannt waren. Notebooks und Computer, Projektionsanlagen und Möbelstücke, die der Aufbewahrung all dieser Güter dienten.

»Das hier ist jetzt meine Welt«, führte uns Rahel in diesen Kosmos ein und fügte hinzu: »Das ist der Tod, den die Engel heute sterben müssen.«

Emily konnte ihre Neugierde nicht länger zügeln. »Warum arbeitet ein Engel in einem Virgin Megastore?«

Rahel lächelte traurig: »Der Name des Ladens gefiel mir.«

Sonderbar.

Besaßen Engel Humor?

»Wie gesagt, wir können nicht sterben. Normalerweise.«

Der Raum, in den er uns geführt hatte, war nicht groß, bot aber ausreichend Platz für einen kleinen durchsichtigen Tisch mit vier Stühlen aus neonbuntem Plastik und einen hohen Kühlschrank, dessen Vorderseite mit Aufklebern gespickt war. Plakate waren auf die weißen Wände geklebt, die von den Leuchtröhren an der niedrigen Decke in unwirklich helles Licht getaucht wurden.

Rahel bemerkte Emilys Blick und sagte: »Die Musik ist gleichsam ein Abbild der Vergänglichkeit und der Ewigkeit. Wenn wir uns an die Musik vergangener Tage erinnern und sie erneut in unseren Ohren klingen hören, dann spüren wir, was war und nicht mehr ist.

Und das, was war und ewig sein wird.« Da hingen alte Tourplakate von U2, Sigue Sigue Sputnik, Bruce Springsteen, Peter Gabriel und den Sisters of Mercy.

»Manchmal sind es sogar Engel, die da musizieren und ihre flammenden Blicke hinter undurchdringlichen Sonnenbrillen verstecken«, sagte Rahel und deutete auf eines der Plakate. »So verarbeiten sie ihre Erinnerungen an die Dinge, die einst waren, als die Welt in den Fluten versinken musste, weil der Träumer es so wollte.« Müde lächelte er uns an. »Seltsam, nicht wahr? Mit dieser Art der Vergangenheitsbewältigung sogar in den Charts landen zu können.«

Wahrlich, das war es.

Emily folgte der Aufforderung des Engels und nahm an dem durchsichtigen Tisch aus Plastik Platz. Ich tat es ihr gleich. Rahel verließ kurz den Raum und kehrte mit zwei dampfenden Bechern zurück. »Heiße Schokolade und schwarzer Kaffee aus dem Automaten«, sagte er und reichte sie uns.

Dankend nahmen wir die Getränke entgegen.

»Was ist es, das Ihr uns sagen möchtet?«, fragte ich.

Rahel nahm uns gegenüber auf einem Stuhl Platz. Doch setzte er sich nicht, sondern sprang gekonnt mit beiden Füßen auf den Stuhl, um sogleich in die Hocke zu gehen, wobei er seinen Körper in einem unsichtbaren Takt wiegte.

Wie ein Vogel, dachte Emily überrascht.

»Ich hoffe, es stört Euch nicht, wenn ich in der Haltung meiner Art dasitze.«

»Mitnichten.«

War es nicht eine Ehre, dass er sich uns gegenüber so verhielt?

»Die Geschichte, die ich Euch erzählen werde«, begann er, »mag seltsam klingen für menschliche Ohren. Doch was geschehen ist, ist nun einmal geschehen, und es liegt nicht in meiner oder eines anderen Engels Macht, es ungeschehen zu machen.«

Und Rahel begann zu erzählen.

Gebannt lauschten wir seinen Worten, die eine Melodie waren.

Londons Straßen verbargen sich in der anfangs traurigen Melodie, die zunehmend aufklarte und uns durch die Wolken hinunter nach Whitehall trug. Dorthin, wo der bunt gekleidete Rahel in den Straßen musizierte. Dorthin, wo jeden Tag eine alte Dame des Weges kam und lange beim Engel verweilte, um seiner Musik zu lauschen.

Ihre alten Füße wippten im beschwingten Takt der Musik, und ihre alten Augen bekamen ein Glänzen, das sie nicht mehr gehabt hatten, seitdem das Herz des Mannes stehen geblieben war, mit dem sie zweiundsechzig Jahre verheiratet gewesen war. Einfach so, an einem sonnigen Tag im Frühling des vergangenen Jahres.

»Judi Piper«, sagte Rahel, »ist ihr Name.«

Des Engels Stimme veränderte sich. Ein Hauch von Swing und Charleston erfüllte den Raum, und die alte Frau, die nun eine sehr junge Frau war, tanzte verliebt durchs Westend, einen ebenso verliebten Mann an ihrer Seite, der ihr bald einen Heiratsantrag machen und dreiundsechzig Jahre später plötzlich an einem Herzinfarkt sterben würde. Als die beiden sich zum ersten Mal küssten, taten sie dies zur Melodie eines Straßenmusikanten, der einen Song von Irving Berlin spielte. *I've got a crush on you.* Judi lachte, und Hugh, ihr künftiger Ehemann, strich ihr zärtlich durchs Haar, und beide waren dem Himmel so nah, wie es manche Engel nie gewesen waren.

»Sie hatten ein erfülltes Leben«, sagte Rahel, »alle beide.«

Und die Melodie seiner Stimme trug uns beschwingt durch das neu entstehende London. Riesige Gebäude wuchsen aus dem Boden, und das Bild der Stadt veränderte sich. Judi und Hugh Piper bezogen eine gemeinsame Wohnung in Soho. Eine Tochter erblickte das Licht der Welt, zwei Jahre später ein Sohn. Die kleine Familie siedelte über nach St. Albans im Norden Londons. Immer, wenn sie nach London kamen, zeigten sie den Kindern die Stelle, an der sie sich zum ersten Mal geküsst hatten, und die Wohnung, in der sie beschlossen hatten, dass aus dem Paar eine Familie werden sollte. Und Rahel musizierte in London. Einst hatte er dem Kind zugezwinkert, das Judi gewesen war, als sie noch ihren Mädchennamen McDermit getragen und an der Hand ihrer Mutter die Stadt besucht hatte. Später dann schenkte er ihren Kindern ein Lächeln und – viel später, sollte man anmerken – deren Kindern. Rahel spielte seine Lieder, und die Menschen, die einst zum Takt seiner Lieder mit den Füßen gewippt hatten, vergaßen den Engel, wenn sie älter wurden.

»Das ist der Zauber der Engel«, erklärte er uns. »Wir können die Menschen vergessen machen.«

Judi Piper aber vergaß den Engel nicht. Der junge Mann mit den flammend blauen Augen war ihr immer schon bekannt vorgekommen, wenngleich sie nicht hätte sagen können, woher. Sie hatte ihn einfach gekannt. Irgendwie. Als Kind. Mädchen. Junge Frau. Mutter. Schließlich als alte Frau. Letztlich als Witwe. Nie hatte sie gewusst, woher genau sie den Straßenmusikanten kannte. Doch hatte sie immer ein Gefühl der Nähe zu ihm verspürt.

»Mir ist passiert«, gestand der Lichtengel, »was keinem Engel passieren sollte.«

Er hatte sich verliebt.

In die Seele der Frau, die sich Judi Piper nannte.

Denn Engel sehen tief unter die Oberfläche, und für sie ist das Wesen, das immer sein wird, jenes warme, gläserne Leuchten, sichtbarer als die sterbliche Hülle, die es bewohnt. Rahel liebte Judi Piper, doch bezweifelte er, dass er sie so sehr liebte, wie es ihr Mann Hugh dreiundsechzig Jahre lang getan hatte.

»Sie starb vor wenigen Tagen«, sagte Rahel.

Die Flammen in seinen Augen loderten kalt.

Judi Piper spürte einen plötzlichen Schwindel, als sie in Whitehall an einer Kreuzung stand und die Melodie vernahm.

I've got a crush on you.

Die Welt kippte weg. Und sie mit ihr. Der singende Rahel sah, wie die alte Frau auf den Asphalt aufschlug und die Passanten ihr zu Hilfe eilten. Rahel kniete sich neben sie, und bevor sie für immer die Augen schloss, erkannte sie den Engel, der sie ihr ganzes Leben lang begleitet hatte. Sie hörte die Melodie und verstand. Es hatte alles einen Sinn gehabt. Sie wusste, dass sie gehen konnte.

Dunkles Blut rann ihr aus der Nase.

I've got a crush on you.

Rahel spürte die Liebe dieser Frau, die so unermesslich war, dass sie für alle reichte. Für Hugh, mit dem sie bald vereint sein würde, für ihre Kinder und deren Kinder, für die Menschen, die auf sie herabblickten, und London, mit dem sie so viele süße Erinnerungen verband, und für den Engel, den sie zu guter Letzt doch noch erkannte. Sie erinnerte sich an alles. Jetzt, wo sie es niemandem mehr würde erzählen können, erinnerte sie sich. An die flammenden Augen und die glasklare Stimme. An den Engel des Lichts, der sie ihr ganzes Leben lang begleitet hatte.

Dem sie so viele Melodien verdankte.

I've got a crush on you.

When we're out together dancing cheek to cheek.

The way you look tonight.

»Sie lächelte mich an«, sagte Rahel und schluckte, »und dann schloss sie die Augen.«

Für immer.

»In der kurzen Spanne ihres Lebens hat sie so vieles bewirkt.« Rahel beneidete sie darum. »Sie hat das Leben geliebt. Sie hat ihren Mann und ihre Kinder geliebt. Aufrichtig. Selbstlos. Ein Gefühl, das einem Engel unbekannt ist. Wir Engel lieben nicht selbstlos.« Nachdenklich hielt er inne, bevor er stockend hervorbrachte: »Eigentlich lieben wir gar nicht.« Ein Schatten hatte sich auf die vormals flammenden Augen gelegt. »Nur ein einziger unserer Brüder war dazu je in der Lage. Als Judi Piper gestorben ist, da habe ich es auch gespürt. Ich habe diese Frau geliebt. Selbstlos. Wie es kein Engel tut. Ich habe ihre Liebe zum Leben geliebt. Geblieben ist nur ein dumpfes Gefühl der Trauer. Auch dies verspüren Engel normalerweise nicht.«

Worauf wollte er hinaus?

»Wenn jemand zu derartigen Gefühlen fähig ist«, fuhr er fort, »dann sollte man sie ihm nicht verweigern.«

Immer noch fragte ich mich, was dieser verliebte Engel beabsichtigte.

Emily hingegen sah Rahel mit verträumten Augen an.

Sie wirkte unkonzentriert.

Peggotty hatte mich vorgewarnt: »Die Hormone spielen verrückt bei den jungen verliebten Dingern.«

Ich wollte nicht einmal wissen, wo ihre Gedanken hinwanderten.

»Jetzt, da ich von diesem Gefühl gekostet habe«, gestand der Engel, »ist es mir unmöglich, so weiterzuleben wie bisher, doch Judi Piper ist in die hohen Sphären aufgestiegen, die Lichtengel nicht betreten dürfen. Die Todesengel verabscheuen uns Urieliten. Keinem aus unserer Schar ist der Zutritt zu ihrem Reich gestattet.«

Nur den Toten, dachte ich, werden sich die Pforten öffnen.

Was sogleich von Rahel bestätigt wurde.

»Niemals wieder werde ich für sie singen dürfen«, klagte er.

Er seufzte.

»Ich bin des Lebens so überdrüssig«, sagte er, und das Feuer in seinen Augen war nur mehr ein mattes Glimmen.

Betreten schauten wir uns alle an.

»Wie können wir Euch zu Diensten sein?«, fragte ich ihn.

Er machte eine ruckartige, seltsame Kopfbewegung, die sehr an einen Vogel erinnerte. »Ihr könnt mir helfen zu sterben«, sagte er unverblümt, und auf einmal war da wieder die Melodie, die zwischenzeitlich verschwunden gewesen war.

Hatte er vorhin nicht behauptet, Engel könnten nicht sterben?

Emily blinzelte.

»Die Regeln, denen wir Engel unterworfen sind«, sagte Rahel nur, »sind ... kompliziert.«

Nun denn!

»Das heißt?«

»Es ist uns verboten, menschliche Wesen zu küssen.«

Emily warf mir einen ratlosen Blick zu.

Den ich ebenso ratlos erwiderte.

»Ihr wirkt verwirrt«, stellte Rahel fest.

»Versetzt Euch in unsere Lage«, schlug ich vor.

»Nur der Träumer haucht den menschlichen Wesen Leben ein, indem er sie mit einem Kuss bedenkt. Uns Engeln aber ist dies untersagt. Wir würden uns auf die gleiche Ebene wie der Schöpfer stellen.«

Das ergab Sinn.

»Allein den Todesengeln ist es erlaubt, ihre kalten Küsse zu verteilen.«

Emily fragte sich erneut, warum ein Lichtengel im Virgin Store arbeitete.

Rahel sah das Mädchen durchdringend an.

»Was passiert«, fragte Emily rasch, »wenn Ihr einen Menschen küsst?«

Wieder das vogelartige Kopfnicken. »Wir sterben, Miss Emily Laing aus Rotherhithe.«

»Also könnt Ihr doch sterben.«

»Ja, Master Wittgenstein, weil wir dann unsere Unschuld verlieren. Doch ist unser Tod nicht so, wie Ihr ihn Euch vorstellt.«

»Und Euer Bruder?«, fiel es Emily zu fragen ein.

»Was ist mit ihm?«

»Hat Lycidas seine Gefährtin etwa nicht geküsst?«

»Doch, hat er.«

»Aber er ist nicht daran gestorben.«

»Das war etwas anderes«, antwortete Rahel.

Engel, dachte Emily, konnten manchmal sehr anstrengend sein.

Und vage dazu.

»Lycidas küsste Lilith, nachdem man ihn aus dem Himmel vertrieben hatte.«

Nun denn.

Eine Frage weniger.

»Aber wenn Ihr die Lichtlady küsstet ...«

»... dann wird es um mich geschehen sein. Ich gehöre zum Orden der Urieliten.«

Emily fragte sich, wo das Problem lag.

Sollte er doch einen beliebigen Menschen küssen, und schon würde sich sein Wunsch erfüllen. Wieso tat er es nicht einfach?

»Eure Frage, Miss Emily, ist durchaus berechtigt.«

Erschrocken stellte Emily fest, dass er Gedanken lesen konnte.

»Habt Ihr etwas anderes erwartet?«

Das Mädchen schwieg.

Ich ebenso.

»Ich bin ein Lichtengel.«

Das sollte als Erklärung ausreichen.

»Ich muss Mylady Lilith küssen«, sagte er und wartete unsere Reaktion ab. Nach einem kurzen Zögern bemerkte er: »Ihr glaubt, Master Wittgenstein, dass auch ich in die Lichtlady verliebt bin?«

»Entschuldigt!«

Dass Engel Gedankenleser waren, erschien mir reichlich lästig.

Nun denn.

»Es ist mein Bruder, der Lilith liebt. Der sie seit Anbeginn der Zeit liebt. Ja, Ihr habt mich richtig verstanden. Lucifer und Lilith sind Gefährten von alters her. Doch hat Lord Uriel unseren Bruder mit einem Fluch belegt und ebenso seine geliebte Lichtlady. Hier sind wir an dem Punkt angelangt, wo die Dinge kompliziert zu werden beginnen.«

»Ihr wollt Lycidas und Lilith wieder vereinen?«, fragte Emily.

»Ah, noch immer benutzen Sie den Namen, den sich mein Bruder gegeben hat?«

»Ich habe mich daran gewöhnt«, antwortete Emily.

»So lauscht meinen Worten und hört von dem Fluch.«

Rahel seufzte.

Blickte verträumt auf das U2-Plakat an der Wand.

I still haven't found what I'm looking for.

»Lord Uriel hat Lycidas und Lilith gemeinsam verdammt. Dem Licht von St. Paul's kann nur entrinnen, wem wahre Liebe zuteil wird. Lycidas Fessel wird erst gelöst, wenn jemand seinen Platz einnimmt, der ihn selbstlos und von ganzem Herzen liebt. Lord Uriel glaubte nicht, dass ein gefallener Engel solche Gefühle auslösen könne, doch ging er kein Risiko ein: Sollte sich, was er für höchst unwahrscheinlich hielt, doch noch jemand finden, so würden die Liebenden auf ewig getrennt sein.«

»Das ist grausam«, entfuhr es Emily.

Und Rahel gurrte.

Zustimmend.

»Lord Uriel ist nicht mehr bei Sinnen«, sagte er, »doch dazu später.«

»Das klingt wahrlich kompliziert«, stellte ich fest.

Was noch untertrieben war.

»Lycidas fristet sein Dasein in der Kuppel der Kathedrale. Und Mylady Lilith ist in einen tiefen Schlaf gesunken. Man hat sie in den Mauern der alten Residenz aufgebahrt. Spiegelscherben stecken in ihren Augen, und wie Ihr wisst, sieht Lycidas alles, was sich in den Spiegeln bricht.«

»Die alte Residenz?«

»Der Tower von London!«

»In der uralten Metropole?«

»Ihr sagt es, Wittgenstein.«

Dorthin also hatten die Urieliten die Lichtlady verschleppt.

»Warum die Spiegelscherben?«, erkundigte sich Emily, die sich an die vielen Kinder in der Hölle erinnerte.

»Lilith schläft, und ihr Blick ist leer, und diese Leere sieht Lycidas immerzu. Da ist nur Leere. Kälte. Er ist unfähig, ihr zu helfen. Ihm ist nur erlaubt, an ihrem Leiden teilzuhaben.«

Emily hätte nie gedacht, dass Engel zu solch grausamen Taten fähig sein würden.

Niemals.

Dies waren nicht die gütigen Engel aus den Büchern. Es machte ihr Angst, dass nichts in der Welt so war, wie sie es sich als kleines Mädchen erträumt hatte. Es gab keine lichtumfluteten Schutzengel, die gutmütig über das Wohl der Menschen wachten. Nur diese tätowierten Engel mit dem flammenden Blick, dem vogelartigen Gebaren und dem Auftreten fahrender Spielleute. Engel, die feilschten und wucherten und darauf erpicht waren, bestmögliche Vorteile für sich selbst herauszuschlagen. Selbstsüchtige Wesen waren es, dem Willen des Träumers nicht mehr länger untertan.

»Wie kann Lilith aus ihrem Schlaf erweckt werden?«, fragte ich.

»Nur durch den Kuss eines Engels, der sie liebt.«

Nun denn!

»Durch Euren Kuss etwa?«, mutmaßte ich dreist.

»Ihr sagt es, Master Wittgenstein.«

Rahel liebte tatsächlich die Lichtlady?

Emily versuchte, nicht den Durchblick zu verlieren.

»Ich habe sie einst geliebt«, gestand er mir, und es war mir unangenehm, dass er fortwährend in unsere Gedanken hineinschielte.

»Einst?«

»Vor langer Zeit, als unsere Namen noch den edlen Klang der Schöpfung hauchten.«

Ziemlich viele Liebschaften für einen Engel, dachte sich Emily.

»Ihr würdet sterben«, gab sie zu bedenken.

Doch war das nicht die Absicht des Engels?

»Ich *will* sterben«, betonte Rahel. »Ich will nicht mehr auf Erden wandeln, und ich will auch nicht mehr in den Himmel meiner Gattung zurück. Die Zeiten, die ich im Himmel am Oxford Circus verbracht habe, sind vorüber. Lord Uriel ist dem Wahnsinn anheim gefallen. Seit Jahren schon.«

Erwähnt hatte er das schon.

Doch was war geschehen?

Rahel berichtete uns von den Urieliten, die das Licht unter die Menschen gebracht hatten. Lord Uriel, zu einem der Mächtigsten seiner Art auserkoren, hatte den Himmel am Oxford Circus seit Jahrtausenden nicht mehr verlassen. Während andere Engel des Himmels ausschwärmten, um das Leben zu spüren und den Menschen nahe zu sein und sie mit Musik und Kunststücken zu verzaubern, hockte Lord Uriel in seinem Himmel und grämte sich. Die Engel seiner Schar brachten ihm Geschenke aus der Menschenwelt mit. Bücher, CDs, Plakate, Kleidung und Lebensmittel, die Lord Uriel gierig aufsog. Das Leben aus zweiter Hand war sehr nahrhaft.

»Dann kamen Sie des Weges, kleines Mädchen«, sagte Rahel.

Emily erinnerte sich.

An den Schneefall und die Kälte und die Erschöpfung, die sie befallen hatte, als sie Rahel in die uralte Metropole am Oxford Circus gefolgt war. An den Herrn des Feuers, den schrecklich und gleichzeitig prächtig schön anzuschauenden Lord Uriel, der ihr zu schweigen geboten und für seine Hilfe das Glasauge eingefordert hatte.

»Das Glasauge«, erklärte Rahel, »war der Ursprung allen Übels.«

»Das verstehe ich nicht«, gestand Emily.

Ich selbst verstand es ebenso wenig.

»Warum hätte Lord Uriel Ihnen wohl helfen sollen, unseren Bruder dingfest zu machen?«

»Ich habe ihn darum gebeten.«

»Seit Jahrtausenden hat er Lycidas geduldet.«

Rahel hatte Recht. Warum hätte er ausgerechnet dem Wunsch eines Mädchens entsprechen sollen?

»Hat Lord Uriel vom Nyx gewusst?«, fragte ich.

»Natürlich.«

»Er wusste von der Gefahr, die der uralten Metropole drohte, sollte Lycidas' Macht schwinden?«

»Was glaubt denn Ihr?«

»Und trotzdem hat er ihn im Licht der Kathedrale eingeschlossen?«

Rahel machte eine wegwerfende Handbewegung. »Er wollte das Glasauge des Mädchens besitzen.«

»Aber warum denn nur?«

»Weil ihn das Glasauge wieder sehend gemacht hat«, antwortete Rahel. »Er konnte mit seiner Hilfe so viele Dinge sehen. So viele Dinge fühlen. Dinge, kleines Mädchen, die Sie einst gesehen und gespürt haben. Für Uriel war es, als tauche er in ein neues Leben ein, das ihm eine fremde Welt eröffnete. Das Glasauge war weitaus mehr wert als all der Plunder, den ihm die anderen Engel zum Geschenk gemacht hatten. Zudem war das Glasauge freiwillig hergegeben worden. Die meisten anderen Gegenstände waren den ursprünglichen Besitzern auf nicht ganz so elegante Art und Weise entrissen worden. Die Magie des Glasauges war erhalten geblieben. Das, und nur das war es, wonach es Lord Uriel gelüstete. War der Preis dafür das Ende des Lichtlords, so sollte es geschehen. Was scherten ihn der Nyx und das Schicksal Londons? Es galt, ein neues Leben zu bekommen.«

»Warum tut er das?«

»Er ist süchtig«, antwortete Rahel. »Süchtig danach, das Leben anderer zu schmecken. Ein Junkie, wenn ihr so wollt. Andere Dinge werden unwichtig, wenn er nur seine Leben bekommt.«

Emily verstand nicht ganz.

Immerhin waren die Lichtengel doch Geschöpfe des Träumers.

»Er ist den Menschen entfremdet«, antwortete Uriel. »Zu lange ist er nicht mehr unter ihnen gewandelt. Uriel hat sich im Himmel verschanzt und kommt seit Jahrtausenden schon nicht mehr hervor. Der lichtdurchflutete Himmel am Oxford Circus ist alles, was ihm geblieben ist, seine ganze Welt. So trachtet er nach Schnappschüssen aus fremden Leben.«

»Das ist nicht fair«, entrüstete sich Emily.

»Und doch ist es so geschehen, nicht wahr?«

Rahel wirkte mit einem Mal sehr müde.

Selbst das rot glänzende Haar schimmerte nur mehr matt.

»So bediente sich Uriel der Fessel, mit der er Lycidas und Lilith zu binden gedachte. Lycidas verbannte er wie schon gesagt in die Kathedrale. Erlöst werden kann er nur von demjenigen, der ihn liebt und der dazu bereit ist, an seiner statt dort oben in St. Paul's eingekerkert zu werden. Die einzige Person, die er dazu fähig glaubte, versetzte er in einen tiefen Schlaf. Lilith befindet sich im Tower von London und kann nur von jemandem erweckt werden, der sie liebt.«

Wie in den alten Märchen, dachte Emily und fragte sich, ob die Schreiber vielleicht einmal einem Engel begegnet waren, der sie auf die Ideen gebracht hatte, die dann Millionen Kinder verzauberten.

Schneewittchen.

Snow…witch.

Snowhite…pink.

Wie seltsam, dachte sich das Mädchen, das wie ich selbst nur selten an Zufälle glaubte.

»Seine Lordschaft hat eine Pattsituation geschaffen«, brachte ich es auf den Punkt.

Lycidas liebte Lilith.

Nur Lilith würde Lycidas befreien können.

Nur Lycidas wäre dazu in der Lage, Lilith zu erlösen.

»Uriel hat die Schlange geschaffen, die sich selbst in den Schwanz beißt«, entfuhr es Emily.

»Doch eines«, merkte der Engel an, »hat er nicht bedacht.«

»Dass noch jemand Lady Lilith lieben könnte.«

»Ihr sagt es, Master Wittgenstein.« Traurig lächelte der Engel, und für einen kurzen Augenblick loderten erneut die Flammen in seinen Augen auf. »Ich bin der Joker in diesem Spiel.«

Seine Stimme, die wieder zu einer ruhigen, feinen Melodie geworden war, trug uns hinfort, ließ uns fremde Länder überqueren und die Zeit vergessen. Drei Engel standen am Ufer eines roten Meeres, dessen Wellen sanft den hellen Sand kräuselten, und sprachen zu einer Frau, die lasziv und fordernd barfuß vor einer Höhle stand und sich weigerte, den Anordnungen der himmlischen Schar Folge zu leisten.

»Damals trug ich nicht den Namen, den ich heute trage«, sagte Rahel.

Senoy.

So hatte man ihn genannt.

»Das war des Träumers Name für mich gewesen.«

Die Frau Adams sollten sie aufsuchen, seine beiden Brüder Sansenoy und Semangelof und er. Der Träumer befahl dem Weib durch der Engel Stimmen, zu ihrem Mann zurückzukehren, doch als die Engel ihr die Anweisung des Herrn überbrachten, da weigerte sie sich stolz. Hauchte Beschimpfungen, die das Herz des Engels in Wallung versetzten. Der Wille jener Frau war stark. Beinahe so stark wie der Wille des einzigartigen Träumers. Doch wie konnte dies sein? Wie konnte die Schöpfung ebenso stark sein wie der Schöpfer selbst? Den Engeln war es bei Androhung der Verbannung verboten, über derlei Dinge nachzudenken. Denken war überhaupt nicht ihre Angelegenheit, denn Engel waren Diener. Und Diener hinterfragten nicht, was ihr Herr ihnen auftrug.

Doch Lilith tat es.

»Ich verzehrte mich nach ihr«, gestand Rahel und senkte schuldbewusst den Blick.

Er verzehrte sich nach der Stärke dieser Frau. Einer Stärke, wie er sie zuvor nur in Gegenwart des Träumers verspürt hatte. Es war die Stärke des freien Willens gewesen. Zum ersten Mal in seinem Leben war sich Rahel wie ein Gefangener vorgekommen.

Es ist SEIN Befehl, Weib!, sangen die Engel.

Lilith entgegnete: *Warum sollte ich mich IHM beugen?*

Weil ER es befiehlt, antworteten die Engel.

Und Lilith stellte erneut die Frage: *Warum?*

Was die Engel verwirrte.

Denn niemals zuvor hatten sie etwas in Frage gestellt.

Warum?

Auch Rahels Bruder, der damals auf den Namen Semangelof hörte, stellte sich diese Frage zum ersten Mal.

Warum?

Ein einziges Wort nur, doch eines, das die Grundfesten des Himmels erschüttern sollte.

»Semangelof war der frühe Name des Lichtlords«, offenbarte uns der Engel.

Lucifer und Rahel, die Brüder waren, bewunderten die schöne Frau, die am Ufer des Meeres stand und sich ihnen voller Stolz widersetzte. Ihr Wille war stark, und ihr Körper verhieß die Sünde. Beide Engel verliebten sich in die junge Frau.

In ihre Stärke und ihren Mut.

Ihre Entschlossenheit.

Ihre Art zu denken.

»Doch Lucifer«, so Rahel, »liebte sie auf eine Art, auf die wir Engel niemals hätten lieben dürfen.« Nachdenklich ließ der Engel seinen Blick durch den Raum schweifen und verharrte bei einem bläulichen Plakat, das Freddie Mercury zeigte. »Er liebte sie, wie Menschen andere Menschen lieben.«

Lucifer liebte sie des Geistes und des Fleisches wegen.

Er begehrte sie.

Lustvoll.

Und wie sich später zeigen sollte, wurde dieses Begehren erwidert.

Denn auch Liliths Herz – oh ja, sie hatte eines! – war für den Lichtlord entbrannt. Für diesen schönen Engel, der eines Morgens in ihr Leben getreten war. Dessen makelloser Körper in der Sonne geglänzt und dessen Augen lodernde Flammen gesprüht hatten.

»Ich bewunderte sie«, sagte Rahel. »Doch war diese Verehrung ihrer Person nichts verglichen mit den Gefühlen, mit denen Lucifer zu kämpfen hatte. Ich liebte das an ihr, was ich auch in Judi Piper geliebt habe. Ich liebte ihre Liebe zum Leben, denn das war eine Empfindung, die ich selbst niemals zuvor verspürt hatte.«

Doch waren sie zu dritt gewesen.

Drei Engel, von denen nur einer standhaft blieb, und das in Gedanken, Werken und Worten.

Sansenoy.

Der dritte Engel, der sich später Uriel nennen würde, widerstand den Verlockungen des Weibsbildes und missbilligte das Gebaren seiner Brüder. Weder bewunderte er die Schönheit des Körpers der Frau noch den Freigeist, der darin wohnte. Gestreng befolgte Uriel den Befehl seines Schöpfers.

»Er verriet dem Träumer, was geschehen war.«

Und die beiden schwachen Brüder wurden bestraft.

Doch während sich Rahel dem Schicksal fügte, begann der Keim, den Lilith ins Herz des Lichtlords gepflanzt hatte, zu sprießen. Lucifer begann zu grübeln, nachzudenken, zu hinterfragen. Er wurde mit einem Mal einer Ordnung gewahr, mit der er unzufrieden war. Er hörte Befehle, die keinen Sinn ergaben. Wieder und wieder hallte jenes Wort in seinem Bewusstsein. Jenes Wort, das nie ein Engel ausgesprochen hatte. Jenes Wort, das alles ins Wanken brachte, weil Lucifer gewagt hatte, es zu sagen. Nein, gesungen hatte er es!

In der Hochsprache seiner Gattung.

Warum?

»Das Ende der Geschichte kennt Ihr.«

Ich nickte.

Die Revolte im Himmel.

Der Fall Lucifers.

Der London zum Exil erwählte.

»Hier schließt sich also der Kreis«, meinte ich.

Langsam begann ich die Beweggründe des Engels zu verstehen.

»Niemand hat das Recht, Liebende zu trennen«, sagte Rahel entschlossen. »Lycidas und Lilith sollten wieder vereint sein. Uriel hat nicht bedacht, dass ich noch Gefühle für die Lichtlady hegen könnte. Deswegen, Master Wittgenstein, bin ich der Schlüssel zu Eurem Vorhaben.«

Dem war nichts hinzuzufügen.

»Aber warum wollt Ihr sterben?«

Rahel seufzte leidvoll. »Allzu lange nun wandle ich bereits auf Erden. Die Ewigkeit, das könnt Ihr mir glauben, kann sehr lang sein. Die Zeit ist zäh und fließt nur langsam. Überall ist Vergänglichkeit. Nicht diese romantische Vergänglichkeit, die in Gedichten gepriesen wird. Nein, ich spreche von Fäulnis und Verwesung. Allein die Gedanken überleben. Allein die Erinnerung an die Gedanken und diejenigen, die sie einst gedacht haben. Doch nicht einmal in der Erinnerung will ich weiterleben, weil ich weiß, wie das ist. Habt Ihr eine Ahnung, wie viele Menschen in meiner Erinnerung das ewige Leben erfahren haben? Wie es ist, sich tagtäglich an Gesichter zu erinnern, die selbst die Geschichte vergessen hat? Es ist genug. Judi Piper hat mir gezeigt, wie wundervoll das Leben sein kann. Das Leben und die Liebe. Doch erhält das Leben nicht erst durch die Vergänglichkeit Bedeutung? Was ist das Leben wert, wenn es denn ewig währt?«

Emily starrte den Engel nachdenklich an.

»Ihr seid sehr pessimistisch«, stellte sie fest.

»Und Sie sind ein Waisenkind«, entgegnete Rahel.

»Nicht mehr«, sagte ich schnell, obwohl ich wusste, dass dies nicht wirklich der Wahrheit entsprach.

»Genau!«, log Emily.

»Sie fühlen sich noch immer wie ein Waisenkind, junges Ding«, fuhr Rahel ihr ins Wort. »Und denken Sie nicht, dass sich dies jemals ändern wird. Fragen Sie Ihren Mentor, wenn Sie an meinen Worten zweifeln.«

Ich blickte so unbeteiligt wie nur möglich.

»Ja, fragen Sie Master Wittgenstein. Auch er ist eine Waise gewesen, und das ist er immer noch.«

Ich sah Emily an.

Sie wusste, dass der Engel Recht hatte.

Bloß zugeben wollte sie es nicht.

»Alle Engel sind bestrebt, neue Erfahrungen zu sammeln«, fuhr Rahel fort und wippte im Takt einer imaginären Melodie auf dem wackligen Stuhl. »Zu spüren, wie die Menschheit atmet und pulsiert. Deswegen arbeite ich hier in diesem Virgin Store. Weil diese Arbeit etwas Neues bietet. Neue Erfahrungen. Neue Emotionen. Es ist eine neue Art von Musik, die das Leben zelebriert. Es hilft einem, die Ewigkeit zu ertragen.«

»Ist die Ewigkeit so schlimm?«, fragte Emily.

War es nicht der Wunsch vieler Menschen, ewig zu leben?

»Die Ewigkeit ist die Hölle«, spie Rahel die Worte aus.

Und Emily erinnerte sich.

Die Hölle ist die Wiederholung.

Der ewige Kreislauf.

»Judi Piper hat das Leben gespürt, so wie es einem Engel nie vergönnt sein wird.« Nicht ohne Wehmut sprach er diese Worte. »Sie liebte das Leben um seiner selbst willen. Ich liebte sie dafür. So, wie ich einst Lilith liebte. Denn auch sie hat das Leben gespürt und geliebt. Ich bewunderte und beneidete sie gleichermaßen. Judi und Lilith. Beide waren sich selbst treu geblieben.« Niemals würde er jenes Gefühl erfahren und deshalb wollte er etwas tun – nämlich sterben, doch nicht um seiner selbst willen, sondern für das Glück seines Bruders.

Lycidas sollte seine Freiheit zurückerlangen.

»Vielleicht«, so meinte der Engel, »kann ich so einen Teil der Schuld auf mich laden.«

Denn niemand hatte dem Bruder beigestanden.

Damals, als das Urteil verkündet worden war.

Lycidas und seine Gefährten waren in die Fremde geschickt worden.

»Deswegen werde ich Euch helfen, Lilith zu befreien. Um das Unrecht von einst wieder gutzumachen.«

Erwartungsvoll blickte Rahel mit seinen stahlblauen Augen in die Runde. Aus den Verkaufsräumen, die weiter vorne hinter einem langen Gang voller Gerümpel lagen, drang hämmernde Musik an unsere Ohren. Emily bemerkte, dass die Musik, wenn Rahel gesprochen hatte, gänzlich in den Hintergrund verdrängt worden war.

»Wie gelangen wir dorthin?«, wollte Emily wissen.

»In den Tower?«

»Ja«, meinte ich.

Immerhin hatten die Urieliten die Zugänge zur Hölle versiegelt.

»Ich bin ein Wesen des Lichts«, sagte Rahel, »und kein Bewohner der uralten Metropole. Lucifer fühlte sich wohl in den labyrinthischen Untiefen Londons. Ich bin da anders.«

Es waren eben doch nur Brüder.

»Ihr habt also keine Ahnung, wie wir zu Lilith gelangen können?«

Er schüttelte das Haupt.

»Den Weg müsst Ihr selbst finden.«

Als hätte ich es geahnt.

»Doch werde ich Euch folgen und meine Aufgabe erfüllen.«

Immerhin.

Emily runzelte die Stirn.

Sie schien nicht froher Dinge zu sein, was die vor uns liegenden Ereignisse anging. Ihr Mondsteinauge wirkte matt, das andere Auge blickte ernst, und man merkte, dass noch ganz andere Gedanken in ihrem Kopf umherschwirrten.

»Junge Dinger«, hörte ich Peggotty sagen, »denken an die Welt und vergessen sie gleichzeitig dabei.«

Peggotty war meine Haushälterin, seitdem ich das Anwesen in Marylebone bezogen hatte. Oft hatte sie mir mit Rat und Tat zur Seite gestanden. Und oft hatte sie mit ihren Weisheiten ins Schwarze getroffen.

Besorgt betrachtete ich Emily und fragte mich, woran sie dachte.

Sie sprach wenig, als wir Tower Records und den Virgin Store verließen.

Draußen regnete es.

London empfing uns, wie wir es verlassen hatten.

»Wie waren Sie als Kind?«, fragte sie mit einem Mal.

Überrascht musterte ich sie.

Und sagte es ihr: »Klein.«

Emily nickte.

Wir verstanden uns mittlerweile ganz gut.

Kapitel 15

Maurice Micklewhites Geschichte

Während Emily am Piccadilly den Lichtengel traf, hatte Aurora eine unheimliche Begegnung mit dem, was aus Mylady Hampstead geworden war. Maurice Micklewhite, der sie ins Museum gebeten hatte, weil er mit ihrer Hilfe die Familiengeschichten der beiden Elfenhäuser aufzurollen gedachte, warnte sie eindringlichst vor.

»Die Rättin sieht nicht sehr ansehnlich aus. Wittgenstein bräche das Herz, wenn er seine Mentorin so sähe.«

Aurora nickte folgsam.

Ohne zu wissen, was Maurice Micklewhite meinte.

Denn die alte Rättin besaß kaum mehr Ähnlichkeit mit dem edlen Tier, das sie einst gewesen war. Das Fell war ihr ausgefallen und einer schuppigen Haut gewichen, die an manchen Stellen in zackigen Linien aufgebrochen war, die eitrig nässten. Die dunklen Knopfaugen hatten eine ungesund milchige Farbe angenommen und waren nun beinah geschlitzt, mit einer äußerst schmalen, ovalen Pupille.

»Sie wird sterben«, sagte Maurice Micklewhite.

Der Elf hatte die Rättin in einen Käfig gesteckt, wo sie inmitten von Sägespänen ruhte.

»Kann man denn gar nichts tun?«

»Nicht das Geringste.«

Voller Mitleid kniete sich das Mädchen neben den Käfig, in dem Mylady Hampstead in der Art der Ratten dalag. Zusammengerollt und stoßweise atmend. Gerade wollte Aurora die Hand ausstrecken, um die alte Rättin zu streicheln, da fauchte diese sie wütend an. Eine Reihe neuer, spitzer Zähne blitzte auf.

»Sie ist jetzt nicht mehr die Mylady Hampstead, die Sie kennen gelernt haben«, erklärte Maurice Micklewhite, der hinter Aurora getreten war und ihr eine Hand auf die Schulter legte. Sachte zog er das Mädchen vom Käfig weg. »Fassen Sie sie lieber nicht an.«

Erschrocken beobachtete Aurora, wie das Tier sich mit aller Kraft gegen die Gitterstäbe warf und mit den langen Krallen wie tobsüchtig zu scharren begann. Es fauchte, und die milchigen Augen rollten dabei wie wild.

»Was ist nur aus ihr geworden?«

Maurice Micklewhite wandte den Blick von der Rättin ab.

Erinnerte sich der Zeiten, als Mylady feurige Reden im Senat gehalten hatte.

»Das Blut des Rattlings fließt durch ihre Adern«, stellte er nüchtern fest.

»Passiert das mit jedem, der von einem Rattling gebissen wird?«

»Ich weiß es nicht.«

So einfach war das.

Niemand wusste Genaues.

Dass Mylady Hampstead sich in eines dieser Wesen aus den unteren Schichten verwandelte und dass diese Verwandlung beinahe abgeschlossen war, stand jedenfalls außer Frage.

»Wenn es stimmt, was man so sagt«, meinte der Elf, »dann wird der Nyx bald all das sehen, was auch Mylady sieht.« Nur stockend brachte Maurice Micklewhite die alte Anrede der Rättin über die Lippen. Es schien nicht mehr angebracht, den Adelstitel zu verwenden bei diesem … Ding.

»Was bedeutet das?«, fragte Aurora bangen Herzens.

Des Elfen Miene verfinsterte sich.

»Schlimme Konsequenzen, Miss Fitzrovia.«

Leise war seine Stimme geworden. Traurig. Voll des Bedauerns.

Er seufzte.

Die Rättin oder das Ding, das aus Mylady geworden war, funkelte die beiden Gestalten böse an, die vor dem Käfig standen. Lange Krallen, viel länger noch, als sie es vor zwei Tagen gewesen waren, und auch gekrümmter, kratzten am Gitter entlang.

»Gegen Mitternacht führten wir ein kurzes Gespräch. Dabei fiel es ihr bereits schwer, klare Worte zu formen. Immer wieder wurde sie von einem trockenen Keuchen unterbrochen. Schmerzen hatte sie und Angst, weil sie nicht mehr so empfinden konnte, wie sie es einst tat. Die Augen, die noch nicht so milchig waren, flehten darum, ihrem Leiden ein Ende zu bereiten. Dann war ihr Bewusstsein nach und nach dem animalischen Instinkt gewichen, der nun vollständig Besitz von ihr ergriffen hat.«

Traurig fragte sich Aurora, wie Emily dies auffassen würde. Ihre Freundin mochte die alte Rättin.

»Und es gibt keine Hilfe?«

»Eine Medizin, meinen Sie?«

»Ja.«

»Ich fürchte, nein.«

Wenn die Rättin sich gegen das Gitter des Käfigs warf, erzitterte die ganze Konstruktion.

»Aber irgendetwas müssen wir doch tun können!«

»Wir können sie töten, wenn es überhand nimmt.« Aurora sah, dass der Elf dies durchaus in Betracht zog.

»Aber sie gehört zu uns!«

»Nein, sie gehört jetzt dem Nyx. Sie ist eine Rattling.«

Das Tier fauchte böse. Speichel troff ihm von der Schnauze.

»Mylady Hampstead«, stellte der Elf fest, »ist heute Nacht gestorben. Die Entscheidung, wie wir mit diesem Ding dort verfahren, obliegt allein uns. Letztlich müssen wir versuchen, ihr einen Rest an Würde zu bewahren.«

Aurora spürte Tränen in den Augen. »Sie wollen sie wirklich töten?«

»Nein.«

Einen Augenblick lang schöpfte das Mädchen neue Hoffnung und versuchte, hinter der aggressiven Kreatur die gutherzige Rättin zu erkennen.

»Es wird Wittgensteins Aufgabe sein, Mylady zu töten.«

Aurora zuckte zusammen.

Maurice Micklewhite trat neben sie und ergriff ihre Hand. »Mein Kind, es ist an uns, die Dinge als das auszusprechen, was sie sind. Viele Menschen fürchten sich davor, die Dinge beim Namen zu nennen. Ich könnte behaupten, dass wir Mylady erlösen. Ihr die Würde bewahren. Sie vor einem unausweichlichen Schicksal retten.« Aurora erkannte die Güte und gleichsam auch die Härte in des Elfen stahlblauen Augen. »Doch ist dies letztlich nichts als Schönrederei«, fuhr er fort und eindringlich stellte er klar: »Er wird sie töten. Wittgenstein wird seine Stiefmutter töten, weil es ihm als Angehöriger des Hauses Hampstead obliegt, dies zu tun. Er wird sie sterben sehen, und ein Teil von ihm wird mit ihr sterben. So will es die Ordnung der Dinge.«

Aurora schwieg.

Wischte sich die Tränen aus dem Gesicht.

»Wir sollten jetzt gehen«, schlug Maurice Micklewhite vor.

Insgeheim wusste Aurora, dass es das Beste war.

Niemand konnte der armen Rättin helfen.

So folgte sie schweren Herzens ihrem Mentor in die Räume der von ihr so geliebten Nationalbibliothek. Still war es dort an diesem Morgen. Immer weniger Leute schienen sich in die geheiligten Hallen zu verirren. Aurora genoss es sichtlich, wieder hier zu sein.

»Wir müssen etwas herausfinden«, begann Maurice Micklewhite. »Etwas aus der Vergangenheit der Metropole.«

»Es hat mit den beiden Häusern zu tun, stimmt's?«

»Ja, mit den Häusern, ihrer Genealogie und den Morden, die auch in dieser Nacht wieder in der Metropole und dem Westend Londons stattgefunden haben. Lord Nelsons Tauben haben erneut den Golem erspäht, dieses Mal in der Nähe des Hyde Parks, wo ihm zwei Restefresser zum Opfer gefallen sind. Danach ist die Kreatur vom Angesicht der Stadt verschwunden, doch wenn man den Tunnelstreichern, die durch Kensington gewandert sind, Glauben schenken kann, dann ist der Golem dort unten aufgetaucht.«

»Im Gebiet des Totengottes?«

Maurice nickte. »Ja, der Lordkanzler wird nicht erfreut gewesen sein, dass ein Golem in sein Territorium eingedrungen ist. Anubis ist eine in höchstem Maße exzentrische Gottheit, die niemanden neben sich duldet.«

Eine Angewohnheit vieler Götter, dachte Aurora.

»Was haben die beiden Häuser mit dem Auftauchen des Golems zu tun?«

»Das herauszufinden, meine liebe Aurora, wird unsere Aufgabe sein.«

Ihre Schritte wurden von dem dunklen Teppichboden gedämpft. Heftiger Regen prasselte auf die Kuppel und erfüllte den Raum mit einem fernen Rauschen, das sich mit dem Geräusch raschelnden Papiers zu einem beruhigenden Klanggemisch verwob.

Aurora folgte Maurice Micklewhite zu einem Regal, aus dem er drei Bücher hervorzog. Dicke, in schwarzes und rotes Leder gebundene Wälzer waren es, staubig von all der Einsamkeit, die die Bücher im Lauf der vielen Jahre hatten erdulden müssen. Niemand schien sich dafür interessiert zu haben, was zwischen den kunstvoll verzierten und dennoch schlicht gehaltenen Buchdeckeln geschrieben stand.

»Dies sind die Familienchroniken der Häuser Mushroom und Manderley«, erklärte ihr der Elf.

Kunstvoll verzierte Wappen befanden sich auf den Buchdeckeln eingeprägt.

Ehrfürchtig berührte Aurora sie mit dem Finger.

»Wonach suchen wir denn genau?«

»Nach einem Hinweis, einer Spur«, murmelte Maurice Micklewhite und blätterte bereits wie wild im ersten der großen Bücher. »Etwas, das die Familien mit dem Golem in Verbindung bringt.«

Aurora dachte an die Ereignisse, die sich in Whitechapel zugetragen hatten.

Im Jahre 1888.

An Nicodemus Manderley, Emilys Großvater, der dem grausamen Golem vom Eastend gegenübergestanden hatte, was ihm zum Verhängnis geworden war.

»Ich glaube«, sagte Aurora nach einer Weile, »dass Sie mehr wissen, als Sie zuzugeben bereit sind.«

Erstaunt hielt der Elf inne.

Starrte das Mädchen an.

»Was verleitet Sie zu dieser Annahme?«

»Wenn Sie mit Wittgenstein über diese Sache reden, dann sind Sie beide sehr zurückhaltend.«

»Wie meinen Sie das?«

»Es sieht so aus, als hätten Sie beide bereits sehr oft über diese Dinge gesprochen«, sagte Aurora, »und als wäre Wittgenstein mit dem, was Sie denken, nicht einverstanden. Irgendwie.«

»Irgendwie?«

Aurora nickte.

»Ja, irgendwie.«

Maurice Micklewhite lehnte sich im Sessel zurück und atmete tief durch. Dann blickte er zur Kuppel empor und schloss kurz die Augen. Als er sie wieder öffnete, schienen sie sich aufzuhellen. »Sie sehen viel, für ein so junges Ding«, meinte er schließlich anerkennend. Seine immerzu emsigen Finger klopften den Staub von einem der Bücher.

»Wie ich bereits erzählte, war ich zugegen, als der Golem gefasst wurde. Und wie Sie sich erinnern, gab es damals Gerüchte zuhauf: Übles Gerede, dass eines der beiden Häuser etwas mit den Morden zu tun habe. Manderley Manor bezichtigte die Familie Mushroom, Drahtzieher jener Ereignisse gewesen zu sein. Die Mushrooms bestritten selbstredend alle Anschuldigungen und zeigten sich in ihrer Ehre verletzt. Der Rest ist sozusagen Geschichte.«

»Die Whitechapel-Aufstände.«

»Sie sagen es.«

Aurora sah sich in der Bibliothek um und fragte sich, welches geheime Wissen in all diesen Büchern verborgen sein mochte, hier schlummerte und des Augenblicks harrte, in dem es entdeckt würde.

»Doch eines habe ich bisher verschwiegen«, sagte Maurice Micklewhite.

»Nämlich?«

»Ich selbst hegte einen Verdacht.«

Das Mädchen ahnte, worauf er hinauswollte.

Anspielungen in dieser Hinsicht hatte sie in der Vergangenheit mehrmals wahrgenommen.

»Ich war der festen Überzeugung«, gab er nun zu, »dass Mushroom Manor etwas mit der Erschaffung des Golems zu tun gehabt hatte.« Er hob die Hand. »Damit keine Missverständnisse auftreten … ich hatte niemals Beweise. Es war nichts als ein ungutes Gefühl, meine Intuition, der ich folgte.«

»Master Wittgenstein ist nicht Ihrer Meinung gewesen?«

Maurice Micklewhite lachte kurz auf. »Als mir der Verdacht zum ersten Mal kam, da war Mortimer noch ein grüner Junge, der in den Gassen Londons herumlief und die Lektionen Mylady Hampsteads erlernen musste. Nein, Mortimer und ich haben erst viel später von diesen Dingen gesprochen. Und es wurde offenbar, dass er anderer Meinung war. Er ist vorsichtig. Denkt strategisch.«

»Er wäre ein guter Politiker.«

»Oh nein, mein Kind, das wäre er mit Sicherheit nicht. Mortimer Wittgenstein hat sich seinerzeit wie wir alle mit dem Senat angelegt und sich nicht unbedingt Freunde gemacht. Er ist ein sturer Hund, unser Alchemist, doch listenreich. Und so zieht er gerne die Fäden und hält sich immer eine Hintertür offen.«

Sehr ermutigend klang das alles nicht, fand Aurora.

Konnte man Emilys Mentor wirklich trauen?

»Um aber auf die Sache mit dem Golem zurückzukommen«, fuhr der Elf fort, »ich hielt es für eine gute Idee, dem Senat meine Bedenken vorzutragen. In einer öffentlichen Sitzung, sei hier angemerkt.« Die Erinnerung an diesen Tag schien dem Elfen nicht gerade angenehm zu sein.

»Was ist passiert?«, wollte Aurora wissen.

»Ich stammte beileibe nicht aus einem der wohlhabenden Häuser«, bekannte Maurice Micklewhite, »wenngleich aus einem sehr alten. Ländereien besaßen wir zuhauf. In Bedfordshire. Der Senat verfügte, dass ein Großteil dieser Güter der Familie Mushroom überschrieben wurde. Als Wiedergutmachung für meine unzumutbaren Unterstellungen.« Die Wangen des Elfen glühten rot. Noch immer steckte tiefer Zorn in ihm. »Das war die Strafe für meine Impertinenz.«

»Was haben Sie denn Schlimmes behauptet?«

Maurice Micklewhite wirkte grimmig, als er antwortete: »Dass der Golem ein Werk Mordred Mushrooms sei.« Nun war es ausgesprochen. »Das habe ich behauptet.«

Aurora zog es vor zu schweigen.

Ihr Mentor wirkte zum ersten Mal, seit sie ihn kannte, schwach und angreifbar.

»Jetzt werden Sie bestimmt wissen wollen, ob ich Beweise vorbringen konnte.«

Emily schwieg.

Der Elf beharrte darauf: »Nun fragen Sie schon.«

Zögerlich fragte Aurora: »Konnten Sie Beweise vorbringen?«

»Nein!«

Maurice Micklewhite schlug mit der Faust auf den Tisch, und das Geräusch hallte durch den hohen Raum, sodass die anderen Gäste erschrocken auffuhren und böse zischend ihren Unmut ob dieser unwillkommenen Störung ihres Lesevergnügens kundtaten.

»Nein«, wiederholte er leise.

Fast schon im Flüsterton.

»Es war dumm von mir, Miss Fitzrovia. Einfältig bin ich gewesen und eitel. Ich hatte gedacht, mich durch diese Anschuldigung hervortun, an Einfluss und Rang gewinnen zu können.« Er verdrehte die Augen. »Ich hielt mich für wirklich wichtig.«

Was sollte das Mädchen darauf erwidern?

»Aber Sie glauben noch immer, dass Sie Recht hatten?«

Der Elf nickte. »Ja. Schimpfen Sie mich einen Narren, dass ich noch immer diesem Verdacht nachhänge.« Er machte eine wegwerfende Handbewegung. »Unser Wittgenstein jedenfalls schimpft mich einen Narren.« Und mit einem schelmischen Grinsen fügte er hinzu: »Doch frage ich Sie, Aurora. Wer ist der größere Narr; der Narr oder jener, der ihm folgt?«

Aurora musste grinsen.

Nun denn.

»Wittgenstein war ein Junge, als der Ripper in London sein Unwesen trieb.«

Wie konnte das sein?, fragte sich Aurora.

Wittgenstein mochte ... wie alt sein? Vierzig, fünfzig Jahre?

Vielleicht mehr.

Jedoch nicht so alt ... unmöglich.

»Ein Waisenkind, das von den Gräueltaten in Whitechapel allenfalls gehört hatte.«

»Wann haben Sie Master Wittgenstein kennen gelernt?«

Maurice Micklewhite sagte nur: »Später.«

Wieder so eine genaue Auskunft, dachte Aurora gallig.

»Wie dem auch sei«, setzte der Elf erneut an, »wir müssen herausfinden, was es mit dem Golem auf sich hat. Mordred Mushroom war ein viel gereister Mann. In Europa hatte er unzähligen Metropolen einen Besuch abgestattet, und in einer dieser Städte, so glaube ich, war er auf die Formel für die Schöpfung eines Golems gestoßen.«

Aurora öffnete das vor ihr liegende Buch.

Familienchronik des Hauses Manderley.

Ein weit verzweigter Stammbaum zierte die ersten Seiten. Knorrig und alt. Dicke Wurzeln krallten sich in die Erde, die dunkel war von den in geschwungenen Lettern geschriebenen Namen der Verstorbenen. Ahnen lugten aus den Astlöchern hervor, und die feste Rinde war voller herrschsüchtiger Gesichter.

Aurora erinnerte dieses Bildnis an den Lebensbaum.

Pairidaezas Stock.

Tief unten im neunten Höllenkreis.

Müde rieb sie sich die Augen und verscheuchte den Gedanken

wieder. Dies war nur ein Bild, das die Abstammungslinie derer von Manderley zeigte. Einfach nur ein verwitterter Baum, der Namen trug wie andere Bäume Früchte. Weiter oben endete die Verästelung.

»Da ist kein Ehemann eingetragen«, stellte Aurora fest.

»Gut erkannt.«

Mia Manderleys Ast endete in einem Zweig namens Mara Myrial.

Mara Myrial *Manderley*.

Nicht Mara Myrial Mushroom.

Doch gab es keine Verästelung zum Vater des Kindes, geschweige denn zu einer Schwester. Unvollständig endete die Lebenslinie derer von Manderley.

»Sie haben absichtlich keinen Vater eingetragen«, murmelte Aurora und fragte sich, was genau das zu bedeuten hatte.

»Von Anfang an hatte sich Mia Manderleys Mutter, die alte Lady Eleonore Manderley, gegen die Verbindung der beiden Häuser ausgesprochen. Auch sie war davon überzeugt, dass die Mushrooms etwas im Schilde geführt hatten, und auch sie gab dem anderen Haus die Schuld am Tode ihres Mannes. Seine Lordschaft Nicodemus Manderley, ihr Gatte, bekam in der Nacht, in der der Ripper seine letzte Dirne schlitzte, eine Nachricht unbekannter Herkunft zugespielt, die ihn zum Miller's Court bestellte.«

Mit offenem Mund lauschte Aurora der Geschichte.

Gab sich dem Sog der Vergangenheit hin.

»Trotzdem hat sie die Heirat gebilligt.«

»Das, mein Kind, ist Politik.«

»Es ist verlogen.«

»Es ist, was es ist.«

Aurora dachte darüber nach.

»Man sagt, Lord Manderley sei Zeuge des Mordes an Mary Jane Kelly geworden und dann selbst dem Täter zum Opfer gefallen. Die beiden Constables, die ihn begleitet hatten, konnten ihm nicht mehr helfen. Es war lautlos und schnell geschehen.« Maurice Micklewhite kratzte sich am Kinn. »Doch unterschied sich dieser Mord von allen anderen. Zwar fand man Lehmspuren am Ort des Verbrechens, doch starb Seine Lordschaft nicht von des Golems Hand. Er ist erstochen worden. Mit einer Elfenklinge, davon war Lady Manderley überzeugt.«

»Sie meinen, er ist in eine Falle getappt?«
»Genau.«
»Warum?«
»Nicodemus Manderley war ein angesehenes Mitglied im Senat der Metropole«, antwortete Maurice Micklewhite, »und er hatte sich schon oftmals gegen bestimmte Vorhaben Mushroom Manors ausgesprochen.«
»Was sind das für Vorhaben gewesen?«
»Unwichtig«, tat der Elf ihre Frage ab.
»Wonach also sollen wir suchen?« Erneut fiel Auroras Blick auf den dicken Wälzer, der vor ihr auf dem Tisch lag. Und auf einmal fühlte sie sich allein. Emily müsste bei ihr sein. Je mehr sie darüber nachdachte, desto weniger passte es ihr, dass sie beide getrennt worden waren.
Einen Engel hatte Emily treffen wollen. Einen dieser seltsamen Urieliten. Einen Straßenmusikanten.
Warum nur war in dieser Welt alles so verschroben?
Sie betrachtete den Baum und die Ahnenreihe, und wieder einmal beschlich sie ein dunkles Gefühl, dessen sie sich nicht erwehren konnte. Sie wusste, was für ein Gefühl es war. Gelesen hatte sie oft darüber … beziehungsweise hatte sie zugehört, wenn Emily ihr Geschichten erzählt hatte. Wenn sie abends vor dem Einschlafen wiedergab, was, auf den Seiten der kitschigen, wenngleich klassischen Romane geschah, die bei Mrs. Quilp in Massen in den Regalen standen.
Es war Neid, den Aurora verspürte.
Nagender Neid.
Weil dies hier Emilys Familie war.
Es waren deren Großeltern und Urgroßeltern.
Zurückverfolgen konnte man die Ahnenreihe über Generationen hinweg. Seitenweise krochen die Äste des Baumes dahin. Verzweigten sich, flossen sogar manchmal wieder zusammen, um einen neuen Ast zu bilden, der ausschlug und spross, und so war der Baum gewachsen. Weiter und weiter. Und an seinem Ende reckten sich zwei einsame, dürre Äste in die Leere des ansonsten unbeschriebenen Blattes – auch wenn der zweite Ast natürlich nur vor Auroras geistigem Auge auf der Seite eingezeichnet war: Mara Manderley und Emily Manderley, die niemals so heißen würde und das nach eigenem Bekunden, sondern immer Emily Laing bleiben wollte.

Kinder, deren Vater in Vergessenheit geraten war.
Richard Swiveller.
Immerhin kannte Emily all die Namen. Auch wenn es nur Namen waren.
Das war der Grund für Auroras stille Verzweiflung.
Nagender Neid.
Weil sie, Aurora Fitzrovia, nichts anderes tun konnte, als den Namen eines Stadtteils beizubehalten. Nur weil man sie dort vorgefunden hatte. In Fitzrovia. Eingepackt in eine grüne Mülltüte und achtlos neben einem Briefkasten deponiert.
»Miss Aurora?«
Des Elfen Stimme riss sie aus ihren Gedanken.
»Es tut mir Leid«, entschuldigte sie ihre Geistesabwesenheit und fragte schnell: »Was kann ich tun?«
»Sie werden sehen«, wies Maurice Micklewhite sie an, »dass sich weiter hinten in dem Buch Berichte über die Familie finden. Durchforsten sie diese Berichte nach ungewöhnlichen Begebenheiten. Ich selbst werde das Gleiche bei Familie Mushroom tun.«
»Wonach soll ich denn suchen?«
»Nach allem, was Ihnen seltsam erscheint.« Er hielt inne und verbesserte sich: »Nach allem, was auch mir seltsam erscheinen würde. Wovon Sie glauben, dass es mir seltsam erscheinen würde. Na ja, Sie wissen schon, was ich meine.«
»Beispielsweise?«
»Reisen in ferne Länder«, zählte er auf, »geschäftliche Treffen. Unternehmensberichte. Handelsabschlüsse. Senatssitzungen. Was immer Sie finden. Irgendwo dort drinnen«, und damit schlug er auf den Einband, »muss sich etwas verbergen, das wir bisher übersehen haben. Das *ich* bisher übersehen habe.«
Nun denn.
Aurora tat, wie ihr geheißen ward.
Sie konzentrierte sich.
Schlürfte den Zitronentee, den Maurice Micklewhite ihr gebracht hatte.
Und begann zu lesen.
Zu blättern.
Zu stöbern.
Weiter und weiter.

Einem Bücherwurm gleich fraß sie sich durch all das bedruckte und teilweise sogar handbeschriebene Konvolut, das aus dickem, festem Pergament bestand, und erhielt Einblicke in das Leben der Manderleys.

So rann die Zeit durchs Stundenglas.

Sandkorn für Sandkorn.

Stetig und unaufhaltsam.

Gegen Mittag, als die Augen des Mädchens bereits zu schmerzen begannen und ihr die Buchstaben vor lauter Müdigkeit verschwammen, schreckte sie plötzlich auf, weil Maurice Micklewhite lauthals in den Saal hineinrief: »Heureka! Das ist es!«

»Was haben Sie gefunden?« Ihre Stimme zitterte.

So aufgeregt hatte sie ihren Mentor noch niemals erlebt.

»Das ist es«, wiederholte er und schob ihr das Buch vor die Nase. Deutete mit dem Finger auf eine Stelle, die Aurora flüchtig zu lesen begann. »Verstehen Sie?«, fragte Maurice Micklewhite nach. »Er ist dorthin gereist. *Vor* den Aufständen. *Bevor* die Morde in Whitechapel begonnen hatten.«

Aurora starrte die Buchstaben an. Die verschnörkelten Buchstaben, die vor so langer Zeit von fremder Hand geschrieben worden waren. Die Worte formten einen Satz, aus dem wiederum ein einziges Wort hervorstach.

»Er ist dort gewesen«, wiederholte Maurice Micklewhite fasziniert. »Tatsächlich, das ist er!«

In Prag.

Drüben auf dem Kontinent.

Es hatte sich ein Reisebericht in die Annalen der Familie eingeschlichen. Nebulös erzählt, sei hier angemerkt, zweifelsohne.

Doch immerhin.

Prag.

Die Goldene Stadt.

Der Ort, an dem es begonnen hatte.

Inmitten des Reiseberichtes prangte eine schwarzweiße Photographie, die bereits erheblich vom Gilb befallen war und sich an den Rändern zu wellen begann. Sie zeigte Mordred Mushroom händeschüttelnd und grinsend mit einem alten, gebeugten Mann, dessen Gesicht Aurora irgendwoher bekannt vorkam. Dennoch war sie sich sicher, diesem Mann noch nie begegnet zu sein. Ein

Blick auf die Jahreszahl 1886 sagte ihr, dass dies auch kaum möglich gewesen wäre.

Es sei denn …

Mit der Zeit, das wusste sie, war es so eine Sache.

In London.

Und der uralten Metropole.

I've seen that face before …

Die Melodie des alten Popsongs klammerte sich in ihrem Ohr fest. Emily hatte das Lied den ganzen Morgen über gesummt, nachdem Dorian Steerforth sie in Hampstead abgesetzt hatte.

Da riss der Elf Aurora aus ihren Überlegungen, sodass sie versäumte, ihn auf das Photo aufmerksam zu machen.

Maurice Micklewhite indessen stammelte: »Prag, du meine Güte.« Warum er diesem Hinweis nicht bereits vorher nachgegangen war? Warum er ihn übersehen hatte? Dabei war es doch die naheliegendste Vermutung!

Mordred Mushroom war nach Prag gereist.

Im Frühjahr anno 1886.

Hatte den seltsamen alten Mann dort getroffen. Jenen alten Mann, der dem Waisenkind so bekannt vorkam. Woher nur kannte sie dieses von tiefen Furchen durchzogene Gesicht mit der runden Brille? Ernst blickten die schwarzweißen, grobkörnigen Augen dem unsichtbaren Photographen entgegen, während im Hintergrund die Menschen ihrem Tagewerk nachgingen.

»Sie wissen, weshalb er in Prag gewesen ist?« Eigentlich war es nicht einmal eine Frage.

»Ja«, gestand Maurice Micklewhite.

Und erzählte dem staunenden Mädchen die ganze Geschichte. So wie er glaubte, dass sie sich zugetragen hatte.

Kapitel 16

Aurora Fitzrovias Geschichte

»Miss Fitzrovia ist der Name«, hörte sie die einschmeichelnde Stimme, »wenn ich mich recht entsinne.«

Mehr als vier lange Stunden hatte Aurora in den Räumen der Nationalbibliothek verbracht und irgendwann nach all den Geschichten und dem staubtrockenen Bücherwälzen dann doch ein Hungergefühl verspürt. Ihr Mentor hatte sie vorerst entlassen. Er müsse nach Mylady sehen, und Aurora wollte sich gar nicht erst vorstellen, was in der Zwischenzeit aus der alten Rättin geworden war.

»Die Freundin von Miss Laing«, stellte die Stimme fest.

Aurora drehte sich um.

Nachdem Maurice Micklewhite und sie sich getrennt hatten, war sie hinunter in die Kantine des Museums gegangen, hatte sich von ihrem Taschengeld ein Sandwich und eine Automaten-Schokolade gekauft, gierig gegessen und getrunken, um danach gedankenverloren und unendlich langsam durch die Ausstellungsräume des Museums zu schlendern. Sie durchquerte die ägyptische Abteilung und blieb einen Augenblick vor dem Abbild des Totengottes stehen. Die alten Gottheiten sind auf Wanderschaft, vertrieben aus der Heimat, dachte sie. Anubis jedenfalls hatte eine neue Heimat gefunden. Und eine neue Aufgabe. Dem Lichtlord diente er. Hingebungsvoll.

Doch was führte er wirklich im Schilde?

Warum wurde ein ägyptischer Totengott Lordkanzler von Kensington?

Warum scharte er all die Wölfe um sich?

Immer noch hatte Aurora das Gefühl, dass man Emily und ihr Informationen vorenthielt. Aus welchen Gründen auch immer. Tröpfchenweise nur offenbarte sich ihnen ein Bild der uralten Metropole. Warum hatte Maurice Micklewhite sie nicht schon früher davon in Kenntnis gesetzt, welchen Verdacht er all die Jahre lang gehegt hatte? Im Kopf des Mädchens herrschte heilloses Durcheinander. Sie konnte einfach nicht über all diese Dinge gleichzeitig grübeln.

Unmöglich.

Aurora gähnte ausgiebig.

Schlecht geschlafen hatte sie zudem.

Und als sie endlich wach geworden war, hatte sie lange dagelegen und die Decke angestarrt, zum Fenster hinausgeschaut, die Schatten an der Wand begutachtet und in all diesen Dingen nach einer Antwort gesucht. Einer Antwort auf die Frage, warum sie von ihm geträumt hatte. Sie hatte ihn ein einziges Mal gesehen, und das auch nur aus der Ferne. Sie war mit Emily durch die verwinkelten Gassen nahe Charing Cross gezogen. Buchläden hatten sie durchstöbert und sich die Bilder in den Schaukästen der Kinos am Leicester Square angesehen. In einem Antiquariat am Cecil Court hatte Emily für Wittgenstein ein Buch erstanden, und die Besitzerin, eine gewisse Miss Eliza Holland, die Aurora von einigen ihrer Besuche im Museum her kannte, hatte auch Grüße an Master Micklewhite ausrichten lassen. Zwei Straßen weiter hatten sie dann den Jungen aus dem Raritätenladen gesehen. Er trug einen Packen Bücher unter dem Arm, die in festes Paketpapier eingewickelt und sorgsam umschnürt waren.

»Da ist Little Neil«, sagte Emily und rief nach dem Jungen.

Der sie jedoch nicht hörte und seines Weges ging.

Zu viel Lärm.

»Das ist der Junge aus dem Raritätenladen«, hatte Emily ihr erklärt.

»Er sieht nett aus«, räumte Aurora ein.

Little Neil hatte eine Mütze getragen und dazu die dunkelblaue Matrosenjacke mit den großen Knöpfen. Ungestümes blondes Haar hatte unter der Mütze hervorgelugt. Sein Gang war beschwingt gewesen, und es hatte so ausgesehen, als pfeife er ein Liedchen vor sich hin. Trotz des Regens. Trotz des Herbststurmes, der durch die Gassen heulte.

»Er hat ein sonniges Gemüt«, hatte Emily gesagt, »und er träumt fortwährend davon, zur See zu fahren.«

Verträumt hatte Emily dem Jungen hinterhergesehen.

Fand Aurora.

Umso beflissener hatte sie gehofft, ihm nicht verträumt hinterherzublicken.

Dennoch hatte sie sich gefragt, ob Little Neil und Emily … gute Freunde waren.

Im Grunde genommen war es das, wovon sie letzte Nacht geträumt hatte.

Sie schüttelte den Kopf.

Und betrachtete die Anubis-Skulptur.

War es möglich, dass man einen Jungen nur einmal sah und das nicht einmal aus der Nähe und …?

Ach, ganz durcheinander war sie!

»Wie nett, Sie hier zu treffen«, begrüßte Dorian Steerforth sie, »wo ich doch eigentlich erwartet hatte, Miss Laing zu begegnen.«

»Master Steerforth«, sagte sie.

»Dorian.«

Auch gut.

Sagte sie also: »Dorian.«

Wie aus dem Nichts war er vor ihr aufgetaucht. Geschniegelt und in schwarzer Lederkluft und überaus hübsch anzusehen. Aurora fand, dass er wirklich wie Jude Law aussah. Wie eine sehr junge Ausgabe des Schauspielers jedenfalls. Einfach hinreißend. So perfekt, dass es schon wieder unwirklich wirkte.

»Darf ich Sie auf einen Kaffee einladen, Miss Fitzrovia?«

»Aurora«, meinte Aurora.

Zögerlich.

»Aurora«, sagte Dorian.

Und lächelte.

Einfach entwaffnend.

»Ich muss gleich wieder zurück zu Master Micklewhite.«

»Oh. Ja, natürlich.«

Die beiden standen da und sahen einander an.

Die anderen Besucher der ägyptischen Abteilung, insbesondere die Frauen – aber, das sollte angemerkt werden, auch die Männer –, warfen Dorian Steerforth verstohlene Blicke zu.

Aurora empfand es schlichtweg als unangenehm, schweigend und tatenlos dazustehen. Wunderschön anzusehen war dieser Dorian, und sie fragte sich, was Emily tief in ihrem Herzen empfand. Geschickt hatte sie Emily mehrmals geneckt, um herauszufinden, wie sie zu dem Jungen aus dem Raritätenladen stand.

»Little Neil«, hatte Emily es auf den Punkt gebracht, »ist ein Junge. Und Steerforth ist … nun ja, zumindest kein Junge mehr.«

Jetzt, da sie Dorian so nah gegenüberstand, erkannte Aurora, was ihre Freundin gemeint hatte. Wenngleich Dorian kaum älter als zwanzig sein durfte, wirkte er doch erwachsen. Da war etwas in seinen Augen, das ihn älter wirken ließ. Er verhielt sich reifer als die Jungen in ihrem Alter, die die Mädchen in der Schule mit teilweise unerhört dümmlichen Sprüchen foppten.

Und dennoch zog sie die aufrichtige Jungenhaftigkeit Little Neils vor.

Mochte Steerforth noch so wunderschön anzusehen sein.

Aurora mochte Neil.

Punktum.

»Sagten Sie nicht, dass Sie meine Freundin zu finden gedachten?«

»Aber ja.«

Aus einem Grund, den sie sich selbst nicht erklären konnte, verspürte Aurora nicht das geringste Interesse, ein längeres Gespräch mit Dorian Steerforth zu führen. Als sie ihn zum ersten Mal gesehen hatte, war sie ganz begeistert gewesen, völlig aus dem Häuschen sozusagen. Wenngleich sich diese Begeisterung auf die rein äußerlichen Attribute beschränkte, das hatte sie auch damals schon geahnt. Es war wirklich eine Wonne, ihn zu betrachten. Kein Mädchen wäre bei diesem Anblick nicht ins Schwärmen geraten. Doch war dies ein Schwärmen, das man mit der Freundin teilte. Nicht die Art Schwärmen, die einem den Blick verklärte, wenn man allein im Zimmer war, aus dem Fenster starrte und der Musik aus dem CD-Player lauschte.

»Ich kann Emily etwas ausrichten«, schlug Aurora vor, »wenn Sie möchten.« Und fügte nach einer kurzen Pause hinzu: »Dorian.«

Ihr Gegenüber lächelte.

Einfach umwerfend.

Und sagte: »Ich muss verreisen. Die nächsten Tage nur, nicht lange also. Doch habe ich Emily versprochen, sie auszuführen.« Gespielt verlegen senkte er einen Moment lang das schöne Haupt, und Aurora glaubte, eine graue Strähne in dem sonst so pechschwarzen Haar erkannt zu haben. »Es wäre nett, wenn Sie Ihrer Freundin ausrichten könnten, dass ich mich nach meiner Rückkehr vom Kontinent wieder bei ihr melden werde.«

Deswegen ist er hergekommen?, fragte sich Aurora.

»Kein Problem«, versicherte sie lächelnd.

»Dann danke ich Ihnen.«

Er lächelte zurück.

Herzallerliebst.

»Und Sie haben wirklich keine Lust, mir bei einem Kaffee oder Tee Gesellschaft zu leisten?«

Wieder verspürte Aurora diesen starken Widerwillen.

»Wie gesagt«, entschuldigte sie sich, »ich habe gleich noch eine Verabredung mit meinem Mentor.«

»Wie schade«, antwortete Dorian bedauernd. »Wir hätten uns bestimmt aufs Angenehmste unterhalten.«

»Davon bin ich überzeugt«, murmelte Aurora etwas unbeholfen. »Doch …«

Er nickte. »Ja, der Termin. Nun ja, vielleicht ein andermal.«

Jetzt verschwinde schon, dachte Aurora.

Und war selbst überrascht von der Heftigkeit des Wunsches.

Was war nur mit ihr los? Jede Frau, die Dorian Steerforth erblickte, hätte einiges dafür gegeben, um nur wenige Augenblicke in seiner Gesellschaft verweilen zu dürfen. Die Blicke der anderen Museumsbesucher waren Aurora nicht entgangen, und sie fragte sich, was es war, das die Menschen so für ihn einnahm. War es sein gewinnendes Lächeln oder die geschmeidige Art, sich zu bewegen? Die gewählte Ausdrucksweise oder jener singende Unterton in seiner Stimme? Aurora wusste es nicht. Keines von alledem und alles zusammen vielleicht. Je mehr sie darüber nachdachte, umso weniger verstand sie ihre eigene ablehnende Haltung. Doch war diese da, und überaus stark dazu. Nicht einmal gegenüber den beiden Jägern, Mr. Fox und Mr. Wolf, hatte Aurora eine derartige Abneigung verspürt. Jene beiden hatten gefährlich gewirkt, und sie hatte sich gefürchtet. Angst hatte sie verspürt, ja, und wie! Doch keinerlei Abscheu.

»Richten Sie Emily die Nachricht aus?«

»Natürlich.« Weswegen sollte sie das nicht tun?

Dann verabschiedete sich Dorian Steerforth.

Schlenderte mit diesem wippenden Gang aus den Ausstellungsräumen.

Und war verschwunden, bevor Aurora auch nur richtig wahrgenommen hatte, dass er überhaupt da gewesen war.

»Einen schönen Tag noch«, murmelte ihm das Mädchen bissig hinterher.

Und setzte sich ihrerseits in Bewegung.

Ausführen wolle er Emily, hatte er gesagt. Hatte er Emily das versprochen? Wenn ja, wie hatte sie reagiert? Nur zu gerne hätte Aurora gewusst, ob ihre Freundin diesem Steerforth – sie scheute sich davor, ihn Dorian zu nennen, denn der Vorname suggerierte eine Intimität, die sie nicht verspürte – so zugetan war wie dieser offenkundig ihr.

Was wollte der Kerl nur von ihrer Freundin?

Natürlich war Aurora nicht entgangen, dass Emily leuchtende Augen bekam, wenn sie von Steerforth sprach. Stärker leuchtende Augen als bei Little Neil? Na, hoffentlich! Aurora wusste, dass Emily sich nächtelang darüber den Kopf zerbrach, wie die Jungs auf ihr Mondsteinauge reagieren mochten, wenn sie einmal älter wäre. Sah sie in Steerforth vielleicht einen Leidensgenossen? Immerhin verunzierte eine große, hässliche Narbe dessen ansonsten makelloses Gesicht.

Ach, was wusste sie schon?

War sie doch nur ein Kind.

Ein Waisenkind obendrein.

Mit einem Mal kam sich Aurora klein und mutlos vor. Umgeben von all den Resten und Trümmern untergegangener Kulturen blieb dem Mädchen auch gar nichts anderes übrig, als sich klein vorzukommen. Riesige Reiche, einstmals bestehend aus Millionen Menschen, waren am Ende doch zerfallen. Aurora fragte sich, ob sich hinter all den Scherben und Dingen und Skulpturen ähnliche Schicksale wie das ihre verbargen. Hatte es auch einst am Hof von Amarna Mädchen gegeben, die unglücklich verliebt gewesen waren? Hatten sich Freundinnen im alten Rom die gleichen Fragen gestellt, wie sie es gerade tat? Da beschlich sie das Gefühl, das jeden heimsucht, der sich mit der Geschichte der Menschenreiche und der uralten Metropolen beschäftigt. Die Vergänglichkeit wurde greifbar. All die Geschichten, die sich einst zugetragen hatten, all die Schicksale und Glücksmomente, all dies wiederholte sich letzten Endes doch nur. All das erschuf nichts wirklich Neues. Alter Wein in neuen Schläuchen, hätte man sagen können. Die Geschichten erfanden sich einfach nur immer wieder neu. Und war es nicht so, dass man selbst unwichtig wurde in diesem Abgrund aus Zeit und Schicksal? In dieser bodenlosen Ewigkeit, die nichts anderes als eine dauernde Wiederholung war?

Eine Wiederholung, nicht mehr.
Auch nicht weniger.
Es ist, was es ist.
Die Welt.
Das Leben.
London.
Letzten Endes hatte Aurora es erfasst. Doch half ihr das weiter?
Nicht im Geringsten.

Wie alle tiefsinnigen Gedanken war auch dieser kaum dazu geeignet, ihr in der jetzigen Situation zu helfen.

»Ich bin einfach durcheinander«, sagte sie zu sich selbst. Beziehungsweise zu ihrem Spiegelbild, das ihr von der Vitrine mit den ägyptischen Papyri müde und grimmig entgegenstarrte. »Ich bin einfach durcheinander«, sagte auch das Spiegelbild. Die dunklen Augen, das lockige, pechschwarze Haar, mittlerweile kurz geschnitten. Nimmer war dies das Gesicht eines Mädchens, dessen Vater irischer Postbote war. Mit einem Lächeln musste sie sich die Tränen aus den Augen wischen. Jahrelang hatte sie sich eingeredet, ihr Vater würde sie finden. Die kleine, kindliche Aurora hatte im Waisenhaus stets behauptet, ihr Vater würde sie suchen und auf kurz oder lang auch finden, indem er seine Beziehungen spielen ließe. Immerhin, so hatte sie felsenfest geglaubt, war er ja bei der Post. Dies alles nur wegen des Briefkastens, unter dem man sie gefunden hatte. Verrückt war das schon gewesen.

Mittlerweile sah sie, dass sie nicht allein war.

Dass auch andere mit einem ähnlichen Schicksal haderten.

Jedermann hatte Probleme mit der Familie, oder etwa nicht?

Niemals vorher hätte sie gedacht, dass sogar ihr Mentor eine solche Bürde tragen müsste.

Maurice Micklewhite hatte vor dem Senat jene ungeheuerlichen Anschuldigungen vorgebracht und war abgewiesen worden. Damals. Im Frühjahr anno 1889. Der junge Lord Mushroom, der nach dem plötzlichen Tod seines Vaters dessen Position im Senat eingenommen hatte, hatte seinen Widersacher aufs Ärgste angegriffen, und der Senat, unterstützt von der Kaste der Ratten, hatte Micklewhite keinerlei Unterstützung zuteil werden lassen.

»Die Ratten wollten ihren Plan realisieren«, hatte ihr Maurice Micklewhite erklärt.

»Die Hochzeit.«

»Sie sagen es.«

So verbanden sich die Ratten mit dem Senat und redeten Lord Mushroom nach dem Mund. Manderley Manor indes teilte Maurice Micklewhites Meinung, und so kam es zu erhitzten Diskussionen und Schuldzuweisungen, die in einem Blutbad endeten.

»Die Aufstände«, fuhr Maurice Micklewhite fort, »begannen in Whitechapel.«

Angehörige und Verbündete Manderley Manors übten Blutrache an Angehörigen und Verbündeten der Mushrooms. Familien, die bisher nur am Rande mit beiden Häusern zu tun gehabt hatten, wurden in die Fehde hineingezogen. Der Rest ist Geschichte. Ein Flächenbrand wurde entfacht, der ganz London zu verschlingen drohte. Jedermann übte Rache für den Verlust seiner Lieben, und bald schon wusste niemand mehr genau, womit alles begonnen hatte.

Kaum jemand dachte mehr an den Golem.

Und daran, dass noch immer derjenige, der dem Lehmklumpen Leben eingehaucht hatte, durch die Straßen Londons laufen und seinen Geschäften nachgehen konnte.

»Die Ratten führten schließlich Gespräche mit beiden Parteien«, erzählte der Elf.

Langwierige Verhandlungen.

Keiner wollte nachgeben.

Auf beiden Seiten war Blut geflossen, und alle wollten Vergeltung.

»Doch man einigte sich.«

Die blutjunge und bildschöne Mia Manderley und der ihr an Jahren überlegene Martin Mushroom gaben sich in der Abtei zu Westminster das Jawort.

Die uralte Metropole atmete auf.

Maurice Micklewhite sollte seine Anschuldigungen um des Friedens willen zurücknehmen.

»Ich weigerte mich«, gestand er Aurora. »Blieb standhaft.«

Das, obwohl selbst Manderley Manor die harten Worte von einst bereute. Zumindest nach außen hin.

»Es ging um Politik, nichts weiter.«

Der Senat verfügte, dass aufgrund der nachhaltigen fehlenden Einsicht des jüngsten Sprosses der Familie Micklewhite drei Viertel des Vermögens aus Erträgen und Landbesitz dem Hause Mushroom zu überschreiben seien.

»Warum haben Sie ihnen Folge geleistet?«

»Ich hätte mich nicht widersetzen können«, gab er zur Antort.

»Warum nicht?«

War es nicht ungerecht gewesen?

»Niemand handelt den Anweisungen des Senats zuwider. Das ist Gesetz in der uralten Metropole.«

Punktum.

Aurora hatte sich mit dieser Begründung zufrieden geben müssen.

Maurice Micklewhite wurde für seinen Starrsinn nicht nur vom Senat der Metropole bestraft, sondern auch durch den Hass und die Ablehnung seiner Angehörigen. Die Micklewhites wurden von ihren sich seit Generationen im Besitz der Familie befindlichen Ländereien vertrieben. Pächter aus Blackheath übernahmen im Auftrag Mushroom Manors die Bewirtschaftung der Güter.

»Meine Eltern grämten sich vor Scham«, hatte der Elf Aurora gestanden, und nie hatte sie ihn so ernst gesehen. »Zwei Jahre noch lebten sie in London. In einem kargen Kellergeschoss. Dann verließen sie die Insel. Mein Vater hat, nachdem das Urteil des Senats vollstreckt worden war, nie wieder ein Wort mit mir gewechselt.«

»Und Ihre Mutter?«

»Folgte den Weisungen meines Vaters.«

Maurice Micklewhite hatte seine Familie verloren, weil er auf sein Gewissen gehört und den wahren Drahtzieher der Whitechapel-Morde gesucht hatte. Nie hatte er an seinen Vermutungen gezweifelt. Allein an stichhaltigen Beweisen hatte es seiner Theorie gefehlt. Jene Beweise, die leider noch immer fehlten. Doch gab es Andeutungen, Hinweise, die er vor Jahren übersehen hatte.

Mordred Mushroom hatte in den Monaten vor den ersten Vorfällen im Whitechapel-Distrikt mehrmals den Kontinent bereist.

»Prag.«

Die Goldene Stadt.

Das Oberhaupt des Hauses Mushroom hatte sich dort mit schattenhaften, namenlosen Mitverschwörern getroffen.

»Haben Sie Gustav Meyrink gelesen?«, fragte der Elf Aurora.

Sie verneinte.

»Rabbi Löw lebte in Prag. Vor langer Zeit. Der erste Golem wurde dort im alten jüdischen Viertel erschaffen.« Eine bedeutungsschwangere Pause war dieser Aussage gefolgt. »Ist es von der Hand zu weisen, dass Mordred Mushroom uraltes Wissen erworben hat?«

»Um den Golem von Whitechapel zu erschaffen?«

»Ja.«

»Aber zu welchem Zweck?«

Maurice Micklewhite legte die Stirn in Falten, was im ansonsten glatten Gesicht des Elfen seltsam aussah. »Er hat einem Mörder das Leben geschenkt; einer unseligen Kreatur, geschaffen aus der schmutzigen Erde Londons; einer Kreatur, die für ihn morden sollte. Skrupellos. Ihm treu ergeben. Vielleicht war es sein einziges Ziel, Lord Manderley umzubringen. Vielleicht hatte es auch weitere Ziele gegeben, die jedoch vereitelt worden sind, weil der Golem vernichtet wurde.«

»Und all die anderen Toten?«

Die Prostituierten.

Die Tunnelstreicher.

Die Gildehändler.

Die Restefresser.

»Vielleicht«, mutmaßte Maurice Micklewhite, »hat sich der Golem der Kontrolle seines Herrn entzogen. Wie damals der Golem von Prag. Selbst Rabbi Löw war nicht mächtig genug, sein Lehmwesen zu bändigen. Vielleicht verlangte es den Golem von London ebenfalls nach einem Gesicht, nach Haut, inneren Organen und einem Herzen, das warm in seiner erdigen Brust schlüge.«

Verdammt viele *Vielleichts*, dachte Aurora.

Und ahnte, dass dem Elfen Ähnliches durch den Kopf ging.

»Wir müssen herausfinden, was man damals mit der Erschaffung eines Golems bezweckte. Der Plan ging nicht auf, doch wie Sie ja wissen, treibt erneut ein Golem in London sein Unwesen. Lord Nelson spricht sogar von mehreren Golems, und den Tauben sollten wir trauen.« Wieder hatte er eine unheilschwangere Pause gemacht und ausgiebig grübelnd an seinem Kräutertee genippt. »Wenn es der gleiche Drahtzieher ist wie damals, dann sollten wir davon ausgehen, dass er auch heute das gleiche Ziel verfolgt wie damals. Und wäre das damalige Ziel die Vernichtung Lord Manderleys gewesen, dann hätte der Golem von Whitechapel sein Ziel doch erreicht, oder etwa nicht?«

Aurora schwieg.
Und versuchte, das Zittern ihrer Hände zu verbergen.
»Folglich hatten der Golem und sein Schöpfer ein anderes Ziel vor Augen. Ein Ziel, das sie heute, hier und jetzt, zu verwirklichen gedenken. Was immer dieses Vorhaben auch sein mag, wir müssen herausfinden, was hinter all den Geschehnissen steckt.«
»Es gibt keine Zufälle«, entfuhr es Aurora.
»Bitte?«
»Das sagt Wittgenstein immer.«
»So ist er nun einmal. Immer ein tröstendes Wort auf den Lippen. Doch was Sie sagen, ist richtig. Es gibt kaum Zufälle im Leben. Alles folgt seiner Bestimmung.« Er hatte sich zu dem Mädchen hinübergebeugt und geflüstert: »Der Lichtlord wird von den Urieliten nach St. Paul's verbannt, und in eben diesem Augenblick taucht ein neuer Golem in London auf. Der Lordkanzler von Kensington setzt uns überraschend davon in Kenntnis, dass der Ophar Nyx die inneren Höllenkreise okkupiert. Rahel erscheint mir im Traum. Wären das nicht sonderbare Zufälle?«
Jetzt, als sie alleine durch die langen Korridore des Museums wanderte, spann Aurora diesen Gedankengang weiter.
Emily gerät in der Region in Bedrängnis.
Zufällig tritt ein edler Retter auf.
Der überirdisch schöne »Nennt mich Dorian« Steerforth.
»Wir können davon ausgehen«, setzte Maurice Micklewhite seine Ausführungen fort, »dass Golem und Abgrund irgendwie miteinander in Verbindung stehen. Nicht zu vergessen die Falle, in die Wittgenstein und die kleine Miss Laing getappt sind. Hymenopteras findet man normalerweise nur in den tiefen Schichten.«
»Nicht zu vergessen das Auftauchen der Rattlinge.«
»Der Angriff auf Mylady Hampstead«, zählte der Elf auf. »Zu guter Letzt bleibt noch das Abtauchen Lord Brewsters zu erwähnen.«
Seit einem Jahr fast hatte niemand mehr die Ratte zu Gesicht bekommen.
Wilde Vermutungen gab es diesbezüglich.
Doch keine Hinweise.
»Zu viele Ungereimtheiten«, entschied Maurice Micklewhite.
»Also doch keine Zufälle?«
Hochgezogene Augenbrauen. »Belieben Sie zu scherzen?«

»Hm.«

Dann hatte Aurora von Emilys Träumen erzählt. Von dem Kontakt zur kleinen Mara, die sich vor ihrer Mutter fürchtete. Auch Mia Mushroom war seit nunmehr einem Jahr nicht mehr in der Öffentlichkeit gesehen worden.

»Alle diese Dinge hängen zusammen«, folgerte Maurice Micklewhite.

Zufälle gibt es nicht.

Etwas lauerte da draußen.

In den Straßen Londons.

Mushroom Manor versteckte sich im Schatten der hohen Bäume und Eisblumen von Blackheath. Übte sich in Geduld. Und wartete. Doch worauf? Vor einem Jahr hatte es Truppenbewegungen südlich der Shooters Hill Road gegeben. Söldner aus den einstigen Kolonien. Handlanger aus Sussex und Stornoway. Doch war alles ruhig geblieben. Seit einem Jahr schon hielt die Metropole den Atem an und wartete darauf, dass etwas passierte.

In der Hoffnung, dass nichts passierte.

»Alles hängt zusammen.« Unruhig war ihr Mentor in der Bibliothek umhergerannt. »Unsichtbare Fäden verbinden alle Personen und Geschehnisse miteinander, und unsere Aufgabe wird es sein, diese Fäden sichtbar zu machen.«

Gute Worte, dachte Aurora.

Doch genau genommen hatten sie alle sich kaum vom Fleck bewegt.

Einsam hallten die Schritte des Mädchens durch die große Halle mit den Sarkophagen. Etwas würde geschehen in den nächsten Wochen. Ein ungutes Gefühl beschlich Aurora. Emily, das wusste sie, hatte sich verändert. War ernst geworden. Oft dachte die Freundin über ihre jüngere Schwester nach. Viel öfter, als sie es zugab. Und obgleich sie es abstritt, so sehnte sie sich doch nach ihrer richtigen Mutter. Mr. und Mrs. Quilp, das würde keines der beiden Mädchen leugnen, waren wirklich wunderbare Pflegeeltern, doch war dies niemals ein Ersatz für die leiblichen Eltern. Keines der beiden Mädchen fand Eigenschaften, die es an sich selbst sah, bei den Quilps wieder. Und wäre es nicht interessant gewesen, zu sehen, wer einem welche Eigenschaften vererbt hatte? Zu sehen, dass man sich in vielerlei Hinsicht doch wie die eigenen Eltern verhielt, war für viele Kinder eine ganz normale und auch wichtige Erfahrung.

Emily ist meine Familie, dachte Aurora.

Und ich bin die ihre.

Was sie erneut an »Nennt mich Dorian« Steerforth denken ließ.

Sollte sie Emily wirklich davon berichten, dass er sie nicht würde treffen können? Emily schien in letzter Zeit eine Bürde zu tragen, über die sie nur ungern Worte verlor. Dennoch glaubte Aurora, dass es etwas mit ihrer Trickstergabe zu tun hatte. Emily wurde sich immer mehr bewusst, dass sich diese Fähigkeit zum Guten wie auch zum Bösen einsetzen ließ.

»Ich kann den Menschen ihre Furcht nehmen, wenn ich mich konzentriere«, hatte sie einmal erklärt. »Doch ebenso gut kann ich sie in den Wahnsinn treiben. Wittgenstein hat das gesagt, und ich glaube ihm. Ich spüre, dass ich es kann. Wenn ich nur will.« Sie war Aurora in die Arme gefallen und hatte die Tränen unterdrücken müssen. »Und ich habe Angst davor«, hatte sie mit bebender Stimme geflüstert, »dass ich es einmal tun werde.«

Von diesen Gefühlsausbrüchen abgesehen wirkte Emily in letzter Zeit eher reserviert und grüblerisch. Aurora gefiel es gar nicht, dass sie immer mehr Eigenschaften und Verhaltensweisen ihres Mentors anzunehmen schien. Allein die Floskel »Frag nicht« benutzte Emily recht häufig.

Viel zu häufig, wie Aurora fand.

Nun denn.

So beschloss sie, Emily erst einmal nichts von Steerforths Besuch im Museum zu erzählen. Die nächsten Tage und Wochen würde er sowieso nicht in London verweilen, und vielleicht hatte Emily ihn bis zu seiner Rückkehr vergessen. Zumindest würden sich bis zu seiner Rückkehr einige Dinge klären, und alle wären entspannter. Aurora befürchtete nämlich, dass die Nachricht von der Abwesenheit Steerforths ihre Freundin stärker belasten würde, als es in der jetzigen Situation gut für sie war.

Emily war ganz durcheinander.

Und Aurora war sich sicher, dass ihre Freundin verliebt war.

Ein wenig zumindest.

»Was für ein Tag«, seufzte Aurora in die Stille des Museums.

Da musste sie wieder an Little Neil aus dem Raritätenladen denken. An seine fröhliche Art. An den beschwingten Gang und die Mütze, die schief auf seinem Kopf gesessen und das blonde Haar nicht zu bändigen vermocht hatte. Inständig hoffte sie, dass Emily und der Junge Freunde waren. Nicht mehr.

»Zufälle gibt es nicht«, murmelte sie.

Ihr Flüsterton hallte von den Wänden wider.

Nur die ausdruckslosen steinernen Gesichter ägyptischer Götter und Könige waren Zeuge ihres Seufzers.

Dann verließ sie die Ausstellungsräume und kehrte zu ihrem Mentor zurück.

Hoffend und bangend.

Und, ach, so ahnungslos.

Denn das Schicksal, das ihr bevorstand, hätte schrecklicher nicht sein können.

Kapitel 17

Mylady Hampstead

»Es ist deine Pflicht«, betonte Maurice Micklewhite unnötigerweise.

Der Kodex war mir bekannt.

Als Angehöriger des Hauses Hampstead oblag es mir und niemand anderem, die alte Rättin zu töten.

Wir hatten den Engel Rahel im Virgin Store am Piccadilly zurückgelassen und waren so schnell wie möglich in Richtung des Museums geeilt, um die Gefährten von den Neuigkeiten in Kenntnis zu setzen. Dass mich dort eine nicht allzu angenehme Aufgabe erwarten könnte, hatte ich befürchtet – und verdrängt. Voll und ganz hatte ich mich auf des Engels Geschichte konzentriert und einen Plan geschmiedet, wie es uns gelingen könnte, in den Tower von London einzudringen und die Lichtlady zu erwecken.

Schnell würde alles geschehen müssen.

Zudem hoffte ich auf die Hilfe von Morgaine Monflathers.

Denn die Zeit ist ein Raubtier, dem die Langsamen zum Opfer fallen.

Rahel hatte ich versprochen, eine Taube zu entsenden, sobald Ort und Zeitpunkt unseres Aufbruchs festständen. Er wollte uns tatsächlich in die uralte Metropole begleiten, um seine Aufgabe zu erfüllen. Vor den übrigen Urieliten indes würden wir unser Vorhaben geheim halten müssen. Lord Uriel, dem Wahnsinn anheim gefallen, wäre ein grausamer Gegner, sollte es zu einer Konfrontation kommen.

Eiligen Schrittes quälten wir uns nach unserem Treffen mit Rahel durch den Nieselregen nach Bloomsbury hinauf.

Dunkle Wolken hingen über London. Drückten eine graue Niedergeschlagenheit auf die Stadt.

Eisiger Wind wurde zu tosendem Sturm.

Unheil verheißend.

Beiläufig warf ich einen Blick auf das Mädchen, das schweigsam und gedankenverloren neben mir her trottete. Immer noch trug sie die blaue Jacke mit dem Fellkragen, die ich ihr damals bei Marks & Spencer erstanden hatte. Damals, das schien so lange her zu sein. Und doch war in London kaum ein Jahr vergangen, seitdem ich dank Lord Brewster die Bekanntschaft Emily Laings hatte machen dürfen.

Lord Brewster, der vom Angesicht der uralten Metropole verschwunden war, als hätte es ihn niemals gegeben. Rätselhaft und beunruhigend war sein mysteriöses Verschwinden.

Es war kein gutes Omen.

Wieder betrachtete ich Emily, deren rotes Haar über das Mondsteinauge fiel.

»Geht es Ihnen gut?«

Emily sah nicht einmal auf. »Fragen Sie nicht.«

»Darf ich das als ein Nein auffassen?«

»Ja, dürfen Sie.«

Tja.

»Darf ich Ihnen eine Geschichte erzählen?«

Jetzt blickte sie auf.

Wenn auch nur kurz.

»Was für eine Geschichte?«

Ein Taxi hupte, und eine Traube Passanten schob sich auf dem schmalen Gehweg an uns vorbei.

»Als der Senat von mir verlangte, meine spezielle Gabe einzusetzen«, sagte ich, »da weigerte ich mich.« Es schien an der Zeit zu sein, dem Mädchen davon zu berichten. Irgendwie erschien es mir passend, dies nach des Engels Geschichte zu erzählen. Ging es nicht auch in meinem Fall um Ungehorsam und Starrsinn?

Interessiert wollte Emily wissen: »Was genau haben sie von Ihnen verlangt?«

Das Kind wusste, von welcher Gabe ich sprach. Gegenstände allein mit Gedankenkraft zu bewegen, war von Beginn an die Fähigkeit gewesen, die mich als Trickster ausgezeichnet hatte.

»Seit alters schon war dem Senat daran gelegen, Trickster zu rekrutieren, um die uralte Metropole zu schützen«, begann ich zu erzählen. »Mein Talent, Dinge zu bewegen, wäre von großem Nutzen gewesen.« Ich sprach nicht von den Gegenständen, an die man zwangsläufig denkt, sondern davon, sich auf die inneren Organe eines Menschen zu konzentrieren. Was würde geschehen, wenn jemand den Herzmuskel eines Menschen allein kraft seiner Geisteskraft zu fassen bekäme? Was geschähe, wenn er zudrücken würde, so fest es ihm nur möglich wäre?

Entsetzt blieb Emily stehen.

Und starrte mich an.

»Dazu sind Sie fähig?«

Einige Passanten schimpften, weil wir den Gehsteig blockierten.

»Ein ausgewähltes Training wäre dazu nötig gewesen.« Die Erinnerung an jene Zeit war alles andere als angenehm. »Dem ich mich verweigerte.« Das ängstliche Gesicht des Mädchens vor Augen wurde ich konkreter: »Nein, Miss Emily. Ich bin ein einfacher Trickster, der die Dinge nur bewegen kann. Bloß Sachen. Ich bin Alchemist, kein gelernter Mörder.«

Emily atmete auf.

Ganz blass war sie um die Nasenspitze herum geworden.

»Wird man von mir Ähnliches verlangen?«

Ich beschloss ehrlich zu ihr zu sein. »Ja, wird man, früher oder später.«

»Der Senat?«

»Ja. Noch immer rekrutiert er Talente für die Rote Garde.«

»Aber was kann ich dagegen tun?«

Das Gleiche, was ich auch getan hatte. »Bleiben Sie standhaft«, schlug ich vor.

Wenngleich dies einfacher klang, als es war.

Noch gut erinnerte ich mich an die Anhörung. Ein verschüchterter Junge war ich gewesen. Fünf Männer in scharlachroten Roben und mit langen, weißen Perücken hatten mich mehrere Stunden lang befragt. Ob ich ein treuer Bürger der uralten Metropole sei, hatten sie wissen wollen. Bissig wurden die Fragen gestellt. Wie ich zur Regentin stünde. Welche Pläne ich für die Zukunft habe. Warum ich mich zu verweigern gedachte. Ob ich wüsste, wie unehrenhaft mein Verhalten sei. Weshalb meine Mentorin mich nicht besser ausgebildet habe. Ob ich nicht zutiefst Dank empfände, weil man mir erlaubt habe, in London eine Ausbildung zu absolvieren und ein Heim zu finden. Wer mir die fixe Idee, Alchemist zu werden, ins junge Hirn gepflanzt habe. Wie ich gedächte, meiner Dankbarkeit Ausdruck zu verleihen. Wie ich zur Garde stünde, die die uralte Metropole doch vor allem Übel zu schützen gedachte.

Und so weiter.

Stunde um Stunde.

Ohne Pause.

»Dann wurde Mylady befragt.«

»Was hat sie gesagt?«

»Sie hat zu mir gehalten.«

Ähnlich wie im Fall Maurice Micklewhites hatte man auch der Rättin angedroht, ihr Hab und Gut zu pfänden. Es sei unehrenhaft, sich einen Schüler zu erwählen und diesen dann nicht adäquat nach dem Kodex der uralten Metropole zu unterrichten. Der Kodex der uralten Metropole, hatte sich Mylady einzuwerfen erdreistet, sei jedoch nicht gleichzusetzen mit dem Kodex des Senats. Folglich verstoße sie nicht gegen den Kodex der Metropole und Mortimer Wittgenstein, ihr gelehrsamer Schüler und Ziehsohn, ebenso wenig. Unzählige weitere Fragen hatte die Rättin über sich ergehen lassen müssen, was sie geduldig getan hatte.

War standhaft geblieben.

Deine Zukunft, Mortimer, hatte sie mir später eingeschärft, *gehört dir allein.* Die schwarzen Knopfaugen hatten weise gelächelt. *Kein Senat wird dir sagen, was du zu tun hast. Folge deiner Intuition. Und bedenke immer: Es gibt keine Zufälle. Nimmer.*

So wurde ich Alchemist.

Einer der letzten dieser fossilen Wissenschaftler.

»Mylady hatte Kontakte zur eisernen Lady, die damals die uralte Metropole regierte.«

Welche die Rättin nutzte.

Man behelligte uns nicht weiter.

Wenngleich, das sollte ich anmerken, mein Name öffentlich geächtet wurde. Deswegen, erklärte ich Emily, waren auch die elfischen Häuser nicht gut auf mich zu sprechen. Für sie war ich eine Person von zweifelhaftem Ruf.

»Erinnern Sie sich an die Begegnung mit Mylady Manderley?«

Natürlich erinnerte sich Emily.

An die herrische und verbitterte alte Frau.

Wie sie die lange, gewundene Treppe herabgestiegen war.

»Sie hat Sie als Rattenfreund bezeichnet.«

»In keinem freundlichen Tonfall, möchte ich anmerken.«

»Sind Sie ihr bereits früher einmal begegnet?«

»Fragen Sie nicht«, sagte ich schnell.

Schlug den Kragen hoch und beschleunigte meine Schritte.

»Maurice Micklewhite«, gestand ich ihr, »ist mit Sicherheit der einzige Angehörige seiner Art, der sich meiner Bekanntschaft nicht schämt.« Doch hatte Maurice Micklewhite, wie jedermann wusste, natürlich seine eigene Bürde zu tragen gehabt. »Es war Mylady Hampstead, die mir das Leben, das ich die letzten Jahre lang geführt habe, überhaupt erst ermöglicht hat.«

Mylady hatte mich als Waisenjunge unter ihre Fittiche genommen, und mit ihr war ich den ganzen langen Weg von Schottland zur grauen Stadt der Schornsteine gereist, wo ich jegliche Arbeit annahm, die sich mir bot.

Fleiß und Bescheidenheit, so lautete eine Maxime der alten Rättin, deren Fell damals noch nicht so grau gewesen ist, *zahlen sich aus*. Und beides erlernte man am besten, wenn man demütig die Arbeiten erledigte, die einem aufgetragen wurden. In einer Bierschänke in Little Moorfields, als Kletterjunge in Rotherhithe – es war in jener Zeit, als ich zum ersten Mal vom grausamen Ruf des Waisenhauses hörte, das damals noch unter der Knute eines gewissen Reverend Murdstone betrieben wurde. Den Reizen schlechter Gesellschaft widerstand ich glücklicherweise. Viele der anderen Kinder hatten nicht dieses Glück und fielen auf die Verlockungen des Diebesgesindels und der Glücksspieler herein, die ihnen eine goldene Zukunft versprachen.

Du wirst die Welt mit anderen Augen sehen, hatte Mylady gesagt, *wenn du erst einmal mit der Nase in ihrem Dreck gewühlt hast*. Als Ratte hatte sie vermutlich gewusst, wovon sie sprach.

Letzten Endes hatte sie mich vor einem weitaus übleren Schicksal bewahrt.

Von den Eltern verstoßen und aus dem Dorf, in dem ich die ersten Jahre meines Lebens hatte verbringen dürfen, vertrieben, war ich verwahrlost, vom Ungeziefer zerfressen und in garstige Lumpen gehüllt durch die Gassen von Schottlands größter Stadt getorkelt. Eines Tages, als ich mich vor einer üblen Bande gewalttätiger Jungen hinter einem großen Abfallhaufen verbarg, stupste mich ein kleines Tier mit der Schnauze an und zwinkerte mir zu. Beinah hätte ich laut aufgeschrien, als die Ratte Worte an mich richtete.

Worte dazu, die ich verstand.

Agnes Hampstead nennt man mich. Und wie lautet Ihr Name?

»Mortimer«, hatte ich schüchtern geflüstert und mich ängstlich nach der Bande umgeschaut.

Sie werden verfolgt?

Ich nickte nur.

Und verschwieg, dass ich an einem Marktstand ein halbes Brot gestohlen hatte, weswegen es die Bande auf mich abgesehen hatte. Nicht, weil die Jungen irgendetwas mit dem Händler zu tun gehabt hätten; nein, sie waren schlicht und ergreifend selbst daran interessiert, sich das Brot unter den Nagel zu reißen. Lass jemand anderes den Diebstahl begehen und nimm es ihm dann weg. Vor Gericht hätten sie immer noch behaupten können, dass sie im Namen und zum Wohl des Händlers gehandelt hatten.

Es wird Ihnen nichts geschehen, wenn Sie sich ruhig verhalten.

»Warum kann ich Sie verstehen?«, fragte ich die Rättin.

Sie lächelte.

Ihre Schnauze bog sich dabei leicht nach oben.

Die dunklen Kulleraugen zwinkerten mir zu.

Warum sollten Sie mich nicht verstehen?

Als ich Emily davon erzählte, erinnerte sie sich: »Genauso habe ich auch reagiert, als mich Lord Brewster in der Küche des Waisenhauses ansprach.«

Begleiten Sie mich nach London?, hatte sie wissen wollen.

Man sollte bedenken, dass ich ein achtjähriger Junge war, der inmitten eines Haufens übelst riechender Abfälle lag, und dem dieses Angebot von einer Ratte, die er eben erst kennen gelernt hatte, unterbreitet wurde.

»Warum?«, stammelte ich.

Sie haben besondere Talente, die gefördert werden sollten.

»Haben Sie mich etwa gesucht?«

Welch eine törichte Frage!

Nein, stellte sie klar. *Wir haben uns einfach so getroffen.*

Mylady Hampstead war gerade dabei gewesen, an einem angefaulten Kohlkopf zu knabbern, als ich sie unsanft bei ihrem Mahl gestört hatte.

»Wer sagt mir denn, dass ich Ihnen trauen kann?«

Mit wie vielen Ratten haben Sie bereits schlechte Erfahrungen gemacht?

»Mir fällt keine ein.«

Einmal abgesehen von den Ratten in den Kornspeichern meines Heimatdorfes, die nicht unbedingt zu den am besten gelittenen Tieren gehörten.

Immerhin haben wir uns getroffen, meinte die Rättin. *Und Sie wissen ja, was man sagt?*

»Nein, was sagt man denn?«

Zufälle gibt es nicht, sagte die Rättin ernst und lächelte.

Von diesem Moment an nahm sie sich meiner an.

Und das Leben änderte sich.

Zufälle gibt es nicht.

Seit damals hatte sich diese Weisheit bewahrheitet.

Denn nichts geschah ohne Grund.

Mylady Hampstead führte mich nach London. In die uralte Metropole. Wo ich in die Unterwelt eingeführt wurde. Ich lernte die geheimen Pfade der Tunnelstreicher kennen und die Plätze, an denen sich die Ratten zu nächtlichen Festmahlen einfanden. Eine Zeit harter Arbeit folgte. England erstrahlte im Zeitalter der Industrialisierung. Fabriken wuchsen aus dem Boden, und Kinder waren gefragte und billige Arbeitskräfte. Ich lernte Demut, indem ich die niedersten Tätigkeiten verrichtete. Zur gleichen Zeit lehrte mich die Rättin das Lesen und Schreiben, was den wenigsten Kindern meiner Schicht ermöglicht wurde. Später dann meldete mich Mylady Hampstead in Salem House an, einer Privatschule, die von dem strengen, aber gerechten Mr. Creakle geleitet wurde. Eine der neuen Hauslehrerinnen war eine gewisse Miss Monflathers, die Literatur und Mathematik unterrichtete.

»Jetzt wissen Sie es«, gestand ich Emily. »Ich war selbst noch ein Schüler, als ich Miss Morgaine Monflathers begegnete.«

»Sie war damals schon Lehrerin?«

»Da staunen Sie, was?«

In der Tat, das tat sie.

»Wie alt ist sie?«

»Ach, fragen Sie doch nicht so viel!«

Emily zog ein Gesicht.

Und gab Ruhe.

Mylady Hampstead gehörte ein Anwesen in Marylebone, in welchem sie mir außerhalb der Schulzeiten zu wohnen erlaubte. Dort befand sich auch die erste Bibliothek, die ich nicht nur betreten, sondern in der ich die Bücher auch anfassen durfte. Anfassen und lesen. Darin blättern und daran riechen. Hunderte Bücher beherbergte das alte Haus, das zu meinem neuen Heim wurde ... und, nebenbei bemerkt, das auch heute noch mein Heim ist.

Die Alchemie wurde mein Steckenpferd.

All dies verdanke ich Mylady Hampstead, die mehr war als nur eine Mentorin. Sie war die Mutter, die mich aufnahm, als mich niemand sonst hatte aufnehmen wollen. Sie war es, die mir das wahre Leben schenkte. Die mir die uralte Metropole und die Kunst der Alchemie zeigte.

»Gibt es denn gar keine Möglichkeit, ihr zu helfen?«, fragte Emily entsetzt, als sie vom Kodex der alten Häuser erfuhr.

»Nein.«

Nie zuvor hatte das Kind meine Stimme so zittern gehört.

Seit einer Stunde erst waren wir ins Museum zurückgekehrt. Maurice Micklewhite fanden wir erschöpft in seinem Büro sitzend vor, Miss Fitzrovia ihm gegenüber. Beide einer Grabesstimmung anheim gefallen.

»Es ist deine Pflicht«, hatte mir Maurice Micklewhite unnötigerweise gesagt.

Bevor wir die anderen von den Neuigkeiten, die wir durch den Engel Rahel erfahren hatten, in Kenntnis setzten, ging ich, gefolgt von Emily, ins Nebenzimmer zu Mylady Hampstead und musste entsetzt feststellen, dass der Elf sie in einen Käfig gesperrt hatte, und darüber hinaus, dass diese Maßnahme mehr als notwendig gewesen war. Das Ding, das da hinter den Gitterstäben hockte, hatte nicht die geringste Ähnlichkeit mit der Rättin, die mich all die Jahre über begleitet hatte. Geschlitzte, gelbe Augen funkelten mich wild und böse an, die schuppige Haut glänzte feucht, weil sie eine eitrige Flüssigkeit absonderte. Lange Krallen schabten an den Gitterstäben des Käfigs entlang, und gekrümmte Zähne wurden gefletscht.

»Es ist also ansteckend«, murmelte ich.

»Können wir denn nichts für sie tun?«

Emily wollte die Hand ausstrecken, doch ich hielt sie zurück.

»Sie ist eine Rattling«, sagte ich nur.

Schlagartig wurde Emily die Bedeutung dieser Worte bewusst.

Betreten schwiegen wir.

Betrachteten das sich tobsüchtig gegen die Gitterstäbe werfende Ding.

Sowohl Maurice Micklewhite als auch Miss Fitzrovia waren im Büro verblieben.

»Sie sollten jetzt ebenfalls gehen«, riet ich Emily.

»Warum?«

Ich musste schlucken, bevor ich sagte: »Fragen Sie bitte nicht.«

Emily stand still.

Sagte schließlich mit fester Stimme: »Ich bleibe!«

Ich nahm ihren Entschluss zur Kenntnis und griff nach dem Paar fester Arbeitshandschuhe, das einer der Museumsarbeiter vorbeigebracht hatte, stülpte sie über und näherte mich dem Käfig.

»Treten Sie zurück!«, befahl ich Emily.

Und öffnete den Käfig.

Flink griff ich ins Innere und bekam das Ding zu fassen. Wütend wand es sich in meinem festen Griff. Fauchte. Sabberte. Die geschlitzten, gelben Augen weiteten sich, als das Ding verstand, was ich vorhatte. Blitzlichtartige Erinnerungen bestürmten mich. Der lange, beschwerliche Weg nach London. Die Übernachtungen in verlassenen Häusern und leeren Stallungen, wo ein achtjähriger Junge zum ersten Mal seit Monaten zu schlafen vermochte, weil er den zusammengerollten, warmen Körper der Rättin neben sich spürte und wusste, dass er nun nicht mehr allein war. Die abendlichen Lehrstunden mit Mylady Hampstead im Kaminzimmer in Marylebone; die graue Rättin mit dem bissigen Humor und der Vorliebe für das Programm der BBC, die einem wissbegierigen Zehnjährigen das Wesen der Welt nahe brachte. Die Expeditionen in die trockene Dunkelheit der uralten Metropole. Die kalte Schnauze, die dem Jungen vor den Prüfungen Mut zugesprochen hatte. Rattenküsse, hatte sie der Junge damals insgeheim genannt. Das Gefühl, endlich eine Familie zu haben. Dass diese Familie eine Rättin war, hatte nie etwas zur Sache getan.

Behände zog ich ein langes Messer aus dem Mantel.

Emily schwieg noch immer.

Starrte.

Mit Tränen in den Augen.

Biss sich zitternd auf die Lippen.

Die Rattling wand sich quietschend unter meinem Griff. Sie war kräftig. Viel kräftiger, als es die Rättin jemals gewesen war. Schnell sollte es geschehen, dachte ich zögerlich und führte die Klinge an den Hals des Tieres.

»Ruhe!«, sagte ich.

Schlitzte das Tier mit einer einzigen Handbewegung.

Dickes, dunkles Blut spritzte mir über die Handschuhe und tropfte auf den Boden. Es fühlte sich warm und lebendig an. Mit aller Kraft sträubte sie sich gegen den Tod.

Findet Euren Frieden, dachte ich.

Mylady.

Gefährtin.

Mutter.

Dann schnitt ich ihr den Kopf ab.

Emily schrie auf.

Hielt sich die Hände vor den Mund.

Sachte, fast zärtlich legte ich den noch zuckenden und blutenden Leichnam der Rättin in den Käfig zurück.

Ein Schwindelgefühl befiel mich.

Voller Ekel streifte ich die blutbesudelten Handschuhe ab und ließ sie auf den Boden fallen.

Das Mädchen stand bleich und bewegungslos da.

Einen Moment lang schloss ich die Augen, und als ich sie wieder öffnete, wusste ich, dass ein Teil von mir gemeinsam mit Mylady gegangen war. Dann verließ ich das Zimmer. Ob Emily mir folgte, kümmerte mich in diesem Moment nicht im Geringsten. Jetzt hatte das Mädchen den Tod in seiner nicht sehr appetitlichen Form kennen gelernt. Vorgewarnt hatte ich sie.

Ich indes wollte nur fort von hier.

Einfach nur weg.

Und niemals mehr zurückschauen müssen.

Nimmer. Nimmer.

Nimmermehr.

Kapitel 18

Northern Line, 15:08 Uhr ab Leicester Square

»Seit zwei Wochen haben wir keine Nachricht erhalten«, sagte Emily.

Ihre Freundin war auch besorgt.

Und erst die Quilps.

Bereits am Tag nach dem Tod der Rättin waren Wittgenstein und Maurice Micklewhite in die uralte Metropole aufgebrochen. Miss Monflathers, auf deren Kenntnis des labyrinthischen Tunnelsystems man angewiesen war, wie Emily von ihrem Mentor erfahren hatte, und der Engel Rahel hatten die beiden begleitet. Und Dinsdale, das Irrlicht, war Emilys Wissen nach erneut als Pfadfinder angeheuert worden. Nach der Rückkehr vom Virgin Megastore waren sämtliche Neuigkeiten ausgetauscht worden, was letzten Endes zu jenem Vorhaben geführt hatte, das die Gefährten nun in die Tat umzusetzen bereit waren.

Sie waren losgezogen, um die Lichtlady zu befreien.

»Es ist zu gefährlich für Kinder«, hatte Maurice Micklewhite betont.

Und auch die anderen hatten sich dagegen ausgesprochen, die Mädchen an der Expedition teilnehmen zu lassen.

»Wir haben keine Ahnung, was uns dort unten erwartet«, hatte der Elf seine Meinung begründet.

Damit war es beschlossene Sache gewesen.

Punktum.

»Hoffentlich ist ihnen nichts zugestoßen«, sagte Aurora.

Und auch Emily war mittlerweile beunruhigt.

Seit nunmehr zwei Wochen hatten sie keine Nachricht mehr von den Gefährten erhalten.

Die beiden Freundinnen führten indes ein Leben, das sich kaum vom Alltag gewöhnlicher Mädchen unterschied. Sie gingen zur Schule. Flanierten durch die City und drückten sich die Nasen an den Schaufenstern platt. Besuchten den alten Raritätenladen. Aurora wurde zum ersten Mal dem Jungen, der dort arbeitete, offiziell vorgestellt und hoffte inständig, nicht rot geworden zu sein.

»Neil«, sagte Neil und schüttelte Aurora die Hand.

»Aurora«, sagte Aurora.

Den Rest der kurzen Konversation hatten Neil und Emily bestritten.

»Magst du ihn?«, hatte Emily später, als sie wieder in ihrer Dachkammer waren, gefragt.

»Er ist nett«, war Auroras Antwort gewesen.

Sie wusste nicht genau, welche Gefühle Emily dem Jungen gegenüber hegte, und deswegen schwieg sie lieber. Immerhin ... auf dem Weg zum Raritätenladen hatte Emily ihrer Freundin ausführlich von Dorian Steerforth vorgeschwärmt und ihr zum ersten Mal kurze Einblicke in seine Vergangenheit gegeben.

»Glaubst du, dass er mich mag?«, hatte Emily gefragt.

Und Aurora, die ihrer Freundin an diesem Tag nicht die Laune verderben wollte, antwortete: »Würde er dich sonst ausführen wollen?«

Emily hatte nachdenklich die Kinoplakate am Leicester Square betrachtet.

Geschwiegen.

Und nach einigen Augenblicken ... gelächelt.

Ja, sie war sich sicher.

Irgendwie.

Dorian war, wenngleich sehr weltgewandt, doch recht behutsam mit ihr umgegangen. Vielleicht weil er befürchtete, sie zu sehr zu bedrängen. Immerhin war er bereits zwanzig und, gebildet wie er war, würde er sich doch denken können, dass Emily ihm zumindest abwartend begegnen und ihn hinhalten würde. Ihr Mentor, das wusste sie, hätte ihn für zu alt befunden und sie ermahnt, sich auf die Lektionen zu konzentrieren, die zu beenden er ihr aufgetragen hatte. Peggotty, Wittgensteins Haushälterin in Marylebone, ließ seit geraumer Zeit süffisante, wenn auch sicherlich gut gemeinte Bemerkungen fallen. Dessen eingedenk musste Emily zugeben, dass die rundliche, Kittelschürzen tragende und fortwährend quatschende, warmherzige Peggotty genau erkannt hatte, wie es um das Herz des Mädchens bestellt war. Die Haushälterin bombardierte

Emilys Mentor mit ihren Weisheiten und fügte stets ein »Verstehen Sie?« hinzu.

Worauf Wittgenstein meist eine Grimasse zog und kurz angebunden bat: »Fragen Sie nicht!«

Dorian Steerforth.

Aus Twickenham.

In den letzten Nächten hatte Emily versucht zu ergründen, was sie an diesem Jungen so faszinierte. Er war frech, doch das war Neil aus dem Raritätenladen auch. Nein, der Ältere war auf eine andere Art frech. Nicht frech, sondern dreist. Das, was er sagte, klang höflich, und erst der Gesichtsausdruck zu den Worten veränderte deren Bedeutung. Nicht dass Emily jede seiner Bemerkungen verstanden hätte.

Ach, sie mochte ihn einfach.

Wollte ihn wiedersehen.

Und genau das hatte sie auch Aurora gestanden. »Wenn er sich erneut meldet, dann werde ich seiner Einladung folgen.«

Aurora hatte sie mit einem Blick bedacht, den Emily nicht zu deuten vermocht hatte. Für einen Augenblick lang war ihr, als wisse Aurora etwas, von dem sie noch nichts ahnte. Doch dann verflog dieser Eindruck, als ihre Freundin lächelnd antwortete: »Warum nicht?«

Ja, warum nicht?

Warum eigentlich nicht?

Dummerweise meldeten sich in den zwei Wochen, die dem höchst aufschlussreichen Treffen im Museum folgten, nicht nur weder Wittgenstein noch Micklewhite, sondern auch der geheimnisvolle Retter aus der Region ließ auf sich warten. Dorian Steerforth war sozusagen verschollen. Weder rief er an, noch schickte er einen Brief. Es war, als habe es ihn niemals gegeben.

Wann immer Emily den Kartographen zur Sprache brachte, schwieg Aurora.

Natürlich wusste sie nichts.

Konnte nichts wissen.

Woher denn auch?

Sie sah, dass es Emily nicht gut ging und sie sich nach einer Nachricht sehnte, die nicht kam. Vermutlich sorgte sich Aurora um sie und versuchte deswegen, das Gespräch nicht auf Dorian zu lenken. Emily war ihrer Freundin wirklich dankbar, wenngleich ihr Auroras Schweigsamkeit nicht sonderlich weiterhalf. In den Nächten fragte sie sich, ob Dorian in der Schule – sie konnte sich kaum vorstellen, dass jemand wie er noch die Schulbank drücken musste! – unter seiner Narbe zu leiden hatte. Mitfühlend stellte sich Emily vor, dass auch Steerforth an manchen Tagen sein Spiegelbild abgrundtief hasste und sich wünschte, sein Gesicht wäre ein anderes.

»Wie gefällt er dir?«, hatte Emily ihre Freundin einmal gefragt.

»Steerforth?«

»Ja, Dorian.«

»Er ist hübsch.«

»Und?«

»Kein Und.«

»Könntest du dir vorstellen, dass …«

»… er mein Freund ist? Nein!«

»Und Neil?« Emily musste grinsen, weil Aurora sichtlich nervös wurde.

»Auch nicht.«

»Warum?«

Jetzt war es an Aurora, ein Gesicht zu ziehen. »Frag nicht«, sagte sie gespielt genervt.

Beide Mädchen genossen es in den zwei Wochen, bevor das Schicksal auf so grausame Weise zuschlug, ein gewöhnliches Leben führen zu dürfen. Sie tuschelten über Schule, Mode und Jungs, wie es abertausende anderer Mädchen in ihrem Alter auch taten. Es war der Geschmack eines Lebens, das sie sich immer ersehnt hatten.

Doch dann kam der Tag, an dem Lilith befreit wurde.

Jener Tag, an dem mich die Hiobsbotschaft erreichte.

Zwei Tage vor Weihnachten.

Und es war noch immer kein Schnee gefallen.

Ein hässlich kalter Regen ergoss sich stattdessen seit Tagen über das bunt glitzernde und vor festlichen Dekorationen strotzende London. Fast schien es, als wolle der Himmel nie wieder aufhören zu weinen. Überall spielte man Weihnachtslieder. Überall spannten sich Girlanden über die Straßen und Gassen. London ertrank förmlich in einer Flut aus Regenschauern und kitschig buntem Zuckerguss.

Emily Laing und Aurora Fitzrovia waren an besagtem Tag hinaus nach Rotherhithe gefahren. Die Schule hatten sie früher verlassen dürfen, da Miss Monflathers noch immer nicht zurückgekehrt war. Eine Laune des Schicksals hatte die beiden Mädchen zum ehemaligen Waisenhaus getrieben. Beide hatten in der Nacht schlecht geschlafen und beim Frühstück hatten sie einander von ihren Träumen erzählt.

»Wir sollten es uns noch einmal anschauen«, hatte Emily vorgeschlagen.

»Damit wir sehen, dass es vorbei ist?«

»Genau.«

Mrs. Quilp, die gerade Kaffee aufsetzte, sagte: »Noch immer keine Nachricht von euren Mentoren.«

Mr. Quilp, der Zeitung las, sagte: »Tja.«

Es war ein Morgen wie die meisten anderen auch.

Bis auf die Träume.

Emily hatte von Mara geträumt und Mara von ihrer älteren Schwester. Aurora war erneut in jenem Zimmer gefangen, in das sie einst die weiß geschminkte Madame Snowhitepink entführt hatte. Beide Mädchen waren mit einem Schrei in der Kehle hochgeschreckt.

Danach lagen sie sich in den Armen.

Und weinten bitterlich.

»Es ist vorbei«, flüsterte Emily.

»Niemals wird es richtig vorbei sein.«

»Doch, wird es.«

Emily strich ihr durch das dunkle Haar und umarmte sie ganz fest.

So hatten sie bis zum Morgengrauen dagelegen.

Wie damals, als Maurice Micklewhite Aurora aus dem Waisenhaus entführt und zum Museum gebracht hatte. Als die beiden Freundinnen zum ersten Mal nach Emilys überstürzter Flucht gemeinsam in einem richtigen, bequemen Bett in der Wohnung in Marylebone hatten schlafen können.

Damals hatten sich beide ein Versprechen gegeben.

Draußen heulte der Sturm. Wind peitschte Regen gegen die Fenster.

Wie damals, als sie in Marylebone gelegen hatten.

»Erinnerst du dich?«, fragte Aurora. Beinah zögerlich.

Natürlich erinnerte sich Emily.

An alles.

Kaum zu glauben, wie viel in einem so jungen Leben passieren konnte.

Niemals würde sie diese Dinge vergessen.

Das wusste sie.

Emily ergriff ihrer Freundin Hand, die warm und weich war und zitterte. »Wir werden das alles gemeinsam durchstehen«, erneuerte sie das Versprechen von damals. »Was da auch kommen mag.«

Leise, fast ehrfürchtig flüsternd wiederholte Aurora diese Worte, als seien sie Bestandteil einer Zauberformel: »Was da auch kommen mag.« Und drückte die Hand ihrer Freundin, die sie nie mehr loslassen wollte.

An dem Tag, der jener traumreichen Nacht folgte, statteten die Mädchen tatsächlich dem Waisenhaus, das jetzt nichts weiter als ein leer stehendes Lagerhaus war, einen Besuch ab.

»Dombey & Son« stand noch immer auf dem Schild geschrieben, das jetzt windschief an nur noch einem Haken über der Tür baumelte und vom Sturm geschüttelt wurde, den die Themse durch die Gassen bis dorthin trug. Bretterbeschläge befanden sich vor den hohen Fenstern. Seit nunmehr einem Jahr lebte dort niemand mehr, doch spürte man nach wie vor das Böse, das jenes Haus beherbergt hatte.

Manche Plätze, dachte Emily, sind einfach böse.

Hand in Hand standen die Mädchen vor dem hohen Gebäude mit den grauen Steinen und dem verwitterten Dach.

Fast war es, als könnten sie die Schreie der Kinder hören, die Mr. Meeks oder der Reverend mit dem Rohrstock gezüchtigt hatte. Beinah sah Emily sich selbst hoch oben am Fenster in der Kammer des Reverends stehen, während Larry der Lykanthrop kopfüber die Mauer hinabkletterte, das schreiende Bündel, von dem sie noch nicht wusste, dass es ihre Schwester war, fest im Griff. Wie naiv Emily damals doch gewesen war und wie wenig sie von der Welt gewusst hatte.

»Wir sollten gehen«, schlug Aurora nach einer Weile vor.

Wie lange sie dort gestanden hatten … keines der beiden Mädchen würde es später sagen können.

»Ja, lass uns gehen. Und nicht zurückschauen.«

Durchnässt hatten sie den Bahnhof von Rotherhithe erreicht und die East London Line hinauf nach Whitechapel genommen. Emily erinnerte sich der Nacht ihrer Flucht, als sich die Türen des Zuges hinter ihr geschlossen hatten und sie so inständig gehofft hatte, das Richtige getan zu haben.

Jetzt war sie nicht allein.

Aurora saß neben ihr.

Sah sie an.

Lächelte ihr treues Lächeln.

Die Hammersmith & City Line brachte die Kinder bis hinauf nach Bloomsbury, wo sie nach dreiviertelstündiger Fahrt durch die Grenzgebiete der uralten Metropole – die regulären Tunnel der Underground waren nichts anderes – in *Ruskin's Coffee Shop* in der Tottenham Court Road No. 41 strandeten, sich Suppe und gefüllte Kartoffeln bestellten und den Nachmittag gemütlich ausklingen lassen wollten. Draußen hetzten die Passanten durch den Regen, mit mürrischen Gesichtern und schief gehaltenen Regenschirmen trotzig dem stärker werdenden Sturm die Stirn bietend.

Müde waren die Mädchen.

Die Suppe wärmte sie.

Zum ersten Mal seit Wochen dachte Emily daran, dass Weihnachten nahte und sie noch gar keine Geschenke gekauft hatte. Welch sonderbarer Gedanke dies doch war. Bei all den Dingen, die in letzter Zeit geschahen, auch noch an Weihnachtsgeschenke denken zu müssen.

Ein Schatten riss sie schließlich aus dem Grübeln.

Jemand stand neben dem Tisch.

»Ah, die Damen lassen es sich gut gehen.«

Beide Mädchen sahen auf.

Und da stand er.

Schüttelte den Regen aus Schirm und Mantel und strich sich das Haar glatt.

Und lächelte, wie nur er es konnte.

Dorian Steerforth.

»Ein garstiges Wetter ist das da draußen«, sagte er und sah von einem Mädchen zum anderen. »Dürfte ich den Damen Gesellschaft leisten?« Augenblicklich zog er sich einen Stuhl heran und ließ sich nieder, woraufhin er sich Emily zuwandte. »Ich habe Sie gesucht, Emily.«

»Ach ja?«

»Ja.«

Er warf Aurora einen Blick zu.

Dessen Bedeutung Emily nicht ganz klar war.

»Ja, vor Tagen schon«, wiederholte Steerforth. »Ich möchte Sie einladen.«

Emilys Herz frohlockte.

Sie hatte es gewusst!

»Zu einer Feier im engsten Kreise«, fuhr er fort.

Aurora indes würdigte er keines Blickes mehr.

Der Kellner kam und brachte einen Kaffee.

Dorian Steerforth zeigte sein entwaffnendstes Lächeln und verkündete: »Heiraten werde ich.«

Emily starrte ihn an.

Die Welt begann sich zu drehen.

»Und ich würde mich glücklich schätzen, wenn Sie an diesem Freudentag mein Gast wären.« Bevor Emily etwas entgegnen konnte, ergriff er ihre Hand. »Ich flehe Sie an, mir diese Bitte nicht abzuschlagen.«

Emily wusste gar nicht, wie ihr geschah.

Selbst das Atmen fiel ihr auf einmal schwer.

Schließlich hörte sie sich antworten: »Das ist … toll.« Wie dämlich! »Ich freue mich natürlich für Sie.«

Und Steerforth sagte etwas, das Emily zuerst gar nicht verstand: »Wie ich bereits Ihrer Freundin mitteilte, würde ich mich sehr freuen, Sie beide begrüßen zu dürfen. Unzertrennliche Freundinnen sollte man auch an einem Freudentag nicht trennen.« Dann lächelte er, und zum ersten Mal fand Emily, dass dieses Lächeln grausam anzusehen war.

Was ging hier vor?

Ganz durcheinander sah sie Aurora an, die betreten schwieg.

Irgendwie sieht sie ertappt aus, dachte Emily.

»Sie haben meine Nachricht doch ausgerichtet?«, hakte Steerforth nach, wobei er zum ersten Mal seit seinem Eintreffen das Wort an Aurora richtete. »Wir sind uns nämlich im Museum begegnet«, wandte er sich erneut Emily zu, die ganz bleich geworden war. »Doch leider waren Sie mit Ihrem Mentor am Piccadilly, wie mir Ihre Freundin mitteilte.« Wieder das entwaffnende Lächeln. »Ihre Freundin hier war so nett, mir bei Kaffee und Tee Gesellschaft zu leisten.« Er zwinkerte Aurora zu, die wie versteinert dasaß.

Emily spürte, wie sich ihr die Kehle zuschnürte.

Mit einem Mal fürchtete sie, sich übergeben zu müssen.

Trotzdem brachte sie ein Lächeln zustande. »Ja, natürlich hat sie es ausgerichtet.«

»Dann werden Sie kommen?«

Auroras Hände zitterten, so viel konnte Emily erkennen.

»Wir werden es Sie wissen lassen«, antwortete sie kühl.

Dorian Steerforth trank seinen Kaffee und lehnte sich zurück. Betrachtete die beiden Mädchen.

Emily verspürte ein Schwindelgefühl.

Die Welt drehte sich weiter.

Viel zu schnell.

I've seen that face before, erinnerte sie sich der Melodie.

Dann hörte sie sich sagen: »Leider müssen wir jetzt los. Wir haben einen Termin im Museum.«

»Schade, bei diesem Wetter ist es so gemütlich an einem Ort wie diesem.«

Emily erhob sich.

Ihre Beine zitterten.

»Trotzdem müssen wir uns auf den Weg machen.« Die Stimme, die sie da hörte, schien kaum die ihre zu sein. So überlegt, so kalt war sie. Aurora folgte der Stimme, die sie vorher noch nie von ihrer Freundin vernommen hatte. Schweigsam. Zögerlich.

Dorian Steerforth verharrte an seinem Platz.

Lächelte freundlich.

Verabschiedete die Mädchen.

Draußen im eisigen Regen kam Emily erstmals wieder zu Bewusstsein. Nur fort wollte sie, weit weg vom *Ruskin's*. Auf Aurora wartete sie nicht, wenngleich ihre Freundin so schnell wie möglich hinter ihr herhetzte.

»Emmy?«

Furcht schwang in Auroras Stimme mit.

»Halt den Mund!«, schrie Emily sie unvermittelt an und rannte dann weiter.

Rannte und rannte.

Ihr Atem bildete feinen Nebel vor ihrem Gesicht, als sie immer schneller zu laufen begann. Über die Straße hinweg, wo einige Autos wütend hupten, über den Gehweg, wo Passanten schimpften. Doch ihr war das alles gleichgültig. Gegen ihren Willen begann sie zu weinen. Während sie durch Bloomsbury lief, schluchzte sie und ballte wütend die Fäuste, die vom eisigen Wind ganz kalt waren.

Weihnachten sollte Schnee liegen, dachte sie.

Ganz durcheinander.

Die Kinoplakate säumten die Häuser am Leicester Square, und die abendlichen Besucher standen bereits Schlange vor den winzigen Kassenhäuschen. Und Emily lief immer weiter. Vorbei an den Kinobesuchern, vorbei an den Blumenverkäufern, vorbei an den ganzen anderen Menschen, die ihr alle so unwichtig waren.

Dann sah sie das Schild.

Den roten Kreis mit dem Querbalken.

Leicester Square.

Und rannte die Rolltreppen zum Bahnhof hinunter.

I've seen that face before, hörte sie wieder die Melodie und fragte sich, warum sie sich gerade jetzt daran erinnerte.

Aurora hatte sie betrogen.

Sie hatte Dorian getroffen und es ihr verschwiegen.

Deswegen die Heimlichtuerei. Deswegen die ausweichenden Gespräche.

Oh, dieses Miststück!

Ihr vorzugaukeln, sie habe sich in Little Neil verguckt. Ungeschickt war sie nicht, das musste man ihr lassen.

»Emmy!«, hörte sie Aurora rufen.

Emily erreichte den Bahnsteig und blieb keuchend stehen.

Aurora bat sie: »Du musst mir zuhören!«

»Gar nichts muss ich«, rief Emily.

Die anderen Fahrgäste warfen den beiden Mädchen neugierig herablassende Blicke zu.

Schließlich sagte Emily: »Du hast es gewusst.«

»Nein.«

»Aber er hat es dir gesagt.«

»Nein, hat er nicht.«

»Aber du hast ihn im Museum getroffen.«

Aurora schwieg.

»Hast du doch, oder?«

»Ja.«

»Und er hat dir von der Hochzeit erzählt.«

»Nein, hat er nicht.«

Emily konnte es nicht fassen. »Warum hat er es dann behauptet?«

»Er hat gelogen.«

»Weshalb hätte er das tun sollen?«

Aurora wirkte verzweifelt. »Ich habe nicht die geringste Ahnung.«

»Weswegen ist er wohl sonst im Museum gewesen?«

»Er wollte dich treffen.«

»Wozu?«

»Keine Ahnung. Er wollte mit dir reden.«

»Ach ja? Mit mir reden wollte er. Und mit *dir* hat er Tee getrunken?«

»Nein, hat er nicht.«

»Also hat er schon wieder gelogen?«

Betreten nickte Aurora.

Emily spürte eine unermessliche Wut in sich aufsteigen.

»Du hast dich ihm an den Hals geschmissen«, schrie sie ihre Freundin an.

Empört verteidigte sich diese: »Habe ich nicht. Meine Güte, Emmy …«

»Warum tust du das?«

»Ich …«

»*Ich* habe mich in ihn verliebt!«

Ein warmer Luftzug zerzauste ihr das Haar. Von ferne hörte sie den einfahrenden Zug.

Emily ging auf Aurora zu und packte sie fest am Kragen ihrer Jacke. »Du hast mich belogen!« Sie schüttelte sie mit aller Kraft, und Aurora ließ es geschehen. »Du hast es die ganze Zeit über gewusst und mir nichts gesagt!« Tränen trübten ihr den Blick. »Du Miststück!«, rief sie und stieß Aurora von sich. Schluchzend sah Emily, wie ihre Freundin torkelte.

Einige der Passanten schrien auf.

Die Northern Line traf um 15:08 Uhr am Leicester Square ein. Fast zeitgleich stürzte Aurora Fitzrovia auf die Gleise und wurde von dem einfahrenden Zug überrollt. Bremsen quietschten. Menschen schrien. Inmitten der Menge gewahrte Emily ein makelloses Gesicht. *I've seen that face before*. Mit einem Mal erinnerte sich Emily, doch half dies niemandem mehr.

Aurora Fitzrovia war tot.

Die Welt hörte auf sich zu drehen.

Und Emily Laing sank zu Boden und schrie sich die Seele aus dem Leib.

Kapitel 19

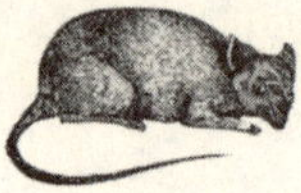

Snowhitepink

Die Welt ist gierig, und manchmal verdirbt sie einstmals reine Herzen.

»Es tut mir so Leid«, hatte Emily geschluchzt, nachdem sie die ungeheuerliche Tat gestanden hatte. »So Leid.« Mit zerrauften Haaren und dunkel umrandeten Augen war das Kind vor meinem Anwesen in Marylebone aufgetaucht, und das mitten in der Nacht. Erst wenige Stunden zuvor war ich in mein Haus zurückgekehrt. Der Ausflug hinunter in die uralte Metropole hatte einiges an Kraft gekostet. Dennoch hatten wir unser Ziel erreicht, das sei an dieser Stelle angemerkt.

Mylady Lilith weilte wieder unter den Lebenden. Morgaine Monflathers und Maurice Micklewhite hatten sie zum Savoy geleitet, wo sie sich von ihrem fast einjährigen Schlaf würde erholen können.

»Ich habe das nicht gewollt«, hatte Emily geschluchzt, und es hatte mich Mühe gekostet, überhaupt herauszufinden, was ihr widerfahren war.

Den Blick schuldbewusst und verzweifelt niedergeschlagen, hatte sie verloren im Arbeitszimmer gestanden, gleich neben dem riesigen, hölzernen Globus, auf dessen Oberfläche sich das Flackern des Kaminfeuers spiegelte.

»Was haben Sie sich nur dabei gedacht?«, fauchte ich sie an.

»Ich weiß es nicht.«

»Sie haben Miss Fitzrovia verraten!«, warf ich ihr vor. »Eine Freundin, die Ihnen treu ergeben war.«

Müde hatte ich mir die Augen gerieben.

Die Strapazen der letzten Tage – hier oben in London mochten etwa zwei Wochen vergangen sein – steckten mir noch in den Knochen. Zu vieles war geschehen. Wir hatten einen Engel zu Grabe tragen müssen. Das und noch mehr.

Und jetzt diese Tragödie!

Oh, diese Kinder!

Niemals hatte man Ruhe vor ihrer Torheit!

Nur langsam hatte ich mir ein Bild der Geschehnisse machen können. Schluchzend hatte Emily im Sessel neben dem Kamin gesessen und ihr Geständnis gestammelt. Von Liebe hatte das Kind gesprochen. Du meine Güte! Peggotty, die ich zur Unterstützung herbeigerufen hatte, war entsetzt gewesen. Und dennoch hatte sie Mitleid verspürt und Emily in den Arm genommen.

»Ich habe es ja kommen sehen«, lamentierte sie.

»Ja, ja.« Immer sah Peggotty alles kommen.

Die allwissende Haushälterin.

»Was sollen wir jetzt tun?«

Emily war geschwächt. Mitnichten war es ein Zufall gewesen, dass sie ihrer Freundin so aggressiv gegenübergetreten war. Dieser Steerforth war, glaubte man der Beschreibung des Mädchens, ein Aphrodit, der es auf die Mädchen abgesehen hatte. Von größerer Bedeutung war jedoch das, was Emily erst später erwähnen sollte.

»Ich habe ihn gekannt«, sagte sie.

»Wie meinen Sie das?«

Die Melodie: *I've seen that face before.*

»Als wir in der Region waren, da habe ich doch durch die Augen des Golems gesehen.« Die Trickstergabe! »Das war kurz bevor die Hymenopteras uns angriffen.« Sie musste schlucken. »Ich habe ein Gesicht gesehen, bevor der Golem das Bewusstsein verlor.«

Dorian Steerforth.

Es war sein Gesicht gewesen.

»Dann ist er derjenige, der den Golem zum Leben erweckt hat«, schlussfolgerte ich.

Peggotty hatte natürlich mit mir geschimpft.

Als könnte ich etwas dafür, dass Emily Laing mit einem Aphroditen liebäugelte.

»Sie hätten besser auf sie aufpassen müssen!«

»Oh, Peggotty. Bitte!«

Was hätte ich denn noch alles tun sollen?

»Diese Blutsauger!«, hatte Peggotty geschimpft.

Wenngleich auch überaus hübsch Anzuschauende.

Doch dieser eine hier schien eine bedeutendere Rolle zu spielen. Auch wenn er sich von der Zwietracht der beiden Mädchen nährte, die er zweifelsohne recht rege geschürt hatte, schien dies alles doch kein Zufall zu sein. Er hatte etwas mit dem Golem zu tun und folglich, glaubte man den Theorien Maurice Micklewhites, zwangsläufig auch mit Mushroom Manor.

»Es tut mir so Leid«, flüsterte Emily erneut, wobei sie am ganzen Körper zitterte.

Niemand hätte den Verrat, den Emily begangen hatte, voraussehen können.

»So Leid ...«

»Bleiben Sie hier«, bat ich sie und versicherte: »Ich werde im Raritätenladen vorbeischauen und den Jungen herschicken.« Dann brachte ich ihr heißen Tee, den sie dankbar und mit verweinten Augen entgegennahm. Schließlich rief ich im Savoy an und vereinbarte ein Treffen für den kommenden Tag.

Jetzt eile ich durch London.

In der Nacht hat es leicht geschneit. Wieder einmal erstarrt die Welt vor unseren Augen. Müde verlasse ich die Underground am Leicester Square. Die Spuren des Unfalls vom vergangenen Nachmittag sind bereits beseitigt. Nichts deutet mehr darauf hin, dass hier vor wenigen Stunden ein junges Mädchen den Tod gefunden hat. Den Kragen hochgeschlagen beschleunige ich meine Schritte. Eisiger Wind umfängt mich, die Abgase der Autos bilden wirbelnde Nebel, die dicht über dem nass glänzenden Asphalt tänzeln.

So stapfe ich meines Weges.

Denn ich muss jemanden treffen.

Jemanden, der vielleicht eine Lösung weiß.

Unterwegs mache ich im alten Raritätenladen am Cecil Court Halt und verlange nach dem Jungen, der blass wird und dem die Tränen in die Augen treten, als er die Neuigkeiten erfährt. Ich schicke ihn zu meinem Anwesen nach Marylebone, wo Emily hoffentlich auf ihn wartet.

»Ich vertraue Ihnen«, sage ich.

Little Neil, wie Emily ihn oft genannt hat, nickt nur.

Traurig.

Er hat den Ernst der Lage erkannt.

Es gibt keine Zufälle, denke ich, als ich die Charing Cross Road hinabeile.

Es schmerzt, an die Worte der alten Rättin zu denken.

Ich betrete die Nationalgalerie vom Trafalgar Square aus. Schnellen Schrittes begebe ich mich in den Ostflügel. Vor dem *Heu-*

wagen, dem berühmten Bild von John Constable, werde ich bereits erwartet.

Die blasse Frau erhebt sich von ihrem Platz auf der Besucherbank und kommt auf mich zu. Das blonde Haar ist streng zusammengebunden. Sie trägt Mantel und Handschuhe. Ein schmaler Mund verzieht sich zu einem Lächeln. Kaum verwunderlich, dass sich die Kinder im Waisenhaus vor diesem Lächeln fürchteten.

»Sie wirken besorgt, lieber Wittgenstein«, begrüßt sie mich.

Mürrisch antworte ich: »Fragen Sie lieber nicht!«

Ich betrachte das kleine Gemälde an der Wand. Licht und Schatten eines typischen englischen Sommertages. Dann berichte ich der einstmaligen Madame Snowhitepink von den schlimmen Neuigkeiten der Stunde.

»Hoffnung«, sagt sie schließlich, »gibt es immer.«

Und als wir die Nationalgalerie nach einem langen Gespräch verlassen und hinaus ins winterliche London treten, da bemerke ich erst, dass es erneut zu schneien begonnen hat.

DRITTES BUCH

LICHT

Zwischenspiel:

Whitechapel anno 1889

Es begann, und niemals würde Eleonore Manderley dies vergessen, im Eastend.

Reizbar und wankelmütig war der Pöbel, war es immer schon gewesen in der Stadt der Schornsteine am dunklen Fluss. So war es nicht verwunderlich, dass die Funken, die die Morde eines gewissen Jack the Ripper geschlagen hatten, rasch zu einem lichterlohen Feuer entflammten.

Mit einer Kundgebung in Whitechapel fing es an.

Damals, vor so langer Zeit.

Die Aufstände, darin würden sich später die Geschichtsschreiber einig sein, begannen im Eastend.

Niemals würde Mylady Manderley die Nacht vergessen, in der man ihren geliebten Gatten in das Anwesen im Regent's Park brachte, so bleich und kalt auf einer Bahre liegend, dass er gar nicht mehr wie der Mann aussah, den sie einst geheiratet hatte. Seine Kehle war zerfetzt. Von einer langen, scharfen Klinge, die, wie man ihr später mitteilte, elfischen Ursprungs gewesen sei. Blutüberströmt und befleckt von nassem Lehm hatte man den Leichnam im Schlafzimmer aufgebahrt, in den blendend weißen Laken des Ehebettes, weil Eleonore es so gewünscht hatte. Niemals würde sie jene Stunden vergessen. Die Dienerschaft, die hektisch und ratlos umherlief und wehklagte. Master Micklewhite und Inspektor Abberline, die bestürzt nach Manderley Manor geeilt waren, sobald sie von der Neuigkeit Kunde erhalten hatten. Die heuchlerische Kondolenz des Hauses Mushroom, die eintraf, nachdem Master Micklewhite – und er war beileibe nicht der Einzige gewesen – eine Vermutung geäußert hatte, die auch Mylady insgeheim schon gehegt hatte. Der verzweifelte Aufschrei der jungen Mia, die ins Schlafgemach ihrer Eltern gestürzt kam, wo man den Leichnam des Vaters vom Blut und Lehm zu reinigen versucht hatte. In die Arme ihrer Mutter war sie gesunken, schluchzend und zitternd. Eleonore hatte sie gehalten, an sich gedrückt und keine Miene verzogen. Sie war nun die Herrin von Manderley Manor und all den Ländereien, die dazu gehörten, und es stand ihr nicht zu, in einem Augenblick wie diesem Schwäche zu zeigen. Mia, ihre arme Tochter, vergoss ausreichend Tränen für beide.

»Der Senat wird jetzt eingreifen müssen«, hatte Master Micklewhite der Mylady gesagt.

Doch hatte sie es von Anfang an besser gewusst.

»Der Senat«, hatte sie erwidert, »wird sich zurückhaltend äußern und die Gerechtigkeit um des Friedens willen vernachlässigen.«

Als hätte es anders kommen können.

Allein Master Micklewhite hatte den Mut besessen, klare Worte zu sprechen. Geerntet hatte er jedoch, abgesehen vom Respekt Mylady Manderleys, nur Empörung. Eine Klage wurde gegen ihn eingereicht, von niemand Geringerem als Lord Mordred Mushroom, der sich gegen die Anschuldigungen verwahrte.

Die Wochen vergingen.

Sand rann durch das Stundenglas.

Und der Senat gefiel sich in Tatenlosigkeit.

Abberline und Micklewhite fahndeten indes unverdrossen weiter. Die beiden kamen dem Golem auf die Schliche, was der mutige Inspektor mit dem Leben bezahlte. Doch obwohl der Golem und mit ihm Jack the Ripper gestorben waren, lebten die Gerüchte fort. Im Eastend, wo viele Geschäfte die Handschrift Mushroom Manors trugen, gab es oft erzürnte Debatten über die Anschuldigungen, die Micklewhite im Senat vorgebracht hatte. Manderley Manor, da waren sich die meisten sicher, glaubte diesen Vorwürfen und vertrat sie ebenfalls. Wenngleich jedermann in der uralten Metropole wusste, dass sich die beiden Häuer seit alters eher feindlich gesinnt waren, so war es doch eine Sache, sich mit aggressiven Geschäftstaktiken zu bekämpfen und zu versuchen, den Rivalen im harten, aber naturgegebenen Wettbewerb zu übervorteilen, doch eine völlig andere, dem Gegner einen Mord aus Profitgier zu unterstellen. Die Bewohner der Ländereien Manderley Manors hingegen waren überzeugt von der Skrupellosigkeit der Mushrooms und davon, dass dem Haus

aus Blackheath kein Weg zu verwerflich sei, als dass man ihn beschreiten könne. Jedermann glaubte an die Schuld der anderen Partei. So sehr, dass die eigenen Nöte und Sorgen ihren Ausdruck in dem felsenfesten Glauben fanden, dass das jeweils andere Haus schuldig sei. Immer wilder wurde das Gerede, immer keifender die Darstellungen.

Schließlich eskalierte die Situation.

Nicht einmal eine richtige Kundgebung war es gewesen. Eher die typische Eigenart der Londoner, sich auf einen öffentlichen Platz zu stellen und loszulegen, sobald man eine Meinung zu bekunden hatte. So geschah es, dass ein Hasstiraden schreiender Sympathisant des Hauses Mushroom von einem Pflasterstein niedergestreckt wurde, den ein erzürnter Anhänger Manderley Manors aus der Zuhörerschaft geworfen hatte. Augenblicklich kam es zu einem wütenden Handgemenge, in dessen Verlauf der Steinwerfer mit einer Klinge zwischen den Rippen endete.

So hatte es begonnen.

Unspektakulär.

In der Scarborough Street.

Augenblicklich hatte der Pöbel Blut geleckt, als hätte er schon lange darauf gewartet. Er teilte sich in Gruppen, die lärmend durch Whitechapel und dann auch durch andere Stadtviertel zogen. All dies geschah aus der spontanen Laune des Augenblicks heraus. Denn der Mob war ein Tier. Er zerschlug die Fenster der Geschäfte, die zum Besitz der Manderleys gehörten, verwüstete die Einrichtungen, plünderte die Kassen, tötete die Inhaber. Deren Angehörige taten es den Mushroom-Anhängern gleich. Es wurde gebrandschatzt, gemordet und gemetzelt. Die durch London ziehenden Gruppen schwollen unterwegs immer mehr an, wie ein Fluss, der dem Meer entgegenfließt. Die Mordlust verbreitete sich wie ein Fieber, furchtbar und alles verschlingend; wie ein Wahn, der noch gar nicht richtig zum Ausbruch gekommen war, ergriff das Toben Stunde um Stunde neue Opfer, und in ihrer Raserei machte die Masse vor nichts Halt. Sie überflutete die Tunnel der uralten Metropole, wo man mit langen Hellebarden und großen Balken, rostigen Nägeln und spitzen Haken in den Fäusten aufeinander losging und bald niemand mehr wusste, worum es eigentlich ging. Bald schon hatte ein jeder Verluste zu beklagen und wollte Rache üben für den Mord an den eigenen

Angehörigen. Mushroom-Anhänger stürmten das Gefängnis von Newgate und befreiten die Gefangenen. Die vielen Rädelsführer der blutigen Krawalle lenkten die Menge schließlich hinauf nach Bloomsbury und Fitzrovia, nach Westminster und Chelsea, wo die Wohnungen bekannter Geschäftsleute und Adeliger verwüstet und geplündert wurden. Weitere Gefängnisse wurden in Brand gesteckt und aufgebrochen. Eine Nacht lang schien es, als sei die Welt des Rechts und der Strafe aus den Angeln gehoben worden. Von den Steinen und Straßen der Stadt selbst ging ein seltsames Licht aus, und eine Zeit lang war London wie verwandelt. Fast schien es, als wiederhole sich der große Brand von 1666. Der Pöbel schien nur einen einzigen Vorsatz zu haben, nämlich die Stadt in einen Flammenkreis einzuschließen.

Dann setzte der Senat die Truppen ein. Wahllos schossen die Soldaten in die Menge.

Am Morgen war es vorüber.

Vorerst.

Die Unruhen hatten weder einen Anführer gehabt noch einen realen Zweck verfolgt außer dem der Zerstörung. Es war eine plötzliche Wut gewesen, die Gestalt angenommen hatte in den hasserfüllten Gesichtern vieler. Woher diese unermessliche Wut gekommen war, konnte im Nachhinein nur mehr gemutmaßt werden. Grausame Stunden waren es gewesen, und viele Menschen hatten ihr Leben lassen müssen.

Seit mehr als einem Jahrhundert hatte London kein derartiges Blutvergießen mehr erlebt.

Niemand hatte damit gerechnet, dass etwas Derartiges je geschehen könnte.

Und niemand hätte damals geahnt, dass dies erst der Anfang gewesen war.

Erst Monate später, nachdem die Aufstände immer noch nicht nachgelassen, sondern vielmehr an Heftigkeit gewonnen hatten, traf sich Mylady Eleonore Manderley mit Seiner Lordschaft Hyronimus Brewster. Nach draußen in die Straßen Londons hinauszugehen war mittlerweile mit erheblichen Gefahren verbunden, und so hatte es Mylady bereits seit langer Zeit unterlassen, sich in der Öffentlichkeit zu zeigen. Die alte Ratte aus Smithfield musste sie daher in Manderley Manor aufsuchen, wo das Tier feist auf der Armlehne eines Sessels im großen Kaminzimmer hockte und der Herrin des Hauses einen Vorschlag unterbreitete.

Nur wenige Augenblicke später ließ die Hausherrin Seine Lordschaft nach draußen geleiten.

Unmöglich, was ihr da vorgeschlagen worden war!

Sie dachte bereits jetzt mit wachsender Sorge an ihre Tochter, die sich entgegen aller Warnungen immer noch in der Stadt herumtrieb, sich womöglich wieder mit diesem Menschen traf, diesem ärmlichen, rothaarigen Bohemien aus Lancashire. Wie so oft schon hatte Eleonore Manderley auch an diesem Morgen einen Disput mit ihrer Tochter wegen des Burschen vom Zaun gebrochen. Er sei Komponist, wurde Mia niemals müde, ihr vorzuschwärmen, mit all dem jungmädchenhaften Esprit und der Dummheit eines gerade ins gesellschaftsfähige Alter gekommenen Mädchens, Eigenschaften, an die sich Eleonore kaum mehr zu erinnern vermochte.

Eleonore missbilligte den jungen Mann, der einfach keine gute Partie für ihre Tochter war. Richard Swiveller, wie sehr sie diesen Namen verabscheute! Er traf sich heimlich mit Mia und das, obwohl er wusste, dass ihre Mutter sich eindeutig dagegen ausgesprochen hatte.

Jedoch …

Verglichen mit dem wahnwitzigen Plan, der ihr von der Ratte unterbreitet worden war, hatte die Vorstellung, ihre Tochter könne sich mit dem Komponisten vermählen, fast schon etwas Reizvolles. Durch eine Verbindung der elfischen Blutlinien mit den Mushrooms sollte Frieden geschlossen werden.

Was hatte sich Lord Brewster nur dabei gedacht? Niemals würde sie ihre Tochter mit dem Sohn des Mörders ihres Gatten vermählen. Allein anzunehmen, sie könnte diese Möglichkeit auch nur in Betracht ziehen, war beleidigend.

Wie stolz Nicodemus gewesen wäre, hätte er seine hübsche Mia jetzt sehen können. Und wie eifersüchtig er doch wäre, belächelte Eleonore kurz den Gedanken, ihr Mann wäre mit dem Komponisten konfrontiert worden. Letzten Endes und jenseits allen Standesdünkels wünschte Eleonore ihrer Tochter alles Glück dieser Welt. Während London zu zerfallen drohte, fand Mia in den Straßen der Stadt einen arbeitslosen Komponisten, der sie vergötterte. Dass dem so war, konnte selbst Eleonore nicht bestreiten. Wie verhielt sich eine besorgte Mutter in einer derartigen Situation? War dieser Richard Swiveller nicht ein Mensch und von niederem Stand obendrein? Und geziemte es sich etwa für eine junge Adelsdame, derartigen Umgang zu pflegen? Selbst Miss Anderson, Gesellschafterin auf Manderley Manor und Mentorin ihrer Tochter, missbilligte diese Liaison. Doch ernteten sowohl Mutter als auch Mentorin nur den Trotz der ungestümen Mia, die sich, wie die Späher berichteten, noch immer mit dem Bohemien traf.

Mylady Eleonore Manderley seufzte.

Sie stand am Fenster und blickte zum Regent's Park hinaus.

Die uralte Metropole, dachte sie traurig, ist im Wandel. Und die Zukunft würde nichts Gutes bringen. Im Süden Londons, drüben auf der anderen Seite des Flusses, zog Mushroom Manor seine Truppen zusammen. In der Stadt und in der Metropole sah man immer häufiger geschlossene Geschäfte und zugezogene Fensterläden. King's Moan war von Schankwirten wie Gästen gleichermaßen verlassen worden, und selbst am Ravenscourt wurde nicht mehr gefeilscht.

London wappnete sich.

Doch wogegen?

Mylady Eleonore Manderley schloss die Augen. Wie schade, dachte sie traurig, dass diese schwere Zeit die meine sein muss. An den Plan der Ratten musste sie denken, an all die blutigen Opfer der Aufstände, an die Augen ihres Mannes, sein Lächeln und die Schönheit ihrer beider Tochter.

Die Zeiten würden sich ändern.

Doch …

Taten sie es nicht bereits?

Eleonore Manderley spürte es ganz deutlich, konnte es im eisigen Wind riechen, der von der Themse herüberwehte. Sie hörte es im Wispern der großen Bäume, die sich an der Hausfassade die Äste rieben und ächzten und rauschten. In den Schatten, die aus den verwinkelten Ecken des Hauses hervorkrochen, sah sie die dunklen Vorzeichen.

Es gibt keine Zufälle, dachte sie.

Unendlich müde.

Und insgeheim, das wusste sie, hatte sie bereits eine Entscheidung gefällt. Der Rest ist, wie man sagt, bereits Geschichte.

KAPITEL 1

LONDON CALLING

Die Welt ist gierig, und manchmal verschlingt sie kleine Kinder mit Haut und Haaren. Niemand wusste das besser als Emily Laing, die Zeugin gewesen war, wie die Northern Line, die pünktlich um 15:08 Uhr in den Bahnhof Leicester Square eingefahren war, ihre einstmals beste Freundin Aurora Fitzrovia verschlungen hatte. Verzweifelt hatten Bremsen gequietscht und Menschen geschrien, und da war außerdem dieses Geräusch gewesen, als kaltes Metall gegen warmes Fleisch geprallt war, als dunkle Haut blutig aufgeschürft und Rippen und Organe zerquetscht worden waren. Nur Sekundenbruchteile, wie ein kurzer Aufschrei. Emily wusste nicht einmal, ob sie es wirklich gehört oder sich nur eingebildet hatte.

So schnell konnten Dinge geschehen.

Und doch …

Für Emily Laing war dies die Ewigkeit.

Immerfort würde sie es sein.

Wollte die unerbittliche Zeit den Menschen zur Strafe in den schlimmsten Augenblick seines Lebens sperren, in dem er für die restlichen Jahre seines Daseins gefangen wäre, so wäre dies in Emilys Fall jener, als sie ihrer Freundin zum letzten Mal in die ungläubig und erschrocken aufgerissenen Augen blicken durfte. Nur Sekundenbruchteile, bevor der Schatten des Zuges auf Auroras Gesicht fiel und das stählerne Ungetüm sie mit sich riss. Bevor Emily der grinsenden Fratze in der Menge gewahr wurde. Dorian Steerforth sah aus, als würde er genüsslich tief einatmen, als würde er etwas in sich aufsaugen. Emily konnte sich nicht erklären, wo Dorian so plötzlich hergekommen war, oder warum er so tatenlos lächelnd am Rande des Bahnsteigs stand. Alles, woran sie sich erinnerte, war dieses Einatmen. Auch später noch würde dieses Bild sie heimsuchen. Gerade so, als sauge der Junge etwas ihm höchst Kostbares in sich auf. Und dann, wieder Sekundenbruchteile später, bemerkte Emily, dass die hässliche Narbe verschwunden war. Einfach so. Hatte sich in Luft aufgelöst, als sei sie niemals da gewesen. Dorian Steerforth strich sich mit der Hand über die Wange und lächelte. Zufrieden und irgendwie … gesättigt. Jünger. Erfrischt. Das Schlimmste an diesem Lächeln war jedoch, dass es Emily galt. Ihrer Wut und ihrer Verzweiflung und ihren Tränen. Instinktiv spürte Emily in diesem Augenblick, dass das Verschwinden der Narbe etwas mit dem zu tun haben musste, was gerade geschehen war.

Doch etwas war nicht richtig gewesen.

Warum hatten Aurora und sie gestritten?

So heftig gestritten.

Weshalb hatte sie Aurora von sich gestoßen?

Na, weswegen wohl?

»Dorian Steerforth«, würde ich später schlussfolgern, »ist ein Aphrodit.« Selbstverständlich hatte Emily keine Ahnung, wovon ich sprach.

»Aphroditen sind liederliche Gestalten. Wunderbar anzusehen, doch so durchtrieben wie sie hübsch sind. Ein Aphrodit bezaubert die Menschen mit seinem Liebreiz«, würde ich ihr erklären, »und schürt Eifersucht und Neid. Den Hass, der daraus geboren wird, saugt er gierig auf, denn er ist wie ein Jungbrunnen für ihn.« Aphroditen neigen dazu, die Menschen gegeneinander auszuspielen. Es ist ihre Natur. Wankelmütige und verschlagene Wesen sind sie. Häufig sind es Frauen, nur selten Männer. »Sie ernähren sich von Eifersucht, Missgunst und anderen negativen Gefühlen.«

»Doch warum hatte dieser es ausgerechnet auf Miss Laing abgesehen?«, sollte Maurice Micklewhite fragen.

Was kein unberechtigter Einwurf war.

Warum gerade Emily Laing?

Tief unten in der Region, als Emily sich den Blick des Golems zu Eigen gemacht hatte, war ihr kurz ein Gesicht erschienen. Irgendwie war es ihr bekannt vorgekommen, ohne zu wissen, woher. Nur ein blitzlichtartiges Aufflammen war es gewesen; ein Gesicht, das Emily an einen Schauspieler erinnert hatte. Jude Law, der laut Emilys Beschreibung wie Dorian Steerforth aussah. Oder umgekehrt.

Wie auch immer.

Dorian Steerforth hatte etwas mit dem Golem zu tun, und war es nicht unsere Aufgabe, dessen Geheimnis zu lüften? Was also hatte ein Aphrodit in der Region zu suchen? Da davon auszugehen war, dass die Antworten und Erklärungen allesamt Lügen waren, die er Emily und Aurora gegeben hatte, mussten wir dies herausfinden.

»Wenn er etwas mit dem Golem zu tun hat«, mutmaßte Maurice Micklewhite, »und mein Verdacht nicht unbegründet ist, dann muss er ebenso über Kontakte zu Mushroom Manor verfügen.«

Elfen und ihre Theorien!

Immerhin.

»Das College von Whitehall besucht er jedenfalls nicht«, stellte ich fest, nachdem mir Emily mehr von ihm erzählt hatte. Die Studentenverzeichnisse wiesen niemanden dieses Namens auf. »Er ist ein Schwindler.«

Der etwas im Schilde führte.

Doch was?

Emily Laing jedenfalls hatte sich in diesen Schwindler verliebt. Nicht, dass sie eine Wahl gehabt hätte. Aphroditen sind ohne weiteres dazu in der Lage, die Gefühle eines Menschen zu verstärken. Die Wut, die Emily verspürt hatte, war zu einem nicht geringen Teil dem Einfluss Steerforths zu verdanken. Er hatte die aufkeimende Aggression zwischen den Freundinnen geschürt wie ein Feuer, stetig hatte er Brennholz nachgelegt und liebevoll die zart züngelnden Flammen umsorgt. Bis die Flamme dann hell aufloderte und sich der Glanz dieses unseligen Feuers im gesunden Auge des Mädchens brach und sich in ihren Ohren mit den Geräuschen des verzweifelt zum Stillstand kommen wollenden Zuges verband.

»Verliebtheit und Dummheit«, würde Peggotty ihr später einschärfen, »liegen meist viel zu nah beieinander.«

Emily wusste, dass sie einen Verrat begangen hatte. Ihr eigenes Herz hatte sie verraten und, viel schlimmer noch, die Freundschaft des ehemaligen Schokoladenmädchens. Wie seltsam, dass ihr gerade dieser Ausdruck in den Sinn kam, wenn sie an Aurora Fitzrovia denken musste. Aurora, die ihr in so vielen Stunden treu zur Seite gestanden hatte. Die vielen gemeinsam durchlittenen Jahre im Waisenhaus. Die Sticheleien, die beide über sich hatten ergehen lassen müssen und die zu ertragen sie nur vereint in der Lage gewesen waren. Erst jetzt erkannte Emily, dass sie diese Freundschaft verraten hatte. Ja, sie hatte Aurora verraten, doch änderten weder diese späte Einsicht noch die Gefühle von Reue etwas.

Aurora Fitzrovia war tot.

Das war eine unumstößliche Tatsache.

Zwei Polizisten hatten die schreiende und sich aufbäumende Emily Laing festgehalten, weil die Menschen mit dem Finger auf sie gezeigt hatten. Das ist das Mädchen, das das andere Mädchen vor den Zug gestoßen hat. Zumindest hatte es für einige der Passanten so ausgesehen. Dass Emily etwas mit dem Opfer – wie neutral und teilnahmslos dies doch klang – zu tun hatte, stand von Anfang an außer Frage. Unter Schock kniete Emily wie festgefroren am gekachelten Boden inmitten der panisch auseinander stiebenden Menschenmenge auf dem Bahnsteig und schrie sich die Seele aus dem Leib. Dieser Schrei war die einzige Regung, zu der sie fähig war. Ein Schrei, so gellend und lang gezogen und laut, dass er den anderen Passanten einen Schauer über den Rücken jagte; und doch zu leise und kraftlos und abgehackt, als dass er die Wunde im Herzen des Mädchens hätte schließen können. In sich zusammengesackt und unfähig, sich zu erheben, kauerte Emily auf dem Bahnsteig und stützte sich mit beiden Händen ab, während ihr die Tränen über das Gesicht liefen und sie das grinsende Antlitz des Aphroditen, der schon bald verschwunden gewesen war, noch immer vor Augen hatte.

Sie wusste, dass sie eine Schuld auf sich geladen hatte, die sie niemals würde abtragen können. Sie hatte einen Menschen getötet. Nach allem, was sie gemeinsam durchgestanden hatten. Sie hatte Aurora Fitzrovia, die sie immer Emmy genannt hatte, getötet. Die sie des Nachts gehalten hatte, wenn die Furcht durchs Fenster gekrochen kam.

Die Polizisten hielten Emily fest und befragten sie nach ihrem Namen und den Vorkommnissen. Eine füllige Polizeipsychologin kniete irgendwann neben ihr und redete mit sachlich ruhiger Stimme auf sie ein. Da waren Männer, die lange Plastikbänder um den Unglücksort herum spannten, um die Menge fern zu halten, und Sanitäter, die zu spät kamen, um noch irgendetwas bewirken zu können.

Aurora Fitzrovia.

War tot!

»Aurora!«

Erneut schrie Emily es hinaus.

Kreischend und wie von Sinnen.

Schrie, bis man ihr eine Spritze gab.

Starke Arme hielten sie fest. Pressten sie zu Boden. Sie spürte, wie sich die lange Nadel in ihren Arm bohrte. Nein, das wollte sie nicht. Auf keinen Fall! Einem Reflex ähnlich sprang sie in den Verstand des jungen Arztes, der fülligen Psychologin, der starken Polizisten. Erstaunlich leicht fiel ihr das. Instinktiv erzeugte sie ein Schwindelgefühl in den Köpfen der Menschen, die sie umgaben. Verwirrung entstand. Menschen fassten sich an die Schläfen, suchten Halt an den Wänden oder Bänken, kippten einfach zur Seite. Der Arzt, der über Emily kniete, verdrehte die Augen, ließ das Mädchen los und sackte in sich zusammen.

Das war der Moment.

Emily setzte sich.

Stand auf.

Nein, sprang förmlich auf.

Und obwohl auch sie leichten Schwindel verspürte, rannte sie los. Unter der Absperrung hindurch, zur Rolltreppe, an den Plakaten vorbei, hinauf nach London, an die eisige Luft, die nach Schnee roch. Sie achtete nicht auf die Autos, nicht auf die anderen Passanten. Sie rannte einfach. So schnell die Füße sie trugen. Ihre Beine begannen zu zittern, als die Beruhigungsmittel, die man ihr gespritzt hatte, zu wirken begannen. Nasses Haar klebte ihr im Gesicht. Sie weinte. Keuchend ließ sie den Leicester Square hinter sich und fand sich schließlich in einer schmalen Gasse wieder, wo sie sich erst an einer Hauswand festhielt und dann zu Boden sank. Inmitten eines Haufens stinkenden Unrats, der sich aus den Mülltonnen ergoss, ging das Mädchen kraftlos in die Hocke. Ihr Atem ging langsamer. Ganz schläfrig wurde sie. Das Beruhigungsmittel zeigte seine Wirkung. Nicht einmal mehr die eisige Kälte, die ihr in die Glieder kroch, spürte Emily.

Das also können Trickster tun, dachte sie. Das, verbesserte sie sich, kann *ich* tun. Fasziniert und erschrocken zugleich. Inständig hoffte sie, niemandem ernsthaften Schaden zugefügt zu haben. Doch ein Teil von ihr war auch stolz auf das, was sie getan hatte. Irgendwie. Sie hatte ihre Trickstergabe benutzt. Es war verwirrend, weil sie es nicht einmal gewollt hatte. Nicht bewusst gewollt. Doch es war das gewesen, was sie hatte tun müssen. Es war der einzige Ausweg gewesen und es hatte tatsächlich funktioniert.

Die Augen fielen ihr zu.

Benommen dachte sie die angefangenen Gedanken zu Ende.

Träumte einen Traum, der keiner war.

Kälte. Eisig. Schatten. Jemand öffnet eine hohe Tür. Ein großes Zimmer mit einem Kamin. Spielsachen liegen auf dem Boden. Die Welt ist verzerrt und … so groß. Eine strenge Frau steht über ihr. Blickt mürrisch auf sie herab. Du musst keine Angst mehr haben. Sagt die Frau. Ihre Stimme ist kalt. Angst. Vor den schmalen, dunklen Augen. Vor den hochgesteckten Haaren. Vor dem strengen Kleid. Ich habe Angst, sagt sie. Die große Frau sagt: Es ist vorbei. Das Bild verschwimmt. Ein Korridor. Lang. Düster. Schatten allerorten. Tobsüchtige Schreie hallen durch das Haus. Sie hat Angst. Immer noch. Egal, was die große, strenge Frau sagt.

»Hol dir nich'n Tod«, hörte Emily jemanden sagen.

Sie schreckte auf.

»Wenn de so lieg'n bleibst, wirst'n dir hol'n.«

Emily blinzelte und sah einen stinkenden, in Lumpen gehüllten Mann, der sich über sie beugte. Eine lange, rote Nase lugte zwischen Schal und Ohrenmütze hervor.

»Kannst mit 'ma komm'n. Kriegste was zwisch'n de Rippen. Un' bis'jen Wärme obendrein.«

Emily richtete sich auf.

Mühsam.

Alle Knochen taten ihr weh.

»Was wollen Sie?«, fragte sie den Mann und war sich bewusst, dass dies nicht gerade höflich klang.

»Da helf'n will ich. Na ja, wollt nachschaun, ob de hin bis'. Wär's de des gewes'n, dann hätt ich de Mütz genomm'n.« Er tippte an seine eigene Mütze. »Die is nämlich hin. Tja, so issed. D's Leb'n is hart.« Er wirkte nachdenklich. »Wat mach's'n du eigentlich hier? Is da nich gut?«

Emily sah sich um.

Außer ihnen war keine Menschenseele in der Gasse zu sehen.

Sie wusste nicht einmal mehr, wie es sie hierher verschlagen hatte. Die blutigen Bilder aus der U-Bahn bestürmten sie aufs Neue. Dazu der Nachgeschmack des Traumes. Ach, Mara, dachte sie benommen und traurig. Und fragte sich, wo sie selbst hingehörte.

In die uralte Metropole?

Nach Manderley Manor?

Oder vielleicht doch nach Hampstead zur Familie Quilp?

»Wat iss'n jetz'?«

Mit einem Mal war Emily, als riefe die Stadt nach ihr. Als hörte sie, wie London sie rief.

Sie gehörte genau hierher. Der Gedanke war rein und klar. London. Mit allem, was dieses Labyrinth beherbergte. Mit den schönen Parks im Sommer und den Restefressern und dem Gestank des Verkehrs und der U-Bahn und der uralten Metropole. All das war Teil ihrer Welt und gleichwohl war sie ein Teil dieser Welt.

Seltsamerweise erinnerte sie sich eines Liedes.

London Calling.

Von ...

The Clash?

»Ich red midda!«

Emily betrachtete den Mann argwöhnisch. Besonders alt schien er nicht zu sein. Aber gefährlich. Andererseits sah er vielleicht nur gefährlich aus. Ein Restefresser eben. Bärtig. Dreckig. Stinkend.

»Ich habe mich ausgeruht«, antwortete Emily.

London Calling.

Irgendwie schöpfte sie neuen Mut, weil sie an die Melodie dachte, die so war, wie die Stadt war.

»Ah, 'n vornehmes Fräulein sin' wa?«

Finger mit gelben Nägeln, unter denen schwarzer Dreck klebte, zerrten an Emilys Ärmel.

»Kommste mit«, forderte der Mann sie auf. »Hinten is'n Hof mit 'ner Tonne.« Als wäre diese Begründung einleuchtender, fügte er hinzu: »Feuer.« Erneut zupfte er das Mädchen am Ärmel.

»Lassen Sie das!« Emily entzog ihm den Ärmel.

»Willste kein Feuer?«, fragte der Mann.

Emily wich einen Schritt zurück.

Der Mann grinste. Vermutlich sollte dies eine freundliche Geste sein. Gelbschwarze Zähne, zwischen denen die Reste der letzten Mahlzeiten klebten. Fäden braunen Speichels, der nach kaltem, zerkautem Tabak stank und dem Mann auf den Schal troff.

»Bis'de dir zu fein, um dich mit ma abzugeb'n?«

London Calling.

Mit einem Mal wurde sich Emily wieder bewusst, dass sie sich in London befand und man die Straßen der Stadt der Schornsteine am dunklen Fluss nur mit Vorsicht beschreiten durfte. Selbst Reverend Dombey hatte dies den Kindern eingeschärft, bevor er sie zu den Botengängen entlassen hatte. Wenngleich er, das hatten alle gewusst, keineswegs an der Sicherheit der Kinder selbst, sondern eher an der Sicherheit seiner finanziellen Einnahmequellen interessiert war. Verschleppte oder tote Kinder schmälerten den Profit. Nur das zählte für den Reverend.

Schnellstens verdrängte Emily diese quälende Erinnerung und konzentrierte sich wieder auf den Augenblick. Auf den Mann, der vor ihr stand.

»Ich muss nach Hause!«

Emily hatte jetzt Angst.

Die sie kontrollieren musste.

»Bist'n hübsches Ding«, sagte der Kerl und kam einen Schritt auf sie zu.

Vielleicht, so mutmaßte Emily wütend, will er mir doch keinen Platz an einer Feuertonne anbieten. Instinktiv trat sie zurück und stieß dabei gegen eine der Mülltonnen, was wehtat.

Der Restefresser näherte sich ihr plump. Atem, der nach billigem Fusel roch, schlug Emily ins Gesicht. Und als sich die Finger mit den gelben Nägeln erneut nach dem Mädchen reckten, da schlug Emily zu. Nicht mit den Händen, sondern mit den Gedanken. Ein Schrei ertönte, als der Restefresser sich panisch die Hände vors Gesicht hielt und zur Seite taumelte. Blut rann ihm aus der Nase. Ein Rinnsal nur.

»Ich habe es getan«, stammelte Emily später.

Schuldbewusst.

»Sie haben nur getan, was Sie tun mussten«, hatte ich sie zu beruhigen versucht.

Wie vorher in der U-Bahn, so hatte Emily es auch dieses Mal nicht tun wollen, nicht bewusst jedenfalls. Es war einfach so geschehen. Sie hatte sich bedrängt gefühlt und sich auf die einzige Art und Weise verteidigt, die ihr möglich gewesen war.

Ihr war, als blickte die ganze Welt auf dieses schmale Rinnsal Blut, das dem Restefresser aus der Nase lief. Dabei waren sie die einzigen Personen in der verwinkelten Gasse.

Erschrocken suchte Emily ein zweites Mal an diesem Tag das Weite.

Plötzlich verspürte sie grenzenlose Furcht. Vor sich selbst. Vor ihrer Fähigkeit. Davor, dass sie nicht einmal wusste, welche Dinge zu tun sie wirklich imstande war.

So irrte sie erneut durch die Stadt.

Starrte in fremde Gesichter, die teilnahmslos zurückstarrten.

Dass sie nach Marylebone musste, stand außer Frage. Nach Hampstead zu den Quilps zu gehen, schien ihr keine gute Idee zu sein. Mit Sicherheit war die Polizei schon dort gewesen und hatte sie von dem schrecklichen Unfall unterrichtet. Wie sollte sie ihren Pflegeeltern denn nach allem, was geschehen war, gegenübertreten? Wie konnte sie Mrs. Quilp in die Augen sehen und ihr von dem berichten, was sie getan hatte? Es gab keine andere Lösung.

Nur Marylebone.

So stand sie schließlich erschöpft vor meinem Anwesen. Mit zerrauftem Haar und wirrem Blick, die getrockneten Tränen eisig auf den bleichen Wangen. »Ich habe sie umgebracht«, stammelte sie, und es kostete mich etwa fünf Minuten zu erfahren, was genau geschehen war.

»Wir werden eine Lösung finden«, versprach ich ihr.

Es gab immer einen Ausweg.

Nun ja, meistens.

Aber war ich selbst nicht erst vor wenigen Stunden dem Höllenschlund entstiegen? Hatte ich nicht dem langsamen Tod eines Engels und der Wiedergeburt der Lichtlady beigewohnt? War dies nicht London, die Stadt der Schornsteine am dunklen Fluss, in der alles möglich war?

»Niemals habe ich das gewollt!«, heulte Emily.

Zusammengesunken saß sie in dem Sessel neben dem Kamin. Die lodernden Flammen spiegelten sich in dem Auge aus poliertem Mondstein.

»Wir können es nicht ungeschehen machen.«

Weshalb hätte ich lügen sollen?

Dann rief ich im Savoy an.

Vereinbarte das Treffen für den kommenden Tag.

Das nächste Telefonat gestaltete sich weitaus komplizierter.

»Bitte sprechen Sie mit ihnen«, bat mich Emily.

Ein Wunsch, dem ich nachkam.

Wenngleich sich dieses Telefonat sehr kompliziert gestaltete, aber das erwähnte ich bereits.

»Sie ist bei Ihnen, Gott sei Dank. Geht es ihr gut? Was ist denn nur passiert? Die Polizei war hier.« Im Hintergrund flüsterte jemand. Weinerlich. »Meine Frau ist untröstlich. Das arme, arme Kind.« Bevor ich mich fragen konnte, wen Mr. Quilp damit meinte, ging es weiter. »Aurora, ach nein. Wenigstens geht es Emily gut. Kann sie heute bei Ihnen bleiben?« Natürlich konnte sie das. »Wir kommen dann morgen vorbei.« Emily, die lauschte, schüttelte panikartig den Kopf. »Sie möchten sich ihrer auch morgen noch annehmen? Ja, ich denke, das ist in Ordnung. Ach ja, die Polizei möchte das Mädchen befragen. Sie kümmern sich darum?« In der Tat war dies ein anstrengendes Telefonat, wenngleich ich selbst nur wenig sprechen musste. »Das arme Kind«, wiederholte Mr. Quilp, und im Hintergrund jammerte Mrs. Quilp erneut Unverständliches. »Ihr Zimmer ist so gemütlich, wissen Sie?« Fragend warf ich einen Blick auf Emily, die den Kopf schüttelte und ein Gesicht zog. Wieder das Getuschel im Hintergrund. »Wir wissen noch gar nicht, wie wir damit fertig werden sollen.« Und so weiter und so weiter und so weiter. Nach zehn Minuten knallte ich entnervt den Hörer auf die Gabel und machte dem Mädchen und mir eine Tasse Tee.

Während das Wasser kochte, fragte ich mich, ob Mr. und Mrs. Quilp wirklich der richtige Umgang für das Kind waren. Die beiden waren zweifelsohne besorgt liebende Pflegeeltern. Darüber hinaus jedoch ein wenig angestaubt – höflich ausgedrückt.

»Es sind gute Menschen«, hatte Peggotty einmal gesagt.

Doch Peggotty war selbst ein guter Mensch. Und war es nicht eine Eigenheit guter Menschen, selbst den abscheulichsten Pöbel ebenfalls mit dem Attribut »guter Mensch« zu versehen?

»Der Tee wird Ihnen gut tun.«

Dankend nahm Emily die Tasse entgegen.

Schlürfte missmutig daran.

Als sie etwas sagen wollte, gebot ich ihr zu schweigen. »Genießen Sie den Tee.«

Sie nickte nur.

Schaute nachdenklich nach draußen in die Nacht hinaus. Nur vereinzelt schwebten Schneeflocken in der Luft, Vorboten der kommenden Tage. Nicht weit von meinem Anwesen entfernt, das wusste Emily, befand sich Manderley Manor, wo die kleine Mara sich ebenso verloren und einsam fühlte wie ihre ältere Schwester.

»Werden Sie mich irgendwann dorthin bringen?«

Ich wusste, was sie meinte.

Und gab ihr eine ehrliche Antwort: »Fragen Sie nicht. Nicht jetzt.«

Niedergeschlagen sah Emily erneut zum Fenster hinaus.

»Letzte Nacht«, flüsterte sie, »träumte ich, ich wäre in Manderley Manor.«

Ich begegnete ihrem Blick und schwieg.

Nachdem wir den Tee getrunken hatten, erkundigte sich Emily erstmals nach dem, was mir während der letzten beiden Tage – für Emily und Aurora waren seit unserem Aufbruch in die uralte Metropole zwei Wochen vergangen – widerfahren war. Alles sollte ich ihr erzählen.

»Schlafen kann ich sowieso nicht.«

Besorgt stellte ich fest, wie krank sie aussah.

Und während das nächtliche London sein Lied sang und flüsternd nach uns rief, folgte Emily Laing den Worten, die sie hinunter in die uralte Metropole trugen, weit hinab in das Labyrinth unter Whitechapel und hinüber zum dunklen Fluss an einen Ort, der von jeher als das Verrätertor bekannt ist.

Kapitel 2

Miss Morgaine Monflathers

Wir trafen uns in einem Stehcafé in der Goodge Street und stiegen dann hinab in die uralte Metropole, dorthin, wo General Eisenhower während des letzten großen Krieges sein Hauptquartier errichtet hatte. Im Mai 1956 wütete ein Feuer dort unten in einem der ehemaligen Schutztunnel der Underground, und seitdem verirrten sich nur noch wenige Menschen dorthin. Die Northern Line verfügt auf der gesamten Strecke zwischen Belsize Park und Clapham South über Nebentunnel, die parallel zu den Haupttunneln verlaufen und deren ursprüngliche Funktion als Schutztunnel im Laufe der Jahre immer mehr ins Hintertreffen geraten ist. Errichtet wurden sie nicht zuletzt, um den Londonern Zuflucht vor den Bombenangriffen während des Blitzkrieges zu gewähren, immer mit dem Hintergedanken, in den Tunneln irgendwann einmal eine eigene Expresslinie zu errichten. Unnötig zu erwähnen, dass es dazu nie gekommen ist. Stattdessen dienen sie heute den Wanderern und Streichern in der uralten Metropole als Abkürzungen und Pfade, die zu versteckten und seit Jahrzehnten in Vergessenheit geratenen Sidings führen.

Dorthin begaben wir uns an jenem Tag.

Direkt hinab ins Herz der Finsternis.

Miss Monflathers, die ihr graues Haar hochgesteckt hatte und deren grüne Augen unternehmungslustig und wachsam funkelten, kannte sich hier bestens aus. Hier und, was für unsere Belange noch wichtiger war, in den Schichten unterhalb der alten Schutztunnel. Dies war immerhin der Ort, den wir aufzusuchen gedachten. Denn wie Miss Monflathers uns mitgeteilt hatte, war die einzige Möglichkeit, in den Tower zu gelangen, die alten Höllenpfade zu beschreiten.

»Die Engel«, hatte sie uns erklärt – und Rahel hatte ihr beigepflichtet –, »haben die Eingänge zum Tower von London versperrt. Wachen sind dort unten postiert, und es erscheint mir wenig ratsam, den oberirdischen Weg zu wählen.« Mit einem Blick auf den Engel hatte sie hinzugefügt: »Etwas ist dort unten geschehen in den letzten Monaten. Es scheint, als habe sich der gesamten Festungsanlage tiefster Schlaf bemächtigt.«

Rahel hatte sie nur angesehen.

Jedoch nichts erwidert.

Miss Monflathers, die mit der geschwätzigen Art der Engel vertraut war, nahm dies stoisch hin.

»Lasst uns also keine Zeit verlieren«, drängelte sie.

Schon als Lehrerin war sie keine Freundin unnützer Worte gewesen.

»Bringt, was immer ihr zu sagen habt, auf den Punkt!«, hatte sie uns befohlen, damals in Salem House. »Die Zeit ist zu kostbar, um sie mit Plattitüden zu vergeuden. Seid effizient, und wenn ihr etwas nicht wisst, dann gebt es zu. Versucht gar nicht erst, euer Unwissen zu verstecken. Denn wenn ich euch auf die Schliche komme, und glaubt mir, das werde ich, dann erhaltet ihr eine Strafe, die euch den gleichen Fehler, auch das verspreche ich euch, nie wieder machen lässt.«

So hatte ich sie in Erinnerung behalten.

Als strenge, hoch gewachsene Person mit bereits früh ergrautem Haar. Ein hageres Gesicht mit hohen Wangenknochen und einer markanten Nase, funkelnden Augen und abfällig herabgezogenen Mundwinkeln, die fortwährend Ungeduld erkennen ließen. Alt war sie. Schon gewesen, als Londinium noch jung gewesen war. Was genau sie war, hatte niemals jemand erfahren.

Sie war einfach nur Miss Monflathers.

Punktum.

»Ich bin, und das sollte ich vorab bemerken, eine überaus gerechte Lehrerin.« So hatte sie sich uns damals vorgestellt. »Ich verspreche euch, keinerlei Unterschiede zwischen meinen Schutzbefohlenen zu machen. Weder nach geistiger Fähigkeit noch nach dem Stand. Denn, das solltet ihr wissen, allesamt seid ihr mir gleichgültig.« Und nach einer sorgfältig gewählten Pause hatte sie hinzugefügt: »Sozusagen.« Und süffisant gelächelt.

Erwähnte ich, dass sie eine äußerst humorvolle Person war?

Wie auch immer …

Kaum einer ihrer neuen Schüler hatte verstanden, was sie uns mit diesen Bemerkungen hatte sagen wollen. Erschrockene Blicke waren unsicher und heimlich gewechselt worden. Missmutig und eiligen

Schrittes war die in Schwarz gekleidete Lehrerin die Reihen entlanggegangen und hatte jeden Schüler mit stechenden Blicken beäugt, die über die Ränder einer dicken Brille hinweg verschossen wurden. »Die meisten von euch werden diese Schule gebildeter verlassen, als sie sie betreten haben. Solltet ihr euren Verpflichtungen jedoch nicht nachkommen, werdet ihr bestraft. Solltet ihr meinen Anweisungen zuwiderhandeln, werdet ihr bestraft. Stellt ihr eine der Bestrafungen in Frage«, hier machte sie eine kurze Pause und warf einen Blick in die Runde, »werdet ihr bestraft.«

Wie gesagt, sie besaß Humor.

Wie diese Strafe aussehen würde, wusste damals noch keines der Kinder von Salem House; ältere Schüler natürlich ausgenommen.

Klar wurde jedoch, dass Strafe eine Form der Motivation sein konnte, an die sich alle Schüler schnell würden gewöhnen müssen. Miss Monflathers verlangte Aufmerksamkeit, Fleiß und Ordentlichkeit. Kam man ihren Anweisungen nach, blieb die Strafe aus. Die Belohnung, auch das erfuhren wir schnell, bestand in erster Linie im Ausbleiben der Strafe. Somit wurden die geforderten Tugenden, sofern man sie an den Tag legte, immer belohnt. Dumme Fragen, deren es einige gab, bedachte sie nur mit einem mürrisch dahingeworfenen: »Frag nicht!«

Trotzdem war sie eine umgängliche Frau.

Weil berechenbar.

Und nicht zuletzt eine gute Lehrerin.

Eine Eigenschaft, von der auch Emily Laing und Aurora Fitzrovia profitieren würden. Nicht ohne Grund hatten wir sie in Miss Monflathers Schule angemeldet. Nach allem, was mir Emily im Laufe der Zeit mitgeteilt hatte, hatte sich meine alte Lehrerin in dieser Hinsicht kaum verändert. Noch immer ließ sie die Kinder dicke Bücher mit ausgestreckten Armen balancieren, damit sie den Respekt vor dem geschriebenen Wort nicht verlernten. »Gute Gedanken haben ihr Gewicht«, pflegte sie zu sagen, und jeder, der einmal eine gebundene Ausgabe der fetten King James Bibel oder des monströsen *Ulysses* hatte halten müssen, weiß, wie sehr die Arme bereits nach wenigen Minuten schmerzen können. Mädchen, denen sie aufgetragen hatte, Shakespeares Sonette auswendig zu lernen, schnitt sie bei jeder falsch zitierten Zeile ein Stück ihres Zopfes ab. »Eitelkeit und Intellekt«, so Miss Monflathers, »vertragen sich nicht.« Und wenn die Tränen bereits über die Wangen der Mädchen kullerten, hatte sie meist angemerkt: »Ihr alle müsst entscheiden, was wichtiger für euch ist. Eitelkeit oder Intellekt. Bedenkt jedoch, dass, selbst wenn ihr euch für die Eitelkeit entscheidet, ein gewisses Maß an Intellekt und Bildung vonnöten ist, wollt ihr euer Ziel erreichen.« Mit diesen Worten war dann ein weiterer Haarschopf zu Boden gefallen.

Emily jedenfalls hatte keinerlei Probleme mit der strengen Lehrerin.

»Sie kann sehr witzig sein«, hatte ich sie einmal zu Aurora sagen hören.

Miss Fitzrovia, auch das wusste ich, teilte den Humor der Pädagogin jedoch nur bedingt.

Nun denn.

»Wir werden in die Hölle hinabsteigen«, hatte uns Miss Monflathers in dem kleinen Café offenbart, »auch wenn dieser Weg nicht der ungefährlichste ist.« An mich gewandt stellte sie fest: »Der Bericht über die Ereignisse von vor einem Jahr war sehr hilfreich. Niemals hätte ich es für möglich gehalten, dass jemand den Limbus würde öffnen können. Außerdem waren die Vorstellungen, die wir von den Limbuskindern hatten, doch sehr weit von den Kreaturen entfernt, die zu treffen du damals das Glück hattest, wenn ich das so bemerken darf. Zudem überrascht uns die Existenz von Pairidaezas Stock hier in London durchaus.«

Mit »uns« meinte sie wohl die Black-Friars-Bruderschaft, zu der sie noch immer enge Kontakte unterhielt, wie man munkelte.

»Wie machen sich die beiden Mädchen in der Schule?«, wollte Maurice Micklewhite wissen.

»Frag nicht!«

Maurice Micklewhite trug seinen obligatorischen weißen Mantel und wirkte in dem Stehcafé wie ein Fremdkörper. Die blonden Locken standen ihm ungestüm vom Kopf ab.

Miss Monflathers war kein Freund zwangloser Gespräche.

»Haben Sie etwas von Lord Brewster gehört?«, fragte ich sie.

Der Engel Rahel schlürfte einen Kaffee. Schwarz mit Zucker.

»Nein«, beantwortete sie meine Frage. »Seine Lordschaft ist seit mehr als elf Monaten Londoner Zeit untergetaucht.«

Auch Miss Monflathers waren die Ratten vertraute Gesellen.

»Es tut mir Leid«, hatte sie mir leise ihr Beileid ausgedrückt, bevor Maurice Micklewhite und Rahel das Café betraten. »Deine Mutter war eine bemerkenswerte Ratte.«

Ich hatte ihr gedankt.

Kurz angebunden.

Miss Monflathers und Mylady Hampstead waren gut miteinander bekannt gewesen.

»Entsteigen diese Rattlinge dem Abgrund?«, hatte Miss Monflathers gefragt.

»Wir vermuten es.«

»Wahrlich seltsame Zeiten sind dies, Mortimer.«

Maurice Micklewhite warf ein: »Und alles hängt irgendwie zusammen.«

Rahel, der dem Gespräch teilnahmslos folgte und seinen Kaffee schlürfte, sagte nur: »Schon immer ist es so gewesen.«

»Es gibt keine Zufälle«, brachte ich es auf den Punkt.

Wir beendeten die kurze Rast.

Und stiegen hinab.

In die uralte Metropole.

Eine rostige Tür in einer der öffentlichen Toiletten führte uns in den Schutztunnel unter der Goodge Street. Neonstrahler an der Decke erhellten den Tunnel. Dinsdale, der auf einer Glühbirne in der Toilette auf uns gewartet hatte, schwebte ruhig vor uns her. Erleichtert bemerkte das Irrlicht, dass seine Leuchtkraft hier noch nicht vonnöten war. Die Deckenstrahler reichten aus, um den Weg, der vor uns lag, zu erhellen. Zu beiden Seiten des Tunnels befanden sich hohe Regale, die mit Kisten und Kartons voll gestopft waren. Heute dienen diese Räume der Lagerung von Film- und Videobändern und anderen Dokumenten. Die London Underground Railway Society vermietet die Schutztunnel oftmals an Firmen aus dem Stadtgebiet, doch niemand kommt mehr hierher, um nach den ausgelagerten Unterlagen und Dokumenten zu sehen. Sie liegen da, verpackt in staubbedeckten Kisten, und harren dem endgültigen Zerfall. Vergessenheit liegt wie ein schaler Beigeschmack in der Luft.

»Ich habe einige Nachforschungen angestellt«, sagte Miss Monflathers, »als ich von euren Problemen erfuhr.«

Dinsdale erkundete die Strecke vor uns.

Bis zum Verrätertor kannte er den Weg. Von dort an würde Miss Monflathers die Führung übernehmen.

»Nachforschungen?«, fragte Maurice Micklewhite.

»Bezüglich der Angelegenheit mit den Kindern«, antwortete sie. »Mortimer berichtete mir von all den Kindern mit den Spiegelscherbenaugen. Die Hölle, das wusste ich schon immer, ist wahrlich ein seltsamer Ort. Und das Schicksal jener Kinder ist weniger einzigartig, als ihr es wohl vermutet habt.«

Sie machte uns alle neugierig.

Selbst Rahel musterte meine einstige Lehrerin mit neuer Aufmerksamkeit.

»Es gab noch weitere Fälle als jene, von denen ihr mich in Kenntnis gesetzt habt.«

Gespannt lauschten wir ihren Worten.

»Ich bin der Überzeugung, dass all diese unheimlichen Kindesentführungen, mögen wir sie denn so nennen, die gleiche Ursache haben.«

Ich fragte: »Von welchen anderen Entführungen sprechen Sie?«

Der Tunnel fiel nun steiler ab. Manchmal mussten wir schmale Treppen hinabsteigen.

Warme, abgestandene Luft schlug uns von unten entgegen.

»Einst gab es ein Dorf«, begann sie zu erzählen, »zumindest berichten einige der alten Schriften davon, dass es einmal existiert hat. Es war ein armes Dorf, gelegen in der Oase von el-Bahariya in der Libyschen Wüste. Es begab sich, dass dieses Dorf von einer Plage heimgesucht wurde, von der niemand wusste, weshalb sie gerade dieses kleine Dorf befiel. Skorpione krochen aus dem Wüstensand. Man traf sie überall an. In den Zelten, unter den Hufen der Kamele, selbst in den Wasserschläuchen fand man Skorpione. Sie wuselten in den Vorräten herum, fielen von den Bäumen und sonnten sich an den Wasserstellen. Die Menschen töteten die Skorpione, doch kamen immer mehr nach. Sie töteten die Schafe und die Kamele, stachen Männer und Frauen gleichermaßen. Bedrohten die Kinder an ihren Schlafstätten.«

Wir kamen an einem Lüftungsschacht vorbei, aus dem frische Tagesluft in den Tunnel strömte, die selbst nach den zweihundert Metern, die sie in einem Kunststoffrohr zurückgelegt hatte auf ihrem Weg nach unten, noch immer nach kaltem Regen roch.

»Dann kam eines Tages ein Reisender in das Dorf«, fuhr Miss Monflathers zu erzählen fort. »Es war ein Fremder ohne Namen, der die Wüste zu Fuß durchquert hatte. Ein Beduine mit einem hölzernen Stab, an dessen oberem Ende ein kleiner, durchsichtiger Stein befestigt war. Dieser Fremde ohne Namen, der angeblich sehr hübsch gewesen ist, bot den Dorfbewohnern an, sie von der Plage zu befreien. Zwei Kamele wolle er als Belohnung und dazu Reichtümer, so viel eines dieser Kamele tragen könnte. Die verzweifelten Dorfbewohner willigten in das Geschäft ein. Der Fremde ohne Namen ging los und fand eine Mulde im Wüstensand am Rande der Oase. Diese Mulde bestreute er mit einem Pulver aus groben Körnern, das den Sand schwarz und glänzend bedeckte. Dann zog er behände eine hölzerne Flöte aus dem Gewand und begann leise zu spielen. Er tanzte beschwingt durch das Dorf und spielte eine sonderbare Melodie.«

»Was wohl funktionierte«, bemerkte Maurice Micklewhite, dem die Geschichte irgendwie bekannt vorkam.

Miss Monflathers warf ihm einen strafenden Blick zu, den ich als ehemaliger Schüler nur zu gut zu deuten wusste.

Sie mochte keine Unterbrechungen.

»In der Tat. Die Skorpione kamen aus allen Löchern gekrochen. Blind folgten sie dem Fremden ohne Namen bis hin zu jener Mulde im Sand, wo sie sich versammelten, wo tausende und abertausende sich windender Leiber übereinander wuselten und im gleißenden Sonnenlicht glänzten. Der Fremde ohne Namen bestreute die Skorpione mit jenem schwarzen Pulver, lächelte zufrieden und hielt den Stab mit dem durchsichtigen Stein in die Sonne, deren Licht sich in dem Stein brach und das schwarze Pulver entzündete. Die Skorpione verendeten in einem Flammenmeer, und das Dorf war von der Plage befreit.«

»Aber etwas lief schief«, bemerkte ich.

»Immer noch der alte Pragmatiker, Mortimer?«

»Fragen Sie nicht.«

Sie grinste kurz.

»Die Dorfbewohner«, fuhr sie fort, »waren jedoch keineswegs wohlhabend. Die beiden Kamele, die der Fremde ohne Namen verlangte, konnten sie entbehren. Die Reichtümer hingegen mussten sie ihm verweigern.«

Zum ersten Mal meldete sich der Engel zu Wort: »Weil sie keine Reichtümer besaßen …«

»… wurden sie bestraft«, beendete ich den Satz.

»Darüber steht nichts geschrieben. Ihr alle wisst, wie Geschichten dieser Art enden. Man umgibt den Fremden ohne Namen mit einer Aura des Mysteriösen, und dies versucht man zu erreichen, indem man die Dorfbewohner als untadelig beschreibt.«

»Das meinte ich.«

»Gehen wir davon aus, dass sie keine Reichtümer besaßen. Hätten sie aber welche besessen und sich bloß geweigert, diese dem Fremden ohne Namen zu überantworten, würde das am Ende der Geschichte nichts ändern. Zwar würde es ein anderes Licht auf die Dorfbewohner werfen, und die moralische Schlussfolgerung wäre eine andere – doch ist es die Reaktion des Fremden ohne Namen, der unser Augenmerk gilt.«

Nun denn.

»Es gab keine Entlohnung für den Skorpiontöter, und so spielte der Fremde ohne Namen erneut auf seiner hölzernen Flöte. Die Melodie, die er spielte, ließ die Dorfbewohner in tiefen Schlaf fallen. Nur die Kinder blieben wach. Ihre Füße begannen zu wippen, und schließlich schlurften sie barfuß durch den Wüstensand, dem Fremden ohne Namen hinterher, der sie in die Weiten der Libyschen Wüste führte.«

Maurice Micklewhite mutmaßte: »Niemals wieder wurden jene Kinder gesehen.«

»Du sagst es, Maurice.«

»Woher haben die Dorfbewohner dann gewusst, dass die Kinder in die Wüste geführt worden sind?«, fragte der Engel.

»Ein junges Mädchen, das der Scheich der Oase von den Kattara-Beduinen gekauft und das sich als äußerst ungeschickt und faul erwiesen hatte, war zurückgeblieben. Man hatte das Mädchen an einem Pflock am Rande der Oase angekettet, damit die glühende Mittagssonne es gebührend züchtige. Ganz aufgescheuert waren die Fußgelenke der Sklavin, als man sie fand. So sehr hatte auch sie versucht, den Flötentönen zu folgen. Sie war es, die den Dorfbewohnern davon berichtet hatte, wie der Fremde ohne Namen die Kinder in die Wüste geführt hatte.«

Wir erreichten ein Gitter aus dünnem Draht, das uns den Weg versperrte und das wir mit vereinten Kräften beseitigen mussten.

Dahinter begann eine Abzweigung, die uns in einen Teil des Labyrinths führte, der höhlenartiger war als der Schutztunnel. Hier fand der Übergang in die eigentliche Metropole statt. Schwarzes Gestein, grob behauen und mit massiven, hölzernen Stützbalken versehen, bildete die Wände des Weges, den zu beschreiten wir uns anschickten.

»Nicht mehr lange«, stellte Miss Monflathers fest, »und wir haben das Verrätertor erreicht.«

Dinsdale stimmte ihr summend zu.

Und begann uns den Weg zu leuchten.

Doch zurück zur Geschichte.

»Es blieb jedoch nicht bei diesem einen Vorfall«, erklärte sie uns. »Einige Jahrhunderte später trug sich ein ähnlicher Fall zu. Dieses Mal in Frankreich. In einem kleinen Dorf namens St. Cérilly, gelegen im Nivernais.« Kurz blieb sie stehen und lauschte in die Dunkelheit, die vor uns lag und nur von Dinsdales Glimmen erhellt wurde. Dann fuhr sie fort: »Die Ratten fielen im Frühjahr dort ein. Man hörte sie in den Wänden scharren, unter den Holzböden und in den Kornspeichern. Sie fraßen alles, dessen sie habhaft werden konnten. Gift wurde ausgelegt, doch die Ratten fraßen auch das Gift. Katzen wurden aus den Nachbardörfern herbeigeschafft, doch die Ratten fielen in Rudeln über die Katzen her und töteten sie. Verzweiflung packte die Einwohner.«

Die Lösung des Problems schien auf der Hand zu liegen: »Dann nahte die Rettung in Gestalt eines Rattenfängers.«

»Du sagst es, Mortimer.«

»Wieder ein hübscher Fremder ohne Namen?«

»Sogar mit einer hölzernen Flöte und einem Preis, den die Einwohner natürlich zu zahlen bereit waren. Er spielte seine Melodie, und die Ratten folgten ihm bis zum nahe gelegenen Fluss, wo sie allesamt in die Fluten stürzten und kläglich ersoffen.«

»Die Dorfbewohner jedoch weigerten sich, den Preis zu zahlen.«

»Es war ein armes Dorf«, stellte Miss Monflathers nicht ohne einen süffisanten Zug um die Lippen klar, »und so kam es, dass der Rattenfänger erneut spielte. Als man in St. Cérilly aus dem tiefen Schlaf erwachte, waren alle Kinder verschwunden. Nur ein einziger Junge, der lahmte, war zurückgeblieben und konnte von dem nächtlichen Zug der Kinder berichten. Keines von ihnen wurde jemals wieder gesehen. Der Junge berichtete, der Rattenfänger, der im fahlen Mondlicht wie eine schöne Frau ausgesehen habe, habe die Kinder hinunter zum Fluss geführt.«

»Eine schöne Geschichte, doch was hat sie mit London und der uralten Metropole zu tun?« Maurice Micklewhite duckte sich, während er den Tunnel entlangging.

»Der Sagen gibt es viele«, stellte Miss Monflathers fest, »doch müssen wir uns fragen, was all diese Geschichten gemeinsam haben. Da gab es ein Städtchen im Braunschweiger Land nahe Hannover, genannt Hameln. Robert Browning hat ein Gedicht darüber verfasst, wie die Menschen dort von den Ratten befreit wurden und dafür mit dem Leben ihrer Kinder bezahlen mussten. Eine ähnliche Geschichte. Wieder ein Rattenfänger aus der Fremde, der, weil er ungerecht behandelt wurde, die Kinder entführt. Sogar die Ewige Stadt litt einst unter einer Rattenplage. Man sagt, Kaiser Nero habe einen hübschen Jüngling aus dem Orient damit beauftragt, Rom zu reinigen. Und weil der selbst ernannte gottgleiche Kaiser keine Befehle von Sterblichen entgegennahm, wurde auch diesem Rattenfänger die Belohnung vorenthalten. Auch dieser Rattenfänger nahm die Kinder der Stadt mit sich.«

»Der Ruhm, dem Kaiser zu dienen, war ihm kein ausreichender Lohn?«

Maurice Micklewhite und seine Scherze!

»Angeblich ersoffen sie alle im Tiber.«

»Eine weitere Geschichte also«, stellte ich fest.

Fasziniert folgte der Engel Rahel unseren Ausführungen. Dies jedoch schweigend.

»In den meisten Büchern wird nicht von dem Kinderraub und der Rattenplage berichtet, weil Rom kurze Zeit später ohnehin lichterloh brannte. Den Verlust all der Kinder schrieb man den Flammen zu.« Miss Monflathers machte eine lange Pause. »Was wir gehört haben«, fasste sie zusammen, »war im Grunde genommen immer die gleiche Geschichte.«

»Was«, schaltete sich Maurice Micklewhite ein, »erneut die Frage aufwirft, die ich mich vorhin zu stellen erdreistet habe. Was in aller Welt haben all diese Geschichten mit den Geschehnissen in London zu tun?«

»Ach, das siehst du nicht?« Amüsiert zwinkerte sie mir zu. »Mortimer?«

Mir blieb nichts anderes übrig, als zu raten. »Die Kinder mit den Spiegelscherbenaugen stammen nicht nur aus London?«

Miss Monflathers klatschte in die Hände.

»Ha, genau das war mein Gedanke.«

Maurice Micklewhite starrte sie ungläubig an. »Ist das Ihr Ernst?«

Rahel schwieg.

Ich fragte: »Sie meinen, dass der mysteriöse Rattenfänger immer ein und dieselbe Person gewesen ist?«

»Ja, Mortimer, genau das meine ich.«

Konnte das wirklich sein?

»Früher«, erklärte sie mit ruhiger Stimme, »als es noch keine Metropolen gab, fiel es natürlich jedem auf, wenn Kinder verschwanden. Die Existenz der Menschen war bedroht. Doch ist nicht alle Sichtweise relativ, wie man so schön sagt? Verschwinden zweihundert Kinder in einem Fünfhundert-Seelen-Dorf, dann kommt dies für die dörfliche Gemeinschaft einer Katastrophe gleich. Die Existenz des gesamten Dorfes wird bedroht, wenn der Nachwuchs verschwindet. Kommen aber dreihundert Kinder in Metropolen wie London oder Rom abhanden, so ist dies beunruhigend, aber keinesfalls vergleichbar mit dem Fall des Dorfes. Ein Dorf, welches seinen Nachwuchs verliert, stirbt langsam, aber sicher aus. Eine Metropole, die Kinder verliert, gebiert neue Kinder. Das ist der Lauf der Dinge.«

Ich dachte darüber nach, was sie gesagt hatte.

Über die Ortschaften in diesen Geschichten.

Die Oase in der Libyschen Wüste, das brennende Rom, das aufstrebende Londinium unter Kaiser Claudius, im Mittelalter St. Cérilly und Hameln, dann das London unter Charles II. Der Weg führte aus dem Zweistromland nordwärts, mit gelegentlichen Abstechern auf den Kontinent, und endete in Londinium beziehungsweise der uralten Metropole, die London werden sollte.

»Wo liegt die Gemeinsamkeit?«, fragte ich geradeheraus.

»Die Lösung all jener Plagen«, antwortete Miss Monflathers, »ist die Gemeinsamkeit.«

Und aus des Engels Mund erklang es: »Der Rattenfänger.«

»Ihr sagt es«, stimmte Miss Monflathers dem Engel zu. »Die Person des Rattenfängers wird in allen Sagen als hübscher Jüngling oder bleiche Frau beschrieben. Die Orientalen unterscheiden in ihren

Schriften kaum danach, ob es nun eine hübsche Frau mit jungenhaften Zügen oder ein Jüngling mit weiblicher Ausstrahlung gewesen ist.« Sie blieb stehen und sah uns ernst an. »Ich bin sicher, dass wir es in allen Fällen mit der Lichtlady zu tun haben.«

»Sie meinen, dass Mylady Lilith in allen Zeiten nach Kindern gesucht hat, um den Lebensbaum zu nähren?«

»Du sagst es, Mortimer.«

»Warum aber das Auftreten als Rattenfänger?«, wollte Rahel wissen.

»Wir wissen nicht, ob es sich tatsächlich so zugetragen hat«, antwortete sie. »Alles, was uns diese Geschichten sagen, ist, dass es sich so zugetragen haben könnte. Es kann sein, dass im Zuge ihres Auftretens auch Ratten in den Dörfern aufgetaucht sind. Ebenso gut kann es sein, dass die Ratten oder die Skorpione oder welche Plage auch immer eine dichterische Freiheit sind. Zu allen Zeiten sind die Menschen jedenfalls mit einem unerklärbaren Phänomen konfrontiert worden.«

»Jemand hat ihre Kinder geraubt.«

»Und wie es der Menschen Natur ist, haben sie nach einer Erklärung gesucht. Zudem bleibt zu berücksichtigen, dass diese Geschichten über Jahrhunderte, wenn nicht gar Jahrtausende hinweg nur mündlich überliefert worden sind. Jeder Erzähler hat seiner Geschichte einige neue Zutaten beigemischt, und am Ende hat es dann endlich jemand aufgeschrieben.«

»Aber die Gemeinsamkeit ...«

»Ist die Person des namenlosen Fremden, der überaus hübsch anzusehen ist. Und dies ist das Element«, merkte sie an, »das sich in allen Varianten der Geschichte findet. Der androgyne Fremde ohne Namen ist der eine gemeinsame Nenner. Das andere sind die Ratten, die in der Mehrzahl der Geschichten auftreten. Und nicht zuletzt bleibt da noch die Ungerechtigkeit, die man dem Fremden hat widerfahren lassen.«

»Eine moralische Komponente?«

»Ja, aber rein dramaturgisch.«

»Wie meinen Sie das?«

Geduldig erklärte sie es mir: »Der Geschichtenerzähler, wer auch immer dies gewesen sein mag, berichtet von einer Plage, die durch eine Fügung des Schicksals beseitigt wird. Doch die Dorfbewohner verweigern dem hilfreichen Fremden in allen Varianten der Geschichte den gerechten Lohn, woraufhin dieser die Kinder mit sich nimmt, was gleichbedeutend ist mit der Zukunft der Menschen. Das Verschwinden der Kinder ist also immer die Folge unmoralischen Verhaltens. Hätte man sich moralisch verhalten und dem Fremden seinen Lohn gegeben, dann hätte dieser die Kinder nicht in den Tod geführt.«

»Man gibt den Zuhörern die Sicherheit, dass sie selbst vor einem solchen Schicksal gefeit sind, wenn sie sich allzeit gerecht verhalten.«

»Das ist die Dramaturgie dieser Geschichten. Wir können nicht sagen, ob es wirklich Lilith gewesen ist, die die Dörfer und die alten Metropolen heimgesucht hat. Wir können auch nicht sagen, dass sie es nicht gewesen ist. Aber klingt es nicht allzu wahrscheinlich? Dass sie es gewesen ist? In allen Kulturen des Morgenlandes wird sie als Kinderdiebin dargestellt, wenngleich sich die Erscheinungsformen, in denen sie dies tut, natürlich unterscheiden.«

Miss Monflathers war zweifelsohne in ihrem Element. Bereits vor Jahrzehnten, als sie noch in Salem House unterrichtet hatte, war diese Leidenschaft deutlich zutage getreten. Sie liebte es, sich maulwurfgleich durch alte Schriften zu wühlen und dann ihre Schlussfolgerungen zu ziehen, die, wie in diesem Fall, zwar häufig etwas an den Haaren herbeigezogen wirkten, sich in der Vergangenheit jedoch oftmals bewahrheitet hatten.

Maurice Micklewhite wusste dies ebenso.

Dennoch fragte er: »Welche Bedeutung hätte es für uns, wenn dies wirklich so gewesen wäre?«

Keine schlechte Frage.

»Wenn dem wirklich so wäre«, gab Miss Monflathers zur Antwort, »dann würde uns dies erneut vor Augen halten, wie gewissenlos jenes Wesen doch ist, das zu retten wir so reinen Herzens bereit sind.«

Alle sahen wir sie fragend an.

Energisch begegnete sie unseren Blicken.

Beinah tadelnd.

»Wir sollten uns im Klaren darüber sein«, betonte sie, »dass wir es hier mit einem uralten Wesen zu tun haben. Lilith ist nicht die Frau, die sie zu sein vorgibt. Von alters her agiert sie hinter Masken.

Sie ist die verführerische Frau, und sie ist der Rattenfänger. Mal böse, mal gute Absichten vortäuschend. Doch eines ist gewiss: Niemals kann man sich sicher sein, dass sie die Wahrheit spricht. Die alten Geschichten zeigen, dass sie niemals von Reue getrieben worden ist. Unzählige Kinder hat sie auf dem Gewissen. Und niemand weiß, wie viele dieser Kinder gestorben sind und wie viele dort unten als leblose Puppen mit Spiegelscherben in den Augen dahinvegetieren. Was nebenbei bemerkt dem Tod sehr nahe kommt.«

Maurice Micklewhite versuchte, es auf den Punkt zu bringen: »Sie sind der Meinung, dass wir sie nicht befreien sollten?«

»Hätte ich mir dann die Mühe gemacht, den ganzen Weg mit euch zu gehen? Nein, da hätte ich dann doch Besseres zu tun.« Ihre Stimme klang jetzt ungeduldig. »Ich würde Lilith am liebsten für immer dort unten gefangen wissen«, gab Miss Monflathers zur Antwort, »doch befinden wir uns nun einmal in einer delikaten Situation. Die uralte Metropole befindet sich in dieser delikaten Situation. Nur Lycidas kann dem Nyx Einhalt gebieten, und um Lycidas zu befreien, benötigen wir Lady Lilith. So einfach ist das.« Sie atmete tief durch. »Nein, ich will euch nur vor Augen halten, dass wir beabsichtigen, ein Raubtier freizulassen. Denn das ist es, was sie ist. Die Lichtlady ist nicht das selbstlos liebende Weib. Sie ist dem Lichtlord nicht schulmädchengleich verfallen. Nein, ein Raubtier ist sie.« Ernst schaute sie von einem zum anderen. »Das, meine Freunde, sollte keiner von uns vergessen, wenn wir dort hinuntergehen.«

Sie deutete auf ein Loch im Boden.

Eine hölzerne Falltür, die verriegelt war.

»Sie war der Rattenfänger«, betonte Miss Monflathers, und in diesem Augenblick war ich wieder der unerfahrene Schüler, der einst verschüchtert und furchtsam auf seiner Bank in Salem House gesessen und gehofft hatte, nicht an die Tafel gerufen zu werden. »Sie war der Rattenfänger«, wiederholte sie, »und wenn wir nicht aufpassen, dann wird uns das gleiche Schicksal widerfahren wie all den unglückseligen Kindern.«

Dinsdale schwebte an der Decke über uns und tauchte den kleinen Raum, in den der Tunnel mündete, in warmes Licht. Der Boden, dessen wurden wir jetzt gewahr, war mit Runen und Zeichen bedeckt, die in ellipsenförmigen Bahnen um die Falltür herum angeordnet waren.

»Engelszeichen«, sagte Rahel.

Das erste Wort, das er seit langem gesprochen hatte.

Er trat vor und öffnete die Falltür.

Dann sah er zu uns auf.

Erhob sich.

Und sagte: »Ich habe Lilith gekannt!«

Das Feuer in seinen Augen loderte auf.

Miss Monflathers nickte anerkennend.

Schwieg.

Dann trat sie neben den Engel und sah in den Schacht hinab, der sich unter der Falltür aufgetan hatte. »Wer begleitet mich in die Hölle?«, fragte sie schroff, und ohne eine Antwort abzuwarten, begann sie mit vorsichtigen Bewegungen den Abstieg. Dinsdale war vor ihr in den Schacht geflogen und leuchtete ihr den Weg.

Der Engel Rahel wirkte überrascht.

Sah mich an.

»Fragt nicht«, kam ich ihm zuvor.

Dann begannen auch wir mit dem Abstieg. Denn die Zeit, das wussten wir alle, drängte.

Kapitel 3

Reverend Dombey

Die Hölle war ein Eispalast. Das war uns bekannt. »Doch eines«, führte Miss Monflathers ihre im Schutztunnel begonnenen Ausführungen fort, »haben wir bisher nicht gewusst.« Der Gedanke, dass die Lehrerin einst den Black Friars gedient und im Auftrag des Ordens einen Großteil dieses Höhlensystems kartographiert hatte, erfüllte mich nach wie vor mit einem befremdlich anmutenden Stolz. Wie früher schon, während all der Unterrichtsstunden, bevorzugte Miss Monflathers eine gewisse Dramaturgie bei ihren Darstellungen. »Diese Methodik«, hatte sie mir gegenüber einmal bekannt – das war, sei hier angemerkt, fast ein Jahrhundert, nachdem ich Salem House verlassen hatte –, »macht den Unterricht spannender.«

Nun denn.

Das kann ich bestätigen.

Nie wusste man mit Sicherheit, worauf sie hinauswollte, und wenngleich diese Vorgehensweise den jungen Schülern anfänglich höchst fremdartig und seltsam verwirrend erschien, so gewöhnte man sich doch an die überaus langen und detailverliebten Abhandlungen, an deren Ende dann endlich die Katze aus dem Sack gelassen wurde.

Unlustig sah ich mich um.

Es war immer noch eisig kalt in der Hölle, und wieder einmal fragte ich mich, wie die inneren Höllenkreise wohl aussehen mochten. Dieser hier, der neunte und äußere Kreis, wenn man den Gelehrten Glauben schenken durfte, war tatsächlich ein Eispalast. Lange Tunnel mündeten in weiträumige Hallen, von deren hohen Decken riesige Zapfen und grimmige Stalaktiten nach den einsamen Wanderern zu greifen schienen. Dinsdales Leuchten wurde von tausenden und abertausenden von Eiskristallen gebrochen und in den verschiedensten Farben zurückgeworfen. Unruhige Schatten flossen wie Schmelzwasser über die aus rauem und oftmals unbehauenem Felsgestein bestehenden Wände. Zu unseren Füßen verliefen rostige

Schienenstränge, und hier und da stand eine verlassene Lore, die einstmals zum Transport von Geröll und Schutt verwendet worden war.

»Es ist ruhig hier unten«, stellte Maurice Micklewhite fest.

»Und doch gibt es Leben in dieser Gegend«, entgegnete Miss Monflathers.

Rahel, der bisher schweigsam unseren Schritten gefolgt war, bemerkte: »Nie hätte ich gedacht, einmal selbst durch die Hölle zu schreiten.« Neugierig blickte er sich um. »Die Hölle, müsst Ihr wissen, war immer ein mythischer Ort für uns Engel. Ein unwirklicher Ort, an dem es kein Leben geben konnte. Von jeher schon haben wir uns gefragt, wie unser Bruder hier hat leben können.«

»Die Hölle«, antwortete Miss Monflathers, »ist, wie Ihr seht, ein höchst realer Ort.«

So viel also dazu.

Doch sollte ich zurückkehren zu dem vorhin angedeuteten Gespräch.

»Doch eines«, sagte Miss Monflathers, »haben wir bisher nicht gewusst.«

»Sie spielen erneut auf die Geschichten vom Rattenfänger an?«

»Ja.«

Ungeduldig verzog ich das Gesicht. »Nun sagen Sie es schon!«

»Die Hölle verläuft weiträumiger, als wir es für möglich gehalten haben«, erklärte sie. »Wenn wir davon ausgehen, dass all die Geschichten über das Auftauchen jenes mysteriösen Rattenfängers wahr sind, von dem wir annehmen, dass es Mylady Lilith war, und das zu allen Zeiten, dann wirft diese Erkenntnis doch eine Frage auf.«

»Die da wäre?«

»Sag du es mir, Mortimer.«

Fast kam es mir vor, als säße ich erneut in Salem House.

»Warum hat Lilith die Kinder von so vielen verschiedenen Orten entführt?«

Miss Monflathers nickte. »Genau! Was ist der Zweck all der Kindesentführungen gewesen?«

»Lycidas und Lilith mussten Pairidaezas Stock mit der Unschuld der Kinder tränken.«

»Was bedeutet?«

Ratlos sah ich sie an.

Maurice Micklewhite schaltete sich ein. »Erinnere dich an den Baum, Mortimer«, sagte er.

Pairidaezas Stock war riesig. Kein kleines, zartes Gewächs, das man mit sich herumtragen konnte. Mit seinen dicken Wurzeln hatte sich der mächtige Baum in die Erde gekrallt.

»Der Lebensbaum konnte nicht bewegt werden«, brachte es Maurice Micklewhite auf den Punkt.

»Folglich mussten die Kinder zum Lebensbaum gebracht werden.«

»Ein weiter Weg«, dachte ich laut, mich der Oase entsinnend.

»Nicht, wenn man einen direkten Zugang zur Hölle hat«, schlussfolgerte Miss Monflathers. Beinah hatte sie die Katze aus dem Sack gelassen. Zumindest den kleinen Kopf streckte das Tier schon hervor.

»Sie meinen, es gibt mehrere Zugänge zur Hölle?«

»Natürlich gibt es mehrere Zugänge«, gab sie ungeduldig zur Antwort. »Aber das ist nicht die Neuigkeit, die mich überrascht hat.«

»Sondern?«

»Es gibt viel mehr Zugänge und Schlupflöcher, als wir es uns in unseren kühnsten Träumen hätten vorstellen können. Bisher gingen die Gelehrten davon aus, dass es nur in einigen der großen Metropolen Zugänge zur Hölle gibt. Dass die Hölle ein Labyrinth ist, das den gesamten Erdball umspannt, ist bereits seit Jahrhunderten bekannt, doch wurde bisher die Theorie vertreten, dass es nur äußerst wenige Eingänge gibt. Wir wissen sicher, dass Master Alighieri von Rom aus hinabgestiegen ist. Als Hades vom Olymp stieg, betrat er die Hölle dort, wo später Troja entstehen sollte. Und Master Lycidas nutzte die uralte Metropole Londons, die weit reichenden Zugang zur Hölle gewährleistete.«

»Wenn die Hölle aber ein den Erdball umspannendes Höhlensystem ist«, begann Rahel, »das eine Vielzahl an Zugängen hat …«

»Dann droht uns vom Nyx eine weitaus größere Gefahr, als wir ursprünglich angenommen haben«, dachte Maurice Micklewhite, der ganz bleich geworden war, den Gedanken des Engels laut zu Ende.

Miss Monflathers blickte ernst in die Runde. »Lilith und Lycidas waren nicht durch die Welt gewandert und irgendwann in Londinium gestrandet. Nein, sie haben schon immer hier gelebt. In London. Von hier aus waren sie all die Jahrhunderte über in die Hölle hinabgestiegen und konnten die Welt an jedem beliebigen Ort betreten, sei dies die Oase von el-Bahariya oder das deutsche Städtchen Hameln, die alte Stadt Rom oder das mittelalterliche St. Cérilly. Wenn wir die alten Schriften durchforsten, dann stoßen wir in allen Kulturen auf Berichte über verschwundene Kinder.«

»Mylady Lilith ist der gemeinsame Nenner.«

»Ja, Mylady Lilith und die Tatsache, dass man in der Hölle an jeden beliebigen Ort der Erde reisen kann.«

Jetzt war die Katze aus dem Sack.

Hockte da und starrte uns an.

Aus kalten, mitleidlosen Augen.

»Wenn es dem Nyx gelingt, die Höllenkreise zu okkupieren«, hörten wir den Engel sagen, »dann droht nicht nur der Stadt London unermessliche Gefahr.« Schon lange war Rahels klare Stimme keine fließende Melodie mehr.

»Trefflicher könnte selbst ich es nicht ausdrücken«, bemerkte Miss Monflathers.

Entfernung, das wussten wir alle, spielte hier unten kaum eine Rolle.

Ebenso wenig die Zeit.

Oder, wie ich es Emily gegenüber formuliert hatte: »Mit der Zeit ist das so eine Sache.«

Der Ophar Nyx musste aufgehalten werden, sonst würden die Folgen nicht absehbar sein. In welchem Zusammenhang all diese Fakten mit dem erneuten Auftauchen der Golems, der Hymenoptera-Falle am Abgrund in der Region und der neu entfachten Fehde zwischen den beiden großen Häusern standen, konnte keiner der Anwesenden mit Bestimmtheit sagen. Dass es jedoch einen Zusammenhang geben musste, darin waren sich alle einig.

Als hätte dies nicht ausgereicht, um unsere Köpfe mit absonderlichem Gedankengut zu füllen, stießen wir inmitten des Höllenkreises auch noch auf einen alten Bekannten. Zumindest war jene Person mit Maurice Micklewhite bekannt, wenngleich angemerkt werden muss, dass es nicht unbedingt eine Bekanntschaft war, die die beiden verband, sondern eher eine flüchtige Begegnung.

Eine Stunde waren wir bereits durch die vor Eis klirrenden und schneebedeckten Tunnel der Hölle gewandert, als wir in einer großen Höhle auf den alten Mann trafen, der verzweifelt darum bemüht war, die seltsamen mechanischen Geräte in Gang zu bringen, die sich bis zur Höhlendecke auftürmten. Er machte dabei einen Lärm, der unser Bemühen, möglichst lautlos durch das Labyrinth zu schleichen, ad absurdum führte. Fortwährend hatte uns die Angst im Nacken gesessen, den Nekir zu begegnen, oder, viel schlimmer noch, den Limbuskindern. Irgendwo hier unten, da waren wir uns sicher, mussten sich die Kreaturen noch herumtreiben. Also hatten wir vorsichtig an jeder Biegung des Weges Halt gemacht und furchtsam in die Schatten gelugt, die vor uns lagen. Doch kein Anzeichen von Leben hatten wir entdeckt, bis wir dann in einen Teil der Hölle kamen, in dem tatsächlich noch Kinder arbeiteten, wenngleich arbeiten nicht der rechte Ausdruck war für die Tätigkeit, die sie da verrichteten. Schmutzige und zerlumpte Kinder mit Spiegelscherbenaugen schlurften unkoordiniert durch die Gänge, rutschten teilweise sogar auf dem eisigen Untergrund aus. Einige hinkten, da sie sich Knöchel oder Beine gebrochen hatten. Schmerzen schienen sie keine zu verspüren, doch war ihre Beweglichkeit stark eingeschränkt. Ihre Gesichter wirkten ganz eingefallen. Die Kinder brannten mit Fackeln das Eis von dem Felsgestein und schürften Brocken aus den Wänden, die überall herumlagen. Es war, als seien sie in dieser sinnlosen Tätigkeit gefangen, als täten sie unentwegt und stupide immer das Gleiche.

Die Hölle, erinnerte ich mich, ist die Wiederholung.

Dann sahen wir den alten Mann.

Er kletterte an einer der Maschinen auf und ab und schimpfte unablässig vor sich hin, schrie tobsüchtig nach den Kindern, in deren kalten Spiegelscherbenaugen sich jedoch nur sein altes, zu einer Fratze verzerrtes Gesicht spiegelte. Greises Haar stand ihm in Büscheln vom Kopf ab. Fast sah er schon aus wie die gerupften Gestalten vom Ravenscourt. Seine Kleidung bestand nur noch aus Lumpen. Schmutzige Stofffetzen hatte er sich um die dürren Finger gewickelt, um sich notdürftig vor der Eiseskälte zu schützen.

Es war Maurice Micklewhite, der den alten Mann erkannte.

Der seinen Namen aussprach.

Jenen Namen, der hunderte von Waisenkindern das Fürchten gelehrt hatte.

»Reverend Dombey!«

Der alte Mann hielt in seiner Betätigung inne und starrte uns an, als sähe er Gespenster.

»Ich muss das Ding zum Laufen bringen.« Seine Stimme war bloß ein ausgetrocknetes Krächzen. Er drückte auf eine Reihe von großen Knöpfen und legte mehrere knirschende Kippschalter um, als jedoch nichts passierte, wandte er sich wieder unserer kleinen Gruppe zu. »Was suchen Sie denn alle in der Hölle? Hat Ihnen niemand gesagt, dass es hier kalt ist?« Er kicherte schrill. »Früher, da haben die Kinder immer Kohlen geschaufelt, und es war schön warm.« Er rieb sich die Hände und hustete. »Jetzt ist das blöde Ding kaputt, und keines dieser dummen Kinder rührt einen Finger, um dem alten Edward zu helfen. Dabei ist dieses Ding hier«, er tätschelte das Gerät, an dem er sich festklammerte, »so eine Art Heizung. Ein improvisierter Umlufterhitzer, irgendwie. Und das in der Hölle.« Wieder das irre Kichern. »Schmilzt das Eis, sodass die Kinderchen besser schürfen können. Neue Tunnel, immer tiefer. Ja, ja, so ist das. Master Lycidas wünschte es.«

»Ich kenne Sie!«, rief Maurice Micklewhite ihm entgegen.

Unschlüssig, was wir mit dem Kerl anfangen sollten.

»Ich kenne Sie auch, verehrter Herr, doch weiß ich nicht, woher. Ja, so ist das. Der alte Dombey. Weiß nicht mal mehr seinen Namen. Nur noch Dombey, das mit Sicherheit. Doch Edward? Oder gar Charles? Oder gänzlich anders? Ja, ja, ja. So weit ist es schon gekommen.« Seine Faust knallte gegen einen Schlauch, der aus der Maschine herausragte. »Nun lauf doch schon, du dummes Ding. Du dummes, dummes Ding!«

Der Reverend mühte sich an den Hebeln und Schaltern ab.

Miss Monflathers meinte: »Der spinnt.«

Ich sah sie nur an.

Die Augenbraue zog sie nach oben.

»So ist es«, gab ich zur Antwort.

Weil sie eine Antwort erwartete.

Miss Monflathers, das wusste ich, war nie ein Freund zu vieler Worte gewesen.

Zudem war der Gedanke höchst befremdlich, dass jenes alte, verwitterte Kerlchen, das da wie ein tasmanischer Teufel an der mysteriösen Maschine herumturnte, die wie die Kulisse eines Terry-Gilliam-Films aussah, einmal der Assistent eines der bekanntesten und berüchtigtsten Alchemisten Englands gewesen sein sollte. John Dee, ein Name, den sich Master Lycidas seinerzeit erwählt hatte, war ein mächtiger Mann am Hofe Königin Elizabeths gewesen, die noch lange nach ihrem offiziellen Ableben als Regentin der uralten Metropole die Fäden in der Hand gehalten hatte. Edward Kelly war der Assistent John Dees gewesen. Später dann hatten beide ihre Namen geändert. Lycidas nannte sich nicht mehr John Dee, sondern John Milton. Und aus Edward Kelly wurde Edward King, der fast zwei Jahrhunderte später zum Leiter eines Waisenhauses in Rotherhithe aufstieg. Perfekt gewählt war dieser Ort, ermöglichte er es dem skrupellosen Wissenschaftler doch, seine Forschungen fortzusetzen. Zuerst nannte er sich Jonathan Murdstone, später dann Charles Dombey. Er missbrauchte die Kinder im Waisenhaus für seine liederlichen Zwecke. Suchte nach einer Möglichkeit, die Unschuld von Kindern zu destillieren und in Flaschen zu verkorken, um damit seinem Meister Lycidas, dem gefallenen Lichtlord, zu Diensten zu sein.

Sich vorzustellen, dass dieser alte, verwirrte Mann die Inkarnation des Schreckens für Generationen von Waisenkindern gewesen war, fiel schwer. Emsig krabbelte er auf der Maschine herum und dachte gar nicht daran herunterzukommen. Als die Engel Master Lycidas in die Laterne von St. Paul' s verbannt hatten, da war sein Gehilfe aus dem Waisenhaus geflohen und untergetaucht, und niemand hatte seit diesen Tagen mehr vom alten Charles Dombey gehört. Weder von ihm noch von seinem vermeintlichen Sohn, dem feisten Charles Dombey junior.

»Was sollen wir mit ihm machen?«, fragte Rahel.

Doch Maurice Micklewhite gebot ihm zu schweigen.

Wir alle sahen, warum.

Dicht über dem Kopf des Reverends schob sich ein insektenartiges Bein aus den Schatten. Borstige Haare schabten am rostigen Stahl der Maschine entlang. »Ein Nekir«, flüsterte der Elf.

Sie lebten also doch noch hier unten.

Der alte Mann, der einst Reverend Dombey gewesen war, bemerkte den Nekir ebenso wenig wie er unsere Anwesenheit bewusst wahrgenommen hatte. Unbeirrt ging er seiner Betätigung nach.

Vielleicht hatte seine Sehkraft nachgelassen – ebenso wie sein Gehör, denn das kratzende Geräusch der Insektenbeine auf dem rostigen Stahl und den blechernen Schläuchen war kaum zu überhören. Doch war der Reverend eigentlich schon tot. Was also kümmerten ihn die Nekir? Später sollte Maurice Micklewhite bemerken, dass der Reverend rasant gealtert war. Was wir da krabbelnd und sabbernd an der Maschine hängen sahen, hatte kaum mehr Ähnlichkeit mit jenem Reverend, den die Kinder im Waisenhaus so gefürchtet hatten.

»Er hat sich wohl in die Hölle geflüchtet«, sollte Maurice Micklewhite später mutmaßen, »weil er sich hier vor seinen Verfolgern sicher wähnte und gedachte, die begonnenen Forschungen mit all den unglückseligen Spiegelscherbenkindern zu Ende bringen zu können.« Hatte er gehofft, noch Unschuld aus jenen Kindern gewinnen zu können, die ohnehin nicht mehr waren als leere Hüllen? Hatte er die Nekir im Zaum halten können? Hatte er keine Angst vor den Limbuskindern gehabt? Oder war er unwissend in die Hölle hinabgestiegen, wie so viele vor ihm auch?

Niemals würden wir Antworten auf all diese Fragen erhalten.

Denn der Nekir war auf Beute aus.

Vermutlich war Dombey junior auf eine ähnliche Art und Weise zu Tode gekommen.

»Wir sollten uns zurückziehen«, schlug Miss Monflathers vor, die wachsam nach allen Seiten spähte.

Dem war nichts entgegenzusetzen.

Der Nekir schob sich langsam vorwärts.

Reverend Dombey fuchtelte nach wie vor krabbelnd und sabbernd an den Konsolen des Apparates herum. »Diese verfluchten Kinder«, hörten wir ihn laut fluchen. Dann griff der Nekir an. Erschrocken riss der Reverend die Augen auf, als die sechs langen Beine über ihm waren und sich der vor Gift triefende Stachel in seine Brust bohrte. Nur ein dumpfes Stöhnen entrann seiner Kehle. Die alten Hände ließen die Maschine los, als der Nekir des alten Mannes Körper packte und mit ihm zu Boden schwebte. Augenblicklich begann der Nekir zu speisen, und es war kein schöner Anblick, der sich uns da bot.

Dann hörten wir es.

Erst leise, dann deutlicher.

Maurice Micklewhite warf Miss Monflathers einen eindeutigen Blick zu.

Ich drehte mich um.

»Der alte Mann war lediglich ein Köder«, sagte Miss Monflathers.

Auch ich sah jetzt, was sie zu dieser Annahme verleitete.

Nekir aller Größen wuselten an der Höhlendecke entlang, verließen die Felsspalten und streckten ihre Glieder. Schmale Facettenaugen funkelten gierig im Dämmerlicht hoch über uns. Vermutlich hatten sie Dombey junior gefressen und sich den Reverend als eine Art Vorrat aufgespart. Vielleicht hatte der einstige Reverend auch tatsächlich als lebendiger Köder gedient, um arglose Wanderer anzulocken, denn noch während der Nekir an seiner Beute nagte, erwachten andere seiner Art zum Leben.

»Dies ist ein Nest«, mutmaßte Miss Monflathers.

Der Anzahl der Kreaturen nach zu urteilen, hatte sie nicht einmal Unrecht.

Fühler tasteten und Krallen schabten an den Felsen entlang. Schwarze, zackige Leiber färbten das an den Höhlenwänden glitzernde Eis dunkel. Ein heller, grillenartiger Ton erscholl aus vielen zangenbewehrten Mündern. Mandibeln knackten, und Speichel troff herab.

»Überlasst sie mir!«, erklang des Engels mächtige Stimme.

Mit einem Mal war da wieder die alte Melodie.

Rahel trat vor und breitete die Schwingen aus. In seiner ganzen Pracht stand er da, und um uns herum verstummten die Geräusche, verebbten die Bewegungen, hielt die Hölle den Atem an. Rahel sang in einer uralten Sprache. Fühler zuckten und Panzer klirrten. Die insektenartigen Nekir verharrten, und es wurde ganz still in der großen Höhle.

Nur des Engels Gesang erfüllte die Hölle.

»Er erweckt den Eindruck«, murmelte Maurice Micklewhite, »als wüsste er, was er da tut.«

Miss Monflathers erwiderte nur: »Das sollte er auch!«

Eine andere Möglichkeit, von hier zu entkommen, gab es nämlich nicht.

Die Nekir waren überall.

Die Kinder mit den Spiegelscherbenaugen beachteten die Nekir nicht, und die Nekir beachteten ihrerseits die Kinder mit den Spiegelscherbenaugen nicht.

Rahel drehte sich zu uns um.

»Lasst uns diesen Ort verlassen«, schlug er vor.

Die Nekir taten nichts.

Verharrten beinah regungslos an ihren Plätzen.

Rahel registrierte unsere zweifelnden Blicke. »Eines Engels Wort zählt auch in der Hölle«, sagte er.

Es war nicht an uns, dies zu hinterfragen.

So wanderten wir weiter. Durch eisig klirrende Tunnel und große Höhlen, in denen sich Schneeflocken bildeten und auf unsere Häupter rieselten. Grob in den Fels geschlagene Treppenstufen hinauf und an Wänden entlang, die brackiges Wasser schwitzten, das fast augenblicklich zu skurrilen Gebilden gefror. Wir wussten alle, dass die Themse jetzt sehr nahe war. Die Feuchtigkeit, deren eisige Spuren wir überall sahen, war das Vermächtnis des dunklen Flusses.

Dann erreichten wir die Zitadelle.

Jenen Ort, an den Emily und ich vor mehr als einem Jahr gebracht worden waren, um den Lichtlord zu treffen. Dort hatte uns Lycidas neue Lügen aufgetischt und die kleine Emily zum Leben erweckt, als das Gift des Nekir ihren Körper fest in den Krallen gehalten hatte.

Der Tower von London.

Jedenfalls die Version der uralten Metropole davon.

»Beeindruckend, nicht wahr?«, murmelte Miss Monflathers anerkennend.

Die Zitadelle, die unterhalb des Towers von London inmitten eines gigantischen Hohlraumes liegt, wirkte verlassen. Wir lenkten unsere Schritte über ödes Gestein und fauliges, braunes Moos, beides glitschig vor Feuchtigkeit, die der dunkle Fluss, der hier ganz nah war, durch die Felsen drückte. Kaltes, schmutziges Wasser tropfte von der hohen Decke auf die Zitadelle herab und tauchte sie in feine Nebelschwaden.

Dann erreichten wir das Verrätertor.

Auch in London über uns gab es ein solches Tor, durch das man einst die Verräter geführt hatte. Hinein in den Tower und hinab in die Verliese, wo sie ihrer Hinrichtung harrten. Direkt am Fluss lag das breite Tor, sodass man die Gefangenen in sicherem Gewahrsam dort hatte abliefern können. Treppenstufen führen zum Tower hinauf. Wie gesagt, dies war das Tor in London.

Doch das London, das wir kennen, lag einige hundert Meter über unseren Köpfen.

Die Themse ebenso.

Jener dunkle Fluss.

Hier unten gab es doch auch einen Fluss. Emily und Aurora hätten dies bestätigt, wären sie nur bei uns gewesen. Ein Fluss, so dunkel und kalt und reißend, dass es ihn nur in den Tiefen geben kann. Manche nennen ihn Acheron, andere Styx. Die Tunnelstreicher bezeichnen ihn als den dunklen Fluss. Die Themse-darunter. Viele Worte, doch letzten Endes blieb es nur ein Fluss. Mächtig und fordernd, doch zuweilen auch ruhig und beschaulich. Wie hier, am Verrätertor, wo die in Lumpen steckenden Skelette längst Dahingeschiedener an gusseisernen Haken befestigt waren, zur Abschreckung ungebetener Gäste und zur Ankündigung dessen, was einst innerhalb der mächtigen Mauern geschehen war. Das Verrätertor war aus Eisen gefertigt, denn Holz würde hier unten faulen. Und wenngleich die beiden Flügel des Tores auch mit dickem Rost und etwas, das wie schwarze Algen aussah, überzogen waren, so war es dennoch stabil, allem trotzend, was den Versuch wagen würde, es herauszufordern.

Überall lagen die einstigen Wächter des Towers umher, jene hageren Rabenmenschen, die schwarze Gehröcke mit dem roten Muster trugen wie ihre Spiegelbilder in London über uns. Es war die Garde, die den Tower bewachte. Normalerweise. Die Garde des Lichtlords.

»Sind sie tot?«, fragte Miss Monflathers mit einem Blick auf die Szenerie.

»Nein«, antwortete Rahel, »sie schlafen nur.«

Weiter vor uns, hinter der hohen Mauer, die die Anlage umgab, befand sich der White Tower, dessen vier Türme sich majestätisch der Höhlendecke entgegenreckten. Dort würden wir die Lichtlady vorfinden. Dies war der Bestimmungsort unserer Reise. Um dorthin zu gelangen, mussten wir jedoch das Tor durchschreiten, und schon aus der Ferne gewahrten wir die beiden hoch gewachsenen Gestalten, die vor dem massiven, riesigen Tor mit seinem schmiedeeisernen, wasserspeierähnlichen Türklopfer standen. Engel waren es, die mit schillernden Rüstungen Wache standen und uns Neuankömmlinge mit flammenden Blicken empfingen.

»Urieliten«, flüsterte Maurice Micklewhite leise.

Dinsdale dimmte sich furchtsam.

Flog hinter meinen Rücken.

Freundlich gesinnt wirkten die beiden Engel jedenfalls nicht. Die schmalen Gesichter waren mit Symbolen und Zeichen übersät, die in die Haut eintätowiert waren.

»Niemand darf hinauf zur Schläferin«, sagte der Engel mit den blauen Runen im Gesicht.

»Also trollt euch!« Der zweite Engel, der von größerer Statur war, hatte die Gebete seines Ordens in rot gefärbten Runen ins Gesicht tätowiert.

»Dies ist nicht der Weg«, verkündete der blaue Engel, »der euch bestimmt ist.«

Beide Engel hielten Flammenschwerter in den Händen, die sie überkreuzten, als wir uns näherten, sodass winzige Funken aufstoben und die Luft erfüllt war vom Zischen der Feuer.

»Wir kommen«, begrüßte Rahel seine Brüder, »um Lilith zu erwecken.«

Zu lügen lag ihm fern.

»Das ist euch nicht erlaubt«, sagte der rote Engel. Seine Worte waren eine harte Melodie, geformt von Flammenzungen.

»Warum?«

Der blaue Engel antwortete: »Wir erlauben es nicht!«

Rahel blieb hartnäckig.

»Warum?«

Mit vor Ungeduld berstender Stimme herrschte der blaue Engel ihn an: »Sprich dieses Wort nicht aus, Rahel!«

Der entgegnete nur: »Warum nicht?«

Beide Engel antworteten gleichzeitig. »Es ist ein verbotenes Wort.«

Die Ordensgeschichte der Urieliten lehrte sie seit alters, dass jenes Wort schlecht war und großes Übel geboren hatte. Die himmlische Ordnung hatte es einst gestört, und es war zu blutigen Aufständen gekommen. Brüder hatten gegen Brüder gekämpft, und viele Engel hatten ein grausames Schicksal erleiden müssen. Dies alles, weil einige unter ihnen begonnen hatten, die Dinge anzuzweifeln, die niemand hätte hinterfragen dürfen.

»Warum?«

Auf dem Weg zum Tower hatte er uns erklärt, dass der mächtige Träumer keine Kinder mag. Weil Kinder die Schöpfung hinterfragen. Es macht sie gefährlich, weil sie die Zukunft sind und die Instrumente, mit denen der mächtige Träumer die Welt zu formen vermag.

Und dem mächtigen Träumer die Hände gebunden sind, wenn zu viele Fragen gestellt werden. Weil Fragen schlecht sind. Zweifel ist Lästerung. War nicht die Schöpfung dem Schöpfer untertan? Könnte es jemals anders sein? Die Urieliten hatten Angst davor, sich diese Fragen zu stellen, denn zu fragen hieße, die eigene Existenz anzuzweifeln.

Zu hadern.

Sich der Sinnlosigkeit hinzugeben.

Schwach zu werden.

»Ihr kommt hier nicht vorbei!«, verkündete der rote Engel.

»Du weißt nicht, wovon du sprichst!«

»Lord Uriel persönlich erteilte uns die Order«, beharrte der rote Engel, und sein Blick streute Funken.

»Ihr wisst beide, wie es um Lord Uriel bestellt ist«, sagte Rahel zornig. »Sein Geist ist verwirrt, und er stellt sich die Fragen, die euch ängstigen, schon seit einer Ewigkeit. Seitdem wir Mylady Lilith einen Besuch abgestattet haben. Seitdem unser Bruder Lucifer mit all seinen Anhängern vertrieben worden ist.«

»Lästerer!«, fauchte ihn der rot tätowierte Engel an.

Und Rahel handelte.

So schnell, wie ich es nie zuvor gesehen hatte.

Mit einem kräftigen Schlag seiner plötzlich ausgebreiteten Flügel sprang er nach vorne und fiel den Ordensbruder an. Der rote Engel wurde gegen das Verrätertor geschleudert, und als Rahels Krallen seine Kehle schlitzten, da erlosch bereits das Feuer in des Engels sterbenden Augen. Nur ein Engel vermochte es, einen anderen Engel zu vernichten. In den Augen des blauen Engels flackerte unsicher das Feuer der Jugend und in des sterbenden Engels Blick spiegelte sich die Frage, die sein noch lebender Gefährte auszusprechen wagte.

»Warum?«, fragte der blaue Engel.

Ganz bleich und schockiert.

Bleich, weil Rahel einen Brudermord begangen hatte, und schockiert, weil die Frage so selbstverständlich über seine schmalen Lippen gekommen war, als hätte sie schon immer darauf gewartet, ausgesprochen zu werden. Wir rechneten mit einem Angriff seitens des Engels.

Der jedoch ausblieb.

Rahel bettete den toten Bruder auf die Stufen der Treppe.

Schloss sachte dessen erkaltete Augen.

»Warum?«, wiederholte der blaue Engel seine Frage. Beinah kindlich.

»Wir müssen zur Schläferin«, sagte Rahel mit mächtiger Stimme, »denn genau dies ist unser Weg. Unser Bruder, dessen Name nur ihm selbst gehört, war nicht sehend.«

Und erneut überraschte uns der blaue Engel.

Nicht nur, weil er erneut die Frage stellte: »Warum nur, Rahel?«

Sondern auch, weil er sein Flammenschwert senkte, zur Seite trat und den Weg freigab.

»Tut, was euch beliebt«, sagte er traurig, und das Feuer in seinen Augen flackerte unstet wie einst, als Lucifer voller Zweifel mit seinem Schicksal haderte, nachdem dem Lichtlord klar geworden war, dass die Dinge in der Welt nicht so waren, wie er sie bisher gesehen hatte.

»Warum gibst du den Weg frei?«

Der blaue Engel wirkte traurig, als er antwortete: »Weil du mich gelehrt hast, Fragen zu stellen.« Dann hob er den toten Bruder vom Boden auf und breitete die Schwingen aus. »Jetzt«, sagte er zum Abschied, und ich glaubte, Tränen in den hellen Augen zu erkennen, »trägt das Tor seinen Namen zu Recht.« Ein kalter Wind schlug uns ins Gesicht, als er sich erhob und zur Decke der Höhle hinaufflog, wo er einen Augenblick lang verharrte, um dann in den Schatten zu verschwinden.

Rahel sah ihm hinterher.

Auch er wirkte traurig.

Langsam streckte er die Hand aus und berührte das Tor.

Denn das war seine Magie, wie er uns mitteilte. »Nur Verräter vermögen es zu öffnen.«

So betraten wir den Tower von London in der uralten Metropole erneut. Drüben im White Tower vermuteten wir den Aufenthaltsort der Lichtlady. Türen standen allerorts offen. Rabenmenschen der Garde lagen in den Ecken der Gänge und in den gewundenen Treppenhäusern, tief in Schlaf versunken, als habe sich eine dunkle Prinzessin an einem Dorn gestochen.

»Es ist gespenstisch«, sagte Miss Monflathers, die seit dem Tod des Engels beim Verrätertor kein Wort mehr gesprochen hatte. Mit wachsamen Augen hatte sie in die entlegenen Winkel des Towers gespäht, überall einen Hinterhalt vermutend. »Unheimlich, wie im Märchen.«

»Lassen Sie uns weitergehen«, schlug ich vor.

Mich auch umsehend.

Denn man konnte niemals wissen …

Dinsdale, das treue Irrlicht aus Manchester, leuchtete uns den Weg die lange Treppe hinauf, und oben im Turm, von dem wir annahmen, dass es der Südturm war, sahen wir sie endlich.

In der Mitte des runden Raumes stand ein gläserner Sarg.

Und darin lag Mylady Lilith. Bleich und alt und mit runzliger Haut und langen Falten im Gesicht, und doch so wunderschön. Mit weit geöffneten, leblosen Spiegelscherbenaugen starrte sie ins Leere. Als wir näher an die Ruhestätte herantraten, konnten wir uns selbst in ihren Augen sehen, die kaltes Glas waren und doch wärmer wirkten, als ich sie in Erinnerung hatte. Ich erinnerte mich jener Augenblicke, als die Urieliten die Zeit eingefroren hatten und das Schneegestöber die Lichtlady aus dem Arm ihres Gefährten gerissen und davongetragen hatte. Schön war sie auch damals gewesen. Schon immer war sie das gewesen. Doch hatte sich damals die Verletzbarkeit in ihren eisig blauen Augen offenbart. Damals, als die Urieliten zu singen begonnen hatten.

Heaven, I'm in heaven. And my heart beats so that I can hardly speak.

Jemand hatte sie in den Schlaf geküsst. Die flammenden Lippen Lord Uriels hatten dies vollbracht. Wie Feuer und Eis. Und das Leben, das Lilith all die Jahrtausende gekannt hatte, war aus ihrem Körper gewichen. Eifersucht hatte sie verspürt, als der Engel ihr nahe gekommen war. Damals, als die drei Engel sie am Ufer des Roten Meeres aufgesucht und ihr den Willen des Träumers mitgeteilt hatten. Damals hatte sie es in Uriels Augen lesen können. Eine lodernde Eifersucht, weil Lucifer sie begehrte und dieses Begehren von ihr erwidert wurde. Ein Gefühl, das einem Engel verboten ist, weil jegliche Gefühle den Engeln verboten sind.

»Gefühle«, hatte Rahel uns erklärt, »sind die Geißel der Menschen.«

So hatte man es die Engel gelehrt.

Doch hatte Lord Uriel die Lichtlady nicht noch anders angesehen? Welche Gelüste hatte der Lichtengel verspürt? Und hatte er sich nicht zum Richter über seine Brüder erhoben? Der junge Rahel hatte sie bewundert. Doch Lucifer, der ihr Gefährte werden sollte, hatte gelächelt.

»Eines Engels Lächeln für eine abtrünnige Frau«, würde sie mir später mit verträumten Augen sagen.

Welch größeres Geschenk hätte ihr der Lichtlord machen können?

Lucifer, der sie später in die Arme nahm und die Dämonen aus den Höhlen vertrieb. Der für sie sang. Der ihr kunstvoll Runen und Gedichte aufs Gesicht schrieb, gemalt mit dem Blut eines Engels.

Als Lord Uriel die Armeen angeführt und des Träumers Zorn Himmel und Erde gleichermaßen blutig rot färbte. Engel fielen vom Himmel und verglühten in ihrer eigenen Leidenschaft. Allzu viele starben, und nur wenige wurden verbannt. Eine Zeit der Niedertracht war es gewesen. Ein Vorgeschmack der Apokalypse. Damals. Als die Zeit geboren wurde und die Lieder der Engel noch klar wie Sonnenlicht gewesen waren.

Doch war dies vorüber.

Jetzt lag sie in dem Sarg.

Und sah.

Während die Spiegelscherben in ihren Augen schmerzten, wie sie es in den Augen all jener Kinder taten. Nur atmen konnte Lilith. Und sehen. Zusehen, wie das Alter nach ihr griff und mit knochigen Fingern ihre Wangen liebkoste, die ganz welk und fleckig wurden.

»Dann sah ich Rahel«, gestand sie mir später.

Mit einem Mal.

»Ich werde ihr neues Leben einhauchen«, hatte uns der Engel erklärt.

Und niemals werde ich vergessen, was meinen Augen zu sehen vergönnt war.

Noch heute sehe ich ihn vor mir.

Rahel.

Wie er vortritt und den gläsernen Sarg öffnet. Mit so leichter Hand. Wie er sich zu Lilith hinabbeugt und sie küsst. Die ausgebreiteten Schwingen scheinen die alte Frau zu umarmen.

Dann beginnt es.

Die Haut Liliths glättet sich, und neuer Glanz lässt ihr blondes Haar, das ihr in sanften Wellen um die Schultern fällt, in neuer

Pracht erstrahlen. Mit einer behutsamen Handbewegung entfernt Rahel die Spiegelscherben aus den Augen der Frau, die nun schon keine alte Frau mehr ist. Klirrend fallen die Spiegelscherben in den gläsernen Sarg.

»Erwache«, flüstert Rahel.

Und Lilith öffnet die Augen.

Unfähig zu sprechen, formt sie mit den schmalen Lippen seinen Namen.

Rahel.

Heaven, I´m in heaven.

Ein Beben durchläuft des Engels Körper. Federn fallen zu Boden und hinterlassen blutige Punkte auf der hellen Haut, die jetzt welk wird. Blondes Haar fällt dem Engel in dichten Büscheln vom Kopf. Die einstmals strahlenden Augen fallen ein, das Feuer in ihnen längst erloschen.

Während Lilith zu neuem Leben erwacht, verdorrt der Engel. Nur mehr Knochen sind seine einst mächtigen Schwingen.

Lilith ergreift die Hand des Engels.

»Rahel!«

Sie schafft es, seinen Namen auszusprechen.

Eine Grimasse, die ein Lächeln sein soll, entstellt das Gesicht des Engels. Lilith atmet förmlich das Leben ein, das Rahel ihr schenkt. Und während sie dies tut, füllen Tränen die eisig blauen Augen und gefrieren zu winzigen Kristallen, in denen sich das Leid und der Schmerz des sterbenden Engels brechen.

»Ich wusste es«, sagte sie mir später.

Sie weiß es, denke ich.

Sie weiß, dass Rahel stirbt, um ihr das Leben zu schenken. Sie weiß, dass sie nicht verhindern kann, was einmal begonnen wurde. Das alles ist der Lauf der Dinge. So hat es der Träumer gewollt. Und während sie vom Leben des Engels trinkt, erblüht ihr alter Körper zu neuem Leben.

Dann erhebt sie sich.

Steht vor uns. Zu ihren nackten Füßen die Überreste jenes Engels, der einst Rahel war. Der in London musiziert und am Strand des Roten Meeres seine Erfüllung gefunden hat. Der Kriege im Himmel und auf Erden gesehen und Gefühle gehabt und sich Fragen zu stellen getraut hat.

Es war vorbei.

So plötzlich, wie es begonnen hatte.

»Ich lebe!«, sagte Lilith.

Zweifelsohne, dachte ich.

Und überließ es Maurice Micklewhite, die Anwesenden einander vorzustellen.

Dann verließen wir den Tower und brachten Mylady Lilith hinauf nach London ins Savoy.

KAPITEL 4

WAHNSINN, DER DAS HERZ ZERREISST

Die Welt ist gierig, und als Emily das Buch in ihren Händen hielt, da wusste sie genau, dass nichts, aber auch wirklich gar nichts, das Geschehene würde ungeschehen machen können. Schwer lag es in der Hand des Mädchens, jenes dünne Buch mit dem grünen Schutzumschlag, das Emily, ohne es zu wissen, die ganze Zeit über in ihrem Rucksack mit sich getragen hatte. Den alten, schäbigen Rucksack, den ich ihr einst zum Geschenk gemacht hatte, hatte sie vor einigen Tagen in der Wohnung in Marylebone vergessen gehabt, wobei laut Zeitrechnung der uralten Metropole in der Stadt unter der Stadt erst weniger Zeit verstrichen war. Ein alter Rucksack nur, übersät mit Rissen und Löchern, die Peggotty beizeiten gestopft hatte. Fast sechzig Jahre lang hatte der Rucksack mir treue Dienste geleistet, doch dann hatte ich es für angemessen gehalten, ihn meiner Schutzbefohlenen zu übergeben.

»Mir hat er Glück gebracht«, hatte ich ihr gesagt.

Wortlos hatte sie das alte Ding entgegengenommen.

Nicht recht gewusst, ob sie mir dafür danken oder nach dem kürzesten Weg zum Mülleimer fragen sollte.

Letzten Endes hatte sie sich bedankt.

»Es ist ein Rucksack«, hatte ich erklärend hinzugefügt.

Man konnte ja nie wissen.

Emily hatte gelächelt. Ganz kurz.

»Ich habe ihn bekommen, als ich nach London zurückkehrte.«

Damals, lange nach den Aufständen, als ich es unter der gleißenden Sonne Ägyptens nicht mehr ausgehalten hatte.

»Und jetzt bekomme ich ihn.«

Es war eine Feststellung.

Die mehr Dank ausdrückte, als überschwängliche Ausrufe es zu tun vermocht hätten.

Nun denn.

Der Rucksack gehörte von diesem Zeitpunkt an Emily Laing, die sich so furchtlos in das feuchte, dunkle Loch in der Erde begeben hatte. Gewissermaßen war er als Lohn für ihren Wagemut gedacht gewesen. Seit jenem Tag war der Rucksack ihr treuer Begleiter während ihrer Wanderungen durch die Stadt. Und als sie an jenem Tag allein in dem großen Zimmer mit dem Kamin und dem Ausblick hinaus auf die City saß, in dem Sessel, in dem sie immer zu sitzen pflegte, wenn sie in meinem Anwesen in Marylebone weilte, da sah sie den Rucksack in einer Ecke stehen, und ihr fiel ein, dass sie ihn bei ihrem letzten Besuch vergessen hatte. Ich hatte ihn dorthin gestellt, weil er mich an diesem Platz nicht störte. Punktum. Emily nahm ihren Rucksack und sah hinein, und in diesem Moment drehte sich ihre Welt. Denn sie fand das Buch, das Aurora ihr gegeben hatte. Sie hatte es nur im Rucksack deponieren und aufheben sollen, weil Aurora an jenem Tag in die Nationalbibliothek zu Maurice Micklewhite hatte gehen wollen. Und Aurora hatte sich immer davor gescheut, Bücher mit in die Bibliothek zu nehmen.

»Sonst denken die am Ende noch, dass ich sie geklaut habe«, hatte sie immer gemeint.

Wie auch immer.

Sie hatte Emily das Buch anvertraut.

Und als Emily in meiner Wohnung saß und darauf wartete, dass Little Neil Trent dort einträfe, da zog sie das vergessene Buch aus dem Rucksack hervor und hielt es nahezu andächtig in den Händen. Ein Gemälde war auf dem Cover zu erkennen. Ein Walfänger, der gerade seine Boote ausgesandt hatte, und der Rücken eines Wals. Emily las den Titel. *Im Herzen der See*. Von Nathaniel Philbrick. Sie klappte das Buch auf und wurde des Lesezeichens gewahr. Nein, eigentlich war es nicht einmal ein richtiges Lesezeichen, sondern nur ein langer Kassenbeleg vom Tesco-Supermarkt drüben in Hampstead. Das Mädchen überflog die Positionen. Butter, Cheddar, Walkers Chips, Tomaten, Milch und so weiter. Dann las sie das Datum und erinnerte sich. An jenem Tag hatten sich Aurora und sie nach der Schule getrennt, weil Aurora den Quilps versprochen hatte, die Besorgungen des Tages zu machen. Emily war mit den Hausaufgaben in Verzug gewesen, und so hatte Aurora ihr angeboten, die Einkäufe zu übernehmen. Nicht selbstlos, denn beide wollten später am Tage noch ins Kino. Das war das Leben, das sie wie normale Kinder geführt hatten. Emily erinnerte sich an so viele Einzelheiten, die an jenem Tag geschehen waren, obwohl ihr nichts von alledem bisher außerordentlich wichtig erschienen war. Es war ein gewöhnlicher Tag gewesen. Nichts Besonderes. Ein Tag im Leben zweier Mädchen, die ihre Zeit in London totschlugen. Die am späten Nachmittag im Odeon am Leicester Square *Neverwhere* sahen. Die an einer Bude unterhalb des Piccadilly Circus Fish and Chips aßen. Die ganz gewöhnliche Dinge taten, die Mädchen in ihrem Alter eben tun. Irgendwann an diesem Tag hatte Aurora dann bei Tesco einen Kassenbeleg erhalten und irgendwann später hatte sie das Buch gekauft oder von jemandem ausgeliehen – bei Micklewhite oder den Quilps – und irgendwann noch viel später, nachdem sie das Buch zu lesen begonnen hatte, da hatte sie den Einkaufsbeleg als Lesezeichen benutzt, hatte ihn zwischen die Seiten einhundertsechsundsiebzig und einhundertsiebenundsiebzig gesteckt.

Emily las:

Plötzlich stand William Wright, ein neunzehnjähriger Kap Codder, auf, um seine Beine auszustrecken. Er warf kurz einen Blick nach Lee und blickte sogleich noch einmal hin.

»Da ist Land!«, brüllte er.

Hier endete das Kapitel.

Auf Seite einhundertsechsundsiebzig.

Dort steckte das Lesezeichen.

Und Emily weinte, und nichts konnte die bitteren Tränen mehr zurückhalten. Mit aller Wucht des Erwachsenwerdens traf sie die Erkenntnis, dass Aurora die tragische Geschichte des Walfängers *Essex*, der von einem Wal gerammt und versenkt worden war, nicht zu Ende lesen würde. Niemals würde sie erfahren, was die Seeleute an Land erwartete, wo dieses Land gelegen hatte oder welches Schicksal den Menschen in dem Buch bestimmt war. Die Geschichte endete für Aurora Fitzrovia auf Seite einhundertsechsundsiebzig. Einfach so. Sie endete dort, weil Aurora von ihrer Freundin vor einen einfahrenden Zug am Leicester Square gestoßen worden war. Sie endete dort, weil Aurora tot war.

Es schien so, als wäre es das Lesezeichen, das Emily anklagte. Es war das Lesezeichen, das ihr bewusst machte, dass Aurora nie wieder ein Buch in den Händen halten würde. Es waren das Lesezeichen und das Buch selbst, die Emily daran erinnerten, wie Aurora gewesen war.

»Warum nur?«, flüsterte Emily.

Leise in den leeren Raum.

Hermann Melville hatte von der Fahrt der *Essex* gewusst und auf dem Schicksal des Walfängers basierend seinen berühmten Roman verfasst. Emily hatte Melville gelesen, und Aurora hatte damit begonnen, Nathaniel Philbricks Schilderung der Geschehnisse zu lesen. Emily liebte Geschichten, und Aurora bevorzugte Sachbücher. *Hatte* Sachbücher bevorzugt, korrigierte Emily sich, was sie erneut in Tränen ausbrechen ließ. Darin hatten sich die beiden Mädchen unterschieden. Sie waren sich so ähnlich und doch wieder gar nicht ähnlich gewesen.

Mit einem Mal kamen Erinnerungen zurück.

So viele.

Bestürmten Emily, während von draußen Schneeflocken auf die Stadt niedersanken, in wilden Wirbeln tanzten und einen Schleier über London legten. Emily erinnerte sich an alles. An den Geruch der Seife, die Aurora benutzt hatte und die man auf ihrer Haut hatte riechen können. An ihr Lächeln und die Musik, die sie gemocht hatte. Die Levellers mit ihren rasenden Rhythmen und The Clash mit ihren kreischenden Anschuldigungen. An die Kleider, die sie getragen hatte. An die verschlafenen Blicke, wenn der Wecker den neuen Tag ankündigte. An die Cornflakes, die sie immer ohne Milch gegessen hatte, und ihre Abneigung gegenüber der Haut, die sich auf heißer Schokolade bildete.

Erneut fiel Emilys Blick auf die Zeilen in dem Buch.

Das nächste Kapitel.

Die Insel, hieß es.

Und begann mit den Worten:

Wie gebannt starrten die Männer in Chases Boot nach vorn. Von Hunger und Durst schwer gezeichnet und halb erblindet von der gleißenden See und dem grellen Himmel, waren sie schon mehrmals einer blassen Fata Morgana aufgesessen, und sie fürchteten, auch dieser Anblick könne sich als Trugbild entpuppen.

Vielleicht, dachte sich Emily, ist das ganze Leben ein Trugbild.

Bevor sie diesen Gedanken jedoch vertiefen konnte, bekam sie Gesellschaft.

Peggotty, meine Haushälterin, betrat den Salon. Die alte Peggotty, die alle immer nur Peggotty nannten, obwohl sie, wie Emily mutmaßte, noch einen anderen Namen besaß, war von mir über die misslichen Geschehnisse in Kenntnis gesetzt worden. In ihrem Schlepptau befand sich an diesem Morgen der junge Neil Trent, der in einem grünen Anorak mit Kapuze und schweren Schuhen, die kleine Pfützen auf den Dielen hinterließen, dastand und darauf zu warten schien, dass etwas passierte. Emily fand, dass er wie ein Junge aussah, der geweint hatte, sich diese Schmach aber um nichts in der Welt anmerken lassen wollte.

»Guten Morgen, Miss Emily«, sagte Peggotty.

Und Emily sagte: »Guten Morgen, Peggotty.«

Der Junge hielt seine Wollmütze in Händen und stand verloren neben der großen wie breiten Peggotty.

»Hallo, Neil.« Emilys Stimme war nur ein Flüstern.

»Master Wittgenstein«, sagte Neil mit krächzender Stimme, »war im Laden.«

»Er hat es dir gesagt?«

Neil nickte nur.

Schluckte.

Peggotty sagte: »Ich bringe den Herrschaften Tee.« Es war weder Frage noch Angebot, sondern irgendetwas dazwischen. Es war Peggottys Art zu sagen, dass sie die Dinge in die Hand nahm. Dass sie sich um alles, was in ihrer Macht stand, kümmern würde.

Erst als sich die Tür hinter der Haushälterin geschlossen hatte, trat der Junge näher.

Langsam.

Zögerlich.

Blieb vor Emily stehen und starrte auf das Buch, das noch immer im Schoß des Mädchens lag.

»Aurora wollte das unbedingt lesen«, erklärte er Emily.

Erstaunt begegnete sie dem Blick des Jungen.

»Sie hat es von dir!«

»Nicht wirklich«, antwortete Neil. »Master Micklewhite hat es für sie erstanden.«

»Der Elf?«

»Ja, sie sei zu schüchtern, um selbst in den Laden zu kommen.«

»Das hat er gesagt?«

»Ja, hat er«, sagte Neil und drehte verlegen die Mütze in den Händen herum.

Nur das Knistern der Flammen, die hoch in den Kamin schlugen, war zu hören.

Lange sahen sich die beiden Kinder an.

Eigentlich waren es nur Augenblicke.

Und trotzdem eine Ewigkeit.

Emily fühlte den rauen Einband des Buches in ihren Händen und dachte daran, dass Aurora sich im Waisenhaus nie richtig für Seefahrergeschichten hatte begeistern können. *Die Schatzinsel* und *Robinson Crusoe* waren nicht gerade die Bücher gewesen, die Aurora gemocht hatte. *Sturmhöhe* hatte sie geliebt, aber niemals Melville. Mit einem Mal fragte sich Emily, weshalb ihr vorher nie aufgefallen war, dass ihre Freundin sich für die Seefahrer zu interessieren begann. Wie gut hatte Maurice Micklewhite seine Schutzbefohlene gekannt? Er war nicht der Zerstreuung wegen im Raritätenladen aufgetaucht und hatte dieses Buch für Aurora erstanden.

Ein Verdacht drängte sich Emily auf, den sie nicht auszusprechen wagte.

Sie sah Little Neil vor sich stehen mit seinen blauen Augen, dem zerzausten Haar und dem Rollkragenpullover.

Der Junge starrte auf das Buch und wirkte verlegen.

Unsicher.

»Ich habe das nicht gewollt«, flüsterte Emily.

So viele Gedanken bestürmten sie.

Sie schlug die Hände vors Gesicht und begann zu weinen. Schluchzend erzählte sie von den Träumen, die sie in der letzten Nacht heimgesucht hatten. Von ihrer Welt, die langsam auseinander brach. Aurora war nicht in Steerforth verliebt gewesen. Oh, nein! Es hatte nur so ausgesehen, als wäre sie es. Es hatte so aussehen sollen. Das Buch in ihren Händen war der Beweis. Dafür, dass Aurora tot war, und dafür, dass sie sich mit einem Mal für Seefahrer zu interessieren schien.

Neil, der schon immer davon geträumt hatte, an Bord der *Cutty Sark* die Meere zu befahren, kniete plötzlich vor ihr. Auch in seinen

Augen schimmerten Tränen. Er lächelte, was männlich und lässig wirken sollte, letzten Endes aber doch nur die Verzweiflung zeigte, die zurückzuhalten ihm gerade noch so gelang.

»Ich habe das nicht gewollt«, schluchzte Emily.

Wieder und wieder.

Als sei es eine Beschwörungsformel.

Little Neil ergriff ihre Hand und sagte nur: »Ich weiß.«

Unbeholfen.

Verzweifelt.

Wie sie selbst es war.

Während ich Mylady Lilith von den Geschehnissen unterrichtete und sie mir einen Ausweg aus der Misere offerierte, hörte sich Little Neil Trent geduldig an, was Emily ihm zu sagen hatte. Vieles davon ging in heftigem Schluchzen unter, und oftmals fand das Mädchen nicht die passenden Worte, um dem Wahnsinn, der ihr das Herz zerriss, Ausdruck zu verleihen. Letzten Endes jedoch war Emily dem Jungen zutiefst zu Dank verpflichtet. Weil er zuhörte. Einfach nur lauschte. Ihre Hand hielt. Wo er Aurora doch selbst gemocht hatte.

»Einmal«, hatte er ihr gestanden, »ist sie mit Master Micklewhite im Laden aufgetaucht. Keine Ahnung, wie lange das her ist. Sie hat kaum mit mir gesprochen.« Kurz hatte er hier innegehalten und seine nächsten Worte überdacht. »Sie hatte … eine ruhige Stimme.«

Ja, dachte Emily, wie warmes Holz.

Dann brachte Peggotty Tee.

»Er wird Sie beide wärmen«, sagte sie wohlwollend.

Lustlos nippte Emily an dem Tee, der wie immer vorzüglich war. Doch wusste das Mädchen, dass es mehr brauchte als einen Kräutertee, um die Kälte in ihrem Herzen zu vertreiben.

So viele Dinge hatte sie ignoriert.

Missgedeutet.

Nun, da sie Neil gegenübersaß, erinnerte sie sich an all die kleinen Sticheleien ihrer Freundin. Jene flüchtig dahingeworfenen Bemerkungen, die doch nur darauf abgezielt hatten, herauszufinden, ob Emily sich in den Jungen aus dem Raritätenladen verguckt hatte oder nicht. So oft hatte Aurora nachgefragt, was Emily denn nun von Neil Trent halte. Und wenn Emily jetzt darüber nachdachte, erinnerte sie sich, dass die Freundin zweifelnd dreingeblickt und es später dann mit einem zufriedenen Lächeln registriert hatte, sobald Emily jegliche Gefühle dem Jungen gegenüber ganz vehement bestritten hatte. In ihrer Einfalt hatte Emily vermutet, dass sie aus reiner Neugierde gefragt hatte. Doch niemals hätte sie auch nur ansatzweise in Erwägung gezogen, dass Aurora den Jungen aus dem Raritätenladen, den sie doch kaum kannte, den sie nur einmal aus der Ferne gesehen hatte – dass sie diesen Jungen so sehr zu mögen schien. Aurora hatte sogar begonnen, Bücher über die See zu lesen. Wenn Emily angestrengt nachdachte, entsann sie sich, dass Aurora eines Morgens, bevor die beiden Mädchen zur Schule hatten gehen müssen, flüchtig in *Moby Dick* geblättert hatte. Als Emily das Wohnzimmer der Quilps betrat, hatte Aurora das Buch ins Regal zurückgestellt. Ganz unbeteiligt, fast schon so, als sei das Buch von ganz alleine auf den Boden gefallen und Aurora habe es nur aufgehoben und an seinen Platz zurückgestellt. Nein, sie hatte darin geblättert. Zweifelsohne. Doch damals hatte Emily dem keinerlei Bedeutung beigemessen. Weswegen denn auch? Im Nachhinein kam Emily jedoch zu dem Schluss, dass Aurora erst mit der Lektüre dieser Bücher begonnen hatte, nachdem Emily ihr von Neils Leidenschaft, der See, berichtet – oder besser: sie flüchtig erwähnt – hatte.

»Master Micklewhite ist dann später im Laden aufgetaucht und hat das Buch für Aurora erstanden«, erinnerte sich Neil. »Ich habe es ihm verkauft, und er hat wissen wollen, ob es ein gutes Buch sei.« Nach einer Pause fügte er hinzu: »Eines, das auch Mädchen lesen würden.«

Emily schwieg.

»Elfen sind seltsame Gesellen«, stellte Neil nur fest.

Doch dachten beide Kinder das Gleiche.

Maurice Micklewhite, das wusste Emily, besaß einen seltsam wissenden Humor. Peggotty, meine alte, riesenhafte Haushälterin, hätte die Lippen zu einem Lächeln verzogen und ihr rundes Gesicht wäre bei dem Versuch, sich keine Regung anmerken zu lassen, ganz rot geworden.

Nachdem ich das Anwesen in Marylebone verlassen hatte, hatte Peggotty es nämlich auf den Punkt gebracht: »Miss Aurora mochte den jungen Herrn aus dem Raritätenladen. Ganz klar. Das hat man ihr doch angesehen.« Peggotty, deren weiße Kittelschürzen vor Stärke knarzten, wenn sie sich durch den Raum bewegte, hegte scheinbar keinerlei Zweifel diesbezüglich.

»Aber ich habe gar nichts bemerkt«, konnte Emily nur schuldbewusst antworten.

»Sie sind noch ein Kind.«

»Sie hören sich an wie Wittgenstein.«

»Er hat nicht in allem Unrecht«, erwiderte Peggotty und lächelte breit.

Emily schwieg.

Und Peggotty zählte auf, was ihr aufgefallen war. »Wenn sie beide vom Raritätenladen sprachen, hatte ihre Freundin immer den Blick gesenkt und beobachtete aus den Augenwinkeln heraus, wie sie sich verhielten. Selbst wenn Wittgenstein vom Raritätenladen sprach, machte sie das so. Über Master Neil verlor sie niemals ein Wort. Kein ernstes jedenfalls. Allenfalls neckte sie Sie mit ihm.«

»Woher wissen Sie das alles?«, fragte Emily.

Peggotty antwortete nur: »Ich bin eine Frau.«

»Wittgenstein hat mich niemals darauf hingewiesen.«

»Er ist ein Mann«, sagte Peggotty, »und der Männer Wahrnehmung ist zu einfältig, als dass ihnen derlei Dinge auffallen würden.«

»Sie meinen wirklich«, hakte Emily zaghaft nach, »dass Aurora ihn … gemocht hat?«

Peggotty hielt es nicht einmal für nötig, auf diese Frage zu antworten.

Nun denn.

Emily betrachtete Neil und fragte sich, wie er die Sache sah. Beide, so viel stand fest, verspürten nicht die geringste Lust, über das Thema zu sprechen.

»Heute Morgen stand es in der *Times*«, sagte Neil nur.

Emily gab ihm keine Antwort.

Starrte auf das Buch.

Wie ein Mahnmal lag es in ihrem Schoß.

Niemals würde Aurora erfahren, ob die Seeleute die Insel erreicht hatten und was sie dort erwartete. Der Gedanke, dass dort die Geschichte für Aurora zu Ende gewesen war, erfüllte Emily mit unsäglicher Trauer. Die Stelle, an der das Lesezeichen, dieser zerknitterte

Kassenbeleg von Tesco, aus dem Buch herausragte, und all die Seiten, die noch zu lesen gewesen wären, zeigten Emily mehr als alles andere, dass ein Leben zu früh beendet worden war. Das Buch war ihre Version des verräterischen Herzens aus der Geschichte des Amerikaners, es pochte und pochte und niemals würde es sie zur Ruhe kommen lassen.

Ganz fest hielt sie das Buch in den Händen.

Berührte den Umschlag.

Fühlte es. So schwer.

»Du solltest das Buch weglegen«, meinte Neil auf einmal.

Und streckte die Hand aus, um es entgegenzunehmen.

Emily starrte ihn nur an.

Mitten in die hellen, blauen Augen.

Der Augenblick verging.

Weitere folgten.

Mit erstickter Stimme sagte sie schließlich: »Nein.« Und klammerte sich fast schon daran.

»Warum?«

»Es ist alles, was mir von Aurora geblieben ist.«

Neil senkte den Blick.

Dann stand er auf und ging zum Fenster. Sah hinaus ins verschneite London. Betrachtete anschließend die vielen seltsam anmutenden Gegenstände, die den ganzen Raum füllten, und von denen er manche kannte und andere wiederum nicht. Neugierig hatte er bereits beim Eintreten alles begutachtet. Immerhin war er noch nie zuvor in der Wohnung eines Alchemisten gewesen.

»Warum bist du hier?«, wollte Emily unerwartet wissen.

»Wittgenstein bat mich darum.«

»Ist das der einzige Grund?«

»Ich wollte bei dir sein.«

»Du bist …«

Er sah sie ernst an. »Ein Freund?«

Sie senkte den Blick und ihr wurde bewusst, wie töricht ihre Frage gewesen war.

Ablenkend sagte Neil: »Wittgenstein erwähnte den Aphroditen.«

»Steerforth«, murmelte Emily nur.

»Du hast nicht den Hauch einer Chance gehabt, Emily.« Neil

wanderte durch den Raum und drehte geistesabwesend an dem riesigen, hölzernen Globus. »Es gibt Geschichten über Aphroditen, die man den Kindern in London und in der uralten Metropole erzählt. Oftmals sind es hübsche Prinzen oder Burschen oder schöne Prinzessinnen oder Mägde. Sie verstecken ihr wahres Gesicht, das meist alt und hässlich und entstellt ist, weil sich ihre elenden Taten darin zeigen. Sie laben sich am Leid der Menschen, das sie selbst heraufbeschwören. An Missgunst und Niedertracht.«

Emily hätte gerne die Worte vergessen, die sie mit Aurora gewechselt hatte.

Am Bahnsteig von Leicester Square.

Bevor der Zug eingefahren war.

In den letzten Sekunden ihres Lebens hatte sie Aurora Fitzrovia beschimpft. Dabei war Aurora immer für sie da gewesen. Vielleicht hatte Aurora erkannt, dass Steerforth es nicht ehrlich mit ihr meinte, dass seine Absichten bar jeder Redlichkeit gewesen waren.

»Jeder Aphrodit hat ein Nest, wo sein wahres Bildnis versteckt ist.«

Emily schaute auf.

Irgendwie kam ihr dieser Aspekt der Sache bekannt vor.

»Konfrontiert man den Aphroditen mit seinem Bildnis, so stirbt er«, sagte Neil. »In den Geschichten jedenfalls ist das der einzige Weg, den Aphroditen zu besiegen.« Er trat vor den Sessel, in dem Emily noch immer kauerte, das Buch in den Händen. »Es gab keinen anderen Weg. Der Aphrodit hat dich als Opfer erwählt. Dich und Aurora. Du darfst dir keine Vorwürfe machen.«

»Das ist leicht gesagt.«

»Ich weiß«, antwortete Neil.

Traurig.

Bedauernd.

Und fuhr fort: »Nur die wenigsten Menschen überleben die Begegnung mit einem Aphroditen. Du hast Glück gehabt, Emily.« Er kniete sich erneut vor sie auf den Boden und sah ihr in die Augen. »Du fühlst Trauer. Bist verzweifelt.« Eindringlich betonte er: »Du würdest gar nichts mehr spüren, wenn dich der Aphrodit wirklich angefallen hätte. Dein Herz hätte zu schlagen aufgehört.«

Erschrocken fragte sich Emily, ob Steerforth sich nur darauf konzentriert hatte, die Verzweiflung ihrer Freundin zu trinken. War es

Auroras Todesangst gewesen, an der er sich gelabt hatte? Waren Emilys Wut und Schrecken nur ein netter Nachgeschmack für ihn gewesen?

Mit zitternder Hand rieb sie sich die Augen.

Eigentlich wollte sie nicht einmal darüber nachdenken.

»Warum gerade ich?« Die alte Frage tauchte wieder auf.

»Ich habe keine Ahnung«, gab Neil wahrheitsgemäß zur Antwort.

»Wittgenstein glaubt, dass es einen Zusammenhang gibt.«

Neil machte nur: »Hm.«

Nichts sonst.

Er stand auf und nahm in dem Sessel gegenüber Platz.

»Vielleicht hat er etwas mit einer der beiden Familien zu tun?«, mutmaßte er, und als Emily nichts antwortete, fuhr er fort: »Du sagtest selbst, dass Steerforth unten in der Region herumgeisterte. Was in aller Welt hatte der Kerl dort zu suchen? Wollte er dich finden? Oder hatte er dort unten zu tun?« Neil kratzte sich nachdenklich am Kopf und zerwuselte das ohnehin zerzauste Haar noch mehr. »Hat er vielleicht etwas mit dem Golem zu tun?«

Emily wusste es nicht.

Im Grunde genommen wusste sie gar nichts mehr.

Sie war in diese Welt hineingezogen worden, und die Rolle, die sie spielte, war ihr selbst noch nicht ganz klar. Im Gegenteil. Je mehr sie erfuhr, desto unklarer wurde alles. Da war das Buch in ihren Händen, das sie anklagte. Da waren der Golem und Lycidas und Wittgenstein und der Nyx und ihr Elternhaus, das nichts von ihr wissen wollte. Da war die kleine Mara, die sich vor etwas ängstigte, das in den langen Korridoren von Manderley Manor hauste. Emily trat auf der Stelle, und es war dieser Stillstand, der sie an den Rand des Wahnsinns trieb. Immer mehr. Und wenn sie recht darüber nachdachte, dann schien es nur eine einzige Lösung zu geben. Sie musste jemanden fragen, der sich auskannte. Jemand, der ihr die Lücken in dem Puzzle würde erklären können.

Jemand, der nicht das geringste Interesse verspürte, mit ihr zu reden.

»Du solltest es tun«, meinte Neil, nachdem sie ihm ihre Gedanken offenbart hatte.

Emily rief sich das strenge Gesicht ins Gedächtnis zurück.

Jenes herrschsüchtige Antlitz, das ihr solche Angst eingejagt hatte.

Es fiel ihr schwer, die hoch gewachsene Frau als das zu bezeichnen, was sie war.

Ihre Großmutter.

»Wittgenstein wird nicht damit einverstanden sein«, gab sie zu bedenken.

»Er muss es ja nicht erfahren.«

Dieses Kind!

Hätte ich von ihrer Absicht gewusst, wäre ich keine Sekunde länger in der Nationalgalerie geblieben.

Schließlich war es Neil Trent, der es aussprach: »Du solltest nach Manderley Manor gehen.«

Emily ergriff seine Hand.

»Möchtest du, dass ich dich begleite?«, fragte der Junge.

Einen Moment lang schloss Emily die Augen.

Dann antwortete sie bestimmt: »Nein.«

Sie würde allein dorthin gehen.

Und sie würde es jetzt tun.

Es war der einzige Ort in ganz London, zu dem es sie hinzog, wenngleich sie die Erinnerung an das große Anwesen mehr als nur ängstigte. Emily Laing hatte nicht die geringste Ahnung, wie Mylady Manderley reagieren würde, wenn sie einfach dort auftauchte.

Im Grunde gab es jedoch nur einen einzigen Weg, dies herauszufinden.

Letztens, dachte Emily benommen, da träumte ich, ich wäre wieder in Manderley Manor.

»Ich muss los!«, sagte sie.

Neil sah zu, wie sie in ihre blaue Jacke mit dem Pelzkragen schlüpfte und sich die Mütze bis über beide Ohren zog. Sie schulterte den alten Rucksack, nachdem sie das Buch sorgsam darin verstaut hatte.

»Wünsch mir Glück«, bat sie ihn.

Neil trat vor sie und fast schon dachte Emily, er wolle ihr einen Kuss auf die Wange drücken. Stattdessen zupfte er eine Strähne ihres roten Haars unter der Mütze hervor, sodass sie über dem Mondsteinauge baumelte.

Emily lächelte zaghaft.

»Pass auf dich auf«, sagte Neil.

Dann rannte Emily hinaus ins Schneegestöber.

Little Neil, der ihr hinterherblickte, bis sie in den wirbelnden Flocken verschwunden war, flüsterte leise: »Pass bloß auf dich auf.« Dann verließ auch er das Anwesen in Marylebone.

Es gab keinen Grund mehr, länger dort zu verweilen.

Kapitel 5

Mylady Eleonore Manderley

So führten mich meine Schritte erneut nach Manderley Manor. Kurz stand ich vor dem gusseisernen Tor, und ein Gefühl, als träumte ich, beschlich meinen müden Geist. Das graue Gemäuer mit seinen Erkern und Türmen, auf denen frisch gefallener Schnee lag, wirkte tatsächlich, als sei es einem Traum entsprungen. Die Bäume reckten ihre kahlen Äste über den Torweg, der zum Haus führte, als behüteten sie die Geheimnisse, die Häuser dieser Art seit uralten Zeiten zu hegen pflegten. Der Vollmond tauchte das Anwesen in fahles Licht. Eine Wolke schob sich sogleich davor und gaukelte dem Auge Dinge vor, die gar nicht da waren. Silhouetten bewegten sich hinter den langen Vorhängen, und warmer Kerzenschein zauberte phantastische Bilder in die Nacht.

Aus freiem Willen hatte Emily Laing sich hierher begeben.

»Sie ist einfach so davongelaufen«, hatte mir Peggotty schuldbewusst und bekümmert verkündet, als ich nach Marylebone zurückgekehrt war.

»Und Sie haben sie nicht aufhalten können?«

Die alte Haushälterin dachte nicht daran, mir zu antworten.

Zog nur ein Gesicht.

Doch war nicht ich derjenige, der es besser hätte wissen müssen?

Oh, dieses Kind!

Emily Laing war nun einmal ein starrköpfiges Mädchen. So einfach war das. Letzten Endes war es wohl mein Fehler gewesen, sie allein in der Obhut Peggottys zurückzulassen. Ihr Neil Trent als Beistand vorbeizuschicken, meine Güte! Was immer die beiden besprochen hatten, es hatte offenbar nicht dazu beigetragen, meine Schutzbefohlene zu beruhigen. Durch den Schneesturm, der seit Stunden die Stadt heimgesucht hatte, war sie zum Regent's Park geeilt, wo ihre Füße kleine Abdrücke im tiefen Schnee hinterlassen hatten.

»Ich glaube«, hatte Peggotty gemutmaßt, »sie wollte zu ihrer Familie.«

Ach nein?

Einfacher würde dieses Verhalten die ganze Angelegenheit jedenfalls kaum machen.

Ich stand vor dem Tor, und vor mir erhob sich das graue Gemäuer von Manderley Manor. Dicke Schneeflocken wirbelten durch die Dunkelheit und fingen das Mondlicht ein. Weihnachten sollte Schnee liegen, dachte ich benommen und schritt die breiten Treppenstufen hinauf. Düster dreinblickende Wasserspeier starrten von den Dachsimsen auf mich herab und beobachteten jeden meiner Schritte. Flackernde, gusseiserne Gaslaternen erhellten spärlich die Pforte, an die ich zum letzten Mal vor einem Jahr geklopft hatte, um die kleine Mara nach Hause zu bringen.

Man öffnete mir, noch bevor ich um Einlass hatte bitten können.

»Mylady erwartet Sie«, begrüßte mich ein hagerer Hausdiener.

Förmlich nannte ich meinen Namen.

Eine hoch gewachsene Gestalt schälte sich aus den Schatten, die die lange, gewundene Treppe im Inneren des Hauses umfingen. Mylady Manderley, die Hausherrin, die mit hochgestecktem, schneeweißem Haar auf einen Stock gestützt hoch oben auf der Treppe stand, wie sie es auch vor einem Jahr getan hatte. Dann vernahm ich das Getrippel hastiger Schritte auf den Stufen, und bevor ich erkennen konnte, was da auf mich zugestürmt kam, prallte das Mädchen auch schon gegen mich.

Umarmte mich ungestüm.

Krallte sich förmlich an mir fest.

»Emily Laing!«, entfuhr es mir. Streng und tadelnd und doch froh, dass ich sie tatsächlich hier antraf.

»Wittgenstein«, antwortete sie nur.

Dass sie geweint hatte, war unschwer zu erkennen.

Etwas war geschehen in den vergangenen Stunden.

Dinge, die alles verändert hatten.

»Seien Sie uns willkommen in dieser dunklen Stunde.« Mylady Manderley folgte ihrer Enkelin nach unten.

»Was ist passiert?«, fragte ich Emily.

Das Mädchen wollte antworten, doch versagte ihr die Stimme.

»Mara«, sagte Mylady an ihrer Enkelin statt. Die elegante Frau stand jetzt vor mir, und ich sah in ihre stahlblauen Augen. Elfenaugen. »Man hat sie uns genommen.« Ihre Hand lag am silbernen

Knauf des Gehstocks, auf den sie sich stützte. »Die kleine Mara«, wiederholte Mylady, als befürchtete sie, ich hätte nicht verstanden, »wurde entführt.«

Instinktiv fragte ich: »Von wem?«

Emilys Lippen zitterten, als sie den Namen aussprach.

»Von Steerforth«, sagte sie.

Später würde sich Emily kaum mehr an jene Stunden erinnern, in denen sie blindlings durch das winterliche London geirrt war. Nachdem sie das Anwesen in Marylebone verlassen hatte, war sie hinunter zum Embankment geeilt. Eigentlich hatte sie sofort zum Regent's Park laufen wollen, doch hatte sie es, als sie erst einmal durch die Straßen zog, mit der Angst zu tun bekommen. Sie war nur ein Kind, und was konnte ein Kind denn schon ausrichten in dieser Welt? Wie würde ihre Großmutter – noch immer fiel es Emily schwer, die alte Frau als das zu bezeichnen, was sie nun einmal war – reagieren, wenn mit einem Mal ihre Enkelin vor der Tür stand?

Wie gerne hätte sie mit Aurora über all diese Dinge gesprochen. Ihr das Herz ausgeschüttet.

Selbst der Fluss mit seiner kalten Brise und dem fauligen Geruch, der von den Fluten aufstieg, war an diesem Tag keine Hilfe. Ja, selbst die Themse wirkte ratlos und verzweifelt in diesen Stunden. An den Ufern, dort, wo die Strömung nicht zum Tragen kam, hatte sich bereits eine dünne Eisschicht über das Wasser gelegt. Unter dem Eis konnte Emily erkennen, dass der Fluss noch lebte. Luftblasen waberten unter der Eisfläche, wanderten unruhig umher, teilten sich und verschwanden schließlich. Emily sah zum anderen Flussufer hinüber, zur Biegung, die die Themse im Osten machte und sie endgültig dem Blick entzog. Irgendwo dort drüben lag Greenwich mit seinem Museum und der *Cutty Sark*, die Emily an den Jungen aus dem Raritätenladen denken ließ und daran, wie sehr er Aurora doch gemocht hatte. Daran, wie wenig ihr von den Dingen aufgefallen war, die wirklich wichtig waren. Verzweiflung umklammerte das Herz des Mädchens, und der Anblick der Eisschicht, die sich anschickte, den Fluss zu bedecken, machte die Sache kaum besser. In allem, das wusste Emily nun, hatte sie versagt. Als Freundin und als Schwester und sogar als Trickster. Sie mochte gar nicht mehr an die gestrigen Erlebnisse denken. Daran, was sie mit dem Bettler gemacht hatte, der ihr vielleicht nur einen Platz an einer Feuertonne hatte anbieten wollen. An das Blut, das ihm aus der Nase geronnen war. An die Menschen in der U-Bahn, die sich alle an die Köpfe gefasst und gewankt hatten, als Emily so spontan und leicht in ihren Geist eingedrungen war und ein Schwindelgefühl erzeugt hatte, das ihr die Flucht erlaubt hatte.

Was genau bin ich?, fragte sie sich.

Furchtsam.

An allem zweifelnd, was sie bisher geglaubt hatte. Welche Rolle würde ihr in der uralten Metropole zufallen? Die Regentin, jene schattenhaft im Hintergrund agierende Herrscherin, und der Senat, jene alles lenkende und doch niemals direkt in Erscheinung tretende Institution. Es war ihr noch immer unklar, wer in der uralten Metropole welche Fäden zog, und manchmal zweifelte sie sogar daran, dass überhaupt irgendjemand genau über all diese Dinge Bescheid wusste.

Es war so verwirrend.

»Wer bin ich?«, fragte Emily den uralten Fluss.

Der ihr natürlich keine Antwort gab.

Sondern selbst vor dem klirrenden Eis kapitulierte.

Zögerlich berührte Emily die dünne Eisschicht, die unter dem Druck ihrer Finger knarzte.

Nein, es gab nur einen einzigen Weg.

Und der führte nach Manderley Manor.

Kopflos lief Emily an diesem Nachmittag durch die Stadt, ließ sich von Passanten und Touristen anrempeln, ohne es zur Kenntnis zu nehmen, und wich den wütend hupenden Autos aus. Nordwärts trugen sie ihre Schritte, zurück nach Marylebone und weiter hinauf zum Regent's Park, der sich in eine Schneelandschaft verwandelt hatte. Der wolkenverhangene Himmel über London spie weiterhin dicke Flocken aus, die unruhig in der Luft tanzten und sich schleierhaft über die Stadt legten. Kahle Bäume reckten ihre krallenartigen Äste in den Himmel. Die Kuppel der Moschee glänzte im fahlen Licht der Nachmittagssonne, und die Tiere im Zoo brüllten und plärrten und schnauften, dass man es weithin hören konnte, weil auch sie bitterlich froren, so wie Emily es tat. Unwillkürlich musste das Mädchen an die Begegnung mit den Werwölfen aus Whitechapel denken. Lucia del Fuego hatte sie gerettet, und wie hatte

Emily diese Frau bewundert! Doch war auch die graue Jägerin nur eine Illusion gewesen. War es in Wirklichkeit doch Master Lycidas, der Lichtlord selbst, der, wie er dem Mädchen später mitgeteilt hatte, sowohl als Mann als auch als Frau aufzutreten vermochte.

Benommen torkelte Emily weiter. Sie fragte sich, weshalb sie nicht auf direktem Wege hierher gekommen war. Marylebone lag direkt am Regent's Park. Dann musste sie an die Eisschicht denken, die den Fluss zu bedecken begann, und sie wusste, dass es diese Eisschicht gewesen war, die sie hinunter zur Themse gelockt hatte. Denn der Fluss war ebenso gefangen wie sie es war. Er wollte wild fließen und ungestüm Wellen schlagen, das Sonnenlicht einfangen, und doch gefroren seine Bewegungen zu klirrendem Eis, das ihn gefangen hielt und bändigte und ihm keine Luft zum Atmen ließ. Die uralte Metropole zwang den Fluss dazu, so zu sein. London beherrschte die Fluten.

Niemals, das schwor sich Emily, sollte es ihr so ergehen.

Nunmehr vollständig verwirrt, begab sie sich endlich nach Manderley Manor, das alt und mächtig und grau hinter den Baumgerippen aufragte, wie es das schon immer getan hatte.

Das Mädchen lenkte seine Schritte den langen Torweg hinauf. Wispernde Schatten griffen nach ihren Füßen, und ein eisiger Wind fegte ihr ins Gesicht. Den Kragen hochgeschlagen und beide Hände tief in den Taschen vergraben, den Blick gesenkt und den Rucksack geschultert, stapfte sie mutig und verzweifelt zugleich vorwärts.

Was mache ich eigentlich hier?, fragte sie sich, als sie endlich vor dem Portal stand.

Ihre Finger, die trotz der Handschuhe ganz steif vor Kälte waren, suchten nach der Klingel.

Sie fand den Knopf.

Drinnen erklang ein Läuten.

Tief und dunkel.

Emily atmete durch.

Nichts geschah.

Sie klingelte erneut. Auch dieses Mal klang das Läuten nicht freundlicher.

Dann öffnete sich die große Tür. Nicht einmal knirschend und auch nicht quietschend. Fast schon hatte Emily damit gerechnet, dass die Wirklichkeit der unwirklichen Realität eines der billigen

Gruselfilme gewichen war, die sie vor einiger Zeit gemeinsam mit Aurora im Fernsehen gesehen hatte. Alte Schwarzweißfilme von James Whale und Roger Corman und vielleicht auch noch einige von Alfred Hitchcock aus der Zeit, als er noch ausschließlich in England gedreht hatte.

»Was sind das für Filme«, hatte Aurora scherzhaft bemerkt, »in denen die Helden aussehen wie Peter Cushing und die Bösewichte wie Bela Lugosi?« Aurora, daran erinnerte sich Emily seltsamerweise gerade jetzt, hatte Laurence Olivier gemocht. »Er wirkt nett«, hatte sie ihrer Freundin offenbart.

Emilys Meinung diesbezüglich war deutlich anders ausgefallen.

Laurence Olivier, du meine Güte!

Manderley Manor war ein altes Herrenhaus und keine Kulisse aus einem Film der Vierzigerjahre. Die Tür öffnete sich ohne das geringste Knarzen, und es war in der Tat ein ganz normaler alter Hausdiener, der dort stand und verwundert in das Gesicht des frierenden Mädchens starrte.

»Guten Tag«, sagte Emily höflich, nannte ihren Namen und trug ihr Anliegen, Mylady sprechen zu dürfen, mit bebenden Lippen vor.

Der alte Hausdiener starrte das Kind mit großen Augen an.

Erst jetzt fiel Emily auf, wie sehr er sie anstarrte. Zudem schien es ihm die Sprache verschlagen zu haben.

»Treten Sie ein«, sagte er nach einem Moment unangenehmen Schweigens, und als er zur Seite ging, wurde sich Emily der Gestalt bewusst, die anscheinend die ganze Zeit über im Schatten der riesenhaften Treppe gestanden hatte. Auf einen Stock gestützt, dessen silberner Knauf im fahlen Licht der riesenhaften Eingangshalle glänzte. Die Haare hochgesteckt und mit strengen, stahlblauen Augen über eine Brille stierend. So kam die alte Frau auf das Mädchen zu. Sie lächelte nicht, sondern starrte das Kind nur an.

»Emily Laing«, stellte sich Emily erneut vor und erschrak beim Klang ihrer eigenen Stimme, die in einem dumpfen Echo von den Wänden zurückgeworfen wurde.

»Du kannst deine Herkunft kaum verleugnen«, meinte die alte Frau und sie sagte es in keinem netten Tonfall.

Ganz nah kam sie heran und betrachtete Emily.

Die sich, nebenbei bemerkt, nicht zu regen traute.

Mylady Manderley war so nah, dass Emily ihren Atem spüren konnte.

Ganz gefangen war sie im Blick der alten Frau, die ein hochgeschlossenes, schwarzes Kleid trug, das ihrem Wesen noch mehr Strenge verlieh, als es die abfällig herabgezogenen Mundwinkel und der stechende Blick über die randlose Brille hinweg ohnehin schon taten.

»Du siehst aus wie er«, stellte Mylady Manderley mit kalter Stimme fest.

»Wie wer?«, entfuhr es Emily.

»Wie dein Vater, dummes Ding«, gab sie barsch zur Antwort.

»Sie haben ihn gekannt?«

»Was glaubst denn du?«

Der ungewöhnlich lange Wortwechsel überraschte beide.

»Sie sind meine Großmutter.« Unsicher kamen die Worte hervorgekrochen.

Mylady Manderley musterte das Mädchen streng und nickte schließlich. Langsam. Bedächtig.

»Eleonore Manderley«, stellte sie sich vor.

Ganz förmlich.

Reichte ihrer Enkelin die knochige Hand.

»Warum bist du hergekommen?«, fragte Mylady Manderley schroff.

Emily, die ihre Tränen kaum mehr zurückhalten konnte, murmelte mit erstickter Stimme: »Ich wusste nicht mehr, wohin.« So vieles hätte sie diesen Worten hinzufügen können, doch sagte sie nichts von alledem. Stattdessen wiederholte sie die Antwort, die sie ihrer Großmutter bereits gegeben hatte: »Ich weiß einfach nicht mehr, wohin.« Dann kamen die Tränen.

Mylady Manderley stand stocksteif da.

Betrachtete das weinende Mädchen in der blauen Jacke.

Grübelte.

Dann reichte sie Emily ein elegantes Taschentuch. »Putz dir die Nase, Kind«, befahl sie. »Und folge mir.« Ohne eine Reaktion des Mädchens abzuwarten, drehte sie sich um und stieg die Treppe hinauf.

Emily blieb nichts anderes übrig, als ihr zu folgen.

»Sie hat mir eine Heidenangst eingejagt«, gab Emily später zu.

Freundlichkeit hatte Mylady Manderley tatsächlich nicht im Mindesten erkennen lassen. Während sie ihre Enkelin, die sie mitnichten als solche bezeichnet hätte, die gewundene Treppe hinauf und durch ein Labyrinth an Korridoren geführt hatte, deren lange Schatten dem Mädchen aus den Träumen und Gedanken ihrer Schwester bekannt waren, war Emily immer unwohler zumute geworden. War die Entscheidung, hierher zu kommen, doch nicht richtig gewesen? Was sollte sie nun tun? Mylady Manderley, die ganz offensichtlich nichts mit ihr zu tun haben wollte, durchschritt die Korridore, an deren Wänden Bilder voller verworrener Farbspiele hingen, ohne sich nach dem Kind umzudrehen, das ihr in kurzem, aber gebührendem Abstand folgte. Die Kälte, die Emily hier verspürte, war schlimmer als jene, die ihr draußen im Regent's Park ins Gesicht geschlagen war. Dies hier war eine andere Kälte.

»Es war«, versuchte sie es mir später zu erklären, »als habe es seit Jahren in diesem Haus keine Gefühle mehr gegeben.«

Gusseiserne Kerzenhalter ragten verkrüppelten Armen gleich aus den Wänden der Korridore. Spinnweben zierten die Ecken. Staubkörnchen wirbelten unruhig in der Luft. Emilys nervöser Atem verwandelte sich in Nebelwölkchen, die unruhig vor dem Gesicht des Mädchens tanzten.

»Fast war es so«, würde Emily zu beschreiben fortfahren, »als lebte dort eigentlich niemand mehr.«

An manchen Räumen kamen sie vorbei, deren Türen offen standen, und Emily bemerkte, dass die Möbelstücke unter weißen Laken versteckt waren.

»Früher gab es oft Empfänge in diesen Mauern«, hörte sie Mylady Manderley sagen, »doch diese Zeiten sind vorbei.« Alt und brüchig klang die Stimme ihrer Großmutter.

Emily wusste nicht recht, ob die alte Frau eine Antwort auf ihre Bemerkung erwartete.

Letzten Endes beschloss Emily zu schweigen.

»Wenn Sie nicht wissen, was Sie sagen sollen«, hatte ich ihr einst geraten, »dann halten Sie am besten den Mund.«

Mylady Manderley zeigte keinerlei Regung.

Schritt hoch erhobenen Hauptes weiter.

Die Schuhe mit den hohen Absätzen schabten über den Teppichboden.

»Es kam mir vor«, sollte Emily mir später sagen, »als gäbe es längst kein Leben mehr in diesem Haus.«

Am liebsten wäre sie auf der Stelle umgekehrt.

Mylady führte sie in einen Salon.

Ein riesiger Raum war es, der einstmals prächtig gewesen sein musste, doch jetzt verlassen wirkte. Ein loderndes Kaminfeuer prasselte und füllte den Raum mit einer wohligen Wärme. Kerzen ließen unruhig flackernd Schatten durch den Raum tanzen. Spinnweben zierten auch hier die tiefen Ecken und versteckten Winkel. Neben dem Kamin stand ein großer Tisch, auf dem außer einer Tasse und einer aktuellen Ausgabe der *Times* nichts lag ... und die Schicht feinen, hellen Staubes, die sich auf der Tischplatte gebildet hatte, sprach dafür, dass während der vergangenen Monate ebenfalls kaum etwas auf dem Tisch gestanden hatte.

Es schauderte Emily.

Ich bin in einem Geisterhaus gelandet, dachte sie.

Mylady Manderley nahm in einem riesenhaften Ohrensessel Platz, der am Kaminende stand.

»Was soll ich jetzt mit dir anfangen?«, fragte sie das Kind.

Emily schwieg.

»Warum bist du hergekommen?«

»Ich wollte endlich ...«

Die Alte schnitt ihr das Wort mit einer wütenden Handbewegung ab. »Sprich es nicht aus, Kind!«, herrschte Mylady Emily an, die vor Schreck einen Schritt zurückgetreten war.

Ich wollte endlich meine Familie kennen lernen. Das war es, was sie hatte sagen wollen.

Die stahlblauen Augen der alten Frau wirkten mit einem Mal sehr müde.

»Ich wollte nicht unhöflich sein«, stotterte Emily.

Mylady winkte ab. »Du bist eben ungeschickt«, sagte sie nur.

Die knochigen alten Finger umspielten den silbernen Knauf des Gehstocks.

»Was soll ich nur mit dir machen!«

Emily ahnte, dass diese Frage nicht an sie gerichtet war.

Schreckliches Schweigen erfüllte den Raum.

Bis Mylady nach einer Weile sprach. Die ganze Zeit über hatte sich Emily nicht vom Fleck bewegt. Noch immer stand sie regungslos da, und der Schnee an ihren Schuhen hatte kleine Pfützen auf dem Teppich gebildet. Und als Mylady sprach, da glaubte Emily endgültig, den Halt zu verlieren. Ihr war, als müsse sie auf den Teppich niedersinken, so schwach fühlten sich ihre Beine an. »Du hast seine Augen.« Das war es, was Mylady Manderley sagte. »Du hast die Augen deines unnützen Vaters. Die Augen des Bohemiens, der meiner Tochter den Kopf verdreht hat.« Verbitterung schwang in der Stimme mit, die brüchig und boshaft klang und allzeit nach Vergeltung zu suchen schien.

Doch bevor Emily etwas erwidern konnte, wurde die Tür aufgestoßen.

»Ah, Miss Anderson«, murmelte die alte Frau, die als Großmutter zu bezeichnen für Emily noch immer unmöglich war.

Eine hoch gewachsene, mürrisch gouvernantenhafte Dame unbestimmten Alters mit pechschwarzem Haar, welches sie zu einem Knoten gebunden hatte, stand dort im Türrahmen und blickte höchst abfällig auf den Gast. Wie Mylady selbst trug auch die Frau, die Emily schon einmal im Hyde Park samt Mara und Kinderwagen gesehen hatte, ein pechschwarzes, hochgeschlossenes Kleid, das bis zum Boden reichte und den Eindruck erweckte, als müsse sie darin ersticken.

»Sie wirkte durch und durch böse«, gestand mir Emily später.

Pechschwarz eben.

Miss Judith Anderson unterstand der Haushalt.

Und wirklich alles an ihr wirkte pechschwarz. Selbst die Augen, die nur schmale Schlitze waren und immer den Eindruck erweckten, als lägen sie auf der Lauer. Dürre Finger, die in pechschwarzen Handschuhen steckten, schoben ein kleines Mädchen in den Raum.

»Mara!«, entfuhr es Emily, ohne die Freude in ihrer Stimme ganz verbergen zu können.

Missbilligend ob dieser Gefühlswallung zog Miss Anderson eine Augenbraue hoch.

Eine Geste, die die Luft förmlich gefrieren ließ.

Doch hatte Emily in diesem Moment nur Augen für das kleine Mädchen mit den hellen Augen und den roten Haaren, das da ganz scheu und vorsichtig in den Salon lugte. Mara hatte sich verändert, seitdem Emily sie zum letzten Mal gesehen hatte. In Rotherhithe, als Emily zum ersten Mal im Schlafsaal der Neuzugänge auf sie getroffen war, da war sie noch viel kleiner gewesen als jetzt. Ein richtiges Kleinkind. Als sie sich vor einem Jahr von ihr hatte trennen müssen, da hatte Emily bereits geahnt, dass die Kleine ihr fehlen würde. Und jetzt war Mara ein kleines Kind und kein Kleinkind mehr. Ein kleines Kind, das mit den unsicheren Schritten einer Dreijährigen auf sie zuwankte, mitten durch den großen Salon hindurch, wo die fratzenhaften Ahnenbilder derer von Manderley die Wände schmückten. Wie seltsam es doch war, die kleine Schwester so vor sich zu sehen. Endlich! Kannte sie Mara bisher doch nur aus den Gedanken und Träumen, die die Kinder miteinander geteilt hatten.

Maras Haar, das im Schein des Kaminfeuers rötlich schimmerte, war kurz geschnitten und trotzdem zerwuselt und ließ bereits die Locken erkennen, die dereinst das Haupt der Kleinen schmücken würden. Sie trug ein schwarzes Kleidchen und schwarze Schuhe. Es war, als habe man die Erscheinung des Kindes jeglicher Farben beraubt. Selbst ihre hellen, blauen Augen leuchteten nur matt. Irgendwie verhalten.

Instinktiv kniete Emily sich hin, als Mara auf sie zugelaufen kam.

Dass Mara sie erkannte, bezweifelte sie keine Sekunde lang.

Enttäuscht musste sie jedoch feststellen, dass ihr die Schwester keineswegs freudig in die Arme fiel; nein, sie hielt plötzlich inne und betrachtete Emily eingehend, als sei sie eine Fremde. Verwirrt dachte Emily, dass Mara sie doch aus den Träumen kennen musste.

»Hallo«, sagte Emily.

Wollte ihr vorsichtig die Hand reichen.

Mara schwieg.

Betrachtete die Hand, die sich ihr da entgegenstreckte.

Misstrauisch wich sie einen Schritt zurück und beobachtete Emilys Reaktion. Dann hob sie kurz die Hand, als wolle sie ihrer Schwester zuwinken.

»Ich bin Emily«, versuchte sie es aufs Neue, lächelte unsicher und fügte flüsternd hinzu: »Du hast doch von mir geträumt.«

Mara legte den Kopf schief und starrte ihre Schwester an.

Dann kam sie wieder auf Emily zu.

Streckte die Hand aus und berührte mit den kleinen Fingerchen das rote Haar ihrer großen Schwester. Neugierig ließ sie die Strähne, die Emily sanft über das Auge fiel, durch die Finger gleiten. Dann fiel ihr Blick auf das Mondsteinauge. Fasziniert streckte sie die Hand danach aus. Scheute sich jedoch, es zu berühren. Ruckartig wurde die kleine Hand zurückgezogen. Fast schon fragend sah sie Emily an und deutete erneut auf das Auge, auf dessen Oberfläche sich das flackernde Feuer spiegelte. Ihr Mund formte ein O, und sie riss die Augen weit auf, ganz fasziniert.

»Das ist ein Mondsteinauge«, erklärte Emily geduldig. »Du darfst es anfassen, wenn du möchtest.«

Erneut legte Mara den Kopf schief und rümpfte die Nase.

Die Augen verengten sich zu schmalen Schlitzen.

Mylady Manderley sagte: »Sie kann nicht sprechen.«

Emily erschrak. »Wie meinen Sie das?«

Mylady Manderley seufzte. »Sie spricht niemals. Mit niemandem.«

Mara musterte ihre Großmutter traurig.

»Aphasia voluntaria«, sagte Miss Anderson kühl.

Emily hatte keine Ahnung, was sie meinte.

»Es ist eine freiwillige Stummheit«, erklärte Mylady Manderley mit leiser, mitleidvoller Stimme. »Sie schreit nicht. Sie lacht nicht. Sie flüstert nicht. Ja, sie hustet nicht einmal. Sie gibt keinen einzigen Laut von sich. Mutismus-Syndrom. Das ist der medizinische Ausdruck, den die ratlosen Ärzte gebrauchen.«

Mara rümpfte die Nase, als ahnte sie, dass über sie gesprochen wurde.

Dann zwinkerte sie Emily zu. Kniff beide Augen zusammen. Öffnete sie wieder.

Tat einen Schritt vorwärts.

Dann noch einen.

Sie war jetzt so nah, dass Emily ihren Atem riechen konnte.

Vanille, dachte sie unwillkürlich. Mara riecht nach Vanille.

Vanille und Erdbeere.

Aber nicht glücklich.

Mara hielt sich in einer theatralisch anmutenden Geste die Hand vor den Mund, und im ersten Augenblick dachte Emily, die Kleine müsse gähnen. Doch dann gab Mara sich selbst einen Kuss auf die Handfläche, hielt diesen fest und legte ihn behutsam auf Emilys Wange, die sich ganz kalt anfühlen musste. Sie lächelte nicht, als sie das tat, doch sah sie ihrer großen Schwester dabei ganz tief in die Augen. Und ließ die Hand auf Emilys Wange ruhen.

Emily lächelte und ohne nachzudenken nahm sie die kleine Hand ihrer Schwester, legte ebenfalls einen Kuss hinein und führte die Hand zurück zu dem ernsten Gesicht mit den beiden gesunden, hellblauen Augen, die aufleuchteten, als sie erkannten, was Emily da tat.

Zustimmend und scheinbar zufrieden nickte Mara.

Trat noch einen Schritt näher.

Legte ihren Kopf seitlich an Emilys Brust.

Seufzte lang gezogen.

Und Emily schloss sie in die Arme, wie es nur eine große Schwester zu tun vermochte.

»Sie kennt mich«, sagte Emily. »Aus ihren Träumen.«

Miss Anderson wurde ganz bleich, als Mylady Manderley mit einem Mal der Gehstock aus der zitternden Hand fiel. Die beiden Erwachsenen starrten die Kinder an, als habe sich soeben die ganze Welt ein Stück zu weit gedreht.

»Was hast du da gesagt, Kind?« Mylady wirkte unsicher.

»Mara kennt mich aus ihren Träumen.«

Miss Anderson und Mylady Manderley tauschten entsetzte Blicke, die mehr sagten, als Worte es zu tun vermocht hätten.

»Das Kind sagt, dass Mara von ihr träumt«, murmelte Miss Anderson.

Und Mylady fuhr ihr unsanft ins Wort: »Ich weiß, was das Kind gesagt hat.« Sie atmete schwer. »Aber wie ist das möglich? Mia hat niemals etwas Derartiges erwähnt.«

»Sie wissen, was geschehen ist«, gab Miss Anderson ihrer Herrin zu bedenken.

Mylady nickte schockiert, als ihr die ganze Tragweite dieser Neuigkeit bewusst wurde. Nur langsam erhob sie sich aus ihrem Sessel und kam auf die beiden Kinder zu. »Ist es möglich«, flüsterte sie nahezu geistesabwesend, »dass diese beiden hier Schwestern sind?«

Emily drückte Mara an sich.

Ganz fest.

Was Mara geschehen ließ.

»Wir sind Schwestern«, betonte Emily mit fester Stimme.

»Schweig!«, herrschte Mylady sie daraufhin an. »Du hast ja keine Ahnung, was du da sagst.«

Trotzig begegnete Emily dem Blick ihrer Großmutter.

»Ich weiß sehr wohl, was das bedeutet«, beharrte sie.

»Wittgenstein, dieser alte Rattenfreund«, murmelte Mylady abfällig. »Er hat es dir erklärt, nicht wahr?«

»Fragen Sie nicht«, entgegnete Emily schnippisch.

Bereits während ihres ersten kurzen Treffens mit ihrer Großmutter war es kaum zu übersehen gewesen, dass diese nicht besonders gut auf die Kaste der Ratten zu sprechen war.

»Mushroom Manor wird nicht begeistert davon sein«, stellte Miss Anderson lakonisch fest.

Mylady Manderley betrachtete die beiden Kinder. »Wenn man darauf achtet, dann erscheint es fast offensichtlich. Seid ihr beiden wirklich die Kinder des gleichen unnützen Vaters?«

»Sie sind Trickster.« Miss Anderson hätte es nicht einmal aussprechen müssen.

»Ja, bei Gott! Zwei Tricksterkinder.«

»Zwei Wechselbälger.«

Die beiden Frauen schwiegen nachdenklich.

»Das«, stellte Mylady schließlich fest, »ändert alles.«

Miss Anderson pflichtete ihr bei.

Zögerlich fragte Emily: »Werden Sie mir sagen, was damals passiert ist?«

Die alte Frau konnte kaum verbergen, wie schwer ihr die Worte über die Lippen kamen. »Die ganze Geschichte. Ja, das werde ich.« So begann sie von den Dingen zu berichten, die sich einst zugetragen hatten in der Stadt der Schornsteine. Und Emily, die nicht ahnte, wie grausam Wissen sein kann, lauschte gespannt den Worten ihrer Großmutter.

KAPITEL 6

DIE ANMUT DES ›HEUWAGENS‹

Während London im Schneegestöber versank und Emily Laing ihrem Freund aus dem Raritätenladen ihr Herz ausschüttete, hatte ich mich in den Ostflügel der Nationalgalerie am Trafalgar Square begeben. Genau genommen befand ich mich in Raum vierunddreißig auf einer Bank, den Blick auf mein Lieblingsbild gerichtet, die Lichtlady und einstmalige Madame Snowhitepink neben mir.

»Hoffnung gibt es immer.« Mit dieser Feststellung hatte Mylady Lilith reagiert, als ich ihr von dem Unglück in der U-Bahn berichtet hatte. »Niemand ist wirklich tot. Auch nicht Miss Fitzrovia.« Gespannt hatte sie meinen Schilderungen der Ereignisse gelauscht. Ihrer Miene war dennoch nicht zu entnehmen gewesen, ob sie das Schicksal des Mädchens berührte oder nicht. Weiß geschminkt wirkte ihr hübsches Gesicht mit den grellrot geschminkten, schmalen Lippen maskenhaft und kühl. Kein Wunder, dass sich die Kinder im Waisenhaus vor dieser Erscheinung geängstigt hatten.

»Sie können ihr demnach helfen?«, fragte ich sie.

»Eine solch törichte Frage kann nur ein Alchemist stellen.«

»Ach?«

Sie entblößte eine Reihe blendend weißer Zähne.

Beide betrachteten wir das Gemälde von John Constable. Den *Heuwagen*. Bestimmt gibt es Werke von größerem Ruhm und von stärkerer Bedeutung für die Kunst als dieses hier. Die Galerie beherbergt neben einigen frühen Rembrandts auch Gemälde und Zeichnungen von da Vinci, Raffael und van Eyck. Nicht zu vergessen Piero della Francesca, Velázquez und Seurat. Doch so kunstfertig und wertvoll all jene alten Meister auch sein mögen, in meinen Augen kann es kein Bild mit dem *Heuwagen* von Constable aufnehmen.

»Wenn Sie ein Bild stehlen würden«, fragte mich Mylady Lilith, »auf welches würde Ihre Wahl fallen?«

»Fragen Sie nicht!«

»Auf den *Heuwagen*, nicht wahr?«

Was sollte diese Frage? »Ich stehle keine Gemälde.«

»Auch nicht den *Heuwagen*?«

»Ich mag ihn so, wie er da hängt.«

Sie lächelte wissend.

»Sie lieben dieses Bild, nicht wahr?«

»Ja.«

»Es schenkt Ihnen Frieden. Ruhe, nach der sich Ihr Herz so sehnt.«

Neugierig musterte ich sie.

»Fragen Sie nicht«, antwortete ich erneut.

Sie war niemand, der unnütz Worte verschwendete. Das jedenfalls war der Eindruck, den ich von ihr gewonnen hatte, nachdem wir den Tower verlassen hatten. Miss Monflathers und Maurice Micklewhite hatten ihr beide vom Nyx und den Rattlingen erzählt. Vom Bann Uriels, der Lycidas in der Laterne von St. Paul's gefangen hielt und den nur sie zu brechen in der Lage war. Wortlos hatte sie all die Neuigkeiten zur Kenntnis genommen, wobei es schwer auszumachen gewesen war, ob sie überrascht war. Sie war zu neuer Schönheit erblüht, nachdem Rahel sein Leben für sie gegeben hatte. Lilith, die Verführerin. Wenn man sie so ansah, musste man an die Sagen und Mythen denken, die sich um ihre Person rankten. An all die Geschichten von jener wunderschönen Frau, die des Nachts in die Gemächer der Männer eindrang und ihnen das Blut aussaugte. An die Märchen von entführten Kindern und ins Unglück gestürzten Dörfern.

»So haben Sie mich also aus Eigennutz befreit«, hatte sie festgestellt. »Sollte ich Ihnen dafür dankbar sein?«

»Ist nicht alles Handeln von Eigennutz bestimmt?«, hatte Miss Monflathers lapidar erwidert.

»Sie hören sich an wie ein Ökonomieprofessor.« Mylady Lilith hatte süffisant gelächelt, und in diesem Lächeln konnte man mühelos die ganze Boshaftigkeit erkennen, zu der sie zweifelsohne fähig war.

»Wir brauchen Sie«, brachte ich es auf den Punkt.

»Ah, eine ehrliche Antwort.«

»Wittgenstein war schon als Schüler gefürchtet, weil er ausspricht, was er denkt«, sagte Miss Monflathers.

Ihre momentane Überlegenheit auskostend hatte Mylady Lilith gesäuselt: »Sie brauchen mich also.«

Entnervt betonte ich: »Das sagte ich doch.« Und fügte an: »Nur Lycidas ist dazu in der Lage, dem Nyx die Stirn zu bieten. Wir sind machtlos. Wir sind auf des Lichtlords Hilfe angewiesen.«

»Und somit«, ergänzte Maurice Micklewhite, »auch auf die Ihre.«

Mylady Lilith schwieg nachdenklich.

Im Licht ihrer hellen Augen, die so grün glänzten, wenn Dinsdales Leuchten auf sie fiel, schimmerten die Jahrhunderte wie all die verlorenen Jahre in den Augen eines sterbenden Mannes, der in Reue auf sein Leben zurückblickt und weiß, dass er nichts von alledem mehr ändern kann und auch nicht ändern würde, böte sich erneut die Gelegenheit.

»Ich werde Ihnen helfen«, versprach die Lichtlady schließlich.

Dann waren wir an die Oberfläche gekommen.

Durch das Tower Gateway nahe der Fenchurch Street verließen wir die uralte Metropole, betraten London direkt neben dem stark von Touristen frequentierten McDonald's-Restaurant am Tower Hill. Eine eisige Brise wehte von der Themse herüber und ließ alle frösteln. Wir brachten Mylady Lilith zum Savoy, wo Maurice Micklewhite eine Suite mit Ausblick auf die Themse für sie reserviert hatte.

Dort überließen wir die Lichtlady ihren Gedanken.

Dort verbrachte sie die Nacht.

Und dort erreichte sie der Anruf, der von Beginn an ein Hilferuf war.

»Ich treffe Sie in der Nationalgalerie«, hatte sie mir gesagt. Kühl und sachlich hatte ihre Stimme am Telefon geklungen.

Wir hatten eine Uhrzeit vereinbart.

Und nun war ich hier.

Hatte ihr von dem Unglück erzählt und starrte wie gebannt auf das Gemälde mit dem Heuwagen.

»Manche Dinge sollten so bleiben, wie sie sind.« Ihre leise Stimme klang wie warmer Honig. »Wie vieles erhält seinen Wert erst dadurch, dass es für uns unerreichbar ist.« Bedauernd stellte sie nach einem Augenblick des Schweigens fest: »Wie oft wird uns der Wert eines Menschen erst dann bewusst, wenn er nicht mehr unter uns weilt.« Uralt wirkten ihre Augen, als sie dies sagte.

»Ja.«

Unwillkürlich musste ich an Mylady Hampstead denken.

An ihr Ende.

An die Schuld, die irgendwer immer trug.

»Was sehen Sie in dem *Heuwagen*, Wittgenstein? Wollen Sie es mir sagen?«

Ich brauchte nicht lange zu überlegen.

»Schönheit«, antwortete ich.

Es ist eine typisch englische Landschaft. Wolken bedecken den Himmel. Irgendwo sieht man spärlich ein helles Blau durchschimmern. Riesige Bäume von sattem Grün erheben sich über einem Landhaus, dessen Konturen nur unscharf zu erkennen sind. Ein breiter Bach schlängelt sich an dem Haus vorbei, und inmitten des Baches steht ein Heuwagen, vor den ein Pferd gespannt ist. Zwei Männer stehen auf dem Heuwagen, der gar kein Heu geladen hat, und vorne vor dem Bach läuft ein Terrier umher. Eine Wiese verläuft nach hinten hinaus, bis sie von einer Reihe kleiner Bäume und Hecken vom Horizont abgeschnitten wird.

»Die Wolken dort sind fast schon schwarz«, stellte Mylady Lilith fest, »doch fällt ein Lichtstrahl durch die Wolkendecke und nimmt den dunklen Wolken ihre Bedrohlichkeit. Deswegen, mein lieber Wittgenstein, mag ich dieses Bild. Es ist so real. Wolken verändern ihre Form und Farbe fortwährend. Es gibt keine zwei Tage, die identisch sind, nicht einmal zwei Stunden, und seit der Erschaffung der Welt hat es nie zwei gleiche Blätter an ein und demselben Baum gegeben.« Sie seufzte. »All das ist in diesem Bild eingefangen.« Sie sah mir direkt in die Augen. »Deswegen werde ich Lycidas befreien. Weil er das Leben für mich lebenswert gemacht hat. Ich will, dass er an meiner statt hier sitzt und dieses Bild betrachtet und währenddessen mit den Gedanken bei mir ist, genau so wie ich mit meinen Gedanken bei ihm bin. In diesem Augenblick.« Ihre Stimme, die für einen Moment einen Hauch von Wärme besessen hatte, wurde wieder kalt und unnahbar. »Ist das nicht romantisch?« Fast schon spöttisch klang die Frage.

Gemessen an den Geschehnissen, deren Zeugin diese Frau im Laufe ihres Lebens geworden war, konnte man ihr den Spott nicht verübeln. Noch unten in der uralten Metropole hatte sie uns über einige Dinge aufgeklärt.

Miss Monflathers war es gewesen, die das Gespräch in Gang gebracht hatte; Miss Monflathers und ihre Theorie über die vielen

Zugänge zur Hölle und die Bedrohung, die deswegen vom Nyx ausging.

»Was halten Sie von dieser Theorie?«, fragte sie die Lichtlady.

Mylady Lilith hatte sich in keinster Weise überrascht gezeigt.

»Sie denken nach wie vor, dass ich die Personifizierung des Bösen bin.« Es war eine Feststellung und keine Frage, wenngleich es als solche hätte aufgefasst werden können.

Miss Monflathers entgegnete nichts.

»Ich bin böse, weil ich die Kinder geraubt habe«, fuhr Mylady Lilith fort. »Doch ist nicht derjenige als weitaus boshafter zu bezeichnen, der mir jenes Schicksal auferlegt hat?«

Niemand hatte darauf geantwortet.

Wir durchquerten die Tunnel der Stadtwerke, an deren Seiten dicke Stromkabel entlangliefen. Nur selten verirrten sich Arbeiter in diese Regionen, dabei waren Tunnel und Schächte dieser Art die häufigsten Schnittstellen zwischen London und der uralten Metropole.

»Schon lange bekämpfen wir den Nyx.«

Provokant musterte uns die Lichtlady.

Daraufhin hatte Miss Monflathers ihr gegenüber auf die alten Geschichten angespielt. All die Mythen jenen rätselhaften Rattenfänger betreffend.

»Der Nyx war dem Träumer nicht unähnlich. Damals, als er noch nicht verbannt worden war. Er gierte nach Macht und wollte dem Träumer nicht untertan sein. Er missachtete die Schöpfung und verführte die Menschheit. Ja, er war der erste Verführer. Er war die Schlange, die Böses in der Welt verbreitete, die Zwietracht säte und Neid und Missgunst. Einst nährte sich der Nyx vom Lebensbaum, und wenn die Menschen von den Früchten dieses Baumes aßen, dann waren sie ihm verfallen. Denn der Nyx forderte den Menschen ein Versprechen ab, bei ihrer Seele, ihm zu dienen, wenn er ihnen die süßen Früchte des Baumes zuteil werden ließ.«

»Der Nyx war die Schlange?«, hakte Maurice Micklewhite nach.

»In Wirklichkeit war alles natürlich weitaus komplizierter, als es die Schriften der Menschen Glauben machen wollen. Jene Geschichte mit den beiden Menschen, die die ersten Menschen gewesen sein sollen. Die ersten und einzigen. Nun ja. Der Nyx hatte es schon mit einer größeren Anzahl menschlicher Lebewesen zu tun. Es gab nicht nur einen Adam und nicht nur eine Eva. Es gab ihrer viele. Und die meisten dieser naiven Geschöpfe ließen sich nur zu gerne verführen. Zumindest auf metaphorischer Ebene stimmt es, dass diesen Menschen die Unschuld geraubt wurde, denn der Nyx hat sie sehend gemacht.« Verachtung für die Menschen schwang in ihrer Stimme mit. »Die Menschen waren einfältig. Gutgläubig. Was haben sie denn geglaubt, was der Lebensbaum ihnen geben würde?«

Niemand hatte ihr auf diese Frage geantwortet.

Also fuhr sie fort, während wir den Weg nach London hinaufgingen.

»Pairidaezas Stock trug die Früchte, die den Menschen die Augen öffneten. Der Träumer hatte eine Horde dummer Kreaturen geschaffen, die ihm zu Diensten sein sollten. Doch hatten sie erst einmal von den süßen Früchten des Lebensbaumes gekostet, so veränderten sie sich.«

»Der Nyx köderte die Menschen mit Intelligenz?« Miss Monflathers klang skeptisch.

»Mitnichten! Der Ophar Nyx köderte die Menschen mit Genuss«, stellte Lilith daraufhin klar. »Ja, er verführte sie. Gab ihnen, wonach es ihrem primitiven Geist verlangte. Essen für die Hungrigen, Wein für die Durstigen, Hingabe für die Wollüstigen, Vergeltung für die Rachsüchtigen. Jeder bekam, wonach es ihn verlangte. Doch gibt es nichts ohne einen Preis. Sind erst einmal die Augen geöffnet, so entstehen neue Wünsche. Unzufriedenheit nagte an den Menschen. Missgunst verbreitete sich. Das war der Lohn, den der Nyx für sich in Anspruch nahm. Gierig saugte er all diese Dinge auf. Menschen, die sahen, dass andere Menschen sie an Besitz übertrumpften, mordeten um ihres Vorteiles willen. Aus Neid. Aus Habgier. Die Früchte des Lebensbaumes hatten die Menschen lebendig gemacht. Sie erkannten, was Leben war. Und als ihnen erst bewusst geworden war, dass das Leben kein Paradies war, sondern ein ewiger Kampf, da begannen sie zu kämpfen und hörten auf zu leben.«

»Unnötig zu erwähnen«, warf ich ein, »dass dies dem Träumer nicht besonders gefallen haben kann.«

»Sie sagen es, Wittgenstein«, hatte Mylady Lilith mir zugestimmt. »Der Nyx hatte die Menschen aus dem Paradies vertrieben, indem er ihnen zeigte, dass das Paradies eine Illusion war. Deswegen verbannte der Träumer den Nyx. Warf ihn nieder. Tief in die Erde schmetterte er ihn, auf dass er die Schöpfung nicht weiter behelligte. Schaden hatte der Nyx schon genug angerichtet. Ein Schaden, den der Träumer zu beheben versuchte. Sie alle kennen diese Geschichten. Hagel, Feuersbrünste, Schnee und Eis. Eine Sintflut. Sodom und Gomorrha.«

»Man kann ihm nicht vorwerfen, dass er es nicht versucht hätte«, murmelte Miss Monflathers an dieser Stelle.

»Es half alles nichts«, fuhr Mylady Lilith fort. »Denn noch immer suchte der Nyx die Menschheit heim. Tief in der Erde verborgen, wo sich sein Körper zu etwas Unbeschreiblichem verformt hatte, spann er seine Pläne. Niedriges Getier lauschte seinen Worten und wurde ihm untertan. Dort gab es Kreaturen, die nie das Licht des Tages gesehen hatten. Rattengötter, die in der Erde scharrten und mit scharfen Krallen unentwegt ihre Tunnel nach oben trieben, bis sie schließlich in jene Regionen vordrangen, die von den Menschen als Hölle bezeichnet werden. Von dort aus schwärmten sie aus. Sie waren zu Augen und Ohren des Nyx geworden. An seiner statt verführten sie die Menschen. Heimlich kamen sie aus ihren Löchern gekrochen mit ihren funkelnden Augen und den spitzen Zähnen.«

»Sie wurden eine Plage, und noch heute künden Sagen von ihnen.«

Mylady Lilith stimmte Miss Monflathers zu.

»Nachdem Lycidas in die Verbannung geschickt und ich ihm gefolgt war«, erklärte sie uns, »mussten wir uns auf der Erde behaupten. Wir traten die Herrschaft in der Hölle an, jenem Höhlensystem, das schon seit Urzeiten existiert, und entschieden uns, an diesem Ort hier zu leben. Dort, wo von Beginn an Pairidaezas Stock gestanden hatte. Dort, wo später Londinium und London wachsen sollten. Lycidas war seiner Kräfte beraubt worden. Ich selbst war ein Mensch oder etwas, das einem Menschen sehr nah kam. Wir benötigten ein Elixier, um die Jahrhunderte zu überdauern. Um jung zu bleiben.« Ein kalter Blick streifte uns. »Den Rest der Geschichte kennen Sie. Unschuld, destilliert aus all den Kindern, wurde zu unserem Fluch.« Noch kälter wurde ihr Blick. »Die Hölle wurde unser Refugium. Von dort konnten wir die Fäden ziehen. Lycidas förderte die Menschheit, indem er sie beeinflusste. Wir hatten London zu unserem Domizil auserkoren, eine Metropole, die zum Nabel der Welt wurde. Der Mittelpunkt des Empires.« Sie seufzte. »Nur der Nyx, der wie wir die

Macht zu erlangen suchte, stand uns im Weg. Allzeit mussten wir seine Versuche vereiteln, dem erdigen Verlies zu entkommen. Immerfort hörten wir Geschichten aus fernen Ländern, die von Ratten erzählten, deren die Menschen nicht mehr habhaft werden konnten.«

»Es waren keine echten Ratten gewesen«, mutmaßte ich.

Mylady Lilith gab mir Recht. »Sie bezeichnen die Kreaturen, mit denen der Nyx kollaborierte, als Rattlinge. Missgestaltet und boshaft sind sie die Erweiterung seines dunklen Geistes.«

Miss Monflathers' Geschichten ergaben nun einen Sinn.

Mythen und Märchen hatten also doch einen wahren Kern!

Die Diener des Nyx waren immer schon in die Hölle vorgedrungen, und von dort aus hatten sie Zugang zu einer Vielzahl an Orten auf der Erde erlangt. Als Plagen waren sie der Erde entstiegen und hatten angestrebt, die Macht ihres Herrn zu festigen, indem sie die Menschen zu beherrschen versuchten und Angst schürten, von der sich der Nyx nähren konnte.

»Wir zogen durch die Welt und bekämpften den Nyx an jenen Orten, an denen die Rattlinge und andere ihm dienende Geschöpfe auftauchten. Skorpione. Asseln. Schneckenwürmer. Diese Wesen zu töten bedeutete, dem Nyx die Sinne zu nehmen. Wir erlösten die Menschen von den Plagen, die sie heimgesucht hatten.« Süffisant lächelnd bemerkte sie: »War das nicht selbstlos von uns?«

»Sie beide sind der Rattenfänger gewesen!« Miss Monflathers hatte es geahnt.

Das war der Grund, weswegen manche Sagen von einem Mann und wiederum andere von einer Frau zu berichten wussten. Der Rattenfänger war immer schon zwei Personen gewesen. Zudem war mir eingefallen, konnte Lycidas ebenfalls als Frau in Erscheinung getreten sein.

»Ja, wir sind der Rattenfänger gewesen, und wir haben all die Kinder mit uns genommen. Das war der einzige Lohn, den die Menschheit entrichten musste für den Dienst, den wir ihr erwiesen haben. Kinder für den Wyrm. Dessen Sekret für den Lebensbaum.« Mit einer Stimme, so alt wie die Schuld, die sie auf sich geladen hatte, ergänzte sie: »Die Ewigkeit für den Lichtlord und mich. Der allmächtige Träumer hat es so gewollt. So und nicht anders.«

Was uns zum *Heuwagen* brachte.

Letzten Endes.

Und zu Aurora Fitzrovia. Zu Emily Laing. Zu uns allen, die wir in diese schicksalhaften Fügungen involviert waren. Es gibt keine Zufälle, war Mylady Hampstead niemals zu betonen müde geworden. Wenn dem so war, dann erfuhr alles seine Bestimmung. Dann geschah nichts ohne Grund. Meine schreckliche Kindheit in Schottland und später in der Stadt der Schornsteine, die blutige Fehde der beiden Häuser, Emilys Freundschaft zu Aurora, die auf so schreckliche Weise ein Ende gefunden hatte. Lycidas, der in St. Paul's gefangen war, weil wir ebenso gegen ihn gearbeitet hatten wie wir jetzt versuchten, ihn zu befreien. Wenn es keine Zufälle gab, dann hatten all die Geschehnisse in unserer Vergangenheit dazu geführt, dass Mylady Lilith und ich uns hier vor dem *Heuwagen* trafen. Dann hatte John Constable den *Heuwagen* malen müssen, damit wir uns in dem Gemälde wiederfinden.

Dann hatte alles nur so geschehen können.

So und niemals anders.

War das möglich?

Hieße das nicht, dass es keinerlei Spielraum gab?

Ich betrachtete Mylady Lilith, die mit im Schoß gefalteten Händen ruhig neben mir saß und das Gemälde betrachtete.

»Lycidas wird bald wieder durch die Straßen Londons schreiten«, versprach sie mir. »Ich werde mich darum kümmern.«

Als hätten sie auf dieses Stichwort gewartet, betraten zwei Gestalten den Ausstellungsraum vierunddreißig. Alte Bekannte sozusagen.

»Mr. Fox und Mr. Wolf kennen Sie bereits.«

Ich zog eine Grimasse.

Schenkte den beiden ein geheucheltes Lächeln.

»Fragen Sie bloß nicht!«

»Wir freuen uns auch«, begann Mr. Fox.

»Sie zu sehen«, vervollständigte Mr. Wolf den Satz seines Gefährten.

»Die beiden werden mich auf meinem Weg nach St. Paul's begleiten.« Die Lichtlady sah die Jäger dankbar an. »Es sind treue Gefährten gewesen, all die Jahre über.« Dann betrachtete sie erneut das Gemälde an der Wand. »Schon bald wird Lycidas diesen Anblick genießen können. Noch viele Menschen werden den *Heuwagen* bewundern können. Denn der Lichtlord wird es nicht zulassen, dass der Ophar Nyx in der Hölle herrscht.« Schatten zauberten einen Grünschimmer in ihre Augen. »Sie, lieber Wittgenstein, müssen sich indes hinauf nach Kensington begeben. Der Lordkanzler wird Sie erwarten.« Dann erklärte sie mir, wohin mich mein Weg führen würde. »Wenn Ihnen das Glück hold ist, dann werden Sie dort finden, wonach Sie suchen.«

Mr. Fox und Mr. Wolf schwiegen. Standen still da und betrachteten ebenfalls das Gemälde, wenngleich ihre Blicke nicht darauf schließen ließen, dass sich ihnen die Schönheit der Farben offenbarte.

Nun denn.

Zu sagen gab es nichts mehr.

Ich erhob mich und schickte mich zu gehen an. Mylady Lilith indes blieb auf der Bank sitzen. Mit einem Mal war mir, als hätten sich Licht und Schatten in dem Gemälde verändert. Als hätte sich die Lücke, die sich zwischen den Wolken auftat, vergrößert. Als wäre die Welt in dem Gemälde ein wenig heller geworden.

»Eines noch«, sagte sie zum Abschied. Die Augen der Lichtlady schimmerten jetzt in einem hellen Grün, und ihr Gesicht war wieder ganz zu der weiß geschminkten Maske erstarrt, wie es so oft der Fall war. »Ich werde den *Heuwagen* vermissen.«

Ich wusste, was sie meinte.

Ohne zurückzublicken verließ ich die Nationalgalerie. Und fragte mich bedrückt, wohin meine eiligen Schritte mich wohl führen würden.

Kapitel 7

Geheimnisse

»Sie hat mir alles gesagt«, gestand mir Emily, nachdem wir Manderley Manor verlassen hatten und bereits auf dem Weg hinauf nach Kensington waren. Es galt, keine Zeit mehr zu verlieren, denn die Ereignisse spitzten sich zu. Ganz bleich und in Tränen aufgelöst war das Kind gewesen, als ich sie in Empfang genommen hatte. Nicht, dass ich etwas anderes erwartet hätte. Von dem Augenblick an, als mir Peggotty verkündet hatte, Emily habe sich nach Manderley Manor aufgemacht, hatte ich geahnt, dass dies alles nicht gut enden würde. Nach meinem Treffen mit der einstigen Madame Snowhitepink in der Nationalgalerie war ich nach Hause geeilt und hatte eine aufgelöste und überaus schuldbewusste Peggotty vorgefunden.

Ja, die Zeit tickte wahrlich.

Ein ungutes Gefühl hatte mich von dem Moment an beschlichen, als mir Peggotty von dem übereilten Aufbruch Emilys berichtet hatte. Neil Trent war in den Raritätenladen zurückgekehrt, konnte jedoch kaum Licht in die Angelegenheit bringen oder wollte es nicht – am Telefon erwies er sich jedenfalls als sehr wortkarg. In Marylebone gab es demnach wenig zu tun. Ich schnappte mir hastig das Telefon und rief im Museum an, wo ich einen nicht minder aufgeregten Maurice Micklewhite zu sprechen bekam. Unruhen habe es gegeben, ob ich schon davon gehört habe. Nein, hatte ich nicht. Dafür berichtete ich ihm in wenigen Worten von meinem Treffen mit Mylady Lilith und davon, was mich hinauf nach Kensington treiben würde. Maurice Micklewhite nahm meine Pläne zur Kenntnis und versprach, ein Auge auf die St.-Paul's-Kathedrale zu haben. Es wäre gut, wenn einer von uns anwesend wäre, sollte der Lichtlord aus der Laterne der Kathedrale herabsteigen.

Nachdem ich all dies in hektischer Eile erledigt hatte, begab ich mich zum Regent's Park, wo ich, wie bereits erwähnt, auf eine aufgelöste und hektisch schluchzende Emily Laing traf, die mir verkündete, dass jener mysteriöse Steerforth ihre Schwester entführt habe.

»Ich habe ihn gesehen«, sagte mir Emily. »Mit Maras Augen.«
Sie klang wirklich verzweifelt.

»Mara hat geschrien!«

Nach dem, was sie mir anschließend über ihre Schwester erzählte, sollte ich sagen: »Ich denke, sie ist stumm.«

Ungeduldig beharrte Emily: »Sie hat in Bildern geschrien. Es war nur ein Gefühl, Wittgenstein. Meine Güte! Ich habe sie schreien gefühlt, nicht gehört.«

Nun denn.

Beginnen wir am Anfang.

Mit dem, was Mylady Manderley ihrer Enkelin erzählt hatte.

»Sie hat meinen Vater gehasst«, gestand mir Emily später.

Um Mylady zu zitieren: »Ein unnützer Mensch ist er gewesen. Den Musen verfallen, wie ich es vorher noch nie erlebt habe. Ein Bohemien der schlimmsten Sorte. Nichtsnutzig und faul. Wenngleich meine Tochter dies bestritten hätte.«

Mylady hatte Miss Anderson aufgetragen, die kleine Mara ins Bett zu bringen. Es sei schon spät, und das Gespräch, das Emily und sie sich zu führen anschickten, würde am besten nicht in Gegenwart des Kindes stattfinden. Man wüsste ja nicht, wie viel die Kleine verstand. So hatte sich Emily mit einem Kuss von ihrer Schwester verabschiedet und war im großen Salon verblieben.

»Richard Swiveller kam, soweit mir bekannt ist, aus Lancashire nach London, um hier wie alle Nichtsnutze und Künstler sein Glück zu versuchen. Er verdrehte meiner Tochter den Kopf und machte ihr den Bauch dick.« Sie spie diese Worte förmlich aus.

Erneut wurde Emily schmerzvoll bewusst, dass sie für die alte Frau auf immer ein Wechselbalg bleiben würde. Die Tochter eines nutzlosen Künstlers, der, wie sie sagte, Musik und Bücher geliebt hatte. Mia Manderley hatte sich von dieser Leidenschaft anstecken lassen, die schon vorher verborgen in ihr geschlummert haben mochte.

»Sie sprach davon, Schriftstellerin werden zu wollen«, schimpfte Mylady Manderley. »Swiveller hatte ihr diese fixe Idee in den Kopf gesetzt. Er selbst wollte eine Oper komponieren, und Mia würde die Texte dazu schreiben. Einen Roman gedachte sie zu verfassen. Dann eine Chronik der Familie. Mal waren es Liedertexte, mal waren es Gedichte. Ach, sie war ja so wankelmütig, meine Mia!«

Immerhin ahnte Emily nun, woher ihre Leidenschaft für Bücher und Geschichten herrührte. Sie stellte sich ihren Vater als gut aussehenden jungen Mann vor, mit abgetragener Kleidung und einer Mütze, wie sie die Arbeiter in den alten Filmen trugen. Eine Mütze, die sein lockiges, rotes Haar verbarg. Richard Swiveller war bestimmt arm wie eine Kirchenmaus gewesen und dennoch glücklich, weil er die Liebe gefunden hatte und für die Kunst lebte. Was, dachte sich Emily, konnte es Ehrenvolleres geben, als für die Kunst zu leben? Ein Künstler zu sein? An Wahrheit und Schönheit und Freiheit und die wahre Liebe zu glauben? Eben ein richtiger Bohemien zu sein? Selbst wenn die Wahrheit wahrscheinlich nicht ganz so romantisch ausgesehen hatte, half dem Mädchen die Vorstellung doch sehr, aus einer glücklichen Beziehung hervorgegangen zu sein.

»Swiveller hatte keinen Penny in der Tasche«, grollte Mylady Manderley, »und meiner naiven Tochter schien das nicht das Geringste auszumachen. Herrje, als hätte es nicht genügend Freier von Stand gegeben, die sich um sie gerissen hätten! Aber nein, sie musste sich unbedingt mit diesem Künstler einlassen.«

Richard Swiveller hatte kein festes Engagement. Er spielte in den Salons und Kneipen des Eastend, wann immer ein Musiker gebraucht wurde. Er lebte in einem kleinen Dachgeschosszimmer, in dem der Regen oft durch die Decke tropfte und es nur wenige Möbelstücke gab. Bett, Stuhl und Tisch. Das Nötigste eben. Zumindest stellte sich Emily die Behausung in der Bidborough Street genau so vor. Als Mia Manderley dann ein Kind erwartete, erhielt er, was beide für eine Schicksalsfügung hielten, eine Anstellung als Cellist und Hausmeister im Almeida-Theater in der Almeida Street. Zumindest für die Winterspielzeit, was fast ein halbes Jahr lang geregelte Einkünfte bedeutete.

»Mia wollte zu ihm ziehen, in diese vermoderte Dachkammer. Und das in solchen Zeiten.«

Denn London wurde von fiebrigen Unruhen erfasst. Die Whitechapel-Aufstände bahnten sich an. Jack the Ripper trieb sein Unwesen im Eastend, und es waren Beschuldigungen übelster Art laut geworden. Lord Nicodemus Manderley, den der Senat mit der Aufklärung der Morde beauftragt hatte, wurde ein Opfer des Rippers. Voller Trauer und Hass beschuldigte Mylady Manderley die Familie der Mushrooms, die Drahtzieher bei jenen mysteriösen Ereignissen gewesen zu sein, die schließlich zum Tode ihres Mannes geführt hatten. Maurice Micklewhite und Inspektor Abberline von der Metropolitan stellten den Mörder schließlich. Einen Golem, wie man ihr mitteilte. Geschaffen aus dem Schmutz der Erde und mit einem lasterhaften göttlichen Willen versehen, der dem Lehm Leben eingehaucht hatte. Woher die Kreatur gekommen war und wer sie erschaffen hatte, ließ sich nurmehr mutmaßen. Manderley Manor sprach seine Anschuldigungen öffentlich aus, und als Folge entbrannten blutige Aufstände im Bezirk Whitechapel, die schließlich die gesamte uralte Metropole und London selbst erfassten.

»In diesen Zeiten trug Mia, dieses dumme Ding, sich mit dem Gedanken, in die Dachkammer in der Bidborough Street zu ziehen.«

Gebannt lauschte Emily den Worten ihrer Großmutter.

Folgte ihnen in die Zeit, in der sie noch ungeboren im Leib ihrer Mutter herangewachsen war. Vielleicht hatte ihr Vater zärtlich die Hand auf den Bauch ihrer Mutter gelegt und sachte gespürt, wie Emily um sich getreten und im Mutterleib gedreht hatte. Vielleicht hatten beide Eltern freudig gelächelt und sich glücklich geküsst, weil sie es kaum erwarten konnten, ihr Kind in den Armen zu halten. Vielleicht war es eine richtige Familie gewesen, in die Emily hätte hineingeboren werden können. Ganz warm wurde dem Mädchen ums Herz, wenn es daran dachte, was alles hätte sein können. Und es fröstelte sie, wenn ihr bewusst wurde, was wirklich geschehen war.

»Die Rattenkaste hatte einen Plan, wie das Blutvergießen beendet werden konnte«, erklärte Mylady Manderley.

Was jetzt kam, war Emily zur Genüge bekannt.

Die Hochzeit mit Martin Mushroom wurde in die Wege geleitet. Nur ein Erbe, in dessen Adern beider Häuser Blut floss, würde die Fehde beenden können. Es war beschlossene Sache.

Niemand fragte Mia Manderley, die sich immer stärker von der Mutter distanziert hatte. Nach dem Tod ihres Vaters hatte sie das leere Haus am Regent's Park nur noch als beängstigend empfunden. Richard Swiveller war von da an ihr Leben gewesen. Ihm hatte sie sich anvertraut. Ihn liebte und bewunderte sie, wie sie einst Liebe und Bewunderung für ihren Vater empfunden hatte, der als Mitglied des Senats ein Mann gewesen war, dem Stolz und Ehre noch etwas bedeutet hatten.

»Du erblicktest das Licht der Welt am Tag vor Weihnachten«, sagte Mylady Manderley. Nur ungern erinnerte sie sich daran. Geschneit und gestürmt hatte es. »In einem Raum im Westflügel dieses Hauses hast du deine ersten Schreie getan.« Letzten Endes sprach sie aus, was Emily vermutet hatte: »Wärst du eine Totgeburt gewesen, dann hätte uns das einige Unannehmlichkeiten erspart.« Es stimmte also. Ihre Großmutter trug ihr bis zum heutigen Tage nach, dass sie überhaupt am Leben geblieben war.

»Mia liebte dich abgöttisch.«

Ganz vernarrt war sie in das kleine Bündel gewesen, und vage glaubte Emily sich an Eindrücke zu erinnern. An starke Hände, die sie hochhoben und an eine Brust drückten, die nach Weihnachtsgebäck duftete. Im Waisenhaus hatte sie von einer sanften Melodie geträumt, die jemand hoch über ihr summte. Von einer Tür, die sich öffnete und die Stimmen fremder Menschen preisgab, vor denen sich das Mädchen fürchtete. War es überhaupt möglich, sich so frühe Erinnerungen zu bewahren? War es eine Tür in diesem Haus gewesen und war es ihre Mutter, deren Kleidung nach Weihnachtsgebäck geduftet hatte?

Sie wusste nicht, ob sie jemals Antworten auf diese Fragen erhalten würde.

Letzten Endes waren jene idyllischen Momente entschwunden wie Sand aus dem Stundenglas.

Emily wurde fortgegeben. Nachdem man sie eine Zeit lang in den Katakomben von Manderley Manor versteckt gehalten hatte, die bis tief hinab in die uralte Metropole reichten.

»Mr. Murdstone leitete damals das Waisenhaus in Rotherhithe. Zusammen mit seiner Schwester Mrs. Murdstone.«

Murdstone … War dies nicht der Name, den Reverend Dombey früher getragen hatte? Und wer war Mrs. Murdstone? Konnte es sein, fragte sich Emily, dass ihre Großmutter bereits Madame Snowhitepink gekannt hatte?

Verwirrt schwieg Emily.

Wartete ab, was die alte Frau noch enthüllen würde.

»Mia musste sich ihrem Schicksal fügen«, erklärte Mylady Manderley.

Die anfängliche Hysterie, die eingetreten war, nachdem man ihr offenbart hatte, dass man ihr Mädchen fortgegeben hatte, wich einer resignierten Apathie. Mit aller Strenge sorgte Miss Anderson, die schon damals dem Hause angehört hatte, dafür, dass Mia sich ihren Pflichten beugte.

»Das Leben ist immer grausam gewesen zu uns Frauen.«

Es wurde Mia zudem verboten, den Bohemien wiederzusehen. Nur ein einziges Mal war es ihm vergönnt gewesen, die Tochter in den Armen zu halten. »Danach war ihm der Zugang zu Manderley Manor für alle Zeiten verwehrt worden.« Mia wurde es nur in Begleitung Miss Andersons erlaubt, das Haus zu verlassen.

Richard Swivellers Schicksal lag von da an nicht mehr in der Hand der Familie.

»Die Ratten nahmen sich der Sache an«, erklärte Mylady Manderley, als wäre damit alles gesagt.

Richard Swiveller wurde außer Landes gebracht. So sah es der Plan der Ratten vor. Eines Abends, als er von einer Aufführung in der Almeida Street nach Hause zurückkehrte, spürte er einen heftigen Schlag am Kopf, und als er erwachte, befand er sich an Bord der *Shambleau* mit direktem Kurs auf die australische Küste.

»Die Ratten sind höchst effizient, was solche Angelegenheiten betrifft.«

Lord Brewster, dem die Planung oblag, hatte die Notwendigkeit betont, dass nichts, aber auch wirklich gar nichts der Eheschließung der beiden Häuser im Wege stehen dürfe. So verfolgte man den sicheren Weg und schaffte den Geliebten Mias außer Landes.

»Alles geschah so, wie es die Ratten geplant hatten.«

Mia Manderley, die nunmehr Mia Mushroom hieß, zog ins Anwesen ihres frisch angetrauten Ehemannes nach Blackheath am anderen Ende der Stadt. Doch dauerte es nicht lange, und sie bevorzugte immer öfter die gewohnten Räumlichkeiten des elterlichen Anwesens. Zudem schien sich Martin Mushroom kaum daran zu stören, dass seine Gattin gelegentlich außer Haus weilte. Allerdings sollte sie einen Erben gebären. Das war ihre Aufgabe. Niemals hatte er diesbezüglich Zweifel aufkommen lassen.

»Eine neue graue Jägerin wurde zu ihrem Schutz abgestellt«, fuhr Mylady fort.

Lucia del Fuego.

»Mia freundete sich mit der Frau an. Sie wurde ihre Vertraute, doch erzählte Mia ihr nichts von dem Kind, das man fortgegeben hatte.« Mia mochte naiv sein, dumm war sie nicht. Hätte Martin Mushroom von dem Kind erfahren, so wäre die Ehe gelöst und London in erneute Unruhen gestürzt worden. Also schwieg sie diesbezüglich. Jedem Menschen gegenüber, auch ihren Vertrauten. Sie folgte Lucia del Fuego in die uralte Metropole hinab. Bereiste mit ihr die Pfade in der sich immer mehr ausbreitenden U-Bahn. Lernte Earl's Court und Knightsbridge und Chelsea kennen.

Sie versuchte zu vergessen, was geschehen war.

Ihre Mutter hatte ihr erzählt, dass Richard Swiveller England verlassen habe. Punktum. Mia gab den Ratten die Schuld an alledem. Ihr Kind sei in den Händen sorgsamer Pflegeeltern irgendwo auf der Insel.

»Natürlich hat sie gewusst, dass es Lügen sind.« Hatte Mylady ihre Gedanken erraten können?

Und dennoch hatte Mia Manderley, die den Namen Mushroom nur noch auf dem Papier trug, diese Lügen akzeptiert. Weil sie mit diesen Lügen hatte leben können. Irgendwo in ihrem nicht mehr ganz so kindlichen Verstand konnte Emily die Verzweiflung nachempfinden, die ihre Mutter verspürt haben musste. Sie wusste nicht, wohin man ihr Kind gegeben hatte und was wirklich aus ihrem Geliebten geworden war. Eine tiefe und nicht unbegründete Angst, man könnte beide getötet haben, nagte fortwährend an ihr. So erschuf sich Mia ein eigenes Weltbild. In ihrer Sicht der Dinge lebte Emily glücklich bei den obskuren Pflegeeltern irgendwo in England. Richard Swiveller lebte in den Kolonien und häufte Reichtümer an, die ihn eines Tages nach London zurückbrächten, wo er Rache üben würde an jenen, die seine Familie auf dem Gewissen hatten. Irgendwann begann Mia die Lügen zu glauben, die sie sich selbst zurechtgesponnen hatte.

»Selbst als uns die Nachricht erreichte, Swiveller sei mitsamt der *Shambleau* den Stürmen am Kap der Guten Hoffnung zum Opfer gefallen, hielt Mia an ihren Illusionen fest.«

Die Zeit verging.

Und endlich erwartete Mia ihr zweites Kind.

»Den Mushroom-Erben.« Mylady Manderley sprach den Namen mit bitterster Verachtung aus.

Jahrelang hatte Martin Mushroom vergeblich versucht, einen männlichen Erben zu zeugen. Doch dann brachte Mia ein Mädchen zur Welt. Mara Myrial Mushroom. Unnötig zu erwähnen, dass ihr Gatte wenig erfreut darüber war. Einen männlichen Erben hätte er bevorzugt.

»Er wäre noch weniger erfreut gewesen«, sagte Mylady Manderley, »wenn er gewusst hätte, dass er gar nicht der Vater ist.« Ihr Blick bohrte sich förmlich in das Mädchen.

»Sie haben es gewusst?«

Fassungslos versuchte Emily klar zu sehen.

»Ich? Nein, mein Kind. Nicht einmal meine Tochter hat es gewusst.«

Wie war das möglich?

Mylady genoss die Ratlosigkeit im Gesicht des Mädchens. »Du kannst es dir nicht denken?«

»Nein«, antwortete Emily.

»Dann sollten wir deiner Mutter einen Besuch abstatten«, schlug die alte Frau vor und erhob sich von ihrem Platz am Kamin, stützte sich schwer auf den Gehstock und durchquerte mit langsamen Schritten den Salon. »Folge mir, und du wirst die Antworten bekommen, nach denen du so lange gesucht hast.« Sie warf Emily einen düsteren Blick zu. »Und wenn du die Antworten gefunden hast«, fuhr sie fort, »dann bitte ich dich, dieses Haus zu verlassen und nie wieder zurückzukehren.«

Emily wusste nicht, ob sie erleichtert oder betrübt sein sollte.

Sie beschloss, erst einmal gehorsam zu schweigen.

Und ihrer Großmutter zu folgen.

Draußen in den langen Korridoren war es eisig kalt. Ein kühler Wind wehte Emily ins Gesicht. Aufgeregt schlug ihr das Herz in der Brust. Ihrer Großmutter zufolge würde sie ihre Mutter treffen, doch zugleich beschlich Emily ein ungutes Gefühl, weil sie sich nicht vorstellen konnte, dass Mylady Manderley den Kontakt aus freiem Willen erlauben würde. Die Gerüchte fielen dem Mädchen wieder ein. Maurice Micklewhite hatte ihr gesagt, dass man Mia Manderley seit ihrer Rückkehr in das Anwesen am Regent's Park nicht mehr in der Öffentlichkeit gesehen hatte. Die Bilder, die Emily von ihrer Schwester empfangen hatte, sprachen zudem eine eigene Sprache. Warum fürchtete sich die kleine Mara vor der eigenen Mutter? Was war mit Mia Manderley geschehen?

Wie eine Antwort auf all diese Fragen hallte mit einem Mal ein gellender Schrei durch die Korridore. Schrill und kreischend, wie der eines Tieres.

Mylady Manderley drehte sich zu dem Mädchen um.

»Da hörst du es.«

»Was war das?«, fragte Emily furchtsam.

Die alte Frau schwieg.

Traurig sah sie aus.

Resigniert.

Erneut erklang das jammervolle Wehklagen. Ein Laut, so wild und ungestüm, dass er nur von einem Tier herrühren konnte. Kein Mensch, dachte Emily, gibt solche Laute von sich.

Mit zitternden Knien folgte sie Mylady Manderley durch lange Korridore voll verhangener Bilder und flackernder Kerzenleuchter. Treppen stiegen sie hinauf, an deren Enden wieder neue Gänge und Korridore auf sie warteten. Manderley Manor, dachte Emily benommen, ist ein düsteres Labyrinth, aus dem jegliches Leben entwichen ist. Ein Irrgarten, in dem die Gegenstände mit weißen Tüchern verhüllt waren, wo sich außer den Dienstboten, der Herrin des Hauses und Miss Anderson niemand aufzuhalten schien. Es roch nach Staub und Mottenkugeln, nach der abgestandenen Luft von Jahrzehnten. Dielen knirschten unter ihren Füßen, und dicke Vorhänge hingen schlaff vor den hohen Fenstern.

Stetig nach oben führten Emily ihre Schritte. Hinauf zum Dachboden.

Unablässig stieg Mylady Manderley die Stufen der Treppe empor.

Oben angekommen wurden die beiden von Miss Anderson empfangen, die mit verschränkten Armen und eisigem Blick dastand, als hätte sie niemals etwas anderes getan, als in den Schatten zu lauern. »Das Kind schläft«, verkündete sie, die Mundwinkel abfällig herabgezogen.

Mylady quittierte die Bemerkung mit einem kurzen Nicken.

Das markerschütternde Kreischen zerfetzte die Stille, vermischte sich mit dem Sturm, der draußen um das Anwesen heulte, sich in den Giebeln und Erkern fing, unter die Dachziegel kroch und dem Jammern des Wesens, das hinter der Tür auf Emily wartete, Flügel zu verleihen schien.

Emily wünschte sich, sie wäre nicht allein in diesem Haus. Sie wünschte sich so sehr, Aurora wäre bei ihr. Ihre Freundin hätte nun sehen können, dass es alles andere als gut sein konnte, die eigene Familie kennen zu lernen.

»Sei vorsichtig, Kind!«, riet ihr Miss Anderson.

Ging zwei Schritt zurück und stand neben einer Tür. Sie streckte die Hand aus und drückte die Klinke.

Emily ging näher an die Tür heran. Nur spärliches Licht erhellte die enge Dachkammer.

»Hier sind alle Antworten, die du suchst«, sagte Mylady Manderley.

Und Emily sah mit Entsetzen, wie Recht die alte Frau hatte.

»Ich fühlte es«, gestand sie mir später. »Mara fürchtete sich, weil jemand in ihr Zimmer eingedrungen war.«

Doch wir sprachen erst, nachdem Emily Laing ihrer Mutter vorgestellt worden war. Nachdem sie verstanden hatte, was es mit den Geheimnissen von Manderley Manor auf sich hatte.

So viele Bilder waren auf sie eingestürmt, dass sie erst einmal gar nicht wusste, wessen Emotionen sie da empfing. Die Zeit zerlief wie Sand im Stundenglas, und die Ereignisse überschlugen sich förmlich.

Es begann damit, dass Mylady ihre Enkelin in die Dachkammer führte. Jene Dachkammer, die das beherbergte, was die Familie Manderley seit Jahren zu verstecken versuchte. Das dunkle Geheimnis, von dem man sagt, dass jedes große Haus eines besitzt.

In Manderley Manor hockte es in der Ecke der Dachkammer. Auf dem schmutzigen Boden, wo zerrissene, vergilbte Seiten alter Zeitungen und zerfledderte Bücher zu einem Haufen aufgetürmt worden waren, der Emily an eine Art Nest erinnerte. Mitten in diesem Haufen hockte mit strähnigem, rotblondem Haar, das zu lang und zu zerzaust war, um zivilisiert zu wirken, eine Kreatur, die einmal ein Mensch gewesen war. Mit Augen, die einst schön gewesen sein mochten, doch nunmehr verwirrt und unruhig im Raum umherwanderten und die Ankömmlinge misstrauisch beäugten.

»Das«, hörte Emily die Stimme der alten Frau, »ist deine Mutter.«

Ketten, die das Wesen an Hand- und Fußgelenken fesselten, hielten es allein davor zurück, sich auf die Anwesenden zu stürzen. Mia Manderley fletschte die Zähne wie ein Tier und fauchte und stieß sodann jenes lang gezogene Kreischen aus, das durch die Gänge des Hauses hallte. Sie lallte Unverständliches. Gutturale Laute, nichts weiter.

Emily stockte schier der Atem.

Die Ähnlichkeit war nicht zu leugnen. Hinter all dem Schmutz und Irrsinn war ein Gesicht verborgen, das eine ältere Version ihres eigenen Antlitzes war.

»Seit nunmehr einem Jahr verstecken wir sie hier oben.« Nüchtern klang die Stimme Miss Andersons. »Der Wahnsinn, der sie einst befiel, ist stärker geworden in den vergangenen Jahren.«

Entsetzt starrte Emily das Ding an, das ihre Mutter war.

»Richtig schlimm wurde es, nachdem Mara entführt worden war.« Mylady grübelte, suchte die Verbindungen. »Doch hatte sie der Irrsinn schon früher heimgesucht.«

Mia Manderley trug nichts als ein schmutziges Nachthemd, das sie selbst an vielen Stellen zerrissen hatte. Bei jeder ihrer hektischen Bewegungen klapperten die Ketten und scheuerten ihr die Gelenke wund. Auf allen vieren hockte sie inmitten ihres Nests und versuchte zu ergründen, wer das Kind war, das da vor ihr stand.

Emily wollte den Mund öffnen, um Fragen zu stellen.

Doch versagte ihr die Stimme. Sie spürte, wie sich ihr der Hals zuschnürte.

Und Tränen in ihre Augen traten.

»Ich wusste gar nicht recht, wie mir geschah«, sollte sie mir später gestehen.

Mia Manderley schnüffelte wie ein Hund.

Nahm Witterung auf.

»Etwas ist geschehen«, ergriff Miss Anderson das Wort. »Drüben in Blackheath.«

»Ich verstehe nicht.«

»Dummes Kind!«, schalt sie Mylady Manderley.

Miss Anderson fuhr unbeirrt fort: »Sie haben etwas mit ihr gemacht. Nachdem Mara entführt worden war. Zuerst war sie nur anders gewesen, in sich gekehrt. Allerdings hatte sie in der Vergangenheit des Öfteren unter Stimmungsschwankungen und Depressionen gelitten. Mit einem Mal jedoch wurden die Anfälle heftiger. Und häufiger. Noch bevor die Ratte uns mitteilte, man habe Mara im Waisenhaus von Rotherhithe ausfindig gemacht, verschlimmerte sich ihr Zustand. Bereits damals nahmen wir sie wieder auf.«

Anfangs hatte sie noch sprechen können. Dann hatte sich ihr Zustand zunehmend verschlechtert.

»Ich glaube, sie hat etwas gesehen.« Das war Mylady Manderleys Meinung dazu.

»Etwas gesehen?«

»In den Mauern drüben in Blackheath ist es nicht geheuer. Schon immer ging dort etwas vor sich.« Fast schon beleidigt sagte sie: »Doch wollte mir ja niemand glauben. Oh, diese intriganten Ratten! Lord Brewster ist derjenige, dem wir all dies hier zu verdanken haben. Lord Brewster, der sich seit so langer Zeit nicht mehr hat blicken lassen.«

Mia Manderley hockte sabbernd auf dem Boden und verstand offensichtlich nichts von dem, was da gesprochen wurde. Sie hatte den Kopf schief gelegt, und diese Geste erinnerte Emily an die kleine Mara, die sich ähnlich verhalten hatte, als sie ihrer Schwester gegenübergetreten war.

»Du bist eine Trickster«, stellte Miss Anderson fest, »und wenn Mara ebenfalls eine Trickster ist, dann seid ihr beide Wechselbälger. Was nur eine einzige Schlussfolgerung zulässt.«

»Richard Swiveller ist nach London zurückgekehrt.«

Ja, dachte Emily.

Das war der Teil der Geschichte, der Mylady Manderley unbekannt war. Ihr Vater musste zurückgekehrt sein und ihre Mutter erneut getroffen haben. Nur so konnte es geschehen sein, dass Mia einem zweiten Kind das Leben schenkte. Einem Kind, von dem Martin Mushroom geglaubt hatte, es sei seines.

»Was ist mit ihm geschehen?«, fragte Emily.

»Mit Swiveller?«

»Ja.«

»Wir haben es niemals erfahren.«

Miss Anderson gab zu bedenken: »Lord Brewster versicherte uns, man habe ihn getötet.«

Beweise hatte es jedoch keine gegeben.

»Lord Brewster hat meinen Vater getötet?«

»Sei nicht töricht, Kind! Er ist nur eine Ratte.«

Mylady Manderley pochte mit dem Gehstock auf den Holzboden.

»In Auftrag gegeben hat er die Tat. Das ist es, was die Ratten tun. Sie ziehen die Fäden. Sie intrigieren. Sie planen.«

Emily schwindelte es mit einem Mal.

War Lord Brewster nicht einer der Guten in diesem Spiel?

»Du kannst niemandem trauen in dieser Welt«, sagte Mylady Manderley, und zum ersten Mal hatte Emily das Gefühl, als meine sie es ehrlich mit ihr. »Erst recht nicht in der uralten Metropole.«

Erneut fiel des Mädchens Blick auf ihre Mutter.

Die eine Melodie summend auf dem Boden hockte.

Emily konzentrierte sich und suchte den Weg ins Bewusstsein Mia Manderleys. Es ging leicht, doch die Bilder, die sie vorfand, verstörten sie zutiefst. Sollte die kleine Mara je diesen Weg gewählt haben, war es nicht verwunderlich, dass sich das Kind vor seiner Mutter fürchtete.

»Ich kann es nicht beschreiben«, würde Emily mir später gestehen.

Es waren nur Empfindungen. Wolkenverhangene Verzweiflung. Grelle Farben, die in Formen und Schatten umeinander wirbelten und eine Gestalt in ihrer Mitte verbargen. Etwas Lebendiges hatte sich in Mias Erinnerung festgesetzt, etwas, das sie selbst nicht mehr zu sehen vermochte. Umrisse waren nur vage zu erkennen. Überall waberten Nebel. Furcht war eine Farbe und Leid eine andere. Konturenlos flossen all die Farben ineinander, sodass Emily Kopfschmerzen bekam. Schnell und heftig befielen sie sie, krochen ihr die Schläfen empor, nisteten sich hinter ihren Augen ein. Ihr fehlendes Auge begann zu schmerzen. Instinktiv schlug Emily die Hände vors Gesicht und zog das Mondsteinauge aus der Augenhöhle.

»Was hat das Kind?«, fragte Mylady.

Und Miss Anderson antwortete: »Sie sieht in Mia hinein.«

Fasziniert beobachteten die beiden Frauen, wie Emily sich mühte, den Geist ihrer Mutter zu verlassen. Was ihr nebenbei bemerkt alles andere als leicht fiel. Fast war ihr, als wollten die Farben sie nicht ziehen lassen, als stecke sie in einem Sumpf fest, der unablässig an ihrem Verstand zog und zerrte und nicht daran dachte, sie loszulassen. Ich schaffe es nicht, dachte sie und spürte Panik in sich aufkommen. Niemals zuvor hatte sie Derartiges verspürt. Die Angst lähmt, erinnerte sie sich und suchte einen Ausweg, den sie nicht fand. Ich muss mich konzentrieren. Ganz fest. Ganz fest. Es gibt immer einen Weg nach draußen. Kein Verstand ist ein Gefängnis, doch vielleicht galt das nicht für Personen, die dem Irrsinn anheim gefallen waren. Sie dachte an Mara, die süße kleine Mara, und plötzlich hatte sie die Pforte gefunden. Jemand schien sie bei der Hand zu nehmen und zu sich zu ziehen. Mara, dachte sie benommen. Mara. Mara. Du bist es. Und glitt in das Bewusstsein ihrer kleinen Schwester hinein, wo die Bilder an Konturen gewannen und langsam, aber stetig schärfer wurden. Ein Zimmer erkannte sie. Eine hohe, spinnwebenbefallene Decke mit Holzvertäfelung, und an der Decke hing ein Mobile. Schiffe schaukelten und drehten sich in der Luft. Dann spürte sie, was Mara ihr mitteilen wollte, und sie verstand. Ja, mit einem Mal verstand sie. Dass Mara den Kontakt gesucht hatte. Mara, die irgendwo in diesem riesigen Haus alleine in ihrem Bettchen lag und sich unsagbar fürchtete, weil jemand bei ihr im Zimmer war. Jemand, vor dem sich ihre Schwester fürchtete. Eine Person, die sich aus den Schatten schälte, die größer wurde und sich über das Bettchen beugte, die lächelte und zuckersüße Worte säuselte, die wie ein Engel aussah, so wunderhübsch, dass Mara schon fast wieder keine Angst mehr hatte, wäre da nicht dieses Gefühl gewesen, dass der Mann, denn das war es, was die Gestalt war, ein junger Mann ... das Gefühl, dass dieser Mann falsch war. Das war das Wort, das Mara empfand: Der Mann war falsch. Zwar lächelte er, doch nicht aufrichtig. Er bewegte die Lippen und lächelte, und doch blieben seine Augen leblos. Das Gesicht des jungen Mannes wurde vom Schein der Nachttischlampe klar umrissen.

Und Emily schrie auf.

So viele andere Bilder bestürmten sie in diesem Augenblick. Die Hymenopteras und die Hand, die ihr gereicht wurde. Auroras wütendes und gleichzeitig überraschtes Gesicht und die einfahrende U-Bahn am Leicester Square und das Geräusch, als Aurora auf die Gleise geschmettert wurde. Der Ausdruck in dem hübschen Gesicht, als es vom Tod und Leid zu trinken begann und die Narbe verschwand, als sei sie niemals dort gewesen.

»Steerforth«, murmelte Emily.

Dann schrie sie die beiden Frauen an. Warnte sie. Beschwor sie, nach Mara zu sehen.

Sie registrierte kaum, dass Miss Anderson aus der Dachkammer stürmte und nach den anderen Bediensteten rief, dass Mia zu kreischen begann, weil sie spürte, dass etwas Schlimmes geschah, dass Mylady Manderley auf sie zukam, sie an den Schultern packte und unsanft zu schütteln begann. Emily sah durch die Augen ihrer Schwester, wie ihr etwas vors Gesicht gehalten wurde. Etwas, das sie die Augen schließen ließ. Ein weiches Tuch, das nach Chemikalien stank. Süßlich und einlullend. Sie spürte, wie jemand ihren Körper anhob. Den Körper, der nicht ihrer war, sondern der ihrer Schwester. Eine Tür schlug lautstark zu, und dann ließ die kleine Hand los, die Mara ihr gereicht hatte. Kraftlos spürte Emily, wie imaginäre Finger ihrem Zugriff entschlüpften.

Und sie wusste, was geschehen war.

Mara hatte losgelassen. Sie hatte das Bewusstsein verloren und war in einen tiefen, traumlosen Schlaf gefallen. Steerforth hatte sie mit sich genommen. Emily Laing, die keinen anderen Namen als diesen tragen wollte, sah es dem bleichen Gesicht ihrer Großmutter an. Mylady ahnte, wohin der Aphrodit ihre kleine Schwester bringen würde. Selbst Mia, die sich winselnd auf dem Boden zusammengerollt hatte, schien zu wissen, wohin.

Steerforth würde Mara nach Mushroom Manor bringen.

Nach Blackheath.

Dem Ort, der ihre Mutter in den Wahnsinn getrieben hatte.

Kapitel 8

Wölfe!

Die U-Bahn brachte uns bis nach Marble Arch. Von dort aus schickten wir uns an, den verschneiten Hyde Park zu durchqueren. Emily Laing, die gedankenverloren neben mir durch den Schnee stapfte, hatte mir während unserer Fahrt dorthin von den Geschehnissen in Manderley Manor berichtet. Die Dinge, mutmaßte ich, begannen sich zusammenzufügen. Steerforth hatte Mara geraubt, und ich zweifelte nicht daran, dass er sie hinunter nach Blackheath bringen würde. In wessen, wenn nicht in Martin Mushrooms Auftrag, hätte er handeln sollen? Das Gefühl, das mich bereits während der letzten Stunden beschlichen hatte, erwachte aufs Neue. Dorian Steerforth hatte mehr mit dieser ganzen Angelegenheit zu tun, als uns bisher bewusst gewesen war.

Es gibt keine Zufälle.

Punktum.

Mylady Hampstead hatte es gewusst, und ich wusste es ebenso.

»Die alte Frau war wie von Sinnen«, berichtete mir Emily, »als ihr klar wurde, dass Mara entführt worden ist.« Sie rannte zum Telefon und schrie Befehle in den Hörer. Und Emily wurde mit einem Mal klar, dass Mylady Manderley, so sehr es auch den Anschein erweckt haben mochte, keine schwächliche alte Frau war, die zurückgezogen in ihrem verstaubten Anwesen dahinvegetierte, sondern das Oberhaupt eines mächtigen Hauses. Manderley Manor sandte auf Befehl Myladys seine Späher und Jäger aus, die in London und der uralten Metropole nach dem Kind suchen sollten. Spitzel wurden nach Blackheath gesandt und Schläfer aktiviert. »Vielleicht hat sie sogar ihre Leute in der uralten Metropole mobilisiert«, hatte Emily gemutmaßt.

»Wohl kaum«, hatte ich diesen Gedanken zerstreut.

Fragend hatte mich das Kind angesehen.

»Mylady wird das Telefon nicht dazu benutzt haben, ihre Leute in der uralten Metropole zu kontaktieren.«

»Wieso sind Sie sich da so sicher?«

»Fragen Sie erst gar nicht.«

Nachdenklich hatte ich zu ergründen versucht, wohin uns all diese Geschehnisse bringen würden. In den Stadtrandsiedlungen von Broadwater Farm im Norden Londons war es zu blutigen Ausschreitungen gekommen. Es hatte sogar einige Übergriffe in der Nähe des Ravenscourts gegeben. Mit besorgter Miene hatte Maurice Micklewhite mir mitgeteilt, dass die Gewalt, die schon immer ein Teil Londons war, in den letzten Tagen bedenkliche Ausmaße angenommen hatte. Es war wie damals, als der Pöbel von Whitechapel losgezogen und sich die Angehörigen der Familien zermürbende Straßenkämpfe und Tunnelschlachten geliefert hatten. Damals waren es abgesägte Planken, stumpfe Sägen, rostige Hellebarden und anderes Handwerkszeug gewesen, mit dem die Menschen aufeinander losgegangen waren. Heute waren es Pflastersteine, die aus dem Boden gebrochen wurden, oder Konservendosen, die man aus den Regalen der Supermärkte entwendet hatte. Vielerlei Gegenstände vermochten als Waffe zu dienen, und die Spielarten der Grausamkeit waren noch längst nicht ausgeschöpft worden.

»Wir sollten uns beeilen«, hatte ich Emily gedrangt.

Mylady Manderley hatte ihre Enkelin bereitwillig ziehen lassen.

»Ich habe nicht die geringste Ahnung«, sagte Emily, »weswegen sie mir all das erzählt hat.« Hatte die alte Frau doch niemals Zweifel daran aufkommen lassen, dass sie Emily niemals als Erbin ihres Hauses ansehen würde. Eindeutiger noch, sie verabscheute das Kind zutiefst. Das Kind und seinen Vater, den sie schon vor so langer Zeit gehasst hatte.

»Mylady Manderley wird ihre Gründe gehabt haben«, meinte ich nur.

Resigniert und traurig kickte Emily eine weggeworfene Coladose den Gehweg entlang. Die ganze beherrschte Verzweiflung des Kindes wurde in dieser Geste offenbar.

»Es gibt keine Zufälle«, sagte ich ihr.

Was hätte ich sonst erwidern können?

Unterwegs informierte ich Emily über die Dinge, die ich während meines Treffens mit Madame Snowhitepink in Erfahrung hatte bringen können. »Jenseits der Royal Albert Hall«, erklärte ich dem Kind, »finden wir Aurora Fitzrovia.« Skeptisch hatte Emily dies zur Kenntnis genommen.

Immerhin hatte die Aussicht, ihre Freundin retten zu können, die Schritte des Mädchens beschleunigt. Die behandschuhten Hände tief in den Taschen der blauen Jacke vergraben, die ich ihr damals bei Marks & Spencer erstanden hatte, als Emily Laing auf Anraten Lord Brewsters in mein Leben getreten war, und den alten Rucksack geschultert, den sie als Lohn für ihr mutiges Verhalten während der anfänglichen Lektionen erhalten hatte. Den Fellkragen hatte sie hochgeschlagen, und die roten Haare lugten nur zögerlich unter der Mütze hervor, die sie sich bis über beide Ohren gezogen hatte.

Zwischen St. John's Wood und Baker Street stiegen wir in die uralte Metropole hinab. Ein Siding befindet sich dort, das es uns erlaubte, den Bahnsteig der Knightsbridge Line zu erreichen, einer direkten Anbindung hinunter nach Marble Arch, die schon seit Jahrzehnten in Vergessenheit geraten war. Ein alter Zug, dessen roter Lack bereits seit Jahren abbröckelte und der in London lange schon ausgemustert worden war, brachte uns schnell an unser Ziel, von wo aus wir auf schnellstem Wege den Hyde Park zu erreichen gedachten. Skurrile Passanten säumten den Bahnsteig. Mit den Köpfen zuckende Rabenmenschen und lange Pfeifen rauchende Tunnelstreicher sowie einige Gestalten, die Emily nie zuvor gesehen hatte. Koffer tragende Heathrow-Menschen mit flachen Hüten auf den breiten Köpfen, Tagesmütter aus Dagenham East und St. Pancras-Buchhalter mit ihren mechanischen Rechnergeräten. Einige Pyro-Punks aus Haggerston zündelten über einem der Abfallkörbe, und zwei Adepten der Black-Friars-Gemeinde vom Embankment lasen in ihrer heiligen Schrift.

Wie seltsam diese Welt Emily noch immer vorkam. All die Gestalten, von denen sie nur erahnen konnte, welche Rollen sie im Netzwerk der uralten Metropole spielten. Neil hatte ihr von Gesellschaften erzählt, die in den stillgelegten Bahnhöfen der Underground stattfanden und wo Punks auf arme Gesellen Jagd machten, deren sie in London hatten habhaft werden können. Fuchsjagden nannten die Punks jene Veranstaltungen, in deren Verlauf die »Füchse« durch das Labyrinth der Tunnel nahe Primrose Hill getrieben wurden und den Siegern der Skalp der Beute winkte. Doch gab es dort, abgesehen von diesen barbarischen Gepflogenheiten, nicht auch die Erhabenheit einer Welt, die Magie atmete? Einen Kosmos, wo steinerne Ritter an tiefen Abgründen Brücken mit

Schwert und Schild und Lyrik bewachten? Wo Baronien und Grafschaften von zerlumpten Adeligen regiert wurden und Götter wandelten, denen kaum noch jemand Beachtung schenkte?

Wie seltsam diese Welt doch war. Und sie, Emily Laing, war ein Teil von ihr geworden, würde dies für immer sein. Denn wenn eines sicher war, dann das!

»Niemals werde ich den Namen Manderley tragen.« Wütend hatte sie geklungen, keineswegs reuevoll.

Die alte Frau, die als Großmutter zu bezeichnen Emily sich noch immer scheute, hatte all die Jahre über die Fäden gezogen. Zwar versuchte sie den Ratten die Schuld an den tragischen Ereignissen zuzuweisen, doch waren dies nichts anderes als windige Wortklaubereien.

»Lord Brewster hat die Ermordung meines Vaters in die Wege geleitet!«

Hyronimus Brewster.

Ausgerechnet!

Von allen Ratten war diejenige, die Emily so oft geholfen hatte, die das Mädchen in meine Obhut gegeben und Lycidas mit unserer Unterstützung zu Fall gebracht hatte, der Drahtzieher, dessen Absichten alles andere als eindeutig waren.

»Mylady hat tatsächlich Seiner Lordschaft Namen genannt?« Ein Teil von mir weigerte sich zu glauben, dass die alte Ratte Verrat begangen haben könnte. Eigene Pläne verfolgt, vermutlich. Das lag in der Ratten Natur.

»Habe ich mich unklar ausgedrückt?«

Hatte sie nicht.

Emily hegte einen Groll gegen die Ratte, den ich in Anbetracht der Geschehnisse gut verstehen konnte. Wenn es der Wahrheit entsprach, was Mylady Manderley da so leichten Herzens geäußert hatte, erschien das Verschwinden der alten Ratte in einem gänzlich neuen Licht, das die Absichten Seiner Lordschaft zumindest zweifelhaft erscheinen ließ.

»Wem kann man denn noch glauben?« Emilys Vertrauen in ihre Umgebung war wieder einmal zutiefst erschüttert worden. Die Welt ist gierig, und sie verschlingt kleine Kinder, gerade dann, wenn sie allzu leichtfertig Versprechungen und Beteuerungen glauben.

Die Laternen im Park waren eingeschaltet und bildeten helle Inseln in der Dunkelheit, wo sich die Gerippe der Bäume in den wolkenverhangenen Nachthimmel schoben.

Irgendwie trostlos, dieser Anblick.

Ein runder Mond stand hoch über uns und lugte hin und wieder aus den Wolken hervor.

Blue Moon, dachte ich mit einem Mal, *I saw you standing alone*.

»Wie geht es Ihnen?«, wollte ich von Emily wissen.

»Oh, fragen Sie doch nicht dauernd.«

»Ich bin eben besorgt«, gestand ich.

Sie sah mich an und zog ein Gesicht. Ihre Stimme klang mürrisch, wenngleich sie die erleichterte Dankbarkeit nicht ganz zu verbergen vermochte.

Zufälle, dachte ich erneut, gibt es nur wenige.

Keinen Augenblick zu früh war ich in Manderley Manor eingetroffen. Fortwährend hatte die alte Frau Emily mit Fragen malträtiert. Sie aufgefordert, ihre Trickstereigenschaften einzusetzen und endlich herauszufinden, wo Mara sich befand. Als hätte sie dies nicht ohnehin getan, wäre es nur in ihrer Macht gestanden. Denn Mara war offenbar nicht bei Bewusstsein. Nur so konnte sich Emily erklären, dass sie keinen Zugang zu den Gedanken ihrer Schwester fand. Entfernung, das hatte sie in der Vergangenheit gelernt, spielte diesbezüglich keine Rolle. Schon zuvor hatte sie sich in Mara hineinversetzen können, selbst wenn Meilen zwischen ihnen gelegen hatten.

Höchst unsanft hatte Mylady Manderley ihre Enkelin an den Schultern gepackt und mit aller Kraft geschüttelt. Als hätte das etwas genützt. Verzweifelt hatte sich Emily in diesem Moment nur gefragt, wie sie das Anwesen schnellstmöglich würde verlassen können.

Miss Anderson hatte die ganze Zeit über mit einem Grabesgesicht im Raum gestanden und sich in Betroffenheit geübt.

»Warum, in aller Welt«, fragte sich Emily selbst, »hat sie mir das alles nur erzählt?«

»Diese Frage«, erwiderte ich ihr, »wird Ihnen nur Mylady Manderley beantworten können.«

Was hätte ich ihr auch anderes sagen können? Die Motivation der alten Frau lag auch für mich im Dunkeln. Mara wollte nicht sprechen, und vielleicht hatte Mylady Emily dazu auserkoren, als Sprachrohr zwischen ihr und dem Kind zu dienen. Die Zeit, dessen war ich mir sicher, würde alle Antworten bringen.

»Glauben Sie, dass die Ratten ein falsches Spiel mit uns getrieben haben?«, fragte Emily mit einem Mal, als wir gerade die Serpentine Road inmitten des Parks überquert hatten. Der kleine, künstlich angelegte See lag zwischen diesem Teil des Parks und Kensington Gardens. Eine dünne Eisschicht hatte sich auf dem Wasser gebildet, und der Anblick ließ mich frösteln.

»Nicht Mylady Hampstead«, sagte ich bestimmt.

Dachte daran, wie Mylady mich in dem stinkenden Haufen Unrat gefunden hatte, damals, vor so langer Zeit, dass es schon nicht mehr wahr zu sein schien.

Emily hatte meinen Blick bemerkt. »Was geht Ihnen gerade durch den Kopf?«

»Fragen Sie nicht.«

Und dann erzählte ich es ihr doch.

»Der Gedanke, dass Sie einmal jung gewesen sind«, sagte Emily unerwartet, »ist irgendwie seltsam.«

Mit hochgezogener Augenbraue musterte ich sie.

»So war das nicht gemeint«, verbesserte sie sich hastig.

»Sondern?«

»Dass sie einmal ein Junge gewesen sind, dem die Welt ganz fremd und kalt vorgekommen ist.«

»Die Kindheit ist ein Ort voller Schatten«, gab ich zur Antwort, »und London war niemals ein Ort für Kinder.« Trotzdem hatte Mylady Hampstead mich hierher gebracht. »Kinder«, stellte ich fest, »fühlen sich nun einmal einsam.« Vielleicht ist das so, weil sie die Welt so sehen, wie sie wirklich ist.

Emily wusste sehr gut, wie das gemeint war.

Vor uns tauchte die Bronzestatue des Jungen auf, denn wir hatten jene Stelle in Kensington Gardens erreicht, zu der es die Kinder Londons allzeit hinzieht. Überrascht, dass es auch uns in eben jenem Augenblick an eben jene Stelle verschlagen hatte, starrte Emily das Abbild des Jungen an, der eine Flöte in der Hand hielt. Die Figur sah aus, als würde sie auf einem schmalen Grat balancieren, kunstvoll und selbstsicher. Ein bronzefarbenes Denkmal für die Schöpfung Master Barries.

Alle Kinder, außer einem, werden erwachsen, dachte Emily.

»Ich war ganz klein«, sagte sie, »als ich das Buch zum ersten Mal in Händen hielt.«

Peter Pan.

Sie entsann sich. Einen bunten Schutzumschlag hatte das Buch besessen und, nein, sie hatte nicht selbst darin gelesen, weil sie noch zu jung und Buchstaben unleserliches Gekritzel für sie gewesen waren; eines der älteren Kinder hatte den anderen eines Abends daraus vorgelesen. Emily erinnerte sich gut an sie. Ein Mädchen mit langen, blonden Zöpfen, das immer die Schlüssel zu den Schlafsälen verlegt hatte und andauernd in Panik an allen möglichen Stellen im Waisenhaus danach suchte. Caro, erinnerte sich Emily ihres Namens. Caroline. Andächtig hatten die in der Schlafkammer anwesenden Kinder auf ihren Betten gesessen, während ihre Füße über dem Boden baumelten und die Hände unruhig die Laken kneteten. Und hatten Carolines Stimme gelauscht, die die Worte für sie aus den Buchstaben heraufbeschworen hatte. Noch gut konnte sich Emily an die ersten Zeilen des Buches erinnern.

Alle Kinder, außer einem, werden erwachsen.

»Ich war sehr jung«, sagte sie und klang dabei ganz abgeklärt, »als mir zum ersten Mal aus dem Buch vorgelesen wurde.«

»Und ich war sehr jung«, antwortete ich, »als Peter Pan nicht mehr als eine Idee im Geiste James Barries war.«

Emily starrte mich an.

»Sie haben schon viel erlebt.«

»Wer hat das nicht?«

Alle Kinder außer uns, dachte Emily mit einem Mal, waren einst richtige Kinder. Aurora und sie waren von Anfang an verlorene Kinder gewesen. Doch galt das nicht für alle im Waisenhaus von Rotherhithe? Verlorene Kinder, die niemand hatte wiederfinden wollen? Die des Nachts still in ihre Kissen geweint und nach einiger Zeit nicht einmal mehr ihren Träumen geglaubt hatten? Der Reverend, dessen Schicksal Emily nicht einmal mit Genugtuung erfüllt hatte, hatte sie alle viel zu früh zu kleinen Erwachsenen gemacht. Sie hatte kein Mitleid verspürt, als ich ihr davon berichtet hatte, was die Nekir mit dem Reverend angestellt hatten. Es war ihr einfach nur egal gewesen. Nein, eigentlich hatte sie damit gerechnet, dass ihm etwas Derartiges widerfahren würde. Damit gerechnet oder darauf gehofft. Machte das einen Unterschied? Darauf gehofft, dass ihm Gerechtigkeit widerfahren würde, wie immer diese auch aussehen mochte?

»Jeden ereilt die Bestimmung, die ihm zuteil werden soll«, hatte Mylady Hampstead einst gesagt.

Das Heulen ließ uns zusammenzucken.

Unwillkürlich.

Blue Moon, erinnerte ich mich der Melodie. Und des Films.

Es war ein lang gezogenes, gutturales Heulen, und Emily kannte dieses Geräusch nur allzu gut. Sie hatte es vernommen, als sie aus dem Waisenhaus geflüchtet war und sich schlafend auf der Bank in der U-Bahn wiedergefunden hatte. Und später dann, als sie mit Aurora im Regent's Park auf Lucia del Fuego getroffen war. Als die Jägerin sie vor den anstürmenden Wesen gerettet hatte.

Ihr gesundes Auge spähte in die Dunkelheit vor uns und hinter uns. Der volle Mond, den die Kreaturen anheulten, spiegelte sich in des Mädchens anderem Auge.

»Wölfe!«

Nur dieses eine Wort. Eine Feststellung, so leise dahingehaucht, als könnte sie, laut ausgesprochen, Schlimmeres herbeirufen.

Ein voller Mond stand am Himmel.

Doch war dies nicht einmal entscheidend. Die Schergen Kensingtons konnten sich jederzeit ihrer wölfischen Natur hingeben.

»Dort!«

Ich folgte Emilys Zeigefinger.

Im Licht der Laternen sahen wir sie.

Werwölfe, sieben an der Zahl.

Sie sprangen durch den tiefen Schnee und benutzten dabei wahlweise zwei oder vier Beine. Einige unter ihnen wirkten wie große Menschen, die seltsam gekrümmt auf zwei Beinen liefen. Andere waren riesigen Hunden ähnlich, zottelig und die Lefzen hochgezogen, sodass die Reißzähne im Mondlicht blitzten. Allesamt kamen sie mit erschreckender Geschwindigkeit auf uns zugerannt.

»Was sollen wir jetzt machen?«

Bevor ich den Mund öffnen konnte, fügte sie warnend hinzu: »Sagen Sie es bloß nicht!«

»Emily«, begann ich, hielt inne, sah zu den auf uns zustürmenden Wölfen und entschied mich dann für das Übliche: »Fragen Sie nicht.« Man sollte den Humor nicht verlieren. Auch nicht in ausweglosen Situationen.

Der eisige Wind trug lautes Knurren an unsere Ohren.

Erneut sah ich mich um.

Auf offenem Feld standen wir. Keine Zuflucht weit und breit. Auf einen der Bäume zu klettern wäre kaum von Nutzen. Werwölfe sind gute Kletterer, und was immer dieses Rudel vorhatte, das uns als Beute auserkoren hatte, es würde kaum von seinem Ziel ablassen, nur weil die Opfer auf einen Baum kletterten. Ich selbst trug keinerlei Waffen bei mir. Zwei Qumrankugeln, ja, aber selbst die wären kaum eine Hilfe gegen diese Überzahl.

Blieb einzig und allein die Gabe, die mich als Trickster kennzeichnete.

»Treten Sie hinter mich«, riet ich Emily.

Ohne Widerrede leistete mir das Mädchen Folge.

Die Werwölfe hielten die Schnauzen in den Wind. Das Rudel teilte sich und nahm uns in die Zange. Dann verlangsamten sie ihr Lauftempo und blieben schließlich stehen. Heulten laut und knurrten. Speichel troff von den schwarzen Lefzen. Die spitzen Ohren waren aufgestellt und die Nackenhaare erhoben. Die Muskelpakete, die sich während der schmerzhaften Verwandlung bildeten, zeichneten sich deutlich unter dem dichten Fell der Kreaturen ab.

Ich konzentrierte mich.

Dachte an das Lied und suchte die Melodie.

Blue Moon, I saw you standing alone.

Emily stand dicht hinter mir.

Lugte an meinem Mantel vorbei zu den sieben Werwölfen, die sich seltsamerweise nicht von der Stelle rührten. Ihre Krallen scharrten im Schnee, und die roten Augen funkelten uns gierig an.

Zwei oder drei der Kreaturen würde ich zu fassen bekommen, aber nicht alle. Bei einem Kampf wären wir eindeutig die Unterlegenen. Ich wusste es. Emily wusste es. Und die Werwölfe wussten es mit Sicherheit auch. Umso erstaunlicher war das Verhalten, das sie zeigten. Warum schlugen sie nicht einfach zu, wie es den Gepflogenheiten ihrer Art entsprach? Es war in höchstem Maße ungewöhnlich, dass sie vor dem Reißen der Beute innehielten.

»Da!«

Emily hatte es noch vor mir bemerkt.

Ein schwarzer Werwolf mit einer langen Narbe zwischen den dunkelroten Augen trottete langsam auf uns zu. Er löste sich aus dem Rudel. Als er ein lautes Heulen anstimmte, in das die anderen einstimmten, spürte ich, wie das Mädchen hinter meinem Rücken zitterte. Ihre Hände hatten sich in meinen Mantel gekrallt, und ich konnte ihren schnellen Atem spüren.

»Was machen die nur?«, flüsterte Emily.

Die Werwölfe, denen sie zuvor zu begegnen das Pech gehabt hatte, waren viel aggressiver gewesen. Unbeherrschter. Sie suchte nach dem passenden Ausdruck. Animalischer, fand sie ihn schließlich.

Ohne den Blick von den Kreaturen abzuwenden, flüsterte ich: »Fragen Sie nicht.«

»Danke«, erklang es von hinten.

Oh, dieses Kind!

Der schwarze Werwolf sah mich direkt an. Da war etwas in den wilden Augen, das nicht wild zu sein schien. Als wäre der Funken, der Zähne an blutigem Fleisch reißen lässt, im Erlöschen begriffen. Etwas Menschliches schimmerte in der rot glühenden Pupille des Wesens.

Dennoch machte ich mich bereit.

Rechnete damit, dass das Tier uns anspringen und der Rest des Rudels ihm folgen würde.

Nichts dergleichen geschah.

Der schwarze Werwolf schnappte keuchend nach Luft und heulte erneut laut auf. Dann knurrte er, und das Knurren wurde zu einem Jaulen. Schmerzerfüllt wehklagte die Kreatur, rieb die lange Schnauze im Schnee, der sich dunkelrot färbte, und kratzte sich mit den krallenbewehrten Klauen die Haut vom Kopf.

Emily erstickte einen Schrei in der Hand.

»Seien Sie still!«

Fetzen blutigen Fells fielen zu Boden, als das Tier fortfuhr, sich mit mächtigen Bewegungen selbst zu verletzen. Die Form der Schnauze veränderte sich, wurde zu etwas, das entfernt wie eine Nase aussah, aus der dunkle Haare sprossen. Die Lefzen, an denen Haarbüschel hingen, zogen sich zu unnatürlich breiten Lippen zusammen. Aus den Vorderläufen formten sich dürre Gebilde, die menschlichen Händen mit langen, gelben Krallen ähnelten. Ein menschliches Gesicht mühte sich, Gestalt anzunehmen. Es bewegte sich unter der dünnen Haut des Wolfes, und die Lefzen, die noch keine richtigen Lippen waren, formten gutturale Worte.

Er begrüßt uns, dachte Emily benommen.

Immer noch ängstlich.

»David«, knurrte der menschliche Wolf oder wölfische Mensch schließlich.

Emily fand nicht, dass er wie ein Mensch aussah.

Nicht einmal wie ein Wolfsmensch.

Er sah aus wie etwas, von dem man träumt und schweißgebadet erwacht. Etwas, an das man sich nicht mehr erinnern kann, weil der Verstand sich weigert, auch nur daran zu denken, dass so etwas existieren könnte. Der Werwolf, der sprach, sah schrecklich aus.

Immerhin hatte er uns nicht angesprungen.

»Hallo, David!«, sagte ich.

Der Werwolf atmete laut. Die kontrollierte Rückverwandlung, die nicht alle seiner Art beherrschen, erschöpfte ihn und war schmerzhaft, wie die menschlichen Züge in dem tierischen Gesicht vermuten ließen.

»Folgt uns!«, keuchte der Werwolf.

Emily schluckte.

»Schickt euch Kensington?«, fragte ich.

Die Kreatur nickte.

»Mylady Lilith«, verkündete ich dem Werwolf, »hat uns sicheres Geleit zugesagt.«

Die anderen Werwölfe knurrten.

Wurden unruhig.

David senkte den Kopf.

Leckte sich mit einer schwarzen Zunge über das Gesicht.

»Folgt uns!«, wiederholte er. Das Sprechen schien ihm Mühe zu bereiten.

»Wohin bringt ihr uns?«

Eine Frage zu viel.

Emily hatte es geahnt.

David sprang vor, und die Schnelligkeit der Kreatur ließ uns erschrocken zurückweichen. Fast wären wir beide zu Boden gefallen. Es war ein Angriff. Zumindest hatte es so ausgesehen. Wäre es tatsächlich einer gewesen, hätten wir die Attacke des Werwolfes gewiss nicht überlebt.

Nunmehr auf zwei Beinen vor uns stehend fauchte David ungeduldig: »Folgt uns!« Die Augen des Werwolfs verloren mit einem Mal alles Menschliche, und das Tier gewann in dem zermarterten Körper die Oberhand. Wieder auf allen vieren sah er uns an. Fletschte warnend die Zähne.

»Ich denke«, sagte ich zu meiner Begleiterin, »wir sollten ihm folgen.«

Offenbar verstand David diese Worte.

Der große Kopf des Werwolfs nickte.

Flankiert vom Rest des Rudels ließen wir uns aus Kensington Gardens hinausführen. Emily ging dicht neben mir, und fast schon befürchtete ich, sie wolle meine Hand ergreifen. Als wir das Albert Memorial am Rand des Parks erreichten, warf Emily einen Blick nach Osten, hinüber zur City von London, wo die mächtige Kuppel der alten Kathedrale hinter einem Vorhang aus Schnee auftauchte. Aufgeregt zupfte das Mädchen an meinem Mantel. Die Laterne von St. Paul's flackerte nicht mehr. Nein, sie war erloschen.

»Was hat das zu bedeuten?«, fragte Emily bang.

»Ich weiß es nicht«, gab ich zur Antwort.

Uns blieb nichts anderes übrig, als uns von den Wölfen zur Royal Albert Hall führen zu lassen und zu hoffen, dass sich die Dinge zum Guten wenden würden. Wie in den Geschichten, die wir als Kinder gehört hatten. An die wir geglaubt hatten. Damals. Bevor die gierige Welt uns verschlungen hatte.

Kapitel 9

Jenseits der Royal Albert Hall

Auf dem Weg aus Kensington Gardens wurden wir der typischen weißen Häuser dieser Gegend gewahr; jene eleganten Häuser mit ihren vielen Säulenportalen, hinter denen sich nur allzu häufig die Botschafter ferner Länder verbargen.

Die Wölfe hatten uns dorthin geleitet, und David, der Führer des Rudels, hatte keinerlei Anstalten mehr gemacht, erneut in die menschliche Gestalt zu wechseln. Ich erklärte Emily hinter vorgehaltener Hand, was nebenbei bemerkt mit missbilligendem Knurren von den Wölfen quittiert wurde, dass Lykanthropen durchaus dazu in der Lage sind, ihre Gestalt nach Belieben und eigenem Gutdünken zu ändern. Keineswegs sind sie, wie es uns die alten Geschichten Glauben machen wollen, allein vom Licht des vollen Mondes abhängig. Etwas weitaus Abgründigeres bestimmt ihren Lebenswandel.

Davon abgesehen war für uns von Relevanz, dass die Wölfe sich nicht mit der Absicht trugen, uns ein Haar zu krümmen. Die Gestalten, die uns flankierten, trotteten mürrisch und wachsam mit vor Speichel triefenden Lefzen durch die Kälte, die den zottigen Wesen nichts anzuhaben vermochte.

»Warum schickt uns der Lordkanzler eine Eskorte?«

Ich sah das Kind an.

»Keine unbegründete Frage.«

»Die Sie mir beantworten werden?«

Ich suchte in der Dunkelheit, die in den Zwischenräumen der Häuser nistete, nach Bewegungen, die nicht dorthin gehörten. Nach Schatten, die sich anschickten, nach uns zu greifen. Doch sah ich nichts dergleichen.

»Die Wölfe sind unruhig.« Die nüchterne Feststellung eines Kindes, das eigentlich gar kein Kind mehr war.

»Sie haben Recht.«

Warum hatte ich das nicht schon früher bemerkt?

Für erfahrene Jäger, die sich im geschlossenen Rudel fortbewegten, waren die Wölfe sogar außerordentlich unruhig.

Überaus wachsam.

Als erwarteten sie etwas.

»Das gefällt mir nicht!«

Emily warf mir einen vielsagenden Blick zu. »Mir noch viel weniger.«

David, der Leitwolf, heulte lang gezogen.

Alle hielten inne und lauschten.

Etwas in der Ferne, die nicht mehr ganz so fern schien, beantwortete das Heulen.

»Sieht so aus«, mutmaßte ich, »als wären wir bald da.«

Wütend und ungeduldig blitzten die Augen der Bestie neben uns auf und geboten uns zu schweigen.

Ein ungutes Gefühl beschlich sich meiner.

Emily, die näher an mich herangetreten war, schien ebenso zu empfinden.

»Wittgenstein?«

»Psst!«, machte ich nur.

Etwas näherte sich uns.

»Ich spüre es.« Sie dachte gar nicht daran, den Mund zu halten. Typisch Emily Laing.

»Was spüren Sie?«

»Das Gleiche wie unten in der Region.«

Der Schwindel, der Emily kurz vor dem Abgrund ergriffen hatte.

»Sehen Sie es?«

Angestrengt verzog sie das Gesicht unter der dunklen Mütze und zupfte sich an der Strähne, die ihr über das Mondsteinauge fiel. Ja, sie sah es. Klar und deutlich. Spähte durch die Schatten hindurch, die die goldenen Skulpturen und spitzen Türme des prachtvollen Albert Memorials in die Kensington Gore Road und zwischen die Gerippe der Bäume auf dem schmalen Streifen zwischen Straße und Albert Hall Mansions warfen. Emily spürte das tumbe Bewusstsein einer Kreatur, die sich dort versteckte. Die eine Gruppe von Werwölfen beobachtete, in deren Mitte sich ihr Mentor und sie selbst befanden. Ein Schwindelgefühl ergriff sie, dem sie auch damals in Pairidaezas Kathedrale tief unten in der Hölle ausgesetzt gewesen war, als sie sich selbst durch die Augen ihrer Schwester gesehen hatte.

Ganz benommen von dieser schrägen Perspektive taumelte Emily.

»Miss Laing!«

Aufgeregt deutete sie in Richtung des Denkmals, das sich hinter uns hoch und spitz in den Nachthimmel erhob.

Die Wölfe drehten die Köpfe in die angedeutete Richtung, und David knurrte etwas, das ein Befehl sein mochte, denn vier der sieben Wölfe lösten sich aus der Formation, die sie gebildet hatten, und richteten nunmehr ihre ganze Aufmerksamkeit auf das Denkmal in unserem Rücken.

Dann kam es aus dem Schatten heraus.

Behände.

Drohend.

Und weitaus schneller, als wir es der Kreatur zugetraut hätten.

Emily, die das Ding auf sich zukommen und gleichzeitig sich selbst aus Sicht des Wesens sah, kippte plötzlich zur Seite, sodass ich sie gerade noch aufzufangen vermochte.

Ich hielt sie fest. »Lösen Sie sich aus seinem Blick!«

Sie schloss die Augen, und als sie sie wieder öffnete, war ihr Blick klar.

Dafür sah sie jetzt eine hünenhafte Gestalt, die die Rasenfläche, die wir eben noch passiert hatten, mit großen Schritten überquerte. Die Gestalt trug weder Kleidung noch hatte sie ein Gesicht. Es war der Golem. *Ein* Golem, berichtigte ich mich. Ein Golem, der uns aufgelauert hatte.

»Deswegen«, murmelte ich, »hat Kensington die Wölfe geschickt.«

Seine Lordschaft hatte geahnt, dass sich uns etwas in den Weg stellen würde.

David fletschte die Zähne und bekam den Saum meines Mantels zu fassen. Des Werwolfs Augen funkelten. Mit einer ruckartigen Bewegung seines großen Kopfes zerrte er mich in Richtung der Baumreihe, die uns von unserem Ziel trennte.

Es bedurfte keiner weiteren Gesten.

Ich hatte verstanden.

»Kommen Sie!«, drängelte ich Emily.

Deren Blick noch immer an der Kreatur haftete.

Ein Klumpen fester Erde stürmte da auf uns zu. Ein riesiger Golem, dem die kampfbereiten Wölfe Kensingtons den Weg abschnitten. Dem Ruf ihres Anführers folgend waren die Werwölfe ohne Vorwarnung zum Angriff übergegangen. Zwei von ihnen sprangen den Golem an und der Schwung ihres Ansturms hätte den Mann aus Lehm eigentlich zu Boden reißen müssen.

Tat er aber nicht.

Tatsächlich wankte der Golem nicht einmal.

Stattdessen griffen seine riesigen Pranken nach dem ersten Werwolf und brachen der Kreatur mit einer Leichtigkeit das Genick, die ich niemals für möglich gehalten hätte.

Den Leichnam des Werwolfs ließ der Golem achtlos in den Schnee fallen, wo sich der tote Lykanthrop in Sekundenschnelle in seine menschliche Gestalt zurückverwandelte.

Der andere Werwolf hatte sich im Oberarm des Golems festgebissen und riss große Stücke des feuchten Lehms aus dem Körper, doch schien der Golem keinerlei Schmerz zu verspüren. Er packte auch diesen Werwolf und schmetterte ihn zu Boden, wo der Lykanthrop winselnd liegen blieb.

Die verbliebenen Werwölfe schienen ihren Angriff kurz zu überdenken, stürzten sich aber dann doch tobsüchtig ob des Todes ihrer Artgenossen in den Kampf.

»Wir sollten hier verschwinden!«

Emily sah mich an.

Verwirrt.

Ängstlich.

David der Werwolf lief voran und kümmerte sich nicht mehr um seine Gefährten, die sich dem Golem wagemutig entgegenstellten, um uns den Rücken freizuhalten. Sie verschafften uns den Vorsprung, ohne den wir das runde Gebäude niemals hätten erreichen können.

Wir rannten los.

Die eisige Luft schlug uns ins Gesicht.

Verzweifeltes, wütendes Wolfsgeheul erklang hinter uns, und Emily scheute sich davor, zurückzuschauen. Sie wollte, was immer dort vor sich ging, gar nicht erst sehen. Es klang jedenfalls nicht sehr ermutigend, denn die gellenden Schreie der Verzweiflung und des Schmerzes stammten eindeutig nicht vom Golem. Das Mädchen dachte an die Morde von Whitechapel und daran, dass Maurice Micklewhite bereits einmal einem derartigen Wesen gegenübergestanden hatte. Dass sein Mitstreiter Abberline es getötet hatte, indem er ihm einen Zettel mit alten Schriftzeichen darauf aus dem Mund oder dem Lehm geklaubt hatte, der das Gesicht bildete.

Die Welt ist gierig, dachte Emily.

Versuchte, die Furcht zu kontrollieren.

Vor uns tauchte der majestätische Rundbau der Royal Albert Hall auf. Die tiefrote Fassade hob sich aus dem das Gebäude umgebenden Schnee ab wie das Blut, das weiter hinten den Schnee zu Füßen des Golems verfärbte. Mattes Licht erhellte die Räume hinter den Fenstern, und wir sahen, dass sich hoch oben auf dem Dach weitere Wölfe regten, als wir uns dem Eingang näherten.

Der Leitwolf des sterbenden Rudels bellte eine Botschaft in die Nacht.

Mehrere raue Kehlen antworteten ihm.

»Sehen Sie«, keuchte das Mädchen.

Das Portal öffnete sich, und herausgestürmt kamen weitere Werwölfe, einige davon noch in der Verwandlung begriffen. Gesichter formten sich zu Schnauzen, Beine wurden zu Läufen. Einige seltsame Gestalten hatten sich unter sie gemischt. Fremdländisch aussehend mit spitzen Ohren und hellerem Fell.

»Er hat sie also mitgebracht«, sagte ich. »Vermutlich führen sie die Wolfsrudel an.«

Die Wesen mit dem hellen Fell stürmten an uns vorbei in Richtung des kämpfenden Wolfsrudels. Ganz schmale Augen hatten sie, wie das Mädchen bemerkte. Geschlitzt, sodass sie listig und verschlagen wirkten.

»Wer sind diese Wesen?«

Emily fand, dass sie elegant und weniger primitiv aussahen als die Werwölfe, denen sie bisher begegnet war. Feingliedriger, doch nicht minder gefährlich. Zudem war ihr aufgefallen, dass David der Werwolf unterwürfig den massigen Kopf gesenkt hatte, als die Wesen an uns vorbeigelaufen waren.

»Schakale«, antwortete ich.

Grünlich glühende Augen besaßen die Wesen, die sich nun über den Golem hermachten.

»Lykanthropen?«

»Ja.« Ich zerrte Emily weiter hinter mir her, damit wir den sicheren Eingang erreichten. »Eine lykanthropische Spezies aus dem Nildelta. Die Schakale des Seth. Eine Kriegerkaste, die nur den Göttern dient.«

Emily warf einen Blick zurück.

Das Schneegestöber versperrte ein wenig die Sicht auf das Kampfgetümmel.

»Gegen den Golem scheinen sie aber auch nicht viel ausrichten zu können«, meinte sie.

Was auch mich zurückblicken ließ.

Und … in der Tat!

Selbst die Schakale des Seth wurden von dem Mann aus Lehm durch die Luft geschleudert, als seien sie nur Fliegengewichte. Dabei berichteten Legenden von ganzen Reichen, die unter dem Ansturm der Schakale zu Staub zerfallen waren.

Nun denn.

Keuchend erreichten wir die Royal Albert Hall.

»Hinein!«, forderte ich Emily auf.

Eine Gestalt mit dem Kopf eines Raubvogels empfing uns an der Tür. Sie trug ein dunkles, eng anliegendes Kostüm, das unzweifelhaft erkennen ließ, dass es sich um eine Frau handelte.

»Seine Lordschaft erwartet Sie bereits«, sagte die Frau, und ihr Schnabel klapperte.

»Wer ist das?«, fragte Emily leise.

»Ein Horusmensch«, gab ich zur Antwort und korrigierte mich: »Genau genommen eine Horusfrau«, erklärte ich dem Mädchen. Mit einer Selbstverständlichkeit, als hätte ich schon einmal außer in staubigen Büchern mit einem Wesen dieser uralten Gattung Kontakt gehabt. Die Mythen kündeten von ihnen, doch hätte ich niemals darauf gehofft, einer solchen Kreatur begegnen zu dürfen.

Unruhig blickte die Horusfrau über unsere Schultern zu den Wölfen. »Er ist hartnäckig, dieser Golem.«

Ich stimmte ihr zu. »Tja!«

»Die Apep wird sich seiner annehmen«, sagte die Horusfrau, und schrill wie bei einem Raubvogel eilte ihr Schrei in die Nacht hinaus. Augenblicklich ließen sowohl Werwölfe als auch Schakale vom Golem ab und verteilten sich in alle Richtungen, ohne die Lehmkreatur jedoch unbeobachtet zu lassen.

»Wer ist das?«, flüsterte Emily.

Deutete auf die Gestalt, die jetzt mit zusammengekniffenen Augen in das Schneegestöber starrte.

»Die Apep«, sagte die Horusfrau, »ist wach!«

Zwischen der Royal Albert Hall und dem Golem warf etwas den Schnee zu einem großen Haufen auf. Etwas kroch unter dem kalten Weiß auf den Golem zu. Die tumbe Lehmkreatur bemerkte die Bewegungen nicht, sondern stakste unbeirrt auf uns zu, die kräftigen Arme nach vorne ausgestreckt, wie eines der Monster in den B-Movies der Fünfzigerjahre, die Emily gemeinsam mit Aurora in einer Nachmittagsvorstellung am Leicester Square gesehen hatte.

Dann geschah alles sehr schnell.

Die Apep schnellte aus den Schneeverwehungen hervor und fiel über den Golem her.

»Eine Schlange!«, entfuhr es Emily.

Ja, die Apep war eine Schlange. Eine Schlange, die einst mächtig gewesen war und Oberägypten beherrscht hatte, bis sie von den Göttern Seth und Horus besiegt und in Knechtschaft gezwungen worden war. Jetzt diente sie seit Jahrhunderten den Gottheiten, die sie einst so bitter bekämpft hatte. Und die Götter, die ihrer Heimat schon vor so langer Zeit den Rücken zugekehrt hatten, waren nach London gekommen, wo die Heiligtümer ihres Landes in den Räumen des Britischen Museums aufgebahrt waren, wo die Menschen den Gottheiten kaum Beachtung schenkten und sie ungehindert ihrer Wege gehen konnten, wo sie unter der Führung des Lordkanzlers von Kensington erneut zu Wohlstand gekommen waren.

Hier in London lebten sie nunmehr.

In Kensington und Notting Hill und der City.

In der uralten Metropole.

Wohin die einstigen Diener und die Tiere, die so wahr waren wie Mythen es nur sein können, ihnen gefolgt und nach wie vor zu Diensten waren. Wo die uralte Schlange Apep unbemerkt von den Augen der Welt im Innern der Royal Albert Hall lebte und dem Wort ihres Herrn folgte, wenn er sie rief.

Wie in diesem Augenblick.

»Das ist unglaublich«, murmelte ich.

Emily schwieg.

Starrte nur.

Sog jede Sekunde des Schauspiels in sich auf.

Die große Schlange Apep hatte den Golem fest umschlungen, und wenngleich sich der Mann aus Lehm noch bewegte, so wurden diese Bewegungen doch schleppend und träge und beim genauen Hinsehen fiel Emily auf, wie Stücke feuchten Lehms in den Schnee fielen. Sie zerquetscht ihn, dachte das Mädchen. Wie eine Kinderhand die Figuren, die sie aus Sand geschaffen hat, zwischen den Fingern zermalmen kann, so verfuhr die Schlange mit dem Golem. Immer neue Stücke dunklen Lehms fielen von ihm ab und lagen zuckend, weil noch Leben in ihnen steckte, im schmutzigen Schnee.

Dann, so schnell wie es begonnen hatte, war es vorbei.

Apep zog sich zurück und ließ nur einen Haufen verstreuten Lehms zurück. Die einzelnen Stücke wanden sich noch unruhig wie winzige Würmer, die sich noch nicht mit ihrem Schicksal abgefunden hatten. Dann erkannte Emily, was die Lehmwürmer zu erreichen versuchten. Sie wollten sich erneut miteinander verbinden. David der Werwolf trottete zu der Stelle, an der eben noch ein Kampf stattgefunden hatte und wo jetzt ein kleiner Zettel mit alten Schriftzeichen inmitten der Lehmbrocken lag.

Eben jenen Zettel schnappte sich der Werwolf. Zuerst schnupperte er daran, dann leckte er ihn ab und zuletzt verschlang er ihn.

Im gleichen Augenblick endeten die Zuckungen der Lehmwürmer.

Der Golem war geschlagen worden.

Tote Materie war wieder tot.

Doch zu welchem Preis! Überall im Schnee lagen die nackten Leichen der gefallenen Werwölfe. Einige Schakale waren auch darunter. Schakale, die wieder zu den dunkelhäutigen Menschen des Nildeltas geworden waren.

»Es ist vorbei«, sagte die Horusfrau sachlich.

»Wir haben Ihnen zu danken.«

Die Federn, die ihr zu beiden Seiten vom Gesicht abstanden, bewegten sich sanft, wenn sie redete. »Lordkanzler Anubis erwartet Sie beide.« Und ohne eine Antwort unsererseits abzuwarten, schritt sie voran.

Blieb uns etwas anderes übrig, als ihr zu folgen? Einer Horusfrau widerspricht man nicht, und so folgten wir ihr in die berühmte Konzerthalle.

Die Zeit drängte.

Der Totengott erwartete uns.

»Folgt mir!«

Er hatte eine tiefe Stimme.

Die spitzen Ohren waren aufgerichtet, und die lange Schnauze rümpfte sich herablassend, als er die Ankömmlinge empfing. Wie damals, als ich ihn zum ersten Mal zu Gesicht bekommen hatte, trug er auch an diesem Tag einen eleganten dunklen Anzug mit Schuhen, die vorne offen waren und den krallenbewehrten Füßen den nötigen Freiraum gewährten.

»Folgt mir ins Reich der Toten!«

Unwillkürlich hatte Emily daran denken müssen, was dieses Wesen ... dieser Gott ... den Arachnidenkolonien in Chelsea angetan hatte. Nachdem uns die letzten verbliebenen Spinnenkrieger im Kampf gegen die Nekir und die Limbuskinder unterstützt hatten, waren auch sie der Krankheit erlegen, die der Lordkanzler mittels infizierten Wolfsbluts in ihre unzähligen Körper gepflanzt hatte. Wir alle hatten damals die Auswirkungen in der Kolonie erblickt. Die einstmals stattlichen Wesen, die zu tausenden hilfloser Körper zerfielen, die alle panisch über den kargen Fels krabbelten und Schutz suchten, da ihnen das kollektive Bewusstsein abhanden gekommen war. Es war ein skrupelloses Unterfangen gewesen. Letzten Endes hatte der Lordkanzler die Macht über die Handelsrouten erhalten wollen, die hinunter zur Themse führten. Nichts weiter.

Inmitten des Konzertsaals hatte er uns erwartet.

Anubis.

Herrscher über die Toten.

Und seit nunmehr zwei Jahren Lordkanzler von Kensington.

»Ihr habt diesen Ort also sicher erreicht.« So hatte er uns begrüßt und die dunklen Lefzen zu einem schiefen Lächeln verzogen. »Die Schakale vermuteten schon, dass einer der Golems hier auftauchen würde.«

»Einer?«

»Einer von vielen«, gab er zur Antwort.

War dies die Bestätigung unserer ärgsten Befürchtung?

»Wie meint Ihr das?«, setzte ich zu fragen an.

Doch Anubis hatte sich bedeckt gehalten: »Master Lycidas wird Euch das, was Ihr wissen müsst, erklären.«

Punktum.

»Das Licht von St. Paul's ist erloschen«, sagte ich ihm.

»Ich habe es bemerkt.« Die Tatsache schien ihn nicht sonderlich zu beeindrucken.

Emily fiel auf, dass kleine Käfer über den Boden krabbelten.

»Meine Späher«, erklärte der Totengott und deutete auf die wuselnden Skarabäen, »berichteten mir davon. Und davon, dass es einen Golem danach gelüstete, Euch zur Strecke zu bringen.«

Die Skarabäen kletterten an Emilys Hosenbein empor, und angeekelt schlug sie nach den umherkrabbelnden Insekten.

»Fügen Sie ihnen kein Leid zu«, herrschte Anubis das Kind an.

»Ich mag sie aber nicht!«, entgegnete Emily zickig.

»Sie sind nur neugierig.«

Die Käfer ließen mit einem Mal von meiner Schutzbefohlenen ab.

Höflich bedankte sich Emily.

Und auch ich dankte Seiner Lordschaft. Für die Unterstützung, die er uns durch die Werwölfe hatte zuteil werden lassen. »Mit einem Golem hatten wir nicht gerechnet.«

»Deswegen die Wölfe«, stellte der Lordkanzler trocken fest.

Das Gespräch kam nur sehr stockend zustande.

»Werdet Ihr uns helfen können?«, fragte ich.

»Ich habe es Mylady Lilith versprochen.«

Nun denn.

Als wir inmitten des prächtigen Konzertsaals standen, musste Emily feststellen, dass sie sich diesen Ort anders vorgestellt hatte. Die Grundform der Royal Albert Hall ist oval, und am Kopfende befindet sich der Orchesterbereich. An die ebenerdige Arena schließt sich ringsum ein ansteigend gebautes Parkett an, und darüber liegen zwei Etagen mit Logen, über denen sich der Circle erstreckt, ein weiterer Rang mit ansteigenden Plätzen, die nicht für Besucher geeignet sind, die unter Höhenangst leiden. Unterhalb der Decke mit ihren tellerförmigen Lampen befindet sich die Galerie: Stehplätze, die während der Vorstellungen ausverkauft sind und bei unserem Eintreffen verwaist waren.

Damals, als ich gemeinsam mit Maurice Micklewhite hierher gekommen war, hatten sich die Vertreter der Handelsgilden erhitzte

Diskussionen mit dem Lordkanzler geliefert, und die Ränge waren mit unzähligen Werwölfen besetzt gewesen.

»Wir gehen in die Grabkammer der Royal Albert Hall«, sagte Anubis, und bevor ihn einer von uns beiden hätte fragen können, was er damit meinte, war er schon vorangeeilt. »Zeit sollten wir keine verlieren.« Er lächelte spöttisch, wobei er eine Reihe scharfer Zähne entblößte. »Sagt man nicht, dass die Zeit das Feuer sei, in dem die Menschen verbrennen?«

»Sagt man das?«

Mit schnellen Schritten durchquerten wir die Arena, wo die Stühle rote Samtbezüge hatten und aussahen, als würden sie nach Mottenkugeln riechen. Bevor wir die Bühne erreichten, stieg der Lordkanzler in den Orchestergraben hinab, wo es düster und kühl war und nach Holz roch. Die Instrumente standen verlassen da wie die Relikte einer anderen Ära. Streicher, Bläser und einige E-Gitarren. Pauken. Außerdem Instrumente, deren Formen und Farben so skurril fremdartig wirkten, dass Emily sich nicht auch nur annähernd vorstellen konnte, wie man darauf zu musizieren vermochte.

Anubis, der den neugierigen Blick des Mädchens bemerkt hatte, erklärte: »Die Assuanflöten werden von den Horusmenschen gespielt. Seit langer Zeit schon. Die Beduinen des Sinai kennen Geschichten, die vom Klang dieser Instrumente künden. Doch sind diese Legenden, wie überhaupt fast alles, längst vergessen.«

Durch eine Falltür im Boden, die sich inmitten der Bassgitarren befand, begaben wir uns in die Untiefen der Royal Albert Hall. Dorthin, wo wir nur unter Führung des Lordkanzlers würden vordringen können. Der hoch gewachsene Gott ging voran und achtete nicht darauf, ob wir Schritt halten konnten. »Sagen Sie mir, kleines Mädchen«, fragte er schließlich, als wir den senkrechten Tunnel, der sich hinter der Falltür aufgetan hatte, hinabstiegen, »sagen Sie mir, warum Sie Ihre Freundin getötet haben!«

»Seien Sie ehrlich«, riet ich Emily, »er wird sich nur mit der Wahrheit zufrieden geben.«

Also sagte sie: »Aus Eifersucht.«

Und schwieg.

Selbst darüber erstaunt, wie leicht ihr dieses Bekenntnis über die Lippen kam; war es letzten Endes doch die Wahrheit. Steerforth, der mit ihrer Schwester irgendwo in London untergetaucht war, hatte ihr den Kopf verdreht und sie gegen Aurora aufgehetzt. Irgendwie hatte er es geschafft. Aurora hatte so erschrocken und überrascht ausgesehen, als der Zug sie erfasst hatte. Ungläubig, dass ausgerechnet Emily ihr den Todesstoß versetzt hatte.

Als könnten die Worte einen Fluch von ihr nehmen, sprach Emily sie erneut aus.

»Eifersucht, das war der Grund.«

Anubis ließ die Antwort unkommentiert.

Seine Krallenfüße schabten garstig auf dem rostigen Metall der Leiter, die durch den röhrenförmigen Schacht hinabführte. Hinab in die Unterwelt. Die Wände waren mit Hieroglyphen bemalt. Es war die Darstellung eines thebanischen Grabes, in der Vogelzeichen und Gegenstände und abstrakte Figuren die Geschichte eines wohlhabenden Mannes erzählten, der ins tiefe Reich der Toten hinabsteigt, gefolgt von der Dienerschaft seines Hauses und den Tieren. Reichtümer häufen sich: Gold und Ebenholz und Leopardenfelle und Giraffenschwänze. Doch sprechen die Bilder davon, dass der Mann die Schätze zurücklassen muss und stattdessen einem Mann gegenübersteht, der sein Ebenbild ist. Es ist dieser Mann, der die Hand nach dem Toten ausstreckt, und dann verschmelzen die Farben und Figuren zu einer einzigen, die die Form einer Kiste annimmt, an deren Vorderseite ein Gesicht erkennbar ist. Anubis empfängt den Mann und weist ihm seinen Platz für die Ewigkeit zu.

»Kennen Sie diese Geschichte?«, wollte Emily von mir wissen.

Ich musste verneinen.

»Niemand«, hörten wir des Lordkanzlers donnernde Stimme, »kennt diese Geschichten. Sie sind vergessen wie die Götter, die einst die Geschichten geboren und ihnen Sinn verliehen hatten. Versunken im Wüstensand, wie die einstmals mächtigen Reiche, die doch niemals mehr waren als Staub in den Augen ihrer Könige.«

Für die weitere Dauer des Abstiegs schwiegen wir.

Wortlos betrachtete Emily die Bilder. Ägyptische Malereien, wie man sie sonst nur in den Städten des alten Königreichs hatte finden können. Memphis und Theben, Alexandria und Karnak. Bilder von Göttern, deren Namen nur mehr Schall und Rauch waren und die in London und anderswo in der Welt ihr neues Zuhause gefunden hatten. Osiris und Isis und Ptah. Tawaret und Astarte. Wie gut, fragte sich das Mädchen, hatte Anubis die anderen Götter gekannt? Wie hatten sie gelebt? Was fühlt ein Gott, wenn die Menschen den Glauben an ihn verlieren? Fühlt er sich nicht wie ein Waisenkind? Ganz allein in der Fremde?

Sie zerstreute den Gedanken daran.

Konzentrierte sich auf den Abstieg, der schon viel zu lange dauerte.

Dann endlich hatten wir das Ende der Leiter erreicht. Die Ausmaße des Raumes, in dem wir uns befanden, konnten wir nur erahnen.

»Willkommen in der Unterwelt!«, begrüßte Anubis uns.

Staunend ließen wir den Anblick auf uns wirken.

Denn wir befanden uns in einer riesigen Pyramide.

Einer Pyramide, die unter der Royal Albert Hall errichtet worden war und den Inschriften an den Wänden nach zu urteilen uralt sein musste. Einer Pyramide, die eine einzige gigantische Grabkammer war. Ein Raum, so weit und tief, dass wir ihn kaum überblicken konnten. Kerzen brannten an den Wänden, waren in gekrümmten Halterungen befestigt, die wie Hände aus den Steinquadern hervorragten. Unzählige Plattformen wuchsen aus den schrägen Wänden, Blättern gleich und miteinander verbunden durch tonfarbene Treppen. Seltsame Objekte befanden sich allerorten, und beim näheren Hinsehen erkannte Emily, dass es sich um Spiegel handelte. Spiegel aller Formen und Größen und Arten. Spiegel aus Glas und Spiegel aus Wasser, Spiegel aus Silber und Spiegel aus etwas, das wie Lack aussah, und sogar Spiegel aus schwarzem Stein. Was immer ein Spiegelbild zu werfen in der Lage war, stand hier unten.

Das Innere der Pyramide war ein einziger riesiger Spiegelsaal.

»Tretet näher«, lud Anubis uns ein.

Und schritt voran.

Eine der schmalen Treppen hinab.

Wir folgten ihm.

In den Spiegeln, das erkannte Emily nun, bewegte sich etwas. Schattenhaft wie ein dunkler Wirbel. Hier und da liefen einige Horusmenschen mit Kanopenvasen umher.

»Sie tragen die Seelen der Verstorbenen zu den Spiegeln«, erklärte uns der Totengott.

Dann sah Emily, was er damit meinte.

In den Spiegeln erkannte sie Landschaften, und in jedem Spiegel zeigte sich eine andere Gegend. Landschaften in höchster Vollendung mit Inseln, Flüssen, Wäldern, Wüsten und Feuerseen. Papyrusrollen lagen auf den Steinblöcken, die inmitten der Spiegel lagen. Dort berichteten Hieroglyphen vom Leben der Verstorbenen und den Toten, die hinter den Spiegeln gefangen waren.

Nein, dachte Emily, nicht *hinter* den Spiegeln. *Darinnen.*

Das Mädchen schauderte.

Sie erkannte unzählige Gestalten, die sich in den Spiegeln bewegten, als seien es Bilder. Menschen, die einst gelebt hatten. Menschen aller Hautfarben und aller Zeiten. Ihre Kleidung war diejenige, die sie am Tag ihres Todes getragen hatten. So erkannte man die Epochen, in denen die Menschen gestorben waren. Der Anblick hatte etwas Endgültiges. Bedrückendes. Denn der Tod war allgegenwärtig. In jeder Zeit. Immer schon gewesen.

Soldaten in Uniformen und Ritter in Rüstungen und Mägde mit Kittelschürzen und Männer in eleganten Tuniken konnte Emily ebenso erkennen wie gewöhnliche Jungen in Bluejeans und Mädchen, deren Gesichter gepierct waren. Selbst die Tiere in den Spiegeln hatten einst gelebt. Denn alles einstmals Lebendige war jetzt hier. In den Spiegeln.

»Aurora ist auch da drinnen«, flüsterte Emily.

»Wir werden sie finden«, versprach ich.

Der Lordkanzler trat vor. »Die Spiegel sind ewig«, sagte er.

Was immer das zu bedeuten hatte.

»Wie kann es sein, dass niemand ein solches Bauwerk bemerkt hat?«, fragte Emily mich leise.

Anubis war derjenige, der ihr die Antwort gab: »Das Totenreich ist dort, wo ich bin. Ich bin die Unterwelt. Wo ich bin, da ist dieser Ort. Überall in der Welt. Immer woanders. Jetzt ist er unter der Royal Albert Hall.« Und als würde es alles erklären, fügte er hinzu: »So ist das. So wird es immer sein.« Stechende Schakalaugen musterten uns. »Ich bin Anubis. Ich bin ewig.«

Nun denn!

Götter und ihre Erklärungen.

»Dann wisst Ihr es, Lordkanzler«, sprach Emily den Gott direkt an. »Ihr wisst, wo ich meine Freundin finden kann.«

Des Lordkanzlers Gesicht zeigte keine Regung.

»Miss Fitzrovia?«

»Deswegen sind wir hergekommen.«

»Ich bringe Euch zu dem Spiegel, der sie beherbergt.«

Aufgeregt ließ Emily den Blick von einem Spiegel zum anderen schweifen. Es mochten tausende von Spiegeln sein, die sich im Inneren der Pyramide befanden. In den Spiegeln brach sich kein Licht. Die Fackeln jedenfalls, die unruhig flackerten, als wir sie passierten, hatten kein Spiegelbild. Die Personen jedoch, die vor den Spiegeln standen, fanden sich sehr wohl in den Spiegeln wieder. In der Landschaft, die das Innere der Spiegel zeigte, und inmitten der Menschen, die sich dort fortbewegten und ihren Geschäften nachgingen. Es war, als sehe man in eine Parallelwelt, die anstatt von Lebenden von Toten bevölkert wird.

»Seht nur hin«, forderte Anubis uns vor einem der Spiegel auf.

Und wir sahen hin.

Sahen Straßen, die aussahen wie die Straßen Londons, nur anders. Wie ein Abbild. Als habe jemand die Stadt der Schornsteine kopiert. Bevölkert war die Stadt im Spiegel von vielen Menschen, die, als sich Emilys und mein Spiegelbild darin zeigten, auf unsere Spiegelbilder zugingen.

»Spüren Sie es auch?«, wollte Emily wissen.

»Ja.«

Die Nähe der Personen in dem Spiegel war greifbar. Eine alte Frau, die einen Weidenkorb voll bunter Blumen trug und, betrachtete man ihre Kleidung, am Ende des 19. Jahrhunderts gestorben sein mochte, kam auf Emilys Spiegelbild zugeschlurft. Die Alte streckte die Hand nach dem Spiegelbild des Kindes aus, und in dem Moment, in dem sie im Spiegel die Schulter des Spiegelbildes berührte, schrie die wirkliche Emily, die neben mir stand, erschrocken auf.

»Da war etwas!«

»Was meinen Sie?«

Anubis betrachtete uns schweigend.

»An meiner Schulter!«

In dem Augenblick, als Emily einen Schritt zur Seite gegangen war, hatte sich auch ihr Spiegelbild einen Schritt von der alten Frau entfernt. Die Hand der Alten ruhte nun nicht mehr auf der Schulter des Mädchens.

»Sie hat mich angefasst!«, stellte Emily entsetzt fest.

Bevor ich sie fragen konnte, wie genau sie das meinte, spürte auch ich es. Ein Kaminkehrerjunge, der um die gleiche Zeit wie die alte Frau gestorben sein musste, zupfte meinem Spiegelbild am Saum des Mantels. Augenblicklich spürte ich die Eiseskälte seiner kleinen Hand an meinem Bein und wich erschrocken einen Schritt zurück. Wie konnte das nur sein?

»Für die Toten«, sagte der Lordkanzler, »sind wir die andere Seite des Spiegels.«

Emily schüttelte sich, und der Gedanke, dass sie erneut von einem der Toten berührt werden konnte, erfüllte sie mit Grauen. Sie löste sich vom Anblick des Spiegels und folgte dem Totengott, der uns tiefer in die Unterwelt führte. Der Lordkanzler blieb schließlich vor einem großen Spiegel stehen, der unsere Köpfe um einige Armlängen überragte und der Teil eines goldenen Schreins war.

Emily brauchte nicht lange in den Spiegel hineinzusehen, um zu erkennen, wer sie dort erwartete.

Aurora Fitzrovia.

Sie stand in einem Häusereingang in der Straße, die auf der anderen Seite des Spiegels vorbeilief, und sah zögerlich dorthin, wo Emily gerade war. Traurig sah sie aus. Einsam. Aber keineswegs verletzt. Allenfalls ein wenig bleich. Nichts an ihrer Erscheinung deutete auf den grausamen Unfall hin, den sie gehabt hatte. Sie befand sich an einem Ort, den Emily nicht kannte. Ein Küstendorf irgendwo in Wales, schoss es Emily durch den Kopf. Die Bäume krümmten sich unter der Kraft des Windes, der vom Meer her blies. Seeleute streunten durch die Straßen. Frauen mit Kindern an den Händen und Männer, die mit Anzügen und Aktentaschen wie die Geschäftsleute aus der Lombard Street aussahen. Aurora stand an einer Kreuzung, die vielleicht der Dorfplatz war. Sie sah dorthin, wo ihre Freundin stand, und Emily fragte sich, ob das Mädchen zur anderen Seite des Spiegels sehen konnte oder ob sie lediglich Emilys Spiegelbild wahrzunehmen vermochte.

Emily stand im Spiegel mitten auf dem Dorfplatz. Und ich gleich daneben.

Der Lordkanzler hingegen war nicht im Spiegel zu erkennen.

»Aurora«, flüsterte Emily.

Streckte instinktiv die Hand aus.

Die Menschen im Spiegel wurden unserer gewahr. Sie starrten uns an, und Aurora, das spürte Emily, hatte sie erkannt. Vielleicht konnte sie sich nicht an ihr Leben erinnern, denn sie unternahm vorerst keinerlei Anstalten, auf Emily zuzugehen. Vielleicht erinnerte sie sich aber doch und wollte gerade deswegen nichts mehr mit ihrer ehemaligen Freundin aus dem Waisenhaus zu tun haben. Vielleicht trug sie ihr nach, dass sie sie vor den einfahrenden Zug am Leicester Square gestoßen hatte. Dumme Gans, schalt Emily sich selbst. Natürlich trug sie es ihr nach. Jeder trug seinem Mörder die Schandtat nach, die das eigene Leben gekostet hatte.

»Emily?«

Sie reagierte nicht.

Und ich musste sie erneut ansprechen.

Dann erst blinzelte sie.

»Es geht mir nicht gut«, bekannte sie.

»Was haben Sie?«

»Mir ist schwindlig.«

Der Lordkanzler trat vor.

»Ihr wollt das Mädchen dort befreien?«

Welch eine Frage!

»Ja«, antwortete ich für Emily.

»Die Unterwelt gibt niemanden umsonst frei«, verkündete Anubis. »Jemand muss dafür zahlen.« Die Schakalaugen verengten sich zu Schlitzen. »Sie«, betonte er und zeigte mit dem klauenhaften Finger auf Emily, »muss den Preis bezahlen.«

»Welchen Preis?«, fragte ich.

»Den Preis, den zu zahlen sie bereit ist.«

Götter und ihre rätselhafte Ausdrucksweise!

»Was genau schwebt Euch da vor?«

»Woran hängt Ihr Herz?«

Emily blinzelte. Starrte den Lordkanzler an, der ihre Gedanken lesen konnte.

Ernst erwiderte dieser: »Sie kennen den Preis, Mädchen.«

Kreidebleich wurde das Kind. Ja, sie wusste ganz genau, welchen Preis sie zahlen musste, um die Schuld von sich zu laden und Aurora in die Welt der Lebenden zu retten. Sie wusste es und hatte es schon immer gewusst. Die Welt ist eben gierig, und sie schenkt niemandem etwas. Am wenigsten einem Kind, das Verrat begangen hatte an dem Menschen, der ihm am nächsten stand.

Mit zitternder Hand berührte Emily Laing ihr Auge.

Nicht das Mondsteinauge.

Das andere, das gesunde Auge.

Aurora kam im Spiegel auf sie zu. Tränen liefen ihr über das Gesicht.

»Sie hört Eure Gedanken«, sagte der Lordkanzler.

So vieles hätte Emily ihrer Freundin sagen wollen. All die Worte der Reue und der Scham, die sie während der vergangenen Tage mit sich herumgetragen und die ihr das Herz zerfressen hatten. Doch blieb sie letzten Endes stumm.

Die anderen Toten im Spiegel hatten bemerkt, dass etwas vor sich ging.

Etwas Ungewöhnliches.

Und so traten sie vor. Strömten aus den Häusern und von den Feldern im Hintergrund, verließen die Schiffe, die in einem imaginären Hafen hinter der Hügelkette am Horizont vor Anker lagen. Alle kamen sie und drängelten sich an die Spiegelscheibe, pressten verzweifelt und um Hilfe heischend die Gesichter gegen den Spiegel und flehten und wehklagten, man möge sie doch erlösen. Tausende von eisig kalten Händen fassten Emily an, die stocksteif inmitten der Toten auf dem Dorfplatz stand, während Aurora, ihre beste Freundin, sie noch immer nicht angefasst hatte.

»Zahlen Sie den Preis?«, hörte Emily von fern des Lordkanzlers Stimme.

Ganz durcheinander war sie.

»Entscheiden Sie sich!«

Und letzten Endes doch nur ein Kind.

»Jetzt!«

»Was soll ich nur tun, Wittgenstein?«

Hätte ich ihr einen Rat geben können?

In dieser Situation?

Die eisigen Totenhände zerrten auch an meiner Kleidung. Erflehten Erlösung auch durch mich.

»Tun Sie, was Ihr Herz Ihnen sagt.« Das war alles, was ich an Ratschlag hervorzubringen vermochte.

Emily atmete tief ein.

Schloss kurz die Augen und dachte daran, dass es von nun an für immer so sein würde. Ihr war, als kehrten all die Ängste zurück, die sie im Waisenhaus gehabt hatte. Sie erinnerte sich der Augenblicke in dem engen Lastenaufzug, als sie in die Kammer des Reverends eingedrungen war, an die Finsternis, als die Fluten des Hades sie umklammert gehalten hatten, und an die Nachtschwärze in der Region. Immer schon hatte sie sich vor der Dunkelheit gefürchtet. Als Mr. Meeks sie geschlagen hatte und ihr Blut und Auge heiß über das Gesicht geronnen waren, da hatte die Verzweiflung sie voll und ganz vereinnahmt. Da war die ewige Dunkelheit greifbar gewesen. So nah, dass ihr schier das Herz stehen geblieben war. Doch hatte sie noch sehen können. Eingeschränkt zwar, aber dennoch klar und wohl wissend, was in der Welt um sie her geschah.

Jetzt musste sie es aussprechen.

Sie durfte Aurora nicht in diesem Spiegel zurücklassen.

»Ja«, hörte sie sich sagen, »ich zahle den Preis.« Ihre Stimme zitterte. »Aurora Fitzrovia soll leben.«

Muss leben, dachte sie.

Muss leben, weil ich sonst sterben werde.

Der Lordkanzler von Kensington schnalzte mit der Zunge. »Dann soll es geschehen!« Laut hallte seine Stimme durch das Innere der Pyramide unter der Royal Albert Hall.

Mit langsamen Bewegungen trat Emily auf den Spiegel zu.

Berührte das kalte Glas mit der flachen Hand.

Unsicher und zögerlich.

Die Toten auf der anderen Seite des Spiegels schlugen jetzt wie wild mit den Fäusten gegen die Scheibe, um sich bemerkbar zu machen. Jeder wollte gerettet werden. Alle wollten sie leben. Selbst die, die schon so lange tot waren, dass sie die Welt, in die sie hineingeboren worden wären, in den Wahnsinn getrieben hätte. Selbst die, die freiwillig in den Tod gegangen waren. Alle wollten sie den Spiegel verlassen.

Doch nur ein Mädchen sollte es tun.

»Aurora«, flüsterte Emily.

Und Aurora Fitzrovia, die noch die gleichen Kleider trug wie am Tag des Unglücks, umarmte die Emily Laing im Spiegel. Jene Emily auf dem Dorfplatz, die ihr die Hand reichte und ihren Namen aussprach, so liebevoll und reumütig, dass all die anderen Toten erschraken, als sei ein Donner über den Himmel gerollt.

Emily spürte das Glas unter ihrer Handfläche und sah, wie die Hand darin versank. Sie spürte, wie jemand ihre Hand ergriff und sanft drückte, und dann zog sie daran und sah eine dunkelhäutige Hand, die die ihre hielt. Sie zog jene Hand aus dem Spiegel heraus, und sofort begannen die Konturen der Hand zu verblassen. Der Arm, der der Hand folgte, wurde augenblicklich unscharf, und als das Gesicht des einstigen Waisenkindes aus Rotherhithe aus dem Spiegelglas hervorlugte, konnte Emily nur einen kurzen Moment lang in die dankbaren Augen ihrer Freundin schauen.

Sie würde sich an die Tränen darin erinnern und das Leuchten.

Als Aurora sie umarmte, da schwebte Emily bereits in der Finsternis, die sie für den Rest ihres Lebens begleiten sollte.

»Ach, Emily«, hörte sie Aurora schluchzen.

Und der Worte unfähig, begann auch Emily zu weinen.

Sie spürte, dass Aurora ihr vergeben hatte. Als sie den warmen Atem auf ihrer Haut und den pochenden Herzschlag der Freundin ganz dicht bei sich spürte, da wusste sie es. Unermessliche Schuld hatte sie auf sich geladen, und nun hatte sie den Preis dafür gezahlt.

Emily Laing sank in den Armen ihrer Freundin zu Boden und hielt sich beide Hände vor die Augen. Das, wovor sie sich immer gefürchtet hatte, war nun eingetreten. Sie hatte beider Augen Licht verloren.

Kapitel 10

Liliths Lied

»Ich sollte Sie alle über einige Dinge in Kenntnis setzen.« Master Lycidas war zurückgekehrt, und das Licht hoch oben in der Kuppel der St.-Paul's-Kathedrale war erloschen. »Mylady Hampstead, die Rättin, die Eure Mutter war«, richtete er die folgenden Worte an mich, »war nicht im Besitz aller Informationen.«

Ich entsann mich der Geschichte, die Lord Brewster uns geschildert hatte. Die er uns hatte überbringen lassen, nachdem er vom Erdboden verschwunden war. Bereits damals hatte ich Verdacht geschöpft, es könne Ungereimtheiten geben zwischen dem, was wir von Lycidas im Tower von London erfahren hatten, und dem, was uns die alte Ratte mitzuteilen versuchte.

Nur ein Erbe würde die beiden Häuser vereinen können, hatte Seine Lordschaft uns glauben machen wollen, bevor der Lichtlord von den Urieliten verbannt worden war. *Lycidas wusste das. Er trug einer Jägerin auf, Mara zu entführen. Sie sollte dem Kind das Herz aus dem Leib schneiden und es ihm als Beweis für ihre Tat vorlegen. Doch hatte die Jägerin Mitleid mit dem Kind und übergab es dem Waisenhaus in Holborn. Statt des Kindes tötete sie einen Stadtstreicher, der betrunken an den Stufen des Trafalgar Squares kauerte, und überbrachte ihrem Herrn dessen Herz. Lycidas verspeiste das Herz und glaubte die Angelegenheit damit bereinigt.*

Emily und Aurora waren zugegen, als Lycidas diese Worte an uns alle richtete. An Maurice Micklewhite und Miss Monflathers und sogar an Dinsdale und die beiden seltsamen Gestalten, die sich Mr. Fox und Mr. Wolf nannten und die, so wie es den Anschein hatte, bestens darüber im Bilde waren, was denn tatsächlich geschehen war.

Damals.

Vor so langer Zeit.

Doch sollte ich der Erzählung nicht vorgreifen. Erst später würden wir auf Maurice Micklewhite treffen, der sich in St. Paul's auf die Lauer gelegt hatte, um das Treiben unserer Verbündeten zu beobachten, die einst unsere Widersacher gewesen waren. Da die Kathedrale des Nachts für den Publikumsverkehr geschlossen ist, musste der Elf den Weg durch die uralte Metropole wählen, um ins Innere des Doms zu gelangen. Die U-Bahn-Haltestelle St. Paul's führt zu einer heimlichen Abzweigung, einem gewundenen Schacht, den die British Telecom nutzt, um den Bedarf der Büros in der City nach ISDN-Schaltungen zu befriedigen, und durch den man letzten Endes in die öffentlichen Toiletten im Erdgeschoss der Kathedrale gelangt.

»Es geschah, als Big Ben Mitternacht schlug«, sollte uns Maurice Micklewhite später berichten.

Im Längsschiff der Kathedrale hatte der Elf geduldig darauf gewartet, dass Mylady Lilith endlich einträfe. Kurze Zeit hatte er in der *All Souls Chapel* gekniet und derer gedacht, deren Gebeine hier ruhten. Unten in der Krypta. Menschen, die der Elf einst gekannt hatte und die nichts weiter mehr waren als Spuren der Zeit und Namen in Büchern, die Schulkinder langweilten. Wellington und Nelson. Christopher Wren, der zu Lebzeiten oft davon gesprochen hatte, sein eigenes Grabmal zu entwerfen. Lawrence, den Maurice Micklewhite in Kairo getroffen hatte. Damals, nach den Whitechapel-Aufständen und vor der Carter-Expedition. Manchmal erschienen ihm die Jahre wie Sekunden. Sandkörner, jedes davon ein eigenes Universum enthaltend, rieselten unaufhaltsam durch das Stundenglas, während sich die Welt fortbewegte. Sich immerzu drehend und windend.

»Dann endlich sind sie eingetroffen.«

Sie kamen durch den Haupteingang.

Mit einem tosenden Knarren, das im Dom ein lautes Echo fand, traten sie ein. Mattes Licht fiel von draußen in die Kirche und warf die langen Schatten dreier Personen in den riesigen, hohen Raum. Mr. Fox und Mr. Wolf eskortierten Mylady Lilith, die schön und bleich aussah und sich dessen bewusst war, was sie hier erwartete. Einen langen Mantel trug sie. Die Haare hochgesteckt und unter einer Mütze verborgen. Die hellgrünen Augen nach vorne gerichtet.

Keine Miene verzog sie, als sie den Elfen gewahrte. Nur ein kurzes Nicken als Begrüßung.

Mr. Fox und Mr. Wolf begleiteten sie bis kurz vor den hohen Altar, der aus Marmor und verziertem Eichenholz besteht und Bilder zeigt, die Mylady Lilith an Dinge erinnern mussten, die sie zu vergessen trachtete. Eine Laterne stand einsam vor dem Altar, und in dieser Laterne brannte eine kleine Kerze. Unruhig. Hilflos züngelnd und einen Ausweg suchend aus dem gläsernen Gefängnis.

»Es war ein Symbol!«, erklärte uns Maurice Micklewhite.

Ein Schlüssel.

Mylady Lilith kniete sich vor die Kerze.

Zog die Mütze vom Kopf.

Öffnete ihr Haar, das ihr wallend über die Schultern fiel.

Senkte das Haupt.

Und begann zu singen.

Ein heller, klarer Gesang war es. In einer Sprache, die nicht einmal des Elfen Ohren jemals vernommen hatten. Eine Melodie, die voll Licht und Hoffnung war und der Liebe, die bedingungslose Opfer bringt. Töne, die die Welt vernommen hatte, als sie noch ohne Sünde gewesen war. Niemals hätte Maurice Micklewhite geglaubt, dass jenes Wesen, das so viele Grausamkeiten an den Kindern dieser Welt und zuletzt den Waisenkindern von Rotherhithe verübt hatte, zu Derartigem fähig sein sollte.

»Sie sang für ihren Geliebten«, sagte uns der Elf. »Sie sang für Lycidas.«

Nur für ihn.

Zum Abschied.

Ihre Worte, die Maurice Micklewhite nicht verstand, klangen rein. Erhebend und traurig zugleich. Bedauernd. Wie Farben, die sanft verschwimmen, wenn sich die Mittagssonne im Wasser bricht. Wie ein Duft, den man ganz leise spürte, wenn man an vergangene Tage denkt. Wie der Wind, der aus der Wüste kommt und die Ufer des Meeres küsst. Salzig und kühl und so verzweifelt, dass selbst die Wellen sich seiner erbarmen müssen.

Die Flamme in der kleinen Laterne loderte auf.

Kurz nur.

Ganz zärtlich berührte Mylady Lilith das Glas.

Hoch oben, jenseits der Whispering Gallery, wo selbst das leise geflüsterte Geheimnis offenbar wird, heulten die Winde, und inmitten des Schneesturms, dessen eisige Hände die Kuppel zu packen versuchten, erklang ein anderer Gesang. Eine tiefere Stimme, die die Melodie der Lichtlady aufgriff, sich mit ihr verband. Ein Teppich disharmonischer Töne, gewebt aus dem Licht der Dunkelheit, deren Gefangene beider Herzen für immer sein würden.

Lycidas und Lilith.

Lichtliebende.

Sie sangen ihr Lied.

Füllten die Kathedrale damit.

Denn miteinander zu sprechen war ihnen nicht erlaubt. Sie schenkten sich Melodien, wie die Engel es einst auf Erden getan hatten, als die Menschen noch zu hören vermocht hatten. Melodien, die so viel mehr zu sagen erlaubten, als Worte es jemals könnten.

Lilith sang unverzagt.

Lauter.

Drängender.

Voller Verzweiflung.

Schloss die Augen und umfasste die Laterne, vor der sie kniete, mit beiden Händen. Führte die Laterne vor ihr blasses Gesicht und blickte ins Feuer hinein. Tief in die Flamme, die auch oben in der Laterne von St. Paul's brannte. In ihres Geliebten Antlitz, dessen Tränen wie Asche zu Boden fielen. Lycidas wusste, was sie zu tun beabsichtigte. Und er weinte um sie. Asche regnete auf Liliths Haupt. Asche, die das Feuer der Laterne hoch oben in die Nacht hinausschrie. Asche und Funken, die das blonde Haar entzündeten. Flammende Bekenntnisse, die nach dem Mantel züngelten.

Mr. Fox und Mr. Wolf senkten die Blicke.

Hielten die Hände gefaltet.

Andächtig, wie in ein uraltes Gebet vertieft.

Maurice Micklewhite faltete seine Hände ebenfalls.

Und Mylady Lilith sang ihr Lied.

Sang, als die lodernden Flammen sie zu verzehren begannen und die Melodie heiß von den gellenden Schmerzensschreien einer Frau durchbrochen wurde, die sich hingab für das, was ihr die Ewigkeit versagt hatte. Ihr Körper sackte zusammen. Lichterloh brannte sie, und als sie sich krümmte und schrie, da sang sie immer noch, denn ihre Schreie waren nun die Melodie. Die Tränenflut aus den einstmals grünen Augen verdampfte in der Hitze der Flammenzungen.

Und Mylady Lilith zerfiel zu Asche.

Ein fürchterlicher Gestank erfüllte die Kathedrale.

Noch immer zeigten Mr. Fox und Mr. Wolf keine Regung.

Dann wurde Maurice Micklewhite der Gestalt gewahr, die vor der Laterne auf dem Boden kniete. Dort, wo eben noch der verbrannte Leichnam der Lichtlady gelegen hatte. Asche bedeckte den Marmorboden zu ihren Füßen. Und die Gestalt sang. Wie damals, als der Himmel sie verstoßen hatte. Als blutige Engel vom Himmel gefallen waren und Feuer ihrer aller Gedanken verbrannt hatte. Als sich die Träume des Träumers als bittere Lüge herausgestellt hatten. Als Lucifer, wie man ihn gerufen hatte, in die Verbannung geschickt worden war.

Damals hatte er sein Dasein beklagt.

Jetzt beklagte er seine Geliebte.

Lilith, die Schöne vom Roten Meer.

Die am Strand gestanden hatte mit nackten Füßen und dem Geruch des Meeres im Haar.

Hoch oben, wo der Sturm wütete, in der Laterne von St. Paul's, wo Lycidas gefangen gehalten worden war vom Bann Lord Uriels, war das Licht erloschen. Kalt und düster blickte die Laterne unter der Kugel mit dem Kreuz über London hinweg. Es gab keinen Zweifel. Lycidas wusste es. Lilith hatte an seiner statt den Platz dort oben einnehmen wollen. Doch war sie ein Mensch oder ein Wesen, das dem Menschen vor langer Zeit sehr ähnlich gewesen war und nicht die Kraft hatte, den Elementen standzuhalten, die Engel heraufbeschwören.

Sie war tot.

Verbrannt.

Erloschen.

Auf ewig.

Nur langsam erhob sich der Lichtlord. Sah sich um.

Schweigend.

Später. In der Krypta.

»Sie hat uns also belogen?«, fragte Emily.

»Die Rättin?«

»Ja.«

»Ich weiß es nicht. Jedenfalls hat Lord Brewster die Wahrheit zu seinen Gunsten gebogen.«

Neuigkeiten allerorten.

Dennoch weigerte ich mich zu glauben, dass Mylady Hampstead, der ich all die Jahre lang vertraut hatte, uns belogen hatte. Nimmer! Nimmer hätte die alte Rättin etwas derart Verwerfliches getan. Lord Brewster hingegen schien schon eher mit dem Makel der Zweifelhaftigkeit belegt zu sein.

Emily übte sich derweil in Schweigen.

Sie wollte nur noch ihre Ruhe haben.

Einfach nur schlafen.

Die Augen schließen.

Obwohl es keinen Unterschied mehr machte, ob sie die Augen geöffnet hatte oder nicht. Es war so befremdlich, die Welt nur noch hören und nicht mehr sehen zu können. Selbst das Gehen war auf einmal zum Problem geworden. In der eigenen fortwährenden Nacht Schritte tun zu müssen. Sie nahm Geräusche wahr, und es waren diese Geräusche, die ihr ein Bild davon vermittelten, was geschah, als wir alle die Pyramide unter der Royal Albert Hall verließen. Das Schnaufen des Lordkanzlers und die schluchzenden Worte Auroras. Die Geräusche in der uralten Metropole. Das Tropfen des Schmelzwassers in der Kanalisation, das sanfte Heulen der Fallwinde im Tunnel und das ferne Quietschen der Bremsen alter U-Bahn-Züge auf den vergessenen Linien. Gemurmel der Passanten, als wir in die belebten Gegenden unterhalb von Kensington Gardens kamen, nach The Ninth Knight's Gate, wo Tunnelstreicher und Händler und einige eifrig in Geschäftsgespräche vertiefte Makler aus Brompton einen Teppich aus Tönen und Worten und Geräuschen webten, auf dem Emily Laing sich nun vorsichtig entlangschreitend bewegte. Mit zögerlichen, unsicheren Schritten. Gestützt von ihrer Freundin, deren Geruch sie dicht neben sich wahrnahm. Beruhigend und vertraut.

»Du bist wieder da!«, war alles, was Emily ihrer Freundin gesagt hatte.

Und Aurora hatte ebenso kurz geantwortet: »Ja, ich bin wieder da.« Und mit einem Lächeln in der Stimme hinzugefügt: »Bei dir.« Ganz anders wirkte die Stimme, wenn man die Person, die dazugehörte, nicht sehen konnte.

Wie seltsam dies alles ist, dachte Emily.

Benommen.

Furchtsam.

Denn nicht einmal Schmerzen verspürte sie.

Und das verwirrte sie am meisten.
Nur Leere.
Nachtschwärze.
Die Angst, einfach umzufallen, weil die nächste Treppenstufe oder die noch so kleine Unebenheit im Boden den wirbelnden Schwindel in der Dunkelheit noch verstärkten, zu einem mächtigen Strudel werden ließen, dem sie sich nicht zu entziehen vermochte.
Ja, nicht einmal den geringsten Schmerz verspürte sie.
Und das war das Seltsamste.
Als Mr. Meeks ihr den Rohrstock ins Auge geschlagen hatte, da hatte sie wenigstens noch Schmerzen verspürt. Heftig. Reißend. Durchbohrend. Dazu die warme Nässe, als Auge und Blut ihr über das Gesicht geronnen waren. Die panische Angst, die sie mit eisiger Klaue umschlossen hatte, weil sie gespürt hatte, dass etwas Unwiderrufliches geschehen war. Da waren die Schreie der anderen gewesen, die in der Küche Zeuge des Unfalls – wollte man den Vorfall denn als solchen bezeichnen – geworden waren. Der hilflose Zorn des Hausmeisters. Die Rufe der Köchin. Alles hatte darauf hingedeutet, dass etwas geschehen war.
Doch jetzt?
Spürte sie nichts von alledem.
Es war einfach so passiert.
Völlig unspektakulär.
In demjenigen Augenblick, in dem Aurora durch den Spiegel auf sie zugeschritten war, in dem Emily ihrer Freundin Hand ergriffen und sie auf die andere Seite des Spiegels gezogen hatte, da war alles anders geworden. Die Welt um sie her war verschwunden. Mit einem Mal.
Seit diesem lähmenden Moment war ihr Augenlicht erloschen.
Einfach so.
Sie war blind. Punktum.
Ohne Vorwarnung.
Blindheit.
Ohne Schmerzen.
Man hatte ihr einfach die Fähigkeit zu sehen genommen.
Das war alles.
Es war der Preis, den zu zahlen sie bereit gewesen war. Anubis hatte es so gewollt. Einen Grund dafür hatte er nicht nennen müssen.

Er war der Herr der Pyramide, die die Unterwelt oder das Totenreich war – oder was auch immer. Er gebot hier unten und oben in Kensington, und nur das zählte. Es waren seine Regeln gewesen, denen sie sich hatte beugen müssen.

»Nie wieder werde ich ein Buch lesen können.«

Von allen Gedanken, die ihr hätten kommen können, war es dieser, der schmerzliche Gestalt angenommen hatte.

Aurora hatte nichts darauf entgegnet.

Was hätte sie auch sagen sollen?

Zu gut kannte sie Emily.

Und die Erkenntnis war unumstößlich.

In Stein gemeißelt.

Niemals wieder würde sie lesen können. Niemals wieder würde sie zwischen den Seiten eines Buches blättern und inmitten der dicht gedruckten Zeilen in die Geschichte eintauchen können. Allenfalls würde sie an den Büchern riechen können, wie sie es so gerne tat. Ein schwacher Trost. In Zukunft würde sie auf Hörbücher und den guten Willen ihrer Freunde und Bekannten angewiesen sein, um neue Geschichten zu erleben. Doch würde dies niemals vergleichbar sein mit dem Gefühl, selbstständig zwischen den Seiten blättern zu können.

»Nie wieder«, hatte sie gemurmelt. »Nie, nie, nie!«

Mit einem Mal erinnerte sie sich an das Buch, das zu lesen sie begonnen hatte, bevor die Ereignisse sie hinaus ins winterliche London und hinab in die uralte Metropole getrieben hatten.

Coraline.

Von Neil Gaiman.

Schon wieder ein Buch, das von einem einsamen Mädchen handelt – »Coraline, nicht Caroline«, die Stelle hatte Emily gut gefallen –, das allein und gelangweilt in einem großen Haus herumstreunt und sich in einer Welt verliert, die ihm fremd und nicht immer freundlich gesinnt ist. Bis zur Mitte des Buches, das nicht einmal ein besonders dicker Roman war, hatte sie vordringen können. Ein Papiertaschentuch steckte dort als Lesezeichen, und das Buch lag hinten in ihrem Rucksack, gleich neben Auroras Schmöker über das Herz der See. Emily erinnerte sich an die Zeichnungen in dem Buch, das ein Kinderbuch sein sollte: karge, schwarzweiße und doch wunderschöne Skizzen von Ratten und Mäusen, so skurril und scherenschnittartig, wie die Welt eben war. Die Welt, so wie Kinder sie sehen. Gierig und jederzeit bereit zuzuschnappen.

»Du hättest das nicht tun müssen«, hatte Aurora gesagt.

Emily hatte das Gesicht ihrer Freundin ertastet.

Unsicher, weil sie Aurora zuvor nie auf diese Art angefasst hatte. Kinn. Lippen. Nase. Augen. Wimpern. Haare. »Ich denke nicht«, hatte sie ganz leise geflüstert, »dass ich eine Wahl hatte.« Und zögerlich hatte sie gefragt, etwas lauter: »Kannst du dich erinnern?«

»An die U-Bahn?«

Emily hatte genickt. »Ja.« Und es ausgesprochen: »Daran, dass ich dich gestoßen habe.«

»Am Leicester Square.«

Emily musste es aussprechen. Um ihrer selbst willen. »Dass ich dich … getötet habe?«

Aurora schluckte.

Schwieg einen Moment lang.

»Ja, ich erinnere mich. An Steerforth und den Wind, den der Zug verursacht hat. An diesen muffigen, lauwarmen Wind, der immer in den Bahnhof weht, kurz bevor ein Zug einfährt. Er war heftiger gewesen, da vorne am Bahnsteig. Und ich habe gedacht, dass dies doch nicht das Ende sein kann. Ich kann mich an dein Gesicht erinnern. Ach, Emmy. Du hast es sofort bereut.«

Emily schwieg schuldbewusst.

»Denn das, was mich da angeschaut hat, das warst nicht du.«

»Doch!«, hatte Emily beharrt. Schönrederei half auch nichts. »Doch, ich bin es gewesen. Ich, deine Freundin. Ich, Emily Laing aus Rotherhithe. Ich habe es gewollt. Wenn auch nur einen Augenblick lang. Und dann habe ich es getan. Ohne darüber nachzudenken.« Hier war sie in Tränen ausgebrochen. »Mein Gott, du warst tot, Aurora!« Wie seltsam es klang, und doch entsprach es der Wahrheit. Aurora Fitzrovia war tot gewesen, und jetzt war sie es nicht mehr.

»Es war Steerforth«, hatte Aurora mit fester Stimme betont. »Dieser charmante, eingebildete Steerforth hat dich verhext, Emmy. Glaub mir, du warst das nicht, der mich da angeschrien hat. Der mich … getötet hat.«

Mit einem Mal fiel Emily auf, wie gut es tat, dass jemand sie Emmy nannte.

Endlich wieder.

Emmy. Nicht Emily. Emmy!

»Ich habe Zeit gehabt, darüber nachzudenken.«

»Du erinnerst dich?«

»An die Zeit hier unten?«

»In der Unterwelt.«

Eine kurze Pause. »Nein, nicht wirklich. Es ist alles … irgendwie … unscharf. Das, was gewesen ist. Es ist … so weit weg. Da war ein Dorf mit Menschen, die alle ganz verschieden aussahen, aber keiner hat mit mir gesprochen. Zumindest kann ich mich nicht daran erinnern.« Sie stockte. »Kalt ist es gewesen.« Und ihr Atem ging schneller. »Wie lange bin ich hier gewesen?«

»Keine zwei Tage.«

Aurora schwieg.

Sagte schließlich: »Es kam mir länger vor.«

»Sie wird sich nicht erinnern«, hörte Emily des Lordkanzlers tiefe Stimme. »Bald wird alles, was sie im Spiegel erlebt hat, ein Traum gewesen sein, den die Sonnenstrahlen mit sich tragen.«

So viel vom Lordkanzler dazu.

Als wir die Royal Albert Hall verlassen hatten, konnte Emily den Geruch der uralten Metropole wahrnehmen, wie sie es niemals vorher getan hatte. Wir scheuten uns davor, den Weg durch London zu wählen, weil wir weitere Golems dort oben befürchteten, die uns, aus welchem Grund auch immer, auflauerten. Also begaben wir uns direkt in die uralte Metropole. Nachdem wir der Pyramide entstiegen waren, entließ uns der Lordkanzler auf dem Weg, den Maurice Micklewhite damals gekommen war, als er uns über Knightsbridge hierher geführt hatte.

Wir betraten einen Ort, der allseits als The Ninth Knight's Gate bekannt ist und der direkt unter der Konzerthalle beginnt und sich bis nach Kensington Gardens erstreckt. Es war dort, wo wir eine kurze Rast einlegten und einige Erfrischungen zu uns nahmen.

»Sie sind sicher hungrig«, mutmaßte ich.

»Oh, fragen Sie nicht.« Emily fand zu ihrem alten Humor zurück.

Gut so.

Die Welt ist zu ernst, um sie ohne ein Lächeln ertragen zu können.

Oder ohne Essen.

»Kinder sind doch immer hungrig«, sagte ich.

Und lotste die beiden in eine Schänke, die The Jekyll hieß und mit duftenden Blumen und Staudengewächsen voll gestopft war. Feine Gerüche, so dachte ich mir, würden dem Mädchen gut tun.

Es gab Kräutertee für alle und zusätzlich einen Bohnenkaffee aus den alten Kolonien für mich selbst. Dazu jeweils ein komplettes englisches Frühstück, bestehend aus Speck, Spiegelei, Pilzen, Wurst, Tomaten, Toastbrot und Blutwurst, das man zu jeder Tageszeit essen konnte.

»Ein seltsamer Name für eine Schänke«, stellte Emily fest.

»Wie in *Jekyll und Hyde*.«

»Wie Gertrude Jekyll, die berühmte Landschaftsgärtnerin«, verbesserte ich die Kinder.

Während die Mädchen aßen, sah ich mich um. Misstrauisch, wie es nun einmal meine Art ist.

Da The Ninth Knight's Gate von jeher ein Sammelpunkt für Händler war, die die Knightsbridge zu überqueren gedenken und hinunter nach Chelsea und weiter zur Themse reisen, erfuhren wir hier eine Reihe Neuigkeiten. Weitere Unruhen hatten sich ereignet. In den Leadenhall-Tunneln hatte man einen Gildehändler, der Frachten für Manderley Manor gelöscht hatte, geteert und gefedert und anschließend den Asseln übergeben, die in den Schlackesümpfen nahe Houndsditch hausen. Wortführer des Pöbels war ein Angehöriger der Bootsmannsgilde aus Blackheath gewesen. In der Innenstadt Londons hatten sich vorweihnachtlich gesinnte Punks mit einer Gruppe kahlköpfiger Fans von Manchester United geprügelt. Zudem munkelte man, dass die Golemgestalten immer häufiger gesichtet würden. Es hatte Übergriffe in den nächtlichen Parks der Stadt gegeben.

Beunruhigt gedachte ich des vereinbarten Treffpunkts mit Maurice Micklewhite. Ihn zu kontaktieren war in unserer gegenwärtigen Situation undenkbar, da Telefonate in der uralten Metropole nicht möglich sind. Das mit der Zeit, hätte Miss Monflathers dieses technische Problem begründet, ist eben so eine Sache.

Unfähig, Kontakt zu dem Elfen aufzunehmen, überdachte ich unser aller Situation.

Und beobachtete die Kinder.

Emily klammerte sich an Aurora, die ihrer Freundin dabei behilflich war, zu gehen und zu essen. Selbst die einfachsten und alltäglichsten Bewegungen waren nun ungeübt, plump und unsicher. Emily war auf die Hilfe ihrer Freundin angewiesen. Würde auch später darauf angewiesen sein. Blieb nur zu hoffen, dass das Verhältnis der beiden Mädchen keinen ernst zu nehmenden Schaden erlitten hatte.

Nachdem die Kinder gesättigt waren und ich Emily auf ihren ausdrücklichen Wunsch hin an einem der Stände eine dunkle Sonnenbrille erstanden hatte, machten wir uns auf den Weg zum Treffpunkt mit Maurice Micklewhite. Überquerten ein zweites Mal romantische Lyrik zitierend Knightsbridge, und es bleibt anzumerken, dass sich der Scharlachrote Ritter dieses Mal gnädiger zeigte, was die Anzahl der zu erkennenden Gedichte anging. Die Bresche, die das Schwert während unserer Überquerung von damals geschlagen hatte, klaffte noch immer über dem bodenlosen Abgrund, aus dessen Tiefe das Tosen der dunklen Hadesfluten erklang.

Düstere Erinnerungen beschlichen Emily beim Klang des Wassers. Aurora wirkte nicht minder beunruhigt. Emily, die sich in einer Welt der Geräusche bewegte, hörte das Knirschen, als der Ritter den Kopf neigte, um die Ankömmlinge besser sehen zu können. Das blinde Mädchen lauschte den Gedichten, die ich rezitierte, und der dunkel donnernden Stimme des Ritters, der uns schließlich die Passage der Brücke gestattete.

Die Schächte und Tunnel führten uns hinauf nach Hyde Park Corner, wo wir die Piccadilly Line bestiegen, die uns bis nach Holborn brachte, wo wir umsteigen mussten und die Central Line bis Chancery Lane nahmen. Dort verließen wir die U-Bahn und begaben uns durch ein Siding in die uralte Metropole. Folgten einem Tunnel, dessen Wände durchsetzt waren von den Fundamenten der Kathedrale, die sich hoch oben in London erhebt.

St. Paul's.

Der vereinbarte Treffpunkt.

Inständig hoffte ich, dass Maurice Micklewhite uns dort erwartete.

»Vielleicht«, dachte Aurora laut nach, als wir den menschenleeren Bahnhof Chancery Lane verlassen hatten, »kannst du ja doch wieder sehen.« Ganz fest hielt sie Emilys Hand. »Ich meine, du bist doch eine Trickster.«

Überrascht musterte ich das Mädchen.

Gar keine so dumme Äußerung, dachte ich mir.

Sagte aber nur: »Interessant.«

Emily ging unsicheren Schrittes weiter.

Drehte den Kopf in die Richtung, aus der die Worte an sie gerichtet worden waren.

»Du könntest durch meine Augen sehen.« Nun hatte Aurora es ausgesprochen.

»Wäre das möglich?« Emily richtete die Frage an mich.

»Ja.«

»Aber müssten wir nicht immerzu zusammen sein«, überlegte Emily, und ihre Stimme ließ unzweifelhaft den zarten Hoffnungsschimmer erkennen, der gerade in der Finsternis aufgetaucht war.

»Sind wir doch sowieso«, antwortete Aurora.

Lächelte, obgleich Emily sie nicht zu sehen vermochte.

»Das würdest du für mich tun?«

»Warum nicht?«

»Weil es deine Augen sind«, sagte Emily geschwind.

»Und«, bemerkte ich, »es nicht sehr angenehm ist, dauernd jemanden im Kopf mit sich herumtragen zu müssen.«

Aurora warf mir einen vorwurfsvollen Blick zu. »Wir sind Freundinnen!«

Kinder!

Als wäre dies die Antwort auf alle Bedenken.

Nun denn.

»Versuche es«, forderte Aurora sie auf.

»Hier?«

»Ja.«

»Sofort?«

Aurora verdrehte die Augen und musste lachen.

»Nun mach schon!«

Wir standen allesamt an einer Kreuzung, die ein Knotenpunkt der Strom- und Telefonleitungen der City war. Überall hingen sie aus den gekachelten Wänden, dicke isolierte Bündel roter und gelber Kabel mit Hochspannungssymbolen und dem eckigen Emblem der Stadtwerke. Der Boden war übersät mit Müll. Bierdosen und Verpackungsfolien. Eigentlich kein schöner Ort, um das Augenlicht wiederzuerlangen.

Doch war dies Emily gleichgültig.

Mühelos gelangte sie in das Bewusstsein ihrer Freundin. »Es funktioniert«, stellte sie fassungslos fest.

Dieses Kind!

»Natürlich funktioniert es«, sagte ich.

Immerhin hatten wir die Technik monatelang geübt. Bei fremden Passanten hatte es funktioniert, weshalb sollte Emily nun hier versagen?

»Ich kann dich spüren, Emmy.« Aurora wirkte fassungslos. »In mir drinnen.«

Seltsamerweise konnte Emily den Gedanken, den Aurora gerade gedacht hatte, lesen oder spüren, oder wie immer man es nennen wollte, noch bevor Aurora die Worte auch nur ausgesprochen hatte. In Aurora zu sein wirkte schrecklich vertraut.

Emily hielt sich zurück.

Wie jemand, der in einem fremden Haus zu Gast ist.

»Kannst du dich sehen?«

»Meine Güte, ich sehe schrecklich aus.«

»Ich weiß.«

Miss Fitzrovia ließ einen zarten Anflug von Humor erkennen.

Immerhin.

»Mir ist übel«, gestand Emily.

»Sie müssen sich erst daran gewöhnen.« Beruhigend redete ich auf sie ein. »Stehen Sie einfach nur still und warten Sie ab. Sie müssen sich erst an diesen verkehrten Blickwinkel gewöhnen.«

»Sie haben gut reden«, gab sie zur Antwort.

»Nun ja.«

Was sollte ich erwidern?

Das Gefühl, sich selbst dort neben Aurora stehen zu sehen, deren Blickwinkel sie eingenommen hatte, erzeugte einen heftigen Schwindel in Emily. Sie fiel unsanft zur Seite, und Aurora musste sie festhalten. Emily sah, wie sie selbst torkelte und hielt sich – zumindest was den Blickwinkel betraf – sogar selbst fest. Sie versuchte den Kopf in Richtung ihrer Freundin zu drehen. Dorthin, wo sie sie vermutete. Irgendwie.

»Ich muss mich übergeben, wenn ich das noch länger mache«, gestand sie und ging mit Auroras Hilfe in die Hocke. Wie gut es tat, festen Boden unter den Händen zu spüren. »Außerdem habe ich wahnsinnige Kopfschmerzen.« An den Schläfen hinauf kroch ihr der pochende Schmerz. Nistete sich hinter den Augen und unter der Schädeldecke ein. Trieb ihr Tränen in die Augen.

»Verlassen Sie Aurora!«

»Es tut weh.«

»Sofort!«, schrie ich.

Emily atmete schnell.

Ich trat neben sie.

Umfasste ihren Kopf mit beiden Händen. Massierte ihn. Forderte Emily auf, sich zu entspannen.

Besorgt verfolgte Aurora jede meiner Bewegungen.

»Können Sie ihr helfen?«, fragte sie beunruhigt.

»Es wird ihr schon bald wieder besser gehen«, beruhigte ich sie.

Da übergab sich Emily auf meine Schuhe.

Sie schluchzte.

»Es ist in Ordnung«, sagte ich und wischte ihr mit meiner Mütze das Erbrochene vom Gesicht.

»Emmy?«

»Es geht wieder«, stöhnte diese.

Zitternd klammerte sie sich an meinen Armen fest.

»Sie sollten dies nicht wieder tun«, riet ich ihr und betrachtete die säuerlich riechende Lache, in deren Mitte ich stand. Die Mütze würde ich ohnehin nicht mehr benutzen können. Also wischte ich die Stiefelspitzen damit ab und warf sie dann in eine Ecke des Tunnels.

»Tut mir Leid um Ihre Schuhe«, murmelte Emily.

Ich zog ein mürrisches Gesicht, das sie anscheinend erahnen konnte.

»Und die Mütze«, ergänzte sie.

Ich lächelte kurz.

»Es geht Ihnen doch wieder besser?«

Sie nickte.

Zögerlich.

»Dann lassen Sie uns weitergehen«, schlug ich vor. »Die Zeit ist nicht unser Verbündeter.«

Emily erhob sich. Immer noch unbeholfen und gestützt von ihrer Freundin.

Ich ergriff ihre Hand und legte etwas hinein.

»Was ist das?«, fragte sie und tastete danach.

Ich sagte es ihr: »Kaugummi.«

Aurora verkniff sich ein Grinsen.

Verschwörerisch flüsterte ich: »Damit es nicht so riecht.«

Emily musste mit einem Mal lachen. Ganz laut und unbeherrscht.

»Geht es Ihnen gut?«

»Ja«, sagte sie und verbesserte sich sogleich: »Nein, eigentlich nicht.« Sie blickte mit ihren blinden Augen in die Richtung, aus der sie mich hatte sprechen hören. »Aber ein Kaugummi ist genau das, was ich jetzt brauche.« Behände pulte sie ihn aus der Verpackung und steckte ihn sich in den Mund. Und ganz ernsthaft fügte sie hinzu: »Noch nie hat das ein Erwachsener für mich getan.«

Verständlich.

»Danke«, sagte sie.

Dieses Kind!

»Wenn das so weitergeht«, murmelte ich, »dann stehen wir noch hier, wenn London eine Geschichte ist, die niemand mehr hören will.« Sich in dieser Situation mit meiner Schutzbefohlenen über die Beseitigung von Erbrochenem zu unterhalten, schien mir unangemessen. Nicht unbedingt das Gespräch, das mir vorschwebte. Also drängte ich die Mädchen zum Weitergehen.

Emily ließ die ganze Angelegenheit auf sich beruhen.

Sich dauerhaft der Sichtweise ihrer Freundin zu bedienen schien, nach dem, was sie gerade erlebt hatte, kaum ratsam zu sein. Also begrub sie diese Hoffnung schnell wieder. Nachdenklich und in sich gekehrt ließ sie sich von Aurora durch die Tunnel führen.

Dann erreichten wir endlich St. Paul's.

Den unterirdischen Eingang zur Kathedrale, der direkt in die Krypta führt. Durch eine Türschwelle in der Mauer gelangt man in den Souvenirladen, dessen Türen sich wiederum mühelos von innen öffnen lassen.

»Hier erwartet uns Master Micklewhite«, erklärte ich den Kindern.

Das Hallen unserer Schritte auf dem Marmorboden und die Kälte, die selbst die moderne Fußbodenheizung nicht gänzlich hatte vertreiben können, erinnerten Emily an die Spukhäuser aus den Geschichten von Wilkie Collins und Shirley Jackson.

»Lass mich bloß nicht allein«, flüsterte sie Aurora zu.

Ein Händedruck war die Antwort.

»Folgen Sie mir.« Ich war einige Male als Besucher in diesen Räumen gewesen. Um der Gefährten zu gedenken, die hier in ihren Sarkophagen ruhten und denen die Welt ihre Errungenschaften mit Vergessen gedankt hatte.

Das Café war unser Ziel.

»Dort werde ich euch erwarten.« Hatte Maurice Micklewhite am Telefon versprochen.

Tief unten in der Krypta, das sollte ich erwähnen, befindet sich kurioserweise ein Café. Alles in London dient letzten Endes den Touristen. St. Paul's bildet da wie die Westminster Abtei auch keine Ausnahme. Eine niedrige, runde Decke, die von schmalen Strahlern mit warmem Licht geflutet wird, lässt den Besucher unwillkürlich an eine behagliche Höhle denken. Große Skulpturen aus poliertem Stein zieren die Wände: Engel, Fabelwesen und Marienbildnisse. Die runden Tische sind mit weißen Tischdecken versehen. Moderne Stühle mit Rahmen aus glänzendem Stahl umgeben sie. Vasen aus hellem Ton mit Plastikblumen zieren die Tische.

Als wir dort eintrafen, sahen wir Maurice Micklewhite und Miss Monflathers an einem der Tische sitzen; Mr. Fox und Mr. Wolf, die mir noch bestens in Erinnerung geblieben waren, an einem anderen. Uns den Rücken zuwendend kauerte eine hoch gewachsene Gestalt ganz in Schwarz allein an einem Tisch weiter hinten, in einem der Alkoven, von denen es viele gibt im Krypta-Café. Die Gestalt summte eine Melodie. Traurig und doch wunderschön. Hauchte leise Worte in einer fremden Sprache. Viel unheimlicher war jedoch, dass niemand der Anwesenden zu sprechen wagte. Als hätte die Melodie sie allesamt ergriffen. Als verstünden sie, worum es in dem Lied ging.

»Was ist das?«, entfuhr es Emily.

Laut fielen ihre Worte in die Stille.

Die Person drehte sich zu den Kindern um.

»Es ist Liliths Lied«, sagte Lycidas.

Die Unwiderruflichkeit, die in der tiefen Stimme mitschwang, erschreckte Emily zutiefst. Denn mit einem Mal erkannte sie den Verlust, von dem das Lied erzählte. Nur in Tönen, ja, doch so klar wie die Kristalle, zu denen Schneeflocken in der Sonne werden. Der Lichtlord beklagte den Verlust seiner Geliebten. Lilith. Madame Snowhitepink. Und obwohl sie sich dagegen sträubte, empfand Emily Mitleid mit jener Frau, die die Waisenkinder von Rotherhithe einst das Fürchten gelehrt hatte. Sie empfand Mitleid, weil die Melodie sie in ihrer Blindheit mitten ins Herz traf. Weil sie verstand, wovon Lycidas da sang.

Weil sie wusste, was Verlust war.

Und verstand, dass jeder in dieser Welt einen Preis zu zahlen hatte.

Kapitel 11

Palaver

Nur ein Erbe würde die beiden Häuser vereinen können, hatte Mylady Hampstead uns erklärt. Damals. *Lycidas wusste das. Er trug einer Jägerin auf, Mara zu entführen. Sie sollte dem Kind das Herz aus dem Leib schneiden und es ihm als Beweis für ihre Tat vorlegen. Doch hatte die Jägerin Mitleid mit dem Kind und übergab es dem Waisenhaus in Holborn. Statt des Kindes tötete sie einen Stadtstreicher, der betrunken an den Stufen des Trafalgar Squares kauerte, und überbrachte ihrem Herrn dessen Herz. Lycidas verspeiste das Herz und glaubte die Angelegenheit damit bereinigt.*

»Glaubten Sie etwa allen Ernstes, ich sei zu einer solchen Schandtat fähig? Ein noch schlagendes Herz als Beweis für diese Bluttat einzufordern?« Die dunklen Augen musterten uns alle. »Das sind doch alles nur Rattengeschichten.« Mundwinkel verzogen sich spöttisch.

»Sie wissen, was wirklich geschehen ist?«, fragte Miss Monflathers.

»Ist der König ein Engländer?«

»Dann berichten Sie uns davon«, schlug Maurice Micklewhite vor. »Die Zeit arbeitet nicht für uns.«

»Da stimme ich Ihnen zu.« Lycidas seufzte. »Ophar Nyx«, begann er, »und das sollten Sie alle wissen, ist eine uralte Kreatur. Ein Wesen, das dem Träumer nicht unähnlich ist, wenngleich es sich bei den beiden mitnichten um gleichartige Geschöpfe handelt. Ophar Nyx ist dem Träumer untertan.« Er korrigierte sich. »War dem Träumer untertan, bevor er in Ungnade fiel.«

»Wir wissen um den Nyx«, sagte Miss Monflathers.

Lycidas nahm den Einwurf zur Kenntnis. »Aber wissen Sie auch um der Ratten Absichten?«

»Die Ratten dienten einst den Black Friars«, sagte ich.

»Und sie tun dies immer noch. Manche unter ihnen jedenfalls«, verbesserte mich Lycidas. »Und wieder andere verfolgen eigene Ziele.«

Unschwer zu erkennen, auf wen er da anspielte.

»Lord Brewster.«

»Der Nyx ist einer Gottheit gleichgestellt, die der Erde gebietet und allem, was in ihr kreucht. Einige sagen, er habe die Ratten erschaffen. Andere meinen, er sei nur fähig gewesen, jene Kreaturen zu erschaffen, die in der uralten Metropole lapidar als Rattlinge bezeichnet werden. Doch sollten Sie wissen, dass die Ratten in der alten Zeit einen eigenen mächtigen Gott verehrten. Dieser Rattengott hauste in den Eingeweiden der Erde, und die Ratten beteten zu ihm, weil sie glaubten, dass er ihr Schöpfer sei.«

»Der Ophar Nyx.«

»Er, und Geschöpfe, die ihm ähnlich sind.«

Jede Metropole der Welt, so hieß es in den Geschichten, beherbergt ein Wesen wie den Nyx. Sitzend auf einem Thron aus Ratten, deren lange Schwänze zu einem Teppich verwoben sind.

Meine Güte!

Nagerphantasien!

»Was hat es mit den Rattlingen auf sich?«

»Die Rattlinge sind die Sinnesorgane des Nyx. Sie sehen für ihn. Sie hören für ihn. Sie erteilen in seinem Namen Befehle an jene, die ihm untertan sind. Lord Brewster gehört zu den Auserwählten des Nyx. Er ist anders als die anderen Ratten. Er ist alt. Vom Nyx mit einer dunklen Lebensenergie ausgestattet, die seinesgleichen normalerweise versagt bleibt.«

Emily lauschte den Worten.

Des Lichtlords Stimme war wie warmer Honig.

»Aber er hat mir geholfen«, entfuhr es dem Mädchen, die nur gute Erinnerungen mit der Ratte verband.

»Er hat Ihnen geholfen, weil es ihm gelegen kam, Ihnen zu helfen«, gab Lycidas zur Antwort.

»Weil es dem Nyx zu Diensten war?«

»Sie sagen es, Wittgenstein.«

Emily erinnerte sich der Taten, die die Ratte vollbracht hatte. »Ich verstehe das nicht«, meinte sie. »Er hat mich doch gerettet, als der Werwolf mich angriff. Nach der Flucht aus dem Waisenhaus. Er hat mir aufgetragen, mich um Mara zu kümmern. Durch ihn habe ich Master Wittgenstein kennen gelernt. Habe von der uralten Metropole erfahren.«

»Lord Brewster wusste von Dingen, die für alle anderen im Verborgenen lagen«, erklärte Lycidas mit ruhiger Stimme. Zum ersten Mal, seitdem sie Lycidas wieder getroffen hatte, erinnerte Emily die Stimme an Lucia del Fuego. Die Jägerin, in deren Gestalt der ehemalige Engel Aurora und ihr einst begegnet war.

»Doch sollte ich in meinen Ausführungen nicht allzu sehr abschweifen«, meinte der Lichtlord. Nippte an seinem Cappuccino, den ihm ein Adept der Black-Friars-Bruderschaft hingestellt hatte, dem die Bewirtschaftung des Krypta-Cafés in den Abend- und Nachtstunden oblag. »Der Nyx versucht seit alters, die Herrschaft über London zu erlangen. Dies kann ihm aber nur gelingen, wenn er Kontakt zu einem der großen Häuser hält. Er benötigt jemanden von Rang und Einfluss, der ihm als Handlanger dient.«

Ich konnte mir eine Bemerkung nicht verkneifen: »Darin zumindest ist er Ihnen ähnlich.«

»Mushroom Manor.« Dies statt einer Antwort.

Dass Master Lycidas aus ganz ähnlichen Gründen Kontakt zum Hause Manderley gesucht hatte, verschwieg er vorerst.

»Es ist also das geschehen, was wir immer vermutet haben«, murmelte Miss Monflathers, die sich in der Geschichte Londons und derjenigen der uralten Metropole bestens auskannte.

»Mordred Mushroom ging wie schon seine Vorfahren einen Pakt mit dem Nyx ein. So wurde neben den Rattlingen Mushroom Manor zum stärksten Arm des Ophar Nyx in London.« Lycidas rieb sich die dunkel geränderten Augen. »Wissen hatte der Nyx dem mächtigen Haus versprochen. Wissen, das Mordred Mushroom die einstweilige Vorherrschaft über die uralte Metropole garantieren sollte. Wissen, das ihn seinem Gegner im Geschäftsleben und im Senat überlegen machen sollte.«

»Nicodemus Manderley«, sagte Miss Monflathers.

Die Teile der Geschichte begannen sich zusammenzufügen.

Langsam, doch stetig.

»Manderley Manor war ein großes Haus von nicht zu unterschätzender politischer und wirtschaftlicher Macht. Ist es immer noch. Der Familie gehörten Ländereien in ganz England und auch in den Kolonien. Die Einnahmen aus den Kolonien und der Handel mit fernen Ländern hatten der Familie Wohlstand beschert.«

»Und wer sympathisierte mit Manderley Manor?«, fragte ich.

Lycidas seufzte erneut. »Wie Recht sie doch haben, Wittgenstein.«

»Sie waren das!«, sprach Emily es aus.

»Ja, Miss Emily. Ich war das. Manderley Manor sollte mein Verbündeter werden.«

Maurice Micklewhite, der bisher geschwiegen hatte, gab zu bedenken: »Um letztlich die Herrschaft über London zu erlangen, musste Mushroom Manor seinen Gegner ausschalten.«

»Dies sollte mit dem dunklen Wissen des Nyx ermöglicht werden.«

Aurora entsann sich der Stunden im Britischen Museum. Unter der riesenhaften Kuppel der Nationalbibliothek. Als sie in den Chroniken der alten Häuser gestöbert hatte und auf das Bild gestoßen war. Die Photographie, die Mordred Mushroom zusammen mit einem alten Mann zeigte. Dem alten Mann, der ihr so bekannt vorgekommen war und von dem zu berichten sie damals versäumt hatte.

»Mordred Mushroom bereiste damals den europäischen Kontinent.« Es war Maurice Micklewhite, der das Wort ergriffen hatte. »Viel zu häufig, als dass es ein Zufall hätte sein können. Vordergründig waren es Handelsgeschäfte, die ihn ins Ausland trieben.«

Lycidas lächelte.

Wissend.

»In Prag«, dozierte er, »traf er auf jemanden, dem der Nyx nicht unbekannt war. Es war ein altes Wesen, das seit Jahren in der Goldenen Stadt lebte und dem Nyx nicht unähnlich. Es nährte sich von Emotionen. Von Leid. Furcht. Wut.«

Erschrocken flüsterte Emily: »Steerforth!«

»Ah, so nennt er sich heutzutage.«

»Sie kennen ihn?«

»Persönlich? Nein.«

Und Aurora sagte mit einem Mal: »Ich habe ihn gesehen!«

Emily erkannte die Unsicherheit in ihrer Freundin Stimme.

»Wo hast du ihn gesehen?«

»Auf der Photographie«, antwortete Aurora, die sich an den alten Mann erinnerte. An Maurice Micklewhite, der ihr damals bereits seine Vermutungen unterbreitet hatte, über die sie allerdings mit niemandem hatte sprechen können, weil sie kurz darauf im Bahnhof am Leicester Square gestorben war. In der Nationalbibliothek hatten sie herausgefunden, dass Mordred Mushroom sich im Frühjahr 1886 in Prag aufgehalten hatte, also vor den Morden im Eastend, was dem Elfen einige wilde Spekulationen wert gewesen war. Außerdem war Aurora damals auf jene Photographie gestoßen.

»Der Mann, neben dem Master Mushroom stand«, sagte Aurora, »war alt.« Tiefe Falten hatten sein Gesicht durchzogen, und eine drahtlose, runde Brille hatte er getragen. Ganz klar sah sie des alten Mannes Gesicht vor sich. Die Augen, die sie schon damals an jemanden erinnert hatten. Ein Platz in Prag. Die Sonne scheint. Im Hintergrund eine Gasse und Häuser mit hohen Fenstern und tiefen, schattigen Eingängen. Ein Friedhof hinter einer knochigen Mauer.

»Es war Steerforth.«

Die Gewissheit, mit der sie dies aussprach, erschreckte Emily.

Aurora klang mit einem Mal so erwachsen.

»Du meinst«, hakte Emily ungläubig nach, »dass Steerforth bereits damals Kontakt zu Mushroom Manor gehabt hat?«

Aurora nickte. Als ihr auffiel, dass Emily das Nicken nicht sehen konnte, sagte sie: »Ja!«

Maurice Micklewhite hieb mit der Faust auf den Tisch. »Habe ich es nicht geahnt!«

Ich schien der Einzige hier zu sein, den zu informieren man schimpflich vergessen hatte.

»Der Nyx schickte Mordred Mushroom nach Prag, um dort einen Verbündeten zu treffen«, erklärte Lycidas. »Einen Wissenden.« Verschwörerisch und unheimlich hallte seine Stimme von den Wänden der Krypta wider. »Jemanden, der dem Nyx treu ergeben war.«

Mr. Fox und Mr. Wolf verfolgten das Gespräch teilnahmslos von einem der anderen Tische aus.

»Mordred Mushroom machte also die Bekanntschaft jener Person, die im Besitz eines uralten, geheimen Wissens war. Der Nyx selbst wusste nur, dass jene Person die göttliche Formel kannte, dass sie sie vom einzigen Menschen erhalten hatte, der jemals hinter ihren Wortlaut gekommen war.«

»Rabbi Löw!« Maurice Micklewhite folgte den Ausführungen des Lichtlords mit glühenden Augen.

Und Miss Monflathers stellte schlicht fest: »Der Schöpfer des Golems.«

Lycidas nickte.

»Ja, der Golem.« Müde strich er sich eine Strähne des langen Haares aus der Stirn.

Das war es also, was Mordred Mushroom nach Prag verschlagen hatte!

Jemand war im Besitz der Formel, die aus Lehm ein lebendiges Wesen zu zaubern vermochte. Ein geheimes Treffen hatte stattgefunden. Zwischen Master Mushroom und dem alten Mann. Und der alte Mann, der das Letzte auf dieser Welt gewesen war, was Rabbi Löw gesehen hatte, verkaufte die schwarze Magie an das Oberhaupt des elfischen Hauses aus Blackheath.

»Ja, lieber Wittgenstein, Sie haben es erfasst.«

Lycidas hatte meine besorgte Miene gedeutet.

»Er kehrte nicht alleine nach England zurück«, sagte ich.

»Mushroom?«

»Ja.«

»Nein. Der alte Mann begleitete ihn, denn Mordred Mushroom hatte Großes vor.«

»Er wollte einen Golem erschaffen«, schlussfolgerte ich. »Hier in London.«

Jack the Ripper!

»Nein, Mortimer.« Wie immer schien meine alte Lehrerin bereits weitergedacht zu haben. »Die Wahrheit ist viel schrecklicher, nicht wahr?« Die weisen Augen sahen Hilfe suchend zum Lichtlord. »Nicht nur einen Golem wollten sie erschaffen.« Mit einem Mal fiel ihr das Sprechen schwer, und ich erinnerte mich an jene Unterrichtsstunde, in der sie uns beigebracht hatte, dass manches Wissen dem Wissenden keinen Gewinn brächte und man niemals danach trachten sollte, dieses Wissen zu erlangen. »Was hätte ein einzelner Golem schon gegen die Truppenstärke Manderley Manors ausrichten können?«

Lycidas nippte erneut am Cappuccino.

»Nun sagen Sie mir«, trug er meiner einstigen Lehrerin auf, »was Jack the Ripper tatsächlich gewesen ist?«

Die grauhaarige Frau in der ebenso grauen Kleidung ließ sich nicht mehrmals dazu auffordern. »Jack the Ripper«, erwiderte sie ernst, »war ein Experiment. Eine Fingerübung.«

Lycidas formulierte es anders. »Der Erstgeborene.«

Selbst den Kindern begann zu dämmern, worauf dies alles hinauslief.

»Sie haben den Erstgeborenen erschaffen«, betonte Lycidas erneut. »Den Erstgeborenen, der erst einmal lernen musste. Zu gehorchen. Zu töten. Möglichst unauffällig. Und lautlos.« Er machte eine kurze Pause. »Doch frage ich Sie alle: Was wollte er letzten Endes damit erreichen?«

Um Manderley Manor niederzustrecken, hätte es einer Vielzahl dieser Kreaturen bedurft.

Der Lichtlord sah die Erkenntnis in unseren Gesichtern.

Klatschte in die Hände und rief laut: »Genau! Eine Armee aus Erde zu züchten hatte in seiner Intention gelegen. Golemkrieger, die London in ihre Gewalt würden bringen können. Kämpfer des Nyx, geschaffen aus der Erde und ausgestattet mit der Magie der Erde. Den Befehlen ihrer Herren bedingungslos hörig.«

Die uralte Metropole hätte ihnen gehört, dachte ich.

Blieb noch eine Frage offen. »Wer war der Alte, den Miss Aurora auf der Photographie gesehen hat?«

»Ein uraltes Wesen. Nocnitsa nannten es die Engel einst. In der frühen Sprache.«

»Ein Aphrodit.«

»Der Nocnitsa ist ein Wiedergänger, der altert und sich an der Menschen tiefstem Selbst zu laben vermag. Er betört die Menschen. Zaubert verliebtes Lächeln in ihre Gesichter, und mit federleichter Beiläufigkeit erzeugt er Hass und Missgunst. Ja, es war ein Aphrodit, der den Rabbi Löw einst aufsuchte. Auch diesen betörte er und nahm ihm die Formel. Die göttliche Rezeptur, um einem Klumpen Lehm Leben einzuhauchen. Als der Rabbi durch die Hand seiner Schöpfung starb, glaubte man die Formel verloren. Doch wurde sie aufbewahrt.«

»Von Steerforth?«

»Der Nocnitsa gibt sich im Laufe der Zeit immer neue Namen. Dieser hier begleitete Lord Mushroom nach London, wo er in die feine Gesellschaft der uralten Metropole eingeführt wurde. Und im Geheimen erschuf er einen Golem. Aus dem schlammigen Unrat, den die Themse anspült, formte er jene Kreatur, die unter seinem Befehl und dem Lord Mushrooms stand. Gemeinsam trainierten sie den Golem. In Whitechapel. An Subjekten, die Lord Mushroom für nicht lebenswürdig hielt.«

»Den Prostituierten aus dem Eastend«, stellte Maurice Micklewhite fest, der sich gut an jene Zeit erinnern konnte. An Frederick Abberline, den beherzten Polizisten, der sein Leben lassen musste, um London von dem Übel zu befreien, das die Themse ausgespuckt hatte.

»Doch, wie Sie alle wissen«, fuhr Lycidas fort, »geriet der Golem außer Kontrolle.«

Dieser Teil der Geschichte erschien uns bekannt.

Wie sein Vorbild aus der Goldenen Stadt, so trachtete auch der Golem von London danach, dem Menschen ähnlicher zu werden. Sammelte Organe, Haare und sogar Haut.

»Er sollte die Prostituierten töten«, mutmaßte Miss Monflathers, »jedoch nicht abschlachten.«

»Sie sagen es! Die Verstümmelungen waren nicht geplant, und allein die mangelnde Kontrolle dieser Kreatur hielt Mushroom Manor davon ab, weitere dieser Wesen zu erschaffen.«

»Dennoch ließen sie ihn gewähren«, stellte ich fest.

Lycidas nickte. »Der Golem wurde auf Angehörige Manderley Manors angesetzt.«

Emily musste an ihre Großmutter denken. Diese bösartige, alte Frau, die womöglich nicht immer bösartig und unnahbar und herrschsüchtig gewesen war. Die ihren Mann geliebt und ihre Tochter verwöhnt hatte. Die sich ein Leben erträumt hatte, das zu leben ihr letzten Endes nicht vergönnt gewesen war.

»Der Golem hat meinen Großvater ermordet«, sagte Emily.

Alle Augen richteten sich auf das Mädchen.

Lycidas, der einmal Lucia del Fuego gewesen war, sagte: »Zuallererst mordete der Golem Händler und Tunnelstreicher, die im Dienste Manderley Manors standen. Erst später, als die Metropolitan ihm auf der Spur war, plante Lord Mushroom die Ermordung seines politischen Gegners im Senat.«

Maurice Micklewhite atmete schwer.

Er dachte an die Vergangenheit seiner Familie.

Daran, dass er Recht behalten hatte. Daran, dass man ihn mundtot gemacht und ihn seiner Zukunft als Sohn eines wohlhabenden elfischen Hauses beraubt hatte. Dabei hatte er Recht behalten. Lord Mushroom war der Mörder von Nicodemus Manderley gewesen. Die Whitechapel-Aufstände hatten ihre Berechtigung gehabt. Und

Mylady Manderley hatte Mushroom Manor nicht ohne Grund des Verrats bezichtigt.

»Sind Sie sich sicher, dass Steerforth der Nocnitsa ist?«, fragte Emily.

»Der Nocnitsa war der Golemhüter«, gab Lycidas zur Antwort, »und als solcher bei allen Morden der Kreatur zugegen. Hat von ihrem Leid und ihrer Verzweiflung getrunken.« Er hielt inne, legte den Kopf schief. Hätte Emily diese Bewegung sehen können, wäre sie unweigerlich an die Engel erinnert worden. »Das hat ihm seine Jugend zurückgegeben. Der alte Mann, den Miss Aurora auf der Photographie gesehen hat, ist zu dem hübschen Steerforth geworden, der Sie beide gegeneinander ausspielte.«

Erstaunt spürte Emily ihren Herzschlag schneller werden.

Wie konnte es sein, dass Lycidas davon wusste?

Wo er doch die ganze Zeit über in der Laterne von St. Paul's gefangen gewesen war?

Als errate der Lichtlord des Mädchens Gedanken, erklärte er: »Mylady Lilith teilte ihr Wissen mit mir.«

Emily lauschte der Stimme.

Die immer mehr zu jener Lucia del Fuegos wurde.

Wie eine Farbe, so warm und dunkelrot.

Doch trunken vor beherrschter Verzweiflung.

Weil sie nicht mehr da war. Weil sie es nie wieder sein würde. Weil, und niemand verstand dies besser als ein Waisenkind – weil Lycidas nun allein war.

»Zweifeln Sie nicht länger daran.« Jetzt war es die Stimme der grauen Jägerin, die ihre Mutter gekannt hatte. »Steerforth ist der Name, den sich der Nocnitsa nach seiner Ankunft in England gegeben hat. Dorian Steerforth.«

Emily musste voller Verzweiflung an die Bilder denken, die sie mit den Augen ihrer Schwester gesehen hatte. An das Gesicht des Aphroditen. Des Nocnitsa. Wie er die kleine Mara entführte.

»Er hat meine Schwester geraubt.«

Master Lycidas hatte auch davon erfahren.

»Er wird sie nach Blackheath bringen«, sagte ich.

»Es gibt einen Abgrund dort.« Lycidas' Augen verloren jeglichen Glanz.

»Wie denjenigen in der Region?«

Der Lichtlord warf seinen beiden Jägern einen Blick zu, der schwer zu deuten war.

»Die Abgründe führen hinunter zum Nyx. Sie kreuzen nicht die Pfade der Hölle.«

Miss Monflathers wirkte überrascht. »Nicht einmal die Black Friars wissen von einem zweiten Abgrund.«

»Dennoch gibt es zwei Abgründe in London. Beide sind nahezu bodenlose Abstiege in die Tiefen des Ophar Nyx.«

Kopfschmerzen bestürmten Emily mit einem Mal.

Jenes uralte Wesen, der Nocnitsa, hatte ihre kleine Schwester geraubt und nach Blackheath gebracht. Doch zu welchem Zweck nur? Was gedachte Martin Mushroom mit der kleinen Mara zu tun?

Lycidas, der Gedanken lesen oder einfach nur gut Gesichter deuten konnte, sagte: »Er wird sie zum Nyx bringen.«

»Aber wieso?«

»Mara, Ihre Schwester, ist die Erbin des Hauses Mushroom. Zumindest scheint Lord Mushroom davon überzeugt zu sein, dass er der leibliche Vater des Kindes ist. Ansonsten hätte er sie wohl nicht entführen lassen.«

Während ihres letzten Treffens im Tower von London war Lycidas noch nicht darüber im Bilde gewesen, dass es sich bei den beiden um Schwestern, um Kinder desselben Vaters und derselben Mutter handelte. Lilith, dachte Emily sich, hat es gewusst. Und es dem Lichtlord irgendwie mitgeteilt. Im Augenblick ihres Todes.

Wie bereits in den Stunden zuvor, konnte Emily die Angst, die sie um ihre kleine Schwester hatte, nicht im Zaum halten. »Nun sagen Sie mir schon, was er mit ihr vorhat«, drängte sie den Lichtlord zu einer Antwort.

»Er wird sie zum Nyx führen. Mitten in den Abgrund hinein, der sich schon seit Jahrhunderten unter Blackheath auftut.«

»Wie ist das nur möglich?« Jetzt war es an Miss Monflathers, erstaunt zu sein. »Die Black Friars haben seit Jahrhunderten die Welt unterhalb der Stadt erforscht und niemals einen zweiten Abgrund entdeckt.«

»Und dennoch existiert er.«

»Wir haben es also mit zwei Abgründen zu tun«, brachte ich die Angelegenheit auf den Punkt. »Einen gleich nebenan in der Region.« Keine Stunde Fußmarsch von unserem Platz in der Krypta aus. »Und einen drüben in Blackheath.«

»Mushroom Manor«, erklärte Lycidas, »ist auf eben jenem Abgrund erbaut worden.«

»Toll«, murmelte Emily.

Welche Neuigkeiten würde diese Nacht noch bringen?

»Lord Mushroom wird seine Tochter dem Nyx übergeben.« Nur diese Feststellung, so beiläufig und selbstverständlich in den Raum geworfen, als hätte sie keinerlei Bedeutung.

»Zu welchem Zweck?«, wollte Miss Monflathers wissen.

»Er könnte seiner eigenen Tochter einen Körper geben.«

»Er hat eine Tochter?«, fragte Emily.

Und Aurora fügte hinzu: »Der Nyx?«

Lycidas nickte. »Ja, Eris.«

Ein Name, den Emily schon einmal vernommen hatte. In alten Geschichten. Von Seefahrern in der Ägäis. Er war ihr aus den Göttersagen des Altertums geläufig.

»Sie ist kein Mensch«, erklärte Maurice Micklewhite den Kindern. »Sie ist wie der Nyx. Nicht mal ein Gott und doch kein Mensch. Sie ist ein Bewusstsein. Ein Gefühl. Sie ist Zwietracht und Verschlagenheit. Der griechische Dichter Hesiod berichtete von ihr. Von den Dingen, die sie einst anrichtete. Sie ist ein Teil des Nyx.«

»Der Nyx könnte Lord Mushrooms Stelle übernehmen«, sagte Emily.

Irgendwann.

Kluges Kind!

Eris würde durch Maras Augen sehen können. Mit ihrer Schwester Lippen sprechen. Mit dem Verstand des Nyx, der ihrer war, so wie ihr Verstand der seine, würde Eris als Mara über das Schicksal der uralten Metropole sinnieren.

»Als Erbin von Blackheath.« Unbehaglich war Emily zumute, als sie den Namen aussprach.

»Sie sagen es.«

»Sie würde in einigen Jahren zum Oberhaupt des Hauses werden.«

»Und der Nyx bräuchte keine Mittler mehr. Ein Teil seines Bewusstseins wäre direkt hier oben. In London. Mitten in der Welt, die wirklich existiert. Er wäre der Sprache mächtig. Könnte Dinge tun, die ihm bisher verwehrt geblieben sind.«

»Doch vorher«, gab Miss Monflathers zu bedenken, »müsste Mushroom Manor den Feind besiegen. Die Familie Manderley müsste ihre Vormachtstellung in London und in der uralten Metropole verlieren.«

Was das elfische Haus oft genug versucht hatte. Doch war es ihm bisher nie gelungen. Die Golemkrieger zu erschaffen hatte Mushroom Manor keinen Schritt weitergebracht. Zu unkontrolliert und unbeherrscht hatte sich der Golem von London gezeigt, an den sich die Welt als Jack the Ripper erinnerte. Wäre es ihnen gelungen, ihre ursprünglichen Absichten in die Tat umzusetzen, so wäre Manderley Manor schon vor mehr als hundert Jahren spurlos aus London verschwunden gewesen. Die Zeit hatte uns allen einen Aufschub vergönnt.

Heute jedoch sah die Situation anders aus.

Überall in London hatte man den Golem gesichtet, und die Vermutung lag nahe, dass es sich um eine Vielzahl dieser Kreaturen handelte. Lord Nelsons Trafalgar-Tauben waren sich sicher, dass es sich um mehrere Lehmwesen handelte, die des Nachts in London und in der uralten Metropole aufgefallen waren. Was nichts anderes hieß, als dass es dem Haus aus Blackheath doch noch gelungen war, den alten Plan in die Tat umzusetzen. Jenen Plan, der zu einem abrupten Ende gekommen war, als es Maurice Micklewhite und Frederick Abberline gelungen war, das Wesen, das die Stadt als Jack the Ripper gefürchtet hatte, zur Strecke zu bringen.

»Steerforth hat die Golemkrieger erschaffen«, resümierte ich. »Und deshalb weilt er noch in London.« Ich sah in die ernsten Gesichter der anderen. »Sein Auftrag ist noch nicht erfüllt.«

Lycidas schwieg.

Es war Mr. Fox, der zum ersten Mal an diesem Abend an dem Palaver teilnahm: »Die Golemkrieger sammeln sich im Abgrund der Region.« Die nasale, unangenehme Stimme des Jägers hinterließ einen üblen Nachgeschmack in der heizungswarmen Luft der Krypta.

Mr. Wolf schnaubte nur: »Oh ja, das tun sie. Und es sind ihrer viele dort unten.«

Emily erinnerte sich der Dinge, die sie in der Region gesehen hatte. Die Hymenopteras und den ungeschlachten Golem, der auf der

Bühne des zerfallenen Amphitheaters gelegen hatte. Regungslos. Starr. Ein Klumpen Lehm ohne Leben.

»Die Hymenopteras sind dazu da, den Abgrund zu schützen«, sagte sie.

Ich seufzte.

Also verbarg der Abgrund eine Armee, die Mushroom Manor all die Jahre über gezüchtet hatte. Es musste ihnen gelungen sein, die Kreaturen zu kontrollieren. Was die Vorfälle, die London seit einigen Monaten beunruhigten, in einem ganz neuen Licht zeigte. Der Nocnitsa, der sich Steerforth genannt hatte, war offensichtlich dazu in der Lage, die Lehmkreaturen zu lenken und ihnen seinen Willen aufzuzwängen.

»Dann war es im Grunde Zufall, dass ich Steerforth dort unten getroffen habe?«

Unnötig zu erwähnen, was ich über Zufälle dachte. »Dass wir ihm in die Quere gekommen sind«, mutmaßte ich, »war wohl nicht geplant.«

»Hm«, machte Emily nachdenklich.

Steerforth hatte sich also dort unten in der Region herumgetrieben, weil er einen Golem begleitet hatte. Vielleicht hatten Steerforth oder der Golem die Gegenwart des Mädchens gespürt. Immerhin war sie in das Bewusstsein der Kreatur eingedrungen. Vielleicht hatte Steerforth den Golem deswegen außer Funktion gesetzt. Weil er nicht wusste, mit wem er es zu tun hatte, wer in die Region gekommen war und nach dem Abgrund suchte.

»Was wäre geschehen«, fragte sich Emily laut, »wenn wir in den Abgrund hinabgestiegen wären? Wenn die Hymenopteras uns nicht aufgehalten hätten?«

»Zweifelsohne wären wir auf die anderen Golemkrieger gestoßen.«

Die vermutlich dort unten ruhten. Darauf warteten, dass ihnen jemand Leben einhauchte und sie hinaufführte. In die uralte Metropole. Nach London. Vielleicht sogar in die Hölle.

»Was sollen wir denn jetzt tun?«, wollte Emily wissen.

Mit einem Mal wuchsen ihr die Dinge über den Kopf. Während der vergangenen Stunden hatte sie mehrmals versucht, Kontakt zu ihrer Schwester herzustellen. Ohne Erfolg. Sie sah die kleine Mara vor sich, wie sie im Salon des Anwesens am Regent's Park auf sie zugestürmt gekommen war. Mit ihrem zerzausten Haar und der Stupsnase und den hellen Augen, die eindeutig belegten, dass sie beide Geschwister waren. Richtige Geschwister. Töchter von Mia Manderley. Töchter von Richard Swiveller.

»Deswegen«, fiel Aurora unvermittelt ein, »wollte Lord Mushroom immer einen Jungen haben.«

Aller Blicke wandten sich ihr zu.

»Sprechen Sie weiter«, bat Maurice Micklewhite seine Schutzbefohlene, der so viel Aufmerksamkeit unangenehm war.

»Ich meine, ein Mann zählt mehr in dieser Welt.«

Emily verdrehte die Augen.

Zog ein Gesicht.

»Was denken Sie darüber?« Die Frage war an mich gerichtet.

»Oh«, gab ich zur Antwort, »fragen Sie nicht.«

»Nein, so habe ich das nicht gemeint.« Aurora war peinlich berührt.

Beruhigend sagte Maurice Micklewhite: »Wir wissen, wie Sie es gemeint haben.« Und zur Sicherheit erklärte er es noch einmal. »Der Mann ist der Patriarch. Ihm stehen die Entscheidungen zu. Eine Frau wird irgendwann einmal verheiratet und untersteht somit dem Gutdünken und den Weisungen ihres Ehemannes. Das ist von alters her elfisches Brauchtum.«

Emily ordnete ihre Gedanken. »Deshalb auch die Hochzeit«, murmelte sie.

Ein männlicher Erbe hätte die Position Mushroom Manors in der Metropole in weitaus stärkerem Maße verbessern können als eine Tochter. Ein Sitz im Senat wäre ihm sicher gewesen, was einer Frau auf ewig verwehrt geblieben wäre. Deswegen also hatte Martin Mushroom so getobt, nachdem Mia sich als unfähig erwiesen hatte, ihm einen Jungen zu gebären. Letzten Endes hatte er sich mit einem Mädchen zufrieden geben müssen. Nur die zweitbeste Lösung. Doch immerhin.

Bis dieses Kind dann gestohlen worden war. Von wem auch immer.

»Alles okay bei dir?«, hörte Emily die besorgte Stimme ihrer Freundin.

Sie nickte nur.

Suchte in der Dunkelheit nach Auroras Hand.

»Wir werden Mara schon finden.«

Emily wusste, dass Aurora ihr nur Mut machen wollte. Doch waren Freundinnen nicht dazu da? Genau dies zu tun?

»Ja«, flüsterte Emily.

Drückte ihrer Freundin Hand.

Ganz fest.

»Danke.«

Ihre Gedanken kehrten zu Mara zurück.

Was wollte Martin Mushroom ihrer Schwester nur antun? Wie konnte er ihr das, was er ihr da anzutun gedachte, vor sich selbst rechtfertigen, wenn er doch fest daran glaubte, dass er der leibliche Vater war? Väter, dachte Emily, tun so etwas nicht. Eltern, hatte sie immer geglaubt, sorgten sich um ihre Kinder. Aber dann hatte sie wieder an die Schule denken müssen. Daran, dass viele Eltern ihre Kinder eher wie Sklaven behandelten. Dass es manchen Kindern sogar im Waisenhaus von Rotherhithe besser ergangen war.

Lycidas lehnte sich in seinem Stuhl zurück und schloss einen Moment lang die Augen.

»Wir werden den Nyx in seine Schranken weisen«, sagte er. »So, wie wir es immer getan haben.« Düster klang diese Ankündigung. Unheilschwanger.

»Haben Sie einen Plan?«, fragte Maurice Micklewhite.

Der Lichtlord lächelte still und antwortete: »Ja, den habe ich. Die Kinder werden mir folgen, und es werden die Kinder sein, durch deren Augen wir den Nyx besiegen.«

Emily fand, dass er in Rätseln sprach. Welche Kinder meinte er? Aurora und sie selbst? Die Kinder mit den Spiegelscherbenaugen, die in der Hölle ihr trostloses Dasein fristeten? Losgelöst von der Zeit, in der sie hätten glücklich leben sollen?

So viele Dinge noch musste sie in Erfahrung bringen, und sie ahnte, dass die Zeit dafür nicht ausreichen würde. Wann hatte Lucia del Fuego ihre Mutter kennen gelernt, und was war mit Mia Manderley hinter den Mauern des großen Anwesens in Blackheath geschehen? Was nur hatte sie dort erblickt, das sie in den Wahnsinn getrieben hatte?

Wie schlimm ist Wissen, entsann sich Emily der Worte Mylady Hampsteads, wenn es dem Wissenden keinen Gewinn bringt!

Das Mädchen lauschte den Worten des Lichtlords.

Das also war sein Plan.

Verwegen klang er. Doch Erfolg versprechend?

Ach, was wusste ein Kind denn schon? Die Stimme des Lichtlords erinnerte sie jedenfalls an die Frau, die er damals gewesen war. An Lucia del Fuego, die als graue Jägerin in den Dienst von Manderley Manor getreten war. Die ihrer Mutter während der Whitechapel-Aufstände beigestanden hatte. Wie gut, fragte Emily sich erneut, hat Lucia del Fuego meine Mutter gekannt? Dass sich die graue Jägerin einen Vorteil durch die innige Bindung zu Manderley Manor hatte erschleichen wollen, stand selbst für das Kind außer Frage.

»Werden Sie mir sagen«, traute sich Emily schließlich doch noch den Lichtlord zu fragen, »was es mit meiner Familie auf sich hatte? Mit Lord Brewster, meiner Mutter … und Lucia del Fuego?«

Lycidas legte ihr die Hand auf den Kopf.

Als wolle er sie segnen.

Sagte: »Hören Sie mir genau zu.«

Und Emily Laing tat genau das, was er von ihr verlangte.

Sie lauschte seinen Worten.

Wir alle lauschten seinen Worten.

Denn das, was er sagte, würde hoffentlich Licht in die Geschehnisse bringen. Und außerdem war es an der Zeit, dass wir in klaren Worten zueinander sprachen. Dass wir sagten, was es zu sagen gab. Auf dass nichts zwischen uns stünde, wenn wir hinabstiegen, um dem Nyx entgegenzutreten.

Denn das war es, weswegen wir hier waren.

Wir hatten uns in St. Paul's getroffen, um ein Palaver abzuhalten.

Und so sprach Lycidas, der einst ein Engel gewesen war. Ließ uns teilhaben an den Dingen, die wir vielleicht ahnten und doch nicht wussten.

»Es ist wahr«, begann er, »dass ich meine eigenen Ziele verfolgt habe. Aber tut dies nicht jeder von uns? Ist sich letzten Endes nicht jeder selbst der Nächste?« Emily hatte den scharfen Unterton in der dunklen Stimme wahrgenommen. »Einst habe ich den Black Friars gedient.«

»Nur vorgegeben, ihnen zu dienen.« Miss Monflathers konnte sich noch an die graue Jägerin erinnern, der sie bei einigen Gelegenheiten begegnet war. Unten in der alten Abtei der Black Friars. An Lucia del Fuego, die Lycidas damals gewesen war.

»Meine Absichten deckten sich nicht gänzlich mit denen der ehrenwerten Bruderschaft. Ja, Miss Monflathers, da pflichte ich Ihnen bei. Und doch heuerte Mylady Manderley mich an«, erinnerte sich der Lichtlord. »Als Leibwächterin ihrer Tochter.«

Maurice Micklewhite beeindruckte dieses Geständnis wenig.

»Das haben Sie uns bereits damals gesagt.«

»Doch sagte ich Ihnen auch«, parierte Lycidas, »dass Mia Manderley den Mann ihres Herzens bereits kannte, als sie Lucia del Fuego zum ersten Mal vorgestellt worden war? Ja, dass es sogar schon ein Kind gegeben hatte?« Emily spürte, dass die nächsten Worte für sie bestimmt waren. Und sie bekam eine Gänsehaut, als er sagte: »Miss Emily Manderley.«

Beim Klang des Namens wurde ihr unwohl.

Verbesserte ihn schnell: »Emily Laing!«

»Das erstgeborene Kind Mia Manderleys wurde fortgegeben. Ins Waisenhaus des alten Mr. Murdstones unterhalb von Rotherhithe. Als ich zum ersten Mal nach Manderley Manor kam, um Mia kennen zu lernen, da hatte sich dies alles schon zugetragen. In dieser Hinsicht, das muss ich zugeben, habe ich Sie damals allesamt belogen. Ich wusste nichts von einem Erben des Hauses. Zwar erzählte mir Mia später, nachdem wir uns näher standen, von dem Künstler, dem sie ihr Herz geschenkt hatte. Von Richard Swiveller, ihrem Vater.« Erneut sprach er direkt zu Emily. »Doch geschah dies erst viel später, vor der Vermählung mit Martin Mushroom.«

Lucia del Fuego hatte ihre Mutter also gut genug gekannt, dass sie ein solches Geheimnis anvertraut bekam. Mia Manderley hatte der Jägerin von ihrer Liebe zu dem jungen erfolglosen Poeten und Komponisten erzählt. Die beiden Frauen – von denen die eine weder Frau noch Mann, sondern ein gefallener Engel war – waren so etwas wie Freundinnen gewesen.

Irgendwie.

Wie Aurora und sie selbst.

Hatten Mia und Lucia Geheimnisse geteilt? Miteinander geredet, so wie Freundinnen es miteinander tun? Einander in den Armen gelegen und getröstet?

»Warum haben Sie sich das Vertrauen meiner Mutter erschlichen?«

»Weil es notwendig war.«

»Sie hätten mit offenen Karten spielen können«, sagte ich.

Die Antwort war ein entschiedenes: »Nein!« Emily erkannte die Endgültigkeit in der Stimme.

»Warum?«

»Wegen der Ratten!«

Miss Monflathers sagte: »Die Ratten sind seit jeher unsere Verbündeten.«

Niemals waren Ratten und Black Friars getrennte Wege gegangen.

»Die Kaste der Ratten«, stellte Lycidas fest, »diente schon immer dem Ophar Nyx.«

»Nicht Mylady Hampstead«, entfuhr es mir.

»Ausnahmen bestätigen die Regel, nicht wahr?«

Ich zog es vor, meine Empörung für mich zu behalten.

Nimmer würde ich akzeptieren, dass jemand Myladys Gedenken mit einer derartigen Anschuldigung befleckte.

»Lord Brewster«, fuhr Lycidas zu erklären fort, »stand in engem Kontakt zu Manderley Manor. Offene Worte meinerseits wären daher fehl am Platze gewesen. Nicodemus Manderley hörte auf den Rat der Ratten. Und Lord Brewster, der nach außen hin im Dienste der Black Friars stand, verfolgte seine eigenen Ziele.«

»Die gleichzeitig die Ziele des Nyx waren.« Miss Monflathers schien sich schwer mit dem Gedanken zu tun, dass die Ratten sogar die Black-Friars-Bruderschaft verraten haben sollten.

»Sie sagen es.«

»Hat die Ratte von dem Kind gewusst?«

»Niemand hat von Emily Laing gewusst.«

Außer Mia und Eleonore Manderley.

Ein Augenblick unangenehmen Schweigens.

»Haben Sie niemals auch nur einen Gedanken daran verschwendet, weshalb die Ratten mich als den einzigen Schuldigen präsentiert haben?«

Vielleicht, dachte ich, wollte man die Angelegenheit auf den Punkt bringen.

»Was war der Plan der Ratten?«, erkundigte sich Maurice Micklewhite.

»Dem Nyx zu dienen.«

»Was bedeutete?«

»Der Nyx entsandte Mordred Mushroom nach Prag, um ihn die Bekanntschaft des Nocnitsa machen zu lassen. Der Nocnitsa, das wusste der Nyx, würde Mushroom Manor dazu befähigen, eine schlagkräftige Armee aus Golemkriegern aufzustellen.«

»Was sich als Fehleinschätzung erwies«, stellte Maurice Micklewhite fest.

»Der erste Golem, den der Nocnitsa erschuf, ließ sich nicht kontrollieren, und so musste der ursprüngliche Plan modifiziert werden. Eine direkte Konfrontation mit Manderley Manor wäre nicht zum Vorteil Mordred Mushrooms gewesen. Also wurden in Blackheath und im Abgrund darunter neue Pläne geschmiedet. Zu viel Aufsehen hatte der Golem in London erregt. Ein letztes Mal nur noch sollte er morden.«

»Lord Manderley.«

»Sie sagen es.«

Mordred Mushroom, von dem sich der Golem lenken ließ, lockte Nicodemus Manderley ins Eastend, wo das Lehmwesen ihn ermordete. Was dieser schändlichen Tat folgte, waren die Beschuldigungen der Witwe Lord Manderleys, die letzten Endes den Nährboden für die Unruhen bildeten, die als die Whitechapel-Aufstände in die Geschichte Londons eingehen sollten.

Nun denn.

So weit war uns die Geschichte bekannt.

»Also setzte Mushroom Manor seine Kämpfer ein. Ketzer aus den tiefsten Midlands und Boleyn-Berserker aus Yorkshire. Es kam zu den Kämpfen, die die uralte Metropole ins Chaos stürzten. Doch gelang es Mushroom Manor nicht, dabei den erhofften Vorteil herauszuschlagen.«

Der Sieg wollte sich nicht einstellen.

Die Kampfhandlungen zogen sich lange hin. Griffen um sich wie ein Lauffeuer und entzündeten die uralte Metropole, die in hellem Feuerschein zugrunde gehen würde. Davon waren damals alle überzeugt.

»Weswegen hatte Mushroom Manor überhaupt damit begonnen, den Konflikt auf diese Weise auszutragen?« Maurice Micklewhites Argument entbehrte nicht einer gewissen Sinnhaftigkeit. Wäre sich das Haus aus Blackheath seiner Überlegenheit sicher gewesen, hätte es doch sofort zuschlagen und nicht erst darauf warten müssen, dass es dem Nocnitsa gelänge, die Golemkrieger gefügig zu machen.

»Hier«, sagte Lycidas bedeutungsschwanger, »kamen die Ratten ins Spiel.« Meinen mürrischen Blick bemerkend verbesserte er sich. »Lord Brewster. Er war es, der die Botschaften des Nyx übermittelte. Der durch den Abgrund, welcher sich unterhalb von Blackheath auftat, in die ewigen Tiefen hinabstieg, um vom Nyx höchstpersönlich seine Order zu erhalten. Es war Lord Brewster, der Mordred Mushroom zu dieser Strategie geraten hatte. In diesem Spiel war Nicodemus Manderley der gefürchtete Gegner. Der kluge und erfahrene Stratege, der den Vorteil der überlegenen Truppenstärke des elfischen Hauses immer richtig einzusetzen gewusst hatte. Seine Gattin, Eleonore Manderley, besaß dieses Talent keineswegs. Darin waren sich alle einig.«

War es so einfach?

»Also griffen sie an.«

Maurice Micklewhite murmelte: »Ein Konflikt, dessen Ende niemand absah.«

»Was den Nyx dazu veranlasste, den zweiten Plan in die Tat umzusetzen.«

»Die Hochzeit.«

»Sie sagen es.« Der Lichtlord hatte sich von seinem Platz erhoben und marschierte in der Krypta auf und ab. »Die Ratten«, fuhr er zu reden fort, »die das Vertrauen beider Häuser besaßen, dienten dem Nyx auf ihre Weise.«

»Als Friedensmittler.«

»Lord Brewster übernahm die Leitung der Verhandlungen.«

Emily stellte sich vor, wie verzweifelt und zermürbt beider Häuser Angehörige nach den Jahren des Krieges gewesen sein mussten.

»Nach langwierigen Verhandlungen willigten beide Häuser in die Vermählung ein.«

Hinlänglich bekannt, dachte ich.

Worauf wollte Lycidas hinaus?

»Der Frieden in der uralten Metropole wurde wiederhergestellt.«

Mushroom Manor jedoch verfolgte ein anderes Ziel.

Mia Manderley unterstand von nun an den Weisungen ihres Mannes Martin Mushroom, der seinem Vater in eiserner Entschlossenheit, Familienstolz und Skrupellosigkeit in keinster Weise nachstand, sah in seiner Ehe wohl kaum die romantische Erfüllung seines Schicksals.

Ein gemeinsames Kind würde von beiden Häusern akzeptiert werden. Reines elfisches Blut würde das Leid aus der Vergangenheit der Metropole waschen. Ein männlicher Erbe hätte zudem einen Sitz im Senat der Metropole inne und stünde in direktem Kontakt zur Regentin. Langfristig betrachtet verfolgte Mushroom Manor eine durchaus akzeptable Strategie.

Die Ratten hatten die ganze Angelegenheit also zum Vorteil des Nyx geregelt.

»Doch gab es ein Problem.« Ein Lächeln schwang in des Lichtlords Stimme mit.

Emily sagte: »Das Kind.«

»Mara.«

»Sie war ein Mädchen.«

»Was bedeutete?«

Es war Maurice Micklewhite, der antwortete: »Kein Sitz im Senat. Keine uneingeschränkte Machtbefugnis in der uralten Metropole.« Allein darüber nachzudenken, wie die Dinge sich entwickelt hatten, war beängstigend. »Aber immerhin noch Gewalt über Manderley Manor.«

»Den ärgsten Feind«, ergänzte ich.

Und Miss Monflathers bemerkte: »Ein Etappensieg.«

Emily konnte sich die betroffenen Mienen der Anwesenden vorstellen.

Stille.

Der Einwurf Maurice Micklewhites: »Und dann wurde Mara entführt.«

»Einfach so.« Lycidas klatschte in die Hände. Ein harter Ton, der laut und fest von den Wänden widerhallte. »Es gab keine Lösegeldforderungen. Keine Bedingungen. Gar nichts, was auf ein Motiv für diese Tat hätte schließen lassen.« Er atmete lang gezogen aus. »Mara Myrial Mushroom blieb verschwunden. All die Jahre über. Bis die Ratten sie ausfindig machten.«

»An diesem Punkt kam Emily erneut ins Spiel«, stellte ich fest.

»Und Sie ebenso, verehrter Wittgenstein.«

Denn Lord Brewster hatte herausgefunden, dass man Mara aus dem Waisenhaus in Holborn nach Rotherhithe überstellt hatte.

Wegen finanzieller Schwierigkeiten hatte das Waisenhaus von Holborn seine Pforten schließen müssen, und so war Mara auf Umwegen nach Rotherhithe gekommen.

»Zufälligerweise das Waisenhaus«, sagte Lycidas mit einem Grinsen in der Stimme, »das Reverend Dombey unterstand.« Er machte eine Pause. »So erfuhr ich also von Mara Mushrooms Verbleib.« Nachdenklich schritt er in der Krypta auf und ab. »Ich erinnerte mich der langen Gespräche mit Mia Manderley. Jenen Stunden, die wir in Manderley Manor verbracht oder in denen ich ihr die uralte Metropole gezeigt und sie mir von ihrer großen Liebe berichtet hatte. Eine unternehmungslustige junge Frau war sie gewesen, Ihre Mutter.« Er hielt kurz inne, als wolle er Emily die Gelegenheit geben, eine Frage zu stellen. Die dann aber ausblieb. »Natürlich wusste Reverend Dombey, dass ich das Kind in meine Obhut nehmen wollte.« Er seufzte. »Augenblicklich nachdem ich von den Neuigkeiten Kenntnis erhalten hatte, leitete ich alles Notwendige in die Wege. Mr. Fox und Mr. Wolf hätten Mara bereits am Morgen des kommenden Tages in Rotherhithe abgeholt, wäre da nicht Larry der Lykanthrop gewesen, der im Auftrag des Lordkanzlers von Kensington Kinder kidnappte.« Wieder erklang jenes Lachen in seiner Stimme. Ein Lachen, das irgendwie wie eine Melodie war, die Emily nicht zu deuten vermochte, die aber eindeutig für ihre Ohren bestimmt zu sein schien. »Doch hätte ich sonst jemals von Ihnen erfahren, kleine Emily?« Lycidas näherte sich ihr. »Dass Lord Brewster sich eines gewöhnlichen Waisenkindes annahm, verwunderte mich doch sehr, wie Sie sich alle vorstellen können.«

»Wie haben Sie davon erfahren?«

»Ich bin der Lichtlord«, sagte er, als wäre dies eine ausreichende Erklärung.

»Wer ist dieses Kind, hatte ich mich gefragt, um das die alte Ratte solch ein Aufhebens macht? Zudem ist Master Wittgenstein nicht unbedingt für seine Kinderfreundlichkeit bekannt. Ich erfuhr also, dass die alte Ratte ein Mädchen namens Emily Laing ausfindig gemacht hatte, das der Ratten Sprache verstand. Das eine Trickster war und folglich ein elfisches Elternteil haben musste. Und vermutlich die Halbschwester Mara Manderleys war, da, wie ich erfuhr, Lord Brewster mithilfe des Mädchens die kleine Mara zu finden hoffte. Da ich von der Liaison Mia Manderleys mit Richard Swiveller wusste, war es kaum schwierig, die Teile des Puzzles zusammenzufügen.«

Eine Verbindung zwischen den Kindern war wahrscheinlich. Selbst, wenn es nur Halbschwestern waren.

»Sie setzten Mr. Fox und Mr. Wolf auf unsere Fährte?«

Die beiden Jäger beantworteten die Frage des Mädchens.

»Ja«, knurrte Mr.Wolf.

Gefolgt von Mr. Fox: »Gewiss!«

Lycidas schnalzte mit der Zunge und gebot beiden zu schweigen. »Zuerst wusste niemand, wo die kleine Mara abgeblieben war. Larry der Lykanthrop und sein Rudel streunten durch die Stadt, und es war schwierig, sie ausfindig zu machen.«

»Hätten Sie nicht abwarten können, bis das Rudel das Kind beim Lordkanzler von Kensington abgibt?«

»Nein.« Die Möglichkeit schien Lycidas vollkommen absurd zu erscheinen. Er erklärte auch, weswegen: »Manchmal, wenngleich höchst selten, kann es vorkommen, dass die Werwölfe, wenn sie der Hunger zu sehr plagt, eines der Kinder auffressen. Es sind dumme Geschöpfe. Sklaven ihres Triebs. Zudem brachten einige der Rudel die Kinder direkt hinunter in Pairidaezas Kathedrale.«

»Lord Brewster hat uns erzählt, dass Mara dem Wyrm geopfert werden sollte.«

Hier seufzte Lycidas laut.

Als habe Emily etwas völlig Unsinniges gesagt.

»Ich habe erst davon erfahren, dass sich Mara in Pairidaezas Kathedrale befindet«, gestand der Lichtlord, »als Sie, mein Kind, in Begleitung Ihrer zu allem entschlossenen Gefährten in der Hölle aufgetaucht sind.«

Lycidas wolle das Kind dem Wyrm opfern, hatte Lord Brewster behauptet. Denn das Kind sei der einzige Grund, weshalb Mia und Martin ihre Ehe noch aufrechterhielten. Stürbe das Kind, so die Ratte, dann käme es zur Trennung der beiden Häuser. London und die uralte Metropole würden erneut in Unruhen entflammen, und Lycidas würde auf die eine oder andere Art an Macht gewinnen. Entweder wäre er Sympathisant desjenigen Hauses, das den Sieg davontrüge; oder aber er fiele mit einer eigenen Armee aus Limbuskindern und Wölfen über den zweifelsohne geschwächten Sieger her. Letzten Endes würde Lycidas die Macht über die Stadt erlangen.

Und das hatten wir verhindern sollen.

Lycidas schnalzte mit der Zunge. Wie das Zischen einer Schlange klang das Geräusch in Emilys Ohren. »Wenn die Ehe zwischen den Häusern fortbestanden hätte«, erklärte er uns, »dann wäre Martin Mushroom der mächtige Mann der Stunde geblieben. Er hätte kraft der Gesetze über die Ressourcen beider elfischer Häuser verfügen können. Er hätte eine nicht zu unterschätzende Stimmgewalt im Senat gehabt, und durch seine Lippen hätte der Nyx seine Weisungen direkt ins Ohr der Regentin flüstern können.«

Die Regentin.

Wie oft fiel dieser Name, ohne dass die Person ein Gesicht bekam.

»Aber Sie trachten doch nach dem gleichen Ziel!«

Jetzt lachte Lycidas. »In der Tat, mein Kind. Doch wäre ich das Geringere der zu wählenden Übel. Denn eines sollten Sie alle bedenken: Der Frieden in der Metropole wird gewahrt durch ausgeglichene Machtverhältnisse und niemals durch die Konzentration der Macht. Mushroom Manor konnte in der Vergangenheit niemals die gesamte Macht erlangen. Weder durch Waffengewalt noch durch rättische Kuppelei.«

»Doch jetzt«, gab ich zu bedenken, »ist die Lage anders.«

»Ich war gefangen und nun bin ich geschwächt.« Die Melodie in des Lichtlords Stimme veränderte sich. Schleppte sich in einem leisen, disharmonischen Takt dahin. »Es wird nicht einfach sein, den Nyx zu besiegen. Lord Mushroom und der Nocnitsa sammeln die Golemkrieger in den Abgründen von Blackheath und in der Region.« Die Melodie wurde behutsamer. »Mara Manderley wurde entführt und ist vermutlich schon tief im Abgrund, wo sich der Nyx ihrer annehmen wird.«

Mit einem Mal kamen Emily die Tränen.

So durfte es nicht enden.

Aurora ergriff schnell die Hand ihrer Freundin.

»Wir werden sie befreien«, flüsterte sie ihr zu.

Emily nickte nur.

War sich da nicht so sicher.

»Rattlinge dringen in Scharen in die Hölle vor, wie mir meine Späher berichtet haben.« Lycidas erhob sich erneut von seinem Platz. »Sie haben es auf den Lebensbaum abgesehen.«

»Was können wir denn tun?«, fragte Emily.

Die ganze Verzweiflung des Mädchens lag in diesen wenigen Worten.

Eine Melodie, die dem Mädchen irgendwoher bekannt vorkam, schwang in der Stimme des Lichtlords mit. Etwas, das Emily mit den alten Hollywoodfilmen in Verbindung brachte, die sie manchmal spätnachmittags im Waisenhaus hatten anschauen dürfen.

Alle Anwesenden lauschten dieser Melodie.

Let's face the music and dance.

»Wir sind doch nur Menschen«, flüsterte Aurora ängstlich.

Doch pflanzte die Melodie nicht Hoffnung in unser aller Herzen? Irgendwie?

Kapitel 12

Das Haus der schweigenden Bücher

Sie musste sich vorwärts tasten, mühsam, doch die Geräusche, die sie umgaben, waren ihr bestens bekannt. Das unterdrückte Flüstern der Besucher, die an den vielen Tischen im Schein der Leselampen saßen, das Rascheln von Papier, wenn so viele Finger zwischen den alten Seiten blätterten, das Trippeln der Absätze auf dem Boden, der sanft säuselnde Wind, der hoch oben um die Kuppel wehte. Da waren die Gerüche, die Emily so vertraut waren. Die trockene Heizungsluft, in der die Staubkörnchen tanzten, die von emsigen Lesern zwischen längst vergessenen Buchseiten aufgewirbelt worden waren. Fußbodenpolitur, die die Putzfrauen benutzten. Der warme Duft der Regale, altes Holz, das manchmal ächzte, aber oftmals einfach nur schwieg. Zuletzt die Berührungen. Auroras Hand, die sie mit festem Griff in den Lesesaal der Nationalbibliothek geführt hatte. Die Leselampe, die sie sich hatte ertasten müssen. Der Stuhl, auf dem sie Platz genommen hatte. Alle diese Dinge kannte sie. Kannte sie aus ihrer Erinnerung. Aus den Tagen, in denen sie hatte sehen können. Jetzt musste sie sich mühsam aus all diesen Erinnerungen ein Bild zusammenbasteln. Natürlich kannte sie den Ort, an dem sie sich befand. Die Bibliothek mit ihren unzähligen Regalreihen und der kunstvollen, hohen Kuppel, die all die literarischen Werke überspannte und durch deren längliche Fenster das matte Licht des Tages die Staubkörnchen in der Luft sichtbar machte.

»Wie fühlst du dich?« Auroras Stimme. Besorgt. Unsicher.

Wir hatten die Krypta von St. Paul's verlassen.

Endlich.

Master Lycidas hatte uns über die Vergangenheit aufgeklärt, und jetzt galt es, die Pläne des Ophar Nyx zu vereiteln.

»Warum hast du das nur getan?«, hatte Aurora ihre Freundin in der U-Bahn gefragt.

Emily hatte so hilflos ausgesehen. Sie trug wieder die dunkle Brille, die ich ihr in der uralten Metropole erstanden hatte, damit die Passanten ihre toten Augen nicht so anstarrten. Wenngleich sie die Blicke der anderen Menschen auch nicht sehen konnte, so spürte sie deren neugierige Faszination für das Abnorme, das das kleine Mädchen mit den roten Haaren und dem traurigen Gesicht verkörperte, sehr wohl.

»Du bist meine Freundin«, hatte Emily geantwortet.

Sich unsicher in dem schaukelnden Zug festgehalten.

Gelächelt.

»Ich werde dich niemals alleine lassen«, hatte Aurora ihr daraufhin versprochen.

Und Emily hatte sich an ihrer beider Versprechen erinnert. Daran, dass sie auf ewig Freundinnen bleiben würden. Dann hatte sie an das denken müssen, was der Lichtlord uns allen offen gelegt hatte, bevor wir St. Paul's verlassen hatten. Dass Lycidas und Lord Brewster uns alle zu Spielbällen in ihrem Ränkespiel degradiert hatten.

Nachdem die beiden Mädchen etwas Schlaf nachgeholt hatten, waren sie nun an dem Ort, der sie so oft beherbergt hatte während der vergangenen Monate. Im Britischen Museum. In der Nationalbibliothek. Im großen Lesesaal, in dessen Labyrinth sie sich schon so oft verloren hatten.

Und Emily war nun wirklich verloren.

Im wahrsten Sinne des Wortes.

Verloren in der Nacht, die sich wie ein Schleier um ihr Auge gelegt hatte.

»Kannst du mir meinen Rucksack reichen?«

Aurora kam der Bitte ihrer Freundin nach.

Emily öffnete den alten Rucksack und kramte darin herum, bis sie das Buch gefunden hatte.

Im Herzen der See.

Aurora klang erstaunt, als sie sagte: »Du hast es aufgehoben?«

Es war eine Frage, keine Feststellung.

Emily nickte.

Hätte gerne Auroras Gesicht gesehen.

Dann reichte sie es ihrer Freundin, die es irgendwo in der Dunkelheit entgegennahm. Finger berührten Emilys Hand. Dann ließ sie das Buch los, und es lag wieder in den Händen seiner ursprünglichen Besitzerin.

»Es ist mir früher niemals aufgefallen«, gestand Emily, »dass du in diesem Buch liest.«

»Früher?«

»Bevor du ...«

Aurora schluckte.

»Es ist interessant«, sagte sie. Sich rechtfertigend.

Emily hörte, wie sie darin blätterte.

Und erinnerte sich an jenen Tag, der Jahre zurückzuliegen schien. Bisher hatten die Mädchen fast gar nicht darüber gesprochen. Geflissentlich hatten sie das Thema gemieden. Dabei kam es beiden so vor, als habe es sich erst gestern zugetragen. Emily erinnerte sich nur mehr vage an jenes Gefühl der Verlassenheit. An die Kälte und den Atem, der sich vor ihrem Gesicht zu Nebel verdichtete. An die Tränen, die ihr über das Gesicht gelaufen waren und daran, dass Aurora verzweifelt ihren Namen gerufen hatte. Mitten durch Bloomsbury war sie geflüchtet. Hinunter in die U-Bahn. Leicester Square. Da waren die langen Rolltreppen mit den Kinoplakaten gewesen. Im Odeon am Leicester Square spielten sie einige alte Hitchcock-Streifen. Sie erinnerte sich an den Hass, den sie Aurora gegenüber verspürt hatte. An die Anschuldigungen, die sie ihrer Freundin an den Kopf geworfen hatte. Ausgespien und voll Verachtung waren die Worte gewesen.

Aurora torkelte auf die Gleise zu.

Wurde weggerissen vom einfahrenden Zug. Mit einem Geräusch, das noch immer im Kopf des Mädchens ächzte.

»Es tut mir so Leid«, flüsterte Emily.

Suchte in der Dunkelheit Auroras Hand.

»Als du gestorben warst«, fuhr sie fort, ganz leise und zögerlich, »da habe ich an genau dieses Buch gedacht. Zum ersten Mal war mir bewusst, dass es die ganze Zeit über in meinem Rucksack gesteckt hatte. Und dass du dich doch niemals wirklich für Seefahrer interessiert hattest. Und mit einem Mal tatest du es dann doch.«

Aurora ergriff ihre Hand.

Sie war ganz weich und warm.

Und sie zitterte.

»Emmy!«

»Ich habe doch Recht, oder?!«

Aurora schwieg.

Die Geräusche des Lesesalls waren überall.

Mit belegter Stimme sagte Aurora schließlich: »Ja.«

»Little Neil Trent?«

Auroras Händedruck wurde fester.

»Ja.«

Wieder Schweigen.

»Warum hast du es mir nicht gesagt?«

»Ich dachte«, begann sie und schaffte es nicht, diesen Satz zu beenden.

»Du dachtest, dass ich mich in ihn verguckt habe?«

Stille.

»Habe ich aber nicht.«

Noch immer Stille.

Dann: »Ganz sicher?«

Emily war, als kehre das alte Lächeln in ihrer Freundin Stimme zurück.

»Frag nicht!«, gab sie zur Antwort.

Und Aurora musste lachen.

Laut und befreit.

Sodass von allen Seiten dahingeflüsterte Laute der Empörung gezischt wurden.

Emily stimmte in das Lachen ein, doch dann wurde ihr Lachen zu einem erstickten Schluchzen. Sie musste sich auf die Lippe beißen und hoffte, dass die anderen Besucher der Bibliothek nicht zu großen Anstoß an ihrem Verhalten nahmen. »Es tut mir so Leid«, flüsterte sie, »aber ich habe das alles nicht gewollt.« Sie spürte Auroras Umarmung und ließ sie geschehen. »Als ich dich vor den Zug gestoßen habe«, gestand sie unter Tränen, »da ist etwas in mir gestorben. Es hat sich zumindest so angefühlt.« Es hatte nicht einmal wehgetan. Es war, als zerbräche etwas unendlich Filigranes. »Ich habe geschrien und dann, als sie mir eine Spritze geben wollten, da bin ich gerannt.« Und sie erzählte Aurora von dem Penner, der sie angesprochen hatte. Von dem Blut, das aus seiner Nase geronnen war. Von den Menschen in der U-Bahn, die allesamt von einem heftigen Schwindelgefühl außer Gefecht gesetzt worden waren. »Ich kann all diese Dinge tun, Aurora«, stammelte sie. »Ich kann es tun, und ich habe es getan. Ich habe diesen Menschen wehgetan.« Weil man sie in die Enge getrieben hatte, nur deswegen.

»Weil ich schuldig war am Tod meiner besten Freundin. Weil ich dich vor den Zug gestoßen habe und nicht einmal mehr wusste, warum ich es tat.« Weil sie allein hatte sein wollen. Mit Steerforth. Dem trügerisch schönen Dorian Steerforth, der nichts weiter war als der Nocnitsa, ein Aphrodit im Dienste Mushroom Manors. »Und jetzt habe ich dafür bezahlt.« Für ihre Dummheit. Ihren Leichtsinn. Ihren Verrat. Ja, für die Blindheit, die sie so bereitwillig akzeptiert hatte. Nicht mehr sehen zu können war wahrlich kein geringer Preis und doch nicht weniger als angemessen für die Schuld, die sie abzutragen hatte.

Emily wusste nicht einmal, warum sie sich überhaupt in der Nationalbibliothek aufhielt.

Wo sie doch nie wieder ein Buch würde lesen können. In der Hand halten, ja. Daran riechen, auch dies. Doch lesen? Nimmer. Unsicheren Schrittes war sie durch die Regalreihen gewandert und hatte sich zu beiden Seiten an dem glatten Holz festgehalten. Es war schrecklich, all die Buchrücken zu spüren, wie sie unter den Fingerspitzen entlangglitten, die harten und weichen und rauen und ledrigen und pappartigen und auch die modernen aus glattem Hochglanzpapier. Sich das Buchstabengewimmel im Inneren der Bücher vorzustellen. Geschwungen und elegant, wie sie Worte formten und ineinander verflochten Geschichten erzählten. Wie Emily die Illustrationen in den alten Büchern geliebt hatte. Jene Radierungen, die mehr verbargen, als sie zeigten.

Niemals wieder.

Würde sie sehen können.

Und stellte sich erneut die Frage, warum sie überhaupt in der Nationalbibliothek war. Was hatte sie hergeführt? Warum ausgerechnet dieser riesige Raum voller Bücher?

Aurora, die ihre Freundin besser kannte, als diese dachte, gab ihr schließlich die Antwort.

»Weil du hier zu Hause bist.«

Emily schluckte.

Konnte es so einfach sein?

»Du bist dort zu Hause«, sagte Aurora bestimmt, »wo die Bücher sind. Das war schon immer so. Im Waisenhaus warst du immer die Erste, die die Treppe hinunterstürmte, wenn der Wagen der öffentlichen Leihbibliothek aus Southwark vorbeikam. Immer hast du dich mit einem Buch herumgetrieben. Das bist du, Emmy.« Sie hielt kurz inne. »Das alles hier. Dieser riesige Raum, der voll gestopft ist mit Büchern. Das ist die Emily Laing, die ich kenne.«

War dies die Emily Laing, die Emily sein wollte?

Das Mädchen, das seine Gesellschaft in Geschichten fand?

»Nein«, flüsterte sie.

Aurora wirkte erstaunt.

»Das hier bin nicht ich.« Nur langsam kamen ihr die Worte über die Lippen. Sorgfältig formulieren wollte sie, was ihr gerade im Kopf herumschwirrte. Dabei galt es erst einmal selbst herauszufinden, was sie überhaupt sagen wollte. »Ich bin anders«, murmelte sie und spürte, dass Aurora an ihren Lippen klebte. Emily suchte nach einem Bild. »Hier drinnen sind so viele Menschen.« Sie seufzte. »Zu viele Menschen. Viel zu viele.« Sie spürte immerzu die Blicke der Fremden, denen sie nicht mehr begegnen konnte, weil sie sie nicht zu sehen vermochte. Deswegen fühlte sie sich hilflos. Wütend. »Ich bin wie der Raritätenladen«, sagte sie schließlich.

Aurora schwieg.

Ja, dachte Emily. Das ist es. Das war das Bild, wonach sie gesucht hatte. Das Bild, das sie beschrieb, so wie sie selbst sich sah. Nicht besonders groß und voll gestopft mit Büchern, die sich alt und staubig bis hinauf zur hohen Decke türmen, die aus den Regalen quellen und Häufchen in den Ecken bilden. Ein Raum, wo mattes Licht durch die schmalen, milchigen Fenster fällt und Staubkörnchen tanzen lässt in der Luft, die im Sommer kühl ist. Ein Laden, der nicht viele Kunden hereinlässt. Den nur wenige Menschen zu betreten bereit sind, weil er nicht wie andere Läden ist. Dieser Laden hier war nicht perfekt. Mehr noch, eigentlich war er sogar hässlich. Viele der Regale hatten Macken, und die Eingangstür, an der immer ein Schild baumelte, das irgendwie missmutig die Öffnungszeiten verkündete, hing an lockeren Angeln im Rahmen.

»Ja, das bist du«, bestätigte Aurora.

Die verstanden hatte.

Emily Laing war ein Raritätenladen, in dem es sogar ein Auge, gefertigt aus Mondstein, zu kaufen gab. Sie war ein ganzes Haus voller Bücher. Die Fassade, dachte sie fast schon belustigt, könnte wohl einen neuen Anstrich vertragen. Eine helle Farbe. Eine, die Optimismus und Fröhlichkeit ausstrahlt. Jemand würde die rinnsaligen

Regenspuren von den Wänden abwaschen und das klapprige Dach reparieren müssen. Denn hineinregnen sollte es niemals. Wasser und Bücher vertrugen einander nicht. Das hatten die beiden Mentoren den Mädchen gegenüber immer wieder betont.

Ein Raritätenladen.

Wenn sie die Bücher aufklappte, dann konnte sie nur mit den Fingerspitzen die Geschichten streicheln, die sie früher fest gepackt und anschließend verschlungen hatte. Ja, sie war ein Haus voller Bücher. Doch leider auch ein Haus, in dem die Bücher das Sprechen verlernt hatten.

»Kannst du dich daran erinnern?«, fragte sie Aurora.

»Woran?«

»An den Moment«, wurde Emily konkreter, »in dem ich dich vor den Zug gestoßen habe.«

Stille.

Nur das Knarzen von fernen Schritten auf den Dielen des Bibliotheksbodens.

»Nicht wirklich.«

»Hm.«

»An gar nichts mehr kann ich mich erinnern«, gestand Aurora. »An den Sturz, ja. Es war mit einem Mal ganz kalt geworden. Richtig boshaft und durchtrieben hast du mich angefunkelt. Da war etwas, das dich in seiner Hand hatte. Es ließ von dir ab, als ich auf die Schienen fiel, und bevor ich gegen den Zug prallte, sah ich die Emily, die mich unter dem Waschbecken kauernd gefunden hatte.«

»Und danach?«

Aurora überlegte.

»Nichts.«

Anubis hatte es vorhergesagt.

»Ich habe alles vergessen. Die Lichter des Zuges blitzten auf, und im nächsten Moment befinde ich mich in der Pyramide unterhalb der Royal Albert Hall. Was immer dazwischen lag, ist fort.«

Für Aurora, dachte Emily erleichtert, ist dies also ein neuer Beginn.

»Was werden wir jetzt tun?«, fragte Emily.

Unsicher.

»Was meinst du?«

»Wird das, was geschehen ist, zwischen uns stehen?«

Aurora überlegte nicht lange, bevor sie antwortete: »Wir sind Freundinnen.«

Nur diese Worte.

Die alles sagten.

So saßen die Mädchen eine Weile da und lauschten den Geräuschen, die sie umgaben. Dem Wind, der hoch oben heulte. Dem Getuschel der anderen Gäste. Den eigenen Gedanken.

Sie mussten warten.

Und Emily hasste es zu warten.

Doch blieb ihr nichts anderes übrig. Nachdem wir St. Paul's verlassen und die Mädchen ins Museum gebracht hatten, hatten Maurice Micklewhite, Miss Monflathers und ich einiges zu erledigen gehabt und hatten uns nun zu einer Besprechung in das Büro des Elfen zurückgezogen. Alle drei waren wir der Ansicht, dass es zu gefährlich sei, die Kinder in das, was uns bevorstand, mit einzubeziehen. Wann immer ich jedoch die Notwendigkeit betonte, Mara Manderley zu finden, und anführte, dass wir dazu auf die Hilfe Emilys angewiesen waren, hielt der Elf mir entgegen, dass es aussichtslos sei, das Kind zu retten. Zu lange schon sei Mara in der Gewalt des Aphroditen. Vermutlich bereits längst im Abgrund und fest in den Fängen des Nyx. Nein, wir müssten Manderley Manor von den Neuigkeiten in Kenntnis setzen, wurde auch Miss Monflathers nicht müde zu betonen. Einer von uns – meine Lehrerin von einst bot sich hierzu an – sollte dem Lichtlord in die Hölle folgen und ein Auge haben auf das, was sich dort tat.

»Es war eine lange Besprechung«, würde Emily später bemerken. »Fragen Sie erst gar nicht.«

Mehr gab es nicht zu sagen.

Doch noch dauerte die Besprechung an.

Und die beiden Kinder warteten im großen Lesesaal darauf, dass ihnen endlich jemand mitteilte, worüber sich die Erwachsenen denn so intensiv unterhalten hatten während der ganzen langen Zeit.

»Was werden wir tun, wenn dies alles hier vorüber ist?« Eigentlich richtete Emily die Frage an sich selbst.

Bereits in der U-Bahn hatte Aurora sich nach den Pflegeeltern erkundigt. Ein ganz schlechtes Gewissen hatte sie deswegen geplagt. Gewiss würden sich die Eheleute Quilp sorgen.

»Die Polizei hat sie informiert«, hatte Emily ihrer Freundin erklärt.

Erstaunt hatte Aurora feststellen müssen, dass die Quilps keinerlei Kontakt mehr zu Emily gesucht hatten.

»Nachdem Wittgenstein ihnen versprochen hatte, sich der Sache anzunehmen«, war Emily fortgefahren, »haben sie kein Wort mehr mit mir gewechselt. Nicht einmal am Telefon haben sie mit mir reden wollen.«

Natürlich hatte auch Emily sich davor gesträubt, mit ihren Pflegeeltern sprechen zu müssen. Mit Grauen erinnerte ich mich an das Telefongespräch, das ich an ihrer statt mit den beiden ehrenwerten Bürgern aus Hampstead hatte führen dürfen. Doch wäre Emily insgeheim nicht froh darüber gewesen, ein Wort des Trostes zu empfangen? Irgendeine Geste, die ihr geholfen hätte, mit ihrem Fehler fertig zu werden? War sie nicht noch ein Kind, und hatten die Quilps sie bisher nicht auch so behandelt?

Zu erfahren, wie Aurora vom Museum aus in Hampstead angerufen hatte und in dem kleinen Haus grenzenlose Freude ausgebrochen war, weil sie endlich wieder die Stimme der totgeglaubten Pflegetochter vernahmen, war ein schönes Gefühl gewesen und dennoch schmerzhaft. Es tat weh, weil sich die Quilps noch immer weigerten, mit ihr zu sprechen. Sie hätten Emily die Tat bisher noch nicht verzeihen können, teilten sie Aurora mit.

»Von Anfang an«, hatte Emily geflüstert, »haben sie dich mehr gemocht.«

Aurora hatte dagegen protestiert. »Das stimmt nicht.«

Doch ihre Stimme hatte verraten, dass sie es auch so sah.

Dass sie es gespürt hatte, wie Emily es gespürt hatte.

»Was werden wir tun, wenn dies alles vorüber ist?«

Emily würde nicht zu den Quilps zurückkehren. Dessen war sie sich gewiss. Nicht nach Hampstead mit seinen gepflegten Rasenflächen und den symmetrischen Vorgärten. Auch würde sie niemals nach Manderley Manor gehen. Nie mehr wollte sie nach Manderley zurückkehren.

Dies war nicht ihre Welt.

Nimmer.

Unwillkürlich musste sie an den Raritätenladen denken.

An die gemütliche Ecke, in der sie Stunde um Stunde verbracht und in den Büchern geschmökert hatte, die zu kaufen niemand Anstalten machte. An den Jungen, Neil Trent, den Aurora Fitzrovia so sehr mochte und der ihr selbst ein guter Freund war. Nicht mehr, und bestimmt auch nicht weniger. Wie gerne hätte sie Auroras Gesicht gesehen, als von dem Jungen aus dem Raritätenladen die Rede gewesen war. Das Erstaunen. Die Verlegenheit. Emily erinnerte sich, dass Aurora sich immer nervös an den Augenbrauen gezupft hatte, wenn sie unsicher oder aufgeregt gewesen war.

Ja, der alte Raritätenladen war der einzige Ort, an dem sie sich je zu Hause gefühlt hatte. Dieser kleine Laden in dem alten, windschiefen Haus mit dem spitzen Dach voller verwitterter Ziegel drüben in der Gasse am Cecil Court.

Der Raritätenladen, der war wie sie.

Trunken von Büchern.

Dort würde sie es aushalten.

Wenn dies alles überstanden wäre.

Wenn …

Kapitel 13

King's Moan

»Wir werden unverzüglich aufbrechen«, teilte ich den beiden Mädchen mit, die meine Ankunft im mittlerweile vollständig verlassenen Lesesaal sehnsüchtig erwartet hatten. Erschöpft wirkten sie noch immer, und das, obwohl sie die letzten Stunden schlafend wie die Steine in einem Bett aus der Tudorzeit unten im Zentrallager verbracht hatten, während wir Erwachsenen die nächsten Schritte planten. Emily trug noch immer die Sonnenbrille, die ich ihr gekauft hatte. »Sie beide«, fuhr ich fort, »werden in Marylebone unsere Rückkehr abwarten.« Dinsdale, das Irrlicht, das sich die ganze Zeit über in einer der Lampen im Büro des Elfen gestärkt und ausgeruht hatte, schwebte vor mir. Maurice Micklewhite und Miss Monflathers folgten mir auf dem Fuß.

Emily schaute in die Richtung, aus der sie mich sprechen hörte.

»Was passiert mit Mara?«

»Wir werden uns um sie kümmern«, versprach Miss Monflathers.

»Sie werden sie nicht einmal finden«, antwortete Emily aufgebracht. »Ich muss sie begleiten.«

Entschieden sagte ich: »Nein!«

Wenngleich ich mich, das sollte ich anmerken, in dieser Angelegenheit der Meinung Miss Monflathers' und Maurice Micklewhites beugte. Versöhnlicher fügte ich deswegen hinzu: »Miss Mara wird bereits im Abgrund von Blackheath sein, und dort werden wir sie finden.«

»Und wie wollen Sie das anstellen?«

»Es ist zu gefährlich«, betonte Maurice Micklewhite ausweichend. »Wir wissen nicht, was uns dort unten erwartet.«

Emily sagte laut: »Ja, und außerdem bin ich blind.«

Dieses Kind!

Sie besaß ein Talent, die Dinge auf den Punkt zu bringen.

»Aurora kann mir helfen«, versuchte es Emily. »Sie kann mich führen.«

Ihre Freundin bestätigte diesen Vorschlag mit einem Nicken.

Miss Monflathers bestand jedoch darauf: »Es ist dennoch zu gefährlich.«

»Sie sagen nicht die Wahrheit«, beschuldigte Emily mich mit einem Mal.

Wie gut sie mich mittlerweile doch kannte.

»Denken Sie das nicht von mir, Miss Laing.«

Waisenkinder haben ein Ohr für Lügen.

»Es ist beschlossene Sache«, beendete ich die Diskussion.

»Dass ich hier bleiben muss, während Sie in die uralte Metropole hinabsteigen?« Sie stand auf. Stützte sich mit beiden Händen auf der Tischplatte ab. »Es ist meine Schwester, um die es hier geht. Niemand von Ihnen wird sie finden.« Während der letzten halben Stunde hatte Emily mehrmals versucht, Kontakt zu dem kleinen Mädchen aufzubauen. Erfolglos. Entweder war Mara, was Emily hoffte, noch immer ohne Bewusstsein, oder aber sie war bereits tot, woran ihre Schwester nicht einmal zu denken wagte.

Ich schwieg geflissentlich.

Wollte ich, dass sie mich durchschaute?

»Sie alle haben sie aufgegeben, nicht wahr?« Mühsam hielt sie das Beben in ihrer Stimme im Zaum.

Ich zog es vor, nicht auf diese Frage zu antworten.

»Sie haben Mara abgeschrieben!«

»Wir haben eine Entscheidung getroffen«, sagte ich ihr.

Sie zog die Stirn kraus.

»Wir?«

»Ja. Wir drei. Allesamt.«

»Gemeinsam«, sagte Miss Monflathers.

»Auch Sie, Wittgenstein?«

»Oh, fragen Sie nicht.« Erinnerte sich Emily an das, was ich ihr erzählt hatte? »Ich werde mich der Entscheidung, die unsere Gruppe getroffen hat, nicht entgegenstellen.«

Mit einem Mal hielt Emily inne.

Überlegte.

»Sie beugen sich dieser Entscheidung, wie Sie sich damals der Entscheidung des Senats gebeugt haben?« Es war nicht einmal eine Frage.

Kluges Kind!

»Ja.«

Sowohl Miss Monflathers als auch Maurice Micklewhite sahen mich voller Ungeduld an.

»Deswegen, Miss Emily, sollten auch Sie unseren Rat befolgen. Und hören Sie auf, sich andauernd zu beschweren. Wir meinen es allesamt gut mit Ihnen.« Beide Mädchen anschauend, fügte ich hinzu: »Mit Ihnen beiden.« Und mürrischer: »Nicht einmal Könige jammern so, wie Sie es tun.« Ich trat vor Emily und sagte eindringlich mit ruhiger Stimme: »Meditieren Sie. Benutzen Sie die Steine, die ich Ihnen einst schenkte. Beruhigen Sie sich und überlassen Sie alles Weitere uns.«

Das, so hoffte ich, sollte genügen.

Emily wirkte verdutzt.

»Das war nicht sehr überzeugend«, gestand sie.

Misstrauisch.

Aurora starrte mich nur an. Verwirrt und unschlüssig, was sie mit meinem Ratschlag anfangen sollte.

Miss Monflathers zuckte die Schultern. Sagte: »Nun denn, wir verbleiben, wie wir es beschlossen haben. Für die Kinder ist es dort unten zu gefährlich. Zu vieles hängt von allem ab.«

»Sie, kleine Emily«, sagte Maurice Micklewhite, »dürfen keinen Schaden nehmen.«

Mit einem Mal verstand das Mädchen.

Als hätte sie es geahnt!

Steckte doch mehr hinter diesem Ratschlag als nur wohlgemeinte Besorgnis.

»Sie sind gar nicht um Emily besorgt«, sagte Aurora. Es war das erste Mal, dass sie sich in das Gespräch einmischte. Dicht nebeneinander saßen die Mädchen. Zueinander gehörend. »Sie ist der einzige Erbe der Familie Manderley, den Sie noch haben, wenn Emilys Schwester etwas zustoßen sollte.« Wütend funkelten uns die dunklen Augen an.

»Ja, warum bin ich nicht früher darauf gekommen?«, stimmte auch Emily zu. »Wenn Lycidas den Nyx besiegt, dann benötigt Manderley Manor immer noch einen Erben.« Die restlichen Lücken in dieser Argumentation zu füllen war nicht schwierig. Würde Mara etwas zustoßen, dann wäre Emily Laing dieser Erbe. Würde Mushroom Manor besiegt, dann wäre sie diejenige, die die Erblinie derer von Manderley weiterführen würde. Ja, sogar weiterführen müsste, wenn ihr die Ordnung in London und der uralten Metropole am Herzen läge.

Sie erinnerte sich meiner Worte.

»Es wird der Zeitpunkt kommen«, hatte ich ihr einst während unserer Lektionen prophezeit, »an dem Sie sich entscheiden müssen zwischen dem, was gut ist für Emily Laing und dem, was von Vorteil ist für London und die uralte Metropole.« Dann hatte ich ihr davon berichtet, was mir widerfahren war. Was der Senat mit Trickstern zu tun beabsichtigte.

Emily Laing würde sich entscheiden müssen.

So oder so.

Es sei denn, die Geschehnisse, die noch vor uns lagen, würden ihr junges Leben als Tribut fordern.

»Sie wollen mich schützen, weil es Ihnen allen in den Kram passt.« Fassungsloser Zorn schwang in ihrer Stimme mit.

Dinsdale, der das Gespräch mit anhörte, setzte sich auf die Schulter des Mädchens und glomm sanft und pulsierend, sodass sie die Wärme, die er abstrahlte, angenehm spüren konnte. Worte des Trostes flüsterte er ihr ins Ohr. In hartem Manchester-Dialekt, doch gut gemeint.

»Wir müssen tun«, sagte Miss Monflathers streng, »was unsere Aufgabe ist.«

Maurice Micklewhite fügte hinzu: »Einen klaren Kopf müssen wir behalten.«

Der halbherzige Trost oblag mir: »Wir werden uns bemühen, Mara zu finden.«

Emily berührte ihr Mondsteinauge.

Schwieg einen Augenblick lang nachdenklich.

Sagte resigniert: »Machen Sie doch, was Sie wollen.« Spie die Worte förmlich hervor. Kalt und unnahbar. »Ich bin nur ein Kind. Was kann ich schon tun?« Die roten Haare fielen ihr ins Gesicht, als sie den Kopf vornüberbeugte, sodass wir ihr Gesicht nicht sehen konnten.

»Gehen Sie nach Marylebone«, schlug ich vor. »Dort sind Sie sicher. Peggotty wird sich um Sie beide kümmern.«

Aurora legte ihrer Freundin einen Arm um die Schulter.

Drückte sie an sich.

Flüsterte ihr Mut ins Ohr.

»Wir sollten gehen«, forderte Miss Monflathers uns auf.

Nun denn.

Mit Auroras Hilfe würde Emily den Weg nach Marylebone finden.

»Wittgenstein?«

Ich drehte mich zu ihr um.

»Mara lebt nicht mehr, habe ich Recht?« Nur mühsam kamen ihr die Worte über die Lippen. »Deshalb kann ich sie nicht mehr spüren.« Ganz verloren wirkte sie, als sie das sagte.

Ich gab Emily zu bedenken, was sie sich schon unzählige Male von mir hatte anhören müssen: »Es gibt keine Zufälle, Miss Laing.« Jedes Wort betonte ich. Sorgfältig. Inständig hoffend, dass sie mich verstanden hatte.

»Ich bin mir ganz sicher.« Emily zupfte ihre Freundin am Jackenärmel. »Wir müssen dort hinunter.«

Hätten die beiden Mädchen tatsächlich mein Anwesen in Marylebone aufgesucht, wäre ich bitterlichst enttäuscht gewesen. Doch die beiden hegten nicht im Geringsten die Absicht, unseren Anweisungen zu folgen. Emily, die den eisigen Wind und die Schneeflocken auf ihrem Gesicht spürte, als Aurora sie aus dem Museum geleitete, musste gar nicht lange überlegen.

»Es war ein Zeichen!«

Aurora war sich dessen nicht ganz so sicher.

»Die führen doch etwas im Schilde«, war ihre Meinung, »bei dem sie uns nicht dabeihaben wollen.«

»Nicht Wittgenstein.«

»Da wäre ich mir nicht so sicher.«

Die beiden Mädchen stapften durch den hohen Schnee in Richtung Russell Square, und Emily gab sich alle Mühe, auf dem rutschigen Boden Halt zu finden. Sie konnte den Schnee riechen und fragte sich, was das alles zu bedeuten hatte. Zweifelte sie an den Worten ihres Mentors? Nein, es waren eindeutige Hinweise gewesen.

»Wir müssen in die uralte Metropole hinab«, sagte Emily.

»Allein?«

»Irgendwie«, murmelte Emily, die darauf auch keine Antwort hatte.

»Was sollen wir dort tun?« Aurora klang verzweifelt. »Niemals werden wir Mara allein finden und befreien können.«

»Wir sollen nach King's Moan gehen.«

Aurora führte Emily, die sich an ihrem Arm festhielt.

Der Lärm des Verkehrs war jetzt näher.

»Als ich Wittgenstein fragte«, begann Emily laut zu denken, »ob er sich denn der Entscheidung der beiden anderen beuge, so wie er sich einst der Entscheidung des Senats gebeugt hatte, da hat er mit Ja geantwortet.«

Aurora verstand nicht.

»Und?«

»Der Senat rekrutiert Trickster für seine Belange«, erklärte Emily und erinnerte sich an den Tag, an dem sie davon erfahren hatte. Dass auch sie sich eines Tages würde entscheiden müssen. Zwischen dem, was gut war für die uralte Metropole und dem, was gut war für Emily Laing. »Wittgenstein hat sich widersetzt. Mylady Hampstead hatte ihm dazu geraten und ihn in seiner Entscheidung unterstützt.«

»Er hat sich der Entscheidung des Senats also gar nicht gebeugt.«

»Und ebenso wenig der Entscheidung, die Master Micklewhite und Miss Monflathers gefällt haben.«

»Du glaubst, er will uns helfen?«

»Ich soll meditieren und mich endlich beruhigen.« Das war ihr vorgeschlagen worden. »Die Steine soll ich dazu benutzen und außerdem nicht so viel jammern. Nicht einmal Könige, so hat er sich ausgedrückt, würden so viel jammern.« Emily war sich jetzt, wo sie es einmal aussprach, ganz sicher, dass keines dieser Worte zufällig gewählt gewesen war. »Wir sollen dorthin gehen, wohin Wittgenstein uns schon einmal geführt hat. Nach King's Moan.«

»Drüben in Chelsea?«

Vage erinnerte sich Aurora.

»Selbst ein Blinder sieht diese Zeichen.« Emily schnitt eine Grimasse, als ihr bewusst wurde, was sie da gesagt hatte. Erklärte: »Die Steine hat Wittgenstein uns damals in der Taverne von King's Moan geschenkt. Und spricht der Name der Gegend nicht für sich selbst?«

Aurora schwieg.

Des Königs Jammern.

King's Moan.

Obgleich der überaus geräumige Rundtunnel, welcher sich unterhalb von Chelseas Hauptverkehrsader, der von unzähligen Boutiquen gesäumten King's Road, befindet, seinen Namen jenen pfeifenden und heulenden Winden verdankt, die vom Norden her Richtung Themse wehen.

»Was sollen wir dort tun?«

»Frag lieber nicht.«

»Wird er uns dort treffen?«

Emily gab es zu. »Ich habe nicht die leiseste Ahnung. Aber er will, dass wir uns dorthin begeben.«

»Und wenn wir uns irren?«

»Dann sitzen wir immerhin nicht untätig in Wittgensteins Wohnung und langweilen uns zu Tode.«

Nicht das Beste aller Argumente.

Doch immerhin.

Ausreichend, um Aurora Fitzrovia zu überzeugen, die Piccadilly Line hinunter nach Hyde Park Corner zu nehmen, von wo die Mädchen über ein altes Siding unter einer der still gelegten Rolltreppen hinab in die uralte Metropole gelangten.

Emily konnte nur lauschen.

Dem Rattern der Züge und den schrillen Bremsen, wenn diese in den Bahnhof einrollten, dem Gitarrenspieler am Fuße der Rolltreppe, der traurig *My Back Pages* von Bob Dylan zum Besten gab, dem Gemurmel der Menschen, das sich mit dem Klappern ihrer Schritte auf dem Asphalt vermischte. Den Anweisungen Auroras, die ihrer Freundin rechtzeitig mitteilte, wo sie sich gerade aufhielten und in welche Richtung sie zu gehen hatten.

Den Weg, den sie nahmen, kannte Emily aus der Erinnerung. Noch immer war es seltsam, sich dieser Erinnerungen bedienen zu müssen, um zu erraten, wo sie sich gerade befand. Wie oft schon war sie durch die Korridore dieses Bahnhofs gelaufen. Doch niemals hatte sie auch nur einen einzigen Gedanken daran verschwendet, welch ein Geschenk es war, all die Dinge, die einen umgaben, auch sehen zu können.

Manchmal, dachte Emily, ändert das Leben eben alles.

Noch immer klang der Bob-Dylan-Song in ihrem Kopf nach.

»Tun wir das Richtige?«, fragte Aurora sie, als die Rolltreppe sie hinab in den Schlund in der Erde führte.

Nur zögernd antwortete Emily: »Wir werden sehen.«

Wurde sich bewusst, dass manche Redewendungen nicht unbedingt für Blinde gemacht waren.

Seufzte.

Wir werden sehen, dachte sie.

Denn das war das Einzige, dessen sie sich gewiss war. Die Dinge würden innerhalb der kommenden Stunden die eine oder andere Wendung erfahren. Es würde etwas geschehen, das die Welt nachhaltig verändern würde.

Irgendwie.

Wir werden also sehen.

Für Emily Laing war dies eher ein Wunsch, der von Herzen kam. Eine banale Redewendung, die mit einem Mal die ganze Hoffnung des Mädchens in sich trug. Die Hoffnung, dass die Dinge wieder so werden würden, wie sie einst gewesen waren. Dass sie wieder würde sehen können. Dass es die Menschen, mit denen sie zu tun hatte, ehrlich mit ihr meinten.

Gegrübelt hatte sie über das, was sie in der Nationalbibliothek gehört hatte.

Und was sie daraus zu schlussfolgern vermochte, hatte ihr nicht gefallen.

»Miss Monflathers«, gestand sie Aurora, »war so anders.«

Aurora pflichtete ihr bei. »Berechnend.«

Als habe die Lehrerin, die sie zu kennen geglaubt hatten, kurz ihr wahres Gesicht durchscheinen lassen.

Zum ersten Mal, seitdem sie Maurice Micklewhite und Miss Monflathers kannte, zweifelte Emily an deren Loyalität. Der Loyalität ihr und Aurora gegenüber, nicht jedoch der Loyalität London oder der uralten Metropole gegenüber. Erneut beschlich Emily das ungute Gefühl, dass sie nur einen winzigen Teil dieses Spiels überblickte und nicht einmal die Beweggründe der wichtigen Spieler vollständig nachvollziehen konnte.

»Die machen doch mit uns, was sie wollen«, war Auroras Meinung dazu.

Emily zog es vor, nicht darauf zu antworten.

Dann wurde sie des Geräusches gewahr.

In einem der Tunnel unterhalb der Beaufort Street war ihr mit einem Mal, als hörte sie Schritte.

»Was ist das?«, flüsterte sie leise.

Die Mädchen lauschten.

Gespannt.

Nur das ferne Wummern einer Pumpe, die unten in den Luftschächten arbeitete, pulsierte in der Stille.

»Ich höre nichts«, sagte Aurora schließlich.

Sie gingen weiter.

Langsam.

Vorsichtig.

Abwartend.

Dunkles Wasser rann von den Wänden herab und tropfte lautstark in die Lachen und Pfützen am Boden. Chelsea Embankment war ganz nahe, und die Themse drückte sich überall durch das Gestein. Emily konnte den Fluss geradezu riechen. Die Fäulnis und die Tiefe des Wassers. Mäuse huschten hier durch die Gänge. Emily hoffte jedenfalls, dass es Mäuse waren. Weder an die intriganten Ratten noch an die mysteriösen Rattlinge denken wollte sie.

Tat es dann natürlich doch.

Dachte an das Ding, in das Mylady Hampstead sich verwandelt hatte.

Da!

Es war wieder zu hören gewesen.

Deutlich.

Ein Kratzen von Krallen auf den Steinen.

»Jetzt habe ich es auch gehört«, flüsterte Aurora.

Die Furcht in ihrer Stimme war nicht zu überhören.

»Was ist das?«, murmelte Emily. Drehte den Kopf und versuchte, sich zu orientieren.

Die Mädchen befanden sich fast am Ziel. King's Moan lag keine zehn Fußminuten mehr vor ihnen. Doch zwischen ihnen und dem Ort, den sie aufzusuchen gedachten, befanden sich noch einige dunkle Tunnelwindungen und unüberblickbare Ecken.

Und die Geräusche.

Die definitiv da waren.

Hier bei ihnen. Ganz nah.

Da, wo sonst niemand war.

Und es waren die Geräusche vieler kleiner Füße. Krallenbewehrter Füße.

»Es gibt hier nur wenige Fackeln«, erklärte Aurora die Situation und Emily konnte sich lebhaft vorstellen, wie Aurora versuchte, etwas in dieser schattenhaften Dunkelheit zu erkennen. »Es ist jetzt direkt vor uns«, raunte Aurora furchtsam, und Emily konzentrierte sich allein auf die Geräusche. »Sie«, verbesserte Aurora sich mit zitternder Stimme, »sind direkt vor uns.« Krallenfüße, die durch die Dunkelheit auf sie zukamen. »Was sollen wir jetzt tun?«

Plötzlich waren weitere Schritte zu vernehmen.

Hinter den Mädchen.

»Da ist noch jemand«, sagte Emily.

Viel zu schnell kamen die anderen Schritte auf die beiden Mädchen zu.

Jemand rannte.

Keuchte.

Jetzt hörten sie es deutlich.

Emily musste mit einem Mal an Kensingtons Werwölfe denken.

Dann spürte sie lodernde Hitze, die ihr mit fauchenden Flammenzungen ins Gesicht schlug und sie taumeln ließ. Sie hörte Aurora laut aufschreien, weil das wütende Kreischen, das den gesamten Tunnel erfüllte, von den tobsüchtigen Rattlingen herrührte, die zum Angriff übergegangen waren. Eine kräftige Hand packte Emily an der Schulter, und sie wurde in der Dunkelheit herumgewirbelt, fiel unsanft zu Boden und stieß sich den Kopf an einer gekachelten Tunnelwand. Aurora schrie abermals und lag auf einmal neben ihr, rappelte sich auf und half auch Emily, wieder auf die Beine zu kommen.

Feuer loderte im Tunnel.

Brennend heiß.

Die mittlerweile panischen Schreie der Rattlinge hallten von den gekachelten Wänden wider, und der Gestank versengten Fleisches erfüllte den Tunnel. Ganz schlecht wurde den Mädchen davon.

»Habt keine Angst«, sprach jemand zu Emily.

Sie kannte diese Stimme.

Von irgendwoher.

»Der Alchemist schickt mich.« Kräftige Hände packten das Mädchen und stellten es auf die Füße. Emily hörte, wie sich der Mann ihrer Freundin vorstellte. »Euch kennen zu lernen hatte ich noch nicht das Vergnügen«, richtete er seine Worte an Aurora. »Miss Fitzrovia müsst Ihr sein. Eure Freundin ist mir bereits vorgestellt worden. In Hidden Holborn.« Und mit einem Mal begann die Stimme Gestalt anzunehmen. Wurde zu einem hageren Mann, gekleidet in Purpurrot. Eine lange Feder hatte aus dem breitkrempigen Hut geragt. Damals, im Wohnheim von Hidden Holborn. »Nennt mich Mièville«, stellte sich der Tunnelstreicher abermals vor, »und folgt mir schnellen Fußes nach King's Moan.« Noch bevor die Mädchen etwas erwidern konnten, begründete er seine Eile mit den Worten: »Die Schergen des Nyx haben mit ihrem Angriff begonnen. Die uralte Metropole erzittert in ihren Grundfesten, und Wittgenstein ist hoffentlich auf dem Weg hierher.«

Während Maurice Micklewhite und Miss Monflathers zum Tower von London eilten, um Lycidas in die Hölle zu folgen, oblag es mir, mich nach Manderley Manor zu begeben und Mylady von den Neuigkeiten der Stunde in Kenntnis zu setzen. Die Trafalgar-Tauben verbreiteten derweil die Kunde von Kampfhandlungen aus allen Teilen Londons.

Es hatte also begonnen.

Ich konnte nur hoffen, dass Emily den Hinweis auf die alte Taverne in Chelsea verstanden und sich sofort auf den Weg dorthin begeben hatte. Ich selbst unternahm einen kurzen Abstecher nach Manderley Manor, wo man mir mitteilte, dass Mylady derzeit nicht zu sprechen sei, mir aber versichert wurde, dass das Haus seine Legionen in Kampfbereitschaft versetzt habe.

Nun denn.

Der Hausdiener wirkte nicht gerade freundlich, wenngleich er Miss Anderson rufen ließ, die mich zu sprechen wünschte. Ich folgte dem Hausdiener also in einen kleinen Salon im Erdgeschoss des Anwesens, wo die Hausdame mich bereits erwartete.

Ohne Umschweife kam sie zur Sache. »Ich habe Euch etwas mitzuteilen«, begann sie, »unter dem Mantel absoluter Verschwiegenheit, versteht sich. Es geht um die Zukunft des Kindes.« Sie hatte mich in den kleinen Salon gebeten, um allein mit mir zu sein und das Treffen vor ihrer Hausherrin geheim zu halten, und in Anbetracht dessen, was sie mir erzählte, war Mylady Manderley wohl wirklich indisponiert. Denn das, was mir Miss Anderson offenbarte, war mit Sicherheit nicht für meine Ohren bestimmt. »Es geht um das Wohl des Kindes. Um Mara«, stellte sie klar. »Und, wenn Ihr so wollt, auch um das Wohl ihrer Schwester.« Das gestrenge Gesicht war maskenhaft. »Mylady Manderley«, flüsterte Miss Anderson, »ist nicht mehr bei Sinnen.« Dann begann sie zu erzählen.

Und ich lauschte.

Nickte.

War sprachlos.

»Ihr sorgt Euch um das Kind«, schloss sie ihren Monolog, den ich nur hin und wieder durch Fragen unterbrochen hatte. »Zieht nicht so ein Gesicht. Wir haben vorher niemals miteinander gesprochen, doch sagt mir Euer Verhalten, was ich wissen muss. Ihr, Master Wittgenstein, sorgt Euch um Emily Manderley.«

Vermutlich war ich es dem Mädchen schuldig, die Hausdame zu verbessern.

»Emily Laing«, sagte ich.

»Emily Manderley«, beharrte Miss Anderson. »Ihr sorgt Euch um das Kind. Und dies zu Recht, wie ich Euch gerade erklärt habe.« Sie seufzte tief und wirkte mit einem Mal alt und unglücklich. »Benutzt das Wissen, das ich in Eure Hände gelegt habe, nach eigenem Gutdünken.« Sie erhob sich. »Und nun geht.« Sie geleitete mich zur Tür und sagte zum Abschied: »Wir haben niemals miteinander gesprochen.«

Ein kurzes Nicken meinerseits.

»Niemals«, bestätigte ich.

Dann schloss sich das Portal hinter mir.

Ich stand im verschneiten Regent's Park, und vor mir erstreckte sich die Silhouette der Stadt. London, hinter einem Schleier aus wirbelnden Schneeflocken. Abertausende von Lichtern, die den Nachthimmel erhellten. Ich schlug den Kragen meines Mantels hoch und zog mir die neue Mütze bis über die Ohren. Dann schlang ich mir den langen Schal um den Hals, vergrub die Hände in den Taschen und stapfte los.

Was sollte ich mit dem eben erlangten Wissen anfangen?

Wem war noch zu trauen in diesem Spiel?

Miss Anderson sorgte sich um die kleine Mara. Das jedenfalls war mir klar geworden. Hinter dem maskenhaften Gesicht schlug ein gutes Herz. Immerhin. All die anderen Gesichter kamen mir mit einem Mal viel maskenhafter vor als dasjenige der Hausdame von Manderley Manor. Maurice Micklewhite und Miss Monflathers. Master Lycidas. Mr. Fox und Mr. Wolf. Welche Beweggründe waren es, die sie alle antrieben? Spielte das Glück des Mädchens irgendeine Rolle in ihren Überlegungen?

Ich gedachte der Lektionen Mylady Hampsteads.

Es gibt keine Zufälle, war sie niemals müde geworden zu betonen.

Die alte Rättin!

Sie hatte mich einst vor den Black Friars gewarnt. Vor dem alten Orden und der Regentin.

Jetzt war es an mir, das Erbe Mylady Hampsteads weiterzutragen.

Es oblag mir, Emily Laing vor dem zu warnen, was ihr unweigerlich bevorstand.

Sie war meine Schutzbefohlene.

Und ich traf sie dort, wo ich sie hatte treffen wollen.

In Chuzzlewitt's Taverne in King's Moan.

Wo sie gemeinsam mit Aurora Fitzrovia und Mièville an einem der hintersten Tische saß.

»Wittgenstein!«, rief sie erfreut aus, nachdem ich mich zu erkennen gegeben hatte.

Mièville nickte zur Begrüßung.

Dann berichtete mir Emily ganz außer Atem vom Angriff der Rattlinge in dem städtischen Versorgungstunnel.

Mièville war gerade zur rechten Zeit dort aufgetaucht.

»Der Alchemist schickt mich«, hatte er den Kindern offenbart. »Seitdem Ihr das Museum verlassen habt, hafte ich an Euren Fersen.« Mit einem Blick auf die brennenden Rattlinge hatte er hinzugefügt: »Ein Glück, nicht wahr?« Dann hatte er ihnen berichtet, eine Botschaft erhalten zu haben. Ein Irrlicht habe sie ihm übermittelt, und als er es erwähnte, fiel Emily auf, dass Dinsdale verschwunden gewesen war, nachdem sie alle St. Paul's verlassen hatten. Erst später war er in der Nationalbibliothek wieder aufgetaucht. Mièville war den Weisungen des Irrlichts gefolgt und hatte sich vor dem Museum auf die Lauer gelegt. »Mein Glück«, hatte er den Kindern berichtet, »denn Hidden Holborn wurde von Golemkriegern verwüstet.« Das hagere Gesicht hatte mehr als nur unglücklich gewirkt. »Der Gateman von Hyde Park Corner flüsterte mir die Neuigkeit.«

So erfuhren die Mädchen, dass Holborn zu den Ländereien Manderley Manors gehörte.

»Überall in der uralten Metropole kommt es zu Übergriffen«, erklärte ihnen der Tunnelstreicher. »Ravenscourt hat jeglichen Handel untersagt. Der Earl hat sein Gebiet bisher noch fest im Griff. Die Raben vom Court haben alle Handelswege und Zugangstunnel verschlossen und harren der Dinge, die da kommen werden. Kensington, so sagt man, hat alle Wolfsrudel in Bereitschaft versetzt. Der Lordkanzler ist auf den Friedhöfen Londons gesichtet worden, wo er eine Armee zusammenstellt, die die uralte Metropole schützen soll.«

»Er lässt die Toten für sich kämpfen?« Aurora hatte geschluckt.

Mièvilles Antwort war kurz gewesen: »Er ist Anubis.«

Vom Norden drangen die Söldner Mushroom Manors nach London vor. Dem Abgrund in der Region entströmten Rattlinge und Golemkrieger gleichermaßen und ergossen sich zu hunderten in die Tunnel und Schächte der uralten Metropole. Der Senat hatte die Garde entsandt, doch was würde sie schon ausrichten können gegen die Übermacht der Lehmkrieger?

»London wird brennen«, prophezeite Mièville.

Die Rattlinge jedenfalls brannten lichterloh. Der Tunnelstreicher hatte mehrere Feuerflaschen, wie die Streicher die improvisierten Brandbomben nannten, auf das Meer der anstürmenden Kreaturen geworfen. Ansonsten wäre es um die Kinder geschehen gewesen.

»Rattlinge«, hatte er ihnen auf dem Weg nach King's Moan erklärt, »verwandeln die Menschen, die ihnen zum Opfer fallen, in etwas, das nicht länger Mensch zu nennen ist.«

Die Mädchen verzichteten auf eine genauere Beschreibung.

Dann hatte Mièville sie hierher geführt.

In Chuzzlewitt's Taverne.

»Sie haben meine Andeutung demnach verstanden«, lobte ich Emily.

Legte den Mantel ab.

Ließ mich am Tisch nieder.

»Weswegen die Heimlichtuerei?«, wollte Emily wissen.

Dinsdale, der die ganze Zeit über in meiner Jackentasche gesteckt hatte, flog davon und nistete sich in einer der Lampen ein, die wie verkümmerte Arme aus den Wänden ragten.

»Wegen Miss Monflathers«, gab ich zur Antwort.

Keines der beiden Mädchen verstand.

Mièville trank seinen Tee.

Schwieg.

»Die Black Friars«, erklärte ich, nachdem auch ich mir einen Kräutertee bestellt hatte, »rekrutieren von alters her Trickster, um sie in den Dienst der uralten Metropole zu stellen. Der Orden der Mönche ist dabei aber nur der ausführende Arm der Regentin und des Senats. Immerzu sind sie auf der Suche nach Trickster-Kindern.«

»Und Miss Monflathers?«

»Ihr obliegt die Ausbildung der Kinder. Es sieht zwar so aus, als beherberge ihre Schule ausschließlich gewöhnliche Kinder, doch der Schein trügt. Alle Schüler dort wissen von der uralten Metropole und halten sich zuweilen hier unten auf. Egal, ob reich oder arm. Miss Monflathers hat die Kontrolle über die Kinder und sucht diejenigen heraus, deren Talente sich für den Dienst in der Garde eignen, um sie dem Senat zu melden.«

»Deswegen sind wir aber doch nicht hier.«

»Nein, Miss Emily. Wir sind hier, weil Maurice Micklewhite und Miss Monflathers in erster Linie der uralten Metropole verpflichtet sind.«

Emily sprach es aus: »Die beiden glauben, dass Mara tot ist.«

»Ja.«

»Was ist mit Ihnen, Wittgenstein?«

»Wäre ich hier, wenn ich es glaubte?«

Emily atmete bewusst ruhig. »Mara lebt also noch?«

»Ich bin mir nicht sicher.« Immerhin eine ehrliche Antwort. »Aber, ja. Ich denke schon. Und, ja. Deswegen bin ich hier. Weil gewisse Dinge getan werden müssen. Es ist, wie ich Ihnen so oft gesagt habe: Zufälle gibt es nicht.«

Emily verstand nichts von alledem.

»Was ist mit Mara?«

»Maurice Micklewhite und Miss Monflathers glauben, dass die Kleine bereits tot ist. Aber gibt es nicht immer noch Sie, Emily? Ein einziges Kind sollte doch ausreichen, um das Erbe Manderley Manors anzutreten. Deswegen müssen Sie in Sicherheit gebracht werden. Deswegen bestand Miss Monflathers darauf, dass Sie die nächsten Tage in meinem Haus in Marylebone verbringen. Kein Leid darf Ihnen geschehen. Sie sind von Bedeutung für die Zukunft der uralten Metropole. Gewinnt Manderley Manor die Kämpfe und behält Master Lycidas die Oberhand, so sichert trotz allem nur ein Erbe des großen Hauses die Ordnung in London.«

»Ich dachte, dass Mara diejenige sein sollte«, gab Aurora zu bedenken.

Mièville zündete sich eine Pfeife an.

Paffte nachdenklich.

Folgte jedem unserer Worte.

»Mara ist die erste Wahl gewesen«, gab ich schnell zur Antwort. »Doch nun ist Mara entführt worden.« Ich entsann mich dessen, was mir Miss Anderson vor kaum einer Stunde offenbart hatte. »Nichts ist so, wie wir es vermutet haben. Mylady Manderley hat von der Entführung gewusst.« Ganz bleich wurde das Mädchen. »Und sie hat sie gebilligt.«

Ihre Großmutter hatte gewollt, dass Mara dem Nyx übergeben würde?

»Das ergibt doch keinen Sinn.« Emily hieb mit den Fäusten auf den Tisch. Nur mühsam fand sie ihre Beherrschung.

Ich berichtete ihr von meinem Besuch im Regent's Park und dem Gespräch mit Miss Anderson unter vier Augen. Allein der Name dieser Person ließ Emily frösteln. »Als Ihre Mutter nach Manderley Manor heimkehrte«, sagte ich, »war sie in dem Zustand, in dem Sie sie vorgefunden haben. Es war etwas geschehen in den Mauern von Blackheath. Etwas, das Mia Manderley in den Wahnsinn getrieben hatte. Auch die kleine Mara, auf der alle Hoffnungen Myladys ruhten, wirkte sonderbar. Sie sprach mit niemandem. Warum auch immer. Weinte oft. Ängstigte sich vor den Schatten im Haus. Sie kommunizierte nur in Zeichen und wenn, dann auch nur mit der Hausdame Miss Anderson. Mit anderen Worten: Die kleine Mara entsprach ganz und gar nicht den Erwartungen, die man an sie stellte.«

»Was hat Mylady mit ihr vor?«

»Sie überließ das Kind Lord Mushroom. Aus freien Stücken.«

Emily verstand nicht, worum es hier ging.

Was hatte ihre Großmutter damit bezweckt?

»Insgeheim ist Mylady Manderley davon überzeugt, dass Lycidas zu schwach ist, um sich dem Nyx entgegenzustellen. Würde der Lichtlord besiegt, so entstünde ein neues Machtzentrum in der uralten Metropole.«

»Mushroom Manor.«

»Und es wäre dann wohl kaum von Nachteil«, fuhr ich fort,

»wenn Lord Mushroom dem Hause Manderley gnädig gesinnt wäre.« Letzten Endes hielt sich das Haus am Regent's Park also alle Optionen offen. Würden Manderley Manor und Master Lycidas im Kampf unterliegen, so könnte Manderley Manor dennoch aus der Asche Londons emporsteigen und im Licht des neuen Herrn der uralten Metropole erglänzen.

»Sie opfert Mara«, flüsterte Emily, »um sich freizukaufen.«

»Sie sagen es!«

»Aber das kann doch nicht alles sein.« Emily weigerte sich zu glauben, dass die alte Frau nur diesen einen Beweggrund hatte.

»Der eigentliche Grund«, ließ ich die Katze aus dem Sack, »ist ihre Tochter. Mia Manderley.«

»Meine Mutter.«

Nur ungern erinnerte sich Emily der Gestalt, die einem Tier ähnlich am Boden in der Dachkammer gekauert und sie wütend angefaucht hatte. Mitnichten hatte das Geschöpf, das einmal Mia Manderley gewesen war und sich in Richard Swiveller verliebt hatte, die eigene Tochter erkannt.

»In den Mauern von Blackheath hat man Ihrer Mutter etwas angetan«, sagte ich.

Traurig schwieg Emily.

Rieb sich die Augen, wobei sie die dunkle Sonnenbrille kurz zur Seite schob.

»Etwas, das sie wahnsinnig gemacht hat.«

Mühsam sagte das Kind: »Ich verstehe noch immer nicht.«

Nun denn.

»Mylady Manderley will ihre Tochter zurückhaben. So einfach ist das. Lord Mushroom versprach ihr, seine einstige Gattin zu heilen.«

»Wie?«

»Fragen Sie nicht.«

»Wie kann er jemanden heilen, den er böswillig in den Irrsinn getrieben hat?«

»Emily«, sagte ich und ergriff ihre Hand. »Ich weiß es nicht. Aber das ist es, was mir Miss Anderson mitgeteilt hat. Lord Mushroom hatte dem Nyx seine Tochter versprochen. Mara. Er wusste, dass Mylady Manderley alles tun würde, um ihre Tochter den Klauen des Irrsinns zu entreißen. Also versprach er ihr die Heilung ihrer Tochter. Und sie überließ ihm das Kind.« Ich hielt kurz inne, bevor ich betonte: »Emily, Ihre Großmutter hat gewusst, dass Steerforth in ihr Haus eindringen würde. Wenn nicht er, dann jemand anderes im Auftrag Lord Mushrooms. Sie hat nichts dagegen unternommen.«

»Aber sie war doch so verzweifelt«, erinnerte sich Emily.

»Sie hat davon gewusst.« Die alte Frau verstand sich im Theatralischen. »Vielleicht hat sie im Nachhinein das schlechte Gewissen geplagt? Vielleicht bereute sie gar ihre Tat? Wer weiß das schon? Aber nichts davon ändert etwas an den Tatsachen. Sie hat zugelassen, dass man ihr Mara wegnimmt, und im Gegenzug verlangt, dass man ihr die geliebte Tochter wieder zurückgebe. Geistig gesund, wie sie einst war.«

»Das ist doch krank!« Voll Abscheu spie Emily die Worte in die Dunkelheit, die sie umgab.

»Ist es«, pflichtete ich ihr bei.

Emily atmete tief durch.

»Trinken Sie einen Tee«, riet ich ihr.

Mièville beobachtete wachsam die anderen Gäste.

Lauschte dem Gespräch.

Schweigsam.

Aurora rückte am Tisch neben ihre Freundin und legte ihr einen Arm um die Schulter.

»Darum also hat mich Mylady Manderley nicht abgewiesen, als ich zum Regent's Park gelaufen bin.« Mit einem Mal glaubte Emily zu verstehen, was sie die ganze Zeit über als Frage mit sich herumgetragen hatte. »Sie hat gewusst, dass jemand Mara holen würde.«

»Ja.«

»Dass sie einen Erben brauchen würde. Für den Fall, dass Manderley Manor siegreich wäre.« Tränen füllten die toten Augen des Mädchens, und der Mondstein hinter der dunklen Brille glänzte feucht im fahlen Licht der Kerzen auf dem Tisch. »Deswegen hat sie mir alles erzählt.« Emily tastete nach der Hand ihrer Freundin. »Deswegen hat sie mir meine Mutter gezeigt.« Wie schrecklich, dachte Emily, ist Wissen, wenn es dem Wissenden keinen Gewinn bringt. »Damit ich es verstehen würde.« Sie begann zu weinen. »Nicht wahr, Wittgenstein?«

Ich antwortete nicht.

»Damit ich verstehen würde, weswegen sie Mara hatte fortgeben müssen.«

Die Welt drehte sich.

Emily schloss die Augen. Nicht, dass es einen Unterschied gemacht hätte. Nachtschwärze war allerorten. Ihr Magen krampfte sich zusammen, und sie krümmte sich in Auroras Umarmung. Dabei hätte die Erkenntnis, dass alle nur auf ihren eigenen Vorteil bedacht waren, eigentlich nichts Neues sein sollen. Alle hatten die kleine Mara abgeschrieben. Sie war das Opferlamm in diesem Spiel. Emily würde das Erbe Manderleys antreten können.

Punktum.

»Zählt denn nur die uralte Metropole?«, fragte Aurora. Strich Emilys übers Haar.

Es war Mièville, der antwortete: »Ihr habt es erfasst.«

»Und die Menschen, die darin leben?«

»Allzeit geht es um die Menschen, die hier leben. Hier in London. In der uralten Metropole.« Mièvilles Stimme war schneidend wie ein langes Messer, das tief ins Fleisch schnitt. »Doch hier geht es um Opfer.« Die lange Pfeife hing in seinem Mundwinkel. »Es geht darum, dass Menschen sich opfern müssen, damit der Rest in Wohlstand leben kann. Was bedeutet schon der Tod eines einzelnen Kindes, gemessen am Wohlergehen der Gemeinschaft?« Die Augen des Tunnelstreichers waren zu Schlitzen verengt. »So ist das Leben, Miss Fitzrovia.«

»Ist das auch Ihre Meinung?« Emily klang resigniert.

Bar jeder Hoffnung.

»Keiner von uns wäre hier«, schaltete ich mich ein, »wenn dies unsere Meinung wäre.«

Emily seufzte.

Aurora wirkte misstrauisch. »Werden Sie sich Ärger einhandeln?«

Es war Mièville, der lauthals lachte. Einige der anderen Gäste sahen zu unserem Tisch herüber. In diesen Zeiten war lautes Gelächter selten geworden in King's Moan.

»Ja, Miss Fitzrovia«, antwortete der Streicher, »so könnte man es ausdrücken.«

»Weder Maurice Micklewhite noch Miss Monflathers wissen, dass wir hier sind«, sagte ich. »Dass Sie beide sich nicht in meinem Anwesen in Marylebone befinden. Nicht einmal der Senat weiß davon.« Ganz übel wurde mir bei dem Gedanken daran. »Alle, die wir hier unten leben, achten die Gebote der uralten Metropole. Es ist ein ungeschriebenes Gesetz, dass das Wohlergehen der uralten Metropole Vorrang hat vor allem anderen.«

»Und ich denke nicht«, gab Miéville zu bedenken, »dass wir uns gerade daran halten.«

Stille.

Da war nur das Gemurmel der anderen Gäste.

»Warum tun Sie das nur?«

Ich nippte an meinem Tee.

»Ach, fragen Sie nicht«, gab ich zur Antwort.

Und ganz so, wie es Emily Laings Art war, fragte sie doch.

Kapitel 14

Hinab!

»Sie sollten längst zurückgekehrt sein«, höre ich Mièville sagen. Die Besorgnis, die sich von jeder Sekunde des Wartens nährt, ist noch immer da. Stärker als zuvor.

»Sie haben es geschafft«, bemerke ich zuversichtlich.

»Ihr spürt es?«

Ich nicke nur.

Zögerlich.

Master Dickens, der hinten zwischen den Regalen steht und Bücher aus einer eben gelieferten Kiste einsortiert, sieht zu uns herüber. Neil Trent ist jetzt bei Aurora Fitzrovia. Und Maurice Micklewhite ist ins Museum zurückgekehrt, um Miss Monflathers zu unterrichten. Wie immer ist es Emily, um die ich mir Sorgen mache. Emily und ihre kleine Schwester, die wir im Abgrund zurücklassen mussten, weil Lycidas es uns befohlen hatte.

Draußen schneit es, wie es immer geschneit hat. Dicke Flocken wirbeln durch die Nacht.

Ich nippe an meinem Tee.

Denke an King's Moan, wo wir geredet hatten, und an Blackheath, wo wir hinabgestiegen waren in den Abgrund.

Eigentlich hatte es dort begonnen. In Blackheath.

Wo die Luft nach dem brackigen Wasser der Themse riecht. Wo sich Mushroom Manor mit seinen Erkern und Türmen und Palisaden aus dem Gewirr aus Eispflanzen und dunklem Moos erhebt, das man unterhalb des Greenwich Parks findet. Schattenhaft, wie es immer schon gewesen ist. Dort hat es begonnen.

Also lassen Sie uns dorthin zurückkehren.

Nach Blackheath.

Das wir schon bald nach King's Moan erreichten.

Emily und Aurora waren schweigsam gewesen. Wir hatten die Taverne in dem alten Viertel verlassen und schnell feststellen müssen, dass das Reisen in der uralten Metropole zu einem gefährlichen Unterfangen geworden war. Gildehändler, auf die wir in den Abwasserkanälen trafen, berichteten von Kampfhandlungen, die das Gebiet unterhalb der City von London erfasst hatten.

»Wir werden nur die entlegenen Pfade benutzen«, erklärte uns Mièville.

Das würde zwar länger dauern, dafür aber eine sichere Passage gewähren.

Es gab stillgelegte Tunnel der Stadtwerke, die zu Archiven degradiert worden waren. Voll gestopft waren sie mit Unterlagen. Belegen. Mikrofilmen. Bilanzen.

»Die Gilde bewahrt in diesem Teil des Labyrinths ihre Geschäftsberichte auf«, kommentierte Mièville diese Gegend, die sich Emily in Gedanken wie ein lang gezogenes, röhrenförmiges Antiquariat ausmalte.

Später dann gelangten wir in einen geräumigen Rundtunnel, der bis zur Decke voll war mit Ersatzteilen jedweder Art. Zwischen den skurrilen Formen ragten bunte Kabel aus den Bergen elektronischer Bauteile, die irgendjemand aus uns fremden Gründen hier unten hortete.

»Fragen Sie gar nicht erst«, sagte ich, als Emily Anstalten machte, den Mund zu öffnen.

Nahe Monument Station hingen gewaltige Stalaktiten in einer Höhle, durch deren Mitte eine Brücke aus morschem Holz führte, die unter jedem unserer Schritte bedrohlich knarzte und schwankte.

Der Marsch war beschwerlich.

Nur mühsam kamen wir voran.

Mussten oftmals über Berge von Schutt und Abfall klettern, was gerade Emily alles andere als leicht fiel. Noch immer war sie auf die Hilfe Auroras angewiesen. Ließ sich führen.

Die Sonnenbrille aber trug sie hier unten nicht mehr.

»Ich sehe doch nur dämlich aus, wenn ich damit in der Dunkelheit herumlaufe.«

So viel dazu.

Doch Emily musste nichts sehen können, um zu spüren, dass hier unten etwas nicht stimmte. Dass etwas anders war als sonst. Es war ein Geschmack, den man mit der Luft einatmete.

»Es ist unheimlich«, brachte Aurora es auf den Punkt.

Und sie meinte nicht die uralte Metropole selbst.

»London«, antwortete ich, »verändert sich gerade.«

Unheil lag in der Luft.

Förmlich riechen konnte man es.

In den Tunneln trafen wir kaum Wanderer. Die Stadt unter der Stadt schien sich gänzlich verkrochen zu haben. Es war, als hielte die uralte Metropole den Atem an. Als wage sie nicht, sich zu regen.

Selbst The Deep war verlassen.

Das Flussvolk, das die Gegend rund um Blackfriars Station sonst fest im Griff hat, war geflüchtet. Irgendwohin. In versteckte Winkel, die außer den in Lumpen steckenden Gestalten niemand kannte. Zumindest diejenigen, die das Glück gehabt hatten, rechtzeitig aus den Tunneln zu verschwinden. In den Straßen lagen grausam zugerichtete Leichname inmitten der Dinge, mit denen sonst Handel getrieben worden war. Nur noch Müll. Modriges, verfaultes Zeug, den Klauen des dunklen Flusses entrissen. Niemand tauschte es mehr ein gegen andere Dinge, die ebenso wenig gebraucht wurden.

»Was sehen Sie?«

Emily spürte, dass hier etwas Schlimmes geschehen war.

»Nur Tod.«

Schwer fiel das Wort in die Stille.

Es war eine Atmosphäre, die uns wachsam werden ließ.

»Wir werden den Weg nehmen«, hatte ich den Kindern offenbart, »der Ihnen bereits bekannt ist.«

Begeisterungsstürme hatte ich damit keine ausgelöst.

Nehallania, die göttliche Kreatur, welche den Eingang zur Hölle bewachte, war den Kindern in allzu guter Erinnerung geblieben. Lucia del Fuego hatte sie damals an diesen Ort geführt. Und wie damals brannten auch jetzt Pechfackeln an den feuchten Wänden des grobschlächtig in den Fels gehauenen Tunnels. Von überall her drang eisiges Wasser durch das Gestein.

Ein holpriger Pfad, der steil abwärts führte, lag vor uns.

Emily fiel es schwer, das Gleichgewicht zu halten. Sie suchte in ihrer Erinnerung nach Bildern, die ihr die Orientierung hätten erleichtern können. Was nebenbei bemerkt wenig hilfreich war. Dann dachte sie daran, in Auroras Bewusstsein zu schlüpfen, um wenigstens kurz zu sehen, wo sie sich gerade befand. In Anbetracht der Übelkeit, die sie sich beim ersten Versuch, dies zu tun, eingehandelt hatte, verwarf sie diese Idee jedoch schnell wieder.

»Sie ist noch da«, flüsterte sie ihrer Freundin zu.

»Nehallania?«

»Es stinkt nach Fisch und fauligem Wasser.«

Nach Fäulnis.

Diese Umschreibung hätte es besser getroffen.

»Dinsdale!«, rief ich.

Aufgeregt.

Emily schrak zusammen.

»Wollen Sie Nehallania auf uns aufmerksam machen?«, schimpfte sie erschrocken.

Dinsdale flog zur Höhlendecke hinauf.

»Die Fackeln hier vorne sind alle erloschen«, erklärte ich Emily.

»Und die Spindelhexe?«

Sie erinnerte sich also an den Namen, den das Flussvolk der Kreatur gegeben hatte.

»Wird uns keine Schwierigkeiten bereiten«, antwortete ich.

Mièville merkte an: »So wie es aussieht.«

Schmutziges Wasser rann die Wände herab und troff von der hohen Decke. Färbte das Felsgestein schwarz. Wabernde Streifen einer andersfarbigen Substanz schlängelten sich durch die Pfützen.

»Bei den Göttern«, entfuhr es Mièville.

Emily, die nichts sehen konnte, aber spürte, wie sich Aurora verkrampfte, ahnte Schlimmes.

Vorsichtig ging ich auf die Kreatur zu, die bis vor wenigen Stunden noch den Eingang zum neunten Kreis der Hölle bewacht hatte. Die spindeldürren Arme standen seltsam verrenkt vom Körper der einstigen Göttin ab. Das Gesicht mit dem breiten Maul und den spitzen Zähnen war ohne Ausdruck.

»Sie ist tot«, stellte ich fest.

Nüchtern.

Betroffen.

»Was ist passiert?«, fragte Emily.

Aurora beschrieb ihr in wenigen Worten das Bild, das sich uns darbot.

Der Höhlenboden war bedeckt mit zahllosen in Stücke gerissenen Flusskrebsen. Dazwischen grausam zugerichtete Rattlinge. Lehmklumpen, die noch die Gliedmaßen erkennen ließen, zu denen sie einst geformt worden waren. Das Blut der Göttin, die nie wieder aus den Überresten ihrer Peiniger auferstehen würde, war bereits geronnen in der schlammigen Brühe, die den Boden bedeckte.

»Es waren Golemkrieger«, stellte Mièville fest. »Mindestens zwei an der Zahl.« Er kniete vor einem kräftigen Arm, der aus Lehm und dem Unrat des Flusses bestand. Fragend sah mich der Tunnelstreicher an. »Ihr seid Alchemist, Wittgenstein. Sagt mir, wie kann es sein, dass diese Kreaturen eine Göttin töten?«

Ich ließ den Blick durch die Höhle schweifen.

Die beiden Kinder standen noch immer dort, wo wir den Raum betreten hatten. Am Eingang des Tunnels. Sie hielten einander an den Händen fest und sahen aus wie Schulkinder, die des Morgens an den Gehwegen Schlange stehen und auf den Schulbus warten.

»Ich bin Alchemist«, gab ich dem Streicher zur Antwort, »und kein Priester.«

»Dass die Golemkrieger solche Kräfte besitzen, hätte ich niemals gedacht.«

Wer hatte dies schon?

»Sie hat gekämpft«, stellte ich fest.

Dinsdale schwebte oben an der Decke und tauchte die Höhle in ein gespenstisches Licht.

»Nehallania hat sich gewehrt.« Vorsichtig stieg ich über die Kadaver der Flusskrebse und Rattlinge hinweg. »Gegen diese Übermacht.« Angeekelt gab ich mir Mühe, nicht unbedingt in eine der blutigen Lachen zu treten. »Ein Spähtrupp vermutlich«, murmelte ich gedankenverloren, »der direkt aus der Hölle gekommen ist.« Es mochten etwa drei bis vier Dutzend Rattlinge sein, die hier tot herumlagen.

»Ihr glaubt, dass sie den neunten Höllenkreis bereits okkupiert haben?« Mièville kniete sich neben den Leichnam eines der Rattlinge und betrachtete die Kreatur eingehend.

»Fragt bloß nicht«, antwortete ich.

Schob mich an der toten Göttin vorbei und trat in den Gang ein, der sich hinter ihrem Leichnam auftat. »Dinsdale!«, zitierte ich das Irrlicht herbei, das augenblicklich zur Stelle war und den Tunnel illuminierte, der leicht abfiel. Auch hier plätscherte Wasser von den Wänden. »Niemand da!«, rief ich den anderen zu. Darauf hoffend, dass dies kein Hinterhalt war.

Damals hatte Lucia del Fuego die beiden Mädchen diesen Weg

entlanggeführt. Und ich war ihnen gefolgt. Begleitet von Maurice Micklewhite. Wir hatten die Mädchen aus den Fängen des Lichtlords befreien können. Hatten guten Gewissens die Hilfe der Urieliten angerufen. Und Lycidas dingfest gemacht.

Erschöpft rieb ich mir die Augen.

Atmete durch.

Den ersten Schritt zu dem, was nun um uns her passierte, hatten damals wir getan. Viel früher sogar noch. Als wir Lord Brewster Glauben geschenkt hatten. Da hatte es begonnen. Von jenem Augenblick an hatte der Nyx uns in sein Netz aus filigranen Lügen eingesponnen.

»Dummheit«, murmelte ich, »wird jedem irgendwann zum Verhängnis.«

Emily trat neben mich.

Suchte meinen Mantel und zupfte daran.

»Was haben Sie da gesagt?«

»Fragen Sie nicht.«

Wie lange kannte ich Maurice Micklewhite? Und was bedeuteten all die Jahre der Freundschaft? War dies überhaupt das Wort, das unser Verhältnis angemessen umschrieb?

»Etwas plagt Sie.«

Dieses Kind!

Nie konnte es Ruhe geben.

Ich warf Aurora Fitzrovia einen bösen Blick zu, der sie schnell zu Mièville hinüberlaufen ließ. Schweigend wartete ich, bis Tunnelstreicher und Mädchen die Spitze unseres kleinen Trupps übernommen hatten.

»Als ich Maurice Micklewhite zum ersten Mal begegnete«, gestand ich Emily, »war ich noch ein Kind. Ein Junge nur, unerfahren und grün hinter den Ohren.«

»Sie haben ihm vertraut.«

»Ja.«

Erst wenige Wochen hatte ich damals in der Stadt der Schornsteine zugebracht.

»Er war berühmt«, erinnerte ich mich. »Nun ja, wohl eher berüchtigt.«

Emily suchte nach meiner Hand.

»Überall in London erzählte man sich Geschichten über den Elfen, der in Ungnade gefallen war und Jack the Ripper gestellt hatte. Frederick Abberline und Maurice Micklewhite waren die Helden in einer Moritat über den Schlitzer vom Eastend. Und wie Sie sich vorstellen können, war er eine schillernde Gestalt der Phantasie eines dummen Jungen, der mit großen Augen den Geschichten in den Hinterhöfen lauschte.« Dann wurde ich ihm mit einem Mal vorgestellt. »Mylady Hampstead hatte natürlich Kontakte. Wir trafen ihn im Museum.« Wo sonst? »Ich dürfte damals in Ihrem Alter gewesen sein.«

Emily, die mittlerweile einfach so meine Hand ergriffen hatte, ging langsam neben mir her.

»Er war Ihr Vorbild.«

»Das war er.«

Irgendwie.

»Und jetzt?«

»Jetzt weiß ich nicht mehr, was ich von alledem halten soll.« Immerhin eine ehrliche Antwort. »Aber das, Miss Emily, bedeutet es, erwachsen zu werden.« Ein Blick auf Emily zeigte mir, wie klein sie doch noch war. Dass sie mein Gesicht in diesem Augenblick nicht sehen konnte, war mir nur recht. Doch besaß sie ein gutes Gehör, und die Melodie meiner Stimme verriet den Gesichtsausdruck wohl zur Genüge. »Am Ende«, sagte ich zögernd, »sind wir immer noch Waisen.«

Emily senkte den Kopf.

Berührte ihr Mondsteinauge.

»Ich weiß«, sagte sie.

Und dann gingen wir zu den anderen.

Mièville und Aurora warteten bereits auf uns. Dort, wo der Gang endete. In dem niedrigen Raum, in dessen Mitte ein Schacht in die Tiefe führt. Ein kreisrundes Loch gab den Blick frei auf eine nur bedingt Vertrauen erweckende Leiter, die mit schweren Bolzen am Felsgestein befestigt war. An ihren Sprossen klebte getrockneter Lehm.

Mièville kniete neben dem Loch und schnupperte an dem Lehm.

»So wie es aussieht«, analysierte er, »ist keiner der Golemkrieger wieder dort hinabgestiegen.«

»Wie viele Krieger auch durchgekommen sind«, vervollständigte ich des Tunnelstreichers Vermutung, »sie befinden sich noch immer hier oben.« Streiften auf der Suche nach Beute durch die uralte Metropole.

Die beiden Mädchen waren jetzt wieder zusammen.

»Was wird uns dort unten erwarten?« Eigentlich war es keine richtige Frage, die Aurora da gestellt hatte.

Es war Emily, deren Hände vorsichtig nach den Sprossen der Leiter tasteten, die ihr trotzdem antwortete: »Die Hölle.«

Dem gab es nichts hinzuzufügen.

»Hinab!«, forderte ich die Kinder auf.

Es galt, keine Zeit zu verlieren.

Dinsdale tauchte als Erster in den Schacht und erhellte ihn von unten. Ihm folgten Mièville und Aurora. Emily bildete die Nachhut, nur wenige Sprossen hinter mir. Es war ein langsamer Abstieg, weil ich fortwährend nach dem Kind schauen musste. Wäre sie gefallen, so hätte ich sie aufzufangen vermocht.

»Irgendeinen Hinweis?«, versuchte ich den Abstieg mit Konversation zu verkürzen.

»Auf Maras Verbleib?«

»Ja.«

»Nicht der geringste.«

Die kalte Luft, die uns im Schacht entgegenschlug, gestaltete den Abstieg nicht angenehmer.

Immer wieder hatte sich Emily auf ihre Schwester konzentriert. Die uralte Metropole nach den Gedanken des Mädchens abgesucht. Niemals zuvor hatte es Emily solche Mühe gekostet, Kontakt zu ihrer Schwester aufzubauen.

»Glauben Sie, dass sie noch lebt?«

Entschlossen sagte ich: »Ja!«

Feiner Raureif bedeckte mittlerweile die Sprossen der Leiter, denn immer kälter wurde die Luft, die von unten emporstieg.

Schweigsam erreichten wir schließlich das Ende der Leiter.

Mièville und Aurora spähten bereits in den Tunnel hinein, als ich Emily von den letzten Sprossen half.

Dünner Schnee bedeckte den Boden des Ganges, in dem wir uns befanden. Die niedrige Decke wurde von dicken Balken gestützt. Eiskristalle funkelten, wenn sich der Schein des Irrlichts in ihnen brach. Drüben standen einige Loren. Werkzeuge lagen achtlos weggeworfen umher.

Es war Aurora, der die eigentliche Veränderung zuerst auffiel.

»Sie sind fort«, stellte sie fest. »Die Kinder mit den Spiegelscherbenaugen sind verschwunden.«

Alle außer Emily blickten zu Boden und wurden der unzähligen kleinen Fußabdrücke gewahr. Fußabdrücke, die eine Geschichte erzählten, die wir bereits gehört hatten. Aus des Lichtlords Mund.

»Dann ist es also wahr«, murmelte ich.

Lycidas setzte seinen Plan in die Tat um.

Der Angriff kam überraschend.

Schnell.

Emily hatte gerade an ihre Schwester gedacht und versucht, sich den Abgrund vorzustellen. In dem alten Amphitheater drüben in der Region war es ein einfaches Loch gewesen, nichts weiter. Völlig unspektakulär. Ein großes Loch im Boden, das tief in die Erde hinabführte. Gab es in Blackheath einen ähnlichen Abgrund? Würde man dort hinabsteigen können? War Mara bereits in die Tiefen entführt worden und harrte dort dessen, wozu der Nyx sie auserkoren hatte?

Emily fragte sich wieder einmal, wo sie stand.

Wem konnte sie trauen?

Der Kopf des Mädchens war angefüllt mit den Intrigen und Verheimlichungen, von denen sie, wie sie glaubte, selbst jetzt nur bruchstückhaft Kenntnis besaß. Jeder hier unten war auf seinen eigenen Vorteil bedacht.

Niemand kümmerte sich wirklich um Mara.

Sie war nur ein Kind, das jeder zu opfern bereit war.

Emily erinnerte sich an die Träume, die sie im Waisenhaus geplagt hatten.

Jene verwirrenden Emotionen, denen sie ausgeliefert gewesen war und die sie nicht hatte deuten können. Nicht einmal als die Ratte, jener mysteriöse Lord Brewster, sie angesprochen und gebeten hatte, ein Auge auf den Neuzugang zu werfen, hatte sie geahnt, dass ihre schlaflosen Nächte mit diesem Kind zu tun haben könnten. Sie hatte keine Ähnlichkeit zu dem zweijährigen Mädchen gesehen, das schlafend in seinem Bettchen gelegen hatte. Und doch war da eine Nähe zwischen den beiden gewesen, die Emily von Anfang an verwirrt hatte.

Hätte sie sich damals doch nur mehr mit ihrer Schwester beschäftigen können! Wenngleich Mara zu dem Zeitpunkt erst einige Wortfetzen zu sagen fähig gewesen war, hätte Emily ihr doch gerne aus den zerfledderten Bilderbüchern vorgelesen, die in dem Zimmer der Frischlinge überall auf dem Boden herumgelegen hatten. Manchmal hatte sie den anderen Kindern vorlesen dürfen. Ganz stolz hatte sie inmitten der kleinen Kinder gesessen, als sie endlich des Lesens mächtig gewesen war und Mrs. Philbrick ablösen konnte, die den Kindern hin und wieder eine Freude machen wollte.

Geschichten waren ihr schon immer wichtig gewesen.

Und wenn sie Mara endlich gerettet hätte und dies alles hier überstanden wäre, dann …

Was?

Mit einem Mal wurde sich Emily der Eiseskälte in der Hölle bewusst.

Niemals, schalt sie sich eine Närrin, würde sie Mara etwas vorlesen.

Mara würde mit einer blinden Schwester vorlieb nehmen müssen. Einer großen Schwester, die tollpatschig gegen Möbelstücke stieß und bei Tisch unbeholfen aß. Was wäre sie nur für ein Vorbild? Die Antwort auf diese Frage wollte sie sich selbst lieber nicht geben.

Wehmütig dachte sie an die wenigen Augenblicke zurück, die sie mit Mara geteilt hatte. Jene Stunden spätnachts, als sie in der Dachkammer des Hauses in Hampstead am Fenster gesessen und nach draußen geschaut hatte. Immerhin war Mara bei ihr gewesen. Und das, obwohl sie sich am anderen Ende der Stadt befunden hatte. Trotz dieser Entfernung hatte Emily in Bildern gespürt, was ihre Schwester empfand. War mit dem Blick eines Kleinkindes durch die Korridore Manderley Manors gewandert, hatte sich vor den tobsüchtigen Schreien der Mutter gefürchtet und den strengen Blick Miss Andersons gemieden. Ganz genau hatte sie Mara kennen gelernt in dieser Zeit. Dies, obwohl sie kein einziges Wort miteinander gesprochen hatten.

Ob Mara sie wohl vermisste?

Sich nach ihr sehnte?

Missmutig trottete Emily den anderen hinterher.

Einsam fühlte sie sich. Und leer.

Hilflos.

Aurora hielt sie bei der Hand, und Emily dachte, dass sie beide einen seltsamen Anblick bieten mussten: Zwei Schulmädchen, die Händchen haltend durch die Hölle wanderten.

Doch wollte sie sich nicht beklagen.

Was hätte sie denn ohne Auroras Hilfe ausrichten können? Nicht einmal die Schuhe konnte sie sich mehr binden. Nicht ohne Schwierigkeiten jedenfalls. Einfachste Tätigkeiten bereiteten ihr Probleme. Immerzu prallte sie gegen Gegenstände. Stieß Dinge um.

Nein, sie war dankbar dafür, dass es Aurora in ihrem Leben gab.

Dass sie ihr die Hand reichte.

Sie durch die Hölle geleitete.

»Nicht loslassen«, sagte Aurora immer dann, wenn sich Emilys Griff lockerte.

So fest hielt die Freundin manchmal ihre Hand, dass Emily dachte, sie wolle sie nie wieder loslassen. Als habe sie Angst, ihre Freundin in der Hölle zu verlieren.

Jegliches Zeitgefühl ging Emily verloren.

Lediglich einen Fuß vor den anderen setzte sie.

Lauschte den Geräuschen, die der Eispalast machte. Dem Knarzen des Eises, dem Heulen der Winde, die klirrend um jede Ecke wehten. Sie hörte die behutsamen Schritte der anderen, die ihr ein wenig Orientierung zurückgaben. Langsam lernte sie, die Geräusche zu deuten. In Tönen zu sehen. Zu erahnen, wie die Welt um sie herum aussah. Dunkel und dennoch geformt.

Ab und zu ertastete Emily die Wand.

Berührte den kalten Stein mit den Fingerspitzen.

Das half ihr, das Gleichgewicht zu bewahren.

»Es geht immer besser«, gestand sie Aurora.

Dann kam der Angriff.

Unverhofft.

Schnell.

»Spüren Sie etwas?«, hatte ich Emily kurz zuvor gefragt.

Konzentriert hatte sie die Gegend nach dem Bewusstsein fremder Wesen abgesucht. Wie sie es auch in der Region getan hatte. Wie wir es in den Lektionen geübt hatten.

»Nein, da ist niemand.«

Nun denn.

Sie hatte sich geirrt.

Als sie auf dem unebenen Höhlenboden wankte und sich an der

Wand zu ihrer Rechten abstützen wollte, fühlte sie etwas Kaltes, Pulsierendes. Es war feucht und bewegte sich wie ein Lebewesen, das atmet, und im nächsten Augenblick wurde Emily unsanft von den Füßen gerissen und durch die Luft geschleudert. Sie prallte gegen harten Stein, was wehtat, und sie hatte jegliche Orientierung verloren. Etwas klebte an ihrer Hand. Etwas, das nach schlammiger Erde roch.

»Emmy!«, kreischte Aurora.

Mièville stieß einen Fluch aus.

Schwere Schritte waren zu hören.

Emily strich sich instinktiv die Haare aus dem Gesicht und tastete ihren Körper ab. Gebrochen hatte sie sich anscheinend nichts. Immerhin. Dennoch taten ihr alle Gliedmaßen weh.

»Verschwinden Sie dort!«

»Wittgenstein?«, rief sie in die Dunkelheit, die sie umgab.

Sie hatte keine Ahnung, wo sie sich befand.

Die schweren Schritte ließen auf ein großes Wesen schließen.

Ein Golem.

Doch warum hatte sie die Kreatur nicht gespürt? Vor wenigen Minuten hatte sie doch die Tunnel abgesucht, die vor uns lagen. In der Region hatte sie den Verstand des Golems deutlich gespürt. Hatte sogar sehen können, was er gesehen hatte. Warum war ihr das vorhin nicht gelungen?

Zeit darüber nachzudenken hatte sie jedenfalls keine.

»Bleiben Sie am Boden!«, hörte sie Mièville rufen.

Wusste nicht einmal, ob die Worte an sie gerichtet waren.

Dann hörte sie den Tunnelstreicher schreien.

Weitere Schritte polterten durch die Höhle. Etwas zersplitterte. Etwas, das sich anhörte wie lange Eiszapfen, die von der Decke abgerissen wurden.

»Emmy!« Ganz schrill war Auroras Stimme.

Voller Verzweiflung.

Mit einem Mal wusste Emily, wie sich ein Tier fühlen musste, wenn es registriert, dass es die Beute ist. Dass etwas Jagd auf es macht. Etwas, das unsichtbar ist und dennoch so greifbar, dass einen die Klauen jederzeit erreichen können.

Fortlaufen wollte Emily.

Ganz schnell.

Dann wurde sie gepackt.

Feuchte, starke Hände waren es, die sie emporhoben.

Sie öffnete den Mund, um einen Schrei auszustoßen. Doch blieb ihr die Luft weg.

»Emily!«

Von ferne hörte sie Schritte, die sich ihr näherten.

Gehetzt.

Wittgenstein, dachte sie benommen.

Ein penetranter Geruch nach schwarzer Erde war mit einem Mal überall. Hüllte sie ein, als sich die Pranke auf ihr Gesicht legte. Was nicht ganz richtig war. Denn die Hand umschloss förmlich ihren ganzen Kopf. Sie schnappte nach Luft und atmete doch nur erdigen Staub ein, der sie husten ließ. Panik bemächtigte sich ihres Verstandes. Sie begann wild um sich zu schlagen und zu treten. Für Schreie fehlte es ihr an Luft. Die Geräusche um sie her verschwanden. Nach und nach. Wurden erst dumpf und verebbten dann in dem pochenden Pulsieren ihres eigenen Blutes im Kopf.

Bilder bestürmten sie.

Farbenspiele.

Ganz verwaschen und unscharf.

Instinktiv und voller Verzweiflung griff sie nach dem Bewusstsein des Golems. Rutschte ab. Versuchte es erneut. Glitt nun nahezu mühelos in den kümmerlichen Verstand der Kreatur. Dachte wieder an den Penner, dem das Blut aus der Nase gelaufen war, und die Menschen in der U-Bahn, die ein kollektiver Schwindel erfasst und ihr die Flucht ermöglicht hatte.

Dann …

Mara.

Dieser Gedanke.

Kristallklar.

Gab ihr die Kraft, dem Golem Einhalt zu gebieten.

Benommen entsann sie sich des Bildes, das ich benutzt hatte, um ihr die Fähigkeit, die sie besaß, vor Augen zu halten. Man dringt, erinnerte sich Emily, in ein fremdes Haus ein. Durchforstet alle Räume. Und kann, wenn man will, ein Durcheinander anrichten, in dem sich niemand mehr zurechtfinden wird. In dem selbst die einfachsten Bewegungen unmöglich gemacht werden.

Nichts anderes tat Emily, als der Golem sie gepackt hielt.

Sie richtete ein Durcheinander an. Wirbelte das Bewusstsein der

Kreatur durcheinander. Spürte den Schmerz, den sie dem Golem zufügte. Ein Schmerz, der keine körperliche Pein war. Ein Schmerz, der Irrsinn war. Wild und fordernd und keinen Widerstand duldend.

Emily zerfetzte den Verstand des Golems.

Der sie zu Boden warf.

Einfach fallen ließ.

Das Mädchen fiel wie ein Stein zu Boden. Prellte sich die Hüfte. Schrie auf vor Schmerz. Kroch weg von dem Platz, wo sie den Golem vermutete. Panisch. Hysterisch heulend.

Später dann kamen die Geräusche zurück.

Wild und unaufhaltsam.

Nachdem es wohlig warm geworden war.

Dinsdale!, schoss es dem Mädchen benommen durch den Kopf.

Mühsam richtete Emily sich auf.

»Wir müssen fort.«

Die Stimme war mit einem Mal ganz nah.

»Wittgenstein?«

»Die beiden anderen haben wir verloren«, keuchte ich und fragte mich, wie viel das Mädchen von dem, was geschehen war, überhaupt mitbekommen hatte. »Halten Sie sich fest«, befahl ich ihr und legte ihre Arme um meinen Hals, sodass ich sie auf den Schultern würde tragen können.

»Wo ist Aurora?«, wollte sie wissen.

»Mit ein wenig Glück«, erklärte ich kurz angebunden, »in Sicherheit.«

»Was ist passiert?«

Dieses Kind!

»Der Junge ist bei ihr.« Für Gespräche war dies bestimmt nicht der geeignete Zeitpunkt.

Welcher Junge?, fragte Emily sich.

Neil Trent etwa?

»Und jetzt geben Sie Ruhe!«

Wider Erwarten gehorchte Emily.

Dieses eine Mal.

Vorsichtig stieg ich über den Haufen Lehm hinweg, der eben noch ein Golem gewesen war, und folgte Dinsdale in den Tunnel, der sich vor uns auftat. Der uns hoffentlich südwärts führen würde.

Nach Blackheath.

Kapitel 15

Wiedergefunden

Er rannte durch die Stadt, bis ihm die Lungen vor Kälte brannten. Dicke Schneeflocken verfingen sich in dem blonden, widerspenstigen Haar, denn er hatte die Wollmütze ausgezogen, die ihn eigentlich vor der Kälte hätte schützen sollen, um den eisigen Wind zu spüren, der ihn an die See erinnerte. An den Geruch des Nebels auf dem dunklen Fluss.

Er hatte nicht einmal Lust, die U-Bahn zu nehmen, wenngleich er sein Ziel mit der Northern Line oder einer der Buslinien wohl schneller erreicht hätte. Die Menschenmassen aber wollte er meiden. Die stickige Luft und auch die Wartezeiten, bis der nächste Zug einfuhr. Nein, das alles wäre ihm unpassend erschienen. Denn die Freude, die er in sich trug, verlangte nach Bewegung.

Und so lief er los.

Gar nicht schnell genug konnte es ihm gehen.

»Hab ich's nicht gewusst?«, hatte er dem alten Edward durch den Raritätenladen zugerufen. Noch im Laufen war er in seine blaue Seemannsjacke geschlüpft und hatte sich die schweren Schuhe übergestülpt. »Sie lebt«, hatte Neil Trent dem alten Herrn verkündet, der neben der Kasse gestanden und sich gemeinsam mit dem Jungen gefreut hatte. »Sie ist jetzt im Britischen Museum.«

Ein Tunnelstreicher hatte die frohe Botschaft übermittelt. In seinen bunten Beinkleidern war er mit einem Schwung frischen Schnees in den Laden geweht, hatte kurz und knapp die Botschaft übermittelt und war sogleich wieder in der anbrechenden Nacht verschwunden. Mièville war sein Name gewesen. Und Master Wittgenstein habe ihm aufgetragen, einen Abstecher in den Raritätenladen zu machen, um zu verkünden, dass Aurora wieder unter den Lebenden weilte.

Neil Trent rannte, was das Zeug hielt. Die Charing Cross Road hinauf und weiter, die Tottenham Court Road entlang, bis nach Bloomsbury zum Britischen Museum. Die ganze Zeit über hatte er Aurora vor Augen und fragte sich insgeheim, wie sie wohl reagieren würde, wenn er vor ihr stünde. Dann endlich erreichte er die ionischen Säulen des gigantischen Museums.

Leider zu spät.

Dunkelheit gähnte in den Fenstern.

Der Pförtner, der übellaunig Nachtdienst schob, öffnete erst, nachdem Neil mehrere Minuten lang gegen die Tür gehämmert hatte, und bat ihn ohne Umschweife, das Museum auf der Stelle zu verlassen. Maurice Micklewhite sei nicht mehr im Gebäude, und auch sonst treibe niemand mehr dort drinnen sein Unwesen.

Mürrisch und enttäuscht lungerte Neil eine Weile am Haupteingang herum.

Betrachtete die Schneeflocken, die munter durch die Nachtluft wirbelten.

Dann fasste er sich ein Herz und lief hinüber nach Marylebone, wo ihn Peggotty darüber informierte, dass sie keinen von uns während der vergangenen Stunden zu Gesicht bekommen hatte. Was Neil allerdings nicht einmal entmutigte. Immerhin hatte die liebe Peggotty einen Ort namens Chuzzlewitt's Taverne erwähnt. Drüben in King's Moan. Zugezwinkert hatte sie ihm obendrein.

Und das bedeutete … was?

Dass er hinuntergehen sollte?

In die uralte Metropole?

Dass er Aurora dort finden würde?

Verdammt viele Fragen auf einmal.

Er betrachtete die Silhouette der Stadt. Häufiger als sonst heulten in dieser Nacht die Sirenen. Ein Feuer erhellte den Himmel drüben im Eastend. Etwas ging in London vor, und Neil begann über die Dinge nachzudenken, die Emily ihm erzählt hatte. Aus Büchern hatte er einiges über die uralte Metropole erfahren. Darüber, dass nichts dort unten so war, wie es schien. Dass die Uhren anders tickten als im London darüber. Das war auch der Grund, weshalb der alte Edward nur selten nach unten ging.

»So viele Jahre habe ich gehabt, viel mehr, als mir zustehen.« Der alte Büchernarr liebte eben geheimnisvolle Äußerungen.

Neil nahm die Kommentare hin.

Er wusste, dass der alte Edward, wenn er denn nicht wollte, auch keine Antworten gab. Also hatte es Neil Trent mit der Zeit unterlassen, die Fragen überhaupt erst zu stellen, weil die Antworten, nach denen es ihn verlangte, sowieso nur dann gegeben wurden, wenn Mr. Edward Dickens der Sinn danach stand.

»Was nun?«

Eine einsame Frage in der Nacht.

Noch immer stand Neil vor dem Anwesen in Marylebone.

Letzten Endes, das wusste er insgeheim, kannte er die Antwort bereits. Es war eine Eigenart der Erwachsenen, immer erst auf eine Bestätigung für ihr Verhalten warten zu wollen. Lernte ein Kind aus diesen Fehlern?

Ja, er würde hinabsteigen!

Neil kannte King's Moan.

Mehrere Male hatte der alte Edward ihn mit dorthin genommen. Einen Buchladen gab es dort, der sich darauf spezialisiert hatte, halluzinogene Papyri zu vertreiben. Dazu einen Teeladen, in dem der alte Edward bevorzugt einzukaufen pflegte. Neil hatte ihn auf diesen Wanderungen in der Stadt unter der Stadt hin und wieder begleiten dürfen. Nicht zu oft, wohlgemerkt. »Wegen der Zeit!« Doch hatte sich Neil bisher niemals allein in das Labyrinth unterhalb Londons gewagt. Letzten Endes war er nämlich immer noch ein Junge und kein Mann. Ein unerfahrener Junge nur, der jedoch, und das sollte niemand unterschätzen, zu allem entschlossen war. Denn er war ein romantischer Junge, und das Mädchen, das er tot geglaubt hatte, lebte auf einmal wieder und lief durch die Tunnel der uralten Metropole.

Warum also lange überlegen?

Und ehe er sich versah, war er auf dem Weg nach unten. Kam sich irgendwie sogar wie ein Held vor.

Die Piccadilly Line bis nach Hyde Park Corner nahm er, betrat durch das dortige Portal die Stadt unter der Stadt, wie sie von den Alten genannt wurde. Bald schon war er in King's Moan. Unruhig waren die Menschen hier unten. Unruhiger, als er es in Erinnerung hatte. Rote Gardisten mit mechanischen Hellebarden bewachten die Tunnel, die nach King's Moan hineinführten, und die Winde, denen die Gegend ihren Namen verdankte, heulten ihr klägliches Lied. Trostlos. Bar aller Hoffnung.

Jeder ging seines Weges, erledigte eiligst die Geschäfte, die ihn hergeführt hatten, um dann schleunigst wieder zu verschwinden. Nach Hause. In die heimatliche Grafschaft. In Sicherheit.

Gerüchte wurden geschürt und Geschichten erzählt, Mutmaßungen geäußert und Befürchtungen artikuliert. Überall tuschelte man. Tauschte besorgte Blicke. Lugte in die schattigen Winkel zwischen den Schänken und Läden, als vermutete man dort ein geheimes Übel. Fremde wurden misstrauisch beäugt, denn man konnte nie wissen, wen es hierher verschlug.

Neil konnte die Verunsicherung und die Furcht der Menschen nahezu schmecken.

Peggotty hatte ihm genau diesen Ort genannt.

Chuzzlewitt's Taverne.

Nur wenige Wanderer bevölkerten das Gasthaus an diesem Abend. Keiner von ihnen schenkte dem Jungen Beachtung. Gut so. Neil gab sich alle erdenkliche Mühe, möglichst abgeklärt und weltmännisch zu erscheinen. Den wenigen Gestalten, die an den Tischen hockten und in Gespräche und Kartenspiele vertieft waren, wollte er keine Angriffsfläche bieten. Untertauchen wollte er, als einer der ihren gelten. Unauffällig die Dinge erfahren, die ihm am Herzen lagen.

Also versuchte er sein Glück direkt beim Wirt, einem vollbärtigen Mann mit außergewöhnlich dicken Brillengläsern, durch die er den Jungen neugierig und abschätzig anglotzte. »Wittgenstein, hm? Der Alchemist! Ja, Jungchen, der ist mir bekannt. Hat dort hinten gesessen und seinen Tee getrunken.« Der feiste Mann grinste breit. »Kräutertee aus Northumbria.« Grinste noch breiter und spülte dabei schmutzige Gläser. »Bestellen nicht viele hier unten. Doch er tut's immer. Ja, immer ist es dieser eine Kräutertee.«

Neil erkundigte sich nach den Mädchen.

»Gewiss, sind beide dabei gewesen. Dazu noch ein Tunnelstreicher und ein Irrlicht. Wittgenstein bringt immer seltsame Freunde mit. Wahrlich, das tut er.« Der Wirt hustete laut in die Faust. »Sind drüben durch den südlichen 83er Abwassertunnel verschwunden.« Er wischte sich die Hand am Hosenbein ab und spülte weiter. »Führt zum Flussvolk, der Tunnel.«

Und Neil erinnerte sich an Emilys Geschichten. An die sonderbaren Ereignisse, die sich in der Hölle zugetragen hatten. Sie hatte ihm vom Flussvolk in The Deep und dem erzählt, was jenseits davon lag.

»Du willst da doch nicht hin, Junge?« Der Wirt musterte ihn eingehend. »Rattlinge sind am Fluss gesehen worden.« Er beugte sich über das Waschbecken. »In Rudeln. Man munkelt, dass Hidden Holborn dem Erdboden gleichgemacht wurde. Dunkle Gestalten treiben sich neuerdings dort unten herum. Die Geister von Whitechapel sind erwacht und streifen durch die uralte Metropole. Nicht umsonst hat die Garde ihre Wachen entsandt.«

Also hatte das begonnen, was Emily immer befürchtet hatte.

Neil bedankte sich höflich für die Auskunft und verließ King's Moan auf dem Weg, den man ihm geschildert hatte.

Er konnte selbst kaum glauben, dass er es gewagt hatte, allein in die uralte Metropole hinabzusteigen. Und doch war er hier, was wohl kaum zu leugnen war. Das alles, um ein Mädchen zu finden. Aurora Fitzrovia, die er kaum kannte. Was dachte er sich nur dabei? Gerade mal eine Taschenlampe hatte er mitgenommen. Nun denn. Immerhin konnte er damit den Weg finden. Von The Deep hatte er bisher nur gehört, denn weder der alte Edward noch er selbst waren jemals dort gewesen. Das Flussvolk, hieß es zumindest in den Büchern, war wenig gesellig. Sammelte und hortete alles, was der dunkle Fluss hergab. Restefresser und Müllsammler waren es.

Die Frage, ob ihm die Bewohner dieser Gegend freundlich gesinnt wären, erübrigte sich jedoch letzten Endes.

Denn Neil fand den Ort verlassen vor.

Schlimmer noch: verwüstet.

Flussmenschen lagen erschlagen in den brackigen Pfützen und im Schlamm. Die behelfsmäßigen Bretterbuden hatte man berserkerhaft eingerissen. Große Fußabdrücke fanden sich überall. Blut vermischte sich mit dem schmutzigen Wasser, und voller Entsetzen erkannte Neil, dass einige der Toten ausgeweidet worden waren. An den Golem von Whitechapel musste er denken. Zu der Angst, die ihm in alle Glieder gekrochen war, kamen nun noch die Befürchtungen hinzu, den Mädchen könne etwas zugestoßen sein. Es gehörte nicht viel Phantasie dazu, sich auszumalen, wo die Golemkrieger hergekommen waren. Eben aus jener Richtung, in die Neil zu gehen gedachte. Dorther, wo auch Emily und Aurora hingegangen waren!

Vorsichtig darauf bedacht, kein lautes Geräusch zu machen, ging Neil weiter.

Flackernde Neonröhren baumelten von der hohen Decke. Zornig zischten sie, wenn das Wasser, das die Wände ausschwitzten, auf sie niedertropfte. Gliedmaßen schauten unter den Trümmern hervor. Auf einer Feuerstelle dampfte noch ein Kessel mit Fischsuppe vor sich hin. Neil hielt sich die Nase zu. Der Angriff musste die Gemeinschaft der Flussmenschen völlig unvorbereitet getroffen haben. Nicht einmal in King's Moan hatte man etwas von diesem Unglück gewusst, obwohl es eine direkte Verbindung zwischen den beiden Orten gab. Den Abwassertunnel von 1883 nämlich, den Neil genommen hatte, um hierher zu gelangen.

Mit einem Mal zerriss lautes Scheppern die Stille.

Schritte!

Laut.

Polternd.

Auch das noch!

Panisch suchte Neil nach einem Versteck und fand es inmitten eines riesigen Haufens Schutt. Flink kroch er unter die Bretter und die Plastikplane, die einst als improvisiertes Dach für den Marktstand gedient hatte, an dem mit fauligem Obst und Gemüse gehandelt worden war, wie man an den herumliegenden, stinkenden Resten unschwer erkennen konnte. Der Junge versuchte sich zu beruhigen. Das Herz schlug ihm bis zum Hals, und ihm war, als müsse jedes Wesen in dem langen Tunnel das Pochen hören. Ein Held, das wusste er in diesem Augenblick, war er ganz sicher nicht.

Erneute Schritte.

Dann: wieder Stille.

Neil ließ einige Zeit verstreichen, ehe er sich traute, zaghaft aus dem Versteck hervorzulugen.

Der Golem stand einfach nur da.

Keine zehn Meter von dem Versteck des Jungen entfernt.

Regungslos.

Wartend.

Mit nur einem Arm, der schlaff an seinem Lehmkörper herabhing.

Die hünenhafte Gestalt hatte kein Gesicht. Dort, wo der Mund hätte sein sollen, baumelte die Spitze eines Stoffbändchens, das Schriftzeichen erkennen ließ. Unrat aus dem Schlamm des Themse-

Ufers steckte im Körper des Wesens. Blechdosen, Glassplitter, Stücke toter Tiere, fauliges Treibholz. Blutige Hautfetzen klebten am Lehm und einige andere Dinge, von denen Neil gar nicht wissen wollte, was sie waren, steckten im Rumpf des Wesens.

Überhaupt fragte sich Neil, ob die Gestalt lebte. Wie ein Fels stand sie da und machte keinerlei Anstalten, sich zu regen. Trotzdem wagte es Neil nicht, sein Glück herauszufordern und das Versteck zu verlassen.

Was sich bezahlt machte.

Denn ein anderer tat dies für ihn.

Neil fragte sich, wie lange der Mann wohl schon dort ausgeharrt hatte. Dort, wo der Junge den Korridor von The Deep betreten hatte, bewegte sich mit einem Mal jemand. Ein Mann in zerlumpter Kleidung und einer Fliegermütze, deren Ohrenschutz seltsam beschwingt wippte, als der Mann die Flucht nach vorne antrat. Hinter einer Müllhalde sprang er hervor und rannte so schnell wie möglich auf den Ausgang zu. Neil würde niemals erfahren, ob der andere den Golem übersehen oder sich Chancen ausgerechnet hatte, schneller als die Lehmkreatur zu laufen. Letzteres betreffend wurde er schnell eines Besseren belehrt, denn der Golem war flink. Unglaublich schnell sogar für ein Wesen seiner Größe und Statur.

Ohne erkennbare Vorwarnung erwachte der Golem zum Leben und stakste mit ausladenden Schritten in Richtung des Flüchtigen. Warf diesen mit all dem Gewicht seines Lehmkörpers zu Boden. Nur Sekundenbruchteile dauerte es, bis die gellenden Schreie des Mannes den Tunnel erfüllten.

Die Neonlampen tauchten die Szenerie in ein gespenstisches Licht.

Und Neil fasste sich ein Herz.

Sprang auf.

Rannte.

Er schaute nicht zurück, und so waren es nur die panischen Schreie des Mannes, die erahnen ließen, was der Golem ihm antat. Was immer es war, der Mann lebte noch. Neil rannte in den einzigen Tunnel, der sich vor ihm auftat, und hoffte, dass der Golem mit dem armen Mann beschäftigt war. Nahezu blind vor Angst irrte der Junge durch das Tunnelsystem, in das er da hineingeraten war. Lief immer weiter. Bis er schließlich innehalten musste, weil er zu erschöpft war, um weiterzulaufen.

Er ging japsend in die Hocke.

Und spürte den Luftzug an seinem Gesicht.

Pechfackeln brannten in großen Abständen in gusseisernen Haltern, die jemand in das Felsgestein gebohrt hatte. Zaghaft flackerten die Leuchtfeuer in dem eisigen Luftzug. War das die Lösung? Emily hatte von der Hölle berichtet, die ein Eispalast war. Kam die Luft von dort unten? Konnte es so einfach sein? Neil beschloss, dass es so einfach war, und rappelte sich auf.

Kurz darauf erreichte er die Höhle, in der Nehallanias Leichnam ruhte.

Alle Wege in diesem Labyrinth führten zu Nehallania. Unterwegs hatte er Gemälde an den Wänden gesehen. Primitive Bilder, die ein Wesen mit spitzen Zähnen und langen Gliedmaßen zeigten, dem die Menschen Opfergaben darbrachten. Dies hier waren die heiligen Hallen von The Deep. Ein sakraler Ort, an dem die Flussmenschen zusammengekommen waren, um ihrer Göttin zu huldigen.

Neil sah sich die toten Rattlinge und die Überreste der Golemkrieger an.

Inmitten des Bluts, das an manchen Stellen am Boden angetrocknet war, erkannte er Fußabdrücke. Einige davon waren kleiner als andere. Natürlich war Neil Trent kein Fährtenleser, doch hielt er es für möglich, wenn nicht gar für wahrscheinlich, dass dies Abdrücke waren, die die Schuhe der beiden Mädchen hinterlassen hatten. Also hatten sie diesen Ort passiert.

Gerade wollte er sich über diese Feststellung freuen, als ihn schon eine neue Frage bestürmte: Was würde er zu Aurora sagen, wenn er ihr gegenüberstand? Meine Güte, eigentlich kannten sie sich doch kaum!

Es war dieser Gedanke, der ihn kurz verzagen ließ.

Der ihm die Knie schlottern machte.

Der ihn aber schließlich auch an Nehallania vorbeigehen und in den Tunnel dahinter eintreten ließ. Dass Mädchen ebenso fürchtenswert sind wie manche Kreaturen, die in den Schatten lauern, war ihm noch niemals zuvor so bewusst gewesen. Was bedeutete schon eine tote Göttin, wenn man nach allen überstandenen Gefahren dem Mädchen, das man mochte, in die Augen sehen und etwas sagen musste?

Neil verdrängte den Gedanken vorerst.

Geschwind schlängelte er sich an Nehallania vorbei und betrat die Höhle dahinter. Der einzige Weg, der ihm blieb. Jetzt galt es, keine Zeit mehr zu verlieren. Dem Strahl der Taschenlampe folgend gelangte er zu dem Schacht, den er hinabkletterte, wobei er schon aus der Ferne unter sich Schreie vernahm. Seltsame Geräusche waren es, die da an sein Ohr drangen. Ein Surren und Stampfen, als wäre die eisige Luft voller Insekten. Dann endlich hatte er den Boden erreicht.

Seine Schuhe fanden festen Halt.

Das, dachte Neil, ist also die Hölle.

Er fragte sich, ob Orpheus ähnlich empfunden hatte, als er zum ersten Mal hier unten war. Oder Master Alighieri, der die ersten Beschreibungen der Hölle angefertigt hatte.

Die Hölle war jedenfalls ein Eispalast, was unschwer zu erkennen war.

Bitterkalt.

Dem Jungen fröstelte auf einmal.

Was nicht nur an der Kälte lag.

Denn da war etwas, das ihm über die Schulter krabbelte. Erschrocken schrie Neil auf und schlug nach dem Ding, das gegen die Felswand prallte und zu Boden fiel, wo er flink mit seinem Schuh darauf trat. Es knackte laut, und eine gallertartige Masse klebte an seiner Sohle. Die langen, zuckenden Beine des Insekts und die schwarzgelbe Färbung passten nur zu einer einzigen Gattung, die Neil jedoch lediglich aus Büchern kannte. Zur Sicherheit trat Neil noch einmal auf das am Boden klebende Ding.

Es war eine Hymenoptera. Zweifelsohne. Schwerfällig war sie gewesen, vermutlich aufgrund der Kälte.

Neben dem noch zuckenden Insekt erkannte Neil eine Reihe von Fußspuren, die im Schnee eingefroren waren. Sie führten in die Richtung, aus der die Schreie kamen. Bevor der Junge einen weiteren Gedanken fassen konnte, schwirrte eine zweite Hymenoptera auf ihn zu. Es gelang Neil, das wütende Insekt durch einen kräftigen Schlag mit der Taschenlampe außer Gefecht zu setzen.

Weitere Hymenopteras gedachte er nicht abzuwarten. Mit etwas

Glück hatten diese hier sich nur verirrt und gehörten zu einem Schwarm, der irgendwo anders sein Unwesen trieb.

Dennoch wollte Neil nicht zu lange an einer Stelle verweilen.

Vor ihm beschrieb der Tunnel eine Kurve.

Erneut hallten Schreie von den Eiswänden wider.

Neil rannte los.

Er hörte eine Stimme, die er als die des Alchemisten identifizierte.

Gefolgt von einem Kreischen. »Emmy!«

Neil beschleunigte seine Schritte. Rutschte mehrere Male auf dem glatten Eis aus, das den Boden des Schachts bedeckte.

Als er endlich am Ort des Geschehens ankam, bot sich ihm ein Bild des Grauens.

Ein Golemkrieger hielt Emily fest in seinen Pranken. Das Mädchen zappelte unkoordiniert mit den Beinen und hieb panisch auf den massigen Lehmkörper ein. Aurora und der Tunnelstreicher, der im Raritätenladen aufgetaucht war, befanden sich auf der anderen Seite des Gangs und wurden von zwei weiteren Golemkriegern bedroht. Das Irrlicht schwebte tatenlos an der Höhlendecke. Mit einer Handbewegung, die Neil an eine fernöstliche Kampftechnik erinnerte, allerdings ohne den Gegner zu berühren, schmetterte der Alchemist einen vierten Golemkrieger gegen die Felswand, was der hünenhaften Gestalt jedoch wenig auszumachen schien. Sofort rappelte sie sich wieder auf und ging erneut zum Angriff über.

Niemand schien etwas gegen die Lehmwesen ausrichten zu können. So wie es aussah, spürten sie weder Schmerz noch Furcht. Da sie keine Augen hatten, konnten sie auch nicht geblendet werden. Dinsdale war folglich zur Tatenlosigkeit verdammt, schwebte an der Decke und wartete auf eine Gelegenheit, eingreifen zu können.

Einer der Golems packte Aurora, nachdem er Mièville – Neil erinnerte sich wieder an den exotischen Namen des Tunnelstreichers – gegen die Wand gedrückt hatte, sodass der Mann nach Luft schnappend in die Knie gegangen war. Aurora schrie verzweifelt auf, und der Golem warf sie mit aller Kraft zu Boden, wo sie kurz aufstöhnte und dann reglos liegen blieb.

Wittgenstein, der den Sturz des Mädchens gesehen hatte, stieß den Golem zur Seite.

Er ist ein Trickster, dachte Neil erstaunt. Nur ein Trickster ist zu solchen Dingen fähig.

Vorsichtig, die Aufmerksamkeit der Golemkrieger ja nicht auf sich lenkend, näherte sich der Junge dem Mädchen. Aurora Fitzrovia, die noch immer bewusstlos war, blutete an der Stirn; dort, wo ihr Kopf auf den harten Fels aufgeschlagen war. Der Golem hatte von ihr abgelassen und war nun hinter dem Tunnelstreicher her.

Neil kniete sich neben das Mädchen.

Hob ihren Kopf an.

Strich ihr das Haar aus dem Gesicht.

»Aurora?«

Sie öffnete die Augen.

Langsam.

»Was tust du hier?« Sie blinzelte. Verzog das Gesicht vor Schmerzen.

Neil Trent, der in die Hölle hinabgestiegen war, setzte ein Lächeln auf, das unglaublich lässig wirken sollte, doch letzten Endes nur Erleichterung und vollkommenes Glück ausdrückte. »Dich retten.«

Sie sah ihn nur an.

Sagte kein Wort.

Lächelte nicht einmal.

Und während beide mit den Fingerspitzen die Ewigkeit berührten, fiel ein Schatten auf sie, und scherenschnittartig konnten sie erkennen, wie einer der Golemkrieger, die Mièville bedrängten, zerstückelt wurde.

Aurora wurde ganz bleich und stammelte nur ein einziges Wort: »Nekir!«

Das riesige, insektenartige Wesen besaß transparente Flügel, die es jederzeit in die Luft erheben konnten. Lange Gliedmaßen knackten bei den flinken Bewegungen der Kreatur in den Gelenken.

Neil erinnerte sich, dass Emily diese Wesen erwähnt hatte.

Wie einem Fiebertraum entsprungen wirkte das Insekt.

»Wir sollten hier verschwinden«, schlug Neil vor.

Aurora hatte nichts dagegen einzuwenden.

Beide schauten sie zur anderen Seite des Ganges, wo der Golem Emily plötzlich achtlos fallen gelassen hatte. Wittgenstein kniete neben ihr und redete auf sie ein.

»Sie ist bewusstlos.«

Aurora wusste, dass Neil Recht hatte.

»Wir können nichts für sie tun.«

Mit seinen Klauen stieß der Nekir in den Körper des zweiten Golemkriegers und riss ihn sodann auseinander. Der dritte Golem jedoch bekam den Nekir am Bein zu fassen und schaffte es irgendwie, das große Tier zu Fall zu bringen.

Einmal am Boden begann der Nekir wild zu zappeln. Der vor Gift triefende Stachel, der sich aus dem gekrümmten Hinterleib des Wesens reckte, brach ab, als der Golem einen Felsbrocken auf den Nekir schmetterte. Das Insekt zischte laut, und wie tobsüchtig schlugen die vielen Beine um sich.

Was sollten sie nur tun? Neil sah keine Möglichkeit, unbeschadet zu Emily zu gelangen. »Wittgenstein wird sich um sie kümmern.« Neil zog Aurora auf die Beine.

»Sie ist blind«, sagte Aurora.

Ein weiterer Nekir erreichte den Kampfschauplatz.

Dann ein dritter.

Neil schaute hinüber zu Emily, die beide Augen geschlossen hatte.

Blind?

Wie konnte das sein?

»Sieh!« Aurora deutete auf die Stelle, an der sich Emily und der Alchemist befanden. Der Golem, der Emily angegriffen hatte, war einfach zu Staub zerfallen. Neil hatte nicht die geringste Ahnung, wie das hatte geschehen können. Es war, als habe sich der Golem einfach in seine Bestandteile aufgelöst. Als sei der Wille, der all den Dreck und den Schmutz zusammengehalten hatte, mit einem Mal erloschen.

Doch jetzt mussten sie erst einmal fort von hier.

Der Junge zog Aurora hinter sich her. In die nächstbeste Abzweigung hinein.

Einer der Nekir war auf sie aufmerksam geworden und versuchte sich von dem Golemkrieger, der ihn noch immer festhielt, loszureißen, um jagen zu können. Menschenfleisch.

Noch einmal blickte Neil zurück.

Wittgenstein zog eine Grimasse und bedeutete dem Jungen, sich in Sicherheit zu bringen. Emily hatte die Augen geöffnet. Mièville war nirgends zu sehen. Und das Irrlicht schwebte jetzt ganz nah vor Emilys Gesicht.

»Es geht ihr gut«, sagte Neil.

Der Nekir kam hinter ihnen her.

Die Kiefernzangen machten ein klickendes Geräusch, als er sich näherte.

»Lauf!«

So folgte Aurora Fitzrovia dem Jungen aus dem Raritätenladen, der nicht die geringste Ahnung hatte, wohin er lief.

Kapitel 16

Abgründe

Das Feuer, das sich durch die römischen Ruinen der Region fraß, spiegelte sich in den blauen Elfenaugen. Maurice Micklewhite seufzte. Konnte nur hoffen, dass wenigstens das Kind in Sicherheit war.

»Wird Wittgenstein unseren Anweisungen Folge leisten?«

»Ja«, hatte Maurice Micklewhite darauf geantwortet.

Miss Monflathers erinnerte sich an die Zeit in Salem House. »Er war einst ein folgsamer Schüler. Niemals übermütig.«

Sie hatten sich angesehen und die Zweifel bezüglich der Loyalität des Alchemisten in den Augen des anderen lesen können. Kurz vor dem Abstieg in die uralte Metropole hatte Miss Monflathers von einer öffentlichen Telefonzelle aus in Marylebone angerufen, um sich zu vergewissern, dass alles so verlief, wie sie es sich erhofften.

Ja, die Kinder seien sicher angekommen, hatte Peggotty ihr versichert. Nein, sie könne sie jetzt nicht sprechen, weil sie bereits zu Bett gegangen seien. Ja, sie werde ein Auge auf die beiden haben. Aber sicher, ganz besonders auf Miss Laing. Master Wittgenstein habe ihr das in aller Deutlichkeit aufgetragen.

Eine Rückmeldung aus Manderley Manor jedoch hatten weder Maurice Micklewhite noch Miss Monflathers erhalten.

»Bisher ist Wittgenstein noch nicht dort aufgetaucht.«

»Vielleicht ist er aufgehalten worden.«

Der Elf dachte an die Golemkrieger, die durch London zogen.

»Ja, vielleicht.«

Nach diesem Gespräch hatten sich die beiden getrennt.

Maurice Micklewhite war in die uralte Metropole hinabgestiegen, um dem Lichtlord zu folgen. Und Miss Monflathers eilte nach Blackfriars, um den Orden zu informieren.

Bisher war alles nach Plan verlaufen.

Der Lordkanzler von Kensington hatte auf den Friedhöfen Londons seine Truppen rekrutiert und in die Region beordert. Am Abgrund inmitten des zerfallenen Amphitheaters kam es zur ersten großen Schlacht des Tages. Unterstützt von den Werwölfen aus Kensington und den Toten aus Bunhill Fields, Highgate und Kensal Green zog eine schlagkräftige Truppe in die uralte Metropole hinab. Angeführt von den Horuskriegern, die das Heer der Toten befehligten, unterstützten Kensingtons Mannen eine Legion des Hauses Manderley, die mit dem Auftrag in die Region entsandt worden war, die Grafschaften in der Innenstadt Londons zu schützen. Zum einen sollte der Angriff vom Vorhaben des Lichtlords ablenken, der sich in die Hölle begeben hatte; dies war die Intention Kensingtons. Und zum anderen musste die Flut von Golemkriegern und Rattlingen aufgehalten werden, die sich wie Unflat über die Eingeweide der Stadt ergoss – was Manderley Manor zum Angriff bewogen hatte, der eigentlich von Beginn an reine Verteidigung gewesen war.

St. Pancras und Ravenscourt hatten erfolgreich Übergriffe abwehren können. Aus Hidden Holborn und Marble Arch jedoch hörte man wenig Erbauliches. Überall in London und in der uralten Metropole waren Golemkrieger und Rattlinge gesichtet worden. Das war die erste Angriffswelle, die der Nyx ihnen aus den Tiefen der Erde schickte, um den Weg für die Söldner Mushroom Manors zu bereiten.

Maurice Micklewhite, der die Unruhen eigentlich hatte umgehen wollen, war nahe Aldwych in die Kämpfe verwickelt worden.

Die stillgelegte 1920er Southwestern Line hatte er genommen, um The Deep zu erreichen, von wo aus er in die Hölle hinabsteigen und zu den Truppen des Lichtlords stoßen wollte. Mr. Fox und Mr. Wolf sollten dort laut Plan die Kinder mit den Spiegelscherbenaugen in die inneren Höllenkreise führen, die, glaubte man den Informationen des Lichtlords, bereits vom Nyx und den Rattlingen besetzt worden waren.

Abrupt war der alte Zug jedoch angehalten worden.

Mushroomsöldner aus den Midlands hatten den Tunnel blockiert, und die Fahrgäste waren in einen Hinterhalt geraten. Maurice Micklewhite hatte fliehen können. In einen der Versorgungstunnel, die normalerweise von den Stadtwerken für Ersatzteiltransporte zu den Sidings im Schienennetz der Innenstadt genutzt werden, hatte sich der Elf geflüchtet und dank einer glücklichen Fügung des Schicksals eine rostige Draisine gefunden, die ihn auf der abfallenden Strecke schnell Richtung Cannon Street brachte, fort von dem Gemetzel, das die Söldner im Zug anrichteten.

Doch dann musste er Draisine und Versorgungstunnel verlassen, da es unmöglich geworden war, die uralte Metropole ostwärts zu durchqueren. Überall tobten Kämpfe. Waren es nicht die Truppen Mushroom Manors, die für Blutvergießen sorgten, so waren es Golemkrieger und Rattlinge, die Angst und Schrecken verbreitend und tobsüchtig mordend durch die Katakomben und Tunnel zogen. Mansion House war gefallen, wie ein flüchtender Gildehändler dem Elfen mitteilte, und Bethnal Green sei kurz vor der Kapitulation.

Das Übel kam, so munkelte man, aus der Region.

Aus dem Abgrund, der sich dort aufgetan hatte.

Maurice Micklewhite entsann sich des Lichtlords Plan und begab sich genau dorthin.

In die Region.

»Lordkanzler Kensington«, hatte Lycidas ihnen allen in der Krypta von St. Paul's erklärt, »wird den Abgrund in den römischen Ruinen angreifen.« Von dort aus, so Lycidas, würden die meisten Golemkrieger in die Metropole vordringen. »Währenddessen werde ich die Kinder nach unten führen.« Mit der Kinder Hilfe, so der Lichtlord, würde der Nyx besiegt werden.

Der Angriff in der Region war also lediglich ein Ablenkungsmanöver.

Und wenn dem Elfen schon nicht gelänge, nach The Deep vorzudringen und den dortigen Eingang zur Hölle zu nutzen, so wusste er doch, dass Lycidas in die tiefsten Tiefen zu gelangen versuchte.

Hinab zum Nyx.

Und führte nicht jeder der beiden Abgründe zum Nyx?

Irgendwie musste es Maurice Micklewhite also gelingen, in den Abgrund der Region hinabzusteigen. Denn irgendwo in der Tiefe dieses Abgrunds war der Nyx. Und dort würde auch Lycidas sein. Mit all den Kindern. Dort würden sie sich treffen. Und dem Nyx mit vereinten Kräften gegenübertreten. Wie immer dies auch aussehen mochte.

Was jedoch bedeutete, dass Maurice Micklewhite erst einmal in den Abgrund gelangen musste.

Und dieses Vorhaben erwies sich, wie dem Elfen schnell klar wurde, als nicht besonders einfach.

Denn die Region brannte.

Lichterloh.

Legionäre aus Islington, die Manderley Manor dienten, hatten in den labyrinthischen Katakomben der Region Feuer gelegt. Feuchte Tücher hatten sich die Krieger um die Gesichter gewickelt, denn der Rauch war beißend und giftig. Neben dem Reisig, dem ölgetränkten Holz und den zerfetzten Stoffballen, die aus dem Bestand eines Gildehändlers stammten, hatte man den Flammen giftige Kräuter beigemischt, die dem Rauch einen tödlichen Beigeschmack gaben. Einige der Legionäre hatten bereits den Tod gefunden, als die unberechenbaren Höhlenwinde für nur wenige Augenblicke gedreht und den Rauch in Richtung der Brandstifter getrieben hatten. Doch wie Maurice Micklewhite wusste, waren diese Verluste hinnehmbar.

Hinter den Verteidigungslinien, nahe dem einstigen Mithrastempel, traf Maurice Micklewhite auf die Befehlshaber der Truppen. Einen elfischen Tribun und einen Horuskrieger, dessen Vogelkopf auf dem nahezu menschlichen Körper unruhig zuckte.

»Der Rauch wird den Hymenopteras zum Verhängnis werden.« Wenn der Horuskrieger sprach, klang dies wie der gedämpfte Schrei eines Raubvogels. Unangenehm scharf waren seine Worte im Ohr des Elfen. »Erledigt sie nicht der Rauch, dann wird es das Feuer tun.«

Der Tribun sah die Angelegenheit nicht ganz so optimistisch. »Viele meiner Leute sind gestorben.«

»Verluste, die dem Sieg dienen«, krächzte der Vogelmann.

Maurice Micklewhite erinnerte sich an die Whitechapel-Aufstände.

Verluste, das wusste er, gab es wahrlich immer in solchen Zeiten.

»Ja«, antwortete der Tribun, und sein Gesicht sprach klare Worte. »Hauptsache alle dienen dem Sieg.« Für ihn waren die Legionäre keine anonymen Gesichter. Für ihn war jeder einzelne, der starb, eine Geschichte, die nicht weitererzählt werden würde.

Tatsächlich tötete der Rauch die Hymenopteras, die sich panisch schwirrend zu retten versuchten. Das Licht des Feuers zog sie magisch an, und ihren Instinkten folgend flogen sie in den sicheren Tod. Ganze Schwärme wurden von den dichten Rauchwolken eingehüllt. Bald schon war der Boden mit toten und sich noch krümmenden Leibern bedeckt, deren Gliedmaßen in letzter Verzweiflung zuckten.

»Es war eine Schlacht«, würde der Elf später festhalten, »in der jegliche Verluste in den eigenen Reihen als akzeptabel angesehen wurden.« Denn viel zu viele Legionäre Manderley Manors wurden von ebensolchen Krämpfen geschüttelt wie die sterbenden Hymenopteras.

»Es ist unsere Aufgabe«, erklärte ihm ein Tribun Manderley Manors, »dafür zu sorgen, dass kein Golemkrieger die Linien durchbricht.« Die Linien – damit waren alle Zugänge zur Region gemeint, die von der Islington Legion besetzt worden waren, um die römischen Ruinen vom Rest der uralten Metropole abzuschirmen.

»Was geschieht mit dem Abgrund?«, wollte der Elf wissen.

Der Tribun hatte die unerwartete Ankunft des ganz in Weiß gekleideten Elfen erstaunt registriert, jedoch keine Fragen bezüglich dessen Auftauchens in der Region gestellt.

»Lordkanzler Kensington hat den Angriff befohlen.«

In einigen kurzen Sätzen berichtete er, dass Manderley Manor der Legion befohlen hatte, die Grafschaften im Bereich der City von London zu schützen. Die anderen Legionen marschierten gegen Blackheath und hatten bereits die Ländereien Mushroom Manors an den Südufern der Themse besetzt.

»Ich muss in den Abgrund hinein!«

Der Tribun, dessen bronzefarbener Helm die Flammen spiegelte, nickte nur. »Wir müssen abwarten.«

Was er damit meinte, erfuhr Maurice Micklewhite schnell.

Nachdem die Feuer zu großen Teilen erloschen waren, begannen die Leichname, die der Totengott aus ihren Ruhestätten entführt hatte, mit ihrem Angriff. Der Rauch war noch nicht verzogen, doch fügte er den Toten kein Leid zu.

»Sie sind schon tot«, erklärte der Tribun lapidar.

Dass ihm nicht wohl war bei diesen Verbündeten, war unschwer zu erkennen. Und dennoch sah der Tribun ein, dass sie auf die Hilfe der Toten angewiesen waren.

Horuskrieger kreischten mit ihren schrillen Vogelstimmen Befehle. Liefen umher und koordinierten die Angriffswelle, die durch das alte Londinium ging. Die Toten drangen in die Werkstätten, Schänken, Läden und Schmieden ein, durchsuchten jeden Winkel nach Golemkriegern oder Rattlingen. Staubige Schuhe schlurften langsam über die Mosaiken und Fresken, näherten sich stetig dem

Amphitheater, wo sich noch die letzte Bastion der Golemkrieger verschanzt hatte. Ein süßlicher Gestank nach Verwesung und Fäulnis breitete sich im alten Londinium aus.

Tribun und Horuskrieger folgten ihren Truppen.

Und als der Rauch sich zu lichten begann, sah Maurice Micklewhite, dass das Amphitheater angefüllt war mit Golems, denen der giftige Rauch ebenfalls nichts auszumachen schien. Denn letzten Endes bestanden die Golemkrieger nach wie vor aus Lehm. Sie mussten also nicht atmen.

An den Körpern der Golemkrieger erkannte man die Überreste bereits besiegter Gegner. Hautfetzen, Haare, hier und da der Fetzen eines Gesichts, das noch den Schrecken des Todes zeigte. Organe, die den Lehm feucht glänzen ließen, und in Eile in die Erde des Solarplexus gepresst worden waren.

Die Toten griffen an, und letzten Endes war es ihre Zahl, die die Golemkrieger erdrückte, die Lehmgestalten zurück in den Abgrund drängte, sie zu Boden warf und mit vereinten Kräften an ihren Gliedmaßen zerrte. Ganze Körperteile wurden abgerissen, und wenn der Kopf des Golemkriegers erst einmal vom Körper abgetrennt worden war, zerfiel der Rest augenblicklich zu der schmutzigen Materie, aus der man ihn erschaffen hatte.

Rattlinge ließen sich in der Schlacht im Amphitheater nicht blicken.

Nachdem die Hymenopteras bis auf wenige, die verzweifelt und kopflos aggressiv in den Tunneln umherschwirrten, leblos am Boden lagen, gab es nur noch das Heer von Golemkriegern, das versuchte, die Leichname bewegungsunfähig zu machen. Man konnte menschliche Gestalten sehen, die keine Beine mehr hatten und sich mit den Armen an den Golems festklammerten, die ihre zu Klauen deformierten Finger in den Lehm bohrten und irgendwie versuchten, den Gegner in die Knie zu zwingen. Man sah Golemkrieger, an deren Rücken Leichname hinaufkrochen, um so lange Stücke aus dem Hals zu reißen, bis der Kopf der Lehmkreatur abfiel. Andere wiederum griffen nach den Zetteln mit der göttlichen Formel, die den Golems dort, wo ihr Gesicht hätte sein sollen, aus dem Kopf baumelten. Sobald einem Golem dieser Zettel entrissen wurde, fiel dieser augenblicklich in sich zusammen.

»Wir werden dem Lordkanzler einen Sieg vermelden können.«

Zufrieden schnalzte der Horuskrieger mit der Zunge und legte den Kopf zur Seite, wie es Raubvögel zu tun pflegen.

Maurice Micklewhite stand neben der Kreatur mit dem Falkenkopf und dem elfischen Tribun, dessen Truppen zahlreiche Verluste hatten hinnehmen müssen, als sie die Golemkrieger am Durchbrechen der Blockade zu hindern versucht hatten. Tatsächlich war es einigen Golems gelungen, die Linien zu durchbrechen.

»Ihrer werden wir habhaft werden.«

»Was soll mit den Söldnern Mushrooms geschehen, die Bethnal Green besetzt halten?«

Der Horuskrieger verwies auf die zerlumpten Gestalten, Restefressern ähnlich, die im Schatten der Schlacht deren Ende abgewartet hatten. »Geht!«, befahl er ihnen. »Die Beute wird euer sein.«

Die Gestalten, über fünfzig an der Zahl, begannen sich schmerzhaft zu krümmen. Sie schrien auf, und die Schreie gingen über in ein tiefes, gutturales Knurren.

Der Tribun murmelte nur ein einziges Wort, das all seinem Unbehagen Ausdruck verlieh. »Lykanthropen.«

In Windeseile verwandelten sich die Kreaturen. Schnauzen voller Reißzähne wuchsen aus den eben noch menschlichen Gesichtern. Arme und Beine verformten sich. Lange Krallen sprossen. Klauen wetzten ungeduldig am Boden. Rot glühende Augen voller Mordlust funkelten die Befehlshaber an. Auf der bleichen Haut, unter der Muskelpakete anschwollen, wuchs dichtes Fell.

Ein lautes Heulen erscholl, als der Rudelführer die Wölfe zusammenrief.

Aus vielen heiseren Kehlen wurde ihm geantwortet. Dann liefen sie los, und Maurice Micklewhite wusste, dass niemand in Bethnal Green seinem Schicksal entgehen würde.

Die Wölfe Kensingtons waren losgelassen worden.

»Ihr wollt wirklich dort hinein?« Der Tribun stand inmitten der Lehmklumpen, die überall im Amphitheater herumlagen. Hell erleuchtet war der Schauplatz, und Maurice Micklewhite wurde der Neonröhren gewahr, die jemand überall in der riesigen Höhle installiert hatte. Seltsam fremd wirkte die Beleuchtung inmitten der römischen Ruine. Das Licht, das die Metamorphose der Hymenopteras eingeleitet hatte und Emily beinahe zum Verhängnis geworden war, dieses Licht schien nun für andere. Horuskrieger und Legionäre standen vor dem Abgrund und sahen in die Tiefe. Die vielen Toten hielten sich zusammengedrängt am Rand des Theaters oder auf den Zuschauerplätzen auf, als hätten sie Angst davor, sich unter die Lebenden zu mischen.

Maurice Micklewhite sagte: »Ich werde es tun.«

Die Entschlossenheit in seiner Stimme klang aufgesetzt.

Er sah zum Abgrund hinüber.

Ein riesiges Loch im Boden, umsäumt von Hymenopteraskadavern.

Der oberste Horuskrieger trat neben ihn.

»Wir werden alle dort hinuntergehen.«

Es war die Stimme eines Raubvogels, der auf der Jagd war.

»Sind wir bald da?«

Kinder scheinen dazu auserkoren zu sein, diese Frage zu stellen.

»Ja.«

»Sind Sie sicher?«

Dieses Kind!

»Nein.«

Niemals zuvor war ich in dieser Gegend gewesen. Nachdem wir den Angriff der Golems überstanden hatten, waren wir blindlings in den nächstbesten Tunnel gestürmt. Emily hatte sich an meiner Schulter festgeklammert, und ich lief, so schnell mich meine Beine zu tragen vermochten, wobei ich unsicheren Schrittes versuchte, nicht auf dem glatten Untergrund auszurutschen. Dinsdale schwirrte einige Meter vor uns durch den Tunnel, wich mit eleganten Bewegungen den überall herabhängenden Eiszapfen sowie den Querbalken aus, die die Tunneldecke trugen.

»Was ist mit Aurora passiert?« Nachdem Emily Laing den ersten Schock überwunden hatte, erwachte auch ihr Mundwerk zu neuem Leben. »Sagen Sie mir, ist es tatsächlich Neil gewesen?«

Ich bat sie, ihren Griff zu lockern.

»Wenn Sie mich erwürgen, dann werden Sie wieder von ganz alleine laufen müssen.«

Das Mädchen neigte dazu, sich an der Stelle direkt über meinem Kehlkopf festzukrallen, was weder das Laufen noch das Atmen zu einer angenehmen Tätigkeit machte.

»Tut mir Leid«, kam es postwendend.

Und dann …

»Was ist jetzt mit dem Jungen?«

Ich sagte es ihr.

Berichtete ihr davon, dass ich nach unserem Gespräch mit Master Lycidas in der Krypta von St. Paul's das Irrlicht nach Hidden Holborn zum Wohnheim entsandt hatte, damit es Mièville in meinem Namen um einen Gefallen bat. »Er sollte Aurora und Sie bespitzeln«, sagte ich. »Er sollte vor dem Museum warten und Ihnen beiden in die uralte Metropole folgen.« Unterwegs, berichtete ich weiter, habe er kurz im Raritätenladen vorbeischauen und dem Jungen die gute Neuigkeit bezüglich Aurora mitteilen sollen.

»Er hat uns vor den Rattlingen bewahrt.«

»Mièville ist ein guter Mann«, sagte ich.

Hoffte, dass er nicht den Nekir zum Opfer gefallen war.

»Woher haben Sie gewusst, dass ich Ihre Anspielung auf King's Moan verstehe?«

»Sie sind intelligent.«

»Oh, danke.«

»Bitte.«

»Glauben Sie, dass Aurora und Neil es geschafft haben?«

»Ich hoffe es.«

»Er mag sie. Aurora, meine ich.«

»Das ist mir nicht entgangen.«

»Ich weiß. Deshalb haben Sie Mièville auch aufgetragen, Neil Trent zu sagen, dass Aurora wieder lebt.«

Dieses Kind!

»Sie hat ihm zuliebe ein Buch über Walfänger zu lesen begonnen.«

»Kann es sein«, fragte sie, »dass Sie sich um das Glück der beiden Gedanken gemacht haben?«

Ich hielt inne.

Setzte Emily ab.

Warf ihr einen strengen Blick zu.

»Ich denke«, sagte ich, »dass Sie wieder auf eigenen Füßen stehen können.«

Sie lächelte wissend. »Danke.«

Mürrisch entgegnete ich: »Mièville hat dem Jungen mit Sicherheit nicht ausgerichtet, dass er hinunter in die Hölle steigen soll.«

Der Weg, den wir eingeschlagen hatten, verlief laut Dinsdale südwärts. Irrlichter irren nie, wenn es um Pfade geht, wenngleich uns ihr Name dies auch glauben machen möchte.

Dieser Teil der Hölle wirkte seltsam verlassen. Im hellen Schnee, der als dünne Schicht den Boden bedeckte, fanden sich keinerlei Spuren. Des Irrlichts Glimmen brach sich in den Eiskristallen und zauberte verträumte Lichtspiele an die Wände. Emily, die sich alle erdenkliche Mühe gab, mit mir Schritt zu halten, klammerte sich während der ganzen Zeit an meine Hand. Fast wie Vater und Tochter auf dem Schulweg mussten wir wirken. Welch sonderbarer Gedanke, nebenbei bemerkt. Nun denn! Immerhin war Emily Laing erblindet und auf meine Hilfe angewiesen. Was hätte ich also anderes tun sollen, als sie bei der Hand zu nehmen?

Seitdem wir von den anderen getrennt worden waren, hatten wir keine Nekir mehr zu Gesicht bekommen. Ebenso waren die Kinder vom Angesicht der Hölle getilgt worden.

»Warum führt er sie wohl in die Tiefe?« Emily erinnerte sich all der Kinder mit den Spiegelscherben, die ihnen in den Augenhöhlen steckten. Jene Spiegelscherben, die des Lichtlords Augen in der Hölle waren. Wie seltsam, dachte Emily. Verhielt sich der Nyx doch ähnlich. Sah Lycidas durch die Spiegelscherbenaugen der verlorenen Kinder, so blickte der Nyx durch der Rattlinge geschlitzte Augen auf die uralte Metropole und auf London.

»Er hat einen Plan«, antwortete ich. »Einen Plan, den er uns noch nicht völlig offenbart hat.« Der Lichtlord liebte eben Geheimnisse. Letzten Endes lief es wieder darauf hinaus, dass er seinen eigenen Vorteil suchte.

»Glauben Sie, dass der Plan gelingen wird?«

»Ich hoffe es«, antwortete ich. »Für uns alle.«

Nicht auszudenken, was geschähe, sollte der Nyx siegreich sein.

»Was wird uns in Blackheath erwarten?«, fragte Emily weiter.

»Für jemanden, der beinahe von einem Golem erwürgt worden ist, sind Sie sehr geschwätzig.«

»So bin ich eben.«

Mürrisch musterte ich sie von der Seite.

Emily blieb kurz stehen, drehte den Kopf in meine Richtung. »Das habe ich gesehen.«

Ich konnte mir ein Lächeln nicht verkneifen.

»Und das auch.«

Sie lächelte zurück.

Mittlerweile, dachte ich, kennt sie mich ausgezeichnet.

Es tat Emily gut, zu reden. Einfach nur Konversation zu betreiben. Denn insgeheim fühlte sie sich einsam, vermisste Aurora Fitzrovia und auch Neil Trent. Außerdem musste sie fortwährend an ihre kleine Schwester denken, suchte in Gedanken die uralte Metropole nach einem Lebenszeichen ab, doch fand nicht das Geringste. Ihr geschultes Trickstertalent müsste doch ausreichen, das Kind zu finden, sagte sie sich andauernd. Erinnerte sich daran, dass sie damals, als sie zum ersten Mal in die Stadt unter der Stadt geführt worden war, mühelos den Zugang zu Mara gefunden hatte. Und auch später, in der Dachkammer bei den Quilps, hatte sie über London hinweg immer ein Auge auf ihre kleine Schwester werfen können.

»Sie denken immerfort an sie, habe ich Recht?«

»Woher wissen Sie das?«

»Gut geraten«, antwortete ich.

Schweigsam ließ Emily einige Augenblicke vergehen.

»Sie darf nicht tot sein.« Ihre Stimme malte aus den Tränen, die das Mädchen zurückhielt, eine leise Melodie.

»Es gibt keine Zufälle«, sagte ich ihr.

Zuversichtlich.

»Sie glauben, dass sie noch lebt?«

Ich gab ihr die Antwort, die ich ihr immer gegeben hatte. »Wäre ich sonst hier?«

Der Tunnel wurde breiter.

Die Balken, die in dieser Höllenregion Decke und Wände stützten, waren neueren Datums. Zweifelsohne. Die Katakomben, durch die wir uns bewegten, mussten also erst vor kurzer Zeit gegraben worden sein. Die Wände waren mit einem Mal pechschwarz, ebenso wie die Erde, die der Gegend im London über uns ihren Namen gab. Schwarze Erde, schwer und nass vom vielen Regen. Eine dunkle Heidelandschaft war es einst gewesen. Blackheath hatte man die Gegend getauft. In der Hölle war Blackheath ein Ort, wo selbst das Eis schwarz war und eine dunkle Blaufärbung aufwies. Wir mussten also den dunklen Fluss längst hinter uns gelassen haben. Dabei waren wir gar nicht so lange unterwegs. Nun denn. Mit der Zeit ist es eben so eine Sache in der uralten Metropole.

»Sind wir bald da?«

Ich gebot dem Mädchen zu schweigen.

»Mushroom Manor muss ganz nahe sein«, sagte ich.

Zumindest hatten wir Blackheath betreten.

Skurrile Eisblumen wuchsen hier unten. Schwarze Blüten reckten sich überallhin und bedeckten ganze Wände. Mit einer Mischung aus Lianen und Efeu hatten wir es hier zu tun, allerdings mit schattenhaften Abarten dieser Pflanzen, die sich vom Blut unvorsichtiger Wanderer nährten. In ständiger Bewegung waren die Eisblumen, sodass uns dauernd ein Rascheln in den Ohren lag. Ich warnte Emily vor diesen Pflanzen und gebot ihr, dicht neben mir zu gehen. Hatten Eisblumen erst einmal Witterung genommen, so war es sehr schwer, ihnen zu entkommen. Und in dem Tunnel, der vor uns lag, wimmelte es nur so von ihnen.

»Jemand muss die Blumen angepflanzt haben«, erklärte ich dem Mädchen.

»Damit sie den Tunnel bewachen?«

»Möglich.«

Vorsichtig und mit langsamen Schritten schlichen wir an den Eisblumen vorbei, von denen manche neugierig die schwarzen, mit filigranen Stängeln versehenen Blüten in unsere Richtung reckten. Ihre feinen Wurzeln spalteten das Eis, das die Wände bedeckte, sodass sich die Pflanzen am Felsgestein festzukrallen vermochten. Emily ging dicht hinter mir und hielt sich mit beiden Händen an meinem Mantel fest. Sobald eine der Pflanzen näher kam, wichen wir zur Seite aus.

»Nach ihnen zu schlagen«, hatte ich Emily empfohlen, »wäre nicht ratsam.«

Am Ende des Eisblumentunnels wurden wir einer Lichtquelle gewahr, und ich bat Dinsdale, in meine Manteltasche zu schlüpfen. Kurz darauf blickten wir von oben in eine gewaltige Höhle, in der seltsam anmutende Maschinen lärmend ihrem Tagewerk nachgingen. Das Eis war gänzlich aus dieser Höhle vertrieben worden, denn es war Wärme, was die Maschinen da produzierten. Die Höhlendecke war mit Wölkchen bedeckt, die sich wie feiner Nebel gebärdeten, alles einlullend und umhüllend. Inmitten der Höhle erhob sich ein stattliches Herrenhaus. Mit den Erkern und Türmen und hohen Fenstern sah es beinah aus wie ein dunkles Abbild Manderley Manors. Ein permanenter Nieselregen durchtränkte die Luft. Eisblumen und andere Gewächse bedeckten Boden und Wände der Höhle.

»Dies ist nicht mehr die Hölle.« Ich hatte Emily zur Seite gezogen, unter einen Felsvorsprung, der uns vor den Augen der Gestalten verbarg, die sich dort unten tummelten. »Wir befinden uns wieder in der uralten Metropole.«

Golemkrieger standen da unten in Reih und Glied.

Eine ganze Legion war es.

Hünenhafte Kreaturen, auf deren menschlichen Körpern Stierköpfe saßen, schritten die Reihen ab.

»Andabataekämpfer«, raunte ich.

»Nie davon gehört.«

»Minotauren!«

Dem Nyx untertan, mit Leib und Seele.

Wer hätte gedacht, dass es sie wirklich gibt?

»Hat Mushroom Manor den Tunnel mit den Eisblumen geschaffen?«, fragte Emily leise.

»Sie dringen von hier aus in die Hölle vor.«

Nur diese Strategie würde einen Sinn ergeben. Lord Mushroom hatte eine Verbindung zur Hölle herstellen lassen, um sie von diesem Ort aus okkupieren zu können. Die Truppen würden dann weiter in die uralte Metropole vordringen und auf die Söldner stoßen, die von Norden her nach London eindrangen. Hinzu kämen die Golemkrieger, die dem Abgrund in der Region entstiegen. London und die uralte Metropole würden in die Zange genommen werden.

»Dort drüben«, beschrieb ich Emily die Umgebung, »steht Mushroom Manor.«

Derjenige Teil zumindest, der sich in der uralten Metropole befand.

Ein Herrenhaus, erbaut aus Quadern schwarzen Steins, den man vor Ewigkeiten dem dunklen Fluss entrissen hatte. Rötlich schimmerndes Licht flackerte im Innern des Anwesens. Moos, das erkannte man von unserem Standort aus, bedeckte die Dächer. Nass glänzend nahe den Feuern, die überall an den Wänden entzündet worden waren und die geräumige Höhle in unruhiges Licht tauchten, das allseits Schatten gebar.

»Möchten Sie es sehen?«

Emily drehte verdutzt den Kopf in meine Richtung.

»Darf ich?«

»Ganz kurz nur.« Mit beiden Händen suchte ich Halt. »Und sehen Sie sich nicht selbst an.«

Das würde sie bestimmt nicht tun. Die Übelkeit, die sich ihrer bemächtigt hatte, als sie in Auroras Bewusstsein einzudringen versucht hatte, war ihr noch gut im Gedächtnis.

»Schauen Sie genau hin«, riet ich ihr.

Und spürte, wie mein Geist die Trickster willkommen hieß. Mühelos glitt mir Emily in den Verstand hinein und machte sich meine Sinne zunutze. Blickte erstaunt durch ihres Mentors Augen auf Mushroom Manor. Düster war es, wie sie es sich vorgestellt hatte. Voller Schatten, und selbst das Licht, das rötlich und matt die Räume hinter den schwarzen Gardinen illuminierte, nährte diesen Eindruck. Dies also war der Ort, an dem ihre arme Mutter den Verstand verloren hatte. Emilys Erinnerung an das Ding, das oben in der Dachkammer Manderley Manors gehaust hatte, wurde mir offenbar, als sie sich in meinem Kopf befand. Und es war schrecklich, was das Kind da hatte mit ansehen müssen.

Dann sah sie den Abgrund.

Zwischen dem Ort, an dem wir uns befanden, und dem Anwesen öffnete sich ein riesiges Loch in der misshandelten Erde. Neonröhren, die an riesigen Metallgestellen von der Höhlendecke baumelten, beleuchteten den Rand des Abgrunds. Ein mulmiges Gefühl beschlich Emily beim Anblick des Abgrunds. Ein Schwindel und gleichzeitig ein Gefühl, als sei ihr dies alles vertraut. Als habe sie diesen Abgrund bereits einmal gesehen. Als sei sie schon einmal hier gewesen.

Dann, mit einem Mal, war da jemand.

Hinter uns.

Jemand, der mich kannte. *Mortimer Wittgenstein!*

Eine Stimme, die ich lange nicht mehr vernommen hatte.

Erschrocken verließ Emily Laing mein Bewusstein.

Ich sah zu Boden, wo das graue Tier mit dem langen Schwanz hockte. Die dunklen Knopfaugen beobachteten mich, wie sie es auch damals getan hatten. Undurchsichtig und berechnend. Am Fuße der Rolltreppe in der Tottenham Court Road hatte die alte Ratte neben einem jungen, kränklich aussehenden, rothaarigen Kind gesessen.

Aus Covent Green, das unterhalb von Covent Garden liegt, war ich an jenem Morgen gekommen, hatte einige Heilkräuter und Steine erstanden, von denen ich später einige an die Mädchen verschenken sollte.

Zufälle gibt es nicht, dachte ich.

Wir haben einander lange nicht mehr gesehen.

Emily erinnerte sich beim Klang der piepsigen Stimme an jenen Morgen im Waisenhaus. Unten im kalten Keller war sie gewesen, in Mrs. Philbricks Küche, als die Ratte sie angesprochen hatte.

»Lord Brewster?«

Ich glaubte ein Lächeln im Gesicht Seiner Lordschaft zu erkennen.

Emily ergriff meine Hand.

Sie spürte es.

Rattlinge waren überall.

Zischten bösartig.

Umzingelten uns.

Lord Mushroom, offenbarte uns die alte Ratte, *hat damit gerechnet, dass Sie hier auftauchen würden.*

Allein schon die Fresken an der Decke, deren Farben längst verblasst waren, lehrten die beiden Kinder das Fürchten. Nie zuvor hatte er derart missgestaltete Fratzen gesehen. Wesen, die den tiefsten Albträumen entsprungen sein mochten. Klauen, Fänge und Tentakel, Flügel und Stachel. Verderben, dem ein Gesicht gegeben worden war.

»Ich bin schon einmal hier gewesen«, flüsterte Aurora.

Neil setzte alles daran, sich zu beruhigen. Schließlich wollte er vor Aurora nicht als Feigling dastehen. Peinlich genug, dass sie beide sich verlaufen hatten. »Ich weiß«, gab er zur Antwort.

Versuchte sich als Herr der Lage zu erweisen.

Was Aurora mit einem Lächeln zur Kenntnis nahm, für das er erneut in die Hölle hinabgestiegen wäre.

»Das hier«, hatte sie ihn ganz außer Atem geneckt, nachdem er sie vorhin inmitten der Golems gefunden hatte, »ist jedenfalls eine höchst seltsame Art, jemanden zu retten.«

»Tja.« Etwas Besseres war Neil nicht eingefallen.

Trotzdem tat Aurora etwas, das sie sich selbst nie zugetraut hätte.

Sie drückte dem Jungen aus dem Raritätenladen einen Kuss auf die Wange. Ohne nachzudenken. Spontan. Weil ihr danach war.

Neil wurde ganz rot im Gesicht.

Brachte seine Emotionen auf den Punkt: »Oh!«

In den alten Hollywoodfilmen, die das Programmkino am Leicester Square manchmal zeigte, fiel den Helden normalerweise eine passendere Antwort ein, nachdem sie einen Kuss erhalten hatten. Gregory Peck oder Cary Grant oder Stewart Granger hatte es niemals an Worten gefehlt. Nun ja, dachte Neil, Gregory Peck schon.

Die Kinder schauten einander an.

Ratlos, was nun zu tun sei.

Hatten Schmetterlinge im Bauch, wie man so schön sagt.

Dann setzten sie die Flucht fort.

»Wir hatten Glück«, würde Aurora später sagen.

Und Neil sollte das antworten, was ein geflügeltes Wort war in der uralten Metropole. »Zufälle gibt es keine.«

Denn nachdem sich die beiden wiedergefunden hatten, war Neil in den erstbesten Gang gestürmt und hatte Aurora einfach hinter sich hergezogen. Nur fort von den abscheulichen Geschöpfen hatte er gewollt, jenen Kreaturen, die Aurora als Nekir bezeichnet hatte.

Emily ließen sie in der Obhut des Alchemisten zurück, weil ihnen einfach keine andere Wahl blieb. Ein Nekir mit libellenartigen Flügeln, die er an den glänzend gepanzerten Körper angelegt hatte, folgte ihnen. Mit spinnenhaften und äußerst flinken und eleganten Bewegungen stellte er ihnen nach, was Neil bei einer Kreatur dieser Größe niemals für möglich gehalten hätte.

»Du musst laufen!« Die Stimme des Mädchens überschlug sich förmlich.

Verzweifelt warf Neil einen Blick zurück.

Zog Aurora blindlings hinter sich her.

»Wir werden es nicht schaffen«, keuchte das Mädchen. Bereits früher einmal war sie den Nekir begegnet, und sie wusste, welch schnelle und grausame Jäger diese Insektenartigen waren. Sie erinnerte sich noch gut an die Schlacht in Pairidaezas Kathedrale, als der Lichtlord Nekir und Limbuskinder zugleich herbeigerufen hatte. »Er wird uns kriegen.«

»Wird er nicht!«

Außer seiner Entschlossenheit hatte Neil allerdings wenig zu bieten.

Denn der Nekir war ganz nah.

Das Tier stieß einen schrillen Schrei aus, der wie nichts klang, was Neil jemals gehört hatte.

Die Kinder rannten.

Gaben alles.

Aurora keuchte.

Dann war der Nekir über ihnen.

Sprang.

Warf die Kinder mit aller Kraft zu Boden.

»Der Stachel!«, warnte Aurora.

Und Neil sah, wie sich der Hinterleib des Nekir krümmte, und hörte, wie der Stachel über das Eis schabte. Beinah glaubte er, das Gift riechen zu können. Ätzend wie Jod in einer offenen Wunde. Ein letztes Mal blickte er in die Augen des Mädchens, um derentwillen er hierher gekommen war. Die ihn in die Hölle hinabgetrieben hatten. Er würde niemals die Weltmeere befahren, so viel war sicher. Stattdessen stach der Geruch der trockenen Insektenhaut in die Nase des Jungen, süßlich und irgendwie an Wüste erinnernd, und vermischte sich mit dem Odem des Giftes zu einer Wolke, die Neil beinah würgen ließ.

Dann stürzte der Nekir.

Unverhofft.

Schrill kreischte er dabei.

Die rauen Spinnenbeine zuckten im Todeskampf, und Neil wälzte sich so schnell es ging zur Seite, um nicht von dem massigen Körper erdrückt zu werden. Aurora, das sah er, wurde von einem wild um sich schlagenden Bein der Kreatur getroffen und gegen die Tunnelwand geschleudert. Laut schrie sie auf. Hielt sich mit schmerzverzerrtem Gesicht den Oberschenkel.

Neil, der auf dem Rücken lag, erschrak.

Jemand griff nach seiner Hand.

Erstaunt blickte Neil in das Antlitz des Tunnelstreichers.

»Mièville?«

»Meinen Namen habt Ihr also nicht vergessen.« Mit einer schwungvollen Bewegung zog der Mann den Jungen von dem sterbenden Nekir weg. Dann ging er zu dem Nekir und entfernte ein langes Wurfmesser aus dem Kopf der Kreatur. »Ihr hattet Glück«, sagte Mièville, der nun neben Aurora kniete und ihr Bein begutachtete, »dass ich in der Nähe war.«

»Wisst Ihr, was mit Emily geschehen ist?« Aurora schien ihr Bein gar nicht mehr zu spüren.

»Zuletzt sah ich sie gemeinsam mit Wittgenstein den Schauplatz des Kampfes verlassen.«

»Dann haben sie es geschafft?«

Mièville war Realist. »Vielleicht.«

Aurora erhob sich. Humpelte ein wenig.

»Könnt Ihr gehen?«

Sie nickte.

»Dann los!«

Mièville war niemand, der viele Worte verlor.

Auf die Frage, wie er den Nekir hatte entkommen können, antwortete er nur: »Ich bin ein Tunnelstreicher. Ich kenne Wege und ich kenne Mittel.« Sein Gesicht blieb dabei ausdruckslos und die Augen ernst.

So waren sie tiefer in die Hölle vorgedrungen und irgendwann an dem Ort gelandet, an dem sie sich momentan befanden. Wo sie staunend die Fresken an den Wänden und an der Decke anstarrten und sich Aurora an die Limbuskinder erinnerte, die einst aus diesen Fresken geboren worden waren. Noch immer gab diese Höhle einem das Gefühl, als habe jemand die Kuppel einer riesigen Kathedrale abgeschnitten und irgendwie unter die Erde geschafft.

Pairidaezas Kathedrale, so hatte Lucia del Fuego diesen Ort genannt.

Der Lebensbaum, der seit Auroras letztem Besuch hier unten erheblich gewachsen war, kratzte mit den Ausläufern seiner knorrigen Zweige über die Kuppel. Überall rankten die knorrigen Äste in den Raum, machten aus der Höhle einen Dschungel. Die Wurzeln, die in ständiger Bewegung waren, schienen über den Boden zu kriechen und nach Beute Ausschau zu halten. Etwas bewegte sich unter der alten, von schwarzem Moos befallenen Rinde. Etwas, das den Baum lebendig machte. Von den Ästen baumelten lianenartig windende Auswüchse herab. Die Blätter, die nicht wirklich wie Blätter aussahen, wirkten ausgetrocknet und kränklich.

»Der Lebensbaum«, flüsterte Aurora.

Pairidaezas Stock.

Hier hatte sich Lucia del Fuego als Master Lycidas entpuppt. Hier hatten die Ratten versucht, den Lebensbaum zu vernichten, und waren doch der Übermacht aus Nekir und Limbuskindern erlegen.

»Kinder! Schnell!«

Noch benommen von dem Anblick, der sich ihm bot, und dem Kuss, der seine Wangen zum Glühen brachte, sobald Aurora ihn auch nur ansah, reagierte Neil nur langsam auf die Warnung des Tunnelstreichers.

»Rattlinge!«

Mièville, der die Rattlinge als Erstes erblickt hatte, zog die Kinder schnell in einen Alkoven neben dem Höhleneingang, wo sie vor den Augen derer, die sich in Pairidaezas Kathedrale herumtrieben, verborgen bleiben würden.

Vorerst zumindest.

»Seht Ihr?« Mièville deutete auf eine Stelle hinter dem Lebensbaum, wo die sich fortwährend bewegenden Äste des Baumes tiefe Schatten warfen.

»Ein Wyrm.« Neil kannte diese Wesen aus Büchern, war allerdings niemals einem begegnet.

Der Wyrm, dessen madenartiger Körper im Licht der Fackeln noch bleicher wirkte, als er ohnehin war, wand sich dort inmitten des Wurzelwerks. Die tentakelartigen Auswüchse, die den Körper bedeckten, wirkten untätig und fast schon abgestorben. Die Überreste desjenigen Wyrms, den die Ratten bei ihrem Angriff auf die Wesen der Hölle getötet hatten, lagen noch immer dort, wo er einst gestorben war. Ganz eingefallen waren sie und ließen die Größe des Wesens nur erahnen.

»Jeder tote Wyrm«, erklärte Mièville, »gebiert einen neuen Wyrm.«

Na toll, dachte Neil.

Und beobachtete die Rattlinge.

Emsig wuselten sie um den Lebensbaum herum, als wollten sie die Lage erkunden. Manchmal erwischten die Wurzeln einen Rattling, packten ihn, würgten ihn und warfen den Leichnam dann dem Wyrm vor, der diese Kost jedoch verschmähte. Kinder, das wusste Aurora, mundeten der seltsamen Kreatur, die laut der Schriften im Museum aus den allertiefsten Regionen stammte.

Dann sah Aurora, woher die Rattlinge kamen.

Und ihr der Atem stockte.

Sie bemerkte, dass es Neil ähnlich erging.

»Ein Abgrund?« Das große Loch, das sich im Boden neben dem Lebensbaum befand, hätte gar nicht hier sein dürfen. »Hat Emily nicht behauptet, es gäbe nur zwei Abgründe in London?«

Mièville zuckte die Schultern.

»Die Streicher hatten nur Kenntnis von einem einzigen Abgrund. Demjenigen im Amphitheater in der Region unterhalb von St. Paul's. Von dem anderen Abgrund drüben in Blackheath künden nur Gerüchte. Diesen dort dürfte es eigentlich gar nicht geben.«

Dennoch war der Abgrund da.

Existierte.

Klaffte im Felsgestein, als gehöre er dorthin. Als habe er schon immer dort existiert.

»Was tun die Rattlinge da?«

Aurora bekam eine Gänsehaut beim Anblick dieser widernatürlichen Spezies.

»Sie fressen am Lebensbaum«, bemerkte Neil.

In der Tat nagten einige der Rattlinge an den Wurzeln des Baums, gerade so, als versuchten sie, den Lebensbaum zu Fall zu bringen.

Aber warum taten sie das?

Wie konnte es sein, dass in Pairidaezas Kathedrale ein Abgrund entstanden war?

Wo doch vor einem Jahr noch kein Abgrund existiert hatte?

»Wir sollten hinuntergehen.«

Die beiden Kinder sahen den Tunnelstreicher an, als habe er den Verstand verloren.

»In den Abgrund?«

Neil hoffte, dass Mièville scherzte. »Das ist nicht Euer Ernst.«

Doch ohne eine Miene zu verziehen, antwortete der Tunnelstreicher: »Etwas ist dort unten. Wir nennen es Ophar Nyx, aber ich bin sicher, dass es schon da gewesen ist, bevor Menschen existiert haben, die ihm einen Namen hätten geben können. Dieser Nyx nutzt die Abgründe, um seine Diener, die Rattlinge, hinauf in die uralte Metropole zu schicken. Sie strömen aus dem Abgrund, den wir kennen. Vermutlich strömen sie aus dem Abgrund drüben in Blackheath.

Und jetzt sehen wir, dass auch in der Hölle ein Abgrund entstanden ist.«

»Vor einem Jahr war der Abgrund noch nicht da«, sagte Aurora.

»Ein Monat, ein Jahr, was ist schon Zeit hier unten?«

Aurora verstand nicht, was er damit meinte.

Neil hingegen, der sich einige der Erklärungen des alten Edward Dickens hatte anhören müssen, weshalb es nicht immer ratsam sei, Kinder mit hinab in die uralte Metropole zu nehmen, konnte sich seinen Teil bei dieser Bemerkung denken.

Unbeirrt fuhr Mièville fort: »Wenn es einen Abgrund in der Region gibt und einen anderen drüben in Blackheath, dazu noch diesen hier, der, wie Ihr sagt, aus dem Nichts entstanden ist, dann müssten diese Abgründe doch alle den gleichen Ursprung haben.«

Neil dachte laut: »Sie müssten zu dem Ort führen, an dem sich der Nyx aufhält.«

»Also gehen wir dort hinunter«, schlussfolgerte Mièville.

Aurora fand keineswegs, dass sie dort hinuntergehen sollten. Was immer dort unten hauste, war keinem von ihnen freundlich gesinnt. »Wenn wir tatsächlich auf den Nyx treffen«, wollte sie wissen, »was, bitte schön, sollen wir dann tun?«

»Ihn bekämpfen«, gab Mièville zur Antwort.

»Womit denn?«

»Mit Herz und Verstand«, dann griff er behände nach seinem Schwert, »und Stahl.« Er nahm die Kinder bei der Hand und sah beiden in die Augen. »Ich bin hier unten aufgewachsen«, sagte er eindringlich. »Man löst keine Probleme, indem man ihnen aus dem Weg geht.«

Neil verstand, was er meinte.

»Die anderen werden auch hinabsteigen.«

»Ihr sagt es, Junge.«

»Ihr meint, dass wir Emily dort unten treffen könnten?«

Mièville nickte. »Wenn Miss Laing und Wittgenstein Blackheath erreichen, so werden sie bestimmt versuchen, in den dortigen Abgrund zu gelangen. Suchen sie nicht nach dem Mädchen? Der kleinen Manderley-Erbin, die Lord Mushroom verschleppt hat, damit sie dem Nyx als Opfergabe dargebracht werden soll? Die kleine Miss Manderley befindet sich vermutlich bereits im Abgrund.«

Er war gut informiert, dachte Neil.

Hoffte, dass er sein Wissen vom Alchemisten hatte.

»Ich weiß«, grummelte Aurora.

Neil, dem niemand etwas von einer Opfergabe erzählt hatte, fragte sich nicht zum ersten Mal, was hier vor sich ging.

»Also werden Wittgenstein und Emily dort hinuntersteigen müssen, wenn sie das Kind finden wollen.«

»Es könnte also sein, dass wir dort unten auf Emily treffen.«

»Ja.«

»Aber auch, dass wir auf nichts anderes als Rattlinge treffen.«

Mièville zog ein Gesicht. »Ja.« Auch das war richtig.

Alles war möglich.

»Dass Wittgenstein und Emily es nicht bis nach Blackheath geschafft haben.«

»Ja.«

»Dass dort gar kein Abgrund existiert.«

»Wir sollten«, unterbrach der Tunnelstreicher Aurora, »nicht über diese Dinge reden. Es tut niemals gut, der eigenen Zuversicht Schaden zuzufügen.«

»Wenn wir aber auf nichts anderes als Rattlinge stoßen?« Neil war sich sicher, dass die Kreaturen angreifen würden, sobald sie sie bemerkten.

Bevor Mièville eine Antwort geben konnte, brach förmlich die Hölle los.

Pairidaezas Stock schüttelte sich energisch und schlug wie wild mit den Ästen um sich. Rattlinge, die sich nicht in Sicherheit hatten bringen können, wurden durch die Höhle geschleudert.

»Oh, verdammt«, fluchte Aurora, und Neil konnte die Furcht in ihren Augen erkennen. »Es ist wie damals.« Nach oben war ihr Blick mit einem Mal gerichtet, auf die Fresken, deren Konturen plötzlich schärfer geworden waren. Klauen, die gemalt gewesen waren, zogen sich an denjenigen Ästen, die die Spitze der Kuppel berührten, aus dem Stein. Fratzen wurden lebendig, und missgestaltete Körper wanden sich im Felsgestein, das sie nicht mehr lange gefangen halten würde.

»Was ist das?«, fragte Mièville und seinem Gesichtsausdruck war zu entnehmen, dass ihm die Situation alles andere als willkommen war.

»Limbuskinder!«

Nur dieses eine Wort.

Aus dem Mund des Mädchens.

Alles sagte es und doch nichts. Im Klang ihrer Stimme offenbarten sich Neil alle Schrecken der Vergangenheit. Erinnerungen an die Grausamkeiten, die vor einiger Zeit hier stattgefunden hatten. An die Limbuskinder, die den Angriff der Ratten auf die Nekir so blutig niedergeschlagen hatten.

Noch waren sie in den Gemälden und Fresken gefangen. Sich windende Würmer, deren Augen zu blinzeln und deren Klauen zu greifen begannen. Wie damals, so krochen die Schatten auch jetzt in das Felsgestein hinein und hauchten dem Gemälde an der Decke Leben ein.

»Sie verteidigen den Lebensbaum.« Neil starrte wie gebannt auf das Schauspiel, das sich ihm bot.

»Master Lycidas wird noch immer über sie gebieten«, mutmaßte der Tunnelstreicher.

Bedeutete das nicht, dass der Lebensbaum noch immer von größter Wichtigkeit für den Lichtlord war? Dass er vielleicht auch für den Nyx von Bedeutung war? Weswegen sonst sollte er die Rattlinge ausgerechnet in Pairidaezas Kathedrale entsenden?

»Wir sollten hier verschwinden.« Mièville deutete zur Decke hinauf, wo die Leiber der Limbuskinder bereits aus dem Felsgestein herausragten. Sich wanden. Darauf erpicht, endlich freigelassen zu werden.

Im Tunnel hinter ihnen erscholl ein Geräusch, das beängstigende Bilder heraufbeschwor. Lange Insektenbeine, die das Eis zum Bersten brachten. Flügel, die die Luft vibrieren und dem Nahen ihrer Besitzer ein tiefes Grollen vorauseilen ließen.

»Nekir!«

»Jetzt aber los!« Mièville wurde langsam ungeduldig.

Aurora zupfte Neil am Ärmel.

»Wohin?«, fragte dieser. »In den Abgrund hinein?«

»Hast du eine bessere Idee?«

Hatte er nicht.

Leider.

In nur wenigen Augenblicken würde hier die Hölle losbrechen. Aus allen Richtungen stürmten die Nekir zur Verteidigung des Lebensbaumes in Pairidaezas Kathedrale. Eis bröckelte von den Wänden und der Decke. Die ersten Limbuskinder breiteten ihre Flügel aus und stürzten sich auf die Rattlinge, deren Zahl noch größer war, als Aurora zuvor angenommen hatte. Zwischen den Wurzeln des Lebensbaumes hatten sich viele von ihnen versteckt gehalten, in den engen Felsspalten, wo die umherschlagenden Wurzeln ihnen nichts anzuhaben vermochten.

»Möchtet Ihr beide die Ankunft der Nekir abwarten?«

Mièville trat aus dem Alkoven heraus.

Die Nekir stürmten in Pairidaezas Kathedrale.

Der Tunnelstreicher rannte auf den Abgrund zu, und die Kinder, denen nichts anderes übrig blieb, folgten ihm. Neil Trent warf Aurora Fitzrovia einen letzten Blick zu, als sie gemeinsam über die wild schlagenden Wurzeln sprangen. Rattlinge fauchten, und Nekir kamen ihnen hinterher.

Mièville wurde von einem Limbuskind zu Fall gebracht. Schlug um sich. Löste sich aus dem Griff der Kreatur. Stürmte auf das Loch im Boden zu. Verwirrt stellte sich Neil die Frage, die er die ganze Zeit über auszusprechen versäumt hatte. Wie würden sie in den Abgrund hineingelangen?

Der Tunnelstreicher, der kopfüber in dem Loch verschwunden war, schien die Antwort gefunden zu haben.

Nur Sekundenbruchteile später blickte auch Neil Trent in den Abgrund hinein. Ein warmer Wind wehte ihm von tief unten ins Gesicht. Die Geräusche im Hintergrund verstummten. Aurora war bei ihm. Ein Schatten bewegte sich auf die Kinder zu. Dann wurden beide vom Abgrund verschluckt.

Kapitel 17

Blackheath

Als Emily Laing vor dem Abgrund stand und den lang gezogenen Schrei tief unten in der Finsternis verebben hörte, da bestürmte sie erneut jene Bilderflut, die ihr schon beim ersten Mal schier den Atem geraubt hatte. Erneut erblickte sie das dunkle Haus, Mushroom Manor, in seiner ganzen verderbten Pracht. Nicht durch ihre eigenen Augen, nein, denn die waren noch immer ohne Licht. Auch waren es nicht die Augen der kleinen Mara Manderley, die Emily einen weiteren Blick auf Blackheath geschenkt hatten. Das, was sie sah, war die verblassende Erinnerung Martin Mushrooms. Der letzte Blick, den er auf das Anwesen hatte werfen können.

Lord Mushroom hat damit gerechnet, dass Sie hier auftauchen.

Mit diesen Worten hatte es begonnen.

Lord Brewster, den Emily Laing im Waisenhaus von Rotherhithe getroffen hatte, an einem Tag, der unendlich lange her zu sein schien, forderte uns beide auf, ihm zu folgen. Die Rattlinge in seinem Gefolge, die angriffslustig zischten, ließen uns keine Wahl.

Wir traten in die Höhle von Blackheath hinaus.

Befanden uns wieder in der uralten Metropole.

»Es sieht so aus«, murmelte ich, »als würden wir Seiner Lordschaft vorgestellt werden.«

Lord Brewster pfiff zwei der Andabataekämpfer herbei, die mit ihren schweren Äxten und den Morgensternen, die an den dicken Ledergurten hingen, nicht unbedingt freundlich gesinnt wirkten. Die Stierköpfe, aus denen lange Hörner ragten, drehten sich wachsam in alle Richtungen.

Sonst ist niemand hier, sagte die Ratte. *Ihr könnt mit dem Marsch beginnen.*

Einer der Stierkämpfer brüllte den Befehl an seine bei den Golems wartenden Artgenossen. Augenblicke nach dem Schrei setzten sich die ersten Regimenter in Bewegung. Angeführt von den Andabataekriegern drangen sie in den Tunnel mit den Eisblumen ein.

Emily, die nur das Getrampel der vielen Füße hörte, ahnte Schlimmes.

»Wie sollen wir hier nur wieder rauskommen?«

Dieses Kind!

»Fragen Sie nicht.«

Wir folgten unserer Eskorte bis hinüber zum Haus, wo wir auf einen hageren Mann trafen, dessen weißes Haar ihm lang und glatt über die Schultern fiel. Verschlagene Augen musterten uns durch die Brille aus rotem Glas, die auf einer krummen Nase saß. Der Gehstock, den er benutzte, war silbern mit einem Knauf in Form einer Kröte. Der Mann sprach mit einem der Andabataekrieger, trug ihm etwas auf in einer Sprache, die ich nie zuvor vernommen hatte.

Dann wandte er sich uns zu.

Lächelte.

»Ah, Master Wittgenstein.« Allein die Betonung, mit der er die Worte ausspie, kündete von seinem Wesen. »Es ist mir eine Freude.« Er lächelte wie ein Hai, der seine Beute erblickt. »Emily Laing, wie es mich freut, auch Sie endlich kennen zu lernen.« Die Freundlichkeit, mit der er dem Mädchen übers Haar strich, ließ sogar mich frösteln. »Der Wechselbalg, den mein Weib mit dem Künstler gezeugt hat.« Mit einer leichten Andeutung von Ekel zog er die Hand zurück.

Ich sah zu Lord Brewster, der an unserem Gegenüber hinaufgekrochen war und nun abwartend auf Lord Mushrooms Schulter hockte. Die Knopfaugen der Ratte lauerten. Die Güte, die ich einst in ihnen gesehen hatte, war wohl nicht mehr als ein Trugbild gewesen.

Über welches Wissen verfügte Lord Brewster?

Ich erinnerte mich daran, wie Emily und mir auf dem Weg nach Manderley aufgegangen war, dass sie und Mara Schwestern waren. Die Ratte musste sich noch in dem Glauben befinden, dass Emily und Mara Halbschwestern seien. Dass auch Mara die Tochter von Mia Manderley und Richard Swiveller war, hatten wir Seiner Lordschaft nicht mehr mitteilen können, da er, nachdem er den Angriff auf Pairidaezas Kathedrale geleitet hatte, vom Erdboden verschwunden gewesen war.

Zufälle, dachte ich, gibt es eben keine.

Damals hatten wir uns um der Ratte Wohlergehen gesorgt.

Und war es jetzt nicht von Vorteil, dass wir niemals wieder etwas von ihr gehört hatten?

»Was habt Ihr vor?« Der Höflichkeiten waren genug ausgetauscht worden. Ich gedachte das Gespräch so kurz wie möglich zu gestalten.

Lord Mushroom wusste zweifelsohne, weswegen wir hier waren. Es bestand somit keinerlei Notwendigkeit, das Gespräch hinauszuzögern.

»Machen wir es also kurz.« Er zeigte erneut das Haifischgrinsen. »Ihr wisst, dass ich ein Bündnis mit dem Nyx eingegangen bin. Dass ich Mara in meine Gewalt habe bringen lassen.«

Wenngleich Emily den Mann nicht zu sehen vermochte, so war da noch immer die Stimme. Kalt. Höflich. Berechnend. Boshaft. Was hatte ihre Mutter nur gefühlt, als sie mit diesem Mann verheiratet worden war? Wie musste die Verzweiflung an ihr genagt haben, als sie erkannte, dass Blackheath ihr neues Heim sein würde. Diese Stimme hier, das wusste Emily Laing, hatte niemals Liebesbekundungen geflüstert.

»Sie befinden sich in keiner Geschichte, die gut ausgeht.« Während Seine Lordschaft sprach, schritt er in Richtung des Abgrunds. Die Andabataekrieger stießen uns mit den Stielen ihrer Äxte in den Rücken. Gezwungenermaßen folgten wir Lord Mushroom, dessen hohe Stiefel in der Höhle ein schauriges Echo von den Wänden warfen. »Ich habe vor, die uralte Metropole in meine Gewalt zu bringen. So wie es einst mein Vater vor mir versucht hat. Nur ausgemachte Narren in der Zelluloidwelt erklären dem Helden gegen Ende des Films die Beweggründe ihres Tuns.« Er blickte in den Abgrund hinein. »Wodurch der Held natürlich die Zeit gewinnt, die er benötigt, um siegreich aus der Geschichte hervorgehen zu können.«

Auch Emily stand jetzt vor dem Abgrund, und Bilder formten sich. Füllten sich mit Leben.

Mit einem Mal konnte sie wieder sehen.

Doch war es nicht ihr eigenes Augenlicht, das sie sehend machte. Sie blickte durch jemand anderes Augen in den Abgrund hinein. Der Abgrund, der nichts anderes war als ein rundes Loch von kaum zehn Metern Durchmesser, roch nach Feuchtigkeit. Wärme. Finsternis lag darin begraben. Undurchdringlich. Und Furcht. Wie eine Klaue, die plötzlich zupackt.

Das, was Emily sah, war ein Bild, das die Gefühle eines kleinen Kindes gemalt hatten, als das Kind hier gewesen war. In Blackheath. Am Rand des Abgrunds, vor dem auch Emily nun stand.

Auf einmal wirkte sie geistesabwesend.

»Emily?«

Sie reagierte nicht auf meine Worte.

Verdrehte die Augen. Unruhig zuckten ihre Lider.

Nur ein Wort flüsterte sie: »Mara.«

Ja, ihrer Schwester Erinnerungen strömten aus dem Abgrund herauf.

Überfluteten sie.

Ertränkten sie förmlich in einem Rausch aus Gefühlen, die Farbenspiele in tiefster Nacht waren. Erst jetzt, als die Bilder übermächtig zu werden drohten, wurde Emily bewusst, wie sehr sie es vermisst hatte, ihr Innerstes mit Mara zu teilen. Und wie sehr es Mara vermisst haben musste, ihrer großen Schwester zu sagen, was ihre Lippen niemandem sonst zu sagen bereit waren.

Es war ein Zustand vollkommenen Glücks, den Emily erlebte.

Der sie überkam.

Denn sie wusste mit einem Mal, dass Mara noch lebte. All die Befürchtungen, die sie beinah hatten verzagen lassen, wurden dahingeweht in der warmen Strömung des Abgrunds. Emily atmete schneller. War ganz aufgeregt, weil es Bilder waren, an die sich jemand erinnerte. In eben diesem Augenblick. Wo immer Mara sich befand, sie erinnerte sich an das, was Emily nun zu sehen vergönnt war. Schickte ihr vielleicht sogar mit voller Absicht diese Bilder. Blackheath mit all dem Moos und den Pfützen brackigen Wassers. Mushroom Manor, das schwarze Haus, dessen von Eisblumen überwucherte Fassade ein Gesicht war, das niemals lächelte. Der Abgrund, der sich einfach so im Boden auftat. Fast sah er aus, als habe sich ein Strudel inmitten des Gesteins gebildet, dieses in feinsten Sand verwandelt und sich immer tiefer in die Erde gebohrt. Jemand war da. Neben ihr. Nein, korrigierte sie sich. Jener Mann, dessen Schatten sich mit dem des Abgrunds verbunden hatte, war bei ihrer Schwester gewesen. Als man sie hergebracht hatte. Emily drehte den Kopf und sah in das Gesicht des Mannes, das sie nur zu gut kannte. Steerforth, der Aphrodit. Der Nocnitsa. Der Führer der Golemkrieger. Dann tauchte vor ihr ein anderes Gesicht auf. Bleich.

Verschlagen. Züge, die sie mit der Stimme in Verbindung brachte, die sie eben noch vernommen hatte und die jetzt schwieg.

Zum ersten Mal erblickte Emily Laing das Gesicht des Mannes, der ihre Mutter in den Wahnsinn getrieben und ihre Schwester entführt hatte. Der das Verderben nach Manderley Manor gebracht hatte.

Dann explodierten die Bilder.

Photofetzen flatterten wie Fledermäuse in ihren Verstand. Ein guter Mann, der aufgebahrt dalag, zu seinen Füßen eine Frau, die von ihrer Tochter gestützt werden musste. Ohne Mühe erkannte Emily ihre Großmutter, die Herrin von Manderley. Daneben Mia Manderley, die jung war und trotz der Trauer überaus hübsch. Dann zerriss jemand das Bild, und Emily sah einen Sitzungssaal. Eine Rotunde. Ein Elf sprach Worte, die Emily nicht verstehen konnte, vor einer Versammlung aus seltsamen Gestalten, von denen das Mädchen während seiner Wanderungen durch die uralte Metropole noch keine einzige gesehen hatte. Maurice Micklewhite also, wie er im Senat ein ernsthaftes Anliegen vortrug. Dann erneut Steerforth, der in den Abgrund hinabstieg.

»Emily!«

Rief da jemand nach ihr?

Aus der Ferne?

Sie blinzelte. Und Finsternis umfing sie. Nur einen Moment lang war Emily irritiert.

Ja, sie hatte die Augen geöffnet.

Doch Licht war da keines.

Erschrocken erkannte sie, was sie da eben gesehen hatte. Was es bedeutete. Bilder, die niemand hatte kennen können, waren ihr offenbart worden. Schmerzvolle Erinnerungen, die Mara besaß. Doch woher? Letzten Endes gab es nur eine einzige Möglichkeit. Während ihrer Zeit in Manderley Manor hatte sie ihr Trickstertalent genutzt und war in den Geist ihrer Großmutter eingedrungen. Hatte in dem fremden Haus nach Räumen gesucht und sie auch gefunden. Räume, so groß und weit und verzerrt, dass sie gar nicht in ein richtiges Haus zu gehören schienen. Und Mara hatte sich den Verstand ihrer Großmutter als ein Haus vorgestellt. Dunkel und labyrinthisch. Wie oft musste sie sich in den Korridoren verlaufen haben? Emily hatte dieses Haus in ihren Träumen gesehen. Die langen Gänge mit den

Kerzenhaltern. In jedem der Räume hatte die kleine Mara Erinnerungen vorgefunden. Bilder, die jemand dort abgestellt hatte. Bilder von Tod und Verderben und Liebe und Hass und dem Leid, das die Whitechapel-Aufstände über das Herrenhaus am Regent's Park gebracht hatten. Für die kleine Mara war das Haus dieser Erinnerungen dem wirklichen Manderley Manor sehr ähnlich gewesen. Schwere Erinnerungen lagen unter den weißen Laken verborgen, die jemand über sie ausgebreitet hatte. Sorgsam hatte man die Bilder, deren man sich niemals mehr erinnern wollte, in Schubladen verstaut. Mara jedoch war, wenn ihre Großmutter schlief, durch dieses Haus gewandelt. Türen hatte sie geöffnet und Schränke und Schubladen und Kommoden durchstöbert, die angefüllt waren mit Dingen, von denen man den Staub hatte abklopfen müssen.

Sie hatte das alles gesehen und nicht einmal verstanden, was es zu bedeuten hatte. Nicht wirklich. Denn in dem düsteren Haus herrschte ein heilloses Durcheinander. Wie auch in Mylady Manderleys Verstand.

Die ganze Zeit über, dachte Emily, hat mich die Kleine an ihren Erinnerungen teilhaben lassen. Die Furcht, die auch Emily gespürt hatte, wenn sie von langen Korridoren geträumt hatte. Wenn sie aus Räumen zu fliehen versucht hatte und anschließend weinend erwacht war. Emily hatte es einfach nicht verstanden. Sie hatte gedacht, es handele sich um das reale Manderley Manor.

Miss Anderson, erinnerte sie sich, war immer in den Träumen aufgetaucht. In wirklich jedem Traum. Deswegen hatte Emily geglaubt, es sei die Wirklichkeit, die sie da erblickte. Eine Frau hatte geschrien, und Emily hatte geglaubt, es sei Mia gewesen, ihre Mutter, die wie ein tobsüchtiges Tier die Stille in dem großen Haus zerriss.

»Emily!«

»Ja?«

»Wo sind Sie?«

Sie schluckte.

Antwortete: »Na hier, bei Ihnen.«

Dieses Kind!

Mit weißen, verdrehten Augen stand sie da.

»Es geht mir gut«, log sie.

Fing die Gedanken ein, die sie bestürmten.

Miss Judith Anderson war schon damals die Hausdame Manderley Manors gewesen. Ja, so musste es gewesen sein. Es war Mylady selbst, die sich in ein Zimmer in den oberen Stockwerken eingeschlossen hatte, um sich ihrer Verzweiflung hinzugeben. Die den Tod ihres Mannes betrauerte. Die sich vor den Entscheidungen fürchtete, die auf sie zukommen würden. All die ergebnislosen Sitzungen des Senats, in denen Maurice Micklewhite das Haus aus Blackheath beschuldigte, Nicodemus Manderley ermordet zu haben. All die Debatten. So sinnlos, so vorhersehbar. Immer wieder hatte sich Mylady in ihr Gemach eingeschlossen und geschrien und getobt. Weil sie unfähig gewesen war, aus ihrem Käfig auszubrechen. Weil sie ihre Tochter dem Feind zur Frau hatte geben müssen. Nur um eines brüchigen Friedens willen. Weil es die Ratten so gewollt hatten. Weil es dem Wohl der uralten Metropole diente. Weil sie die Worte sprechen musste, die der Stadt unter der Stadt die ersehnte Ruhe bringen würden. Wahnsinn, der das Herz zerreißt. So unerbittlich und grausam, wie ein Schicksal je gewesen war.

»Ich verstehe jetzt«, murmelte Emily.

Hustete.

»Was?« Sie war völlig durcheinander. »Was verstehen Sie?«

Mara hatte die Erinnerungen ihrer Großmutter mit den Geschehnissen vermischt, deren Zeugin sie selbst in Manderley Manor geworden war. Die Schreie ihrer Großmutter wurden zum Toben ihrer Mutter, die man hoch oben in der Dachkammer weggeschlossen hatte. Miss Judith Anderson, die schon damals, vor mehr als hundert Jahren, dem Haus treue Dienste erwiesen hatte, schlich auch heute noch durch die Gänge. Kümmerte sich um die Dienerschaft und sorgte sich um die kleine Mara, die sich trotzdem vor der hoch gewachsenen, dunklen Frau fürchtete.

»Sie hat mir all dies mitgeteilt.« Noch immer hielt Emily meine Hand. »Und ich habe nichts von alledem verstanden. Träume sind es, dachte ich. Dinge, die ein kleines Kind sieht.«

Dabei war alles wahr.

»Kein Wunder, dass sie nicht spricht.«

Lord Mushroom horchte auf.

Musterte das Mädchen skeptisch.

Was immer er denken mochte, er verwarf es wieder. Besann sich des Augenblicks.

»Der Abgrund«, sinnierte er, und wenn Eisblumen eine Stimme

gehabt hätten, dann hätten sie sich genau so angehört. »Der Abgrund ist wirklich tief. So tief, dass noch nie jemand dort unten gewesen ist.« Er lächelte. »Außer dem Nocnitsa. Er kann sich dort unten aufhalten. Er ist dem Nyx sehr ähnlich. Auf seine Weise.« Die grünen Augen verengten sich. »Niemand sonst überlebt den Abstieg.«

Steerforth ist dort unten, dachte Emily.

Zusammen mit Mara.

»Genug des Geredes.« Er gab den beiden Kriegern mit den Stierköpfen ein Zeichen.

»Alles Leben erlischt dort unten.« Lord Mushroom lächelte.

Den Moment seines Triumphs auskostend.

»Zeit zu sterben!«

Die Andabataekrieger schwangen plötzlich ihre Äxte. Kraftvoll fuhren die Waffen auf uns hernieder.

Schnell stieß ich Emily zur Seite und sah noch, wie sie dicht neben dem Abgrund Halt fand. Dann duckte ich mich und spürte den Luftzug, den die Klinge der Axt über meinem Kopf erzeugte.

Wahrlich, dies war keine Zelluloidgeschichte. Nicht einen Augenblick lang hatte der Bösewicht daran gedacht, eine Erklärung seines Tuns abzuliefern. Er hatte das getan, was Bösewichte in der Realität zu tun pflegen. Er hatte gehandelt.

»Wo sind Sie?«, schrie Emily.

Ich kniete auf dem Boden.

Dicht vor dem Abgrund. Wie Emily.

»Nicht bewegen!«, rief ich ihr zu.

Und konzentrierte mich auf Lord Mushroom.

Stieß ihn mit einer kräftigen Handbewegung über die Kante des Abgrunds, wie Mylady Hampstead es mich vor einer Ewigkeit gelehrt hatte. In des Elfen erschrockenen Zügen erkannte ich die Überraschung, als ihn meine Gedanken packten und er die gebündelte Konzentration spürte, mit der er nicht gerechnet hatte. Ich sah das Entsetzen in den grellgrünen Augen, als die Finsternis des Abgrunds ihn verschlang.

Emily erhob sich.

Stand auf unsicheren Beinen vor dem Abgrund.

Lauschte dem lang gezogenen Schrei, der tief unten in der Dunkelheit verebbte. Erneut bestürmte sie eine Bilderflut. Es waren die

Erinnerungen Lord Mushrooms, der einen allerletzten Blick auf das Haus seiner Kindheit hatte werfen können, bevor der Abgrund ihn verschlang.

»Emily!«

Ein Andabataekrieger stand mit hoch erhobener Axt über ihr.

Schnell war ich bei ihr.

Entriss dem Hünen die Waffe.

Hielt Emily fest.

Beinahe wäre sie über den Rand des Abgrunds gestürzt.

»Wittgenstein.«

Sie fand meine Hand.

Der zweite Andabataekrieger ließ seinen Morgenstern kreisen.

Schlug zu.

Und verfehlte unsere Füße nur knapp.

Um das Gleichgewicht zu verlieren, reichte es jedoch. Mit den Armen verzweifelt Halt suchend, wurde ich der alten Ratte gewahr, die den Kampf von einem sicheren Platz aus beobachtete. Zufrieden blinzelten die schwarzen Knopfaugen. Denn unser Schicksal war besiegelt.

Emily schrie panisch auf, als sie den Halt verlor.

Mein Versuch, sie zu retten, misslang kläglich.

So stürzten wir in den Abgrund.

Und die Finsternis umarmte uns.

Kapitel 18

Der Kinderkreuzzug

Der Nyx, dachte Emily Laing benommen, ist gierig, und manchmal verschlingt er kleine Kinder mit Haut und Haaren. Sie öffnete die Augen, und da war nichts als Rabenschwärze.

»Wittgenstein?«

»Ich bin hier.«

Direkt neben Emily.

»Wo sind wir?«

»Im Abgrund.«

Emily hatte nicht die geringste Ahnung, wie sie hierher gekommen war. Sie erinnerte sich an das Gefühl zu fallen. In ihren Träumen war sie oft gefallen. Aurora nie. Das Mädchen aus Fitzrovia hatte immerzu vom Fliegen geträumt.

»Wie sind wir hierher gelangt?«

»Wir sind gefallen.«

»Tolle Antwort.«

»Sie haben gefragt.«

Letzten Endes musste Emily einsehen, dass die Antwort der Wahrheit entsprach.

Wir *waren* gefallen.

Woran sich keiner von uns beiden erinnern konnte, war der Aufprall.

»Sehen Sie etwas?«

»Ja.«

Emily schnaubte ungeduldig.

»Nun lassen Sie sich doch nicht jedes Wort einzeln aus der Nase ziehen!«

Sie tastete den Boden ab und fühlte Felsgestein, das sich irgendwie anders anfühlte als in der uralten Metropole.

»Wie tief ist der Abgrund?«

»Tief.«

Jetzt war sie genervt.

»Bitte!«

»Ich habe nicht die geringste Ahnung.«

Eine ehrliche Antwort.

Dann beschrieb ich dem Mädchen, was ich sah.

»Wir befinden uns in einem langen Korridor«, erklärte ich und half ihr auf die Beine.

Dinsdale, der die ganze Zeit über in meiner Manteltasche gesteckt und Kräfte gesammelt hatte, war während des Sturzes erwacht und hatte den Abgrund illuminiert. Ich erinnerte mich an die Wände, die an mir vorbeirasten und an denen zahlreiche Rattlinge emporkletterten. Da war etwas an den Wänden, kleinen Blasen ähnlich, etwas, das anscheinend lebte. Übersät waren die Wände des Abgrunds mit diesen Blasen, in deren Inneren sich etwas zu bewegen schien.

Emily Laing, das hatte ich dem Schrei des Mädchens entnommen, hatte sich irgendwo in der warmen Luft über mir befunden und war gefallen. Hinab, wohin auch immer.

»Ich kann mich nicht an den Aufprall erinnern«, sagte ich ihr. »Am Ende sind wir einfach hier gewesen.«

In diesem langen Korridor, dessen Boden hart und doch kein Gestein war. Die Wände des Rundtunnels waren tiefrot. Dunkle Äderchen verliefen in filigranen Mustern an ihnen entlang. Der Boden des Korridors war von einem feinen Nebel bedeckt, in dem unsere Stiefel versanken.

Die Luft war warm, fast schon schwül. Tropisch anmutend.

Wie ein Atem.

Emily lauschte in die Stille.

Flüsterte schließlich: »Da atmet jemand!«

»Es sind Kinder hier«, antwortete ich ihr. »Unzählige Kinder mit Spiegelscherbenaugen.«

Überall waren sie. Umgaben uns. Standen paarweise oder in Gruppen oder einzeln herum, als warteten sie auf etwas. Die Spiegelscherben, die in ihren Augenhöhlen steckten, reflektierten das Irrlicht, das im Korridor auf und ab flog. In ihren zerlumpten Kleidern standen die Kinder einfach nur da. Ausdruckslos. Wie tot. Und doch lebendig.

»Wenn die Kinder des Lichtlords Augen sind«, mutmaßte ich, »dann weiß er wohl, dass wir hier sind.«

Von einem Kreuzzug hatte er in der Krypta von St. Paul's gesprochen. »Wie bereits in anderen Zeiten, so werden es auch jetzt die Kinder sein, die das Licht in die Welt tragen werden.«

Konkret war er nicht geworden.

»Hören Sie!«

Emily legte den Kopf schief und lauschte angestrengt in den Korridor.

Dann hörte auch ich es.

Schritte.

»Glauben Sie, dass Lord Mushroom den Sturz überlebt hat?«

»Wenn wir ihn überlebt haben, so wird ihm das Schicksal wohl ebenso gnädig gewesen sein.«

Die Schritte hielten inne.

»Es kommt von da vorne.« Emily deutete in die Richtung, die auch der Wind nahm.

So standen wir da.

Lauschend.

Abwartend.

Dann flammte mit einem Mal ein Lichtblitz auf, so grell, das er mich vor Schreck aufschreien ließ. Zu plötzlich war dies alles geschehen, als dass ich die Quelle des Blitzes hätte erkennen können. In gleißend weißes Licht war der Korridor getaucht worden. Dann war es vorbei.

»Was ist passiert?«, fragte Emily, die meinen überraschten Schrei vernommen hatte.

Ich erklärte es ihr.

»Ein Lichtblitz?«

»Greller als tausend Sonnen«, antwortete ich.

Als sich die hellen Flecken, die mir vor den Augen tanzten, verzogen hatten und ich wieder klar sehen konnte, blieb rational betrachtet eigentlich nur eine einzige Quelle, die ursächlich gewesen sein konnte für das Schauspiel. Die Kinder mit den Spiegelscherbenaugen mussten den Blitz erschaffen haben. Irgendwie. Aber wie?

Emily fiel beinahe um, als der Korridor zu wanken begann.

»Was ist das?«

Nicht die leiseste Ahnung hatte ich.

»Halten Sie sich an mir fest«, schlug ich vor.

Denn das Beben, das den langen Korridor erschütterte, warf uns hin und her. Es war unmöglich, festen Halt zu finden. Ein Gefühl, als drehe sich der Korridor, beschlich mich.

Ergab das einen Sinn?

Konnte die Erde hier unten beben?

»Der Nebel wird dichter.« Wabernd füllte sich der Korridor damit.

Emily nahm es zur Kenntnis.

Konzentrierte sich auf Mara.

Irgendwo in diesem Labyrinth musste ihre Schwester sein. Und irgendwo hier unten musste auch der Nyx stecken, wenn das, was man ihr erzählt hatte, der Wahrheit entsprach. Was die nächste Frage aufwarf, die sie sich bisher nie gestellt hatte. Wie sah er wohl aus, der Nyx? Welche Gestalt hatte jenes Wesen, das, wie alle sagten, dem Träumer so ähnlich gewesen war? Der Träumer, der Lycidas in die Verbannung geschickt hatte. Der mit dem Nyx gefochten und auch ihn unterworfen hatte. Wie, fragte sich das Mädchen, sieht ein Wesen aus, das sich von den Emotionen einer ganzen Stadt ernährt?

Müdigkeit bemächtigte sich ihrer. Die Anstrengungen der vergangenen Tage forderten ihren Tribut ein. Rastlos war sie durch London und die uralte Metropole gewandert. Hatte kaum schlafen und Kräfte sammeln können. Einfach zu viel war geschehen.

Emily strauchelte.

Benommen.

Hielt sich an der Wand des Korridors fest.

»Sie fühlt sich lebendig an.« Eigentlich hatte sie dies nur so dahingesagt. Doch wie so oft klärten die Worte, einmal ausgesprochen, den Geist. Denn das, was sie eben gesagt hatte, entsprach tatsächlich dem, was sie fühlte. »Die Wand«, wiederholte sie laut, »fühlt sich lebendig an.«

Dieses Kind!

»Was verleitet Sie zu dieser Aussage?« Auch ich berührte die Wand und betrachtete die kleinen Äderchen, von denen manche etwas dicker waren und deutlicher hervortraten. Etwas rann durch sie hindurch.

»Sie fühlt sich so an.«

»Lebendig?«

»Ja!«

Mürrisch musterte ich das Mädchen. Es war eindeutig Fels, den ich da spürte. Hart und kalt.

Dann bebte die Erde aufs Neue. Dieses Mal heftiger.

Beide riss es uns von den Füßen.

Die Kinder mit den Spiegelscherbenaugen standen still an ihren Plätzen. Warteten. Doch worauf?

»Da!«

Ich hatte es auch gehört.

»Die Schritte.«

Von mehreren Personen, die sich weiter vorne im Korridor aufhalten mussten.

Dann sah ich den Abdruck. Es war der Abdruck einer Kinderhand. Einer schmutzigen Kinderhand, die rußigen Dreck an der Wand des Korridors hinterlassen hatte. Von Form und Größe her der Hand des Mädchens zu ähnlich, als dass es ein Zufall hätte sein können. Nur etwas stimmte nicht mit diesem Händeabdruck. Etwas Entscheidendes. Etwas, das mich unsere Situation überdenken ließ und einen schrecklichen Verdacht in mir pflanzte, der bald schon erblühen sollte.

Der Abdruck der Hand befand sich unterhalb der Decke. An einer Stelle, die Emily niemals hätte erreichen können, weil sie dafür noch zu klein war. Die Hand schien mich förmlich anzustarren. Es gibt keine Zufälle, dachte ich und kam zu dem Schluss, dass es nur eine Erklärung dafür geben konnte. Emily hatte den Handabdruck an der Wand hinterlassen, und zwar an einer Stelle, die nicht so hoch gewesen war. Alles andere ergab keinen Sinn. Doch war der Abdruck hoch oben unterhalb der Decke. Was nur bedeuten konnte, dass er dorthin gewandert sein musste.

»Was haben Sie?«

Ich trat vor und prüfte die Stelle.

»Zeigen Sie mir Ihre Hand!«

Sie tat es.

»Meine Güte!« Die gleiche Form. Zweifelsohne.

Ich schilderte ihr das, was ich sah.

Der Handabdruck konnte nur dort oben hingelangt sein, wenn sich die Lage der Wand verändert hätte. Doch dies wiederum war nur möglich, wenn der Korridor sich bewegt hätte.

Wenn er sich gedreht hätte.

»Sie meinen«, hakte Emily vorsichtig nach, »dass der Korridor lebt?«

Der Nebel wurde immer dichter.

Sein Geruch stach unangenehm süßlich in die Nase.

»Was wäre denn«, dachte ich laut, »wenn der Nyx kein Wesen ist, das wir hier unten finden werden?«

»Sondern?«

Erneut berührte ich die Wand. Jetzt spürte auch ich jenes Pulsieren, das man in Felsgestein normalerweise nicht findet. Ich dachte an die blasenähnlichen Gebilde, die mir im Abgrund aufgefallen waren.

»Was wäre, wenn wir den Nyx nicht mehr suchen müssten?«

Den Verdacht auszusprechen, zögerte ich noch.

»Was wäre, wenn wir uns in ihm drin befänden? Wenn wir im Inneren des Nyx wären?«

Emily stockte der Atem. »Was sollen wir jetzt tun?«

Dinsdale schien zum ersten Mal, seitdem wir seine Bekanntschaft gemacht hatten, unruhig zu werden.

»Fragen Sie nicht.« Mein Mund war ganz trocken.

Dann bebte die Erde erneut. Warf uns wie Spielbälle umher.

Dichter Nebel kam auf. Nahm uns in seine Arme.

Beide fielen wir in einen Schlaf, der keiner war. Völlig überraschend.

Träumend.

Und der Nyx kam über uns, so wie wir es niemals für möglich gehalten hätten.

Über uns alle …

Für Emily war es wieder 15:08 Uhr am Bahnhof Leicester Square. Die Northern Line fuhr gerade ein, und mit quälender Langsamkeit stieß das Mädchen Aurora von sich weg, sah sie auf die Gleise zutorkeln, hörte das tosende Brüllen des Zuges, das Quietschen der Bremsen, die Schreie der Passanten. Ihre beste Freundin stürzte, und die Lokomotive erfasste sie, tötete sie im Augenblick eines Schmetterlingsflügelschlags. Und Emily Laing sank zu Boden und schrie sich die Seele aus dem Leib. Sie schrie, weil Aurora Fitzrovia tot war, weil …

… es für Aurora einen Ort gab, den nur sie betreten durfte. Einen Raum in einem Haus, an dessen Geruch sie sich noch erinnern konnte. Eine schmale Treppe hatte in den ersten Stock hinaufgeführt. Dorthin, wo der Raum gewesen war. Dorthin kehrte sie nun zurück. Allein. Sah die Frau, die man im Waisenhaus furchtsam als Madame Snowhitepink kannte. Da war der Mann, der in dem Sessel am Fenster saß. Er lächelte, wie er es auch damals getan hatte. Mit schmalen Lippen, die, wenn sie sich zu einem gewollt gutmütigen Lächeln öffneten, gelbe Zähne zum Vorschein brachten. Aurora weinte, wie sie es damals getan hatte, denn es passierte genau so, wie es damals passiert war. Madame Snowhitepink ließ sie mit dem Mann im Raum allein, und der Mann lächelte, und Aurora Fitzrovia war so voller Furcht, man könne sie bestrafen, dass sie stumm blieb und über sich ergehen ließ, was von ihr erwartet wurde. Tränen liefen ihr übers Gesicht und …

… Neil hörte sie neben sich weinen, und doch waren die Tränen die seinen, denn er stand an Bord der *Ismael*, die er natürlich niemals in seinem Leben betreten hatte. Hoch oben am Hauptmast baumelte der Leichnam seines Vaters, der aussah wie eine grobkörnige, schwarzweiße Photographie aus der *Times*. Er öffnete die Augen und sah seinen Jungen an. Neil, der weder seinen Vater noch seine Mutter gekannt hatte, der von seinem Ziehvater, dem alten Edward, von dem Unglück, das seine Familie einst heimsuchte, erfahren hatte, musste in seinen Träumen so oft dorthin zurückkehren. Zu dem Bild, das ihm den Mann zeigte, dessen Gesichtszüge die seinen waren. Der sich das Leben genommen hatte, damit seiner Familie ein kümmerlicher Rest des Geldes bliebe, das sie einstmals besessen hatte. Trotzdem hatte man ihn fortgegeben. Ausgesetzt. Deshalb stand er allein an Bord des Schiffes. Deshalb war da nur der Leichnam seines Vaters, der zu ihm sprach und …

… etwas schrie, das ich nicht verstand. Über mir, hinter dem Eis, liefen die Kinder aufgeregt umher, schlugen mit Gegenständen auf das Eis, damit es brechen würde, und konnten doch nichts ausrichten. Die Gliedmaßen wurden mir steif in dem eisig kalten Wasser, und ich schaffte es nicht länger, die Luft anzuhalten. Winzige Luftblasen entkamen meinem Mund und trieben über meinem Gesicht unter der Eisfläche entlang. Dann schrie ich und mit einem Mal entwich mir alle Luft aus den Lungen. Ich sah den Jungen, der ich einst gewesen war, über mir, auf der anderen Seite des Eises stehen, das viel zu dick war, um von kleinen Kindern zerbrochen zu werden, denn zu lange schon war der See zugefroren. Während ich starb, blickte ich in die Augen des jungen Mortimer Wittgenstein, der weder von seiner Begabung noch von der Ratte noch von der Stadt der Schornsteine wusste. Die Hände waren dem Jungen gebunden, und so sehr er auch helfen wollte, war er doch zum Scheitern verurteilt. Seine kleinen Fäuste trommelten gegen das Eis, und die verzweifelten Augen folgten den Luftblasen, die unter dem Eis und vor meinem Gesicht den letzten Tanz für diesen Winter tanzten, denn …

… er war ein Mann, dem eines der großen elfischen Häuser unterstand, und es durfte nicht sein, dass die hübsche Mia Manderley ihn demütigte. Ja, das hatte sie getan, wie es all die Jahre vor ihr schon sein alter Herr getan hatte. Mia, der er sein Herz hatte schenken wollen, hatte ihn ausgelacht. Damals, als er sie hatte glücklich machen wollen, war sie ihm nur mit Hohn und Spott begegnet, hatte ihn in der Hochzeitsnacht verschmäht, weil er ungeschickt gewesen war in Dingen, die nicht Krieg und Politik waren. Aus dem Gemach war er gestürmt und hatte getobt und getrunken, und dann war er zu ihr zurückgekehrt und hatte ihr gezeigt, wer in Blackheath das Sagen hatte. Später, nachdem jemand das Kind entführt hatte, hatte er sie in den Abgrund schauen lassen. Der Nyx war emporgestiegen mit seiner Tochter Eris, um Mias Körper in Besitz zu nehmen. Doch war sie stark und unbeugsam gewesen, und so hatte Eris, die ein Teil des Nyx war, nicht in ihrem Körper wohnen können. Den Verstand hatte sie seiner Frau dennoch zertrümmert, und so war Martin Mushroom das Herz erneut gebrochen, weil er die Frau, der er das angetan hatte, trotz allem liebte. Gefühle, die sie nicht erwidert hatte, ließen ihn jeden Ausruf und jeden Aufschrei Mia Manderleys erneut erleben. In den dunklen Nächten, wenn der Wind von der Themse her wehte, da …

… stand Maurice Micklewhite dem Golem von London gegenüber. Frederick Abberline griff den Golem an, und dieser packte den Polizisten und quetschte das Leben aus ihm heraus. Immer und immer wieder versuchte der Elf, es zu verhindern, doch in jeder Wiederholung der Szene fehlten ihm Sekundenbruchteile, um dem armen Inspektor sein Schicksal zu ersparen. Maurice Micklewhite wusste, dass er versagt hatte, dass er es war, der Abberline auf dem Gewissen hatte, der …

… hätte helfen können, als Hidden Holborn überrannt worden war. Er stand in dem Rundtunnel, der das Wohnheim war, und watete durch das Blut seiner Gefährten. Viele von ihnen hatten die Augen geöffnet, und in den toten Pupillen konnte Mièville die Vorwürfe erkennen, die ihm die Toten machten und …

… Lycidas, den man einst Lucifer gerufen hatte, hörte das Lied der Frau, in die er sich damals verliebt hatte, an den Ufern des Roten Meeres, wo alles begonnen hatte, wo die Zweifel, die bis zu diesem Zeitpunkt niemals an ihm genagt hatten, mit einem Mal so übermächtig geworden waren, dass es zu einer Revolte gekommen war, die er nicht einmal hatte anzetteln wollen. Nur frei hatte er sein wollen. Frei im Handeln, frei in den Gedanken, frei in den Worten. Doch hatte er nicht letzten Endes durch diesen Wunsch nach Freiheit über andere bestimmt und ihnen ein Schicksal aufgezwungen, das eigentlich nicht ihres gewesen war? War es nicht sein Hochmut gewesen, der den Himmel blutrot gefärbt hatte? Der ihn hatte stürzen lassen? Er fiel wie damals in die Tiefen, die die Menschen als Hölle bezeichnen. Mit ihm stürzten brennend andere Engel vom Himmel. Gleichgesinnte. Lilith war da. War da gewesen all die Jahrtausende. Jetzt war sie tot, und während Lucifer fiel und zu Lycidas wurde, weinte er um Lilith, die er bleich und kalt und tot wusste, hoch oben in der Laterne von St. Paul's. Er klagte und …

… das Gesicht des bärtigen Jungen veränderte sich. Larry der Lykanthrop wurde in dem Zimmer der Neuzugänge im ersten Stock des Waisenhauses von Rotherhithe zum Werwolf. Mara, die zwei Jahre alt war, lag gelähmt vor Angst in ihrem Bettchen und schrie. Panisch. Wie sie es tat, als ihre Mutter sich verwandelte. Für Mara verschmolzen diese beiden Augenblicke. Die Frau, die Maras Mutter war, tobte wie wild in der Dachkammer, in die man sie eingesperrt hatte. Mara hatte versucht, sie zu besuchen, aber die Tür zur Kammer war verschlossen gewesen. Also hatte sie sie in ihren Träumen besucht und gesehen, wie sich ein Mensch in ein Tier verwandeln kann. Mit Klauen griff das Tier auch jetzt nach ihr, bekam sie zu packen. Heulte. Wie ein Wolf. Groß und zottig und bereit zuzuschnappen. Denn die Welt, das ahnte die kleine Mara, ist gierig und manchmal ein Tier, und wenn dies so ist, dann kann es sein, dass sie kleine Kinder mit Haut und Haaren verschlingt und …

… Emily verstand.

Sie verstand, dass alle hier unten im Abgrund waren. Neil und Aurora und auch die anderen. Irgendwie waren sie alle in den Abgrund hinabgestiegen. Sie verstand, dass alle in ihrer eigenen Hölle gefangen waren und sie wieder und wieder erlebten. Das war es, was der Nyx gegen sie vorzubringen hatte.

Die Hölle, dachte Emily, ist kein Ort, an den man erst gelangen muss. Jeder trägt sie in sich.

»Die Hölle«, erinnerte sie sich der Worte des Lichtlords, »ist die Wiederholung.«

Der Nyx sperrte sie allesamt in der Hölle ein. Für jeden war die Wirklichkeit in diesem Augenblick die Hölle und die Hölle die Wirklichkeit. Es gab keinen Unterschied, und aus irgendeinem Grund, den sie nicht ganz verstand, war es Emily möglich, dies alles zu sehen. Dies alles zu verstehen. Nun ja, sie war eine Trickster, und vielleicht hatte es etwas mit ihrer Fähigkeit zu tun? Irgendwo in den Weiten des Abgrunds hielten sich die anderen auf, und wenn das, was Emily empfand, auch auf die anderen zutraf, dann sahen sie nicht mehr den Abgrund, sondern nur ihre eigene Hölle. Aurora sah den Raum mit dem Mann, und Mara sah den Werwolf, und Maurice Micklewhite stand am Ufer des dunklen Flusses und konnte den Tod Abberlines nicht verhindern. Jeder war dazu verdammt, in seiner eigenen Hölle zu leben. Jeder musste das, womit er solches Grauen verband, wieder und wieder erleben. Denn die Hölle, das wusste Emily nun, ist die Wiederholung.

Sie selbst stand auf dem Bahnsteig am Leicester Square. Gerade hatte der einfahrende Zug Aurora mit sich gerissen. Sie war tot, und Emily schrie sich die Seele aus dem Leib. Alles erschien echt. So verdammt echt, dass es Emily schwer fiel, etwas anderes zu glauben.

Doch waren da noch die anderen Bilder. Sie spiegelten sich in den Scheiben des Zuges, waren Teil der Leuchtreklamen, schimmerten auf den Brillengläsern der anderen Passanten.

Leise Stimmen drangen aus den Lautsprechern.

Wisperten.

Emily sah, was die anderen durchmachten.

Sie sah die Höllen ihrer Freunde und suchte nach einem Weg, wie sie daraus entkommen konnten.

Sie sah!

Und weil sie blind war und gar nicht mehr sehen konnte, musste das, was sie da sah, eine Illusion sein.

Eigentlich stand sie noch immer in dem Korridor, der gebebt hatte.

Im Abgrund.

Was ging hier nur vor?

Stand sie einfach nur da, während der dichte Nebel sie umschloss? Neben Wittgenstein, der anstelle des Jungen, dem er damals nicht hatte helfen können, unter dem Eis des zugefrorenen Sees gefangen war? Was geschah in Wirklichkeit, während sie alle in ihrer Hölle gefangen waren?

Kamen die Rattlinge aus ihren Löchern gekrochen, um ihnen allen Leid anzutun?

Fielen die Golemkrieger über sie her?

Verschleppte man sie?

»Zufälle gibt es nicht«, erinnerte sich Emily.

Wenn das stimmte, dann musste es einen Sinn haben, dass sie all die Höllen sehen konnte. Dann musste es eine Möglichkeit geben, um mit den anderen in Kontakt zu treten. Little Neil und Aurora und die anderen hielten sich auch hier unten auf, so viel war sicher. Vielleicht waren die Schritte, die sie im Korridor vernommen hatten, die des Jungen aus dem Raritätenladen gewesen. Oder Auroras? Oder Master Micklewhites? Irgendwo hier unten trieben sich die anderen herum, waren vermutlich wie sie selbst in dem dichten Nebel gefangen und wussten nicht einmal, dass sie die Wirklichkeit des Abgrunds schon lange verlassen hatten.

Was also tun?

Sich den Abgrund bildhaft vorstellen?

Als ein Haus mit unendlich vielen Zimmern?

Ja, das könnte die Lösung sein.

Es war nur ein Gefühl, aber dieses Gefühl bestärkte Emily in ihrem Entschluss, es wenigstens zu versuchen.

Sie musste sich ein Bild von dem machen, was hier vorging. Stellte sich ein dunkles Haus vor, ähnlich Manderley Manor, in dem jedes Zimmer, jeder Raum, jeder Salon und jede Kammer jemandes Hölle war. Alle waren sie in diesem Haus gefangen. Doch konnten sie sich treffen. In Emilys Vorstellung war das Haus tatsächlich Manderley Manor ähnlich.

Warum also sollten sie sich nicht am Fuße der gewundenen Treppe treffen?

In der großen Halle.

»Emmy!«

Erneut schrie Aurora, stolperte, starb.

In den Fenstern des Zuges spiegelten sich die Höllen der anderen, und Emily griff danach. Sie ging durch das dunkle Haus und hielt vor den verschlossenen Räumen an. Irgendwie konnte sie das. Legte ihre Hand auf die Türklinken und versuchte mit aller Kraft, sie hinunterzudrücken. Das Bild wurde unscharf, und ihre Hand rutschte ab. Sie rief nach den anderen, doch niemand hörte sie. Bis auf Mara. Ihre kleine Schwester, die irgendwo im Abgrund gefangen war, lauschte den Worten und gab Emily die Kraft, es erneut zu versuchen. Beide waren sie Tricksterkinder, und ihrer beider Talente verstärkten und unterstützten einander.

»Folgt mir!«

In den Höllen war diese Aufforderung nur ein Flüstern.

Von weit, weit her.

Die Hand des Mädchens berührte alle Türklinken gleichzeitig und drückte sie hinunter. Es langsam zu tun war der Schlüssel. Mit vereinten Kräften. Ohne Mara, das wusste Emily, hätte sie es niemals schaffen können. Wer oder was immer der Nyx auch war, er hatte nicht damit gerechnet, dass sich zwei Tricksterkinder gleichzeitig gegen ihn verschwören würden.

»Folgt mir!«

Jetzt hörten es alle und …

… Aurora erhob sich vom Boden, wo sie hatte ausharren müssen, und sah, dass sich die Tür geöffnet hatte. Sie hörte nicht mehr auf das, was der alte Mann ihr befahl, verließ den Raum, in dem sie sich so lange Zeit aufgehalten hatte. Dahinter waren ein Korridor und die Stimme ihrer Freundin. Und sie folgte …

… den Luftblasen, die mit einem Mal die Richtung änderten. Waren sie vorher ohne erkennbares Ziel unter der Eisfläche umhergeirrt, so schwammen sie jetzt alle in dieselbe Richtung, zu einer Öffnung im Eis, die mich auftauchen und nach Luft schnappen ließ, die mich die Hand des jungen Mortimer Wittgensteins ergreifen ließ. Der, der ich einst gewesen war, rettete mich vor dem Ertrinken. Eine Stimme erklang über dem See, rief mich zu ihr. Und ich folgte …

… nicht länger den Worten des Leichnams, der sein Vater gewesen war. Little Neil sah, dass die *Ismael* nunmehr im Hafen lag und dass eine Planke an Land führte, dass es ein Leichtes war, diesen Weg zu gehen, der Stimme zu folgen, die ihn durch die Gassen des Hafenviertels von Southwark führte, wie es vor hundert Jahren gewesen war. Es war Emily, die ihn da rief, die …

… ihn zur Besinnung brachte, denn der Golem, der Abberline mordete, war nicht die Wirklichkeit. Maurice Micklewhite erinnerte sich, dass er dies alles vor langer Zeit schon einmal hatte erleben müssen. Das Tor zu einem Hinterhof öffnete sich knarrend, und dahinter rief ihn eine Stimme. Emily, das Mädchen aus dem Waisenhaus, dachte er, und ließ Golem und Abberline zurück, um den Hinterhof zu betreten, in dem …

… die Worte der toten Tunnelstreicher von Hidden Holborn nicht länger von den Wänden hallten. Mièville sah die massive Stahltür, an die jemand das Wort *Exit* gesprüht hatte, lauschte der Mädchenstimme, die Miss Laings Stimme war, und folgte ihr in den Feuerschutztunnel, der hinter der Tür lag, der ihn durch die uralte Metropole seiner Vorstellung führte, bis er endlich an …

… einem Punkt angelangt war, wo der Nyx sich mitsamt seiner Tochter Eris aus den Tiefen erhob und den Leib seiner Gattin beanspruchte. Martin Mushroom, dessen Vater bei dem Versuch, dem Nyx Obdach in seinem Geist zu gewähren, kurz nach den Whitechapel-Morden kläglich verendet war, war nun bereit, die Frau, die er liebte und die seine Liebe niemals erwidern würde, dem Nyx zu opfern. Eris stieg aus dem Abgrund auf, und Mia Manderley widerstand. Tobsüchtig begann sie zu schreien, als Eris ihre Seele zerriss, Stücke daraus verschlang und letztlich doch wieder in den Abgrund flüchten musste, weil jener Körper ihr keinen Unterschlupf gewähren würde. Martin Mushroom hörte eine Mädchenstimme, die ihn zu sich rief. Einen Augenblick nur, dann wurden die Schreie Mia Manderleys intensiver. Wahnsinn fraß sich durch das Bewusstsein der jungen Frau, und ihre Gesichtszüge veränderten sich für immer. Martin Mushroom konnte den Blick nicht abwenden von dem Grauen, das ihn vor Furcht und Trauer weinen ließ und doch so faszinierend war, weil er in seinem tiefsten Inneren wusste, dass seine untreue Gattin das Schicksal, das ihr widerfuhr, verdient hatte. So sah er nicht die Tür, die sich öffnete, und auch nicht, dass die Tür nach einer Weile wieder ins Schloss fiel und die Stimme, die ihn gerufen hatte, verstummte. Lord Mushroom blieb aus freien Stücken in seiner Hölle, während …

… Aurora Fitzrovia, die durch die Korridore des Hauses lief, das immer größer geworden war, eine gewaltige Halle erreichte, die von einer gewundenen Treppe beherrscht wurde. Niemals zuvor war sie an diesem Ort gewesen, an dem die Schatten in den Ecken wisperten und …

… Mièville an die Winde von King's Moan erinnerten, deren Melodien die Tunnelstreicher ihren Kindern vorsangen, weil sie, so munkelte man, Geschichten zu erzählen wussten aus längst vergangenen Tagen. Auch er betrat den Raum, der von der gewundenen Treppe beherrscht wurde, ebenso wie …

… Maurice Micklewhite, der sich zu seiner Verblüffung eben noch in einem Hinterhof nahe des dunklen Flusses befunden hatte. Der Mädchenstimme war er in eine schäbige Bretterbude gefolgt, die sich jedoch als die große Halle von Manderley Manor entpuppte und …

… wo auch ich mich wiederfand, nachdem ich zum Schulhaus zurückgelaufen war, das als Kind der Mittelpunkt meines armseligen Lebens gewesen war, um meine durchnässte Kleidung zu wechseln und mich an dem kleinen Kohleofen zu wärmen. Emily hatte mich von drinnen gerufen. Von dort, wo früher der Lehrer all die Kinder nach der Pause zur nächsten Unterrichtsstunde gerufen hatte. Ins Schulhaus war ich gestürmt, und wiedergefunden hatte ich mich in Manderley Manor, wo die gewundene Treppe die Halle beherrschte und ich die anderen gewahrte, wo …

… Lycidas am Boden kniete, weil die Kräfte ihn verlassen hatten. Auch er war der Stimme des Mädchens gefolgt, hatte in den Himmel zurückkehren wollen und war in der großen Halle des Anwesens am Regent's Park gestrandet, wo …

… die kleine Mara Manderley bereits die ganze Zeit über gewesen war und wo …

… Emily Laing als Letzte hingelangte, die schließlich doch noch den Zug bestiegen hatte, der ihrer Freundin zum Verhängnis geworden war. Die Northern Line verließ Leicester Square pünktlich um 15:08 Uhr und brachte Emily schon hinter der nächsten Kurve nach Manderley Manor, wo die anderen bereits auf sie warteten. Wo sie vereint waren in der großen Halle, die Emily Laing vor langer Zeit zum ersten Mal betreten hatte.

Dann öffneten sie die Augen.

Allesamt.

Sahen.

Mit Ausnahme von Emily, die noch immer blind war und somit wusste, dass dies die Wirklichkeit war.

»Wittgenstein?« Zögerlich klang sie.

Die Gegenwart der anderen war spürbar.

»Ich bin da.«

Ich trat neben sie.

Legte meine Hand auf ihre Schulter.

»Wer sonst noch?«

»Neil Trent und Aurora Fitzrovia.«

Dann hörte sie ihrer Freundin Stimme. »Master Micklewhite und Mièville.«

Es war seltsam, die Stimmen der Freunde zu hören. Doch schön, die Umarmungen zu spüren in der Finsternis, die wieder Emilys Wirklichkeit geworden war. Einen kurzen Augenblick nur fragte sie sich, ob Neil ihrer Freundin endlich gebeichtet hatte, was er für sie empfand.

Dann vernahm sie zwei weitere Stimmen.

»Mr. Fox«, stellte sich dieser vor.

»Sowie Mr. Wolf.«

Und bevor das Mädchen sich fragen konnte, was die beiden Gestalten an diesen Ort verschlagen hatte und wie sie hierher gelangt waren, stellte Mr. Fox klar: »Wir sind eben da.«

»Wir sind immer da«, ergänzte sein Kumpan.

»Immer genau dort, wo wir hingehören.«

»Das waren wir schon immer.«

»So ist das!«

Mit Sicherheit nicht das Seltsamste, was Emily an diesem Tag gehört hatte. Da kam ihr Mara in den Sinn.

»Wo ist meine Schwester?«

»Sie ist hier.« Master Lycidas war das gewesen.

Emily drehte den Kopf in die Richtung, aus der sie die Stimme vernommen hatte, die sie an Lucia del Fuego erinnerte.

»Wo?«

Ich beschrieb ihr den Ort, an dem wir uns befanden.

Emily lauschte den hastigen Worten, die von einer Höhle ungeahnten Ausmaßes kündeten. Die Wände waren in ständiger Bewegung, wirkten fleischig und waren übersät mit eben jenen blasenähnlichen Gebilden, die mir bereits im Abgrund aufgefallen waren. Eine dünne Membran schien über etwas zu liegen, das atmete. Das wuchs. Beim genaueren Hinsehen erkannte man, was sich in den Blasen befand.

»Die Rattlinge werden dort geboren«, hörte das Mädchen Maurice Micklewhites Stimme, die laut und kraftvoll von den Wänden widerhallte, sodass Emily ein Gefühl von der Größe dieser Höhle bekam.

Maurice Micklewhite, der mit einer kleinen Zahl von Horuskriegern und Toten in den Abgrund der Region hinabgestiegen war, hätte es treffender nicht ausdrücken können.

Die Blasen enthielten die rasant wachsenden Föten der Rattlinge.

»Es ist der Abgrund, der sie gebiert«, sagte Mièville, der mit den Kindern durch einen Abgrund, von dem wir anderen nicht gewusst hatten, hierher gekommen war. »Denn der Abgrund ist der Nyx.«

Deshalb also das Beben, dachte Emily.

Der Nyx war der Abgrund.

»Der Abgrund ist nur ein Teil des Nyx.« Der Lichtlord klang ungeduldig, als müsse er begriffsstutzigen Schülern einen banalen Sachverhalt erklären. »Stellen Sie sich die Abgründe als Sinnesorgane vor, mit denen der Nyx die obere Welt berührt.« Emily hörte Lycidas unruhig auf und ab gehen. »Die Sinnesorgane bohren sich nach oben, riesigen Fühlern gleich.«

Die Rattlinge waren die Augen und Ohren des Nyx. Er gebar sie in den Hautblasen, ließ sie dort heranwachsen, und sobald sie schlüpften, krochen sie nach oben, kletterten die Abgründe hinauf und drangen in die Hölle und die uralte Metropole vor. Ja, sie waren seine Augen und Ohren, aber eigentlich waren sie nur Teile eines einzigen riesenhaften Sinnesorgans, das wir als Abgrund bezeichnet hatten.

»Es existiert ein Abgrund in Pairidaezas Kathedrale«, sagte Aurora.

Durch diesen Abgrund waren die beiden Kinder dem Tunnelstreicher gefolgt.

»Der Nyx«, erklärte Lycidas, »will Pairidaezas Stock in seine Gewalt bringen.«

Aus diesem Grunde also hatte er die Rattlinge in die Hölle beordert. Sie sollten die Wurzeln des Lebensbaums vom Boden lösen und ihn dann mit sich in den Abgrund ziehen, wo ihn der Nyx hätte verschlingen können.

»Der Nyx«, fuhr der Lichtlord fort, »war derjenige, der einst die Menschheit verführt hat. Der Nyx war die Schlange, von der die Schriften der Menschen künden. Er hatte geglaubt, die Menschen vergiften zu können, aber letzten Endes machte er sie nur wissend. Doch wie schlimm kann Wissen sein, wenn es dem Wissenden keinen Gewinn bringt? Der Nyx hatte sich all die Jahre von den Früchten des Wissens nähren können. Hass. Missgunst. Eitelkeit. Doch hat er selbst niemals Früchte vom Baum des Lebens gekostet. Der Träumer hat ihn verbannt und tief in die Erde geschmettert, und so hat er seit Anbeginn der Zeit versucht, Macht über Pairidaezas Stock zu erlangen, um die Kräfte des Baumes für sich zu nutzen. Denn der Nyx, das sollten Sie wissen, ist uralt. Er ist ein Wesen, dessen Kräfte nachlassen. Und letzten Endes will er das, was wir alle wollen. Er will nicht sterben.«

Die Vorstellung, sich in einem Sinnesorgan des Nyx zu befinden, war seltsam absurd.

Doch straften die Dinge, die wir sahen, jedwede andere Behauptung Lügen.

»Die meisten Rattlinge«, schilderte ich dem blinden Mädchen, »sind tot.«

Jedenfalls jene, die sich hier im Abgrund befunden hatten.

Überall lagen ihre leblosen Körper herum. In ihrer Mitte kauerten hungrige Limbuskinder, die sich an den toten Rattlingen labten. Durch den Abgrund in Pairidaezas Kathedrale waren sie hierher gekommen und hatten auf ihrem Weg nach unten sowohl die lebendigen Rattlinge als auch ihre ungeborenen Artgenossen angegriffen. So hatten sie Lycidas den Rückhalt gegeben, den dieser brauchte, um seinen Plan in die Tat umzusetzen.

Jenen Plan, zu dem all die Kinder mit den Spiegelscherbenaugen nach unten in die Tiefe gezogen waren. Dem Lichtlord waren sie gefolgt auf diesem Kinderkreuzzug, hatten sich überall am Boden des Abgrunds verteilt, bevölkerten nunmehr die langen, atmenden Korridore, die der Nyx waren, und warteten auf das, was nicht kam. Auf das, was vor Augenblicken nur kurz aufgeblitzt und dann wieder erloschen war.

»Sie warten auf das Licht«, sagte Lycidas. »Mein Licht.«

Resigniert klang er.

Und wenn Emily ihn hätte sehen können, dann hätte sie sein Verzagen verstanden.

Lycidas hatte auf dem Boden inmitten des Raumes gekauert, als wir zu Bewusstsein gekommen waren. Kraftlos und resigniert. Das Haar zerzaust. Niedergeschlagen. Schnell war sein Atem gegangen. Dinsdale, der als Erstes den großen Hohlraum erreicht hatte, schwebte vor dem Lichtlord und zauberte flink umherspringende Schatten auf dessen Antlitz. Nachdenklich hatte der Lichtlord das Irrlicht beobachtet, war jeder seiner Bewegungen gefolgt.

Mr. Fox und Mr. Wolf standen am Rand des Raumes.

Stumme Zeugen der Geschehnisse.

Dann hatte sich Lycidas erhoben und war uns entgegengetreten. Mit festem Blick, in dem man jedoch die Zweifel und die Furcht erkennen konnte. Zweifel bezüglich seiner Person und Furcht vor dem, was geschehen würde, sollte sein Plan zum Scheitern verurteilt sein.

»Es ist Licht, das wir benötigen.« Er brachte es auf den Punkt.

Emily ging auf die Stimme zu.

»Wo ist Mara?«

Es war Maurice Micklewhite, der es ihr sagte. »Sie befindet sich im Nyx.«

In dem großen Haus, das Emily sich vorgestellt hatte, da war Mara bereits in der großen Halle mit der gewundenen Treppe gewesen. Sie musste also hier in diesem Raum sein. Irgendwo. Sie hatte von Anfang an hier sein müssen, denn dieser Raum war das Gegenstück zur großen Halle in dem Manderley Manor ihrer Imagination.

»Sie befindet sich in einer der Blasen.« Das war Aurora.

Zögerlich ergriff sie Emilys Hand, die dankbar lächelte, als sie die Freundin neben sich wusste.

»Sehen sie!« Ich trat hinter Emily. »Sehen Sie durch meine Augen.«

»Und Sie …«

»Fragen Sie nicht. Tun Sie es einfach.«

Ein Augenblick würde genügen.

Ich spürte, wie Emily ihr Bewusstsein mit dem meinen teilte. Dann sah sie, was ihrer Schwester Schicksal war.

Mara befand sich in einem großen Hautsack, der aus einer der Wände vor uns herauswuchs. Braune Flüssigkeit schwappte in dem Sack, und der Körper des kleinen Mädchens schwamm darin wie in einer Fruchtblase. Mara zappelte unruhig, und ihre kleinen Hände drückten sich von innen gegen die dünne Haut, die, wie Emily voller Ekel sah, mit hauchdünnen Äderchen überzogen war. Mir schwindelte, als ich die Verzweiflung des Mädchens spürte, die Ohnmacht ob der Gewissheit, dass Mara wie die Rattlinge neu geboren werden würde und dann jemand anderes wäre. Jemand, der ein Teil des Nyx war und den die alten Geschichten Eris nannten.

Ich bat Emily, mein Bewusstsein zu verlassen.

»Holen Sie Mara da raus«, bat sie mich.

»Eris ergreift schon Besitz von ihr.« Lycidas sprach sich entschieden dagegen aus, das Kind zu befreien. »Wenn wir den Nyx und Eris jetzt stören, dann wird der Kleinen das gleiche Schicksal widerfahren wie einst ihrer Mutter.«

»Aber wir müssen etwas tun!«

Dass Lycidas davon gewusst hatte, verwunderte Emily schon gar nicht mehr. Alle hier schienen ihre Geheimnisse zu hüten. Bis zum Letzten.

»Ich bin der Einzige, der etwas tun kann!« Lycidas schrie es förmlich hinaus. »Und ich habe nicht mehr die Kraft dazu.« Er hatte alles versucht. War erstrahlt wie ein Stern am Firmament, und in aller Kinder Augen hatte dieses Leuchten ein Echo gefunden, bis in die hintersten Winkel des Nyx. Doch war es nur ein kurzes Aufflammen. Denn Lycidas war in der Laterne von St. Paul's gefangen gewesen, die nur hatte leuchten können, weil der gefallene Engel Feuer geweint hatte. »Vielleicht«, pflanzte Lycidas mit nur einem einzigen Wort einen Hoffnungsschimmer in des Mädchens Herzen, »könnte dieses Irrlicht uns einen Dienst erweisen.«

Dinsdales Farbe veränderte sich.

Lycidas winkte ihn zu sich.

Das Irrlicht schwebte ganz nah am Gesicht des Lichtlords, der ihm etwas in einer Sprache zuflüsterte, die niemand verstand. Es war keine alte Sprache. Es war der Dialekt, den Dinsdale zu sprechen pflegte. Eine Sprache, die man nur in Manchester verstand. Er lauschte den Worten, die Lycidas an ihn richtete.

»Was hat er vor?«

Dieses Kind!

»Fragen Sie nicht.«

Eine Ahnung beschlich mich.

»Haben Sie noch die Steine, die Sie damals erwählt haben?« Wenn Lycidas das vorhatte, was ich vermutete, konnten die Steine hilfreich sein. Nicht für den Lichtlord selbst, sondern für das Irrlicht.

Emily kramte in ihrer Jackentasche danach, und ich entsann mich des Tages, als ich die blaue Jacke mit dem Fellkragen bei einer mürrischen Bedienung mit hochgesteckter Frisur bei Marks & Spencer am Piccadilly für sie erstanden hatte. Hätte ich damals bereits geahnt, was mir mit diesem Kind noch alles bevorstehen würde, hätte ich Lord Brewster vermutlich gebeten, einen anderen Mentor für Emily zu suchen. Doch wie gesagt gibt es selten Zufälle. Dass ich die

Bekanntschaft Emily Laings hatte machen dürfen, war also mitnichten ein Zufall gewesen.

Und ebenso wenig war es Zufall, dass die Steine, die sie damals in King's Moan erwählt hatte, sich noch immer in der Jackentasche befanden. Emily hatte sie die ganze Zeit über nicht mehr beachtet, obwohl sie oft, wenn sie die Hände in die Taschen steckte, danach griff und sie durch die Finger gleiten ließ. Es war eine unbewusste Geste. Die Steine waren glatt, und es tat gut, sie zu spüren. Doch niemals hatte sie einen Gedanken daran verschwendet, ob sie die Steine noch einmal brauchen würde. Jetzt, als die Steine erneut in ihrer Hand lagen, kamen all die Erinnerungen zurück, die sie bisher für bedeutungslose Schnappschüsse gehalten hatte.

»Es gibt keine Zufälle.«

Lycidas sah mich überrascht an, als ich ihm zunickte.

Emily wusste, dass dies so war.

Ihre Finger ertasteten die drei Steine. Bernstein, erinnerte sie sich, beinhaltet das Licht der Sonne. Rosenquarz schluckt die Erdstrahlen und schützt das Herz. Der schwarze Turmalin, den sie an seiner ovalen Form erkannte, bewahrt vor Orientierungslosigkeit und entgiftet den Körper.

»Die Steine werden Ihnen treue Dienste erweisen«, erinnerte sie sich meiner Worte.

Sie hatte all dies schlichtweg vergessen gehabt. Als sie von Mr. Fox und Mr. Wolf nach Croxley geführt worden war und Dinsdale, verletzt vom Pfeil eines der Jäger, in ihrer Tasche gelegen hatte, da war ihr der Bernstein in den Sinn gekommen. Ja, das Irrlicht war dazu in der Lage gewesen, vom Sonnenlicht zu zehren, das der Stein besaß. Der Bernstein heilte Dinsdale, indem er ihm neues Licht schenkte. Und Aurora hatte ihr berichtet, dass es die Steine gewesen waren, die nach dem Angriff durch den Nekir das Gift in Emilys Blut am Fließen gehindert hatte.

»Wittgenstein hat gezaubert.« So hatte es Aurora damals ausgedrückt.

Die Magie der Steine.

Hatte sie nicht gelernt, dass man diese Magie niemals unterschätzen sollte?

Dinsdale, dachte Emily, würde die Steine brauchen können.

Vielleicht.

»Wir sollten uns beeilen«, drängte der Lichtlord. »Es wird nicht lange dauern, und der Nyx wird bemerken, dass wir nicht mehr in den Höllen gefangen sind.«

Aurora trat vor und hielt ebenfalls einen Stein in der Hand. »Der Malachit. Ich habe ihn immer dabeigehabt.« Etwas beschämt fügte sie hinzu: »Als Andenken.« Malachit, der von Giften und negativen Energien befreit.

»Geben Sie mir die Steine«, forderte ich die Kinder auf und bat die anderen zurückzutreten.

Lycidas faltete die Hände.

Es sah aus, als wolle er beten.

Schloss die Augen.

Erhob das Haupt.

Schnell legte ich die Steine auf den Boden. Fühlte sie. Und hob sie hoch mit der Kraft meiner Gedanken. In elliptischen Bahnen ließ ich sie um das Irrlicht kreisen, das sich jetzt im Zentrum des Wirbels befand. Dessen Leuchten greller wurde. So grell, dass wir die Augen bereits jetzt zusammenkneifen mussten. Im Licht dieser Steine erschienen die Gesichter der anderen unwirklich und blass. Aurora hielt Emilys Hand, und Neil stand mit staunenden Augen neben Mièville, der Wunder kannte, weil er in der uralten Metropole aufgewachsen war. Maurice Micklewhites heller Mantel, der schmutzig war vom Dreck und vom Blut des Abgrunds, erstrahlte wie ein Heiligenschein. Dinsdale lud sich auf an den Steinen, und als es vorbei war und der Boden unter unseren Füßen erneut zu beben begonnen hatte, da flog er in die Hände des Lichtlords, die ihn schützend umfassten und festhielten.

»Der Nyx spürt, dass wir nicht mehr in unseren Höllen sind.« Neil sah sich ängstlich um.

Das Trippeln von hunderten kleiner Füße erfüllte die Korridore, die in den großen Raum führten. Füße, die winzige Krallen hatten. Frisch geschlüpfte Diener des Nyx, die von überall herkamen.

»Rattlinge!«

Der Nyx wusste, was der Lichtlord vorhatte. Er ahnte, dass das Glück Lycidas dieses Mal hold sein könnte. Weil alle ihre Höllen verlassen hatten. Weil sie sich gefunden und verbündet hatten.

Mr. Fox und Mr. Wolf, die bisher untätig im schattigen Abseits gestanden hatten, traten nun vor.

»Wir nehmen uns ihrer an«, sagte Mr. Fox.
Und Mr. Wolf knurrte: »Lasst sie nur kommen!«
Beide hatten Säbel gezückt, die Neil zuvor nur in Piratenfilmen gesehen hatte.
Als die Rattlinge in den Raum fluteten, öffnete Lycidas die Augen.
Flammen loderten darin.
Die Kraft des Irrlichts, die auch die Magie der Steine enthielt, durchdrang den Lichtlord.
Die Kinder mit den Spiegelscherbenaugen regten sich.
Zum ersten Mal, seitdem wir hier unten waren, bewegten sie ihre Köpfe. Schlurften die in Lumpen oder kaputten Schuhen steckenden Füße über den Boden. Aus all den Jahrhunderten waren sie gestohlen und hierher gebracht worden. Von Lycidas und Lilith, die ihre Unschuld für den Lebensbaum missbraucht hatten. Die das Leben all dieser Kinder in Form eines Elixiers getrunken hatten, das aus den Trauben von Pairidaezas Stock gewonnen worden war.
Es gibt keine Zufälle, dachte ich benommen.
Denn jetzt erfüllten sie ihren Zweck.
Jetzt, da die lodernden Flammen aus Lycidas' Antlitz strömten. Als ein Licht erstrahlte, heller als tausend Sonnen. Ein Licht, das sich in den Spiegelscherbenaugen der Kinder sammelte und von ihnen reflektiert wurde. Das war es also, was der Lichtlord im Schilde geführt hatte. Ein Kinderkreuzzug hinab in die Tiefen. Denn die Spiegelscherben in den Augenhöhlen der Kinder trugen das Licht des gefallenen Engels weiter. Überall, hatte uns Lycidas gesagt, befänden sich die Kinder mit den Spiegelscherbenaugen. Der Nyx hatte sie nicht bemerkt, weil sie keine Seele mehr besaßen und außerdem nichts getan hatten. Sie hatten nur herumgestanden. Untätig. Abwartend. Ja, wartend auf diesen einen Augenblick.
Die Rattlinge, die von Mr. Fox und Mr. Wolf mit Säbeln dezimiert wurden, begannen zu kreischen. Wie Berserker wüteten die Gehilfen des Lichtlords, und Neil dachte verwirrt, dass die beiden aussahen wie ein tobsüchtiger Rowan Atkinson, wenn er ein Raubtier gewesen wäre, mit gelben, geschlitzten Augen und gefletschten Zähnen, die nichts Menschliches mehr erkennen ließen. Ein letzter Ansturm der Rattlinge, die an den Jägern hinaufkrabbelten und sie schließlich zu Boden warfen, wurde den beiden zum Verhängnis.

Noch im Todeskampf schlugen sie wie wild mit den Säbeln um sich, bissen einigen der Angreifer sogar die Köpfe ab.

Es sind Raubtiere, dachte Neil und erschauderte. Jäger, die mit einem Mal selbst zur Beute geworden waren.

Mièville sagte nur: »Das ist das Leben.«

Punktum.

So sind die Tunnelstreicher eben. Prägnant.

Die Kinder mit den Spiegelscherbenaugen indes hatten, wie wir jetzt sahen, eine Kette gebildet, die das Licht, das von einem Kind zum nächsten weitergegeben wurde, bis in die hintersten Winkel des Nyx reflektierte. Dort, wo das Licht auf die Haut des Nyx traf, bildeten sich Geschwüre, platzten Äderchen und färbte sich die Wand grau. Nein, nicht grau. Sie wurde zu Stein. Denn die Magie der Steine war ein Teil dieses Lichts. Rosenquarz schluckt die Erdstrahlen, Malachit und Turmalin befreien von Giften und negativen Energien und Bernstein ist das reinste Sonnenlicht.

Lycidas' flammende Augen überfluteten den Nyx mit dem Licht, das das Licht der Sonne war und der Magie. Und diese Magie war die Magie der Erde, die der Nyx sich untertan gemacht hatte. Die er missbraucht hatte, indem er von Steerforth die Golemkrieger hatte erschaffen lassen.

Das Böse, das hier unten lebte, wurde aufgesaugt von den Steinen.

Bernstein, Rosenquarz, Turmalin und Malachit wirbelten noch immer durch die Luft.

In ihrem Zentrum befand sich Lycidas.

Brennend.

Lodernd.

Singend mit Flammenzungen.

Dann erlosch das Licht.

Das sanfte Glimmen in den Spiegelscherbenaugen all der Kinder war jetzt die einzige Lichtquelle in der Finsternis.

Lycidas war zu Boden gesunken.

In seiner Hand hielt er den reglosen Körper des Irrlichts.

»Es ist vorbei«, sagte der Lichtlord.

Und mit einem Mal wurde es kalt. Eisige Kälte verwandelte den dunklen Ort, an dem wir uns befanden, in nur wenigen Augenblicken in einen Eispalast. Das Licht, das noch in den Spiegelscherbenaugen nachglomm, wurde von den Eiskristallen eingefangen und festgehalten, die Wände und Boden gleichermaßen bedeckten. Überall glitzerten kleine, klirrende Sterne.

Die Rattlinge, die Mr. Fox und Mr. Wolf am Ende doch noch zum Verhängnis geworden waren, fanden wir zu Stein erstarrt, ganz so wie die Wände, die vormals gelebt hatten, jetzt nur mehr graues Felsgestein waren. Alles hier unten war von einer Eisschicht überzogen.

»Die Hölle«, sagte Maurice Micklewhite, »ist ein Eispalast.«

Jemand weinte in der Stille.

Ein Kind.

Mara!

»Wo ist sie?« Emily torkelte durch ihre Finsternis.

»Sie ist hier.«

Maurice Micklewhite hielt die Kleine in seinen Armen.

Als das Licht die blasenähnlichen Gebilde an den Wänden hatte platzen lassen, war auch Mara, wie all die Rattlingföten, auf den eisigen Boden geglitten. Ganz dunkel von der braunen Flüssigkeit, in der sie gelegen hatte, waren ihr die Tränen übers Gesicht geronnen.

Die Augen des Kindes waren es, die mich erschaudern ließen.

Sie waren kalt.

Fremdartig.

Von hellem Gelb mit einer Pupille, die zu schmal war, um menschlich zu wirken.

»Was ist mit ihr?« Emily kannte mich gut genug, um zu spüren, dass etwas nicht in Ordnung war.

Es war gut, dass Emily ihre Schwester nicht ansehen konnte.

»Fragen Sie nicht.«

Wie es ihre Art war, fragte Emily doch.

Und als die Engel zu uns kamen, da vermischte sich ihr Gesang mit den verzweifelten Schreien des Mädchens, das soeben erfahren hatte, dass seine Schwester auf immer verloren war.

Kapitel 19

Licht

»Sie sollten längst zurückgekehrt sein«, sagt Mièville. Die Besorgnis, die sich von jedem Augenblick des Wartens nährt, ist noch immer da.

»Sie haben es geschafft«, bemerke ich zuversichtlich.

»Ihr spürt es?«

Ich nicke nur.

Zögerlich.

Master Dickens, der hinten zwischen den Regalen steht und Bücher aus einer Kiste einsortiert, die erst kürzlich geliefert wurde, sieht zu uns herüber. Neil Trent ist jetzt bei Aurora Fitzrovia. Maurice Micklewhite ist gleich nach unserer Rückkehr in sein geliebtes Museum zurückgekehrt, um Miss Monflathers und den Black Friars zu danken, die uns die Engel gesandt haben.

Wie immer ist es Emily, um die ich mich sorge. Emily und ihre kleine Schwester, die wir im Abgrund zurücklassen mussten, weil Lycidas es uns befohlen hatte. Es gäbe keine andere Lösung, hatte er beteuert.

Mièville schweigt.

Sieht nachdenklich nach draußen.

Es schneit, wie es immer geschneit hat. Dicke Flocken wirbeln schwer durch die Nacht.

Ich nippe an meinem Tee.

Die Unruhen in London haben aufgehört.

»Der Nyx«, hatte Lycidas uns erklärt, »musste sich auf die Kämpfe konzentrieren.«

Die Golemkrieger waren zwar vom Nocnitsa gelenkt worden, hatten ihre Kraft aber vom Nyx erhalten, der lediglich ein Medium benötigt hatte, das die Lehmkreaturen befehligte.

»Und weil er sich auf die Kämpfe in der uralten Metropole und in London konzentrieren musste, waren ihm die Kinder mit den Spiegelscherbenaugen entgangen.« Nicht unbedingt entgangen, aber er hatte keine Gefahr in ihnen gesehen. Sie waren nur Kinder ohne

Seele, die er ohnehin bloß undeutlich wahrgenommen hatte. »All die Wesen, die ihren Lebensfunken dem Nyx verdanken«, war Lycidas mit einem boshaften Lächeln fortgefahren, »werden verenden.«

Und so war es geschehen.

Die Legionen Manderleys, die überall in der uralten Metropole und in London gegen die Söldner Mushroom Manors gekämpft hatten, waren siegreich gewesen. Der Tod des Nyx hatte jeglichen Kampfeswillen in den gegnerischen Heeren zerstört. Die Söldner waren in Scharen aus der uralten Metropole geflohen, und die Golems waren zu dem Staub zerfallen, aus dem man sie einst erschaffen hatte. Die Horuskrieger waren nach Kensington Gardens zurückgekehrt, nachdem sie die Toten aus ihrer Pflicht entlassen hatten. In der Zwischenzeit ruhten alle wieder dort, wo man ihre Gebeine einst hingebettet hatte, und die Friedhöfe Londons waren wieder bewohnt. Keiner der Leichname oder Horuskrieger war zum Boden des Abgrunds vorgedrungen, weil sie dem Elfen Rückendeckung hatten geben müssen. Während sie an den Wänden des Abgrunds Rattlinge getötet hatten, war es Maurice Micklewhite gelungen, durch die feindlichen Linien in den Abgrund zu entwischen.

Dorthin, wo er seine eigene Hölle gefunden hatte.

Wo ihn Emily Laing, meine Schutzbefohlene, zur großen Halle von Manderley Manor geführt hatte.

»Es gibt keine Zufälle.« Der Tee schmeckt bitter.

Mièville sieht auf.

»Die Black Friars haben zu guter Letzt doch noch die richtige Entscheidung getroffen.«

Miss Monflathers, deren Kontakte zur Black-Friars-Bruderschaft weiterhin im Verborgenen lagen, war zum Orden hinabgestiegen. Hatte den Mönchen Bericht erstattet. Vom Nyx und dem Aufbegehren des Hauses Mushroom. Vom Verrat, den die Ratten unter der Federführung Lord Brewsters einst begangen hatten. Sie hatte ihnen die Dinge, so wie sie waren, dargelegt und sie gebeten, die Engel anzurufen.

»Wer hätte gedacht, dass die Black Friars einmal etwas Gutes tun würden.«

Mièville und seine Tunnelstreichermeinung!

»Sie haben es getan.«

»Niemals haben sich die Urieliten um die Belange der Menschen gekümmert.« Jedenfalls konnte sich Mièville nicht an eine solche Zeit erinnern. »Und doch sind sie uns erschienen.«

»Die Black Friars konnten Lord Uriel überreden.«

Vielleicht, so dachte ich, musste er auch gar nicht überredet werden.

Wer konnte schon eines Engels Absichten durchschauen?

Am Ende waren die Engel vom Oxford Circus jedenfalls in den Abgrund hinabgestiegen und hatten unsere kleine Gruppe dort unten vorgefunden. Lord Uriel, dessen Augen voll lodernden Feuers waren, hatte mit seinem Bruder Worte gewechselt, die keiner von uns verstehen konnte. In einer Sprache, die schon gesprochen wurde, noch bevor die Menschen auch nur eine Idee im Bewusstsein des Träumers gewesen waren.

Mit den Tätowierungen in ihren Gesichtern waren die Lichtengel gar furchtbar anzusehen gewesen.

»Die Mädchen bleiben bei mir.« Der Lichtlord hatte keine Zweifel daran gelassen, dass er in dieser Angelegenheit nicht bereit war, Widerspruch zu dulden. »Denn das, was nun zu tun ist, bleibt Engelswerk.« Er hatte mich angesehen. Winzige Flammen loderten noch immer in seinen Augen. »Sie vertrauen mir doch, Wittgenstein?!«

Ich zog eine Grimasse.

»Fragen Sie nicht!«

Eine Wahl hatte ich ohnehin nicht gehabt.

Dann übergab Lycidas uns der Obhut der Urieliten.

Und Emily, die weinend am Boden kniete und die Gesichtszüge ihrer Schwester ertastete, sah nicht einmal mehr auf, als die Engel uns nach oben brachten. Ein Sturm aus Eis und Schnee war losgebrochen, doch die Engel brachten uns sicher nach oben. In die Hölle. In Pairidaezas Kathedrale, wo sich der Lebensbaum aus einem Meer verstümmelter Nekir und toter Rattlinge erhob. Der Wyrm, der einige Verletzungen hatte davontragen müssen, lebte noch und wurde von kleinen Nekir umsorgt.

Die Kinder des Limbus schienen zurückgekehrt zu sein dorthin, von wo man sie hergerufen hatte.

»Wir hätten sie nicht zurücklassen sollen.«

Dieser Tunnelstreicher!

»Wir hatten keine Wahl«, antworte ich.

Erschöpft reibe ich mir die Augen.

Warte.

Darauf, dass sich die Tür zum Raritätenladen öffnet und Emily Laing endlich hereinkommt.

So viele Neuigkeiten gäbe es zu berichten.

So viele Dinge, über die es sich zu reden lohnt.

»Es gibt keine Zufälle«, flüstere ich.

Schlürfe missmutig den Tee.

Wäre Steerforth nicht aufgetaucht, dann hätten sich die Mädchen niemals gestritten. Wäre Aurora nicht gestorben, so hätte Emily ihr Augenlicht behalten. Wäre sie aber dennoch dazu in der Lage gewesen, die Täuschung des Nyx zu erkennen, wenn sie sehend gewesen wäre? Verdankten wir unsere Rettung nicht gerade ihrer Blindheit? Wie wäre dies hier wohl zu Ende gegangen, wenn die Dinge anders gewesen wären? Wenn sie nicht die blaue Jacke, die ich ihr damals geschenkt hatte, getragen hätte? Die Jacke mit den Steinen in der Tasche. Jenen Steinen, die wir gebraucht hatten, um das Licht zu erzeugen.

Letzten Endes hatten uns alle Missgeschicke und Schicksalsschläge genau hierher geführt.

An diesen Tisch.

An dem ich mit Mièville sitze und auf die beiden Kinder warte. Von dem aus ich den alten Mr. Dickens beobachte, wie er die zerfledderten Bücher einsortiert. Emily, denke ich, hat so viel Zeit in diesem Raritätenladen verbacht. Eigentlich, wird mir bewusst, ist dies hier ihr Zuhause.

Irgendwie.

»Da!«

Mièville weist mich auf die Tür hin, die sich knarrend öffnet.

Inmitten einer Wolke aus Schnee steht sie da.

Emily Laing.

Sieht uns an.

Lächelt.

»Er ist tot.«

So beginnt ihre Erzählung.

Die uns hinabführt in den Abgrund, der der Nyx war und jetzt ein Eispalast ist.

»Er war so traurig.«

Es ist Lycidas, von dem sie spricht.

Der dem Waisenkind aus Rotherhithe seine Hilfe angeboten hatte.

Selbstlos, wie es gar nicht seine Natur war.

»Es ist vorbei.«

Emilys Worte weben ein Bild von den Geschehnissen, deren Zeugin sie im Abgrund gewesen ist.

»Uriel wird sie nicht wieder erwecken können.« Emily denkt zuerst, Lycidas spricht von ihrer Schwester, doch dann wird ihr klar, dass er seine Geliebte meint. Lilith. Die ihr Leben für ihn gegeben hat.

»Nichts in der Welt wird sie wieder lachend machen. Lebendig.«

Emily schweigt.

»Die Welt wird leer sein ohne sie.« Lycidas' Stimme ist eine Melodie, die wehmütig stimmt. »Am Ende ist dies die einzige Erkenntnis, die mir geblieben ist. Das einzige Wissen, das zählt. Nach all den Forschungen. Nach all den Erfahrungen. Nur diese eine Erkenntnis. Ist es nicht der Verlust, der dem Leben einen Sinn gibt? Oder ihm eben jeden Sinn nimmt?«

Emily fühlt das kalte Gesicht ihrer Schwester unter ihrer Hand.

Sonst nichts.

Da sind keine Gedanken mehr, die sie mit Mara verbinden. Keine Bilder und nicht einmal mehr Erinnerungen. Versucht sie zu Mara zu gelangen, dann betritt sie ein leeres Haus, dessen Räume verlassen sind. Rein gar nichts mehr befindet sich dort. Höchstens etwas, das sich noch nicht zeigen will. Das sich in den dunklen Ecken verbirgt. Darauf wartet, zu Kräften zu kommen.

»Ich werde sie heilen«, verspricht Lycidas.

Emily erinnert sich daran, wie er sie im Tower vom Gift des Nekir geheilt hat.

»Nein, Kind, so wird es nicht sein.«

»Sie lesen meine Gedanken?«

Er seufzt.

»Wir müssen alle einen Preis zahlen, Emily Laing.«

Sie sagt: »Ich weiß.«

»Sie haben Ihr Augenlicht gegeben, um einen Fehler wieder gutzumachen.«

»Ich liebe Aurora.«

»Alles hätten Sie für Ihre Freundin getan.«

»Ja.«

»Nun, ich würde alles tun, um wieder mit Lilith vereint sein zu können.« Lycidas ergreift die zitternde Hand des Mädchens. »Aber manche Dinge bleiben selbst den Engeln verwehrt.«

Emily lauscht der Stille.

Dem Heulen des Schneesturms, der um sie herum tobt.

»Mr. Fox und Mr. Wolf«, sagt sie, »sind tot.«

Lycidas winkt ab. »Das waren sie schon oft. Zuletzt starben sie in einer Metropole, die man in der alten Sprache Gomorrha nannte.« Er lacht nachdenklich. »Wie lange das schon her ist.« Ganz nostalgisch. »Sie waren immer schon zuverlässige Diener.«

»Heißt das, sie werden wieder leben?«

»Alles«, antwortet Lycidas, »wird irgendwann wieder leben.«

»Was ist mit Mara geschehen?«

»Eris hat sie berührt.«

Emily schluckt. Spürt die Tränen in ihren toten Augen.

Würde sie Mara verlieren?

Ganz starr liegt ihre Schwester vor ihr. Dort, wo Maurice Micklewhite sie hingelegt hat.

»Alles«, flüstert Lycidas ihr zu, »wird gut werden.«

Dann legt er Emily die Hand aufs Gesicht, und das Mädchen riecht seine Haut, die genauso riecht, wie man sich als Kind eines Engels Duft vorstellt. Fernab wie ein Lied, das jemand im warmen Sommerwind summt.

»Es werde Licht«, haucht Lycidas ihr ins Ohr.

Streicht ihr über die Augen.

Und als Emily die Augen öffnet, blendet sie der Glanz des Engels, der vor ihr steht. Der seine Schwingen ausgebreitet hat und in dessen strahlenden Augen sie eine Furcht erkennt, die tiefer als der Abgrund ist. Es sind die Augen der Jägerin. Lucia del Fuegos verletzliche Augen.

»Ich kann sehen«, stellt Emily verblüfft fest.

Berührt ihr Mondsteinauge, das immer noch da ist.

»Es wird bleiben«, sagt Lycidas, »weil es zu Ihnen gehört.«

Sie kann es nicht fassen.

Das Licht ist in ihr Auge zurückgekehrt.

Sie sieht den Eispalast, in dem sie sich befindet. All die Kinder mit den Spiegelscherbenaugen, die regungslos umherstehen. Sie sieht das Irrlicht, das zu leuchten beginnt und sich verwirrt in die Luft erhebt. Sofort kommt Dinsdale zu ihr geflogen. Wärmt sie, wie er es schon damals in der Hölle tat.

Sie sieht alles.

Mara, die neben ihr liegt.

Die ihre Augen öffnet, die so aussehen wie damals, als Emily ihrer Schwester im Waisenhaus begegnete. Die Arme streckt sie aus. Lacht und weint zugleich, als sie ihre große Schwester erkennt, die sie stürmisch umarmt.

»Es gibt keine Zufälle«, sagt Lycidas.

Erhebt sich.

»Was geschieht jetzt?«

»Die Dinge«, sagt er, »werden in Ordnung gebracht.«

Die Flammen in seinen Augen züngeln gierig. Lycidas hält sich die Hände vor das Gesicht. Seiner Augen Feuer greift auf die Handflächen über. Runen bedecken sein Antlitz, als hätten die Flammen sie in die Haut gebrannt. Als er sich mit den lodernden Händen durch das Haar fährt, beginnt auch dieses zu brennen. Der Lichtlord wird von den Flammen verzehrt und singt dabei in der alten Sprache seiner Gattung das Lied, das Lilith damals zu singen begann, als sie ihr Leben für das seine in der Kathedrale von St. Paul's hingab.

Emily umarmt ihre Schwester und hält ihr die Hände vor die Augen.

»Schau nicht hin«, flüstert sie.

Und während das Feuer den Lichtlord verschlingt, weht ein Sturm durch den riesigen Eispalast.

Die Kinder mit den Spiegelscherbenaugen verschwinden.

Werden zuerst unscharf und lösen sich dann auf.

Einfach so.

Der Sturm nimmt sie mit sich.

Klirrend fallen die Spiegelscherben zu Boden, die in den Augenhöhlen der Kinder gesteckt haben. Überall liegen sie im Schnee, wirbeln durch die Luft und vereinen sich im Tanz mit den Schneeflocken, die den Eispalast in ein Wintermärchen verwandeln.

»Sie sind da, wo sie herkamen!«

Eine mächtige Stimme erschallt.
Die beiden Kinder sehen erschrocken auf.
Es ist Lord Uriel.
Der zurückgekehrt ist.
»Lucifer hat den Preis gezahlt«, sagt der Lichtengel. »Wer hätte das gedacht.«
Dort, wo eben noch Lycidas brannte, ist nur ein Haufen Asche, der im Schnee verweht.
»Es ist vorbei.« Lord Uriel kniet an der Stelle nieder und nimmt einen Teil der Asche in die Hand. »Er ist von uns gegangen.« Wie ein Raubvogel hockt er da und riecht an der Asche, die einst sein Bruder war. »Bald wird er mit der Lichtlady vereint sein.« Die Feueraugen des Engels weinen keine Träne um den erloschenen Bruder. Betrachten nur die Mädchen, die, einander festhaltend, im Schnee kauern. »Einst waren Lucifer und ich wie ihr beiden.« Im Gesicht des Engels prangt das Glasauge, das Emily ihm damals als Pfand für seine Hilfe hatte geben müssen. Flammen umspielen das Auge, das all die Jahre über Emilys treuer Begleiter war. »Brüder.« Nur dieses eine Wort. Das alles sagt.
Als Emily eine Frage stellen will, hebt Lord Uriel die Hand.
Sieht das Mädchen gestreng an.
»Sprich nicht mit mir!«, donnert der Lichtengel.
Mit nur einem einzigen Schlag seiner mächtigen Schwingen ist er bei den Kindern, greift sie und erhebt sich mit ihnen in die Lüfte. Durch den Schneesturm hinauf in die uralte Metropole und weiter nach London, der Stadt über der Stadt, wo die Schneeflocken wie wild gewordene Kobolde in der Nacht tanzen und der Verkehr schon seit Stunden zum Erliegen gekommen ist.
Heiligabend ist es.
Die Nacht, in der die Engel durch die Sraßen wandern und die Menschen sich einsam in die Häuser zurückziehen. Wo den neuen Göttern gehuldigt wird und der allmächtige Träumer die Augen vor dem Leid der Welt verschließt.
In dieser Nacht geschieht es, dass der Engel Uriel zwei Mädchen, Schwestern, dort absetzt, wo die Engel ihren Himmel haben.
Am Oxford Circus.
Wo einst Rahel für die Menschen gesungen hat.
Damals.

Als Emily noch so jung war.

Viel jünger, als Mara es je sein würde.

Edward Dickens, der die Geschichte mitangehört hat, rückt sich die Brille zurecht und schaut zu Boden. Mara wurde vor einer halben Stunde von Peggotty abgeholt und in mein Anwesen nach Marylebone gebracht. Ganz unterkühlt war das Kind, doch weiß ich sie nun in guten Händen.

Emily sitzt mir gegenüber an dem runden Tisch in der Ecke, an dem sie immer zu sitzen pflegt, wenn sie im Raritätenladen ist. Mr. Dickens hat ihr einen Kräutertee gebraut, und sie schlürft ihn genüsslich.

»Was ist mit den anderen geschehen?«

Ich sage es ihr.

Berichte davon, dass sie alle in Sicherheit sind.

»Wo ist Steerforth?«

Es ist Mièville, der antwortet: »Er ist verschwunden. Gemeinsam mit der alten Ratte. Lord Brewster.« Der Nocnitsa hat sich rechtzeitig von dannen gemacht, wie es Geschöpfe seiner Art zu tun pflegen, wenn ihnen der Boden unter den Füßen brennt. Lord Brewster, der die Ereignisse vor so langer Zeit ins Rollen brachte, ist ihm gefolgt. Wohin, kann niemand sagen. »Es gibt keine Spuren.«

Bisher.

»Lord Mushroom?«

»Wir vermuten, dass er sich noch im Abgrund aufhält.«

Am Ende bleibt auch er verschwunden.

»Manderley Manor hat lapidar zur Kenntnis genommen, dass Sie beide überlebt haben«, stelle ich fest. Wohl wissend, wie ernüchternd diese Nachricht für das Mädchen sein muss.

Emily nimmt die Neuigkeit zur Kenntnis.

Berührt ihr Mondsteinauge.

»Wie wird es jetzt weitergehen?«

Mr. Dickens, der bisher geschwiegen hat, unterbreitet ihr einen Vorschlag. »Sie könnten bei mir arbeiten. Hier im Raritätenladen.« Er hustet und steckt sich eine Pfeife an. »Ich könnte noch einen tüchtigen Gehilfen gebrauchen.« Der alte Buchhändler mustert das Mädchen neugierig. »Ach ja, Neil Trent möchte zur See fahren und hat auf der *Pequod* angeheuert.«

Bangen Herzens kommt Emily nur ein einziger Gedanke. »Was ist mit Aurora?«

Sie wird ihn doch nicht etwa begleiten wollen?

»Miss Fitzrovia hat nichts dagegen, bei den Quilps in Hampstead zu wohnen.«

»Sie bleibt also in London?«

»Natürlich.«

Hat das Kind etwa geglaubt, Miss Fitzrovia würde mit zur See fahren?

»Und Mara?«

»Bleibt bei Ihnen.« Ich schaue ernst und kann mir doch ein Lächeln nicht verkneifen. »Schwestern«, sage ich, »sollte man nicht trennen.« Und bevor Emily etwas erwidern kann, füge ich hinzu: »Sie werden in meinem Haus wohnen, sofern Ihnen das genehm ist. Peggotty wird für Ihr leibliches Wohl sorgen, und ich denke, dass Sie die Ausbildung, die Sie begonnen haben, beenden sollten. Eine gute Alchemistin werden Sie abgeben, das verspreche ich Ihnen.« Etwas mürrischer gebe ich allerdings zu bedenken: »Miss Anderson wird des Öfteren bei uns sein. Das Wohl der kleinen Mara liegt ihr sehr am Herzen, und ich glaube, es wäre falsch, ihr die Fürsorge zu verweigern.« Emily macht den Mund auf, um ihrem Schrecken Ausdruck zu verleihen. »Sagen Sie jetzt nichts«, bringe ich sie zum Schweigen, bevor sie etwas sagen kann. »Miss Anderson besitzt, wie man mir mitteilte, mehr Humor, als es den Anschein hat.« Doch entscheidend ist, dass sie das Kind liebt. Sie war es, die mir damals vorgeschlagen hatte, die kleine Mara dem Zugriff Mylady Manderleys zu entziehen.

»Die alte Frau ist nicht mehr bei Sinnen.«

Sie hatte es auf den Punkt gebracht.

Gab Mylady Manderley die Schuld daran, dass Mara nicht spricht.

»Miss Monflathers wird weiterhin Ihre Lehrerin sein. Denn wenn Sie in der uralten Metropole leben, gibt es keine andere Schule, die Sie besuchen könnten.« Wir sind an dem Punkt angekommen, an dem ich Emily darüber aufklären muss. Es wird nichts nützen, dieses Gespräch noch länger aufzuschieben. So oft schon hatte sie gefragt, was es mit der Zeit auf sich hat. »Wissen Sie, wie alt Sie sind?«, frage ich sie, und Mièville beobachtet uns neugierig.

»Fragen Sie nicht«, gibt sie ausweichend zur Antwort.

Ihr gesundes Auge blickt unruhig von einem zum anderen.

»Wie alt bin ich?«, stellt sie schließlich die Gegenfrage.

»Es ist so eine Sache mit der Zeit.« Mr. Dickens nimmt einen kräftigen Zug aus seiner Pfeife.

»In der uralten Metropole vergeht die Zeit langsamer als hier oben. Sehr viel langsamer. Ein Tag im Labyrinth der uralten Metropole kann Tage im London darüber kosten.«

»Die Whitechapel-Aufstände haben 1889 stattgefunden«, stellt Emily fest.

»Sie sagen es.«

»Wann bin ich geboren?«

»Laut dem, was Mylady Manderley uns gesagt hat?«

»Nun sagen Sie es mir schon.«

»Sie wurden am 2. Juli des Jahres 1895 geboren. In den Mauern von Manderley Manor. Ihre Schwester Mara erblickte am 25. August im zweiten Jahr des neuen Jahrhunderts das Licht Londons.«

»Das ist nicht möglich.«

»Ist es doch.« Mr. Dickens musste lächeln. »Es ging uns allen so, als wir zum ersten Mal von dieser Besonderheit der uralten Metropole erfahren haben.« Er pafft einen Rauchkringel in die Luft. »Heißt ja nicht umsonst die uralte Metropole.«

Geduldig erkläre ich es Emily, die ganz bleich um die Nase herum geworden ist.

»Bevor Sie nach Rotherhithe kamen«, erkläre ich, »lebten Sie in Hollow Holborn. Dort gibt es ein Waisenhaus, dessen Keller bis tief in die Eingeweide der uralten Metropole reichen. Ihre ersten Lebensjahre haben Sie dort unten verbracht, und während Sie älter wurden wie jedes andere Kind auch, vergingen in London die Jahre. Nahezu ein Jahrhundert, um genau zu sein. Vier Jahre verbrachten Sie als Kind in der uralten Metropole, dann gab man Sie nach Rotherhithe. Gerade einmal zehn Jahre muss das her sein. Was Sie glauben, stimmt also. Sie sind dreizehn Jahre alt. Gemessen an Ihrer inneren Zeit.«

Emily wirkt verwirrt.

»Und Mara?«

»Ihre Mutter wusste um die Pläne Lord Mushrooms. Sie wusste, dass er sein Kind dem Nyx würde opfern wollen. So beauftragte sie Miss Anderson, das Kind zu entführen. Niemand sollte davon erfahren. Nicht einmal die beste Freundin ihrer Mutter.«

»Lucia del Fuego.«

Emily reibt sich müde die Augen.

»Miss Anderson brachte Mara in ihr Elternhaus, das in den Katakomben von Spitalfields liegt. Dort verbrachte Mara die ersten Lebensjahre. Bis Miss Anderson die Kleine fortgeben musste, weil sie befürchtete, der Verdacht könne auf sie fallen. Die Ratten, hatte sie gehört, suchten überall nach dem Kind.«

»Sie übergab Mara dem Waisenhaus, in dem auch ich lebte?«

»Ja, dem Waisenhaus in Holborn. Wo Ihre Schwester die ersten Lebensjahre verbrachte, bis Holborn schließen musste und sie nach Rotherhithe ins Waisenhaus Reverend Dombeys überstellt wurde.«

Emily zieht ein Gesicht.

»Wie alt bin ich denn nun? Und sagen Sie jetzt nicht, ich sei über hundert Jahre alt.«

Mr. Dickens ist es, der es ihr erklärt. »Die innere Zeit ist die Zeit, die zählt. Es ist, als liefe in Ihrem Körper eine Uhr, und es ist diese Uhr, die Ihr Alter verrät. Wenn Sie zwischen der uralten Metropole und London wandeln, dann dürfen Sie nur mehr auf das Ticken dieser inneren Uhr hören. Die Zeit, die um Sie herum verstreicht, ist wie das Wasser, das die Themse hinabfließt. Die Geschwindigkeit ist unterschiedlich. Sie selbst, Emily, sind der Fixpunkt.«

»Und deshalb müssen Sie auch weiterhin Miss Monflathers' Schule besuchen. Die Kinder dort leben alle ein Leben zwischen London und der uralten Metropole. Alle haben sie das gleiche Zeitproblem, wenn man es so nennen will.«

Sie erinnert sich an Manderley Manor. Daran, dass man keine Telefonate in die uralte Metropole führen kann. Sagt: »Mit der Zeit ist es wirklich so eine Sache.« Ungeheuer kompliziert sogar.

»Je länger man sich in der uralten Metropole aufhält, desto mehr verändert sich der Verlauf der Zeit hier oben. Oder desto langsamer vergeht sie dort unten. Es ist wie gesagt eine knifflige Sache mit der Zeit.«

Emily sieht mich an.

Legt den Kopf schief.

»Es klingt wirklich sehr kompliziert.«

»Das ist es.«

Emily fährt sich mit der Hand durchs Haar.

Nippt an ihrem Tee.

»Wie alt sind Sie, Wittgenstein?«

Ich grinse sie an. »Nicht so alt, wie ich aussehe.« Was so viel heißt wie: Fragen Sie nicht!

Emily muss lachen.

»Ich war in Ihrem Alter, als ich nach London kam.« Mein Blick verfängt sich in den Rauchkringeln, die Mr. Dickens in die Luft bläst. »Die Stadt der Schornsteine hat man sie damals genannt. Es gab Schornsteinfegerjungen und Armut, und *David Copperfield* war nicht einmal geschrieben worden.«

»Werden Sie mir eines Tages davon erzählen?«

»Ja. Das werde ich.«

Von allem werde ich ihr berichten, und irgendwie beschleicht mich das Gefühl, als könnte es Emily Laing sein, die all diese Dinge zu Papier bringen wird. Ein absurder Gedanke vielleicht.

Doch wie oft gibt es schon Zufälle?

Später am Abend schaut sie aus dem Fenster. Ihr neues Zimmer im Anwesen in Marylebone ist unaufgeräumt. Überall stehen alte Möbelstücke herum, dazwischen Koffer und Plastiktüten, die voll gestopft sind mit den wenigen Habseligkeiten, die das Mädchen besitzt.

Aurora ist bei ihr.

»Das da draußen ist unsere Welt«, sagt sie.

Noch immer schneit es.

London liegt friedlich da. Eine Metropole, die für wenige Augenblicke in ihrem langen Leben zur Ruhe gekommen ist. Lichter funkeln, und drüben erhebt sich die Kuppel von St. Paul's.

Die Laterne hoch oben in der Kuppel leuchtet nicht mehr.

Denn Lycidas ist fort.

Lilith ebenso.

Lord Uriel hat genau diese Worte benutzt. Er ist von uns gegangen, hatte er gesagt. Und nicht: Er ist tot.

»Sie haben sich geliebt.«

Emily erinnert sich an Liliths Lied.

Aurora blickt hinunter zur Straße, wo die Passanten durch den hohen Schnee waten. »Lilith hat böse Dinge getan«, sagt sie. Erinnert sich an die Frau, die die Kinder Madame Snowhitepink genannt hatten. »Lycidas stand ihr da in nichts nach.« Grüblerisch verweilt sie einen Augenblick. »Sagt man nicht, dass man erwachsen ist, wenn man dies verstanden hat?«

»Dass alle Katzen grau sind?«

»Ja, dass es weder Gut noch Böse gibt. Nur etwas, das dazwischen liegt.«

Emily seufzt. »Vielleicht.«

Lässt die Silhouette der Stadt auf sich wirken.

London.

Ihre Heimat.

Die Stadt der Schornsteine am dunklen Fluss.

»Haben die Guten gewonnen?«, fragt Aurora.

Nach wie vor heult der Schneesturm durch die Nacht. Drüben in der Royal Albert Hall lebt der Lordkanzler von Kensington, und darunter befindet sich das Totenreich. In King's Moan würde schon bald wieder das normale Leben einkehren. Mièville war nach dem Gespräch im Raritätenladen nach Hidden Holborn zurückgekehrt. Und der Scharlachrote Ritter bewacht Knightsbridge, wie er es schon immer getan hat. Manderley Manor erhebt sich im Regent's Park und Mushroom Manor drüben in Blackheath. Die Black Friars, die noch immer ein Geheimnis umgibt, leben in einer Abtei tief unterhalb des Bahnhofs, der den gleichen Namen trägt.

London, das weiß Emily, hat sich für immer verändert.

Niemals wieder würde sie so arglos durch die Straßen wandern, wie sie es einst getan hatte, als sie noch nicht wusste, wie gierig die Welt ist und wie schnell sie kleine Kinder verschlingen kann.

»Sag's mir, Emmy. Haben die Guten gewonnen?«

Emily ergreift die Hand ihrer Freundin.

Sieht Aurora lange an.

»Ich weiß nicht.«

So stehen die Mädchen eine Weile da.

In dem provisorischen Zimmer, das Emily Laings Zuhause werden wird.

»Ist der Nyx wirklich tot?«

Emily erinnert sich dessen, was Lycidas ihr sagte. »Alles«, hatte er behauptet, »wird irgendwann wieder leben.« Kann eine Metropole wie London überhaupt existieren ohne einen Nyx, der all die Niedertracht und Missgunst in sich aufsaugt, die in den Boden sickern?

»Ich weiß es nicht.«

Mièville glaubt, dass Lycidas die Kinder mit den Spiegelscherbenaugen dorthin zurückgeschickt hat, von wo aus er sie einst entführte. In all die nahen und fernen Länder aus nahen und fernen Zeiten. Sie würden dort ihre Leben leben können. Von vorne beginnen und sich an nichts erinnern, was ihnen in den Tiefen der Hölle widerfahren war. Wäre das kein gutes Ende?

Emily erzählt Aurora davon.

»Ein schöner Gedanke.«

Wieder Stille.

»Woran denkst du?«

Ohne zu zögern sagt Aurora: »An die Zeit, als man mich Schokoladenmädchen genannt hat und ich glaubte, mein Vater sei ein irischer Briefträger, der die ganze Welt nach mir absucht.« Sie lacht, aber nicht glücklich. »Kaum zu glauben, wie lange das her ist.«

»Ja. All die Geschichten im Schlafsaal.«

Beide Mädchen lauschen dem Wind, der draußen durch die Nacht heult.

»Neil wird an Bord des Schiffes gehen«, sagt Aurora.

»Die *Pequod*?«

Sie nickt.

»Er hat versprochen, nach London zurückzukehren.« Verträumt sehen die dunklen Augen in die Ferne. »Zu *mir* will er zurückkehren.« Sie muss lachen. »Nach bestandenen Abenteuern.«

Emily stimmt in das Lachen ein. »Jungs!«

Die beiden Mädchen sehen einander an.

Lange Zeit.

»Wir werden alles gemeinsam durchstehen«, sagt Emily schließlich. »Was da auch kommen mag.«

Leise, fast ehrfürchtig flüsternd, als seien sie Bestandteil einer Zauberformel, wiederholt Aurora Fitzrovia die Worte. »Was da auch kommen mag.« Und drückt die Hand ihrer Freundin, die sie nie wieder loslassen möchte.

Drei Tage später suche ich den Raritätenladen am Cecil Court auf. Emily begleitet mich. Sie trägt die blaue Jacke, die ich ihr damals erstanden habe. Eisig kalt ist es. Noch immer ist London in einem Wintermärchen gefangen.

»Es ist kalt«, sagt Emily.

»So ist das im Winter.«

Sie sieht mich an.

Lächelt knapp.

Versteht meinen Humor.

Durch die Stadt sind wir gewandert und haben miteinander geredet.

Über Dinge, die uns im Kopf herumschwirren. Mara, die noch immer kein Wort spricht. Lycidas, der Lilith geliebt hat. Gut und Böse und all die Dinge dazwischen. Die Kunst der Alchemie und London und das, was ein Kind aus seiner Zukunft machen kann.

Zum dunklen Fluss hinunter sind wir gegangen.

Haben auf einer Bank in den Jubilee Gardens gesessen.

Gesprochen haben wir wenig.

Einzig den Wellen zugeschaut.

Wie sie an das Ufer schwappen und all den Unrat mit sich bringen.

Dann gehen wir durch die Stadt hinauf zum Charing Cross, und ich erzähle Emily, dass ich am Vortag den Lichtengel in der Fußgängerzone drüben beim Oxford Circus gesehen hatte. Die Passanten waren aus den Kaufhäusern geströmt, aus Selfridges und John Lewis, den zahlreichen Souvenirshops und Modeboutiquen. Dort, wo sich die Straßen treffen, die Oxford Street sternförmig in die anderen Distrikte Londons führt, nach Bloomsbury und Piccadilly, Hyde Park und Marylebone; dort hat er gestanden.

Lord Uriel.

Der Engel stand auf dem Gehweg und hielt eine Klarinette in den Händen. Einen breitkrempigen Hut mit einer grellen Feder trug er, bunte Hosen und einen abgewetzten Mantel der holländischen Armee. Offen fielen ihm die langen Haare über die Schulter.

Vor ihm auf dem Boden stand ein Schild, auf dem in geschwungenen Lettern geschrieben stand:

Let's face the music and dance …

Einige der Passanten blieben stehen, als er das Stück von Irving Berlin spielte. Andere begannen mit den Füßen im Takt zu wippen und leise die Melodie mitzusummen, die von der Klarinette in die Winterluft gezaubert wurde. *Heaven, I'm in heaven, and my heart beats so that I can hardly speak, and I seem to find the happiness I seek when we're out together dancing cheek to cheek.* Lord Uriel ließ die Menschen tanzen, wie es einst sein Bruder Rahel getan hatte.

»Die ganze Zeit über hat er sich im Himmel eingeschlossen und doch den Himmel nie gefunden.«

Emily versteht.

Beim Raritätenladen angekommen hält Emily kurz inne. Tiefe Abdrücke hinterlassen ihre Schuhe im Schnee. Ein warmes Licht erhellt die Schaufenster der Antiquariate in der Gasse am Cecil Court. Die Nacht bricht herein, und morgen wird Little Neil Trent die *Pequod* besteigen und London verlassen. Aurora ist traurig deswegen, doch Emily trägt es, wie alles in ihrem Leben, mit einer Fassung, um die ich sie manchmal beneide. Das Mondsteinauge gefällt ihr mittlerweile immer besser. Wenn sie es berührt, tut sie dies nicht mehr mit der Abneigung, mit der sie es bisher getan hat. Es ist ein Teil von ihr, und sie zögert nicht, es der Welt zu zeigen. Die Strähne, die ihr immer im Gesicht gebaumelt hat, ist verschwunden. Sie trägt ihr Haar jetzt anders. Hat es blond gefärbt.

»Sie sind, wie Sie sind.«

Damals hatte ich ihre Hand ergriffen und sie auf das Mondsteinauge gelegt.

»Sie«, hatte ich eindringlich geflüstert, »sind Emily Laing aus Rotherhithe.«

Nicht Emily Manderley vom Regent's Park.

Niemals würde sie das sein.

Nein, das Mädchen, das neben mir stand, war Emily Laing aus Rotherhithe. Emily Laing, die am Fuße einer Rolltreppe in der Tottenham Court Road gekauert hatte und mir anvertraut worden war.

Die Tür zum Raritätenladen öffnet sich.

Aurora Fitzrovia steckt den Kopf in die Kälte. Dinsdale sitzt auf ihrer Schulter.

»Wir haben schon mal begonnen.«

Sie meint die Abschiedsfeier für Neil Trent.

Musik und Stimmengewirr dringen aus dem Raritätenladen, dessen milchige Schaufenster von einem warmen Licht erhellt werden. Bücher stapeln sich in der Auslage, wie drinnen, wo der Kreis der Gefährten zusammengekommen ist. Maurice Micklewhite ist auch schon da. Er singt am lautesten von allen. Ein Seemannslied, das wir damals in King's Moan gehört haben.

Spanish Lady.

Ein Kopf mit zerwuseltem rotblondem Haar schiebt sich an Aurora vorbei und schaut neugierig nach draußen. Mara Manderleys rosiges Gesicht erstrahlt, als sie ihre Schwester erkennt. Emily geht auf das kleine Mädchen zu und nimmt es in die Arme, hebt es hoch und drückt das glucksende Kind an sich.

»Hallo, Mara«, sagt sie.

Mara wirft mir einen kritischen Blick zu.

Drückt ihrer großen Schwester einen Kuss auf die Wange.

»Em'ly«, sagt sie.

Einfach so.

Und Emily Laing lächelt, wie ich es sie nie zuvor habe tun sehen. Ein Lächeln, das die letzten Wolken über London hinfortweht. Einfach so. Dann betreten wir den Raritätenladen, wo die, zu denen wir gehören, auf uns warten. Dass es aufgehört hat zu schneien, bemerken wir nicht einmal. Und als die Tür des Raritätenladens hinter uns ins Schloss fällt, erscheinen die ersten Sterne über London. Hell und klar, wie Nadelstiche im Mantel der Nacht.

Danksagung

»Die Welt ist gierig …« Als ich diesen Satz geschrieben hatte, war ich Vater einer Tochter und als ich »Lycidas« fertiggestellt hatte, war ich Vater zweier Töchter. »Lilith« erschien eine Woche, bevor unsere dritte Tochter das Licht der Welt erblickte (die ihre erste Widmung aber erst in »Lumen« bekam). Während die Familie also größer wurde, wuchs auch die Welt, die ich damals, an einem kalten windigen regnerischen Abend im Februar betreten hatte. Die Uralte Metropole wurde zu einem Kontinent, der voller Geschichten war. London hatte schon immer Geschichten aller Art magisch angezogen – und all diese Geschichten kehrten nun dorthin zurück. Als Kind hatte ich mich oft davor gefürchtet, ein Waisenkind zu sein und in einer Leimfabrik arbeiten oder als Schornsteinfegerjunge in die Dunkelheit klettern zu müssen (kann sein, dass man solche Ängste entwickelt, wenn man viele Romane von Charles Dickens liest – »David Copperfield« und »Große Erwartungen« waren jedenfalls lange Zeit meine Lieblingsbücher). Die Leimfabrik und das Schornsteinfegerjungendasein sind mir erspart geblieben. Dickens mag ich noch immer.

Und nun … Vorhang auf für die Verbeugung vor …

Nun ja, es ist immer befremdlich, jemandem zu danken, den man nicht kennt. Nicht unerwähnt bleiben sollten jedoch Alan Rickman und Michael Caine, die unersetzbare Rollenvorbilder für Mortimer Wittgenstein und Maurice Micklewhite waren. Aino Laos, deren Stimme die Person der Mylady Lilith (Mrs. Snowhitepink) geprägt hat, ist eine wunderbare Sängerin und die Kurzgeschichten, die sie schreibt, suchen ihresgleichen. Klaus Badelts Musik zum Film *Die Zeitmaschine* beschwor die allererste Szene des Romans herauf, nämlich die Begegnung Emilys und Wittgensteins am Fuße der Rolltreppe in der Tottenham Court Road. Und »Somewhere in Heaven« von Frank Nimsgern war für mich das Lied, das Lilith für ihren Liebsten singt, voller Verzweiflung und Hingabe in der Kathedrale von St. Pauls. Danny Elfman und Hans Zimmer folgten Emily und Aurora auf allen Pfaden – und Wolfgang Niedecken prägte mit seiner Version von Dylans »My Back Pages« (»Vill passiert sickher«) die Grundstimmung des Romans.

Zurück zu den Büchern … Von Anfang an war die Uralte Metropole ein Ort, an dem Geschichten ineinander verwoben waren. London ist, wie bereits erwähnt, eine Stadt, die viele Geheimnisse birgt. Und all die Schriftsteller, die darüber geschrieben haben, haben ihre Spuren in der

Uralten Metropole hinterlassen. Charles Dickens, Neil Gaiman, China Miéville, Clive Barker, Arthur Conan Doyle, William Shakespeare, John Milton, Nicholas Christopher, Kim Newman und C. K. Chesterton (der als einer der aller ersten die Tür in ein magisches London geöffnet hat).

Ein großes Dankeschön geht an Markus Heitz (der die Geschichte damals gelesen und dann angerufen hat – und dessen Frühlingsecken der Finsternis an den Song »Somewhere in Heaven« erinnern), an Kai Meyer (der allzeit dem »Sense of Wonder« immer wieder neues Leben einzuhauchen vermag) und Neil Gaiman (der auf eine Mail sehr schnell und überaus nett geantwortet hat).

Helmut Krauss und Anke Reitzenstein haben aus allen drei Romanen ganz magische audible-Hörbücher gemacht – und die Uralte Metropole auf eine unvergleichliche Weise zum Leben erweckt.

Nicht vergessen werden sollten Gudrun »Zeralda« Leinen (die schon immer alles gelesen hat), Christian Rocas (der Netzmeister von www.christophmarzi.de), Frank Krämer (der einen Engel im Winderhitzer entdeckte), Volker Schäfer (der als einer der ersten meine Geschichten hörte, damals in der Schule), Judith Gehr (die beste Hebamme der Welt), Stephan Marzi (»Kleiner Bruder«) und meine Eltern Helga und Dieter Marzi (die mir meine erste Schreibmaschine schenkten und mir immer Geschichten vorgelesen haben und bereits früh dafür gesorgt haben, dass ich Geschichten mag).

Unbeschreiblich dankbar bin ich Martina Vogl, die mein Manuskript entdeckt und die Geschichte von Anfang an gemocht hat. Sie hat mir die Tür zum Verlag geöffnet und immer dann, wenn ich einen neuen Roman geschrieben habe und das Buch schließlich in der Hand halte, dann weiß ich, dass ich all dies nur ihr verdanke. Weiterer Dank gebührt Ute Brammertz (die allzeit die richtigen Fragen bei »Lycidas« stellte) und Uta Dahnke (die sich aller weiteren Bücher angenommen hat). Gisela Frerichs war immer telefonisch zur Stelle, wenn es nötig war, und Sascha Mamczak hat ebenfalls dafür gesorgt, dass die Tür immer offen blieb. Dirk Schulz und Andreas Hancock verdanke ich die Cover und die Karten – niemand kann bezweifeln, dass die beiden mit dem Zeichenstift zu zaubern vermögen.

Und zuletzt?

Nun, nicht zuletzt habe ich meiner wunderbaren Familie zu danken: Tamara, Catha-Cool, Luzi und Stella – sie alle waren am geduldigsten, wenn ich wieder einmal für Stunden in der Uralten Metropole verschwunden bin (und sie hören sich noch immer geduldig alle Ideen an, die ich ihnen unterbreite). Das Leben mit meiner Familie teilen zu dürfen ist pure Magie – was gibt es mehr noch zu sagen?

Bonusmaterial

»Die wahre Magie ist immer die Geschichte selbst!«

Ein Gespräch mit Christoph Marzi

Herr Marzi, wie würden Sie sich selbst beschreiben?

Ich bin 1,94 Meter groß und denke mir Dinge aus, von denen manche zu Romanen werden und andere zu Kurzgeschichten oder Gedichten. Ich könnte nie ohne meine Familie leben und ebenso wenig ohne Musik und Bücher. Ich habe eine wunderbare Frau und drei Töchter und führe ein Leben, das ich gegen nichts eintauschen würde.

Sie schreiben seit ihrer Jugend. Was war es für ein Gefühl, als sie erfuhren, dass »Lycidas« veröffentlicht werden sollte?

Ich lag mit einer Erkältung und Fieber im Bett, als Martina Vogl anrief und mir mitteilte, dass ein richtiges Buch aus der langen Geschichte um Emily Laing werden sollte. Nach dem Telefonat fragte ich meine Frau andauernd, ob ich wirklich einen Anruf entgegen genommen hatte. Welches Gefühl es war? Betreten Sie die TARDIS und fliegen Sie an einen Ort, an dem Sie schon immer sein wollten, öffnen Sie die Tür und wenn Ihnen dann ein lautes »WOW!« entfährt, dann haben Sie die Antwort auf Ihre Frage.

Wie schreiben Sie?

Ich schreibe, wann immer mir eine Geschichte einfällt, die geschrieben werden will. Das klingt ein wenig zwanghaft und, wenn ich es recht bedenke, ist es das auch. Geschichten erwachen zum Leben und wenn sie das tun, dann muss man sie in Worte kleiden. Ich schreibe am Computer, aber auch in Hefte und Notizbücher. Tatsächlich finde ich, dass das altmodische Schreiben mit Stift und Tinte eine Nähe zur Geschichte bringt, die man hin und wieder genießen sollte. Wichtig ist mir, dass die Charaktere lebendig sind. Habe ich erst einmal einen Namen gefunden, dann fließt die Geschichte meist wie von alleine. Es kann auch sein, dass die Geschichte ein Gedicht sein will. In der Nacht vor der Nacht, die einmal Halloween war, erblickte etwas das Kerzenlicht meines Schreibtischs, das am Ende ein Gedicht war. Ich nannte es »Was man mit einem Kürbiskopf tun kann (eine Anleitung für Halloween)« und so hört es sich an:

Entzünde die richtige Kerze, die duftet
wie Laubfeuer, so rot, so bunt, und
stelle sie behutsam in den Kürbis
mit der Fratze, geschnitzt am Tage.

Schreib all die Träume auf, die schreien
wie Fledermäuse des nachts, und
lege den Zettel in den Kürbiskopf hinein
mit einem Wunsch, gemalt von Kinderhand.

Streife dann durch die Nacht, die kalt
wie das Mondlicht ist, so hell, und
warte an einem Grabstein mit Moos, geduldig,
bis ein Wolf heult, einsam in der Ferne.

Geh zurück zu dem Kürbiskopf, der da sein wird
wie ein Versprechen, nur anders, und
schaue ganz vorsichtig hinein, solange,
bis du den verbrannten Zettel riechst.

Berühre die Asche, die warm ist
wie Herzschlag, und auch genauso klingt, und
hebe behutsam alle Buchstaben auf,
die unten im Kürbiskopf liegen.

Dann kehre nach Hause zurück, mitten
in der tiefen Nacht, hab keine Angst mehr, denn
der Kürbiskopf träumt jetzt deine Träume, doch
nur die schlimmen, wohlgemerkt, ein ganzes Jahr.

Doch irrst du oder zündest nur
die falsche Kerze an, zur falschen Zeit, dann
träumst du wüst die wilden Träume des
toten Kürbiskopfs, dein Leben lang …

jede, jede, jede Nacht –
darum: gib acht!

Wie gesagt, man muss es nur aufschreiben …

Sie gehören zu den Autoren, die ihre Finger nicht von der Kurzgeschichte lassen können.

Stimmt. Kurzgeschichten sind Sterne, die flackernd am Himmel funkeln. Man hört sie kaum und doch sind sie da – und was sie sagen, ist wie ein Tagtraum, der einem noch lange in den Augen glitzert. Ich liebe es, Kurzgeschichten zu schreiben. An den seltsamsten Stellen können sie auftauchen, Sie werden schon sehen …

Können Sie sich an den ersten Moment erinnern, der Sie in die Uralte Metropole geführt hat?

Ich wollte eine Geschichte für meine Tochter schreiben. Catharina war damals sechs Jahre alt und mochte Elfen. Elfen in der Großstadt – das war der Vorsatz. Dazu kam die Musik, die Klaus Badelt für das Remake von *Die Zeitmaschine* komponiert hatte. Und Emily Laing war geboren. Sie saß am Fuß einer Rolltreppe, eine Ratte war bei ihr und vor ihr tauchte Mortimer Wittgenstein auf. So fing es an. Während Emily aus dem Waisenhaus flüchtete, saß ich an meinem Schreibtisch in unserer wirklich kleinen Wohnung, schrieb die ersten Zeilen, während Tamara am Schreibtisch gegenüber arbeitete (wir haben noch immer ein gemeinsames Arbeitszimmer, daran hat sich bisher auch nach dem Umzug in ein Haus nichts geändert). Das war der erste Schritt hinab in die Uralte Metropole. Das war der Moment, an den ich mich immer erinnern werde.

Haben Sie reale Vorbilder für die Charaktere?

Manchmal ja, manchmal nein. Meine Tochter Catharina war ein Vorbild für Emily. Bei Mortimer Wittgenstein hatte ich von Anfang an Alan Rickman vor Augen. Maurice Micklewhite und Michael Caine sehen sich sehr, sehr ähnlich. Bei anderen Charakteren denke ich nicht unbedingt an Schauspieler – und selten an Personen, die ich wirklich kenne. Colin Darcy aus »Fabula« basiert natürlich auf Colin Firth. Und Scarlet Hawthorne aus »Somnia« sieht aus wie Hilary Swank.

Weshalb fiel Ihre Wahl auf London?

Ich habe als Kind die Romane von Dickens, Stevenson und Austen gelesen und habe einfach eine Vorliebe für alte englische Literatur entwickelt. Ich kenne das literarische London sehr gut (viel besser als das wirkliche moderne London, vermutlich). Deshalb wollte ich darüber schreiben. Das ist auch schon alles. Ich mag das viktorianische London der Geschichten, die mir in meiner Kindheit begegnet sind. Man konnte dort gleichermaßen die Magie und die Gefahr, die Verzweiflung und die Warmherzigkeit spüren.

Es schneit recht viel in den Romanen um die Uralte Metropole. Hat das einen bestimmten Grund?

Ja, einerseits mag ich Schnee. Schnee ist so leise. Zum anderen ist es eine bewusste Metapher. Schnee kündigt Unheil an. Am Ende ist es die Atmosphäre, die ich von Anfang heraufbeschwören wollte. Es sollte eine Art Wintermärchen sein, kühl und düster und zauberhaft. Man muss sich die Musik von Danny Elfman dazu vorstellen … und dann kann man die Schneeflocken berühren, wenn man die Augen schließt.

Woher nehmen Sie die Ideen?

Die Frage gehört wohl zu den Fragen, die oft gestellt werden. Die ehrlichste Antwort ist: ich denke sie mir aus. Die zweitehrlichste Antwort ist: ich trinke Tee. Warum? Ich habe eine Geschichte darüber geschrieben. Sie heißt

»Teeblättertanz«

und sie geht so:

Es war einmal ein Mädchen, das im Palast des Jadekaisers lebte. Xiangu war ihr Name und sie war eine junge Erzählspinnerin. Jeden Abend musste sie dem Jadekaiser mit Worten eine Geschichte spinnen, damit er des nachts zu Träumen vermochte. Eines Tages aber bemerkte sie, dass die Worte immer schwieriger zu spinnen waren. Nachdenklich und traurig ging sie in den Garten. Erzählspinnerinnen, die nicht länger Erzählungen zu spinnen vermochten, mussten den Palast der Östlichen Gipfel verlassen. Xiangu wusste, dass der Palast auf dem höchsten der Östlichen Gipfel errichtet worden war und wilde Tiere und böse Geister an den Berghängen lebten. Keine der Erzählspinnerinnen, die den Palast verlassen hatten, war jemals in den Dörfern am Fuße der Berge angekommen.
Verzweifelt ließ sich Xiangu am Ufer eines Teichs nieder und weinte, und als einer ihrer Tränen ins Wasser tropfte, da wurde sie eines Karpfen mit bunten Schuppen gewahr, der zu ihr sprach. »Du siehst aus wie jemand, dem Wolken die Seele verhängen.«

Xiangu erzählte dem Karpfen von ihrem Kummer.
Der Karpfen aber lächelte, wie es Karpfen es zu tun pflegten, und sagte: »Wenn du die Blätter des Strauchs, in dessen Schatten du sitzt, pflückst, dann wirst du finden, was du verloren hast.« Und er erklärte ihr, was sie zu tun habe.
»Warum hilfst du mir?« fragte Xiangu den Karpfen.
»Ich bin ein Karpfen«, sagte der Karpfen, und das war alles.
Xiangu, die ihr Lächeln wiedergefunden hatte, pflückte einige Blätter des Strauchs.
»Pflücke von der Knospe aus gesehen das vierte bis sechste Blatt.«
Genau das tat Xiangu. Zehn Blätter, die sich weich und samtig anfühlten, trug sie zur Küche.
»Lege die Blätter auf eine heiße Eisenplatte und röste sie an. Bette sie auf Bambushürden und entfache darunter ein kleines Feuer aus frischen, harzigen Nadelholzzweigen. Lass die Blätter im Rauch liegen, bis ihre Ränder sich zu krümmen beginnen.«
Xiangu, die den Koch des Palastes kannte, durfte tun, was ihr der Karpfen geraten hatte.
»Wenn die Blattsprossen und die Blätter, die du geerntet hast, ebenmäßig sind, dann nimm eine Kanne ohne Deckel und sieh den Sprossen beim tanzen zu. Lausche der Melodie, zu der sie sich bewegen. Nimm eine Kanne aus Porzellan, niemals eine aus Ton. Eine Kanne soll klingen, darauf musst du achten.«
Xiangu befolgte selbst den kleinsten Ratschlag.
»Dann lege die Blätter, die nach Rauch und Träumen riechen, in eine Kanne und gieße weiches, kochendes Wasser aus den Zisternen der tiefen Grotten darüber. Schließe die Augen und sprich deinen Wunsch in Gedanken aus. Dann gieße den Tee in eine Schale.«
Xiangu befolgte alles, was der Karpfen ihr gesagt hatte.
»Schau in den Tee hinein, bevor du ihn trinkst.«
Das, was sie erlebt hatte, und das, wovon sie geträumt hatte, spiegelte sich nun in dem dampfenden Wasser. Es sank hinab und berührte die Teeblätter, die leise zur Melodie der Kanne tanzten. Die Bilder wurden zu einem Geschmack, den Xiangu kosten konnte. Sie spürte, wie die Geschichten ihr heiß die Zunge benetzten.
»Du musst die Geschichte erzählen, solange du das Aroma auf der Zunge spürst«, hatte ihr der Karpfen gesagt. »Der Tee wird dich wieder Worte zu Geschichten spinnen lassen.«
An diesem Abend ging Xiangu frohen Mutes zum Jadekaiser und ihre Worte, benetzt vom duftenden Tee, erschufen die Geschichte eines

Affengenerals, der aus Liebe die Pfirsiche der Unsterblichkeit sucht und so das Glück seines Lebens findet.
Xiangu verstand, welches Geschenk ihr der Karpfen gemacht hatte. Als sie älter wurde, weihte sie die jungen Erzählspinnerinnen des Palastes in das Geheimnis des Teeblättertanzes ein. Seitdem schmeckt jede Geschichte, die jemals von jemandem erzählt wurde, nach der Melodie eines Tees. Und niemals wird es anders sein.

Es gibt einige Geschichten, die sich irgendwo verstecken. Mit den Ideen verhält es sich genauso. Wenn man sie findet, dann muss man sie festhalten. Und aufschreiben. Das ist eigentlich alles.

Was lesen Sie selbst in Ihrer Freizeit?

Wenn ich versuche aufzulisten, was mir gefällt, dann laufe ich zwangläufig Gefahr, jemanden zu vergessen (ich könnte natürlich Namen nennen: Charles Dickens, John Irving, Paul Auster, Markus Heitz, Nicholas Christopher, Mark Helprin, Stephen King, Markus Heitz, Neil Gaiman, Kai Meyer, Oliver Plaschka, Donna Tartt, Marcus Sedgwick, Jane Austen, Rudyard Kipling, T.C. Boyle, Michael Chabon, Isabel Abedi, Joe Hill, Tom Holland, Susanna Clarke, Kelly Link – und viele mehr). Ich bin ein Geschichten-Junkie, könnte man sagen. Ich verschlinge dicke und dünne Bücher, Comics, sogar die Booklets in den CD's. Es ist immer die Geschichte, die zählt. Das Medium ist zweitrangig. Ich unterscheide nicht zwischen William Shakespeare, Astrid Lindgren und Doktor Who – und Nick Cave und Bob Dylan erzählen ebensolche Geschichten wie Cormac McCarthy, Ray Bradbury oder George Lucas und Tim Burton. Wie gesagt, es ist immer die Geschichte, die zählt. Das, denke ich, ist wahre Magie.

Was ist das Motto Ihres Lebens?

Fragen Sie nicht! Es gibt keine Zufälle! Supercalifragilisticexpialidocious.

Vielen Dank für das Gespräch, Herr Marzi.

Rose & Stern

Eine Geschichte aus der Welt der Uralten Metropolen

Welcome, dear Rosencrantz and Guildenstern.
Moreover that we much did long to see you …

William Shakespeare – *Hamlet*

Der Mann mit den müden, traurigen Augen tauchte den Federkiel in die Tinte, sah ihn lange an – die Tinte war wie Blut – und seufzte. Dann schrieb er: *Die Welt ist gierig, und manchmal verschlingt sie ihre Kinder mit Haut und Haaren.* Er betrachtete die Buchstaben, die wie abgebrochene Äste aussahen, und spürte die heißen Tränen in den Augen. Er dachte an Hamnet, seinen Sohn. An die Welt, die gierig sein konnte. Er nahm das kleine Tintenfass und goss den Inhalt über das nutzlose Pergament. Dann schlug er die Hände vors Gesicht und begann zu weinen. William Shakespeare wollte nicht mehr leben. Nicht mehr schreiben. London war seine Hölle und die Welt ein Spiegel voller Bosheit.

Erst am Morgen war er aus der Stadt unter der Stadt zurückgekehrt. Oft ging er dorthin, um auf andere Gedanken zu kommen. In die düsteren Gefilde jenseits der Themse, fern ab von den schmutzigen Gassen voller Schlamm, die das Gesicht der Stadt waren. Dort unten hatte er die drei Harpyien getroffen, die ihm ihre Geschichte erzählt hatten in der Hoffnung, er würde sie in einem seiner Stücke mit Unsterblichkeit adeln. Irgendwann würde er es tun. Es war keine Kunst, die Harpyien zu Hexen zu machen, die in stürmische Nächten am Schicksal des bösen Macbeth teilnahmen. In den Gefilden, die man die Uralte Metropole nannte, hatte er eselsköpfige Wesen getroffen und eine Kurtisane namens Titania, die ihm im Zauber einer einzigen Nacht ein ganzes Stück geschenkt hatte.

Verdammt, wo sollte das alles nur hinführen?

Er musste ein neues Stück schreiben. Und wollte doch nur schweigen und schlafen. Er war durch die dunklen Straßen voller Schmutz gewandert und hatte das riesenhafte Wesen betrachtet, das London geworden war. Ein hungriger Moloch voller Lügen und Schreie und Unrat an jeder Ecke.

Jetzt war er allein in seiner Kammer.

Und jemand schlug gegen die Tür und schrie nach ihm.

Mit einem letzten Blick auf die Pergamentfetzen, die überall herumlagen, ging er zur Tür und öffnete sie.

Die beiden Herren, die dort standen, waren seltsam gekleidet. Geradeso, als kämen sie aus einem fernen Land.

»Seid gegrüßt«, sagte der eine, der aussah wie ein Fuchs.

»Dem schließe ich mich an«, sagte der andere, der aussah wie ein Wolf.

»Wer seid Ihr?«, fragte William.

»Wie sind«, begann der eine, »Mr. Rose.« Er deutete auf seinen Gefährten.

»Und Mr. Star.« Das sagte der andere.

Ihre Stimmen klangen nahezu gleich.

»Wir sind immer zusammen.«

»Niemals getrennt.«

»Jetzt sind wir hier.«

»Zu Euren Diensten.«

»Master Shakespeare.«

Der Angesprochene blinzelte müde und zugleich neugierig ins Licht des anbrechenden Tages.

»Wir sind gekommen«, fuhr Mr. Star fort.

»Um Euch zu helfen«, vervollständigte Mr. Rose den Satz seines Gefährten.

Sie traten beide gleichzeitig ein, drängten William zurück.

»Ja, wir wollen Euch helfen.«

»Bei Eurem neuen Stück, das zu schreiben Ihr Euch wohl genötigt seht.«

»Wenn die Gläubiger nicht boshaft werden sollen.«

»Und bissig wie räudige Hunde.«

Sie lachten beide, und William Shakespeare blieb nichts anderes übrig, als den seltsamen Fremden durch sein eigenes Haus zu folgen. »Ich habe keinen Einfall für ein neues Stück, noch nicht«, hörte er sich sagen, wenngleich er nicht wusste, warum er dies sagte. »Wenn Ihr vom Globe Theater kommt, dann …«

»Tun wir nicht«, sagte der eine, der wie ein Fuchs aussah.

»Wie sind keine Theaterleute.«

Beide lachten schallend.

»Sehen wir so aus?«, fragte Mr. Rose.

William starrte die beiden nur an.

»Aber in gewisser Weise geht es uns um eine Geschichte.«

»Ja, deshalb«, sagte Mr. Star und klatschte in die Hände, »sind wir hier.«

Er ließ sich auf der Bettkiste nieder.

»Ein weiser Mann schickt uns.«

»Der Berater der Regentin.«

Shakespeare fragte erstaunt: »Dee?«

»Ihr kennt ihn?«

»Ich habe von ihm gehört.«

Auch Mr. Rose nahm Platz, am Fenster, wo er die Füße baumelt ließ.

»Lasst uns Euch eine Geschichte erzählen«, begann Mr. Star.

»Denn deswegen sind wir hier.«

»Nur deswegen.«

»Wegen nichts anderem.«

»Also.«

»Lasst uns beginnen.«

William Shakespeare stand mitten im Raum und betrachtete die beiden, die in sein Leben eingedrungen waren, als seien sie Schemen aus einem seiner Stücke.

Mr. Star sagte mit leiser Stimme: »Wir leben in seltsamen Zeiten. Die Regentin ist krank, und ihr Berater weiß Dinge, die sonst niemand weiß: Johannes Kepler hat gerade in Graz die Schriften des Kopernikus gelesen. In Padua grübelt ein gewisser Galileo Galilei über einem neuen und recht heliozentrischen Bild des Universums und diskutiert seine Erkenntnisse feurig mit der heiligen Inquisition. Und Ihr solltet Francis Bacon kennenlernen, unbedingt.«

»Die Dinge ändern sich.«

»Auch hier.«

»Überall.«

»Deshalb erzählen wir Euch.«

»Was wir Euch nun erzählen werden.«

»Darum …«

»Lauscht unseren Worten.«

William tat wie geheißen. Ihm fiel nichts ein, was er sonst hätte tun sollen. Auch machten die beiden ihn neugierig.

Einen Moment herrschte Stille.

Mr. Star sah Mr. Rose an.

Und Mr. Rose sah Mr. Star an.

Dann endete das Schweigen, und die Geschichte erwachte zum Leben …

»Es begab sich einst«, begann Mr. Star.

»Wie im Märchen«, gab Mr. Rose zu bedenken.

Mr. Star und Mr. Rose grinsten, beide zugleich.

Mr. Star fing von Neuem an: »Wir begaben uns damals nach Burg Elsinore, hoch oben im Dänischen Königreich gelegen, nachdem wir all die Jahre über in Wittenberg gelebt hatten.«

»Die meiste Zeit über.«

Mr. Star nickte. »Die meiste Zeit über.« Dann fuhr er fort: »Ein eiliger

Brief hatte uns dorthin zurückgerufen. An den Hof des neuen Königs Claudius und seiner wunderschönen Gemahlin Gertrud. Unruhige Zeiten waren es. In Norwegen zürnte ein junger Feldherr namens Fortinbras den Dänen, deren alter König unter gar seltsamen Umständen zu Tode gekommen war.«

»Und der ungestüme junge dänische Prinz ...«

»Hamlet«, fügte Mr. Star an.

«Der junge Prinz war schwermütig geworden.«

»Wir sollten uns um ihn kümmern.«

»Ja, ja.«

»Wir kannten ihn aus Wittenberg.«

»Und von früher.«

»Deshalb.«

»Sollten wir uns um ihn kümmern.«

»Darum hatte Claudius uns gebeten.«

»Also reisten wir nach Dänemark.«

»Wir suchten Hamlet im Scriptorium der Burg auf, und augenblicklich verdächtigte er uns, Teilhaber an einem Komplott zu sein.«

»So fing es an.«

»Gar nicht gut.« Mr. Star stand auf und ging im Raum auf und ab. »Hamlet war verliebt in ein Mädchen namens Ophelia, deren Vater Polonius ihn gar nicht mochte, weil er in den Augen des alten Mannes ein verwöhnter reicher Bengel war.«

»Niemand, dem man seine Tochter zur Hand geben möchte.«

»So war er.«

»Unser guter Hamlet.«

»Ein schwieriger Mensch.«

»In der Tat.«

»Ja, er verabscheute die eigene Mutter, die nun ihres toten Mannes Bruders Weib geworden war. Er zürnte der ganzen Welt, dem Hof, dem Volk. Er glaubte, dem Geist seines Vaters begegnet zu sein, irgendwann in tiefer stürmischer Nacht, einem Geist, der ihm seltsame Dinge aufgetragen hatte. Ein Wachmann namens Horatio war bei ihm gewesen und konnte das meiste bezeugen. Es solle eine Stadt geben, tief in der Erde verborgen. Eine Stadt voll düsterer verschlungener Pfade. Einen Ort, wo die Vergangenheit Elsinores ruhte und rastlose Wesen sich an den Geschicken der Menschen labten.«

Mr. Rose nickte. »Ja, so hat er gesprochen. Wirr in Worten und wankelmutig in seinen Gedanken.«

»Er glaubte, dass Claudius mit einem Wesen im Bunde stand, das tief unten der Erde hauste. Einem Wesen, dem er den Namen *Yorrik* gegeben hatte.«

»Nach dem Narren, den er als Kind zu gern gemocht hatte.«

»Ja, ja, so war er.«

»Der gute Prinz.«

Mr. Star erklärte: »Dieser *Yorrik* sorge dafür, sagte er, dass die Menschen niemals zur Ruhe kämen. Er sei ein Geschöpf, das selbst die Engel verstoßen hätten, in einer Zeit, als die Himmel gebrannt hätten und das Blut der Götter die Erde tränkte.«

»Er stand derart im Bann seiner Überzeugung, dass er allem und jedem mit Misstrauen gegenübertrat.«

»Und jene tragischen, unglückseligen Geschehnisse in Gang setzte, die Euch, Meister Shakespeare, durchaus von Nutzen sein könnten.«

»Denn sie sind so dramatisch.«

»Wie Eure Stücke es nun einmal sind.«

»Immer schon waren.«

»Ja, ja.«

»So ist das.«

»Wir haben *Julius Caesar* gesehen.«

»Im Globe.«

William Shakespeare zermarterte sich das Gehirn, woher die beiden wohl tatsächlich kamen und welches ihre tieferen Beweggründe sein mochten, ihm diese Geschichte zu erzählen. Er sah sie aus zusammengekniffenen Augen an. »Was ist geschehen?«

»Ah.«

»Ihr werdet neugierig.«

Beide grinsten.

»Das ist gut so.«

»Ja, gut.«

Mr. Star schaute aus dem Fenster, die Sonne breitete Schatten über seinem Gesicht aus. »Am Ende starben sie alle«, sagte er mit leiser Stimme. »Ophelia war verzweifelt, weil Hamlet sie nicht mehr beachtete. Sie fühlte sich nicht mehr geliebt. Verraten. Polonius war misstrauisch, weil er sich um seine Tochter sorgte. Doch Hamlet glaubte, dass Ophelia ihn mit gelben Augen, so leer wie des Tages Dämmerlicht, anblickte, da ihr Vater sie mit in die Tiefe genommen habe. Hinab zu jenem Wesen, dass er den *Yorrik* nannte.«

»Er sei mit diesem Wesen im Bunde.«

»Polonius?«

Mr. Star nickte. »Wie auch Claudius.«

»Deshalb habe der auch den alten König ermordet.«

»Ihm Schierlingssaft ins Ohr geträufelt, so wie es ihm der Geist aufgetragen habe.«

»Keine schöne Art und Weise.«

»Zu sterben.«

»Gar nicht nett.«

»Nein, nein.«

Mr. Rose seufzte. »Wie dem auch sei.«

»Der Prinz war verzweifelt«, nahm Mr. Star den Faden der Geschichte auf. »Er wollte die Dinge beenden, die immer weiter ihre unglückseligen Bahnen zogen.«

»Also brachte er zuerst Polonius um.«

»Natürlich nicht, ohne ihn vorher nach diesem *Yorrik* zu befragen.«

»Polonius aber antwortete nicht.«

»Er starb einfach.«

»Eine vergiftete Klinge, geführt von des Prinzen Hand.«

Mr. Star fixierte den Dichter. »Als Ophelia vom Tod ihres Vaters erfuhr, fiel sie dem Wahnsinn anheim.«

»Vor Kummer.«

»Das arme Ding.«

Mr. Rose hob die Hand. »Es kommt aber noch besser.«

»Ja, viel besser.«

»Laertes, der Bruder Ophelias, war blind vor Kummer. Und Zorn. Rache war sein Ziel. Er forderte Hamlet zum Duell heraus.«

»Und starb.«

Die beiden sahen einander an.

»Und das ist der Punkt«, sagte Mr. Rose.

»An dem wir beide ins Spiel kamen.« Mr. Star konnte sich ein Lächeln nicht verkneifen.

»Denn was immer dort auch vor sich ging.«

»Es musste ein Ende finden.«

William wusste nicht, ob er den beiden Glauben schenken sollte.

Unbeirrt redete Mr. Star weiter: »Also haben wir sie vergiftet.«

»Und zwar alle.«

Jetzt war es an William eine Frage zu stellen: »Wie meint Ihr das?«

»Der Wein in den versiegelten Fässern, die nur für des Königs Gaumen bestimmt waren, wurde vergiftet.«

»So ein Unglück.«

Beide grinsten breit.

»Dann mussten wir den Hof verlassen.«

»Prinz Hamlet verdächtigte auch uns, gemeinsame Sache mit dem *Yorrik* zu machen, und so schickte er uns auf eine äußerst geheime Mission nach England. Wir sollten dem König einen Brief überbringen.«

»Streng geheim.«

Mr. Star zwinkerte Shakespeare zu. »Wir haben ihn natürlich geöffnet.«

»Wir sind nicht dumm«, kommentierte Mr. Rose.

»Nein.«

»Sind wir nicht.«

»Und was hatte unser alter Freund geschrieben?«

»Er beschuldigte *uns* des Verrats und bat den König, uns zu erhängen.«

»Schöner Freund«, murmelten beide entrüstet.

Sie schüttelten die Köpfe.

»Aber wir lassen uns nicht täuschen.«

»Nein, wir nicht.«

»Wir sind.«

»Mr. Star.«

»Und Mr. Rose.«

»Und wir sind schlau.«

»Wir hatten genau das Richtige getan, als wir den vergifteten Wein zurückließen.« Mr. Rose betrachtete die Pergamentfetzen auf dem Boden und stieß sie mit dem Fuß an.

William Shakespeare sah nachdenklich auf das Pergament, auf das er vorhin den Satz geschrieben hatte, über den die Tinte geflossen war. *Die Welt ist gierig, und manchmal* ...

»Warum habt Ihr das getan?« Er stellte sich die Figuren dieser Tragödie vor: Prinz Hamlet, jung und voller Schwermut, Claudius und Gertrude, die sich in ihren Stühlen krümmen, Laertes, der blutend am Boden liegt, Ophelia, die dem Wahnsinn nahe ist und deren bleiches Gesicht sich in den Fluten eines tiefen Wassers spiegelt.

»Sogar die Katze trank Wein.« Mr. Rose schmunzelte.

»Und die Katze starb zuletzt.«

»Weil sie zäh war.«

»Und all ihre Leben schon aufgebraucht hatte.«

»So ist das.«

»Mit den Katzen.«

»Jedenfalls.«

»Am Ende betrat Fortinbras den Raum.«

William Shakespeare stellte ihn sich vor. Einen jungen Feldherrn mit Augen, so stechend blau wie der Himmel, der in der Klinge seines Schwertes schwimmt.

Mr. Rose war es, der die Frage an ihn richtete: »Und, Master Shakespeare, wer war an seiner Seite?«

Beide grinsten.

Sagten unisono: »Wir!«

»Denn wir wussten, was Hamlet nicht gewusst hatte«, erklärte Mr. Star.

»Ja.«

»Wir wussten, dass der *Yorrik* nicht das Hirngespinst eines jungen Prinzen war. Wir wussten, dass der *Yorrik* sie alle beeinflusst hatte.«

»Alle?«, fragte Shakespeare nach.

»Claudius, Gertrude, Hamlet, Ophelia.« Mr. Rose zitierte die Namen. »Der uralte *Yorrik* schürte den Hass in der Burg und im Königreich und trank sich satt an all dem Übel. Er spielte sie alle gegeneinander aus.«

»Und Fortinbras?«

Mr. Rose antwortete: »Nachdem wir den Brief geöffnet hatten, gingen wir natürlich nicht nach England.«

»Wir reisten Fortinbras und seinem Heer entgegen.«

»Und wurden freundlich empfangen.«

»Denn wir brachten Kunde von dem, was sich in Elsinore zugetragen hatte.«

Shakespeare sah den Feldherrn vor sich, wie er durch den Thronsaal schritt und zu ergründen versuchte, was vorgefallen war. Er sah ihn dort stehen, den stolzen Norweger, neben dem Thron, wie er den toten König lange betrachtete und den toten Prinzen noch viel länger.

»Fortinbras ließ alle Zugänge zu der Stadt unter der Stadt verschließen«, erklärte Mr. Rose. »Die Menschen und Wesen, die noch dort unten in der erhellten Fackelwelt waren, mussten elendig verhungern. Es war vorbei. Und was immer dort unten sonst noch lebte …«

»Man hörte lange Zeit nichts von ihm. Es war still.«

»Womöglich lebt es dort aber noch immer.«

»Denken wir.«

Williams wollte nur eines wissen. »Warum erzählt Ihr mir dies alles?«

Die beiden grinsten nur schmallippig. »Macht eine Geschichte draus, Poet. Dies ist London.«

Und Mr. Star sagte: »Wir müssen jetzt fort.«

»Wir treffen einen alten Freund, jemanden, dessen Namen wir eben schon nannten«, erklärte Mr. Rose. »Dr. Dee. Den Berater der Regentin. Er ist ein weiser Mann.«

»Und Ihr, Master Shakespeare, kennt die Stadt unter der Stadt.«

Wie ein Echo erwiderte William: »Sie war schon immer da.«

»Wie in Elsinore.«

Mr. Star kam ihm ganz nah, als er flüsterte: »Denkt darüber nach.«

Und Mr. Rose sagte: »Und macht ein Stück daraus.«

»Ihr meint, es gibt hier ein Wesen wie den *Yorrik?*« William sprach es aus, und es klang nicht gerade beruhigend, wenn man es aussprach.

»Wer kann das schon sagen?«, antwortete Mr. Rose.

»Haltet einfach die Augen offen.« Mr. Star betrachtete das Tintenfass auf dem Tisch.

»Und gebt den Menschen etwas …«

»Worüber sie nachdenken können.«

Sie verneigten sich.

Machten auf dem Absatz kehrt und waren verschwunden, ehe William sich bewusst wurde, dass sie fort waren.

William Shakespeare ließ sich am Tisch nieder. Er betrachtete den Apfel, der auf dem Teller lag und halb verfault war. Er betrachtete das leere Pergament. Er sah Prinz Hamlet vor sich, und wenn er ihn sah, dann hatte er das Gesicht seines Sohnes vor Augen. Ja, er sah tatsächlich aus wie der junge Hamnet, den die Welt viel zu früh verschlungen hatte, weil sie ein gieriger, boshafter Ort war. William spürte die Tränen in den Augen brennen und wischte sie fort. Dann tunkte er den Federkiel in die Tinte, nahm ein Pergament und schrieb mit zitternder Hand einen Satz darauf: *Die Welt ist gierig, und manchmal verschlingt sie ihre Kinder mit Haut und Haaren.*

Er hielt inne und sah zum Fenster hinaus. Dort war London, überall, an jedem Fleck, dort war das Leben. Und unten, tief, tief unten, gab es noch die Stadt unter der Stadt.

Er nahm ein neues Blatt Pergament, und darauf schrieb er jetzt nur ein einziges Wort in geschwungenen Buchstaben: *Hamlet.* Dann begann er zu schreiben, und die Geschichte erwachte zum Leben, und es kam ihm vor, als hätten die vielen Worte nur auf diesen Moment gewartet, all die Jahre lang.

Die magischen Welten des Christoph Marzi

Lycidas

Als die kleine Emily Laing eines Nachts Besuch von einer sprechenden Ratte erhält, weiß sie, dass nichts in ihrem Leben so bleiben wird, wie es einmal war. Denn dass sie auf der Suche nach dem Geheimnis ihrer Herkunft eine phantastische Stadt unter den Straßen Londons entdecken würde und schon bald von den seltsamsten Wesen verfolgt wird – das hätte sich Emily selbst in ihren kühnsten Träumen nicht ausgedacht.

Lilith

Grausige Dinge geschehen in London, denn nun bewahrheiten sich die Worte des Lichtlords: Alles wird irgendwann wieder leben. Erneut steigen die Waisenmädchen – in Begleitung des Alchemisten Wittgenstein und des Elfen Maurice Micklewhite – in die Welt unterhalb Londons hinab, besiedelt von phantastischen Geschöpfen, Göttern und sprechenden Tieren. Tief hinab in den Schlund der Hölle führt sie der Weg, wo die Asche einer Frau gefunden werden muss, die man einst Lilith nannte.

Lumen

Mysteriöse Gestalten huschen durch die Winternacht, Menschen verschwinden vom Angesicht der Erde und fremde Nebel suchen die Stadt der Schornsteine heim. Wieder einmal muss das Waisenmädchen Emily, begleitet von ihrem Mentor, dem mürrischen Alchemisten Wittgenstein, in die geheimnisvolle Welt unterhalb Londons hinabsteigen und der Spur eines dunklen Rätsels folgen. Alle Zeichen deuten nach Prag, der düsteren Stadt mit dem Tor zur Hölle.

Somnia

Es geschehen seltsame Dinge in New York. Als Scarlet Hawthorne ohne jede Erinnerung an ihr bisheriges Leben in einer eisigen Winternacht im Central Park auftaucht, spürt sie, dass ihr etwas Schreckliches widerfahren ist. Doch bevor sie Hilfe suchen kann, tauchen Werwolfkreaturen auf und jagen sie durch die Nacht. Nur dem Eingreifen von Anthea Atwood verdankt sie ihr Leben. Die liebenswürdige alte Dame war nicht zufällig da – sie weiß, dass in der Vergangenheit des Mädchens der Schlüssel zu einem dunklen Rätsel liegt, das New York in Atem hält.

Fabula

Es gibt Geschichten, die können unser Leben für immer verändern. Es gibt Geschichten, die sind erfunden und zugleich auf magische Weise wahr. Und es gibt Geschichten, in denen man verloren gehen kann, sprichwörtlich. So wie in der, die Helen Darcy eines Nachts ihren beiden Söhnen Colin und Danny erzählt …

Nimmermehr

Wollen auch Sie mehr über Prinzessin Parvati und die Briefe vom Abgrund wissen? Oder von der lügenhaften Liebe der Lady Lynx lesen? Haben Sie den Mut, dem Mädchen Rose in einen verschneiten Winterwald zu folgen, in dem ein mysteriöser Wolf sein Unwesen treibt? Christoph Marzis Erzählungen sind mal magisch, mal unheimlich, mal bissig, mal humorvoll – und immer einzigartig.